PVZ

A. J. CRONIN

DER SPANISCHE GÄRTNER · DAS LICHT · DAS HAUS DER SCHWÄNE

Paul Zsolnay

Berechtigte Übersetzung aus dem Englischen
von Lida Winiewicz, Richard Hoffmann und
Edmund Th. Kauer und Richard Hoffmann

Umschlag und Einband: Maria Blazejovsky
Gesamtherstellung: May & Co., Darmstadt
Printed in Germany
ISBN 3-552-03735-7

CIP-Kurztitelaufnahme der Deutschen Bibliothek
Cronin, Archibald J.:
Der spanische Gärtner. Das Licht [u.a.]/
A. J. Cronin. [Berecht. Übers. aus d. Engl. von
Lida Winiewicz . . .]. – Wien; Hamburg:
Zsolnay, 1985.
Einheitssacht.: The Spanish gardener ‹dt.›
Einheitssacht. d. beigef. Werkes: The northern
light ‹dt.›
ISBN 3-552-03735-7

NE: Cronin, Archibald J.: [Sammlung ‹dt.›]

Der spanische Gärtner

I

Die Fahrt im Nachtzug von Paris war ungewöhnlich ermüdend gewesen. Eine nervenaufreibende Verzögerung auf der Station Port Bou, an der spanischen Grenze, hatte sie vierzig Minuten verlieren lassen, und durch das Verschulden eines saumseligen Trägers hatten sie den Vormittagsanschluß in Barcelona versäumt. Jetzt, gegen fünf Uhr nachmittag, waren sie, als sie auf der Seitenstrecke an der Costa Brava ihrem Ziel entgegenratterten, müde und der Reise überdrüssig. Jegliches Versagen, ob nun von Menschen oder Maschinen, verärgerte den Konsul, und seine Laune war daher keineswegs gnädig. Aufrecht in seiner Ecke sitzend, betrachtete er mit gerunzelter Stirn aufmerksam seinen kleinen Sohn, der ihm, eingemummt auf dem gegenüberliegenden Holzsitz in dem langen, papierbestreuten, nach Knoblauch, Staub und Abgestandenem riechenden Coupé, scheue Blicke schüchterner Zuneigung zugeworfen hatte. Und zum drittenmal in der letzten Stunde fragte er:

»Fühlst du dich wohl, Nicholas?«

»Durchaus wohl, Vater.«

In einer letzten unwirschen Anwandlung schleuderte sie die holpernde Maschine in eine scharfe Kurve und bog mit einem schrillen Pfiff in die weltverlassene Station von San Jorge ein. Der Konsul ließ die Reisedecke und die beiden Koffer zurück, nahm Nicholas' Hand und stieg auf den Bahnsteig hinab; zolltief mit Staub bedeckt, lag der Perron verlassen da, von einer Reihe Zwergpalmen eingefaßt; so sturmzerzaust waren diese Palmettos, daß sie wie spatige Pferde aussahen, die ihre Köpfe hängen lassen. Zuerst dachte der Konsul, die Brauen zusammenziehend, man hätte sie gar nicht abgeholt; dann wurden seine Augen wieder hell. Ein junger Mann in einem sauberen, von vielem Waschen eingegangenen Leinenanzug, mit einer Steckkrawatte und einem Strohhut stand am Bahnhofausgang neben einem grauen Auto, das eine winzige amerikanische Flagge auf der Kühlerhaube trug; als er die beiden Ankömmlinge erblickte, kam er hastig heran, von dem Chauffeur gefolgt.

»Mr. Harrington Brande? Ich bin wirklich froh – wir haben Sie schon mit dem Morgenzug erwartet, vergeblich. Mein Name ist Alvin Decker, vom Konsulatsbüro.« Er wandte sich nach dem Chauffeur um, einem dunkelhäutigen, untersetzten Spanier, der ein schwarzes Alpakajackett, Flanellhosen und spitze rotbraune Schuhe trug. »Wollen Sie sich, bitte, um das Gepäck kümmern, Garcia?«

Brande empfand eine leichte Linderung seiner Gereiztheit; der offene Wagen war wenigstens ein Pierce-Arrow, der sich sehen lassen konnte, die Metallteile funkelten, die Pneus waren frisch gespült, die Polsterungen mit frischgewaschenen weißen Überzügen geschützt. Während das Gepäck abgeholt wurde, stand der Konsul lässig da, eine hohe, schwere Gestalt, auf distinguierte Weise ein wenig vorgeneigt, das lange, blasse Gesicht von der Nasenwurzel herunter tief gefurcht, mit einer Miene jener unmitteilsamen Würde, die Brande seinen Untergebenen gegenüber zu wahren liebte.

»Ich hoffe, Sie werden das Haus angenehm und wohnlich finden, Sir«, begann Alvin. »Mr. Tenney hat sein Personal mitgenommen. Ich habe immerhin mein Bestes getan, etwas Brauchbares aufzutreiben. Garcia, Chauffeur und Diener«, er senkte die Stimme, »hat ausgezeichnete Zeugnisse . . . und Magdalena, seine Frau, ist eine vorzügliche Köchin.«

Harrington Brande nickte.

»Sind wir so weit?«

»Gewiß, Sir, wir können fahren«, antwortete Alvin, immer noch ziemlich außer Atem.

Sie stiegen in den Wagen. Als sie anfuhren, ließ der neue Konsul seinen Blick über die Stadt hinschweifen, ohne die schmalen feuchten Finger seines Sohnes unter der Decke aus seinem schützenden Griff zu entlassen. Vielleicht, überlegte Brande mit einer aufkeimenden Hoffnung, war der Ort doch nicht so übel, wie er befürchtet hatte. Die Luft war rein, die weitgeschwungene Bucht, die sie in den dämmernden Februarnachmittag entlangglitten, zeigte einen weißen Streifen Sandstrand; die Esplanade war zwischen den Masten der elektrischen Leitung, wenn auch etwas schütter, mit blühenden Akazien bepflanzt. Auf der Plaza war auf angenehme Weise Leben zu fühlen; ein Brunnen plätscherte zwischen Poincianasträuchern, die scharlachrote Blüten trugen, das abblätternde Gold eines Musikpavillons schimmerte hinter den dunklen Gestalten alter Männer, die »La Gaceta« lasen, und ein vorsintflutlicher Autobus entlud sich seiner Fahrgäste. Gegenüber der unvermeidlichen, mit rosa Stuck verkleideten Kirche, die ihre Zwillingskuppeln wie Brüste aufwärtsreckte, mit dem Glockenturm, von dessen buntem Ziegeldach ein rostiges Kreuz emporstieg, lagen ein paar bescheidene Kaufläden, ein Café, »El Chantaco«, dessen Markise blau gestreift war und das ganz erträglich aussah; und weiter unten in der Calle, schon am Hafen, ein solider Häuserblock, in dem, wie Decker murmelnd bemerkte, das Büro des Konsulates lag.

Aber nein, doch nicht – aus der Nähe besehen machten die Docks, auf die sich ja das konsularische Wirken hauptsächlich richten mußte, einen verdrossenen, gleichgültigen, ja trübseligen Eindruck – in der Tat beinahe abgestorben; Brande erriet, daß hier nicht viel mehr als ein trägflüssiger Handel mit Häuten, Dung, Korkrinde, Olivenöl und Tarragonaessig abgewickelt wurde. Nur zwei Fischerprahme lagen am Pier und ein rußgeschwärzter Küstendampfer, von dem ein paar Hafenarbeiter mit Hilfe dreier Esel und eines primitiven Flaschenzuges gemächlich Fässer abluden. Und weiter ging eine Welle der alten Bitterkeit über ihn hinweg, zeichnete brütende Schwermut in seine Züge. Warum, warum nur hatte man ihn im Alter von fünfundvierzig Jahren, nach fünfzehn Jahren eifrigen und hingebenden Dienstes in Europa, an solch einen toten Platz versetzt – einen Mann seines

Talentes, einen Mann von seinen persönlichen Gaben, der doch längst, zum mindesten durch sein Dienstalter, einen Anspruch auf einen hohen Rang erworben hatte, auf eine Verwendung in Paris, Rom oder London? Er hatte wenigstens gehofft, daß ihm nach diesen letzten achtzehn Monaten – in Arville, tief in den Marschen der Normandie – die nächste Versetzung die längst verdiente Entschädigung bringen werde. Und nun ... San Jorge ... und schlimmer noch, dazu das Bewußtsein, daß Tenney, sein Vorgänger hier und um drei Dienstjahre jünger, als Erster Konsul unter Leighton Bailey nach Madrid versetzt worden war.

»Sieh doch, Vater, ist das nicht hübsch?«

Sie hatten das Weichbild der Stadt verlassen und eine sandige Straße, die sich zwischen Reihen silbriger Eukalyptusbäume steil hinaufwand, erklommen, und Nicholas wies erregt und zugleich scheu auf das Bild, das sich ihnen jetzt von der Höhe aus darbot. In mächtigem Bogen lag ein weiter Ausschnitt des Mittelmeeres zu ihren Füßen, und an dem felsigen Kap, das die Bai abschloß, umspülte die weiße Brandung einen schlank aufragenden Leuchtturm. Weiter im Norden verzitterten die Umrisse gewaltiger Berge in blauem Dunst. Die Luft hatte einen frischen Beigeschmack von Seesalz und aromatischen Kräutern. Und dicht vor ihnen, im Vordergrund eines in perlweißen Zistrosen untertauchenden Barranco, stand, gegen die Straße durch eine hohe Mimosenhecke beinahe abgeschirmt, ein weitläufig gebautes Rotziegel-Landhaus, auf dessen säulengetragener Einfahrt in verblassenden Buchstaben der Name Casa Breza stand.

»Gefällt es dir?« Alvin Decker wandte sich dem Knaben zu, und aus dem Ton seiner Frage, der erwartungsvoll und ein klein wenig besorgt klang, entnahm Nicholas, daß dies ihr neues Heim sein werde. Der Knabe hatte in den kurzen neun Jahren seines Lebens manchen Ortswechsel erlebt und hatte so ein wenig die Fähigkeit eingebüßt, sich überraschen zu lassen. Dieses seltsame alte Haus jedoch, mit seinem verlassenen Aussehen, seiner großartigen Abgeschlossenheit, versprach ungewöhnliche Lockungen.

Und der Konsul schien ähnlicher Ansicht zu sein, denn als sie mit einem Knirschen der Räder in die kiesbestreute Auffahrt einbogen und dann aus dem Wagen stiegen, war sein scharfprüfender Blick von zunehmender Billigung gesänftigt.

Im heimischen gelben Sandstein, der jetzt zu zarter Bernsteinfarbe verblaßt war, im maurischen Stil gebaut, zeigte ihnen das Landhaus einen geräumig gewölbten Portikus und ein flaches überhängendes Dach, dessen Ziegel in einer Schattierung von verwittertem Zinnober getönt waren. Die Fenster des Oberstocks gingen auf eine weite Terrasse, üppig mit chinesischer Glyzine und wildem Wein, mit Flieder und flammenden Schößlingen der Biscutella bewachsen. Zur Linken gab ein katzenkopfgepflasterter, grünbemooster enger Hof Zugang zu den Ställen und anderen Nebengebäuden. Der Garten lag dahinter.

»Es ist alt, natürlich«, bemerkte Alvin entschuldigend und beobachtete die Miene seines Chefs. »Ein wenig reparaturbedürftig. Und keine Elektrizität haben wir hier heroben, bloß Gas. Aber Mr. Tenney war immer froh, wenigstens so etwas zu haben. Es gibt kein wirklich angemessenes Wohnviertel in der Nähe des Büros, und wir haben einen langen Pachtvertrag auf dieses Haus ... voll eingerichtet, wie es ist ...«

»Ja«, antwortete der Konsul kurz.

Die Schultern leicht vorneigend, stieg er die niedrigen Stufen des Portikus zu dem offenen Tor hinan, in dem eine dickliche Frau in mittleren Jahren, die Decker als Magdalena präsentierte, in einem anständigen schwarzen Kleid bereitstand, sie mit einem Lächeln zu begrüßen.

Die getäfelte Halle war kühl und luftig, zur einen Seite das Speisezimmer, zur anderen, mit Doppeltüren, der Salon, beide in Rokoko möbliert. Eine breite Treppe aus dunklem Walnußholz wand sich im Hintergrund zum oberen Stockwerk empor, und ungeachtet seiner Reisemüdigkeit stieg der Konsul als einer, der seine Pflichten und seine Rechte kennt, schweren Schrittes die Stufen hinauf, um auch die oberen Räume zu besichtigen. Es gab ihrer weit mehr, als er und sein Sohn und allenfalls ein gelegentlicher Gast jemals benutzen konnten, aber dieser Umstand war einem Manne nicht unlieb, dessen Geschmack auf eine breite, überlegene Lebensführung gerichtet war. Ihm war das Gefühl, Raum zu haben, angenehm, die eingelegten Schränke und Büfetts gefielen ihm, die aubusson-überzogenen vergoldeten Sessel, die quastenbehangenen Glockenzüge und die verschossenen Samtportieren; sogar der leicht muffige Geruch, der die langen Korridore durchzog, war seiner Nase angenehm. Wenn sein schweres Gepäck ankam, würde hier reichlich Raum für seine Bücher und sein Porzellan, für seine in vielen Jahren und an mancherlei Orten aufgestapelte Sammlung antiker Waffen zur Verfügung stehen.

Als er in das Vestibül zurückkehrte, war er sichtlich befriedigt, und in Alvins braunen Augen spiegelte sich Erleichterung.

»Ich denke, es ist alles in guter Ordnung, Sir. Viel Zeit hat seit Mr. Tenneys Abreise nicht zur Verfügung gestanden. Ich habe mein Bestes getan.«

»Gewiß«, erwiderte der Konsul verbindlich, aber in seiner undurchdringlichen Art. Es kam ihm gar nicht in den Sinn, sein Regiment mit einem die Distanzen aufhebenden Lob seines Gehilfen zu eröffnen. Nichts konnte so leicht der strikten Disziplin Abbruch tun, nichts schneller das Unheil der Vertraulichkeit heraufbeschwören. Übrigens war ihm bereits klar geworden, daß dieser ungewandte, nervöse junge Mensch in seinem allzu engen Anzug – wahrhaftig, an einer Stelle war der Ärmel zerrissen – gesellschaftlich unmöglich war und am besten gleich von Anfang an in gebührlichem Abstand gehalten wurde. Und als Alvin den Strohhut in den Händen drehend, dastand, als hoffte er, zu kurzem Verweilen oder wohl gar zu einem Glas Sherry ermutigt zu werden, führte Brande ihn höflich, aber entschieden zum Tor.

»Ich sehe Sie dann wohl morgen im Büro, Mr. Dekker.«

»Gewiß, Sir.«

»Sie sind doch immer pünktlich um neun zur Stelle?«

»Natürlich doch.« Über dem Kragen leicht gerötet, schickte Alvin sich zum Abgang an, zögerte aber an der Treppe noch einmal und stammelte auf eine Weise, die Nicholas bewog, einen flehenden Blick auf seinen Vater zu werfen: »Darf ich der Hoffnung Ausdruck geben, Sir, daß Sie Mrs. Decker und mir die Ehre eines Besuches in der Calle Estrade erweisen werden? Es ist nur eine bescheidene Wohnung, aber wir haben keine Mühe gescheut, etwas von den guten alten Vereinigten Staaten darin aufleben zu lassen.«

Der Konsul antwortete mit vollendeter Höflichkeit, und als Alvin gegangen war, schürzte er spöttisch die Lippen. Niemand durfte seine Treue zu seinem Lande in Frage stellen, aber war er nicht längst ein vollendeter Kosmopolit, verfeinert und umgeformt in langen europäischen Jahren – tatsächlich ein Bürger der ganzen Welt? Nein, kein Wunder, daß Alvins harmlose Phrase ihm ein Lächeln abzwang!

Es schlug sieben, und mit bewunderungswürdiger Vorausahnung der Wünsche seines Herrn meldete Garcia, das Dinner sei serviert. In dem geräumigen Speisezimmer waren zwei Gedecke aufgelegt, und so begannen Vater und Sohn an den beiden gegenüberliegenden Enden des langen, geschnitzten Refektoriumtisches, einen brennenden Kerzenleuchter zwischen sich, ihre erste Mahlzeit im neuen Heim.

Mit eigenen Gedanken beschäftigt und zutiefst bedacht, Nicholas' Müdigkeit zu schonen, blieb der Konsul schweigsam. Doch die Vortrefflichkeit der Küche und der Bedienung und die wohlige Atmosphäre des dämmerigen, kühlen Raumes hoben seine Stimmung und verwischten die Spuren mannigfachen Verdrusses, den er unterwegs ausgestanden hatte. Sein schwerer, versonnener Blick folgte den Bewegungen des Dieners, und schließlich hob der Konsul für einen Augenblick die Schranken seiner Reserviertheit.

»Ihr Name ist, wenn ich richtig verstanden habe, Garcia?«

»Jawohl, Señor.«

»Und Sie haben immer in San Jorge gelebt?«

Garcia richtete sich auf, ohne seinem regungslosen Gesicht irgendeinen Ausdruck zu gestatten. Einen Augenblick nur spiegelte sich das Flackern der Kerzenflammen in seinen blicklosen Augen.

»Nein, Sir. Ich habe in weit größeren Städten gedient. Und immer bei den erlesensten Herrschaften. Meine vorige Stellung war bei den Aostas in Madrid.«

»Sie meinen die Marquesa de Aosta?«

»Einen Zweig der Familie, Señor.«

Harrington Brande anerkannte die Tatsache mit einem Kopfnicken. Gewiß hätte er die Unterstellung, er sei ein Snob, übelgenommen. Nichtsdestoweniger hatte er einen ausgeprägten Sinn für gesellschaftliche Rangstufen, und es mißfiel ihm keineswegs, daß dieses schweigende Geschöpf sozusagen eine aristokratische Empfehlung aufweisen konnte.

»Sagen Sie der Köchin, daß sie morgen früh zu mir kommen soll. Mein Sohn ist ein wenig empfindlich und wird eine besondere Diät benötigen.« Und als der Mann sich nach einer Verneigung geräuschlos zurückgezogen hatte, bemerkte der Konsul befriedigt zu Nicholas: »Scheint gut erzogen zu sein. Von Klasse.«

Das Prädikat »von Klasse«, ob es nun einem Pferd, einem Dienstboten oder seinem vertrauten Freund Professor Halévy in Paris zugebilligt wurde, war der bevorzugte Ausdruck, den der Konsul seiner Anerkennung verlieh. Diesmal aber konnte Nicholas die Auffassung seines Vaters nicht teilen. Der Diener hatte in ihm vom ersten Seitenblick an eine seltsam unangenehme Empfindung ausgelöst, die er sich nicht so recht zu erklären vermochte.

Nachdem der Konsul die Kaffeetasse geleert hatte, sah er mit vielsagendem Blick nach der goldenen Repetieruhr. Nicholas aber, auf den die erregende Seltsamkeit der neuen Umgebung bereits einwirkte, bat drängend, sie möchten noch einen Gang durch den Garten unternehmen, bevor man zu den Schlafzimmern hinaufsteige, und sein Vater willigte nachgiebig ein.

Draußen, einen Mantel um seine schmalen Schultern gelegt, um jeden erkältenden Luftzug abzuhalten, atmete der Knabe in tiefen Zügen die weiche, würzige Luft ein, die wie aus der Unendlichkeit herübergeweht war, daß alles Bewußtsein von Zeit und Raum in ihr unterging. Obwohl die wirren Ereignisse der Fahrt noch in seinem Kopf nachklangen, empfand er jetzt den Frieden des Abends, der sich über ihn und über den Garten herabsenkte. Größer, weit größer, als er erwartet, war dieser Garten und wunderbar verwachsen. Ein Pfad geleitete von dem Portikus unter drei Rosenpergolas zwischen üppigen Beeten hin, die überreich mit Primeln und großen weißen Pfingstrosen bewachsen waren. Zur Linken stand ein Dickicht von Myrte und Oleander, rosig und weiß, bereits in vollduftender Blüte. Nach der anderen Seite ging der Garten in eine Art Wiese auf, die einst ein gepflegter Rasen gewesen sein mochte; zwei hübsche Bäume, eine breitästige Catalpa und eine Tamariske, standen darauf; dann folgte hinter einer niedrigen Grenzmauer, an der ein Geräteschuppen lehnte, eine steinige Heide, auf der zwischen stacheligen Kakteen und Büscheln purpurfarbener Azaleen weiße Felsblöcke lagen. Im Hintergrunde maskierten Lorbeerbüsche Ställe und Wohnstätten, während das Land nach vorn hin nicht zu steil zu einem Zwergzedernhain abfiel, der bis zum Strand hinabreichte.

Und während Nicholas so neben seinem Vater stand, all diese Schönheit in sich aufnahm und den Duft der Erde und des Frühlingserwachens wie berauschendes Gift in sich einsog, hatte er plötzlich ein Vorgefühl, eine Sicherheit, die in ihm aufstieg, wie er sie noch nie, an keinem ihrer früheren Aufenthaltsorte, empfunden hatte: das Gefühl, hier könnte – nein, hier würde er glücklich sein. Aus der Tiefe kam das ungebärdige und doch zugleich sanfte Seufzen der Brandung. In einer Anwandlung überwältigender Freude schloß er die Augen, damit nicht Tränen aus ihnen hervorströmten. Und er fühlte, wie sich seine Brust in tiefen, langsamen Zügen köstlicher Erwartung weitete.

»Ist es nicht hübsch, Vater?« murmelte er, um diesen Augenblick in die Länge zu ziehen.

Seiner Gewohnheit zuwider lächelte der Konsul – jenes seltene Lächeln, das nur Nicholas ihm abnötigen konnte. Auch er war nicht unempfindlich für den Zauber dieses Gartens, und während er die verwucherten Oleanderbüsche und die ungestutzte Mimosenhecke betrachtete, die Tenney einfach sich selbst überlassen hatte, wandten sich seine Gedanken ein klein wenig großspurig den Aufgaben der Verschönerung zu, neuer Anpflanzung, dem geschnittenen Heckenwerk wohlgeplanter Landschaftsgärtnerei.

»Es könnte hübsch sein«, sagte er nachsichtig. »Jedenfalls brauchen wir einen Gärtner. Ich werde mich morgen darum kümmern.«

Und während sie zum Hause zurückschritten, blickte er zärtlich auf seinen Sohn hinab und fragte sich voll neuer Hoffnung, ob dieser Garten und die reine, kräftige Luft, die von der Sierra und dem Meer herüberwehte, dem Knaben nicht doch die Gesundheit bringen würde.

Im oberen Stockwerk hatte er für Nicholas und für sich zwei aneinanderstoßende Vorderfrontzimmer gewählt, die durch eine Vorhangtür getrennt waren, so daß er immer zur Hand sein konnte, wenn sein Sohn bei Nacht nach ihm rufen sollte. Der Konsul hatte einen leichten Schlaf und litt oft schwer unter quälender Schlaflosigkeit. Seine wache, schützende Liebe hatte immer verlangt, daß er zur Hand sein könne, wenn, wie es so oft geschah, erschreckende Alpträume Nicholas zu bebender Wachheit aufjagten, wenn das Herz des Knaben krampfhaft pochte und der kalte Angstschweiß auf seiner Stirn stand. Gerade diese nächtlichen Schrecknisse waren ein Teil der krankhaften Gebrechlichkeit des Kindes, die den Konsul besonders beschäftigte.

Oben waren inzwischen die Koffer bereits ausgepackt, und es dauerte nicht mehr lange, da hatte Nicholas sich entkleidet und gewaschen, hatte durch ein Glasröhrchen das Eisentonicum geschluckt, das Professor Halévy ihm verordnet, und hatte seine Zähne geputzt. Dann kniete er in einem frischen Nachthemd an der Seite seines Vaters, um sein Nachtgebet zu sprechen. Trotz der geistigen Umstellung, die ein langer Aufenthalt in Europa für Harrington Brande bedeutet hatte, war er noch immer – und pflegte das mit ernster Miene zu bestätigen – ein gläubiger Mann. Vielleicht lächelte er ein wenig über seine neuenglischen Ahnen, aber ihr puritanischer Geist war in ihm noch stark. Gebeugten Hauptes, die Hand auf die Schulter seines geliebten Sohnes gelegt, hörte er dessen Gebet an und fügte, als es beendet war, eine Sonderbitte hinzu, der Allmächtige möge ihnen beiden Schutz und Segen gewähren in der neuen Epoche ihres Lebens, die nun begann. Dann unterbrach er sich und schloß endlich mit gedämpfter Stimme, in Worten, die aus seinem Innersten hervorgepreßt schienen, die letzte Bitte an:

»Wir erflehen Gottes Gnade für alle Schuldigen ... und sonderlich, liebes Kind, sonderlich erflehen wir sie für deine Mutter.«

Einen Augenblick später lag Nicholas in dem großen cordovanischen Bett, dessen Fußende mit gepreßtem gelbem Leder überspannt und mit massiven Messingbuckeln verziert war. Und noch immer zögerte der Konsul, blickte mit versonnener Unschlüssigkeit auf die kleine Gestalt hinab, die unter der schweren Brokatdecke fast verschwand.

»Natürlich bist du zu müde, mein lieber Junge ... für unsere abendliche Lesung?«

Nicholas war wirklich vor Erschöpfung betäubt und seine Augenlider, violett überschattet in seinem schmalen, blassen Gesicht, wollten herabfallen, als wäre er von einschläferndem Gift berauscht. Zugleich aber wußte er, wie großen Wert sein Vater auf diesen täglichen Abschluß ihres Abendrituals legte, und so versicherte er, ein Lächeln hervorzaubernd, er sei noch hellwach.

Wieder zögerte der Konsul, doch nur einen Augenblick lang, bevor er einer Neigung folgte, der nicht nachzugeben seiner Liebe, seiner Leidenschaft für sein Kind schwerfiel. So kehrte er in sein Zimmer zurück und kam gleich darauf mit einem gewichtigen Band von Akermans »Ornithologie« zurück, ließ sich auf dem Rand des weichen cordovanischen Bettes nieder und setzte seine horngefaßte Brille auf.

»Wie du dich erinnerst, Nicholas, haben wir an unserem letzten Abend in Arville die Vögel Südafrikas durchgenommen – einen höchst interessanten Gegenstand. Wir wollen heute abend nicht viel weitergehen, gerade nur so viel lesen, daß wir nicht aus dem Zusammenhang kommen. Aha, da sind wir wohl stehengeblieben.« Er hatte geblättert, bis er an die Stelle gekommen war, und jetzt begann er mit einem Räuspern seine Vorlesung.

»Der Strauß, genus struthio, dessen Füße zwei Zehen mit stumpfen Nägeln aufweisen, und dessen charakteristisches Merkmal der Mangel eines Brustbeinkammes ist, kann als der größte aller lebenden Vögel gelten. Der männliche Strauß mißt an die zweieinhalb Meter und erreicht ein Gewicht von dreihundert Pfund. Die Sandsteppen und das offene Land durchmessend, ist er ungemein schnellfüßig und, wenn in Gefahr, außerordentlich tapfer. Die Strauße sind über alle Maßen stolz auf ihr Gefieder, und sonderlich das Männchen umgibt die jungen Vögel mit ängstlicher Fürsorge . . .«

2

Am nächsten Morgen stand der Konsul frühzeitig auf und begab sich pünktlich in sein Büro. Nicholas hatte unglücklicherweise eine recht unruhige Nacht verbracht, in der sich, sosehr die Erschöpfung ihn auch gefangenhielt, die Ereignisse der Reise, das Rattern der Lokomotivräder, das Brausen der Brandung und, sonderbar genug, das dunkle, regungslose Gesicht des Dieners wirr ineinanderschoben. Seine Temperatur erwies sich als normal, aber der Vater glaubte auf seinen Wangen eine Röte der Erregung zu entdecken und bestand darauf, daß der Knabe das Bett hüte; er versprach aber mittags nach

Hause zu kommen und zu sehen, ob Nicholas nicht wenigstens zum Lunch aufstehen könne.

Für Nicholas, der gewünscht hätte, zum mindesten draußen im Garten liegen zu dürfen, war das eine Enttäuschung. Doch war er ein gehorsames Kind, allmählich an seine körperliche Unzulänglichkeit, an die regelmäßige Gepflogenheit des Thermometerablesens und Pulsfühlens, wie Professor Halévy es vorgeschrieben hatte, gewöhnt und überdies auf eine sonderbare, vielleicht etwas gezwungene Weise für die Aufmerksamkeit dankbar, mit der sein Vater ihn ohne Unterlaß umgab.

Magdalena brachte ihm das Frühstück herauf, ein wenig außer Atem vom Treppensteigen, aber durchaus freundlich, die schwarzen Augen beinahe in den tiefen Falten ihrer runden braunen Wangen versunken. Ein weißes Tuch, das sie um den Kopf geschlungen hatte, und zwei Metallringe, die von ihren Ohren herabbaumelten, gaben ihr ein interessantes, zigeunerhaftes Aussehen. Dank dem Unterricht, den sein Vater ihm erteilte, sprach Nicholas erträglich Spanisch – er besaß darüber hinaus eine vorgeschrittene Kenntnis des Französischen und Italienischen –, aber Magdalenas hastiges Geplapper erging sich in einem Dialekt, Catalanisch wohl, wie er dachte, und so verstanden sie einander nicht allzu gut. Wie sie so dastand, die Hände in die Hüften gestemmt, erriet er in ihrem Blick eine unbekümmerte bäuerliche Neugier, wollte seinerseits etwas bieten, blinzelte ihr mit seinen langen Augenwimpern zu, atmete tief ein und ließ die Luft in seinem Magen ein alarmierendes Gerumpel hervorbringen. Darüber mußte sie lachen, schüttelte den Kopf und ging davon.

Das Frühstück war sein gewöhnliches und recht appetitlich: ein weiches Ei, mürber Zwieback, Scheibenhonig und ein Glas gekochter Ziegenmilch; offenbar hatte Vater bereits der Köchin seine Weisungen gegeben. Nicholas aß bedächtig und benutzte seine Erfahrung, keine Brösel auf die Decke zu verstreuen. Dann sprang er aus dem Bett und holte sich den Wollhund, der auf seinen vier kurzen Beinen auf dem Toilettentisch stand und in schweigsamer

Zuversicht gewartet hatte, bis er an die Reihe kam. Nicholas sah natürlich ein, daß er keinen lebendigen Hund besitzen konnte. Der Konsul, selber kein Hundeliebhaber, hatte ihm vernünftig auseinandergesetzt, daß die Schwierigkeiten und Unsicherheiten ihres allzu beweglichen Lebens das Halten eines Hundes ausschlössen, und so hatte das Kind sich mit dem Ersatzgefährten aus Stoff zufriedengegeben. An diesem Morgen aber war er doch wohl nicht in der Stimmung, sich auf eine jener langen Unterhaltungen einzulassen, die den beiden sonst so oft über lästige Stunden hinweghalfen. Er brachte es auch nicht über sich, mehr als einen flüchtigen Blick auf die Lehrbücher zu werfen, die Vater ihm auf den Nachttisch bequem in Reichweite gelegt hatte. Nein, die Neuheit all dieser noch unentdeckten Dinge, die ihn umgaben, lenkte ihn ab, und er lag, während ein breiter Fleck Sonnenlicht warm über die gestreifte braune Tapete kroch, die mit seltsamen Arabesken bedruckt war – Arabesken, in die man mit einiger Phantasie noch weit Seltsameres hineindenken konnte –, so lag er auf dem Rücken und horchte auf den leisen Herzschlag des Hauses.

Und er war nicht einmal allzu leise, dieser Herzschlag. Von unten kam gedämpft Lärm herauf, verwirrende Laute wie von einem Streit – scheltende Worte, gefolgt vom Knall einer Tür, wohl der Küchentür, wie Nicholas erriet. Nun ein leises Flüstern, Schritte unten im Speisezimmer, das unbeeilte Hin und Her des Aufräumens, dann ein heraufdringender Geruch von starkem Tabak. All das konnte sich Nicholas, in einer Art von Erstarrung lauschend, zusammenreimen, war aber dann über das plötzliche lautlose Aufgehen seiner Zimmertür ganz erschrocken. Er wandte den Kopf, und da stand Garcia und blickte ihn vertraulich an.

Es war nicht recht zu erklären, aber das Blut stieg dem Knaben in die Wangen. Jenes sonderbare Mißtrauen, das er schon am Vorabend empfunden hatte, als fühlte er in dem Diener einen Feind, überkam ihn mit doppelter Gewalt, als Garcia so unerwartet vor ihm stand.

»Soll ich das Tablett hinaustragen?« Garcia sprach mit

übertriebener Dienstfertigkeit, in einer einschmeichelnden Weise – und zugleich hielt er doch die Zigarette, als wollte er die Respekthaltung Lügen strafen, brennend zwischen den nikotingefärbten Fingern.

»Bitte . . .«, antwortete Nicholas unsicher.

Der Mann rührte sich nicht, entblößte aber seine Zähne mit einer Miene, die bei der allgemeinen Unbeweglichkeit seiner Züge für ein Lächeln gelten konnte.

»Vor mir brauchst du keine Angst zu haben«, sagte er sanft. »Ich bin an Kinder wohl gewöhnt. Auf einem Platz hatten wir ihrer gleich sieben. Das Mädelchen mochte immer gern auf meinem Knie sitzen. Bevor sie starb . . .«

Nicholas tat einen raschen Atemzug. Der Diener sog wie geistesabwesend an seiner braunen Zigarette, löste aber den Blick nicht von dem Gesicht des Knaben.

»Einmal werd' ich dir schon von ihr erzählen. Das wird interessant werden, weißt du? Ich hab' so mancherlei gesehen in meinem Leben. Trauriges und Schreckliches. Dinge, die einer kaum glauben möchte. Die Welt ist gesteckt voll von Idioten. Mir ist alles gleich, also absolut alles.«

»Wie meinen Sie das?« stieß Nicholas hervor.

Garcia zuckte gleichmütig die Achseln.

»Du wirst schon sehen. Ich bin Soldat gewesen, Offizier, hab' gesehen, wie Menschen ausgepeitscht wurden, gefoltert und erschossen. Aber davon reden wir ein andermal. Sag jetzt – wo ist deine Mutter?«

Nicholas wurde blaß. Die Frage, gleichmütig hingeworfen, wenn auch mit verhohlener Frechheit, riß von neuem die tiefste und geheimste Narbe seiner wunderstarrten Seele auf. Einen Augenblick der Panik lang war er versucht zu antworten: »Sie ist tot.« Hatte sein Vater nicht oft mit melancholischem Ernst versichert, die Mutter müsse ihnen beiden jetzt für tot gelten? Nur dieses abendliche Gebet, das Gottes Verzeihung auch auf sie herabflehte, bewahrte die Mutter vor einem Vergessen gleich jenem des Grabes. Zugleich aber sträubte sich ein Instinkt gegen die Lüge, weniger eine Regung natürlicher Unschuld als ein vages Vorauswissen, daß, wenn er jetzt log, all seine Bastionen gegen diesen Mann ein für allemal gefallen waren. Er wäre verloren gewesen.

»Sie ist in Amerika«, stammelte er.

»Ach! Ein prächtiges Land, wundervolles Land, Amerika! Aber warum ist sie nicht hier?«

Mit einem Zittern seines Kinns, das die Lippen und die zarten Nasenflügel nachbeben ließ und die Haut seiner Stirn zusammenzog, brachte Nicholas die Worte hervor: »Mutter lebt nicht mehr mit uns.«

Garcias Lippen lösten sich in einem lautlosen Lachen.

»Na, dann geht sie uns auch nichts an. Lebt getrennt. Aber so leicht kommen wir von den Leuten nicht los.« Er unterbrach sich und lauschte auf gedämpfte Schritte, die von den Stufen des Portikus heraufklangen. Eine Atempause folgte, dann aber nickte er, ohne sein Gehaben zu verändern, wenn auch vielleicht mit einer Andeutung von Vorsicht: »Dein Vater ist heimgekommen. Du darfst ihm nicht erzählen, daß wir so interessant geplaudert haben. Jetzt haben wir ein Geheimnis miteinander, du und ich, vergiß das nicht, kleine Unschuld.«

Er trat an das Bett heran und hob geschickt mit einer Hand das Tablett hoch, dann machte er mit einer halben Verneigung, die wieder jenen Anstrich von spöttischer Unterwürfigkeit hatte, kehrt und ging hinaus.

Nicholas lag da, die Brauen noch zusammengezogen, betroffen und verwirrt. Er fühlte sich entmutigt und seltsam leer; nur das rasche Auftauchen seines Vaters bewahrte ihn davor, in Tränen auszubrechen.

Der Konsul war in guter Stimmung, offenbar hatten die Geschäfte des Morgens ihm nicht mißfallen; nach einer kurzen Inspektion gestattete er Nicholas, aufzustehen. Er setzte sich auf den Bettrand, während der Knabe sich anzog, und zeigte sich gesprächiger als sonst. Das Büro hatte er besser befunden, als zu erwarten stand; es war klein, aber ganz modern und lag an der Marina, wo sich im Sommer die Seebrise angenehm fühlbar machen würde. Außer Alvin Decker gab es noch zwei Angestellte, beide Spanier. Die Büroeinrichtung war in brauchbarem Zustand, von einer schlechten Schreibmaschine, die aber repariert werden konnte, und einem zerbrochenen Fernschreiber abgesehen; er hatte unverzüglich einen neuen bestellt.

»Und jetzt«, fuhr der Konsul mit unverminderter Lebhaftigkeit fort, »wird es dich wohl interessieren zu hören, daß ich einen Gärtner aufgetrieben habe. Er ist draußen im Hof. Komm mit und schau ihn dir an.«

Sie stiegen die Treppe hinab, Nicholas gemessen an der Seite des Vaters.

Draußen, am Hintereingang, wartete in respektvoller Haltung ein schlanker, gutproportionierter Jüngling von etwa neunzehn Jahren mit offenen Zügen und schlehdornschwarzen freundlichen Augen. Seine Brauen zeichneten sich stark ab, das Haar sträubte sich schwarz und buschig, und auf der Oberlippe lag bereits ein erster rührender Schatten. Das Gesicht war einfach und hätte trotz dem safrangelben Teint für hübsch gelten können, wäre die volle, weiche Unterlippe nicht ein wenig herabgebogen. Der junge Mensch hatte seinen besten Anzug angelegt, schäbigen, aber sorgsam gebürsteten Serge, die Jacke sehr kurz geschnitten, wie es die catalanische Mode verlangte, die Hosen leicht über den Knöcheln gebauscht, daß man die brüchigen Schuhe nicht sehen konnte. In den braunen Händen hielt er einen flachen runden Hut.

»Nun, da sind Sie ja, mein guter Bursche«, sagte der Konsul mit gewinnender Munterkeit. »Wie, sagten Sie, war doch Ihr Name?«

»José, Señor . . . José Santero.«

»Und Sie sind ein erfahrener Gärtner?«

José lächelte bescheiden abwehrend und zeigte dabei schöne weiße Zähne. So warm, so natürlich und so ansteckend war dieses Lächeln, daß Nicholas es zu erwidern wünschte.

»Ich verstehe mich aufs Umgraben, kann Unkraut jäten und weiß mit dem Boden umzugehen, Señor. Ich kann Bäume zustutzen, kann Setzlinge stecken. Ich bin sehr willig. Aber daß ich erfahren bin, kann ich nicht behaupten.«

»Und ich glaubte aus der Empfehlung zu entnehmen, Sie hätten Erfahrung«, bemerkte Brande etwas ungeduldig.

»O ja, Señor«, beeilte sich José zu antworten, »ich habe drei Jahre in den Montaro-Weingärten gearbeitet. Aber jetzt gibt es dort nicht viel zu schaffen.«

»Sie haben Zeugnisse?«

Etwas verloren lächelnd und doch schon im Zweifel, ob es gelingen werde, wechselte Josés Blick von dem Konsul zu dem Knaben und blieb an ihm haften.

»Um so etwas machen wir uns nie Gedanken, Señor. Aber wenn Sie Diego Borgano in Montara fragen wollen, so wird er, glaube ich, für mich gutsagen.«

Eine Pause folgte. Nicholas blickte ängstlich zu seinem Vater auf, der sich auf die Lippen biß und die Frage von diesem Gesichtspunkt aus erwog; es kostete den Knaben Mühe, eine Regung zu unterdrücken, von der er wußte, daß sie Josés Sache eher abträglich sein würde; sonst hätte er seinen Vater gebeten, diesen Gärtner, der so jung, so freundlich und so hübsch aussah, in Dienst zu nehmen.

Der Gong, der zum Lunch rief, beschleunigte die Entscheidung des Konsuls. Schließlich hatte man den Jungen im Stellennachweis gut beleumundet. Er sagte schroff:

»Ich erwarte von Ihnen, daß Sie zufassen, verstehen Sie mich? Als Lohn biete ich Ihnen dreißig Pesetas in der Woche. Sind Sie einverstanden?«

»Ich widerstreite des Señors Wünschen nicht«, antwortete José gelassen.

»Nun gut«, sagte Harrington Brande, »seien Sie morgen um acht Uhr früh zur Stelle, dann werde ich Ihnen zeigen, was ich zunächst getan sehen möchte. Komm jetzt, mein lieber Junge.«

Er nahm den Knaben beim Arm und schritt davon. Während sie auf das Haus zugingen, hatte Nicholas ein herzerwärmendes Bild des jungen Burschen vor sich, wie er so dort stand, freundlich, bescheiden und doch in seiner dürftigen Sonntagstracht seltsam stolz, den lächerlichen harten Hut in seinen schmalen braunen Händen. Es kam unwiderstehlich über ihn, als er dem Vater die Stufen zur Veranda hinauf folgte: er blickte über die Schulter zurück und lächelte. Josés weiße Zähne strahlten in einem Gegenlächeln auf; und zur Freude des Knaben hob der Gärtnerbursche winkend den Arm in fröhlichem Einverständnis. Etwas war an dieser Gebärde, das geradewegs in das Herz des Kindes drang.

3

Unter dem schützenden Dach der Oleandersträucher, in einer Nische, die von den überhängenden blühenden Ästen gebildet wurde, hatte man für Nicholas einen Liegeplatz gerichtet; und hier verbrachte er, genau nach dem Tagesplan, den der Vater entworfen, die meiste Zeit zwischen Lunch und Tee, lag auf einer Chaiselongue ausgestreckt, atmete den salzigen Ozon ein und las wacker, Seite um Seite, ein Buch, das nur nutzbringend sein konnte, hatte es doch der Konsul selbst für ihn ausgewählt.

An diesem Nachmittag aber stahlen sich die Blicke des Kindes oft von der bedruckten Seite zu der Gestalt des neuen Gärtners hinüber, der an dem überwucherten Gartenrand unter dem Catalpabaum arbeitete. Zwei Tage lang hatte Nicholas sich danach gesehnt, ihn anzusprechen, aber von selbst hatte sich keine Gelegenheit ergeben, und eine herbeizuführen war der Knabe natürlich zu scheu. Jetzt aber kam José, mit seiner azada stetig dem Grabenrand folgend, beim Jäten und Umgraben näher und näher, und der Knabe konnte sich ausrechnen, daß der Gärtner gar bald bei ihm angelangt sein werde; bei diesem Gedanken begann sein Herz schneller zu schlagen, denn er hatte von Anbeginn einen Strom sympathischen Einverständnisses – genauer konnte er das nicht erklären – empfunden, der zwischen dem spanischen Burschen und ihm hin und her flutete. Vielleicht irrte er. Es mochte sein, daß José nicht besser war als Garcia, auch bloß einer, der schmeichelte, um zu täuschen, aber Nicholas konnte sich mit einem solchen Gedanken nicht recht abfinden – die Enttäuschung wäre mehr gewesen, als er ertragen hätte.

Schließlich erreichte der Gärtner die Nische, richtete sich auf, stützte sich mit dem Ellbogen auf den Griff des langen Spatens und lächelte Nicholas an. Der Knabe begriff, daß es an ihm war, das erste Wort zu sagen, aber es fiel ihm nichts Rechtes ein, und als er dann doch den Mund auftat, war es einen langen, bedrückenden Augenblick lang so, als wollten ihm die Worte in der Kehle steckenbleiben.

»Du hast aber sehr schwer gearbeitet«, brachte er endlich hervor, und dabei erging es ihm wie gewöhnlich, er errötete.

»Aber nein.« Josés Lächeln wurde breiter, er zuckte die sonnenverbrannten Achseln. Sein Oberkörper war bloß, und die mit einem Gurt zusammengehaltenen Kattunhosen, die mit schnurunterlegten Espadrilles posamentiert waren, zeigten die klar geschwungene Linie seiner kräftigen Beine. Seine Haut, glatt und golden schimmernd, war vom geschmeidigen Spiel der darunterliegenden Muskeln warm belebt. Trotz der anstrengenden Arbeit ging sein Atem ruhig und regelmäßig. Nach einer kurzen Pause fragte er naiv: »Und du arbeitest gar nicht?«

»Das da ist meine Arbeit.« Mit einem noch lebhafteren Erröten deutete Nicholas auf die Bücher, die auf dem Korbtischchen neben ihm verstreut herumlagen.

»Ach so«, nickte José ernsthaft, in Anerkennung einer überlegenen Intelligenz. »Du bist wohl sehr gescheit.«

»Ach nein«, widersprach Nicholas mit noch tieferem Erröten. »Aber ich muß viel liegen, und darum lese ich eben.«

»Bist du denn jetzt gerade krank?«

»Ich hab immer ein wenig Fieber«, erklärte Nicholas nicht ohne ein gewisses Selbstbewußtsein. »Stark bin ich nicht.«

Josés freundliches Lächeln wurde noch breiter.

»Weißt du, wenn du so arbeiten müßtest wie ich, dann würdest du vielleicht auch stark werden.« Er streckte seine Hand aus. »Komm doch! Ich bin jetzt mit dem Umgraben fertig und werde Setzlinge stecken. Da kannst du mir helfen.«

Nicholas war sprachlos vor Entzücken – er zögerte, aber nur einen Augenblick. Von ganzem Herzen wünschte er der Einladung zu folgen, und der kräftige Griff, mit dem José ihm auf die Beine half, als ob der Knabe nicht mehr wöge als eine Feder, zerstreute alle Scheu und jagte eine Welle beruhigenden Gefühls durch seine Adern. Sie gingen zu dem Schuppen, in dem die Blumentöpfe bereitstanden; José schulterte einen Blumenkasten mit Petuniensetzlingen, die er auf Befehl des Konsuls an diesem Morgen vom Markt gebracht hatte, und dann schritten sie zum entlegenen Ende des Rasens. Hier begann der Gärtner, nachdem er eine Schnur doppelt an dem umgegrabenen Beet entlanggezogen hatte, die Pflänzchen zu setzen. Zuerst begnügte sich Nicholas damit, zuzusehen, dann aber hockte er, einem einladenden Blick Josés folgend, nieder und setzte selber mit behutsamer Scheu einen Pflanzenkeim in die Erde. Und nun konnte er nicht mehr aufhören. Ein so köstliches Gefühl war das, das kühle grüne Stengelchen einzusetzen, die weiche, warme Erde sacht rund um die haarzarten Wurzelchen niederzudrücken und dann zu sehen, wie die kleine Pflanze wacker dastand, entschlossen, der Welt ins Gesicht zu schauen.

Nicholas hatte immer in Städten gelebt, in Häusern, deren Fenster unmittelbar auf Straßen hinausgingen; als er nun neben José kauerte, den warmen Sonnenschein im Nacken, den erregenden Duft der Erde in der Nase, schien es ihm, er hätte nie etwas so Wundervolles erlebt. Sogar das Prickeln des Schweißes unter seinem Hemd, sonst ein bedrohliches Symptom, setzte ihn gar nicht in Sorge.

Gegen vier Uhr war das Anpflanzen beendet, und Nicholas stand mit echtem Stolz neben José und überschaute das sauber geteilte Beet, das sich nun bald in liebenswürdige, lebhafte Farben kleiden würde. So versunken war der Knabe in diese Betrachtung, daß er den

Wagen nicht hörte, der in die Auffahrt einbog, und eine Minute später schreckte ihn die Stimme des Vaters, der hinter ihm stand, aus seiner Träumerei auf.

»Nicholas, was treibst du denn um Himmels willen hier?« Der Ton der Frage verriet Überraschung und sogar Mißfallen.

Er war ein wenig hochgezuckt, wenn auch nicht allzu jäh, und jetzt wandte er dem Vater ein Gesicht zu, das noch von der Freude am gelungenen Werk glänzte.

»Ach, Vater, ich hab eine so hübsche Unterhaltung gehabt. Hab beim Setzen der Petunien zugeschaut und auch mitgeholfen. Und jetzt müssen sie noch gegossen werden, sonst treiben sie nicht.« Und einschmeichelnd fuhr er fort: »Es ist noch gar nicht spät – darf ich einen Augenblick bleiben und beim Gießen zuschauen?«

Ärgerlich und noch unentschlossen blickte Brande von seinem Sohn zu dem spanischen Gärtner hinüber, der, seiner Stellung bewußt, ein paar Schritte zurückgetreten war und jetzt die lange Schnur an dem Holzpflock aufspulte. Etwas Unpersönliches, fast Demütiges an der Gebärde, mit der das geschah, schien den Konsul zu beschwichtigen. Seine Stirn, bereits leicht umwölkt wie von olympischem Höhenrauch, klärte sich wieder. Er zog die Brauen hoch und antwortete herb:

»Nun gut, wenn es nicht zu lange dauert. Sieh aber zu, daß du dich nicht erkältest. Unser großes Gepäck ist eingetroffen. Ich will dann auspacken.«

»Danke, Vater«, rief Nicholas und klatschte in die Hände. »Ich hab mich ganz gewiß nicht erkältet. Und ich komme dir dann gleich nach.«

Harrington Brande machte kehrt und schritt zum Haus. Sauber aufgereiht standen in der Halle drei mächtige Holzkisten bereit, die Deckel und die oberste Strohschicht schon abgenommen. Garcia, fiel dem Konsul ein, erwies sich wirklich nützlicher, als man hatte hoffen dürfen. Brande trat an den Glockenzug heran und schellte; dann erst, in wacher Sorge, ob sein größter Schatz unbeschädigt sei, warf er einen prüfenden Blick auf den Inhalt der Kisten. Ja, da war es – behutsam zog er aus der kleinsten der Kisten ein Paket Schreibmaschinenmanuskript, das mit rotem Band umschnürt war.

»Sie haben geläutet, Señor?«

Brande wandte sich um.

»Ach, da sind Sie, Garcia. Sie haben sich sehr gut eingeführt. So, nehmen Sie das hier jetzt. Vorsichtig, bitte. Es ist das Manuskript meines Buches.«

Der Diener machte große Augen.

»Der Señor ist Schriftsteller?«

Geschmeichelt von dem bewundernden Unterton des Ausrufes, nickte Harrington Brande.

»Ich bin nun schon seit vielen Jahren mit einer umfänglichen Arbeit beschäftigt . . . mit der Biographie eines großen Mannes.«

»Meint der Señor sich selbst?«

Brande lachte belustigt auf: in der Tat, er lachte.

»Nun, nun, Garcia, jetzt gehen Sie doch zu weit. So, und nun besorgen Sie uns kräftiges Einschlagpapier und machen Sie ein ordentliches Paket. Ich möchte das Manuskript ins Büro mitnehmen. Dann kommen Sie wieder und helfen mir beim Auspacken meiner Waffen.«

»Gewiß, Señor.«

Als der Mann gegangen war, stand Brande eine Minute lang still; dann trat er an die nächste der Kisten heran, tastete nach dem Inhalt und überlegte, womit wohl zu beginnen wäre. Plötzlich hielt er inne. Sein Blick war auf ein Klappetui gefallen, das in der Kiste obenauf lag. Jäh war seine Miene verändert. Ein unterdrückter Ausruf löste sich von seinen Lippen. Eine Speditionsfirma in Le Havre hatte das Packen besorgt, und dabei war ein Foto, das er seit langem aus seinem Gesichtskreis verbannt hatte, aus einer entlegenen Schublade hervorgekramt worden. Es war das Bildnis seiner Frau.

Zögernd, als wäre es eine Schlange, die ihn stechen könnte, nahm er das Foto auf und sammelte Kraft, es anzublicken; sein Ausdruck war dabei gequält und auf seltsame Weise gehetzt. Ja, das war Marian, das war ihr blasses, bezauberndes Gesicht, das waren ihre sanften dunklen Augen, das ihre sensitiven Lippen, im Hauch dieses Lächelns gelöst, das ihn immer ein wenig verwirrt hatte. Das Foto noch in Händen, ließ er sich versonnen an dem Alkovenfenster nieder, und seine Gedanken schweiften zu jenem verhängnisvollen Abend zurück, an dem er sie kennengelernt hatte.

Vor zehn Jahren war es gewesen, in Bowdoin College, wo er während eines längeren Urlaubs von Washington vor einer Studentengesellschaft einen Vortrag gehalten hatte. Bei dem gesellschaftlichen Zusammensein, das dem Vortrag folgte, hatte er dieses blasse, fast schmächtige Mädchen in der Nähe der Tür stehen gesehen, in Schwarz – wie sich ergab, trug sie nach ihrer Mutter Trauer –, und unmittelbar hatte sich seiner eine Erregung bemächtigt, ein Gefühl, das ihn überflutete, wie er dergleichen bei seinen sonstigen Begegnungen mit Angehörigen des anderen Geschlechtes noch nie empfunden. Er hatte sich selbst vorgestellt, hatte dann durch wohlbedachte Fragen ermittelt, daß sie arm war und daß ihr Vater, ein überalteter Universitätsprofessor, an einer unheilbaren Krankheit darniederlag und in einer nichtssagenden Straße der Stadt eine bescheidene Wohnung hatte. Diese Umstände schienen ihm günstig.

Er entschloß sich sogleich, seinen Urlaub in Maine zu verbringen; fand in unmittelbarer Nähe ein gutes Hotel und betrieb seine Sache in denkbar taktvoller Form, nicht gerade mit Erfolg, aber mit wohlbemessener Zähigkeit. Das Mädchen sagte ihm, Heiraten liege nicht in ihrer Absicht. Zweimal wies sie ihn ab, und obwohl er dann weggefahren war, enttäuscht und ein wenig verärgert, kam er doch nach einem oder zwei Monaten wieder, von seinem neuen leidenschaftlichen Gefühl getrieben und von ihrer stetig reifenden Schönheit gelockt. In diesem Winter, im Februar, starb ihr Vater, und sie blieb allein zurück. Da war sein Angebot zu günstig, als daß sie es ausschlagen durfte. Am Nachmittag der Beerdigung, als sie vereinsamt, schweigsam und niedergedrückt den Regen die Fensterscheiben hinabrieseln sah, als das gemietete Zimmer, der schmutzige Schnee draußen, als alles so maßlos niederdrückend schien, das ganze Um und Auf ihres Lebens, da hatte sie sich mit einem seltsam passiven Ausdruck ins Unvermeidliche geschickt und seine Werbung angenommen.

Und dann, was war dann geschehen? Gott war sein Zeuge, daß er alles, was in seiner Macht gelegen, getan hatte – niemand hätte mehr Ergebenheit aufbringen können. Er war immer noch in Washington stationiert, seine Zukunftsaussichten konnten als glänzend gelten, ihr Appartement im Hotel war angenehm. Im vollen Ausmaß seiner Mittel umgab er sie mit allem erdenklichen Komfort, wählte sorgsam Bücher und Blumen für sie aus, war darauf bedacht, ihr angemessene Zerstreuung zu bieten, beriet sie bei der Auslese ihrer Freunde – ja sogar bei der Wahl ihrer Kleider ging er ihr an die Hand. Immer war er um sie, selbst bei öffentlichen Anlässen, die sie nach seinem Wunsche nicht vorbeigehen lassen sollte, wich er nicht von ihrer Seite. Und wenn sie für Augenblicke getrennt wurden, bei Tisch oder in gedrängt vollen Salons, strebte er immer sofort wieder zu ihr, in einem besitzfrohen Verlangen, gleichgültig dagegen, ob jemand bemerkte, wie begehrenswert, ja wie unentbehrlich sie ihm geworden war.

Sie war schweigsamer, als er es für möglich gehalten hätte, ja sie wurde womöglich noch wortkarger, aber da er selbst gern sprach, störte ihn das nicht. Gelegentlich nur, wenn er ihr umständlich seine Gesichtspunkte auseinandersetzte, in politischen Fragen etwa, in künstlerischen oder beispielsweise in denen persönlicher Hygiene, setzte ihn der Blick, der in ihren Augen lag, ein wenig in Unbehagen, und ihr verhaltenes Lächeln verwirrte ihn. Nie aber, nie wäre er darauf gefaßt gewesen, was dann eines Abends, etliche Monate nach der Geburt des Kindes, geschah. Da hatte sie ihn mit farblosem Gesicht und nervös abgewandtem Blick gebeten, er möge ihr ein eigenes Schlafzimmer zugestehen.

Noch jetzt tat die Erinnerung sehr weh, fühlte er die Bitterkeit eines Unrechts, das ihm vor so langer Zeit zugefügt worden.

»Warum denn nur?« hatte er geantwortet, »bist du denn nicht meine Frau?«

So leise war ihre Antwort gekommen, daß sie fast nicht zu hören war. »Es wäre mir manchmal lieb, wenn ich ein wenig auch mir selbst gehörte.«

Natürlich war er nicht darauf eingegangen. Sie war nach dem Gesetz seine Gefährtin, und er besaß Rechte. Doch hatte er damals zum erstenmal ihre Abneigung empfunden, eine seltsame, schwer verständliche Antipathie, eine Schranke, die zwischen ihnen hochwuchs, so sehr er sich auch bemühte, sie niederzureißen und sich seine Frau vollends, körperlich und geistig, zu eigen zu machen.

Er war ein maskuliner Mann, ebenso fähig, seine Sinne zu meistern wie seine Rolle im Spiel der Sinne auszufüllen. Und doch geschah es ihm oft, und sonderlich wenn der Augenblick letzter Erfüllung bevorstand, daß er jäh seiner Lust entglitt, zutiefst von der erschreckenden Erkenntnis betroffen, daß er allein war, daß sie mit zusammengepreßten Zähnen dalag, starr und regungslos wie ein Leichnam, den eine eisige See an dieses Gestade gespült.

Obwohl er im Grunde genau wußte, wie absurd dieser Verdacht war, hatte er doch den Argwohn aufkeimen lassen, sie müsse einen Geliebten haben, hatte sie eifersüchtig überwacht, ja war so weit gegangen – war er nicht schließlich ihr Gatte? –, sie auf ihren Ausgängen von Agenten beobachten zu lassen. Vergeblich. War es möglich, daß sie einfach nur Widerwillen gegen ihn empfand?

Dann war er nach Europa versetzt worden, und die rasche Folge seiner Posten hatte ihn nach Stuttgart gebracht, nach Lüttich, Ancona . . . Orten, wie er sich voll Bitterkeit sagen mußte, die jede normale, liebevolle Frau in seiner Gesellschaft reizvoll gefunden hätte. Hatte sie Heimweh? Der Gedanke half ihm zuweilen, linderte wenigstens bis zu einem gewissen Grade den Schmerz seines verwundeten Stolzes. Und als ihm ein Sonderurlaub gewährt wurde, brachte er sie und Nicholas, der nun im dritten Jahr stand, nach Amerika heim. Ach, und hier geschah es, daß ihn der letzte Schlag traf. Eines Tages war sie in das New Yorker Appartement, das er gemietet hatte, heimgekommen und hatte – die Wangen leicht eingefallen, den Kopf gesenkt – erklärt, sie müsse sich wohl für einige Zeit von ihm trennen. Die Anstrengungen des Zusammenlebens hätten ihre Nervenkraft erschöpft, sie müsse wenigstens für einige Monate allein bleiben, um wieder zu sich selbst zu finden.

Da hatte er gefühlt, wie alles in ihm erkaltete, und eine krankhafte Sehnsucht war in ihm aufgestiegen, sie brutal in die Arme zu reißen. Er aber hatte nur ihre Bitte beiseite geschoben und nüchtern sein Ultimatum gestellt:

»Wenn du gehst, so gibt es kein Zurück mehr. Bei mir heißt es: alles oder nichts.«

Darauf antwortete sie nicht. Doch sah er noch jetzt ihre verschatteten Augen vor sich, und in ihnen stand das ewige Rätsel, das ihn immer gequält hatte. Er hatte sich auf die Lippen gebissen, bis sie bluteten:

»Du wirst weder Geld haben noch eine gesellschaftliche Stellung. Niemanden, der dir an die Hand geht, keine Menschenseele, um unser Kind aufzuziehen.«

»Habe ich jetzt jemand?« Damit wandte sie sich traurig ab und ging hinaus.

Hier, im Alkoven dieses spanischen Hauses, den Kopf in die Hände vergraben, sah er ihre schlanke, biegsame Gestalt vor sich, das graue Kleid; er konnte den warmen Hauch, den Duft ihrer Gegenwart einatmen. Nun, sie hatte ihn verlassen, war ausgetilgt aus seinem Leben; als er das letzte Mal, indirekt, von ihr hörte, wohnte sie in einer Frauenpension in New York und arbeitete – für ein Taschengeld, wie er annahm – in einer Wohlfahrtsanstalt der Gemeinde. All die Liebe, die sie geringschätzig verschmäht hatte, war nun auf Nicholas übergegangen, wurde ihm verschwenderisch zuteil. Brande betete den Knaben an, das leugnete er nicht, und würde ihn halten, an sein Herz gepreßt – immer – immer ...

Lange saß er so, grübelnd vorgebeugt, die Furchen, die sein Gesicht durchzogen, in hungriger Sehnsucht vertieft, die Lippen fast zu einer höhnischen Miene verzogen. Dann klang von draußen ein Lachen herauf. In die Gegenwart zurückgeholt, hob er den Kopf, blickte durch das Fenster und gewahrte José und seinen Sohn, die gemeinsam mit der Gießkanne den Gartenpfad herankamen; sichtlich machte es ihnen beiden gleichermaßen Vergnügen.

Die Wange des Konsuls zuckte, als hätte er unerwartet eine neue Wunde empfangen. Jäh stand er auf, trat zur Tür und rief mit beherrschter Stimme:

»Nicholas! Komm herein, mein Lieber. Komm bitte sofort.«

4

Es war Sonntag morgens um zehn Uhr, drei Wochen später, und der Konsul saß geruhsam mit seinem Sohn in dem sonnenüberstrahlten Alkoven des Speisezimmers beim Frühstück. Draußen entfaltete der Frühling bräutlich erglänzend einen so köstlichen Tag, daß der kleine Nicholas danach verlangt hatte, Toast und Honig auf die offene Veranda hinauszutragen. Doch der Vater, mißtrauisch gegen die trügerische Frühjahrsluft, hatte verweisend den Kopf geschüttelt. Dann hatte er Garcia befohlen, statt dessen einen kleinen Tisch ans Fenster zu rükken. So konnte der Knabe wenigstens zusehen, wie die rotgefiederten Tanagrameisen zwischen den Mimosensträuchern hin und her flatterten, und dem fernen, zärtliche Klingen der Kirchenglocken lauschen.

»Vater . . .«

Schon seit einiger Zeit hatte Nicholas dem Konsul Blicke zugeworfen, der in seiner gnädigsten Laune vergnüglich mit einer leichten Larranaga-Zigarre und seinem zwei Tage alten Exemplar des »Echo de Paris« beschäftigt war – er hielt dieses Blatt für das einzige, das zu lesen der Mühe wert war, und hatte seinen Freund Halévy gebeten, ihm allwöchentlich eine Nummer zu senden. »Vater, ich möchte so gern heute nachmittag zum Pelotaspiel gehen.«

Sacht ließ der Konsul das Blatt sinken.

»Zum Pelotaspiel?« wiederholte er verständnislos.

»Ja, Vater.« Das Blut war dem Knaben in die Wangen gestiegen, aber er raffte seinen Mut zusammen und sprach weiter. »Das ist eine Art Handball, die sie hier spielen. Sehr schnell und furchtbar aufregend. Alle Orte an der Costa Brava sind im Verband. Und heute tritt Huesca, der Titelträger gegen San Jorge an.«

Harrington Brande blickte erstaunt in das aufgeregte Gesicht seines Sohnes. Allmählich milderte sich sein Ausdruck.

»Nun, nun«, sagte er freundlich, »hat dir Garcia etwas davon erzählt? Was ihr hier doch für Unsinn treibt, während ich im Büro bin! Erzähle – wo und wann soll dieses erstaunliche Spiel stattfinden?«

»Im Recreo, Vater«, brachte Nicholas hervor, ohne indessen das Geständnis zu wagen, daß er seine Informationen nicht Garcia verdankte, »heute nachmittag um vier. Ach, wollen wir doch hingehen!«

Die Andeutung eines Lächelns spielte um die Lippen des Konsuls. Es tat ihm wohl, daß das Kind freiwillig seine Begleitung wünschte.

»Nun schön.« Er schien es sich zu überlegen. »Wenn du jetzt dein Tonicum einnimmst . . . und deinen spanischen Aufsatz fertigbringst . . . und wenn du nach Tisch eine Stunde ausruhst, dann wollen wir sehen.«

»Oh, danke, Vater, danke.« Entzückt war Nicholas aufgesprungen.

Um halb vier Uhr nachmittag machten sich die beiden auf den Weg, Nicholas in höchster Erwartung, Brande in duldsam guter Laune. Der Konsul machte sich nichts aus Sport. Einmal, in Ancona, hatte er bei einem Baseball-Match, das zwischen Teams amerikanischer Marineure ausgetragen wurde, den ersten Ball nach dem Schlagmann geworfen; dann, einige Jahre später, hatte er in Knocke bei der lokalen Segelklubregatta die Preise verteilt. Jetzt aber unterwarf er sich nur dem erwartungsvollen Wunsch seines Sohnes, aber er tat es, als ob es ihn belustigte.

Sie parkten den Wagen auf der Plaza, fanden sich durch ein Netzwerk von engen Gassen hinter dem Obstmarkt und gelangten schließlich zu dem Recreo, das, wie Brande mit leiser Mißbilligung feststellte, in einem schäbigen Teil der Stadt gelegen war. In der Tat war es ein schmuckloser, umzäunter Platz; der einfache Lattenzaun war mit Ankündigungen des lokalen Theaters und der bevorstehenden Aprilcorridas in Barcelona beklebt. Nichtsdestoweniger ließ der Konsul gutwillig zu, daß Nicholas ihn zur vordersten Reihe der Tribuna schleppte, einer Holzbank ohne Lehne, von der man direkt auf den betonierten Hof hinabblickte; ein Mann in Hemdsärmeln, der einen Topf roter Farbe trug, frischte gerade die Linien auf.

Die beiden waren früh dran. Nur einiges junges Volk hatte sich bereits in den hintersten Reihen eingerichtet, die Füße auf die Vordersitze gelegt, rauchend, Johannisbrotschoten kauend, laut scherzend und, wie der Konsul mit Mißbehagen feststellte, vulgär streitend. Von Zeit zu Zeit kamen andere Zuschauer, die Hände in die Taschen vergraben, hereingeschlendert, zumeist junge Männer und Burschen, die in den hinteren Reihen Plätze bezogen und an dem allgemeinen Unwesen teilnahmen. Der Konsul bemerkte, daß man wenigstens in einigem Abstand von diesem untergeordneten Volk saß, durch angemessene Entfernung davor bewahrt, in allzu nahe Fühlung zu kommen. Doch nein, kaum hatte es auf der Turmuhr der Marina vier Uhr geschlagen, als die richtigen Aficionadas auf die Tribuna hereinströmten, eine lautschwätzende Menge, die sich mit Wucht und Ellbogenkraft auf jeden nur irgendwie freien Platz vorschob. Im Handumdrehen waren die Bänke prall voll besetzt, und auf allen Stufen der Gänge hockten Gestalten. Ein kleiner Dicker, der einen ramponierten schwarzen Sombrero und einen spiegelnden schwarzen Anzug trug, in der einen Hand eine halbe Zwiebel, in der anderen einen Ranken Brot, preßte sich dicht an den Konsul, lächelte ihn freundlich an, schärfte sein Taschenmesser an den Schuhsohlen und begann schmatzend zu essen. Erste Pfiffe gellten überall in der Arena auf, begleitet von einem rhythmischen Fußstampfen und Schreien: »Olé . . . Olé . . . Olé!«

»Jetzt wird es gleich losgehen, Vater. Soll ich dir das Spiel erklären?« Nicholas beugte sich vor und zeigte aufgeregt in den Hof hinab. »Du siehst diese beiden Holzwände. Sie liegen einander genau gegenüber, etwa zweihundert Fuß voneinander entfernt. Die eine heißt frontis, die andere pareo de rebote. Die roten Linien darauf zeigen genau den Raum, den der Ball treffen muß. Und die roten Linien auf dem Boden – man sagt nicht Boden, sondern concha – besagen dasselbe. Schlägt der Ball außerhalb dieses Raumes auf, so ist es ein Fehler und zählt als Punkt für die Gegenpartei.«

Während der Konsul in beherrschter Neugierde zuhörte, sprach der Knabe schon weiter.

»Jede Partei hat zwei Spieler, der eine heißt delantaro – der Vormann – der andere zaguero, der Hintermann. Huesca spielt in blauem Hemd, San Jorge in weißem. Die pelota – so heißt der Ball – ist aus Gummi, aber mit Garn übersponnen und dann mit Schafshaut überzogen. Man schlägt ihn mit der zesta. Es wird schnell gespielt, furchtbar schnell . . .«

In diesem Augenblick brach ein wildes Geschrei aus, und die vier Spieler erschienen, auf der gegenüberliegenden Seite des Vierecks über die Barriere springend, im Hof. Sie trugen Leibchen und weiße Leinenhosen; jeder hatte an der rechten Hand, wie mit Handschuhschnallen befestigt, ein leichtes Bastkörbchen. Als sie jetzt begannen, Bälle gegen die Wände zu schlagen, entging es dem Konsul nicht, wie Nicholas neben ihm vor Spannung gestrafft war.

»Schau doch nur, Vater! Jetzt siehst du, warum wir hergekommen sind. Ist das nicht eine Überraschung? Ist es nicht herrlich?«

Zuerst begriff Brande nicht, aber als er dann dem Blick des Knaben folgte, fand er ihn magnetisch auf den jüngeren der beiden Spieler von San Jorge fixiert, eine schlanke, geschmeidige Gestalt, die sich anmutig und gewichtlos in dem Hofe bewegte. Es war José.

Der Konsul war betroffen, fassungslos, blieb aber eine ganze Weile unbeweglich. Blitzschnell war ihm die Situation klargeworden – das heftige Verlangen des Kleinen, das Match zu sehen, seine ungewöhnliche Kenntnis der Spielregeln, sein unmißverständliches Verschworensein mit dem jungen Gärtner, von dem Brande sich nichts hatte träumen lassen.

»Schau, Vater, Schau!« schrie Nicholas auf. »Jetzt geht's los. Und José hat uns gesehen. Er hat mir gerade zugewinkt.«

Im Hof hatte der Vordermann der Huescaner seinen Platz an der Merklinie bezogen; und inmitten jäher Stille ließ er die pelota einmal aufspringen und knallte sie dann hart gegen die Wand. Wie betäubt folgte Harrington Brande dem Flug des Balles, der mit unvorstellbarer Geschwindigkeit zurück und wieder vor sprang. Er war sich eines schmerzlichen, dumpfen Gefühls in seiner Brust bewußt, das ihn am Atmen hinderte und seine bereits merkbare Bedrücktheit steigerte. Wären sie nicht hoffnungslos in der Menge eingekeilt gewesen, so hätte er sich erhoben und hätte seinen Sohn aus dieser widerwärtigen Umgebung fortgeführt. Statt dessen beobachtete der Konsul, obwohl ihm durchaus klar war, daß er dadurch das schmerzliche Gefühl nur verstärkte, von der Seite den Knaben; der saß vorgebeugt, machte sich nicht das geringste aus all der Unbequemlichkeit, war hingerissen von dem Fortgang des Spieles. Seine Augen leuchteten, sein Mund war geöffnet; die kleinen Fäuste ballend und lösend, schwang und erstarrte er im Rhythmus mit all den anderen, stieß leise Schreie des Beifalls oder der Mißbilligung aus, ja er hob zuweilen schamlos seine Stimme, um in das anschwellende Grölen der Masse einzufallen:

»Olé! Olé! Vorwärts, San Jorge! Bravo, José, bravo, amigo!«

Es kostete Harrington Brande Mühe, seinen Blick von dem Knaben zu lösen und wieder den Vorgängen in der

Arena zuzuwenden. In Hitze geraten, waren die Spieler jetzt in eine Serie von Schlägen und Rückschlägen verstrickt, schlugen die pelota aus allen Ecken der concha gegen die Wand. Unglaublich war das Geschick, mit dem sie den Ball fingen, ihn nicht einmal den Bruchteil einer Sekunde lang im Korbschläger behielten, bevor sie ihn zurückschlugen und blitzschnell und präzis, wie ein Geschoß, in den gemerkten Raum trieben. Die beiden Seiten standen, wie Brande erkennen konnte, gleich, die Zahlen auf der Punkttafel wiesen gerade einen gleichen Stand von neunzehn auf.

Doch die Huesca-Leute waren jung, federnd, wendig. Dagegen war der Hintermann von San Jorge ein Mensch in mittleren Jahren, ein stockiger, dunkelhäutiger Bursche mit kurzgeschorenem Kopf und krummen Beinen; er spielte mit großer Schlauheit und Erfahrung, doch wirkte sich sein Mangel an flinker Wendigkeit dahin aus, daß er seinen Raum im Hofe nicht mehr vollauf deckte. So viel es seinem Partner zu, diese Schwäche auszugleichen, und der Konsul mußte mit mürrischer Zurückhaltung feststellen, wie glänzend José arbeitete, wie er mit intensiver Sicherheit den Ball bewegte; er konnte nicht leugnen, daß der Bursche den anderen Spielern um Beträchtliches überlegen war. Und mit dieser Erkenntnis überkam ihn ein jäher Wunsch, San Jorge möchte in diesem Match eine Niederlage erleiden.

Mit ausdruckslosem Gesicht – seiner frostigen Amtsmiene – folgte Harrington Brande jedem Schlag, jedem Punkt des Spieles. Die Abrechnung stand jetzt fündunddreißig zu zweiunddreißig zugunsten des Huescanerpaares, das mit beachtlicher Geschicklichkeit Rückschlag um Rückschlag gegen den Hintermann von San Jorge zielte. Unter diesem pausenlosen Angriff und unter dem Gewicht seiner Jahre zeigte der ältere Spieler sichtliche Anzeichen von Ermüdung, und Brande lächelte grimmig in sich hinein, als die Parteigänger von San Jorge in der Menge zu schreien, zu fluchen und entsetzliche Verwünschungen auf den Kopf des Unglücklichen auszugießen begannen.

»Olé ... Olé ... Olé, zeig dich, Jaime, schneller, du alter Hundesohn! Los, José, amigo, um Himmels willen, spring ein, sonst geht's schief!«

Unter diesen Anfeuerungen schien José überall im Hofe gleichzeitig am Werk, gleitend, springend, schlagend, und dabei immer dieses schwache, sanfte Lächeln um den Mund, obwohl er jetzt außer Atem war und ihm der Schweiß aus allen Poren quoll. Trotz diesen Anstrengungen hielten die Huescaner mit verzweifelter Energie ihren Vorsprung, und die Zahlen auf der Tafel stiegen ominös an, bis sie auf achtundvierzig zu sechsundvierzig standen. Zwei Punkte noch, nicht mehr, trennten San Jorge von seiner Niederlage.

Jetzt war die Menge ein einziges pausenloses Toben, Gellen, Herumfuchteln, Beschwören, Flehen, Schmähen und Höhnen – all das geschah mit lateinischer Intensität. Und der kleine Nicholas, blaß vor Erregung, schrie sich wie die anderen das Herz aus dem Leibe.

»Vorwärts, San Jorge, vorwärts, José! Gewinnen sollst du ... gewinnen ... gewinnen!«

In diesem Augenblick placierte der Huesca-Vordermann einen täuschenden Tiefschuß, und Jaime, gänzlich aus der Fassung, verfehlte den Rückschlag. Er hob seine Hände, um seiner Hoffnungslosigkeit Ausdruck zu geben, und aus den Reihen der Parteigänger San Jorges brach ein brüllender Sturm los. Noch ein Punkt, und Huesca hatte das Match gewonnen.

Vorwärts und zurück zuckte die pelota in einem vielleicht letzten Flug. Da plötzlich glitt der Huesca-Vordermann im Vorspringen auf dem Betonboden aus und verfehlte den Ball. Er stand sofort wieder, unverletzt, winkte seinen Anhängern selbstsicher zu. Aber er hatte das Spiel kaum wieder aufgenommen, als José ihm mit einem wahren Kanonenschuß von Rückschlag aufwartete. Aus der Menge gellten gespannte Jubelrufe auf. Auf der Tafel stand jetzt neunundvierzig gegen achtundvierzig.

Ein seltsames Schweigen herrschte, als José an die Merklinie trat, um zu servieren. Tiefe Stille lag über der dichtgedrängten Arena, als der Schlagwechsel begann. Er wurde zur Unerträglichkeit hinausgezogen in fieberhaftem Ansteigen atemloser Spannung. Die Huescaner spielten aus sicherem Vorsprung heraus, überließen es ihren Gegnern, einen Fehler zu machen, während José, auf dem jetzt die ganze Verantwortung lastete, seinerseits nichts riskieren wollte. Stetig gingen die Schläge hin und her, stetig, bis plötzlich, jäh aus dem gemessenen Rhythmus heraus, Josés langer Arm unerwartet ausholte und den Ball mit Richtungswechsel zwischen die beiden Gegner placierte. Jetzt hatten beide Parteien neunundvierzig erreicht.

Niemand wagte einen Atemzug. Alle standen, die Köpfe vorgereckt, ließen den fliegenden Ball nicht aus den Augen, wie er zwischen den Wänden hin und her prallte. Huesca überbot sich mit dem Mute der Verzweiflung in einem brillanten Angriff. Einmal, zweimal placierten sie Schüsse, die unauffangbar sein mußten, aber José brachte es, geradezu inspiriert, immer wieder zuwege, den Ball zurückzuschlagen. Endlich kam ein gutgezielter Schnellball, der aussah, als läge er außer Josés Reichweite. José sprang hoch, hoch in die Luft, schlug mit äußerster Kraft und brachte den Ball heim zum siegreichen Punkt.

Ein tiefer Seufzer stieg zum Himmel. Dann brach die Hölle los. Männer warfen ihre Hüte in die Luft, schluchzten, lachten, umarmten einander, schrien in Delirien der Ekstase.

Nicholas stand mit lodernden Augen auf der Bank, schwenkte die Arme und schrie aus Leibeskräften:

»Hurra! Hurra! Ich hab's gewußt, daß er es schafft! Hurra!«

Als die Spieler matt und erschöpft ihren Abgang nahmen, brach die Menge über die Schranken und schwärmte heran. In einem Augenblick war José umringt, umarmt, geküßt, hochgelüpft; und während er um Gnade schrie, war er auf die Schultern geschwenkt und wurde hinausgetragen.

»Vater«, keuchte Nicholas, endlich von seinem Sitz steigend, »war das nicht wundervoll? Ich bin so froh, daß du mich mitgenommen hast!«

Der Konsul antwortete mit einem starren Lächeln. Der Höhepunkt des Spiels und der darauffolgende Orkan der Raserei war für ihn eine bittere Qual gewesen. Und doch hätte er nicht um die Welt jene seltsame, unerklärliche Bitterkeit einbekannt, die in seiner Brust fraß.

Er nahm die Hand seines Sohnes und führte ihn, als die Menge sich zu verlaufen begann, schweigend zur Plaza.

»Na, das war aber in Wirklichkeit ein Sieg für uns«, plapperte Nicholas, als sie in den Wagen stiegen, »denn José gehört doch zu uns! Er allein hat das Spiel gewonnen.«

Ohne zu antworten drückte Harrington Brande auf den Startknopf. Als er dann anfuhr, starr vor sich hin blikkend, begann der Knabe, unsicher geworden, Seitenblicke auf ihn zu werfen und sich zu fragen, ob er, wenn auch unbewußt, Anlaß zu Groll gegeben hätte.

»Hab ich etwas falsch gemacht, Vater?«

Eine merkbare Pause folgte.

»Nein, Nicholas, nichts ist falsch, ich habe nur quälende Kopfschmerzen. Weißt du, ich bin das nicht recht gewöhnt, so in die gemeine Menge eingequetscht zu sitzen, gepufft und gestoßen zu werden, bloß eines blöden Spiels halber.«

»Aber Vater . . .« Nicholas wollte protestieren, doch ein Blick auf das kalte Profil ließ ihn abbrechen.

Das Dinner war bereit, als sie nach Hause kamen. Doch auch während der Mahlzeit hielt das Schweigen an, dieses entrückte und zugleich frostige Schweigen, das der Konsul zuweilen seiner Umwelt auferlegte, wenn er sich weit in sein Inneres zurückzuziehen und durch Menschen und Dinge hindurchzuschauen schien wie ein beleidigter Gott, dessen Blick nur mehr dem Himmlischen und Ewigen gilt.

»Soll ich ins Schlafzimmer hinaufgehen, Vater?« fragte Nicholas bedrückt, als er den letzten Schluck seiner Milch heruntergewürgt hatte.

»Wenn du willst . . .«

Matt und bekümmert stieg der Knabe die breite, dunkle Walnußtreppe hinan. Der Jubel des Tages mit all seinem

Erregenden und Neuen, seinen mitschwingenden Obertönen und seinem Glanz war jetzt in ihm wie ausgelöscht. Er vergaß José und das Spiel, konnte nur an Vaters ernste, bedrückte Miene denken. An das strenge Ritual des Abends gewöhnt, fühlte er sich in dem großen düsteren Raum vereinsamt und verlassen. Zögernd entkleidete und wusch er sich, legte sein Nachthemd an. Als er sich dann umwandte, sah er den Konsul in der Türe stehen.

»Ach, Vater!« Er atmete auf. »Ich dachte schon, du kämst nicht.«

Der Konsul antwortete ernst: »Von mir ist nicht zu erwarten, daß ich meine Pflicht versäume, Nicholas.«

»Es tut mir leid, wenn ich etwas angestellt habe, wirklich, Vater.« Es fiel ihm nicht leicht, die Tränen zurückzuhalten. »Aber ich ... ich weiß nicht, was es ist.«

»Knie zum Gebet nieder.« Der Konsul nahm seinen gewohnten Platz ein, legte den Arm um die Schultern des Knaben, seine Stimme wurde leiser. »Du wächst heran, Nicholas. Du kannst nun nicht mehr verkennen, wie schmerzlich und schwierig die äußeren Umstände meines Lebens sind. Du kennst die Last, die ich getragen habe, seit ... seit deine Mutter uns verlassen hat. In letzter Zeit ist meine Schlaflosigkeit, verschlimmert durch meine literarischen Arbeiten, zu einem Martyrium geworden. Es gibt Tage, an denen ich so von Leid und Erschöpfung niedergedrückt bin, daß ich mich mit knapper Mühe auf meine Arbeit konzentrieren kann. Und doch ...«, der Konsul hob seine zusammengezogenen Brauen, »trotz alldem habe ich mich freiwillig und ohne jemals von meinem Ziele abzuirren oder zu schwanken, dir gewidmet und geweiht.«

Der Knabe ließ den Kopf hängen. Tränen, kristallenen Tautropfen gleich, formten sich auf seinen Wimpern.

»Ja, Nicholas, ich bin dir nicht nur ein Vater gewesen, ich bin auch dein Freund, dein Lehrer, ich vertrete bei dir die Pflegerinnenstelle. Ich kann nicht bestreiten, daß ich aus diesem aufmerksamen Dienst, den ich dir leiste, ein tiefes Gefühl der Beglückung gezogen habe ... einen Frohmut und eine Erquickung, die meiner wunden Seele ein Balsam waren. Es ist, mein liebes Kind, ein Werk der Liebe, das ich verrichte. Indessen, selbst die alleruneigennützigste Leidenschaft verlangt nach einer leichten Zuneigung, die sie erwidert. Das ist der Grund, warum mein Herz heute schwer von dem Gedanken bedrückt war, daß . . . daß dir nicht an mir gelegen ist.«

»Nein, Vater!« Endlich fand Nicholas Worte. »Das ist nicht wahr! Wie kannst du nur so etwas glauben?«

Ein seltsames Flackern ging über das gequälte Gesicht.

»Manche Dinge sind kaum faßbar, schwer zu greifen, liebes Kind. Ein unbedachtes Wort . . . ein Blick . . . eine zufällige Gebärde . . .«

»Nein, nein!« Nicholas schrie beinahe. »Ich hab dich doch lieb, das weißt du! Mutter war sehr böse zu dir. Aber ich werde es nicht sein. Immer werden wir beisammen bleiben.« Von Schluchzen geschüttelt, reckte Nicholas sich hoch, schlang seine Arme um den Hals des Vaters.

»Du mein Junge, du mein eigen«, murmelte der Konsul und drückte das leichte lebende Gewicht eng an sich. Und als er das Vogelgeflatter des Kinderherzens an seiner Brust fühlte, brachte eine Wärme, die in ihm überquoll, den Schmerz in seiner Brust zum Schmelzen. Er seufzte tief auf und schloß die Augen.

Dann löste er sich aus der Umarmung und sagte mit einem zärtlichen Lächeln:

»Nun magst du dein Gebet sprechen, liebes Kind, und dann will ich dir vorlesen.«

5

Und doch, so süß die Versöhnung auch war, die tiefe Erkenntnis, daß Nicholas ihm enger angehörte als je zuvor, konnte der Konsul die Rolle nicht vergessen, die José in dieser schmerzlichen, wenn auch kurzen Entfremdung gespielt hatte. Es war seine Gepflogenheit gewesen, wenn er morgens das Haus verließ, den ehrfurchtsvollen Gruß seines Gärtners distanziert zu erwidern. Jetzt aber ging er mit wohlbedachtem Gleichmut an dem Gärtner vorbei, das Gesicht abgewandt, die Augen streng geradeaus gerichtet, als suchte er den Anblick zu vermeiden. Und doch war er in diesem kurzen Moment des jungen Menschen sehr wohl gewahr, seiner jugendlichen Gestalt in der leichten Kattunkleidung, des kräftigen Schwenkens der Arme, die eine lange Sense führten, des warmen, harmlosen Lächelns. Eine Woge des Unwillens stieg in seinen Adern hoch, eine Gereiztheit, von der er sich noch lange nicht wieder freimachen konnte, nachdem er längst sein Büro erreicht hatte.

Er versuchte dieses Gefühl abzuschütteln. Es war abgeschmackt und albern, zuzulassen, daß der Gedanke an einen Dienstboten, einen gewöhnlichen Burschen aus der Stadt, ihn beunruhigte; ganz und gar war es unter seiner Würde, in einer Sache etwas zu unternehmen, die, zum mindesten in der Rückschau, kaum bedeutsam schien. Unzweifelhaft hatte der Bursche vor Nicholas mit seiner Gewandtheit im Pelotaspiel geprahlt und ihn beredet, zu dem Match zu kommen. Weiter nichts. Und trotzdem, er mochte sich das noch so klar vor Augen stellen, blieb in der Brust des Konsuls diese seltsame eifersüchtige Regung wach, und eine Feindseligkeit, die stets neue Nahrung auf sich selbst zog, schien von Tag zu Tag zu wachsen.

Eine Weile lang bemerkte José nichts, als aber dann ein Morgen auf den anderen folgte und sein Herr immer noch mit diesem undurchdringlichen Stirnrunzeln an ihm vorbeiging, begann er zu fürchten, seine Leistungen seien nicht zufriedenstellend, und sein einfaches Herz war sorgenbedrückt. Arbeit war rar in San Jorge; gute Stellungen ließen sich schwer finden, und er hatte für seine Mutter, Maria, zu sorgen, ganz zu schweigen von den Schwestern und dem alten Pedro, dem Großvater, der seit sieben Jahren keines Handgriffs mehr fähig war. Beunruhigt verdoppelte er seine bereits beträchtlichen Anstrengungen, trat eine halbe Stunde vor der festgesetzten Zeit seinen Dienst an und ging erst mit Anbruch der Dunkelheit wieder heim.

Eines Morgens, als er in einem noch nicht umgegrabenen Teil des Gartens hinter dem Steinwall arbeitete, sah er tief im Moos unter einem Myrtenbusch drei winzige weiße Sterne, noch feucht vom Morgentau – die ersten Fräsien. Seine Augen strahlten auf, bewundernd stand er eine Weile da, dann nickte er sich selbst zu, beugte sich nieder und pflückte behutsam die Blumen. Im Geräteschuppen band er sie, während er leise vor sich hin pfiff, mit Bast gefällig gegen ein Farnblatt. Dann strich er sich vor einer Spiegelscherbe das Haar zurecht und eilte zum Haupteingang. Und er brauchte nicht lange zu warten, da erschien sein Herr auf der Veranda.

»Señor«, sagte José, brach aber ab, denn es fiel ihm schwer, die wohlgesetzte Rede herzusagen, die er sich ausgedacht hatte. Er lächelte nur einfach, mit rührendem Zutrauen, und hielt Brande den Knopflochschmuck entgegen. Eine kurze Pause folgte. Wie einer, dem etwas gegen seinen Willen aufgezwungen wird, wandte der Konsul sich bedächtig um, und zum erstenmal seit dem Pelota-Match blickte er dem jungen Menschen gerade in die Augen. Dieser Entschluß, der eine tiefinnerliche und primitive Hemmung zu überwinden schien, löste in ihm ein seltsames Gefühl der Befreiung, der wiedergewonnenen Selbstbeherrschung aus. Seine so lange angehaltene Spannung löste sich, und er fühlte sich einer fast übermenschlichen Ruhe fähig.

»Was soll das?« fragte er förmlich.

»Damit Sie Freude haben, Señor ... Sie sollen sie anstecken. Die ersten Fräsien des Frühlings.«

»Sie haben sie gepflückt ... diese Blumen?«

»Ja, Señor.«

»Sie haben nicht das Recht, das zu tun. Diese Blumen sind mein Eigentum. Ich wünsche nicht, daß sie gepflückt werden, ich wünsche, daß sie im Garten wachsen, dort, wo sie hingehören.«

»Aber, Señor ...«, stammelte José.

»Das mag Ihnen genügen. Sie sind ein törichter, eigenwilliger Bursche. Sie tun, was Ihnen nicht zukommt. Lassen Sie in Zukunft derlei Dinge! Haben Sie verstanden?«

Unter dem kalten, festen Blick des Konsuls senkte José die Augen, seine geschmeidige junge Gestalt schien zu erschlaffen, Männlichkeit und Haltung zu verlieren. Niedergedrückt blickte er auf das kleine Sträußchen duftender Blüten hinab, deren Stengel in seinen feuchten Händen warm geworden waren, und da ihm nichts einfiel, was er mit der zurückgewiesenen Gabe hätte anfangen können, steckte er sie verwirrt hinters Ohr. Während er benommen zu dem Myrtenweg zurückschritt, gewahrte er, daß Garcia, am Wagen wartend, mit der ihm eigentümlichen zugleich sardonischen und ausdruckslosen Grimasse, die seinem Gesicht eine gewisse Grausamkeit verlieh, Zeuge dieser Demütigung geworden war. Er biß sich auf die Lippen und wandte den Kopf zur Seite, als wollte er seine brennenden Wangen verbergen.

Der Konsul fuhr zur Stadt, aufrecht im Fond des offenen Wagens sitzend; er hatte den Windschirm herunterschrauben lassen, und die Brise strich ihm wohlig über die Stirn. Er fühlte sich erleichtert und befriedigt, ein Mann, der ein beengendes Kleidungsstück abgelegt hat und sich dem Behagen, der Normalität wiedergegeben findet. So gutgelaunt war er, daß er stehenblieb, als er beim Betreten des Büros Alvin Decker im vorderen Zimmer bereits über ein Bündel Verladepapiere gebeugt fand, und in einer Anwandlung sühnender Milde bemerkte:

»Guten Morgen, Decker. Was ich sagen wollte, es ist wohl an der Zeit, daß Sie und Ihre Frau uns einmal in der Casa Breza aufsuchen.«

Und als sein Gehilfe in freudiger Überraschung antworten wollte, fuhr er gutgelaunt fort: »Wie wäre es nächsten Sonntag? Kommen Sie zum Tee.«

»Vielen Dank, Sir«, erwiderte Alvin, zutiefst beglückt. »Danke, wirklich. Mrs. Decker wird gewiß . . .«

»Ohne Zweifel«, schnitt der Konsul sanft ab. »Wir erwarten Sie um fünf. Seien Sie pünktlich.«

Er trat in sein Privatbüro, wo ein neues Exemplar des »Echo de Paris«, schon aus der Schleife gelöst, auf dem Tisch bereitlag. Aber der Konsul war zu sehr in schöpferischer Laune, um seine Zeit auf Neuigkeitskram zu vergeuden. Ein kurzer Blick überzeugte ihn, daß auch die offizielle Post nichts Bedeutsames enthielt. So setzte er sich in seinen Drehstuhl, gestattete sich eine der seltenen Abweichungen von seiner pünktlichen Tagesarbeit, zog aus dem tiefstem Schubfach das Paket, das er am Vortage aus der Villa herhiergebracht hatte – sein Manuskript über Malebranche.

Für die übrige Welt mag Nicolas Malebranche eine verdämmerte oder sogar unbekannte Gestalt sein, für Harrington Brande aber war der vergessene Franzose, der im achtzehnten Jahrhundert den Versuch unternahm, die Lehren Descartes' in den Dienst der Theologie zu stellen, ein Vorbild geworden; in dieser pedantischen Philosophie fand er ein Muster für sein eigenes Gehaben, ein klingendes Echo seiner eigenen Seele. Daß Malebranche so ganz und gar vergessen war, diente eher dazu, seinen Eifer anzufachen und in ihm das stolze Gefühl wachzurufen, er, er persönlich würde einst als der Entdecker gefeiert werden, der seinen Helden aus der Dunkelheit ins helle Tageslicht gerückt hatte.

Zehn Jahre lang hatte er mit unermüdlichem und stets wachsendem Ehrgeiz emsig daran gearbeitet, die biographischen Daten über seinen Helden zusammenzutragen. Einige Male hatte er die erste Hälfte des Manuskriptes führenden Verlagshäusern angeboten. Der Mangel eines Widerhalls – keines hatte auch nur das geringste Interesse bekundet – war erbitternd, denn der Konsul war nicht unempfindlich gegen das Dahinfliehen der Zeit und gegen die Erfolge anderer, aber er hatte ihn doch auch wieder nicht überrascht oder niedergeschlagen. Sein Werk war eben zu gelehrt, um im vulgären Sinne des Wortes populär zu werden, und so nahm er sich vor, es nötigenfalls sogar auf eigene Kosten drucken zu lassen, in der vollen Zuversicht, daß es unverzüglich Beifall finden werde, sobald es erst in den Händen des inneren Kreises europäischer Philosophen kam. Und mit einer Gebärde stolzer Herausforderung hatte er seinen Sohn Francis Nicholas genannt, trotz des Widerstandes seiner Frau, deren mangelnder Enthusiasmus für sein Werk, ach, nur ein Teil ihrer beklagenswerten Lieblosigkeit war. Nie, wahrhaftig, würde er ihr verzeihen, was sie geantwortet hatte, als er im Eifer seiner jungen Liebe erlaubte, daß sie einige Kapitel seines Meisterwerkes lese. Er hatte sie voll Zuversicht um eine Meinungsäußerung gebeten, und da hatte sie ausweichend geantwortet:

»Ich verstehe leider nicht genug davon.«

»Natürlich, ich erwarte ja gar nicht, daß du den philosophischen Gehalt erfassest, meine Liebe. Aber der Stil . . . der handlungsmäßige Aufbau . . . die innere Entwicklung in dem Buch –?«

»Wirklich, Harrington . . . ich kann das nicht beurteilen . . .«

»Nun, keine Zurückhaltung.« Spielerisch hatte er gelacht, ihre Hand getätschelt. »Sei so kritisch, wie du magst. Sprich die volle Wahrheit.«

Ein mühsames Schweigen war gefolgt. Dann, in die Enge getrieben, hatte sie ihr schattenhaftes Lächeln gelächelt, als bäte sie um Verzeihung.

»Wenn du wirklich wissen willst, Harrington, es hat mich grauenvoll gelangweilt.«

Nun ja, auch Malebranche hatte seinen Leidensweg hinter sich. Jetzt lag das alles weit zurück, das Manuskript war der Vollendung nahe, und wie im Vorgefühl triumphierender Rechtfertigung griff der Konsul zur Feder. Während er das tat, pausierte er unerwartet und hob den Kopf. Einen Augenblick lang glaubte er die Demütigung auf Josés Stirn zu sehen, sein Blick ging in die Ferne, seltsam hell in dem fahlen Gesicht. Dann aber, als er die Feder zum Schreiben ansetzte, lächelte er.

6

Als der Sonntag kam, entschied der Konsul, er wolle die Deckers im Freien empfangen und den Tee im Garten servieren lassen. Der Nachmittag war hell und warm; zudem war zu bedenken, daß es um diese Jahreszeit noch früh dämmerte, seine Gäste also weniger Vorwand finden konnten, sich festzusetzen und über die Zeit zu bleiben. Er wies Garcia an, den Tisch in der Gartennische zu dekken, Sandwiches, Buttersemmeln und einige von diesen ortsüblichen glacierten Kuchen zu servieren, die pan de jabon genannt wurden und von denen er annahm, daß sie Mrs. Deckers Geschmack entsprechen mochten.

Als die Stunde heranrückte, war er in vorzüglicher Stimmung. Er hatte einen köstlichen Tag mit Nicholas verbracht, ganz mit dem Knaben allein, einen Folioband andalusischer Druckkunst aus dem achtzehnten Jahrhundert durchblätternd, den er als echter Kenner in einem kleinen Buchladen in der Nähe des Konsulates für ein paar Pesetas aufgetrieben hatte. Jetzt betrachtete er seinen Sohn, der schon in der Gartennische saß, ungewöhnlich adrett in seinem marineblauen Anzug mit dem weißen Umlegekragen, und es wurde ihm bewußt, daß die Gesundung des Knaben bedeutende Fortschritte gemacht hatte. Die Zartheit, die Gebrechlichkeit war minder fühlbar, und an die Stelle kränklicher Blässe war ein erster Anflug von gesundem Braun getreten. In der Tat, sogar seine schmalen Schultern schienen eine entschiedenere Form angenommen zu haben. Natürlich durfte man nicht vorschnell urteilen. Dennoch erfüllte es den Konsul mit tiefer Befriedigung, daß Nicholas zu guter Letzt auf all die Fürsorge, die man ihm angedeihen ließ, doch reagierte.

Alvin und seine Frau fuhren pünktlich in einem Mietwagen vor, und der Konsul schlug, nachdem er sie huldvoll in Empfang genommen, einen kleinen Rundgang durch den Garten vor. Alvin ging mit Nicholas voraus, er folgte langsamer mit Mrs. Decker. Sie war eine stille junge Frauensperson, die Brillen trug, hatte einen frischen Teint und war, wie der Konsul fand, für einen nicht allzu anspruchsvollen Geschmack recht hübsch; sie trug ein bescheidenes braunes Voilekleid, das sie, wie er scharfsinnig erriet, nach einem Schnittmuster selbst genäht hatte. Sie stammte aus einer kleinen Stadt in Michigan, gehörte einer kinderreichen Familie an und hatte Alvin auf der

Staatsuniversität kennengelernt. Daß sie vernünftig und gutmütig schien, bewahrte den Konsul keineswegs davor, sie unverzüglich als nicht zur Gesellschaft zählend zu klassifizieren. Immerhin war ihre Besorgtheit, ihm nur ja zu gefallen, rührend. Schon darum ließ er es sich angelegen sein, sie nett zu behandeln, und als man sich in der Gartennische zum Tee setzte, wandte er sich in seinem besten Stil an sie.

»Vielleicht sind Sie so freundlich, die Rolle der Hausfrau zu übernehmen? Wie Sie wissen, führen wir hier eine Junggesellenwirtschaft. Die Feinheiten, die man weiblicher Gesellschaft verdankt, bleiben uns vorenthalten.«

Es belustigte ihn leicht, zu beobachten, wie sie seine Aufmerksamkeit aufnahm und mit unbeholfener Scheu die Teetassen füllte und verteilte. In einem neuerwachten Bedürfnis, seine Fähigkeiten zur Schau zu stellen, begann er auf die gewinnendste Weise Konversation zu machen. Wenn er wollte, war er ein anregender Plauderer, und jetzt überbot er sich selbst, erging sich freizügig in den Gefilden leichter Konversation, zeigte sich als geschulter Gesellschaftsmensch und wohlwollender Ratgeber, erzählte kleine Anekdoten und entwarf von seinem Leben in Europa ein Bild, das vielleicht mehr glanzvoll als den Tatsachen entsprach.

»Ach, wie wundervoll«, seufzte Alvin, als der Konsul eine Beschreibung von der Krönung König Alberts gab, der in der Kathedrale von Brüssel anläßlich seines Aufenthaltes in Belgien beigewohnt hatte. »Das hätte für uns viel bedeutet, an einer so glanzvollen Zeremonie teilzunehmen. Nicht wahr, Carol?«

»Ja«, räumte sie eifrig mit niedergeschlagenen Augen ein.

»Nun, nun, Ihre Chance kommt auch noch«, ermutigte sie Brande.

»Ach, wir hoffen es so sehr! Nicht wahr, Liebste?«

Sie antwortete nicht, richtete aber einen Blick von solcher Innigkeit auf ihren Gatten, daß der Konsul, der eheliches Glück nie sehen konnte, ohne an seinen eigenen Fehlschlag zu denken, einen jähen Stich fühlte. Die beiden hatten erst vor achtzehn Monaten geheiratet, nun ja, aber sie waren offenbar schon innig einander verbunden. Wie ging das nur zu, daß dieser Bursche, diese Null, einer, der zu stottern begann, wenn man ihn scharf ansprach, und der oft lächerlich unreif war in seinem Betragen, solche weibliche Zuneigung erwecken konnte, während er selbst, in jeder Beziehung überlegen, so gänzlich außerstande gewesen war, die einzige Frau in seinem Bann zu halten, die er je geliebt?

Mit einem Zynismus, dessen er sich kaum für fähig gehalten hätte, wandte er sich an Mrs. Decker.

»Es ist mir zuvor nicht so recht bewußt geworden«, sagte er mit seiner freundlichsten Stimme, »aber San Jorge muß doch für eine Frau ein recht langweiliger Ort sein?«

Überraschung stand in ihren grauen kurzsichtigen Augen.

»Ach nein ... durchaus nicht, Sir.«

Daß sie ihn mit Sir ansprach, flößte ihm ein Gefühl des Altseins ein und rief neuerliches Mißbehagen hervor.

»Sie hat ja so viel mit der Wohnung zu tun«, sagte Dekker herzlich. »Und ich muß schon sagen, sie hat ein richtiges gemütliches Heim daraus gemacht.«

»Ein Heim?« wiederholte der Konsul in unbeschreiblichem Ton.

»Ja, Sir. Wie ich mir schon zu bemerken erlaubte, klein, aber schrecklich behaglich.«

»Immerhin, ich könnte mir vorstellen, daß ein junges Paar nicht viel gesellschaftlichen Anschluß findet«, beharrte der Konsul, »hier in einer Seitengasse dieser schmutzigen spanischen Kleinstadt.«

Zum erstenmal sah Carol Decker ihm gerade in die Augen. War es möglich, fragte er sich, daß sie trotz seiner liebenswürdigen Miene die tiefere Absicht seiner Bemerkung erriet?

»Ach, wir haben eine Menge Freunde, Sir, wirklich. Keine großen Leute, aber sehr nette Menschen ... der Bäcker und der Gemischtwarenhändler, dann ein alter Geistlicher, Pater Limaza, und der Zigarettenmacher aus dem unteren Stockwerk. Oft gehen wir auch mit Miguel, dem Sohn des Alcalden, segeln. Und abends gehen wir manchmal in das Teatro – diese alten spanischen Kinos sind so schrecklich komisch – und nachher essen wir im Chantaco. Das eisgekühlte Bier dort müßten Sie versuchen, wirklich erstklassig. Dann haben wir jetzt auch einen kleinen Klub für die jungen Leute des Ortes gestartet. Mit Ping-Pong und Kegelbahn. Ich mache Eiscreme, und Alvin versucht sogar, ihnen Baseball beizubringen.« Ihre Wangen hatten sich gefärbt; ganz ernsthaft, ein wenig unbedacht, fuhr sie fort: »Es wäre so nett, wenn Nicholas einmal hinkäme. Er hätte solches Vergnügen an den anderen Kindern . . . wenn er sich hier einmal zu einsam fühlt.«

Eine Pause trat ein. Die Miene des Konsuls war erstarrt. Nicholas mitten unter diese gewöhnliche Brut gesetzt, wahrhaftig! Nur die geheiligten Pflichten der Gastfreundschaft hinderten ihn, seinem Mißfallen scharf Ausdruck zu verleihen.

So war alles, wie Alvin in seiner Harmlosigkeit annahm, wunderbar angenehm verlaufen. Eine kleine Weile widmete er sich mit Carol dem Knaben, dann warf er wie von ungefähr einen Blick auf die Uhr.

»Wir wollen Sie aber auch nicht zu lange stören, Sir. Es ist wirklich an der Zeit, daß wir uns verabschieden.«

Sie waren im Begriff aufzustehen, als von dem gepflasterten Hof Schritte herüberhallten und Nicholas, der seit einiger Zeit erwartungsvoll nach dem Garten ausgeschaut hatte, plötzlich die gespannte Miene verlor, die er fast den ganzen Nachmittag lang gezeigt.

»Das ist er!« rief er aufgeregt. »Endlich! Und es scheint, er hat wirklich welche gefangen!« Und bevor sein Vater ihn zurückhalten konnte, rief er mit gellender Stimme: »José! José! Hier sind wir!«

Um den Tisch war verwundertes Schweigen. Der Konsul richtete sich mit gerunzelter Stirn auf.

»Was soll denn das, Nicholas? Sei sofort still«, befahl er unwirsch. Aber es war zu spät.

Unter dem Vordach der Garage, wo er unentschlossen herumgestanden haben mochte, trat José vor, näherte sich bescheiden, aber mit einem triumphierenden Lächeln auf den Lippen, der Gruppe. Er hatte seinen catalanischen flachen Hut auf und hielt ein Paket, etwas in grüne Bandweide Eingewickeltes in der Hand.

Brande beobachtete, als könne er alles das immer noch nicht glauben, mit starrem Blick, die Lippen aufeinandergepreßt, den näher kommenden Burschen, der sich auf den Ruf seines Sohnes so unerwartet eingestellt hatte. Warum war er am Sonntag und zu dieser Stunde hier? Ein seltsames kaltes Gefühl überlief ihn. Und als ob das alles noch nicht genug wäre, hüpfte Nicholas jetzt auf seinem Sitz umher und schrie vor den Gästen wie ein ungezogener Junge. »Bravo! Hurra! Bravo, José!«

»Willst du wohl still sein?« mahnte Brande leise, aber streng.

José war jetzt an die Nische herangekommen, und mit einer leichten Verneigung, wie ein ländlicher Matador, nahm er seinen absurden Hut ab und schob ihn unter den linken Arm. Erst lächelte er Nicholas zu, dann aber waren seine Augen gespannt und ernst, zugleich jedoch um Vergebung bittend auf den Konsul gerichtet.

»Señor«, begann er, »wollen Sie mir gütigst verzeihen, daß ich störe. Ich bringe Ihnen ein kleines Geschenk. Die Blumen haben mir nicht gehört, ich tat unrecht, sie zu pflücken, und das tut mir leid. Das aber gehört mir, Señor, und ich bitte Sie, es von mir anzunehmen.«

Er löste die Bandweide und enthüllte nicht ohne Stolz zwei schöne Forellen, rosig getupft, die Seite an Seite auf Blättern wilder Minze lagen.

Der Konsul, erstarrt in seiner Regungslosigkeit, äußerte nichts, Nicholas aber, der sich in glühender Begeisterung vorgebeugt hatte, brach in wilden Jubel aus.

»Die schönen Forellen, José! Und so groß! Hast du sie im Mühlteich oder oben im Bach erwischt? Sag!«

José, der erst jetzt zu merken schien, daß alle Blicke auf ihm ruhten, errötete leicht und bewegte unschlüssig seine schweren Schuhe, die mit gelbem Staub bedeckt waren; dunklere Schweißspuren zeichneten in dem Staubbelag ihr Muster.

»Im fließenden Wasser«, antwortete er und lächelte Nicholas zu – dann wandte er sich, als gälte es etwas zu erklären, den anderen zu: »Ich gehe immer zu dem Bergbach, dem Arengo, weit drüben in den Bergen. Kristallklar ist er und wunderschön, auf mein Wort. Aber die Forellen sind schwer zu fassen. Den ganzen Vormittag über dachte ich, ich würde keine einzige bekommen. Ich war schon fast im Weggehen, da erwischte ich diese beiden, jede über ein Kilo schwer.« Sein warmer Blick ruhte auf dem Konsul, mit der Hand strich er sich den Schweiß von der Oberlippe.

»Sie sind ganz frisch, Señor. Sie werden Ihnen gewiß schmecken.«

Harrington Brande hatte seine Hände vor sich auf dem Tisch liegen; er saß vollkommen still – statuenhaft, ja, irgendwie erinnerte er an die Statue eines großen Mannes, die auf einem öffentlichen Platz auf ihrem Sockel steht. Sogar die marmorne Härte seines Gesichtes stimmte zu diesem Bild, doch pulste in seinen Schläfen das Blut, und es war, als verwandelte sich all dieses Blut in Galle.

»Tut mir leid«, sagte er schließlich mit gezwungenem Ton, »ich esse nie Forellen. Und für meinen Sohn sind sie wohl zu üppig.«

»Aber es sind weiße Forellen, Señor . . . die richtige trucha, wie sie nur in den Bergen vorkommt«, stammelte José. »Sind wirklich sehr gut und köstlich . . .«

»Danke«, sagte der Konsul und schüttelte den Kopf. Dann wandte er sich mit eisiger Höflichkeit an seine Gäste. »Hätten Sie etwa Lust darauf?«

»Ach nein, durchaus nicht«, beeilte sich Alvin Decker betreten zu versichern.

»Dann mag man sie in die Küche bringen.« Der Konsul wandte seinen eisigen Blick auf Josés mit dunkler Röte überzogenes Gesicht. Unwillkürlich vermochte er eine höhnische Miene, ein leises Beben der Stimme nicht zu unterdrücken. »Vielleicht haben die Dienstleute Verwendung dafür.«

»Aber nein, Vater!« rief Nicholas zutiefst erschrocken. »José hat sie doch für uns bestimmt.«

»Du hast deine Diätvorschriften. Du darfst das nicht essen.«

Tränen traten dem Kleinen in die Augen.

»Aber, Vater ...«

»Genug.« Die Stimme des Konsuls war ätzend wie Säure. »Sie können nun gehen, guter Mann.«

Eine kurze Pause folgte. José richtete sich auf, als müßte er eine plötzliche Ermüdung bekämpfen. Seine Brust hob sich schmerzlich, während er einen Anlauf nahm, etwas zu sagen, und doch hatten seine Worte, wenn er sie auch stockend sprach, eine seltsame schlichte Würde.

»Es tut mir leid, wenn ich Ihr Mißfallen erregt habe, Señor. Ich bin heute morgen aufgestanden, als es noch dunkel war, und bin zwölf Kilometer gelaufen, um diese Fische für Sie zu fangen.« Seine gleichmäßig gerötete Haut zeigte jetzt eine fleckige Blässe, und in seinen schwarzen Augen brannte eine drohende Glut. »Ich hätte wissen sollen, daß diese Fische nicht fein genug für Sie sind. Immerhin werden Sie mir vielleicht erlauben, sie nach Hause zu bringen. Wir sind sehr arm, Señor, es gilt, viele Mäuler zu stopfen, und diese Fische werden eine gute Mahlzeit für uns alle sein.«

Er verschnürte sein grünes Bündel und machte mit einer steifen kleinen Verneigung kehrt. Nicholas, in dem heißer Schmerz aufstieg, ballte seine Fäuste.

»Mach dir nichts daraus, José«, rief er laut und unbekümmert. »Macht euch ein Abendessen davon! Und sieh zu, daß der alte Pedro auch etwas abbekommt.«

Dann aber, als José schon verschwunden war, sprang er auf, bat mit ein paar überstürzten Worten um Entschuldigung und lief zum Haus.

Nur der Stolz half dem Konsul, Herr der Situation zu bleiben. Trotz der Erregung, die in ihm aufgewallt war, wandte er sich gelassen und sogar mit einem spaßhaften Unterton an seine Gäste.

»Die Kinder sind heutzutage so unberechenbar.« Er schmunzelte belustigt. »Bei Nicholas ist das schon so, je dümmer ein Dienstbote sich anstellt, um so mehr kann er der Sympathie des Kleinen sicher sein.«

Und in wohlgesetzten Worten sprach er weiter, brachte seine Gäste mühelos mit einer Geschichte von einem anderen unbeholfenen Diener zum Lachen, einem leicht erregbaren Neapolitaner, der früher Schiffskoch gewesen war und es sich absolut nicht nehmen ließ, einen Papagei in der Geschirrkammer zu halten. Das Gehaben des Konsuls zeigte, als er seine Gäste zum Wagen begleitete, nichts von dem Chaos der Empfindungen, das in ihm wallte und brodelte.

Und als sie dann abgefahren waren, stand er mit zusammengezogenen Brauen da, starrte, ohne etwas zu sehen, zu den blauen Bergen hinüber, dahin, wo der kristallklare Arengo schäumte – hinauf zum Himmelsgewölbe, das die Berge in zeitlosen Dunst hüllte.

7

Am nächsten Morgen kam Brande fühzeitig zum Frühstück herunter. Er hatte befürchtet, die Nacht würde schlimm werden, aber seltsamerweise hatte er tief geschlafen. Garcia servierte Kaffee und Früchte, die appetitlich auf einem runden Silbertablett angerichtet waren, und hielt sich dann schweigend und regungslos, um zur Hand zu sein, im Hintergrund. Der Konsul beobachtete die Zurückhaltung des Bedienten, sein Geschick, sich abwartend und im Dunkel zu halten, und erwog, daß er wohl in seinem Dienst bei hochstehenden Familien mancherlei Geheimnise erfahren haben mochte, die nun hinter seinen undurchdringlichen Lippen versiegelt waren; und so entschloß er sich, ihm sein Vertrauen zu schenken.

»Garcia«, sagte er, »ich möchte eine Frage an Sie stellen.«

Der Diener trat näher, ohne ein Wort zu äußern, unpersönlich und unergründlich.

»Es betrifft José, den neuen Gärtner.« Brande tat, als rührte er seinen Kaffee um. »Haben Sie ihn jemals mit meinem Sohn sprechen gesehen?«

Eine Pause. Nicht einmal der Schatten eines Lächelns glitt über Garcias unbewegte Züge, kein Muskel in seinem matten Gesicht rührte sich.

»Jemals, Señor? Immer, das wäre wohl die Antwort. Sie sind beständig beisammen ... schwätzen, lachen, arbeiten sogar miteinander.«

»Arbeiten!« Obwohl Brande sich Mühe gab, gleichmütig zu scheinen, stieß er sich doch an diesem Wort.

»Ja doch. Es ist sogar recht schwere Arbeit.« Der Diener sprach die ganze Zeit über tonlos, beobachtete aber den Konsul aufmerksam mit Augen, die halbgeschlossen waren wie die einer Katze.

»Vorige Woche hatte der Kleine sogar sein Hemd abgelegt. Ich sah ihn von meinem Fenster aus, bis zu den Hüften bloß, wie er in der heißen Sonne die Machete schwang.«

»Warum haben Sie mir nichts davon gesagt?« fragte der Konsul mit einem Stirnrunzeln.

»Ich bin keiner, der Dinge herumträgt.« Garcia zuckte die Achseln. »Trotzdem ist es mir nicht recht gewesen. Ich weiß, daß Ihr Sohn zart ist ... empfindlich ... leicht zu beeindrucken. Und dieser José ... Señor, was ist schon an ihm, wer ist er eigentlich?«

Ein Schweigen folgte, während der Konsul ruhelos mit seinem Kaffeelöffel spielte. Er hatte nicht recht den Mut, weitere Fragen an den Diener zu stellen.

»Danke, Garcia«, sagte er schließlich. »Sie haben mir einen nicht unbeträchtlichen Dienst erwiesen. Ich rechne auf Ihre Diskretion.«

Der Mann antwortete mit seiner gewohnten respektvollen Verneigung. Und als er sich abwandte, glitzerte Spott in seinen Augen, und ein verschwiegenes Lachen verzog sein glattes Gesicht zu einer Maske des Hohnes.

Allein geblieben, hatte Harrington Brande keine Lust auf die Zigarre, die er sonst nach dem Frühstück gerne rauchte, sondern saß, mit tauben Fingern auf die Tischplatte klopfend, da. Seine erste Regung war, José sofort zu entlassen, um ihn ein für allemal los zu sein. Bedachte er aber alles richtig, so sah er, daß ein so einfacher Entschluß sein schwieriges Problem nicht lösen würde. So verrückt das scheinen mochte, hier war der Kampf zwischen diesem Burschen aus dem Pöbel und ihm selbst im Gange – latent wohl, aber darum nicht minder erbittert –, ein Kampf um Nicholas' Zuneigung und Achtung. War es richtig, seine eigene Position in diesem Kampf zu entblößen, sich selbst als ungerechten Herrn abzustempeln und aus dem Burschen einen Märtyrer zu machen, indem er ihn ohne greifbaren Vorwand davonjagte? Nein, tausendmal nein! Früher oder später mußte sich die gleiche Situation von neuem ergeben. Irgendwo würde er, um sich die Liebe seines Sohnes zu erhalten, gegen einen weit gefährlicheren Gegner zu streiten haben. Da war es noch besser, die Entscheidung jetzt und unter Bedingungen, die ihm genehm waren, abzuwarten. Und als er zu diesem Entschluß gekommen war, schlug sein Herz schneller und kräftiger in dem aufwallenden geheimen Verlangen, den Feind zu züchtigen, ihn niederzuschlagen und zu demütigen.

Als er zu seinem Wagen schritt, sah er aus einem Augenwinkel den Gärtner, der gerade die Petunienbeete goß, ließ sich aber nichts anmerken. Am gleichen Nachmittag jedoch kam er nach langem, rastlosem Grübeln eine Stunde früher als sonst nach Hause, weil er hoffte, José und seinen Sohn miteinander zu überraschen. Doch Nicholas war bei seiner Hausarbeit im Oberstock, und der Gärtner stand allein im hohen Gras, schärfte seine Sichel mit geistesabwesenden, fast trägen Bewegungen. Harrington Brande ging geradenwegs auf ihn zu.

»Ich habe mit Ihnen zu sprechen.«

»Ja, Señor.« Sein Ton war ruhig und achtungsvoll, das Glimmen, das gestern in seinen dunklen Pupillen gebrannt hatte, war erloschen; dagegen war in der Miene des Burschen eine neue Festigkeit zu fühlen, eine Unbekümmertheit, eine schlaue, störrische Zähigkeit, die den Unmut des Konsuls reizte.

Unumwunden erteilte er seinen Befehl: »Ich verbiete Ihnen, mit Nicholas zu sprechen.«

José betrachtete einen Augenblick lang aufmerksam seinen Wetzstein.

»Gott hat mir die Zunge gegeben, Señor. Wollen Sie mir verbieten, sie zu gebrauchen?«

»Ja«, erwiderte der Konsul heftig, »soweit es meinen Sohn betrifft. Und unter keinen Bedingungen dürfen Sie ihn mit Arbeit beschäftigen. Sie haben ihn umgraben und jäten, ja sogar Buschwerk abhacken lassen.«

»Ich wollte ihm nur helfen, stärker zu werden«, antwortete José, »damit er nicht immer so auf dem Rücken daliegt wie ein krankes Mädchen.«

»Wie können Sie wagen –«

»Und es geht ihm schon besser, weit besser sogar«, beharrte José hartnäckig. »Sie müssen doch selbst bemerken, wie gebräunt und gesund er aussieht. Und es macht ihm Spaß, mit der leichten Sichel, die ich für ihn zurechtgemacht habe, Farnkraut zu schneiden . . . und in meiner Nähe zu sein, seine Muskeln zu rühren, in der guten frischen Luft.«

Ein Ansturm der Wut ließ Brande erblassen, aber mit einer gewaltigen Kraftanstrengung bemeisterte er sich. Steif erwiderte er:

»Entweder Sie versprechen, nicht mehr mit ihm zu reden, oder Sie verlassen unverzüglich meinen Dienst.«

Eine lange Pause folgte. José warf einen Blick auf den Konsul, sah zur Seite; dann murmelte er mit ausdrucksloser Miene:

»Ich verspreche es.«

Machtgefühl durchflutete Brande, verstärkte sein Verlangen, den Gegner zu verwunden, den Vorteil auszunutzen und diesem frechen Jungen eine Lektion zu erteilen, die er nicht allzubald vergessen würde. Als José sich mürrisch anschickte, wieder seine Sichel zu schleifen, rief der Konsul so jäh, daß der Junge zusammenzuckte:

»Warten Sie! Noch etwas: der Garten sieht nicht so gut aus, wie ich erwartet habe. Ich bin enttäuscht. Da, zum Beispiel.« Er deutete auf ein Stück unbebauten Grundes hinter dem Catalpabaum. »Wie kahl das ist! Ich habe mich entschlossen, hier einen Steingarten anzulegen.«

»Einen Steingarten, Señor?« fragte José verwundert.

»Ja. Wenn Sie Steine von da drüben, hinter dem Steilhang, herüberschaffen, haben Sie alles Material, dessen Sie benötigen.«

José wandte seine Augen in der angegebenen Richtung.

»Aber das sind sehr schwere Felsblöcke, Señor.«

»Sie fürchten wohl harte Arbeit?« höhnte Brande.

»Ich hoffe, Ihnen bewiesen zu haben, daß ich das nicht tue, Señor.« José sprach beherrscht, als ob er geduldig einem Kinde etwas erklärte. »Dazu müßte man ein paar Leute haben, Eisenketten und einen Kran.«

»Unsinn! Ein handfester Bursche schafft das.«

»Sie sind ein handfester Mann, Señor«, erwiderte José im gleichen milden Ton. »Könnten Sie diese Felsblöcke herüberschaffen?«

»Werden Sie nicht unverschämt.«

José hielt seine volle Lippe zwischen den weißen Zähnen festgeklemmt und blickte über Steinwall und Hang zu den Felsblöcken hinüber, die auf der Heide lagen. Große, scharfe, rohgeformte Steine mit Quarzadern waren es; einige waren mächtige Blöcke, tief in den mit Kies versetzten Boden eingebettet; um die Sache noch schlimmer zu machen, zogen sich die weitausgreifenden Wurzeln einiger alter, gefällter Eukalyptusbäume durch das Erdreich. Solche Ungestüme aufzuheben und fortzubewegen, mußte die kräftigsten Muskeln für geschmeidigere Dinge, sonderlich für das Pelotaspiel, ungeeignet machen. Bei dem bloßen Gedanken fühlte der junge Mensch sich niedergeschlagen und traurig. Bedachte er hinwiederum seine Lage zu Hause, das Leben der Mutter, die den ganzen Tag über an dem öffentlichen Waschplatz auf den Knien herumrutschte, und der fünf Schwestern, die immer ihre Münder offenhielten wie junge Spatzen, ganz zu schweigen von dem alten Pedro, der in seinem Leben keinen Groschen mehr verdienen konnte – dann wußte er, daß er seine Arbeitsstelle um jeden Preis halten mußte. Dann war da auch noch Nicholas, an dem er hing. So hob er den Kopf ... schwer ... mit edler Gelassenheit.

»Nun gut, Señor, ich werde es tun.«

»Das hab ich erwartet«, sagte Brande mit einem bitteren, spöttischen Lächeln. »Und sehen Sie zu, daß Sie es ordentlich machen. Andernfalls werde ich wissen, warum Sie es nicht können.«

Er kehrte ihm den Rücken und schritt davon; wohlwollend nickte er Garcia zu, der im Haustor bereitstand, um ihm Stock und Hut abzunehmen. Heute abend, nach dem Gebet, wollte er mit Nicholas sprechen.

Am folgenden Morgen machte sich José an die Arbeit für den Steingarten. Er verfügte nur über das allereinfachste Werkzeug - eine Hacke, zwei leichte Hebestangen und einen Schubkarren mit beschädigter Radachse. In den meisten Fällen war es notwendig, den eingebetteten Felsblock rundum auszugraben, ihn mit Hilfe der beiden Brechstangen zu heben, dann auf den gekippten Schubkarren zu wälzen und schließlich diese schwerfällige, schwankende Last auf unebenem Grunde etwa fünfzig Meter weit zu der gewünschten Stelle zu schaffen. Oft genug kollerte ein Felsen, wenn er mühselig aus seinem Bett gehoben war, im letzten Augenblick von dem Brecheisen und grub sich nur um so tiefer in die Erde. Oder er schwankte bei dem Transport wie betrunken auf dem gebrechlichen Schubkarren, so daß man ihn mit aller Plage zurechtrücken mußte, um sein Gleichgewicht herzustellen.

Es war Arbeit, bei der man geröstet wurde. Die warme Jahreszeit stand vor der Tür, und obwohl die Dämmerung rasche Abkühlung brachte, brannte die Sonne bereits vom strahlend blauen Himmel, und Wellen der Glut wogten in dem kleinen Garten wie Luftspiegelungen. Josés Hände bedeckten sich mit Blasen, Blut strömte unter einem abgebrochenen Fingernagel hervor und verharschte zu einer schmutzigen Kruste, Schweiß überströmte den ganzen jugendlichen Körper. Um die herabtropfende Feuchtigkeit von seinen Augen fernzuhalten, zerriß José sein rotes Kattuntaschentuch und band sich einen Streifen um die Stirn. Ach, was war das für ein Aufatmen, welch eine köstliche Linderung, wenn die orangefarbene Sonne schließlich unter den Meereshorizont sank! Und doch wollte, wollte er einfach nicht aufgeben; es war, als hätte das bittere Bewußtsein erlittenen Unrechts sein sanftes Gemüt verhärtet, und während die Tage verstrichen, verharrte er bei seinem mühseligen Werk mit stiernackigem, zähem Stolz.

Von der Gartennische aus, wo Nicholas in unnatürliches Schweigen versunken über seinen Büchern saß, beobachtete er den Freund mit bekümmerten Augen und wehem Herzen. Er sah die Müdigkeit, die Josés Gang verlangsamte. Einmal, als ein Stein schwer auf Josés Fuß fiel, sprang ihm das Herz in die Kehle. Und das schlimmste von allem war, daß José ihm nicht einmal einen Blick zuwarf, kein einziges Lächeln, nur geradeaus vor sich hin blickend ab und zu ging, immer den gleichen starren Ausdruck in seinem leidvollen Gesicht.

Aufquellendes Gefühl marterte das Knabenherz. Obwohl Nicholas es nicht wagte, an dem strikten Befehl des Konsuls zu nörgeln, lag doch der Sinn all dieser Anordnungen weit jenseits seines Verständnisses. Er liebte den Vater, daran war nicht der leiseste Zweifel möglich. Andererseits, wenn auch auf besondere Art, hatte er auch José gern. Warum also, warum nur war dieser Bann des Schweigens, der einen frösteln machte, über sie verhängt?

Und plötzlich, als er schon glaubte, diesen Zustand nicht länger ertragen zu können, kam ihm ein Gedanke, eine Eingebung, flink, grell wie das Licht eines Blitzes. Es wunderte ihn, daß ihm dieser Gedanke nicht schon zuvor gekommen war. Er brauchte seinem Vater nicht ungehorsam zu sein, und doch war es leicht, diese gräßliche erzwungene Entfremdung zu überbrücken. Einen Augenblick lag er wie überwältigt von seinem Gedanken da, dann nahm er mit zitternden Fingern von dem Tischchen, das neben ihm stand, ein Schreibblatt und einen Bleistift und kritzelte folgende hastige Zeilen:

»Lieber José,

ich habe mein Wort gegeben, nicht mit Dir zu sprechen,

aber daß ich Dir nicht schreibe, habe ich nicht versprochen. Also kann ich Dir wohl diesen kleinen Brief senden. Ich glaube nicht, daß etwas Schlimmes daran ist. Und auf jeden Fall muß ich es tun, denn Du fehlst mir so sehr, und ich habe nicht einmal bei Nacht schlafen können, weil ich immer an Dich habe denken müssen.

José, Du arbeitest viel zu schwer, mach es Dir doch, bitte, leichter. Wenn ich Dir nur helfen könnte! Erinnerst Du Dich noch, wie Du gesagt hast, ich sei Dir eine große Hilfe gewesen, als wir die Tamarisken stützten? Und wie lustig das war!

Wenn Dein Rücken steif ist, mußt du Maria bitten, daß sie ihn Dir mit Gänsefett einreibt, so wie Du es mir gesagt hast. Obwohl ich allein nichts zu arbeiten weiß, mache ich noch die Übungen, die Du mir gezeigt hast, und ich werde immer stärker. Vielleicht werde ich auch einmal ein Pelotaspieler. Schick mir eine Antwort und schreib, wie es Dir geht.

P.S. Wie haben dem alten Pedro und den fünf kleinen Mädchen die Forellen geschmeckt?

P.P.S. Ich hoffe, ich fehle Dir auch.«

Nachdem er diesen Brief beendet hatte, faltete Nicholas das Papier viele Male, bis es zu einem kleinen, kompakten Würfel wurde. Dann hielt er sorglich Umschau, um sich zu vergewissern, daß er nicht von den Fenstern der Villa aus beobachtet wurde, und wartete, bis José langsam mit dem Schubkarren in der Nähe vorbeikam. Dann schleuderte er, während sein Puls zum Zerspringen schnell klopfte, sein Wurfgeschoß auf den hochbeladenen Schubkarren. Es war ein gutgezielter Schuß. Der Papierwürfel landete zwischen zwei Steinen und lag dort sicher.

Wenn José überrascht war, so ließ er es sich jedenfalls nicht anmerken, sondern setzte unbekümmert seine Arbeit an den Steinen fort. Vielleicht hatte er nichts bemerkt, vielleicht, schlimmer noch, wollte er die Botschaft nicht zur Kenntnis nehmen. Das Herz des Knaben verzagte, lebte aber wieder auf, als er sah, wie José, bevor er die Steine ablud, das Papier gelassen aufhob, in seiner

Faust verbarg und dann zum Geräteschuppen hinüberschritt. An jedem anderen Tage hätte das bedeutet, daß er in der kühlen Dunkelheit des Schuppens einen Schluck aus dem bastumwickelten Steinkrug nehmen wollte, den er dort verwahrte. Diesmal aber blieb er etwas länger außer Sicht, und als er wieder auftauchte, war das erste, was Nicholas mit freudiger Erregung bemerkte, ein gelber Bleistiftstummel, der hinter Josés Ohr wie ein Krokus blühte. Gemächlich schlenderte José zurück, sein Gesichtsausdruck war unverändert, ruhig und beherrscht. Ein leiser Schauer des Zweifels lief über die Haut des Knaben hin. Als der Gärtner aber auf der Höhe der Gartennische war, lächelte er plötzlich, das altvertraute, freundliche Lächeln, das sein schweißüberströmtes Gesicht aufhellte und das Nicholas' erstrahlen ließ. Und gleichzeitig, mit einer raschen Bewegung seines wohltrainierten Handgelenks, schleuderte er fast unmerklich das Papier in Nicholas' Schoß. Einen Augenblick später war er hinter der Myrtenhecke verschwunden.

Nicholas tat einen tiefen, freudigen Atemzug; nach einer langen Minute, während welcher er still dalag, jenes herzliche Lächeln nachkostend, das eine Freundschaft wiederhergestellt hatte, zog er das Papier unter der Decke hervor, die über seine Knie gebreitet war, und entfaltete es sacht. Da stand, mit runden Buchstaben, ein wenig unbeholfen mit dem kurzen Bleistiftstummel hingeschrieben, Josés Antwort.

»Amigo mio,

Du hast schon wirklich mehr Hirn als José, daß Du auf einen so gescheiten Gedanken gekommen bist. Schreib nur öfter, das tut sicher niemandem einen Schaden. Die Arbeit hier bedeutet mir gar nichts. Du weißt, ich bin stark wie ein andalusischer Esel – die andalusischen sind die stärksten. Und ich werde mich schon gehörig erholen, wenn ich sonntags zum Arengo fischen gehe. Ich wollte nur, Du kämst mit. Den fünf Schwestern geht es gottlob gut, und der alte Pedro hat kräftig von den Forellen gegessen. Fehl ich Dir wirklich, mein Kleiner? Dann ist mein Herz wieder froh. José«

Eine ganze Minute lang hielt Nicholas die Augen geschlossen, als wollte er diese köstlichen Worte auf einem inneren Bilde festhalten. José hatte ihn also nicht vergessen. Sein ganzes Wesen erwiderte diesen köstlichen Gedanken, indem es golden aufglänzte. Plötzlich aber lachte er laut auf, setzte sich hoch und nahm seinen Bleistift.

»Wie kannst Du ein andalusischer Esel sein, wenn Du doch der beste Pelotaspieler in San Jorge bist? Und außerdem der liebste Freund, den ich je gehabt habe! Ich habe aber noch nie einen Freund gehabt, also ist das kein großes Lob. Ha! Ha! Warum schmierst Du nicht diese dumme Radachse? Wie die gräßlich quietscht. Aber mir macht es nichts, ich höre es gern, weil ich dann weiß, daß Du in der Nähe bist. Ich muß immerfort lachen, kann gar nicht aufhören, weil ich so froh bin.

Nicholas«

Das Papier flog in den Schubkarren; und nicht viel später flatterte es wieder auf die Decke.

»Soll die Radachse schon quietschen, dann weiß wenigstens ein jeder, daß der faule Gärtner an der Arbeit ist. Wenn Du aber Quietschen gern hast, werd ich Dir einmal auf meiner Blockflöte vorspielen. Eine catalanische Melodie würde Dich hüpfen und springen lassen. Tataratatedabumbum! Weißt du, auf diese Art brauchen wir gar nicht mehr miteinander zu reden. Können, ohne den Mund aufzutun, Ball spielen. Du siehst, ich bin gar nicht so dumm.

Joé, der Esel«

Und darauf: »Wenn Du schon unbedingt ein Esel sein mußt, dann will ich ein Floh sein. So kann ich bei Dir sein, ohne daß es einer merkt. Und hüpfen, so hoch Du willst. Eines aber sag ich Dir, wenn Du nicht mehr mein Freund bist, dann beiß ich Dich fürchterlich. Nicco, der Floh«

Als José das nächste Mal vorüberging, lächelte er nicht, und Nicholas las in dem aufgefalteten Papier:

»Vorsicht, kleiner amigo. Garcia steht im Patio. Bis jetzt hat er nichts bemerkt, aber es ist besser, wir schreiben heute nichts mehr. Auf morgen! Ich denke an dich. José«

Der Knabe wurde unmerklich steif, erstarrte wie eine jener zarten Meerespflanzen, die auf das erste Anzeichen einer Gefahr hin das sanfte Wallen ihrer Greifäste einstellen, bevor sie sie einziehen. Mit aller Vorsicht versteckte er das Papier unter seinem Hemd. Noch angemessener, das wußte er aus seinen Büchern, wäre es gewesen, den Zettel zu zerkauen und zu schlucken. Aber dazu wäre das Blatt zu groß gewesen, da hätte ihm übel werden können.

Und außerdem wünschte er aus ganzem Herzen, den Brief zu behalten. So blieb er, die Augen unter den gesenkten Lidern in die Ferne gerichtet, liegen und genoß den sanften Druck, den die steifen Kanten des zusammengefalteten Blattes auf seine Haut ausübten, wenn es sich mit seinem Atmen bewegte und mit dem leichten Schlag seines Herzens.

8

Wenn der Konsul jetzt José bei der ihm auferlegten Arbeit beobachtete, wie er, in tiefes Schweigen versunken und sichtlich abgemagert, den Karren hin und her zog, so holte er in genießerischer Befriedigung Atem. Schade nur, vielleicht, daß der Steingarten beinahe schon fertig war. Aber mit einem grimmigen Lächeln erwog er, daß sich noch andere gärtnerische Aufgaben finden ließen, ernstes und schöpferisches Werk, wohl darauf berechnet, die Sehnen zu stählen und die Glieder in Bewegung zu halten. Der Konsul würde nicht nachgeben, solange er diesen aufrührerischen und rebellischen Geist nicht gezähmt hatte.

In dem gleichen Ausmaße, in dem Brandes Feindseligkeit gegen den jungen Catalanen wuchs, war er sich seines außerordentlichen eigenen Wohlbefindens bewußt. Nie hatte er sich besser, voller im Besitz seiner körperlichen und geistigen Kräfte gefühlt, nie so intensiv lebensvoll. Er liebte warmes Wetter; der kraftvolle Sonnenschein dieses glühenden Frühlings tat ihm wohl. Sein Büro, so seiner unwürdig er es ansonsten befand, lief wenigstens reibungslos, und das Manuskript über Malebranche gedieh zu den letzten Stadien der Revision.

Die tiefste Befriedigung aber empfing Brande aus der Art, wie Nicholas sich seiner Autorität unterworfen hatte. Gleich nach den ersten Tagen scheuer Niedergeschlagenheit hatte der Knabe seine Launen abgelegt, hatte zu dem Vater zurückgefunden, wie es einem liebenden, gehorsamen Kinde zukam. In letzter Zeit hatte Nicholas sogar eine gewisse Heiterkeit und Unbekümmertheit gezeigt, war zuweilen in unbändiges Gelächter ausgebrochen, das den Vater zwar bewog, beschwichtigend den Finger zu heben, jedenfalls aber als Beweis dafür gelten konnte, daß die peinliche Affäre aus seinen Gedanken entschwunden war.

Ach, es tat wohl, das Leben pulsieren zu fühlen, erfüllt zu sein von einem Bewußtsein des Herrentums, der Macht, ja beinahe, wenn man das so aussprechen durfte, eines Verjüngtseins. Ein ungewöhnlicher Optimismus rührte ihm das Blut auf, ließ die engen Nasenflügel sich weiten und eine bessere Zukunft wittern. War es möglich, daß das Glück ihm zu guter Letzt doch nicht die Stirn runzelte, ja ihm vielleicht sogar die Gunst eines Lächelns erwies?

Freitag nachmittag gegen fünf machte er sich im warmen Sonnenschein auf den Weg, um beflügelten Schrittes zu seinem Konsulatsbüro zu gehen. Es war Feiertag – zumindest hatte der Tag vor Brandes Ankunft in San Jorge, als hier ein gelockerter und etwas träger Arbeitsstil herrschte, als solcher gegolten. Neuerdings aber bestand Brande, leidenschaftlich auf Leistung bedacht, darauf, daß wenigstens ein Mitglied des Personals im Büro den Dienst aufrechterhalte. An diesem Tag hatte er Decker freigegeben – Alvin war mit seiner Frau und den Kindern des Alcalden (eine Vertraulichkeit, nebenbei bemerkt, die der Konsul nicht ganz billigte) zu einem Picknick nach Huesca gefahren – aber Fernando, der ältere der beiden

Büroangestellten, war angewiesen worden, auf seinem Posten zu bleiben.

Es war der Wunsch, sich der Ausführung dieses Befehls zu vergewissern, der Brande bewog, zu dieser Stunde das Konsulat zu betreten. Er gedachte überdies die Post durchzusehen, die niemand außer ihm öffnen durfte, und die jeden Tag von Barcelona mit dem Nachmittagszug hereinkam.

Diese späte Zustellung war äußerst lästig, aber er hatte bereits einen Druck auf die Postbehörde ausgeübt und durfte hoffen, daß die Sache zu seiner Befriedigung geregelt würde.

An diesem Nachmittag war er keineswegs in der Stimmung, Beschwerde zu führen. Vor sich hin summend schloß er selbst die Tür des Büros auf und stellte mit unmittelbarer Befriedigung fest, daß Fernando an seinem Schreibtisch war.

»Schön«, rief er mit ungewöhnlicher Zugänglichkeit, »Sie halten die Festung, wie, Fernando? Etwas zu melden?«

Der Angestellte richtete sich hastig auf, die Augen noch schlafverhangen.

»Nein, Señor. Und dabei war es ein so schöner Nachmittag. Ein rechter Jammer!« Er wagte einen schüchternen Protest. »Da hätte man ebensogut am Strand liegen können!«

»Nun, Sie haben wenigstens die Befriedigung, Ihre Pflicht erfüllt zu haben, Fernando.« Brande sprach mit leisem Vorwurf. »Sagen Sie, ist die Post schon gekommen?«

»Ja, Señor, sie liegt im Postfach. Der Briefträger hat eigens erwähnt, daß ein versiegelter Brief darunter ist ... aus Madrid. Ich habe ihn natürlich nicht berührt.«

»In Ordnung.« Brande nickte. »Schön ... Sie können jetzt gehen, wenn Ihnen daran gelegen ist.«

Er sah zu, wie Fernando aufsprang, seinen Hut ergriff und mit einer hastigen Verneigung davonrannte wie ein Schuljunge, der vom Nachsitzen befreit worden ist. Er schüttelte leicht den Kopf, trat zu dem Postfach und schloß es mit dem Spezialschlüssel, der an seiner Uhrkette hing, auf. Und da lag, mit dem schweren roten Siegel verschlossen, der Brief aus Madrid.

Sogleich, da er ihn mit seinen manikürten Fingern aufnahm, fühlte er eine sonderbare, unerklärliche vorausahnende Erregung. So oder so, aus seiner eigenen Unruhe spürte er heraus, daß dieses Schreiben eine für ihn lebenswichtige Mitteilung enthielt. Hastig riß er den Umschlag auf. Und auf den ersten Blick sah er, daß die Neuigkeiten von höchster Bedeutung waren.

Der Brief kam von Leighton Bailey, dem Generalkonsul in Madrid. Er stellte in aller Kürze fest, daß George Tenney ernstlich erkrankt war; ein Anfall von Nervenfieber mußte ihn, wenn er nicht ganz und gar verhängnisvoll wurde, zumindest für immer dienstunfähig machen. Der Brief forderte Brande auf, sich unverzüglich in der Botschaft zu melden.

Einen Augenblick stand der Konsul vollkommen still; seine Brust weitete sich, nur der Herzschlag war in dem reglosen Körper zu fühlen. Gespannt las er den Brief ein zweites Mal. Das konnte nur eines bedeuten – er sollte an Tenneys Platz berufen werden. Das war die Beförderung, die ihm nun endlich, nachdem man sie ihm so lange versagt hatte, zufiel.

Es kostete Harrington Brande beträchtliche Anstrengung, einen freudigen Aufschrei zu unterdrücken. Nur sein ausgeprägter Sinn für Würde hielt ihn zurück. Aber endlich ... endlich hatten die also doch seinen Wert erkannt! Er atmete tief auf, warf den Kopf zurück und überließ sich seiner Freude.

Schließlich aber bemeisterte er sich, ordnete seine Gedanken, schritt durch die Tür ins Vorzimmer und studierte gespannt den Fahrplan, der neben dem Wandtelefon an einer Schnur hing. Wie er vorausgeahnt hatte, war die Verbindung elend. Wenn er sich aber nach dem Dinner von Garcia nach Barcelona fahren ließ, so konnte er den Mitternachtszug nach Zaragoza erreichen, der dort Anschluß an einen Lokalzug nach Alagon hatte. In Alagon konnte man nach einer Stunde des Wartens den zentralkastilischen Expreß bekommen, der am Samstag kurz vor Mittag in Madrid einlief. Natürlich war das Ganze eine fürchterliche Rackerei; im Hinblick auf die Ehre aber, die ihm zugedacht war, wünschte der Konsul durch seine Promptheit und Pünktlichkeit auf Bailey Eindruck zu machen.

Trotz seiner Hochgestimmtheit erwog er – war er nicht vor allem ein methodischer Mann? – sofort alle Einzelheiten der Reise. Mutmaßlich blieb er etwa drei Tage fort. Ein Glück nur, daß man im Hause Leute hatte, auf die man sich verlassen konnte – Nicholas würde von Magdalena und dem vortrefflichen Garcia aufs beste betreut sein. Überdies konnte man auf Decker als einen offiziellen Gehilfen zählen, und wenn er Alvin anrief – das mußte er von zu Hause sofort tun –, konnte er die Deckers bitten, ein Auge auf den Knaben zu haben.

Bei dem Gedanken an Nicholas wurde des Konsuls feuchter Blick klarer. Was war das doch für eine Freude, die frohe Nachricht dem lieben Sohn zu überbringen, ihm alle Vorteile dieses bedeutsamen Schrittes vorwärts auseinanderzusetzen, all die Vergnügungen und Annehmlichkeiten des Lebens in der spanischen Hauptstadt! Welch ein Genuß, dem Kinde zu erklären, was für eine hübsche Wohnung sie nun finden würden, welch ausgezeichneten gesellschaftlichen Anschluß, auch vom intellektuellen Standpunkt aus betrachtet! Er würde dem Knaben Besuche im Prado versprechen ... im Palacio Real ... in den Pavillons von Buen Retiro. Und das schönste von allem würde sein, zu fühlen, wie sich in die warme Zuneigung des Kindes Bewunderung mischte!

An dieser Stelle angelangt, konnte Brande sich nicht mehr beherrschen. Eine unkontrollierbare Begierde überkam ihn, zu dem Knaben zu eilen. Er schob den Brief in sein Notizbuch, schloß das Büro ab und eilte auf die Straße.

9

Als in dieser Nacht um zehn Uhr Nicholas in seinem Bett das Summen des davonfahrenden Wagens hörte, wälzte er sich nervös unter der Decke. Noch konnte er den Reflex der Scheinwerfer sehen, der über den Plafond seines Zimmers huschte, den Fühlern einer großen Spinne gleich, und dann verschwand. In der Dunkelheit, die nun folgte, licht- und tonlos, konnte er das laute Schlagen seines Herzens hören. So selten war er von seinem Vater getrennt, daß er sich immer wie von seiner Wurzel losgerissen fühlte, wenn der Konsul auch nur für wenige Tage fern war. Diesmal aber verschärfte, obwohl er nicht davon zu sprechen, ja, es sich selbst kaum einzugestehen wagte, eine andere Sorge seine natürliche Unruhe. Wie konnte er allein und ohne Hilfe gegen Garcia bestehen?

Seine Hellwachheit hatte nichts mit dem rastlosen Herumwälzen zu tun, das ihn sonst quälte, wenn er krank war; es war eher eine Art schweigender Gespanntheit, in der er befangen lag, starr und mit offenen Augen, einsam in diesem alten, dunklen spanischen Haus lauschend, immerfort lauschend, bis der Diener mit dem Wagen zurückkehrte. Das Knarren einer trockenen Diele, die sich nach der Hitze des Tages wie mit einem Seufzer wieder dehnte; Mäuse, die scheu hinter der Wandverkleidung ihr Wesen trieben; das hastige Trommeln eines Mimosenzweiges gegen die Fensterscheibe; all diese freundlichen Geräusche der Nacht, die ihm so oft Sicherheit gegeben, drangen nun an seine Ohren, ohne daß er ihrer achtete. Mitternacht schlug die Standuhr in der Halle. Hatte Garcia den Motor abgestellt und den Wagen lautlos in die Garage gebracht? Wenn dem so war, dann war der Diener zurück, schon im Hause, und jeden Augenblick konnte sein tastender Schritt heimlich die Treppe heraufkommen. Nicholas erschauerte, fröstelnd unter diesem instinktiven Mißtrauen gegen den Diener, das er weder sich zu erklären noch zu bezwingen vermochte.

Schließlich mußte er eingeschlummert sein, denn als er

erwachte, war es schon heller Tag, und Magdalena, die bereits das Frühstückstablett auf den Nachttisch gestellt hatte, öffnete mit munterem Geplapper die Holzjalousien.

»Hab dir das Frühstück gebracht, laß es dir nur schmekken.«

Er verstand sie jetzt schon besser und setzte sich mit einem Lächeln als Antwort auf. Trotz ihrer periodischen Trübsalanwandlungen, die immer darauf folgten, wenn aus der Küche der Lärm des Streites heraufgeklungen war, mochte er Magdalena gern.

»Hat Vater seinen Zug noch erreicht?« fragte er und griff nach dem Glas Orangensaft.

»Ja, ja.« Sie nickte. »Gewiß doch.«

»Ich habe aber den Wagen nicht zurückkommen hören.«

Sie bückte sich, um irgend etwas Unsichtbares vom Boden aufzuheben. Als sie dann sprach, klangen ihre Worte harmlos, aber sie warf ihm einen Seitenblick zu, als wollte sie deren Wirkung kontrollieren.

»Garcia ist heute nacht nicht zurückgekommen. Es war eben sehr spät. Darum denke ich, er wird wohl fürs Wochenende in Barcelona bleiben. Er hat Freunde dort. Und allerlei Geschäftliches zu erledigen.«

Mit weit aufgerissenen Augen blickte er sie an, fast ungläubig, von einem Aufatmen, einer unaussprechlichen Freude überwältigt.

»Ist doch in Ordnung?« Dabei hielt sie immer noch seine Miene im Auge. »Wir brauchen darüber gar nicht weiter zu reden. Wir zwei kommen schon miteinander aus, du und ich.«

»Aber ja, gewiß!«

»Dann sag mir jetzt, was du zu Mittag haben willst.«

»Oh, alles, was Ihnen recht ist, Magdalena. Sie wissen es schon . . .«

»Für dich mach ich schon gern etwas Besonderes.« Sie nickte, daß ihre Ohrringe hüpften, zeigte ihm ihr breites, seltsam gedrücktes Lächeln, strich die Decke zurecht und ging davon.

Allein gelassen, streckte sich Nicholas mit einem behaglichen Ächzen, wälzte sich dann in dem großen Bett, von seinem Glück überwältigt, und genoß im Vorgeschmack die köstlichen Stunden, die er ungestört, gänzlich unüberwacht, mit José verbringen würde...

»Und morgen auch!« jubelte er seinem Wollhund zu. »Vielleicht sogar Montag!«

Er setzte sich auf, beendigte das Frühstück, während er sich anzog, mit kleinen Bissen und blickte von Zeit zu Zeit durch das Fenster zu der Myrtengruppe hinab, wo José bereits mit seiner Arbeit begonnen hatte. Dann aber, mit beachtlicher Selbstbeherrschung, setzte er sich an seinen Schreibtisch und warf ein paar Zeilen auf das Papier.

»Lieber José,

Vater ist für mindestens drei Tage nach Madrid gefahren. Garcia ist auch fort. Ist das nicht herrlich? Ich brauche gar nicht ungehorsam zu sein. Wir werden weder arbeiten noch reden – und doch die ganze Zeit zusammen sein. Hurra!! Dein getreuer Nicco«

Einen Moment später war er unten, beförderte seinen Brief und empfing mit strahlendem Lächeln seines Freundes pantomimische Darstellung des Entzückens als Antwort.

Den ganzen Morgen waren sie zusammen. Die meisten Steine waren nun schon fortgeschafft, und die Arbeit, die aufgerissenen Löcher mit Erde auszufüllen, war nicht allzu mühselig. Wenn José seinen Karren schob, trottete Nicholas geduldig hinter ihm her. Grub der Gärtner weiche Erde aus, so saß der Kleine in der Nähe auf einem Stein, sah ihm, das Kinn in den Händen, aufmerksam zu und wartete auf dieses herzerwärmende Lächeln, das ihm unausbleiblich zukommen mußte. Zuweilen brachte José ihn damit zum Lachen, daß er mimisch übertrieben so tat, als redete er, die Lippen bewegte, ohne daß dabei Worte zustande kamen, schließlich die Wangen aufblies und plötzlich mit einem explosiven »Wuff« entspannte.

Als der Tag aber fortschritt, wurde Josés Gehaben zunehmend gedankenvoll; irgend etwas Bedeutsames und

Geheimnisvolles mußte ihn beschäftigen. Schließlich legte er den Spaten zur Seite, setzte sich, tastete nach seinem Bleistiftstummel, und während Nicholas ihm begierig über die Schulter blickte, befeuchtete er die Spitze und brachte die folgenden aufregenden Worte zu Papier:

»Warum willst Du nicht morgen mit mir fischen kommen? Ich kann das schon mit Magdalena einrichten.«

Der Knabe stand noch in jäher Entzückung befangen, da schritt José schon davon, an den Lorbeerbüschen vorbei zur Hintertür des Hauses. Gleich darauf hörte Nicholas ihre Stimmen, die Magdalenas und des Gärtners, in erregtem Gespräch; dann folgte ein Gelächter, freundlicheres Geplauder. Wie geschickt José doch mit Leuten umzugehen wußte! Alle Welt hatte ihn gern, bedachte Nicholas, alle, ausgenommen, unseligerweise, Garcia und Vater. Jedenfalls war er ein besonderer Günstling Magdalenas, die ihn, wenn es gerade keiner sah, fürs Ausleeren der Eimer – eigentlich war das Garcias Pflicht – dafür belohnte, daß sie ihm ein gehöriges Stück pastelena zuschob. Konnte er sie aber jetzt überreden? Nicholas lauschte gespannt. Die Tür fiel zu, José kam zurück, sein Schritt war ohne Eile. Und wirklich, jawohl, alles war in Ordnung . . . ein einziger Blick in das Gesicht des Freundes enthüllte die frohe Botschaft.

Oh, die Freude, die unaussprechliche Wonne dieses sonnenüberstrahlten Tages und das noch weit schönere Versprechen des kommenden Morgens! Die selige Schlaftrunkenheit des Nachmittags wollte kein Ende nehmen. Die Sonne kleidete sich in die Farben des Gartens, tränkte ihn mit ihrer Helligkeit, vervielfältigte seinen Duft. Baldrian, Päonien und Flieder machten sogar die Schatten aufleuchten. Ein Schwarm Bienen umsummte die honigträchtigen trompetenförmigen Blüten eines purpurfarbenen Schlinggewächses, die von dem alten Catalpabaum herabhingen. In kristallischer Ferne waren die Berge blau wie schimmernder Stahl. Dies Gefühl, diese Wärme in seinem kindlichen Herzen – der Knabe konnte seine Bedeutung nicht begreifen, er wollte sich nur daran verlieren, in atemloser Sehnsucht, in dieses unschuldige Strahlen.

Am nächsten Morgen um acht schlug eine Handvoll Sand gegen seine Fensterläden. Sein Schlaf war leicht, er sprang aus dem Bett, schon hatte er die Kleider, die auf dem Stuhl bereitgelegt waren, angezogen und stürmte die Treppe hinab. In der dämmerigen Halle fand er den Bastkorb, mit einer weißen Serviette überdeckt, den Magdalena schon gestern abend für ihn bereitgestellt hatte. Er griff danach, schob ihn unter den Arm, zog dann die schweren Bolzen zurück, um das Haupttor zu öffnen – und draußen stand er, von dem jähen Sonnenlicht überwältigt, fiel beinahe in die Arme seines Freundes.

José hatte zwei lange Bambusstöcke geschultert, ein selbstgefertigter Knappsack hing von seiner Achsel, er trug mächtige Stiefel und einen alten, aus Segeltuch geschneiderten Poncho. Als sie dann den Weg entlangschritten, der zur Hauptstraße führte, gab er Nicholas mit einem kleinen, munteren Zeichen zu verstehen, daß sie es eilig hätten. Und wirklich, sie kamen gerade zurecht, da hörten sie auch schon das Ächzen und Schnarren der alten Maschine, und gleich darauf kam der Torrido-Autobus in Sicht. Das vorsintflutliche Fahrzeug, das auf einen Wink Josés anhielt, war gräßlich überfüllt, aber es wurde Platz für sie geschaffen, als sie sich unter vielem Gelächter nach rückwärts schoben. Eine muntere Gesellschaft bevölkerte den sonntäglichen Autobus. Manche Leute wollten ihre Verwandten, die auf den Höfen im Vorgebirge lebten, besuchen – Arbeiter mit flachen Hüten und steifen schwarzen Boleros, von ihren Frauen begleitet, die den Wust ihrer unzähligen Röcke schwenkten, bunte Tücher um die Köpfe geschlungen hatten und ihre Futterpakete bewachten: Flaschen von Manzanilla, in rosa Papier eingeschlagen, Körbchen voll mit Eiern, reifen Aprikosen, Granatäpfeln und frischer Quesadilla. Andere hatten, wie José, Angel und Fischgerät bei sich. Einige führten komische kleine Käfige mit sich, in die sie Grillen zu fangen gedachten. Einer, ein langer, magerer Bursche, der etwas von einem Clown an sich hatte und in ein mächtiges Cape gehüllt war, biß gierig von einer Wurst ab; er trug ein Gewehr mit einem ungeheuer langen Lauf. Ein Alter, der einen Ziegenfellschlauch voll Wein mit sich führte, hatte bereits mit seiner Fiesta begonnen.

José war, sofort erkannt und herzlich begrüßt, unverzüglich zum Mittelpunkt einer angeregten Unterhaltung geworden. Die Aussichten für das nächste Pelota-Match wurden erörtert. Manche meinten, Jaime, der Veteran, müsse durch einen Jüngeren ersetzt werden, aber José stand getreulich zu seinem Partner. Dann ging der Ziegenfellschlauch reihum. Jedermann hob ihn hoch, legte den Kopf zurück und ließ den dünnen roten Strahl geschickt bis tief in den Hals springen. Hernach gab es allgemeines Gelächter, Scherze flogen hin und her, sonderlich auf Kosten des Mannes mit der langen Flinte, dessen ebenfalls lange Nase aufs Korn genommen wurde. Doch war der Spott herzlich und gutmütig, und der Kleine, dem nie erlaubt worden war, sich mit gewöhnlichem Volke gemein zu machen, konnte sich des Gedankens nicht erwehren, dies sei doch so ganz anders, als er es sich vorgestellt, so nett, frei und unbekümmert. Und er konnte auch den Gedanken nicht ganz loswerden, wie anders das alles wäre, wenn jetzt sein Vater einträte, wie der Konsul all diese freundliche Wärme mit seinem ernsten, förmlichen Wesen unter Frost setzen würde.

Darüber waren sie aus dem Gebiet der Weingärten und der Haine des Niederlandes herausgekommen, in denen gefügige Olivenbäume brav in Reih und Glied standen, und man gelangte in das wildere Gelände der Torrida-Vorberge. Bedächtig, auf seinem niedrigsten Gang, begann der Autobus die Steigung zu nehmen, überholte Esel, die sich, mit klingendem Zierat, aufwärtsplagten, folgte der Straße, die sich um ginsterbewachsene Bergvorsprünge wand. Hier und da hielt man an, um Fahrgäste bei einer an der Straße gelegenen Posada oder einem Bauernhof aussteigen zu lassen – sehr zum Glück, wie Nicholas bedachte, für den alten Motor, dem so eine letzte Chance geboten wurde, wieder zu Atem zu kommen. Der Knabe war jetzt sehr aufgeregt, saß in die Ecke seines Platzes gedrückt und spähte zwischen Buchen und Korkeichen nach einem ersten Ausblick auf den Bergfluß aus. Gelegentlich, während sie sich höher und höher in die Berge hinaufschraubten, musterte er das Halbdutzend Fahrgäste, die noch im Autobus verblieben waren, alles Angler, und ein klein wenig eifersüchtig fragte er sich, ob es denn für sie alle einen guten Platz geben werde. Doch José, der seinen Blick verstanden hatte, schüttelte sanft den Kopf, um anzudeuten, daß zu Sorge kein Anlaß sei. Und wirklich stiegen alle beim nächsten Dorf vor dem Gasthof aus und ließen die beiden mit vielen herzlichen Glückwünschen allein.

Als der Autobus sich wieder in Bewegung setzte, betrachtete José seinen Reisegefährten auf eine direktere Art als bisher, und intuitiv fühlte Nicholas, daß sein Freund jetzt den Bann des Schweigens, der auf ihnen lastete, brechen würde.

»Nicco«, sagte José und nickte ihm beschwichtigend zu, als der Knabe zurückschrak, »doch, ja, . . . ich spreche zu dir. Es nicht zu tun, wäre kindisch. Und gefährlich obendrein. Wir kommen jetzt zum Fluß. Ich muß dir erklären, was du zu tun hast.« Er lächelte. »Ich will nicht haben, daß du mir hineinfällst. Dein Vater würde mich dafür weit mehr tadeln als fürs Sprechen. Du brauchst ja kein Wörtchen zu sagen.«

Mit weitgeöffneten Augen blickte Nicholas seinen Freund an. Plötzlich aber durchflutete ihn eine ganze Welle herzlicher Innigkeit.

»Ich will aber sprechen, José.« Die Worte sprudelten nur so hervor, als wollten sie sich überpurzeln. »Wenn du sprichst, tu ich es auch.«

»Schön also«, antwortete José, und sein Lächeln wurde tiefer, »dann benehmen wir uns also wie Männer und nicht wie verschüchterte Kinder. Dann werden wir auch mehr Vergnügen an der Sache haben. Komm jetzt, hier steigen wir aus.«

Er nahm Angel und Knappsack auf und half Nicholas zum Eingang des Autobusses, beugte sich vor und klopfte an die zersprungene Glaswand. Als der Autobus seine Fahrt verlangsamte, sprang er hinaus, und im nächsten Augenblick, die Arme ausstreckend, hatte er seinen

Gefährten heruntergeholt. Sie winkten dem Fahrer, der sich aus seinem Verschlag herausbeugte, um ihnen Petri Heil zuzurufen. Als das Fahrzeug dann wieder loslegte, verließen sie die staubige Straße und bogen auf ein Wiesengelände ein, das mit jungen blassen Farnen bewachsen war.

Obwohl die Sonne grell auf sie herabstrahlte, war die Luft kühl und sogar schneidend, gewürzt vom Duft des Thymian und des Harzes. Dicht vor ihnen lagen jene Gipfel, die aus der Ferne sich so zum Greifen nahe dargeboten hatten, jetzt aber, wenn auch deutlich und von den Silberfäden der Wasserfälle durchzogen, zurückzutreten schienen, majestätisch und unzugänglich, ihre grauen Flanken und hohlen Wangen zärtlich vom Sonnenlicht umspielt, keinem unterwürfig und nur den Fichten gefügig, die da oben, hoch, zwischen den nackten Felsen, eine einsame Zuflucht gefunden hatten.

Die Reinheit des Lichtes war fast betäubend, so daß man die Augen schließen mußte. Über seine Schulter zurückblickend, konnte Nicholas auf einer Kuppe zur Linken eine kleine Siedlung erkennen, die aussah, als wäre sie aus der Luft geschnitten; weiter unten gewahrte er kleine Vierecke, Felder und Weingärten, und dahinter ein ganz anderes Schimmern, eine besondere Art von Nebel – und das war das Meer – so tief unter ihm, daß er vermeinte, auf dem höchsten Gipfel der Welt zu stehen.

Durch das hohe Farnkraut wandernd, dessen Wedel seine bloßen Knie bürsteten und kitzelten, tat Nicholas einen langen tiefen Atemzug von dieser köstlichen Frische.

»Es ist ein herrlicher Tag, José.«

»Ja.« José nickte, verzog aber ein wenig die Lippen. »Nur etwas zu grell für den Angler. Nun, wir werden ja sehen.«

Sie gelangten jetzt in ein Gehölz und stiegen zwischen Buchen, die mächtig und in weitem Abstand voneinander wuchsen, auf rauhe Grasmatten, auf denen Ziegen weideten, ohne sich um die Herannahenden zu kümmern. Plötzlich aber kamen sie aus diesem Grasgürtel ins

Offene, und da dehnte sich just zu ihren Füßen ein grünes Tal, in dem ein breiter Bergfluß an einer alten Steinmühle vorbeiwirbelte, sich schäumend über ein Wehr in ein weites Becken ergoß.

»Das ist die Stelle«, sagte José wie nebenhin, aber doch mit verhaltenem Stolz.

»Oh, José! So etwas Schönes habe ich noch nie gesehen! Es ist das Hübscheste von allem! Kennen die anderen die Stelle nicht? Warum kommen sie nicht auch hierher?«

»Es ist zu weitab vom Wirtshaus«, lachte José. »Die wollen nicht nur angeln, sondern auch trinken.«

Er schlug den Weg zu der Mühle ein, von der eigenen Spannung vorwärtsgetrieben, während Nicholas auf den Fußspitzen munter neben ihm herhüpfte. Hier im Tal war es wärmer, Büschel von wilden blauen Schwertlilien und buttergelben Primeln wucherten auf den Grashängen. Die Mühle war, wie Nicholas jetzt erkannte, eine Ruine ohne Dach (von dem nur ein paar Sparren übriggeblieben waren) und ein regungsloses, bemoostes Rad; aber gerade dies trug noch dazu bei, das Gefühl köstlicher Abgeschiedenheit zu verstärken, die über das ganze Tal gebreitet lag.

Auf den Steinstufen der Mühle, dem Fluß gegenüber, legte José sein Angelgerät nieder und begann eine leichte Schnur durch jede der beiden Bambusstangen zu ziehen. Es war wohl das einfachste und billigste Angelgerät, mit hölzernen Haspeln, aber José behandelte es mit zärtlicher Fürsorge, obwohl seine Finger vor nervöser Erregung zitterten, als er die langen Darmsaiten daran befestigte.

»Du angelst gern, nicht wahr, José?«

»Mit Begeisterung, amigo«, nickte José aufgeräumt. »Du nicht?«

»Herzlich gern. Nur hab ich noch nie Gelegenheit dazu gehabt.«

»Die wirst du jetzt haben.« José lächelte. »Paß auf, Nicco, mein Freund, du bist noch nicht groß genug, um mit einer Fliege zu angeln, also wirst du dich mit einem Köder begnügen müssen. Warte nur . . . ich will dir etwas zeigen, da sind die Forellen wie verrückt hinterher . . .« Er zog aus seinem Knappsack ein glattes rundes Zinndöschen, hob den Deckel ab, schüttete daraus einen fetten Mehlwurm auf seinen Handteller, den er dann bedachtsam an dem Haken befestigte. Nun nahm er Nicholas an der Hand, führte ihn ein paar Schritte auf den Steindamm des Wehrs hinaus, wählte für ihn einen bequemen Platz, von dem aus er die Beine herabbaumeln lassen konnte, warf die Schnur aus und reichte ihm die Angel.

»So«, sagte er, »und wenn du jetzt fühlst, daß einer anbeißt, dann zieh aus Leibeskräften.«

»Du gehst doch nicht weit fort?«

»Aber nein, amigo.« Er deutete auf das unruhige Wasser unterhalb des Dammes. »Nur bis dahin.«

Zuerst saß Nicholas steif und gespannt da, hielt die Angel fest mit beiden Händen gefaßt, und in seinem Kopf tönte das Brausen des Wassers wider, flößte ihm eine leise Bangigkeit ein, er könnte hineinfallen. Allmählich aber überkam ihn ein Gefühl des Selbstvertrauens. Wie wundervoll war das, so richtig als ein Junge behandelt zu werden, als ein ganz gewöhnlicher Junge und nicht wie ein überzartes, kränkliches Kind! Vorsichtig, um nicht das Gleichgewicht zu verlieren, wandte er den Kopf und blickte stromabwärts, wo er José knietief im schäumenden Gefälle stehen sah, seine lange Angel handhabend, deren Schnur hübsche Kurven bildete, wie sie so im hellen Licht stieg und fiel. Einmal glaubte er im Sturzwasser des Wehrs eine Forelle aufspringen zu sehen. Genau konnte er das nicht sagen. Der zerbröckelnde Mörtel, auf dem er saß, war warm. Aus den Rissen und Sprüngen wucherten Farne hervor, und graue Flechte überzog das alte Gestein.

Plötzlich aber zuckte er zusammen. Er hatte nicht gefühlt, wie die Forelle anbiß, doch mit einemmal wurde sein Angelgerät lebendig, krümmte sich zitternd zu einem belebten Bogen, vermittelte ihm aus der Tiefe des Wassers, weit unter der Oberfläche, ein unaussprechlich köstliches Gefühl von sich regendem Gewicht.

»Ich hab eine«, keuchte er, bis in die Lippen erblassend.

Instinktiv von einer Panik ergriffen, spähte er zu José hinüber, der jetzt wohl an hundert Meter entfernt stand, ihm den Rücken zukehrte und durch die dröhnende Wassermasse von ihm getrennt war. Unmöglich, um Hilfe zu rufen! Da mußte man alles allein bewerkstelligen! Verzweifelt umklammerte er den Angelstock, während die plumpe Holzhaspel gegen seine Brust schwirrte. Die Forelle kämpfte wie eine Verrückte, suchte in wilden Sprüngen den schäumenden Katarakt hinunterzubekommen, vergrub sich tief bis zum sandigen Boden, und jeden Augenblick schien es, sie würde sich losreißen. Plötzlich aber sprang sie hell aus dem Wasser und fiel dann mit einem Aufklatschen zurück, das dem Knaben das Herz in die Kehle jagte.

»Oh, wie schön, wie schön sie ist!« keuchte er. »Bitte, lieber Gott, laß sie nicht mehr ausrücken!«

Behutsam, ganz behutsam begann er die Haspel aufzuspulen. Die Forelle wurde jetzt sichtlich müde. Nicholas konnte die kräftige, schöne Kurve ihres gesprenkelten Leibes dicht unter der Oberfläche des Wassers sehen. Am ganzen Körper zitternd kam er auf die Füße, tastete sich den Damm entlang zum Ufer zurück, das sich hier sanft in das Becken vorschwang. Und hier, immer noch haspelnd, zog er die Forelle ins seichte Wasser, bis er sie mit einem letzten krampfhaften Ruck heil auf den Kies brachte.

Er hatte es geschafft, hatte diese prächtige Forelle ganz allein gefangen. Seine erste Regung war, fiebernd vor Freude zu José zu eilen und ihm die große Neuigkeit zu melden. Dann aber kam ein neuerwachter Sinn der Selbstbemeisterung in ihm auf, hielt ihn zurück. Er machte sich hart, kniete nieder, hakte die Forelle los, betäubte sie mit einem harten Schlag auf den Kopf und legte sie dann zwischen Farnblättern in den Schatten der Steinstufen vor der Mühle. Einen Augenblick später war er wieder auf dem Damm, hatte seine Schnur mit einem neuen Köder versehen, und wartete mit brennenden Augen auf die nächste Forelle.

Als José nach ein Uhr herüberkam, hatte Nicholas zwei

weitere Fische neben sein erstes Beutestück gelegt, vielleicht nicht ganz so große, aber immerhin ganz ansehnliche Forellen.

»Glück gehabt?« fragte José.

Da aber war es um die Zurückhaltung des Knaben geschehen. Er wand seine Schnur auf, rannte zum Ufer, José hinter sich herzerrend, schleppte ihn leibhaftig zu seiner Beute.

»Schau doch, José, schau! Sind sie nicht wunderschön? Die größte hab ich zuerst erwischt. Oh, es war wunderbar. Zu Tode war ich erschrocken. Aber gekriegt hab ich sie. Hab sie selber vom Haken genommen, und alles. Also ich sag dir, noch nie in meinem Leben hat mir etwas so viel Spaß gemacht. Aber halt, sei nicht böse, José, ich hab ganz vergessen – hast du etwas erwischt?«

Es ergab sich, daß José ihrer vier in seinem Knappsack hatte, doch er machte nicht viel Aufhebens davon. Schien vielmehr allzu glücklich über Nicholas' Erfolg. Seine Hose war naß zum Auswinden und sein Gesicht schweißüberströmt.

»Nun«, sagte er lächelnd, »ist es wohl an der Zeit, daß wir etwas essen. Ich hoffe, du hast einen so gesunden Hunger wie ich.«

Er setzte sich auf die Stufe, holte ein großes Stück derben Brotes, einen in Zeitungspapier eingeschlagenen Ziegel Käse und eine rohe Zwiebel aus dem Knappsack; dann klappte er mit einer koketten Schnörkelbewegung sein Taschenmesser auf und schlug ein rasches Kreuzzeichen. Nicholas erinnerte sich erst jetzt, daß er kein Frühstück gegessen hatte, und da wurde ihm bewußt, daß er halbtot vor Hunger war. So hockte er neben José nieder und nahm die Serviette von seinem Bastkorb, ein wenig beschämt, weil das Tuch so fleckenlos rein war, und wegen all der Köstlichkeiten, die Magdalena da für ihn eingepackt hatte, der hartgekochten Eier, des kalten Huhnes, der Buttersemmeln, der frischen Früchte und der Honigscheibe – zugleich aber doch wieder froh, daß er nun endlich Gelegenheit hatte, seinem Freunde etwas anzubieten.

Zuerst lehnte José es ab, diese ungewohnten Köstlichkeiten zu berühren, als er aber die schmerzliche Enttäuschung in Nicholas' Augen gewahrte, lachte er ein wenig verlegen und willigte ein, schlug aber vor, sie sollten sich in das Mitgebrachte teilen. Es war eine herrliche Mahlzeit, in der warmen Sonne auf der Erde verspeist, das Rauschen des Flusses in den Ohren. Nicholas fand das Schwarzbrot und die Zwiebel weit schmackhafter, als er erwartet hatte, und aus der Art, wie José die Hühnerknochen mit seinen weißen Zähnen abnagte, konnte er erraten, daß der Freund an dem Huhn Gefallen fand. Immer wieder warf José heimliche Blicke nach seinen Forellen, die kühl in ihrem Farnbett lagen. Man plauderte vom Angeln, und José erklärte, wo die Forellen zu verschiedenen Jahreszeiten ihre Standorte hatten, bald im schnellfließenden Wasser, bald in der schwachen Strömung, und wie man sie mit dem Köder anlocken müsse, mit einer winzigen Fliege bei trockenem Wetter, einer Elritze an der über die Rolle laufenden Angelschnur bei Hochwasser. Er berichtete von früheren Unternehmungen, wie er in der Nacht Grundangeln auszulegen pflegte und einmal einen riesigen kannibalischen Hecht am Haken gehabt, den Großvater aller Hechte, eine Stunde lang mit ihm gekämpft und ihn dann doch wieder verloren hatte.

Nicholas hätte diesem hinreißenden Gespräch immer weiter zuhören mögen, aber José bemerkte wohl die Zeichen der Müdigkeit im Gesicht des Kindes und stand plötzlich auf.

»Jetzt darfst du aber nicht vergessen, daß du heute sehr früh aufgestanden bist, amigo. Es ist Zeit für deine Siesta.«

Und alle Proteste beiseite schiebend, schnitt er mit seinem Messer einen Armvoll weicher Farne ab, breitete sie im Schatten der Mühle aus und deckte seinen Ponco darüber. »So«, sagte er, »und jetzt sag mir, ob das nicht bequem ist . . . du kleiner Schlaukopf, der du dich nur so anstellst, als ob du krank wärst!«

Gehorsam streckte Nicholas seine Glieder aus, die schon vor gesunder Müdigkeit schmerzten. Er schob seine Hände unter den Kopf und sah José zum Fluß zurückgehen, Teller und Besteck waschen und alles sorglich in Magdalenas Korb legen. Dann beobachtete er ihn, wie er noch mehr Farne pflückte, einige wilde Minzen dazwischen, und die Forellen verpackte. Die Buchen und Korkeichen hatten ihren mittäglichen Silberglanz angenommen. Mattigkeit und Stille lagen über dem ganzen Tal. Träg rief ein Vogel in der goldenen Luft. Es klang warm und einschläfernd. Nicholas schloß die Augen.

Als José zurückkam, lag der Knabe flach auf dem Rükken, tief eingeschlummert. Und José, der vermeint hatte, noch einmal seine Angel vorzunehmen und die Stromschnellen unterhalb des Wehrs zu erproben, änderte seine Absicht, als er die gebrechliche, schutzlose Gestalt vor sich liegen sah. Schweigend setzte er sich neben dem Knaben nieder, ganz nahe, und seine warmen dunklen Augen, noch dunkler durch tiefes Mitgefühl, blieben auf das unbewußte, zwischen den Sommersprossen ein wenig blasse Gesicht gerichtet, auf die weichen Wangen, die von langen, geschwungenen Wimpern überschattet waren, und auf die milchigweißen Zähne, die leicht unter der kurzen Oberlippe hervorschimmerten.

Josés Jugend war hart gewesen. Als sein Vater starb, hatte er erst zwölf Jahre gezählt, und ein paar Monate später hatte man ihn aus der Schule genommen und aufs Feld zur Arbeit geschickt. Er hatte die Armut kennengelernt, anstrebende Plage, die quälende Angst dessen, der Brot erwerben muß. All das aber hatte ihn entschlossen und selbstsicher gemacht: eitlen Launen und zarten Gefühlen war er keine billige Beute. Dafür aber hatte seine heitere Veranlagung und seine Geschicklichkeit im Pelota-Spiel ihn zum Liebling aller gemacht, ihm viele Freunde verschafft. Und dann hatte er ja seine Mutter, die fünf Schwestern und den alten Pedro – an ihnen allen hing er mit pflichtbewußter Liebe. Doch war das nichts gegen diese neue, ans Herz greifende Zuneigung für den kleinen Knaben, der, sanft wie ein Südwindhauch, von irgendwo – woher, das begriff José nicht – plötzlich erschienen war, ihm Zärtlichkeit einflößte und ein seltsam schutzbereites Mitgefühl. Klar wurde er sich nicht darüber. Er wußte nur, daß dieses Gefühl sein Herz zum Singen brachte.

Josés Verstand war rege, aber keineswegs sonderlich spitzfindig; dennoch las er taghell die Wahrheit von diesen nervösen Zügen, die selbst jetzt, im Schlaf, leise bebten. Die besitzergreifende Liebe des Konsuls, die zwischen Nicholas und der Welt eine unüberschreitbare Schranke gezogen, jene Angst vor Krankheiten, die das Kind durch allerlei Grillen und Umständlichkeiten in einem Zustand dauernder Gebrechlichkeit hielt . . . seine krankhafte Eifersucht, die dem jungen Geist so schwere Lasten auferlegte, seine Launen und verhaltenen Wutausbrüche, sein törichter Stolz . . . instinktiv argwöhnte José das alles, und mit ganzer Seele wünschte er, er könnte das ahnungslose Opfer befreien und, jeder Bürde ledig, einem natürlichen Leben wiedergeben.

Die Sonne hatte bereits begonnen, sich auf den hohen Grat der Hügelkette herabzusenken, als Nicholas die Augen aufschlug.

»Mein Gott, ich habe geschlafen!« Sein Blick fiel auf den Fluß, unvermittelt setzte er sich auf. »Fischen wir heute noch einmal?«

José wandte einen prüfenden Blick zum Himmel, der sich narzissengelb gegen die Gipfel abhob, die jetzt eisiger waren als zuvor, blau wie Schatten, der auf Schnee fällt.

»Ich denke, amigo, es ist höchste Zeit, daß wir aufbrechen.«

»Ach, José . . .«

Lächelnd schüttelte José den Kopf und legte seine Hand auf Nicholas' Schulter.

»Wir müssen den Autobus erreichen. Es wäre nicht gut, wenn wir den verfehlten. Aber keine Sorge, Nicco – wir kommen wieder hierher.«

Dieser Gedanke, mit dem Freund wieder zu diesem hübschen Platz kommen zu dürfen, brachte strahlende Freude in die Augen des Knaben. Mit einem Jubelruf, der sich nicht unterdrücken ließ, sprang er auf die Füße.

Sie spulten die Haspeln auf, lösten die Angelruten ab,

ordneten das Gerät. Dann hoben sie ihre Fische auf. Nicholas bestand darauf, die seinen selbst zu tragen. Und so wanderten sie zusammen hügelan.

10

Es war ziemlich spät, fast schon neun Uhr, als Nicholas die Casa Breza erreichte, aber er war so hochgestimmt, daß ihn die Dunkelheit nicht einschüchterte. Die Fahrt in dem überfüllten Autobus war vergnüglich gewesen, viel Gelächter hatte es gegeben und Gesang, schrillen catalanischen Gesang voll sonderbarer Intervalle und Kadenzen, voll ungewohnter Modulationen – in den er zu seiner Überraschung miteingestimmt hatte. Man hatte viel Aufhebens von ihm gemacht, ihn wegen seines Fanges gerühmt – sonderlich der Mann mit der langen Nase, der nichts geschossen hatte, lobte ihn –, und im allgemeinen als tapferen und herzhaften Jungen behandelt. Von seinem Erfolg berauscht, hatte er sogar Josés Angebot, ihn nach Hause zu begleiten, abgelehnt.

So war er nun angelangt, ganz allein, schritt auf die Vortreppe zu, ohne sich weiteres vor den Schatten zu fürchten, die in den Steineichen lauerten und raschelten. Das erste, was er zu tun gedachte, war ein Besuch in der Küche. Dort wollte er Magdalena seine Forellen übergeben, und sie bitten, sie ihm morgen zu bereiten. Er öffnete das Haustor, fand sich in der Dunkelheit der Halle. Mein Gott, war das finster – wie in einer großen schwarzen Höhle! Magdalena hatte vergessen, die kristallene Gaslampe anzustecken, die an einer Metallkette von der hohen Decke herabhing. Nur vom Schimmer der Sterne geleitet, tastete er sich mit vorgestreckten Händen behutsam einige Schritte weiter. Plötzlich jagte ein Schreck durch seine Glieder. Aus der Abwaschküche hörte er Streit, eine dumpfe, hitzige Männerstimme und die einer Frau, von Angst geschärft – Garcia und Magdalena.

Nicholas hatte nicht erwartet, daß der Diener schon

zurück sein werde; das Blut stockte in seinen Adern; all seine Fröhlichkeit, seine neue Selbstsicherheit waren wie fortgewischt. Vorsichtig, auf den Fußspitzen, wandte er sich um, versuchte knarrende Dielen zu vermeiden; da, plötzlich, ergriff ein Windstoß, der vom Meer herüberkam, das Tor, das halboffen geblieben war, und schlug es mit erschütterndem Knall zu.

Nun in völlige Finsternis getaucht, stand Nicholas wie erstarrt da, gleichsam von dem Echo betäubt, das von allen Wänden des Vorraumes widerhallte. Im selben Augenblick blendete eine Flut von Licht seine Augen, und Garcia kam, eine Argandlampe in der Hand, aus dem Abwaschraum. Immer war an der lautlos gleitenden Gestalt für den Knaben etwas Unbehagliches gewesen, jetzt aber war der Diener, im Lampenschein vergrößert, im Gehen ein wenig schwankend und dabei die Füße mit eigentümlicher Vorsicht aufsetzend, beängstigender als je. Unfähig, sich zu widersetzen, fühlte Nicholas sich bei der Hand genommen und in die Abwaschküche gezogen, wo seine vom jähen Licht geweiteten Pupillen sich auf die Gestalt Magdalenas richteten; mit verschwollenen Augen und verschüchtert saß sie an dem weißen Emailtisch, auf dem die Reste einer Mahlzeit und eine schon fast leere Flasche Aguardiente standen.

»Der junge Herr ist zurückgekehrt.« Garcia sprach mit beunruhigender Langsamkeit, setzte seine Worte mit wohlbedachter Sorgfalt. Sein Gesicht war beinweiß, sein Mund, bläulich angelaufen wie eine Wunde, nach unten verzerrt. »Wo ist der junge Herr gewesen?«

Nicholas fand seine Sprache nicht, vermochte auch seinen Blick nicht von diesem schrecklichen, höhnischen Gesicht zu lösen. Schließlich brachte er hervor:

»Fischen!«

»Fischen . . .«, wiederholte der Diener in unbeschreiblichem Ton. »Und wo sind die Fische geblieben?«

Sprachlos hielt Nicholas ihm den Bastkorb hin, den er noch immer in seiner zitternden Hand hielt. Garcia griff danach, schüttete dann mit einer einzigen jähen Bewegung den ganzen Inhalt auf den Tisch. Zwei der Forellen glitten heraus und fielen auf den Fußboden. Die dritte, kleinste, blieb auf der emaillierten Tischplatte liegen, die Rückenflosse überhängend, armselig anzuschauen.

»Pah«, höhnte Garcia, »so bringt man mir keine Fische . . . schmutzig und noch nicht zurechtgemacht.«

Während Nicholas wie angewurzelt dastand, nahm der Diener ein Brotmesser vom Tablett, und mit einem einzigen Streich schlug er den Kopf der kleinen Forelle ab. Ein dünner Faden rosafarbenen Blutes träufelte auf die weiße Tischplatte.

»Mich behandelt man nicht wie einen Küchenjungen«, rief der Diener und starrte den Jungen an. »Verstanden?«

»Ja«, stammelte Nicholas, da offenbar eine Antwort erwartet wurde.

Garcia lächelte, ohne die Lippen zu verziehen.

»Warum zittern Sie denn, junger Herr? Sind Sie vielleicht unangenehm überrascht, mich hier zu finden? Wissen Sie nicht, daß ich hier komme und gehe, ganz wie es mir beliebt?«

»Doch, natürlich«, flüsterte Nicholas krampfgeschüttelt.

»Nun gut, daß Sie das einsehen.« Der Diener reckte sich in drohender Haltung hoch. »Leute, die gegen mich sind, zertrete ich wie Insekten.«

Magdalena, die sich auf ihrem Sitz schwankend hin und her bewegte, flüsterte ihm zu:

»Halt doch den Mund, Narr . . . sei doch um Himmels willen still!«

Garcia nahm keinerlei Notiz von ihr. Zärtlich spielte er mit dem Griff des Messers. Nicholas, der totenblaß war, konnte, als der Diener weitersprach, den wolkigen Schleier genau sehen, der wie ein Überzug von schmutzigem Öl auf seinen trüben Augen lag.

»Wie Insekten . . . Eines Tages, weißt du, erzähl ich dir von allem, was ich schon getan habe. Das hab ich dir versprochen . . . vielleicht hast du es vergessen. Tut nichts, der Tag kommt schon noch, an dem du mir alles glauben wirst. Vorläufig aber rate ich dir, stell dich nicht gegen mich. Kein Herumspionieren, kein Nachschnüffeln! Du weißt, ich schlafe nie ... ich bin immer wach ... geh auf den Korridoren herum ... schau in dein Zimmer hinein.«

»Nein ... nein!« Der erschrockene Aufschrei blieb dem Knaben in der Kehle stecken, hing schwebend in der Luft.

Wieder lächelte der Diener, als täte ihm dieser Anblick wohl, und kam bedachtsam, das Gleichgewicht haltend, einen Schritt näher. Der Blick aus diesen wahnsinnigen Augen, die in dem fahlen Gesicht brannten, erfüllte das Kind mit Grauen und Abscheu. Verzweifelt versuchte es sich zurückzuziehen, aber sein Körper gehorchte seinem Willen nicht mehr.

»Ja, ja«, murmelte Garcia, »du bist mir schon ein armseliges Kerlchen. Aber ich werd dir schon etwas beibringen ... von mir kannst du das große Geheimnis lernen.« Sein Blick war jetzt starr und in die Ferne gerichtet; halblaut, als spräche er zu sich selbst, fuhr er fort: »Die Wonne des Nichtmehrwissens ... das Meer der Vergessenheit ... die furchtbaren, drohenden Stimmen ...«

Jetzt richtete sich Magdalena, nicht mehr niederzuhalten, mit zusammengezogenen Brauen auf.

»Sei doch still«, schrie sie heiser, »du betrunkenes Schwein ... du verrückter, betrunkener Teufel ...«

Aus seinem Traum gerissen, wandte Garcia sich nach ihr um, und als sie aufrecht stand, schlug er ihr mit der linken Hand ins Gesicht.

Es war kein harter Schlag, aber der Schrecken schien die gelähmten Muskeln des Knaben zu lösen, gab ihm die Kraft zur Flucht. Mit einem schrillen Aufschrei, der in Magdalenas Geheul unterging, fuhr er herum und stürzte aus der Abwaschküche. Er rannte die Treppe hinauf, fiel, schnellte wieder hoch, fühlte keinen Schmerz, fühlte überhaupt nichts als diesen überwältigenden Zwang, fortzulaufen.

Jetzt war er in seinem Zimmer. Er schlug die Tür zu, drehte mit klammen Fingern den großen Schlüssel im Schloß herum. Dann schob er den Riegel der Tür, die sein

Zimmer mit dem Schlafzimmer des Vaters verband, vor. Die Fensterläden waren schon geschlossen. Am ganzen Leibe zitternd, das Herz flatternd wie ein Vögelchen in seinem Käfig, stand er mitten im Zimmer in der Dunkelheit. Er hatte nicht den Mut, das Gas anzustecken. Wollte sich nur verbergen. Er schlüpfte aus seinen Schuhen, tastete sich zum Bett und vergrub sich, noch in den Kleidern, unter den Decken. Aber auch jetzt konnte er Garcia sehen, wie er auf ihn zukam, mit diesem Ausdruck im Gesicht, der die ganze kleine Welt des Kindes durcheinanderschüttelte; und er fühlte die Scham und das Entsetzen, die ihm Tränen in die Augen trieben. Ach, wenn jetzt nur José, der Gute, dagewesen wäre, ihn zu schützen! Und bei dem Gedanken an José begann er zu schluchzen, wie er noch nie zuvor geschluchzt hatte.

Diese lange, nimmer endende Nacht – würde er sie je vergessen können? Magdalenas Jammerrufe, die von unten heraufdrangen, das Gebrüll, das Klirren einer Flasche, die zerschellte, Gelächter, unwirkliches, unglaubhaftes Gelächter – wieder Geräusch von Schlägen und dann das Schweigen, diese plötzliche Stille, weit unheimlicher als das Getöse zuvor, dieses Schweigen, das durchtränkt war vom Grauen der Ungewißheit, vom Entsetzen vor eingebildeten und unausdenkbaren Annäherungen. Was war das nur? Träumte er oder lag er wach? Hatte er wirklich die Tür verriegelt? Er wagte nicht, sich zu bewegen, aufzustehen und sich zu vergewissern. In kalten Schweiß gebadet, der das Kissen benetzte, lag er da, regungslos mit weit geöffneten Augen, in einem Angsttaumel verloren.

Schließlich, als alle Hoffnung schon fast geschwunden war, sah er schwache Streifen dämmernden Lichtes zwischen den Jalousien. Eine kleine Weile, schien es, war er eingenickt. Als das Bewußtsein zurückkehrte, lag er wieder gespannt lauschend da. Kein Laut, nicht das leiseste Geräusch im Hause. Er fand den Mut, aufzustehen und einen Fensterladen zu öffnen. Und da – unausdenkbare Beruhigung – sah er José im Garten, in seinem Unterleibchen stand er da, jätete das Petunienbeet mit knappen und leichten Bewegungen; den Schubkarren und die Gießkanne hatte er neben sich, und das goldene Licht eines neuen Tages überstrahlte ihn.

Anzuziehen brauchte er sich nicht erst. Er sperrte die Tür auf, flüchtete die Treppe hinab, rannte den Kiesweg entlang, stürzte auf seinen Freund zu.

»José, ach, José!«

Eine geraume Zeit lang konnte er nur immer wieder den Namen wiederholen, dann aber, bruchstückweise, jedoch ohne zu weinen, entlud er sein angstbedrücktes Herz.

Auf dem Schubkarren sitzend hörte José ihm wortlos zu, sah ihn kaum jemals an, warf ihm höchstens gelegentlich einen Seitenblick zu. Als Nicholas geendet hatte, schien er einen Moment lang zu überlegen, dann stand er auf. Eine härtere Reife stand jetzt in seinem harmlos freundlichen Gesicht.

»Zunächst einmal mußt du etwas zu essen haben, Nicco. Wart hier, ich sehe zu, was sich machen läßt.«

Langsam, aber entschlossen ging er auf die Hintertür zu; und schon nach einer kurzen Weile kam er zurück.

»Magdalena hat dir dein Frühstück vorgerichtet, amigo. Kümmere dich nicht um Garcia. Der schläft noch.« Eine Pause. »Und ich bin ja in der Nähe.«

Niemand außer José hätte Nicholas bewegen können, noch einmal das Haus zu betreten. So aber gehorchte er wortlos. Magdalena brachte ihm sein Frühstück ins Eßzimmer, das übliche, nur war der Toast angebrannt. Sie bewegte sich mit trägen, apathischen Gebärden, das Haar hing aufgelöst über den Rücken herab, ihr Gesicht war verquollener als je. Noch war der Branntweingeruch in ihrem Atem. Bis er sein Glas Milch geleert hatte, beachtete sie ihn nicht; dann, an der Küchentür stehend, faltete sie ihre Hände über der schwarzen Schürze und blickte ihn trübe und matt an.

»Garcia hat das gar nicht bös gemeint, gestern abend. Er hat bloß zuviel Aguardiente getrunken. Es wird nicht wieder vorkommen.«

Schweigend starrte er sie an.

»Du bist ein artiges Kind«, fuhr sie fort, »du wirst doch Señor Brande nichts davon erzählen?«

»Wenn ich nicht muß, werde ich es nicht tun«, antwortete er gepreßt.

»Nun schön. Und jetzt mußt du gehen und dich waschen.«

Nicholas ging die Treppe hinauf, wusch sich eilig, putzte sich die Zähne und wechselte sein Hemd. Danach fühlte er sich besser, denn er hatte die Empfindung gehabt, seine Haut sei unrein; als er aber dann in den Spiegel seines Kleiderschrankes blickte, schaute er in ein bleiches, abgehärmtes Gesicht. Ein Gefühl hatte er, als wäre er nicht er selbst, sondern ein fremder Knabe; auch schien es ihm unerträglich, länger in diesem Zimmer zu verbleiben, sonst seinem traulichen Zufluchtsort – jetzt war es für ihn verändert, durch das Grauen der letzten Nacht verwandelt, düster und unheimlich. Er lief wieder in den Garten. Den ganzen Vormittag verbrachte er in engster Nähe Josés; er sprach wenig, nahm auch keinen Anteil an der Arbeit, blickte nur immer wieder ängstlich zu dem Küchenfenster hinüber, das wie ein heller Bilderrahmen in der Fassade des Hauses hing, und in dem jeden Augenblick jenes glatte und hassenswerte Gesicht auftauchen konnte.

Auch José äußerte nicht viel, und es war deutlich aus seinen herabgezogenen Brauen und zusammengepreßten Lippen zu erkennen, daß er die Sache nicht leicht nahm; vielleicht beschäftigte ihn das persönliche Problem, das ihm da gestellt war. Auch er blickte gelegentlich zu dem Haus hinüber.

Um ein Uhr ließ sich der Diener noch immer nicht blikken. Als Magdalena ein Zeichen gab, das Essen sei angerichtet, hätte Nicholas wohl vorgezogen, nicht hineinzugehen, aber Josés Miene, die gleiche Festigkeit zu verlangen schien, duldete kein Ausweichen. Doch bemerkte der Knabe, daß sein Freund sich, während er selbst im Hause war, in der Nähe des Eßzimmerfensters hielt. Auch als Nicholas wieder bei ihm war, entfernte sich José nicht von der Villa.

Er säuberte den Kiesweg von Unkraut, schweigsam und gespannt.

Um drei Uhr ging die Vordertür auf, und Garcia erschien auf dem Portikus, barhaupt, nur mit Hose und Hemd bekleidet, die nackten Füße in strohbesohlten Alpargatas. Als Nicholas seinen Feind erblickte, verlor er beinahe die Fassung. Der Diener war bleich und übermächtig, schien nur halbwach; bräunliche Schatten lagen um seine Augen; unsagbares Übelwollen war von seiner Stirn zu lesen. Vorwärtsschlurfend lehnte er sich an eine der Säulen des Eingangs, legte seinen Arm um sie, um sich aufrechtzuhalten, und sog in kurzen Zügen Luft ein. José hatte sich inzwischen von seiner Arbeit aufgerichtet, und als Garcia sich halb umwendete, fiel sein Blick auf den Gärtner und Nicholas.

Er machte keine Bewegung, und ebensowenig rührte sich José; während sie so regungslos dastanden und einander anstarrten, konnte Nicholas am Zerren seiner Nerven den Kampf fühlen, den sie wortlos miteinander führten. Fast eine Minute dauerte dieses Duell. Kein Wort wurde gesprochen. Dann senkte der Diener den Blick, murmelte etwas, spie aus - eine Schlange, die ihr Gift verspritzt -, machte eine Wendung und trottete in der Richtung nach dem Wagenschuppen davon. Einen Augenblick später hörte Nicholas deutlich, wie Garcia das Auto mit dem Spritzenschlauch bearbeitete.

Der Knabe wandte sich seinem Beschützer zu, doch José zeigte, mochte er auch aus diesem Zweikampf der Willenskräfte als Sieger hervorgegangen sein, keinen Triumph.

Im Gegenteil, seine Stirn war tiefer gefurcht als zuvor, dunkle Gestalten schienen sie zu zerpflügen. Unvermittelt fragte er:

»Amigo, dein Vater kommt heute zurück?«

»O nein - er wird frühestens morgen wieder hier sein.«

»Und möchtest du die Nacht hier im Hause bleiben?«

»Nein, José, nein, alles, nur das nicht! Du willst das doch auch nicht?«

Eine Pause folgte. José betrachtete den Boden, dann sah er Nicholas mit einer Mischung von Zuneigung und Betroffenheit an.

»Weißt du, Nicco, es ist schwer für mich. Ich mag mir auch keine Schwierigkeiten auf den Hals laden. Und trotzdem . . . nein, ich kann dich nicht mit diesem Picaro hier allein lassen.«

»Danke, José, ich danke dir.«

Aber diesmal war José nicht willfährig, Nicholas' befreites Gefühl zu teilen. Es klang unvermittelt, als er sagte:

»Schluß jetzt. Heute tu ich nichts mehr. Du kommst mit mir nach Hause.«

11

Nicholas hatte keine Vorstellung davon, wo José wohnte. Ihm genügte es, daß er mit ihm zusammensein sollte, mit ihm in die Stadt ging, fort von Garcia und der Casa Breza. Im jähen Wechsel seiner Stimmung war alles, was er an Argem ausgestanden hatte, wie mit einem Schlage vergessen. Höchstens, daß er in nervöser Geschwätzigkeit über alles plauderte, was ihm nur irgend vor Augen kam: über einen schwarzgelb gestreiften Vogel, eine unbekannte Pflanze, die im Straßengraben stand, über das lohfarbene Segel einer Barke, die draußen in der Bai trieb. José dagegen schien mit seinen Gedanken beschäftigt. Als sie die Plaza erreichten, blieb er an der breiten Treppe stehen, die zu der rosig stuckgezierten Kirche führte.

»Wart einen Augenblick, Nicco.«

»Wohin gehst du denn?«

»Dahin, wohin ich sonst nicht oft gehe.« Josés Mundwinkel verzogen sich zu einem Lächeln. »Ich glaub aber, heute ist es wohl am Platz, daß ich es tue.«

»Dann will ich mit dir kommen.«

José zögerte, zuckte die Achseln, dann führte er ihn,

eher widerstrebend, die lange Reihe der ausgetretenen Stufen hinan.

Die Kirche erschien Nicholas ungeheuer in ihrer Größe, erfüllt von weiter Dunkelheit und einem seltsam köstlichen Duft. Das Dach verlor sich in bemalten Wölbungen, und an den Seiten gab es viele dunkle Nischen, in denen Kerzen brannten und rauchten. Zu einer dieser Nischen wandte sich José und kniete, sich bekreuzigend, vor einem Glasschrein nieder, der mit vergoldeten Herzen verziert war; darin stand, von einem roten Samtbehang sich abhebend, ein Figürchen, halb Weib, halb Kind, in Blau gekleidet – die Kleider, soweit Nicholas sehen konnte, aus echtem Stoff –, mit einer winzigen juwelenbesetzten Goldkrone auf dem Haupt. Nur einige Sekunden kniete José; dann trat er näher, warf eine Münze in den Opferstock und zündete auf dem Gestell, auf dem rote Glasuntersätze aufgereiht waren, eine Kerze an.

Als sie wieder hinauskamen, hatte Nicholas das Gefühl, José wolle über das Geschehen in der Kirche nicht sprechen, doch sagte ihm ein unklarer Instinkt, daß er irgendwie mit diesem Vorgang im Zusammenhang stand. Und plötzlich verkündete er:

»Ich möchte diese Kerze bezahlen, José.«

Es war ihm ganz unverständlich, warum sein Freund zuerst in ein Gelächter ausbrach und ihm dann beruhigend auf die Schulter klopfte.

Sie verloren sich jetzt in jenem Netzwerk enger Gäßchen nördlich der Plaza, das Nicholas mit seinem Vater durchschritten hatte, als sie damals zu dem Pelota-Match gegangen waren. Nun bogen sie in eine Sackgasse an der Calle Corriente ein, in einen Durchgang, der zum Fluß hinabführte; gerade hier mündete der Abfluß des öffentlichen Waschhauses in den Fluß. Häuser von erdbrauner Farbe säumten die andere Seite der Straße. In den offenen Fenstern war Bettzeug ausgelegt. Irgendwo spielte jemand Mandoline; die zirpenden Töne verzitterten in der Luft. Einige Esel wurden an einem eisernen Brunnentrog getränkt, während der Treiber, ein barfüßiger Bursche, am Uferrand des Flusses ausgestreckt rastete. Auf dem brüchigen Pflaster, das mit Kalkresten besprenkelt war, spielten Kinder in stummer, geheimnisvoller Anspannung. Die Szene, sonderlich die Gegenwart dieser Kinder, beunruhigte Nicholas ein wenig, und er warf einen fragenden Blick auf seinen Freund. Doch Josés Blick hatte die Gestalt einer Frau erfaßt, die unter einem großen, in weißes Zeug gehüllten Bündel vor ihnen einherschritt, und er beschleunigte seine Gangart.

»Das ist meine Mutter, Nicco. Das ist Maria Santero.«

Und gleich darauf waren sie an ihrer Seite, José nahm ihr das Wäschebündel ab und flüsterte lebhaft auf sie ein, um ihr zu erklären, was geschehen war. Nicholas konnte wohl bemerken, daß es nicht leicht war. Auf den abgehärmten Zügen, die durch die dunklen Brauen und das schwarze, dichte Haar noch mehr verdüstert schienen, waren der Reihe nach Überraschung, Zweifel und sogar Furcht erkennbar. Bevor jedoch mehr gesagt werden konnte, waren sie in einen engen Durchlaß eingebogen und stiegen zwischen schokoladebraunen Mauern eine endlose Treppe hinan. Ganz oben in der Gasse öffnete José mit seiner freien Hand eine Tür.

»Vorwärts, Nicco«, ermunterte er ihn frohgemut. »Jetzt ziehst du in unseren Palast ein. Bloß zwei Räume. Aber wir haben die schönste Aussicht auf die Stadt.«

Sie betraten einen sonderbaren niedrigen Raum, ein Mittelding aus Küche und Wohnraum, mit einem eisernen Kochherd auf der einen Seite und einem verschossenen gelben Plüschdiwan auf der anderen. Ein lackierter Tisch, auf dem für das Abendessen gedeckt war, und Stühle aus dem gleichen Holz standen inmitten des Raumes. Die hellgrünen Wände waren dicht mit Fotografien behangen, deren Rahmen mit Muscheln inkrustiert waren; dann gab es da einen an der Wand hängenden Glaskasten mit ausgestopften Kolibris, einen anderen mit Schmetterlingen, ein paar Pelotaschläger, einen Wandkalender und einige buntgedruckte Heiligenbilder. Am Fenster saß auf einem niedrigen Schemel ein sehr alter Mann, der einen runden schwarzen Capillo trug und mit langen Beinnadeln strickte; am Herd stand ein dunkelhäutiges, kräftig gewachsenes Mädchen von ungefähr zwölf Jahren und rührte in einem dampfenden Eisentopf.

»Pedro ... und Paquita«, erklärte José Nicholas, während er das Bündel von seiner Schulter herabgleiten ließ. »Wo sind die anderen?«

»Noch nicht von der Schule zurück«, antwortete Paquita, ohne ihr Rühren zu unterbrechen, und richtete ihren erstaunten Blick auf Nicholas. »Du bist heute aber früh dran.«

»Mag schon sein«, bemerkte José gleichmütig.

Maria, die Mutter, hatte ihren Schal nicht abgenommen; auch ihre bestürzte Miene hatte sich nicht geglättet. Jetzt murmelte sie José zu:

»Komm, mein Sohn, wir müssen das bereden.«

Und sie verschwanden im Nebenzimmer.

Kaum waren sie gegangen, als Nicholas lebhaftes Fußgetrappel auf der Treppe hörte, die Tür flog auf, und vier kleine Mädchen, die hausgeschneiderte Schürzen trugen, wirbelten herein, jede einen Katechismus, ein Rechenbuch mit Eselsohren und ein Nähkörbchen unter dem Arm.

Nicholas wurde es heiß und kalt. In seinem ganzen Leben war er noch nie so vielen kleinen Mädchen auf einmal nahegekommen. Er trat von einem Fuß auf den anderen, wußte nicht, was er sagen sollte, betrachtete interessiert die Schmetterlinge und fühlte dabei, wie er dunkelrot anlief. Überraschend half ihm der alte Mann aus der Verlegenheit.

»Wie ist der Name, junger Señor?«

»Nicholas.«

»Und das sind Josés Schwestern. Zuerst einmal Juana, die jüngste, fünfjährig, dann die artige Luisa, sieben, die gescheite Elena, noch nicht ganz neun, und schließlich Bianca, die durchtriebene, der nichtsnutzige Schalk, zwei Jahre jünger als Paquita.«

Sie alle scharrten sich ohne die leiseste Verlegenheit um Nicholas, musterten ihn mit unverhohlener Neugierde, betasteten seine Krawatte, seine Hosenträger, seine Schnürsenkel, und bombardierten ihn mit Fragen.

»Wo kommst du denn her, fremder Junge?«

»Und warum besuchst du uns?«

»Wer, in Gottes Namen, bist du denn?«

Die letzte Frage, gestellt von der durchtriebenen Bianca, schien zuvörderst einer Antwort würdig.

»Ich bin der Sohn Mr. Harrington Brandes.« Die Worte wurden ihm im Munde steif. »Des Konsuls der Vereinigten Staaten in Spanien.«

»Eh . . . eh!« schrie Luisa erstaunt. »Der junge Señor americano! Der Sohn von Josés Herrn.«

Die Mädchen zogen sich ein wenig zurück, respektvoll eingeschüchtert, und begannen leise miteinander zu schwätzen. Nicholas wurde noch röter, denn natürlich war ja von ihm die Rede. Indessen kamen in diesem Augenblick José und seine Mutter aus dem Nebenzimmer, und aus ihren Gesichtern war, obwohl Maria noch immer verstört schien, zu erkennen, daß alles geordnet war.

»Kommt jetzt . . . alle zu Tisch!« Marias bedrücktes Gesicht entspannte sich, und sie lächelte ihm mit besonderer Freundlichkeit zu. »Ich hoffe, Nicholas, du wirst Olla podrida nach deinem Geschmack finden.«

Sie setzten sich rund um den Tisch, und Maria teilte bedachtsam aus, den großen Topf in ihrer weißen, aufgedunsenen Hand haltend – selbst die Nägel waren vom vielen Waschen gebleicht; jedem lud sie einen Teil von dem Eintopfgericht auf den Teller. José, der zu Häupten des Tisches saß, schnitt kräftige Scheiben von einem Laib schwarzen Brotes, wie Nicholas es damals beim Fischen (ach, wie weit lag das zurück!) gekostet hatte; Luisa, »die Artige«, sagte den frommen Dankspruch, und man begann zu essen.

Es gab weder Wein noch sonst irgendwelche Zutaten, und statt Butter wurde Olivenöl dünn auf das Schwarzbrot gestrichen. Das Fleisch in der Gemüsesuppe war dunkel und flachsig, gewiß von der billigsten Sorte, und reichlich war es auch nicht zugemessen, aber es war so schmackhaft, kräftig gezwiebelt und mit dunkelroten Klecksen von Pimento besprenkelt, daß Nicholas vermeinte, noch selten etwas so Köstliches gegessen zu haben.

Maria hatte sich selbst, wie sie bemerkte, nur wenig zugeteilt, und Pedro hatte mit der bescheidenen Gebärde eines, der seinen Platz wohl kennt, die Hand gehoben, als er meinte, es könnte ihm zuviel aufgelegt werden. Nur José, der hier im Hause den eigentlichen Mann abgab, wurde ein zweites Mal bedient.

Dem Beispiel der anderen folgend benützte Nicholas die übriggebliebene Brotrinde, um seinen Teller sauber zu machen; dann erhob sich Paquita, holte einen Tonkrug vom Herd und goß jedem eine Tasse heißen Kaffees ein. Das setzte Nicholas etwas in Verwirrung, denn er war wohl belehrt, daß ein solches Getränk Kindern nicht bekömmlich sei. Doch wollte er um keinen Preis von der Welt irgend etwas anderes haben als die übrigen, und so trank er wacker und ohne das Gesicht zu verziehen das üble Gebräu, das nach verbranntem Korn schmeckte.

Kaum war der Kaffee auf dem Tisch, so begann das Geplauder; und der Sohn des Konsuls, der an das Grabesschweigen gewöhnt war, das in dem heimischen Mahagonispeisezimmer zu herrschen pflegte, fand es wundervoll, daß hier an diesem Tisch alle zugleich redeten. Die Kinder, deren magere Körperchen eine ganze zappelnde Welt zu enthalten schienen, berichteten mit vielen Seitenblikken nach dem ungewohnten Gast von ihren Erlebnissen in der Schule; Maria schilderte Paquita ein Kleid, das sie in einem Schaufenster in den Arkaden gesehen hatte – ein wundervolles Kleid, magnifico –, während José, der es sich gemütlich gemacht und seine Jacke über die Sessellehne gehängt hatte, mit Pedro die Chancen der Revanchepartie Huesca gegen San Jorge erörterte. Und nun wurde Nicholas trotz seiner Scheu von seinem Freund ins Gespräch gezogen.

»Nun, was hältst du davon, amigo mio?«

Nicholas schöpfte tief Atem.

»Wenn du so spielst wie voriges Mal, dann kannst du dich auf den Sieg verlassen.«

Er zögerte, dann aber faßte er sich ein Herz und brachte einen Gedanken zum Ausdruck, den er lange schon gehegt hatte. »Du müßtest in einer großen Stadt spielen, José, und du müßtest eine Menge Geld dafür bekommen.«

José zeigte in einem breiten Lächeln seine Zähne.

»Nein, für eine große Stadt reicht es bei mir noch nicht. Außerdem würde ich dort gar bald ersticken, Ich brauche das freie Land, Nicco, frische Luft und das Fischen.«

»Wir Santeros sind von jeher Pelotaspieler«, erklärte Pedro wohlwollend, »aber wir spielen nur um die Ehre, nicht ums Geld. Josés Vater war ein berühmter Spieler ... das dort ist sein Foto.« Und er deutete auf das Bildnis eines untersetzten Mannes mit aufgezwirbeltem Schnurrbart und der Cresta. »Auch ich ... sogar ich bin, in aller Bescheidenheit, als Spieler öffentlich hervorgetreten.«

»Du warst der Beste von uns allen, Pedro«, versicherte José. »Einmal mußt du Nicco von deinem Match gegen Zaragoza erzählen.«

Der alte Mann schmunzelte geschmeichelt.

»Willst du etwa heute abend üben gehen?« fragte er. »Jaime hat sagen lassen, daß er dort sein wird.«

Aber José schüttelte, ohne zu zögern, den Kopf. Eine warme Glückswelle überflutete Nicholas, als sein Freund antwortete: »Heute abend bleibe ich bei Nicco. Holla! Ihr schnatternden Elstern da! Wie wär's mit einer Partie Estallido? Wir müssen diesem großen Amerikaner da zeigen, daß wir mehr können, als er denkt.«

Beifallsgeschrei begrüßte diese Anregung. Bianca lief zum Schrank und brachte ein Paket abgegriffener Spielkarten herbei. Alsogleich war der Tisch abgeräumt, und mit Ausnahme Marias, die sich abseits halten mußte, um Leinenzeug zu flicken, wandte sich die ganze Gesellschaft dem Spiele zu.

Es war ein nettes Spiel, das, sobald Nicholas erst einmal die einfachen Regeln erfaßt hatte, schneller und schneller von der Hand ging, mit lebhaftem Aufklatschen der Karten, mit aufgeregtem Geschrei Juanas und wildem Gelächter. Von draußen, durchs offene Fenster, drang der Lärm der Stadt herein, das Getrappel der Fußgänger, das Geschrei der Zeitungsjungen, die die Ausgabe der »Gaceta« ausriefen, Räderrollen und Glockenschellen.

Lichter flimmerten auf der Straße wie funkelnde Halsbänder und auf dem Teatro flammte in kurzen Pausen eine Lichtreklame auf. All diese strahlende Bewegtheit, dieser ermutigende Widerschein menschlichen Lebens, dazu die freundliche Munterkeit hier im Zimmer, übten ihre Wirkung auf Nicholas. Die Schatten des Alptraumes, die noch auf ihm lagen, wichen weiter und weiter zurück, bis sie fast ganz verschwunden waren. Wie ging das nur zu, daß er in dieser elenden Behausung, in der alles den Stempel der Armut trug, nach einer Mahlzeit, die nur den schieren Hunger gestillt hatte, unter diesen gewöhnlichen Arbeitsleuten so herzlich froh und unbekümmert war? Sein Denken setzte nicht aus, aber er nahm die Gelegenheit wahr und trank die Freude in tiefen Zügen. Seine Augen glänzten; sein Lachen wurde lauter, wenn er nach den Karten griff.

Sie spielten weit länger, als er es für möglich gehalten hätte, aber gegen neun, als wieder einmal eine Runde um war, ließ Maria ihre Näharbeit sinken und fragte freundlich von ihrem Sitz am Fenster herüber:

»Wollt ihr nicht jetzt Schluß machen? Es ist an der Zeit, zu Bett zu gehen.«

Gänzlich unvorbereitet saß Nicholas da, brachte den Mund kaum zu und starrte Maria ratlos an; eine Schwierigkeit, die er nicht in Erwägung gezogen hatte, tat sich vor ihm auf. Wie sollten sie alle in dem engen Raum dieser Wohnung schlafen? Das war unmöglich. Würden sie ihn also fortschicken? Sollte er zu dieser Nachtzeit nach Casa Breza zurückkehren?

Seine Miene war so eindeutig, daß José lachen mußte.

»Keine Sorge, Nicco. Ich hab noch nie einen Burschen gesehen, der sich so viele Sorgen macht. Höchst einfach ist das! Schau nur!«

Er lehnte sich in seinem Stuhl zurück, streckte den Arm aus und stieß die Tür zum Nebenzimmer auf. »Das Frauenvolk schläft da drinnen.«

Ein Blick in den Nebenraum zeigte Nicholas, daß zwei breite Messingbetten ihn fast ganz ausfüllten. Nun ja, bedachte er, wenn auch immer noch nicht ganz überzeugt, vielleicht war es doch möglich, daß sie alle dort Platz hatten.

»Aber was ist mit uns?«

José deutete auf Maria, die hinter dem Ofen einen quastenbehangenen Kattunvorhang zur Seite zog; eine viereckige Nische wurde sichtbar, in der ein Tafelbett stand, das sie eben frisch zu überziehen begann.

»Sonst schlafen Pedro und ich hier«, erklärte José unbefangen. »Heute aber werden wir es teilen ... du und ich. Pedro wird sich auf dem Diwan einrichten – das wirst du doch, altes Roß?«

»Zweifellos«, erwiderte Pedro gefällig. »Und ich werde mich sehr wohl dabei befinden.«

Nicholas rang mit seinem Atem. Er hatte in seinem Leben noch nie das Bett mit einem anderen geteilt, und bei dem bloßen Gedanken zog sich seine Haut zusammen. Doch schien niemand dieses Zögern zu bemerken. Die fünf Schwestern, von der Mutter angeführt, wünschten ihm gute Nacht – jede bot ihm die Hand und machte einen Knicks; dann zog die Truppe, Maria an der Spitze, ab.

Pedro stand auf, sah nach dem Wetter und verabschiedete sich für fünf Minuten, um noch einmal seine Beine zu strecken. José hatte sich von einem Stoß ein zerflatterndes Magazin mit einem grellbunten Umschlag gelangt.

Zögernd begann Nicholas sich zu entkleiden, legte seine Sachen säuberlich einzelweise auf den nächsten Stuhl. Eine außerordentliche Schüchternheit, die fast an Scham grenzte, hemmte seine Bewegungen. Eine neue furchtbare Schwierigkeit bedrückte ihn. José aber sprach, ohne aufzublicken, ein paar Worte, holte das Utensil unter dem Bett hervor, und Nicholas wandte sich damit ab. Nachdem dies geschehen war, fühlte er sich beträchtlich erleichtert. Maria hatte für ihn eine sonderbar geformte Nachtjacke, die bis zur Fadenscheinigkeit weißgewaschen war, bereitgelegt. Er schlüpfte hinein, knüpfte die langen Bänder um Hals und Taille, dann sprang er in das Bett, drückte sich gegen die Wand und lag ganz still.

Nun kehrte der alte Mann zurück, tappte im Raum

umher, sprach leise zu sich selbst, tat schließlich ein Stück Holz in den Herd. Dann war das Krachen der Sprungfedern zu hören, als er sich auf dem Diwan ausstreckte.

José saß noch ein wenig länger bei Tisch, blätterte in dem Magazin. Als er sich endlich erhob, gähnte er, kratzte sich versonnen den Kopf, beugte sich ein paarmal vor, um seine Muskeln zu entspannen, und legte dann die Schuhe ab. Dann drehte er das Licht aus. Eine Minute später lag er neben Nicholas unter der Decke.

Irgend etwas mochte ihn erraten lassen, daß sein Bettgenosse noch nicht schlief. Er flüsterte:

»Liegst du gut, amigo? Genug Platz?«

»Ja«, wisperte Nicholas.

Und allmählich löste sich der Körper des Knaben aus der steifen Haltung, in der er gegen die Wand gepreßt lag. Das Tafelbett war weich und bequem. Bald sank er in Schlaf.

12

Eine Stunde vorher verließ Harrington Brande, ohne von all diesen Ereignissen eine Ahnung zu haben, den Ostküste-Expreß im Hauptbahnhof von Barcelona. Selber seinen Koffer tragend, schob er sich hastig auf den Torbogen zu, der in das Estación-Hotel führte. Hier wies ihm ein gleichmütiger Hotelbediensteter ein Zimmer im zweiten Stock, das auf den Hinterhof hinausging, an. Es war keineswegs ein gutes Zimmer, aber seiner Gewohnheit entgegen legte Brande keinen Protest ein – dieser Raum verschaffte ihm wenigstens die Ruhe, nach der er mehr als nach irgend etwas anderem verlangte. In dem dichtbesetzten Abteil hatte er auf der ganzen Fahrt von Madrid her seine Gedanken nicht zu ordnen vermocht; jetzt aber saß er breit und schwer da, die Zähne aneinandergepreßt, die Stirn von tiefen, in Schmerz erstarrten Furchen durchzogen.

»Wünscht der Señor zu speisen?«

Brande sah den Mann, der ihn in das Zimmer geleitet hatte, gedankenverloren an.

»Nein. Ich will nichts.« Dann fiel ihm ein, daß er seit dem Frühstück nichts genossen hatte. »Oder doch ... bringen Sie mir etwas ... egal, was ... Kaffee und Schinken.«

»Sehr wohl, Señor.«

Als der Mann sich abwandte, hielt der Konsul ihn zurück.

»Halt. Sie können ein Telegramm für mich zur Post bringen.«

Er riß das Blatt ab, schrieb seine Botschaft darauf und gab es dem Zimmerkellner.

GARCIA VILLA BREZA SAN JORGE ABHOLT MICH MIT WAGEN BAHNHOF SAN JORGE FRÜHZUG SIEBEN FÜNFUNDVIERZIG MORGEN DIENSTAG HARRINGTON BRANDE

Dann sagte er in seinem herrischen Ton zu dem Zimmerkellner: »Sehen Sie zu, daß es sofort befördert wird. Und dann geben Sie Anweisung, daß ich um sechs Uhr geweckt werde.«

»Zuverlässig, Señor.«

Als die Tür geschlossen war, begann Brande in dem Zimmer auf und nieder zu gehen, die Fäuste geballt, die Brauen zusammengezogen; zum hunderstenmal fragte er sich, wie das zugegangen war, daß er sich durch den Wortlaut des offiziellen Briefes hatte täuschen lassen. Aber es war nur ein naheliegender Schluß, den er gezogen hatte, darum konnte er sich keinen Vorwurf machen. Und dennoch ... wie blind in seinem Zutrauen er gewesen war! Wenn er sich vorstellte, wie er vor seiner Abreise zu Decker und dem kleinen Nicholas gesprochen, wie er Luftschlösser auf Hoffnungen gebaut hatte, die sich als trügerisch erwiesen, brach ihm der Schweiß bitterer Beklemmung aus allen Poren.

Nur mit einer gewaltigen Kraftanstrengung raffte er sich zusammen; das Bewußtsein seiner Erschöpfung und der Anblick seines eingefallenen, unrasierten Gesichtes im Garderobenspiegel brachten ihn zu sich. Er öffnete seinen

Koffer, entnahm ihm einige Toilettenartikel und ging in das Badezimmer. Während das Wasser in die Wanne einlief, rasierte er sich; dann lag er geraume Zeit im heißen Wasser, als wollte er eine körperliche Schmach von sich abspülen.

Hernach, in Schlafrock und Pantoffeln, saß er vor dem Tablett, trank hastig zwei Tassen Kaffee und aß eine Schinkensemmel. Sein Appetit war rasch gestillt. Er stand auf und läutete dem Zimmerkellner, um abservieren zu lassen.

Der Mann kam und ging, endlich war der Konsul wieder allein, allein mit seinen Gedanken, mit der brennenden Erinnerung an seine Demütigung. Ein nervöses Zukken lief über sein Gesicht, als er sich wieder dem Schreibtisch zuwandte, ein paar Blätter auf der Löschpapiermappe zurechtlegte und nach der Feder griff.

»Estación-Hotel
Barcelona

Montag
22.30

Mein lieber Halévy,

ich schreibe direkt vom Hotel aus, getrieben von dem Wunsche, mich vor Ihnen – meinem Freund und Arzt – meiner Last zu entledigen, und von dem dringenden Bedürfnis nach Rat und Hilfe.

Sie haben ja wohl Kenntnis von den Ungerechtigkeiten, die meine dienstliche Laufbahn begleitet haben – in der Tat haben Sie mir oft genug Ihren Beifall dafür ausgesprochen, wie ich das alles mit Würde und Mut ertrage. Aus meinen Briefen wissen Sie wohl auch, daß ich mir Mühe gegeben habe, mich hier einzugewöhnen und aus meiner letzten Versetzung nach der Costa Brava das Bestmögliche zu machen. Hier erhielt ich nun vorigen Freitag eine Mitteilung Leighton Baileys, derzufolge George Tenney, der Erste Konsul in Madrid, einen lähmenden Schlaganfall erlitten hatte; mein sofortiges Eintreffen in der Hauptstadt wurde gewünscht.

Ich bin, wie Sie wohl wissen, lieber Halévy, kein eitler Mann. Es ist auch nicht meine Gepflogenheit, voreilig

Schlüsse zu ziehen. Sie mögen mir aufs Wort glauben, daß jener Brief so formuliert war, daß ich eindeutig daraus entnehmen mußte, ich sei zum Nachfolger Tenneys ausersehen. Mit aller erdenklichen Eile begab ich mich nach Madrid.

Als ich am Samstag dort eintraf, mußte ich zu meinem Erstaunen feststellen, daß ich Bailey nicht sofort erreichen konnte – er war übers Wochenende auf das Land gefahren. Und als er dann zurückkam, setzte er mich mit der Ankündigung in tiefste Verblüffung, daß ich nur als kurzfristiger Lückenbüßer herzitiert worden war. Herbert Meyer, bisher in Warschau, war als Nachfolger Tenneys bestellt, aber man werde mir dafür Dank wissen, wenn ich freundlicherweise das Büro weiterführte, bis Meyer ankam.

Ich brauche Ihnen nicht zu sagen, wie bitter mich dieser Schlag getroffen hat. Dennoch habe ich ihn nicht ohne Einspruch hingenommen. Ich wies mit einiger Deutlichkeit auf meine bisherigen Dienste, auf meine tadellose Conduite hin. Ich brachte zur Geltung, daß meine Beförderung an eine bessere Stelle längst überfällig sei. Ich verlangte kurzerhand, daß die Frage noch einmal in Erwägung gezogen werde.

Einen Augenblick lang, mein lieber Halévy, antwortete Bailey gar nicht. Dann sagte er: ›Nun, Sie haben ja eine ganz gehörige Meinung von sich.‹

Diese Unverschämtheit war mir denn doch zu arg. Ich stand auf, erklärte ihm in aller Form, ich hätte in San Jorge meine eigenen Aufgaben und darüber hinaus meinen kränkelnden Sohn, ein Familienband, das mich fesselte; und daß ich, wenn Tenneys Posten mir nicht zugedacht sei, bitten müsse, auf meinen weiteren Verbleib in Madrid zu verzichten.

Dieser Äußerung folgte Schweigen. Ich hatte einen Ausbruch von Unmut erwartet, aber zu meiner Überraschung begann Bailey zu lächeln, als ob aus undurchschaubaren Gründen sein abnormer Humor doch die Oberhand gewonnen hätte. Dann sagte er:

›Sie sind ein merkwürdiger Mensch, Brande. Komischer Vogel. Mir ist schon viel über Sie zu Ohren gekommen. Sie sind nachgerade ein Begriff geworden. Aber man muß Sie gesehen haben, damit man all das Zeug glaubt. Eigentlich müßte ich melden, was Sie mir da gesagt haben. Müßte einen Bericht schreiben. Aber ich werde es nicht tun. Fahren Sie heim nach San Jorge. Und versuchen Sie doch um Himmels willen, menschliche Gewohnheiten anzunehmen. Lassen Sie doch Ihre Geschraubtheit, überwinden Sie Ihren grandiosen Egoismus. Versuchen Sie doch mit der Entwicklung der Dinge ein bißchen Schritt zu halten. Avancieren werden Sie darum noch nicht, aber Sie werden wenigstens etwas mehr vom Leben haben.‹

Was konnte, was sollte man auf eine solche Tirade antworten? Ich verneigte mich kalt, machte kehrt und verließ den Raum. Ohne weiteren Aufschub reiste ich mit dem Elfuhrzug ab. Und nun, mein lieber Freund, da wäre ich, verstrickt in ein Wirrsal von Bitterkeit, Trostlosigkeit und gerechter Empörung, und so muß ich mich ganz Ihrer Güte anheimgeben und Ihrem Geschick als einem Heiler der Seelen.«

An dieser Stelle unterbrach sich Brande, jäh schwollen ihm die Adern auf der Stirn an. Konnte er so weiterschreiben? Doch, zu seinem eigenen Besten, wie sehr es ihn auch schmerzen mochte, er mußte. Wie oft hatte er sich in vergangenen Tagen auf dem Ruhebett des Professors in dem kleinen Ordinationsraum in der Rue des Capucines ausgestreckt, in den der Lärm der Straße nur gedämpft durch die schweren Portieren drang, und hatte Linderung in völliger, hemmungsloser Selbstoffenbarung gefunden! Mit geschlossenen Augen hatte er sich den gemurmelten Anweisungen des klugen Psychiaters unterworfen, der im Dunkeln hinter ihm saß. Jetzt fühlte er sogar auf die Entfernung das Bedürfnis nach solchem Zuspruch. Er preßte seine Zähne zusammen und nahm seine Schreibarbeit wieder auf.

»Was ich Ihnen sagen muß, mein lieber Halévy – sagen, obwohl ich dabei meine eigene Selbstachtung aufs Spiel setze, ist das folgende. Als Bailey diese verletzenden Worte sprach, überkam mich eine Art Betäubung, und ich hatte die seltsame, die grauenvolle Illusion, es sei meine Frau, die alles dies äußerte. In dem Nebel, in dem alles vor mir verschwamm, glaubte ich sie zu sehen, genau wie damals, als sie nachts allein im Regen aus ihrem Haus in der Dreiundzwanzigsten Straße in New York hervortrat. Ich hatte ihr aufgelauert, hatte mindestens zwei Stunden gewartet, überzeugt, daß sie den Besuch eines Geliebten empfangen habe. Als ich aus dem Schatten hervortrat, ihr in den Weg, und als das volle Lampenlicht auf ihr Gesicht, auf ihre ungläubigen Augen fiel, und als sie sagte . . . aber nein, es hat keinen Sinn, daß ich mich weiter zerquäle, Sie erinnern sich ja des Vorfalles, ich habe ihn Ihnen vorbehaltlos enthüllt, damals, als ich mich zum erstenmal Ihrer Analyse unterwarf.

Sie sehen, lieber Freund, wie tief mich das alles aufgewühlt hat. Zweifellos haben Baileys beleidigende Worte keine ernste Bedeutung – sie sind ja zu absurd, um glaubhaft zu sein. Was aber ist von meiner Reaktion auf sie zu halten? Werden diese immer noch blutenden Wunden, die Sie allein kennen und so sanft zu lindern versuchten, nie mehr heilen? Wird mein unersättliches Verlangen danach, geliebt, zärtlich, leidenschaftlich, allein und ausschließlich geliebt zu werden, wird es nie in Erfüllung gehen? Oder soll ich immer einer von diesen Menschen bleiben, deren Schicksal es ist, von unterlegenen Geistern stets mißverstanden, falsch beurteilt, mißhandelt zu werden? Soll mir denn nie Anerkennung des Geistes und des Herzens werden?

Und wie, teurer Freund, soll sich die Zukunft gestalten?

Ich kann nicht abstreiten, daß ich in einem gewissen Ausmaße darauf erpicht bin, den Rang einzunehmen, der einem wirklichen Konsul zukommt. Darüber hinaus glaube ich, daß ich meinem ganzen Wesen nach geeignet und befähigt bin, die Pflichten und Funktionen auszuüben, die mit diesem Amt verbunden sind. Nichtsdestoweniger gibt es eine Grenze, über die hinaus man selbst das willigste Herz nicht zwingen kann, eine Grenze, an der wir uns ein feierliches Halt zurufen müssen.

Sie wissen, daß meine Arbeit über Malebranche so gut wie fertig ist; ich erwarte, daß ich sie der Welt binnen drei Monaten werde vorlegen können. Ohne Vermessenheit kann ich mich doch der Überzeugung nicht erwehren, daß dieses monumentale Werk, nun beinahe schon ein Teil meiner selbst, in den intellektuellen und philosophischen Kreisen beider Kontinente Aufsehen erregen wird. Wenn dem so ist, soll ich dann nicht lieber den Dienst quittieren und mich ausschließlich meiner literarischen Arbeit widmen? Ich verfüge über gewisse Mittel, die mich davor bewahren würden, in gemeine Abhängigkeit vom Publikum zu geraten. Vor allem aber habe ich die Wohlfahrt und die Interessen meines geliebten Sohnes im Auge zu halten.

In solchen Zeiten, mein lieber Halévy, wenn tiefe Kümmernis sich über unsere Seele herabsenkt, kann man Gott wirklich nur danken für den Segen, ein Kind wie Nicholas zu besitzen. Aus allem, was ich Ihnen unter dem Siegel des Berufsgeheimnisses über mich anvertraut habe, müssen Sie ja wissen, in wie hohem Maße mir die Tragödie meiner Ehe durch die süße, reine, überquellende Liebe ausgeglichen worden ist, die mein Sohn mir entgegenbringt. Wäre ich ein freier Mann – seine Feder kann man schließlich an jedem Ort der Erde gebrauchen –, so könnte sich das zugunsten der zarten Gesundheit meines Kindes auswirken. Wir könnten alle erdenklichen Kurorte aufsuchen, von denen zu erwarten stünde, daß sie seiner nervösen Konstitution zuträglich wären. (In der Tat könnte auch mein eigenes reichlich überanstrengtes Nervensystem daraus Nutzen ziehen.) Ich wäre dann in der Lage, mich ausschließlich dem Kinde zu widmen, es gerade in den schwierigen Jahren der Pubertätskrise vor feindlichen und schlimmen Einflüssen zu bewahren ... ach ja, es sorglich zu überwachen und das Aufblühen dieser meiner zarten Blume zu schützen.

Sie allein, mein lieber Doktor, können mir bei einer solchen Entscheidung beratend zur Seite stehen. Darum bitte ich Sie, den versprochenen Besuch in Casa Breza früher anzusetzen. Sie hatten den Juni als Zeitpunkt vorgesehen. Kommen Sie doch statt dessen jetzt oder wenigstens im Laufe der nächsten zwei Wochen. Ich will Ihnen einen königlichen Empfang bereiten. Sie sind ja doch nicht von den Dringlichkeiten einer gewöhnlichen Praxis abhängig. Einer Ihrer Kollegen wird gern so lange Ihre Klinik übernehmen. Versagen Sie sich mir nicht, lassen Sie mich nicht im Stich!

Es ist nun nahezu Mitternacht. Ich muß ein wenig Schlaf finden . . . selbst wenn das bedeutet, daß ich vier von diesen Tabletten nehme, die Sie mir verordnet haben und deren Wirkung leider in letzter Zeit nachzulassen scheint. Gewiß habe ich genug geschrieben, um Sie zu überzeugen, daß ich Ihrer bedarf. Ich wiederhole: lassen Sie mich nicht im Stich. Ich erwarte mit Spannung in den nächsten Tagen Ihre Antwort. Mittlerweile werde ich mit Nicholas in Ruhe leben, werde meine Wunden lecken und versuchen, mich im Sonnenschein seines Lächelns zu erneuern.

Ihr getreuer und leidender Freund
Harrington Brande«

Den Kopf auf seine ausgestreckten Finger gestützt, saß der Konsul regungslos – starr bis auf das unmerkliche Zucken seiner Gesichtsnerven. Ein aufquellendes Selbstbedauern, dieses ihm so vertraute Gefühl seines Martyriums, durchtränkte ihn. Und doch fühlte er sich besser, weil er diesen Brief geschrieben hatte, fühlte sich befreit von einem Teil seiner Bedrängnis. Es war, wenn auch in geringerem Ausmaße, das gleiche Gefühl des Gereinigtseins, das ihn nach jenen kathartischen Sitzungen im Ordinationsraum des Professors überkommen hatte. Er seufzte, sein Kinn hob sich zu einer Gebärde wiedergewonnenen Mutes. Ohne Hast stand er auf, verließ das Zimmer und warf den Brief in den Rohrpostschacht am Aufzug.

Eine Stunde später war er mit Hilfe der Droge ins Vergessen des Schlafes gesunken.

13

Diesmal war der Zug der Küstenbahn pünktlich. Fünfzehn Minuten vor acht traf Harrington Brande am Morgen in San Jorge ein; Garcia erwartete ihn auf dem Bahnsteig. »Sie haben also mein Telegramm erhalten«, bemerkte der Konsul, überließ ihm den Koffer und schritt zum Wagen.

»Gewiß, Señor. Aber warum haben Sie mir nicht erlaubt, Sie von Barcelona abzuholen? Ich hätte doch, um bequemer zur Hand zu sein, nachts hinüberfahren können.«

Trotz seiner düsteren Stimmung empfand der Konsul eine vage Freude an der Aufmerksamkeit des Mannes – Garcia war in der Tat ein ungewöhnlicher Bursche. Nicht oft ließ Brande sich zu seinen Dienstboten herab, aber als Garcia ihm die Decke über die Knie breitete, sagte er:

»Sie dienen mir gut, Garcia ... darum ist es mir nur lieb, Ihnen meinerseits Anerkennung zu zollen.«

Sie fuhren ab. Die Straßen, noch neblig vom aufsteigenden Morgendunst, waren menschenleer, und so erreichten sie nach fünf Minuten die Auffahrt der Villa. Im angenehmen Gefühl des Heimkommens, in froher Erwartung empfand Brande, wie sich der Druck von seiner Brust löste, und stieg aus dem Wagen. Er hatte fast gehofft, Nicholas werde im Patio bereitstehen, um ihn zu begrüßen, aber das wäre, genau besehen, doch wieder ein Verstoß gegen die Regeln gewesen, die er selbst dem Knaben auferlegt hatte. Ernst, aber doch beflügelten Schrittes trat er in die Halle und stieg, von Garcia mit dem Koffer gefolgt, die Treppe hinauf. Zuerst trat er in seinen Schlafraum, legte den Reisemantel ab und wusch sich die Hände; dann eilte er im Drang frohen Vorgefühls zu der Tür, die in das Zimmer seines Sohnes führte. Kaum aber hatte er die Schwelle überschritten, da erlosch sein Lächeln, seine Augen waren verwundert, erschrocken. Wo war Nicholas? Versteckte sich der Knabe? Trieb er kindisches Spiel mit ihm? Nein. Das Bett war unberührt. Der Raum war leer.

Mit erregtem Gesicht wandte der Konsul sich um.

»Garcia! Garcia! Wo ist mein Sohn?«

Der Mann stellte den Koffer behutsam ab, richtete sich auf und blickte mit undurchdringlichen Zügen auf eine Stelle, zwei Zoll unterhalb des Gesichtes seines Herrn.

»Ihr Sohn, Señor? Zu meinem Bedauern muß ich Ihnen melden, daß ... daß er nicht hier ist.«

»Was?«

»Jawohl, Señor.« Der Diener sprach bedachtsam, als liebkoste er jedes seiner Worte zwischen den Lippen. »Gestern nachmittag ... bevor Magdalena oder ich dazwischentreten konnten, ist er fortgelaufen.«

Harrington Brande starrte ihn an, seine erste Verblüffung stieg zu jähem Entsetzen.

»Aber wohin ist er gelaufen? Und mit wem?«

»Ich kann nicht genau sagen, wohin er sich gewandt hat, Señor ... in die Stadt, nehme ich wohl an.« Garcia pausierte, in seinen Augen spielten Zungen dunklen Feuers, und in einem Ton, der kaum hörbar war, fügte er hinzu: »Er ist mit José gegangen.«

»José!«

Zwischen den Zähnen preßte der Konsul den verhaßten Namen hervor.

»Mit keinem andern als José, Señor. Lachend und schwatzend zogen sie davon ... Arm in Arm.« Garcia nahm einen Ton falschen Beschwichtigens an. »Oh, keine Furcht, Señor! Sie werden heute morgen zurückkommen. Verlassen Sie sich darauf. Sie waren eben nur die letzte Nacht beisammen.«

Der Konsul fühlte, wie seine Beine unter ihm nachgaben – totenblaß ließ er sich auf den Rand des Bettes sinken. José war mit seinem Sohn weggegangen ... gegen den ausdrücklichen Befehl ... und das jetzt, da er geglaubt hatte, diese Sache sei beigelegt. Garcias Wendungen »lachend und schwatzend« ... »Arm in Arm« ... »nur die letzte Nacht beisammen« bohrten sich wie glühende Eisen in sein Gehirn. Er ballte in einem wahren Höllenfeuer der Wut die Fäuste; Haß und mißachtete Liebe flammten in seiner Brust. Großer Gott, dies mußte ihm geschehen, dies in der Stunde seiner härtesten Prüfung, jetzt, da er überquellend von väterlicher Zärtlichkeit heimgeeilt war, der kindlichen Zuneigung bitterer bedürftig als je zuvor! Bei diesem Gedanken bäumte sich etwas in ihm auf. Nein, nein, das war unglaublich ... das konnte, das wollte er nicht glauben.

»Garcia«, rief er in fieberhafter Erregung, »was Sie mir da sagen, ist einfach unmöglich. Mein Sohn mag wohl zu Mr. Decker gegangen sein. Es muß da ein Irrtum vorliegen.«

Der Diener beobachtete ihn aufmerksam aus seinen düster brennenden Augen, und in einer geheimen Ekstase des Hohnes zuckte er leicht die Achseln.

»Es kommt mir nicht zu, Ihnen zu widersprechen, Señor. Von mir hat man immer sagen können, daß ich den Platz, auf den ich gestellt bin, kenne. Und dieser Platz ist oft kein niedriger gewesen. Wenn Sie indessen meinen, daß ich von der Wahrheit abweiche ...«

»Nein, Garcia.« Brandes Blick suchte in seltsamer Abhängigkeit die Augen des anderen. »Das liegt mir ganz fern ... Sie stehen über jedem Verdacht. Aber ...«

Er brach ab, preßte die Hände gegen seine Schläfen.

»Es ist für den Señor ohne Zweifel schwer zu glauben.« Vom Argwohn des Konsuls befreit, schien Garcia in seiner Rolle vor dämonischer Lust zu beben. »Ich hege den allerhöchsten Respekt für den Señor und seinen Sohn. Es widerstrebt mir, dem Señor Schmerz zu bereiten. Wenn es indessen darauf ankäme, Beweise zu erbringen ...«

Als Harrington Brande mit unsäglicher Mühe den Kopf hob, hielt Garcia ihm ein zerknittertes Stück Papier entgegen.

»Das, Señor, hab ich zerknüllt im Garten gefunden. Und noch andere. Aber dies mag wohl genügen.«

Mechanisch nahm der Konsul das Papier, aber so gestört war seine Sicht, daß er das Bleistiftgekritzel kaum zu entziffern vermochte – nur das Wort »liebe« sprang ihm in die Augen. Um Zeit zu gewinnen, suchte er umständlich nach seinen Gläsern. Sein Herz war bleischwer, als er sie aufsetzte.

»Ach, bester José, wie sehr liebe ich es, mit Dir zusammenzusein, jede freie Minute . . .«

Er las das ganze Blatt durch – in einer seltsam automatischen Ruhe las er all diese zärtlichen Botschaften, die so spielerisch heiter zwischen José und seinem Sohn hin und her gegangen waren. Zuerst stieg eine leichte Röte in seine Schläfen, bald aber wich sie einer fahleren Blässe als zuvor. Er fühlte sich betäubt, hatte ein leeres Gefühl im Magen, aber aus dieser Öde stieg ein rasender, erstickender Zorn hoch.

Ein leichter Aufruf Garcias drang durch den rostfarbigen Nebel, der um Harrington Brande wogte.

»Da kommen sie eben heim, Señor.« Der Diener wies durch das Fenster. »Sehen Sie nur . . . da, im Garten!«

Eine Pause folgte. Dann sagte der Konsul:

»Ich danke Ihnen, Garcia. Ich brauche für den Augenblick nichts mehr. Ich werde meinen Sohn sofort sprechen.«

Doch blieb er einige Minuten sitzen, nachdem der Bediente gegangen war; dann erhob er sich steif und füllte in tiefem Aufatmen seine Lungen. Unerklärlicherweise brachte er es nicht über sich, aus dem Fenster in den Garten zu blicken. Er wandte sich ab und stieg langsam die Treppe hinunter. Als er die Halle erreichte, ging das Tor auf und mit einer Flut von Sonnenlicht trat Nicholas ins Haus.

Sofort sah er seinen Vater, erschrak sichtlich und blieb mit einem unterdrückten Aufschrei stehen. All das Strahlende erlosch in seinen Augen. Dagegen bedeutete es nichts, daß der Knabe nun mit einem Lächeln der Begrüßung näher trat. Der Konsul hatte im Gesicht seines Sohnes die erste Regung der Furcht gelesen, und sein Herz trommelte einen neuen Wirbel.

»Guten Morgen, Nicholas«, sagte er mit erstorbener Stimme.

»Guten Morgen, Vater«, stammelte der Knabe.

»Hast du schon gefrühstückt?«

»Ja, Vater.«

»Ah! Dann bist du ja glücklicher dran als ich. Vielleicht

ist es dir, wenn du nichts Besseres zu tun weißt, recht, bei mir zu sitzen, während ich mein Frühstück nehme.«

Er ging zum Speisezimmer voraus, von Nicholas gefolgt, und nahm den Platz am Tisch ein, auf den Garcia jetzt das gewohnte Tablett mit Kaffee, Semmeln und Früchten niedersetzte. Der Konsul goß sich mit einer Hand, die unglaublicherweise nicht zitterte, eine Tasse Kaffee ein. Er hatte seinen Sohn nicht aufgefordert, sich zu setzen, und der Knabe stand ihm gegenüber wie ein Angeklagter vor Gericht. Nachdem Garcia sich davon überzeugt hatte, daß alles in Ordnung war, zog er sich zurück. »Als ich heute morgen ankam«, begann der Konsul, »hoffte ich – voreiligerweise allerdings –, du würdest zur Stelle sein, um mich zu begrüßen.«

»Aber, Vater ... ich wußte ja nicht, daß du so bald zurückkommen würdest.«

»Offenbar wußtest du das nicht.« Brandes Lippen verzogen sich krampfhaft. »Aber lassen wir das beiseite. Wo bist du gewesen?«

»Bei José.«

»Du hast die Nacht bei ihm verbracht?«

»Ja, Vater.«

Der Konsul brach eine Semmel.

»Und ich dachte, du hättest mir dein Wort gegeben, nicht mit ihm zu sprechen?«

»Ich tat es auch nicht, Vater, zuerst nicht. Und dann redeten wir ein wenig.« Die Augen des Knaben wurden feucht. »Aber dann konnte ich nicht anders. Ich war so allein ... und hatte solche Angst.«

»Wahrhaftig. Angst vor wem, wenn ich fragen darf?«

Unter den langen Wimpern stahl sich ein scheuer Blick nach der Küchentür. Sehr leise antwortete Nicholas:

»Vor Garcia, Vater.«

»Was!« Der Konsul fuhr auf, seine Miene war empört. »Wie kannst du mich so anlügen?«

»Ich lüge nicht, Vater. Er hat mir Angst eingejagt. Dann aber hat Magdalena mich gebeten, dir nichts davon zu sagen. Das ist der Grund, warum ich mit José nach Hause gegangen bin, Vater. Bitte, glaub mir doch!«

»Ich glaube dir nicht«, antwortete Brande ernst. »Du hast dir diese absurde Geschichte nur ausgedacht, um mich zu täuschen.«

»Nein, Vater. Bitte, glaub mir.« Tränen liefen über Nicholas' Nase und Wangen. »Wenn ich es dir sagen muß ... Garcia war schrecklich. Er hatte ein Messer. Er hat damit meinem kleinen Fisch den Kopf abgeschlagen. Das Blut lief auf den Tisch. Ich dachte, nun werde er mich auch töten. Verstehst du denn nicht, Vater? Er ist nicht so, wie er sich stellt ... er treibt nur seinen Spott mit uns, die ganze Zeit. Er ist böse und hinterlistig, ja, er ist nicht gut wie du und José.«

»Wie kannst du es wagen, uns in einem Atem zu nennen!« rief der Konsul, dem das Blut zu Kopf stieg.

Nicholas erstarrte, löste seinen Blick von dem aschgrauen Gesicht des Vaters und brach in wildes Schluchzen aus.

»Jetzt weißt du wohl nicht mehr weiter?« fragte Brande heiser. »Messer und Blut und abgehackte Köpfe. Jemand hat dir das eingegeben ... nur um Garcia zu verleumden. Ich dulde das nicht. Garcia ist über jeden Vorwurf erhaben, ein durchaus verläßlicher Mensch, weit überlegen diesem ... diesem Kerl aus der Hefe, aus der Gosse.«

»Nein, Vater«, schluchzte Nicholas. »José ist gut.«

Der Konsul war von einer Wut geschüttelt, die gleich den Wogen von Äther durch seinen Kopf wallte. Er mußte sich an die Armstützen seines Sessels klammern, um sich selbst in Schach zu halten – verzweifelt an seine einzige Stütze klammern, an diesen Thron des Inquisitors.

»Dein Freund ist also gut? Du hast ihn gern?«

»Ja, Vater.«

»Man könnte sagen, du liebst ihn?«

Der Knabe nickte unter Tränen.

»Heißt es nicht, daß wir alle Menschen lieben sollen?«

Der Konsul fuhr zurück, als hätte ihn eine Viper gebissen.

»Keine Ausflüchte. Sag jetzt – wo warst du mit ihm heute nacht?«

»Bei ihm zu Hause.«

»Wo ist das?«

»In der Calle Corriente.«

»Oh? Im übelsten Elendsviertel von San Jorge.«

»Oh, so ist das nicht, Vater. Es ist sehr sauber dort. Man sieht auf die Berge hinaus, und an den Wänden sind Kästen mit Schmetterlingen und Kolibris. José hat die Schmetterlinge selbst gesammelt ... auch selber präpariert ... und auch die Kästen hat er selbst gemacht. Und es hat Olla podrida gegeben, die beste Gemüsesuppe, die ich je gegessen habe, Paquia hat sie gekocht ... Maria hat keine Zeit, sie hat so viel im Waschhaus zu tun. Und der alte Pedro kann doch nichts anderes mehr als stricken ...«

Er wurde unsicher; ein Blick auf das Gesicht des Vaters ließ ihn erstarren. Er begriff nicht, daß er in seinem kindischen Bemühen zu erklären, zu gewinnen, die Flammen in der Brust des Konsuls zu noch tollerer Hitze angefacht hatte. Er begann wieder zu weinen.

»Sehr angenehm für deinen Vater zu erfahren, wie weit die Vertraulichkeit zwischen dir und diesem Gesindel bereits gediehen ist.« Seine Stimme wurde schwer. »Weiter, was war dann?«

Von Schluchzen geschüttelt, schöpfte der Knabe tief Atem.

»Dann haben wir Estallido gespielt ... das ist ein Kartenspiel ...«

»Wer hat gespielt?«

»Wir alle.«

»Wen meinst du mit ›wir alle‹?«

»José und Pedro ... und ich ... und Paquita, Juana, Luisa, Elena und Bianca. Nein, Vater, das hab ich vergessen, Maria hat nicht mitgespielt. Sie hat frische Überzüge für das Bett zurechtgemacht.«

Die Gestalt im Sessel wurde steif.

»Für welches Bett?«

»José und meines.«

Das Gehirn des Konsuls lief ab wie eine Haspel. Er neigte sich leicht vor, als böte er seinen Kopf einem neuen Schlag dar.

»Du und er . . .«, flüsterte er heiser, dann brachte er nichts mehr hervor.

Ein Schweigen folgte – so grenzenlos und so tot, daß sogar das Schluchzen des Kindes darin erstarrte. Unwillkürlich begann Nicholas zu zittern. Von seinen Tränen geblendet, sah er die Erscheinung seines Vaters sich ins Unendliche vergrößern, wie er da mit talgweißem Gesicht vor ihm saß.

»Was . . . was hab ich denn getan, Vater?«

Der Konsul stand auf, zerrte an dem steifen makellosen Kragen, der seinen Hals einengte, tat ein paar Schritte, fürchtete zu schwanken. Er stützte sich auf das Kaminsims, sagte mit abgewandtem Kopf und gewürgter Stimme:

»Du mußt jetzt gehen . . . geh fürs nächste in dein Zimmer. Wir sprechen uns später.«

Wieder ein Schweigen, noch leerer, noch entsetzlicher in seiner Unfruchtbarkeit als das erste. Lange noch, nachdem sein Sohn hinausgegangen war, stand Brande so gebeugt, wilden chaotischen Gedanken überlassen, an dem verödeten Kamin. Zuletzt löste sich das Aufatmen eines Entschlusses von seinen trockenen Lippen. Ja . . . das war das Beste, der einzige Ausweg. Ein Mann konnte noch so tüchtig, noch so sehr allen Schwierigkeiten gewachsen sein, es gab dennoch Situationen, in denen er kundige Hilfe suchen mußte.

Schwer, als müßte er sich schleppen, schritt der Konsul quer durch die Halle zum Salon, setzte sich an den kleinen Schreibtisch im Alkoven, nahm seine Feder und schrieb:

PROFESSOR EUGÈNE HALÉVY 219 RUE DES CAPUCINES PARIS KOMMEN SIE BITTE UNBEDINGT SOFORT ES IST LEBENSWICHTIG UND DRINGEND HARRINGTON BRANDE

Er läutete, und als Garcia eintrat, schob er ihm das Blatt hin.

»Nehmen Sie den Wagen und bringen Sie dieses Telegramm gleich zur Post.«

»Jawohl, Señor.«

Brande blieb in dem Alkoven sitzen. Das Rattern des anlaufenden Wagens hatte etwas Beruhigendes, Festigendes. Dann hob der Konsul den Kopf; sein Blick schweifte in den Garten hinaus, und die Flamme in seinem Herzen sprang wieder hoch, drohte ihn zu ersticken.

Der Gärtner stand am Ende des Rasens, nackt bis zum Gürtel, der goldfarbene Torso im Sonnenlicht leuchtend, und schwenkte mit leichten, regelmäßigen Bewegungen die Sense. Fasziniert, kaum des Atmens mächtig, beobachtete Brande den kraftvollen Rhythmus; jede Bewegung schnitt ihm ins Fleisch. Seine Finger wurden vom Schweiß des Hasses feucht, glitten an der Feder ab. Er merkte es nicht. In einen Wirbel gezogen starrte er hinaus, die Pupillen geweitet, Dröhnen in den Ohren, sah diese schimmernde Sensenklinge, die in vollendetem Bogen schwang, schwang wie ein türkischer Krummsäbel, schwang über den fernen blauen Bergen.

14

Binnen vier Stunden langte die Antwort aus Paris in der Casa Breza ein.

ANKOMME MORGEN SIEBZEHN UHR DREISSIG EMPFEHLE BIS DAHIN VOLLE RUHE ERGEBENST HALÉVY

Der Professor hielt Wort. Als am nächsten Tag der Nachmittagszug ratternd in die Station San Jorge einlief, entstieg ein kleiner Mann flink dem Wagen und nahm Harrington Brandes ungelenke Finger in seine schmalen, weichen Hände; er hatte präzise Bewegungen und etwas fast Priesterliches in seinem Gehaben, in dem blassen Gesicht saßen kleine, aber durchdringende, tiefliegende Augen; sein Kinn zeigte den stark zugestutzten Ansatz eines Spitzbartes; er trug ein dunkles Reisecape und einen verbeulten schwarzen Hut.

»Armer Freund!« Mit einem einzigen raschen Blick

umfaßte er die ganze düstere und bedrückte Erscheinung des Konsuls und seine Miene schien zu sagen: Da bin ich – und somit ist alle weitere Sorge überflüssig.

Das Wetter hatte eine starke Abkühlung gebracht, und als sie im Wagen saßen und davonfuhren, fiel ein schwacher Regen, verschleierte den Hafen und verdunkelte das regungslos graue Meer.

»Ich habe Ihren Brief erhalten.« Halévy machte diese Bemerkung, ohne den gerade vorwärtsgerichteten Blick dem Konsul zuzuwenden. »Hat sich die Situation inzwischen verschlimmert?«

»Sie ist unendlich schlimmer geworden.« Brande wollte bereits weitersprechen, nachdem er diese einleitenden Worte leise und gepreßt hervorgestoßen hatte, aber Halévy hielt ihn zurück, indem er mit autoritativer Gebärde die Hand auf das Knie des Freundes legte.

»Nicht jetzt, mein Lieber. Wir haben Zeit genug dazu. Jetzt entspannen Sie sich. Ich stehe Ihnen so lange zur Verfügung, als es notwendig sein mag.«

In diesem erzwungenen Schweigen erreichten sie die Villa, fuhren zwischen triefenden Mimosensträuchern hinan, deren zartes Gezweig, mit Kristalltropfen besetzt, müde herabhing. Die Felsenküste war in gespenstischen Nebel gehüllt, über den Bergen hingen dunkle Wolken. Die Luft, von vielfältigem Geflüster belebt, war voll vom leisen Rauschen unsichtbarer Wasserläufe, die in der nassen und doch unersättlichen Erde verrieselten und versikkerten, und von fern her, durch den Nebel, der über dem Meere lag klang der melancholische Klagelaut des Muschelhorns einer Fischerbarke, steigend und fallend – immer wieder, zuweilen ganz verklingend, entschwindend wie ein verblassender Stern, in äußerster, trostlosester Verlassenheit.

Im Hause aber waren vielerlei Vorbereitungen getroffen. Feuer brannte im Speisezimmer, im Salon und oben in dem großen Gastzimmer; Wärme und der würzige Duft des Zedernholzes füllten die Luft. In der Küche rumorte Magdalena, und Garcia glitt mit lautlosen Schritten wohl ein dutzendmal treppauf, treppab.

Das Dinner für zwei Personen, um acht Uhr serviert, war der Vollendung so nahe, daß der Professor – der trotz seinem priesterlichen Gehabe keine Abneigung gegen Tafelfreuden hegte – den Konsul zu seiner Köchin beglückwünschen und sanft tadeln konnte, weil er ihrer hohen Kunst nicht genügend Achtung zolle. Nur gelegentlich, während er im Schimmer der Kerzen seine spanische Languste verzehrte, richtete er einen unauffällig beobachteten Blick auf seinen Gastgeber, wohl der Schwere von Brandes Leiden gewahr, aber zugleich entschlossen, nichts zu überstürzen; gelassen hielt er an seiner Methode ruhiger Beobachtung fest, blieb wie immer Herr der Situation.

Eugène Halévy war der Sohn eines Brester Hafenkrämers. Vor etwa zwanzig Jahren war er, ein ungehobelter, unausgewachsener Bursche aus der Provinz, nach Paris gekommen, um Medizin zu studieren. Nach einigen Fehlschlägen bei den ersten Prüfungen hatte er sein Ärztediplom erlangt. Damals stand Charcot auf der Höhe seines Ruhmes, und unter den vielen Studenten, die sein Glanz anzog, war auch der junge Halévy. Er versäumte keine der Vorlesungen des großen Mannes, frequentierte häufig die Krankensäle der Salpetrière, und nachdem er mit knapper Not die Zulassung erlangt hatte, ein paarmal bei den berühmten Demonstrationen von Massenhysterie zu assistieren, gewann er die Klarheit, daß er sich auf die Psychiatrie spezialisieren mußte.

Von einer gewissen provinzlerischen Schläue abgesehen, die ihn befähigte, die Phrasen und Gebärden seines Vorbildes nachzuahmen, besaß Halévy keine besonderen Qualifikationen zu dieser Tätigkeit. Doch kam ihm ein bescheidenes väterliches Erbteil zunutze, um nach Wien zu gehen, bei Jung zu studieren, dann zwei Semester in Heidelberg zu verbringen und schließlich achtzehn Monate in der großen mecklenburgischen Landesirrenanstalt zu hospitieren. Als er nach Paris zurückkehrte, nahm man ihn um dieser im Ausland erworbenen Kenntnisse willen in den Ärztestab des Institut Nervosthénique, einer kleinen Klinik in Passy, auf. Gleichzeitig begann er an der Akademie für geistige Hygiene Vorträge von halb populär-wissenschaftlichem Charakter zu halten. Allmählich gewann er eine kleine Klientel, darunter die üblichen Neurotikerinnen, Grenzfälle und malades imaginaires. Seine Allüren waren, wie ja zu erwarten stand, sicherer, sein Blick schärfer geworden; seine Hände wußten zuzugreifen; er legte sich eine feierlich dunkle Kleidung zu, die ihm, dem eingefleischten Junggesellen, etwas von einem gelehrten Abbé gab. Meister in diesem Hokuspokus, gedieh er von Tag zu Tag mehr, schwoll an von all diesen Ängsten und jammervollen Geständnissen, die ihm in die Ohren geflüstert wurden. Er lernte grausam zu sein, mit einem einzigen Wort Geheimnisse zu entreißen, mit einem gewissen düsteren Ernst Paradoxa zu äußern und Anweisungen zu erteilen, die in einem seltsamen Gegensatz zu seiner dürftigen Erscheinung standen.

Als er einmal im Sommer seine Ferien in Knocke verbrachte, machte er die Bekanntschaft Harrington Brandes, der damals in jenem berühmten belgischen Kurort seinen Dienst versah. Der Konsul, der gerade wieder an einer seiner periodischen Melancholieanwandlungen litt, hatte in einem raschen Impuls – dem glücklichsten seines Lebens, wie er später erklärte – den schicksalhaften Entschluß gefaßt, den Pariser Psychiater zu konsultieren. Sofort trat eine innere Affinität zwischen den beiden, im Temperament so verschiedenen, im Typ so ähnlichen Männern zutage. Und seither hatte Brande oft seinen neuen Hausarzt aufgesucht, der da allein ihm Linderung zu schaffen schien. Aus den langen Sitzungen in der Rue des Capucines erwuchs eine haltbare Freundschaft zwischen dem würdebewußten, vom Leben zurückgesetzten Beamten und dem kleinen Priester einer trügerischen Religion, der ihm nach dem Ritus seiner Wissenschaft seine geheimste Beichte abhörte und gar bald zu seinem Herrn und Meister wurde.

Nach dem Dinner begaben sich die beiden Männer in den Salon und ließen sich zu beiden Seiten des Marmorkamins nieder. Das Gaslicht brannte gedämpft in dem Luster, der weite, dekorative Raum war von den züngelnden Flammen des Kaminfeuers gerötet, deren Reflexe wie Scharen von Phantomen auf den unechten Tapisserien, den lächerlichen Konsolen, den goldplattierten Serpentintischchen geisterten. Halévy, der begriff, daß die Grenze erreicht war und daß sein Freund nicht länger zurückgehalten werden konnte, gab mit einem vielsagenden, fast gebieterischen Kopfnicken das Zeichen der Einwilligung. Tief in seinen Fauteuil versunken, neigte er den Kopf in seine schmale Hand hinab, die Augen halb verdeckend, ein Priester in seinem Beichtstuhl, bereit, zuzuhören.

Sofort begann der Konsul zu sprechen, sein Bericht brach aus ihm hervor; vom ersten Wort an ersparte er sich nichts, schonte sich nicht, sprach rückhaltlos und ohne Erbarmen. Der Professor beobachtete ihn, ohne es merken zu lassen, zwischen den Fingern hindurch, ließ sich keine Regung des anderen entgehen, und obwohl sein Gesicht nur einen berufsmäßigen Gleichmut zeigte, hatten seine tiefliegenden Augen doch etwas von der Schärfe des Chirurgenmessers. Doch als Brande schließlich aus der Tasche seines bortenbesetzten Samtjacketts ein bekritzeltes Stück Papier hervorzog und dem Arzt reichte, maskierte sich der gespannte Blick unverzüglich. Der Konsul strich sich in nervöser Unrast über die feuchte Stirn, Halévy aber setzte umständlich seinen goldgeränderten Zwicker auf und las aufmerksam zweimal das Schriftstück. Dann schürzte er die Lippen, ließ das anämisch blasse Zahnfleisch sehen und nickte.

»Guter Freund«, sagte er schließlich in gewichtigem Ton, »ich will nicht abstreiten, daß ich diese unliebsame Geschichte in ernstem Licht sehe. Wäre ich Ihnen weniger eng verbunden, so könnte ich mir darüber wohl mit einer bagatellisierenden Glosse hinweghelfen. Hätte ich eine geringere Meinung von Ihrer Intelligenz, dann wäre ich vielleicht versucht, gewisse dunklere Aspekte der Angelegenheit außer Betracht zu lassen. Doch Sie sind mein Freund, selbst ein Mann von hohem Wissen, und nicht nur ein Vater, sondern auch ein allen Problemen gewachsener Weltbürger. Sie wissen, daß Unrat selbst dort, wo wir ihn am wenigsten vermuten, zu finden ist. Daß die köstlichen Blumen aus dem Dung aufwachsen; daß der klarste Waldsee, auf dessen Spiegel Wasserlilien schwimmen, auf seinem Grunde Schlamm birgt.«

Der Konsul wollte sprechen, aber bevor er Halévy unterbrechen konnte, fuhr dieser unerbittlich fort:

»Unschuld, lieber Freund – was ist Unschuld? Wir Psychiater können über dieses abgeschmackte und alberne Wort nur lächeln – über diese sentimentale Schutzmaske eines veralteten Glaubens. Liegen nicht täglich frisch eiternde Wunden offen vor unseren Augen, empfangen wir nicht täglich neue Beweise der menschlichen Erbärmlichkeit? Sind wir nicht alle die Sklaven unserer Körper, die Opfer all der Schrecken und all des Grauens, die unsere Begierden entfachen? Wie denn?! Schon die ersten unwillkürlichen Regungen des Kindes, die ersten Bewegungen, mit denen es sich an etwas anklammert, es umfängt ... die sinnliche Wildheit, mit der es sich auf die Mutterbrust stürzt ...« Er unterbrach sich mit einem gleichmütigen Achselzucken. »Gerade in dieser Lebensperiode, in die Ihr Sohn nun eintritt, stehen wir dunklen Mächten gegenüber, seltsamen Zwängen und geheimem Drängen ... Es ist natürlich ein arges Mißgeschick, daß gerade in einem solchen Augenblick diese unerwünschte Freundschaft mit einem älteren Jungen, einem Spanier noch dazu, entstanden ist.«

Der Konsul stöhnte; seine Fingernägel bohrten sich in die Handteller.

»Sie glauben aber doch nicht, daß Nicholas ernstlich Schaden genommen hat?«

»Ich fürchte in der Tat, daß ihm Schaden zugefügt worden ist«, antwortete Halévy gleichmütig. »Wieviel oder wie wenig, das zu enthüllen ist meine Aufgabe.«

»Zu enthüllen?«

»Ohne Zweifel. So sehr ich es bedaure, ich werde Ihren Sohn einer Analyse unterziehen müssen.«

Brande schrak zurück; jähe Abwehr ließ sein ganzes Wesen sich sträuben.

»Bedenken Sie nur ...«, protestierte er stammelnd, »der Kleine ist so jung, er ist im Augenblick so außer sich, sein Nervensystem so empfindlich ...«

Halévys Blick ruhte kalt auf dem Konsul.

»Bezweifeln Sie mein berufliches Geschick?«

»Nein ... bester Freund ... nur ... gewiß, wenn Sie es für nötig halten ...«

»Für unumgänglich notwendig. Eine Notwendigkeit, die uns aufgedrungen worden ist.« Der Professor sprach mit Schärfe, fast beleidigt. »Wie anders als durch eine Erforschung des Unterbewußtseins können wir enthüllen, was in diesen gefährlichen Nachtstunden geschehen ist?«

»Halten Sie ein ... Halévy.« Der Konsul preßte sich die Hände an die Schläfen, als fürchtete er, sein Kopf müsse zerspringen.

»Nun, nun, mein Freund«, beschwichtigte Halévy mit einer Art wohlwollender Herbheit. »Wir sind ja keine Kinder mehr.«

»Nein«, stammelte der andere überwältigt und blickte zu Boden. »Immerhin ... Sie kennen meinen eigenen Gesundheitszustand ... Sie wissen, was ich bereits durch meine Ehekatastrophe durchgemacht habe ... die Mühsale und Engpässe meiner amtlichen Laufbahn ... das langausgedehnte schöpferische Ringen meiner literarischen Arbeit ... und vor allem diese Liebe, die ich meinem Sohn entgegenbringe, dieses Gefühl über allen anderen Gefühlen ...«

»Sie mögen versichert sein, daß ich so behutsam sein werde, wie ich nur kann«, unterbrach ihn Halévy nüchtern. »Ich bin schließlich nicht unerfahren.«

»Ich vertraue Ihnen voll, teurer Freund.« Brande war jetzt in seiner Sorge am Rande der Verzweiflung. »Es ist die freche, schamlose Verwegenheit dieses Burschen, die mich ganz außer Rand und Band bringt.«

»Sie haben ihn nicht entlassen?« fragte Halévy schnell.

Der Konsul schüttelte wehrlos den Kopf.

»Das ist gut«, antwortete der Professor beifällig. »Zweifellos werden wir ihn einem strengen Verhör unterziehen. Vielleicht ergibt sich die Notwendigkeit, auch Ihre Hausangestellten zu befragen. Haben Sie dagegen einen Einwand?«

»Nicht den geringsten. Es sind vortreffliche Leute. Das Paar ist einwandfrei. Nur dieser andere ... dieser José ...«

Als er den Namen aussprach, überkam ihn von neuem Wut und Haß. Er beugte sich vor, seine Augen brannten, seine Faust fiel mit mörderischer Wut auf die Armlehne des Sessels, und er schrie:

»Er muß bestraft werden.«

Der Professor neigte den Kopf, warf noch einmal einen forschenden Blick, der sich wie ein Fangarm ausstreckte, auf sein Gegenüber und wandte sich dann ab. Einen Augenblick lang saß er still, die Fingerspitzen gegeneinanderpressend; ein seltsames Lächeln ließ die Falten auf seinen gelben Wangen spielen ... das müde Lächeln eines, der die verhülltesten Geheimnisse der Menschennatur kennt, der ein bevorzugter Zeuge ihrer Maskierungen ist, ein Hüter der Seelen ...

»Lieber Freund ... Sie haben ohne Zweifel gut getan, mich herbeizurufen.«

15

Am nächsten Morgen hatte es aufgehört zu regnen, der Himmel erstrahlte in halkyonischem Blau, die erfrischte Erde wärmte sich im Glanz der strahlenden Sonne. Für Nicholas, der von seinem Schlafzimmerfenster aus bedrückt in den Garten hinabspähte – er hatte den Mut aufgebracht, es ein wenig zu öffnen –, schien die balsamische Luft, süß geschwängert von den zarten Düften, die in der Alchimie des Rasens destilliert waren, eine Verheißung besserer Zukunft zu enthalten. Vielleicht würde er heute aus der Verbannung in sein Zimmer erlöst werden. Nun, da Professor Halévy eingetroffen war – Nicholas hatte am Abend mit beherrschter Neugier die Geräusche der Ankunft und der Begrüßung belauscht –, nun würde Vaters Groll sich gewiß mindern. Immer war der Konsul bei bester Laune, wenn er sich in Gesellschaft des Pariser Arztes befand.

Mittlerweile hatte Nicholas ohne sonderlichen Appetit das Frühstück verzehrt, das ihm wie gewöhnlich auf einem Tablett hereingebracht wurde, hatte Hemd und Hose angelegt und wartete gespannt auf das Zeichen, das José ihm vom Geräteschuppen herüber geben sollte – eine rasche Winkbewegung des Armes zum Fenster heraus, die in diesen zwei Tagen erzwungener Trennung das einzige Verständigungsmittel zwischen ihnen gewesen war. Und doch, dieses ermutigende Zeichen, so voll Bedeutung und freundschaftlicher Zuneigung, genügte, um heilsamen Trost in das Herz des Knaben zu gießen. Er wußte, daß José ihn nicht vergessen hatte. Und das genügte. Was immer ihm selbst geschehen mochte – neue Krankheitsbeschwerden, die Erfüllung von Garcias gräßlichen Drohungen, selbst die Heimsuchung durch Vaters Zorn – nichts bedeutet etwas, solange José sein treuer, herzinniger Freund blieb.

Es war jetzt fast zehn Uhr. José, der den vom Regen aufgewühlten Gartenweg mit dem Rechen bearbeitete, kam mählich an den Schuppen heran, hinter dem er gegen die Fenster des Erdgeschosses gedeckt war. Nicholas' Puls ging im Vorgefühl des Kommenden bereits schneller, als er auf dem Korridor Schritte hörte. Fast unmittelbar darauf wurde die Tür geöffnet und Vater und Professor Halévy traten ein. Der Knabe wandte sich um, in Abwehr, und sein jähes Erröten ließ ihn schuldbewußt erscheinen.

»Guten Morgen, mein Kind.« Halévy nickte freundlich.

»Guten Morgen. Guten Morgen, Vater.«

Eine Pause folgte, die dem scharf von dem einen zum andern blickenden Knaben seltsam unheilverkündend schien. Der Konsul räusperte sich; seine Stimme klang gepreßt.

»Nicholas, da wir glücklicherweise Professor Halévy hier haben, wollte ich ihn bitten, dich zu untersuchen und mich wegen deines Gesundheitszustandes zu beruhigen.« Er wandte sich an Halévy. »Sie werden wohl nicht wünschen, daß ich bleibe . . .«

»Wir werden miteinander allein prächtig auskommen«, antwortete der Professor heiter, und als Brande mit einem düsteren Kopfnicken hinausgegangen war, richtete er seinen Blick mit der gleichen Miene heimlichen Einverständnisses auf den Knaben. »Es gibt schon Dinge, die man nicht einmal Papa auf die Nase binden mag. Oder stimmt's nicht? So, und wenn du dich jetzt auf deinem Bett ausstrecken willst, kommen wir rasch und mühelos vorwärts.«

Nicholas sah den Professor verblüfft an. So sehr er an dieses ärztliche Ritual gewöhnt war, das in streng abgezirkelten Perioden an seinem gebrechlichen Körper vollzogen wurde – Halévy hatte ihn schon zu öfteren Malen untersucht –, fühlte der Knabe diesmal doch deutlich eine gewisse Hinterhältigkeit im Verfahren des Arztes, eine neue, verwirrende Methode heraus. Und als er sich gehorsam hingelegt hatte, war es ihm sofort klar, daß diese Untersuchung, die Manipulation mit dem Stethoskop, all das Abtappen und Abhorchen, begleitet von ermutigendem Murmeln, nur ein Vorwand war, eine Schaustellung, die seinen Argwohn ablenken sollte. Und dieser Verdacht fand seine Bestätigung, als Halévy einige Minuten später ans Fenster trat, die Läden zuzog und sagte:

»Das Sonnenlicht tut ja geradezu den Augen weh. So! Jetzt ist es schon weit angenehmer, nicht?«

In dem Dämmer kam er zurück, setzte sich ans Kopfende des Bettes und legte seine Hand sanft auf die Stirn des Knaben.

»Wir kennen einander jetzt schon lange, lieber Nicholas.« Er sprach harmlos heiter. »Du siehst in mir doch eher den Freund als den Arzt, nicht wahr? Hast doch nicht etwa Angst vor mir?«

Da offenbar eine Antwort von ihm erwartet wurde, murmelte Nicholas, der auf dem Rücken lag und die Augen zur Decke gerichtet hatte:

»Nein.«

»Nun schön. Du sollst vor allem das Gefühl haben, daß du mit mir ganz offen reden kannst, ganz wie zu einem anderen Jungen ... übrigens –« über dem grauen Spitzbart entblößten sich gelbe Zähne in einem vertrauenerweckenden Lächeln – »übrigens wächst du dich ja unter meinen Augen zu einem großen Jungen heraus. Das muß natürlich auch manche Wandlung in deiner Denkweise zur Folge haben ... in deiner Lebensauffassung. Gerade darüber möchte ich etwas wissen ... und du brauchst nicht zu zögern, mir alles zu sagen, selbst das Ungewöhnlichste. Was, zum Beispiel, denkst du jetzt gerade?«

»Ich weiß nicht«, antwortete Nicholas zögernd.

»Nun, nun, mein lieber Junge«, scherzte der Professor, »das gibt es nicht. Die Natur scheut das Vakuum – ich bin ganz sicher, daß ein so gescheites Köpfchen wie das deine nicht völlig leer sein kann. Aber nein! In Wirklichkeit ist es die reinste Büchse der Pandora, und wir werden gleich miteinander die allermerkwürdigsten Dinge daraus hervorholen. Stell dir nur vor, daß du den Deckel der Büchse ein wenig hebst. Nun, und was siehst du jetzt? Was empfindest du?«

»Ich fühle Ihre Finger auf meiner Stirn. Die sind wie Baumwolle«, sagte Nicholas zögernd, ein wenig unbeholfen. »Und ich sehe die Lichtstreifen auf der Decke. Sie kommen von den Jalousien.«

»Vortrefflich. Weiter!«

»Worüber soll ich sprechen?«

»Worüber du zu sprechen Lust hast. So, wie dir die Gedanken kommen ... nach diesen Fensterläden.«

»Ich weiß nicht«, Nicholas war voll Zweifel. »Irgendwie geben mir diese Streifen die Vorstellung, ich sei in einem Gefängnis. Es ist dunkel ... und diese Streifen ... diese Sperre erweckt in mir den Wunsch, hinauszulaufen.«

»Und wenn du ausgehen dürftest, was würdest du dann tun?«

»Fischen gehen«, antwortete Nicholas ohne das leiseste Zögern. »Fischen?« fragte der Arzt im Ton eines, den nichts in Erstaunen setzt.

»Ja, das würde ich tun. Ich würde mit dem netten, wakkeligen Autobus direkt in die Berge hinauffahren.« Unter den Fingern, die über seine Stirn strichen, huschte ein verträumtes Lächeln über das schmale Gesicht des Knaben. »Und dann würde ich in das grüne Tal hinabsteigen und an dem Mühlendamm in der Sonne sitzen. Ich würde die Primeln sehen und die wilden Schwertlilien und die Korkeichen. Ich würde einen Köder auf den Haken spießen und dann den ganzen Tag im Staubecken fischen. Und vielleicht würde ich eine noch größere Forelle fangen.«

»Das alles würdest du natürlich allein tun?« murmelte der Professor gespannt.

»Natürlich nicht.« Das verträumte Lächeln des Knaben vertiefte sich; er sprach ohne Scheu. »José müßte mit mir kommen. Er hat mir ja gezeigt, wie man es machen muß.«

»Was machen?« fragte Halévy stimmlos.

»Was? Fischen natürlich! Er ist ein so wunderbarer Angler. Und der beste Pelotaspieler von San Jorge obendrein. Aber er bildet sich gar nichts ein. Und er arbeitet so schwer, so furchtbar schwer im Garten . . .«

»Du hast José sehr gern?« fragte der Professor mit unbeirrter Sanftmut.

»O doch, gewiß. José ist mein Freund.«

Ein kurzes Schweigen folgte; in den Lichtstreifen, die ihr Muster auf die Decke zeichneten, zitterten die Sonnenstäbchen. Die hellsichtigen Finger des Arztes bewegten sich in gemessenem Rhythmus, dann setzte die leise Stimme wieder ein:

»Als dein Vater verreist war, bist du mit José zu diesem Fluß gegangen. Und als du gefischt hattest, was dann –?«

»Dann hielt ich meine Siesta.«

»Mit José?«

»Ja, José lag neben mir im Gras. Es war so schön, so warm in der Sonne.«

»Natürlich. Ich verstehe. Und ich finde gar nichts Arges daran. Du kannst mir ohne Scheu alles sagen.«

»Wovor sollte ich Scheu haben? Es war ja nichts Böses daran. Ich sage Ihnen nur die Wahrheit.«

Der Professor biß sich ärgerlich auf die Lippen.

»Nichts Böses ... gewiß war es doch nicht recht, daß du deinem Vater ungehorsam warst.«

»Ich wollte ihm gar nicht wirklich ungehorsam sein. Es geschah ja eigentlich nur wegen Garcia.«

»Ah! Darauf kommen wir noch zu sprechen. Gleich. Zuvor ... du hast also José sehr gern, das sagst du doch selbst?«

»Dagegen vermag ich doch nichts, daß ich ihn gern habe«, sagte Nicholas ernsthaft.

»Es tadelt dich ja keiner darum, mein Kind.« Der Arzt besänftigte sich wieder, schien sich auf sicherem und vertrautem Boden zu fühlen. »Ich verstehe das durchaus; du hast es gern, wenn José dir nahe ist ... wenn er dich berührt. Es wäre dir zum Beispiel lieber, wenn er so neben dir säße und dir übers Haar striche ...«

»Doch, viel lieber.« Nicholas errötete über seine unbedachte Grobheit.

Der Professor aber, dem dieses Zeichen der Beschämung willkommen war, nahm an der Unfreundlichkeit keinen Anstoß. Die Gewöhnung an seine Arbeitsweise hatte ihn längst gegen weit schlimmere Beleidigungen unempfindlich gemacht, gegen schändliche Unterstellungen, die ihm von verwirrten Geistern an den Kopf geworfen wurden. Er suchte nur diese kindliche Verwirrung für sich auszunutzen.

»Und weil du gerne möchtest, daß er dir nahe ist ... daß er dich berührt«, er lächelte ermunternd, »darum bist du auch mit ihm nach Hause gegangen?«

Nicholas hatte ein unbehagliches Gefühl; er machte eine Bewegung, als ob er dem unsichtbaren Fragesteller ins Gesicht schauen wollte. Der große, verdunkelte Raum, die goldenen Lichtstreifen, die auf der Decke spielten, die sanfte Berührung an seinen Schläfen, all das erzeugte eine Mattigkeit, in der es am leichtesten, ja als einzig möglicher Weg erschien, sich diesen merkwürdigen Fragen wehrlos auszuliefern. Gleichzeitig aber war etwas, ein letzter Widerstandskern, in seinem schwachen kindlichen Verstand, etwas, das sich wehrte.

»Ich mag José sehr gern . . .«

»Du meinst, du liebst ihn«, sagte der Professor sanft.

»Ja, ich liebe ihn.«

Nicholas errötete tief. »Aber zu ihm nach Hause bin ich wegen Garcias gegangen.«

Halévy lachte kurz auf. Oh, er kannte die Wirkung dieses spöttischen Auflachens, das oft wie ein unerwarteter Schnitt Schleier der Vorstellung zerriß, die alle Sanftmut nicht wegzuziehen vermochte.

»Garcia . . . immer wieder Garcia!« sagte er verächtlich. »Ich glaube kein Wort davon.«

»Ob Sie es nun glauben oder nicht«, antwortete Nicholas mit klarer, stolzer Stimme. »Das macht nichts aus, solange es wahr ist.«

Ein Schweigen folgte, jäh, hemmend; in dem Professor regte sich eine Anwandlung von Ärger. Diese kindische Widerspenstigkeit, mit der er nicht gerechnet hatte, kam einem Manne von seiner Erfahrung überraschend und erbitterte ihn. Nicht einen Augenblick hatte er den Gedanken, Nicholas könnte die Wahrheit sprechen. In der Welt, in der er wirkte und atmete, war kein Platz für normales Empfinden. Das Leben war ein schwüler Dschungel, darin Kräfte, die unsichtbar blieben, in schwarzem Morast webten und wirkten. Nun, sogar mit kriminellen Kindern hatte er schon zutun gehabt, und hatte zu guter Letzt den Panzer ihres Widerstandes aufgebrochen. Er hatte ein Dutzend Tricks bereit, einen raffinierter als den anderen, um Widerspenstigkeit in die Falle zu locken.

Aber er gewann die Fassung wieder, lächelte Nicholas gewinnend zu und griff mit einer priesterlich sicheren Gebärde nach dem Arm des Knaben.

»Mein lieber Junge . . . es tut mir leid, daß du mich so falsch verstehst. Ich denke nicht in Begriffen wie Gut und Böse. Warum solltest du dich also verteidigen? Ich bin doch auf deiner Seite. Was da als Sündhaftigkeit gilt, ist doch nichts weiter als ein Instinkt, Erbgut vieltausendjähriger urtümlicher Wesenheit. Vielleicht setzen dich diese großen Worte in Verwirrung, und gerade das ist es, was ich nicht haben möchte. Es ist dir wohl schon längst klargeworden, daß es keine Engelein gibt und daß, was du getan hast, rein menschlich ist. Die Gefahr liegt nur darin, daß wir es verbergen, verhehlen. Wenn du es vor mir enthüllst, dann wird es zu nichts ... wir können zusammen darüber lachen.«

»Worüber sollen wir lachen?« fragte Nicholas.

»Nun, darüber zum Beispiel«, murmelte Halévy. Er holte wie von ungefähr das Bündel kleiner Zettel hervor und hielt sie dem Knaben vor die Augen.

Nicholas machte sich steif, als gälte es, einen Schlag aufzufangen; dann entspannte sich sein Körper wieder, und er wandte seinen umwölkten Blick ab.

»Ach, es ist weiter nichts«, beschwichtigte der Professor, »aber wenn du so schreiben konntest, warum willst du dich jetzt verstellen? Gewiß hast du noch weit Zärtlicheres zu José gesagt, als du mit ihm allein warst ... als du mit ihm nach Hause gingst, zum Beispiel ... als du nachts mit ihm warst.«

»Da haben wir überhaupt nicht geredet«, antwortete Nicholas mürrisch mit abgewandtem Gesicht.

»Mein lieber Junge ...« Der Kopf des Professors war jetzt fast bis zum Kissen herabgeneigt, »als ihr so laget ... nur ihr zwei allein ... im Dunkel ...«

Ein Schauer durchlief den Knaben, als wäre er sich unklar eines unbekannten, aber scheußlichen Bösen bewußt, das da irgendwo im Dunkeln lauerte, auf ihm mit unwiderstehlichem Drängen lastete, ihm Furcht und Widerwillen einflößte. Was war das für ein schändliches Reich der Dunkelheit und der Abscheulichkeiten, in das er da geführt wurde? Er wollte vom Bett aufspringen, hinauslaufen, für immer verschwinden. Doch eine überwältigende Müdigkeit hielt ihn gebannt, ließ ihn wünschen, er könnte sich ins Unvermeidliche ergeben, könnte um Gnade bitten. Schließlich, was konnte es ausmachen? Was geschah, wenn er sich den versteckten Andeutungen unterwarf, wenn er von der Frucht aß, die dieser Mann ihm hinhielt? Aber als er so weit war, erhob sich aus den Tiefen seines Wesens gebieterisch ein Instinkt der

Abwehr ... Unwillkürlich krampfte er seine Fäuste; mit einem Ruck machte er sich von der Hand des Professors frei und setzte sich auf. Sein Gesicht war sehr blaß, sein Herz schlug wie wahnsinnig. Aber er sah dem Professor aus voller Kraft ins Gesicht, als gälte es, sein Leben zu verteidigen.

»Ich weiß nicht, worauf Sie es abgesehen haben – was Sie wollen, daß ich sagen soll, aber ich werde es gewiß nicht sagen. Ich habe Ihnen doch erklärt, daß ich nur mit José gegangen bin, weil Garcia mir solche Angst eingejagt hat. Sie können ja Magdalena fragen, wenn Sie wollen. Sie wird es Ihnen bestätigen. Ich wollte schon Vater darum bitten.«

Der Professor verbarg seine Enttäuschung in einem kühlen Lächeln. Er stand auf, als nähme er eine Herausforderung an, auf die er vorbereitet war.

»Schön, dann wollen wir Magdalena fragen.«

Aufrecht sitzend beobachtete Nicholas den Professor, der zweimal an der gewirkten Schnur zog, hörte das Läuten in der Ferne, in den entlegenen Teilen des Hauses. Nach ein paar Minuten erzwungenen Schweigens wurden die schweren, schleppenden Schritte der Köchin auf der Dienstbotentreppe hörbar.

Dann wurde angeklopft, und sie trat ein.

»Magdalena«, sagte der Professor, »es ist da die Rede davon, daß während der letzten Abwesenheit Ihres Herrn im Haushalt gewisse Unregelmäßigkeiten unterlaufen sind. Zunächst einmal: ist Garcia in der Samstagnacht in Barcelona geblieben?«

Die Frau, die breitspurig an der Tür stehengeblieben war, starrte den Professor unter schweren Lidern hervor blöde an. Ihre Hände, leicht mit Mehl bestäubt, hielt sie ein wenig von dem dunklen Kleid ab.

»Nein«, sagte sie. »Garcia war immer hier, die ganze Zeit.«

Es war, als ob Nicholas einen elektrischen Schlag empfinde. Er beugte sich vor, seine Lippen zitterten, daß er kaum die Worte zu formen vermochte:

»Aber, Magdalena!«

»Ruhe, bitte.« Halévy wandte sich wieder der Köchin zu. »Eine weitere Frage. Hat Garcia sich Sonnag abend einer trunkenen Ausschweifung überlassen?«

»Nein, Señor.« Ihre regunglosen Züge waren wie aus Holz geschnitzt. »Garcia trinkt überhaupt nicht.«

»Also hat er weder Sie geschlagen noch Nicholas auf irgendeine Weise eingeschüchtert?«

Sie schüttelte den Kopf.

»Garcia ist ein guter Mann. Das wissen doch alle. Er hat mich mein Leben lang noch nie geschlagen.«

»Aber Magdalena«, brach Nicholas jetzt los, »wie können Sie so lügen? Er hat Sie doch vor meinen eigenen Augen geschlagen! In der Abwaschküche! Und Sie haben noch so geweint! So schrecklich. Und er hielt das Messer . . .«

Der Knabe unterbrach sich, ein Grauen, das aus seinem Innersten aufzusteigen schien, überkam ihn.

»Das wäre alles, Magdalena«, sagte Halévy. »Danke für Ihre Bemühung.«

Einen Augenblick stand die Köchin da, als wäre ihr nicht ganz klargeworden, daß sie entlassen war. Während der Befragung waren ihre Augen unbeweglich auf den Professor gerichtet geblieben, jetzt aber wandten sie sich flackernd für einen Augenblick zu Nicholas. Sie verlor nicht die Festigkeit, die heruntergezogenen Lippen blieben regungslos, aber mit unerwarteter Schnelligkeit machte sie kehrt und ging hinaus.

Mit einem Aufschrei kindlicher Erbitterung ließ Nicholas sich auf das Kissen zurückfallen, von solch offenem Verrat überwältigt. Tränen liefen ihm über die Wangen.

»Ach, José . . .«, flüsterte er sich zu, »wo bist du, José? Was wollen sie nur von uns?«

Professor Halévy trat mit einem unenträtselbaren Gesichtsausdruck näher, dann blieb er stehen. Einige Male strich er sich über das behaarte Kinn. Er legte den Kopf leicht zur Seite, fast wie ein Frettchen, das zum Angriff ansetzt. Aber er überlegte es sich wieder. Nein, jetzt kein Wort mehr! Noch ein wenig Einsamkeit, noch ein paar Tränen, dann mußte der letzte Widerstand dahinschwinden. Er überzeugte sich, daß die Fensterläden geschlossen waren; dann schritt er, während das unterdrückte Schluchzen vom Bett herüberklang, aus dem Zimmer.

16

Harrington Brande erschien an diesem Morgen nur zu einem kurzen Aufenthalt im Konsulat, blieb dort in einem Zustand steigender Erregung etwa eine Stunde und eilte dann mit bebenden Nerven nach Hause, um mit seinem Gast den Lunch einzunehmen. Jetzt war die düstere Mahlzeit vorüber, der Professor hatte Bericht erstattet, und die beiden Männer saßen im Speisezimmer, wo ihnen der Kaffee serviert worden war.

»Sie halten also gar keinen Zweifel mehr für möglich?« Damit brach der Konsul, dessen Gesicht eingefallen war und der mit tiefer Bitterkeit prüfend in seiner Tasse rührte, das Schweigen.

»Nicht den geringsten.« Der Professor trank seinen Kaffee mit sichtlicher Befriedigung. »Diese Übertragung des Schuldkomplexes ist durchaus typisch ... auch der Nervenzusammenbruch, als er Magdalena gegenübergestellt wurde.«

Brandes fahles Gesicht verzog sich in einem jähen Krampf.

»Ich hoffe, es war keine allzu harte Prüfung für meinen Sohn.«

»Mein lieber Freund ... was sind ein paar Kindertränen, was ist ein klein wenig Herzenskummer gegen die größere Gefahr, die es abzuwehren gilt?«

»Aber wenigstens jetzt leidet er doch nicht mehr?«

Noch einmal griff Brande nach einer Linderung der Angst, die ihm ans Mark griff.

»Mutmaßlich ist er in gesunden Schlaf gesunken ... das wenigstens ist die gewöhnliche Folge einer gelungenen Katharsis. Auf jeden Fall dürfen Sie sich ihm jetzt nicht nähern. Einsamkeit ... Gelegenheit zu überlegen ... das sind wesentliche Komponenten meiner Behandlung. Ich wiederhole: diese abnormalen Tendenzen, die bereits zäh festsitzen, müssen um jeden Preis mit den Wurzeln ausgerissen werden.«

Auf der anderen Seite des Tisches knüllte der Konsul seine Serviette zu einer harten Kugel. Ohne Halévy anzublicken, fragte er:

»Und José?«

Der Professor setzte mit einem nachdenklichen Stirnrunzeln seine Tasse ab.

»Ich habe ihn heute morgen gründlich ins Verhör genommen. Ein eindeutiger Spitzbube.« Er überlegte. »Ich kann mir denken, mein lieber Brande, wie Sie zu ihm eingestellt sind, aber was läßt sich im Augenblick tun? Wirklich gegen ihn einschreiten können wir nicht, ohne Nicholas und Ihnen selbst ungeheuerlichen Schaden zuzufügen. Das öffentliche Aufsehen allein ... unausdenkbar!«

»Aber etwas muß doch geschehen.« Brande brachte die Worte in drohendem Ton hervor, den Kopf tief zwischen die Schultern gesunken.

»Dann üben Sie Geduld. Wenn Sie einem Burschen von dieser Sorte genug Tau lassen, hängt er sich zuverlässig daran auf. Übrigens, Garcia hat ganz nebenbei, als ich vor Tisch mit ihm sprach, erwähnt, daß in letzter Zeit mehrmals kleine Geldbeträge aus seinem Zimmer verschwunden sind. Er hat das nicht ausdrücklich gesagt – dazu ist er zu diskret –, aber ich habe wohl herausgehört, daß er José für den Dieb hält.«

»Wie?« In dumpfes Grübeln versunken, hatte der Konsul die Frage hervorgebracht. Nur allmählich schien ihm der Gedanke klar zu werden. Er setzte sich auf; seine Augen wurden lebhaft. »Garcia ist Geld weggekommen? Das muß ohne Aufschub geklärt werden.«

Bevor Halévy antworten konnte, streckte er die Hand aus und schellte mit dem Silberglöckchen, das vor ihm auf dem Tisch stand. Eine ziemlich lange Pause folgte. Endlich erschien der Diener, noch an seiner weißen Servierjacke knöpfend, und schluckte im Laufen seinen letzten Bissen herunter.

»Ich bitte um Vergebung, Señor«, murmelte er. »Ich dachte, Sie seien fertig. Magdalena und ich . . .«

»Schon gut, Garcia. Tut mir leid, daß ich Sie bei Ihrer Mahlzeit stören muß, aber mir ist da soeben eine Sache von außerordentlicher Bedeutung zu Ohren gekommen. Es handelt sich darum, daß Ihnen in letzter Zeit gewisse Geldbeträge abhanden gekommen sind . . .«

»Abhanden gekommen, Señor?« Garcia gestattete sich die Freiheit, die Achseln zu zucken. »Geld kommt einem nicht aus einer verschlossenen Schublade abhanden.«

»Also ist das Geld gestohlen worden?«

»Unzweifelhaft, Señor. Das Schloß war mit allem Geschick geöffnet.«

Der Konsul tat einen tiefen Atemzug, als ob er es noch nicht wagte, seine Hoffnungen höher zu spannen.

»Sie nahmen die Sache sehr gelassen hin, mein Lieber.«

Wieder zuckte Garcia mit einer geringschätzigen Miene die Achsel.

»Ein Vermögen war es nicht, Señor. Im ganzen sind mir vielleicht dreißig oder vierzig Pesetas gestohlen worden. Meine Lebensphilosophie erlaubt mir nicht, einen solchen Verlust für eine Katastrophe zu halten. Ich habe in großen Häusern gedient, bei den Aostas zum Beispiel, und dort war ich gezwungen, mit unehrlichen Kollegen zusammenzuarbeiten. Immerhin . . .« Er unterbrach sich, seine undurchdringlichen Blicke hingen am Gesicht des Konsuls. »Immerhin, Señor, ich bin beunruhigt.«

»Warum?«

»Weil ich fürchte, Señor«, antwortete Garcia, sorgsam darauf bedacht, seinen Blick nicht von den Augen des andern zu lösen, »daß Dinge von größerem Wert gestohlen worden sind.«

Ein tödliches Schweigen folgte. Brandes Mund stand staunend offen. Halévy beugte sich interessiert vor.

»Jawohl«, fuhr der Diener fort und faßte nun auch den Professor in sein Blickfeld, »ich habe es nicht gern, die

Rede auf ewas zu bringen, es kommt mir nicht zu. Auch ist es nicht mein Wunsch, irgendwelchen anderen Leuten Unannehmlichkeiten zu bereiten. Aber da Sie selbst das Thema anschneiden, möchte ich in aller Bescheidenheit fragen, Señor, was aus den Wertgegenständen geworden ist, die Sie in der kleinen Schatulle auf Ihrem Ankleidetisch verwahren.«

Der Konsul befeuchtete seine Lippen. Seine Stimme klang fremd.

»Meinen Sie meine Manschettenknöpfe? Meine . . .?«

»Und die kleine Uhr mit den Diamanten . . . die Saphirknöpfe . . . den Siegelring . . . all diese mit besonderer Sorgfalt ausgewählten Kostbarkeiten. Ich habe sie gesehen als ich Sie beim Ankleiden bediente. Und ich habe noch nie schönere gesehen.«

Das traf wohl zu. Der Konsul gestattete sich aus privaten Mitteln eine Vorliebe für elegante Bijouterie, die, bei offiziellen Anlässen zum Abendanzug getragen, seine klassischen Züge und seine imposante Erscheinung unterstrichen, ihm höhere Geltung verschafften.

Mit jähem Entschluß sprang er auf.

»Kommen Sie mit.«

Er führte die beiden die Treppe hinauf und betrat sein Schlafzimmer. Die runde Maroquinlederschatulle stand mitten auf dem Ankleidetisch, flankiert von vergilbenden Elfenbeinbürsten und den schweren Kristallflacons, die des Konsuls Bayrum und Eau de Cologne enthielten. Hastig nahm Brande den Deckel ab. Die Schatulle war leer.

»Mein Gott!« Selten, wenn überhaupt jemals, gestattete sich der Konsul diesen Ausruf, aber jetzt war er die Beute einer so jähen Erregung, daß er sie nicht anders auszudrücken vermochte.

»Ziemlich leichtsinnig von Ihnen, das Ding nicht zu verschließen«, bemerkte Halévy hinter ihm.

Mit verzerrtem Gesicht wandte Brande sich um.

»Ich vertraue meinem Personal. Noch nie habe ich erlebt . . . alle meine Juwelen! Ganz von dem inneren Wert zu schweigen . . . dem Gefühlswert, der diese Dinge unersetzlich macht ... Garcia, wer kann das getan haben?« Der Diener schürzte leicht die Lippen; er antwortete nicht, aber sein Blick löste sich unmerklich von dem Konsul ab, wandte sich dem offenen Fenster zu, richtete sich auf den Garten.

»Ja«, rief Brande mit seltsam überlauter Stimme, in fast exaltierter Erregung. »Bleiben Sie hier, Garcia. Kommen Sie mit, Halévy? Ich wäre Ihnen dankbar, wenn Sie mir Ihre Hilfe nicht versagten.«

Von seinem Freund begleitet, verließ der Konsul das Haus und eilte den Kiesweg zu dem Geräteschuppen entlang. José war nicht dort. Betroffen wollte Brande sich bereits dem Gebüsch zuwenden, als sein Blick auf der Jacke des Gärtners haften blieb, die formlos von einem rostigen Nagel an der Tür herabhing. Ein unterdrückter Ausruf löste sich von seinen Lippen. Immer hatte er sich seines peinlichen Sinnes für Ehrgefühl sonderlich gerühmt, jetzt aber trat er, vom Fieber der Erbitterung und seines Hasses getrieben, ohne Zögern an die Tür heran und durchwühlte die Taschen des Rockes. Rücksichtslos warf er die wertlosen Gegenstände, die zutage kamen, auf den Boden – ein Knäuel Bindfaden, ein paar Angelhaken, die in einem Stück Kork staken, ein trockenes Stück Brot, in Zeitungspapier eingeschlagen, einen Klumpen Bienenwachs, einen alten Beinlöffel. Das fleckige Kleidungsstück, das schon manches Wetter ausgehalten, hatte viele Taschen und überdies ein doppeltes Futter, worin ein Bursche, der in ländlichen Gepflogenheiten Bescheid wußte, ein in der Falle gefangenes Kaninchen oder einen Hasen heimtragen mochte. Dennoch schien es, die Durchsuchung solle ergebnislos bleiben; da plötzlich brachte der Konsul mit einem heiseren Aufschrei des Triumphes aus dem innersten Winkel des Futters etwas Gelbes, Gleißendes hervor, ein Paar schwerer Manschettenknöpfe.

»Es sind meine«, keuchte er. »Ohne Zweifel meine. Und sehen Sie« – in seiner Erregung preßte er Halévys Arm –, »gerade die sind nur vergoldet ... das einzige imitierte Stück, das ich besitze. Alles andere hat er bereits losgeschlagen ... aber die sind ihm verblieben, weil sie keinen wirklichen Wert haben.«

Mit der Miene eines Mannes, der recht behalten hat, nickte der Professor ihm zu und murmelte:

»Hab ich es Ihnen nicht gesagt? Indessen, teurer Freund ... in Ihrem eigenen Interesse ... bedenken Sie Ihre Gesundheit. Bleiben Sie ruhig.«

»Ich will nicht ruhig bleiben«, rief Brande in einer Art von apokalyptischem Zorn. »Nach allem, was ich von diesem Menschen erduldet habe, nach dem Furchtbaren, was er mir und den Meinen angetan – jetzt, endlich, ist er mir ausgeliefert!« Und er schrie: »José! Kommen Sie her! Unverzüglich!«

Er wollte schon zum zweitenmal schreien, da wurden eilige Schritte hörbar, und im nächsten Augenblick tauchte José auf, nahm die Leinenmütze ab und fragte zwischen raschen Atemzügen:

»Sie haben nach mir verlangt, Señor?«

»Ja, das habe ich.« Brande sprach mit einer Stimme, die von Haß geschüttelt schien. Der Handteller, auf dem er ihm die vergoldeten Manschettenknöpfe vorhielt, zitterte. »Wo haben Sie das her?«

José warf einen Blick auf die gelben Plättchen, die mit einer feinen Kette verbunden waren; dann wechselten seine dunklen Augen von Halévy zu dem Konsul.

»Ich verstehe Sie nicht, Señor. Hab diese Dinge noch nie zuvor gesehen.«

»Dann erklären Sie mir, wie sie in Ihre Jacke kommen?«

»Das kann ich nicht erklären, Señor.« Verstört blickte er nach dem zerknitterten Poncho, der an der Türe hing, als wären sie, er und die Jacke, das Opfer irgendeiner übernatürlichen Tücke. »Das war nicht in meiner Jacke.«

»Doch, das war es!« Daß er jetzt in der Lage war, José auf der Stelle zu widerlegen, trieb dem Konsul das Blut in den Kopf. »Ich fand die Stücke eben, in diesem Augenblick in Ihrer Tasche.«

»Nein, Señor.« Im Gegensatz zu Brandes schrillem Ton klangen die Worte gemessen und fest.

»Professor Halévy kann es beschwören!«

Tiefes Schweigen senkte sich über die Männer in dem Schuppen. José war totenblaß geworden; gleichsam fasziniert hing sein Blick an dem glitzernden Schmuckstück.

»Dann muß jemand das in meine Tasche gesteckt haben«, murmelte er schließlich.

Ein leises ironisches Auflachen, sofort wieder unterdrückt, kam von den Lippen des Professors.

»Die klassische Ausrede«, murmelte er seinem Freund zu. Aber der Konsul hörte nicht darauf. Das Singen in seinen Ohren wurde lauter und lauter. Wieder fühlte er die Glut in seiner Brust aufflammen. Und langsam, als kostete er jedes einzelne Wort aus, sagte er:

»Ich werde den Guardia holen lassen. So lange bleiben Sie bei uns im Hause. Es hat keinen Sinn, wenn Sie versuchen, zu fliehen.«

Wieder eine Pause. José war noch blasser als zuvor; eine seltsame Niedergeschlagenheit stand in seinen gequälten Augen. Doch war bebender Stolz in der Art, wie er die Lippen aufwarf.

»Ich werde nicht davonlaufen, Señor. Der Guardia ist mein Freund. Er weiß, daß ich kein Dieb bin.«

Die Gruppe schritt zum Haus zurück, voraus der Konsul, dann José, Halévy als Nachhut. Im Hause wurde José im Eßzimmer eingeschlossen, und Brande telefonierte selbst mit der Polizei von San Jorge. Lange hatte man nicht zu warten. Eine halbe Stunde war noch nicht vergangen, als bereits ein Sargento der Guardia civil, jung und schmuck in seiner dunkelgrünen Uniform und dem schwarz schimmernden Zweispitz, am Haustor erschien. Garcia geleitete ihn zu dem Konsul, der sofort einen guten Eindruck von der strammen, soldatischen Haltung des Mannes empfing.

»Ich bedaure, Wachtmeister«, wandte er sich an ihn, »daß ich Sie hierher bemühen mußte, aber allem Anschein nach habe ich einen Dieb in meinen Diensten.«

Kurzgefaßt – er hatte jetzt seine Selbstbeherrschung wiedergewonnen –, legte er den Sachverhalt klar, den bündigen Schuldbeweis. Es schien, daß der Guardia, als

Josés Name fiel, einen Augenblick lang stutzte. Und als Brande geendet hatte, stand er, den Blick auf seine Schuhe gerichtet, in unschlüssiger Verwunderung.

»Das klingt sehr schlimm, Señor«, sagte er schließlich. »Wissen Sie bestimmt, daß da kein Irrtum unterlaufen ist? Ich kenne diesen José Santero. Er ist vielleicht ein wilder Bursche ... aber ein Dieb –?«

Die Miene des Konsuls wurde streng und förmlich.

»Wollen Sie etwa Ihren Gefühlen gestatten, sich zu Ihren Pflichten in Widerspruch zu setzen?«

»Gewiß nicht, Señor«, antwortete der Wachtmeister hastig. »Nehmen wir uns den Mann sofort vor.«

Und sie traten in das Eßzimmer, in dem José stand, in qualvoller Verstörtheit ihrer gewärtig.

17

Für Nicholas war es wie Sonnenschein nach langem Regen, als ihm gestattet wurde, sich anzukleiden und herunterzukommen, mit seinem Vater und Professor Halévy im Eßzimmer zu frühstücken und nicht mehr jene äußerste Einsamkeit zu erdulden, in der er, den kalten Rand des Tabletts gegen die Brust gepreßt, lustlos gegessen hatte, das Gehör immer angespannt, den Vorgängen unten im Hause lauschend. Und obwohl er deutlich fühlte, daß irgend etwas vor ihm verheimlicht wurde, obwohl er das Komplott zwischen den Männern fühlte, war doch die quälende Spannung der letzten Tage gelöst, als ob etwas Besonderes, Unerwartetes dazwischengekommen wäre, und immerhin behandelte man ihn sogar freundlich, wenngleich distanziert. Der Professor plauderte, während er an seinem butterbestrichenen Toast knabberte, wohlwollend mit ihm, zeigte ein Lächeln, als ob das gestrige Verhör nie stattgefunden hätte. Sein Vater streifte ihn, hinter den Seiten seines »Echo de Paris« hervor, ein- oder zweimal mit unauffälligen Blicken, in denen bereits etwas wie Versöhnung zu lesen war. Und als Nicholas nach

Beendigung des Frühstücks aufrecht auf seinem Platz saß, weiterer Befehle gewärtig, sagte der Konsul mit einer kaum mehr angedeuteten Steifheit:

»Vielleicht wünschest du, heute morgen in den Garten zu gehen . . . du bist lange genug eingeschlossen gewesen.« Und in derselben gemessenen, fast einstudierten Manier wandte er sich jetzt an Halévy: »Ich werde heute vormittag nicht ins Büro fahren. Wenn es Sie nicht allzu sehr langweilt, könnten wir vielleicht die letzte Partie meines Manuskripts mitsammen durchsehen.«

»Es wird mir ein Vergnügen sein, lieber Freund.« Halévy betupfte sich zart die Lippen mit der Serviette.

Sie erhoben sich. Nervöse Schauer liefen über Nicholas' Körper – die Haft in seinem Zimmer hatte ihm seltsam hart zugesetzt, und sonderlich seine Beine versagten ihm fast den Dienst. Es kostete ihn einige Anstrengung, eine Erregung zu meistern; er ging zur Tür, und in der nächsten Minute stand er im Portikus.

Ach, wie gut das tat, wieder frische Luft zu atmen, nach all dem Jammer seiner Haft wieder frei zu sein! Mit geweiteten Nasenflügeln sog er die frische, würzige Luft ein. Natürlich wäre es jetzt das falscheste gewesen, schnurgerade zu José zu laufen. Er ließ die Hände herabhängen, schlenderte gemächlich und unauffällig an den Beeten entlang, blieb alle paar Schritte stehen und beugte sich vor, um an einer Blume zu riechen. Einer der rötlichen Zierpflöcke, die den Pfad einfaßten, war umgefallen – sorgsam steckte er ihn wieder fest. Dann stand er eine Weile und sah einer Schnecke zu, die, ihre Fühler weit vorgestreckt, die Bürde ihres Hauses forttrug, eine silberne Spur zurücklassend. Aus einem Augenwinkel sah er Professor Halévy, wie er aus dem Hause trat, einen Plaid und das kostbare Bündel des Malebranche-Manuskriptes unter dem Arm. Nachdem der Psychiater sich auf einen Liegestuhl in der Gartennische bequem niedergelassen hatte, wandte sich Nicholas nach dem gepflasterten Stallhof, von wo er seit einiger Zeit das Geräusch des Holzhackens gehört hatte.

Doch es war Garcia, der mit aufgekrempelten Ärmeln

die Machete schwang, und in einer Aufwallung von Enttäuschung und Schreck eilte der Knabe um den Vorsprung der Garage herum, dem neuen Steingarten zu. Die Anlage sah hübsch aus, die herzförmigen Farne streckten bereits ihre grünen Wedel über das Glimmergestein. Doch José war nicht hier. Nicholas beschleunigte seine Schritte und wanderte zu den Oleanderbüschen hinüber; er lief den Myrtenpfad entlang, dann zurück zu dem Catalpabaum, bis er am Ende, nachdem alle Möglichkeiten erschöpft waren, trostlos wieder bei der Nische ankam.

Der Professor, der sich wohlig in den Plaid gehüllt hatte und den schweren Stoß beschriebener Blätter, sorgsam in den Hefter eingeordnet, auf den Knien hielt, schien zu sehr beschäftigt, als daß man ihn stören durfte. Nach einigem Zögern aber wagte Nicholas eine Annäherung. Halévy blickte ihn über den Rand des Zwickers hinweg an. »Ich bitte um Verzeihung ... haben Sie ... haben Sie vielleicht die Gießkanne gesehen?«

»Nein«, sagte der Professor belustigt. »Warum?«

»Die Petunien müssen unbedingt gegossen werden.«

»Müssen sie das? Nun schön, vielleicht findest du die Gießkanne.«

»Ich weiß nicht, wo man sie hingetan hat ... und wenn ich es auch wüßte, sie wäre für mich doch zu schwer, ich könnte sie nicht heben.«

»Dann wäre es besser, du kümmertest dich nicht mehr darum.«

»Aber die Petunien ... jemand muß sich um sie kümmern.«

»Ich möchte meinen, sie werden es überleben.«

Dann folgte eine Pause. Nicholas betrachtete den Professor unbehaglich. Die Blicke des Arztes waren nun wieder auf das kosbare Manuskript gerichtet. Ohne den Kopf zu heben, bemerkte er:

»Liebes Kind, ich würde dir raten, du nimmst deinen Spaziergang wieder auf. Mein Vorschlag geht dahin, daß wir heute abend ein wenig miteinander sprechen. Bis dahin aber bliebe ich gern ungestört.«

Beklommen zog sich der Knabe zurück. Da die Schläge

der Holzhacke noch immer zu hören waren, würde es wohl möglich sein, unbemerkt bis zum Hintereingang des Hauses zu gelangen. Trotz ihrem unglaublichen Benehmen von gestern, das nun schon in unwirklicher Ferne lag, hielt er Magdalena immer noch mehr oder weniger für freundschaftlich gesinnt.

Ja, da saß sie auf den Stufen vor der Küchentür und rupfte ein Huhn, das sie auf den Knien liegen hatte. Im dunklen Innern der Küche funkelten die Kupferpfannen auf ihren Ständern, und ein Bündel Rosmarinzweige knatterte im Herd. Die Hände in den Taschen, stand er da und betrachtete sie in dem kleinen Schneesturm, der sie einhüllte. Aus ihren hastigen, unwirschen Bewegungen konnte er erraten, daß sie nicht gerade guter Laune war, aber nach einer Weile sprach er sie leise, mit schmeichlerischer Stimme an: »Magdalena ... wo ist José?«

Sie schüttelte ärgerlich den Kopf und drehte den Vogel auf den Rücken, so daß die bläuliche kahle Brust nach oben gerichtet war. »Geh du mir nur aus dem Weg! Geh fort! Ich weiß gar nichts. Ich will nichts wissen. Ich kann nur immer arbeiten, früh, mittags und abends ... schwer arbeiten wie eine Sklavin.« Ihre Stimme wurde plötzlich gellend, daß sie sich beinahe überschlug. »Hörst du nicht? Geh fort von hier!« Nicholas machte sich davon. Er schob sich durch die welkende Mimosenhecke, seine Füße schritten wie über einen Teppich abgefallener Blüten, die unter den Büschen lagen; so gelangte er zu der Randmauer. Hier setzte er sich auf einen flachen Stein und blickte auf die verödete Bucht hinaus. Traurig ließ er die Unterlippe herabhängen. Nein, sagte er sich, das bedeutete nichts ... alles war durchaus in Ordnung. José würde am Nachmittag kommen, er war eben zu irgendeiner Besorgung fortgeschickt worden.

Der Geruch einer Zigarette bewog ihn, den Kopf zu wenden – vor Schreck fiel er beinahe von der Mauer. Geräuschlos war Garcia auf seinen Bastsandalen vom Stallhof herangeschlichen, stand jetzt neben ihm, den Zigarettenstummel zwischen den gelben Fingern, gleichfalls in bewunderndes Schauen versunken.

»Ja, ja, das Meer«, sagte er. »Großartig, nicht? Liegt da wie ein großes Raubtier, das die Pranken reckt, oder nicht?«

Nicholas hatte den Schauer überwunden, saß in sich zusammengekrochen auf dem Stein. Doch entging ihm nicht, daß Garcia ungewöhnlich aufgeräumt war, von einem sonderbaren, unnatürlichen Glücksgefühl durchströmt.

Seine schmalen, schiefen Augen waren schlaftrunken, aber seine Pupillen, nicht größer als Stecknadelköpfe, sprühten von innerem Vergnügen, wenn er tiefe Züge aus seiner Zigarette tat.

»Es ist gut, sich von den Leuten fernzuhalten . . . von mittelmäßigem, lächerlichem Gesindel . . . nur mit dem Ewigen eins zu sein. Oh, ich kenne das Meer. Alle Ozeane der Welt hab ich befahren. Hab das flammende Sargassomeer erlebt, bin lange in einer Windstille dort festgesessen. Grünes Gewächs, das auf der Oberfläche schwimmt, grüne Blätter, die sich unter dem schaumigen Spiegel verschlingen wie die Fangarme eines Oktopus.« Er warf die ausgerauchte Zigarette fort, holte ein librillo Zigarettenpapier und ein Leinensäckchen hervor, zog mit den scharfen Zähnen den Verschluß auf und begann mit einer Hand die neue Zigarette zu drehen.

»Ich dachte, Sie sind Soldat gewesen.« Nicholas brach in unsicherem Ton das Schweigen.

»Ha, ich bin alles gewesen. Auch Matrose. Mich haben sie geshanghait. Zwei Jahre vor dem Mast. Du glaubst es mir wohl nicht?« Er schob das Hemd hoch, entblößte mit einer raschen Gebärde seinen Rücken, dessen glatte Haut über und über mit weißlichen Narben bedeckt war. »Da kannst du sehen, wie ich ausgepeitscht worden bin . . . gepeitscht, bis das rote Blut nur so in Strömen herablief. Aber klein haben sie mich nicht gekriegt! Nie! Als sie mir dann Brot und Wasser brachten, saß ich in meiner Zelle wie ein König auf seinem Thron.«

»Zelle?« fragte Nicholas, der wie ein kleines, erschrokkenes Vögelchen, aber doch fasziniert dasaß. »So waren Sie im Kerker?«

Plötzlich still geworden, starrte Garcia den Knaben aus harten Augen an. Das Zündholz, das er eben angestrichen, brannte zwischen seinen Fingern herab, aber er schien es nicht zu fühlen.

»Misch dich nicht in meine Angelegenheiten«, drohte er. Dann aber zündete er sich die Zigarette an und brach in ein schallendes Gelächter aus: »Kerker ... du stellst dir das wohl fein vor, im Kerker zu sitzen?«

»Nein ...«

»Nein?« Wieder lachte Garcia. »Du lieber Gott, jetzt hat das Bürschlein endlich einmal etwas Vernünftiges gesagt. Hast du eine Vorstellung von den spanischen Zuchthäusern, wo das Wasser die Wände herabtropft und die Küchenschaben, so groß wie die Ratten, dir in der Nacht übers Gesicht laufen? Wo die stinkende Finsternis allein genügt, um dir das Herz im Leibe schrumpfen zu machen? Und die Mauer, die hohe Mauer, auf der die Posten mit ihren Gewehren stehen, trennt dich sogar vom Himmel. Da laß dich nie hineinlocken – sei gescheit wie ich und bleib lieber draußen.«

»Das will ich wohl tun. An einen solchen Ort mag niemand gern gehen.«

»Hoho!« Immer tiefer belustigt warf Garcia den Kopf zurück. »Sie sind aber heute spaßhaft aufgelegt, junger Herr. Natürlich geht da keiner gern hin. Aber manchmal bringen sie doch einen hin. Dann kommt der Guardia, legt ihm die Handfesseln an, klicks, und dahin geht's!« Er machte eine Pause, dann bemerkte er nebenhin: »Ganz wie gestern.«

»Gestern?« fragte Nicholas verwundert.

»Sie wissen das nicht, junger Herr?« Jetzt lachte Garcia nicht mehr. Er richtete seinen höhnischen, unmenschlichen Blick auf den Knaben; seine Pupillen verengten sich noch mehr, bis sie ganz unsichtbar wurden, und in der gesprenkelten Iris, die in grünem Licht schimmerte, brannte die nackte Bosheit, giftiges Grün im Spiegel eines düsteren Teiches. »Sie haben doch gestern José ins Cuartel gebracht ... weil er Ihren Vater bestohlen hat.«

Als hätte der Mann ihn geschlagen, zuckte Nicholas

zusammen, fuhr zurück, verlor das Gleichgewicht und fiel von der Mauer. »Nein! Nein!« ächzte er und richtete sich auf die Knie auf.

»Es ist die reine Wahrheit«, erklärte Garcia in einem Flüsterton, der das Herz des Kindes vereiste. »Er ist im Gefängnis. Fünf Jahre geben sie ihm zum mindesten. Ja, ja, Ihr José ist ein Dieb.« Seine Stimme hob sich; er warf sich in die Brust und trommelte mit den Fäusten darauf, als schlüge er eine Pauke. »Dem Garcia tritt man nicht in den Weg. Wer klug ist, läßt das bleiben. Der Garcia wird mit jedem fertig. Ein Mann unter Männern. Ein König auf seinem Thron. Mögen alle, die das hören, es sich gesagt sein lassen.«

Einen Augenblick stand er, den Kopf weit zurückgeworfen, gegen den schimmernden Himmel; dann, ohne ein weiteres Wort, warf er Nicholas einen raschen drohenden Blick zu, machte kehrt und ging davon.

Wie zu Stein erstarrt, zugleich aber aus tiefster Brust von Schluchzen geschüttelt, blieb Nicholas zurück, schwärzester Verzweiflung überlassen. Jetzt allerdings, jetzt verstand er Vaters Nachsicht, jetzt verstand er des Professors hinterhältige Freundlichkeit, Garcias exaltierte Laune ... das Bild dieses Morgens fügte sich zusammen. José im Gefängnis ... José ein Dieb! Nein, nie, nie würden sie ihn dazu bringen, das zu glauben! Er mochte klein sein, ein nutzloser Freund, aber die Treue würde er halten. Den Glauben an den Freund würden sie ihm nimmer entwinden!

Ein Geräusch von Stimmen schreckte ihn auf; er wandte sich um und spähte über den Wall. Zwei Männer kamen den Weg zur Villa herauf. Sie gingen langsam, denn sie waren beide alt, trugen beide dunkle Anzüge und bestaubte Schuhe, humpelten wie ein paar alte, regennasse Krähen. Der Größere von beiden trug einen verschossenen schwarzen Regenschirm und eine lange Soutane; verwundert erkannte Nicholas, daß es ein Priester war. Plötzlich aber sprang der Knabe auf. Jetzt sah er ganz deutlich, daß der andere Mann Pedro war. Instinktiv lief er los, umging den ummauerten Garten, brach, ohne sich darum zu kümmern, ob man ihn beobachtete, durch das Gebüsch und gelangte gerade beizeiten hinaus ins Freie, um die beiden Besucher am Eingang der Auffahrt zu erreichen.

»Pedro!« keuchte er. »Wo ist José? Was tun Sie hier?«

Der alte Mann wehrte mit einer gewichtigen, sorgenvollen Gebärde ab.

»Wir besuchen Ihren ehrenwerten Herrn Vater.«

»Aber warum, Pedro? Und sagen Sie mir, wo ist José?«

Der Priester war langsam weitergegangen, ein wenig humpelnd, schwer auf den alten Schirm gestützt. Pedro warf ihm einen raschen Blick nach, dann sagte er hastig:

»Es ist nicht klug, daß ich zu dir spreche, Nicco. Es macht unsere Lage nicht besser. Es steht bitterböse um uns. Aber ich flehe zu Gott, daß alles sich zum Besseren wendet.«

Noch einmal sah er nach dem Priester hin, dann flüsterte er: »Nimm das, kleiner amigo. Aber sprich kein Wort darüber.« Er schob dem Knaben einen Zettel in die Hand, gleich darauf aber hatte er seinen Begleiter eingeholt und näherte sich dem Tor.

Blitzschnell lief Nicholas ins Gebüsch zurück. Dort hockte er nieder und entfaltete mit klopfendem Herzen das Papier.

»Lieber Nicco,

ich hoffe, daß diese Nachricht Dich erreicht. Sie haben mich in das cuartel gebracht. Ist es nicht ein grausamer Spaß? Ich kann fürwahr nicht sagen, daß es mir hier gut gefällt. Wenn ich meinen Körper geschmeidig halten will, kann ich mich höchstens auf den Kopf stellen. Ansonsten aber macht es mir nichts aus. Bald wird man mich freilassen, und dann werden wir zusammen über den herzlich lachen, der sich so in mir geirrt hat. Wenn Du es irgend kannst, so begieße die jungen Pflanzen. Es ist besser, Du hältst Dich von Garcia fern. Sei guten Mutes, amigo. Bald gehen wir wieder angeln. Ich glaube, Du tust gut, dieses Blatt zu vernichten.

Dein Freund José«

Nicholas las diesen Brief dreimal. Dann nahm er ihn mit brennenden Augen zwischen die Zähne, zerriß ihn in kleine Streifen und würgte sie tapfer hinunter. Nachdem dies geschehen war, spähte er zwischen den Büschen hinaus, um sich zu vergewissern, daß er unbemerkt auftauchen könnte. Es gab ihm einen Stich ins Herz, als er sah, daß Pedro und der Priester nicht in das Haus eingelassen worden waren. Garcia hatte es für angemessener befunden, sie an der Tür warten zu lassen, und jetzt erschien der Konsul mit kaltem Stirnrunzeln, um sie dort abzufertigen.

Einen Moment lang beobachtete Nicholas die Szene. Dann überwand er seine Furcht, kroch auf Händen und Knien näher, ohne der Dornen zu achten, die ihn zerkratzten, bis er in Hörweite war.

»Es tut uns leid, daß wir Sie stören, Señor«, sagte Pedro in einem solchen Ton demütiger Unterwürfigkeit, daß das Herz des Knaben blutete. »Es ist uns klar, daß Ihre Zeit von sehr wichtigen Dingen in Anspruch genommen ist . . .«

»Ich bin in der Tat sehr beschäftigt«, schnitt der Konsul schroff ab.

»So sagte ich, Señor. Indessen ist die Angelegenheit, in der wir uns an Sie wenden, für uns von ungeheurer Wichtigkeit. Ich bin ein armer, unwissender Mann. Allein hätte ich es vielleicht nicht gewagt, herzukommen. Doch Pater Limaza hat mir gütigerweise versprochen, für mich zu reden.«

»Kommen Sie, bitte, zur Sache.«

Nicholas konnte es kaum ertragen. Er drückte die Zweige des Strauches auseinander, sah seinen Vater seltsam überhöht, Pedro, die Hände nervös aneinanderreibend, in der Gebärde des demütig Bittenden.

»Es handelt sich um José, Señor. Um meinen Enkel. Sie wissen, daß er in ernster Gefahr ist.«

Der Konsul hob sein fleischiges Kinn und bewegte ungeduldig den Kopf.

»Natürlich weiß ich das. Die Sache liegt nicht in meinen Händen. Warum wenden Sie sich nicht an die Polizei?«

»Arme Leute haben bei der Polizei wenig zu sagen, Señor. Wenn Sie aber, in Ihrer hohen Stellung, ein Wort sprechen wollten ...«

»Es steht weder in meiner Macht, den Lauf der Gerechtigkeit aufzuhalten, noch wünsche ich es zu tun. Ihr Enkel muß die Folgen dessen, was er getan hat, auf sich nehmen.«

»Aber, Señor ... dessen, was er getan hat«, stammelte Pedro, »das ist es ja gerade, was wir nicht verstehen können.«

»José ist ein braver Bursche, Señor.« Jetzt hatte Pater Limaza das Wort ergriffen, und er sprach in ruhigem, beschwichtigendem Ton. »Ich kann dafür einstehen, denn ich kenne ihn, solange er lebt.«

Von diesen Worten der Fürsprache zutiefst durchschauert, hob Nicholas den Kopf, so daß er die hagere, gebeugte Gestalt des Mannes, der da für José eintrat, sehen konnte. Aber da verzagte er. Der alte Priester in seiner schäbigen, mit Fettflecken besprenkelten Soutane, mit dem lächerlichen Schirm und den schweren, rissigen Schuhen, an denen getrockneter Lehm klebte, war wahrhaftig ein wenig eindrucksvoller Sachwalter. Sein einfältiges, vergilbtes und verrunzeltes Gesicht trug ein dunkelrotes Gewächs, das vom Mundwinkel ausging und ihn zwang, beim Sprechen nur die andere Hälfte des Mundes zu bewegen. Dadurch wurde seine Rede auf absurde Weise schleppend. »Ich bin es, der ihn getauft hat, Señor ... ich habe ihm die erste Kommunion erteilt. Ich war bei seiner Firmung zugegen.«

Die Einfältigkeit dieser Worte, geäußert noch dazu von einer solchen Vogelscheuche, machte den Konsul wütend.

»Höchst rührend«, höhnte er. »Sie haben ihn wohl wundervoll auf ein Verbrecherleben vorbereitet.«

»Gewiß sind wir alle Sünder.« Der alte Priester schien nicht im geringsten beleidigt, noch löste sich sein gütiger Blick von dem Gesicht des Konsuls. »Und dennoch kann ich nicht fassen, daß José ein Dieb sein soll.«

»Dann hat sich mein Schmuck wohl in Luft aufgelöst?«

»Es ist nicht unmöglich, Señor. Noch seltsamere Dinge geschehen zwischen Himmel und Erde.«

»Nur schade, daß der Himmel meinen Manschettenknöpfen erlaubte, in seiner Tasche zu verbleiben.«

»Ach ja, Señor, dies ist eine sehr belastende Tatsache. Doch José beharrt darauf, daß er sie nicht dahin getan hat.« Harrington Brande lächelte bitter. »Es wird ihm wohl schwerfallen, die Richter davon zu überzeugen.«

»Ohne Zweifel, Señor. Doch wir sind nicht seine Richter.« Er machte eine Pause, als böte er in letzter Einfalt sich selbst und all seine demütige Weisheit dar. »Ich glaube nicht, daß José schuldig ist. Aber selbst wenn er es wäre ... wenn er etwas so Arges und Törichtes getan hätte ... wäre es nicht ein Akt der Nächstenliebe, ihm zu verzeihen?«

»Halten Sie mich für verrückt?« Brande war durch die Haltung dieses alten Idioten zu unerwarteter Bitterkeit aufgestachelt. »Die Dinge, die er mir gestohlen hat, sind äußerst kostbar. Einige davon ... mein Saphirring ... die Uhr, ein Geschenk des Schweizer Gesandten, um nur zwei zu erwähnen ... sind ganz unersetzlich. Und ich soll sie mir stehlen lassen, ohne ein Wort des Einspruches?«

»Unzweifelhaft ist Ihr Verlust sehr groß. Aber wäre nicht der Verlust einer menschlichen Seele noch weit größer? Ich sagte Ihnen doch, daß ich José kenne. Wenn er in den Kerker geworfen wird – er, der die Freiheit der Natur so sehr liebt –, ich kann nicht dafür einstehen, was dann über ihn kommen mag ... in all der Bitterkeit ...«

»Das geht mich nichts an.«

»Und darüber hinaus, Señor«, beharrte der alte Priester, ohne sich einschüchtern zu lassen, mit der Sanftmut, mit der er wohl auf ein widerspenstiges Kind eingesprochen hätte, »darüber hinaus sind noch andere zu bedenken – schwache und schutzlose Geschöpfe, die doch unzweifelhaft frei von aller Schuld sind, Unschuldige, die, wenn Sie nicht Barmherzigkeit üben, in Kummer und Elend gestürzt werden. Sie wissen, daß José seine Schwestern ernährt und meinen wackeren Freund Pedro ...«

»Dann wird Ihr wackerer Freund Pedro in Zukunft

wieder für sich selbst arbeiten müssen«, unterbrach ihn der Konsul grausam. »Wenn der Grund seines Besuches nur sein Wunsch war, weiter in Müßiggang dahinzuleben, dann muß ich Ihnen sagen, daß er seine Absicht verfehlt hat.« Eine Pause folgte. Pedro, dessen runzeligen Hals eine tiefe Röte überzog, stand gebeugt da und murmelte seinem Begleiter zu:

»Was nützt das alles? Lassen Sie uns gehen.«

Pater Limazas freundliche Augen waren jetzt ernst. Er richtete sich auf, als ob er seine ganze Seele zu einer letzten Anstrengung aufböte:

»Und noch einmal, Señor, ein letztes Mal bitte ich Sie, seien Sie großmütig. So wie Sie Gnade von da oben erwarten, so sparen Sie auch nicht mit Gnade an uns. Stolz ist eine so armselige Täuschung. Sind wir nicht alle dem Willen Gottes unterworfen? In Gottes Namen, ziehen Sie Ihre Anklage gegen José zurück. Wenn Sie es nicht tun, wird Schlimmes daraus erwachsen.«

»Ich lehne das ab«, antwortete der Konsul brutal.

Ein tödliches Schweigen folgte. Der alte Priester ließ einen tiefen Seufzer hören. Nicholas, in seinem Gebüsch verborgen, konnte den Anblick nicht länger ertragen. Die Fäuste gegen seine Augen gepreßt, sank er auf die feuchte Erde zurück und rang mit dem Schluchzen, das ihn würgte. Blind und wie betäubt, einem Vogel gleich, der in einer Schlinge gefangen ist, hörte er nur noch den scharfen Knall, mit dem sein Vater die Tür hinter sich zuwarf. Dann kam schwer und schleppend, als trüge es ein Unmaß von Traurigkeit, das Schlurfen der Schuhe, das Nachschleifen eines lahmen Fußes auf dem Kies, als die beiden Alten davonschritten.

18

Drei Tage später reiste Professor Halévy nach Paris ab. Im Überschwang seiner Dankbarkeit bestand der Konsul darauf, daß seinem Freund wenigstens die Unbequemlichkeiten der ersten Reisestrecke erspart bleiben sollten – Garcia würde ihn nach Barcelona fahren. Als die beiden Männer in der Halle standen, während der Motor draußen schon surrte, nahm Brande die Hände des Arztes in einer jähen Anwandlung von Herzlichkeit zwischen die seinen.

»Mein lieber Halévy ... mit welchen Worten könnte ich Ihnen für Ihre unbezahlbaren Dienste danken?« Er verstärkte den Druck seiner Finger. »Sie sind mir ein solcher Helfer ... ein solcher Beistand ...«

Der Professor lächelte kaum. Im hellen Morgenlicht schien seine schmächtige Figur, in das dunkle Cape gewikkelt, noch eingeschrumpfter als sonst, und das graue Gesicht mit den scharfen Zügen und den blauen Schatten unter den Augen erinnerte an ein hungriges Nagetier.

»Als Mann der Wissenschaft suche ich keinen Dank.« Sein Ton war wohl einstudiert, er spielte mit der schwarzen Kette, die sein Cape zusammenhielt. »Als Ihr Freund indessen bin ich zufrieden, wenn meine Ergebnisse so außerordentlich waren. Bei meinen beiden letzten Sitzungen mit Ihrem Sohn habe ich deutlich eine erkennbare Lockerung der Fixation festgestellt. Und wenn dieser Bursche aus dem Wege bleibt, wird wohl der Komplex seine Grundlage verlieren und ganz verschwinden.« Er warf einen schlauen Blick auf sein Gegenüber. »Gleichzeitig aber möchte ich Sie bitten, auch Ihre eigene Gesundheit im Auge zu behalten.«

»Meine Gesundheit?« fragte Brande überrascht.

»Sie haben zugelassen, daß diese Sache – dieser spanische Bursche Sie über das erträgliche Maß erregt hat. Ihre Reflexe sind abnorm, Ihr Nervensystem ist am Rande des Zusammenbruchs.«

»Aber, aber, teurer Freund!« Der Konsul lachte ein wenig zu laut. »Ihre Zuneigung macht Sie überängstlich. Ich habe mich in meinem ganzen Leben noch nicht wohler gefühlt.«

»Daran zweifle ich nicht. Rache ist eine Leidenschaft, die stimulierend wirkt. Aber wir haben teuer dafür zu bezahlen, zuweilen. Lassen Sie die Rache nicht mit sich durchgehen. Mäßigung ist der einzig richtige Kurs für Sie.« Halévy sprach jetzt trocken und mit scharfer Nüchternheit, während er zur Tür schritt. »Nun ja, wir werden Sie ja in absehbarer Zeit in Paris sehen.« Mit einem rätselhaften, säuerlichen Lächeln, das sein fahles Zahnfleisch bloßlegte, fügte er fast spöttisch hinzu: »Zweifellos, sobald Ihr Buch erschienen ist.«

Als der Wagen abgefahren war, stand Brande immer noch vor dem Tor. In seiner jetzigen Stimmung hätte er einen herzlicheren Abschied bevorzugt, aber Halévy, der Unberechenbare, war, wenn er es wollte, fähig, alle Empfindsamkeit in seiner leidenschaftslosen Distanziertheit zu ersticken. War indessen solche Festigkeit nicht eine Tugend? Es schien dem Konsul in diesem Augenblick fast so. Es war seine Absicht gewesen, noch einmal zu Nicholas hinaufzugehen, bevor er sich auf den Weg nach seinem Büro machte, aber jetzt preßte er die Lippen zusammen und entschied sich gegen eine solche Geste der Freundlichkeit. Letzten Endes kam es nicht ihm zu, nach dieser Entfremdung den ersten Schritt zu tun ... der Junge sollte weich werden und mit offenen Armen gelaufen kommen. Er straffte seine Schultern, nahm Hut und Stock und machte sich auf den Weg zur Stadt.

Es war ein freundlicher Morgen, die Sonne stand noch nicht in ihrem vollen Glanz, und der Konsul war in Stimmung, sich Bewegung zu machen. Während er so vor sich hin schritt, war er sich eines tiefen Kraftgefühls bewußt, das ihn durchströmte. Ungestüm flutete das Blut in seinen Adern, durchpulste seinen ganzen Körper, stieg in warmen, dunklen Wellen zu seinem Kopf auf. Ein Ferment war in diesem gewichtigen Ernst, in dieser sicheren Haltung, kräftiger als Wein. Wie ein Liebender die Erfüllung seiner Sehnsucht vorauskostet, so genoß er in seltsamer Weise das bittersüße Gift seines Hasses.

Im Konsulat ging er geradenwegs in sein Zimmer. Er hatte sich kaum an seinen Tisch gesetzt, als Fernando anklopfte und eintrat.

»Mr. Decker ist nach Porto Alijo gefahren, Sir. Im

Zusammenhang mit dem Kargo der Eastern Star. Er hat dringend gewünscht, mit Ihnen zu sprechen, Sir.«

»Hat er irgend etwas hinterlassen?«

»Nein, Sir. Er sagte nur, daß er um fünf Uhr wieder zurück sein wird. Es sei äußerst wichtig.« »Wichtig?«

»Jawohl, Sir. Mr. Decker schien sehr aufgeregt.«

»Nun schön«, entschied der Konsul brüsk, »er kann mich ja sprechen, wenn er zurückkommt.«

»Noch eine andere Sache, Sir.« Der junge Spanier zögerte, senkte seine großen kaffeebraunen Augen. »Um neun Uhr wurde von der Corte aus angerufen. Es ist entschieden worden, daß José vor das Gericht in Barcelona kommt. Er wird am Donnerstag mit dem Nachmittagszug nach Barcelona gebracht.«

Eine Welle, ein elektrischer Strom, flutete durch die Nerven des Konsuls – dies, gerade dies war es, was er zu hören wünschte. Er hatte befürchtet, der Fall könnte vor das städtische Polizeigericht kommen, wo lokale Gefühle den Richter zugunsten des Angeklagten beeinflussen mochten. Vor einem hohen Gericht in Barcelona aber war das etwas anderes. Dort waren die Urteile korrekt und strikt, die Strafbemessung streng. Nur mühsam bewahrte Brande seinen amtlichen Gleichmut – seine Stimme war etwas unsicher, als er antwortete:

»Danke, Fernando, das wäre dann wohl alles.«

Als sich der Angestellte mit einer Verneigung zurückgezogen hatte, verlor der Konsul seine Fassung; erregt sprang er auf, begann auf der handgewebten Matte, die den schmalen Raum in seiner ganzen Länge ausmaß, auf und ab zu laufen. Dieses düstere Gefühl der Befriedigung, das in seiner Brust tobte, ließ ihn nicht still sitzen. Der Gedanke an die herannahende Stunde seiner Rache wuchs und wuchs in ihm, bis er sein ganzes Wesen bis in die letzte Fiber ausfüllte. Die Hände auf dem Rücken, den Kopf vorgeneigt, die Blicke starr auf den Boden gerichtet, lief er auf und ab wie ein Tier im Gefängnis. Selbstverständlich mußte er bei der Verhandlung anwesend sein, um seine Aussage zu machen – die Szene, wie sie sich vor Gericht abspielen würde, stand bereits lebhaft vor seinen

Augen. Aber mehr als das, im gleichen Zug wie der Gefangene wollte er nach Barcelona fahren, wollte Zeuge sein jeder Regung seiner Qual und seiner Scham ...

Es lag nur wenig Arbeit auf dem Tisch des Konsuls, eine Mappe mit Pässen, einige Frachtbriefe für zollpflichtige Exportwaren, sein Vierteljahresbericht über die Umsätze des Hafens – nein, es war ihm unmöglich, sich damit zu beschäftigen. Das Fieber seiner Rastlosigkeit stieg höher und höher. Er unterzeichnete einige Zertifikate, empfing kurz zwei Seeleute, die schon eine Stunde gewartet hatten, um ihre Papiere in Ordnung zu bringen, und ging dann frühzeitig ins Café El Chantaco zum Mittagessen. Es war sonst seine Gewohnheit, zu Mittag nur eine Kleinigkeit zu sich zu nehmen, und oft begnügte er sich sogar mit einer Tasse Kaffee; heute aber fühlte er ungewöhnlichen Appetit. In einer Fensternische sitzend, bestellte er ein Beefsteak, eine leckere Pimento-Omelette und einen Ziegenkäse; dann trank er, obwohl er untertags nur selten geistige Getränke berührte, in rascher Folge drei Gläser Manzanilla. Eine Gruppe Segelschiffer saß mit dem Hafenlotsen am Nebentisch, man trank Bier, aß Sardinen und Oliven. Ihre respektvollen Grüße schärften sein Gefühl persönlicher Autorität, ja körperlicher, männlicher Kraft. Irgendwo im Hintergrund spielte jemand auf einer Concertina ein schleppendes catalanisches canción, und die Worte, in die in Moll geführte Melodie eingebettet, in fallenden Intervallen verklingend, mischten sich in seinem Kopf mit dem spanischen Sentiment, sie erregten und bezauberten ihn.

Er rauchte sich eine Zigarre an und tat eine Weile lang, als ob ihn die »Voz de Madrid«, deren auf einen Rahmen gespannte fettige zerknitterte Blätter er umwandte, lebhaft interessierte. Aber das führte zu nichts. Er stand auf, warf eine Banknote auf den Tisch und verließ das Café. Ziellos schlenderte er den menschenleeren, sonnenüberfluteten Kai entlang, der in der nachmittäglichen Glut zu zittern schien, an Stapeln von Fässern vorbei, die einen heißen Geruch von Öl und Harz ausströmten. Ein Satz, den Halévy eines Abends mit einem geringschätzigen

Achselzucken vor sich hin gemurmelt hatte, hallte wieder und wieder in seinem Ohr: »Bester Freund ... ein Mann von Ihrer Maskulinität, auf der Höhe seiner Kraft ... wahrhaftig, Sie setzen mich in Erstaunen.«

Plötzlich, wie unter einem inneren Zwang, zog er die Krempe seines Hutes tiefer herab, bog in eine fremde Gasse ein, die um diese Zeit still und verlassen dalag, und selbst in der Mittagshitze ein wenig düster wirkte, und dann nahm ihn das dunkle Patio eines Hauses auf, er tauchte in einen gewölbten Korridor unter ...

Es war fast fünf Uhr, als er in das Konsulat zurückkehrte und mit einem undeutbaren Ausdruck in dem harten blassen Gesicht direkt in sein Zimmer ging. Beim Durchschreiten des Büros hatte er mit einem Seitenblick festgestellt, daß Alvin bereits da war. In der Tat hatte der Gehilfe seinen Chef mit einer selbst für ihn ungewöhnlichen gespannten Besorgnis erwartet. Jetzt rückte er mit einer charakteristischen Geste seine Krawatte zurecht und fegte noch einmal den Staub, der ihm von dem Laderaum der Eastern Star anhaftete, von seinen Hosenaufschlägen.

Brande setzte sich schwerfällig in seinen Drehstuhl, tastete nach seinem Taschentuch und wischte sich die Feuchtigkeit von seiner Stirn. Das Batisttuch noch in der Hand, starrte er minutenlang geradeaus vor sich hin. Der körperliche Kräfteverbrauch hatte ihm ein gewisses Aufatmen gebracht, seinen Gedanken Aufschub gewährt; trotzdem war er wegen dieses sinnlosen Abenteuers ärgerlich und, ohne sich darüber Rechenschaft ablegen zu können, niedergeschlagen. Schließlich raffte er sich mit einem Achselzucken auf, setzte sich zurecht und drückte auf die Tischglocke. Sogleich tauchte Alvin auf. Fast wie eine Holzfigur saß der Konsul da und starrte seinen Gehilfen an. »Nun«, fragte er endlich, »was gibt's?«

Das Gehaben seines Vorgesetzten erhöhte nur die nervöse Verwirrung Deckers.

»Es ist mir unangenehm, Sir, daß ich Ihnen Peinlichkeiten bereiten muß. Es ist mir wirklich sehr unangenehm.

Aber Tatsache ist, daß ich von der Vermittlung einen Brief bekommen habe.«

»Von welcher Vermittlung?«

»Von der Stellenvermittlung. Sie mögen versichert sein, Sir, daß ich alles tat, was in meiner Macht stand ... ich habe mich mit der zuverlässigen Firma in Madrid in Verbindung gesetzt. Es war ernstlich mein Wunsch, Ihnen dienlich zu sein, aber ich habe natürlich in solchen Dingen keine Erfahrung.«

»Wollen Sie nicht die Güte haben, mir endlich zu sagen, wovon, zum Teufel, Sie eigentlich reden?«

Alvin befeuchtete seine trockenen Lippen.

»Es handelt sich um Ihren Diener, Sir ... Garcia ... den Mann, den ich für Sie engagiert habe. Er konnte wirklich die allerbesten Referenzen vorweisen, aber jetzt schreibt mir die Stellenvermittlung vertraulich, daß gewisse Gründe dafür sprechen, all jene Zeugnisse seien gefälscht. Es heißt da weiter in dem Brief, daß die Behörden da hinter einem Mann her sind ... Roderigo Espantago ist sein Name ... Die Vermittlung befürchtet, es könnte sich um Garcia handeln. Er wird wegen Raubes und Desertion verfolgt. Der besagte Mann ist aus einem Inquisiten-Irrenhaus in Malaga ausgebrochen, wo er zur Beobachtung war ...«

Brande bewahrte die unpersönliche Maske seiner Autorität, aber er empfand einen jähen Stich. Er war darauf gefaßt gewesen, daß ihm irgendeine geringfügige amtliche Schwierigkeit vorgetragen würde, die Sorte von Problem, wie sie gewöhnlich Alvins von Skrupeln geplagten Verstand quälte. Das aber ... das war unglaubhaft, war phantastisch.

»Zeigen Sie mir den Brief«, verlangte Brande nach einer Pause.

Er las das Blatt, das Decker ihm reichte, zweimal, saß dann einige Minuten lang in verdrossenem Nachdenken da und hob schließlich den Bick zu seinem Gehilfen.

»Das ist nichts Bestimmtes. Es wird keinerlei Beweis erbracht.«

»Nein, Sir«, wandte Alvin ernst ein, »aber die Sache

sieht doch sehr verdächtig aus. Ich sprach mit Carol darüber, und sie war schrecklich aufgeregt ... hat verlangt, daß ich sofort zu Ihnen gehe. Meinen Sie nicht, daß Sie unter diesen Umständen gewisse Schritte unternehmen sollten?« Harrington Brande schürzte die Lippen.

»Wollen Sie ... und Ihre verehrte Gattin ... mich instruieren, was ich zu tun habe?«

»Gewiß nicht, Sir«, Alvin errötete jäh, »aber dieser Bursche, den man da sucht, scheint gefährlich zu sein ... und wenn er tatsächlich Ihr Diener sein sollte ...«

Auch in dem Konsul war ein Verdacht rege. Trotzdem antwortete er in kühler Gelassenheit: »Garcia gehört jetzt seit einigen Monaten meinem Haushalt an. Bei einem so engen Zusammenleben hatte ich hinreichend Gelegenheit, ihn zu beobachten. Und ich kann nur klar und eindeutig sagen, daß ich nie einen besseren und verläßlicheren Diener gehabt habe. Mit anderen Worten, ich glaube nicht, daß dieser Brief etwas mit ihm zu tun hat. Wahrscheinlich hat die Stellenvermittlung ein derartiges Rundschreiben an alle ihre Klienten gerichtet.«

»Aber Sie werden der Sache doch jedenfalls nachgehen?« rief Alvin. »Ich empfinde meine Verantwortung belastend ...«

»Sie können davon überzeugt sein, daß ich genau das tun werde, was nötig ist.« Gewohnte Ironie zuckte auf der Wange des Konsuls. »Und wenn es nur geschähe, um diese schwere Last von Ihrer Seele zu nehmen.« Er faltete das Blatt sorgfältig zusammen und schob es in seine Westentasche. »Sie werden natürlich zu niemand über diesen Brief sprechen. Ich würde einen solchen Vertrauensbruch sehr ernst ansehen.«

»Gewiß, Sir, Sie können sich auf mich verlassen.« Alvin zog sich in seine unterwürfige Art zurück, konnte aber einen sonderbaren Blick auf seinen Chef nicht ganz unterdrücken.

»Hoffentlich«, sagte Brande gepreßt. Dann stand er auf, nahm seinen Hut, blieb an der Tür einen Augenblick in heimlichem Zaudern stehen, machte dann eine Wendung und stieg schwer die knarrende Holztreppe hinab.

19

Früher am Nachmittag hatte Nicholas, der angekleidet auf seinem Bett lag, unvermittelt die ganze Schwere seines Herzeleides empfunden. Diese Trennung von José war unerträglich. Gab es gar nichts, was er tun konnte, ihr ein Ende zu setzen?

Er wußte, daß Professor Halévy abgereist war; damit war ihm wenigstens das Unbehagen dieser Verhöre erspart, die ihm, wenn er auch ihren Zweck nicht erfassen konnte, immer wieder die Röte rascher Scham auf die Wangen trieben. Garcia war fort, fuhr den Wagen nach Barcelona, und Magdalena, geheimnisvoller und unnahbarer als sonst, kam nicht aus ihrem Zimmer.

Die tödliche Stille des Hauses, so sehr sie den Geist des Knaben einschüchtern mußte, trieb andererseits zur Tat. Er stand auf, ging in den Garten, der so trostlos verlassen dalag, nahm nach einem Augenblick letzten Schwankens seine Kräfte zusammen und lief auf die Uferstraße hinaus, die zur Stadt führte. Eine gewisse Erleichterung bedeutete es allein schon, daß er seine Glieder in Bewegung setzte und sich einbilden konnte, er habe etwas vor.

Es war drückend heiß. Die Sonne, eine dunkelrote Orange, glühte auf ihn herab, und der Weg, den er noch nie zu Fuß gegangen war, schien ihm endlos. Als er endlich todmüde San Jorge erreichte, kam die Unentschlossenheit wieder über ihn. Die staubige, verlassene Plaza lag wie ein in der Hitze verschmachtender Hund da, die Fenster der Häuser, dicht gegen den Tag verhangen, waren wie blinde Augen, die engen Seitengassen kuschelten sich schattig in ihr Geheimnis.

Eingeschüchtert, aber ohne sich besiegt zu geben, überquerte Nicholas tapfer den Platz und wandte sich der Richtung zu, in der das Gefängnis lag. Aber ach, dort war seinem Mut ein Ziel gesetzt. Der erschreckende Anblick des Gefängnisses, das breit und zinnenbewehrt, von zwei Zwillingstürmen flankiert, mit seinem massiven Eingang und den rostigen Eisengittern dalag, schüchterte ihn wieder ein. Das Haus war die alte Festung des Ortes; seine kahle Fassade, hinter der sich düstere Tiefen verbargen, war frostig von dem Wappenvogel überschattet, der seine breiten Schwingen darüber spannte; das Herz des Knaben sank. Der naive Gedanke, es würde sich irgendein Schlupfloch finden lassen, durch das er mit seinem Freunde sprechen konnte, verging vor diesem Anblick.

Eine Weile trieb er sich, ängstlich eine gewisse Distanz haltend, in der Nähe herum, klammerte sich an die vage Hoffnung, irgendein unvorhergesehener Glücksfall könnte ihm zur Hilfe kommen. Aber nichts geschah, rein nichts – es war, als ob hinter diesen starren Steinmauern keine Spur des Lebens sich regte. Und plötzlich, unvermittelt von Panik ergriffen, begann Nicholas zu laufen, floh aus dem Gefängnisrevier.

War er zuvor erschrocken gewesen, so empfand er jetzt verzweifelte Niedergeschlagenheit. Im Laufen hatte ihn die quälende Vorstellung gepeinigt, die Türme streckten lange Arme nach ihm aus, ihn einzufangen. Gejagt von seiner Angst verlor er im Wirrsal krummer Gäßchen die Richtung. Ein Mann, der einen dunklen Sombrero trug, schrie ihm etwas nach, dann fiel er beinahe über eine alte Frau, eine Wasserträgerin, die ihre Tonkrüge auf das Pflaster gesetzt hatte und verschnaufte.

Nun fand er sich, von einem glücklichen Zufall gelenkt, in einer engen, aber vertrauten Straße, die zum Strand hinabführte. Aus der Ferne hörte er eine Turmuhr drei schwache Schläge geben, der gedämpfte Ruf eines Losverkäufers gab ihm neuen Mut, er faßte sich wieder ein Herz, beschleunigte noch einmal seine Gangart und schritt der Calle Corriente zu. Das Haus, in dem José wohnte, war leicht zu finden. Immer noch außer Atem, bezog er auf der gegenüberliegenden Straßenseite Posten und starrte gespannt zu dem vierten Stockwerk hinauf. Er hatte nicht den Mut, die gewundene Treppe zu der kleinen Wohnung hinanzusteigen, aber wenn er hier geduldig wartet, würde sich sicher irgend etwas ergeben.

Er wartete eine gute Stunde lang, die Sonne sank, die Luft begann fühlbar abzukühlen, aber niemand von Josés Familie zeigte sich. Er war schon daran, aufzugeben und trostlos davonzugehen, als er Pedro in der Gasse, die zu dem Haus führte, auftauchen sah. Da würgte er die Trokkenheit hinunter, überwand seine Lähmung und lief über die Straße.

»Pedro! Ich bin es . . . Nicco. Haben Sie Neuigkeiten?« Der alte Mann richtete seinen traurigen Blick auf Nicholas.

»Doch, Nicco, Neuigkeiten weiß ich schon.« Er schüttelte bekümmert den Kopf. »Aber es sind keine guten. José kommt vor das hohe Gericht in Barcelona. Ich fürchte, es wird ihm dort nicht gutgehen.«

»Ach, Pedro!«

»Ja, es ist für alle eine schlimme Sache.« Der alte Mann seufzte. »Aber am schlimmsten ist sie für José.«

»Wie fühlt er sich?« Die Stimme des Knaben bebte.

»Nicht gut. Das Eingesperrtsein fällt ihm nicht leicht. Von klein auf hat er im Freien gelebt. Und wenn sie ihn lange so einschließen . . .« Pedro beendete seinen Satz mit einem vielsagenden Seufzer.

Eine quälende Pause.

»Ich möchte wissen . . . hat er von mir gesprochen?« Nicholas brachte kaum die Worte über die Lippen.

»Doch.« Der alte Pedro nickte. »Sooft ich ihn sehe, spricht er von dir. Trägt mir freundliche Grüße für dich auf. Und ich soll dir sagen, daß er sich schon irgendwie heraushelfen wird.«

»Aber Pedro – ist das denn möglich?«

Der alte Mann blickte die leere Straße hinauf und hinunter, beugte sich dann über Nicholas und sagte leise:

»Eigentlich sollte ich nicht mit dir davon sprechen. Aber du hast José so gern wie wir, also bist du einer von uns. Hör also zu, mein Kind: es gibt eine Hoffnung, daß José sich aus der Schlinge zieht. Bringen sie ihn nach Barcelona, so ist er verloren, das wissen wir alle. Solange er hier im Gefängnis sitzt, läßt sich auch nichts tun. Auf dem Transport aber« – der alte Mann senkte seine Stimme zu einem Flüstern –, »da mag sich eine Gelegenheit ergeben. Große Hoffnungen lassen sich nicht daran knüpfen, aber wir hoffen eben. Gelingt uns etwas, dann wird José sich in die Berge flüchten, zu der alten Mühle, wo du mit ihm angeln warst. Dort kann er sich wochenlang versteckt halten, bis alles vorüber und vergessen ist.«

Ein schnelles Aufatmen kam aus der Brust des Knaben, sein trübes Gesicht hellte sich auf. Die alte Mühle am Bergfluß ... Das war ein Platz, wo man sich verstecken konnte ... und dort würde er ihn sehen, ihn unter irgendwelchem Vorwand besuchen können. So köstlich war diese Aussicht, daß er kaum weiterzudenken wagte. Regungslos stand er da, starrte in Pedros runzeliges Gesicht; plötzlich aber preßte er in jäher Freude den Arm des alten Mannes.

»Ja! Sag ihm ... so muß er es machen.« Und im Nu wandte er sich um, lief davon, die Lippen gelöst, als lächelte er sich selbst zu, Lippen, die ein köstliches Geheimnis verwahrten.

Vergessen war alle Müdigkeit. Nicholas rannte den Weg zurück, und es war gut, daß er so tat, denn sein Vater kam etwas vor der gewohnten Zeit nach Hause. Auch Garcia kehrte zurück, und einen Augenblick lang fürchtete der Knabe, man könne ihn ausfragen, wie er seinen Nachmittag verbracht hätte. Doch war der Konsul in eigene Gedanken verstrickt und mißlaunig; nichts geschah, als sie bei Tisch saßen, und Nicholas atmete auf, als wäre die Gefahr vorübergegangen.

Die ganze letzte Woche hatte Brande Nicholas mit einer Art förmlicher Höflichkeit behandelt. Seine Liebe zu dem Knaben hinderte ihn, ihm irgendwelche Härte oder Strenge zu zeigen. Es gab Augenblicke, in denen ihn eine wilde Sehnsucht erfaßt hatte, das Kind leidenschaftlich in seine Arme zu ziehen. Doch sein Stolz, das Gefühl, es sei ihm ein Unrecht zugefügt worden, verbot ihm ein solches Zurschaustellen seiner Schwäche. Er mußte erst seine Stellung wieder befestigen, den Schaden tilgen, den sein väterliches Prestige erlitten, bevor diese frühere Beziehung, die ihm so kostbar war – gegründet auf die Achtung und Bewunderung des Kindes – wiederhergestellt werden konnte.

An diesem Abend aber war ihm deutlich anzusehen,

daß ein neues schweres Problem ihn beschäftigte, und von einigen belanglosen Bemerkungen abgesehen, sprach er Nicholas nicht an. Dagegen schien seine Aufmerksamkeit seltsam auf Garcia gerichtet; seiner sonstigen Gewohnheit entgegen sprach er den Diener, wenn dieser beim Servieren an den Tisch herantrat, mehrfach an.

»Sie haben Professor Halévy zur Bahn gebracht?«

»Jawohl, Señor.«

»Ist der Zug pünktlich gewesen?«

»Sind Züge jemals pünktlich, Señor?« Die Miene des Dieners drückte grämlichen Spott aus, und er legte nachlässig eine Hand leicht an die Hüfte.

»Nein, wohl kaum.« Brandes Gesicht färbte sich leicht. Zum erstenmal fühlte er im Betragen des Mannes eine unangenehme Vertraulichkeit. »Ist Professor Halévy gut abgereist?«

»Unzweifelhaft, Señor. Habe ich jemals einen Befehl schlecht ausgeführt? Um elf Uhr . . .«

Nicholas verstand die Bedeutung dieser ungewöhnlichen Fragen und Antworten nicht, aber sie flößten ihm Unbehagen ein, und er war froh, als ein Kopfnicken des Vaters ihn entließ, ihm die Freiheit gab, sich in sein Zimmer zurückzuziehen; er kleidete sich aus und überließ sich der Einsamkeit der kühnen neuen Hoffnung, die Pedros Worte ihm ins Herz gepflanzt hatten.

Unten saß der Konsul am Tisch, spielte versonnen mit dem Portweinglas, schob es hin und her, als suchte er vergeblich nach einem Entschluß. Zweimal schon hatte der Diener von der Küchentür aus nachgesehen, ob er abräumen könne, aber Brande hatte sich nicht gerührt. Bei seinem dritten Auftauchen aber hob der Konsul plötzlich den Kopf.

»Garcia!«

»Jawohl, Señor.«

Unter dem stetigen Blick des Dieners, der die Brauen fragend gehoben hatte, dessen Augen aber in ihrer Ausdruckslosigkeit fast unmenschlich blieben, verlor Brande den Mut, wich zurück. Zum erstenmal spürte er aus diesem undurchsichtigen Blick einen vagen Hohn heraus, der sich als dienerhafte Unterwürfigkeit maskierte. War es wahr, was Nicholas so oft und mit so angstvoller Sicherheit behauptet hatte? Zweifel, ein Verdacht, der bisher noch nie in ihm aufgekeimt war, kreuzten durch sein Gehirn, setzten ihn in neue Verwirrung.

»Garcia«, begann er entschlossen, »ich habe mit Ihnen zu reden.«

Der Diener verneigte sich, um ein Beträchtliches zu tief, die Verzerrung einer Gebärde des Gehorsams.

»Wann sind Sie mit dem Wagen zurückgekommen?«

»Um fünf Uhr, Señor.«

»Professor Halévy ist um elf Uhr abgereist.« Brande schien nachzurechnen. »Wenn man zwei Stunden für die Fahrt veranschlagt, so hätten Sie um eins hier sein können.«

Garcias Brauen hoben sich ein wenig höher.

»Man muß essen, Señor. Ich mußte mir eine bescheidene, frugale Mahlzeit gestatten.«

»Sie haben also zu dieser bescheidenen, frugalen Mahlzeit vier Stunden gebraucht?«

»Es war mir nicht bewußt, daß Anlaß zur Eile vorläge. So verlängerte ich meine Tischzeit . . .«

»Haben Sie während dieser verlängerten Tischzeit getrunken?«

»Señor?«

»Ich habe Sie beim Servieren aufmerksam beobachtet, und da hatte ich den Eindruck, daß Sie getrunken hätten.« Der Diener zog die Mundwinkel scharf herab. Einen Augenblick lang war der Tod in seinen Augen, dann aber flammte verächtlicher Spott, sorglose, höhnische Überlegenheit wieder darin auf.

»Ich bin auch nur ein Mensch, Señor, und muß die Gelegenheiten wahrnehmen, wo sie sich bieten. Wenn ich aufrichtig sprechen darf, ich bin ein Weinkenner, bin an guten Wein gewöhnt. Als ich bei den Aostas in Madrid diente, bekam ich nur den besten Marsala.«

Der Konsul biß sich auf die Lippen.

»Die erwähnen diese Aostas sehr gern. Wann waren Sie eigentlich dort im Dienst?«

Garcia antwortete gleichmütig, mit verhaltenem Trotz: »Das ist schon einige Zeit her.«

»Wann?« wiederholte der Konsul in festem Ton.

Jetzt vollzog sich eine seltsame Wandlung in den Augen des Dieners, ein Belag erschien auf den Pupillen, als wäre in den Tiefen etwas Unreines aufgerührt worden, als bildete sich eine schützende Decke, durch die nichts eindringen konnte.

»Das steht genau in meinen Zeugnissen«, sagte er gelassen. »Ich habe sie alle beisammen, alle in Ordnung.«

»Natürlich«, sagte der Konsul. Er machte eine Pause. »Und Sie haben nie von einer Person des Namens Roderigo Espantago gehört?«

Ein einziges Mal zuckten die fleischigen Augenlider des Dieners. Seine regungslosen Züge schienen noch starrer zu werden. Seine Stimme aber klang seltsam gepreßt, als er antwortete:

»Warum sollte ich? Wer ist das?«

»Ein Verbrecher. Einer, den die Madrider Polizei sucht.«

Ein Schweigen lastete wie Herzpochen auf dem Raum. Garcias Gesicht war verzerrt. Auf seiner Nase und seinen Wangen zeichnete sich ein Netz roter Adern ab. Und plötzlich brach er los:

»Wahrhaftig, Señor, das ist eine Beleidigung! Für wen halten Sie mich, daß Sie mir solche Verdächtigungen an den Kopf werfen? Ist es meine Schuld, wenn ich Neider und Feinde habe? Nein, Señor, tausendmal nein! Und ich habe immer einen Weg gefunden, meine Feinde zu vernichten, dieses tückische Lumpenpack!« Er schrie jetzt beinahe. »Ich speie sie an!«

»Seien Sie still, Garcia!« mahnte Brande ernst, ohne erkennen zu lassen, wie erschrocken er war.

»Ich bin an Bosheit und Niedertracht gewöhnt«, rief der Diener, der sich in immer größere Erregung hineinsteigerte. »Ich bin jemand! Oft, wenn ich auf der Straße an Fremden vorbeigehe, höre ich die Leute murmeln: ›Das muß jemand sein . . . ein Adeliger.‹ Pah, das ist mir gleichgültig, ich bin nicht stolz. Aber ist es meine Schuld, wenn ich den Neid der Leute errege? Einmal muß doch alles das aufhören, sonst wird einem das Leben unmöglich gemacht. Kein Mensch kann auf die Dauer geben und geben und gar nichts dafür bekommen. Ein sinnloses Opfer – nie werde ich mich zu so etwas hergeben –«

»Das genügt für jetzt.«

Brande hatte sich in seiner Betroffenheit halb vom Tisch erhoben; ganz plötzlich erlosch alles Licht in den Augen des Dieners. Ein leiser Schauer, fast ein Krampf, lief durch seine Züge. Er atmete schwer, dann fuhr er sich mit dem Handteller über die Lippen, um den weißen Speichel, der sich in den Mundwinkeln gesammelt hatte, fortzuwischen. Jetzt warf er dem Konsul einen Seitenblick zu. Er war wieder ruhig, sein Wesen unterwürfig und einschmeichelnd, aber in seiner Stimme klang eine verhaltene Drohung.

»Offenbar hat mich jemand bei Ihnen schlechtgemacht. Ich glaube, Sie waren immer mit mir zufrieden. Ist das nicht so, Señor?«

»Gewiß«, murmelte der Konsul.

»Mir genügt es, Señor, wenn Sie zufrieden sind. Dann fällt es mir leicht, all diese närrischen Anschuldigungen zu vergessen. Oder haben Sie nicht schon genug Ärger in Ihrem Haushalt gehabt?«

Ein Schweigen folgte. Brande trommelte mit den Fingern auf den Tisch, unbefriedigt, voll inneren Aufbegehrens, aber seltsam unwillig, die Sache weiterzutreiben. Die Worte kamen fast mühsam hervor, als er endlich den Mund auftat: »Sie können mir also volle Gewißheit geben, daß kein wahres Wort an diesen ... an diesen Unterstellungen ist?«

»Keine Spur von Wahrheit, Señor. Beruhigen Sie sich bitte. Ich werde mir weitere Papiere aus Madrid kommen lassen. In wenigen Tagen kann ich Ihnen dann alle Unterlagen zur Prüfung vorlegen.« In einem selbstsicheren Lächeln zeigte Garcia seine nikotingetönten Zähne. »Darf ich jetzt mit Ihrer Erlaubnis abräumen, Señor?«

»Ja, ich bin fertig«, sagte Brande schwer.

Er verließ das Zimmer, stieg bedächtig die Treppe hinauf, zögerte einen Augenblick auf dem Korridor, dann betrat er sein Schlafzimmer; in wirre Gedanken versunken blieb er stehen und starrte vor sich hin.

Es mochte schließlich genügen, sagte er sich, daß Garcia die Beschuldigung zurückwies. Er jedenfalls, er hatte seine Pflicht nicht versäumt. Hatte den Diener zur Rede gestellt, ihn scharf ins Verhör genommen und war beruhigt worden. Was hätte er mehr tun sollen?

Und trotzdem wußte er mit grausamer Gewißheit, daß Garcia der Mann war, den die Polizei suchte. Das Gehabe des Dieners während der Befragung war so seltsam – aus dem Gleichgewicht gebracht, das war der einzig passende Ausdruck –, sein letztes Lächeln, einschmeichelnd und doch höhnisch, so voll unheimlichen Appells an sein Einverständnis gewesen, daß es all seine Beteuerungen Lügen strafte und den Mann völlig preisgab ...

Schwindelnd stand Brande wie ein Bergsteiger vor einem unerwarteten Abgrund, unfähig, einen Schritt vorwärts oder zurück zu tun. Und doch, er mußte weiter – war schon zu weit, um zurückgehen zu können. Alle seine Kräfte waren jetzt, bis zur Weißglut erhitzt, auf dieses einzige Ziel gerichtet, auf die Rache an José. Jeder Schritt, den er gegen Garcia unternahm, mußte das Hauptziel in die Ferne rücken, ja vielleicht für immer preisgeben. Nein, alle ferneren Nachforschungen nach Garcia mußten aufgeschoben werden, bis der Fall José erledigt war. Schließlich hatte der Diener versprochen, in den nächsten Tagen Beweise seiner Identität beizubringen. Es war nur geziemend, ihm diese Frist zu gewähren. War dann nicht alles in Ordnung, so konnte man sich seiner ohne Mühe entledigen.

All das erwog Brande, unentwirrbar in seine Gedanken verstrickt, ohne die Tatsache ins Auge zu fassen, daß José, wenn der Verdacht gegen Garcia begründet war, unschuldig sein mußte. Blind und taub gegen jedes andere Argument, schaltete er Störungen aus, die seinen Plan durchkreuzen konnten. Sein Entschluß stand fest, er hatte jetzt nur noch auf den nahen Moment der Rache zu warten.

20

Der Donnerstag kam heran, ein feuchter, stiller Tag, dessen Morgen durchsichtig und lichtgetränkt aufstieg. Aus dem glasig grauen Himmel sickerte eine warme Stille herab, deren unsichtbare Wellen nicht einmal die zarten Blätter an den Mimosensträuchern zum Zittern brachten. Die langen Büschel der Tamarisken, die den Weg säumten, hingen matt herab wie Zungen dürstender Tiere. Von weit her kamen Töne vibrierend, klangen wie das Schwirren einer gigantischen Harfe. In der Casa Breza waren die Geräusche der fernen Stadt unnatürlich klar, aber seltsam gedämpft zu hören. Nur das Zirpen der Zikaden unterbrach die drückende Stille, endlos, unersättlich.

Dieser seltsame, verhangene Tag schien zur Stimmung des Konsuls zu passen, der von dem Augenblick an, da er sich erhob, mürrische Entschlossenheit zeigte. Seit er vor zwei Tagen seine Entscheidung getroffen hatte, wußte er, daß es kein Zurückblicken gab, und seine Gedanken waren fest auf das Ziel gerichtet, an das er unvermeidlich gelangen mußte. Dennoch wollte die befremdliche Niedergedrücktheit nicht von seiner Brust weichen.

Nach dem Frühstück, bevor er sich auf den Weg ins Büro machte, zog er Nicholas in den Alkoven des Salons und setzte ihm mit qualvoller Logik auseinander, was nun zu geschehen habe. Irgendwie brachte es ihm ein Aufatmen, daß der Kleine fügsam zuhörte; der Konsul hatte einen neuen Ausbruch, eine Szene befürchtet. Erst als er, schon im Weggehen, von dem Portikus zum Wagen hinunterstieg, hob Nicholas, der an der Eingangstüre stand, den Kopf.

»Fahr nicht, Vater«, er sprach leise, seine Lippen zitterten nur ganz schwach.

»Ich muß, Nicholas.«

Da aber verlor der Knabe für einen Augenblick die Fassung und schrie auf:

»Vater, ich bitte dich, fahr nicht! Es ist nicht notwendig. Sie können José doch ohne dich hinbringen.«

Brande hatte schon den Wagen bestiegen. Er hob

abweisend die Hand, schüttelte mißbilligend den Kopf, und gleich darauf war er fort.

Im Büro, während des Vormittags, brachte er es fertig, seine Gedanken von der bevorstehenden Fahrt abzulenken. Einige Leute, die sich um Einwanderungserlaubnisse bemühten, mußten verhört, ihre Dokumente mußten revidiert und attestiert werden; dann zogen einige Schiffsdeklarierungen seine Aufmerksamkeit auf sich; nachdem dies besorgt war, mußte er einen Brief an Restaud & Co. schreiben, ein Pariser Verlagshaus, das Halévy ihm als geeignet bezeichnet hatte, seinem Werk über Malebranche gerecht zu werden. Aber seine Feder hatte heute nicht den gewohnten Fluß; aus irgendeinem Grunde fühlte er sich abgespannt, von körperlicher Lethargie niedergehalten. Doch gewann er wenigstens für den Augenblick eine gewisse Befriedigung dem Gedanken ab, daß sein Manuskript nun abgeschlossen war und postfertig im Schlafzimmer lag.

Um ein Uhr ließ er sich, für diesen Tag die Öffentlichkeit des Chantaco meidend, ein belegtes Brot und eine Tasse Kaffee in sein Büro bringen; dann, zwanzig Minuten später, machte er sich auf den Weg zum Bahnhof. Es hatte zu regnen begonnen; schwere warme Tropfen zeichneten Flecken, so groß wie Münzen, auf das staubige Pflaster; dennoch ging der Konsul langsam, ohne die Nässe zu beachten. So gierig hatte er diesen Augenblick, diese Stunde des Gerichtes herbeigesehnt, daß er sich jetzt fast darüber ärgerte, so lustlos und bedrückt zu sein. Gewiß, er hatte in letzter Zeit sehr schlecht geschlafen, in der vorigen Nacht kaum eine Stunde wirklich erquickenden Selbstvergessens genossen. Doch das allein genügte nicht, seinen sonderbaren Stimmungswechsel zu erklären. So phantastisch es auch schien, er hatte sich noch nicht von der Erinnerung an seine Unbesonnenheit – so nannte er es selbst – an jenem schwülen Nachmittag vor zwei Tagen freigemacht. Auch hatte er den nagenden Zweifel an Garcia nicht zu bannen vermocht. Er mochte das alles wegschieben, es drängte sich immer wieder heran, gefährdete die Pose seiner Unantastbarkeit, erfüllte ihn mit unerträglichem Kleinmut.

Auf dem Bahnhof waren die drei schon zur Stelle – Pedro, José und der Guardia; unter dem schützenden Dach des despacho de billetes hatten sie Schutz gegen den Regen gesucht. Der Konsul betrachtete sie schweren Blikkes, stellte mit leiser Verwunderung fest, wie hager und schlaff José geworden war, wie ungekämmt er aussah; die Handfesseln zwangen ihn, dicht neben dem Guardia zu stehen. Obwohl erst eine Woche verstrichen war, empfand der Konsul bei seinem Anblick nicht das erwartete Neuaufwallen seines Hasses, nur einen sonderbaren Widerwillen, der noch wuchs, als er sein Billett gelöst hatte und näher trat. Wie ein Automat kam er sich vor, von einem Mechanismus bewegt, den er selbst in Gang gesetzt hatte, nun aber nicht mehr aufhalten konnte.

Als er zu der kleinen Gruppe trat, wandten sich Pedro und José ab, der Guardia aber grüßte höflich mit seiner freien Hand.

»Feucht, wie?« bemerkte Brande nach einem kurzen Augenblick.

»Jawohl, sehr feucht, Señor«, antwortete der Guardia kurz, aber respektvoll.

In der langen Pause, die folgte, betrachtete der Konsul die schimmernden Handfesseln. Irgendwie flößten sie ihm sonderbaren Widerwillen ein. Er konnte deutlich sehen, daß das stählerne Armband auf dem Handgelenk des Guardia einen Striemen zurückließ. Und plötzlich fragte er mit einer Stimme, die gereizt und doch wie von weit her klang: »Ist das denn nötig?«

»Nur, bis wir im Zug sitzen, Señor.«

Ein dumpfes Schweigen folgte, nur das Trommeln des Regens auf dem Wellblechdach und leises Gemurmel von den Schranken herüber waren zu hören. Trotz der seltsamen Verlorenheit, in die Brande sich jetzt gehüllt hatte, war er der Menge gewahr, die sich außerhalb des despacho gesammelt hatte, feindselige Blicke herüberwarf und gemeine Verwünschungen ausstieß. Seine Würde legte es ihm auf, sich geringschätzig abzuwenden. Etwas später entfernte sich Pedro, um eine Zeitung zu kaufen. Als er zurückkam, äußerte er leise zu José eine Bemerkung über das Wetter. José antwortete nicht. Unbehaglich wechselte der Konsul seine Stellung. Würde dieser Zug nie kommen? Das Warten war unerträglich.

Endlich war ein schriller Pfiff zu hören, dann das Rollen und Knirschen der Räder. Als der kurze Zug anhielt, empfand Brande Erleichterung und schritt, den anderen voraus, auf den einzigen Personenwagen zu. Es waren noch andere Fahrgäste da, zumeist Landvolk, ein paar Handlungsreisende, einige alte Frauen, die Körbe bei sich hatten. Es war seine Absicht, sich so zu setzen, daß er José vor Augen hatte, aber nun hielt ihn etwas davon zurück. Statt dessen setzte er sich vorn im Wagen abseits, einen fleckigen Spiegel vor sich, der als Reklame für irgendein Mundwasser diente. So saß er mit dem Rücken gegen die Gruppe, konnte aber in dem dämmerigen Spiegelbild sehen, was vorging. Er ließ sich auf der rauhen Holzbank nieder, darauf gefaßt, den üblichen Zeitverlust zu erdulden, der durch das Rangieren der Lokomotive entstand.

Schließlich war auch das geschehen, und mit einem Ruck setzten sie sich in Bewegung. Er hielt die Gruppe im Auge, und als der Zug größere Geschwindigkeit gewann, bemerkte Brande, wie der Guardia einen Schlüssel aus der Tasche zog und die Handschellen von Josés Gelenk löste. Der junge Bursche murmelte ein Dankeswort und rieb sich die wundgescheuerte Stelle, um das Blut wieder in Bewegung zu setzen. Pedro, der die Zeitung vor sich hielt, las vor, offenbar bestrebt, die anderen für die Sportnachrichten zu interessieren. Doch hörte ihm niemand zu. Der Guardia bewahrte, aufrecht dasitzend, seine korrekte Amtsmiene, während José, den Kopf abgewandt, auf die regenverhangene Landschaft hinausblickte.

Das nachdenkliche Profil, nun frei von all seiner früheren Heiterkeit, gezeichnet von einer neuen Reife, einer sonderbaren persönlichen Würde, begann auf verwirrende Weise Eindruck auf den Konsul zu machen. Gewiß war es doch seine Absicht gewesen, gewiß hätte er an dieser gerechten Sühne für den Schmerz, der ihm zugefügt worden war, Vergnügen finden sollen. Aber er tat es nicht. Sein Sieg schien ihm plötzlich schal und leer, es war ihm, als hätte er Staub und Asche im Mund. Wenn er Josés Bild im Spiegel betrachtete, fühlte er sich von einer sonderbaren Schwäche überkommen. Ein unerwarteter Impuls wurde in ihm wach, auf den Jungen zuzutreten, ihn freundlich anzusprechen, ja, ihm Hilfe zuzusagen. Aber wie, um Himmels willen, hätte er das jetzt tun sollen? Der Gedanke allein schon war aberwitzig. Mit einer wilden Anstrengung löste der Konsul den Blick von der Spiegelscheibe, rückte den Hut aus der Stirn und wischte sich mit dem Taschentuch den Schweiß vom Gesicht.

Es wurde jetzt unerträglich heiß in dem Abteil. Obwohl der Ausgang, Brande gegenüber, offenstand, war die feuchte Luft, die hereinströmte, lästig wie Ofenglut. Dazu mußte er noch bemerken, daß sein Platz unmittelbar an das común, den Abort, stieß, der auf dieser Seitenlinie niemals in erträglichem Zustand war.

Dennoch konnte und wollte er seinen Platz nicht wechseln, sondern blieb, in tiefe Lethargie versunken, sitzen, während der schreckliche Zug über die Schwellen der Schienen ratterte und rumpelte. Zuweilen schob sich jemand an ihm vorbei, um in das común zu gelangen. Das Knirschen der Räder dröhnte wie Brandung in seinen Ohren, hallte in seinem Kopf wider und wider. War er krank? Instinktiv stellte er sich diese Frage. Und doch mußte er sich, trotz all der Symptome, die auf Fieber hindeuteten, sagen, daß sein Unbehagen nicht körperlich begründet war. Nein, eine geistige Strömung war das, ein Vorgefühl, dem er noch keinen Namen geben konnte, das aus unbekanntem Bezirk auf ihn einwirkte, sich wie schwere Last auf ihn legte.

Die Küste war an dieser Stelle durch mehrere scharfe fjordartige Buchten durchbrochen, und die Bahn, die sich landeinwärts wandte, umfuhr im Bogen den Fuß näherrückender Berge. Die Schwüle wurde womöglich noch drückender; wie im Traum sah der Konsul Haine, Weingärten und kleine weiße Bauernhöfe dunstverhangen vorbeigleiten. Der Schienenstrang, schlecht gelegt, täuschte nicht einmal vor, daß er das Gleichgewicht hielt – einmal wurde man von der Maschine schräg einen Hang hinabgezerrt, dann wechselte das Schwergewicht, und man schwankte gegen eine auf der Seite aufkommende Höhe.

Fast betäubt warf der Konsul einen Blick auf seine Uhr. Noch nicht einmal drei. Man hatte knapp fünfzehn Kilometer seit San Jorge hinter sich gebracht. Er ächzte innerlich, wenn er bedachte, wie lange diese Qual noch dauern mußte. Fast scheu hob er den Blick zu dem Spiegel. Ja, die dort saßen noch genau wie zuvor schweigend da. Ohne den Blick von der grünlich fleckigen Scheibe zu lösen, sah er, wie José sich jetzt umwandte und eine Bemerkung zu dem Guardia machte. Nach kurzem Zögern nickte dieser und machte Platz, damit José aufstehen und in den Gang treten konnte.

Das Herz des Konsuls machte einen jähen Sprung. Es war klar, daß José um Erlaubnis gebeten hatte, in das común zu treten; das Bewußtsein indessen, daß der Junge jetzt an ihn herankam, sich dicht an ihm vorbeidrücken mußte, war für ihn in seinem nervösen Zustand eine Qual. Jede Fiber in seinem Körper reagierte auf Josés Annäherung. Er drückte sich zur Seite, als fürchtete er einen körperlichen Angriff. Und doch, während seine Muskeln sich zusammenzogen, wußte er ganz genau, daß es nicht das war, was er fürchtete. Tief in einem dunklen Winkel seines Bewußtseins bildete sich eine Vorstellung, verschleiert noch, aber schon angsteinflößend, daß der Augenblick, der jetzt bevorstand, auf eine seltsame und tragische Weise einen Wendepunkt seines Schicksals herbeiführen würde.

Mit den Bewegungen des Zuges schwankend, war José jetzt dicht neben ihm angekommen. Brande konnte kaum atmen. Er versuchte die Augen zu schließen, vorzutäuschen, er sei eingenickt. Unmöglich. Wie von Kräften gezwungen, die stärker waren als sein Wille, hob er den Blick und schaute zu José auf.

Der Junge stand ihm gegenüber, dem Ausgang des Korridors zustrebend; er wartete offenbar drauf, daß das Rütteln und Stoßen des Zuges, das gerade besonders fühlbar war, nachließ. Seine Augen, die tiefdunkel in dem fahlgewordenen Gesicht standen, waren suchend auf den Konsul gerichtet, prüfend, unerforschlich, ohne erkennbaren Groll. Es schien fast, als berge sich ein leichtes Lächeln in den Tiefen. Dann wandte er ruhig den Kopf zur Seite. Der Zug, der sich mit wildem Geratter zu einem kleinen Tal herabgesenkt hatte, gelangte jetzt an den Beginn einer fühlbaren Steigung. In dem Augenblick, in dem seine Geschwindigkeit nachließ, tat José ruhig einen Schritt vorwärts.

Und da, in einem Moment blitzhafter Erleuchtung, erriet der Konsul die Absicht des jungen Burschen. José wollte nicht nach dem común, er hatte nur diesen Vorwand gebraucht, er wollte jetzt durch die offene Tür aus dem Wagen springen. Eine krampfhafte Spannung lief durch Brandes Körper. Plötzlich war diese Apathie gebrochen und fiel von ihm ab; der Atem schwoll ihm in der Kehle hoch, schüttelte ihn. Er durfte nicht erlauben, daß José entrann. Und überdies war es gefährlich, aus dem fahrenden Zug zu springen. Ob es der erste oder der zweite Gedanke war, der im Kopf des Konsuls die Oberhand gewann, konnte er weder im Augenblick noch jemals später entscheiden. In der Sekunde, da José sprang, beugte er sich mit einem Aufschrei vor, wollte ihn zurückreißen. Er bekam den Saum von Josés Rock zu fassen. Das schlechte Gewebe gab sofort nach, aber das Ziehen, so schwach es gewesen sein mochte, brach die Kraft von Josés Sprung. Ohne den erwarteten Schwung verlor er mitten in der Luft das Gleichgewicht und kam nicht direkt auf die Füße. Sein Körper überschlug sich, und im Fallen verfing sich sein Fuß, wie von einem verhängnisvollen, vorbestimmten Schicksal gelenkt, zwischen der Stufe des Trittbrettes und dem Wagengestell. Sein Kopf schlug im Aufstoßen mit furchtbarer Gewalt auf den Metallkörper der Schiene.

Noch einmal stieß der Konsul einen unartikulierten Schrei aus. Er taumelte vorwärts, schrie, irgend jemand sollte den Zug anhalten. Alles war aufgesprungen, Hände zuckten nach der Notbremse. Wie aus tiefster Betäubung hörte Brande die Radbremsen aufkreischen, fühlte, wie der Wagen zurückprallte, ächzend das Tempo verlor. Mit einem letzten schrillen Pfiff kam der Zug zum Stehen – zu einer Unbeweglichkeit, die irgendwie angsteinjagend war. Sofort stürzte alles aus dem Wagen, Fahrgäste rannten die Strecke entlang zurück. Gänzlich allein geblieben stand der Konsul in dem leeren Abteil, suchte sich aufzurichten, aufzuraffen. Er mußte dorthin, mußte gehen, auch er. Wie benommen schwankte er zur Tür.

Sie hatten José von den Schienen weggebracht, regungslos lag der Körper auf der grünen Rasenbank ausgestreckt. Man hatte die Kleider zurechtgeschoben, jemand hatte ein sauberes Taschentuch über das verwundete Gesicht gebreitet. Das Gras, weiches grünes Gras einer Bergmatte, stand voll kleiner gelber Blumen. Das Rauschen eines Baches drang an Brandes Ohr. Man war nicht weit von dem Fluß entfernt, den José geliebt hatte, von der Freistätte, zu der er hatte flüchten wollen.

Der alte Pedro, inmitten der Leute, die auf José hinabblickten, sah nicht nach dem Konsul. Doch sagte er mit leiser Stimme, in einem gebrochenen Flüstern:

»Jetzt wird er nicht ins Gefängnis kommen, Señor.«

21

Es war fast zehn Uhr abends, als der Konsul sich erschöpft und verstört auf dem sandigen Zufahrtsweg zur Casa Breza fand. Zutiefst erschüttert hatte er es unmöglich gefunden, mit dem Zug nach San Jorge zurückzufahren, war einfach von der Bahnlinie weggegangen, blind querfeldein geschritten, über Gräben und Steinwälle hinweg, ziellos, nur bestrebt, der furchtbaren Szene zu entfliehen. Nach fünf Uhr war er erschöpft in dem kleinen Dörfchen Offerino angelangt. Hier hatte er von der Poststelle im Krämerladen aus telefonische Verbindung mit dem Konsulat bekommen. Aber die Nummer meldete sich nicht, das Büro war geschlossen, alle waren nach Hause gegangen. Sein nächster Versuch galt dem Bestreben, seine Wohnung zu erreichen: Garcia sollte ihn mit dem Wagen abholen. Aber auch das war vergeblich. Erst meldete sich niemand; dann war die Nummer besetzt, und schließlich wurde, in dem unvermeidlichen Summen schwer vernehmbar, mitgeteilt, der Apparat sei gestört.

Unter normalen Umständen war das schlechte Funktionieren des Telefonnetzes für Brande ein Anlaß zu wütender Gereiztheit. Jetzt verließ er ohne ein Wort die Zelle in dem Krämerladen. Man sagte ihm, ein Autobus nach San Jorge sei um acht Uhr fällig. Schweigend, den Kopf gesenkt, mit herabhängenden Schultern, saß er auf der Bank vor der fonda, wies das höfliche Angebot einer Erfrischung zurück und begann, der neugierigen Blicke der Gäste – einfachen Landvolkes inmitten seiner Fuhren und Tiere – nicht achtend, zu warten.

Elend, leer und kraftlos, wie er war, fand er es nicht schwer, seinen Gliedern Entspannung zu gewähren. Nur sein Gehirn wollte sich nicht der Ruhe überlassen; es arbeitete fieberhaft, als wollte es den Schädel sprengen, spann ein endloses Netz wirrer Gedanken. José tot, ausgetilgt, sein junges Leben ausgelöscht ... Ganz unmöglich schien ihm das, und doch war es so; es gab kein Entrinnen vor dem unwiderruflichen Tatbestand. Er versuchte, seine umherschweifenden, fast irren Gedanken zu fixieren, versuchte sich einzureden, es sei ein Unfall ... gewiß, ein höchst bedauerlicher Unfall, der sich nicht hatte vermeiden lassen, ja, den zu vermeiden er getan hatte, was nur irgend in seiner Macht stand.

Aber halt ... nein, man durfte nicht so überstürzt zu diesem tröstlichen Schluß gelangen. Hatte er nicht José gehaßt, ihn mit bitterem, rachgierigem Haß verfolgt, gehetzt, bis an diesen Abgrund getrieben? Ein lautloses Ächzen kam von den Lippen des Konsuls, ein Schrei des Schmerzes, der sich nicht befreien konnte, der sich aus den Tiefen seines Bewußtseins hochrang. Das Eintreffen des Autobusses unterbrach nur für einen Augenblick diesen Sturm seiner Gedanken, riß ihn nur aus der vagen Träumerei, die seine Augen überschattet hatte. Steif kletterte er in das enge Fahrzeug, das fast leer war, ließ sich mit einem tiefen Aufseufzen in eine Ecke fallen. Als sie endlich abfuhren, begann es bereits zu dunkeln. Sein Herz pochte schwer, als sie sich San Jorge näherten.

Nachdem er aber den Autobus an der Kreuzung der Hauptstraße verlassen hatte, fühlte er sich von einer solchen Erregung geschüttelt, daß er es kaum wagte, sich dem einsamen Haus zu nähern. Mit Einbruch der Dunkelheit war der Dunst gewichen, eine Brise war aufgekommen. Brande konnte das gedämpfte Rauschen der Brandung durch den Zedernwald herüberhören. Es war, als ob der Himmel bebte, im Echo einer gigantischen Glocke schwänge. Der Weg vor ihm verlor sich in pechschwarzes Dunkel. Obwohl der Konsul nur langsam vorwärts kam, war er so außer Atem, daß er die Fäuste ballen mußte, um sich zum Weitergehen zu zwingen.

Und jetzt tauchte über der vagen Finsternis, die vor ihm lag, der Mond auf und trat aus dem Himmelssee hervor; weißlich schimmernd zeichneten sich die Umrisse der Villa vor ihm ab. Der Wind, der höhnisch über den Weg fegte, schlug ihn wie eine Peitsche. Vom Hintereingang des Hauses war ein Fensterladen zu hören, der laut gegen die Mauer schlug. Tief herabgebeugt, die Arme in die Seiten gestemmt, benutzte er eine kurze Pause zwischen zwei Windstößen, um die Seite des Hauses zu umschreiten. Im jähen Mondlicht tanzten die Schatten der Mimosensträucher auf dem Kiesweg, silbrig flimmerten die Blätter des welken Laubes. Plötzlich aber schwand der Mond wieder, tiefer war die Dunkelheit, dichter als zuvor. Schwer atmend erreichte er das Vordach des Portikus, hielt einen Augenblick inne, den Kopf zur Seite gelegt, der Stille lauschend; dann drückte er mit einem verzweifelten Entschluß die Tür auf.

Die Halle war in tiefe Dunkelheit getaucht, ein finsterer Teich, darin sein hohler Herzschlag randvoll stand. Jetzt wurde er eines seltsamen scharfen Rauchgeruchs gewahr, der ihm in die Nase stieg, ihm die Tränen in die Augen trieb. Verstört, kraftlos stand er da, umringt von Dingen, die sich bewegten, selbst allein unfähig, sich zu rühren. Diese unbegreifliche Lähmung, die nur einige Sekunden dauerte, schien ihm Stunden zu währen. Ein neuer Schlag des Fensterladens löste ihn aus dem Bann. Sein Körper wachte aus der Betäubung auf, zitternd brannte er ein Streichholz an. Es flackerte trüb zwischen seinen zitternden Fingern, versprühte und erlosch.

Jetzt hörte er deutlich vom Heulen des Windes abgehoben, ein Schluchzen. Er fuhr herum, durchspähte die Finsternis in qualvoller Spannung. Das Schluchzen ließ nicht nach. Er tappte sich zu der Küchentür vor und öffnete sie, bevor es ihm gelang, die Lider zu heben. Magdalena saß vor ihm am Tisch, in einer Raserei der Verzweiflung hin und her schaukelnd.

»Magdalena«, brachte er mit fast unhörbarer Stimme hervor.

Sie starrte ihn an, und da sah er, daß ihr Gesicht, von einem grellroten Striemen durchzogen, vom Grauen gehöhlt, bis zur Unkenntlichkeit gealtert war.

»Was –«, begann er, brach aber zitternd wieder ab.

Sie starrte ihn wie einen Spuk an und zerrte an ihrem zerrissenen schwarzen Schnürleib.

Jetzt gewann er die Stimme wieder.

»Um Gottes willen, was ist denn los?«

Eine Pause lang war nur das Heulen des Windes zu hören. »Er ist fort«, stöhnte sie.

»Wer ist fort?«

»Garcia . . . nach allem, was ich für ihn getan habe . . .« Ihr gewürgter Schrei erstickte in einem Hustenanfall.

Eine ärgerliche Anwandlung drängte sich durch des Konsuls düstere Ahnungen vor. Er trat an die Frau heran, schüttelte sie. »Reden Sie doch . . . rasch . . . wohin hat er sich gewandt?«

Den Kopf in den Händen, zusammengekrümmt, suchte sie zu denken, sich zu erinnern.

»Der ist dort, wo weder Sie noch sonst einer ihn je finden wird. Er kann rasch fahren in Ihrem guten Wagen. Und auch den werden Sie nie wiedersehen.« In den Augen, die sie jetzt auf ihn richtete, brannte Bitterkeit auf. »Was haben Sie eigentlich erwartet, gescheiter Herr? Daß

Roderigo warten würde, bis die Polizei kommt, ihn zu holen? Nun ja, so heißt er eben, Roderigo Espantago. Dieb, Räuber, Wahnsinniger, alles in einem. Er hat Sie fein betrogen, so gut wie mich – alle legt er herein! Nein, er ist nicht mein Mann, ich bin nur seine Geliebte. Hab ihn in Madrid kennengelernt. Und er hat mir versprochen, daß er mich gut behandeln wird. Fein hat er mich herumgekriegt, arbeiten hat er mich lassen, für ihn schuften, der faule, schmutzige Teufel ... und jetzt ist er davon!« Ihre gequälte Stimme schwoll zu einem Gekreisch an. »Warum haben Sie ihm denn gesagt, daß man hinter ihm her ist? Hören hätten Sie sollen, wie er über Sie gelacht hat! Über Sie und den kleinen Professor! Der ›ausgestopfte Stockfisch und der tückische Zwerg‹, so hat er Sie beide genannt. Und alles hat er auf José abgewälzt! Haben Sie das nicht erraten? Den José hat er gehaßt, hat geschworen, daß er ihn ins cuartel bringen wird. Und Nicholas haßte er auch. Erst bekam er alle Ihre Juwelen, einen hübschen Haufen voll. Und jetzt ...«, zwischen Tränen und wüstem Gelächter schüttelte sie sich hysterisch, »jetzt hat er noch mehr erwischt! Jetzt hat er Sie fein ausgenommen, so wie er es immer vorausgesagt hat. Die Augen werden Ihnen übergehen ...«

Gänzlich zusammengebrochen begann sie wieder vor- und rückwärtszuschwanken, greinte in sich hinein, die Arme vor der Brust verschränkt, das Gesicht verzerrt, und Tränen liefen über ihre Wangen. Weder Zureden noch Schütteln konnten sie aus ihrer Schmerzbetäubung aufrütteln.

Endlich, mit einem plötzlichen Entschluß, gab Brande es auf. Er wandte sich zum Küchentisch und zündete eine Kerze an; blaß geworden trat er hinaus, hielt die flakkernde Flamme geschützt. In der Halle blickte er sich um. Hier schien alles in Ordnung. Langsam, mit dem stetigen Schritt eines Schlafwandlers, stieg er die Treppe hinauf. Vor seinem Zimmer verhielt er einen Moment. Es war kühl hier, aber außer dem beißenden Dampf von schmelzendem Talg war noch ein Rauchgeruch zu verspüren, wie er noch nie einen gerochen hatte. Er mußte einen harten Widerstand überwinden, eine unsichtbare Schranke durchstoßen, bevor er eintrat und das Gas anzündete.

Die wüste Unordnung in dem Schlafzimmer traf ihn wie ein Schlag. Alle Schubfächer waren herausgerissen, der Boden war mit verstreuten Kleidungsstücken besät, seine besten Anzüge fehlten aus dem Schrank. Vom Ankleidetisch war die silberne Toilettengarnitur verschwunden, die ziselierte Zigarettendose, die schweren Elfenbeinbürsten fehlten. Mit hemmungsloser Zerstörungswut war aus dem Zimmer systematisch alles, was irgendwie Wert hatte, geraubt worden. Aber das bedrückte den Konsul nicht; es trübte nur die Oberfläche seiner stumpf gewordenen Empfindlichkeit. Verstört blickte er um sich. Jetzt gewahrte er den Kamin und eine zerknüllte, verkohlte Masse, die hier lag. Im ersten Moment begriff er nicht, dann beugte er sich mit einem qualvollen Aufatmen vor. Ja, das war sein Manuskript, zerfetzt, zerrissen, völlig vernichtet.

Er stieß einen furchtbaren Seufzer aus, einen keuchenden Laut, der verloren im Raum hing; dann richtete er sich auf, das Gesicht bis zur Ausdruckslosigkeit erstarrt, und stäubte sich die schmutzigen Reste von den Fingern. Die qualvolle Anstrengung, mit der er seine Selbstbeherrschung wiederzugewinnen suchte, verlieh seinen krampfhaften Bewegungen eine mechanische Präzision. Das also war seine Strafe – der Verlust seines Lebenswerkes: vielleicht hatte er das verdient. Sein Mund verzog sich in einer leichten Grimasse, als suchte er aufquellende heiße Tränen hinunterzuschlucken. Wieder stand er einen Augenblick wie in tiefe Gedanken versunken in völliger Betäubung da; dann, wie ein Kind Trost suchend, nahm er die Kerze und wandte sich zum Zimmer seines Sohnes.

Eine Minute später starrte er auf das leere Bett, das noch unberührt war. Ein kalter Windhauch bewog ihn, sich umzuwenden. Das Fenster war bis ganz unten geöffnet. Jetzt begann sein Herz in schweren Stößen gegen seine Brust zu pochen. Er fühlte, wie seine Beine unter ihm nachgaben, und fing sich gerade noch im Fallen auf. Er preßte sich die Finger gegen die Augäpfel. Aber es half nichts: der Raum war leer, das offene Fenster wies in die pechschwarze Nacht. Und da löste sich der Schrei, den er die ganze Zeit über niedergezwungen hatte, aus seiner Kehle. In furchtbarer Erregung taumelte er hinaus, stolperte die Treppe zur Küche hinab.

»Mein Sohn!« Die Worte kamen aus seiner Kehle wie ein heiseres Flüstern. »Wo ist Nicholas?«

Magdalena hatte ein wenig Fassung gewonnen; sein Wiederauftauchen aber ließ den jähen Zorn in ihren Augen aufspringen; böse flammten sie ihn an.

»Wahrhaftig«, höhnte sie, »haben Sie erwartet, ihn in seinem Zimmer zu finden, friedlich schlafend ... nachdem der Teufel durch das Haus getobt hat?«

Der Konsul trat ganz nahe an sie heran. Ein wenig zur Seite geneigt, mit qualvoller Anstrengung sich aufrechthaltend, blickte er sie an.

»Sagen Sie mir, wo er ist«, befahl er.

Die Köchin wand sich unter seinem Blick, dann senkte sie die Augen, von dem Sturm überwunden, der in seinem bleigrauen Gesicht tobte.

»Garcia hat ihn nicht angerührt«, stammelte sie. »Er hätte es wohl getan, aber Nicholas war bereits fort. Schon am Nachmittag hat er sich ein kleines Bündel geschnürt und ist davongelaufen.«

»Und wohin ist er gegangen?«

»Wie soll ich das wissen?« Magdalena antwortete bitter, dann aber schien sie ihre Heftigkeit zu bereuen. »Als ich ihn den Weg entlanglaufen sah, rief ich ihn vom Küchenfenster aus an. Aber er wollte nicht stehenbleiben. ›Ich hab's eilig, Magdalena‹, schrie er zurück und dann – ganz weiß war sein Gesicht und merkwürdig verzerrt: ›ich gehe angeln‹.«

Zuerst dachte der Konsul, sie habe den Verstand verloren, plötzlich aber dämmerte ihm die Bedeutung der Worte auf. Aus Halévys Bericht wußte er von dem Ausflug des Kindes zum Torrido, wußte, welch tiefen Eindruck das Erlebnis auf den Knaben gemacht hatte. Josés Versuch, sich zu befreien, war offenbar im voraus geplant gewesen. Nichts schien glaubhafter, als daß Nicholas, heimlich verständigt, fortgelaufen war, um mit seinem Freund dort oben zusammenzutreffen.

Brande hatte wieder dieses Gefühl, in rasende Geschwindigkeit zu versinken – die gleiche Empfindung, die er in dem schicksalsschweren Augenblick im Zug hatte; und gleichzeitig tauchte vor ihm eine Vision auf: sein Sohn, da oben in den Bergen verloren, an dem angeschwollenen Bergfluß herumirrend, in die Wasser hinein, der röhrende Strom über ihn hinwegbrausend – all das in der Pechschwärze der stürmischen Nacht.

Wie um dieses Bild noch lebhafter zu machen, rüttelte ein Windstoß an den Fensterläden, und ein Geprassel von Regentropfen schlug nagelhart gegen die Fensterscheiben. Da fühlte er, wie seine Muskeln sich lösten, wie der Atem sich in seiner Kehle freimachte. Mit einer letzten Kraftanstrengung lief er in die Halle hinaus.

Noch nie hatte er die grenzenlose Einsamkeit seines Daseins so sehr empfunden wie in diesem Augenblick. An wen konnte er sich in dieser Stunde furchtbarster Not wenden? Ein einziger Name dämmerte ihm auf, der Name des bescheidenen, subalternen Decker, dessen Rat er noch vor wenigen Tagen so höhnisch zurückgewiesen hatte. Jetzt aber klammerte er sich an diese einzige Hoffnung. Er tastete nach dem Telefonhörer, verlangte die Nummer, atmete in tiefer Beruhigung auf, als Alvins Stimme zu ihm drang; dann bat er in einer Flut sich überstürzender Worte seinen Gehilfen, sofort in einem Wagen zu ihm zu kommen.

Barhaupt unter dem regengepeitschten Portikus stehend, verlor er alles Zeitgefühl. Und doch dauerte es nur ganz kurz, da war durch das Jaulen des Windes das scharfe Rattern eines Motors zu hören, ein Taxi kam in voller Geschwindigkeit die Kurve der Auffahrt herauf und blieb mit einem Ruck auf dem Kies stehen. Brande taumelte vor, riß den Schlag auf und ließ sich schwerfällig auf den Sitz sinken.

»Sagen Sie ihm, er soll nach Torrido fahren«, murmelte er.

Das Taxi fuhr zum Garagentor vor, machte geräuschvoll kehrt, bog dann wieder in die Auffahrt zurück. In der dunklen Enge sank der Konsul zurück, von einer körperlichen Qual niedergeworfen, die seinen Nacken umklammert hielt. Unklar nur dämmerte ihm auf, daß Decker von Josés Tod erfahren haben mochte, aber nicht den Mut hatte, die Rede darauf zu bringen. Wirklich war es so, als ob Alvin verzweifelt nach Worten suchte, das Schweigen zu brechen. Schließlich stammelte er hilflos:

»Es war ein Glück, daß ich am Bahnhof gleich ein Taxi erwischt habe.« Und nach einer Pause: »Ich hoffe, Ihnen ist nicht unwohl, Sir?«

Brande antwortete nicht. In den engen Sitz gepreßt, hob er mit einer Gebärde seinen Arm, verlangte größere Geschwindigkeit. Jetzt löste sich auch seine heisere Stimme: »Schneller ... noch schneller ...« Und wieder nach einer langen Pause, als spräche er zu sich selbst: »Ich suche meinen Sohn.«

»Nicholas?« rief Alvin und bezwang seine Verwunderung sofort wieder. »Er ist in Torrido?«

»Er ist nachmittags weggegangen ... hat dieses Ziel angegeben. Ob er hingelangt ist ... ich weiß es nicht.«

»Wir werden ihn finden«, suchte Alvin ihn zu beschwichtigen. »Machen Sie sich keine Sorge, bitte.«

Diese Ermutigung ließ einen Schauer über die Wange des Konsuls laufen und trieb ihm einen neuen Stachel ins Herz. Er wandte sich zu Alvin, griff nach dessen Hand, sagte, als ob er sich rechtfertigen wollte: »Das habe ich nicht gewollt.« Und als der junge Mann ihn verständnislos und entgeistert ansah, beugte er sich vor, das Kinn fast bis zu den Knien herabgedrückt, spähte durch das regenverwaschene Fenster des Taxis hinaus, suchte den Weg zu erkennen.

Sie hatten jetzt die Hauptstraße, die am Strand entlangführte, verlassen und waren auf die Landstraße eingebogen, die hier in langen Windungen zum Anstieg in die Berge ansetzte. An jeder Kurve glitt der Wagen auf dem schlüpfrigen Boden aus der Bahn, erbebte in seinem ganzen Gefüge, als die Räder wieder griffen und der Motor neu anlief. Der niedrige Gang arbeitete mit beständigem

Dröhnen, die Scheinwerfer hellten mit ihrem blassen gelben Licht kaum die verlassene Fahrbahn auf.

So ging es weiter. Einmal stieß Alvin einen Ruf aus; Brandes Herz krampfte sich in jäher Hoffnung zusammen; sie gewahrten eine Gestalt, die sich in dem Lichtkegel heranbewegte. Doch es war nur ein verspäteter Feldarbeiter, der zu seiner Heimstätte im Tal zurückwanderte. Das war die einzige Begegnung, die sie hatten, sonst war es, als durchquerten sie ein totes Land.

Endlich schimmerten durch den niederprasselnden Regen einige schwache Lichter von der Höhe, Leuchtfeuern gleich auf nebelverhangener See.

»Torrido«, erklärte der Fahrer. Und fünf Minuten später hielt er mit einem Brummen der Befriedigung auf dem menschenleeren Dorfplatz.

»Warum halten Sie?« schrie der Konsul.

»Der Séñor hat nach Torrido zu fahren verlangt. Wir sind an Ort und Stelle.«

»Fahren Sie weiter«, befahl Brande.

»Sollten wir nicht lieber hier Nachforschungen anstellen?« vermittelte Alvin diplomatisch. Er warf einen Blick auf das leuchtende Zifferblatt seiner Uhr, die fünf Minuten nach elf anzeigte. »Es ist sehr spät.«

»Weiterfahren«, wiederholte der Konsul in unbeschreiblichem Ton. Mit einem ärgerlichen Achselzucken stellte der Fahrer den Gang ein, der Wagen keuchte vorwärts, aus dem kleinen Dorf hinaus auf das düstere Hochplateau dahinter.

Die Straße, von Regenbächen ausgewaschen, war jetzt schwierig, ja fast unpassierbar, und das Taxi kam etwa einen halben Kilometer lang nur im Schneckentempo vorwärts. Noch immer war auf der Fahrbahn nichts zu sehen. Schon warf der Fahrer über die Schulter Blicke nach Dekker, als wollte er gegen diese sinnlose Fahrt Protest einlegen, als die lautlose Dunkelheit plötzlich von einem Ruf belebt wurde: der Scheinwerfer, im Bogen schwankend, faßte nach einer kleinen Gestalt, die am Straßenrand dahinschlich, und hielt sie gefangen.

»Lieber Gott«, rief Alvin, »das ist Nicholas!«

Der Blick, mit dem der Konsul aus dem Fenster starrte, war der eines Wahnsinnigen. So überzeugt war er gewesen, daß er seinen Sohn nicht lebend wiedersehen würde, daß die Erregung ihn fast um den Verstand brachte. Ein qualvolles Erschauern schüttelte ihn, seine Kinnladen klappten; die Augäpfel quollen aus ihren Höhlen. Nein, das war keine Täuschung ... dort stand sein Sohn, blickte zu dem Wagen herüber, sah geblendet in die Scheinwerfer, den Knappsack über der Schulter, durchnäßt, erschöpft, aber heil ... lieber Himmel ... heil ...

Ein Schrei rang sich aus Brandes Brust, zusammenhanglos, wirr, triumphierend, ein wilder, unmenschlicher Aufschrei. Er riß den Schlag auf, stürzte hinaus. »Nicholas!« schrie er. »Mein Sohn! Mein Sohn!«

22

Sieben Monate später, an einem klaren kalten Winterabend, bog der Dampfer, der aus Stockholm kam, in den Norlanger Fjord ein und näherte sich mit zwei kurzen frohen Signalen seiner Sirene dem schwedischen Hafen Halversholm. Kurz nachher hatte das wackere kleine Fahrzeug bereits am Pier angelegt; seine Handvoll dicht in ihre Pelze gehüllter Fahrgäste war an Land gegangen, und obwohl der neue Konsul seine Ankunft absichtlich nicht angezeigt hatte, sah er sich von einem kleinen, bärtigen, geschäftigen Mann in einem blauen Marineanzug begrüßt, der sich als Hafenmeister Andersen vorstellte und mit einem freundlichen Lächeln erklärte, die Schifffahrtskompanie habe Mr. Brandes und seines Sohnes Eintreffen avisiert.

Die Stadt lag tief im Schnee. Myriaden Sterne glommen am Himmel, schimmernd wie Brillantenstaub; der Nordwind, der um das Zollhaus fegte, war scharf und belebend. Andersen schlug in harmloser Gastlichkeit, in die wohl auch ein wenig provinzlerische Neugier gemischt war, vor, die Neuankömmlinge möchten zu einem Abendbrot in seinem Hause vorsprechen; doch der Konsul erklärte hastig, man habe auf dem Schiff gegessen, und sein Sohn, eben erst von einer längeren Krankheit genesen, fühle sich bis zur Erschöpfung müde; so habe man keinen dringenderen Wunsch, als Besitz von dem neuen Heim zu ergreifen.

Das Konsulat, zu dem Andersen sie freundlich geleitete, lag recht nahe, ein Steingebäude mit einer schmalen Vorderfront, unmittelbar auf den breiten, schneeverwehten Reitplatz hinausgehend, nicht mehr als zweihundert Schritte vom Anlegeplatz entfernt. Es war ein bescheidener Bau, ein wenig lächerlich durch das hohe steile Dach und die gegiebelten Schlafzimmerfenster, aber es sah solid und kompakt aus, mit den Wohnräumen im Oberstock und den Büros, zu denen man durch einen vergitterten Seiteneingang gelangen konnte, unmittelbar im Erdgeschoß.

Im Augenblick war niemand zur Stelle, aber ein alter Wächter, der geruhsam im Kellergeschoß an einem mächtigen Kachelofen seine Meerschaumpfeife rauchte, und Andersen bestanden darauf, daß seine Frau ihnen helfen solle, sich für die Nacht einzurichten. Vielleicht werde frische Milch erwünscht sein, Feuerung für die Öfen oder Extradecken – Frau Andersen besaß zwei prächtige Eiderdaunendecken, die sie mit größtem Vergnügen zur Verfügung stellen würde. Doch der Konsul war in seiner Ablehnung fest. Ein rascher Blick hatte ihn belehrt, daß die Zimmer, wenn auch bei weitem nicht geräumig, doch sauber und wohnlich waren. Die Schlafräume waren in bestem Zustand, die Betten frisch überzogen, Handtücher vorbereitet. So versicherte er dem Hafenmeister, er und sein Sohn seien alte, erfahrene Reisende, dankte ihm noch für das Angebot, am Morgen ein warmes Frühstück herüberzuschicken – ein richtiges schwedisches Frühstück, wie Andersen redselig betonte –, geleitete ihn hinaus und war ihn endlich los.

Als der Konsul sich wieder umwandte und die sauber gescheuerte Fichtenholztreppe hinanstieg, war er sich jäh seiner Müdigkeit bewußt und gewahrte mit einem Unbehagen, wie schlimm ihm diese letzten Monate zugesetzt hatten. Älter fühlte er sich, um vieles älter; seine Schultern hielt er vorgebeugt wie nie zuvor; sein Haar, das im Nakken nach der Schere verlangte, war mit grauen Strähnen durchsetzt, und seine Züge, nun nicht mehr von dem kräftigen, fleischigen Kinn gehalten, zeigten eine merkwürdige Hagerkeit. Heute wenigstens hatte die physische Anstrengung alle Anmaßung aus seinem Wesen genommen; sein Ausdruck war ergeben und sogar sorgebedrückt. Dennoch atmete er befreit auf, an Ort und Stelle zu sein, unterzutauchen im Dunkel dieses kleinen Hafenplatzes, dessen Dienst er ohne Gehilfen zu betreuen hatte. Offenbar hatte ihm das Bailey, den er so schwer gegen sich verstimmt, eingebrockt, hatte ihm unwissentlich einen Dienst erwiesen, indem er seine Versetzung hierher vorschlug und Alvin Decker zu seinem Nachfolger bestimmte. In San Jorge war die allgemeine Feindseligkeit gegen ihn fühlbar gewesen. Und selbst wenn Nicholas sich körperlich gut erholt hatte, war es ihm doch verzeihlicherweise nicht recht gelungen, eine Melancholie zu überwinden, zu der ihn die täglichen Erinnerungen an die Vergangenheit immer von neuem reizten. Vielleicht konnte das Leben hier in diesem nordischen Schneegegleiß, so weit von den ausgedörrten iberischen Heiden, für sie beide besser werden ... zumindest für Nicholas. Für sich selbst wünschte er nichts.

Ja, überlegte er düster – denn mehr als je empfand er sich wie eine homerische Gestalt, tausendfältig geschlagen und gebrochen, aber immer noch geduldig die Schläge des Schicksals ertragend – ja, all sein Ehrgeiz durfte hinfort nur noch dem Wohl seines Sohnes gelten. In der Tat, er zog sogar angenehmen Trost aus der Aussicht auf solch nüchternes Schicksal. Das Gebäude seines Stolzes war, wenn auch zutiefst erschüttert, doch nicht in den Grundfesten zerstört, und aus den edlen Ruinen erwuchs ihm die köstliche Blüte des Martyriums. Von nun an würde er zufrieden sein, »sich weiterzuschleppen ... dem Abend seines Lebens entgegen« – diese Worte hatte er sich schon zurechtgelegt; sie klangen jetzt oft in seinem

Gespräch auf, waren sozusagen das Losungswort für kommende Tage. Sogar der Gedanke an sein verlorenes Werk über Malebranche erschütterte ihn nicht. Schon sah er sich, nicht ohne eine gewisse pathetische Grandezza, als ein neuer Carlyle, dem das Lebenswerk von einem schändlichen Bedienten vernichtet worden war; nur erlaubten ihm – im Gegensatz zu einem anderen Historiker – die besonderen Umstände seines Lebens, das tragische Privatschicksal, das ihn betroffen hatte, sein Werk zu erneuern.

Oben lag der Knabe bereits im Bett, die Augen geschlossen, die weiße Decke bis ans Kinn hochgezogen. An ihm war die Verwandlung fast noch auffälliger. Er war größer geworden, seine Beine waren länger und sehniger, seine Züge hatten die kindliche Weichheit verloren, zeigten männlicheren Schnitt – es war, als hätte er die Festigkeit gewonnen, die sein Vater verloren. Der Konsul dachte, während er ihn mit einer Art sehnsuchtsvoller Gespanntheit anblickte, seufzend: er wächst heran.

»Schläfst du noch nicht, Nicholas?«

»Nein, Vater.« Der Knabe öffnete die Augen nicht.

»Nun«, sagte der Konsul nach einem Augenblick des Zögerns, »da wären wir also. Ein neuer Anfang. Die Stadt sieht gar nicht so übel aus. Ich hoffe, du wirst sie liebgewinnen.«

»Es ist wenigstens kein Garten da.«

»Nein«, antwortete der Konsul schwer, als ersparte das ihnen beiden vieles, »Garten ist keiner da.«

Eine lange Pause folgte. Würde der Knabe jemals wieder zu ihm zurückfinden? Und würde er selbst jene schrecklichen Wochen vergessen, da Nicholas sich geweigert hatte, ihm auch nur einen Blick zu gönnen, regungslos dagelegen war, den Kopf abgewandt, und sogar die sanfteste Annäherung mit den (wenn auch gewiß nicht so gemeinten) Worten abgewehrt hatte: »Ich hasse dich«?

Auch als das Entsetzen über Josés unseligen Tod ein wenig von seinem Stachel verloren hatte, war Nicholas schweigend geblieben und abwesend, und hatte seine freie Zeit zumeist mit dem alten Pedro und den Deckers verbracht. Hernach gar hatte er zu Brandes geheimem Unbehagen begonnen, von seiner Mutter zu sprechen – höchst verwirrende Fragen zu stellen, ihr Foto für sein Schlafzimmer zu erbitten, nach ihrer Adresse zu verlangen; ja, er hatte gefragt, ob er sie nie mehr sehen sollte, hatte den Konsul mit verletzenden und noch energischeren Fragen gepeinigt.

Jetzt stützte der Knabe, wie einer inneren Eingebung folgend, die das Ergebnis langer geheimer Erwägungen sein mochte, seinen Ellbogen auf das Kissen.

»Vater, wo werde ich hier in diesem neuen Ort Unterricht erhalten?«

»Ich werde dich unterrichten, mein Lieber, wie ich es früher getan habe«, antwortete Brande sanft.

»Nein, Vater. Ich möchte in eine Schule gehen.«

»Aber, Nicholas . . .«

»In eine Schule, Vater . . . wo ich andere Knaben kennenlerne, Kameraden finde . . . vielleicht Freunde.«

Wieder eine Pause.

»Nun schön«, sagte der Konsul fast unterwürfig, »das wird sich finden, mein Lieber.«

Wieder fielen sie in Schweigen; jetzt aber blickte Nicholas den Konsul an, als ob er Anlauf zu einer Äußerung nähme, und atmete kurz und tief ein. »Noch etwas, Vater. Ich . . . Mutter hat mir geschrieben.«

»Was?«

Der Schrei, wie aus Brandes Herz losgerissen, ließ Nicholas eine Sekunde zögern, dann aber fuhr er, wenn auch weniger sicher, fort.

»Du hast dir doch gedacht, daß ich ihr geschrieben habe, nicht wahr? Aber was mehr bedeutet . . .« Mit einem energischen Ruck brachte er die Worte hervor: »Ich möchte sie sehen . . . bald, Vater . . . sobald wie möglich . . .«

Sprachlos unter diesem unerwarteten Schlag starrte Brande seinen Sohn an. Bevor er die Fassung wiedergewinnen konnte, sprach Nicholas weiter.

»Schließlich ist sie doch meine Mutter . . . und ich habe ein Recht, bei ihr zu sein. So wie sie ein Recht hat, mich bei sich zu haben. Es gibt Schiffe, die von hier nach Amerika gehen ... große Schiffe ... wir kamen an einem vorbei, heute auf der Fahrt hierher. Und ich bin jetzt groß genug, um allein reisen zu können ...«

Einen Augenblick lang schwoll die alte Heftigkeit in der Brust des Konsuls an, entrollte sich wie eine Schlange, die stechen will. Aber das ging sofort vorüber, verlor sich in seiner neuen Hilflosigkeit. Er befeuchtete seine Lippen, fand die Sprache wieder.

»Willst du damit sagen, daß sie ...«, er zögerte, »daß sie dich aufgefordert hat, zu ihr zu kommen?«

»Ja, Vater.«

Er mußte nach den Worten tasten. »Für wie lange?«

Unter den Wimpern des Knaben kam ein unbestimmbarer Blick hervor, eine Mischung aus Traurigkeit, Triumph und unbeirrbarer Hartnäckigkeit.

»Das hängt von dir ab, Vater«, antwortete er beherrscht, mit unbewußtem Takt. »Und wohl auch von mir. Aber ich werde ohne Zweifel einige Zeit bei Mutter verbringen. Das ist nur gerecht ... gegen uns alle.«

In einer Anwandlung tiefen Kummers preßte sich Brande die Hand an die Stirn, bedeckte seine Augen mit zitternden Fingern, als flüchtete er vor einer grausamen Halluzination. Gewiß hatte er seit geraumer Zeit geargwöhnt, daß zwischen Nicholas und seiner Mutter Briefe gewechselt wurden; er hatte sogar, gleichsam dumpf und aus großer Ferne, die Gefahr für möglich gehalten, daß sie zueinander verlangen würden. Nur die plötzliche Mitteilung des Tatbestandes überwältigte ihn. Wie betäubt fragte er sich, wie das alles geschehen war, wie es aus einem ersten unbewachten Moment damals, vor Monaten, entsprang, da er jenen spanischen Burschen zur Arbeit in den Garten aufgenommen hatte. Und jetzt stand Marian, seine Frau, von den Toten auf, aus begrabener Vergangenheit ... die Liebe seines Sohnes zu teilen, vielleicht ganz zu stehlen ...

Es konnte, es durfte nicht geschehen! Nein, nie würde er das zulassen. Und doch vermochte er in dem stummen Kampf, der jetzt bevorstand, in diesem Spiel, das um sein letztes verbliebenes Glück ging, nicht unfehlbar vorauszusehen, daß er der Sieger sein werde.

»Du bist doch einverstanden, nicht wahr?« Nicholas sprach überredend, beherrscht, und doch auf eine neue Weise drängend. »Du versprichst mir, alles vorzubereiten?«

Wieder eine Pause. Der Konsul, der den Kopf noch immer gesenkt hielt, suchte seinen Willen zu straffen, brachte aber nur ein Gemurmel hervor, das als Einwilligung oder Ablehnung gelten konnte.

Ein langes Schweigen folgte. Endlich machte sich Brande von den Gespenstern seiner Grübelei frei, würgte den Schmerz hinunter, legte seine feuchte Hand sanft auf den Arm des Sohnes.

»Nicholas«, sagte er, und seine Stimme fand ihre alte Kraft wieder, »vieles ist in diesen letzten Monaten zwischen uns getreten. Und doch, Gott weiß es, mein Gewissen ist rein. Wenn ich in irgendeiner Weise zu tadeln war, so tut es mir leid. Laß aber jetzt ein Mißgeschick ... ungewollte Fehler ... nicht unsere Gefühle füreinander zerstören. Noch gehört uns die Zukunft. Wenn wir es nur ehrlich versuchen, dann werden wir, das weiß ich bestimmt, eines Tages zu jener Vertrautheit des Herzens und des Denkens zurückfinden, die mir ... so über alles wertvoll ist ...«

Dem Ende dieses traurigen Monologes folgte ein langes Schweigen, während der Schein des Nordlichtes auf dem dunklen Hintergrund des unverhangenen Fensters zuckte und bebte – ein fliegender Zug von Seelen über einen unergründlichen Himmel. Der Konsul seufzte schwer auf, erhob sich mit halber Entschlossenheit, näherte sich schicksalergeben der Tür ... ein Gedanke kam ihm: er blieb stehen, wandte sich sehnsüchtig um, nicht ganz ohne Hoffnung.

»Du würdest nicht ...« Im Sprechen ließ er den Sohn nicht aus seinem ängstlichen Blick, »du würdest nicht wollen, daß ich dir etwas zum Abend vorlese?«

Der Knabe wandte die Augen ab. Schon wollte er ablehnen, knapp und entschieden – die harten Worte formten sich bereits auf seinen Lippen. Dann aber überkam ihn etwas.

»Gut«, murmelte er. »Wenn du willst ...«

Ein Lächeln des Dankes, so seltsam leidvoll, daß es fast närrisch wirkte, glitt über das müde, hagere Gesicht des Konsuls. Unbeholfen, mit beherrschter Hast, ging er in das Nebenzimmer, wühlte in seinem Koffer, kehrte mit dem vertrauten, rot in Leder gebundenen Band zurück. Dann räusperte er sich.

»Laß uns das Kapitel vornehmen, das die Charakteristika einiger von den größeren Fasanenvögeln gibt – es ist in der Tat höchst interessant ... und lehrreich ... ach, wie lange es her ist, daß wir uns dieses kleine Vergnügen gegönnt haben!«

Er setzte sich an das Bett, schob seine Brille zurecht und begann mit tränenerstickter Stimme zu lesen:

»Der Truthahn, ein großer Hausvogel, dessen Gefieder an Glanz mit dem des Pfaus wetteifert, ist ursprünglich ein Bewohner des amerikanischen Kontinentes, wurde aber seither in viele andere Länder verpflanzt. Er ist seiner Natur nach absonderlich – eigenwillig und selbstzufrieden –, doch infolge seiner ungezügelten Eitelkeit mancherlei Mißgeschicken ausgesetzt ...«

Unvermittelt brach er ab.

Nicholas, der sich auf dem Kissen zur Seite gelegt hatte, blickte mit sehnsüchtigen Augen zu dem Bildnis einer Frau hinüber, das auf seinem Nachttisch stand – dieser fremden und doch so süßen Frau, die seine Mutter war, die nun bald seinen Kopf in ihren Händen halten und an ihre Brust drücken würde. Nein, Nicholas hörte ihm nicht zu. Er hörte nicht auf ihn ... nein, er hörte ganz und gar nicht auf ihn ...

Das Licht

Erstes Buch

I

Die Turmuhr der Markuskirche zeigte einige Minuten nach acht, als sich Henry Page eines feuchten Februarabends von Maitland, dem stellvertretenden Chefredakteur, wie üblich verabschiedete und das Zeitungsgebäude verließ. Der Leitartikel für Montag hatte ihm mehr zu schaffen gemacht als sonst. Trotz zwanzigjähriger Übung fiel ihm das Schreiben nicht leicht. Außerdem hatte ihn Vernon Somervilles seltsamer Anruf aufgehalten und abgelenkt.

Seine Frau benützte den Wagen. Page beabsichtigte, zu Fuß heimzugehen. Hatte Dr. Bard ihm nicht mäßige Bewegung empfohlen? Als er aber die späte Stunde bemerkte, beschloß er, mit der Straßenbahn zu fahren.

Es war Samstagabend. Mealmarket, der alte Geschäftsbezirk Hedlestons, lag verlassen. Seine schmalen Gassen und Durchgänge mündeten in den Victoriaplatz, wo Pages Büro und Druckerei fast die Gesamtheit einer von Adam erbauten Terrasse einnahmen. Ihr zweihundertjähriges Alter verriet sich in einem Anflug von Rauch und Verwitterung. In der ungewohnten Stille der verkehrsfreien, gepflasterten Straßen durchhallten Henrys Schritte die Gasse, aus der er kam, und das alte Stadtviertel schien ihm mehr denn je dem stetig schlagenden Herzen der königlich-northumbrischen Gemeinde zu gleichen, wo fünf Generationen seiner Familie gelebt und gearbeitet hatten. Er tat einen tiefen Atemzug. Die Luft war feucht und herb.

Eine Abkürzung, Dean's Close, brachte ihn zur Hauptstraße. Die Haltestelle war einsam, die Straßenbahn nach Wooton halb leer. Trotzdem konnte Henry, einer lebenslangen Gewohnheit treu, vier »Lichter« zählen. Ein etwa sechzigjähriger Arbeiter, die Werkzeugkiste zu seinen Füßen, verfolgte den Leitartikel durch seine stahlgeränderte Brille, hielt die Zeitung nahe an die trübe Birne der Straßenbahn, und seine Lippen formten lautlos die Worte, die er las. Statt zum Fußballmatch zu gehen, hatte er Überstunden gemacht, und Henry dachte: Die Alten sind die besten. Er machte sich über seinen Stil keine Illusionen. David, sein Sohn, neigte sogar dazu, seine »Aussprüche« zu belächeln. Trotzdem tat es ihm in tiefster Seele wohl, daß es ihm zuweilen gelang, die einfachen Leute der Stadt – ihnen fühlte er sich in verwirrendem Maße verantwortlich – zu erreichen und zu beeinflussen.

Hanley Drive. Er stieg aus. Abgesehen von einer gemeinsamen Neigung zu gezimmerten Giebeln, wiesen die Villen dieser Straße, sämtlich aus rotem, den Steinbrüchen von Eldon entstammendem Sandstein erbaut, keine besonderen Kennzeichen auf. Den Eingang seines Hauses jedoch verunstalteten zwei mit dem Wappen von Hedleston (drei silberne Turmschwalben auf blauem Schild) gezierte Laternen, gußeisern, gewunden und mit getriebener Vergoldung geschmückt. Page hatte für Prachtentfaltung nichts übrig, aber da er zweimal Bürgermeister gewesen war, glaubte er das prunkende Zeugnis seiner Amtszeit beibehalten zu müssen. Das war nun einmal üblich.

Der Garten, in dem er fast seine ganze Freizeit verbrachte – Gartenarbeit machte ihm seit jeher Freude –, zeigte ermutigende Anzeichen nahenden Frühlings. Langsam erstieg Page die Eingangsstufen, tastete nach dem Schlüssel, hängte im Vorraum seinen Mantel auf, lauschte und stellte befriedigt fest, daß nichts auf die Anwesenheit von Gästen hinwies. Dann begab er sich ins Eßzimmer, suchte mit dem Fuß die im Teppich verborgene Glocke und klingelte. Man hatte sein Gedeck nicht entfernt. Eine knochige, hochgewachsene Frau mit roten, rissigen Händen, in strenges Schwarz gekleidet – ihr Gesicht sah aus, als pflegte sie es mit einer Scheuerbürste –, brachte Hammelfleisch, Kartoffeln und Kohl, blieb stehen, den Kopf leicht zur Seite geneigt, den rechten Mundwinkel in die Höhe gezogen, und bemerkte mit saurer, die Dinge grundsätzlich unterbewertender Knappheit, dem bezeichnendsten Merkmal ihrer zwanzigjährigen Dienstzeit:

»Der Braten war wohl etwas zu lange im Rohr, Mr. Page.«

»Es wird schon nicht so schlimm sein«, sagte Henry.

»Soll ich zwei Eier poschieren?« fragte sie nach kurzer Stille.

»Nicht nötig, Hannah. Aber bringen Sie mir auf alle Fälle Zwieback und Käse.«

Von Page unbemerkt, betrachtete sie ihn mit ironischer Sympathie, dem Blick der bevorrechteten Haushaltsstütze. Zwischen Tadel und Zuneigung schwankend, spiegelte er die Überzeugung wider, daß nur ihrer Klugheit, Voraussicht, Sparsamkeit und rastlosen Arbeit die häusliche Ordnung zu danken war, und schien überdies den Dienstgeber haargenau einzuschätzen.

Aber Henry machte für die trockene Mahlzeit nur sich selbst verantwortlich. Es war von niemandem zu verlangen, sich seinem unregelmäßigen Stundenplan anzupassen. Er hatte sich längst bereit erklärt, sieben Uhr als unverrückbare Abendbrotzeit anzuerkennen. Außerdem war er nicht übermäßig hungrig. Cheddar und Zwieback genügten vollauf, und als Hannah seine Hausschuhe gebracht hatte, suchte er nicht sofort sein im Oberstock gelegenes Arbeitszimmer auf, sondern, wie üblich, die Bibliothek.

Alice, seine Frau, den kirschenbesteckten Bridgeparty-Hut noch auf dem Kopf – sie hatte die Gewohnheit, von draußen kommend, mitunter geistesabwesend sitzenzubleiben, den straff gerollten Regenschirm in behandschuhter Hand –, saß neben Dorothy auf dem Sofa. Sie lösten das Kreuzworträtsel. Daß seine Tochter daheim war, freute Henry. Seit sie die Kunstakademie in Tynecastle besuchte, war sie für ein sechzehnjähriges Mädchen zu oft ausgegangen, und zu spät heimgekommen.

»Dad«, klagte sie, ohne aufzublicken, »deine Kreuzworträtsel sind mir zu primitiv.«

»Sie sind für mäßig Intelligente gedacht.« Page neigte sich über das verglimmende Feuer und schürte es zu neuer Flamme. »Was weißt du denn nicht?«

»Robert Louis Stevensons Südseenamen.«

»Versuch's mit Tusitala . . . und wenn du ab und zu ein Buch in die Hand nehmen wolltest, wüßtest du vielleicht mehr über ihn.«

Sie warf ihr Haar zurück, das sie zu übertriebenem Pferdeschweif geknotet trug.

»Ich wette, du hast die Antworten aus dem Büro. Außerdem habe ich seinen Film gesehen – Schatz der Insel.«

Henry schwieg. Wie so oft, erstaunte ihn die Gegensätzlichkeit seiner Kinder: David, der blendende, begeisterte Student, Dorothy, jeder geistigen Anstrengung abhold. Außerdem erwies sich seine Hoffnung, sie sei häuslich geworden, als trügerisch. Seine Frau bemerkte:

»Dorrie ist eingeladen – zu einer Fernsehparty bei Weatherbys.« Sie gab dem Namen sein volles Gewicht. Sir Archibald Weatherby, Bankier und Schuhfabrikant, war »der« Adelige von Hedleston, seine Frau Eleanor Alices bevorzugte Freundin.

»Aber . . .« Henry blickte auf die Uhr. »Es ist fast zehn.«

»Sei kein Spielverderber, Henry. Wenn das Kind daheim keinen Fernsehapparat haben darf, kannst du es nicht hindern, zu anderen Leuten zu gehen.«

Dorothy war bereits auf dem Weg zur Tür. Kaum sah sich Page mit seiner Frau allein, brach er los:

»Das Mädel wächst uns über den Kopf. Warum schickst du sie auch in diese verdammte Akademie! Wenn sie nicht im Kino stecken, sitzen die Kinder in den Cafés von Tynecastle, klatschen und trinken Mokka . . . Sie hat keinen Funken Talent, das weißt du genau.«

»Vielleicht. Aber sie lernt *nette* junge Leute kennen – aus den besten Familien. Lady Allertons Sohn und die kleine de Cressy sind in Dorries Klasse. Schließlich wollen wir keine zweite Katastrophe, nicht wahr, Lieber?«

Henry schwieg. Alice legte das Kreuzworträtsel beiseite und griff zu ihrer Stickerei. Sie stach in den Stoff, schilderte die Nachmittagsgesellschaft, der sie beigewohnt hatte, und lieferte eine genaue Beschreibung der Anwesenden, ihrer Kleider, Hüte, Handschuhe und Frisuren, ein episches Unterfangen, dem sich Page dank langjähriger Übung verschließen konnte, ohne den Anschein des aufmerksamen Zuhörers einzubüßen. Die Sache mit Vernon Somerville ging ihm nicht aus dem Sinn. Er wußte den Anruf nicht zu deuten. Zwar war er Somerville vor drei Jahren in London bei einem Wohltätigkeitsbankett der Zeitungsverleger vorgestellt worden, hatte jedoch weder angenommen, daß sich eine so prominente Persönlichkeit eines unbedeutenden Provinzverlegers entsinnen, noch, daß seine Meinung vom »Licht« eine so hohe sein würde. Mußte der Besitzer der »Gazette« nicht gegenteiliger Ansicht sein?

»Henry, hörst du zu?«

Page fuhr auf. »Verzeih.«

»Du bist wirklich sehr . . . unaufmerksam.«

»Mir geht etwas im Kopf herum«, entschuldigte er sich.

»Im Kopf? Du meine Güte! Was?«

Henry vermied es seit langem, die Zeitung betreffende Angelegenheiten daheim zu besprechen. Er erinnerte sich aus der Frühzeit seiner Ehe nur allzugut der absonderlichen Folgen derartiger Versuche. Nun aber empfand er das Bedürfnis, sich jemandem anzuvertrauen.

Er sah Alice an: dünn, gepflegt, hellhäutig, mit schmalem Gesicht, dem verblaßten, immer noch guten Teint der Aschblonden und blauen, ins Weite blickenden Augen, denen gebogene Brauen einen Ausdruck ständigen Staunens verliehen, betrachtete sie ihn mit fragendem Interesse. Es war der Blick einer Frau, die sich redlich bemüht, dem Gatten trotz allen Prüfungen und Enttäuschungen, die sie in zwanzigjähriger Ehe durch seine Schuld zu erdulden glaubte, gemessene Nachsicht zu bezeigen.

»Ich erhielt ein Angebot für die Zeitung.«

»Ein Angebot? Man will sie kaufen?« Sie richtete sich auf. Die Party war vergessen. Die Kirschen zitterten leise. »Wie interessant! Wer?«

»Somerville. Der Besitzer der ›Gazette‹.«

»Vernon Somerville. Blanche Gilliflowers geschiedener Mann.« Alice, mit Familiengeschichte, Verwandtschaftsverhältnissen und Privatangelegenheiten der Großen bestens vertraut, verfiel in den Akzent ihres Geburtsorts Morningside, des vornehmen Viertels von Edinburgh. In ihren gesellschaftlichsten Augenblicken verstärkte er sich stets.

»Wie aufregend, Henry, war das Angebot ...« Sie verstummte zurückhaltend.

»Da ich es ausschlug, kannst du's ruhig erfahren, Alice: fünfzigtausend Pfund.«

»Gott, was für ein Betrag!« Ihr Blick verlor sich in unschuldsvolle Fernen. »Was man damit alles anfangen könnte! Denk doch! Reisen, die Welt sehen ... oh, Henry, du weißt, wie gern ich nach Hawaii ...«

»Tut mir leid, Alice. Hawaii wird warten müssen.«

»Soll das heißen, daß du nicht annehmen wirst?«

»Somerville hat schon drei Blätter: seine elende Wochenzeitung, den ›Argus‹ und die ›Gazette‹. Wozu braucht er ein viertes? Außerdem wäre er ...«, Henry verstummte und fuhr fort: »... für unser kleines Unternehmen nicht der Richtige.«

Stille.

»Aber ist es nicht eine große Chance?« Alice fädelte ihre Nadel ein und nahm das Gespräch wieder auf, in leichtem, überredendem Ton. »Du weißt, daß du nicht der Gesündeste bist. Doktor Bard hat dir hundertmal gesagt, Überanstrengung und unregelmäßige Arbeitszeit sind für dich nicht das Ideale.«

»Ich soll privatisieren, nicht wahr? Vielleicht in einer Villa in Torquay? Etwas Schlimmeres kann ich mir nicht vorstellen.«

»Davon ist keine Rede. Schließlich bist du noch verhältnismäßig jung. Wir müssen wirklich nicht unser ganzes Leben in der Provinz versauern. Mit Beziehungen könntest du leicht eine Stelle bekommen. Bei den Vereinten Nationen, zum Beispiel.«

»In diesem Turm von Babel? Niemals.«

»Aber, Henry ... ich denke doch nicht an mich, obwohl ich von Hedleston und seinen Bewohnern wirklich genug habe ... aber man soll ein günstiges Angebot nicht erwägen? Du weißt, daß du deine Möglichkeiten niemals nützt.«

Page schüttelte den Kopf und ging über die Anspielung auf die vorwurfsvolle, nicht ungerechtfertigte Ansicht seiner Frau hinweg, daß es, hätte er sich »wirklich bemüht«, am Ende seiner zweiten Amtsperiode als Bürgermeister nicht unmöglich gewesen wäre, einen Adelstitel zu erlangen.

»Die Zeitung ist mein Leben, Alice. Ich habe sie auch zu etwas gemacht.«

»David könnte sie ja übernehmen.«

»Aber, Alice! Wenn Somerville das Blatt kauft, hat David kein Wort mitzureden. Und du weißt, wie sehr ich auf ihn zähle, wenn er erst wieder gesund ist.«

»Aber ... fünfzigtausend Pfund ...«

»Blendet dich dieser Betrag? Dann laß dir sagen, daß der Besitz mindestens das Doppelte wert ist.«

Sie war beeindruckt. Langsam wurde die Enttäuschung, die sich in ihren Zügen malte, zu einem wissenden Ausdruck, einem schwachen Abglanz der klugen Miene, die ihr Vater aufgesetzt hatte, wenn er bei Gericht in Edinburgh Beweismaterial zusammenfaßte. An Alice jedoch wirkte die Wandlung so naiv, daß sie Henry seltsam bewegte.

»Wenn du ihn hinhältst, erhöht er vielleicht sein Angebot.«

»Nein, Alice«, erwiderte er sanft. »Ich weigerte mich ein für allemal.«

Endgültig zum Schweigen gebracht, nahm sie ihre Stikkerei wieder zur Hand, überdachte die Neuigkeit, vermochte aber zu keinem Schluß zu gelangen. Trotzdem reizte und erregte sie die Haltung ihres Gatten. Dauer und Kälte ihres Schweigens, erstaunlich bei einer Frau von solcher Gesprächigkeit, die ärgerlichen Blicke, sie sie ihm zuwarf, der offensichtliche Entschluß, sich einer Sache fernzuhalten, der sie nicht beistimmen konnte, waren, wie immer, Zeichen ihrer Gefühlskälte.

Page machte sich Vorwürfe. Hätte ihn nicht Erfahrung lehren müssen, wie sinnlos es war, Alice ins Vertrauen zu ziehen? Dennoch gehorchte er stets aufs neue dem zwingenden Bedürfnis, um nachher unverstanden, unbefriedigt aufzutauchen wie ein Schwimmer, der sich im Kühlen erfrischen will, kopfüber ins Wasser springt und in einem seichten Tümpel landet.

Endlich fragte sie kurz:

»Fährst du morgen nach Sleedon?«

»Natürlich. Der Monat geht ja zu Ende. Kommst du mit?«

Sie schüttelte den Kopf. Er hatte gewußt, daß sie sich weigern würde. Davids Heirat hatte Alice nicht erfreut. Sie dachte an diese Veränderung seines Lebens, die sie Henry gegenüber als »Katastrophe« bezeichnete, nie ohne ein brennendes Gefühl der Enttäuschung, einen Nachgeschmack gekränkten Ehrgeizes. Sie hatte für ihre Kinder stes das Beste erhofft. Das war eine ihrer guten Eigenschaften. Cora jedoch, die in Henrys Augen fast sämtliche Gaben besaß, die eine Frau besitzen sollte, konnte den Anforderungen nicht genügen, die Alice an die Gattin ihres Sohnes stellte. Zwar war der Schock der ersten Begegnung abgeklungen, als David mit einer blassen, hochgewachsenen Frau erschienen war, die verschreckt an seinem Arm hing. Aber noch immer gab es Schwierigkeiten und Einwände. Besonders das Wort »gewöhnlich«, niemals ausgesprochen, schien Alice nur dank einer Anstrengung zu unterdrücken, die ihre ganze damenhafte Zurückhaltung erforderte. Jetzt allerdings, in ihrer durch Henry verschuldeten Erregung, rief sie aus:

»Kannst du die beiden nicht dazubringen, öfter in die Stadt zu kommen? Sie sollen tanzen gehen, ins Konzert, sich mit uns zeigen! Die Leute reden. Es ist so unnatürlich, da draußen in der Einöde zu hausen. Ich schaudere bei dem Gedanken, was unsere Freunde denken.«

Weise unterdrückte Henry die naheliegende Antwort und sagte:

»Gut, Alice. Ich werde es erwähnen.«

2

Der nächste Tag dämmerte strahlend und frisch. Nur wenige Wolkenstreifen standen am blauen Himmel. Die Luft war klar und stärkend. Page, obzwar der Sohn strenggläubiger Eltern, ging nicht regelmäßig zur Kirche. Wenn sich Alice und Dorothy für die Elf-Uhr-Messe bereitmachten, schnitt er vom rückwärtigen Rasen Blumen für Cora, suchte aus den zur Besprechung eingelangten Büchern eines, von dem er annahm, es würde David interessieren, bestieg seinen Wagen, lenkte ihn ruhig aus der Garage und fuhr die Hinterfront der Häuser entlang, um nicht das Ärgernis der Nachbarn zu erregen. Allerdings gelang es ihm nie, Mrs. Harbottle zu entgehen, der Witwe Bob Harbottles, eines der besten Freunde seines Vaters. Tadelnden Blicks erwiderte die alte Dame Henrys Gruß, während sie in vollem Sonntagsstaat der Markuskirche zuwallte.

Bald darauf fuhr Henry auf der offenen Landstraße dahin. Die Besorgnis des Vorabends war verflogen. Er fühlte sich unbeschwert wie selten. Mit Arbeit überhäuft, hatte er wenig Zerstreuung, interessierte sich weder für Golf noch für Tennis. Spiele waren überhaupt nicht sein Fall, um so weniger, als er seit einiger Zeit, wiewohl erst neunundvierzig, zu einem Herzleiden neigte, das er allerdings nicht ernst nahm. Dr. Bard mochte noch so bedenklich den Kopf schütteln. Henry, von ruhigem, zurückhaltendem Wesen, war von Kindheit an streng gehalten worden. Seine Eltern hatten Zucht als Grundlage guter Erziehung betrachtet. Selbst zur Zeit seines Bürgermeisteramtes erschien er nur äußerst ungern in der Öffentlichkeit, und Alice hatte des öfteren Grund, ihm seine »Schwunglosigkeit« vorzuwerfen. Er liebte Gartenarbeit, zog in seinem kleinen Glashaus prächtige Pelargonien, sammelte altes Stafford-Porzellan – eines seiner zahmen Steckenpferde – und organisierte mit großer Freude die von ihm eingeführten herbstlichen Orchesterkonzerte, die aus dem Leben Hedlestons nicht mehr wegzudenken waren. Am liebsten aber fuhr er ab und zu ans Meer, besonders nach Sleedon, einer Ortschaft, die, obgleich nicht weit von Hedleston, das echteste, urwüchsige Fischerdorf der ganzen Nordostküste geblieben war. Henry kannte Sleedon seit seiner Knabenzeit. Jetzt wohnte sein Sohn dort, was jedoch die Liebe, die er für diesen Flecken empfand, nur zum Teil erklärte. Der Zauber des Dorfes lag für ihn in der Tatsache, daß in seinen Mauern ein Stück Altengland lebte. Das nämlich war Henrys Leidenschaft, seine Religion, seine fixe Idee: das England, das war, das wieder sein würde.

Mit ruhiger Inbrunst liebte er sein Land, seinen Boden, das Salz der See, die seine Küsten berannte. Den Verfall, der den Staat seit Kriegsende bedrohte, merkte er wohl, beharrte aber darauf, ihn für eine vorübergehende, unvermeidliche Folge des gigantischen Ringens zu halten. Kein Zweifel: England würde sich zu neuer Größe erheben.

Die niedrigen Umrisse Sleedons erschienen am Horizont. Gischt sprühte gegen den Damm. Henry fuhr an Fischerbooten vorbei, an Netzen, die zum Trocknen aufgespannt waren, am weißgetünchten Haus der Küstenwache und schließlich kliffaufwärts zu Davids Häuschen.

Als er die sandige Höhe erreichte, sah er Cora. Sie wartete bei der Gartentür. Barhaupt, in einem dunkelroten, ihre langgestreckten Glieder eng umschließenden Kleid – das blauschwarze Haar flatterte im Wind –, schien sie jene Wärme, jene Zärtlichkeit zu verströmen, die seinen Sohn dem Leben wiedergegeben haben. Sie schloß beide Hände um Henrys Rechte, und ehe sie es aussprach, wußte er, daß sie froh war, ihn zu sehen.

»Wie geht's ihm?«

»Er hat eine gute Woche hinter sich. Jetzt ist er oben ... und schreibt.«

Sie blickte zum Mansardenfenster hinauf, aus dem gedämpfte Musik drang: Bartóks III. Symphonie. »Ich hole ihn.«

Page winkte ab. Er wollte David nicht stören. Sein Buch über vorislamische Dichtung, einen Gegenstand, der ihn seit seiner Studienzeit im Balliol-College beschäftigte, war kein geringes Unterfangen. Während des letzten halben Jahres hatte er sich selbst drei arabische Mundarten beigebracht und übersetzte nun »Kital al Aghani«, das Buch der Lieder. Besser, ihn nicht zu stören. Cora sah sein Zögern und lächelte.

»In einer halben Stunde wird sowieso gegessen.«

Ihre Freude über die gelben Narzissen übertraf Henrys Erwartungen. Sie wurde nicht müde, die Blumen zu bewundern, ordnete sie zu allzu festem Strauß, führte Henry in den Garten – er lag hinter dem Haus, von einer Steinmauer vor der Meeresbrise geschützt – und zeigte ihm das Werk der vergangenen Woche: ein neues, säuberlich angelegtes Gemüsebeet.

»Wer hat umgegraben?«

»Ich, natürlich.« Sie lachte glücklich.

»Ist das nicht zuviel für dich? Das Haus, die Küche, und . . . David?«

»Aber nein . . . nein. Ich bin stark. Wirklich. Und ich hab' den Garten gern.« Sie blickte scheu zu ihm auf, mit warmem Gefühl. »Keine solche Gelegenheit hab' ich noch nie gehabt.«

Sie ging in die Küche. Henry schritt den schmalen Aschenpfad entlang und dachte, durchaus nicht unfreundlich, an die Wendung »keine – nie«. Nun? Wenn auch! Zog er ein Mädchen mit Herz, besonders, wenn es Cora hieß, nicht jeder Grammatiklehrerin vor? Bald darauf rief sie ihn vom rückwärtigen Eingang.

Sie hatte den Tisch im Vorderzimmer mit einem frischgewaschenen Tuch gedeckt. Eß-, Vorlegebesteck und Porzellan, Henrys kleine Geschenke, waren liebevoll zur Schau gestellt. Ein vielversprechendes Brathuhn lag auf der Schüssel, knusprig und golden. Cora bewies in allem, was sie tat, eine fröhliche Tüchtigkeit, eine aufmerksame Bereitschaft, die ihr Bestreben, Liebe zu erringen, deutlich verriet.

Sie warteten. Die Langspielplatte im Oberstock verstummte. Bald darauf erschien David, unnahbar wie immer. Dennoch merkte Page, daß er sich in einer seiner besseren Stimmungen befand. Trotz der üblichen saloppen Kleidung – Rollkragenpullover, sandfarbene Kordsamthose, abgetragene Sämischschuhe – sah er gut aus, ja, man konnte sich des Gedankens nicht erwehren, was für ein hübscher Junge er war: hochgewachsen wie Cora, wenn auch mager, viel zu mager, helle Haut, schöne Zähne.

»Wie steht die Arbeit?« fragte Henry, während Cora das Huhn vorlegte.

»Ganz gut.« Wortlos nahm er den verlockenden Teller mit Flügel, Kohlsprossen und Kartoffelpüree, den sie ihm reichte, betrachtete ihn und griff nachlässig zur Gabel.

»Wir haben eine neue Edward-Fitzgerald-Biographie bekommen.«

David hob die Brauen.

»Ich dachte, du hättest das Buch gern angesehen«, murmelte Page, als bäte er um Entschuldigung.

David betrachtete seinen Vater spöttisch.

»Bewunderst du etwa den Kalifen von Ostengland, den Verfasser des unbezahlbaren Gedichts:

Der Ball, der kehrt sich nicht an Jas und Neins,
der Spieler aber folgt dem Schwung des Beins?«

Page lächelte nachsichtig. Er hatte nichts dagegen, von David bevormundet zu werden: die Haltung des Sohns war eine Pose, zu der er als einer der besten Studenten Oxfords sicherlich berechtigt war. Henry selbst hatte nur zwei Jahre an der Universität von Edinburgh studiert. Ein anderes Institut wäre für Robert Page, einen ehemaligen Hörer dieser ehrwürdigen Anstalt, nicht in Frage gekommen. Dann aber bereitete eine plötzliche Rückberufung, verursacht durch die Erkrankung des Vaters, Henrys Studien ein jähes Ende. Seither erweiterte er seine Bildung durch zielbewußtes Lesen.

»Sein Khayyám ist nicht so schlecht«, lenkte er ein. »Ruskin mochte ihn.«

David schnitt eine Grimasse und antwortete etwas auf arabisch: »Das halte ich vom alten Omar.«

»Was heißt das?« fragte Cora.

»Ich fürchte, ich kenn' dich zu wenig, um dir das zu sagen.« David lachte so unbändig, daß Henry ihm einen raschen, zweifelnden Blick zuwarf. Dennoch: war es nicht eine Wohltat, ihn lachen zu hören? Er gedachte der Tage, da sein Sohn reglos dagesessen hatte, gesenkten Hauptes, die Hände zwischen die Knie gepreßt, den Fußboden anstarrend, in entsetzlicher Depression. Noch schlimmer waren die Nächte, end- und schlaflos, durchquält von der Angst vor einem unbekannten Feind. Sein Militärdienst, wiewohl nicht ungewöhnlich hart – David hat in Kreta gekämpft und beim Rückzug Ruhr bekommen –, hatte seine Empfindsamkeit ins Übermäßige gesteigert, ein Zustand, der während der Studienjahre in Oxford unvermindert anhielt, um etwa vor achtzehn Monaten in einem Nervenzusammenbruch zu gipfeln. »Neurose mit paranoidem Einschlag«, so nannte Bard die Krankheit. Als er sich jedoch nicht davon abbringen ließ, bereits am Knaben neurotische Tendenzen bemerkt haben zu wollen, konnte Henry dieser verletzenden Behauptung nicht beipflichten. Fast wäre sie einer langjährigen Freundschaft zum Verhängnis geworden.

Nun war das verschwunden. Angesichts Davids gehobener Stimmung erkannte Page, daß seine ebenso seltsame wie glückliche Heirat den Sohn gerettet hatte. Eine Zufallsbekanntschaft. In Scarborough, wo er zur Behandlung weilte und mit ausdruckslosem Gesicht Körbe flocht, begegnete er Cora. Dann kam er nach Hause, schwach, aber genesen, mit neuem Zukunftsvertrauen. Die Begebenheit war doppelt seltsam, hatte doch David für Frauen nie ernsthaftes Interesse gezeigt, am wenigsten für solche, deren ungeformter Geist die Antithese seines eigenen war. Vielleicht aber hatte gerade Coras Mangel an Bildung die Annäherung ermöglicht. Vielleicht hatte er sich aus tiefstem Abgrund instinktiv dem einfachsten erreichbaren Wesen zugeneigt. Wie schön, daß es Coras Hand war, die sich ihm bot.

Während sie den Tisch abräumte, saßen Page und David beim Fenster. Für gewöhnlich schwieg David über seine Arbeit. Heute aber verflog seine Zurückhaltung. Er gab sich offen und fröhlich. Die Übersetzung eines seiner Essays, »Land der Nacht« während des Krieges geschrieben, war im *Mercure de France* erschienen und David zeigte einen Brief des Herausgebers, der ihn zu seiner Arbeit beglückwünschte. Diese Anerkennung seines Talents, ein nötiger Ansporn, erfüllte Page mit geheimer Zuversicht. Er hoffte noch immer, daß David ihm eines Tages helfen würde, das »Licht« noch besser, noch schöner zu gestalten.

Für gewöhnlich gingen sie zu dritt spazieren. An diesem Nachmittag aber entschuldigte sich David. Er wollte ein Manuskript der Londoner Bücherei, dessen Rückgabe folgenden Tags fällig war, zur Gänze nützen. Cora war schon im Mantel, also wanderten sie und Henry dem Hafen zu. Zuerst sagten sie nichts. Sie besaß eine Gabe schweigenden Teilhabens, die ihm das Gefühl vermittelte, sie seit Jahren zu kennen. Als sie die sandige Bucht überquerten – ihre Füße knirschten auf dem trockenen Seegras –, nahm sie seinen Arm und atmete die scharfe, beißende Seeluft mit freudiger Hingabe ein.

»Du brauchst einen wärmeren Mantel.« Ihr Mantel war aus abgetragenem Tuch.

»Mir ist nicht kalt, wirklich nicht.« Dann: »Bist du gern hier heraußen?«

»Ja«, sagte er. Es war eine Wohltat, in ihrer Nähe zu sein.

Sie standem am Ende des verlassenen Piers, im Windschatten des Küstenwachhauses, und beobachteten die kreisenden, niederschießenden Möwen. Vor ihnen dehnte sich das Meer. Herb und salzig kam der Wind über die Wellen. Page hatte die seltsame Empfindung, immer und ewig so stehenbleiben zu können. Endlich brach er das Schweigen:

»Du hast sehr viel für David getan.«

»Er für mich«, versetzte sie rasch. Dann, nach einer Weile, warf sie ihm einen Blick zu, wandte sich jedoch wieder ab. »Ich war auch nicht sehr glücklich, wie wir uns begegnet sind.«

Diese nüchterne Feststellung berührte Henry wie ein

Vertrauensbeweis aus tiefstem Herzen. Ihre Zurückhaltung, der Mangel jener geschwätzigen Mitteilsamkeit, die er an den Frauen haßte, hatten sie ihm von allem Anfang teuer gemacht. Gleichzeitig war ihm ein demütiges Zärtlichkeitsbedürfnis nicht entgangen, ein Bestreben, sich der Familie einzugliedern, der sie sich verschwägert hatte, das vergangenes Ungemach ahnen ließ. Dieser Eindruck wurde bestärkt, als sie ihm später erzählte, wie sie beide Eltern verloren, bei einer Tante in London gelebt und eine Reihe schlechtbezahlter Stellen innegehabt hatte, mit knappen Worten, ohne sich zu bedauern. Jetzt aber war es, als klänge durch ihr gegenwärtiges Glück der schwache, unverkennbare Widerhall vergangener Trauer.

»Du warst viel allein, nicht wahr?«

»Ja«, erwiderte sie. »Das wohl.«

Eine starke Bö fegte einher. Henry legte schützend den Arm um ihre Schultern.

»Das soll nie wieder geschehen. Du gehörst jetzt zu uns. Wir werden es nie zulassen, daß du dich einsam fühlst. Erst gestern meinte meine Frau, ob es für dich und David hier draußen nicht eintönig wäre ... Ihr solltet gelegentlich nach Hedleston kommen, tanzen gehen –«

»Ich reiße mich nicht ums Tanzen«, sagte sie und fügte hinzu, als habe diese Bemerkung seltsam geklungen. »David auch nicht. Es paßt nicht zu ihm. Nein, gar nicht.«

»Vielleicht kommt ihr einmal ins Theater? Oder in ein Konzert?«

Sie wandte sich ihm zu.

»Ich bin gern hier. Das weißt du. Die Ruhe tut mir gut. In der Nacht, im Bett –«, sie errötete jäh, als habe sie etwas Unpassendes gesagt, fuhr jedoch fort: »– wenn der Wind ums Haus bläst und die Wellen rauschen, komm' ich mir vor wie in einem Schloß – wenn du verstehst, was ich meine. Ich möchte Sleedon mit keinem Ort der Welt vertauschen, nein, mit keinem.«

Es war Zeit zur Heimkehr. Als sie den Wagen erreichten, hörte Henry Musik aus der Mansarde, Bruckners IV. Symphonie in Es-Dur. Nicht sein Geschmack, aber ein untrügliches Zeichen, daß David Inspiration suchte. Henry beschloß, nicht nach oben zu gehen. Behutsam schob er den Umschlag, den er an jedem Monatsletzten zurückließ, in Coras Manteltasche. Der Augenblick war von stets erneuter Peinlichkeit, obgleich er sich bemühte, geschickt zu sein wie ein Taschenspieler, der sich einer Karte zu entledigen sucht. Meistens half er sich mit einer läppischen Bemerkung über das Unbehagen hinweg. Die jungen Leute waren stolz, aber sie mußten leben. Diesmal sagte er:

»Das ist für den Garten. Für Samen.«

Cora lächelte nicht. Ihr Gesicht mit den hohen Backenknochen und den zart geäderten, fast unmerklich einfallenden Wangen zeigte einen seltsamen Ausdruck. Der Wind hatte ihre dunklen, nußbraunen Augen gefeuchtet und blies eine schwarze Strähne über ihre Stirn.

»Du bist so gut zu uns, besonders zu mir ... Du gibst mir das Gefühl ... du läßt mich ...« Sie konnte nicht weitersprechen. Plötzlich trat sie zu ihm und drückte rasch und ungeschickt ihre weichen Lippen an seine kalte Wange.

Als Henry durch die graue Dämmerung nach Hedleston zurückfuhr – langsam, nichts drängte ihn, zu eilen –, wärmte ihn der Gedanke an diese jähe Liebkosung während des ganzen Heimwegs.

3

Montag war immer besonders viel los. Über das Wochenende häuften sich die Nachrichten. Page kam früh ins Büro, ging jedoch nicht nach oben, sondern erst in den Reportersaal, ein großes, auf einen gepflasterten Hof führendes Zimmer, altmodisch, aber hell. Das Gebäude, weder geräumig, noch modern – um seine Druckerpressen unterzubringen, hatte Henry das Nachbarhaus mieten müssen –, war seit vielen Jahren unverändert, genügte aber seinen Ansprüchen. Überdies gefiel es ihm. Peter Fenwick, der Chef vom Dienst, und Frank, dessen Aufgabe es war, die Fernschreibmeldungen zu sichten, standen beim Associated-Press-Apparat.

»Was Neues aus Ägypten?« fragte Henry, nachdem er die beiden begrüßt hatte.

»Der Kanal ist noch gesperrt«, erwiderte Fenwick. »Und die Amerikaner warten noch immer auf die Bewilligung, die Zementkähne zu heben. König Saud hatte eine Unterredung mit Eisenhower. Er soll Düsenjäger kriegen. Und Cadillacs. Nasser macht sich mausig. Die Israelis geben nicht nach. Ölknappheit in Sicht. Die Edens sind in Panama angekommen ... Und der Schah von Persien ...«

Page hörte schweigend zu. Jedes Wort brachte ihm die demütigende Schlappe mit erneuter, schmerzhafter Bitternis zu Bewußtsein.

»Was gibt's bei uns?«

»Eine scheußliche Geschichte aus Belfast. Doppel- und Selbstmord. Mann, Frau und Liebhaber haben sich gegenseitig die Kehle durchgeschnitten.«

Henry überflog die Einzelheiten. Sie waren haarsträubend.

»Auslassen«, sagte er.

»Vielleicht ein Absatz auf der letzten Seite?« schlug Fenwick vor.

»Nein. Keine Zeile.«

Die restlichen Nachrichten – er überlas sie rasch – waren nicht erhebend. Die Lage im Mittleren Osten schien sich verschärft zu haben, und was Zypern betraf, so standen zweifellos weitere Stürme bevor.

»Noch etwas?«

Frank, für den englischen Nordosten zuständig, sagte: »Wie wär's damit?«

Er reichte Henry ein ferngeschriebenes Protokoll der samstägigen Parlamentssitzung. Zwei Zeilen waren mit Blaustift angestrichen.

»In Beantwortung einer Anfrage des Vertreters der nordöstlichen Gemeinden, Mr. Burney Cadmus', erwiderte Mr. Philip Lester als Regierungssprecher, soviel ihm bekannt sei, entbehrten die einen Plan betreffenden Gerüchte, den der Abgeordnete für gut befunden habe, ›Projekt U.A.‹ zu nennen, jeglicher Grundlage.«

»U. A.?« Henry blickte fragend von einem zum anderen.

»Nie davon gehört«, sagte Fenwick.

»U. A.« Frank runzelte die Stirn. »Vielleicht das Untergrundbahn-Angestelltengesetz?«

»Kaum«, sagte Fenwick. »Wahrscheinlich nichts von Bedeutung. Dieser Cadmus regt sich immer unnötig auf.«

Henry gab das Blatt zurück.

»Trotzdem soll sich ein Reporter um die Sache kümmern. Der junge Lewis, wenn Sie ihn entbehren können.«

Er stieg die Wendeltreppe hinauf, die zu seinem Büro führte. Miß Moffatt, seine Sekretärin, die sich auch mit den Abonnements befaßte, sortierte die Post. Sie war ältlich, von unpersönlichem Aussehen, mit farbloser Haut und ergrauendem Haar, trug sommers und winters einen grauen Rock und einen grauen, handgestrickten Pullover, wirkte eher wie eine pensionierte Lehrerin und erledigte, unentbehrlich geworden, Wichtiges und Unwichtiges mit der größten Selbstverständlichkeit. Vor dreißig Jahren von Robert Page eingestellt, hatte sie den Sohn im Grunde ihres Herzens nie als Nachfolger anerkannt. An diesem Morgen war sie eindeutig abweisend. Henry merkte auf den ersten Blick, daß sie an etwas Bestimmtes dachte. Während er seine Post durchsah, entwirrte sie ein Stück Schnur und rollte es zu festem, säuberlichem Knäuel. Winzige Ersparnisse waren Moffatts Leidenschaft. Sie betrachtete Spagat, halbe Papierbogen und unbenützte Marken als Vermögenswerte. Endlich, als er diktieren wollte, sagte sie:

»Er hat schon wieder angerufen.«

»Wer?«

»Somerville.«

Henry warf ihr einen erstaunten Blick zu. »Was wollte er?«

»Sie sprechen. Als ich sagte, Sie seien nicht da – im übrigen wußte er genau, daß Sie nicht dasein würden, der Anruf kam um halb acht aus Surrey –, ersuchte er mich, Ihnen folgendes zu bestellen.«

»Ja?«

Sie nahm ihren Block und las aus dem Stenogramm:

»Übermitteln Sie bitte Mr. Page meine besten Empfehlungen. Sagen Sie ihm, daß sich zwei meiner Beauftragten nächste Woche in seiner Gegend aufhalten werden und daß ich überaus erfreut wäre, wenn er die Güte hätte, sie zu empfangen.«

Henry suchte sich zu sammeln.

»Noch einmal, bitte.«

Bei der zweiten Lesung wirkte die gesuchte Höflichkeit der Botschaft noch befremdlicher. Das Staunen, das er Samstag empfunden hatte, kehrte mit erneuter Kraft zurück. Er fühlte leises Unbehagen.

»Was halten Sie davon?«

Moffatt preßte die Lippen zusammen und schüttelte den Kopf, zornig und verachtungsvoll.

»Er will das ›Licht‹ kaufen.«

»Das wollte er. Anscheinend dachte er, es sei verkäuflich. Ich sagte ihm, daß er sich irrte.«

»Er gehört nicht zu den Leuten, die sich irren.«

»Selbst wenn Sie recht haben, ist es belanglos. Daß er kaufen möchte, heißt noch lange nicht, daß ich verkaufen will.«

»Ist die Sache wirklich so einfach?«

»Natürlich.«

Aufkeimende Erregung machte Page ärgerlich. »Wie kann man ein Blatt kaufen, das nicht verkauft wird?«

»Kennen Sie Vernon Somerville?«

»Ja . . . das heißt, ich bin ihm einmal begegnet.«

»Dann kennen Sie ihn nicht besser als den Mann im Mond. Sie wissen doch, was er druckt? Haben Sie die heutige ›Gazette‹ gesehen?«

Sämtliche Londoner Tageszeitungen waren allmorgendlich auf dem großen messingbeschlagenen Mahagonitisch ausgebreitet. Moffatt brachte die »Gazette«. Eine Blitzlichtaufnahme beanspruchte fast das ganze Titelblatt. Drei blutige Leichen, zwei Männer und eine halbnackte Frau, fahl retuschiert, lagen auf dem Boden eines ärmlichen Zimmers. Die Überschrift brüllte in zwei Zentimeter hohen Buchstaben: DER LOHN DER LEIDENSCHAFT.

»Hübsch, nicht wahr?« sagte Moffatt in unbeschreiblichem Ton. »Würde sich auf unserer Titelseite gut ausnehmen.«

Henry wußte nicht, was in sie gefahren war. Zwar spielte Moffatt gern die Beleidigte, aber trotzdem mußte er diesem Unfug ein Ende machen. Er gab ihr die Zeitung zurück und sagte scharf:

»Schreiben Sie.«

Als die Korrespondenz erledigt war, ging sie ins Nebenzimmer zu ihrer Maschine, während Henry einen säulengetragenen, von Adam erbauten Raum aufsuchte. Dort fand täglich um zehn die Redaktionssitzung statt, bei der Inhalt und Aufbau der nächsten Nummer besprochen wurden. Malcolm Maitland, sein Stellvertreter, wartete bereits, im Gespräch mit Hartley Slade, dem Kulturredakteur. Als Page eintrat, folgten ihm Poole, der Sportredakteur, und Horace Balmer, der Inseratenwerber.

Sie setzten sich um den glänzend polierten Tisch. Henry hätte am liebsten die Somerville-Sache erwähnt, unterließ es jedoch. Wäre es nicht Schwachheit gewesen? Man besprach den Umbruch, prüfte Maitlands Nachrichtenliste Punkt für Punkt, entschied, was gedruckt und was übergangen werden sollte.

Den Kurs des »Lichts«, seit langem festgesetzt, faßte ein Satz zusammen, der, in bescheidener Schriftgröße auf Seite eins zu finden war: »Alles, was man lesen soll.« Seit fünf Generationen war das Blatt keinen Zoll von dieser Linie abgewichen und hatte, jeder Sensationslust abhold, den Ruf der Verläßlichkeit, Aufgeschlossenheit und Objektivität erworben. Mit der Zeit war es fast zu einer traditionellen Einrichtung geworden. Nun galt das

Augenmerk den Ereignissen im Mittleren Osten. Page und seine Mitarbeiter erörterten die Lage des langen und breiten, nahmen die Lokalnachrichten durch und landeten schließlich beim Wetter, dem Gegenstand ewigen Interesses. Aus Lincolnshire wurden Überschwemmungen gemeldet. Page schickte einen Reporter und den Cheffotografen an die Stätte der Verwüstung und teilte dem Personal die verschiedenen Aufgaben der Lokalberichterstattung zu. In der U.-A.-Sache war bereits Bob Lewis unterwegs. Die Sitzung dauerte etwa eine Stunde. Jeder sagte seine Meinung, man einigte sich, und die nächste Nummer nahm Gestalt an.

Nachher ging Malcolm Maitland mit Henry über den Korridor. Unbeirrbar und starrköpfig, von überdurchschnittlichen Geistesgaben und untadeligem Charakter, stammte er aus Bedlington, einem Dorf des Kohlendistrikts, der Sohn eines Bergarbeiters. Henry achtete seine Ansichten aus tiefster Überzeugung. Als Werkstudent der Universität Durham hatte Maitland zwei Stipendien, im letzten Studienjahr sogar den Whittington-Preis für Staatswissenschaften errungen, zuerst als Lehrer in Tynecastle gewirkt und dort Abendkurse für Matrosen gehalten: er war ein glühender Verfechter sozialer Reform. Dann kandidierte er zweimal für die Liberale Partei – sein Ziel war die Abgeordnetenwürde für Nord-Durham –, wurde aber beide Male knapp geschlagen. Er wandte der Politik den Rücken, sah sich nach einem neuen Erwerb um und versuchte sein Glück bei der Zeitung, da er zwar einige Illusionen seiner Jugend, nicht aber den Humor eingebüßt hatte. Keine Augenweide – rotes Gesicht und hinkender Gang, das Überbleibsel eines Unfalls auf der Kohlenkippe, den er als Junge erlitten hatte –, erfreute er eher Herz und Hirn, lebte allein in Wooton, denn der Junggesellenstand erschien ihm der einzig mögliche, und kam, wie er zu sagen pflegte, »sehr ordentlich zurecht«. Wie die besten Äpfel des Nordens war er hart, aber durch und durch gut. Selbst sein Hobby, eine lebenslange Leidenschaft für Ponys, die zweifellos einer Liebe zu den Grubenpferden seiner Jugend entsprang (einigen ausgedienten sicherte er sogar ein sorgenfreies Dasein auf einer Farm in Mossburn), verriet, daß er mit beiden Beinen im Leben stand. Henry schätzte ihn vor allen seinen Mitarbeitern.

»Die Lage wird immer schwieriger.« Sie erörterten das Leitartikelthema, und Henry, abgespannter als sonst, sprach mit einem Anflug von Gereiztheit. »Es gäbe so viel zu sagen und so wenig, was man dazu äußern kann.«

Maitland nickte. »Ja. Der Karren steckt tiefer im Dreck denn je.«

»Wenn nur die elende Bequemlichkeit nicht wäre! Solange es freie Verarztung und Fußballtoto gibt, ist den Leuten alles egal. Nehmen Sie Westdeutschland: im dreiundvierziger Jahr hätte ich geschworen, sie würden sich nie wieder erholen. Aber sie haben sich aufgerafft. Und wie noch dazu! Jetzt sind sie wieder obenauf.«

»Sie haben auch den Krieg verloren. Das ist ein nicht zu unterschätzender Vorteil.«

»Das ist es nicht, Malcolm. Sie haben in die Hände gespuckt. Wir dagegen treiben dahin wie ein steuerloses Schiff.«

»Zugegeben, es sieht nicht rosig aus. Aber wir haben Schlimmeres überstanden.«

»Wenn nur ein richtiger Staatsmann da wäre . . . Disraeli zum Beispiel . . .«

Maitland hielt vor Pages Tür und warf ihm einen verstehenden, belustigten Blick zu.

»Da haben Sie Ihren Leitartikel! Samt Schlagzeile! ›Wenn Disraeli am Leben wäre . . .‹«

Dann blickte er auf die Uhr und sagte trocken: »Vergessen Sie den Gottesmann nicht. Um elf.«

Es war elf.

Page mußte die tägliche Besprechung in der Anzeigenabteilung verschieben und empfing Gilmore, den Pfarrer von St. Markus, einen tüchtigen, gutrasierten Christen von zielstrebiger Herzlichkeit.

»Nett, daß Sie mich empfangen, Henry. Ich weiß, Sie sind sehr beschäftigt – genau wie ich.«

Der Pfarrer kam wegen des Kirchturms, der sich seit

Januar gefährlich neigte. Klopfkäfer waren am Werk. Da der alte schöne Turm zu den Kostbarkeiten des Landes zählte, hatte das »Licht« einen Instandsetzungfonds eröffnet.

»Ich bekam eben den endgültigen Kostenvoranschlag«, fuhr der Pfarrer fort und raschelte mit Papieren. »Leider ist die Summe höher als erwartet: vierzehntausend Pfund.«

»Eine Menge Geld.«

»Jawohl, mein Freund. Besonders wenn man bedenkt, daß Ihr Fonds noch keine fünftausend beträgt.«

Henry war an der Sache nicht sonderlich interessiert. Dennoch hatte er, wiewohl kein reicher Mann, den Fonds – eine freiwillige Bemühung seines Blattes – mit hundert Guineen eröffnet.

»Die Zeiten sind schwer, die Steuern hoch, die Leute nicht mildtätig gestimmt. Warten Sie bis Weihnachten. Wahrscheinlich bessert sich dann die Lage.«

»Aber, mein lieber Henry! Wir brauchen das Geld dringend!«

In dieser Art sprach er weiter. Pages Erbitterung stieg. Begriff der Mann nicht, daß alle unnötigen Pläne, alles persönliche Interesse, das ewige Geschrei nach mehr und mehr enden mußten, sollte das Land nicht zugrunde gehen? Dennoch bemühte er sich, Geduld zu zeigen, hörte zu, erörterte Mittel und Wege, versprach eine Spalte auf einer der Innenseiten und war erleichtert, als sich der Pfarrer endlich erhob. Im Hinausgehen ließ Gilmore, nicht unbefangen, ein maschinebeschriebenes Blatt auf Pages Schreibtisch gleiten.

»Ich hoffe, Sie haben nichts dagegen, Henry, wenn ich diesen Ostervers hierlasse. Vielleicht finden Sie ihn der Einschaltung wert.«

Die Türe schloß sich. Unwillkürlich griff Henry nach dem Papier und las eben die erste jämmerliche Zeile »Die Lilie, schönste Blüte ihrer all«, als das Telefon schrillte. Miß Moffatt, die seine Gespräche von der im ersten Stock gelegenen Zentrale übernahm, sagte:

»Schon wieder London.«

»Doch nicht Somerville!« rief Page, bereute seine Äußerung jedoch augenblicklich.

»Nein. Ein Mr. Jones von Mighills Büro.«

»Verbinden Sie«, sagte Henry nach kurzer Pause.

»Mr. Henry Page? Wie geht es Ihnen, Sir?« Die Stimme sprach mit Waliser Akzent. »Hier Trevor Jones, Sir Ithiel Mighills Privatsekretär. Leider kennen wir einander nicht, aber ich hoffe, in Bälde Ihre Bekanntschaft zu machen. Sir Ithiel würde Sie gerne in London begrüßen, Mr. Page ... oder in seinem Landhaus in Sussex. Sobald Sie abkömmlich sind.«

Henry erriet, was da kommen sollte.

»Leider. Ich bin beschäftigt.«

»Sir Ithiel wäre bereit, Ihnen sein Privatflugzeug zu senden.«

»Ich bedaure. Ich habe keine Zeit.«

»Glauben Sie mir, Mr. Page, es wäre zu Ihrem Vorteil.«

»Warum?«

»Aus naheliegenden Gründen.«

»Ich fragte, warum.«

»Es ist zu Sir Ithiels Kenntnis gelangt, daß Sie die Absicht hegen, das ›Licht‹ zu verkaufen. Er läßt Sie bitten, mit ihm zu sprechen, ehe Sie etwas unternehmen.«

Henry fühlte eine Welle des Zorns. Das Atmen bereitete ihm Mühe. Er warf den Hörer auf die Gabel. Was zum Teufel hatte das alles zu bedeuten? Warum interessierten sich zwei der mächtigsten Zeitungsmänner des Landes plötzlich für ein Provinzblatt? Er erwog unzählige Möglichkeiten, fand jedoch keine einleuchtende Erklärung.

Mit größter Willensanspannung verscheuchte er die Besorgnis, die sich ihm mitzuteilen begann, und zwang sich, den Leitartikel anzufangen. Da läutete das Telefon. Henry fuhr auf. Aber es war nur Dr. Bards Sprechstundenhilfe. Sie erinnerte ihn, daß er um zwölf zur monatlichen Untersuchung erwartet wurde. Für gewöhnlich hätte ihn die Unterbrechung gestört. Heute war sie willkommen. Es drängte ihn, das Büro zu verlassen. Mit äußerster Konzentration entwarf er den Artikel und klingelte. Moffatt trat ein, die fertigen Briefe in der Hand. Er unterzeichnete. Dann gab er ihr den Entwurf.

»Wenn Sie's getippt haben, zeigen Sie's mir.«

»Bitte.«

Henry entnahm ihrem kühlen Ton, daß sie seine Schroffheit von vorhin nicht vergeben hatte. Moffatt strafte seine gelegentlichen Verfehlungen auf ihre Art, wiewohl sie nicht richtiggehend grollte.

»Wollen Sie Ihren Kaffee?« fragte sie. »Es ist zwölf vorbei.«

»Nein, ich gehe. Um zwei bin ich wieder da.«

»Lesen Sie das, bevor Sie fortgehen.«

Mit ausdrucksloser Miene reichte sie ihm ein Telegramm

BEZUGNEHMEND NACHRICHT SOMERVILLE BITTE ICH VORSPRACHE NÄCHSTEN DIENSTAG ZUR KENNTNIS ZU NEHMEN. IN FREUDIGER ERWARTUNG PERSÖNLICHEN ZUSAMMENTREFFENS HOCHACHTUNGSVOLL HAROLD SMITH.

Page, den nichts mehr überraschen konnte – dennoch hielten seine Finger den gelben Streifen ein wenig zu fest –, sagte:

»Wenn wir nur wüßten, was sie planen.«

Weder ihr Gesichtsausdruck noch ihre Antwort waren trostspendend:

»Das erfahren wir bald genug.«

Da er schwieg, verließ sie den Raum.

Henry ertappte sich dabei, die verblaßte, an der gegenüberliegenden Wand hängende Daguerreotypie seines Urgroßvaters anzustarren. Daniel Page, der Begründer des »Lichts«, saß in steifer Pose, schwarz gekleidet, die Rechte unter den Aufschlag seines Gehrocks geschoben, die Stirn in die Linke gestützt, einen Zeigefinger ausgestreckt. Henrys überreizte Phantasie gaukelte ihm vor, im ernsten, gebietenden Gesicht einen Zug der Besorgnis zu entdecken. Eilends nahm er seinen Hut und ging aus dem Zimmer.

4

Das Flugzeug landete fahrplangemäß.

Smiths Uhr, ein Geschenk des Vereins Christlicher Jungmänner, zeigte 12 Uhr 45. Er stellte sie stets auf die Sekunde genau.

»Beide Koffer«, sagte er zum Träger. »Ein Wagen wartet. Der Name ist Smith. Harold Smith.«

Er hatte einen angenehmen Flug hinter sich, atmete die frische Luft in vollen Zügen und freute sich, wieder in Tynecastle zu sein. Ein eleganter schwarzer Daimler fuhr vor, von einem livrierten Chauffeur gelenkt. Smith ließ die Koffer im Gepäckraum verstauen, gab dem Träger ein halbes Pfund Trinkgeld, vermerkte den Betrag in seinem Ausgabenbuch und stieg ein, gefolgt von Leonard Nye.

»Ich war schon lange nicht hier«, sagte er, als sich der Wagen in Bewegung setzte. »Fünfzehn Jahre.«

Nye entzündete eine Zigarette – er war Kettenraucher, eine Gewohnheit, die nach Smiths Ansicht niemandem bekam – und erwiderte nach längerer Stille:

»Man hätte dich eigentlich mit Blasmusik empfangen sollen.«

Smith runzelte die Stirn, in einem Anflug von Ärger. Nye konnte zwar charmant sein, wenn es ihm darauf ankam, hatte aber eine böse Zunge. Smith war nicht erbaut, mit ihm arbeiten zu müssen, bemühte sich jedoch, über kleinere Beleidigungen hinwegzusehen. Schlaff und hochgewachsen, hielt er sich für »groß« in jeder Beziehung und pflegte zu sagen: »Mein Wahlspruch ist, in jedem das Beste zu suchen und mit meinen Mitmenschen auszukommen.« Davon abgesehen, hatte er heute allen Grund, mit sich und der Welt zufrieden zu sein. Er schwieg, während sie die Harcourt Street entlangfuhren, keine achthundert Meter von der armseligen Wohnung, wo seine Mutter gelitten und Opfer gebracht hatte, um ihm die Ausbildung zum beeideten Rechnungsprüfer zu ermöglichen. Als sie die Stadt verließen, beugte er sich vor und hakte das Sprechrohr los.

»Wie heißen Sie, mein Lieber?«

»Purvis, Sir.«

»Nein, nein. Mit dem Vornamen.« Auf freundschaftliches Verhältnis zu seinen Untergebenen legte Smith großen Wert.

»Fred, Sir.«

»Schön, Fred. Fahren Sie nicht direkt nach Hedleston, sondern die Abzweigung bei Bankwell über Utley.«

»Ein großer Umweg, Sir. Außerdem ist die Straße ziemlich schlecht.«

»Trotzdem, Fred.«

Smith war in seiner Heimat. Er hatte sich in London niemals wohl gefühlt, obwohl es ihm dort seit 1949, seiner Rückkehr aus Australien, nicht schlecht gegangen war. Wer wie Mr. Somerville ein schönes Haus in der Curzon Street und ein Gut vor den Toren der Stadt besaß, mochte das Londoner Leben vergnüglich finden. Muswell Hill dagegen, die Vorstadt, wo Smith hauste, war, besonders seit Minnie ihn verlassen hatte, kein angenehmer Aufenthaltsort ... Doch daran wollte er jetzt nicht denken, um so weniger, als mit Gottes Hilfe die Wendung zum Guten bevorstand.

Sie näherten sich Utley. Nye, die Augen halb geschlossen, vergrub den bloßen Kopf – Hüte waren ihm verhaßt – im aufgestellten Kragen seines Kamelhaarmantels. Er hatte am Vorabend gefeiert und mit Ausnahme der Essenszeit den ganzen Flug verschlafen. Smith musterte ihn insgeheim. Kein Zweifel, er sah gut aus: hohe Gestalt, dichtes kastanienbraunes Haar mit grauer Strähne, gepflegte Hände, dunkler Anzug von einem der besten Schneider, rehfarbene Weste aus feinster Shetlandwolle, einfache graue Krawatte mit schwarzer Perlnadel, Armbanduhr mit schmalem Band und ein Siegelring, dessen Wappen er sich kaltblütig aus *Burke's Peerage* angeeignet hatte – ein Dandy, aber ein hübscher, abgesehen von den wulstigen Lippen und den grünen, vorquellenden Augen, deren feines Faltennetz ihn älter erscheinen ließ als zweiunddreißig. Niemand hätte angesichts seines gewandten, selbstsicheren Benehmens, seiner wohldurchdachten Gleichgültigkeit, seiner kostspieligen Neigungen, seiner Sorglosigkeit in Geldsachen und seines täuschend echten Gehabens, keinerlei Sorgen zu haben, seine illegitime Abstammung vermutet, einen Makel, der Smith, dem guten Christen, nahezu unerträglich gewesen wäre. Dennoch mußte man ihm einiges zubilligen: zwar schwer zu behandeln und jeder echten Empfindung bar, machte er einen wohltuend erfahrenen, tüchtigen Eindruck. Das Gefühl, ihn in schwierigen Lagen zum Gefährten zu haben, war nicht zu verachten.

»Wach auf, Leonard! Wir sind auf der Höhe von Utley!«

Smith hätte den Wagen am liebsten halten lassen, besann sich aber, daß der Fahrer sein Interesse an diesem weltfernen Ort erstaunlich finden mochte. Leutseligkeit war schön und gut, aber man hatte Distanz zu wahren. Der Wagen holperte dahin. Das Tal wurde sichtbar. Eine große, offene Weite, mit Farnen und Heidekraut bedeckt, von niedrigen Steinmauern durchzogen. Typisches Moorland des Nordens.

»Da wären wir«, bemerkte er leise. »Hübsch wie eine Ansichtskarte. Zu denken, was sie damit anfangen werden . . . Rauchfänge und Fertighäuser noch und noch . . . ein Jammer.«

»Na, wennschon? Zu was anderem taugt diese Heide sowieso nicht. Außerdem ist es saukalt hier. Sag Frederick, er soll antauchen.«

»Es ist erst viertel zwei. Page erwartet uns nicht vor drei. Fahren wir zuerst ins Hotel.«

»Das übliche Provinzloch?«

»Ganz und gar nicht. Ein erstklassiges Hotel: der ›Rote Löwe‹.«

»Wenigstens etwas. Ich hab' so das Gefühl, die Sache wird länger dauern, als du glaubst.«

»Das kann sie ruhig. Seit Mighill nicht mehr mitbietet, ist es ein Kinderspiel.«

»Ich möchte wissen, warum er so rasch aufgegeben hat«, sagte Nye, plötzlich gedankenvoll. »Das paßt nicht zum alten Ithiel.«

»Seine neue Sonntagsillustrierte kostet zuviel. Wenn du dagegen an die Summe denkst, die uns zur Verfügung steht – da kommt er nicht mit.«

»So einfach ist das nicht. Mighill und Vernon würden einander am liebsten die Augen auskratzen. Außerdem ist Vernon auch nicht blendend bei Kasse.«

»Er hat uns aber eine hübsche Summe ausgesetzt.«

»Weißt du, warum?«

»Weil er das ›Licht‹ will.«

Nye betrachtete seinen Kollegen, als habe er etwas sehr Dummes gesagt.

»Weil er es braucht, meinst du wohl.«

Smith schwieg. Sie fuhren den Hügel hinab. Zu ihren Füßen glänzten die Schieferdächer Hedlestons in der regenreinen Luft, ein schmucker Hintergrund für die grüne Rathauskuppel und den schlanken grauen Turm der Markuskirche. Eine am Bahnhof abgestellte Lokomotive hißte ein weißes Rauchfähnchen.

»Da ist unsere Stadt«, bemerkte Smith. »Sie ist gar nicht so übel: Vollbeschäftigung und zwei gute Industrieanlagen. Die nordenglische Werkzeug-A.G. und Stricklands Schuhfabrik.«

Nye zeigte sich unbeeindruckt. Während sie der Stadt zufuhren, sparte er nicht mit spöttischen Bemerkungen. Smith mußte zugeben, daß sie mitunter äußerst unterhaltend waren. Trotzdem schwieg er, bis sie den »Roten Löwen« erreichten. Dann sagte er:

»Der Lunch im Flugzeug war eigentlich recht mager, findest du nicht, Leonard? Sollten wir nicht noch etwas essen?«

Nye betrachtete ihn mit unverhohlenem Spott. »Dein Hunger ist beachtlich, Smith! Pathologischen Ursprungs, wie? Weil dich die Welt als Kind zurückstieß?«

»Jetzt stößt sie mich jedenfalls nicht zurück.« Smith lächelte, war jedoch verletzt. Wie viele Menschen bescheidener Herkunft, die ihren Aufstieg harter Arbeit verdanken, war er stolz auf seine ärmlichen Familienverhältnisse. Außerdem stellte er sie gern einfacher dar, als sie tatsächlich waren.

Er ging zum Empfangspult, verlangte zwei gute Einzelzimmer und dazwischen einen Salon.

»Beabsichtigen die Herren, länger zu bleiben?«

Nye musterte den Portier.

»Vielleicht warten Sie's ab, mein Teurer? Wo ist in diesem Hotel die Bar?«

Er schlenderte davon. Smith suchte sein Zimmer auf. Es war sauber und roch nach Bodenwachs. Am Waschtisch hingen frische Handtücher, und als er das Bett probierte, sank die Matratze nicht ein. Er packte seinen Koffer aus, verstaute seine Anzüge säuberlich und stellte eine ledergerahmte Fotografie seiner Frau auf die Kommode. Der vergrößerte, mehrere Jahre alte Schnappschuß zeigte eine junge Frau von alltäglicher Hübschheit mit blutleerem Aussehen und erbaulicher Miene, die, sonntäglich herausgeputzt, in ihrer behandschuhten Hand eine Bibel hielt. Smith betrachtete das Bild zärtlich, warf einen prüfenden Blick in die Runde, nickte befriedigt – er war ein ordnungsliebender Mann –, klingelte und bestellte ein großes Schinkenbrot und ein Glas Milch. Daß Nye trank, beunruhigte ihn nicht. Leonard vertrug jede Menge, ohne es sich anmerken zu lassen. Er war gerissen, so viel stand fest, zu gerissen vielleicht. Smith beschloß, Mr. Somerville bei der nächsten Gelegenheit klarzumachen, daß er besser daran täte, die Leitung des gemeinsamen Unternehmens *ihm* zu übertragen.

Er aß seine Mahlzeit mit großen, genießerischen Bissen, wusch und frisierte sich, bürstete seinen Anzug, begutachtete sich im Spiegel und überdachte den Kurs, den er bei seiner Unterredung mit Page einzuschlagen beabsichtigte. Er wußte alle Zahlen, alle Einzelheiten auswendig – nicht umsonst hatte er sich während der letzten drei Wochen mit nichts anderem beschäftigt – und war zuversichtlich. Er kannte die Macht des Geldes. Selbst wenn der Kauf mißlang, standen die zu ergreifenden Maßnahmen fest. Das Chefbüro hatte sie in einer Reihe von Besprechungen ausgearbeitet. Smith, zwar kein Intellektueller, wie er zuweilen nicht ohne Selbstzufriedenheit bemerkte, wußte Bescheid, sobald es um Geschäfte ging.

Wie wäre es ihm anders möglich gewesen, die Katastrophe, die seine Laufbahn fast für immer beendet hätte, siegreich zu überwinden?

Nach dem Tod seiner Mutter hatte er beschlossen, sein Glück in den Kolonien zu suchen. Er schiffte sich auf der »Orestes« in Liverpool ein. Während der Überfahrt nach Melbourne freundete er sich mit Mr. Glendenning an, einem australischen Geschäftsmann, der, an Trockenmilch reich geworden, nebenbei andere Interessen hegte. So besaß er zum Beispiel mehrere Ranches, eine Abendzeitung - das »Echo« - sowie einen Strandklub - »Die Brandung« - in Bondi, unweit von Sydney. Am Vorabend der Ankunft beauftragte er Smith, nach Bondi zu fahren und die Finanzlage der »Brandung« zu klären.

Der junge Rechnungsprüfer fand den Klub heruntergewirtschaftet, die Bücher in fürchterlichem Zustand, den Direktor so unredlich, daß er den Neuankömmling sofort zu bestechen suchte. Smith wies das Geld entrüstet zurück und machte seine Sache so gut, daß Glendenning den Klub anderthalb Jahre später äußerst günstig verkaufen konnte. Zum Lohn versetzte er seinen Schützling in das Büro des »Echo«. Der Wunsch, vorwärtszukommen, verzehnfachte Smiths Eifer: nach drei Jahren war er Geschäftsführer der Zeitung und heiratete Minnie Langley, die Tochter eines Laienpredigers. Er hatte sie bei einem Picknick des Victoria-Christenbunds kennengelernt, einer Vereinigung, zu deren führenden Persönlichkeiten er nunmehr zählte.

Neun Jahre war er ein erfolgreicher Mitarbeiter des »Echo«. So stammte zum Beispiel der Gedanke von ihm, eine farbige Sonntagsbeilage einzuführen, die dem Blatt jährlich zwanzigtausend Pfund eintrug. Schon dachte er, die Teilhaberschaft würde nicht mehr lange auf sich warten lassen, als Glendenning starb. Das »Echo« wurde einer Gesellschaft verkauft, die das Konkurrenzblatt »Merkur« herausbrachte. Eine Woche später saß Smith auf der Straße, stellen- und aussichtslos.

Der Schlag traf Smith »in einer gewissen Weise«. Unfähig, sich seiner Niederlage ohne ein Gefühl tiefer Demütigung zu entsinnen, erwähnte er das Ereignis nie mit anderen Worten.

Wenige Monate später fuhr Smith mit seiner Frau nach Europa zurück. Vernon Somerville, der neue Besitzer der »Gazette«, zählte gleichfalls zu den Passagieren. Den hartgeprüften Smith dünkte es höhere Fügung, den schütteren Faden seines Schicksals mit Hilfe einer zweiten Schiffsbekanntschaft neu zu knüpfen. Somerville hielt sich abseits. Trotzdem gelang es Smith, ihn eines Abends auf dem Promenadedeck anzusprechen. Der Empfang war kühl, fast unhöflich. Als Smith jedoch in seiner wohlvorbereiteten Rede fortfuhr, betrachtete ihn der Geschäftsmann von der Seite, mit wachsender Neugier, lächelte seltsam, als habe er etwas entdeckt, das näherer Untersuchung bedürfe, und reichte dem Bittsteller seine Karte mit der Ermächtigung, ihn in London aufzusuchen.

Smith begann bei der »Gazette« in untergeordneter Stellung, vermochte aber seinen Posten während der nächsten sieben Jahre dank eisernem Fleiß zu verbessern. Nun war er der unmittelbare Untergebene Clarence Greeleys, des kommerziellen Direktors sämtlicher Somerville-Blätter, weshalb sich ihm die unbezahlbare Chance bot, das »Licht« zu übernehmen. Er war entschlossen, sie zu nützen.

Smith warf einen Blick auf die Uhr: Zeit, in die Halle zu gehen. Er richtete sich auf, schloß die Augen, faltete die Hände und betete um eine erfolgreiche Unterredung mit Henry Page. Dann ging er hinunter und fand Nye in der Bar, im Gespräch mit dem Mixer.

»Es ist fast drei. Ziehst du dich nicht um?«

»Wozu? Die Eingeborenen sollen mich lieben, wie ich bin.«

Und während sie das Hotel verließen, fügte er hinzu: »Ich habe dem Kerl einiges abgezapft. Page hat eine gesellschaftswütige Frau, anscheinend eine eingebildete Gans, eine halbwüchsige Tochter, die für ihr Leben gern tanzt, und einen mißratenen Sohn, der sich weigert, an der Zeitung mitzuarbeiten.«

»Das tut mir leid«, sagte Smith schlicht. »Ich hätte den jungen Mann gern behalten.«

Nye warf ihm einen sauren Blick zu.

»Ach, hör auf«, sagte er.

Fred legte die Hand an die Mütze und startete den Wagen in bestem Stil. Smith bemühte sich, ruhig zu bleiben. Als sie jedoch die Queen Street entlangfuhren, fühlte er, daß ihm an Nacken und Handflächen Schweiß ausbrach. Er schwitzte für gewöhnlich stark, und je näher die Unterredung kam, desto lebenswichtiger dünkte sie ihn. Nye stand über der Sache. Fünf Minuten später betraten sie das Zeitungsgebäude und wurden unverzüglich in Pages Büro geführt. Daß man sie nicht warten ließ, betrachtete Smith als gutes Zeichen.

5

Als die beiden Männer eintraten, entließ Henry Miß Moffatt, die die Abonnementscheine ablegte, und bot ihnen Platz an. Smith, der seine Aktentasche zwischen den Knien hielt, knöpfte den Mantel auf, musterte Page mit raschem Blick und war vom Besitzer des »Lichts« angenehm beeindruckt. Er sah einen ernsten, mittelgroßen Mann von ruhigem Gehaben, an der Schwelle jenes Alters, in dem die Mitte stärker, das Haar schütter zu werden beginnt. Aus seinen braunen Augen – Page trug einen Anzug gleicher Farbe – sprach Wärme, und die Linien um seine Augenwinkel zeugten von Gutmütigkeit und Verständnis. Erleichtert nahm Smith Platz, räusperte sich und kam nach kurzem, höflichem Geplauder taktvoll zur Sache.

»Mr. Page, darf ich vorausschicken, daß wir in der besten, freundlichsten Absicht an Sie herantreten. Sie kennen den Grund unseres Hierseins. Der Somerville-Ring interessiert sich ernsthaft für Ihre Zeitung.«

Henry schien zu überlegen.

»Warum? Das ist mir unverständlich.«

Smith hielt es nicht für seine Pflicht, den mit Projekt U.A. offenbar unvertrauten Page zu erleuchten. Er antwortete wahrheitsgetreu:

»Wir suchen neue Absatzgebiete. Außerdem kennen wir den Ruf Ihres Blattes.«

»Und halten ihn für gut?«

»Jawohl, Sir.« Eine ideale Gelegenheit, Komplimente zu machen. »Wir betrachten das ›Licht‹ als erstrangig in seiner Kategorie.«

»Warum soll ich es dann verkaufen?«

»Das will ich Ihnen sagen, Mr. Page.« Smith neigte sich vor, sprach langsam und mit Nachdruck. »Dank außergewöhnlichen Umständen konnten Sie die Konkurrenz der großen Londoner Tageszeitungen bis jetzt ignorieren. Aber das wird sich ändern.«

»Dieser Ansicht bin ich nicht. Wir behaupten uns nicht nur, sondern verbessern unsere Position stetig. Unsere letzte Aufstellung zeigt einen Zuwachs von viertausend im Vergleich zum Vorjahr. Unsere Auflage beträgt achtzigtausend, wogegen ich bezweifle, daß Sie in diesem Gebiet mehr als neuntausend Exemplare Ihrer ›Gazette‹ absetzen. Und was Mighills ›Globus‹ betrifft, so ging der Großteil der kaum siebentausend, die er heraussandte, unverkauft zurück.«

»Zugegeben, Mr. Page. Wir kennen Ihre Verdienste und es liegt uns fern, Ihren Erfolg schmälern zu wollen. Aber die Zeiten ändern sich. Die Konkurrenz wird schärfer. Denken Sie an den ungeheuren technischen Fortschritt, an die verbesserten Transportmöglichkeiten dank Sonderzügen und Sonderflugzeugen. Bedenken Sie vor allem, daß wir fest entschlossen sind, unseren Aktionsradius zu vergrößern. Unabhängige Zeitungen wie Ihre gibt es in der Provinz kaum mehr ein halbes Dutzend. Und das wird in zwei bis drei Jahren aufgesogen sein, das verspreche ich Ihnen.«

»Mag sein. Aber nicht das ›Licht‹.«

»Natürlich sind Sie zuversichtlich, Mr. Page. Ich will auch keine alten Geschichten aufwärmen, aber vielleicht erinnern Sie sich an das Jahr, wo in Mittelengland allein fünf Provinzzeitungen von der Bildfläche verschwanden –«

»– und hunderte Arbeiter, mehr als hundert Journalisten über Nacht brotlos wurden.«

»Ganz recht, Sir. Nehmen Sie Hanbridge, zum Beispiel. Noch vor drei Jahren gab es dort eine Morgen-, eine Abend- und eine Wochenzeitung. Jetzt gibt's nur mehr eine Abendzeitung, und die hat den Besitzer gewechselt.«

»Hanbridge ist nicht Hedleston.«

»Mr. Page, haben Sie Geduld und Sie werden sehen, daß ich ganz und gar auf Ihrer Seite bin. Erinnern Sie sich an die Sache mit dem ›Westbulletin‹?«

»Nur zu gut. Der Fall war eine Schande.«

»Dann wissen Sie natürlich auch, daß Jotham dafür verantwortlich war, nicht wir. Eine traurige Geschichte! Eine kleine Zeitung sucht gegen eine große, reiche Londoner Organisation aufzukommen, zahllose Leute verlieren ihre Posten, die kleinen Aktionäre ihr Geld, und warum? Weil man es ganz zu Beginn an einem Minimum gesunden Verstands fehlen ließ. Kein vernünftiger Mensch möchte so etwas zum zweitenmal erleben!«

Henry blickte unverwandt auf Smith, der befürchtete, zu weit gegangen zu sein.

»Ist das eine Drohung?«

»Aber, lieber Mr. Page!« versicherte Smith eilends, »nichts wäre verfehlter! Ich möchte Ihnen nur klarmachen, wie günstig die Gelegenheit ist, die sich Ihnen bietet. Darf ich um Ihre Aufmerksamkeit bitten?« Er öffnete seine Aktentasche, entnahm ihr ein Bündel Papiere und überflog die Zahlen, die er während der drei letzten Wochen zusammengestellt hatte, unter Benutzung verschiedenster Quellen. Sie bezifferten Liegenschaften, Maschinen, Verbreitung und Ansehen des Blattes sowie einige andere Aktivposten. Smith sagte: »Wir schätzen den Gesamtbesitz auf fünfundsiebzigtausend Pfund. Selbstverständlich war unser erstes Angebot nur vorfühlend gedacht. Ich bin nunmehr ermächtigt, Ihnen für das ›Licht‹ hunderttausend zu bieten.«

Henry antwortete nicht sogleich. Er blickte von einem zum andern. Smith war überzeugt, daß er annehmen würde. Endlich sagte er in beherrschtem Ton:

»Ich habe nichts gegen Sie, meine Herren. Sie tun nur, was man Ihnen aufgetragen hat. Aber vielleicht überdenken Sie einmal die Lage der heutigen Presse: ein paar mächtige Trusts, rücksichtslos darauf aus, ihren Einfluß zu vergrößern, greifen nach jeder Zeitung, die ihnen in die Augen sticht, und zwar mit keinem edleren Ziel als dem, ihre Auflagenziffer zu erhöhen und die Konkurrenz nach allen Regeln der heute üblichen mörderischen Kampfmethoden zu übertrumpfen.«

Smith wollte unterbrechen, aber Henry fuhr fort:

»Wir alle kennen die Macht der Presse, zum Guten wie zum Bösen. Sie ist unermeßlich, kann einen Menschen berühmt machen oder zugrunde richten, Regierungen schaffen oder stürzen, kann sogar, der Himmel möge es verhüten, Krieg anzetteln. Gewisse Blätter, deren ungeheure Auflage das Land überflutet, nützen diese Macht zu unwürdigen Zwecken, verantwortungs- und rücksichtslos. Das ist heute der Fluch unseres Landes. Das kann morgen sein Ende sein.«

Während Page sprach, war Nye immer unwilliger geworden, hielt sich aber zurück. Erstens ging ihn die finanzielle Seite nichts an, zweitens rechnete er nicht damit, daß Page gutwillig verkaufen würde. Er saß lässig in seinem Fauteuil, den Mantelkragen aufgestellt, mit unbeteiligter Miene. Jetzt aber schaltete er sich in das Gespräch ein: »Ihr blütenweißes Produkt hat mit so viel Ruchlosigkeit natürlich nichts zu tun?«

»Nichts«, erwiderte Page ruhig. »In begrenztem Rahmen folgt es dem Vorbild jener großen Zeitungen, die ihren Grundsätzen treu blieben, das Volk zu leiten, zu bilden und zu denkenden Bürgern zu erziehen suchten, und nicht zu einer blöden, skandal- und sensationslüsternen Masse. Vom Buhlen um die niedrigsten Instinkte ganz zu schweigen.«

»Sie scheinen für die ›niedrigen Instinkte‹ nicht viel übrig zu haben.«

»Nicht, wenn man Tag für Tag Mädchen in Bikini und Büstenhalter serviert bekommt.«

»Aber, meine Herren!« warf Smith hastig ein, bemüht, die Wogen der Erregung zu glätten. »Zu einem Streit besteht wirklich nicht die geringste Veranlassung.«

Aber Nye hatte sich aufgerichtet.

»Vielleicht darf ich Ihnen sagen«, begann er mit geringschätzigem Lächeln, »da diese Tatsache in Ihren keuschen Erdenwinkel noch nicht vorgedrungen zu sein scheint, daß manche unserer Zeitgenossen gegen Puppen in Bikinis durchaus nichts einzuwenden haben, ja, daß sie sogar davon träumen, mit ihnen zu schlafen, anstatt mit ihrer fetten Frau. Geld und Bett – darum dreht sich alles, das sind die beiden Ziele der menschlichen Rasse. Warum wollen Sie das nicht wahrhaben? Nichts bringt eine Zeitung besser an den Mann als ein handfester Ehebruch. Das sollten Sie wissen. Warum gönnen Sie den Leuten nicht die Freude? Was, glauben Sie, will der Arbeiter um sechs beim Frühstück, an einem nebligen Morgen? Ihr salbungsvolles Gepredige, oder die gepfefferte Kost der ›Gazette‹? Die ›Gazette‹ natürlich.«

»Was Sie nicht sagen! Und Sie ermuntern ihn so wie vorigen Montag, nicht wahr, mit drei blutverschmierten Leichen?« Page war blaß geworden. Seine Halsschlagader pochte. Dennoch fuhr er gemessen fort, nachdem er einige Zeitungsausschnitte aus seinem Pult genommen hatte. »Sie erwiesen mir die Ehre, über meine Zeitung Nachforschungen anzustellen. Ich habe meinerseits während der letzten vier Tage Ausschnitte aus Ihrer gesammelt. Hier einige Ihrer Schlagzeilen: MONTMARTRE-NACKTTÄNZERINNEN VERFÜHREN EINSAME TOURISTEN. ERRÖTENDE BRAUT ALS BIGAMISTIN ENTLARVT. ELEGANTE HALBSTARKE LASSEN SICH DAUERWELLEN. STRIP-TEASE-TÄNZERIN GEHT INS KLOSTER. SECHZIGJÄHRIGE BRINGT ZWILLINGE ZUR WELT. ÜBERFALLENE KRANKENSCHWESTER UNVERLETZT – WIESO? AMOKLAUF EINES IRREN. WEISSE HAREMSKLAVINNEN. KICHERNDE BLONDINE VERFÜHRT

KÖNIG. UNBEFLECKTE EMPFÄNGNIS, SAGT LEDIGE MUTTER. ICH HATTE NIE EINEN LIEBHABER, BEHAUPTET MISS TOMPKINS. MANN WIRD FRAU. Ich will Ihren gemeingefährlichen Mist nicht länger ausbreiten. Aber eines sage ich Ihnen: selbst wenn mir das Wasser bis zum Hals stünde, würde ich meine Zeitung nie der ›Gazette‹ verkaufen.«

»Aber, Mr. Page!« Smith, der auf der äußersten Kante seines Sessels saß, war besorgt. »Übereilen Sie nichts! Überlegen Sie ein paar Tage!«

»Nein. Meine Antwort ist endgültig.«

»Dann werden wir dafür sorgen müssen, daß Sie Konkurrenz kriegen«, sagte Nye. »Und zwar vom schwersten Kaliber.«

»Ich glaube, Sie machen einen Fehler, Mr. Page.« Smith warf Nye einen Blick zu, ein verspäteter Versuch, ihn zum Schweigen zu bringen. »Wir sind fest entschlossen, hier Fuß zu fassen, unter Anwendung fairer, allgemein üblicher Geschäftsmethoden. Wir machen Ihnen ein großzügiges Angebot. Sie schlagen es aus. Was bleibt uns übrig, als eine Gegenzeitung zu gründen? Wir leben in einem freien Land. Sie werden zugeben, daß wir das Recht haben, uns hier zu etablieren.«

»Das Recht haben Sie.« Henry sprach langsamer als zuvor. »Aber Sie werden nichts ausrichten. Erstens ist die Bevölkerung nicht groß genug, um zwei Blätter zu erhalten. Zweitens ist das ›Licht‹ hier so fest verankert, daß Sie es nicht verdrängen werden. Sind Sie sich darüber im klaren, daß mein Blatt 1769 gegründet wurde, von Daniel Page, dem Mitstreiter Wilkes' im Kampf für Pressefreiheit und das Recht, Parlamentsprotokolle zu drucken? Daß James Page, mein Urgroßvater, gegen die Zeitungssteuer – Bildungssteuer nannte er sie – zu Felde zog und dafür vor Gericht kam? Nein, nein, Sie werden sich hier niemals durchsetzen. Ich rate Ihnen, es gar nicht zu versuchen.«

»Abwarten«, sagte Nye. »Wenn Sie wetten wollen, wette ich zwei zu eins, daß Sie in anderthalb Jahren zusperren.«

»Ich wette nicht. Außerdem können Sie mich nicht schrecken, Sie werden hier keine Zeitung aus dem Boden stampfen.«

»Da irren Sie, Mr. Page«, bemerkte Smith. »Das muß ich Ihnen leider sagen. Wir verfügen über Mittel, von denen Sie nichts ahnen dürften. Lassen Sie sich umstimmen! Ich bitte Sie!«

»Nein.« Henry schüttelte den Kopf.

Stille. Endlich erhob sich Smith, mit einem tiefen Seufzer.

»Es schmerzt mich, daß wir kein Einvernehmen erzielen konnten und einander nun als Gegner zu betrachten haben, denn – wenn Sie mir die Bemerkung gestatten – ich schätze und respektiere Sie, wiewohl unsere Unterredung nur kurz war. Ich verspreche Ihnen, daß unsere Konkurrenz eine offene und ehrliche sein wird. Darf ich Ihnen darauf die Hand geben, Sir?«

Smith streckte die Hand aus und schüttelte Pages dargebotene Rechte mit festem Griff. Nye verzichtete natürlich auf derartige Höflichkeiten, entzündete eine Zigarette, warf das abgebrannte Streichholz in den Papierkorb und verließ als erster den Raum.

Als sie im Auto saßen, stieß er ein paar gewählte Flüche aus.

»Ich sagte dir ja, er würde nicht verkaufen.«

»Du warst überhaupt keine Hilfe«, sagte Smith scharf. »Du hast ihn nur aufgebracht.«

»Er hätte auf keinen Fall verkauft. Er ist ein verbohrter alter Esel und wird nie nachgeben. Dazu ist er zu eitel und zu sentimental. Wir müssen ihn anders kleinkriegen. Scheinheiliger Phrasendrescher! Dienst am Leser! Daß ich nicht lache. Und sein Büro? Gut für die Steinzeit. Kein Lift in der ganzen Bude. Hast du die Alte im Hintergrund gesehen? Hamlets Mutter! Und die bärtigen Ahnen an der Wand? Die vergilbte Lithographie über dem Schreibtisch? ›Die Eröffnung des Manchesterkanals, 1894‹ . . .«

Smith ließ ihn ausreden. Er verfolgte seine eigenen Gedanken, enttäuscht, aber nicht entmutigt. Statt raschen Erfolges standen ihm nun Monate harter Arbeit, schwerster Verantwortung bevor. Allerdings eine einmalige Gelegenheit, Somerville seine Tüchtigkeit zu beweisen.

Im Hotel angelangt, betrat Smith eine Telefonzelle, rief das Chefbüro an und erstattete Mr. Greeley Bericht, seinem unmittelbaren Vorgesetzten. Nach einer langen Unterredung, in deren Verlauf die bereits erhaltenen Anweisungen bestätigt wurden, gesellte er sich wieder zu Nye.

»Weitermachen, wie vorgesehen. Sorg dich nicht; es wird vielleicht länger dauern, aber wir bringen die Sache schon hin.«

»Wir?« sagte Nye. »Von jetzt an sind wir Marionetten. Die Fäden zieht London. Wir dürfen nur alles ausbaden.«

»Nein. Wir sind unabhängig. Greeley sagte es eben.«

»Wie du meinst. Aber Gott helfe uns, wenn wir versagen.«

Smith warf einen Blick auf die Uhr. Vier vorbei. Er hatte gute Lust, sich zu einem starken schottischen Tee zu setzen. Doch es war keine Zeit zu verlieren.

»Fahren wir sofort nach Moosburn. Je früher wir das Angebot machen, desto besser!«

6

Bald nachdem Smith und Nye gegangen waren, verließ Henry das Büro und fuhr nach Hause. Seine Frau und Dorothy waren nicht daheim: sie sahen sich mit Mrs. Bard den neuen Film im Odeon an, teilte ihm Hannah mit. Henry setzte sich zu Tisch, um den Schein zu wahren, aß aber so gut wie nichts. Dann suchte er sein Arbeitszimmer auf, eine ehemalige Mansarde, deren Fenster auf den rückwärtigen Rasen hinausgingen. Dort, wo er seine Bücher und sein Staffordporzellan aufbewahrte, verbrachte er den Abend, erwog, was vorgefallen war, und trachtete sich bei aller Niedergeschlagenheit einer Lage anzupassen, die den gleichmäßigen Rhythmus seines

Lebens beenden und, im besten Fall, unsichere Zukunft bedeuten mußte. Er versuchte sich einzureden, die Ankündigung, ein Konkurrenzblatt zu gründen, sei eine leere Drohung. Doch nein, er wußte, es war bitterer Ernst. Der ältere, Smith, der die Verhandlungen geführt hatte, ein schwerfälliger Dutzendmensch mit bedächtigem Vollmondgesicht, schien nicht unvernünftig, wenn auch nicht besonders intelligent, jedoch brauchbar und, von einer gewissen Selbstzufriedenheit abgesehen, anständig und guten Glaubens. Der Gesamteindruck war nicht ungünstig. Leider schien der andere viel gefährlicher zu sein. Glatt, aber gewitzt, mit scharfer Zunge und verschleiertem, forschendem Blick, lebte er offenbar von der Hand in den Mund und nahm, was der Augenblick brachte. Instinktiv ahnte Henry in ihm den stärkeren, klügeren, den Feind, der zu fürchten war.

Die Erkenntnis, an Furcht gedacht zu haben, traf ihn wie ein Schlag. Gleichzeitig fand er den Gedanken so abwegig, daß er übergangslos zu einer ruhigeren, ausgeglicheneren Haltung fand. Seine Sorgen schienen ihm übertrieben, sein Ausblick klärte sich. Das »Licht« war sicher verankert, genoß die Unterstützung, ja, er durfte sagen, die Liebe der Stadt. Wie sollte es von einem dahergelaufenen Revolverblatt verdrängt werden, das noch dazu von einem der übelsten Londoner Schundblätter finanziert wurde? Seine Zeitung hatte andere Krisen überstanden. Sie würde auch aus dieser siegreich hervorgehen.

Als Henry am nächsten Morgen sein Büro betrat, guter Dinge, rechnete er mit jeder Möglichkeit. Er blieb nicht lange im Zweifel. Kaum hatte ihn Moffatt begrüßt, zückte sie einen verschmierten, druckfeuchten Flugzettel vom üblichen Reklameformat und sagte:

»Sie haben das ›Moosburner Journal‹ gekauft.«

Diese Möglichkeit hätte er voraussehen können. In Moosburn, keine zwanzig Kilometer entfernt, hatte sich Herbert Rickaby, der ältliche Besitzer des »Journal«, seit langem bemüht, seine Wochenzeitschrift zu verkaufen. Sie versorgte das Landwirtschaftsgebiet, in dem sie erschien, mit Lokalnachrichten. Ein begrenztes Feld, soviel stand fest - aber die Vorbedingungen sofortiger Tätigkeit und Verbreitung. Henry überflog den Zettel. Er meldete den Kauf und kündigte an, daß die Zeitung in Hinkunft unter dem Titel »Neues Journal« täglich erscheinen und in Hedleston und Umgebung zum Verkauf gelangen würde. Dann folgte eine übertriebene Anpreisung der zu erwartenden Herrlichkeiten.

Moffatt beobachtete ihn.

»Ein halbes Dutzend Leute von der Stellenvermittlung verteilt die Zettel zu Hunderten. Und vor dem Bahnhof marschiert ein ganzes Regiment Sandwichmänner.«

»Gut«, sagte Page. »Wenigstens wissen wir, woran wir sind.«

Schon wollte er seine Mitarbeiter zusammenrufen und eine Art Rede halten, aber die widerwärtige Theatralik des Gedankens mißfiel ihm so sehr, daß er ihn sofort fallen ließ. Er wartete bis zehn. Dann ging er wie üblich zur Redaktionssitzung. Die fünf Abteilungsleiter waren bereits versammelt. Als er eintrat, verstummten sie so jäh, daß er lächeln mußte, obwohl ihm durchaus nicht froh zumute war.

»Es scheint, meine Herren, wir haben Widerstand zu erwarten. Ich nehme an, Sie haben das gesehen.« Er zeigte den Flugzettel.

»Und ob!« sagte Horace Balmer, der Inseratenwerber. »Überall! Sogar auf den Planken der ›Halley Brothers‹! Nach all der Reklame, die wir für sie gemacht haben! Es ist eine Schande.«

»Somervilles Geld ist nicht schlechter als unseres«, sagte Maitland roh. »Und offenbar scheint er es ausgeben zu wollen.«

»Wieviel sie wohl Rickaby gezahlt haben?« überlegte Poole. Da niemand antwortete, setzte er hinzu: »Fast nichts, wahrscheinlich. Der Alte war ja darauf versessen, zu verkaufen.«

»Wie sie mit dieser Druckerei auskommen wollen, ist mir ein Rätsel.« Balmer zuckte so heftig die Achseln, daß seine steifen, mit massiven Knöpfen beschwerten Manschetten über die Handgelenke rutschten. »Eine einzige Stoppzylinderpresse! Die Auflage war nie höher als sechstausend.«

»Die kommen schon zurecht, nur keine Sorge!« Lediglich Maitland schien die Sache mit dem nötigen Ernst zu behandeln. Die anderen standen dem Vorfall erstaunt, neugierig, ja sogar etwas spöttisch gegenüber, ohne die geringste Beunruhigung. Er fuhr fort: »Und wenn ihr glaubt, daß sie das Blatt weiterführen werden wie bisher, mit Viehpreisen, Wetterberichten und den Aussichten für die Kartoffel- und Rübenernte, seid ihr schwer im Irrtum.«

»Malcolm hat recht«, sagte Henry. »Wir haben einen harten Kampf zu erwarten. Die Leute werden alle Spezialspalten der ›Gazette‹ bringen, gleichgeschaltete Artikel, exklusive Auslandsberichte, alles, was ihnen das Londoner Büro vorschreibt. Davon abgesehen, werden sie die Lokalereignisse aufbauschen und vor nichts haltmachen, um ihre Auflagenziffer zu erhöhen. Ich glaube, sie werden keinen Erfolg haben. Ich gehe sogar so weit zu sagen, sie dürfen keinen Erfolg haben. Aber trotzdem müssen wir auf der Hut sein – mehr denn je. Darum bin ich für jeglichen Vorschlag dankbar.«

Er ließ den Blick um den Tisch schweifen. Poole, der Sportredakteur, die Hände in den Taschen, die langen Beine ausgestreckt, wollte offenbar etwas sagen. Groß und schlaksig, mit rötlichem aufgezwirbeltem Schnurrbart und gereiztem Gehaben, beides Überreste aus seiner Militärzeit, hatte er eine fixe Idee entwickelt: körperliche Ertüchtigung. Er stand jeden Morgen um sechs Uhr auf und lief sieben bis zehn Kilometer, Stoppuhr in der Hand. Poole war nicht leicht zu behandeln. Wie viele ehemalige Offiziere neigte er dazu, sich von der Nachkriegswelt übergangen zu glauben, einer jener aufgebrachten jungen Männer, die jedem Vorwürfe machen, außer sich selbst. Henry kannte seine gefühlsbetonte Anmaßung, mochte ihn aber trotzdem gut leiden. Er schätzte die unbedingte Verläßlichkeit des Mannes. Nun sagte Poole in seiner herausfordernden Art:

»Ich glaube, wir sollten sie mit ihren eigenen Waffen schlagen. Die Zeitung ein bißchen herausputzen. Eine Prise Salz kann nicht schaden.«

»Das möchte ich bezweifeln«, sagte Henry. »Der Charakter des ›Lichts‹ muß gewahrt bleiben, jetzt mehr denn je. Wir stehen und fallen mit dem, was wir sind.«

Die anderen murmelten zustimmend.

»Trotzdem – ich sage das nicht, weil's mein Ressort ist – aber die Leser interessieren sich nun mal für Sport. An manchen Tagen kriegen sie nur ein paar Spalten. Wie wär's mit ausführlichen Berichten über die Nordligaspiele und die Boxkämpfe in Tynecastle? Und mehr Rennberichten?«

»Das bringt uns keine Inserate«, gab Balmer zu bedenken.

»Die andern werden es tun.«

»Wenn wir auf ihr Niveau herabsinken«, sagte Maitland plötzlich, »haben wir ausgespielt.«

»Schon gut, schon gut«, knurrte Poole und setzte halblaut hinzu: »Etwas Paprika könnten wir ruhig vertragen.«

»Würde eine Samstag-Bildbeilage Zustimmung finden?« Dieser Vorschlag stammte von Lawrence Hadley, einem kleinen dicken Fünfziger mit rosig schimmernder Glatze, der sich stets zu entschuldigen schien und die Bildabteilung so unauffällig leitete, daß man ihn erst bemerkte, wenn er beim jährlichen Picknick mit seiner Stativkamera auftauchte, um »Gruppenbilder« zu machen.

Maitland lachte auf.

»Wenn jeder die Sache von seiner eigenen Warte betrachtet, kommen wir nie weiter.«

»Es war nur ein Vorschlag«, murmelte Hadley.

»Ja, Lawrence«, besänftigte Page. »Vielleicht ein andermal.«

Nach kurzer Stille ergriff Maitland wieder das Wort, den Kopf so tief gesenkt, daß sein breites, ziegelrotes, großporiges Gesicht fast die Brust berührte, zerrte an seiner Unterlippe und sagte:

»Ich sehe die Sache folgendermaßen und weiß aus Erfahrung, daß sie sich so verhält: irgend jemand bei dieser Gazette, wahrscheinlich Somerville persönlich, bildet sich plötzlich ein, das ›Licht‹ kriegen zu müssen, und zwar aus einem ganz bestimmten Grund . . . Nun überlassen diese großen Organisationen nichts dem Zufall, nicht das geringste. Alles wird zu einer Geldfrage. Man legt die Pläne fest, setzt ein Zeitlimit, wählt die geeigneten Männer und – das ist das Wichtigste – stellt eine gewisse Summe zur Verfügung. Dieser Betrag wird bis zum letzten Penny verausgabt. Dann aber, und darauf kommt's an, steckt man keinen Heller mehr hinein. Geht der Plan schief, wird er fallengelassen, abgehackt wie ein toter Ast, und wer ihn verpatzt hat, fliegt hinaus. Darum brauchen wir nur den Kopf oben zu behalten, stillzusitzen, die Zähne zusammenzubeißen und die Zeitung herauszubringen, als sei nichts geschehen. Vielleicht werden sie uns schaden. Aber wenn, so kostet es sie eine Stange Geld. Ich möchte nicht schätzen, wie lange es dauern wird. Aber früher oder später, in ein- bis anderthalb Jahren, wenn wir Glück haben, sind unsere Freunde bankrott, brechen ihre Zelte ab und verschwinden in aller Stille.«

Es tat Page wohl, die Lage so ruhig und nüchtern umrissen zu hören, noch dazu von Maitland. Er nickte zustimmend und sagte:

»Eines noch: wie sollen wir uns verhalten? Sie nicht zur Kenntnis nehmen. Das wäre das beste, glaube ich.«

»Genau.« Maitland nickte. »Tun, als ob sie Luft wären.«

»Sollten wir ihnen nicht einen Reporter auf den Hals hetzen?« fragte Poole. »Man sollte wissen, was sie treiben. Die beobachten uns sicher.«

Der Gedanke gefiel Henry nur mäßig, erinnerte ihn in peinlicher Weise an Spitzelei. Außerdem – hatte Smith nicht versichert, daß sie sich fairer Mittel bedienen würden? »Lassen wir das einstweilen.«

»Nur keine Angst, wir werden schon von ihnen hören«, sagte Maitland trocken, als man auseinanderging. »Wartet die Erstausgabe ab.«

Diesem Ereignis sahen alle Mitarbeiter des »Licht« während der nächsten Tage mit wachsender Spannung entgegen. Erst bei Erscheinen der Zeitung würde man wissen, woran man war. An Gerüchten mangelte es nicht. Nye setzte sie in Umlauf, erfand immer neue, rührte die Werbetrommel und versäumte keine Gelegenheit, die Schnelle und Wirksamkeit seiner Maßnahmen hervorzuheben.

Ein umfangreicher Redaktionsstab, darunter Tina Tingle, eine Journalistin, deren Frauenartikel im ganzen Land bekannt waren, traf aus London ein und machte sich unverzüglich auf Wohnungssuche, sowohl in Hedleston als auch in Moosburn.

Dieser Ankunft folgte eine neuerliche Reklameflut. Plakate an Planken und Wänden, dann, am 16. März, ein Umzug von Sandwichmännern, deren Tafeln die weithin sichtbare Aufschrift trugen:

ACHTUNG, HEDLESTON! DAS NEUE JOURNAL MONTAG ZUR STELLE!

Henry verbrachte ein unruhiges Wochenende. Es regnete in Strömen, und der graue, triefende Himmel entsprach seinem Gemütszustand. Page litt oft unter Schlaflosigkeit. Um so begreiflicher, daß er diesmal kaum fünf Stunden Ruhe fand. Endlich wurde es Montag. Während er ins Büro fuhr, durchforschte er die Straßen mit gespannter Unruhe nach Anzeichen außergewöhnlicher Geschäftigkeit. Er schaute nicht umsonst aus: gegenüber dem Nordbankgebäude versorgte ein hellgelbes, funkelnagelneues »Journal«-Auto einige Zeitungsjungen. Henry erstieg die Stufen des »Licht«-Gebäudes und fühlte, daß sein Herz zu hämmern begann. Moffatt hatte das Journal, das wußte er. Und da lag es auch schon auf seinem Schreibtisch, neben der Vase, die sie allwöchentlich mit frischen Blumen aus ihrem Garten füllte. Er überflog es mit raschem, fast verstohlenem Blick. Dann hielt er den Atem an.

Ein Plutonium-Trennapparat, schreiend futuristisch

gezeichnet, nahm die halbe Titelseite ein. Darunter stand auf rot-weißem Grund, in fünf Zentimeter hoher Schrift:

ATOMANLAGE FÜR HEDLESTON! BAU EINES ATOMZENTRUMS IN UTLEY GEPLANT!

Ein großes neues Atomzentrum nebst Siedlungskomplexen soll auf dem Moorgebiet von Utley entstehen, in nächster Nähe Hedlestons. Mit Stolz bringt das »Journal« seinen Lesern in seiner ersten Ausgabe diese wichtige, von einem prominenten Mitglied der Atombehörde bekanntgegebene Exklusivmeldung. Es steht außer Zweifel, daß sich das bisher streng gehütete Geheimnis, von seiner nationalen Bedeutung abgesehen, für Wohlfahrt und Wirtschaft des Distrikts überaus günstig auswirken wird ... Henry blickte hilflos auf Moffatt. Das war tatsächlich eine Neuigkeit, eine der wichtigsten Lokalnachrichten der letzten fünfzig Jahre. Nicht genug, daß sie ihm entgangen war – die anderen hatten sie gedruckt!

Jetzt war die Sache sonnenklar. Somerville wußte seit langem um das Projekt und seine ungeheuren wirtschaftlichen Möglichkeiten für Hedleston und Umgebung. Darum wollte er das »Licht« kaufen, darum, und nicht, wie Page sich zu glauben gestattet hatte, weil er die Zeitung für besonders gut hielt! Der zu erwartenden Bevölkerungs- und Wohlstandserhöhung gewahr, hatte ihn sein Mißerfolg bei Page nicht abgeschreckt. Er würde sich auf jeden Fall durchsetzen. Zweifellos handelte es sich um eine Geheiminformation. Trotzdem hatte Somerville keine Sekunde gezögert, sie im richtigen Moment zu drucken – ein Hieb für das »Licht«, der saß.

Henry dachte an seine eigene Schlagzeile: ein Bericht über die landwirtschaftliche Frühjahrsausstellung in Wooton, ein Ereignis von Bedeutung, gewiß, aber wie jämmerlich im Vergleich zu diesem! Und im durchbohrenden Gefühl dieser schmerzlichen Überlegungen, empfand er die unbekannte, listenreiche Macht, die sich hinter dieser wohlausgewogenen Strategie verbarg, erstmals in ihrer ganzen gefährlichen Schwere.

Es klopfte.

»Herein.«

Der junge Lewis trat ein, zerknirscht und niedergeschlagen.

»Es tut mir leid, Sir, in der U.A.-Sache versagt zu haben. Hätte ich geahnt, daß ›U‹ Utley bedeutet –.«

Page verlor selten die Beherrschung. Er mochte Bob Lewis, einen begabten, fleißigen Jungen, der dieselbe Volksschule besucht hatte wie Dorothy und sie von Zeit zu Zeit ins Kino führte. In diesem Augenblick aber dünkte ihn die Unerfahrenheit des kaum flüggen Reporters die Versinnbildlichung der unzulänglichen Hilfsmittel des »Licht«. In einer Aufwallung plötzlichen Zorns erteilte er Lewis einen scharfen Verweis und schickte ihn fort. Dann riß er sich zusammen und wandte sich Moffatt zu.

Sie tat, als erwarte sie sein Diktat. In Wirklichkeit aber beobachtete, bewertete und verglich sie ihn mit seinem angebeteten Vater, dem Mann, für den sie freudig geschuftet hatte. Natürlich wäre er nie in eine derartige Zwangslage geraten.

»Bob kann nichts dafür«, sagte sie. »Er hat keine Beziehungen zur Atombehörde.«

Page bedauerte sein Vorgehen längst. Trotzdem nahm er ihre Bemerkung nicht zur Kenntnis.

»Ich möchte wissen, wieviel Stück davon –«, er brachte es nicht über sich, den Namen »Journal« auszusprechen –, »verkauft wurden. Mr. Maitland soll einen Reporter schicken.«

»Nicht nötig. Fenwicks Bericht kam vor einer Viertelstunde. Verkauft wurde kein einziges Blatt.«

»Was?«

»Zehntausend kamen um sechs Uhr früh. Weitere zehntausend sind um neun Uhr fällig. Alle umsonst. Sie wollen Leser – jetzt haben sie sie.«

Stille senkte sich über den Raum. Endlich sagte Henry mit fester Stimme:

»Schlechter Anfang, gutes Ende. An die Arbeit.«

Als er zu seinem Schreibtisch ging, hörte er den alten Tom Gourlay das »Licht« ausrufen. Seit Robert Pages

Zeiten hatte der blinde Zeitungsverkäufer seinen Stand vor dem »Licht«-Gebäude. Heute aber klang der Ruf einsam und schwach.

7

Die Bombe des ersten »Journal« richtete weniger Schaden an, als Henry gefürchtet hatte. Die Neuigkeit mißfiel den Stadtbewohnern, selbst wenn sie gegen ihre Aufmachung nichts einzuwenden hatten. Von einigen Geschäftsleuten abgesehen, war niemand an einem Atommeiler in nächster Nähe Hedlestons noch an einer Siedlung in Utley interessiert, deren unvermeidliches Anwachsen die Schönheit der Moorlandschaft beeinträchtigen mußte. Wenige Tage später teilte der Parlaments-Untersekretär mit, daß man die Arbeit nicht vor kommendem Januar aufzunehmen gedachte, und die marktschreierisch angekündigte Sensation schien zu verpuffen.

Dennoch stand das »Licht« unter stetig wachsendem Druck. Die Gegner entwickelten fieberhafte Tätigkeit. Nie hätte Henry gedacht, daß eine britische Zeitung so viele faule Tricks anwenden würde, um ihre Auflagenziffer zu erhöhen. Es gab »Glückstage«, wo gewisse Exemplare den Gewinner zum freien Bezug von Besteck, Porzellan und Haushaltsartikeln berechtigten, Freiflüge – Spritzflüge hießen sie – zur Whitleybucht und zurück, Preisausschreiben, bei denen man Kinokarten gewinnen konnte, und eine Schönheitskonkurrenz zu dem Zweck, Miß Hedleston 1956 zu ermitteln und zu krönen. Der Lärm des Werbefeldzugs und die Erfindungsgabe Nyes, seiner treibenden Kraft, schienen unerschöpflich.

Die Zeitung war in vollem Schwung, sensationslüstern wie die »Gazette« und bereichert durch die unnachahmlichen Beiträge jener Reporterin, deren auffallendes Pseudonym »Tina Tingle« die Tatsache verbarg – Maitland setzte Henry in seiner lakonischen Art davon in Kenntnis –, daß die Dame in Wirklichkeit Elise Kidger hieß. In den steilen Straßen Hedlestons war sie eine bemerkenswerte Erscheinung: grüner Steirerhut auf kurzgeschnittenem Haar, enge, senffarbene Hose, maskuliner Typ und forscher, durch schwere Nagelschuhe besonders betonter Gang, der sie einem ehemaligen Golfchampion ähneln ließ. Sie produzierte einen Artikel pro Tag, und ihre Themen – Geburtswehen bis Unbilden der Wechseljahre –, obzwar sichtlich ihren Geschlechtsgenossinnen bestimmt, waren auch bei den Jünglingen beliebt, die in Antonellis Billardstube verkehrten.

Außerdem redigierte sie mit wirklich bemerkenswerter Energie eine Korrespondenzspalte von beklemmender Intimität, »Tina Tingles Tribüne«, deren Fragen sich entweder mit dem zu erwartenden Segen des Ehestandes oder dessen jammervollen Auswirkungen befaßten.

In Anbetracht dieses Sachverhalts war es schwierig, Ruhe zu bewahren und den Kurs völliger Gleichgültigkeit beizubehalten. Henrys einziger Trost bestand in dem Gedanken, daß Nye und Genosse das Geld offensichtlich mit beiden Händen zum Fenster hinauswarfen. Trotzdem sank seine Auflagenziffer langsam aber stetig, wenn auch noch nicht in beunruhigendem Maß. Der Verlust betrug einige hundert Stück pro Woche, aber Henry fragte sich mit nagender Sorge, wie weit er gehen würde.

Eines Morgens – die Redaktionssitzung hatte sich nicht durch übermäßige Fröhlichkeit ausgezeichnet – durchblätterte er finster das »Journal«, das Moffatt täglich auf seinen Schreibtisch legte, und stellte mit Widerwillen fest, daß Miß Tingle sich in Hochform befand. In Beantwortung eines herzbewegenden Schreibens, dessen erste Zeilen lauteten: »Liebe Tina, mein Freund findet Intimitäten vor der Hochzeit durchaus in Ordnung«, erwiderte sie erbaulich: »Liebe Gladys, Dein Freund will nichts als Deinen Körper zu seiner sexuellen Befriedigung. Sage ihm mit fester Stimme: ›Du sollst nicht ehebrechen.‹ Deine Freundinnen, die ›das‹ tun und Dich auslachen, weil Du innerlich sauber und gesund bist, werden höchstwahrscheinlich Schuldkomplexe entwickeln. Nur wer zuletzt lacht, lacht am besten.« Die Klage: »Liebe Miß Tingle, seit zwanzig Jahren brüllt mein Mann mit mir, weil er nämlich so schrecklich jähzornig ist«, beantwortete sie in nicht minder erhebendem Ton: »Meine Liebe, Ihr Mann ist emotionell krank. Trotz Ihren tragischen Schwierigkeiten rate ich Ihnen, liebend bei ihm auszuharren, und Sie werden die freudige Befriedigung getaner Pflicht empfinden. Oft vermag man scheinbar aussichtslosen Situationen tiefen Sinn abzugewinnen. Stecken Sie Watte in die Ohren und legen Sie sich ein Hobby zu: Singen oder Klavier.«

Das genügte. Henry schlug die Nachrichten auf, wo unter der Überschrift: HABT IHR SCHON DEN PNEUMATISCHEN BÜSTENHALTER PROBIERT, MÄDELS? – ER SCHWELLT EUER SELBSTGEFÜHL! von einer umwälzenden Erfindung auf dem Gebiet der Wäscheindustrie berichtet wurde. Dann erfuhr er ohne übermäßige Begeisterung von einem Mann in Bradford, der seine Frau in dreißigjähriger Ehe 52000mal geküßt, sowie von einer Mexikanerin, die ein zweiköpfiges Kind geboren hatte, als es klopfte. Horace Balmer trat ein. Henry sah ihm an, daß er schlechte Nachrichten brachte, und da er nicht bester Laune war, musterte er ihn vielleicht kritischer als sonst. Balmer gehörte zu jenen stimmgewaltigen Männern, die auf Anhieb sympathisch wirken, ein überaus gesellschaftsfreudiges Mitglied sämtlicher Vereine, die es in Hedleston gab – vom Rotaryklub über die Freimaurer bis zum »Bund heimattreuer Nordbriten«. Zu Dickleibigkeit neigend, liebte er Zweireiher von überaus hellem Blau und zeichnete sich durch einen seltsamen Gang aus, der verschiedene Phasen zu durchlaufen schien: Balmer glitt auf den Fersen dahin, die eine Schulter gehoben, und hielt das Gleichgewicht durch Ruderbewegungen des linken Arms, dessen Hand wie eine weiße Flosse hervorstach. Ein schwerer Siegelring belastete den kleine Finger. Niemand wußte herzlicher Hände zu schütteln, niemand überschwenglicher die blühendsten Gemeinplätze zu äußern.

»Ich habe Schwierigkeiten, Henry«, begann er mit seiner gewohnten lauten Vertraulichkeit. »Ich kann die Inserate nicht zum alten Preis verkaufen.«

Da Page schwieg, fuhr er fort: »Sie unterbieten uns täglich. Ich glaube, sie verschenken ganze Spalten.«

»Dumm von ihnen.«

»Das kann ich leider nicht finden. Meines Erachtens sind sie sehr schlau. Sie gehen von Tür zu Tür, erzählen überall, daß sie in Bälde die einzige Zeitung in Hedleston sein werden, und bieten langfristige Verträge zu günstigen Bedingungen. Vorige Woche verloren wir Henderson und Byles. Einige unserer ältesten Verbindungen wanken. Und als ich heute früh zu Weatherby kam – Sie wissen, wieviel dieser Auftrag für uns bedeutet –, gab man mir zwar die Order, aber Halliday warf mir einen sonderbaren Blick zu. Ich fürchte, wir können nur eines tun.«

»Und das wäre?«

»Nachgeben.«

»Nein.«

»Warum nicht?«

»Es gehört sich nicht. Und wäre obendrein sinnlos. Senken wir unsere Preise, senken sie ihre noch tiefer. Wir haben unsere Kunden hundertfünfzig Jahre gut bedient. Wir haben unser Niveau. Das senke ich nicht, um eine Konkurrenz zu bekämpfen, der kein Mittel zu schlecht ist.«

»Ich glaube, Sie machen einen Fehler«, sagte Balmer mit bekümmerter Miene. »Aber die Verantwortung liegt schließlich bei Ihnen. Ich möchte Sie nur warnen. Erst neulich traf ich ihren Mr. Smith – auch ein Rotarymann –, und Sie dürfen mir glauben, er versteht sein Geschäft.«

»Das freut mich, Horace. Aber Sie nicht minder. Und jetzt tun Sie Ihr Bestes – bei unseren Tarifen.«

Ihr Mr. Smith ... auch ein Rotarymann ... die herzlichen Wendungen hatten böse Untertöne, dachte Page, als Balmer gegangen war. Ein- oder zweimal hatte er Smith auf der Straße getroffen, unweit des Versicherungsgebäudes, wo sich das Büro des »Journal« befand, und war mit einer steifen Ehrerbietung gegrüßt worden, die den Wunsch nach gutem Einvernehmen anzudeuten schien. Anders lag der Fall, wenn Smith seinen Angestellten schön tat.

Die Unterredung mit Balmer war der Auftakt zu einem schwarzen Tag. Nichts schien gelingen zu wollen. Moffatt zeigte sich nicht sehr verständnisvoll, die Verkäufe waren wieder um ein paar hundert gesunken, und zu allem Überfluß plagte ihn das verdammte Herz. Bald pocht es laut und mühsam, bald raste es davon, als gälte es einen Hundertmeterlauf. Henry war entschlossen, sich an Dr. Bards Nitroglyzerinpillen nicht allzusehr zu gewöhnen. Er versagte sich das Medikament und hielt bis etwa fünf Uhr durch. Dann aber verließ er das Büro in der Hoffnung, daheim Ruhe zu finden.

Leider hatte sich die häusliche Atmosphäre während der letzten Monate verändert. Henry, der bald nach seiner Verheiratung seinen Irrtum erkannt hatte – Alice paßte nicht zu ihm, weder seelisch noch körperlich –, suchte seit Jahren auf das philosophischste, den Dingen »die beste Seite abzugewinnen«. Wenn Alice seinen Träumen nicht entsprach, was dann? Mit Takt und Selbstbeherrschung war es ihm gelungen, ihr Launen, Gedankenlosigkeit, Unlogik und gelegentlichen hysterischen Ausbrüche zu ertragen, im ehrlichen Bestreben, ein halbwegs ruhiges Familienleben zu sichern. Nun aber verriet nicht nur Alices, sondern auch Dorothys Betragen – Dorrie geriet der Mutter nach, sagte Hannah – eine gewisse Feindseligkeit, die sich in kühlem Ton und vielsagenden Blicken äußerte. Als Page nach Hause kam, überraschte ihn daher die herzliche Begrüßung. Die beiden tranken Tee im Salon, und als er eintrat, lächelte Alice ihm sogar zu.

»Komm und trink eine Tasse, Henry. Schön, daß du schon da bist. Wir haben große Neuigkeiten.«

»Desto besser«, sagte Henry. »Ich kann sie brauchen.«

Er nahm die Tasse aus ihren Händen, setzte sich und rührte den Tee um.

»Also, was glaubst du? Aber nein, du wirst es nie erraten.«

Alice tat einen tiefen Atemzug. »Dorrie hat zwanzig Guineen gewonnen.«

»Bin ich nicht ein Glückspilz?« rief Dorothy. »Aber ein kluger!«

Henry war übermüdet. Sein Verstand arbeitete nicht wie sonst. Er fragte sich, ob sie das Geld vielleicht in der Akademie gewonnen hatte, durch irgendeinen unsinnigen Glücksfall.

»Tüchtig«, sagte er geistesabwesend. Dann kam ihm zu Bewußtsein, daß es etwas anderes sein mußte. Er blickte auf und betrachtete seine Tochter. »Wofür?«

»Also paß auf: ich gehe vom Bahnhof nach Hause, wie immer. Wie ich in unsere Straße einbiege, sehe ich ein paar Männer an der Ecke stehen, die sich offenbar nicht auskennen. So war es auch. Kaum komm' ich näher, sagt einer mit einer kleinen schwarzen Tasche: ›Verzeihung, Miß, ist das Hanley Drive?‹ ›Ja‹, antworte ich. Aber plötzlich bemerke ich ein rot-blau-weißes Band in seinem Knopfloch und sage, nicht faul: ›Und Sie sind der Glücksmann!‹ ›Stimmt‹, sagt er und strahlt übers ganze Gesicht. ›Und Sie eine aufgeweckte junge Dame!‹«

»Was sagst du, Henry!« Alice konnte der Versuchung nicht widerstehen, an der Unterhaltung teilzuhaben. Sie bemächtigte sich der Erzählung. Henry saß wie betäubt. »Und weißt du, was er noch sagte? ›Weil mich seit vier Tagen niemand erkannt hat, kriegen Sie nicht fünf Guineen, sondern zwanzig!‹ Dann machte er seine kleine Tasche auf und zählte zwanzig funkelnagelneue Scheine in Dorries Hand.«

»Es war mordsaufregend«, unterbrach Dorothy. »Dann kamen wir ins Gespräch. Der andere war noch netter. Und fesch. So ein bißchen kühl und nachlässig, mit amerikanischem Akzent. Sie haben mich auch fotografiert. Was ist denn?«

»Wieso hast du das Geld bekommen?« Henrys Stimme klang unnatürlich. »Am Wettbewerb nimmt doch nur teil, wer ein Exemplar des ›Journal‹ bei sich hat?«

»Hatte ich ja.«

»Soll das bedeuten, daß du diese Zeitung kaufst?«

Alices Gesichtsausdruck veränderte sich fast unmerklich. Schwache Röte stieg in ihre Wangen. »Was soll das, Henry!« sagt sie. »Was hast du denn?«

»Dorothy kauft die Zeitung also für dich?«

»Warum nicht?« Die Röte hatte sich vertieft, aber Alice verteidigte sich in ihrer damenhaftesten Art. »Die Gesellschaftsnachrichten lese ich sehr gern. Von dir erfahre ich ja so gut wie nichts. Und Tina Tingle ist amüsant. Was ist da schlecht daran?«

»Schlecht!« Er wußte zwar, daß nur der getäuschte Ehrgeiz, eine Rolle im öffentlichen Leben zu spielen, Alice dazu trieb, den Gesellschaftsklatsch zu lesen. Trotzdem konnte er kaum sprechen. »Die Leute wollen uns ruinieren, und du kaufst seelenruhig ihre Zeitung? So eine elende Gedankenlosigkeit ist mir noch nicht untergekommen! Und was dich betrifft, du kleine Gans –«, er wandte sich an Dorothy, »was plapperst du da von Glück? Begreifst du denn nicht, daß sie dir aufgelauert haben? Das Ganze war ein Trick! Und die nette Unterhaltung! Ich schaudere bei dem Gedanken, was sie aus dir herausbekommen haben. Aber morgen werden wir's ja sehen. Wenn der Artikel dadurch nicht noch besser würde, müßtest du das Geld sofort zurückschicken.«

Er stand auf und ging zur Tür, überwältigt von Bitternis und Zorn.

Dorothy begann zu weinen.

»Du bist nicht nett. Du verdirbst mir jede Freude.«

Alice, eher kleinlaut, unterstützte ihre Tochter ausnahmsweise nicht. »Aber ich verstehe nicht«, sagte sie, als spräche sie zu sich selbst, »wenn sie wirklich gegen dich sind, warum schenken sie Dorothy zwanzig Guineen?«

Henry erkannte die Sinnlosigkeit weiterer Diskussionen, tadelte sich, seinem Zorn Luft gemacht zu haben, und dachte ingrimmig, daß sich diese elende Geschichte, für die ihn keine Schuld traf, wie schleichendes Gift ausbreiten mußte. Er schätzte den Zwischenfall richtig ein. Seine Befürchtungen bewahrheiteten sich am nächsten Morgen.

Auf der Innenseite des »Journal« prangte eine Riesenfotografie seiner Tochter, mit der Überschrift DOROTHY PAGE GEWINNT HÖCHSTPREIS. Die lächelnde Dorrie, ein weithin sichtbares Exemplar des »Journal« in der Rechten, hielt mit der Linken einen

Fächer Guineennoten. Page raffte seinen Mut zusammen uns las:

Dorothy Page, siebzehn Jahre, eine hübsche, lebhafte Brünette (warum sind Sie nicht zur Schönheitskonkurrenz gekommen, Schlimmes, vielleicht hätten Sie auch diesen Preis gemacht?), erkannte gestern unseren Glücksmann und machte sich mit dem Mammon aus dem Staub, zum fröhlichen Geklingel zwanzig goldener Guineen. Herzlichen Glückwunsch, Dorothy!

Miß Page, Dorrie für ihre Freunde, Tochter Mr. H. Pages, unseres geschätzten Konkurrenten vom »Licht«, gab unserem Reporter einige interessante Hinweise. Sowohl sie wie ihre Mutter – danke, Mrs. Page – sind treue Leserinnen des »Journal«, das, so finden beide, höchst nötigen frischen Wind nach Hedleston und Umgebung bringt. Dorrie, eine typische Vertreterin der jungen Generation, Schülerin der Kunstakademie von Tynecastle und eine ausgezeichnete Tänzerin, liebt gute Filme, Jakkie-Dibbs-Platten und – zum zweitenmal, Pardon! – das »Journal«. Wie so viele, hat sie für die graue Verzopftheit, die jede fortschrittliche Regung in dieser Stadt so lange unterband, nichts übrig. »Schließlich und endlich«, lächelte sie, »leben wir im Atomzeitalter, nicht in der Steinzeit, und sollten schneller vorwärtskommen als in den Postkutschentagen. Ich bin für Rock'and'Roll. Und das ›Journal‹ hilft.« Wohlgesprochen, Dorrie! Wir wissen diese Worte zu schätzen, kommen sie doch von der Tochter Henry Pages, und hoffen, unsere Leser werden uns beipflichten: sie sind wahrhaftig hohes Lob.

Als Henry das Sitzungszimmer betrat, war die Stimmung merklich gedrückt. Maitland saß mit gerunzelten Brauen und warf ihm einen raschen Blick zu, ohne den Kopf zu heben. Poole zerrte an seinem Schnurrbart und musterte die Decke, während Hadley dreinzuschauen versuchte, als wäre nichts vorgefallen. Nur Balmer hielt sich kerzengerade und wirkte nicht unzufrieden. Schließlich brach Maitland das gespannte Schweigen. Henry war ihm dankbar.

»Pech, Henry. Die Sache ist nun einmal passiert. Jetzt

läßt sich nichts mehr machen. Sie haben die arme Dorothy ganz schön eingeseift.«

»Nicht unverdient.«

»Das wohl. Aber natürlich wußte sie nicht, worum es ging.«

»Wenigstens haben sie uns nicht verleumdet, sondern nur durchblicken lassen, daß wir altmodisch sind.«

Mürrisch sagte Balmer:

»Ich finde, das ist noch viel beleidigender.«

»Dieser Nye steckt dahinter«, sagte Poole. »Er ist der Obermacher. Neulich sah ich ihn im ›Löwen‹ beim Billard. Ein aalglatter Teufel.«

»Wir müssen die Sache mit Gelächter abtun«, sagte Maitland.

»Wie denn?« knirschte Poole, »wenn wir die Leute nicht zur Kenntnis nehmen sollen? Wenn ich daran denke, daß ich in Afrika fast krepiert wäre, während sich's dieser Kerl in New York gutgehen ließ – angeblich im Dienst der Abwehr –, könnte ich ihn erschlagen.«

»Hört! Hört!« lächelte Maitland. »Noch jemand dieser Meinung?«

»Ich nicht«, sagte Balmer säuerlich. »Wenn sie klug genug waren, sich das auszudenken, müssen wir uns was Besseres einfallen lassen. Mit Heftigkeit ist nichts getan.«

Henry erkannte, daß er die Diskussion beenden mußte, sollte sie nicht in Streit ausarten.

»Natürlich will man zurückschlagen«, sagte er. »Und ich bin sicher, daß uns noch einiges bevorsteht. Aber Gelassenheit macht sich letzten Endes bezahlt. Davon bin ich überzeugt. Die Stadt wird uns dafür achten. Und das wird uns schließlich helfen, weiterzubestehen, allem Hohn zum Trotz, und den Schmutz abzuschütteln, mit dem sie uns bewerfen: die Achtung der Leute.«

»Der Leute!« wiederholte Poole höhnisch und warf den Kopf zurück.

»Unterschätzen Sie sie nicht«, sagte Maitland ruhig. »Ich glaube, wenn's hart auf hart geht, lassen sie uns nicht im Stich. Und ich stimme Henry bei: wir müssen uns auf die Zeitung konzentrieren, mit aller Kraft, und abwarten. Mehr können wir nicht tun.«

»Ich hoffe zu Gott, daß Sie recht haben«, sagte Poole. »Aber wenn unsere Auflagenziffer weiter fällt, merken wir vielleicht eines Tages, daß wir zu lange gewartet haben.«

Es folgte eine kurze, beklommene Stille. Dann ging man zur Tagesordnung über.

Trotzdem vermochte Henry den ganzen Tag das nagende Gefühl nicht loszuwerden, nicht nur eine Schlappe erlitten, sondern sich überdies in den Augen aller, die ihn kannten, lächerlich gemacht zu haben. Darum hielt er es, als er um sechs das Büro verließ, für geraten, den »Klub der Nordenglischen Gemeinden« aufzusuchen. Seit einiger Zeit vermied er unnötige Privatbegegnungen. Er liebte es nicht, seine Sorgen zu besprechen, brauchte weder Ermutigung noch Mitgefühl. Heute aber lag es im Interesse der Zeitung, seine Gleichgültigkeit gegenüber dem jüngsten Zwischenfall in aller Öffentlichkeit zu bekunden.

Der »Klub der Nordenglischen Gemeinden«, kurz Klub genannt, eine altehrwürdige, liberal angehauchte Institution, war der anerkannte Treffpunkt der führenden Bürger Hedlestons. Der graue Steinbau mit flachem Dach, dessen Mittelportal zwei stämmige Karyatiden trugen, glich einem Mausoleum, und oft, wenn während des Krieges die Bomben fielen – Henry war dort Luftschutzwart gewesen –, hatte er gedacht, er würde sein Aussehen letzten Endes rechtfertigen. Im Inneren des Hauses jedoch empfingen ihn Licht, Wärme und der wohltuende Duft guten Tabaks. Er begrüßte Duncan, den Portier, mit einem Kopfnicken und hielt gewohnheitsgemäß vor dem schwarzen Brett. Ankündigung hing neben Ankündigung, die meisten mit umgebogenen Ecken. Plötzlich fiel Henrys Blick auf den Namen Harold Smith. Er stutzte. Kein Zweifel, es handelte sich um den kaufmännischen Direktor des »Journal«, zur Mitgliedschaft vorgeschlagen von Herbert Rickaby und empfohlen ... vom Pfarrer von St. Markus! Henry stand unbeweglich, überrumpelt. Daß

Smith von den alteingesessenen Bürgern so rasch akzeptiert wurde, war ein neuer, unerwarteter Schlag. Er riß sich zusammen und ging in den Salon, entschlossen, die Angelegenheit mit keinem Wort zu erwähnen. Der Raum war halb leer. Trotzdem fühlte er, daß sein Erscheinen fast unmerkliche Bewegung hervorrief. Zwischen den pompejanischen Säulen aus Marmorimitation, die eine überladene viktorianische Decke trugen, bemerkte er Sir Archibald Weatherby und Dr. Bard. Die beiden standen beim Kamin. Henry ging auf sie zu.

Weatherby begrüßte ihn mit einem herzhaften Schlag auf die Schulter.

»Da ist er ja, der stolze Papa!«

Archibald Weatherby, oder Sir Archie, wie er genannt zu werden liebte, untersetzt, vierschrötig, kahl und rotbackig, hatte winzige, gutmütige, rotgeränderte Augen, in denen ein Funke humorvoller Liederlichkeit blinkte, und strahlte geräuschvolle Jovialität aus. Allerdings wurde sie durch eine Geschäftstüchtigkeit Lügen gestraft, die ihm zu einem Vermögen in der Schuhbranche verholfen hatte und, wie er insgeheim glaubte, noch Größeres bescheren würde.

»Sie haben den Leuten vom ›Journal‹ ganz schön Angst gemacht, Henry! Keine drei Monate in der Stadt, und schon überschütten sie Sie mit Geld! Wie haben Sie das angefangen?«

»Das müssen Sie Dorothy fragen.« Henry lächelte.

»Es war geistesgegenwärtig, den Mann zu erkennen«, schaltete sich Bard ein, in leichtem, plauderndem Ton.

»Außerdem hat sie sich gar nicht übel charakterisiert.« Weatherby lachte in sich hinein. »Ich wäre froh, wenn meine Nachkommenschaft halb so viel Grütze hätte.«

In Tiefen, die das Gespräch nicht erreichte, waren sich die beiden sehr wohl im klaren, wie sehr ihn die Sache verletzte. Das wußte Page. Die Siegesprophezeiungen flossen zu leicht von ihren Lippen. Edward Bard, sein ältester Freund, wechselte das Thema mit verstehendem Takt. Aber Henry merkte mehrmals, daß Weatherby ihn aus schmalen Augen musterte, den Schaden abschätzend, den sein Ansehen und seine Zeitung erlitten hatten. Er fühlte seit jeher, daß der Industrielle für ihn, einen Mann, der weder trank, rauchte, fischte, jagte noch anrüchige Geschichten erzählte, belustigte Verachtung empfand, waren das doch Beschäftigungen, denen sich Weatherby mit großem Vergnügen und unüberbietbarem Schwung hingab. Page war nicht sein Typ. Trotzdem gelang es Henry, gute Miene zu wahren, sowohl während des Gesprächs als auch später, als andere Klubmitglieder hinzukamen: Major Seaton von der Bürgerwehr, Harrington, der Direktor der Werkzeugfabrik, Rechtsanwalt Paton und Frank Holden, der Geschäftsführer der Nordbank. Als Henry sich eine halbe Stunde später verabschiedete, hielt er seine Mühe nicht für vergeblich. Dr. Bard verließ das Gebäude zur gleichen Zeit, und die beiden Männer standen einen Augenblick auf dem Gehsteig. Plötzlich sagte der Doktor ein wenig linkisch:

»Wir halten natürlich alle zu dir, Henry. Das Komitee war gar nicht darauf erpicht, Smith aufzunehmen. Aber –«, Bard zuckte die Achseln, »man kann ihm wirklich nichts vorwerfen. Außerdem hatte er gute Empfehlungen.« Dann setzte er rasch hinzu, in seinem gewöhnlichen Ton: »Du siehst recht gut aus. Gib acht, daß du dich nicht überanstrengst. Übertreib es nicht!«

»Keine Angst.«

»Wie geht's David?«

»Ausgezeichnet. Er ist wieder ganz in Ordnung.«

Bard wandte den Blick ab und klopfte mit dem Schirm auf das Pflaster. Ergrauende Schläfen, schmales, durchgeistigtes Gesicht, feine Nasenflügel und zusammengepreßte Lippen – er machte mehr denn je den Eindruck eines klugen, vorsichtigen Mannes von wohldurchdachtem Urteil.

»Übertreib auch da nicht, Henry. Denk daran, was ich dir schon einmal sagte: es besteht immer die Gefahr eines Rückfalls.«

»Aber warum?« sagte Page, von so viel Beharrlichkeit entmutigt. »Der Zusammenbruch ist vorbei. Er hat ihn überwunden.«

»Das schon. Aber die Voraussetzungen bleiben dieselben.«

»Welche Voraussetzungen?«

Edward Bard zögerte, betrachtete den Freund und schlug die Augen nieder. Offenbar dachte er an die Diagnose, die, schon einmal angedeutet, ihrer Freundschaft beinahe zum Verhängnis geworden wäre. Henry war nicht geneigt, die Angelegenheit zu besprechen. Er sagte kurz: »Du bist ein wahrer Jonas, Ed! Du solltest den Jungen sehen ... er ist gesund.«

»Nun ...«, Bard verstummte. »Das freut mich.«

Nach kurzem Schweigen verabschiedeten sie sich voneinander. Dann begab sich der Doktor in seine Abendordination, während Henry die entgegengesetzte Richtung nach Hanley Drive einschlug.

8

Der Sommer war kalt und feucht, Henrys Privat- und Berufsleben grau wie das Wetter. Außerdem forderte Alices Betragen seinen überanstrengten Nerven das letzte ab. Sie begegnete ihm mit der gemessenen Betrübnis einer Frau, die ihre Vernunftgründe mißachtet sieht. In manchen Dingen überaus kindisch, zürnte sie ihm, weil er ihre Wünsche nicht berücksichtigte, und fühlte sich allen Ernstes unverstanden und schlecht behandelt. Als er ihr Ende Juni mitteilte, daß es ihm unmöglich sein würde, Ferien zu machen, und vorschlug, sie sollte mit Dorothy nach ihrem geliebten Torquay, schüttelte sie den Kopf und sagte mit vorwurfsvollem Lächeln:

»Nein, Lieber; wenn wir nicht zusammen fahren können, wie es sich gehört, bleibe ich hier.«

Dorothys Erbitterung äußerte sich unverhohlener. Begegnete sie Henry auf der Stiege, stürmte sie an ihm vorbei, mit kaum gemurmeltem Gruß. Page hatte für Familiengetue nichts übrig, litt aber trotzdem unter diesem Mangel an Wärme und Unterstützung. Die Zeit verging. Wurden seine Bekannten wirklich verlegen, wenn er sie traf, oder bildete er sich das ein? Eine Begegnung mit Vater Gilmore Anfang August bestätigte diesen Eindruck. Der Pfarrer bemerkte Henry zu spät, um ihm aus dem Weg zu gehen, und trachtete den mißglückten Versuch, die Straße zu überqueren, durch übertriebene Herzlichkeit wettzumachen.

»Sieh da, Henry, mein Freund! Wie geht's?«

Daß Gilmore Smiths Klubanwartschaft gefördert hatte, war Henry lange nicht aus dem Sinn gegangen. Nun beschloß er, offen zu sprechen.

»Nicht besonders«, sagte er. »Ich habe Schwierigkeiten. Und zwar so große, daß ich moralische Unterstützung brauchen könnte.«

»Inwiefern?« fragte Gilmore vorsichtig und schüttelte die Tropfen von seinem Schirm.

»Indem Sie meine Partei ergreifen – gegen diese ›Journal‹-Bande. Ich habe Ihnen seinerzeit geholfen – warum helfen Sie mir jetzt nicht?«

Der Pfarrer hatte seinen Schirm ausgeschüttelt, musterte den Himmel, um sich zu vergewissern, daß kein Regen mehr bevorstand, und betrachtete Page von der Seite.

»Sie wissen doch, Henry, daß wir uns in Politik nicht einmischen dürfen. Ich hätte die größten Ungelegenheiten mit dem Bischof. Außerdem – glauben Sie nicht, daß Sie nicht ganz objektiv sind? Heutzutage soll man etwas freizügiger denken. Ich gebe zu, unsere Freunde vom ›Journal‹ schießen manchmal übers Ziel – aber schließlich leben wir im zwanzigsten Jahrhundert. Und ihr Mr. Smith ist durch und durch anständig. Er besuchte mich bald nach seiner Ankunft, und wir hatten eine überaus anregende Unterhaltung über seine V.C.J.-Arbeit in Australien. Ich sehe ihn jeden Sonntag bei der Messe. Und außerdem . . . was sagen Sie jetzt . . . sandten sie mir einen sehr ordentlichen Beitrag zum Kirchturmfonds.«

»Ich verstehe«, sagte Henry gezwungen.

»Natürlich stehen wir alle auf Ihrer Seite, Henry. Aber wir müssen gerecht sein.« Er warf Page einen pfiffigen

Blick zu. »Im übrigen haben sie einige meiner kleinen Erbauungsgedichte abgedruckt, und mit Erfolg! Ich bekam einen Brief von Mr. Nye. ›Ein Volltreffer!‹ Das waren seine Worte.«

Page verabschiedete sich und ging ins Büro. In ihm kochte es. Der einzige Maitland schien ganz und gar zu ihm zu stehen, aber seine schweigsame Dickköpfigkeit, sosehr Henry sie auch schätzte, hatte mit menschlicher Wärme nichts zu tun.

Der trübselige Herbst reichte bis tief in den Winter. Regen, Hagel und ausgiebiger Februarschnee, der die Straßen noch Wochen später als schmutziger Schlamm bedeckte, taten das Ihre, die Stimmung der »Licht«-Leute zu drücken. Page hatte in seinem Leben noch nicht so hart gearbeitet. Er plante, überlegte, ermutigte, suchte Ersparnisse zu machen, die, ohne aufzufallen, die Kosten senkten, kam als erster ins Büro, ging als letzter nach Hause, erhob sich in schlaflosen Nächten, um einen Leitartikel zu entwerfen und zu feilen, und spannte jeden Nerv an, jede einzelne Nummer seiner Zeitung zu einem kleinen Meisterwerk zu machen. Auch der eintönige, erbarmungslose Kampf ging weiter. Hatte er nicht Smith von allem Anfang gesagt, daß Hedleston für zwei Zeitungen zu klein war? Seit Monaten verlor er Geld, und obwohl er die Verluste des »Journal« bei weitem höher schätzte, hatten die seinen während der letzten fünf Wochen in erschreckendem Maß zugenommen.

Der Familientradition getreu, betrachtete Page das »Licht« als Dienst an der Öffentlichkeit und nicht als Mittel, Geld zu verdienen. Er verkaufte das Blatt fast zum Selbstkostenpreis, verwendete erstklassiges Material und war großzügig zu seinen Angestellten, besonders, was Ruhegelder betraf. Er selbst bezog ein bescheidenes Gehalt von fünfzehnhundert Pfund und besaß, vom Haus in Hanley Drive abgesehen, das namentlich Alice gehörte, kein Privatvermögen. Außer ihrem Ansehen, das er hoch bewertete, waren sämtliche Aktiva der Firma, hunderttausend Pfund, in eine Kriegsanleihe investiert, ein patriotischer Entschluß seines Vaters nach dem ersten Weltkrieg.

Diesen Betrag betrachtete Page seit jeher als ausreichenden Rückhalt.

Als er jedoch am Morgen des 1. März die Bilanz prüfte, erkannte er nur zu deutlich, wie stark er diese Deckung beansprucht hatte. Lange überdachte er die Lage. Dann wartete er, bis Moffatt ihr Zimmer verließ, griff mit einem unterdrückten Seufzer nach dem Telefon und setzte eine Zusammenkunft mit Frank Holden fest, dem Geschäftsführer der Nordbank.

Um elf Uhr desselben Vormittags betrat er Holdens Büro, ein kleines Zimmer hinter dem Schalterraum, mit Milchglas und Mahagoni dunkel verkleidet und einem Wollteppich belegt, den die Füße sparsamer Northumbrer glattgetreten hatten. Als Holden Henry bemerkte, entließ er den Angestellten, mit dem er eben sprach, schüttelte dem Herausgeber des »Licht« herzlich die Hand und bot ihm Platz an. Groß, mager, mit Hornbrille und kurz gestutztem Schnurrbart, hatte er die kluge, zuvorkommende Art eines Menschen, der sowohl gefallen als auch vorwärtskommen will. Er war dreizehn Jahre jünger als Henry, entstammte einer alteingesessenen Familie und demselben Milieu wie Page. Robert Holden, sein Vater, war der beste Freund Robert Pages gewesen, zwei Unzertrennliche, denen sich später Robert Harbottle hinzugesellte, was dem Freundschaftsbund den Spitznamen »Die drei Bobs« eintrug.

Darum fiel es Henry weniger schwer, die Ursache seines Kommens zu erwähnen. Nach ein paar einleitenden Bemerkungen sagte er:

»Ich komme wegen eines Kredits, Frank.«

»Ja?« sagte Holden. »Ich hatte gehofft, Sie würden vorbeikommen.«

Sie schwiegen. Da Page keine Anstalten traf, weiterzusprechen, lächelte der Geschäftsführer unbestimmt, als wollte er die folgenden Worte mildern.

»Sie haben in letzter Zeit ziemlich viel abgehoben, Mr. Page. Erst Montag sah ich Ihr Konto durch – es ist . . . nun, Sie wissen bestimmt, um wieviel es überzogen ist.«

»Natürlich.« Henry nickte. »Ich habe die Dinge ein bißchen laufen lassen. Aber Sie haben ja die Kriegsanleihe als Deckung.«

»Die Anleihe.« Holden schien zu überlegen. »Zu welchem Kurs kauften Sie sie? 104, nicht wahr?«

»Wenn ich mich recht erinnere, ja.«

»Jetzt notiert sie nicht einmal mit 65 ... 63½, um genau zu sein. Und wenn ich mich nicht irre, wird sie noch tiefer sinken. Warum verkauften Sie nicht, als ich Ihnen dazu riet?«

»Weil ich als guter Staatsbürger das Gegenteil für meine Pflicht hielt.«

Holden warf ihm einen eigentümlichen Blick zu.

»Ein guter Staatsbürger kümmert sich heutzutage um seine eigenen Angelegenheiten. Verstehen Sie denn nicht, daß unser Unvermögen, einer Inflation zu steuern, jeden Besitzer dieser Papiere schädigen muß? Gerade die Vorkriegscharaktere, die vertrauenden Patrioten – Leute wie Sie – zahlen drauf.«

Henry wollte widersprechen, aber Holden fuhr fort:

»Wie dem auch sei – Sie haben mehr als neununddreißigtausend Pfund Ihres Kapitals eingebüßt. Und wenn ich mich nur halbwegs auskenne, werden Sie noch mehr verlieren. Sollten Ihre Ausgaben zunehmen wie bisher, ist in acht Wochen keine Deckung mehr da.«

»Darüber bin ich mir völlig im klaren«, sagte Henry. »Darum möchte ich einen Kredit.«

»Worauf?«

»Auf das ›Licht‹ natürlich! Maschinen, Liegenschaften, Ruf.«

Holden nahm das Ebenholzlineal von der Löschblattunterlage, musterte es mit augenscheinlichem Interesse und begann es zwischen den Fingern zu drehen. Nach längerem Schweigen sagte er, ohne Henry anzublicken:

»Es tut mir leid, Mr. Page. Nichts wäre mir lieber, als Ihnen helfen zu können. Aber es geht nicht.«

Henry war sprachlos. An die Möglichkeit einer Weigerung hatte er nicht gedacht.

»Aber warum?« stieß er hervor und sprach fast unzusammenhängend weiter. »Sie kennen mich ... das

›Licht‹ ... unseren Namen ... wir haben Aktiva. Seit Jahren führen Sie unser Konto ...«

»Ich weiß, ich weiß ... es fällt mir schwer genug, Sie abzuweisen. Aber es ist dieser Tage äußerst schwierig, Geld flüssig zu machen. Zu viele Kredite. Dadurch wird jeder Bankvorschuß unmöglich. Die Regierung gestattet keine Anleihen mehr.«

»Aber das ist doch eine lokale ... fast eine private Angelegenheit! Besprechen wir's doch wenigstens!«

»Es wäre zwecklos.« Sein Blick bat um Entschuldigung. »Ich bin nicht berechtigt, für die Bank zu entscheiden. Das steht bei den Direktoren.« Er verstummte und musterte neuerlich das Lineal. »Warum gehen Sie nicht zum Vorsitzenden des Aufsichtsrats?«

»Weatherby?«

»Ja. Sie kennen ihn doch. Um diese Zeit ist er in der Fabrik. Soll ich ihn anrufen, daß Sie kommen?«

Henry schwieg. Er hatte das bedrückende Gefühl, daß Holden ihn auf die nettestmögliche Art loswerden wollte. Langsam erhob er sich. Weatherby ... vielleicht der letzte, den er mit seiner Notlage vertraut gemacht hätte. Aber es blieb keine Wahl. Er brauchte den Kredit – er mußte ihn haben.

»Gut«, sagte er. »Wenn Sie ihn anrufen, bin ich Ihnen dankbar.«

Zwanzig Minuten später erreichte er Weatherbys Büro. Es befand sich in einem hohen Verwaltungsgebäude, das erst vor kurzem auf einer unfruchtbaren Halde errichtet worden war, in nächster Nähe der Fabrik. Diesen Streifen Landes, in Hedleston seit langem als »Cowp« bekannt, hatte der Schuhfabrikant durch einen besonders klugen Schachzug erworben und seinen ursprünglichen Wert dank einer neu angelegten Zufahrtsstraße zum Victoria-Platz um ein Vielfaches erhöht. Als Page eintrat, stand Weatherby vor einem großen Glasfenster, blickte auf den Victoria-Platz hinunter, lachte in sich hinein und erstickte fast an seiner Zigarre.

»Kommen Sie, Page. Schauen Sie sich das an.«

Unten gab es eine Verkehrsstockung. Ein Zug Frauen

umschritt den Platz, mit Kinderwagen, Karren, jeder Art von Gefährt, das ein Kind enthalten konnte. Ein brüllender Tonwagen führte die Prozession an, geschmückt mit einer Fahne, auf der zu lesen stand:

GROSSE KINDERWAGENPARADE
BABY-SCHÖNHEITSKONKURRENZ
HEUTE
IN DER STADTHALLE
NÄHERES IM »JOURNAL«

»Nicht übel, was?« Weatherby schlug Henry auf den Rücken. Er trug weite Knickerbocker und rotgelb karierte Strümpfe, in denen seine feisten Waden noch stärker wirkten. Röter, kleiner, kahler, aber auch jovialer denn je, strahlte er jene Selbstzufriedenheit aus, die erwirtschafteter Wohlstand erfolgreichen Kaufleuten verleiht. »Was halten Sie davon?«

Page zwang sich zu einem Lächeln.

»Die Leute sind sehr unternehmend. Wenn auch nicht besonders würdevoll.«

»Ach, zum Teufel, was ist schon dabei? Die Sache ist ein Schlager. An die Mütter muß man heran! Die wollen nichts, als ihr Produkt an den Mann bringen. Genau wie ich. Schauen Sie – dort steht dieser Nye. Er steckt hinter allem. Kein Dummkopf, das können Sie mir glauben. Der andere – Smith – ist kein Kirchenlicht. Aber der Nye hat was los. Mein Charlie fuhr ihn neulich im Jaguar nach Tynecastle und war ganz begeistert.«

»Tatsächlich?« sagte Page gezwungen. Es erschien ihm durchaus glaubhaft, daß Charlie Weatherby, der führende junge Mann des Städtchens, Nye nach seinem Herzen fand.

»Und ob! Die beiden verstanden sich prächtig.« Und Weatherby fügte scherzend hinzu: »Also sehen Sie ihm auf die Finger!« Er wandte sich vom Fenster ab, ließ sich auf seinen Drehstuhl fallen und kreuzte mit sichtlicher Anstrengung die kurzen Beine. »Was kann ich für Sie tun? Heute ist mein Golftag. Also kommen wir zur Sache.«

Henry brachte sein Anliegen vor, mit knappen Worten und der ganzen Überzeugungskraft, deren er fähig war. Aber noch während er sprach, begriff er, daß Weatherby den Beweggrund seines Besuches kannte, ja, daß er von seinen Angelegenheiten kaum weniger wußte als er selbst. Seine laute Herzlichkeit konnte nicht darüber hinwegtäuschen, daß er den Besucher aus tiefliegenden Augen musterte, prüfend und wach. Als Page geendet hatte, nahm er die Zigarre aus dem Mund und betrachtete ihr glühendes Ende.

»Sie sind in einer kitzligen Lage, Henry. Das wären also Ihre Aktiva. Aber angenommen, die Sache geht schief – was sind sie dann wert? Ihr Büro ist unmodern, die ganze Adam-Terrasse reif für den Abbruch. Sie bekämen keinen Penny dafür. Die Druckerei hat einen gewissen Wert, das bestreite ich nicht, aber das Haus gehört Harbottle. Sie sind nur der Mieter. Also auch dort nicht viel zu holen. Und was den Ruf des Blattes betrifft, so ist er keinen Pfifferling wert, wenn das ›Journal‹ Sie verdrängt.«

»Das wird es nicht.«

»Das sagen Sie. Aber wie sieht die Sache bis jetzt aus? Die Kerle sind vielleicht nicht sehr vornehm, aber sie verstehen ihr Geschäft. Außerdem ist ihr Blatt gar nicht so übel – mit Ihrem natürlich nicht zu vergleichen«, setzte er eilends hinzu. »Aber es zeigt die Welt – nun, in anderem Licht.« Um seine Lippen zuckte es. Wahrscheinlich dachte er an eine Stelle, die ihm besonders gut gefallen hatte. »Gestern zum Beispiel, brachten sie eine verdammt gute Reportage, gewagt, natürlich, aber unterhaltend, über diese Bestechungsaffäre ... Sie wissen doch, dieser italienische Heroinschmuggler, ein Graf noch dazu, der mit seiner Freundin im Bad erwischt wurde, beide splitternackt.«

»Ja«, sagte Page bitter, »davon leben sie: Betrug, Bestechung, Hurerei ... guter Gott, Weatherby, Journalismus ist ein ernster, ehrenvoller Beruf! Es hat große Journalisten gegeben, gibt sie noch, Männer mit Verstand und Grundsätzen, mit dem Bewußtsein ihrer Berufung und ihrer Pflicht den Lesern gegenüber – aber diese Nye? Verstehen Sie denn nicht, daß es schandbar wäre, wenn sein Blatt hier Erfolg hätte?«

»Aber, aber, Henry! Jetzt übertreiben Sie ein bißchen! Ich will Ihnen doch nur zeigen, wogegen Sie ankämpfen! Erst voriges Jahr in Cannes sahen wir Somervilles Jacht, meine Frau und ich ... seefest, groß, ein tolles Ding ...« Seine Stimme fiel um einige Grade, wurde versöhnlich und überzeugend. »Ich schau' nicht gern zu, wie sich mein Freund und Nachbar mutwillig zugrunde richtet. Warum geben Sie nicht auf, solange noch Zeit ist? Seien Sie vernünftig! Verkaufen Sie, solange es geht! Wenn Sie wollen, nehme ich die Sache in die Hand und sehe zu, daß Sie Ihren Preis bekommen.«

Henry begriff, daß Weatherby ihm einen Dienst erweisen wollte, daß er mit der Überzeugung sprach, die Vernunft auf seiner Seite zu haben. Aber keine Logik der Welt hätte ihn jetzt zu bewegen vermocht. Er war darüber hinaus.

»Nein. Mein Entschluß ist gefaßt.«

Weatherby nahm die Zigarre aus dem Mund, rollte ein loses feuchtes Blatt um den Zeigefinger und blickte ab und zu auf Page, als sähe er sich gezwungen, seine Meinung von ihm in einem Licht zu überprüfen, daß sie, wenn man seinem Gesichtsausdruck glauben mochte, günstiger ausfallen ließ. War es möglich, daß er nachgab? Henrys Besorgnis, alle Zweifel, Unsicherheit und Demütigungen der letzten Zeit verdichteten sich plötzlich zu einem Gefühl von solcher Gewalt, daß er kein Wort hervorbrachte. Er wartete, kaum fähig, zu atmen. Schließlich sagte Weatherby:

»Ich habe Sie immer für klug gehalten, Henry, wenn auch – nehmen Sie mir's nicht übel – für einen Hasenfuß. Jetzt glaube ich, daß Sie ein Narr sind – aber ein mutiger. Ich bewundere Sie, unter uns gesagt, wirklich.«

»Dann geben Sie mir den Kredit. Zwanzigtausend vom nächten Ersten.«

»Nein, nein, das kann ich nicht zusichern. Aber ich werde die Sache besprechen. Mit Holden und den andern. Wir verständigen Sie.«

»Wann?«

»Bald . . . bald.«

Weatherby erhob sich mit einer Handbewegung, die Henry hinwegzuwinken schien. In Wahrheit hatte der Schuhfabrikant erwogen, wie er selbst zu der Sache stand. Ein großer Fisch in den Gewässern Hedlestons, hatte er seit einiger Zeit das Bedürfnis, sich ins weite Meer hinauszuwagen, oder, um es genauer auszudrücken, Abgeordneter zu werden und sich der Nation als Sir Archibald Weatherby, Parlamentsmitglied, vorzustellen. Er war entschlossen, bei der nächsten Wahl zu kandidieren. Das hieß, er würde die Lokalzeitung brauchen. Aber welche? »Licht« oder »Journal«? Wahrscheinlich letzteres. Warum sich also von Gefühlen beeinflussen lassen? Ein Kredit unter diesen Umständen wäre widersinnig.

Weatherby suchte seine Überlegungen zu verbergen. Trotzdem spiegelte sein Gesicht einige dieser Gedanken wider. Pages zögernde Hoffnung erstarb. Er las Ablehnung in Weatherbys Augen, und die übermäßige Herzlichkeit des Schuhfabrikanten – er klopfte ihm auf die Schulter, drückte seinen Ellbogen, erkundigte sich angelegentlich nach Alice – bestätigte diesen Eindruck.

Die Abfuhr deprimierte Page auf das schmerzlichste. Aber gleichzeitig machte sich ein seltsames Gegengewicht bemerkbar, eine Entschlossenheit festigte sich, und im starrsinnigen Bestreben, Mittel und Wege zu finden, um den Kampf weiterzuführen, verzehnfachte sich seine Geschäftigkeit. Er mußte weiter, weiter, weiter. Die Bank verweigerte den Kredit? Gut. Die Hedleston-Baugesellschaft würde sich zugänglicher zeigen und den Grundbesitz belehnen. Das erforderte allerdings Zeit und, vor allem, Alices Zustimmung, das Haus mit einer Hypothek zu belasten. Dieser Gedanke ließ ihn zaudern, aber nicht lange. Je größer der Widerstand, desto unwiderruflicher härtete sich sein Starrsinn, desto lauter sprach die seltsame Überzeugung, daß er siegen würde. Und weiß Gott, er bedurfte ihrer.

Er war keine fünf Minuten im Büro, als Maitland eintrat.

»Die heutige Sitzung dürfte bei reduziertem Personal stattfinden. Balmer ist fort.«

»Fort?«

»Gegangen – ausgeschieden – davongerannt. Was Ihnen am besten gefällt. Bitte sehr: hier ist die Kündigung.«

Henry starrte den Umschlag an, den Maitland auf seinen Schreibtisch geworfen hatte. Durfte es ihn erstaunen? Balmer war in letzter Zeit immer schwieriger zu behandeln, sein Verhältnis zu Henry kein gutes gewesen.

»Aber ... die Kündigungsfrist beträgt doch einen Monat.«

»Kaum. Am wenigsten, wenn er sofort eine neue Stellung antritt.«

»Doch nicht ... beim ›Journal‹?«

»Genau.« Maitland schwieg einen Augenblick. »Anscheinend hatte er nicht die Nerven, es Ihnen zu sagen. Also schrieb er einen netten kleinen Abschiedsbrief. Ich habe es kommen sehen. Sie wissen doch – ein Herz und eine Seele mit ›ihrem Mr. Smith‹ ... Balmer geht dorthin, wo's mehr Geld gibt. Und das ist dort offenbar der Fall.«

Da Page schwieg, fuhr er fort: »Das ist leider noch nicht alles, Henry. Auch zwei Setzer sind übergelaufen. Perkins und Dodds.«

Diese Mitteilung konnte Henry, gelinde gesagt, kaum begreifen.

»Was soll das heißen? Sind sie überzeugt, daß wir untergehen?«

»Das glaube ich kaum, obwohl sie wissen, daß wir dagegen ankämpfen. Wahrscheinlich lockt sie das Geld, das Angebot langfristiger Verträge, die Deckung durch die ›Gazette‹. Sie denken, sie können bei der Sache nicht verlieren.«

Henry biß sich auf die Unterlippe. Er suchte sich zu beherrschen. Wenn er je auf etwas gezählt hatte, so auf die Treue seiner Arbeiter. Selbst in seinen besten Zeiten war das »Licht« nicht überbelegt, und gute Leute waren schwer zu bekommen.

»Wir brauchen sofort zwei Ersatzmänner«, sagte er schließlich.

Maitland, der neben ihm stehengeblieben war, rieb nachdenklich sein Kinn und ging auf die Tür zu. »Ich setze mich sofort mit Tynecastle in Verbindung.«

»Versuchen Sie's auch in Liverpool. Und in Manchester.«

Er nickte. »Keine Angst. Wir kommen schon durch. Auf später!«

Den ganzen Tag bemühten sie sich um Ersatzleute, sicherten schließlich dank einem glücklichen Zufall einen Setzer aus Liverpool sowie die Zusage eines zweiten, Anfang nächster Woche aus Tynecastle zu kommen. Als der junge Lewis anbot, Überstunden zu machen, und sagte, daß er alles tun würde, um zu helfen, fühlte Henry sich ein wenig besser. Auch Poole, überlegte er, würde sicher zusätzliche Arbeit verrichten, trotz aller Reizbarkeit und Launen. Nye war sein erklärter Feind: er ging mit finsterer Miene umher, in der Hoffnung, ihn zu »stellen«. Auch Hadley war absolut verläßlich. Er zeigte zwar die Besorgnis eines Mannes, der drei Kinder zu erhalten hatte, konnte aber trotzdem zu den Inserenten geschickt werden. Was den Umbruch betraf, so mußte sich Henry während der nächsten Wochen selbst darum kümmern. Diese Maßnahmen entspannten zwar die Lage, waren aber keine endgültige Lösung. Der Personalmangel machte sich zu stark bemerkbar. Und als Henry die Situation überdachte, erkannte er, daß der Augenblick gekommen war, seinen Sohn zu Hilfe zu rufen. Er hatte keine andere Wahl: David mußte Sleedon verlassen, zumindest für eine Zeit, und in die Bresche springen.

9

Um fünf machte Henry Feierabend und fuhr nach Sleedon. Die Ereignisse des Vormittags hatten ihm böse Kopfschmerzen beschert, aber nun erfrischte ihn die kühle Seeluft. Als er die vertraute Uferstraße entlangfuhr, spielte das weiche Dünengras im ersten Hauch des Abendwindes. Cora wußte nichts von seinem Besuch, stand also nicht bei der Gartentür, um ihn zu erwarten. Das Häuschen wirkte ungewöhnlich still. Dann sah er sie. Sie saß beim Fenster, über eine Arbeit geneigt. Beim Rädergeräusch hob sie den Kopf, und der vertiefte, seltsam gedankenvolle Ausdruck ihres Gesichts wich freudiger Überraschung. Sie sprang auf und war im nächsten Augenblick bei ihm. Es freute Henry mehr denn je, sie zu sehen. Zum erstenmal seit langer Zeit wich der Druck, der auf ihm lastete.

»Ich dachte, ich würde auf eine Stunde herauskommen. Störe ich?«

»Nie.« Sie nahm seine Hand. »Schön, daß du da bist. Ich habe mich eben auf einen richtig langweiligen Abend gefaßt gemacht.«

»Das glaube ich nicht. Dir ist nie langweilig.«

»Heute schon. Aber jetzt nicht mehr. Komm.«

»Wo ist David?« fragte Henry und begann seinen Mantel aufzuknöpfen. – »Er arbeitet.« Diese Antwort hatte er erwartet. Statt dessen betrachtete sie ihn zögernd.

»In Scarborough – seit heute früh. Bei Dr. Evans.«

Die Mitteilung kam so unerwartet, daß Henry im schmalen Vorzimmer stehenblieb.

»Geht es ihm nicht gut?«

»Doch, doch; es geht ihm nicht schlecht. Aber seit einiger Zeit macht er sich Sorgen.«

»Weshalb?«

»Über sich selbst. Sorgen und Sorgen.«

»Daß er nicht gesund bleibt? Daß er einen Rückfall haben wird?«

»So ungefähr.« Sie sprach langsam und suchend, aber trotzdem, als täte es ihr wohl, sich ihrer Last zu entledigen. »Das Ganze ist nach und nach über ihn gekommen, in den letzten zwei Wochen. Zuerst hat er immer weniger gearbeitet. Dann angefangen, mir zu erzählen, wie schwer er's gehabt hat, bevor wir uns begegnet sind. Ich hab' versucht, ihn auf andere Gedanken zu bringen. Ich weiß, es ist nicht gut für ihn. Aber er sagt: ›Cora, wenn's jemals wieder so weit mit mir kommt ...‹ Letzten Montag fragt er mich plötzlich: ›Mit wem hast du gesprochen?‹ Er war oben gewesen, in der Mansarde. ›Mit niemandem‹, sage ich. ›Aber ich habe dich reden gehört. Hast du nicht mit dir selbst gesprochen?‹ ›Natürlich nicht‹, sage ich und versuche, die Sache leicht zu nehmen. Aber er gibt sich nicht zufrieden, schaut überall nach, in jedem Winkel, jedem Kasten, überall. Natürlich war niemand da. Gar niemand. Dann sieht er mich an, ganz benommen, und sagt: ›Cora, ich höre Stimmen.‹ Seit damals wollte er zum Doktor. Ich durfte dir nichts davon sagen. Er hat mich auch nicht mitfahren lassen. Ich wollte. Aber er hat's nicht erlaubt. ›Ich muß das allein tun, darf nicht immer auf andere zählen. Sonst werde ich nie damit fertig.‹«

Während der Stille, die ihren Worten folgte, suchte sich Henry an den Gedanken zu gewöhnen, daß seine Hoffnungen vernichtet waren. Er war um Hilfe gekommen und fand, daß er helfen mußte. Da sah er Tränen in ihren Augen. Sofort argwöhnte er, daß zwischen ihr und David etwas nicht in Ordnung war, mehr, als sie in ihrer kurzen, stockenden Erzählung angedeutet hatte. Unvermittelt nahm er ihren Arm.

»Komm, gehen wir spazieren. Die frische Luft wird uns guttun.«

Wie üblich, wanderten sie den Damm entlang, wechselten kaum ein Wort, aber der Spaziergang tat beiden wohl. Als sie den Leuchtturm erreichten, flaute der Wind ab und das abendliche Zwielicht war von ruhiger Durchsichtigkeit. Schwacher Nebel verhüllte den Horizont, und die wellige, glasklare See reichte in die Unendlichkeit. Durch die Stille, von einem unsichtbaren Fischerboot, drang das leise, geisterhafte Tuten eines Nebelhorns. Henry stand neben Cora. Er fühlte deutlicher denn je, daß sie einander nahe waren. Als sie zum Haus zurückkehrten, schenkte sie ihm einen vollen Blick der Dankbarkeit und Liebe. Dann sagte sie:

»Es ist nicht recht. Wirklich nicht. Du hast genug eigene Sorgen.«

»Ich kann sie ertragen.« Er blieb bei der Tür stehen und schaute angelegentlich auf die Uhr.

»Ich glaube, ich gehe wieder.«

»Auf keinen Fall! Das würde ich mir nie verzeihen!«

Ihr Ton duldete keinen Widerspruch. »Du kommst herein und ißt etwas.«

Cora nahm seine Weigerung nicht zur Kennntis. Im übrigen war sie nicht sonderlich überzeugend gewesen. Henry hatte nicht die geringste Lust, so früh heimzufahren. Außerdem brachte ihm ihre Einladung zu Bewußtsein, wie hungrig er war. Im Vorraum angelangt, schloß sie die Tür mit Nachdruck, als wollte sie es ihm unmöglich machen, fortzugehen.

»Du setzt dich jetzt ins Zimmer. Ich bin gleich so weit.«

»Nein, ich komme lieber in die Küche und schau' dir zu.«

Das Vergnügen, ihr zuzusehen, linderte die Niedergeschlagenheit, die die schlechte Nachricht über David hervorgerufen hatte. Ihre geübten, anmutigen Bewegungen taten dem Auge unendlich wohl. Eine geheimnisvolle Kraft strahlte von ihr aus und minderte den Druck, der ihn seit Wochen belastete. Plötzlich, ohne jeden Zusammenhang, hörte er sich sagen:

»Cora, bei dir fühl' ich mich wieder jung!«

»Guter Gott!« Sie lächelte zurück. »Du kommst mir nie alt vor, nein, niemals.«

Das Mahl, das sie bereitete, war einfach – sie erwähnte es mehrmals mit Bedauern und entschuldigte sich, »nichts daheim« zu haben – und bestand aus Speck, Eiern, heißem, gebuttertem Toast und gedünstetem Rhabarber aus dem Garten. Wie oft hatte Henry als Junge, auf Ferien in Sleedon, den Tag fischend am Pier verbracht und abends eine solche Mahlzeit vorgefunden. Und da er sich zu Tisch setzte, von einer Flut der Erinnerungen überwältigt, war er kaum weniger hungrig als in seiner Knabenzeit.

Cora mußte mitessen. Er wußte seit langem um ihre Eigenschaft, alles zu geben, und nichts zurückzubehalten. Hatte sie nicht, als sie die Küche betraten, ein Glas Milch und eine altbacken aussehende Semmel vom Tisch geräumt? Henry zweifelte nicht, daß sie, wäre er nicht gekommen, nichts anderes zu sich genommen hätte. Im Bestreben, sie aufzuheitern, hielt er das Gespräch allen Sorgen fern. Er war entschlossen, Dr. Evans am nächsten Morgen anzurufen. Bis dahin mußte die Sache ruhen. Was seine eigenen Schwierigkeiten betraf, so war diese Stunde der Flucht in eine andere Welt - so erschien sie ihm zumindest - zu kostbar, um daran verschwendet zu werden. Er fragte sich nicht, wie sich diese Atempause erklären ließ. Genügte es nicht, die Last niederzustellen, die er seit Monaten trug, zu vergessen, daß er sie schultern mußte, sobald er aus dem Haus trat?

Während sie miteinander sprachen, bemerkte er ein aufgeschlagenes Buch, Carlyles *Sartor Resartus.* Es lag neben Coras Lieblingsplatz beim Fenster. Sie folgte seinem Blick und errötete, ein wenig schuldbewußt.

»Ich hab' mein Kapitel heut nicht gelesen. David wäre böse. Es ist dumm - aber ich bring's einfach nicht über mich.«

Verblüfft starrte er sie an. Hatte ihr David im Bestreben, sie zu bilden, tatsächlich diese Bürde auferlegt? Offenbar, denn sie fuhr traurig fort:

»Ich kann nichts damit anfangen. Es macht mir nur Freude, Dinge zu tun. Ich werde nie gebildet sein!«

Mitleid überwältigte ihn.

»Du hast eine Menge Verstand, Cora. Das ist viel wichtiger. Außerdem würde dieses Buch jeden anderen auch langweilen.«

Sie gab keine Antwort. Nach dem Essen stand sie auf und entzündete das Treibholz, das auf dem Kaminrost lag.

»Diese Märzabende sind kalt, nicht wahr? Ich mach' gern Feuer. Es ist so gemütlich. Und riecht gut. Wenn ich an die Zimmer denke, wo ich gewohnt hab' - nur mit einem verrosteten kleinen Gasofen. David macht sich nichts draus. Das heißt, er zwingt sich, ohne Feuer auszukommen. Das gehört so zu seiner neuen Idee.«

»Was für einer Idee?«

Sie schwieg lange, gesenkten Blicks. Dann sagte sie zögernd, als zwänge sie sich, zu sprechen.

»Es ist plötzlich über ihn gekommen. Er will sich ›enthalten‹. So nennt er das. Ich wollte, er täte es nicht. Bestimmt verlangt niemand von uns, daß wir uns alles versagen ... Wenn er sich nur ein bißchen gehenlassen und – natürlich leben wollte. Es ist nicht gut, gegen die Natur anzukämpfen. Für ihn nicht und für mich auch nicht.«

Sie verstummte und warf Henry einen raschen verwirrten Blick zu, als habe sie zuviel gesagt. Natürlich begriff er den unbewußten Hinweis augenblicklich, und die Erkenntnis traf ihn wie ein scharfer, seltsamer Stich. Bisher hatte er die Ehe nur als Wohltat für David betrachtet. Nun dachte er erstmals an Cora und fragte unvermittelt:

»Bist du glücklich, Cora?«

»Ja«, antwortete sie langsam. »Zumindest, solange David glücklich ist. Ich tu' für ihn, was ich kann. Aber manchmal glaub' ich, daß er mich gar nicht braucht. Wenigstens benimmt er sich manchmal so.«

»Das ist seine Art. Aber er liebt dich. Davon bin ich überzeugt.«

»Hoffentlich«, sagte sie.

Neuerliche Stille. Dann bückte sie sich, als wollte sie ihre Gedanken abschütteln. Ihre Bewegung hatte etwas Gehetztes.

»Das Holz ist noch zu feucht. Ich sammle es am Strand, bei Flut. Eine riesige Ersparnis. Außerdem macht's mir Spaß.«

»Du bist gern im Freien.«

Sie nickte. »Manchmal geh' ich den Strand entlang, meilenweit, und begegne niemandem. Du würdest staunen, was ich alles finde!«

»Was, zum Beispiel?«

»Das errätst du nie.«

»Alte Stiefel?«

Er wagte den schwachen Scherz im ängstlichen Bemühen, sie aufzuheitern.

»Nein. Aber – neulich zum Beispiel eine kleine Kiste Eier.«

»Unsinn, Cora.«

»Nein, wirklich. Wahrscheinlich von einem Schiffsdeck gespült.«

»Waren sie nicht alle verdorben?«

Ihre Züge hellten sich auf. Fast lächelte sie ihr langsames, seltenes Lächeln, wiewohl mit einer Spur von Traurigkeit. »Du hast eben zwei gegessen. Ein Glück, daß ich sie hatte. Die Flut ist so stark. Alles wird an dieses Nordufer geschwemmt . . . Alles.«

Ihre Worte waren wie ihre Bewegungen: einfach, offen, absichtslos. Die Flammen züngelten aus dem Kamin, zeichneten die Schatten mit hellen Streifen und betteten ihr Gesicht in Wärme. Sie schwiegen.

Seit Jahren führte Page in seinem Heim ein liebeleeres Leben. Dorothy, in ihrem jugendlichen Egoismus, ihrer nüchternen Einstellung, ihrem lärmenden Schwung, machte sie sich nicht viel aus ihm, ignorierte ihn mit der spöttischen Herzlosigkeit ihrer siebzehn Jahre und war bestenfalls bereit, ihn zu dulden, solange er für ihr »Studium« an der Kunstakademie aufkam. Dort vergeudeten sie und andere ihresgleichen ihre Zeit damit, quadratmetergroße Kartons abstrakt zu beklecksen, weil es sich »gut machte«. Dabei konnte man nicht einmal sagen, daß sie mit zunehmendem Alter vernünftiger werden würde.

Auch mit Alice schien der Lauf der Dinge unabweichbar festgesetzt, in grauer, entsetzlicher Eintönigkeit. Page verachtete die Männer, die sich als Unverstandene gebärdeten und behaupteten, von ihren Frauen nicht nach Gebühr geschätzt zu werden. Seiner Mängel bewußt, bemühte er sich nach Kräften, mit Alice ein gleichmäßig freundliches Verhältnis zu wahren. Nun aber erkannte er in einem Augenblick plötzlicher Erleuchtung, wie dürr, wie dürftig seine Ehe war, wie verfälscht die Lage, in die sie ihn vor Jahren gedrängt hatte. Wie rasch war seine jugendliche Liebesillusion verflogen! Während der kurzen Hochzeitsreise, zwei trübseligen, verregneten Wochen im westlichen Hochland, hatte sich Alice wie eine beleidigte Prüde benommen, deren Hauptsorge wetter- und umstandsgemäß darin bestand, ob sie um wärmere

Unterwäsche nach Hause telegraphieren sollte oder nicht. Was die »ehelichen Pflichten« betraf, so fand sie sie seit langem zwar nicht qualvoll, aber »äußerst unangenehm«. Ihr Verlangen ließ nach, ihr Besitzwille stieg. Wie oft hatte sie ihn ihren wechselnden Stimmungen unterworfen! Selbstbedauern, kindisches Schmollen, flüchtige Ideen, kurzatmige Begeisterung, erschreckender Mangel an Logik, leidenschaftliche Hingabe an Nichtigkeiten und völlige Interesselosigkeit an seiner Arbeit kennzeichneten ihren Charakter, und die Ausbrüche ihres unberechenbaren Temperaments zerrten an beider Nerven.

Wie anders, dachte er, war doch dieses große ruhige Mädchen, scheinbar so gelassen, aber in Wahrheit so tiefen Gefühls fähig. Sie blickte sorgenvoll ins Feuer, aber ihre Hände ruhten. Sie bot ihre Zuneigung großzügig, selbst liebebedürftig, und ihr beredtes Schweigen sprach von Verständnis und Einfühlungsgabe. Der erbitterte Kampf der letzten Zeit hatte in Henry ein schmerzhaftes Verlangen erweckt, verstanden zu werden. Er erkannte diese Regung als Schwäche, vermochte aber die Sehnsucht, Güte zu geben und zu erfahren, nicht zu unterstützen. In Cora fand er, was er suchte, eine seltene, schmerzlich entbehrte Kostbarkeit.

Endlich fühlte er, daß er aufbrechen mußte. Schweigend begleitete sie ihn zum Wagen. Aus kaltem, tiefblauem Himmel funkelten die Sterne. Die Brandung donnerte an den Strand. Sie lauschten dem Ansturm der Wellen, dem langsamen Rieseln des Sands, das jeder Flutwoge folgte. Streifen hellen Mondlichts tauchten die Hügel von Eldon in bläulichen Schein. Ihr Atem dampfte kaum merklich, ihre Brüste hoben und senkten sich. Plötzlich murmelte sie:

»Mußt du wirklich schon fort?«

»Es ist spät«, sagte er.

»Noch nicht sehr. Und wenn du weg bist, wird's noch ärger sein.«

Plötzliche Erregung schien sich ihrer zu bemächtigen. Sie schauerte. Ihre Hand, die noch immer die seine hielt, war kalt und weich.

»Du bist doch nicht krank?« fragte Henry. »Deine Finger sind wie Eis.«

Sie lachte kaum hörbar, ein zögerndes, unsicheres Lachen.

»Kalte Hände – warmes Herz. So heißt's doch, nicht wahr? Die Nacht ist so schön! Eine Schande, im Zimmer zu sitzen. Könnten wir nicht noch den Strand entlanggehen?«

»Wir waren doch schon spazieren, Cora.«

»Ja ... Aber es ist so schön und hell.« Ihre Stimme schwankte. »Ich kenne eine kleine Hütte mit Netzen ... am Ende des Damms ... ich könnte sie dir zeigen. Ganz einsam und trocken. Wir könnten den Wellen zuschauen.«

Sie warf ihm einen gehetzten Blick zu. In ihren Augen stand ein selsames, rastloses Fragen. Als er den Kopf schüttelte, schien ihr Gesicht zu erlöschen.

»Es ist wirklich spät, Cora ... Fast zehn. Ich muß nach Hause! Ein andermal.«

»Wirklich?«

»Natürlich. Komm, sei nicht traurig. Alles wird gut werden – für dich und David – für uns alle.«

Hatte sie gehört? Sie gab keine Antwort, nahm seine Hand, die noch immer in der ihren lag, und drückte sie an sich. »Du bist so gut ... wirklich ...« Und noch einmal: »Komm bald wieder. Bitte.«

Ihre Worte griffen an sein Herz. Zart küßte er ihr Haar. Dann wendete er den Wagen. Sie sah regungslos zu.

Etwa fünf Minuten fuhr Henry durch das flüssige Mondlicht. Die schnurgerade Landstraße glich einem Milchstrom. Plötzlich bremste er. Der Gedanke an Cora, ihren traurigen, hartnäckigen Blick – er sah sie noch beim Tor stehen –, ließ ihn nicht los. Warum war er fortgefahren? Er hatte es sich zu leichtgemacht. Plötzlich fühlte er den wilden Drang, zurückzufahren und sie zu trösten. Doch nein, es war unmöglich, jenseits aller Vernunft, konnte mißdeutet werden, würde ihr nur schaden. Mit trockener Kehle kämpfte er das Bedürfnis nieder, zu ihr zurückzukehren, wenn auch nur für ein einziges Wort. Dann, nach langer, schwerer Pause, seufzte er, startete, schaltete den Gang ein und setzte die Heimfahrt fort.

10

Mrs. Page verbrachte diesen Abend daheim in der Bibliothek, in aussichtslosem Kampf gegen die Langeweile. Hannah hatte Ausgang, Dorothy war erkältet und zeitig zu Bett gegangen und Catherine Bard, die Frau des Doktors, nach dem Nachtmahl zu Kaffee und Bridge für zwei gebeten, hatte im letzten Augenblick mit der beunruhigend fadenscheinigen Entschuldigung abgesagt, daß ihre Tante unangemeldet aus Tynecastle gekommen sei.

Alice liebte Geselligkeit und fand es niemals angenehm, allein zu sein. Kein Wunder, daß sie nicht besonders gut aufgelegt war. Sie fühlte sich vernachlässigt und wünschte in Ermangelung besserer Gesellschaft, daß Henry heimkäme. Wo steckte er bloß? Sein Kommen und Gehen schien seit einiger Zeit völlig planlos. Knapp nach sieben hatte sie im Büro angerufen, aber vergebens. Zwar aß er an Hannahs Ausgangstag gelegentlich im Klub, aber auch dort war er nicht, wie ihr der Portier gegen acht versicherte. Blieb nur eine Möglichkeit - oder sollte sie sagen, Gewißheit? Sleedon! Kein Zweifel, er war schon wieder dort. Unerhört, wie er sie vernachlässigte, um bei jeder Gelegenheit hinauszufahren!

Alice schob den Polster zurecht, der hinter ihrem Rükken steckte, und griff, da sie mit dem Kreuzworträtsel nicht weiterkam, zum drittenmal nach ihrer Näharbeit. Das feine Muster strengte ihre Augen an. Überhaupt war es ihr schon langweilig. Sie beschloß, die Stickerei Hannah zu geben - sie sollte sie in ihrer Freizeit fertigmachen -, suchte ihre Gedanken zu ordnen und begann eine Patience. Aber auch das nützte nichts. Der Abend war zu enttäuschend gewesen. Von wachsendem Selbstbedauern getrieben, versank sie in einen ihrer Tagträume, der diesmal nicht Zukunftssehnsüchten, sondern wehmütigen Erinnerungen galt. Und während sie da saß, die Karten in der Hand, bestürmten sie nie vergessene Bilder aus ihrer Mädchenzeit, aus einem glücklichen, sorgenlosen Leben.

Wie schön war es doch in Banksholme – der Vater hatte das kleine Gut im Ostlothischen nach der Übersiedlung aus Morningside Terrace gekauft –, wie ländlich, wie still! Man überblickte das Meer und den Felsen von Bass, war aber trotzdem den Annehmlichkeiten der Hauptstadt so nahe. Der Freundeskreis war groß und erlesen (selbst vor seiner Ernennung zum Mitglied des Obersten Gerichtshofs hatte ihr Vater zu den beliebtesten Anwälten Edinburghs gehört), und wenn auch der Tod der Mutter, als Alice siebzehn Jahre zählte, einen Schatten auf das Familienleben warf, wußte Rose, die ältere Schwester, die hausfraulichen Pflichten bestens zu erfüllen. Ach, und wie lockend, wie verheißungsvoll war ihr die Zukunft erschienen! Hätte sie sich jemals träumen lassen, daß ihr Leben so verlaufen würde, daß ihre Ehe, von der sie so viel erwartet hatte, in langweiligem Provinztrott versanden, und, das war der Gipfel, im Zeichen von Vernachlässigung und – nein, sie konnte es nicht länger bezweifeln – finanziellem Zusammenbruch stehen würde?

Tränen brannten in Alices Augen, als sie ihrer ersten unvorhersehbaren, aber so folgenschweren Begegnung mit Henry gedachte. An der Universität, die sie nicht etwa des Studiums wegen besuchte, sondern weil ein Kunstfach für Mädchen ihres Standes das »Gegebene« war, glich er in keiner Weise ihren Freunden, den nettesten jungen Leuten ihres Semesters. Wie fröhlich waren sie doch alle, wie unbeschwert, wenn sie nach der Vormittagsvorlesung die Princes Street entlanggingen, Arm in Arm, schnatternd wie die Elstern, um bei MacVittie Guest mittagzuessen, immer an demselben runden Tisch, den die Kellnerin aus Perth, ein schwarzlockiges Ding, für sie reservierte ... Wie hieß sie doch gleich? Ach ja, Lizzie Dewar, ein nettes Mädel, und gar nicht anmaßend. Sie wußte, wo sie hingehörte. Und nachher war immer etwas los. Sehr gefragt, hatte Alice alle Hände voll zu tun, organisierte den nächsten Studentenball oder das Treffen des Diskussionsvereins mit dem Queen Margaret College.

Einer solchen Veranstaltung wegen hatte sie sich auch erstmals an Henry gewandt, damals einen ruhigen jungen Mann, linkisch und zurückhaltend, den niemand beachtete, obwohl er ein paar ausgezeichnete Artikel für die Studentenzeitung geschrieben hatte. Sie bat ihn um ein Diskussionsthema und ein paar Ideen für ihre Einführungsrede. Gott, sie hatte nie behauptet, für derlei Dinge begabt zu sein. Er half ihr so bereitwillig, daß sie seltsamerweise irgendwie wünschte, sich seiner anzunehmen. Sie fand heraus, daß er in Untermiete wohnte und viel allein war. Was lag näher, als ihn nach Banksholme einzuladen?

Und dann wurde er natürlich wieder herausgebeten, und sie machten lange Spaziergänge über den Golfplatz von Gullane, nicht um Golf zu spielen – er war kein Sportler –, sondern plaudernd, zuweilen über die ausgefallensten Dinge. Manchmal regnete es. Dann suchten sie Zuflucht an einem geschützten Ort, saßen nebeneinander und blickten aufs Meer hinaus. Henry war niemals überschwenglich, niemals zudringlich. Das gefiel ihr. Sie hatte es nie vertragen, angefaßt zu werden – nie. Oft tranken sie Tee mit Lebkuchen, Butterteiggebäck und Schwarzbrot in einer armseligen kleinen Teestube, die Henry besonders gut gefiel. Sie hieß »Neuk« und lag an der Straße nach Berwick, neben der alten Mehlmühle.

Nachher gingen sie heim. War ihr Vater aus Edinburgh zurück oder, nach längerer Abwesenheit, von einer seiner Dienstreisen durch das Hochland, schlug er Henry auf die Schulter und sagte: »Junger Mann, wäre es nicht an der Zeit, mir mitzuteilen, daß Ihre Absichten unehrbare sind?« Die beiden diskutierten lange über Politik oder Bücher, ihr Vater horchte Henry aus, und wenn er gegangen war, betrachtete er seine Tochter und sagte: »In dem Jungen steckt etwas, Alice. Wenn du einen Funken Verstand hast, läßt du ihn nicht laufen.« Ja, sie glaubte an Henry, obgleich sie sehr wohl bemerkte, daß er in keiner Weise zu ihr paßte. Aber konnte sie ihm nicht von Nutzen sein, gesellschaftlich und anders? Konnte sie ihm nicht helfen, bekannt zu werden, sich einen Namen zu machen? Und als Mr. Page plötzlich erkrankte und Henry die Universität mit Hedleston und dem »Licht« vertauschen mußte, verlobten sie sich in letzter Minute, knapp vor seiner Abreise. Damals freilich dachte sie nicht daran, daß ihr Mann ihr Vorhandensein nicht zur Kenntnis nehmen, sie nach zwanzig Jahren hingebungsvoller Treue übergehen und vernachlässigen würde.

Wieder war Alice den Tränen nahe, als sie hörte, daß jemand die Haustür öffnete. Sie hatte kaum Zeit, sich zu sammeln, die Karten wegzulegen und ihre Arbeit zur Hand zu nehmen, als Henry die Bibliothek betrat.

»Du bist noch auf?« Seine Stimme klang überrascht. »Ist Dorothy zu Hause?«

»Sie ist schon längst im Bett.« Alice blickte vielsagend auf die Uhr, die am Kaminsims stand – sie zeigte viertel elf –, und setzte mit offenkundiger Zurückhaltung hinzu: »Ich habe mir langsam Sorgen gemacht.«

»Hat man dir's im Büro nicht ausgerichtet?« Er sah abgespannt aus, setzte sich und schirmte die Augen vor dem Licht. »Ich war in Sleedon.«

»So.« Dieses Wort schien zu genügen.

»David war nicht da. Er ist zu Dr. Evans gefahren. Ich glaube nicht, daß es ernst ist. Jedenfalls rufe ich morgen in Scarborough an. Aber Cora war sehr bedrückt, also blieb ich ein bißchen bei ihr.«

Alice machte ein paar schnelle Stiche, allesamt verkehrt, und fühlte, obwohl sie den Kopf gesenkt hielt, wie ihr das Blut in die Wangen schoß. So also hatte er die letzten fünf Stunden verbracht! Sie suchte ihre Stimme zu festigen.

»Du warst lange dort.«

»Ja, das glaube ich fast auch. Wir sind am Strand spazierengegangen. Dann war sie nicht davon abzubringen, Nachtmahl zu kochen. Das Essen war übrigens großartig. Und nachher saßen wir noch beim Feuer.«

Der ruhige, fast beiläufige Ton seiner Worte überzeugte Alice, daß er sie hinters Licht führen wollte. Sie empfand eine Welle des Zorns. Argwöhnte sie nicht seit längerer Zeit, daß seine Gefühle für Cora jedes Maß, jede Vernunft sprengten? Seit dem Augenblick, da sie auf der Schwelle gestanden war, mit jenem sanft-zutraulichen Blick, jenem Ausdruck »Bitte-um-ein-bißchen-Liebe«, war er in sie vernarrt, gab ihr recht, überhäufte sie mit Geschenken, verwöhnte sie über Gebühr. Aber das ging zu weit! Die beiden hatten den Abend zusammen verbracht, während sie einsam daheim saß. Das war fast skandalös. Alice entschloß sich. Sie mußte sprechen, ein für allemal, mußte der Sache ein Ende machen. Aber als sie aufschaute, sah sie, daß er sie mit seltsamem, fast demütigem Blick betrachtete. Ehe sie ein Wort äußern konnte, sagte er:

»Alice, ich möchte etwas mit dir besprechen. Eine geschäftliche Angelegenheit, die mich seit längerem beschäftigt. Ich weiß, es ist spät. Aber willst du mich trotzdem anhören?«

»Worum handelt es sich?« fragte sie unwillkürlich und vergaß Cora für den Augenblick.

»Du weißt –«, er zögerte, »daß ich das Haus auf deinen Namen schreiben ließ. Du solltest etwas haben, das dir gehörte. Aber jetzt brauche ich deine Hilfe. Leider. Ich habe es aufgeschoben, solange es ging. Alles wäre mir lieber gewesen, als dich darum zu bitten. Aber du kennst meine Schwierigkeiten. Ich brauche Bargeld. Und wenn du diese Vollmacht unterschreibst, bringt mir die Hypothek eine ordentliche Summe.«

Ohne den Blick von ihr zu wenden, zog er ein Papier aus der Innentasche seines Rocks und glättete es auf seinem Knie. Eine volle Minute war Alice sprachlos. Dann überflutete sie eine solche Woge der Empörung, daß sie am ganzen Körper zu zittern begann.

»Schämst du dich nicht, so etwas auch nur zu erwähnen?«

Er hielt das Haupt gesenkt und stützte es mit der Linken.

»Ja . . . in gewissem Sinne schon. Es tut mir sehr, sehr leid.«

»Das kann es auch! Nein, das hätte ich denn doch nicht

von dir gedacht, daß du mir etwas schenken würdest, um es dann zurückzuverlangen.«

»Aber, Alice –«, er beugte sich vor. Sein geduldiger Ton erbitterte sie mehr als alles andere. »Du bist dir doch über die Situation im klaren.«

»Das will ich meinen! Seit Monaten steuern wir dem Ruin zu, und das, nachdem du ein Angebot ausgeschlagen hast, das uns aus diesem Loch endgültig herausgeholfen hätte, und zu glänzenden Bedingungen. Aber nein. Es mußte ja nach deinem egoistischen Dickkopf gehen. Und jetzt, fast bankrott und am Ende, bist du noch immer nicht zufrieden! Jetzt mußt du uns auch noch das Dach über dem Kopf wegziehen und uns an den Bettelstab bringen!«

»Nein, Alice . . .«

»Das Haus ist unsere letzte Sicherheit. Und die willst du mir herauslocken, damit du's mit allem übrigen verschleudern kannst?«

Er seufzte lange und tief.

»Es ist schwer für dich, Alice. Ich weiß. Aber versuche doch zu verstehen. Welcher Mann läßt sich mit Gewalt um sein Recht bringen? Ich konnte nicht nachgeben. Jetzt weniger denn je. Selbst wenn ich unterliege, obwohl ich immer noch glaube, daß es nicht dazu kommen wird, muß ich durchhalten bis ans Ende.«

»Bis ans Ende. Da hast du recht!« Ihre Stimme brach. »Und Dorothy und ich? Was soll aus uns werden?«

Er wandte den Blick ab und schwieg. Dann sagte er in verändertem Ton, als dächte er laut: »Selbst im schlimmsten Fall kann ich für euch sorgen.« Und dann, nach kurzer Stille: »Ich dachte, als meine Frau würdest du die Dinge anders betrachten.«

»Als deine Frau! Behandelst du mich denn als deine Frau, außer wenn du etwas von mir brauchst? Den ganzen Abend war ich allein, während du stundenlang bei dieser Cora in Sleedon gesessen bist!«

Er richtete sich auf, langsam, als wüßte er nicht, worauf sie abzielte. Dann hob er plötzlich den Kopf. »Was meinst du?«

»Tu nicht, als hättest du keine Ahnung! Glaubst du, ich merke nicht, wie sie dich aus ihren Kulleraugen anschaut? Wie sie deine Hand drückt, wenn du ihr etwas schenkst? Wie sie dahinschmilzt, als wärst du der herrlichste Mann auf dieser Welt?«

Er schien überrascht, sagte aber schnell:

»Unsinn, Alice. Warum sollte sie mich nicht mögen und ich sie? Schließlich ist sie unsere Schwiegertochter.«

»Du leugnest es also nicht?«

»Ich will es gar nicht leugnen. Ich habe Cora furchtbar gern.«

»Du liebst sie, mit anderen Worten.«

»Wenn du es so haben willst, ja. Schließlich gehört sie zur Familie.«

»Eine großartige Entschuldigung!« Sie rang nach Luft, mußte aber weitersprechen. »Jedes Kind würde das durchschauen! Siehst du denn nicht, daß du dich selbst betrügst? Daß du dich Tag für Tag mehr in sie verliebst?«

Er warf ihr einen bittenden Blick zu. »Streiten wir nicht, Alice. Wir haben andere Sorgen genug.«

»Streiten nennst du das, wo ich nur mein Recht verteidige und versuche, dich vor dir selbst zu schützen? Ich weiß, wie ein Mann wird, wenn er erst einmal in dein Alter kommt.«

»Wie kannst du so etwas sagen!« Er errötete tief. »Als du nach der Geburt der Kinder ein eigenes Zimmer wolltest, habe ich mich mit Leib und Seele der Zeitung gewidmet. Ich habe niemals eine andere Frau angesehen. Du weißt, wie man in dieser Kleinstadt denkt. Was du andeutest, ist ausgeschlossen . . .«

»Nicht für Cora.« Alice zitterte heftiger. Die Worte überstürzten einander. »Vielleicht wirst du jetzt sagen, ich bin voreingenommen, hätte sie nie gemocht. Aber sie ist gewöhnlich, und ob sie anständig ist, dafür möchte ich nicht garantieren. Sie hat zu viel Sexappeal. Ich kann das beurteilen, denn du weißt, wie sehr ich das hasse. Sie würde jeden Mann nehmen, der sie reizt. Und wenn ich mich nicht täusche, hätte sie lieber dich als David. Und daß du im Grund lieber sie hättest als mich, glaube ich auch.«

Henrys Lippen teilten und schlossen sich. Er schien im Innersten getroffen. Es erschreckte Alice, zu sehen, wie tief sie ihn verwundet hatte. Sein Gesicht war so fahl, als brächte er diesen Gedanken, der ihm noch nicht gekommen war, nun nie wieder los. Plötzlich konnte sie es nicht länger ertragen. Sie wollte schreien, begriff, daß einer ihrer Anfälle bevorstand und war entschlossen, sich gehen zu lassen. Ihre Lider flatterten, ihre Wange zuckte. Sie fühlte, wie sich ihr Körper versteifte, und ehe sie aufstehen konnte, hämmerten ihre Fersen auf den Boden.

Rasch durchquerte Henry den Raum und neigte sich über sie. »Nicht, Alice, bitte ... nicht so laut ... du weckst Dorothy.«

»Ach ... Henry ... Henry ...«

»Beruhig dich doch, Alice. Du weißt, wie sehr dir diese Anfälle schaden!«

Die plötzliche Nähe seines bleichen sorgenvollen Gesichts ließ Alices Gefühle ins Gegenteil umschlagen. Der Umschwung war so bezeichnend, so vollkommen, daß sie die Arme um seinen Hals schlang. »Das ist mir gleich. Ich verdiene nichts Besseres. Ich bin eine eifersüchtige, gedankenlose Frau ... Aber ich mußte ... mußte sprechen ... verzeih mir, Henry ... ich tue alles für dich, schufte, hungere für dich ... gehe durch Feuer und Wasser ... alles, alles. Du weißt, wie entsetzlich die Entbindungen waren, wie sehr ich gelitten habe ... ich bin so schmal ... Dr. Bard kann es dir bestätigen ... Wie heißt es? Bis daß der Tod euch scheidet ... Ich hab's für dich getan, Henry ... Seit ich dich in Professor Scotts Klasse sah, wußte ich, daß du der Richtige bist ... Du erinnerst dich doch ans Neuk, nicht wahr, Henry? An die Lebkuchen? Und den Golfplatz in Gullane? Ich unterschreibe. Gib mir die Vollmacht. Wirklich. Und eine Feder. Schnell. Schnell.«

»Morgen früh, Alice. Jetzt bist du zu ... zu müde.«

Ihr Haar hatte sich gelöst. Ein neuerlicher Anfall schien unmittelbar bevorzustehen. Aber zum Glück kam Hannah eben nach Hause und betrat das Zimmer, ohne sich Zeit zu nehmen, Hut und Mantel abzulegen. Mit der fürsorglichen, unbeirrten Geistesgegenwart, die sie auszeichnet, holte sie Riechsalz und Essig und half Henry schweigend und mit der größten Selbstverständlichkeit, Alice zu beruhigen.

»So, Mrs. Page«, sagte sie schließlich. »Erholen Sie sich ein bißchen. Dann können Sie hinauf ins Bett.«

»Danke, Hannah«, murmelte Alice. »Sie sind so gut zu mir. Ihr seid alle so gut zu mir.«

Sie lächelte zu Henry empor. Im sanften Licht der Reaktion wünschte sie von ganzem Herzen, seine Bitte zu erfüllen, ihm in allem und jedem zu gehorchen. Sie ruhte einige Minuten auf dem Sofa. Dann geleitete er sie über die Treppe in ihr Schlafzimmer, während Hannah in die Küche ging und Milch wärmte. Als sie das Glas brachte, lag Alice im Bett. Sie leerte es dankbar, aber ihre Hand zitterte noch ein wenig. Fast hätte sie die Milch über die frischgeputzte Daunendecke gegossen. Dann schluckte sie die reichliche Dosis Brom, die Henry ihr gab, und sagte, als Hannah gegangen war, mit leiser, fast flüsternder Stimme:

»Die Vollmacht, Henry.«

Er betrachtete sie in derselben sonderbaren Weise wie früher, zog wortlos das Papier hervor und schraubte seine Füllfeder auf. Seitwärts in die Kissen gelehnt, setzte Alice ihren Namen auf die Zeile, die durch ein Bleistiftkreuz bezeichnet war.

»Hier, Henry. Du siehst, was ich für dich tue. Gute Nacht, Lieber, und Gott segne dich.«

Als er das Licht löschte und den Raum verließ, schloß sie die Augen. Sie fühlte sich friedvoll und erleichtert, geläutert im Bewußtsein erfüllter Pflicht. Bald darauf schlummerte sie ein. Vorher aber dachte sie seltsamerweise an die alte Miß Taggart, die Besitzerin der Neuk-Teestube an der Straße nach Berwick, die immer eine distelförmige Topasbrosche getragen hatte.

11

Ein paar Wochen später, am 21. Juni, einem Tag, der sich als denkwürdig erweisen sollte, betrat Leonard Nye kurz nach zehn das im neuen Versicherungsgebäude untergebrachte Büro des »Journal«. Der Gruß Peters, des jungen Telefonisten, blieb unerwidert. Nye war des Morgens nie gesprächig. Als er den Korridor entlangschritt, rief Smith aus seinem Zimmer, dessen Tür offenstand:

»Leonard, bist du's?« Dann lauter: »Ich muß dich sprechen.«

Nye nahm die dringende Bitte nicht zur Kenntnis. Smiths Herrschversuche, wiewohl selten geworden, erstickte man am besten im Keim. Wollte er aber Rat oder ein mitfühlendes Herz für seine immer jammervolleren Klagen, mochte er später kommen.

Nye ging in sein Büro, ein freundliches, luftiges Zimmer mit Ausblick auf den Victoria-Park, das er mit Lederfauteuils, Fernsehapparat und Sofa ausgestattet hatte. Letzteres allerdings, in einem Augenblick köstlicher Zuversicht bestellt, hatte sich als Fehlinvestition erwiesen.

Nye gab sich an diesem Morgen nicht weniger lässig als sonst. Trotzdem verriet sein Gehaben eine gewisse Spannung, als erwarte er wichtige Ereignisse. Noch während er die Waschlederhandschuhe abstreifte, ging er geradewegs zu seinem Schreibtisch und überflog seine Post. Offenbar erhoffte er eine Nachricht von besonderer Bedeutung. Ein gelber, »Gemeindeamt« gestempelter Umschlag, dessen Rückseite das Gemeindewappen zierte, schien der Gegenstand seiner Suche zu sein. Er riß ihn mit dem Daumen auf, las den Brief, und in seinen Zügen spiegelte sich wachsende Befriedigung. Gut, sagte er zu sich selbst. Genau, wie er erwartet, nein, wie er vorausgesehen hatte. Er las den Brief ein zweitesmal, weniger hastig, verstaute ihn in seiner Brieftasche, stellte sich zum Fenster, entzündete eine Zigarette und sog den Rauch ein. Er überlegte ernsthaft. Dann nickte er zufrieden und las die restliche Post. Sie enthielt nichts von Bedeutung. Nye wandte sich den Zeitungen zu, vor allem dem »Licht«. Das »Journal« konnte warten. Erstens wußte er, was darin stand, zweitens war es täglich so gut wie dasselbe. Eben vertiefte er sich in einen von Henry verfaßten Artikel über das Saisonprogramm der Parkkonzerte, das ihm ein ironisches Lächeln entlockte, als die Tür aufflog und Smith hereinschoß.

»Hast du mich nicht gehört?«

»Wann?« sagte Nye kühl. »Du hast mich gerufen?«

Smith beäugte seinen Kollegen argwöhnisch, setzte sich auf einen ungepolsterten Sessel und blickte vielsagend auf seine Armbanduhr. »Du kommst ziemlich spät, nicht wahr?«

»Ich bin kein Frühaufsteher. Das liegt mir nicht. Was Neues?«

»Und ob! Ein Telegramm von Greeley. Er kommt schon wieder.«

»Wann?«

»Heute. Mit dem 14-Uhr-20-Zug. Ich soll das Auto an den Bahnhof schicken. Nach Tynecastle. Natürlich gehe ich ihn abholen. Ich bin besorgt, Leonard. Die Sache schaut schlecht aus.«

Greeley, das mußte Nye zugeben, war nie erfreulich: ein wahrer Bluthund, witterte er mit untrüglicher Sicherheit die wunden Punkte einer Bilanz und konnte, besonders was Spesenrechnungen betraf, äußerst unangenehm werden. Aber hinter diesem Besuch, dem dritten binnen sechs Wochen, steckte mehr, viel mehr. Nye hatte damit gerechnet und wußte, daß es den Gnadenstoß galt.

»Warum fliegt er nicht?« jammerte Smith und studierte das Telegramm, als wollte er es auswendig lernen. »Der Flugplatz ist viel näher.«

»Mr. Greeley hat in seinem Leben noch kein Flugzeug bestiegen. Dazu ist er viel zu vorsichtig. Wie du.«

»Ach, hör auf, Nye. Siehst du denn nicht, wie ernst es ist, wenn wir ihn nicht überzeugen können? Wir haben fast kein Geld mehr. London war gestern sehr eigenartig. Daß sie Tingle zurückberiefen, war ein schlechtes Zeichen. Das wußte ich. Und vorige Woche im Chefbüro machte Somerville nicht viel Umstände. Weißt du noch, wie er uns im März behandelt hat? Das war schlimm genug! Aber diesmal bin ich allein zum Handkuß gekommen. Wir müssen liefern oder – ich bin in Sorge. Schrecklich in Sorge.«

Nye betrachtete seinen Kollegen mit kaum verhehlter Verachtung. Einige Zeit hatte sie der gemeinsame Mißerfolg bei Page einander nähergebracht. Aber sie waren zu verschieden. Smiths Kleinbürgerlichkeit, phantasielose Methoden und prosaische Einstellung gingen Nye nunmehr gründlich auf die Nerven. Es hatte einen Großteil seiner Kräfte beansprucht, mit diesem Tolpatsch auszukommen, ohne ihm zu sagen, was er von ihm hielt und wußte. Smiths Karriere war leider weniger fleckenlos, als er gern glauben machte, und seine demütig-bombastischen Versuche, diese traurige Wahrheit zu verschleiern, reizten einen Realisten wie Nye. Er hielt den Mann für einen Esel, fand ihn überdies zum Weinen langweilig, ganz zu schweigen von seiner triefenden Ehrbarkeit, seiner emsigen, durch den Wahn, ein ruhiger, erfolgreicher Mann zu sein, ins Unerträgliche erhöhten Selbstzufriedenheit, während er in Wirklichkeit vor Angst schwitzte, sich vornahm, Besseres zu leisten, Unsinn über Unsinn machte und verzweifelt danach strebte, vorwärtszukommen.

»Dir scheint das nicht viel auszumachen«, ließ sich Smith vernehmen.

»Um Himmels willen, hör auf zu winseln!« brach Nye los. »Merkst du noch immer nicht, daß es mir nie ernster war? Ich werde Page fertigmachen, und zwar restlos. Das ist mein fester Entschluß, seit ich diesem Turm der Ehrbarkeit, diesem Pfeiler britischer Konstitution zum erstenmal begegnet bin. Ich werde ihn ruinieren. Schluß, Punktum. Aber ich schreie das nicht über alle Dächer. Das ist nicht meine Art.«

Kurze Stille. Smith sann, verzagt. Greeley ging ihm nicht aus dem Sinn.

»Glaubst du, wird er hier übernachten? Oder mit dem Schlafwagen zurückfahren?«

»Der bleibt nicht, keine Angst.«

»Vielleicht müssen wir ihn ausführen. Wieso bist du so sicher?«

»Weil ich es weiß«, zischte Leonard. »Du brauchst keine Floor-show zu arrangieren.«

Smith betrachtete Nye zweifelnd, sagte aber nichts, erhob sich mühsam und steuerte der Türe zu.

Als er fort war, schob Nye die Papiere beiseite und überlegte weiter. Er hatte sich anerzogen, unter allen Umständen lässig und entspannt zu bleiben. Trotzdem war er notfalls sehr wohl imstande, seine Gedanken mit sardonischer Intensität auf einen bestimmten Gegenstand zu konzentrieren. Er wußte seit eh und je, daß aller Schwung, alle Initiative von ihm kommen mußten. Smith mochte das Finanzielle erledigen, würde aber sonst nicht das geringste beisteuern. Nyes Werbe- und Redaktionsarbeit war erstklassig gewesen. Er hatte das »Journal« mit einem Knall lanciert und dank harter Arbeit als Redakteur und Reporter »Leben in ein halbtotes Nest« gebracht. Seit einigen Monaten aber trat klar zutage, daß es anderer Maßnahmen bedurfte, sollte das »Journal« Sieger bleiben. Smith arbeitete wie ein Karrengaul und hoffte noch immer, Page würde letzten Endes klein beigeben. Nye hingegen hatte erkannt, daß sie diesen Zermürbungskrieg nicht in alle Ewigkeit weiterführen konnten. Die Haltung des Londoner Büros, von Greeleys Besuch bestätigt, ließ eindeutig erkennen, daß Somerville sich den Spaß nicht leisten wollte – oder konnte. Außerdem wußte Nye aus bester Quelle, daß Vernon mit Geldschwierigkeiten kämpfte. Es galt daher, entscheidende Abhilfe zu schaffen, andere Wege einzuschlagen als die ausgetretene Herdenstraße: Page mußte mit einem unerwarteten, glänzenden Streich zu Boden gestreckt werden, ein für allemal.

Darum zermarterte Nye sein Hirn seit Monaten nach einem Ausweg, seit Somervilles erster Personalrückberufung im März. Es war nicht leicht gewesen, aber er besaß für derlei Dinge eine nicht unbeträchtliche Begabung. Und gegen Ende des Vormonats brachte ihn eine unerwartete Entdeckung auf eine Idee, die sich dank seinem Takt und seiner Geschicklichkeit, wie er nunmehr objektiv feststellen konnte, in Gewißheit verwandelt hatte. An seinem Schreibtisch sitzend, überdachte er die Sache in allen Einzelheiten und fand keinen schwachen Punkt. Es konnte nicht schiefgehen. Eigentlich hätte er seinen Plan lieber später enthüllt. Es wäre nett gewesen, Smith noch eine Weile zappeln zu lassen. Aber jetzt, wo Greeley vor der Türe stand, blieb keine Wahl. Der Hase mußte aus dem Hut.

Etwa eine halbe Stunde später fuhr Smith nach Tynecastle. Fred lenkte den Wagen. Kaum war sein Kollege aus dem Weg, ging Nye mittagessen, sagte jedoch Peter, wo er zu erreichen war. In diesem Provinznest fand er die Annehmlichkeiten des Lebens, gelinde gesagt, dünn gesät. Es gab zum Beispiel in Hedleston keinen ordentlichen Friseur. Wollte man sich maniküren lassen, mußte man nach Tynecastle. Einzig das Essen im »Roten Löwen« war nicht schlecht. Außerdem führten sie erstaunlich gute Weine.

Im allgemeinen achtete Leonard auf seine Linie und zählte die Kalorien. Heute aber fühlte er sich zu einem kleinen Festessen aufgelegt. 1949 in Paris, als Jothams Berichterstatter, hatte er sich zum Feinschmecker entwikkelt und nicht selten bei Maxim und La Pérouse gespeist. Außerdem war es ihm in New York dank ein paar schmeichelhaften, sinnreich verteilten Artikelchen gelungen, in den feineren Restaurants und Nightclubs umsonst zu dinieren. Er bestellte Garnelen in Butter, Filet mignon, nicht durchgebraten, grünen Salat, Cheshire-Käse, leicht abgelegen, Pouilly 47 zum Steak, Portwein zum Käse und Brandy zum Kaffee.

Die Tatsache, daß Page dank seiner Schläue auf einer Mine saß, die in Kürze explodieren mußte, gab diesem ausgezeichneten Mahl den nötigen Schwung. Im eleganten Nye – eine witzige, vergebens hofierte Dame hatte ihn »jeder zweite Zoll ein Gentleman« genannt – steckte eine aktive Mißgunst, eine Quelle unversieglicher Gehässigkeit, die, wenn nicht ererbt, seiner Abstammung und Jugend entsprang. Leonard war ungebeten auf die Welt gekommen, ein Zufallsprodukt einer jener Liaisons, die sich, wahrscheinlich höheren Antrieben gehorchend, in der literarischen Welt nicht selten ergeben. Sein Vater, Augustus Newall, ein großer, schwerer, fahlgesichtiger Mann mit gelben Zähnen und ausgeprägter Vorliebe für Schlapphüte, hatte in den frühen zwanziger Jahren mit einem Band avantgardistischer Gedichte, »Der schwarze Hengst«, rasende Erfolge gefeiert, einem Erzeugnis, das, in der Zuchtbuch-Terminologie, von Baudelaire aus Gertrude Stein hätte stammen können. Leonards Mutter, Charlotte Nye, eine junge in Cambridge erzogene Frauenrechtlerin und stürmische Intellektuelle mit unerschütterlichem Glauben an das eigene Talent und der ganzen Verachtung des Ästheten für bürgerliche Konvention, fühlte den unwiderstehlichen Drang, dem neuen Heilsbringer einen anbetenden Brief zu schreiben. Er erreichte sein Ziel, und die beiden lernten einander kennen – eine Begegnung verwandter Seelen. Erst saß sie zu den Füßen des Meisters, dann wärmte sie sie im Bett. Man führte gemeinsamen Haushalt, aber Charlotte war temperamentvoll und außerdem nicht hübsch genug, den liebesfrohen Augustus zu fesseln, der sich während der Zeit seiner kurzen, aber ertragreichen Blüte seiner Bewunderinnen mit ruhiger Gier nicht selten auf dem nächsten Sofa erfreute, ja, manchmal sogar auf dem Wohnzimmerteppich. Leonards Entstehen, ein unglücklicher Zufall, zerriß die Seelenfreundschaft, und was als ästhetische Verzückung begonnen hatte, endete bald nach seiner Geburt mit heftigen Vorwürfen und dem gegenseitigen Haß der zwei enttäuschten Egoisten.

Erst lebte Leonard bei seiner Mutter. Sie versuchte ihr Glück beim Theater und brachte es bis zu Nebenrollen auf Provinzbühnen. Das Kind fiel ihr zur Last. Widerwillig schleppte sie es durchs Land, bis sie es für alt genug hielt, dem Vater zurückgeschickt zu werden. Dieser – der Quell der Dichtkunst war längst versiegt – hatte die Kritikerlaufbahn eingeschlagen und beurteilte die Werke seiner Zeitgenossen mit branchenüblicher Erbarmungslosigkeit. Von da an schoben Vater und Mutter den Jungen einander zu, begrüßten ihn mit verstecktem Unwillen, verabschiedeten ihn mit offensichtlicher Freude. Schließlich beschloß Augustus, ins Ausland zu übersiedeln, und brachte Leonard bei einer bis dato verleugneten Tante unter, die in der Fulham Road einen obskuren Tabakladen betrieb.

Die gute Frau behandelte ihren Schutzbefohlenen nicht schlecht, ja, sie gab ihm sogar zu essen, als Newalls kärgliche Zuwendungen seltener wurden. Aber schon hatten die Jahre dauernder Zurücksetzung den Charakter des jungen Nye, der solchen Einflüssen, nebenbei bemerkt, entgegenkam, verbittert und geschärft. Er begriff, daß er niemandem etwas schuldete. Als er heranwuchs, festigte sich in ihm der verständliche, zynische Entschluß, niemandem zu trauen, die Gefühle anderer nie zu berücksichtigen, kurzum, nur an sich selbst zu denken. Und als sich der Einundzwanzigjährige instinktiv dem Journalismus zuwandte, bildeten diese Eigenschaften die Grundlage seines Erfolgs, nebst seinem angeborenen Verstand und der Gabe, seine Gedanken scharf zu formulieren.

Nach dem Essen fühlte sich Leonard in Hochform. Der Nachmittag mochte kommen. Er warf einen Blick auf die Uhr: knapp zwei. Smith war vor drei nicht zu erwarten. Leonard schlenderte ins Billardzimmer und übte ein paar schwierige Contreeffetstöße. Joe, der Markör, forderte ihn zu einem Spiel auf, aber Nye, der einen klaren Kopf behalten wollte, vertröstete ihn auf abends. Um halb drei betrat er die Telefonzelle, schloß sorgfältig dieTür und wählte Hedleston 7034.

»Hallo, hallo!« Die Verbindung ließ auf sich warten. Dann begann er in honigsüßem Ton: »Hallo, Mrs. Harbottle? Wie geht's? Das freut mich! Ach so, der Rheumatismus ... ja, das ist wirklich lästig ... Hören Sie, liebe Mrs. Harbottle, ich werde heute nachmittag höchstwahrscheinlich vorbeikommen, mit zwei Herren. Ja, ja, beide sehr nett ... um unser kleines Geschäft perfekt zu machen ... Sie verstehen doch, was ich sage? Was? Guter Gott, nein! Es ist durchaus keine Unehrenhaftigkeit, im

Gegenteil! Sie sind dazu mehr als berechtigt! Aber, Mrs. Harbottle! Das haben wir doch schon besprochen! Sie erinnern sich doch an das kleine Papier, das Sie neulich unterschrieben haben? Jetzt können Sie nicht mehr zurück. Das wäre ein sehr folgenschwerer Schritt! Wir müßten die Sache dann unserem Anwalt übergeben. Außerdem ist die Gelegenheit einmalig günstig. Wie? Ja, natürlich! Es geht nichts über alte Freunde. Aber nicht, wenn sie einen ausnützen . . . Man hat Sie doch seit Jahren übervorteilt. So, das wäre also in Ordnung. Wir kommen. Sehr gut. Wir brauchen keinen Tee. Ich schaue lieber Ende der Woche wieder vorbei. Ja. Ich freue mich schon jetzt auf Ihre Weizenkuchen! Sie sind wirklich köstlich! Ausgezeichnet. Bis nachher, liebe Mrs. Harbottle.«

Als Nye die stickige Zelle verließ, wo er bei seinen Bemühungen, der »alten Kuh«, wie er sie nannte – sie war nicht nur geizig und schwer zu behandeln, sondern taub wie ein Baumstrunk –, sein Anliegen verständlich zu machen, die tollsten Grimassen geschnitten hatte, brauchte er einen Brandy, um seine Gesichtsmuskeln zu entspannen. Er trank ihn und ging ins Büro.

Keine Minute zu früh. Kaum saß er an seinem Schreibtisch, als Greeley und Smith eintrafen.

Der kommerzielle Direktor, ein Mittfünfziger, überaus groß und überaus mager, hatte ein schmales, kaltes, hohles Gesicht. Sooft Nye ihn sah, konnte er sich des Eindrucks nicht erwehren, Greeley sei eben von den Toten auferstanden, fahl und leichenhaft, wahre aber beharrlich Anstand und Schicklichkeit, wie von einem der ersten Leichenkosmetiker bearbeitet. Selbst seine Neigungen waren nekrophil: auf seinen Urlaubsfahrten besichtigte er Ruinen, durchforschte Katakomben, und vorigen Sommer hatte er sogar begonnen, süditalienische Höhlen nach Scherben abzusuchen. Es war warm. Trotzdem trug er einen Überrock, aus dem er sich jetzt langsam herausschälte, nicht ohne vorher je einen wollgefütterten Handschuh in je einer Außentasche zu verstauen. Sein Anzug war dunkel, sein Kragen steif mit umgebogenen Ecken – seine übliche Tracht. Sein knochiger Kehlkopf war besonders auffällig: sooft er schluckte, glitt sein Adamsapfel hinauf und hinunter. Aber trotz seltsamem Aussehen und exzentrischem Gehabe besaß dieser frühere Rechtsanwalt – ehe ihn Somerville zu den Annehmlichkeiten des Geschäftslebens verführte, war er ein gefragter Advokat gewesen – einen scharfen, durchdringenden Juristenverstand.

»Sie hatten wohl keine Zeit, Mr. Smith zu begleiten?« Sein gestrenger Blick war leicht tadelnd.

»Einer muß die Festung halten«, erklärte Nye.

Die Besprechung begann mit einer Überprüfung der Ausgaben und Eingänge des Vormonats. Nye sah schweigend zu, wie die beiden Experten die Zahlen durchgingen. Greeleys knochige Finger schnippten durch die Papierstöße, und sein Gesicht wurde länger. Schließlich zeigte es eine wahre Staatsanwaltsmiene. Er nahm die Hornbrille ab und lehnte sich zurück.

»Das ist mehr als entmutigend. Schlimmer, als ich angenommen hatte.«

»Wir haben das Personal eingeschränkt und die Spesen verringert«, murmelte Smith. »Wenn sie nur endlich das Utley-Projekt starten würden! Sie wissen ja, Mr. Greeley, wie sehr wir darauf zählen, um neue Leser zu gewinnen! Aber die Sache wird ja dauernd verschoben. Das ist, weiß Gott, nicht meine Schuld.«

»Was reden Sie da von Utley! Tatsache ist, daß Sie die Leser verlieren, die Sie schon hatten. Das bedeutet, Page bekommt sie zurück.«

Smith sprang kopfüber in eine lange wohlvorbereitete Verteidigungsrede, hob hervor, was geschehen war, schilderte die überwundenen Schwierigkeiten und verhieß für die unmittelbare Zukunft eine merkliche Besserung der Lage. Greeley wartete, bis er sich durchgearbeitet hatte. Erstens war er Smith wohlgesinnt, zweitens wollte er das Problem von allen Seiten kennenlernen, ehe er endgültige Beschlüsse faßte.

Endlich sagte er mit seitlichen Bewegungen des Unterkiefers, als kaue er jedes Wort, bevor er es hervorstieß:

»Der Betrag, der für dieses unselige Projekt vorgesehen

war, ist nahezu erschöpft. Sie haben noch knappe zehntausend Pfund. Bleiben Einkünfte und Ausgaben auf ihrem jetzigen Stand, schätze ich, daß Ihre Verluste diese Summe in sechs Wochen verschlungen haben. Was dann, wenn ich mir die Frage gestatten darf?«

»Wir hoffen natürlich ... wo wir dem Ziel so nahe sind ... auf eine Erhöhung des Betrags.«

Greeley schüttelte nachdrücklich den Kopf.

»Es tut mir leid für Sie, Smith, ich weiß, Sie sind strebsam und gewissenhaft, aber es ist mir unmöglich, Mr. Somerville zu einer Streckung des Budgets zu raten. Meines Erachtens muß das Unternehmen abgeschrieben werden, sofern nicht unerwartete Ereignisse eintreten.« Er blickte über den Tisch, sah, daß Nye ihn anstarrte, und sagte in dem mißbilligenden Ton, den er ihm gegenüber anzuschlagen pflegte: »Vielleicht hat Mr. Nye eine Idee?«

»Jawohl«, sagte Nye. Er nahm sich Zeit, eine Zigarette anzustecken. Nein, dieser Greeley sollte ihn nicht unterkriegen, mochte er zehnmal im Inneren Temple diniert und als Mitglied der Königlichen Kommission getagt haben. In seinen Augen war er ein knickeriges altes Ekel. Hatte er nicht versucht, seine Amerikaspesen zu kürzen? Und dabei war Nye dabeigewesen, wie Greeley am Paddington-Bahnhof zum Zeitungsstand ging, um Sixpence zu wechseln, damit er dem Träger drei Pence geben konnte. Im Augenblick allerdings vermied es Nye, ihn zu reizen. Er sagte mit ruhigem Takt:

»Ich glaube, Sie sehen die Lage ein wenig zu einseitig, interessieren sich nur für unsere Ziffern, Kosten und Prozente. Es war ein schweres Stück Arbeit, das ›Journal‹ in Schwung zu bringen. Dieser Page war zäher, als wir erwarteten. Trotz erstklassigem Start, für den ich, nebenbei bemerkt, geschuftet habe wie ein Roß, haben wir eine Stange Geld verloren und noch nicht hereingebracht. So betrachten Sie die Sache, beobachten uns von London und ringen die Hände. Ich habe mich mittlerweile mit der anderen Seite des Problems befaßt und das, was ich nicht sehen konnte, systematisch herausgefunden. Ich kann

Ihnen versichern, daß es mit Pages Kapital geradeso abwärts geht wie mit unserem. Seit zwei Monaten bemüht er sich verzweifelt, Geld aufzutreiben. Vor fünf Wochen verlangte er einen Bankkredit, bekam ihn aber nicht. Dann ging er zum Vorsitzenden des Aufsichtsrats, hatte aber auch dort kein Glück. Was nun? Er überzog sein Konto – die Rechnungen türmten sich weiter. Er nahm eine Hypothek auf sein Haus, stoppte seine Lebensversicherung, verkaufte seine Porzellansammlung, borgte ein paar Hundert von seinem stellvertretenden Chefredakteur, bat sogar einige seiner alten Angestellten, eine zwanzigprozentige Gehaltskürzung hinzunehmen. Das heißt natürlich nicht, daß er nicht noch eine Weile durchhalten und uns Schwierigkeiten machen kann, zeigt aber, daß er verdammt schlecht beisammen ist, in der Idealfassung für das letzte k.o.«

Greeley hatte aufmerksam zugehört. Jetzt machte er eine ungeduldig-fragende Gebärde.

»Selbst wenn an Ihren Worten etwas Wahres ist, kann sich dieses Schachmatt endlos hinziehen. Und woher, wenn ich mich Ihrer forschen Ausdrucksweise bedienen darf, soll dieses ›letzte k.o.‹ kommen?«

Nye beugte sich vor. Er konnte den kommerziellen Direktor nicht ausstehen. Trotzdem mußte er ihn überzeugen und mißtreißen. Das war unerläßlich. Er sprach langsam und logisch.

»Das ›Licht›-Gebäude ist Pages Eigentum. Die Druckerei nicht. Sie gehörte einem Mr. Harbottle, einem Freund des alten Page. Jetzt gehört sie seiner Witwe. Das ›Licht‹ hat das Druckereigebäude vor Jahren um eine mehr oder minder nominelle jährliche Gebühr gemietet, eine langfristige, freundschaftliche Vereinbarung. Hier ist eine Fotografie des Vertrags.«

Greeley, endgültig bei der Sache, war mißtrauisch. Nye wagte sich auf sein ureigenstes Gebiet. Was Smith betraf, so lauschte er halboffenen Mundes, wie hypnotisiert.

»Das alles habe ich vor mehr als einem Monat herausgebracht, und daß es nicht einfach war, können Sie mir glauben. Was unternahm ich? Vorderhand nichts. Ich wollte Mrs. Harbottle nicht zu früh bearbeiten. Anfang Juni aber lernte ich die alte Dame kennen – durch diesen Balmer, der zu uns übergelaufen ist. Ich nahm mir die Mühe, mich mit ihr anzufreunden, ließ mich zum Tee einladen, brachte das Gespräch auf den Mietvertrag, machte ihr klar, daß sie durch die niedrige Miete übervorteilt wird, und überzeugte sie davon, wie günstig es für sie wäre, das Gebäude zu verkaufen, und zwar uns. Sie können sich vorstellen, was es für Page heißen würde, wo er sich schon in solchen Schwierigkeiten befindet, wenn er plötzlich draufkommt, daß er seine Zeitung nicht drucken kann.«

»Was reden Sie da für Unsinn?« sagte Greeley. »Zeigen Sie mir Ihre Fotokopie.«

Nye reichte ihm das Blatt und wartete, bis Greeley es geprüft hatte. Der Advokat nahm die Brille ab und schnaubte verächtlich.

»Der Vertrag ist in Ordnung. Eine Verlängerung wird erst in vier Monaten fällig. Selbst wenn ich Ihnen zugestehe, daß sich die Mietzinsbeschränkungen nicht auf Fabriksgebäude beziehen, muß der Besitzer vierteljährlich kündigen. Das macht sieben volle Monate. Ihre Idee ist unbrauchbar.«

»Augenblick«, sagte Nye. »Da gibt's noch ein kleines Fabrikgesetz aus dem Jahr 1901.«

Greeley schien überrascht, was Nye im stillen gehofft hatte, und sagte schließlich:

»Nämlich?«

»Ich sagte bereits, das Gebäude ist alt. Und wenn ich sage alt, meine ich alt. Ich habe mich mit dieser Frage eingehend beschäftigt, und Sie können mir von jetzt an glauben wie dem Evangelium. Pages Druckerei widerspricht den Vorschriften des Fabrikgesetzes in drei Punkten: erstens beträgt der Fensterraum weniger als zehn Prozent der Bodenfläche. Zweitens gibt es nur einen Ausgang – ungenügende Sicherheitsvorkehrungen im Feuersfall. Drittens wurden Innenmauern und Gänge während der letzten vierzehn Monate nicht frisch gekalkt. Haben wir erst das Gebäude gekauft –«, Nye sprach weiter, ehe

Greeley unterbrechen konnte, »sind wir als Eigentümer verpflichtet, die gesetzlich vorgeschriebenen Änderungen sofort durchführen zu lassen. Wir gehen also zum Gewerbeinspektor – ich habe ihm bereits gedroht, seine Nachlässigkeit in dieser Sache anzuzeigen – und lassen die Druckerei sperren. Das muß er tun, und das wird er auch. Und bis die Adaptierungsarbeiten fertig sind – sobald es uns paßt –, bleibt das Lokal geschlossen, das ›Licht‹ sitzt auf der Straße, und Page sieht sich vor der unlösbaren Aufgabe, neue Räumlichkeiten zu finden, seine Pressen zu übersiedeln, mit einem Wort, er ist ruiniert.«

Stille. Dann stieß Smith einen langen, bewundernden Seufzer aus.

»Genau! Diesmal hast du's geschafft. Und ganz gesetzlich!«

Greeley betrachtete Nye zweifelnd. Wider Willen beeindruckt, suchte er sein anerkennendes Staunen zu verbergen.

»Er könnte andere Räume mieten – seine Maschinen transportieren –«

»Ohne Geld? Und schwer verschuldet?«

»Nein, nein«, bekräftigte Smith eilends. »Den Vorsprung holt er nie wieder auf.«

»Außerdem ist das Vorgehen nicht sonderlich ethisch.«

»Aber durchaus legal. Und mehr!« Nye setzte unschuldsvoll hinzu: »Wir gehorchen dem Arbeitsgesetz. Nicht er.«

Greeley schüttelte mißbilligend den Kopf, hörte nicht auf, sein Kinn zu reiben, überdachte die Angelegenheit, erinnerte sich aber gleichzeitig Somervilles eindeutiger Instruktionen.

»Haben Sie einen Kostenvoranschlag für die Adaptierungsarbeiten?«

»Etwa fünfzehnhundert Pfund, vielleicht sogar weniger. Dann ist der Saal so gut wie neu – fix und fertig für uns.«

Neuerliche Stille. Greeley musterte Nye.

»Wieviel verlangt diese Person für das Gebäude?«

Nye hielt seinem Blick stand. Er war gerüstet.

»Natürlich ließ ich es schätzen. Es ist knappe viertausend Pfund wert. Mrs. Harbottle wäre bereit, um dreitausendfünfhundert zu verkaufen. Sie erwartet uns heute nachmittag zur Unterzeichnung des Vertrags.«

Wiederum durchlief Greeley sämtliche Stadien angestrengten Denkens, mit vorgerecktem Hals. Hatte er nicht den Plan, das »Licht« zu kaufen, als einer der ersten gefördert? Ihn scheitern zu sehen, lag nicht in seinem Interesse. Er räusperte sich vorsichtig.

»Ich kann der Sache nicht hundertprozentig zustimmen. Obwohl, wenn sie sich wirklich so verhält, wie Sie sagen, keine gesetzlichen Einwände bestehen, bleibt das Vorgehen ungehörig.« Ein Totenkopflächeln verzerrte sein Gesicht. »Ich schließe mich Ihren Maßnahmen in keiner Weise an. Aber trotzdem halte ich die Sache in Anbetracht der Umstände einer näheren Überprüfung wert.«

Langsam, methodisch, zog er Mantel und Handschuhe an und verließ den Raum als erster, von den beiden Männern gefolgt. Plötzlich griff Smith nach Nyes Hand und drückte sie mit feucht-klebriger Inbrunst.

»Du hast uns gerettet, Len«, flüsterte er heiser. »Bei Gott, du bist nicht auf den Kopf gefallen.«

Jäh zog Nye seine Hand zurück. Sein Blick sprach Bände.

12

Am 1. Juli kam Page früher als gewöhnlich ins Büro. Der schöne Morgen versprach heißes Wetter. In letzter Zeit war er launisch gewesen: bald sengende Sonne, bald kurze warme Regenschauer. Zuerst prüfte Page die Eingänge, eine rasche, fast unfreiwillige Handlung, und sah mit tiefem, dankbarem Seufzen, daß die Verkäufe neuerlich gestiegen waren. Zugegeben, nur neunhundert Exemplare. Aber das war nebensächlich. Die positive Strömung, die ihn während des ganzen Vormonats ermutigt und gestärkt hatte, hielt an. Mit zögernder Hoffnung erkannte er, daß kein Zweifel möglich war: der Weg zeichnete sich deutlich ab. Konnte er noch kurze Zeit durchhalten, war er gerettet.

Doch niemand wußte besser als er, wie schwer es war, flottzubleiben. Die letzten vier Wochen waren ein Alptraum gewesen. Wie hatte er sie überstanden? Selbst bei knappster Berechnung, äußerster Beanspruchung seines Kredits, Anwendung jeglichen Mittels, um die steigenden Forderungen zu befriedigen – er lebte von der Hand in den Mund, versprach und verschob, verließ sich auf die Loyalität seiner Angestellten und, mehr und mehr, auf Maitlands verbissene Hilfe –, war er fast am Ende. Was für eine Situation, dachte er mit plötzlicher Beklemmung. Das Schwanken zwischen Unsicherheit und Hoffnung war kaum zu ertragen.

Moffatt hatte sich noch nicht gezeigt. Er hörte, wie sie im Nebenraum Hut und Mantel ablegte. Ohne zu warten, nahm Henry die ungeöffnete Post von ihrem Schreibtisch, schob alles beiseite, was einer Rechnung glich, schnitt den ersten festen, »Manchester« gestempelten Umschlag auf und fuhr zurück, wie von einer Wespe gestochen. Der Brief kam von der »Nordmühle«, der Firma, die das »Licht« seit zwanzig Jahren mit Rotationspapier versorgte, und bedauerte, den Auftrag vom 25. Juni nicht ausführen zu können.

Während Henry den Brief anstarrte, trat Moffatt ein. Die Materialbeschaffung, eine Routinesache, gehörte zu ihren Obliegenheiten. Sobald sie von Fenwick eine Liste der benötigten Artikel erhielt, sandte sie eine Bestellung ab. Eine Woche später wurde geliefert. Henry sagte, ohne aufzublicken:

»Verbinden Sie mich mit Mr. Spencer von der ›Nordmühle‹.«

»Ich versuchte schon gestern nachmittag ihn zu erreichen. Als die Sendung nicht eintraf. Angeblich ist er nicht da.«

»Nicht da? Ist er auf Urlaub?«

»Das möchte ich bezweifeln.«

Ihr Ton machte ihn stutzig. Rasch hob er den Kopf.

»Verbinden Sie mich trotzdem.«

Kurz darauf sprach er mit Manchester. Spencer war anscheinend unauffindbar. Henry mußte sich mit seinem Stellvertreter begnügen, der jede Verantwortung abwälzte und allen Argumenten zum Trotz darauf beharrte, die Lieferung könne nicht ausgeführt werden. Bestürzt legte Henry den Hörer auf die Gabel. Papier ... er mußte Papier bekommen. Ohne Papier konnte er keine Zeile drucken. Moffatt saß noch immer da, klopfte mit dem Bleistift auf den Stenogrammblock, den Blick rücksichtsvoll abgewandt, und erwartete seine nächste Maßnahme mit kummervoller Resignation. Die Sorgen der letzten Zeit waren ihr deutlich anzumerken. Sie wirkte magerer, vertrockneter, abweisender denn je, arbeitete mit nimmermüder Energie und heroischer Aufopferung. Aber ihre Nerven waren zum Zerreißen gespannt und die Haltung, die sie Page gegenüber an den Tag legte, so kritisch, daß sie zuzeiten an offene Feindseligkeit grenzte.

»Sie sind sich doch im klaren, daß die Leute ihr Geld wollen«, sagte sie wie von ungefähr, als erinnere sie ihn an eine grundlegende Tatsache.

»Wann haben wir zum letzten Mal bezahlt?«

»Ende April. Sie haben ein paarmal geschrieben. Es handelt sich um eine hohe Summe.«

»Wieviel?«

»Vorige Woche nannte ich Ihnen den genauen Betrag.«

»Ich weiß. Ich kann mir nicht alles merken.«

»1965 Pfund und zehn Shilling. Soll ich die Rechnung holen?«

»Nicht nötig.«

Er brauchte nicht im Scheckbuch nachzusehen, um zu wissen, daß das Bankkonto des ›Licht‹ genau 709 Pfund und fünf Pence betrug. Davon abgesehen schuldete er den Druckern seit einer Woche den Lohn. Einige Leute in der Auslieferung hatten seit vierzehn Tagen kein Geld bekommen. Poole und Lewis arbeiteten bis auf weiteres freiwillig umsonst und Maitland hatte ihm nicht nur zweihundert Pfund geliehen, sondern seit vier Monaten kein Gehalt mehr bezogen.

»Fragen Sie Fenwick, wieviel Papier noch da ist.«

Sie kam sofort zurück.

»Genug für acht Tage. Nicht mehr. Der Vorrat ist nahezu erschöpft.«

»Unmöglich. Wieso hat man mir das nicht gesagt?«

»Sie ordneten ja an, die Kosten auf ein Minimum herabzusetzen und auf einer Drei-Wochen-Basis zu arbeiten. Darum haben wir keinen Vorrat.«

Sie sprach die Wahrheit. Bargeldmangel hatte ihn in diese Zwangslage getrieben. Henry biß sich auf die Lippen, um ein Stöhnen zu unterdrücken, lehnte sich zurück und zermarterte sein Hirn nach einem Ausweg. Die Papierrationierung war zwar durch das Poolsystem ersetzt worden, aber trotzdem blieb die Lage schwierig. Selbst mit dem nötigen Geld würde es Wochen dauern, mit einer anderen Firma Beziehungen anzuknüpfen. Er mußte zu Spencer.

»Wann geht der nächste Zug nach Manchester?«

»Sie können nicht fahren. Der Gewerkschaftssekretär kommt heute wegen der rückständigen Löhne.«

»Vertrösten Sie ihn irgendwie. Auf nächste Woche.«

»Vielleicht nimmt er die Leute mit.«

»Nicht, wenn Sie ihm sagen, daß ich ihn Montag empfange.«

»Und was soll Montag werden?« fragte sie scharf.

Es kostete Henry Mühe, sie nicht anzuschreien. »Geben Sie mir den Fahrplan, bitte.«

Der Frühexpreß war fort. Vor Abend gab es keinen Schnellzug. Henry mußte einen Personenwagen nehmen. Um halb zwei, nach der Fahrt von nervenaufreibender Dauer, kam er endlich in Manchester an und ging sofort in die Papierfabrik.

Dort kannten ihn fast sämtliche Angestellte. Für gewöhnlich wurde er sofort in das Büro des Direktors geführt. Heute allerdings bat man ihn in den Musterraum, wo er eine Viertelstunde warten mußte, ehe die Tür aufging und Spencer erschien.

»Ich hatte gehofft, Sie würden nicht kommen, Henry.«

»Was soll das alles?«

»Wir wollen ruhig bleiben. Setzen Sie sich.«

Er nahm an einem Nebentisch Platz. Spencer, ein vierschrötiger Mann an der Schwelle des Pensionistenalters, mit sicheren Bewegungen und langsamer, ungekünstelter Redeweise, schien nach Worten zu suchen. Sein Gesichtsausdruck lag zwischen Bekümmernis und Verlegenheit.

»Ehrlich gesagt, Henry – am liebsten hätte ich Sie gar nicht empfangen. Darum sagte ich, man sollte Sie nicht hinauflassen.«

»Aber warum?«

Er wischte unsichtbaren Staub von der glänzend polierten Tischplatte.

»Gewisse Dinge sagt ein Mann wie ich einem Mann wie Ihnen nur äußerst ungern. Muß ich es dem wirklich tun?«

»Ich weiß, daß ich mit den Zahlungen im Rückstand bin.« Pages Wangen färbten sich dunkler. »Aber mein Name ist gut. Wie oft haben Sie mir sechs Monate Kredit gegeben.«

»Seither hat sich einiges geändert.«

»Was denn? Sie wissen, daß Sie Ihr Geld bekommen.«

»Wirklich?«

Die Demütigung trieb Henry das Blut zu Kopf.

»Ich gebe zu, wir hatten Schwierigkeiten. Aber jetzt geht's wieder aufwärts. Sie müssen uns eine Atempause gönnen. Schließlich gehören wir zu Ihren ältesten Kunden.«

»Ich weiß. Uns gefällt die Sache ebensowenig wie Ihnen. Aber Geschäft ist Geschäft, besonders in diesen schweren Zeiten, und Vorschriften sind Vorschriften. Solange eine hohe Restschuld besteht, dürfen wir nicht liefern. Das ist Poolgesetz. Außerdem habe ich meine Anweisungen vom Aufsichtsrat. Ich darf ihnen nicht zuwiderhandeln. Es hat keinen Sinn, darüber zu sprechen, Henry. Die Entscheidung ist endgültig.«

Page starrte ihn schweigend an, suchte seine Erregung

zu meistern, seine Gedanken zu ordnen – aber vergebens. Schließlich sagte er:

»Ich muß Papier haben. Zumindest genug, um flottzubleiben, bis ich Ihre Rechnung bezahlen kann. Woher soll ich es nehmen?«

Spencer zuckte die Achseln. »Das ist die Frage. Sie wissen, daß ich nichts lieber möchte, als Ihnen helfen.« Er überlegte einen Augenblick und sagte ohne Überzeugung: »Es gibt ein paar Firmen in der Stadt. Makler. Bei denen könnten Sie's versuchen. Vielleicht haben Sie Glück. Hier.« Er zog einen Bleistiftstummel hervor und notierte zwei Namen und Adressen. »Es tut mir leid, daß alles so gekommen ist. Sie sind mir doch nicht böse?«

Er stand auf und streckte die Hand aus. Page verabschiedete sich kurz und verließ das Gebäude.

Nun begann ein Nachmittag, den Henry in seinen wildesten Träumen nicht für möglich gehalten hätte. Seit der Unterredung mit Spencer befand er sich in einem Zustand wachsender Erregung. Je mehr sich der Tag dem Ende zuneigte, desto rastloser wurde er. Alle Sorgen verblaßten vor der grausamen Tatsache, daß das »Licht« binnen zehn Tagen eingestellt werden mußte, wenn es ihm nicht gelang, Abhilfe zu schaffen. Die Notwendigkeit, eine ausreichende Menge Rotationspapier aufzutreiben, um diese letzte Hürde zu nehmen, brannte ihm auf den Nägeln. Alles andere konnte später geordnet werden, schien im Vergleich zu dieser Zwangslage unwirklich und fern. Gewißheit – darauf kam es an.

Er suchte die erste Adresse auf, die Spencer ihm gegeben hatte, und fand eine recht achtbare Maklerfirma im Osten der Stadt. Unseligerweise hatten sie ihr Lager in der vergangenen Woche verkauft und konnten keine bindende Zusage geben. Henry zog die zweite Adresse hervor und landete nach vielen Mühen in einem langgestreckten, verwahrlosten Lagerhaus in der Hassocks Lane. Ein Blick auf Gebäude und Besitzer genügte: beides roch meilenweit nach Schwarzhandel. Aber der Mann hatte Papier. Nichts anderes war von Bedeutung. Nach endlosem Feilschen und einer Vorsprache bei der Bank des Händlers, wo Henry Frank Holden anrief und beauftragte, einen bestätigten Scheck über 650 Pfund abzusenden, sicherte er zwölf Tonnen Papier, lieferbar in den nächsten zwei Tagen.

Nun war es fast drei. Er fand kein Taxi, mußte zu Fuß zum Bahnhof, um den 3.10-Expreß nicht zu versäumen, schwang sich aufs Trittbrett, als der Zug aus der Halle fuhr, und sank auf einen Eckplatz, erschöpft und außer Atem.

Henry fühlte sich gedemütigt, hatte aber wenigstens sein Ziel erreicht. Er nahm den Hut ab, trocknete seine Stirn und suchte sich zu entspannen. Zuerst ging alles gut. Dann aber wurde er einer seltsamen Veränderung gewahr: er atmete regelmäßig, spürte aber plötzlichen Schwindel und ein sonderbares Ziehen vom linken Oberarm bis in die Spitzen des vierten und kleinen Fingers, das ihn mit der Beharrlichkeit stechender Zahnschmerzen quälte. Er glaubte seine Schulter verrenkt zu haben. Als das Schwindelgefühl jedoch zunahm, von Herzklopfen begleitet, erkannte er, daß der hektische Nachmittag seine Kräfte überfordert hatte. Unwillkürlich tastete er nach den Nitroglyzerinpillen, um zu entdecken, daß er sie in der Eile des Aufbruchs vergessen hatte. Er konnte nur eines tun: sich zurücklehnen, die Augen zu schließen und trachten, nicht allzu lächerlich zu wirken. Die eigentümlichen Blicke seiner Mitreisenden waren ihm nicht entgangen.

Irgendwie überstand er die Fahrt, und als er in Hedleston aus dem Zug stieg, belebte ihn die frische Luft. Er nahm ein Taxi; er mußte die Leute wegen des Papiers beruhigen. Außerdem wußte er, daß alles in Ordnung sein würde, sobald er ein paar Pillen genommen hatte. Im »Licht«-Gebäude angelangt, stieg er langsam die Treppe hinauf und öffnete die Tür zu seinem Zimmer. Moffatt legte Akten ab, ohne sich zu beeilen, als täte sie's zum Zeitvertreib.

»Rufen Sie Mr. Maitland.« Da sie sich nicht rührte, fügte er hinzu:

»Ich habe Papier.«

Sie drehte sich langsam um. Ihr Gesichtsausdruck war so sonderbar, daß er wie angewurzelt stehenblieb.

»Die Mühe hätten Sie sich sparen können.«

»Was wollen Sie damit sagen?«

»Wenn Sie heute früh Ihre Post gelesen hätten, wäre Ihnen das aufgefallen.«

Düster und anklagend näherte sie sich seinem Schreibtisch, schob ihm einen Brief zu und sprach, ehe er ihn noch weiter gelesen hatte, mit derselben tonlosen Stimme weiter: »Sie haben die Druckerei gekauft und sperren lassen. Wir können sie mindestens drei Monate nicht benutzen. Kein Licht, kein Wasser, kein Strom. Und vor der Tür ein Wachmann. Wir sind ruiniert.«

Es dauerte lange, bis der Sinn dieser Worte den Nebel seiner Müdigkeit durchdrang. Und als Henry endlich begriff, in plötzlichem Verstehen, kehrte das Schwindelgefühl zurück. Nichts im Zimmer rührte sich. Nur er schien sich in seltsamer Weise zu drehen, schneller und schneller, um schließlich zusammenzustürzen wie ein Kreisel, der endlich den Schwung verliert.

13

Als Page zu sich kam, lag er auf dem Boden, mit gelokkertem Kragen, während von seiner Stirn ein feuchtes Tuch tropfte – eine unerfindliche Maßnahme Moffatts. Maitland, auf einem Knie, fächelte ihm mit einem Exemplar des »Licht« Kühlung zu.

»So«, sagte Malcolm. »Das wäre überstanden. Lassen Sie sich ruhig gehen.«

»O mein Gott«, murmelte Henry. »Wie konnte ich mich nur so lächerlich machen!«

Sein Zorn über seine Schwäche wuchs, als er entdeckte, daß Moffatt Dr. Bard verständigt hatte.

»Das hätten Sie nicht tun dürfen«, sagte er tadelnd, richtete sich auf, knüpfte seine Krawatte und suchte etwas Ordnung in sein Äußeres zu bringen.

Moffatt wollte etwas erwidern, besann sich jedoch eines Besseren und preßte grimmig die Lippen aufeinander.

Maitland führte Henry zu seinem Sessel. In diesem Augenblick kam der Doktor. Er trat lautlos ein, nickte Maitland und Moffatt zu, setzte sich schweigend neben Henry, legte zwei Finger auf sein Handgelenk und beobachtete ihn mit jenem unbeteiligt-akademischen Ausdruck, der ihn weniger einem Arzt als einem Professor höherer Mathematik gleichen ließ.

»Die Hitze«, sagte Henry. Bards Schweigen brachte ihn in Verlegenheit.

»Ja, es war ziemlich warm heute!«

»Ich war in Manchester und habe mich dort überanstrengt. Das ist alles.« Er war nicht imstande, die unmittelbare Ursache seines Zusammenbruchs zu erwähnen.

»Gewiß.«

Bard horchte weiter und blickte nur von Zeit zu Zeit auf Maitland, der sich im Hintergrund hielt, mit besorgter Miene.

»Ich bring' dich nach Hause«, sagte er schließlich. »Und auf dem Weg machen wir einen Sprung in die Ordination.«

Im Wagen sprach Henry kein Wort. Seine Gedanken nahmen ihn zur Gänze in Anspruch. Die kurze Bewußtlosigkeit hatte den Schock gedämpft, den der überraschende Schlag des »Journal« sonst unweigerlich zur Folge gehabt hätte. Sein Verstand arbeitete logisch und klar. Schon wußte er, was ihm zu tun blieb. Anfeindungen und Verfolgung hatten seine angeborene Sanftmut gewandelt: er war unbeugsam geworden, fähig, endlosen Widerstand zu leisten. Und er fällte seine Entscheidung mit solch wilder Entschlossenheit, daß das Blut in seinen Schläfen pochte.

Bei Bard angelangt, mußte er sich auf dem Ruhebett ausstrecken. Die Ordination war modern eingerichtet. Edward hatte die beste Praxis in Hedleston, obwohl er sich nie dazu herbeiließ, um die Gunst seiner Patienten zu buhlen, und die dekorative Betulichkeit des »Mannes im weißen Kittel« aus tiefster Seele verachtete. Erst maß er Henrys Blutdruck. Dann, während Page ungeduldig zusah, ohne den Blick von der Uhr zu wenden, rollte er ein Wägelchen herbei, auf dem sich elektrische Apparate und eine vertikale Trommel befanden.

»Schon wieder?« sagte Henry. »Nimm doch dein Stethoskop, und Schluß!«

»Nun, ich nehme lieber das, wenn du nichts dagegen hast. Um alter Freundschaft willen.«

Henry mußte sich fügen. Bard drückte Bleiplättchen auf sein linkes Handgelenk und verschiedene Stellen der Brust und sandte den Strom durch die Maschine, an der die Plättchen befestigt waren. Dann nahm er eine Anzahl Kurven ab, ging damit zum Fenster und betrachtete sie aufmerksam.

»Henry«, sagte er, kam zurück und setzte sich auf die Bettkante, »weißt du noch, was ich dir sagte, als du beim Luftschutz warst?«

»Ich glaube schon.«

»Damals wolltest du nicht auf mich hören. Aber jetzt bleibt dir nichts anderes übrig. Du mußt fort von hier. Dich erholen. Mindestens sechs Wochen.«

»Vielleicht später.«

»Ich bestehe darauf.«

»Ed, ich weiß, was du für mich tust. Ich bin dir auch sehr dankbar – aber ich kann jetzt wirklich nichts versprechen.«

Bard schwieg. Dann sagte er ernst:

»Hör zu, Henry. Du hast ein schwaches Herz. Es braucht Pflege. Gute Behandlung. Wenn du auf dich achtgibst, wirst du mich wahrscheinlich überleben. Wenn nicht –« Er machte eine knappe, vielsagende Bewegung.

»Ich bemühe mich ohnedies, vorsichtig zu sein.«

»Das glaubst du. Aber du irrst dich. Oberflächlich gesehen, wirkst du ruhig. Aber im Grund bist du angespannt und überanstrengt, lebst seit Monaten unter dem fürchterlichsten Druck. Was du treibst, ist beinahe Selbstmord.« Er senkte die Stimme, als mühe er sich um einen Kompromiß. »Ein vernünftiger Mensch weiß, wann er genug hat. Als dein Arzt und bester Freund sage ich dir, daß du körperlich nicht imstande bist, diesen Kampf weiterzuführen. Unter diesen Umständen ist es keine Schande, nachzugeben. Denk an den alten Sokrates: ›Es ist nicht schmachvoll, sich ins Unvermeidliche zu fügen, zu wissen, wann man aufgeben muß. Auch das ist Triumph.‹«

»Willst du mir eine Hintertür zeigen?«

»Ja. In deinem eigenen Interesse.«

»Nein, Ed«, sagte Henry. »Es tut mir leid. Aber ich kann jetzt nicht klein beigeben.«

Neuerliche Stille. Von draußen kam Straßenlärm.

»Bitte sehr. Wenn du dich zugrunde richten willst, mach nur so weiter.« Bard erhob sich gelassen, zerbrach eine Ampulle und füllte eine kleine Injektionsspritze. »Einstweilen gebe ich dir ein mildes Hypnotikum. Und jetzt gehst du schleunigst nach Hause und legst dich ins Bett!«

Als der Arzt fertig war, stand Henry auf und begann sich anzukleiden. Bards trübe Voraussagen störten ihn nicht. Er war mit zu vielen anderen Dingen beschäftigt. Außerdem hielt er Ed seit jeher für einen Schwarzseher. Da er ihm aber nicht das Gefühl geben wollte, daß er sich über seinen Rat hinwegzusetzen gedachte, sagte er:

»Ich werde ausspannen. In einer Woche etwa.« Und er fügte in sonderbarem Ton hinzu: »Vielleicht schon früher.«

»Je früher, desto besser.« Bard zog die Brauen in die Höhe. »Du bist zwar ein schwieriger Patient, Henry, aber im Grund kein schlechter Kerl! Komm morgen zu mir. Dann beginnen wir die Dicumerol-Kur. Und sollte dir jemals wieder schlecht werden« – er reichte Page eine Schachtel watteumwickelte Kapseln –, »so zerbrich eine Ampulle und atme tief ein.«

Er telefonierte um ein Taxi, setzte Page hinein und nannte die Adresse Hanley Drive. Page ließ den Wagen losfahren. Als sie jedoch die Verkehrsampel Ecke Park- und Victoria-Straße erreichten, befahl er dem Chauffeur, rechts einzubiegen und ihn beim »Licht«-Gebäude abzusetzen. Er fühlte sich erholt, besser als seit Wochen. Sein Kopf war klar, der Schmerz verschwunden, er atmete frei. Eine seltsame Ruhe – dankte er sie Bards Injektion? – durchströmte seinen Körper, klärte und schärfte seinen Blick. Das »Licht« hatte den Tiefpunkt erreicht, stand vor dem Zusammenbruch: Gläubiger an allen Ecken und Enden, gebundenes Kapital, ausständige Löhne, Papier nur gegen Bargeld, Worte wie »Zahlen oder Zusperren!« von seiten des Gewerkschaftssekretärs, und jetzt . . . die Druckerei geschlossen. Aber Henry fuhr nicht nach Hause, jetzt weniger denn je. Er sah auf die Uhr. Knapp fünf. Zeit in Hülle und Fülle.

Er zahlte das Taxi, stieg langsam und mühelos die Treppe hinauf und fand Maitland an seinem Schreibtisch, in schwarzen Gedanken. Er zeichnete Muster auf die Löschblattunterlage. Als er Henry erblickte, fuhr er auf.

»Was soll das heißen?« Überraschte Besorgnis sprach aus seinen Augen. »Warum sind Sie zurückgekommen?«

»Um die Zeitung herauszubringen.«

Malcolms rotes, gemütliches Gesicht erblaßte. Er hielt Page für verrückt. Hastig stieß er seinen Sessel zurück und kam auf ihn zu.

»Sie haben einen schweren Tag hinter sich, Henry. Sie sollten längst im Bett sein. Kommen Sie.«

»Später.«

Maitlands Bestürzung wuchs. Er gab sich keine Mühe mehr, seine Betretenheit zu verbergen.

»So hören Sie doch, Page, um Gottes willen! Sie wissen, daß wir die Maschinen nicht verwenden können. Wir können keine Zeile drucken.«

»Das ist ganz gleich. So starren Sie mich doch nicht so an, guter Gott! Wissen Sie nicht, daß das ›Licht‹ seit hundertachtundachtzig Jahren keine einzige Auflage versäumt hat, nicht einmal, als James Page während der Napoleonischen Kriege handgeschriebene Bulletins verteilte? Solange ich lebe und zwei Kreuzer habe, wird die Zeitung erscheinen. Irgendwie.«

»Irgendwie?« wiederholte Maitland. »Ich weiß nicht, was Sie meinen.«

»Wir machen eine hektographierte Ausgabe, schreiben den Text auf Matritzen und vervielfältigen sie auf unserer Büromaschine.«

Maitlands Gesichtsausdruck erhellte sich merklich. Offenbar hielt er Page nicht länger für wahnsinnig, betrachtete ihn aber zweifelnd.

»Das ergibt achthundert Exemplare, und das letzte Hundert nahezu unleserlich.«

»Dann nehmen wir eben mehr Matritzen und reduzieren das Format auf ein Minimum. Wenn sechs Stenotypistinnen die Nacht durcharbeiten, ergibt das eine Einzelblatt-Ausgabe von fünftausend Stück. Und jetzt Schluß mit dem Gerede. Fangen wir an. Moffatt soll sofort Miß Renshaws Büro anrufen. Wir wollen alle Schreibkräfte und Maschinen, die sie entbehren kann. Wir zahlen anderthalbfache Überstundengebühr. Dann bringen Sie mir alles aus der A.-P.-Maschine. Und schicken Sie mir Fenwick, Poole und den jungen Lewis.«

Eine Viertelstunde später zog Page seinen Rock aus und setzte sich an den Schreibtisch, erfüllt von ruhigem Rausch, einer Art hellsichtigen Raserei. Fenwick, Poole und Bob Lewis saßen in seinem Büro, bereit, ihre reduzierten Artikel zu diktieren. Moffatt, ihres Sessels beraubt, hatte ihren Maschinenschreibhocker hereingebracht. Maitland saß neben Henry. Er zerrte an seiner Unterlippe, und in seinen Augen glomm ein rachsüchtiger Funke.

»Die ganze Stadt soll erfahren, wie die Hunde uns mitgespielt haben.«

»Nein, Malcolm. Nicht ein Wort. Die Auflage spricht für sich. Das ganze Land wird aufhorchen.« Ein wildes Glücksgefühl berauschte Henry. Vielleicht war er in diesem Augenblick wirklich ein wenig von Sinnen. »Wer weiß, vielleicht spricht unser Blatt so laut, daß das ›Journal‹ für immer verstummt. Ja, bei Gott, sie halten sich für schlau. Aber vielleicht haben sie sich diesmal verrechnet.« Er wandte sich an Moffatt, die ihn anstarrte, als sähe sie einen Geist. »Blockbuchstabenüberschrift: DAS LICHT. Und darunter: Alles, was wir drucken können.«

14

Am nächsten Tag nach der allmorgendlichen Speisezettelbesprechung machte sich Alice auf den Weg in die Stadt. Trotz Hannahs wiederholten Ermahnungen, sich nicht zu bedauern, war sie bedrückt. Ihre Niedergeschlagenheit entsprang weniger der Überzeugung, einem Leben der Armut entgegenzugehen, als dem beunruhigenden Argwohn, aus der guten Gesellschaft langsam aber sicher ausgestoßen zu werden.

Weder sie noch Henry waren zu Lady Weatherbys letzter Gesellschaft gebeten worden. Diese bittere Pille schluckte Alice nur mit Mühe. Sie war immer stolz darauf gewesen, Eleanor Weatherby besonders »nahe«zustehen. Außerdem betrachtete sie den Vorfall als beunruhigendes Anzeichen, daß ihren Beziehungen zu Catharine Bard und ihren anderen Freundinnen ein ähnliches Schicksal drohte. Auch die Geschäftsleute zeigten sich weniger achtungsvoll als sonst. Mr. Scade, zum Beispiel, der Fleischhauer, war vorigen Samstag sehr unfreundlich gewesen, als sie den Braten in letzter Minute bestellte. Alice hatte daher keine Lust, sich auf den Hauptstraßen zu zeigen. Trotzdem trieb sie das unwiderstehliche Bedürfnis, sich aufzuheitern, zu Jennie Robinson, ihrer kleinen Schneiderin. Jennie sollte das graue Moiréкleid ändern. Alice hatte es vergangenen Frühling in Edinburgh gekauft, als sie ihre Schwester besuchte, und wie sie Hannah erklärte, die gezogenen Ärmel »nie gemocht«.

Der Spaziergang durch die Park Road stand im Zeichen angenehmer Ereignislosigkeit. Als sie sich aber dem Zentrum näherte, bemerkte sie ein ungewöhnliches Schauspiel: eine Menschenmenge umlagerte den Zeitungsstand am Victoria-Platz. Die Leute sprachen erregt aufeinander ein und drängten näher, um eine Art Bulletin zu kaufen. Alices Neugier war geweckt. Sie stellte sich an und erlangte nach einiger Mühe ein Exemplar der vielbegehrten Veröffentlichung, die lediglich aus einem verschmierten, maschinenbeschriebenen Blatt zu bestehen schien. Sie las den Titel: »DAS LICHT«. Zuerst begriff sie nicht und glaubte, es handle sich um eine Werbeaktion. Dann durchdrang plötzliches Verstehen ihre Verwirrung wie ein jäher, scharfer Stich. Das war die Zeitung! Ein Zittern des Entsetzens durchlief ihren Körper. Sie tat ein paar unentschlossene Schritte, zauderte wie ein verschrecktes Huhn, blieb stehen und sagte zu sich selbst: »Ich kann nicht.« Sie verzichtete auf den Besuch bei Miß Robinson, drehte sich um, kehrte nach Hause zurück, die Hauptstraßen meidend, und rief des öfteren aus: »Das ist das Ende!«

Das Gedränge um den Zeitungsstand ließ nicht nach. Archibald Weatherby, dessen Bürofenster den Ausblick auf einen Winkel des Platzes gestattete, beobachtete das Treiben aufmerksam. Niemand, schmeichelte er sich, wußte die Stimmung besser zu deuten als er. Trotzdem erstaunte ihn der Widerhall, den das Erscheinen des hektographierten »Licht« gefunden hatte. Eben kam er von seiner täglichen Runde durch die Fabrik: der Vorfall war in sämtlichen Abteilungen Gegenstand empörten Kommentars gewesen. Halliday, sein Geschäftsführer, der ihn begleitete, hatte die Schließung der Druckerei als »Schande« bezeichnet. Schrie es nicht zum Himmel, daß eine der ältesten Institutionen Hedlestons von ein paar hergelaufenen Kerlen aus den eigenen Räumen vertrieben wurde? Und Jim Davies, der ein Meter achtzig große Vorarbeiter, Mannschaftskapitän und Half-Back der Rugby-Liga 15, Original und Günstling, dessen Meinung sich selbst Weatherby großzügig fügte, faßte die herrschende Meinung mit den unverblümten Worten zusammen:

»Ein gemeiner Trick, Sir Archie. Gerade jetzt, wo Page Oberwasser kriegt! Man müßte was tun. Aber natürlich rührt niemand den kleinen Finger.«

Diese Bemerkungen, besonders der vielsagende Satz »gerade jetzt, wo Page Oberwasser kriegt«, durchwanderten die Windungen des Weatherbyschen Hirns, während der Schuhfabrikant, noch immer durchs Fenster blickend, gedankenvoll die erste Zigarre des Tages köpfte. Persönlich beeindruckte ihn das Ereignis nicht übermäßig. Nichtsdestoweniger gab es einen Aspekt der Situation, der den gewiegten, erfolgreichen Spieler in ihm reizte. Seine nicht unbeträchtliche Eitelkeit schenkte ihm die Überzeugung, der führende Mann der Gemeinde zu sein. Wenn er Pokale auf dem Sportplatz, Preise in der Volksschule verteilte, klangen die drei donnernden »Hoch!« für Sir Archie, die nie ausblieben, wie süße Musik in seinen Ohren, ebenso wie das Gelächter und der Applaus, die ihn begrüßten, wenn er, Zigarre in der Hand, Portweinglas neben sich, aufstand, um beim Jahresbankett des »Bunds heimattreuer Nordbriten« eine seiner berühmten Reden zu halten. Wie oft, wenn er von einem solchen Ereignis im Fond seines Daimler nach Hause fuhr, warm eingepackt in eine pelzgefütterte Decke, sagte er zu seiner Gattin, die seiner Rede vielleicht das geringste Vergnügen abgewonnen hatte:

»Ellie, du bist die Frau des beliebtesten Mannes von Hedleston!«

Er kniff die Augen zusammen, als wollte er alles in den richtigen Blickwinkel rücken, und erkannte, welch einmalige Gelegenheit sich hier bot, in der allgemeinen Achtung noch höher zu steigen, ohne seinem Grundsatz zuwiderzuhandeln, »sich selbst dabei nicht zu vergessen.« Ein Darlehn von zehn-, fünfzehn-, zwanzigtausend Pfund aus seiner eigenen Tasche bedeutete für ihn nicht viel, für Page und das »Licht« aber zweifellos die Rettung. Die Nachricht würde sich mit Windeseile durch die Stadt verbreiten. Er sah sich bereits als Held des Tages, allenthalben gepriesen. Wie schön von ihm, wie edel, in die Bresche zu springen für Gerechtigkeit und Fairneß, für die alten Traditionen, für die Würde Hedlestons! Außerdem, bedachte Sir Archie weise, würde die Investition seinen politischen Plänen bestens zustatten kommen. Page war zwar nicht der Mann, sich zu binden, das wußte er, würde aber trotzdem bei der bevorstehenden Wahl für ihn tun, was in seinen Kräften stand. Henry war verläßlich – mehr, als man von diesem Nye behaupten konnte. Der Redakteur des »Journal« war eine Spur zu schlau, um Vertrauen einzuflößen. Weatherby, ein Mann rascher Entschlüsse, sog an seiner Zigarre, ein Zeichen stärkster Konzentration. Dann drückte er auf den Summer und sagte dem Sekretär:

»Verbinden Sie mich mit dem ›Licht‹!«

Noch während er wartete, kam ihm ein besserer Gedanke. »Nein ... mit Lady Weatherby.«

Indessen war Mrs. Page daheim angelangt, weniger verzagt als in dem Augenblick, da sie den weitschweifigen Rückweg angetreten hatte. Ein Stimmungswechsel war eingetreten, erstaunlich, für sie jedoch bezeichnend. Sie hatte sich nichts vorzuwerfen: diese Erkenntnis führte den Umschwung herbei. Sie setzte sich in die Bibliothek, fest entschlossen, auf alle Fälle Ruhe, Fassung und Besonnenheit zu bewahren, wie schwer es ihr auch fallen mochte. Das wachsende Gefühl, im Recht zu sein, bestärkte sie in diesem Entschluß. Henry hatte dieses Unheil über sie gebracht. Hatte sie ihn nicht von allem Anfang an gewarnt? Er war ihren Warnungen unzugänglich gewesen. Bitte sehr. Das war das Ergebnis. Sie gestattete sich die letzte Annehmlichkeit eines tragischen Lächelns und verfiel, wie so oft, wenn sie Selbstgespräche führte, in den Dialekt ihrer schottischen Heimat: »Nun, meine Teure, Hawaii ist beim Teufel, und dein nobler Konzertempfang hinterdrein.« Sie nahm sich vor, der Zukunft mit Mut, Unternehmungsgeist und Seelenstärke ins Auge zu blicken. Sie würde zu Henry stehen – war sie ihm nicht immer eine gute Frau gewesen, trotz allem – und Worte des Tadels, sollte sie nicht zurückhalten können, durch Ausdrücke des Bedauerns mildern. Schon gingen aufopferungsvolle Pläne durch ihren Sinn. Sie überlegte, was sie zur Erhaltung der Familie unternehmen konnte. Ihre Juwelen würden zuerst daran glauben, das stand außer Zweifel. Nicht, daß sie viel Schmuck besaß – Henry hatte dafür nie viel übriggehabt, und außerdem pflegte sie sich nicht zu behängen wie Eleanor Weatherby, zum Beispiel –, aber zumindest würden die paar Kleinigkeiten der Familie Brot sichern.

Aber konnte sie nichts mehr tun? Viel mehr? Ihr Gesichtskreis weitete sich, ungeahnte Möglichkeiten nahmen Gestalt an. Konnte sie nicht ein Geschäft aufmachen und ihre Stickerei verkaufen? Oder eine Teestube, die ihre feine, damenhafte Art bald zum Nachmittagstreff der guten Gesellschaft machen würde? Nach reiflicher Überlegung beschloß sie, das Café »Lavendel-Lady« zu taufen, und entwarf bereits für sich und Dorothy eine kleidsame Tracht in jener Farbe, die ihren Teint stets auf das vorteilhafteste zur Geltung gebracht hatte. Der nächste glänzende Gedanke kam, als sie sich der köstlichen Weizenkuchen entsann, die Rose so oft in Banksholme gebacken hatte. Würden sie nicht als eine unwiderstehliche Attraktion des neuen Etablissements erweisen? Sie mußte Rose, die liebe Rose, um das Rezept bitten. Noch heute. Der Gedanke an ihre Schwester und ihr altes Heim versetzte Alice von der Gegenwart in die Vergangenheit. Ihr Traumleben, aus Phantasien gespeist, war stets gegenwärtig. Ein Wort, ein Geruch, das Echo eines vergangenen Rufs, das leise Läuten der Kirchenglocken, das Geklimper eines Klaviers an einem stillen Sonntagnachmittag – all das genügte, um die Grenzen zu verwischen. Auch jetzt verlor sie sich in einen Irrgarten wehmütiger Erinnerungen. Zurück ging es, zurück in die Kindheit. Sie roch den Duft des Backwerks in der dunklen, geräumigen Küche, sah sich, einen noch warmen Kuchen in der Hand, von dem goldene Butter troff, lachend zu der Schaukel hinter dem Ziergebüsch laufen, hörte ihr Knirschen, das Hufgeklapper, wenn der Vater sein Ponygespann die Einfahrt herauflenkte, das schwache Blöken der Schafe von den nahen Hügeln, den schrillen, langgezogenen Ruf der Fischverkäuferin aus dem Dorf, die, über ihren Korb geneigt, durch die Straßen ging: »Frische Fische ... frische Fische ... frisch vom Firth ...«

Es klopfte. Hannah trat ein.

»Was möchten Sie essen, Mrs. Page?«

Unvermittelt landete Alice in Hedleston, stutzte, wurde wieder die Retterin des Hauses und sagte:

»Käsetoast und Milch.«

»Sonst nichts?«

»Nein, danke, Hannah.«

Sie weiß es, dachte Alice, als Hannah gegangen war.

Kein Zweifel, die alte schottische Dienstmagd würde sie um so höher achten, nicht nur um ihrer Gemessenheit, sondern auch um diesen ersten Schritt zur Enthaltsamkeit willen.

Der Käsetoast kam, eine reichliche Portion, auf einem Tablett gefällig angerichtet. Alice speiste mit Appetit. Käsetoast war eines ihrer Lieblingsgerichte. Außerdem hatte ihn Hannah, vielleicht in Anbetracht der besonderen Umstände, bemerkenswert gut zubereitet. Sie verzehrte ihn bis auf die letzte Krume und ging in den Oberstock, um ihren Nachmittagsschlaf zu halten.

Daß sie einschlief, überraschte sie beinahe. Als das Telefon sie weckte, war es nach drei. Sie nahm den Hörer ab und erkannte die Stimme Lady Weatherbys.

»Alice, Liebes, sind Sie's? Hier Eleanor Weatherby. Alice, wir würden uns so freuen, wenn Sie und Henry nächsten Donnerstag zu uns zum Nachtmahl kämen! Nein, keine Party. Ein gemütlicher kleiner Abend. Nur wir vier. Geht das?«

Alice, aus dem Schlaf gescheucht und noch nicht ganz munter, glaubte ihren Ohren nicht zu trauen. »Ja ... ja ... ich glaube, wir sind frei.«

»Ausgezeichnet ... erst heute früh sagte Archie, wie selten wir uns doch in letzter Zeit gesehen haben ...«

»Das ist wahr.«

Alice konnte die Bemerkung nicht unterdrücken: »Es hat mich ein wenig gekränkt, zu Ihrer letzten Gesellschaft keine Einladung zu erhalten ...«

»Ach, meine Liebe, Sie haben wirklich nichts versäumt! Es war zum Sterben langweilig! Henry hatte doch solche Sorgen! Wir nahmen an, Sie hätten anderes im Kopf als unsere Gesellschaft. Aber jetzt möchten wir Sie natürlich beide sehen. Ihr Mann ist ja so großartig, er hat die ganze Stadt auf den Kopf gestellt! Also, bis Donnerstag! Und kommen Sie zeitig, ja?«

Warme Freude durchrieselte Alice, als sie den Hörer auflegte. In tiefster Unbill wurde sie um ihrer selbst willen geschätzt, noch dazu von Lady Weatherby! Daß die Frau des Schuhfabrikanten ihr in dieser Bedrängnis zur Seite stand, war das größte Kompliment, das sie je erhalten hatte.

Sie ordnete ihr Haar, betrachtete sich im Spiegel und ging ins Erdgeschoß. Hannah brachte starken Tee und Keks.

»Ist das Lämmerne für heute abend, Mrs. Page?«

Wiederum fühlte Alice eine Woge der Sympathie, beherrschte sich jedoch und befahl, das Fleisch zuzubereiten wie üblich. Schließlich war es da, und wer konnte wissen, woher die nächste Mahlzeit kommen würde?

Der Nachmittag neigte sich dem Ende zu. Alice, von Schlaf und Tee erfrischt, beschloß, nicht untätig zu bleiben. Henry war noch nicht heimgekommen. Sie hatte den ganzen Tag nichts von ihm gehört. Nun, sie würde ihrer Schwester schreiben, nicht nur wegen des Kuchenrezepts, sondern auch, um sie von ihrem Unglück zu benachrichtigen. Sie setzte sich an ihren Schreibtisch, nahm ein Blatt Papier und begann nach kurzer Überlegung, fest entschlossen, ihr Herz auszuschütten:

Liebe Rose,
etwas Furchtbares ist passiert . . .

Ein Auto fuhr vor. Alice legte die Feder aus der Hand und hörte Henrys Schlüssel in der Eingangstür. Wenige Sekunden später stand er auf der Schwelle. Sie gedachte der vielen Dinge, die sie ihm sagen wollte, nicht erzürnt, sondern traurig, fand jedoch keine Zeit dazu. Er kam auf sie zu, küßte sie und nahm ihre Hand. Er war sehr bleich. Nur die Wangen färbte schwache Röte.

»Alice«, begann er ohne Umschweife, »mein Glaube an die Anständigkeit, Rechtlichkeit und Güte unserer Leute ist wiederhergestellt.«

Ihre Augen weiteten sich. Diese Eröffnung, typisch für Henry, wenn er sich in Hochstimmung befand, kam so unerwartet, daß sie staunte. Und als er weitersprach, blieb ihr der Atem weg.

»Heute früh hat mir die Bank, das heißt, eigentlich Weatherby, denn das Geld kommt aus seiner Tasche –

den Kredit bewilligt. Viel mehr, als ich erwartete. Und auf welche Sicherheit? Auf den Namen des ›Licht‹. Was sagst du jetzt?«

»Ich verstehe nicht«, sagte sie mit unsicherer Stimme. Seine Freude verwirrte sie. »Ich habe den armseligen Zettel gesehen –«

»Das war es eben.« Er sprach ruhiger, suchte sich zu beherrschen. Sie hatte ihn noch nie so bewegt gesehen. »Unsere Entschlossenheit, das Blatt zu halten, hat den Leuten endlich die Augen geöffnet. Seit heute morgen überschwemmt man uns mit Anrufen und Telegrammen. In der heutigen Abendausgabe des ›Tynecastle-Echo‹ erscheint ein großartiger Leitartikel, ein anderer morgen im ›Manchester-Kurier‹.« Zum erstenmal seit Wochen lächelte er – ein zögerndes, ungläubiges Lächeln. »Selbst die Kirche stellt sich auf unsere Seite, spät, aber doch: Gilmore hat mich angerufen. Er wird nächsten Sonntag über uns predigen. ›Es werde Licht . . .‹«

»Aber Henry«, widersprach sie, durchaus nicht überzeugt, »wie willst du denn weitermachen?«

»Hektographierte Ausgaben bis Montag . . . Das schadet uns gar nicht, im Gegenteil. Tom Gourlay hat mir erzählt, daß er manche um eine halbe Krone verkauft! Die Blätter haben Sammelwert, weißt du. Er verdient ein Vermögen. Und ab Montag drucken wir. Major Seaton leiht uns das Arsenal, solange wir's brauchen. Die Maschinen gehen morgen hinüber. Poole, Lewis, alle, ja selbst Hadley krempeln sich die Ärmel auf und kümmern sich darum.«

»Aber, Henry – du kannst doch nicht immer im Arsenal drucken?«

»Natürlich nicht. Nur eine vorübergehende Maßnahme, bis wir etwas Endgültiges haben. Im übrigen müßte ich mich sehr täuschen, wenn wir vor Jahresende nicht in unseren alten Räumen wären. Siehst du denn nicht, daß die ›Journal‹-Leute in ihre eigene Grube gefallen sind? Sie haben das Haus, aber der Mieter bin ich. Jetzt sind sie gesetzlich verpflichtet, die nötigen Änderungen binnen drei Monaten durchführen zu lassen. Bis dahin sind sie, wenn ich die Sache nur halbwegs richtig beurteile, bankrott und heilfroh, das Gebäude wieder loszuwerden. Ich war noch nie so glücklich, Alice. Meine Schulden bei der Nordbank, meine dringendsten Rechnungen sind bezahlt. Das Schlimmste liegt hinter mir. Und wenn du noch ein wenig Geduld hast, dauert es nicht allzu lange, und du bekommst das Haus zurück.«

»Du glaubst also wirklich . . .«, sagte sie, immer noch mißtrauisch, ja fast unwillig, an den plötzlichen Umschwung zu glauben, nachdem sie sich so sanft mit dem Verhängnis abgefunden hatte.

»Sagen wir lieber – ich hoffe. Und ich bin zutiefst dankbar. Jetzt aber –«, er hob die Hand an die Stirn, müde und abgespannt, »muß ich ins Arsenal. Seaton erwartet mich um sechs. Ich wollte nur vorbeikommen und dir die gute Nachricht bringen.«

Sie betrachtete ihn fragend. »Wenn die Dinge wirklich so gut stehen, wirst du dann auch das Philharmonische veranstalten?«

»Natürlich. Genau wie sonst. Es ist die beste Reklame. Außerdem macht's uns Spaß.«

»Dann kann ich also meinen Empfang geben, wie gewöhnlich?«

Er lachte froh und berührte ihre Wange. »Natürlich, Alice! Auf alle Fälle! Du weißt, ich hab's gern, wenn du dich freust. Außerdem plant man ein Festessen für mich. Das wird dir vielleicht auch Freude machen.«

Als er gegangen war, saß Alice in stummer Überlegung. Dann schüttelte sie den Kopf, als gäbe sie zu, daß gewisse Dinge ihr Verständnis überforderten, zerriß langsam den angefangenen Brief, nahm ein neues Blatt und begann:

Liebe Rose,
etwas Unglaubliches ist passiert . . .

Zweites Buch

I

Es regnete. Leonard hängte den Billardstock ans Gestell und blickte auf die triefende, menschenleere Straße hinaus. Joe, der Markör, stand neben ihm und spielte mit einem Stück grüner Kreide.

»Es ist sehr naß draußen«, sagte er. »Wir könnten noch eine Partie spielen, Mr. Nye.«

Aber Nye hatte keine Lust. Erstens war er nicht dazu aufgelegt, zweitens stand der Tisch so schief, daß die Kugeln von selbst in eine der vorderen Ecken rollten. Draußen, im grauen Nachmittag, hockten ein paar Arbeiter unter einer Zeltplane, tranken Tee und wärmten sich an einem Koksofen. Sie schienen ununterbrochen Tee zu trinken, ja einem fiel sogar die Aufgabe zu, das Getränk in einer riesigen Konservendose sieden zu lassen. Das zwei Wochen alte Loch im Pflaster, gesäumt von Windlichtern und herausgerissenen Ziegelsteinen, klaffte nach wie vor. Der Anblick solch stoischer Tatenlosigkeit hätte Nye für gewöhnlich erheitert. Heute verschlimmerte er seinen Mißmut um einige Grade. Er und Smith steckten in derselben Klemme. Nur der Tee wurde knapp, und schnell auch noch dazu.

Ach was, dachte er. Zum Teufel damit. Er holte Schirm und Mantel aus der Garderobe, verließ das Hotel und ging ins Büro, das einzige, was er tun konnte. Seit einem Monat war das »Journal« reine Routinesache. Sie verkauften höchstens sechsundzwanzigtausend Stück, während das »Licht« eindeutig siebzigtausend erreichte, fast soviel wie früher. Daß sie Pages Vorsprung nie wieder wettmachen würden, lag auf der Hand. Die meisten Mitarbeiter waren nach London zurückgekehrt. Nur Smith saß im Büro, entwickelte aufdringliche Geschäftigkeit und leitete die Zeitung in der leeren Hoffnung, daß jemand sie kaufen würde. Sie hatten versucht, Rickaby zur Rücknahme zu bewegen, aber vergebens. Die geniale Idee im Chefbüro lautete, zu retten, was zu retten war, aber bis jetzt gab es keinen Penny, und wenn Nye die Sache nur halbwegs richtig einschätzte, war auch keiner zu erwarten. Smith mimte den Geschäftigen, aber seine Tätigkeit wurde immer fieberhafter. Er war erledigt, und er wußte es. Wenn die Verkäufe weiter sanken wie bisher, würde Somerville nicht mehr lange mitmachen. Nye rechnete für sich und Smith täglich mit dem Hinauswurf.

Er sagte sich vor, daß es ihm nichts ausmachte. Schließlich war er kein Durchschnittsreporter, der nach der Pfeife des Chefs tanzte und nur selten Gelegenheit hatte, seine Stellung zu verbessern. Fleet Strett erkannte seine Fähigkeiten voll und ganz an, und wenn seine Mittel auch nicht immer die vornehmsten waren – was hatte das zu bedeuten, solange er früher am Ziel war als die Konkurrenz? Er besaß Verstand, Talent, Persönlichkeit. Das wußte er. Mühelos hatte er Deutsch und Französisch gelernt, sprach beide Sprachen fließend, war in moderner Kunst bestens beschlagen und konnte jederzeit Artikel über Picasso, Buffet oder Mondrian vom Stapel lassen, die keinen Vergleich zu scheuen brauchten. Auch von Musik verstand er etwas: er spielte jede Melodie nach dem Gehör, obwohl er in seinem Leben keine Klavierstunde genommen hatte. Sein Tennis war überdurchschnittlich, und was Billard betraf, so gewann er, wann immer er wollte. Bemühte er sich zu gefallen, gab es nur wenige Männer oder Frauen, denen er mißfiel. Er wußte sie zu »nehmen«, hieß es. Als Jothams Europakorrespondent hatte er die internationale Gesellschaft in St. Moritz, Antibes und Deauville interviewt, daß es eine Lust war. Und wieso? Weil er sich in Etablissements wie den Corviglia Club, Eden Rock oder Normandy nicht nur Zutritt zu verschaffen, sondern dort auch mit vollendeter Selbstverständlichkeit zu bewegen verstand. Nein, er gehörte nicht zu den Reportern, die unsanft auf der Straße landeten. An der Riviera hatte er auch die verblüffende Fähigkeit entwickelt, Interviews zu entstellen: ohne die Aussprüche seiner Opfer zu verändern, wußte er abträgliche

Eindrücke hervorzurufen, die seine Leser stets auf das angenehmste kitzelten. Und wie amüsierten ihn doch die schwachen, im letzten Winkel der Zeitung versteckten Protestbriefe! Nicht minder unterhielt es ihn, abfällige Artikel über besonders erfolgreiche Bücher zu verfassen: er löste gewisse Sätze so kunstvoll aus dem Zusammenhang, daß der Autor als Schurke oder Dummkopf erscheinen mußte. Später, als Somervilles Amerikakorrespondent zur Zeit der Knappheit, trieb sein Talent die giftigsten Blüten. Seine verfälschten Wochenberichte über den amerikanischen Wohlstand waren an der Erbitterung, die damals in England herrschte, zweifellos mitschuldig. Konnte er sich nicht um einen neuen Amerikaauftrag bemühen? Bei Mighill, zum Beispiel? Dem verdammten englischen Winter den Rücken kehren? Mit Glück mochte er auch die Berichterstattung über das Film-Festival in Cannes ergattern. Dieser Gedanke war näherer Überlegung wert. Reichten seine Beziehungen nicht bis an die Riviera? Er hatte, daran dachte er nicht ohne Stolz, an der Côte d'Azur sämtliche führenden Persönlichkeiten interviewt, von den Gabor-Schwestern bis zum Aga Khan. Ja, er war herumgekommen, wußte, was er tat, konnte jederzeit mit einem erstklassigen Auftrag rechnen.

Aber es half nichts. Er bemühte sich vergebens, sein Selbstgefühl zu stärken. Der Gedanke, hier versagt zu haben, gerade hier, geschlagen von einem Mann wie Page, war ihm Gift und Galle, eine nie versiegende Quelle ätzender Bitternis. Seit ihrer ersten Begegnung hatte sich Nyes Feindseligkeit gegen den Herausgeber des »Licht« stetig gesteigert, um schließlich zu dumpfer Besessenheit auszuarten. Wenn Smith nicht so verdammt nobel gewesen wäre, dachte er wild, hätten wir haushoch gewonnen. Zugegeben, die Idee mit der Druckerei war ein Reinfall gewesen – Nye krümmte sich beim Gedanken daran –, aber wenigstens die einzig richtige Taktik. Im Krieg waren halbe Maßnahmen sinnlos. Man mußte aufs Ganze gehen, auf alles oder nichts. Smith blieb immer auf halbem Wege stehen. Jetzt war er fertig. Er hatte sich die Sache so einfach vorgestellt, so gläubig auf Erfolg gebaut, besonders auf die Versöhnung mit seiner Frau. Es war fast lachhaft, den Zusammenbruch seiner Hoffnungen mit anzusehen. Sein wichtiges Gehabe hatte in letzter Zeit merklich nachgelassen. Er mühte sich zwar noch immer, einen Ausweg zu finden, aber jeder vernünftige Mensch konnte ihn auf dem letzten Loch pfeifen hören.

Nye ging durch die Innenstadt. Ein Plakat vor der alten Stadthalle kündigte da erste der philharmonischen Konzerte an, die Page für den St.-Markus-Kirchturmfonds organisierte. Es war für Sonntag, den 15. September, angesetzt. Nye stellte fest, daß es sich bei den von Page engagierten Künstlern um zweitrangige Talente handelte, gewann dieser Erkenntnis jedoch nur mäßigen Trost ab. Brüsk drehte er sich um und überquerte den Platz. In diesem Augenblick bemerkte er Page. Er kam die Stufen des »Licht«-Gebäudes herab. Nye ging ihm seit neuestem aus dem Weg. Sein Anblick war mehr, als er ertragen konnte. Eine junge Frau begleitete ihn. Sie war nicht ohne: groß, schlank, rund - nicht zuviel, gerade richtig. Selbst auf Entfernung konnte man sehen, daß an ihr etwas dran war. Leonard überlegte, wer sie wohl sein mochte, als Pages Sohn - er war dem großen, langhaarigen, romantisch aussehenden Kauz zweimal begegnet - die beiden einholte. Das Mädchen lächelte ihm zu und nahm seinen Arm. Keiner der drei bemerkte Leonard. Er legte keinen übermäßigen Wert darauf. Ohne sie aus den Augen zu verlieren, wandte er sich einer Auslage zu und entzündete eine Zigarette. Sie bestiegen Pages fünf Jahre alten Vauxhall - daß der Herausgeber des »Licht« ein kleines, altmodisches Gefährt benutzte, paßte zu seinem Getue, stellte Nye fest - und fuhren davon.

Leonard ging ins Büro. Wie erwartet, saß Smith an seinem Schreibtisch und tat, als arbeite er. In Wirklichkeit schrieb er seiner Minnie. Das ersah Nye aus der Art, wie er bei seinem Eintritt das Blatt unter die Löschpapierunterlage gleiten ließ. Smith war abgemagert. Er sah aus wie eine Vogelscheuche, bleich und hager.

»Was neues?« Nye warf sich auf einen Sessel.

»Nicht das geringste.«

Es war erhebend: in einer gewissen weltfernen Art klang Smiths Ton noch immer hoffnungsvoll. Das ärgerte Nye. Er hätte gern in seinen Wunden gebohrt.

»Was sagt der ehrenwerte Vernon?«

»Nichts.«

Smith schneuzte sich mehrmals. Er hatte wieder Katarrh. »Keine Nachricht – gute Nachricht. Wenn nur –«

»– etwas passieren würde«, beendete Nye den Satz, seinen Ton nachäffend. Smith wurde rot.

»Deine blendende Idee hat uns ja nicht weitergebracht. Im Gegenteil. Sie hat uns ruiniert.«

»Woher hätte ich wissen sollen, daß Page mit diesem Wisch herausrücken würde? Pedanten sind unberechenbar. Herrgott!« Sein Temperament ging mit ihm durch. »Nie werde ich unsere erste Begegnung vergessen! Seine Rede über die Heiligkeit der Presse! Wenn es eine Art Mensch gibt, die ich hasse, so sind's diese hochtrabenden Tugendbolde, diese Weltverbesserer, die mit einem Fetzen Zeitungspapier Utopia erschaffen wollen! Ich weiß, was gespielt wird. Und was das Zeitungsgeschäft betrifft, so kenn' ich's in- und auswendig. Es ist hart wie jedes andere, und seine Ziele heißen Geld und Macht. Dazu braucht man hohe Auflagen. Und hohe Auflagen kriegt, wer dem Kunden gibt, was er sucht. Und was suchen sie, wenigstens der Großteil? Saftige Neuigkeiten, Erotik, Sensation, Skandal. Der alte Jotham hat das mit seinem ›Sonntagsblatt‹ weiß Gott bewiesen! Sieben Millionen! Und womit? Gerichtssaalberichte und Intimitäten. Wozu also das Getue? Die Leute sind keine Engel. Ich habe nichts gegen ein bißchen Spaß, also machen wir's uns doch gemütlich, bevor die Bombe fällt. Die Welt hat sowieso ein Leck, und alle Pages und Tugendbolde dieser Erde werden sie nicht flottmachen.«

Smith, der diesem Ausbruch schweigend gelauscht hatte, erklärte plötzlich: »Du kannst sagen, was du willst. Ich habe nichts gegen Page. Er ist ein Ehrenmann.«

»Ja«, sagte Nye bitter. »Ich bin ihm eben begegnet. Er sieht beruhigend aus. Ganz obenauf.«

Er zerdrückte seine Zigarette. »Der Sohn war auch dabei. Und eine Puppe.«

»Eine junge Frau? Hübsch?«

»Hübsch? Hübsch ist ein Hilfszeitwort! Sie ist toll. Gerade richtig. Groß. Mit Kurven – dort, wo man sie braucht. Selbst auf Entfernung kann man sehen, daß an ihr etwas dran ist.«

»Sie ist Davids Frau.«

»David!« Nye lachte geringschätzig. »Bruder, du tust ja, als gehörst du zur Familie.«

Smith wühlte mißbilligend in seinen Papieren. Seit es ihm schlecht ging, dachte Nye höhnisch, gewann seine Frömmigkeit die Oberhand. Als er neulich ohne anzuklopfen in sein Zimmer gekommen war, überraschte er ihn neben dem Bett, auf den Knien. Offenbar hatte er sich an den Himmel um Hilfe gewandt. Smith war schlimmer als der heilige Ithiel, der in seinem Landhaus in Surrey allsonntäglich ein Hymnenfest abhielt.

»Wieso haben wir sie noch nie gesehen?« fragte Nye nach kurzer Stille.

»Wen?«

»Das Dämchen, natürlich.«

»Sie leben sehr zurückgezogen. In Sleedon.«

»Die schaut mir nicht nach zurückgezogen aus.«

»Ach, laß die Pages in Frieden«, sagte Smith scharf. »Sie sind anständige Leute.«

»Ich habe nichts gegen sie. Ich hasse sie bloß. Alle miteinander, und aus Prinzip.«

»Du bist ein großer Hasser vor dem Herrn.«

»Ich hab' eine Wut. Das leugne ich nicht. Und jetzt werd' ich mir ein Bier zu Gemüte führen.«

Leonard stand auf, verließ Smith, ging in die Victoriabar, trank einen Whisky und spülte ihn mit Bass-Bier hinunter. Was sollte man in einem Nest wie Hedleston sonst tun, wo es nichts zu sehen gab als ein paar Prostituierte, die nach Einbruch der Dunkelheit beim Bahnhof herumstanden? Trotzdem – die Frau des jungen Page ging ihm nicht aus dem Sinn. Sie hatte ihn beeindruckt. Er fragte sich, wieso er ihr noch nie begegnet war. Wahrscheinlich ließ sie der junge Page nicht aus dem Haus. Er sah eifersüchtig aus und verliebt – das merkte man auf den ersten Blick.

Frauen wurden Nye niemals gefährlich. Erstens mißtraute er ihnen, zweitens hatte er's, wie er sich auszudrükken beliebte, mit so vielen probiert, daß er zu Blasiertheit neigte. Der Gedanke, daß gerade die im Bett nicht zu verachten wäre, streifte ihn wohl. Aber das war nicht alles. Sie interessierte ihn auf ganz andere Art. Es war, als gehörte sie nicht zu den Pages, sondern auf seine Seite des Grabens, als gäbe es zwischen ihnen eine geheime Affinität, unbewußt und unerwartet.

Wie war dieses dunkle, seltsame Gefühl zu erklären? Die Frage verfolgte ihn, ohne daß er eine Antwort finden konnte. Am nächten kam er der Lösung, und die war weiß Gott nicht befriedigend, indem er sich eine ähnliche Empfindung in Erinnerung rief. Eines Abends vor langer Zeit ging er, damals noch ein Neuling in der Fleet Street, mit ein paar Kollegen essen. Auf dem Heimweg nahm ihn am Piccadilly eine Hure mit. Sie gingen in den Hydepark. Es war stockdunkel. Er sah kaum ihr Gesicht. Jahre später sprang er auf einen Bus beim Victoriabahnhof. Eine Frau stieg aus. Zwei Sekunden blickten sie einander an, in jähem Erkennen, und er begriff weniger an Hand sichtbarer Beweise als durch eine Art inneren Schocks, die Unbekannte jenes Abends vor sich zu haben.

Psychologie zählte nicht zu Leonards Stärken, obgleich er notfalls zwei handfeste Spalten über Freud vollschreiben konnte. Außerdem war ihm klar, daß er die Frau des jungen Page nie gesprochen, geschweige denn berührt hatte. Es war rätselhaft – aber sie vermittelte ihm dasselbe Gefühl wie damals: unter Umständen, die noch dazu nicht sonderlich zu seinen Gunsten sprachen, mußt er ihr schon einmal begegnet sein. Unsinn, sagte er sich. Wahrscheinlich hatte er sie beim Einkaufen in Hedleston bemerkt, die Begegnung im Unterbewußtsein festgehalten und so die Vorbedingung zu dieser Bekanntschaftsillusion geschaffen. Aber er wollte nicht recht daran glauben. Die Ungewißheit machte ihm ernstlich zu schaffen, als Smith eintrat. Nye beobachtete, wie er sich niedersetzte, den Hut abnahm und die Regentropfen vom Haar strich.

»Es ist nichts los«, sagte er. »Also kann ich dir ebensogut Gesellschaft leisten. Peter sitzt beim Telefon. Außerdem ist es im Büro eiskalt.«

»Trinkst du was?«

»Ich glaube schon.«

Nervös feuchtete er die Lippen. Nye verhielt sich abwartend. Er sah es seit langem kommen, kannte Smith durch und durch, wußte, daß der strenge Guttempler ein Auge zudrückte, sobald er Sorgen hatte. Alkohol war Gift für ihn und er litt nachher unter den entsetzlichsten Gewissensqualen. Aber dreimal, darüber war Leonard bestens informiert, hatte er sich fürchterlich betrunken, nicht zum Spaß, sondern aus Verzweiflung. Als er in Australien seinen Posten verlor, soff er drei volle Monate, und als ihn vor zwei Jahren seine Frau verließ, verbrachte er seinen ganzen Urlaub in einem Wirtshaus in Brixton und endete um ein Haar mit Delirium tremens. Darum war Leonard gespannt.

»Was trinkst du?« fragte Smith.

»Whisky und Bier.«

»So . . .« Er verzog den Mund zu blassem, schmerzlichem Lächeln. »Ich werde Limonade bestellen. Wie immer.«

Noch nicht Freundchen, dachte Leonard, noch nicht. Aber es kommt immer näher.

Stille. Nur der Regen trommelte an die Scheiben. Die Bar war leer. Im Gastzimmer nebenan erörterten zwei Männer die zu erwartenden Samstags-Fußballresultate und mühten sich vergebens, die Tabellen in Mighills »Globus« zu vertehen. Nye suchte seine Gedanken auf Cannes und die Möglichkeit des Film-Festivals zu konzentrieren, aber es wollte ihm nicht gelingen.

»Paß auf, Smith«, sagte er schließlich. »Es wird dich vielleicht überraschen, aber ich finde, wir sollen ins Konzert gehen.«

»Was für ein Konzert?«

»Pages Wohltätigkeitsveranstaltung. Nächsten Sonntag.«

Smith starrte auf Nye, tief in seinen Fauteuil zurückgelehnt, im Überrock vergraben.

»Das ist doch nicht dein Ernst?«

»Ja und nein. Ich weiß es selbst nicht genau. Aber ich bin dafür, wir gehen.«

»Warum?«

»Nur so eine Idee.«

»Du und deine Ideen!« Er warf Nye einen sauren Bick zu und trank seine Limonade mit schnellen Zügen. »Mir liegt die letzte noch im Magen.«

Nye hatte nicht die geringste Absicht, diesbezüglich neuen Streit anzufangen. Er hatte Zeit, wußte, daß Smiths Neugier, seine Pläne zu erfahren, letzten Endes den Sieg davontragen würde. »Was hast du vor?«

»Ich glaube«, sagte Nye hämisch, »daß es uns nicht schaden würde, mit netten Leuten zusammenzukommen. Du schwärmst doch für gute Gesellschaft, nicht? Außerdem wollen wir uns nicht davonschleichen. Sterben wir in Schönheit. Vollbringen wir eine letzte gute Tat und gehen wir dann, mit Pauken und Trompeten. Kannst du Karten auftreiben?«

Smith betrachtete ihn zweifelnd. »Ich glaube schon!«

»Großartig. So weit vorne wie möglich!«

Ehe Smith die nächste Frage stellen konnte, stand Leonard auf, zahlte und ging.

2

Zwei Tage später kam Dorothy nachmittags aus Tynecastle zurück und ging wie üblich geradewegs in die Speisekammer um ein Glas Milch und Kekse. Mrs. Page, die sonnig im Haus herumwirtschaftete, hielt sie im Vorzimmer auf.

»Da bist du ja, Dorrie. Ich möchte, daß du David und Cora ein Briefchen bringst.«

»Nach Sleedon!« Dorothy widersprach, als schickte man sie zum Nordpol.

»Ja, Liebes. Eben rief dein Vater vom Büro an. Sie sollen Samstag vor dem Konzert zum Mittagessen kommen.«

»Aber Mutter, ich habe einen anstrengenden Tag hinter mir. Und der Autobus rüttelt einen ganz durcheinander.«

»Nimm doch dein Rad. Du hast es noch kaum benutzt. Es ist so schönes Wetter.«

»Das Vorderrad ist platt.«

»Dann pump es auf. Es wird dir nur guttun. Du hast in letzter Zeit wirklich nicht viel Bewegung gemacht.«

Diesen überraschenden Auftrag, ebenso wie Pages unerwartetes Erscheinen mit Cora und David in den Straßen Hedlestons, bewirkte der Bericht, den Doktor Evans aus Scarborough gesandt hatte. Der hoffnungsvolle Psychiater riet mit unverminderter Zuversicht, David von Zeit zu Zeit in die Stadt und »unter Leute« zu bringen. Es wäre ihm überaus zuträglich, schrieb er, sein zurückgezogenes Leben in Sleedon durch gelegentliche Abwechslung zu unterbrechen. Diese Bestätigung ihrer oftmals geäußerten Ansicht tat Mrs. Page in der Seele wohl und stimmte sie freundlich. Lächelnd schob sie das Briefchen in Dorothys Windblusentasche.

»Da, Dorrie.«

»Meinetwegen«, sagte Dorothy gottergeben. »Aber wenn was passiert, bist du schuld.«

In Wirklichkeit fuhr sie nicht ungern. Sie hatte nichts zu tun. Bob Lewis machte Überstunden – er hatte sie in der Akademie angerufen – und konnte sie nicht ins Kino ausführen. Obwohl Dorrie ihrer Schwägerin nur selten begegnete, mochte sie sie gern. Cora hatte sie noch nie ohne reichliche Jause fortgelassen. Sie ging zur Garage, holte ihr Fahrrad, überredete Hannah, ihr beim Pumpen zu helfen – das Gummiende platzte gern im falschen Moment –, und machte sich auf den Weg.

Sie war erst bei der Kreuzung Draycot- und Parkstraße gekommen, als jemand ihr winkte, stehenzubleiben. Unwillkürlich bremste sie, fuhr an den Straßenrand und stieg ab. Erst dann erkannte sie Leonard Nye.

»Guten Tag, Miß Dorrie. Fein, daß Sie mich gesehen haben. Das ist ein unverhofftes Vergnügen.«

»Wirklich?« sagte Dorrie nicht sonderlich liebenswürdig.

Der Kampf zwischen »Licht« und »Journal« hatte in ihre ureigene Interessensphäre niemals eingegriffen. Sie trug Nye daher nichts nach. Im Gegenteil. Es war nicht uninteresssant gewesen, zu beobachten, wie sich Henry, den sie als »nicht üblen alten Herrn« betrachtete, in seiner gewohnt-sentimentalen Art mit den ärgsten Widerwärtigkeiten herumschlug. Ja, sogar einen wirklich feinen Moment hatte es gegeben: als sie gedacht hatte, sie würden über kurz oder lang alle auf der Straße sitzen, mit ihrem ganzen Hab und Gut, vielmehr dessen schäbigen Resten – wie richtige Waisen im Sturm. Nein, ihre Fehde mit Nye war privater Natur. Sie hatte ihren persönlichen Handel mit ihm, mochte er ihr noch so freundlich zulächeln und tün, als sei alles in schönster Ordnung. Sie hatte nicht vergessen, was er über sie geschrieben hatte, damals, als sie seinen elenden Glücksmann erkannte. Zugegeben, das war schon lange her. Aber ihre Kameraden hatten sie bis aufs Blut gequält und mit den schönsten Zitaten noch Wochen später verfolgt. Seither zog Nye immer den Hut, wenn er sie auf der Straße traf. Aber sie hatten nie ein Wort gewechselt.

»Ich dachte, Sie seien längst fort«, sagte sie, und ihr Ton gab deutlich zu verstehen, daß sie es wirklich gehofft hatte.

»Noch nicht«, sagte er, durchaus nicht beleidigt, »aber bald. Ich wollte mich nur verabschieden. Um Ihnen zu zeigen, daß wir Hedleston ohne Groll verlassen.«

»Ganz ohne?«

Er lächelte weiter, ein unnatürliches Lächeln. Es sah aus wie auf sein Gesicht geklebt.

»Ich hoffe. Obwohl Ihr Herr Papa es uns nicht leicht gemacht hat! Aber in unserem Beruf muß man die Dinge nehmen, wie sie kommen, gute und schlechte.«

Er zog seine Zigaretten hervor, bot ihr eine an und sie bediente sich dankend. Sie wollte nicht allzu jugendlich wirken. Als er ihr Feuer gab – er gehörte zu den Männern, die stets ein funktionierendes Feuerzeug bei sich tragen –, sagte er:

»Fahren Sie spazieren?«

»Ja.«

»Hübsches Rad! Ein Humber, nicht wahr? Haben Sie's schon lange?«

Dorothy errötete. Nye sagte schnell: »Verzeihen Sie. Ich wollte nicht neugierig sein.«

»Ich durfte es mit einem Teil des Geldes kaufen, daß ich bei Ihnen gewann. Den Rest stellte ich für wohltätige Zwecke zur Verfügung. Mein Vater wollte es so.«

»Nun«, sagte Nye bedächtig, »wenigstens haben Sie etwas davon gehabt.«

Er tat, als merkte er nicht, daß es Dorothy immer peinlicher wurde, mit ihm auf der Straße zu stehen und in linkischen Zügen zu rauchen. Sie rauchte oft, wenn sie mit ihren Kolleginnen im Espresso saß, aber das hier war anders, gehörte sich nicht. Wenn Henry davon erfuhr, würde er sich maßlos aufregen – und nicht zu Unrecht. Sie suchte krampfhaft nach einem Vorwand weiterzufahren. Noch ehe ihr etwas Brauchbares einfiel, sagte Nye:

»Ich gehe eben ins Hotel, auf eine Tasse Tee. Sie hätten wohl keine Lust, mitzuhalten?«

»Nein, leider. Ich trinke Tee bei meiner Schwägerin.«

»Natürlich.« Er nickte geflissentlich. »Erst neulich sah ich sie in der Stadt. Sie scheint sehr nett zu sein.«

»Sie ist sehr nett.«

»Sonderbar«, sagte Nye gedankenvoll, »seit zwei Jahren wohne ich in Hedleston und begegnete ihr kürzlich zum erstenmal! Sie muß ein sehr zurückgezogenes Leben führen.«

»Ja«, sagte Dorothy kurz. »Man hat Ihnen wahrscheinlich erzählt, daß mein Bruder ziemlich krank war. Das Landleben ist für ihn das beste – und das weiß sie.«

»Ich habe davon gehört.« Er nickte teilnehmend. »Ein Glück für Ihren Bruder, eine so verständnisvolle Frau zu haben. Er hat sie wohl während des Kriegs kennengelernt? War sie Krankenschwester?«

»Wo denken Sie hin!« rief Dorothy. Schon war sie drauf und dran, seine Meinung verächtlich zu berichtigen, als sie begriff, daß er sie aushorchen wollte wie schon einmal. Nur zu gut erkannte sie seine überfreundliche Art, seine Taktik, ihr die Wahrheit auf Umwegen zu entlokken. Das ist stark, dachte sie, sah aber gleichzeitig eine Möglichkeit, sich zu rächen. Statt ihn in die Schranken zu weisen, warf sie ihm einen koketten Blick zu und lachte.

»Was ist so komisch?« fragte er.

»Ach, nichts! Nur, daß Sie sich so irren können! Wie kommen Sie auf den Gedanken?«

»Ich muß sie mit jemandem verwechseln. Wer ist sie denn?«

»Oh«, improvisierte Dorothy und machte einen großen Bogen um die Wahrheit, »die Tochter guter alter Freunde meiner Mutter. Sie und David kennen einander seit ihrer Kindheit.«

»So«, sagte er, leicht verärgert.

»Unsere Eltern sind eng befreundet. Wir fuhren immer miteinander aufs Land, nach St. Andrews. Sie hatten ein Haus in der Nähe von ... Banksholme ... Das ist natürlich schon lange her. Bevor sie Lehrerin wurde.«

»Lehrerin?«

»An einer Mädchenschule in Nordschottland ... Aberdeen, wenn Sie's genau wissen wollen.«

»Ich verstehe.« Seine Stimme klang enttäuschter denn je. »Wie war doch der Mädchenname?«

»Castleton. Elisabeth Castleton«, erwiderte Dorothy, ohne mit der Wimper zu zucken. Woher sie den Namen hatte, wußte sie nicht. Wahrscheinlich aus einem Film. Aber er klang nicht übel. »Sie stammt aus einer der besten westschottischen Familien. Nicht sehr begütert, aber alteingesessen. Ihr Vater war Advokat.«

»Castleton«, wiederholte er, suchte den Namen einzuordnen, wußte aber natürlich nicht, wo. Er probierte es noch einige Male, runzelte gedankenvoll die Stirn und starrte den nächsten Laternenpfahl an, ohne den geringsten Erfolg. Dorothy freute sich, ihn hinters Licht geführt zu haben, und hielt den Augenblick für gegeben, sich aus dem Staub zu machen. Sie brachte die Pedale in die richtige Lage und stieg auf.

»Es tut mir leid, aber Elizabeth wartet.«

»Natürlich.«

Er kam zu sich und ließ nicht nur seine Zigarette fallen, sondern versehentlich auch seinen Charme.

»Nett, wieder einmal mit Ihnen gesprochen zu haben, Miß Dorothy. Auf Wiedersehen.«

»Adieu!« sagte Dorothy höflich.

Als sie um die Ecke der Avenue bog, blickte sie zurück: Nye stand noch immer dort, mit verdrossener Miene. Er sah niedergeschlagener aus denn je.

Bald war sie auf offener Landstraße, fuhr schnell dahin, mit sich und der Welt zufrieden. Sie hatte die Scharte ausgewetzt. Aus irgendeinem schäbigen Grund wollte er sie dazu bringen, Elizabeths – sie lächelte – Coras bescheidene Herkunft zu verraten. Hatte sie ihn nicht schön drangekriegt? Sie freute sich, sang, nahm die Hände von der Lenkstange, verbrämte den Namen Castleton mit unzähligen Erfindungen und kam schnell vorwärts. Bald näherte sie sich Sleedon. Als sie im Freilauf ins Dorf hinabsauste, bemerkte sie Cora. Sie ging am Pier spazieren. Eine Minute später holperte Dorothy über den Steindamm. Sie war fast am Ende angelangt, als Cora sich umdrehte.

»Dorothy! Was für eine nette Überraschung! Gib acht! Es ist gefährlich mit dem Rad.«

»Aber wo!« sagte Dorothy, hörte aber auf, Cora zu umkreisen, und stieg ab. Sie merkte, wie ängstlich die Schwägerin wurde, sobald sie sich dem Rand näherte. »Ich habe einen Brief von Mutter.«

»Für David?«

»Nein, für dich. Warum nicht? Schau nicht so entsetzt!«

Dorothy nahm den Umschlag hervor und reichte ihn Cora. Sie nahm ihn zweifelnd, als erwarte sie nichts Gutes, was in Anbetracht der Behandlung, die sie bisher von Mrs. Page erfahren hatte, nicht verwunderlich war. Kaum jedoch hatte sie den Brief geöffnet und gelesen, änderte sich ihre Miene und ihr Gesicht leuchtete freudig auf.

»Deine Mutter ist sehr lieb, Dorothy«, sagte sie. »Sie lädt uns für morgen zum Essen ein.«

»Na und? Unser Futter ist wirklich nicht weltbewegend.«

»Das meine ich ja nicht. Ich freue mich nur, daß sie daran gedacht hat.« Sie faltete den Brief sorgfältig, steckte ihn ins Kuvert zurück, als sei er ein Schatz, der gehütet werden mußte, und streckte sich.

»Komm, gehen wir nach Hause.«

»Willst du nicht lieber hierbleiben und aufs Meer hinausschauen? Ich weiß, das tust du gern. Du bist sehr viel hier.«

»Nur, wenn David arbeitet.« Sie lächelte. »Komm, du kriegst jetzt deinen Tee.«

Sie machten sich auf den Heimweg, zu beiden Seiten des Fahrrads. Was Dorothy an Cora gefiel, sagte am besten ihr eigener Ausspruch: Cora war ein feiner Kerl. Sie war nie unnatürlich, überlegte Dorrie, gab nie vor, sich über Besuch zu freuen, wenn sie's nicht wirklich tat, sondern freute sich und sagte es auch, versuchte nie, anders zu scheinen, als sie war, und gab sich unendliche Mühe für andere. Wie sie sich um David kümmerte! Sie kochte, wusch, flickte, bestellte den Garten, daß es eine Pracht war, ertrug Davids kultiviertes Getue und betrachtete seine literarischen Bemühungen, als wäre er Shakespeare und Milton in einer Person. Letzteres dünkte Dorothy der schlagendste Beweis ihrer Qualitäten. Und noch etwas war an ihr, das sich nicht erklären ließ, eine weiche Wärme, aber auch eine gewisse Spannung, von ihrer Ruhe kaum verdeckt, die sie zu betrüben und in Atem zu halten schien. Jetzt allerdings war sie gut aufgelegt, richtig froh.

In der Küche deckte Dorrie den Tisch, während Cora Tee machte, Brotschnitten toastete und eine Dose Sardinen öffnete. Dann schlug sie einen Teig, obwohl Dorothy bat, keine Umstände zu machen, und buk einen Stoß flaumiger Pfannkuchen.

»Cora«, sagte Dorothy, als sich die Schwägerin endlich setzte, »wie machst du das nur? Eins, zwei, drei und schon sind die Pfannkuchen fertig.«

»Wenn du reinen Mund hältst, werd' ich's dir verraten, Dorrie.« Sie sprach fröhlich, noch immer erfreut über Mrs. Pages Einladung. Und als sie so dasaß, die Wangen von der Hitze des Herds gerötet, während der Wind, der durch das Fenster drang, ihr reiches Haar zauste, wirkte sie ungewöhnlich hübsch.

»Ich habe einen ganzen Sommer nichts anderes gemacht. Das war meine Arbeit, verstehst du. Ich muß mehrere hundert Pfannkuchen gebacken haben, für hungrige Ausflügler. Ja, viele Hunderte.«

»Guter Gott! Ich hoffe, du hast selbst auch welche gegessen.«

»Nein ... Nicht viele. Der Fettgeruch macht einen fertig, wenn man den ganzen Tag dabeisteht.«

Dorothy brach in Gelächter aus.

»Das hätte ich heute nachmittag wissen sollen, wie ich mit Nye gesprochen habe, dem alten Schnüffler! Hätte ich ihm erzählt, daß Elizabeth Castleton ihren Lebensunterhalt mit Pfannkuchenbacken verdiente, wären ihm die Haare zu Berge gestanden.«

Cora lächelte unbestimmt. Sie hatte keine Ahnung, worum es ging. Dorothy mußte den Scherz erklären, und während sie Tee trank und Pfannkuchen aß, gab sie eine lückenlose Schilderung ihrer Begegnung mit Nye. Sie glaubte Cora zu unterhalten. Aber zu ihrer Überraschung schien ihre Schwägerin die Geschichte nicht lustig zu finden. Im Gegenteil. Alle Fröhlichkeit wich aus ihrem Antlitz, sie schien beunruhigt, und ihre Züge spiegelten die alte Besorgnis.

»Was wollte er denn? Daß er dich einfach aufhält, mitten auf der Straße? Dazu hat er kein Recht.«

»Ach, so sind sie eben, diese Reporter. Sie versuchen dauernd, den Leuten eins auszuwischen. Du weißt ja, wie er mich hingestellt hat.«

»Ja«, sagte sie nachdenklich, »aber das ist etwas anderes. Ich kenn' ihn nicht. Und er mich auch nicht.«

Dorothy lachte. »Jetzt kennt er dich ja ebensowenig. Glauben Sie mir, Miß Castleton, ich habe ihn schön angeführt!«

»Wirklich? Das war gescheit von dir, Dorrie.« Sie schüttelte den Kopf, als wollte sie etwas wegschieben. Aber anscheinend gelang es ihr nicht restlos, denn sie sagte nach kurzer Stille:

»Ich hab' gedacht, sie sind längst fort, die ganzen ›Journal‹-Leute . . .«

»Sie werden bald fahren. Das hat er mir selbst gesagt. Er hat sich sogar verabschiedet.«

»Wirklich?« Ihre Miene hellte sich auf. »Um so besser für uns . . . deinen Vater . . . uns alle. Sie waren von allem Anfang darauf aus, Schaden anzurichten. Aber ich glaube, es ist Zeit für Davids Tee.« Sie warf einen Blick auf die Uhr am Kaminsims, nahm eine kleine Glocke vom Tisch, läutete und lächelte Dorothy zu. »Das ist unser Zeichen. Er hat sehr viel zu tun, Dorrie. Erzähl ihm nichts von der Sache. Es würde ihn nur belasten.«

Kurz darauf erschien David. Dorothy, die ihn seit längerem nicht gesehen hatte, war erstaunt, ihn so abgemagert zu finden. Er wirkte unnahbarer denn je, schien aber erfreut, sie zu sehen. Er nahm seine Tasse aus Coras Händen, stützte einen Fuß auf den Kaminvorsatz und schlürfte seinen Tee langsam, in der statuenhaften Haltung, deren er sich in Gegenwart seiner Schwester versuchsweise befleißigte.

»Kost einen Pfannkuchen«, sagte Dorothy. »Sie sind herrlich.«

David lächelte. »Wenn die Griechen den Trojanern etwas schenkten, beanspruchten sie stets einen Teil für sich. Gib dem Kind noch einen Pfannkuchen, Cora.«

»Nein, wirklich«, widersprach Dorothy, »ich habe an dich gedacht.«

»Ja, David«, bat Cora, »iß einen! Nur einen! Du hast zu Mittag fast nichts gegessen.« Sie legte einen Pfannkuchen auf einen Teller und reichte ihn ihrem Mann.

»Los, David«, drängte Dorothy.

»Die Pfannkuchenkomödie.« Er zog die Brauen in die

Höhe, überaus liebenswürdig. »Essen oder nicht essen, das ist die Frage ... Trotzdem: danke, Cora.«

Er nahm den Teller, stellte ihn auf den Kaminsims, trank seinen Tee und ließ sich des langen und breiten über das Programm des bevorstehenden Konzerts aus, das seinen Unwillen erregte, weil es weder Mahler noch Hindemith enthielt.

Dorothy betrachtete ihren Bruder entrüstet und dachte: Er hat sich nicht geändert. Warum muß er dauernd in höheren Regionen schweben? Am liebsten hätte sie ihn verprügelt. Als David hinaufging, sah sie, daß der Pfannkuchen unberührt auf dem Kamin stand. Wortlos legte ihn Cora zu den übrigen, hüllte den Stoß in eine Serviette und verstaute ihn im Schrank. Wiederum schien sie an etwas bestimmtes zu denken. Als Dorothy ihr aber beim Geschirrwaschen geholfen hatte, eine Arbeit, die sie daheim nie verrichtet hätte, schien sie ihre Sorgen abgeschüttelt zu haben.

»So, Dorrie«, sagte sie fröhlich. »Jetzt pflücken wir Blumen für deine Mutter.«

Sie gingen in den Garten. Cora schnitt einen großen Strauß Astern, wickelte sie in Packpapier und band sie an den Gepäckträger des Fahrrads.

»Es war sehr nett, Cora. Danke für alles. Wir sehen uns beim Konzert.«

Um keinen Preis hätte sich Dorothy die geringste Gefühlskundgebung gestattet. Sie verabschiedete sich kurz, bestieg ihr Rad, sauste die steile Uferstraße hinunter und radelte nach Hause.

3

Sonntag nachmittag, fünf Minuten vor drei, verließen Leonard Nye und Harold Smith, Chefredakteur und Geschäftsführer des »Journal«, gemeinsam den »Roten Löwen«.

»Ich möchte bloß wissen, warum wir das tun«, maulte

Smith, während sie die Stufen des Hotels hinabstiegen. »Wir sollten lieber zu Hause bleiben.«

»Was!« sagte Nye. »Jetzt, wo wir uns so schön herausstaffiert haben?« Sein Humor war ätzender als sonst. Seit vier Tagen verfolgten ihn Erinnerungen aller Art, ohne Klarheit zu bringen. Aber trotz seiner eigenen Unsicherheit, trotz Smiths Einwänden im letzten Moment waren sie auf dem Weg ins Konzert.

Fred und der Wagen gehörten der Vergangenheit an, also gingen sie zu Fuß. Ecke Park Street mischten sie sich unter die Menge, die der Stadthalle zuströmte. Nun betraten sie den Saal. Sie hatten sich's gut eingeteilt. Das Orchester stimmte. Der Zuschauerraum war voll, und auf den reservierten Sitzen prunkten die Honoratioren Hedlestons mit ihren Gattinnen, im besten Sonntagsstaat. Alle waren da, Familie Weatherby in voller Streitmacht, Doktor Bard mit Gattin nebst Tante, Gilmore, der Rechtsanwalt Paton, Major Seaton, Harrington von der Werkzeugfabrik, Mr. und Mrs. Frank Holden. Manche kamen, weil der Ertrag einer »guten Sache« diente, andere, weil sie sich der philanthropischen Belästigung des Kartenkaufs nicht zu entziehen vermocht hatten, andere wieder, weil die herbstlichen Philharmonischen nunmehr »das« gesellschaftliche Ereignis Hedlestons darstellten. Viele aber waren nur deshalb erschienen, weil Henrys ruhige Beharrlichkeit das Niveau des Städtchens Jahr für Jahr gehoben und einen nicht geringen Teil seiner ehrbaren Bewohner gelehrt hatte, gute Musik zu schätzen.

Solche Ansichten lagen Nye natürlich fern.

»Schau dir die Leute an!« sagte er zu Smith, nachdem er das Publikum gemustert hatte, »sie bemühen sich krampfhaft, dreinzuschauen, als hätten sie ihr Lebtag für klassische Musik geschwärmt. Dabei wette ich zehn zu eins, daß sie Schubert nicht von Schuhbändern unterscheiden können.«

Er verstummte jäh. Page, von beifälligem Gemurmel begrüßt, betrat den Saal zwischen Frau und Tochter, gefolgt von David und *ihr*. Nye beobachtete, wie sie die Mittelsitze der ersten Reihe einnahmen, knapp vor ihm.

Diesmal zumindest hatte Smith seine Sache gut gemacht. (Die Karten waren übrigens ein Geschenk Pages, wie sich später herausstellte.)

Fast hätte Nye in letzter Minute den Vorstellungen seines Kollegen nachgegeben und auf das Unternehmen verzichtet. Seit zwei Tagen erkundigte er sich in Hedleston und Umgebung, hatte aber seit dem Gespräch mit Dorothy nicht das geringste herausgebracht. Idiotisch, hier zu sitzen, sich zur Schau zu stellen, wo jedermann wußte, daß sie erledigt waren. Aber sooft er *sie* ansah, wußte er, daß er recht daran getan hatte, zu kommen. Sie hatte etwas ... etwas, das ihn berührte, und zwar recht unsanft.

Sie lächelte scheu, sprach leise mit ihrem Mann, freute sich aber offensichtlich auf das bevorstehende Ereignis. Sie trug ein dunkelrotes Kleid, weder neu noch modisch, aber geschmackvoll. Es stand ihr. Kein Zweifel: Rot war ihre Farbe. Dieses bleiche, ungeschminkte Gesicht, die dunklen Haare und Augen – sie sah apart aus, und verdammt hübsch. Sie wandte sich um und sagte etwas, als ihr Blick auf Leonard fiel. Sofort veränderte sich ihr Ausdruck, erstarrte einen Herzschlag lang, und ihr Lächeln erstarb. Dann wandte sie sich rasch ab, als habe sie etwas Unangenehmes gesehen. Er hatte sie unverschämt fixiert. War es erstaunlich, daß sie wegschaute? Trotzdem hätte er schwören können, daß sein Anblick sie verwirrte.

Das Konzert begann mit einer Ouvertüre. Dann erschien eine kleine vollbusige Dame und sang ein Schumann-Lied – sehr schön übrigens –, gefolgt von einem Mann, der ein Violinsolo zum besten gab. Von fern erkannte Nye Kreislers »Schön Rosmarin«, aber er hörte nicht zu. Er grübelte, grübelte, musterte die Frau des jungen Page, nunmehr restlos überzeugt, daß Dorothy, das kleine Biest, ihn aufs Eis geführt hatte.

Sie spürte offenbar, daß er sie beobachtete. Je weiter das Konzert fortschritt, desto ruheloser wurde sie, desto unbehaglicher schien sie sich zu fühlen. Das überraschte ihn nicht. Sie kannte ihn als einen von jenen, die Page bekämpft hatten. War es nicht verständlich, daß sie ihm keine übertriebene Sympathie entgegenbrachte? Doch nein, es war mehr an der Sache. Ein- oder zweimal drehte sie sich fast um, er merkte es genau, bezwang sich aber. Endlich gewahrte David, daß sie nicht zuhörte. »Ist dir nicht gut, Liebste?« flüsterte er.

Nye konnte die Antwort nicht verstehen. Aber offenbar beruhigte sie ihren Mann, der den Blick bald auf sie, bald aufs Podium richtete, wo das Orchester für Tschaikowskys Sechste Symphonie in h-Moll stimmte, das wichtigste Stück des Programms. Die nächsten Minuten verliefen ereignislos. Dann wandte sie sich um, langsam und vorsichtig, um keine Aufmerksamkeit zu erregen. Sie wollte feststellen, ob Nye sie noch immer beobachtete. Sie blickten einander in die Augen. Sie fürchtet sich ja, dachte Leonard. Fürchtet sich entsetzlich. Sie wurde weiß und fuhr so merklich zusammen, daß David sich mit jäher Bewegung umdrehte und Nye bemerkte. Er blitzte ihn zornig an, neigte sich zu ihr und nahm ihren Arm.

»Ist etwas nicht in Ordnung?« hörte Nye ihn sagen.

»Doch . . . doch . . . alles.«

»Belästigt dich jemand?«

»Nein . . . Es ist sehr warm hier . . . Mir ist nicht ganz gut.«

»Möchtest du hinaus?«

Nye begriff, daß sie am liebsten gegangen wäre, den Wunsch aber nicht zu äußern wagte. Sie senkte den Kopf, zog ein Taschentuch hervor und hielt es an die Nase. Der Duft des Eau de Cologne drang bis zu ihm, schien aber nicht zu helfen. Sie flüsterte:

»Wenn ich ein Glas Wasser haben könnte . . .«

David war beunruhigt. Er erhob sich halb vom Sitz, fand den Weg versperrt und wandte sich an seine Schwester, die am Ende der Reihe saß. Er mußte lauter sprechen. Nye verstand jedes Wort.

»Geh schnell hinaus, bitte, und hol ein Glas Wasser für Cora.«

Cora! Der Name traf Nye wie eine Kugel. Endlich wußte er, woran er war. Den ganzen Nachmittag war er der Lösung näher und näher gekommen. Jetzt hatte er sie.

Cora Bates ... Blackpool ... vor drei Jahren im Sommer.

Er wartete die belebende Wirkung des Wassers nicht ab, sondern sagte zu Smith: »Vorwärts, gehen wir.«

»Schon?« Smith saß zusammengesunken und döste mit halbgeschlossenen Augen. »Während sie spielen, können wir nicht fort.«

»Ach was, wir müssen. Begreifst du nicht, daß es wichtig ist?«

Nye stand auf und drängte zum Mittelgang, zum sichtlichen Ärger der Nachbarn, gefolgt von Smith, dem die Sache überaus peinlich war. Cora spürte das Weggehen der beiden mit jedem Nerv. Page warf ihnen einen entrüsteten Blick zu. Aber das war Nye egal, jetzt mehr denn je.

Während sie zum Hotel zurückkehrten, hüllte er sich in brütendes Schweigen und nahm Smiths hartnäckige Fragen nicht zur Kenntnis. Im »Roten Löwen« angelangt, ging er geradewegs in die Bar, bestellte Bier und begann zu sprechen.

Erst vermochte Smith seine Ausführungen nicht zu verstehen. Sein Geist, gewohnt, anderen Bahnen zu folgen, arbeitete langsam. Er blickte erstaunt, ungläubig, fast ein wenig verloren drein, er sah jedoch aus Leonards Gehabe, daß mehr an der Sache war, als er für möglich hielt.

»Ich kann's nicht glauben«, sagte er schließlich verschreckt.

»Nein?« Nye hatte nicht die geringste Absicht, sich in Diskussionen einzulassen. Er war seiner Sache sicher und betrachtete jedes Wort als Atemverschwendung. Der Kellner brachte eine Flasche. Nye tat einen langen Zug. Noch nie hatte Bier besser geschmeckt.

»Bist du sicher?« fragte Smith neuerlich, in atemloser Spannung.

»So sicher, wie ich hier sitze. Eines kannst du mir glauben: ich vergesse niemals ein Gesicht.«

»Wieso hast du sie dann nicht sofort erkannt?«

»Weil ich sie in Blackpool nur eine Minute sah. Außerdem interessierte sie mich nicht ... damals zumindest.«

»Eine Minute nur? Du mußt dich täuschen!«

»Hör zu«, sagte Nye. »Ich bin Reporter. Gedächtnis gehört zu meinem Beruf. Ich war gerade aus Paris zurück, nach der Lanson-Geschichte, als Vernon mich nach Blackpool schickte. Er wollte einen Artikel über die Wakes. Blackpool im August ist zwar nicht mein Fall, aber ich dachte, es wäre keine schlechte Erholung. Es war auch nicht so schlimm. Außerdem habe ich mich mit einem Burschen namens Haines angefreundet, einem Mighill-Mann. Er war hinter der Sache her. Ich sagte dir ja, mich interessierte sie nicht. Aber eines Nachmittags holte ich ihn ab, und da sah ich sie. Gott sei Dank.«

»Sie schaut aber wirklich nicht so aus . . .«

Fast hätte seine störrische Ungläubigkeit Nyes Überzeugung ins Wanken gebracht. Er stieß zornig hervor:

»Hast du nicht gesehen, wie aufgeregt sie war? Sie hat etwas zu verbergen.«

»Ich habe nichts bemerkt.«

»Dann bist du blind.«

»So anständige Leute . . .«

»In jeder Familie gibt's was zu verbergen, Smith.«

»Glaubst du, daß die Pages davon wissen?«

»Das sollte mich wundern. Das ist ja gerade das Gute.«

Endlich begriff Smith, was Nye im Sinn hatte.

»Nein, nein«, widersprach er hastig. »Selbst wenn du recht hast, könnten wir niemals . . .« Er verstummte. Wie immer in Augenblicken der Erregung brach ihm der Schweiß aus allen Poren. Er trocknete seine großen Hände an den Hosennähten. Stille. Nye betrachtete seinen Gefährten hämisch. Dann sagte Smith, als suche er Zeit zu gewinnen: »Wenn du dich irrst, sind die Folgen unabsehbar. Es . . . es wäre böswillige Verleumdung.«

»Nur keine Angst«, sagte Nye gelassen. »Trink was. Ich weiß, du kämpfst dagegen an, aber du brauchst wirklich etwas Aufmunterung.«

»Nein, Len«, er schluckte, »ich muß meine Gedanken beisammenhalten. Wenn du wirklich recht hast, könnte das unsere Lage . . . in gewissem Sinn verändern.«

Nye lachte so schallend, daß sich die anderen Gäste nach ihm umwandten.

»In gewissem Sinn! Wir waren erledigt – und jetzt sind wir obenauf – mit ein bißchen Glück!«

»Nein, nein ... nicht so rasch. Ich laß' mich nicht Hals über Kopf in etwas hineindrängen ... zuerst mußt du nach Sleedon und mit ihr reden. Wenn dir das gelingt, dann ... dann ... wissen wir, woran wir sind.«

»Keine Sorge«, sagte Nye. »Ich werde mit ihr reden. Aber zuerst rufe ich London an. Ich erzähle ihnen kein Wort von der Sache – sie brauchen nichts zu wissen –, aber ich schwöre ihnen eines: wenn sie uns drei Wochen Galgenfrist geben, überreichen wir ihnen das ›Licht‹ auf einem Silbertablett.«

Bevor Smith Zeit hatte, die nächste Frage zu stellen, leerte er sein Glas, stand auf und ging ins Büro.

4

Als David und Cora an jenem Abend heimkamen, sann er noch immer dem seltsamen Benehmen nach, das seine Frau beim Konzert gezeigt hatte. Wann war ihr jemals schlecht geworden? Zugegeben, im Konzertsaal hatte drückende Hitze geherrscht – aber diese Erklärung dünkte ihn eher ein Vorwand. Die übersteigerte Empfindlichkeit, die sein Fluch war, hatte ihm während des Konzerts deutlich gezeigt, daß Coras Unruhe durch den Redakteur des »Journal« verschuldet wurde, der unmittelbar hinter ihnen saß. Nun war sie auffallend still. Er sah zu, wie sie das einfache Abendessen bereitete, und erwähnte die Ereignisse des Nachmittags mit keinem Wort. Er hoffte, daß sie es tun würde. Aber ihr Schweigen, ein ungewöhnlicher Zustand für jemanden, der so sehr in der Wirklichkeit lebte wie sie, zeigte, daß Coras Gedanken anderswo weilten. Es verstärkte seinen Argwohn. Sie sagte, sie hätte Kopfschmerzen, und ging nach oben. Eine Stunde bemühte er sich, zu arbeiten – weniger, um etwas zu erreichen, als um die Aspirintabletten wirken zu lassen, die er ihr gegeben hatte. Als er zu Bett ging, fand er sie wach und ruhelos. Sie schlang die Arme um seinen Hals und flüsterte mit einer leidenschaftlichen Besorgnis, die sein Unbehagen steigerte, sobald er sie im Licht der jüngsten Vorfälle betrachtete:

»Du magst mich noch immer, nicht wahr, David?«

»Das weißt du doch.«

Sie drückte sich an ihn.

»Du zeigst es mir aber nie mehr.«

Er begriff, daß sie umarmt werden wollte, fühlte ihr Herz schlagen wie einen gefangenen Vogel. Auch ihn verlangte nach ihr. Aber er wollte nicht nachgeben und sagte geduldig:

»Du weißt doch, was ich dir dauernd erkläre, Cora. Ich muß versuchen, meinen Willen zu stärken. In jeder Weise. Außerdem werden wir einander nur um so inniger lieben, wenn wir lernen, uns eine Zeit zu entbehren.«

»Aber es ist nicht recht. Und schlecht für uns beide.«

»Nein, nein. Es bewahrt und veredelt unsere Liebe.«

»Das verstehe ich nicht. Ich brauch' es . . . Heute besonders.«

»Versuch es doch, Cora, Liebste . . . Sollten wir einander nicht mehr zu bieten haben als unseren Körper? Wir müssen unsere Begierde vergeistigen.«

»Du brauchst mich nicht.« Sie sagte es fast bitter. »Brauchst mich nicht mehr. Das ist es.«

»Aber ja, Cora. Darum geht es doch. Erinnerst du dich, wie ich neulich den Pfannkuchen nicht wollte? Nachher hätte ich ihn für mein Leben gern gegessen. Wirklich.«

Sie schwieg lange. Dann wich sie allmählich auf ihre Seite des Bettes zurück und sagte in verändertem Ton:

»Ich hab' mir überlegt, was du über dein Buch gesagt hast . . . daß dir die Arbeit seit neuestem schwerfällt . . . Möchtest du nicht wegfahren? Ein bißchen Luftveränderung täte uns vielleicht ganz gut.«

David war zu überrascht, um antworten zu können. Dann sagte er:

»Ich dachte, du seist gern in Sleedon.«

»Schon, aber Abwechslung wär' doch auch einmal recht hübsch.«

»Wohin willst du denn?«

»Irgendwohin. Du hast immer gesagt, du möchtest mir Frankreich zeigen. Ich würde so gern mit dir in ein kleines, stilles französisches Dorf.«

Seine Unruhe stieg. Alles bewegte ihn: der gezwungene Klang ihrer Stimme, ihre Einfachheit, die Arglosigkeit, mit der sie sich ihm vertraute. Er erkannte bestürzt, daß die Begegnung mit Nye bedrohlich genug gewesen war, ihren Fluchtinstinkt zu wecken, und wußte kaum, was er antwortete – außer, daß er die Sache in Schwebe ließ. Sie drängte nicht. Nach einer Weile verfiel sie in unruhigen Schlaf.

Im Dunkeln lauschte er ihren Atemzügen, suchte nach der Ursache ihrer Bedrängnis und quälte sich damit, die schlimmste anzunehmen. Offenbar hatte sie Nye gekannt, aber in welcher Eigenschaft? War er ihr Arbeitgeber gewesen? Ihr Verbündeter? Ihr Freund? Ein schmerzhafter Stich durchzuckte ihn. Der Mensch war das Musterbeispiel eines Mannes, dessen Bekanntschaft er ihr nicht wünschte. Vom ersten Augenblick hatte David Abneigung gegen ihn empfunden, nicht nur wegen seiner feindseligen Haltung dem »Licht« gegenüber, sondern um Eigenschaften willen, die tief in ihm ruhten. Während er diese Überlegungen anstellte, wurde er sich eines Drucks bewußt, der seine Sinne umklammert hielt. Er kannte die Gefahr solcher Gedankengänge und suchte sich ihnen zu verschließen, wie er es auf der Klinik gelernt hatte. Aber keine friedliche, alltägliche Vision zeigte sich am Bildschirm seiner Phantasie. In steifer Unbeweglichkeit lag er da, gepeinigt von Eifersucht, Zweifeln und, vor allem, Angst vor sich selbst, jener stets wiederkehrenden Furcht, die ihn zu Extremen der Selbstkasteiung trieb – er trachtete seinen Charakter zu stählen, um sie leichter überwinden zu können – und, neben kurzen Perioden der Hochstimmung, den undurchbrechbaren Kreis seiner Psychose bildete.

Vor etwa zwei Jahren hatte er erlitten, was Höfliche als

»Nervenzusammenbruch« bezeichneten. Es hatte mit Mattigkeit begonnen, seltsamer geistiger Trägheit, gefolgt von entsetzlicher Depression. In diesem Dunkel verfiel er nicht nur der Angst, den Verstand zu verlieren, sondern überdies der fixen Idee, zum Opfer einer Katastrophe ausersehen zu sein – einer Furcht, die schließlich in Verfolgungswahn ausartete. Damals, noch im Hause seiner Eltern, schlief er mit dem Armeerevolver unter dem Kopfkissen, um für den Augenblick gewappnet zu sein, da sich sein unbekannter Feind zu grauenhafter Wirklichkeit verdichten würde. Zuerst behandelte ihn Dr. Bard. Dann brachte man ihn in eine Privatklinik am Steilufer von Scarborough. Leere schlug über ihm zusammen. Er erinnerte sich an nichts. Man ließ ihn Körbe flechten, und er verrichtete diese Arbeit in einem Zustand der Betäubung. Überrascht entdeckte er etwa fünf Wochen später, als sich das Dunkel zu lichten begann, mehr als zwei Dutzend Weidenkörbe, die er mit eigenen Händen geflochten hatte. Daß er dies in seinem normalen Zustand nie zuwege gebracht hätte, bewies die komplizierte, schwierige Flechtart.

Dr. Evans, der Anstaltsarzt, ein vierschrötiger, leicht asthmatischer kleiner Mann, aufgeräumt und umgänglich, sagte mit vergnügtem Lächeln, daß er das Schlimmste hinter sich hatte. »Du bist aus dem Wald, mein Junge. Jetzt kommt das Unterholz.« Nun, so weit war er gelangt. Aber es schien, als könnte er nicht weiter. Er schlief schlecht, fürchtete sich, war verschreckt, niedergeschlagen, kehrte sich vom Leben ab.

Evans trachtete, ihm sein Selbstvertrauen wiederzugeben, erlaubte ihm, das Anstaltsgebäude allabendlich eine Stunde zu verlassen, und riet, die Esplanade entlangzugehen und sich unter die Leute zu mischen. David hatte keine Lust. Da er aber den Doktor gut leiden konnte und sich ihm gegenüber eine Art automatischen Gehorsams angewöhnt hatte, ging er spazieren. Nicht die übervölkerte Strandpromenade entlang – er mied den Korso instinktiv –, sondern zum alten Fischerhafen, dessen Einsamkeit ihm wohltat. Dort saß er und beobachtete das sachte Nahen und Weichen der schiefergrauen Brandung.

Eines Abends sprach ihn jemand an, die erste menschliche Stimme seit drei Monaten, die zu seiner Krankheit in keiner Beziehung stand. Er hob den Kopf. Ein hochgewachsenes Mädchen sah aus großen haselbraunen Augen auf ihn herab. Sie war sehr blaß, schäbig gekleidet und lächerlich dünn. Etwas in ihrer Miene, vielleicht der Ausdruck gewohnter, nicht länger bekämpfter Trauer, ließ ihn unwillkürlich erkennen, daß er sich einer Hoffnungslosigkeit gegenübersah, die die seine erreichte, wenn nicht übertraf. Er sagte irgend etwas Abgeschmacktes, aber es genügte. Sie setzte sich neben ihn auf die Bank. Ihre Gegenwart, die kaum fühlbare Berührung ihres mageren Arms unter dem billigen Baumwollstoff der Bluse, sandte leise Bewegung durch sein ganzes Sein. Er fragte nicht, wer sie sei, noch bezeigte sie jene taktlose Neugier, die von einer Zufallsbekanntschaft zu erwarten gewesen wäre. Sie akzeptierten einander ohne Worte, wie zwei Verdammte, die sich auf einem öden Gang der Hölle begegnen, sprachen wenig, und wenn, so nur von den alltäglichsten Dingen. Trotzdem gaben ihnen die Gespräche Trost. Als es Zeit war aufzubrechen, zögerte er. Die Worte wollten nicht kommen. Aber plötzlich brach sich etwas Bahn, und er bat sie, ihn am nächsten Abend am selben Ort zu treffen.

Sie trafen einander, trafen einander wieder und bald verbrachten sie nicht nur jeden Abend zusammen, sondern auch den Mittwochnachmittag, wenn sie Ausgang hatte. Langsam hob sich der dunkle Vorhang. David sah die Welt mit anderen Augen und seine Sinne erwachten unter der stummen Zärtlichkeit ihrer behutsamen Finger. Langentbehrte Gegenstände näherten sich aus seltsamen Fernen. Es gab wieder Farben. Er fühlte die Sonne, den Tau auf dem Gras, die Süße des Sommerregens. Es war, als hätte man ihn dem Leben wiedergegeben.

Dr. Evans beobachtete den Fortschritt mit wissendem, schwer erträglichem Wohlwollen. Er wußte um die Zusammenkünfte mit Cora – man war David in den ersten

Tagen der Freiheit im Auftrag des Doktors gefolgt, damit er nicht eine »Dummheit« mache, ein fröhlicher Euphemismus, den der Arzt an Stelle des Wortes »Selbstmord« verwendete. Diese dunkle Wolke war lange am Himmel des jungen Page gestanden. Aber David konnte auf die stillschweigende Ermutigung, sich zu unterhalten, verzichten – ja, er nahm sie sogar übel. Er liebte Cora auf seine eigene, seltsame Art. Er gab sich keinen Illusionen hin, sah sie, wie sie war, mit allen erziehungsbedingten Mängeln, grammatikalischen Fehlern, ihrer Einfachheit, ihrem ungeformten Geist. Doch gerade in diesen scheinbaren Unzulänglichkeiten fand etwas in ihm die Eigenschaften, die ihn in ihrer Gegenwart zur Ruhe kommen ließen, von seinen komplizierten Spannungen und jenen Zweifeln, Verlegenheiten und Vorahnungen befreiten, die ihn früher befallen hatten, sobald er an Frauen dachte. Ihre Zärtlichkeit gab ihm sein Selbstvertrauen wieder, ihre Hingabe half ihm, zu sich selbst zurückzufinden. Er, der der Zukunft mit Furcht entgegensah, konnte sich sagen: Hier ist jemand, der mir helfen wird. Zwei Wochen vor seiner Entlassung aus der Klinik heirateten sie auf dem Standesamt von Scarborough.

Diese Erinnerungen durchschwirrten Davids Geist mit neuer Eindringlichkeit, während er wach lag und sich mühte, in den Anfängen ihrer Beziehung den Schlüssel zu Coras jetzigem Verhalten zu finden. Gegen Morgen schlief er etwa eine Stunde. Als er erwachte, sah er, daß sie schon aufgestanden war. Er ging zu ihr. Sie setzten sich wie üblich zum Fenster, tranken Kaffee und aßen Toast. Nach außen hin schien sie wie sonst, doch er wußte, daß ihre Fröhlichkeit gespielt war. Die Unterhaltung klang gezwungen. Keiner erwähnte die Bemerkungen vom Vorabend.

Nach dem Frühstück fühlte er sich außerstande, zu arbeiten, sagte Cora, er würde zum Damm hinuntergehen, und hätte schwören mögen, daß diese Mitteilung sie erleichterte. Er wanderte die Uferstraße hinab, und je länger er daran dachte, desto entsetzlicher quälte ihn die Gewißheit, daß sie ihn aus irgendeinem Grund aus dem

Weg haben wollte. Am liebsten wäre er umgekehrt und hätte die Sache mit ihr ins reine gebracht. Doch nein, das durfte er nicht. Sie mußte zuerst sprechen, mußte ihm ihr Herz öffnen. Warum ... warum tat sie es nicht?

Der Weg über den Damm wurde zu endloser Buße. David verzehrte sich in Ungeduld. Was ging zu Hause vor? Dennoch gestattete er sich nicht, seinen Schritt zu beschleunigen, hielt am Pierende an und zwang sich, wie üblich einige Worte mit Martha Dale zu wechseln, der alten Frau, die gegenüber dem Gemischtwarengeschäft Zeitungen verkaufte. Endlich machte er kehrt und wanderte hügelaufwärts. An einer Straßenbiegung, keine zehn Schritte von seinem Haus, blieb er unvermittelt stehen und sein Herz krampfte sich zusammen: er sah seinen schwärzesten Argwohn bestätigt.

5

An diesem Montagmorgen frühstückte Nye zeitiger als sonst, überflog seine Post, rief die Victoria-Garage an und bestellte ein Mietauto ohne Chauffeur. Wenige Minuten nach neun war er auf dem Weg nach Sleedon. Er hatte absichtlich eine Nacht vorübergehen lassen, um Cora Zeit zur Überlegung zu geben. Das würde sie gefügiger machen. Außerdem bestand keine Veranlassung zu übertriebener Eile: es war ihm gelungen, London davon zu überzeugen, daß ein Ereignis von größter Bedeutung bevorstand. Das Schiff war so gut wie im Hafen. Das hatte er auch Smith bei der zweiten Tasse Kaffee versichert.

Der Herbsttag war schön. Die Sonne verdampfte die Morgennebel und übergoldete die Buchenwälder auf den Hügeln von Eldon. Sandschwalben flatterten über den Dünen, mit schrillem Pfeifen, und kamen in sausendem Sturzflug herab. Nye hielt außerhalb Sleedons, parkte den Wagen abseits der Straße neben einer Scheune – bis zu einem gewissen Grad sah er auf Diskretion – und schlenderte ins Dorf. Ein ramponierter kleiner Flecken, fand er, der nach Fisch stank und nach faulendem Seetang. Am Strand lagen ein paar morsche alte Kähne, kielaufwärts. Es gab einen Steindamm, einen Zeitungsstand mit schadhaftem Dach, wo man auch Kodakfilme und Papierwaren bekam, keine Promenade, keinen Kurkapellenpavillon, ein einziges Geschäft - nichts außer dem Meer. Kein Vergleich mit Blackpool, dachte er.

Das Haus war nicht schwer zu finden. Haus! Sicher hätte Page, der edle Menschenfreund, seinen Sohn besser versorgen können. Leonard musterte es vom Dach bis zum Keller, betrat den Gartenweg und zog die Glocke. Er war in Hochform, fühlte sich voll Schwung und Unternehmungsgeist und scherte sich, um seine eigenen Worte zu gebrauchen, keinen blauen Heller um die lieben Nächsten. Kein Auftrag während der letzten zehn Jahre, bei dem er auch nur mit der Wimper gezuckt hätte. Da sich nichts rührte, klingelte er noch einmal. Die Glocke, mit einem Handgriff, war von denkbar einfacher Konstruktion: man konnte nur ziehen und hoffen. Plötzlich hörte er Schritte. Die Tür öffnete sich. Es war Cora.

»Guten Morgen.« Er lächelte gewinnend. »Mrs. Page, nicht wahr? Mein Name ist Nye. Leonard Nye. Ich komme vom ›Neuen Journal‹. Haben Sie ein paar Minuten Zeit für mich?«

Ihre Miene blieb unbewegt. Er sah wohl, daß sie sich fürchtete. Aber sie hatte den Besuch erwartet und sich gestählt, ihn zu empfangen.

»Was wollen Sie?«

Die Antwort lag bereit. Er servierte sie mit größter Zuvorkommenheit.

»Ihr Gatte schreibt an einem Buch, wenn ich recht unterrichtet bin. Das ist immer eine Sache von allgemeinem Interesse. Ich hätte gern einige Einzelheiten.«

»Mein Mann ist nicht zu Hause.«

»Dann werden Sie mir doch helfen, Mrs. Page.« Er zog sein Notizbuch hervor, in bestem Reporterstil. »Wie lautet der Titel des Werks?«

»Da müssen Sie meinen Mann fragen«, sagte sie. »Und

überhaupt – Leute wie Sie wollen wir hier ganz bestimmt nicht sehen.«

Sie schlug die Türe zu. Das heißt, sie hätte sie zugeschlagen, wäre nicht Nyes Fuß dazwischengefahren. Einen alten Hasen wie ihn brachte man nicht so leicht los. Als sei nicht das geringste geschehen, holte er seinen ganzen Charme hervor und schaltete auf »Geplauder«.

»Erzählen Sie mir ein bißchen von sich, Mrs. Page. Soviel ich weiß, sind Sie noch nicht lange verheiratet?«

Sie gab keine Antwort. »Und wenn ich nicht irre, hießen Sie vor Ihrer Verehelichung Cora Bates?«

Alle Farbe wich aus ihrem Gesicht. Die dunklen Augen blickten hart. Etwas in ihrem Ausdruck sagte ihm, wieviel sie durchgemacht hatte.

»Sie wissen eine Menge, nicht wahr?«

»Gott –«, Nye lächelte, »das gehört schließlich zu unserem Beruf. Sie waren in Blackpool, nicht wahr? Vor drei Jahren im August?«

»Und wennschon. Sie können mir nichts tun.«

»Sie geben es also zu.«

»Nichts gebe ich zu. Gar nichts. Es ist erlogen. Ich war nie in Blackpool.«

»Sonderbar.« Nye schüttelte den Kopf, als wundere er sich. Die Sache begann ihm Spaß zu machen. »Ich hätte geschworen, daß Sie im ›Alhambra‹ angestellt waren. Als Eintänzerin.«

»Sie meinen diese armen Dinger, die von Kerlen wie Sie herumgestoßen werden – um sechs Penny?«

»Genau«, sagte Leonard. Es klang erfreut. »Ihre Formulierung ist bemerkenswert.«

»Sie waren nie im Alhambra. Darauf könnt' ich Gift nehmen.« Cora, die seit ihrer Verheiratung viel besser gesprochen hatte, verfiel in ihrer Herzensangst in die Sprache ihrer Jugend.

»Ich bin kein begeisterter Tänzer«, sagte Nye. »Man hat mir nur zufällig gesagt, daß Sie dort waren.«

»Wer?«

»Ein Freund.«

»Hat eine Ratte Freunde?«

»Da haben Sie recht.« Er lachte, als hätte sie ihm ein Kompliment gemacht. »Ich gehöre nicht zur guten Gesellschaft. Niemand mag mich. Es war auch eher eine Geschäftsverbindung. Namens Haines. Sagt Ihnen das nichts?«

»Nicht das geringste.«

»Gott, es ist schließlich nicht so wichtig. Ich war bloß mit ihm bei Gericht, als Sie verurteilt wurden.«

Er hatte den Knalleffekt für das Ende aufgespart. Der Schlag streckte sie nieder. Die ganze Zeit hatte sie gehofft, gehofft, daß er nur irgend etwas wüßte, irgend etwas, nicht alles. Aller Kampfesmut fiel von ihr ab. Die großen Augen glänzten dunkler denn je aus ihrem weißen Gesicht, das plötzlich kleiner wirkte.

»Warum lassen Sie uns nicht in Ruhe?« sagte sie schließlich, so leise, daß er sie kaum verstand. »Hab' ich nicht auch meine Gefühle? Warum müssen Sie im Leben anderer Menschen herumwühlen?«

»Weil ich Reporter bin, Schatz.«

»Und das gibt Ihnen ein Recht, alles Elend auszubreiten? Alles Unglück? Oh, ich weiß, ihr seid groß, wenn's um Moral geht – aber wie schaut's mit eurer eigenen aus?«

»Aber, Cora! Es ist ja gar nichts passiert ... noch nichts ...«

»Zum erstenmal in meinem Leben bin ich glücklich ... mit einem Mann, für den ich sorgen kann ...«

»Er ist nicht zu bedauern. Ich beneide ihn sogar.« Er warf ihr einen bedeutungsvollen Blick zu. Sie fing ihn nicht auf. Endlich blickte sie ihn starr an und fragte mit leiser, fast unhörbarer Stimme:

»Was wollen Sie?«

Eine Sekunde fühlte er sich versucht. Sie war verdammt hübsch, das Haus leer, und die Tatsache, daß sie ihn haßte, machte die Sache interessant. Doch nein. Er wollte nichts riskieren. Schließlich war er nicht zum Vergnügen hier, sondern geschäftlich. In Geschäften von Bedeutung, noch dazu.

»Bloß Ihre Hilfe.« Er wurde vertraulich. »Beim alten

Page. Sie brauchen nur auszupacken. Im gegebenem Moment. Das ist alles.«

»Sie werden mich nicht verraten. Sie werden nicht die Stirn haben.«

»Aber, Cora! Übertreiben Sie nicht. Die Sache ist nur halb so schlimm. Wenn Sie den Kopf oben behalten, überleben's alle.«

»Ich verstehe«, sagte sie in unbeschreiblichem Ton. »Sie sind wirklich . . . gut.«

Lange Stille. Dann wandte sie sich ab, gesenkten Blicks, und schloß die Tür. Diesmal versuchte Nye nicht, sie zurückzuhalten. Er blieb stehen. Fast erwartete er, sie würde noch einmal herauskommen. Nichts dergleichen geschah. Er steckte das Notizbuch ein, ging zur Gartentür hinaus und hatte noch keine zehn Schritte getan, als er sich dem jungen Page gegenübersah. Unwillkürlich wich David zurück, warf den Kopf in den Nacken und starrte Nye an.

»Was tun Sie hier?« Endlich hatte er die Stimme wiedergefunden.

»Ich gehe spazieren«, versetzte Nye kühl.

»Sie waren in meinem Haus.«

»Wär' ich gern gewesen. Aber es hat sich alles im Freien abgespielt. Nur keine Sorge. Die Seeluft tut mir gut, sagt mein Doktor.«

Davids Wange zuckte.

»Nehmen Sie sich in acht. Ich weiß nicht, was Sie wollen, aber ich werde nicht dulden, daß Sie sich hier herumtreiben.«

»Wir leben in einem freien Land.«

»Das gibt Ihnen nicht die Freiheit, meine Frau zu belästigen.«

»Wer hat Ihre Frau belästigt?«

»Sie. Gestern. Beim Konzert.«

»Was Sie nicht sagen! Ich habe kein Wort zu ihr gesprochen.«

»Ich werde mich nicht mit Ihnen herumstreiten.« Davids Stimme stieg zwei Oktaben. Seine magere Gestalt, seltsam theatralisch in der sandfarbenen Cordsamthose, den abgetragenen Schuhen und dem Rollkragenpullover, bebte vom Kopf bis zu den Füßen. »Ich sage Ihnen nur eines: wenn Sie meine Frau nicht in Ruhe lassen, brech' ich Ihnen das Genick.«

»Kümmern Sie sich lieber um Ihr eigenes, Freundchen«, riet Nye und ging davon, mit verächtlicher Gebärde. Es stand nicht dafür, die Sache auf die Spitze zu treiben. Erstens hielt sich Leonard für keinen Meister der aggressiven Künste, zweitens konnte dieser aufgebrachte junge Narr durchaus gefährlich werden.

6

Davids Herz hämmerte. Von Zorn überwältigt, stand er da und blickte Nye nach, der die staubige Küstenstraße hinabschritt.

Das plötzliche Zusammentreffen betäubte ihn. Nye war in seinem Haus gewesen, und Cora hatte ihn erwartet. Weiter vermochte er nicht zu denken. In seinem Kopf ging es drunter und drüber. Das Bewußtsein, daß er im Vergleich zu der zynischen Frechheit des anderen wenig Ehre eingelegt hatte, obgleich es keine Gewalttat gab, die er ihm nicht gern zugefügt hätte, verschärfte seine wütende Niedergeschlagenheit.

Aber zumindest war ein Teil des Rätsels gelöst. Cora und Nye kannten einander. Die Bekanntschaft mußte eine nahe gewesen sein. Wie anders war Coras Erregung zu erklären, das prompte Zusammentreffen, Nyes lässige Selbstsicherheit? Er fühlte, wie sich sein ganzer Körper in kalter Eifersucht verkrampfte. Warum nur zog sie ihn nicht ins Vertrauen? Ihr unnatürliches Schweigen, das jammervolle Spiel, daß alles sei wie sonst, entsetzte ihn mehr als alles andere. Ein Mensch von geringerer, wenig krankhafter Sensibilität hätte auf eine Erklärung gedrungen, das wußte er. Ihn jedoch hatte keine Dutzendform geprägt. Die innere Stimme, der er so oft gehorchte, verbot jedes Drängen. Wenn Cora nicht sprechen wollte, würde er sie nicht dazu zwingen. Er durfte sich nicht anmerken lassen, Nye getroffen zu haben, mußte tun, als glaube er dem Schein, den sie aufrechterhielt, bis sie ihm aus freiem Willen die Wahrheit sagte. Mit dieser Absicht näherte er sich langsam dem Haus.

Sie saß beim Gartenfenster, blickte in die Ferne und das harte Licht schärfte ihre Züge. Zuerst sah sie ihn nicht. Dann fuhr sie fast unmerklich zusammen, tat einen tiefen Atemzug, sammelte sich und stand auf.

»Du warst lange fort.« Obwohl sie dem Licht den Rükken wandte, merkte er, daß ihre Augen verschwollen waren. »Gehst du arbeiten?«

»Ich glaube schon.«

Sie schwiegen. Dann sagte sie, als wolle sie ihre Untätigkeit entschuldigen: »Ich hab' heut' nichts zu tun. Gar nichts.«

»Warst du nicht im Garten?«

»Nein. Das heißt – nicht lange.«

Neuerliche Stille. Sie wandte den Blick ab. »Sogar mit dem Essen bin ich hintennach. Ich muß noch einmal einkaufen gehen.«

»Hast du etwas vergessen?«

»Ja.«

»Ich geh's dir holen.«

»Nein, nein ... ich möchte an die Luft ... Ich bin gleich wieder da.«

David merkte, daß sie, ehe sie das Haus verließ, ihre Börse nahm, die sie in der Lade der Waliser Kommode verwahrte. Da sie monatlich verrechneten, verstand er sofort, daß sie telefonieren ging. Die Durchsichtigkeit ihrer Handlungsweise, bester Beweis ihrer Unerfahrenheit im Täuschen anderer, erhöhte seine Verzweiflung. Er begann auf und ab zu gehen und erkannte zum erstenmal seit vielen Monaten, wie völlig er von Cora abhing. Seine begönnernde Haltung, seine gespielte Gleichgültigkeit hatten ihn die Gewohnheit annehmen lassen, ihr Dasein als gegeben zu betrachten. Nun erweckte die Gefahr, sie zu verlieren, sein ursprüngliches Gefühl mit erneuter Gewalt. Sie war sein ... sein ... niemand durfte sie ihm entfremden. Doch er mußte ruhig bleiben, um ihrer beider willen. Hatte Dr. Evans ihn nicht vor jeder emotionellen Krise gewarnt, jedem aufkeimenden Gefühl, Unrecht erlitten zu haben? Aber wie sollte er seinen Groll gegen Nye unterdrücken? Ein hartes Pochen durchdröhnte Davids Kopf, machte ihn so schwindlig, daß er die Augen schließen und nach der Tischkante tasten mußte, um sich zu stützen. Er suchte seine Schwäche zu überwinden, stieg in die Mansarde, legte eine Platte auf, mußte sie jedoch sofort wieder abschalten. Heute fand er keinen Trost bei seinem geliebten Berlioz, sondern nur Ansporn zu noch heftigerer Erregung. Sein Manuskript lag auf dem Tisch. Er konnte es kaum ansehen. Wie wertlos erschien ihm doch dieses Buch, auf das er so große Hoffnungen gesetzt hatte! Er nahm Platz und lauschte, ob Cora nicht bald zurückkäme. Nach einer Zeit, die ihn endlos dünkte, hörte er, wie sich die Haustür öffnete. Ihre Schritte hallten aus dem Vorraum zu ihm herauf. Dann ging sie in die Küche. Von Zeit zu Zeit hörte er Geräusche. Sie kochte. Für gewöhnlich läutete sie um Punkt halb eins. Als sie ihn aber heute rief, war es fast viertel zwei.

Er sah, daß sie ihr Gesicht gewaschen hatte. Ihre Augen waren nicht mehr geschwollen, aber ihre Wangen schienen blasser als zuvor. Sie wirkte krank. Dennoch bemühte sie sich mit verzweifelter Beharrlichkeit, lebhaft zu wirken, ja, fast war es, als suche sie ihn zu versöhnen. Der gezwungene Ton paßte nicht zu ihr. Erst waren ihre Bemerkungen unzusammenhängend. Dann aber brachte sie das Gespräch, nicht sonderlich geschickt, auf das Thema, das sie am Abend vorher angeschnitten hatte.

»Du hast mich wohl für sehr dumm gehalten, nicht wahr, weil ich wegfahren wollte?«

»Aber ganz und gar nicht!« Er mußte ihr Spiel spielen. »Es ist ganz natürlich, Abwechslung zu wollen.«

»Du könntest nicht weg, wegen dem Buch, nicht wahr?«

»Das Buch ist nicht alles. Wenn du wirklich möchtest, könnten wir schon fort, glaube ich.«

»Ist das dein Ernst?«

Ehe er antworten konnte, sprach sie weiter, ein wenig überstürzt:

»Neulich hab' ich von einem Mann gelesen, in einem Magazin, weißt du. Er ist nach Kalifornien gefahren und hat Orangen gepflanzt. Das Klima ist dort herrlich. Sonnig und warm. Und er hat eine Menge Geld verdient. Könnten wir das nicht auch tun? Oder etwas Ähnliches?«

»Ich habe keine Ahnung, wie man Orangen pflanzt.«

»Das könnten wir ja lernen ... und ich würde arbeiten ... wie noch nie. Außerdem wäre es gesünder für dich als Sleedon.«

Die Situation hätte grotesk sein können, wäre sie nicht so jammervoll gewesen. Der Druck, unter dem David litt, wurde immer unerträglicher. Trotzdem suchte er sich zu beherrschen.

»Ich dachte, du wolltest nach Frankreich?«

»Ja ... nur auf Ferien ...«

»Und das wäre für immer?«

Sie nickte, wollte sprechen, wurde aber durch einen plötzlichen Krampf daran gehindert. Schon die ganze Zeit hatte sie im Bestreben, natürlich zu scheinen, das Essen hinuntergewürgt. Jetzt rebellierte ihr Magen. Sie erstickte fast in einem Anfall jäher Übelkeit, hustete, griff nach ihrem Wasserglas und brach in Tränen aus. David ging zu ihr. Seine Willenskraft versagte. Er sollte die Frage nicht stellen, das wußte er. Aber er vermochte sie nicht länger zu unterdrücken.

»Cora, um Himmels willen, was ist los?«

Was er befürchtet hatte, trat ein. Sie verweigerte die Antwort.

»Nichts. Nichts ist los.«

»Aber es muß etwas sein. Du bist so aufgeregt.«

»Nein, nein.« Irgendwie brachte sie es fertig, ihre Tränen zurückzuhalten. »Heut' ist nur so ein Tag, wo alles schiefgeht.«

Er blickte auf sie herab.

»Es ist mehr als das. Jemand belästigt dich. Dieser Nye.«

»Wirklich nicht. Ich kenn' ihn nicht, hab ihn nie gekannt. Er hat nichts mit mir zu tun. Weniger als nichts.«

»Warum war er dann hier?«

»Um mich über dein Buch auszufragen.« Sie wurde fast hysterisch. »Ich schwöre dir, David, das ist die Wahrheit. Ich hab' heute zum erstenmal mit ihm gesprochen. Zum allererstenmal.«

Nun war David so erregt, daß er kaum reden konnte. »Wenn er dir etwas antun will, soll er sich hüten. Ich gehe zu ihm und rechne mit ihm ab.«

»Nein, nein ... du brauchst wirklich nicht hinzugehen ... dazu ist gar kein Grund ... nicht der geringste. Wir werden ihn nicht wiedersehen.«

»Aber irgendwie muß ich dir doch helfen können.«

Sie nahm seine Arme und drückte sie an sich. Er fühlte, daß sie am ganzen Körper zitterte. Seine eigenen Nerven waren dem Zusammenbruch nahe.

»Bleib bei mir, David. Laß nichts zwischen uns kommen ... Dann geht alles gut. Du wirst sehen ... du wirst sehen ...«

7

Indessen fuhr Nye nach Hedleston zurück, gemächlich, denn er hatte einige Änderungen seiner Pläne zu überdenken. Der sachte Gegenwind förderte seine Konzentration. Seine Unterredung mit Cora, ihre Verzweiflung und Not berührten ihn in keiner Weise. Er wußte seit langem, worauf es in seinem Beruf ankam, und konnte sich nötigenfalls täglich entehren, ohne die leisesten Gewissensbisse.

Die Rückfahrt währte eine knappe Stunde. Um halb zwölf war der Wagen wieder in der Garage und Nye im »Roten Löwen«. Er fand Smith im verödeten Salon, nicht auf seinem Stammsitz im Eck, sondern beim Fenster. Er ging auf und ab. Nye war mit sich nicht minder zufrieden als mit dem Lauf, den die Dinge zu nehmen versprachen.

Da er aber seine Gefühle nicht zur Schau zu stellen pflegte, sagte er kurz:

»Alles in Ordnung. Wie ich dir sagte.«

»Ja ... ja ...« Smith schaute durch Nye hindurch.

»Was hast du? Ich sag' dir doch, Cora ist unser Mädchen.«

»Ich weiß. Sie hat mich vor fünf Minuten angerufen.«

Nye setzte sich nieder und starrte ihn an. Warum, zum Teufel, hatte sie das getan?

Smith war verstört. Er konnte nicht ruhig stehen, lief auf und ab, die großen Hände in den Hosentaschen.

»Sie sagte ihrem Mann, sie ginge einkaufen. In Wirklichkeit rief sie mich an. Sie war so aufgeregt, daß ich kaum verstand, was sie sagte. Du mußt ihr furchtbar zugesetzt haben.«

»Smith«, sagte Leonard, »ich war sanft wie ein Lamm.«

»Es ist eine schmutzige Sache.« Smith drehte und wendete den Kopf mit ruckartigen Bewegungen wie ein Apportierhund, der Wasser abschüttelt. »Eine häßliche, schmutzige Sache. Und ich sag' dir klipp und klar, ich will damit nichts zu tun haben.«

»Du bist verrückt«, sagte Nye. »Jetzt, wo sie endlich dort sind, wo wir sie haben wollen?«

»Nein. Ich tu's nicht. Ich bin ein anständiger Mensch, habe immer ein ordentliches Leben geführt – mich bemüht, zumindest.«

»Hör auf mit dem theatralischen Gewinsel«, sagte Nye. »Du glaubst wohl, du bist noch in der Schule. Wir bieten ja nur ein Tauschgeschäft, drängen Page in keiner Weise. Er hat die Wahl. Und überhaupt – wem liegt schon daran?«

»Ich sage dir, daß ich nicht mitmachen werde.«

Leonard hatte ihn noch nie so zappelig gesehen. Er wuße seit einigen Wochen, daß es mit seiner Fassung nicht zum besten stand, aber jetzt schien er sie endgültig verloren zu haben. Nye dachte: Wenn ein Feigling umfällt, merkt man es kilometerweit. Aber er wußte, wie er Smith zu behandeln hatte.

»Sie hat dich also gebeten, sie in Ruhe zu lassen. Schön. Seien wir zwei gute Christen, Gott helfe uns, Amen.«

»Du sollst den Namen Gottes nicht eitel nennen«, unterbrach ihn Smith fast schreiend. »Das dulde ich nicht ... Du bist ein heidnischer Hund, Nye.«

»Wir packen unsere Koffer«, fuhr Nye liebenswürdig fort, als habe Smith kein Wort gesprochen, »und fahren zu Somerville zurück. Ich kündige, du fliegst hinaus, in hohem Bogen, auf deinen fetten Hintern. Und für immer. Nach diesem Versager – denk doch an das Geld, das du hier verpulvert hast – kriegst du nie mehr einen Posten. Und wenn ich sage nie, meine ich nie. Dein Name wird durch die ganze Fleet Street stinken. Du wirst erledigt sein, ein für allemal!«

Smith beendete seine Wanderungen, setzte sich auf den äußersten Rand des Sessels, biß an seinem Daumennagel und vermied sichtlich, Nye anzublicken. Sein rückwärtiger Kragenknopf war aufgegangen, der Kragen den Hals hinaufgerutscht. Endlich sagte er: »Greeley macht bei so was nie mit. Er ist ein Ehrenmann. Er hält sich ans Gesetz.«

»Wir etwa nicht? Wir weichen keinen Fußbreit davon ab. Außerdem ist Greeley auf Urlaub und wühlt in Ruinen. Um diese Jahreszeit fährt er immer nach Italien. Und Challoner, sein Stellvertreter, ist nicht ernst zu nehmen. Wenn Greeley zurückkommt, ist alles fix und fertig. Er wird begeistert sein.«

»Aber Leonard«, widersprach Smith, »selbst wenn wir tun, was du vorschlägst, und Page zum Verkauf überreden – womit sollen wir bezahlen? Somerville ist wirklich schlecht bei Kasse. Mighill hat ihn eine Menge Geld gekostet. Und nach all dem Geld, das ich – ich meine, das wir hier ausgeben mußten, kann er sicher nichts mehr vorstrecken. Außerdem würde er es nie tun.«

»Du bist ein Kindskopf, Harold.« Nye lächelte kühl, aber zuvorkommend. »Verstehst du denn nicht, daß ein Kauf nicht in Frage kommt? Wir können uns das ›Licht‹ nicht mehr aneignen. Das würde uns nur noch einmal die ganze Stadt auf den Hals hetzen. Nein, nein. Wir schlagen einen freundschaftlichen Zuammenschluß beider Blätter vor, auf der Basis 50:50, und erklären unsere Streitigkeiten beigelegt. Jede Zeitung stellt ihre Anlagen und Aktiva zur Verfügung – vergiß nicht, daß wir noch immer die Druckerei haben –, Page zieht sich zurück und wird am Gewinn beteiligt. Wir riskieren keinen Penny.«

Smith, überwältigt von dieser letzten Unverfrorenheit, starrte auf seinen Kollgen. Sein Rechnungsprüferauge leuchtete.

»Das wäre sogar recht anständig ... und trotzdem äußerst vorteilhaft. Erst berechnen wir eine angemessene Amortisation, dann Pages Anteil nach dem jetzigen Stand. Wird erst das Atomwerk gebaut, steigt die Auflage ... nein, nein.« Er wich zurück, als hätte er sich verbrannt. »Ich kann nicht. Ich bringe es nicht über mich.«

Stille. Nye steckte eine Zigarette an und machte keinen Versuch, das Schweigen zu brechen. Endlich sagte er gedankenvoll:

»Ich habe dich immer für ehrgeizig gehalten, Smith, dachte, daß du dir eine Position schaffen wolltest, hier, auf deinem Heimatboden.«

Smith gab keine Antwort und schluckte einige Male. Nye fuhr fort, in überredendem Ton.

»Hast du nicht auch private Gründe, etwas erreichen zu wollen? Deine Frau ...?«

»Ja, ja ... Minnie. Ich will es gar nicht leugnen. Ich würde vieles tun, sie zurückzugewinnen. Aber das ...« Er biß noch einmal an seinem Daumen. »Es ist nicht recht. Nein, es kommt mir nicht richtig vor.«

Nye sah, daß er zu schwanken begann, und verschärfte den Ton.

»So denk doch realistisch, um Himmels willen! Was ist denn das ganze Geschäft? Blutige Halsabschneiderei! Mighill sitzt an Somervilles Kehle, Jotham an Mighills. Und Vernon würde seine linke Hand hergeben, beide umzubringen. Töten oder getötet werden – so ist das. Du hast dir wirklich nichts vorzuwerfen. Zuerst bietest du Page mehr, als sein Blatt wert ist – dieses Angebot hätte er annehmen sollen. Aber nein, er mußte uns bekämpfen! Er hat uns auch ganz schön vermöbelt. Aber jetzt, wo ich dir die Möglichkeit überreiche, den Spieß umzudrehen – in einer Geschenkpackung noch dazu –, sitzt du da und greinst wie eine kranke Kuh. Reiß dich zusammen, Mensch! Wenn du diese Gelegenheit verpaßt, bereust du's dein ganzes Leben. Das schwöre ich dir.«

Harolds Blick glitt ab, kehrte aber bald zu Nye zurück. Er befeuchtete seine Lippen, zögerte und sagte:

»Diese Geschichte macht mich ganz fertig, Len. Ich könnte einen Drink vertragen. Glaubst du, es wird mir schaden?«

»Guter Gott, nein. Höchstens nützen.«

Lässig streckte Nye den Arm aus und drückte den Wandknopf. Der Kellner brachte zwei doppelte Whisky. Smith nahm sein Glas, nippte und leerte es dann in raschem Zug. Als hätte er die Sahara durchquert, dachte Nye.

»Das hab' ich gebraucht.« Er seufzte. »Ich war in der letzten Zeit nicht ganz auf der Höhe ... und jetzt das ... dieser schwere Entschluß ... das hat mir den Rest gegeben.«

»Trink noch einen.«

»Später ... nun, wenn du darauf bestehst ...«

Nye bestellte dasselbe noch einmal. Der Kellner brachte die Gläser.

»Weißt du, Len«, sann Smith, und sein Ton schmolz zusehends, »was der Jammer mit mir ist? Im tiefsten Herzen bin ich immer noch fromm. Während all dieser Jahre in Australien war ich Lehrer an der Sonntagsschule. Meine Mutter hat mich gut erzogen. Als Junge war ich auf dem richtigen Weg. Mit zehn Jahren wußte ich das ganze dreizehnte Kapitel des Ersten Korintherbriefs auswendig. Aber wenn ich die Sache so recht überlege, sehe ich sie langsam in anderem Licht. Wir brauchen ja nicht rücksichtslos zu sein. Nur diplomatisch. Außerdem sollte sich Page wirklich zur Ruhe setzen. Schließlich ist er ein kranker Mann.«

»Du erweist ihm nur einen Dienst.«

»Und was Cora betrifft ...« Er verstummte.

»Nichts«, sagte Nye rasch. »Kein Außenstehender erfährt ein Wort. Und der junge Esel wird vergeben und vergessen – er ist in sie vernarrt.«

»Bestell mir noch einen Drink. So wie du die Sache darstellst, bleibt uns keine Wahl. Und es ist zu rechtfertigen ... ja, wirklich. Wie sollen wir denn anfangen? Page anrufen?«

»Nein. Schick ihm einen handgeschriebenen Brief. Bitte ihn um eine Unterredung.«

Smith überlegte. Dann rieb er sein Kinn mit dem Handrücken.

»Eines noch. Das ist wichtig. Wir werden deinen Freund Haines brauchen. Am besten, du rufst ihn gleich an.«

Das, dachte Nye, ist ein kluger Einfall für einen Frommen, der das dreizehnte Kapitel des Ersten Korintherbriefes auswendig konnte.

»Daran habe ich schon gedacht«, sagte er. »Er ist noch immer bei Mighill. Aber zuerst der Brief.«

Er wartete, bis Smith ausgetrunken hatte. Dann standen sie auf und gingen ins Schreibzimmer.

8

Desselben Nachmittags um halb drei verließ Henry Page den »Club der Nordenglischen Gemeinden« und machte sich geruhsam auf den Weg ins Büro. Er hatte mit Weatherby gespeist, der die Einzelheiten des bevorstehenden, für den 25. September anberaumten Festessens mit ihm besprechen wollte. Die Zusammenkunft war eine fröhliche gewesen, und Henry, vom ausgezeichneten Chablis – sein Gastgeber hatte darauf bestanden – freundlich angeregt, befand sich in bester Laune. Er lächelte, als er der Geschicklichkeit gedachte, mit der Weatherby seine politischen Pläne angedeutet hatte. Nun, Sir Archie war nicht der schlechteste Kandidat. Zumindest würde er als aufrechter Northumbrer stets zum Norden halten.

Bei der Parkstraße angelangt, bog Henry um die Ecke und folgte der Abkürzung durch die Rimmer's Lane. Plötzlich fiel sein Blick auf ein Stück Porzellan im Fenster von Bissets Antiquitätengeschäft. Er blieb stehen, da er es auf den ersten Blick als seltenes Exemplar seines geliebten Stafford erkannte: eine weißliche, salzglasierte Pecton-Muschel, mit erhabener Vergoldung geschmückt. Das Stück war alt, das sah er unverzüglich, und stammte fast sicherlich von John Elers, dem älteren der Elersbrüder, die sich 1690 in Burslem niedergelassen hatten. Der Preis betrug nur fünf Pfund zehn.

Was für ein Fund! Und welch würdiger Anfang einer neuen Sammlung, die geliebten Stücke zu ersetzen, die er bei der Auktion in Tynecastle geopfert hatte! Henry konnte der Versuchung nicht widerstehen. Er trat ein, handelte auf das gewiegteste mit Bisset und eroberte die Muschel für fünf Guineen. Im Büro packte er seinen Schatz aus, stellte ihn auf den Schreibtisch und bewunderte ihn, als Moffatt eintrat und einen Brief brachte, der, wie er sagte, eben durch Boten abgegeben worden war. Gutmütig ließ sie sich Zeichnung und Glasur erklären und stellte sogar ein paar liebenswürdige Fragen, die darauf hindeuteten, daß Henry in ihrer Achtung gestiegen war. Allerdings glaubte sie im tiefsten Grunde ihres Herzens, daß er seinen Sieg nur einer Laune des Zufalls verdankte. Dann ging sie in ihr Zimmer.

Gedankenverloren betastete Henry die schöne Muschel, und da er so knapp nach dem Essen nicht zum Arbeiten aufgelegt war, verfiel er in freundliche Tagträume. Nach Wochen aufreibender Spannung und fast unerträglicher Angst verschaffte ihm sein Sieg in diesem Kampf, den man ihm aufgedrängt hatte, unvorstellbare Erleichterung. Ein hoher Grundsatz hatte triumphiert, seine Zeitung erschien weiter, stärker und sicherer als bisher. Auch seine Familie nahm am Aufschwung teil, mitgerissen von der Woge der allgemeinen Sympathie. Dorothy schien ihm einen Funken von Zuneigung, gelegentlich sogar Achtung zu bezeigen, und was seine Beziehungen zu Alice betraf, so hoffte er, daß ihnen bessere, gleichmäßigere Zeiten bevorstanden. Wenn er sah, wie sehr sie sich auf ihren langersehnten Donnerstagempfang und das für nächste Woche anberaumte Festessen freute, tadelte er sich, dieser Seite ihres Lebens bisher so große Gleichgültigkeit bewiesen zu haben. Die Naivität, mit der sie sich gesellschaftlich betätigte, gehörte nun einmal zu ihrem Wesen. Er hatte seine Eigenschaften. Warum sollte er nicht die ihren dulden? Vielleicht gelang es ihm auf diese Art, in ihr eine ähnliche Nachsicht für Cora zu erwecken. Wenn er es zuwege brachte, ein dauerhaftes Familiengefühl zu schaffen, war er zufrieden.

In diesem Augenblick entsann er sich des Briefs, den Moffatt hereingebracht hatte. Er nahm, öffnete und las ihn. Dann nach einer kleinen Weile, zerriß er das Blatt mit einem Ausruf des Widerwillens und warf die Schnitzel in den Papierkorb. Von Zeit zu Zeit war das »Licht« Zielscheibe schmähender, skurriler oder drohender Briefe, fast unweigerlich anonym. Dieser war unterzeichnet – und zwar von Harold Smith, dem Henry trotz allem eine so dumme, gehässige letzte Bosheit nicht zugetraut hätte.

Er schob den Gedanken von sich, als sei das Schreiben nicht einmal der Verachtung wert, und machte sich an die Arbeit. Für die nächste Nummer plante er einen Artikel über die zu erwartenden wirtschaftlichen Auswirkungen des Europapakts: im Lichte der Pariser Konferenzen erschienen sie nicht ungünstig. Aber seine Gedanken kamen nicht in Fluß, sondern kehrten stets aufs neue zu dem seltsamen Brief zurück, der immer unerklärlicher wurde, je länger Henry an ihn dachte. Er war allein. Fast gegen seinen Willen bückte er sich, holte die Schnitzel aus dem Papierkorb und fügte sie mit einiger Mühe aneinander. Das seltsame Muster des zusammengeflickten Blatts verlieh der Botschaft etwas Drohendes.

Sehr geehrter Mr. Page,

ein Umstand von Bedeutung, der für Sie ernste Folgen haben kann, ist zu unserer Kenntnis gelangt. Ich rate Ihnen in Ihrem eigenen Interesse, meinen Kollegen und mich, sobald es Ihnen möglich ist, zu einer Besprechung zu empfangen. Die Angelegenheit ist wichtig und dringend.

Mit vorzüglicher Hochachtung
Ihr Harold Smith

Henry tat einen raschen Atemzug. Was führten die Leute im Schilde? Die unbestimmte Formulierung, die auf sorgfältige Abfassung schließen ließ, war ganz dazu angetan, Unruhe und Besorgnis zu stiften. In Henry brannte die Entrüstung des Beleidigten. Warum verwendeten sie das Klischee »ein Umstand von Bedeutung«, als stellten sie weitere Enthüllungen unvorteilhaftester Art in Aussicht? Und waren die zweideutigen Worte »ich rate Ihnen« nicht als Drohung zu werten? Doch nein. Solch abwegige Überlegungen durfte er sich nicht gestatten. Smith und Genosse waren drauf und dran, Hedleston zu verlassen. Das wußte er. Der Brief war nur ein letzter Pfeil, giftgeschwollen wie der letzte Stich einer zerdrückten Wespe. Er beschloß, das Schreiben zu ignorieren, zerknüllte das Blatt und warf es in den Papierkorb zurück.

Während der nächsten Stunde ging die Arbeit gut vonstatten. Dann trat Maitland geräuschvoll ein, um sich zu verabschieden. Er nahm ein paar Tage Urlaub, fuhr nach Nottingham zur Herbstpferdemesse und hoffte, dort ein Pony zu kaufen.

»Ich weiß auch schon, welches«, sagte er. »Eine feine kleine Stute. Stammbaum Spitfire und Tausendundeine Nacht. Eine Augenweide.«

Seit dem Triumph des »Licht« in Hochform, fügte er vergnügt hinzu:

»Jetzt, wo wir wieder zahlungsfähig sind, kann ich mir's ja leisten.«

Henry schätzte Maitland höher denn je. Sein Wissen, seine Erfahrung, seine reichen Kenntnisse waren ihm während des letzten Jahres nicht minder zustatten gekommen als sein fester, aufrichtiger Charakter. Auch privat hatte er ihn oft um Rat gefragt, und da ihn der Brief noch immer beschäftigte, war er nahe daran, die Sache mit ihm zu besprechen. Doch Maitland, ausnahmsweise mit seinen eigenen Angelegenheiten beschäftigt, hatte es eilig. Henry brachte es nicht über sich, ihn mit seinen Problemen zu belasten, und beschloß schweren Herzens, ihn gehen zu lassen.

»Also – viel Spaß, Malcolm.« Er streckte die Hand aus und fügte mit Wärme hinzu: »Sie wissen, wie sehr ich Sie vermissen werde.«

Pages Sentimentalität störte Maitland. Darin lag der Unterschied zwischen den beiden Männern. Malcolm stellte die tiefe Zuneigung, die er für Henry empfand, niemals zur Schau. Ebensowenig wäre es ihm eingefallen, sein Pferd zu umarmen.

»Ich komme ja wieder«, sagte er trocken, mit fast unmerklicher Grimasse. Dann erhellte ein Lächeln sein häßliches Gesicht. »Und stellen Sie die Pressen auf Hochdruck, während ich fort bin!«

Um vier war der Artikel fertig. Hadley – rundlich, geschäftig, schüchtern lächelnd – brachte die ergänzenden Fotos, interessante Aufnahmen moderner europäischer Siedlungen, Flugplätze, Brücken und Fabrikanlagen. Eben wollte Henry nach Moffatt klingeln, als es leise klopfte.

»Herein«, rief er mit einer seltsamen Ahnung, als stünden unerwartete Ereignisse bevor. Er blickte auf und sah Cora.

»Stör' ich?«

Sie trug ein braunes Kleid, das er nicht kannte, und die Perlenschnur, die er ihr vor zwei Jahren zu Weihnachten geschenkt hatte. Nie hatte er sie hübscher gesehen. Ihre Augen glänzten. Sie sprach hastig weiter, als wollte sie sich entschuldigen:

»Ich hatte einen Weg ... für David ... und wollte nicht nach Hause, ohne dich zu besuchen. Aber wenn du zu tun hast, geh' ich wieder.«

»Untersteh dich! Komm herein und erzähl mir, was es Neues gibt.«

Cora kam selten ins Büro. Ihre natürliche Scheu hielt sie davon ab. Ihre Besuche waren für Henry immer ein kleines Fest, und heute freute es ihn besonders, sie zu sehen: sie war ausnehmend hübsch und ungewöhnlich lebhaft.

»Wie geht's dir?« fragte er.

»Mir? Ach, mir geht's immer gut.«

»Bist du wieder ganz gesund? Ich meine – seit dem Schwächeanfall im Konzert?«

»Das war nichts Besonderes. Ich bin die Leute nicht mehr gewöhnt. Und im Saal war's so heiß.« Nach kurzer Stille fuhr sie fort: »Ich möchte lieber wissen, wie's dir geht?«

»Recht gut, in Anbetracht der Umstände.«

»Wann warst du zum letztenmal beim Arzt?«

»Vor einer Woche, etwa ... Ich hab's wirklich vergessen. Für gewöhnlich gehe ich einmal im Monat.«

»Mußt du noch immer deine Pillen schlucken?«

»Gott, ja ... Ich wüßte nicht, was ich ohne sie täte.«

Sie schüttelte den Kopf, als täte es ihr leid, daß er sich so sehr auf die Nitroglyzerintabletten verließ. Die Gebärde entsprach nicht ihrer sonstigen Art, sondern erinnerte an eine unbegabte Schauspielerin, die Bedauern auszudrücken sucht. Dann näherte sie sich der Armlehne seines Sessels und ihre unnatürlich geweiteten Augen schienen Verständnis zu erbitten.

»Gestern abend haben wir lange über dich gesprochen, David und ich.«

»Ja?« sagte er nachsichtig und blickte zu ihr auf. Das Dunkelbraun des Kleids – die Farbe ihrer Augen – brachte die weiche Zartheit der Wangen besonders zur Geltung. Sie schienen leicht gerötet. Und als sie weitersprach, etwas zu rasch, hörte er aus ihrer warmen Zuneigung, die seltsamen Untertöne einer großen Spannung.

»Du weißt, wie sehr wir an dir hängen ... Wir machen uns solche Sorgen um dich. Du hast viel zuviel getan, wirklich mehr, als du je hättest tun sollen. Wir meinen, daß du dich –«, sie holte tief Atem, »ordentlich ausruhen solltest.«

»Wie ordentlich?« Er lächelte.

Wieder diese ungute, nervöse Stille.

»Daß du dich zur Ruhe setzen solltest.«

Er war viel zu überrascht, um etwas zu sagen. Endlich erwiderte er: »Jetzt, Cora? Wo alles fast in Ordnung ist? Jetzt rätst du mir, die Zeitung aufzugeben?«

»Eigentlich schon.«

»Aber ich habe den Kampf meines Lebens gekämpft, um sie zu behalten.«

»Du hast sie auch behalten. Du hast gesiegt. Das ist es ja. Du hast nicht nachgegeben. Es war herrlich. Aber jetzt bist du obenauf. Sie würden dir noch immer eine Menge Geld geben ... noch immer.« Sie nahm seine Hand mit einem zärtlichen Lächeln, das vor der Zeit verzitterte. »Gib die Zeitung auf ... es wäre das beste ... für deine Gesundheit ... und alles.«

Die verborgene Dringlichkeit ihrer Stimme beunruhigte ihn plötzlich mehr als ihre unerwartete Bitte. War es denkbar, daß zwischen Coras Besuch und Smiths Brief ein Zusammenhang bestand? Sorgenvoll wandte er den Blick ab. Er brachte es nicht über sich, den Brief zu erwähnen. Ebensowenig wollte er von Cora Schlechtes denken. Trotzdem hörte er sich fragen:

»Du hast doch keine Schwierigkeiten? Oder doch?«

Sie fuhr auf. War sie überrascht?

»Nein ... ich nicht. Nein.«

»Wenn ja, würdest du mir's doch sagen?«

»Natürlich. Aber bei mir ist alles in Ordnung, wirklich!« Ein verängstigtes Lächeln stand auf ihren Lippen. »Was sollte denn los sein!«

»Um so besser«, sagte Henry gezwungen. »Und was den Ruhestand betrifft, so bin ich fest entschlossen, auszuspannen – in allernächster Zeit. Eines Tages gehe ich bestimmt in Pension, und David wird die Zeitung übernehmen. Aber das hat noch keine Eile.«

Es herrschte gespannte Stille. Moffatt brachte, wie üblich, die Fünf-Uhr-Post und rettete die Situation. Obwohl sie an ihren Geschlechtsgenossinnen im allgemeinen wenig zu bewundern fand, mochte sie Cora seit jeher und begrüßte sie auf das herzlichste. Man plauderte ein paar Minuten. Dann sagte Cora, sie müsse gehen.

Henry begleitete sie zur Tür. Als er zurückkam, war er noch immer besorgt. Mit wenigen eiligen Worten war sie in ihn gedrungen, ihre Worte zu erwägen. Und die Erinnerung an ihren stumm flehenden, ergebenen, fast jammervollen Blick verfolgte ihn so sehr, daß er sich nicht zu konzentrieren vermochte. Draußen wurde die Straße ausgebessert. Das Getöse des Preßluftbohrers machte jeglichen Versuch zunichte, die Vorfälle zu überdenken, und Henry verließ das Büro um halb sechs, mit der Absicht, daheim in Ruhe zu überlegen.

An der Eingangstür wurde er von Alice empfangen.

»Wie klug, Henry, daß du schon jetzt heimkommst! Du bist der Mann, den ich brauche – und zwar bevor es dunkel wird.«

Sie wählte eine neue Wandfarbe für das Gästezimmer, und da ihr der Zimmermaler von Hedleston kein Vertrauen einflößte, hatte sie sich vorgenommen, die Schattierung selbst auszusuchen.

Henry, unfähig zu widerstreben, ließ sich in den Oberstock führen, wo er die nächste Dreiviertelstunde verbrachte. Alice, in blauem, modischem Overall, mischte und demonstrierte eine Reihe von Farben, forderte ihn auf, sein Urteil abzugeben, und entschied sich nach langem Hin und Her, offensichtlicher Unentschlossenheit und Absolvierung des ganzen Regenbogens dann doch für die erste Farbe, die sie ihm gezeigt hatte.

An jedem anderen Tag wäre Henry dieses Zwischenspiel äußerst unwillkommen gewesen. Heute hatte es die gegenteilige Wirkung. Daß sich seine Frau mit der Farbe eines Zimmers befaßte, war vertraut, beruhigend, tat ihm wohl, ließ die Besorgnis, die er nachmittags empfunden hatte, weit hergeholt und phantastisch erscheinen. Warum sah er Gespenster? Smith versuchte lediglich, sich unangenehm bemerkbar zu machen. Cora hatte ihn besucht, weil sie und David um seine Gesundheit bangten. Zwischen diesen beiden Ereignissen bestand nicht der geringste Zusammenhang.

Am nächsten Morgen im Büro schien alles wie sonst. Keine verleumderischen Briefe, keine weiteren Nachrichten von Smith. Schon beglückwünschte sich Henry zum Erfolg seiner geringschätzigen Haltung, als um elf ein zweites, in merklich schärferem Ton abgefaßtes Briefchen abgegeben wurde:

Falls wir von Ihnen binnen vierundzwanzig Stunden keine Nachricht erhalten, sehen wir uns gezwungen, gewisse Informationen zu veröffentlichen, die sich nunmehr in unserem Besitz befinden. Sie betreffen Ihre Schwiegertochter und wären ihrem Ruf äußerst abträglich.

Page hielt das Blatt in Armeslänge, als brenne es in seiner Hand, starrte es an, ohne sich zu rühren, und wiederholte leise: »Sie betreffen Ihre Schwiegertochter.« Vielleicht wäre er bestürzt gewesen, hätte nicht der Ton des Briefes sein Blut sieden gemacht. Je öfter er ihn las, desto unverschämter wirkte er. Nicht unterschrieben, wie er war, ließ er sich mit einem normalen Leben – seinem, zumindest – so wenig vereinen, daß er ihn nur mit Mühe ernst nehmen konnte. Er, Henry Page, erhielt eine solche Drohung in seinem eigenen Büro, in Hedleston? Das war eine Unverschämtheit.

Jetzt durfte er nicht länger zögern. Energisches Handeln war geboten. Nach kurzer Überlegung ersuchte er Moffatt, Smith anzurufen, daß er ihn um drei Uhr empfangen würde. Dann dachte er an Cora. Er schuldete ihr, sie gleichfalls herzubitten. Aber wie sollte er sie erreichen? Die beiden hatten kein Telefon. Schließlich sandte er ihr ein Telegramm, das sie zur gleichen Stunde in sein Büro beschied.

II

Der Vormittag beanspruchte Henrys ganze Kräfte, so sehr beherrschte die bevorstehende Unterredung sein ganzes Denken. Das Bewußtsein, einen Schimpf erlitten zu haben, ließ ihn die Zusammenkunft mit Ungeduld erwarten, ja geradezu herbeisehnen. Zu Mittag blieb er im Büro, aß ein paar Kekse aus einer Dose, die er in seinem Schreibtisch verwahrte, und beobachtete voll Ungeduld, wie die Zeiger der Bürouhr gemächlich dem Nachmittag zuwanderten.

Cora kam als erste, um dreiviertel drei. Ihr gespannt-erwartungsvoller Gesichtsausdruck ließ ihn befürchten, daß sie das Telegramm mißdeutet hatte. Dachte sie wirklich, er würde ihren Rat beherzigen? Nun, er gab ihr keine Gelegenheit, das Thema neuerlich anzuschneiden, wollte sie aber nicht beunruhigen und erwähnte daher die Ursache des Telegramms mit keinem Wort. Er gab vor, beschäftigt zu sein, bat sie, in Moffatts Zimmer zu warten, und fügte hinzu, daß Miß Moffatt ihr sicher eine Tasse Tee anbieten würde.

Die nächste Viertelstunde verrann mit unerträglicher Langsamkeit. Obwohl Henry eisern entschlossen war, Fassung zu bewahren, fühlte er, daß sein Herz zu hämmern begann, lauter und lauter. Für gewöhnlich vermied er es nach Kräften, zu Dr. Bards Amylnitrat zu greifen, hatte ihn doch der Doktor gewarnt, daß wiederholter Gebrauch die Wirksamkeit verringern würde. Nun aber zerdrückte er eine der Ampullen, die er für Notfälle in einer kleinen, an seiner Uhrkette befestigten Büchse aufbewahrte.

Er hatte den scharfen Geruch kaum eingeatmet – noch rötete die Nachwirkung der Droge seine Wangen –, als Smith eintrat. In seiner Begleitung befand sich nicht nur Nye, sondern auch ein jüngerer Mann, den Henry nicht kannte. Das unerwartete Erscheinen dieses Fremden, der zwar ruhig, liebenswürdig und durchaus präsentabel wirkte, bestürzte Page aus unerfindlichen Gründen und schien Verwicklungen in Aussicht zu stellen, mit denen er nicht gerechnet hatte. Die drei blickten auf ihn herab, während Fenwick, der die Besucher heraufgeführt hatte, sich im Hintergrund hielt.

Smith brach das Schweigen.

»Sie haben meine Briefe bekommen.« Seine Stimme

klang seltsam heiser, nahezu unverständlich. Das Sprechen schien ihm Mühe zu bereiten.

»Ja«, antwortete Henry. »Beide.« Und dann, da er fest entschlossen war, ruhig zu bleiben: »Wollen Sie nicht Platz nehmen?«

Sie setzten sich wie drei Automaten, der Fremde mit verwirrender Gleichgültigkeit, Nye unverschämt wie immer. Er blickte auf Fenwick, der die Sessel gebracht hatte, und sagte: »Brauchen wir ihn?«

Page bedeutete Fenwick, daß er gehen könne. »Sie werden es mir noch danken«, sagte Nye, entzündete eine Zigarette und fügte mit verspäteter Höflichkeit hinzu: »Sie haben doch nichts dagegen?«

Kurze Stille. Smith räusperte sich. Sein Gesicht, für gewöhnlich talgfarben, zeigte eine feuchte Blässe, die von der Bläue des unrasierten Kinns und der dunkelgedunsenen Ringe unter seinen Augen besonders hervorgehoben wurde. Er schien sich bei der Sache nicht wohl zu fühlen; sein Kragen war beschmutzt, seine Krawatte saß locker, seine ganze Erscheinung vermittelte einen Eindruck fiebriger Verwirrung. Henry hatte ihn noch nie in einem solchen Zustand gesehen.

»Mr. Page«, begann er stockend, aber dennoch, als hätte er seine Rede eingeübt, »ich hege keinen persönlichen Groll gegen Sie, achte Sie und möchte Ihnen wirklich keine Ungelegenheiten bereiten. Ich hoffe sogar, daß Sie mir gegenüber ähnlich empfinden. Aber das hindert nicht, daß Umstände eintreten können, die einen Mann meiner Stellung dazu zwingen, in seinem eigenen Interesse gewisse Maßnahmen zu ergreifen. Mr. Page, ich bedaure zutiefst, Ihnen das sagen zu müssen, aber es sind Dinge zu unserer Kenntnis gelangt, die wir Ihnen nicht vorenthalten können.«

»Wenn ich Ihren Briefen glauben soll, betreffen sie meine Schwiegertochter.«

»Sehr richtig«, warf Nye ein und schnippte die Asche von seiner Zigarette.

»In diesem Fall ist es nur recht und billig, obwohl Sie diese Forderung vielleicht als Beweis übertriebenen Ehrgefühls betrachten werden, daß Sie Ihre Anschuldigungen in Gegenwart meiner Schwiegertochter vorbringen.«

»Warten Sie, Mr. Page. Hören Sie uns zuerst an. Wir wollen keine Frau verletzen.«

»So hör doch endlich auf«, sagte Nye. »Zur Sache.«

»Schön«, sagte Henry. »Ich warte. Aber ich hoffe, Sie sind mit dem Verleumdungsgesetz vertraut.«

»Mr. Page, es fällt mir überaus schwer, Ihnen zu sagen . . .«

»Laß mich das machen«, unterbrach Nye. Er tötete seine Zigarette ab und fixierte Page aus kalten, vorquellenden Augen.

»Sie drucken eine blütenweiße Zeitung, nicht? Kämpfen für eine saubere Presse, eine saubere Gemeinde, ein sauberes A–Z? Sind von oben bis unten so unschuldsvoll, daß Sie wahrscheinlich noch nie das Wort Abtreibung gehört haben?«

»Ich . . . ich kenne das Wort«, sagte Page, überrumpelt.

»Ein Glück!« höhnte Nye. »Das vereinfacht die Sache. Dann wissen Sie wahrscheinlich auch, was eine junge Frau tut, wenn sie in Schwierigkeiten gerät, ledig ist und ihr hübsches Gesicht wahren will? Sie geht zu einem Weib in einer Seitengasse, und die befreit sie von ihrer Last. Aber leider gibt's da ein lästiges kleines Gesetz aus dem Jahr 1861. Darin heißt es, daß sich jede Frau, die mit Hilfe von Instrumenten oder anderen Mitteln absichtlich eine Fehlgeburt herbeiführt, eines Verbrechens schuldig macht, das mit zweijähriger bis lebenslänglicher Haft oder Kerker von höchstens zweijähriger Dauer bestraft wird. Ein Jammer, nicht wahr?«

»Das genügt«, sagte Smith heiser. »Mr. Page, es schmerzt mich, Ihnen das mitteilen zu müssen, aber vor drei Jahren im August wurde Ihre Schwiegertochter, damals Cora Bates, in Blackpool nach diesem Gesetz verurteilt.«

Henry starrte ihn an wie versteinert. Sein ganzer Körper schien erstarrt, gefroren. Seine Umgebung versank. Nichts blieb als Smiths seltsam unförmiges Gesicht, ein verwischtes, hin und her schwankendes Etwas.

»Nein«, sagte er. »Nein. Das glaube ich nicht. Das ist nicht wahr.«

»Es ist wahr. Wir können es beweisen.«

»Nein«, wiederholte Henry mit automatischer Beharrlichkeit.

»Ach, hören Sie auf«, sagte Nye. Er zeigte auf den dritten Mann. »Haines hat den Fall verfolgt – von Anfang bis Ende. Nicht wahr, Jack?«

»Es tut mir leid, Sir, aber so ist es.« Haines betrachtete Page mit vagem, vielleicht auch nur gespieltem Bedauern. »Ich war während der ganzen Verhandlung im Gerichtssaal. Ich muß sagen, der Richter war überaus nachsichtig. Wahrscheinlich in Anbetracht der großen Jugend und so weiter . . . Er fällte ein mildes Urteil.«

»Urteil?« Henry umkrampfte die Armlehnen seines Sessels. Er brachte das Wort kaum hervor.

»Neun Monate Gefängnis.« Henrys Herzschlag setzte aus. Er hatte sich auf irgendeine Anschuldigung gefaßt gemacht, geglaubt, daß sie einen leichtsinnigen Irrtum Coras ausgraben und aufbauschen würden, vielleicht eine dumme Affäre mit diesem Haines, oder irgend etwas im Zusammenhang mit ihrer armseligen Herkunft, den Kämpfen ihrer Jugend . . . Aber diese Ungeheuerlichkeit, um so viel schlimmer als seine entsetzlichsten Vorstellungen? Alles in ihm bäumte sich auf. Er konnte, er durfte nicht glauben.

»Es ist unmöglich . . . eine Lüge. Sie ist hier. Sie wird es abstreiten.«

»Holen Sie sie doch«, sagte Nye. Seine kühle Selbstsicherheit berührte Page mit eisigem Hauch. »Dann werden wir ja sehen, wer lügt.«

Henry stand auf, sank aber wieder auf seinen Sessel. Er konnte sie dieser grauenhaften Beschuldigung nicht aussetzen.

»So gehen Sie doch«, drängte Nye. »Daß die Sache ein Ende hat. Fragen Sie die Dame, wie sie ins Loch gekommen ist.«

Henry saß wie gelähmt. Er wußte nicht, was er tun sollte. Doch während er zögerte, öffnete sich die Seitentür zu Moffatts Zimmer. Cora, des Wartens müde, kam nachsehen, ob er schon frei war. Nie würde er ihr Gesicht vergessen. Sie verstand blitzartig. Totenstille senkte sich über den Raum. Dann stieß sie entsetzt hervor: »Verzeih – ich wußte nicht –« und strebte dem Ausgang zu.

»Moment«, sagte Nye. »Dieser Herr hat keine Mühe gescheut, Sie zu besuchen.«

Sie blieb stehen, als hätte sie nicht die Kraft, Widerstand zu leisten.

»Sie erinnern sich doch an mich?« sagte Haines.

»Nein . . . ich habe Sie noch nie gesehen.« Die Antwort war kaum hörbar.

»Verzeihen Sie, Miß . . . zumindest waren Sie damals Miß Bates . . . aber ich habe die Zeitungsausschnitte hier . . . die Fotos . . . und das Geständnis, das Sie im Spital unterschrieben haben.«

Er griff in seine Rocktasche. Page dachte, Cora würde zusammenbrechen. Plötzlich begann sie zu weinen, ein trockenes, tränenloses Schluchzen. Es schüttelte ihren ganzen Körper. Er ertrug es nicht.

»Das genügt«, sagte er zu Smith. »Gehen Sie, um Gottes willen.«

»Glauben Sie uns jetzt?« fragte Nye, während er sich erhob. Auch Smith war aufgestanden. Er trat zum Schreibtisch, die Aktentasche in der Hand, und vermied es, Page anzusehen. Auf seiner Stirn perlte Schweiß.

»Hören Sie, Mr. Page, niemand braucht ein Wort zu erfahren. Wir schweigen wie das Grab. Niemandem passiert etwas. Nicht das geringste. Die Lösung ist ganz einfach. Ich habe hier ein kleines Abkommen aufgesetzt, alles in bester Ordnung.« Mit zitternden Fingern öffnete er die Aktentasche. »Ich bin überzeugt, Sie nehmen an. Dann drucken wir kein Wort von Ihrem kleinen Mißgeschick. Und glauben Sie mir, lieber Mr. Page, weder Ihrer- noch unsererseits besteht die geringste Veranlassung –«

»So gehen Sie doch! Alle! Wir sprechen uns später!«

Smith legte ein längliches braunes Kuvert auf den Schreibtisch und verließ den Raum als erster.

Als sie gegangen waren, wandte sich Page Cora zu. Er

wußte nicht, was er sagen sollte. Die Worte verdorrten in seiner Kehle. Sie weinte noch immer, lehnte an der Wand, den Arm vors Gesicht gelegt. Er mühte sich um ein Wort des Trosts, aber vergebens. Endlich brach sie das Schweigen. Ohne ihre Stellung zu verändern, sagte sie mit tränenerstickter Stimme:

»Alles ist wahr ... alles; aber vielleicht haben sie dir nicht gesagt, daß ich allein dagestanden bin, seit ich sechzehn war, daß ich meistens in billigen Läden gearbeitet habe. Einmal, ein einziges Mal, bin ich auf Urlaub gefahren, nach Blackpool – ich hatte monatelang darauf gespart –, bin tanzen gegangen, ins Alhambra, und der Direktor hat mich gesehen und mir Arbeit angeboten. Ich hab' sie genommen. Er war nett zu mir, ich war allein – war immer allein gewesen. Das hat mich weich gemacht. Ich wollte jemanden liebhaben ... wußte nicht, daß er verheiratet war ... Wenigstens nicht zuerst ... Er hat mich nicht richtig gemocht. Er war ein Schuft. Also gut. Wie er gemerkt hat, daß ich schwanger war, war er wütend, hat mich fürchterlich behandelt ... er hat Angst gehabt, seine Frau würde dahinterkommen ... Er wußte genau, was man machen mußte. Mir war alles egal, so wie er mich behandelt hat. Er hat mich dorthin geführt – zu einer Frau. Sie hat entsetzliche Dinge mit mir gemacht – ich war krank, sehr krank, hab' gedacht, ich werd' sterben. Ich wollte es auch. Da hat sie Angst gekriegt und einen Arzt geholt. Er hat mich ins Spital geschafft, und dort ist alles herausgekommen.« Sie brach fast zusammen, zwang sich jedoch, weiterzusprechen. »Acht Wochen war ich im Spital, mit Fieber und allem. Und als sie mich entlassen wollten, hat mich die Polizei geholt. Das mußten sie, glaub' ich. Aber der Richter ließ mich mit neun Monaten davon. Er könnte mir zwei Jahre geben, hat er gesagt, aber ich glaub', ich hab' ihm leidgetan. Ich hab' fürchterlich ausgesehen, im Spital hatten sie mir die Haare abgeschnitten. Ich war nur Haut und Knochen. Aber mir war alles gleich. Wenn er mich für länger verurteilt hätte, wär's mir auch gleich gewesen. Alles war mir egal. Ich war nicht mehr ich selbst.«

»Hör auf, Cora ...« Mitleid trieb ihn zu ihr. »Du hast schon genug gesagt.«

»Ich muß es dir sagen, und wenn's mich umbringt. Wie ich aus dem Gefängnis herausgekommen bin, wollte man mir Arbeit verschaffen. Die Hilfsgesellschaft, weißt du. Aber ich hatte genug von Blackpool. Es war wieder Sommer. Da sah ich ein Stellenangebot, in Scarborough. Ich bin hingefahren. Die Arbeit war leicht. Ich hab' Kuchen verkauft und solches Zeug. Aber ich war nicht mehr wie früher. Ich gehörte nirgends hin, war wie tot. Jeden Abend um sechs, nach Arbeitsschluß, bin ich im Hafen spazierengegangen. Und da hab' ich ihn sitzen gesehen, am Ende einer Bank ... David. Er hatte etwas an sich ... Und einmal konnte ich mir nicht helfen: ich bin stehengeblieben und hab' ihn angesprochen.« Ein Krampf schüttelte sie. »Das war der Anfang. Ich hab' nicht den Mut gehabt, ihm von mir zu erzählen. Aber wir waren im gleichen Boot. Das wußte ich. Ich brauchte ihn nur anzuschauen. Ich wollte ihm helfen. Und ich glaube, das hab' ich auch getan. Ich war ihm eine gute Frau. Aber wenn er das erfährt, ist alles aus.«

Ein letztes Schluchzen schüttelte sie. Sie drehte sich krampfhaft um, kam auf ihn zu, als bäte sie um seine Hilfe, verloren und entsetzt, von aller Welt zurückgestoßen, aber dennoch mit einem schmerzhaften Durst nach Glück. Er stützte sie.

»Hör auf zu weinen. Und sag um Gottes willen kein Wort zu David. Wir müssen einen Ausweg finden.«

»Ich bin nicht schlecht ... ich hab' mir nicht helfen können ... es ist mir passiert. Das ist alles. Mehr kann ich nicht sagen – auch nicht weniger. Aber was wirst du jetzt denken, gerade du, nach allem, was du für mich getan hast ... Jetzt bring' ich das über dich ... Verstehst du denn nicht ... du zählst am meisten ...« Sie verstummte jäh, warf ihm einen wilden Blick zu, riß sich los und lief aus dem Zimmer, bevor er sie zurückhalten konnte.

Er ließ sie gehen und sank schwer auf seinen Sessel. Über den Schreibtisch gebeugt, den Kopf in beiden Händen, suchte er seine zerrütteten Kräfte zu sammeln und sich für den letzten vernichtenden Schlag zu wappnen. Wie furchtbar, dachte er, wie entsetzlich und furchtbar. Zorn und Abscheu, seine erste Reaktion, waren verflogen, von Mitleid verdrängt. Nein, er konnte Cora nicht tadeln. Für ihn aber und für das »Licht« waren die Folgen tödlich.

Sein Blick fiel auf den Vertrag, den Smith auf den Schreibtisch gelegt hatte. Er überlas ihn mit ausdrucksloser Miene. Es war kein Bluff, im Gegenteil. In seiner Art war das Abkommen untadelig. Dafür hatte Smith in seinem heißen Bemühen, sich vor sich selbst zu rechtfertigen, Sorge getragen, die Aktiva der beiden Zeitungen unvoreingenommen festgestellt und ihren Publikumserfolg nach den Verkäufen der letzten zwölf Monate berechnet. Dennoch machte sich Page keine Illusionen über seine Lage, mochte das finanzielle Endresultat noch so annehmbar sein. Er sollte vertrieben werden. Weigerte er sich, das »Licht« aufzugeben, stand Coras Vergangenheit, geziemend ausgeschmückt und zu ihrem jetzigen Leben gewandt in Beziehung gebracht, als Schlagzeile in jedem Somerville-Blatt nicht nur in Hedleston, sondern im ganzen Land.

Ein Zittern durchlief Henry beim Gedanken an diese grauenhafte Popularität. Wie würden sie ihn herunterreißen, den Weltverbesserer, ehemaligen Bürgermeister, den Helden eines Festessens, den Mann der ehernen Grundsätze, den Bekämpfer von Korruption jeder Art! Alice mit ihren gesellschaftlichen Ambitionen würde ebensowenig geschont werden wie David, der getäuschte Gatte, ja selbst Dorothy ihr Teil abkriegen, keiner davonkommen. Geschickte, wohlgeübte Hände würden sie alle durch den Schmutz ziehen. Und das Ergebnis? Was ihn selbst betraf, politischer und gesellschaftlicher Ausschluß. Für David hingegen stand so viel mehr auf dem Spiel, daß er kaum wagte, daran zu denken. Der Schock würde ihn verstören, in die wirre, peinvolle Hölle zurückstoßen, aus der es vielleicht keine zweite Rückkehr gab.

Und Cora? Mußte sie nicht am bittersten leiden? Das Bewußtsein, dieses Unheil über sie gebracht zu haben, die

Pein und Demütigung, ihr jammervolles Erlebnis noch einmal durchleiden zu müssen, in tausendfacher Vergrößerung, ihre schwer errungene Ruhe, den Frieden ihrer Seele unrettbar zerschlagen zu sehen – all das würde ihr Herz brechen.

Er erhob sich jäh und begann auf und ab zu gehen. Konnte er zusehen, wie man ihr und seiner Familie das antat? Er mußte nachgeben, mußte das »Licht« verkaufen. Der Gedanke traf ihn wie ein Lanzenstich. Er suchte den Schmerz verletztem Stolz zuzuschreiben, ungebührlichen Festhalten an einem langgehegten Familienbesitz, redete sich ein, daß er, Henry Page, nur ein altmodischer Idealist war, der sentimentale Artikel schrieb und auf sein kleines Provinzblatt übertriebenen Wert legte – es half nichts. Dachte er daran, daß er so lange, so hart gekämpft, den Sieg so schwer errungen hatte, nur um im letzten Augenblick betrogen zu werden, so stieg ihm das Blut zu Kopf. Das »Licht« war sein Erbteil, seine Tradition, sein Leben.

Wie von unsichtbarer Gewalt getrieben, ging er in das kleine Eckzimmer, wo die ersten Exemplare des »Licht« aufbewahrt wurden, und nahm einige aus ihren Fächern. Hier, 1785, stand der Bericht über Blanchards wagemutigen Ballonflug über den Ärmelkanal, unternommen an einem Freitag, »ungeachtet unheilvoller Vorzeichen«; da, zehn Jahre später, die erste Fortsetzung von Paines »Zeitalter der Vernunft«, eine serienweise Veröffentlichung, die Daniel Page die Drohung gerichtlicher Verfolgung eingetragen und Pitt letzten Endes mehr geschadet hatte als ihm, hier der berühmte Bericht über die Nore-Meuterei, 1797, als die Bank von England ihre Zahlungen einstellte. Eine andere Ausgabe beinhaltete einen Gesellschaftsbericht von Charles Lamb, nach Margate gesandt, um die Ankunft hochgestellter Persönlichkeiten zu beschreiben, eine zweite die farbenfrohe Schilderung des großen Chartistentreffens. Fieberhaft, ohne die Reihenfolge zu beachten, wendete Henry die vergilbten Blätter, deren jedes englische Geschichte widerspiegelte: Trafalgar, der Fall von Kabul, Balaklava, das Attentat auf Königin Victoria, die Napoleonischen Kriege mit entsetzlichen Darstellungen des korsischen Ungeheuers, die Nachricht vom Tode Brownings, die Schilderung der Leichenfeier in Westminster, der Südafrikanische Krieg, der von Robert Page begonnene Fonds zur Truppenbetreuung ... Nein, er ertrug es nicht, stöhnte laut, drückte beide Handflächen gegen die pochenden Schläfen. Das »Licht« selbst war Geschichte. Konnte er es Männern überantworten, die es unweigerlich verfälschen und mißbrauchen würden?

Er drehte sich um, ging in sein Büro zurück, einem neuen Antrieb gehorchend, und blickte auf die Uhr. Fast halb acht. Er hatte drei Stunden verloren, unempfindlich für die verrinnende Zeit. Sicher war Moffatt nach Hause gegangen, wie üblich, ohne zu merken, daß etwas nicht stimmte. Nach längerem Suchen fand er einen Fahrplan in ihrer Schreibtischlade. Der Nachtzug nach London verließ Hedleston um 19 Uhr 43. Er hatte keine Zeit mehr, einen Koffer zu holen. Das Taxi mußte ihn geradewegs zum Zug bringen. Rasch schrieb er einen Zettel für Moffatt und legte ihn auf die Haube ihrer Schreibmaschine: er sei unerwartet nach London abberufen worden. Dann rief er daheim an. Alice war ausgegangen. Er bat Hannah, zu bestellen, daß er höchstens zwei Nächte fortbleiben würde, nahm Hut und Mantel, verließ das Büro und machte sich eilends auf den Weg zum Bahnhof.

10

Am nächsten Morgen, nach einer unruhigen Nacht, erkannte David, daß er das Schweigen, den Zwang und das zermürbende Theaterspiel nicht länger ertragen konnte. Er mußte einen Ausweg finden. Und als er das Haus um neun Uhr verließ, offenbar, um seinen täglichen Spaziergang zu machen, bestieg er den Halb-Zehn-Uhr-Autobus nach Hedleston. Außer ihm benutzten ihn nur zwei Passagiere. Da beide vorne saßen, nahm er rückwärts Platz, um, von ihren Blicken verschont, die zu ergreifenden Maßnahmen zu überdenken.

Vor allem mußte er seinen Vater sprechen. David empfand für ihn Dankbarkeit und Liebe, obwohl er es sich nicht gern anmerken ließ und vom Bewußtsein seiner eigenen Unzulänglichkeit des öfteren zu anmaßendem Betragen getrieben wurde. Zwar teilte er nur die wenigen Ansichten Henrys, glaubte jedoch fest an seine Güte und seinen Verstand, und das waren die Eigenschaften, deren er jetzt am dringendsten bedurfte.

Die Fahrt, gemächlich und holpernd, mit langen Aufenthalten in Lacey Hummocks und Hurst Green, schien kein Ende nehmen zu wollen. Doch endlich zeigten sich die verschwommenen Umrisse Hedlestons durch die grauen, klappernden Fenster, und bald kam das altehrwürdige Vehikel auf dem Victoria-Platz, der Autobushaltestelle, zu zitterndem Stillstand.

Regen prickelte auf Davids Stirn, als er ausstieg und dem Zeitungsgebäude zustrebte. Das Haus zu betreten, das seines Vaters Idealen geweiht war und von Henry als logisches Erbteil des Sohns betrachtet wurde, bedeutete eine Prüfung, die David für gewöhnlich vermied. Selbst heute, wiewohl von anderen Ängsten gepeinigt, kam er sich wie ein Eindringling vor, als er die Steintreppe hinaufstieg und an Pages Tür klopfte. Das Zimmer war leer. Dann trat Moffatt ein und betrachtete ihn mit einer Überraschung, die sich nur durch die Seltenheit seiner Besuche erklären ließ.

»Wie geht's, Miß Moffatt?« fragte er und fügte hinzu, wohl wissend, daß man ihr gegenüber auch das Naheliegendste feststellen mußte: »Ich wollte meinen Vater besuchen.«

»Natürlich, natürlich«, antwortete sie in jener überlegen-gutmütigen Art, die sie ihm gegenüber seit der Zeit an den Tag legte, da sie nach Hanley Drive gekommen war, ihn im Kinderwagen zu bewundern. »Aber er ist nicht hier.«

»Wann kommt er zurück?«

»Ich weiß nicht. Er ist nach London gefahren.«

»Nach London!«

»Ja. Warum, weiß ich nicht. Er ging gestern abend überraschend fort und ließ nur einen Zettel zurück, er sei plötzlich abberufen worden. Ich nehme an, es hat mit der Wirtschaftskonferenz zu tun.« Nach kurzer Stille fügte sie hinzu: »Er kann nicht lange fortbleiben. Morgen ist ja der Empfang Ihrer Mutter.«

Zweifellos war ihm die Bestürzung über dieses unvorhergesehene Hindernis anzumerken, denn sie wandte den Blick nicht von ihm, musterte ihn mit wachsender Aufmerksamkeit und Anteilnahme.

»Wo ist Ihr Mantel? Sie sind wirklich ein schrecklicher Mensch! Nicht einmal einen Schirm hat er mit! Wissen Sie nicht, daß es gießt? Sie sind ja durch und durch naß! Und Ihre Haare ... kommen Sie, das werden wir gleich haben!«

Während er stand wie festgenagelt, gequält von der Frage, was er nun unternehmen solle, kam sie auf ihn zu, schloß den obersten Knopf seines Flanellhemds, wischte die Regentropfen von seinem Rock und brachte sein Äußeres halbwegs in Ordnung.

»So ... das ist schon viel besser. Ich mache gerade meinen Vormittagstee. Sie trinken doch eine Tasse mit mir? Ihre Frau hat erst gestern eine getrunken. Sie ist so nett, David ... Kommen Sie in mein Zimmer.«

»Nein ... nein ...!« Er riß sich zusammen. »Entschuldigen Sie mich, bitte. Ich muß gehen. Danke!«

»Aber, David ... so warten Sie doch ...«

Er wollte nicht bleiben, konnte nicht. Er drehte sich um, und der Schwung, mit dem er über die Stiege eilte, trug ihn noch über die Straße, knapp vorbei an einem näher rasenden Auto. Er merkte es kaum und ging weiter, überzeugt, daß die plötzliche Abwesenheit seines Vaters mit dem verhaßten Rätsel zusammenhing, das er nicht lösen konnte und das, wie das verschüttete Öl, das manchmal den Strand von Sleedon überschwemmte, seinen Schmutz heimtückisch überallhin zu verbreiten schien.

Er beherrschte sich mit Mühe. Was sollte er tun? Nach Hanley Drive zu gehen. Rat und Hilfe bei seiner Mutter zu suchen, war sinnlos. Trotzdem konnte er nicht nach

Sleedon zurück, unverrichteter Dinge, zu weiteren Stunden einsamen Brütens. Ein einziger Weg stand offen, und obwohl er wußte, wie teuer ihn diese Nervenanspannung zu stehen kommen würde, nahm er darauf keine Rücksicht. Früher oder später mußte er ihn gehen. Das war unvermeidlich.

Das Versicherungsgebäude befand sich in nächster Nähe. David durchquerte den Park und erreichte es binnen fünf Minuten. Er entnahm dem Wegweiser an der Außenwand des Hauses, daß sich das Büro des »Journal« im dritten Stock befand, betrat das Gebäude jedoch nicht sofort, sondern ging auf und ab, wiederholte sich, was er zu sagen gedachte, und bot alle körperlichen und geistigen Hilfsmittel auf, die ihm zu Gebot standen. Seiner Schwäche in kritischen Augenblicken bewußt, war er fest entschlossen, diesmal seinen Mann zu stehen. Doch eben diese Vorbereitungen waren sein Verhängnis, denn während er sich die Szene in allen Einzelheiten ausmalte, die Beleidigungen, die er austeilen und einstecken wollte, erfaßte ihn Zorn, seine Kehle verengte sich, sein Mund wurde trocken. Er ertrug es nicht länger, blieb stehen, mit jäher, eckiger Bewegung, stürzte in das Gebäude, verschmähte den Lift und stieg atemlos in den dritten Stock. Auf einer Milchglastür stand in Goldbuchstaben: DAS NEUE JOURNAL: VERWALTUNG. David trat ein, ohne zu klopfen.

Die Atmosphäre der Tatenlosigkeit und Leere traf ihn unerwartet. Ein Halbwüchsiger saß an einem niedrigen Tisch beim Fenster, neben dem Telefonschaltbrett, und tippte gemächlich auf einer Schreibmaschine. Als David Nye zu sprechen verlangte, erkannte er seine eigene Stimme kaum. Der Junge lehnte sich zurück und warf ihm einen zerstreuten, flüchtigen Blick zu.

»Er ist nicht hier. Er ist nach Tynecastle gefahren.« Als er Davids mißtrauischen Blick gewahrte, fügte er hinzu: »Niemand ist hier. Mr. Smith ist im Hauptbüro in Moosburn.«

David konnte ihm nicht glauben, so tief hatte er sich in die Notwendigkeit verrannt, die Sache zu Ende zu bringen. Zwei Türen am Ende eines schmalen Ganges führten zu den übrigen Büroräumen. David öffnete beide, mit raschem Entschluß. Die Zimmer waren leer. Er kehrte in den Vorraum zurück.

»Wann kommt er?« fragte er.

»Woher soll ich das wissen?« Der Junge sprach in beleidigtem Ton. »Hier ist jetzt nichts zu tun. Das heißt, nicht viel. Wahrscheinlich bleibt er den ganzen Tag fort.«

»Den ganzen Tag«, wiederholte David mit ausdrucksloser Stimme. Dann drehte er sich um und verließ das Büro.

Auf der Straße kehrte seine Unentschlossenheit zurück. Er ballte die Fäuste. Die Bitternis der Enttäuschung versteifte seinen Körper. Er hatte nichts entdeckt, nichts geregelt, nichts zuwege gebracht. Ein übermächtiges Gefühl seiner eigenen Unzulänglichkeit schlug über ihm zusammen. Es war Essenszeit, die Straße belegt, Leute eilten im Regen dahin und rannten in ihn hinein, während er unschlüssig dastand und nichts anderes vernahm als das Pochen seines Blutes. Endlich ging er zum Victoria-Platz.

Es blieb ihm nichts übrig, nichts als stumpfsinnige Rückkehr nach Sleedon. Der Autobus war abfahrbereit. David fand noch einen Platz in der Wagenmitte und suchte die Wellen wirrer Gedanken zu glätten, die über ihn hinwegfluteten. Es dauerte nicht lange, und er hatte sich in die Überzeugung hineingesteigert, daß alle Mitfahrenden ihn anstarrten, teils feindselig, teils hämisch. Er senkte den Kopf und hielt den Blick auf den Holzboden geheftet, unfähig, die Gleichgültigkeit zu Hilfe zu rufen, die er den Herausforderungen der Menge entgegenzusetzen pflegte. Er konnte sich nicht distanzieren. Der Sturm in seiner Brust hielt an, tobte immer heftiger. Nicht einmal der Heimweg in Sleedon vermochte ihn zu glätten.

Das Haus schien leer. Aber in der Küche dampfte der Teekessel und durch das Fenster sah er Cora. Sie ging den Gartenpfad entlang. Er sehnte sich danach, zu ihr zu gehen. Dahin die Haltung des nachsichtigen Gönners, das selbstverständliche Hinnehmen ihres Dienens, verdrängt von Eifersucht, Unsicherheit und der augenscheinlichen Tatsache ihres Leidens. Statt dessen empfand er sein Bedürfnis nach ihr, das körperliche Verlangen jener ersten Zeit in Scarborough, mit erneuter Gewalt. Am liebsten wäre er ins Schlafzimmer gegangen, hätte sie vom Fenster gerufen und, sobald sie kam, geliebt. Doch nein. Er mußte sich beherrschen. Sie durfte die Wirrnis seiner Gedanken nicht ahnen, nichts von seiner ergebnislosen Fahrt, nichts, was ihre Verzweiflung erhöhen mußte. Er ging in die Mansarde und setzte sich an den einfachen Fichtenholztisch, der ihm als Schreibtisch diente.

Als beruhigendes Mittel hatte ihm Dr. Evans empfohlen, ein Blatt Papier zu nehmen und alles aufzuschreiben, was ihm durch den Sinn ging. David griff zur Feder und begann dieses Werk der Befreiung. »Der Schmerz, zu intensiv zu leben«, schrieb er, »übertrifft oft die Freude. Man kann sich ihm ebenso rückhaltlos überantworten wie dem Glück. Ich betrete ein Labyrinth, Dunkelheit umschließt mich, doch ich unterliege nicht. Solange mein Wille stark bleibt, besiege ich jede Schwierigkeit, überwinde jeden Feind. Bald wird diese Prüfung bestanden sein. Nichts darf Cora geschehen. Ich werde sie schützen. Und jetzt sehne ich mich nur nach Ruhe, tiefer Stille . . .«

Er hatte erst diese wenigen Zeilen geschrieben, als er plötzlich innehielt und lauschte, den Kopf zur Seite geneigt.

»Nach Ruhe, tiefer Stille . . .«

Waren es nur eingebildete Klänge, das Geräusch, das seine Ohren seit Monaten verfolgte, bald wie Glockenklang, bald wie hohes, schrilles Pfeifen, oder hörte er wirklich eine Stimme, die seine Worte höhnisch nachsprach, in dem Augenblick, da er sie niederschrieb? Er horchte angestrengt, hörte nichts. Als er jedoch zu schreiben fortfuhr, bemächtigte sich die Stimme neuerlich jedes einzelnen Wortes: »Wenn das Licht zunimmt und das Dunkel weicht . . .« Die Worte erklangen lauter, im gleichen Rhythmus, in dem er sie zu Papier brachte. Die Stimme zu ersticken, schrieb David lansamer. Es nützte nichts. Er schrieb schneller, warf die Worte aufs Papier, und die Stimme fegte voran, laut und deutlich, mit atemraubender Geschwindigkeit.

David ließ die Feder fallen, als wäre sie glühend heiß, klammerte sich an die Tischkante und rang nach Fassung. Er erinnerte sich an Dr. Evans' scharfe Instruktionen, als er ihm zum erstenmal von seinen »Stimmen« erzählte. »Bloße Einbildung. Akustische Halluzinationen. Schieben Sie's fort. Geben Sie um Gottes willen nicht nach. Keine Sekunde!«

Langsam hob David den Kopf. Endlich war es still. Wirklich? Starr horchend wartete er, in der Hoffnung auf Schweigen. Statt dessen hörte er, unabhängig von seinem Schreiben, von der Feder, die noch immer auf dem Tisch lag, schwach aber deutlich eine Stimme, die aus dem Schlafzimmer im Unterstock zu kommen schien. Es war die Stimme eines Mannes.

»Page ... Page ... wo sind Sie?« Dann, mit einem Gefühl des Grauens, vernahm er die Worte:

»Kümmern Sie sich um Ihr eigenes, Freundchen ...«, und erkannte die Stimme Nyes.

Wie vom Sessel geschleudert, sprang er auf und bohrte beide Zeigefinger in die Ohren, verzweifelt bemüht, allen Klang auszuschließen. Das war Einbildung, krankhafte Täuschung seiner zerrütteten Nerven. Aber noch während er dagegen ankämpfte, kam die Wiederholung, laut, unverschämt, noch deutlicher.

»Sie glauben, Sie können mir das Genick brechen, Page? Kümmern Sie sich lieber um Ihr eigenes, Freundchen!«

Ein Irrtum war ausgeschlossen. Er konnte nicht länger warten. David riß die Tür auf, rannte über die schmale Holztreppe ins Schlafzimmer und begann zu suchen – in beiden Schränken, unter dem Bett, zwischen Coras Kleidern, in jedem Winkel des Zimmers. Niemand war zu sehen.

Zerschlagen, mit kalter, feuchter Stirn, setzte er sich auf den Bettrand. Verlor er den Verstand? Stimme und körperliche Gegenwart – beides war verschwunden. Wie schon mehrmals, hatten die gründliche Suche und der dadurch erbrachte greifbare Gegenbeweis die Einbildung aus der Welt geschafft. Er fühlte sich schwach, aber wieder normal.

Mit einem tiefem Seufzer erhob er sich und begann, da er vor dem Toilettentisch stand, ruhig sein Haar zu bürsten. Plötzlich sah er im Spiegel, daß Cora neben ihn trat. Hier zumindest war lebendige Wahrheit inmitten der Schatten.

»Ich hab' nicht gewußt, daß du schon zurück bist«, sagte sie. »Du warst lange spazieren.«

Die neue, ruhig-klare Stimmung machte jeden Gedanken an Verstellung unmöglich. Er nahm ihre Hand und drückte sie.

»Ich war nicht spazieren«, sagte er. »Ich war in Hedleston, um Vater zu besuchen.«

»Hast du ihn gesehen?« Er fühlte, wie sich ihr Körper versteifte, um sich plötzlich zu entspannen, als er verneinend den Kopf schüttelte.

»Er ist nach London gefahren. Ganz überraschend.«

»Nach London«, wiederholte sie langsam. Dann veränderte sich ihr Gesichtsausdruck, belebt von einer Wärme, einer Hoffnungsfreude, die er an ihr seit Tagen nicht mehr gesehen hatte. »Oh, David, ich bin so froh ... Ich hab' solches Vertrauen zu deinem Vater. Frag mich jetzt nichts, bitte, David. Aber ich spüre, daß uns das helfen wird.«

11

Desselben Morgens zeitig in der Früh, genau gesagt um 6 Uhr 15, traf Henry Page am Paddington-Bahnhof ein. Sein Zug hatte seit Crewe Verspätung, und die Taxis kamen fast alle den Passagieren des Schnellzuges aus Rugby zugute, der fünf Minuten früher einfuhr. Endlich, nach langem Warten im kalten Halbdunkel, gelang es Henry, einen Wagen aufzutreiben. Er kam nicht oft nach London und wohnte bei seinen seltenen Besuchen im Esmond, einem ruhigen Hotel unweit des Britischen

Museums. Der Nachtportier erkannte ihn und wies ihm anstandslos ein Zimmer zu, obwohl er kein Gepäck hatte.

»Kann ich frühstücken?« fragte Henry.

»Tut mir leid, Mr. Page. Die Küche ist erst ab sieben in Betrieb. Soll ich Ihre Bestellung durchgeben, bevor ich gehe?«

»Nein. Ich werde läuten.« Henry gedachte vor allem ein wenig zu ruhen. Während der Fahrt, in eine Ecke des Abteils gedrückt, hatte er kaum geschlafen, und nun, da sich graue Dämmerung über schmutzige Dächer und rußverkrustete Kamine in den engen, ungastlichen Raum stahl, legte er sich angekleidet aufs Bett und schloß die Augen. Aber zu viele, zu unruhige Gedanken durchschwirrten seinen Geist. Er konnte nicht einschlafen, lag einfach da und war sich selbst so fremd, daß es ihm vorkam, als betrachte er als körperloser Zeuge einen unglücklichen, reglos ausgestreckten Unbekannten.

Um sieben Uhr läutete er und bestellte starken schwarzen Kaffee. Er sollte ihn zwar nicht trinken, konnte ihn aber in seinem augenblicklichen Zustand nicht entbehren. Als man ihn nach langer Zeit brachte, war es das gewöhnliche üble Gebräu. Trotzdem fühlte sich Henry nach drei Tassen und einer Scheibe Toast leidlich erfrischt. Er wusch sich, ging zu einem nahen Friseur und ließ sich rasieren. Dann kaufte er gewohnheitsgemäß die Morgenzeitungen, vermochte sie aber nur zu überfliegen, mit der seltsamen, unvernünftigen Furcht, sein Unglück bereits schwarz auf weiß zu finden.

Es war noch zu früh für sein Vorhaben. Somerville kam sicher nicht vor zehn ins Büro. Aber Henry ertrug keine Verzögerung. Er fuhr mit dem Autobus zum »Strand« und ging Whitehall entlang, bis zu Hercules House. Wie wenig glich doch das »Gazette«-Gebäude seinem Büro in Hedleston! Dicht an der Themse errichtet, dem alten Fluß, der an diesem Morgen müde unter den Brücken dahinzufließen schien, gleißte eine Glas- und Eisenbetonfassade, ein kaltes, unpersönliches Symbol der Macht. Henry betrat eine große Halle mit jonischen Säulen und schwarz-weiß gewürfeltem Marmorboden, und nannte seinen Namen einem der livrierten Bediensteten, der ihn unverzüglich der Rezeption meldete und Page nach geraumer Verzögerung zum Expreßlift wies. Im obersten Stockwerk angelangt, wurde er am Ende eines Korridors von Somervilles Privatsekretär empfangen oder vielmehr abgefangen, einem jungen Mann in Cutaway und gestreifter Hose, der Page mit höflich-bedauernder Miene betrachtete und sagte:

»Eigentlich müßten Sie mit Mr. Greeley sprechen, Mr. Page. Aber er ist auf Urlaub. Ich würde Ihnen vorschlagen, sich an Mr. Challoner zu wenden: er vertritt Mr. Greeley.«

»Nein«, sagte Henry bestimmt, »mein Anliegen betrifft Mr. Somerville persönlich.«

»Natürlich, natürlich«, stimmte der andere bedächtig zu. »Ich fürchte nur, daß er fast den ganzen Vormittag beschäftigt sein wird. Außerdem ist er noch nicht da. Wenn Sie aber wirklich –«

»Ich warte«, sagte Henry.

»Hier entlang, bitte.«

Henry hatte absichtlich keine Vereinbarung getroffen, da er die Möglichkeit einer Abweisung für geringer hielt, wenn er unangemeldet vorsprach. Er hatte damit gerechnet, warten zu müssen, falls sich Somerville überhaupt herbeiließ, ihn zu empfangen. Und er wartete. Der kleine Vorraum war mit roten Teppichen, Lederfauteuils, einem Likörschrank und englischen Jagdszenen aus dem achtzehnten Jahrhundert ausgestattet. Hier verbrachte Henry mehr als eine Stunde, in den Anblick eines großen Gemäldes von John Fernley versunken – es stellte eine Fuchsjagd dar –, das an der gegenüberliegenden Wand hing. In Wirklichkeit sah er das Bild überhaupt nicht, sondern suchte sich der spärlichen Informationen zu erinnern, die er über Somerville besaß.

Zum Unterschied von seinen Konkurrenten Jotham und Mighill, die den Proletariervierteln von Aberdeen beziehungsweise Ulster entstammten, war er über Dulwich und die City konventionelleren Bahnen gefolgt.

Nach einem kurzen Aufenthalt in der Throgmorton Street war sein Start in der Zeitungsbranche – der Kauf der verendenden »Gazette« – ein schlagender Erfolg geworden. Eiserne Entschlossenheit, vorwärtszukommen, verbunden mit einem sechsten Sinn für den Publikumsgeschmack, half ihm bei der Umwandlung der Zeitung, und mit den Auflagenziffern stiegen Zuversicht und Selbstvertrauen. Getrieben vom Bedürfnis nach weiteren Triumphen, gründete er eine Wochenzeitschrift mit elegantem Einschlag, »Stadtgespräche«, und bald darauf das Sonntagsblatt »Argus«. Zuerst waren die gewagten neuen Unternehmungen erfolgreich. Aber Somerville hatte Blut geleckt und begann etwas verfrüht, die Rolle des Pressemagnaten zu spielen. Er kaufte eine Jacht, gab hohe Summen für wohltätige Zwecke aus, die, wiewohl weitaus niedriger als zum Beispiel Mighills fürstliche Zuwendungen, an die größere Glocke gehängt wurden, und schenkte dem Museum von Dulwich vier Gemälde von Cotman, die sich zwar mit Jothams Gabe an die Nation, vier einzigartigen Giorgiones, oder den prachtvollen, von Sir Ithiel gespendeten Canalettos nicht vergleichen ließen, aber trotzdem gute britische Kunst repräsentierten. Dann heiratete er Blanche Gilliflower, Lord Jothams Nichte, den Liebling der Gesellschaftsrubrik. Hier gab es den ersten Mißerfolg. Offenbar war die Ehe nicht glücklich. Henry erinnerte sich dunkel, Alice klatschen gehört zu haben. Ein Jahr nach der Hochzeit reichte Somervilles Frau die Scheidung ein und landete nach kurzem Zwischenspiel als Fotomodell für Haarwaschmittel und Gesichtscreme sowie einer Romanze mit einem österreichischen Baron, die fast als Ehe geendet hätte, als Moderedakteurin beim »Globus«. Dort arbeitete sie jetzt mit solchem Erfolg, daß Mighill, der seinem Blatt eine elegante Note zu geben suchte, indem er Damen der Gesellschaft beschäftigte, sie väterlich ins Herz geschlossen hatte.

Die anregende Wirkung des Kaffees war abgeklungen. Lastende Schwäche bemächtigte sich Henrys. Als der junge Mann endlich erschien und ihn mit vertraulicher Miene in Somervilles Büro bat, vergaß er, die beiden Pillen zu schlucken, die er sich für unmittelbar vor der Unterredung versprochen hatte.

Somerville, in bequemem dunkelgrauem Flanellanzug, mit roter Krawatte und dunkelroter Nelke im Knopfloch, saß an seinem Schreibtisch und unterzeichnete Briefe. Als Page eintrat, setzte er diese Tätigkeit eine volle Minute fort, ohne aufzublicken. Dann schwenkte er seinen Drehsessel, erhob sich halb und streckte die Hand aus. Mittelgroß, kurznackig und breitschultrig, wirkte der Besitzer der »Gazette« älter als fünfundvierzig. Krawatte, Nelke und ein kleines, aber deutlich sichtbares dunkelrotes Muttermal knapp unter dem linken Ohr unterstrichen seine krankhafte Vollblütigkeit. Ein blutunterlaufenes Auge ließ auf innere Wallungen schließen, und sein Gehabe, von beherrschter Ungeduld getragen, war das eines mit seinen eigenen Angelegenheiten vollauf beschäftigten Mannes, der Dummheit, Unfähigkeit und Einmischung auf keinen Fall duldete. Er setzte sich wieder, kreuzte die Beine, lehnte sich zurück und musterte Page unverhohlen.

Henry nahm auf dem angebotenen Sessel Platz, neben dem Chippendale-Schreibtisch, und fand den Empfang in keiner Weise ermutigend. Somerville schien den Anfang ihm überlassen zu wollen. Dann aber, als ahnte er die Schwierigkeit der Lage, in der sich sein Besucher befand, kam er geradewegs zur Sache:

»Sie hätten mich benachrichtigen sollen. Dann hätten wir zusammen mittagessen können. Darf ich Ihnen jedenfalls zu dem ausgezeichneten Kampf gratulieren, den Sie uns geliefert haben? Einen Augenblick dachte ich schon, Sie würden uns unterkriegen. Aber jetzt wird mir klar, daß wir einander mit gleichen Chancen gegenüberstehen.«

»Nicht ganz.« Henry fühlte sich gehemmt, fehl am Platz. Seine Beine zitterten. Aber der Klang seiner eigenen Stimme gab ihm neuen Mut.

»Es ist jetzt fast zwei Jahre her, daß Sie das ›Journal‹ kauften. Damals war ich voreingenommen und verbittert. Zu Unrecht: Sie waren durchaus berechtigt, nach Hedleston zu kommen und ein Konkurrenzblatt zu gründen. Aber Hedleston ist zu klein für zwei Zeitungen. Folglich mußten die Bewohner ihre Wahl treffen. Das haben sie getan. Ich bin hier, um Sie zu bitten, diese Wahl zu respektieren.«

Somerville antwortete nicht sogleich. Dann sagte er:

»Volksgunst ist wandelbar. Sie ändert sich über Nacht. Wir verkaufen das ›Journal‹ noch immer und werden es weiterhin verkaufen.«

»Nein.« Henry schüttelte den Kopf. »Seien wir offen. Sie haben versucht, mich zu ruinieren. Es ist Ihnen nicht gelungen. Jetzt lassen Sie das ›Licht‹ endlich in Ruhe!«

»Ich komme nicht ganz mit«, sagte Somerville kurz. »Wollen Sie allen Ernstes, daß wir uns nach all der Arbeit, all der Mühe, die wir in Hedleston hineingesteckt haben, davonschleichen wie geprügelte Hunde, den Schwanz zwischen den Beinen?«

»Ich will lediglich, daß Sie eine gewisse Nachricht nicht drucken.«

»Eine Nachricht nicht drucken? Sie erstaunen mich, Mr. Page! Es ist unser erster Grundsatz, unsere moralische Verpflichtung den Lesern gegenüber, sämtliche Nachrichten zu drucken, die zu unserer Kenntnis gelangen.«

»Die Nachricht ist unwichtig. Sie betrifft nur meine Familie und mich.«

»Mein lieber Herr, ich bin mit der Angelegenheit nicht vertraut, weiß kaum, wovon Sie sprechen. Trotzdem bin ich überzeugt, daß in Hedleston alles, was Sie betrifft, von Bedeutung ist. Zumindest wird mein dortiger Redakteur dieser Ansicht sein.«

Henry fühlte seine Lippen trocken werden. Er preßte sie zusammen.

»Es handelt sich um eine jammervolle, längstvergangene, bedeutungslose Geschichte. Sie würde nur eine Reihe von Unschuldigen in Mitleidenschaft ziehen.«

»Guter Gott!« brach Somerville plötzlich los, »was tischen Sie mir da auf? Wir leben im zwanzigsten Jahrhundert! Zartgefühl kann man sich heutzutage nicht leisten.

In unserem Beruf wird man mit Dreck beworfen und wirft ihn zurück. Ich kann nicht jedes Wort, das im ›Journal‹ steht, persönlich kontrollieren. Ich habe zu meinem Redakteur volles Vertrauen und überlasse alles ihm.«

Page konnte eine Aufwallung des Zorns nicht unterdrücken.

»Und er veröffentlicht die Nachricht natürlich aus moralischen Gründen!«

Somerville machte eine abweisende Bewegung und blickte ungeduldig auf die Uhr, als wollte er die Unterredung beenden.

»Mein lieber Herr«, sagte er schließlich, »warum jammern Sie mich an? Die Sache liegt nicht mehr bei mir. Ich habe meinen Leuten in Hedleston volle Handlungsfreiheit gegeben und kann ihre Entscheidungen nicht widerrufen. Da es sich offensichtlich um eine lokale Angelegenheit handelt, untersteht sie voll und ganz meinem dortigen Beauftragten. Sie dürfen weder erwarten, daß ich davon weiß, noch daß ich mich damit befasse.«

Rücksichtslos schob er das Problem beiseite, und Page verstand, daß er, wiewohl ohne jegliche Skrupel, niemals zu zweifelhaften Handlungen herabsteigen würde. Die überließ er anderen. Dumpfer, flackernder Zorn glomm in ihm auf, eine Entschlossenheit, sich nicht so leicht abschieben zu lassen.

»Wozu brauchen Sie das ›Licht‹?«

Somerville, der begonnen hatte, Papiere zu ordnen, blickte auf. Er argwöhnte hinter der Frage einen bestimmten Grund. Ahnte dieser Provinzniemand etwas von seinen Schwierigkeiten, Kosten, die ins Unermeßliche stiegen, emporkletternden Löhnen, mächtigen Trusts, die nichts sehnlicher wünschten, als ihn zu ruinieren? Jotham und Mighill beabsichtigten sich zusammenzutun, was einem Pressemonopol gleichkam; Fleet Street lachte seit Wochen über seine vergeblichen Bemühungen, das »Licht« zu erobern, »Argus« verlor Geld, »Stadtgespräche« fast bankrott – er mußte sich ausbreiten oder zugrunde gehen. Er erwiderte, ohne Page aus den Augen zu lassen: »Ich brauche höhere Auflagen.«

»Sie haben schon sehr hohe. Die ›Gazette‹ erzielt mindestens ein und eine Viertel Million.«

»Bei der heutigen Konkurrenz heißt es vorwärtsgehen oder bergab.«

»Und unter ›vorwärts‹ verstehen Sie die Vervielfältigung der ›Gazette‹ und ihres Gegenstücks, des ›Journal‹?« Page verzichtete auf jede Vorsicht. Entschlossen, seine Meinung zu sagen, koste es, was es wolle, tat er einen tiefen, schmerzhaften Atemzug. »In einer der letzten Nummern der ›Kritik‹ war ein Artikel über die Presselage. Haben Sie ihn gelesen?«

»›Kritik‹ ist eine hervorragende Zeitschrift. Ich lese sie selten.«

»Der Bericht, gründlich und objektiv, kam zu dem Schluß, daß unsere Zeitungen mit Niveau von den wertlosesten Produkten verdrängt werden, von Blättern, die kein Dienst am Leser, sondern finanzielle Spekulationen sind und zum Seichtesten, Gewöhnlichsten und Anrüchigsten gehören, was es augenblicklich gibt. Als schlimmstes Beispiel wurde die ›Gazette‹ genannt.«

Somerville lächelte flüchtig, nicht im mindesten beeindruckt.

»Wir haben Feinde. Ein Jammer. Schließlich versuchen wir nur, dem Volksgeschmack entgegenzukommen und die Leute in eine wohltuende Atmosphäre zu hüllen.«

»Indem Sie sie mit dem übelsten Abfall der Nachrichten füttern.«

»Sie kriegen genau, was sie wollen.«

»Nein.« Page schüttelte den Kopf, mit übersteigerter Heftigkeit. »Die Menschen sind nicht immer so dumm, wie sie aussehen. Sie können die Leute nicht einfach abschreiben: sie haben ihre Qualitäten. Mut, Fröhlichkeit, Herzenswärme, Humor. Aber weil drei Viertel der Bevölkerung keine ordentliche Schulbildung genießen, sind sie nicht in der Lage, Ihren Ködern zu widerstehen. Ich will nicht wiederholen, was auf der Hand liegt. Ihre Zeitung ist nicht wegen ihrer offensichtlichen Freude an Erotik, Verbrechen und Sensation so gefährlich, noch wegen des Stumpfsinns, den sie verbreitet, sondern weil sie den dümmsten Vorurteilen, den primitivsten Instinkten geschickt entgegenkommt und alle, die sich diesem Treiben entgegenstellen, mit zynischer Verachtung behandelt. Wissen Sie nicht, daß Balfour sagte: ›Ich würde den Armen lieber Gin verkaufen, als sie auf diese Art vergiften?‹ Noch fünfzig Jahre, und Ihr gemeingefährlicher Unsinn hat die Leute fast zu Analphabeten gemacht! Niemand weiß besser als Sie, welch ungeheure Macht Sie in Händen halten. Warum verwenden Sie sie nicht zu schöpferischen Zwecken? Weiß Gott, nie hat unser Land eine vernünftige, verantwortungsbewußte Presse bitterer nötig gehabt als jetzt. Während des Krieges, auf vertrautem Fuß mit dem Tod – da waren wir großartig! Aber seither sind wir gesunken, politisch, wirtschaftlich und moralisch. Es ist vorübergehend, davon bin ich überzeugt. Aber wir müssen uns aufraffen! Wenn wir nicht . . .«

Page verstummte. Eine Woge der Schwäche rollte über ihn hinweg. Er begriff, daß er auf Somerville nicht den geringsten Eindruck machte. Gleichzeitig kam ihm die entsetzliche Gefahr einer Gewalt zu Bewußtsein, der es am entsprechenden Verantwortungsgefühl fehlte. Seine Zunge lag wie ein Klumpen in seinem Mund. Seine Lippen waren trocken. Er wußte kein Wort mehr zu sagen. Somerville, der Henry mit hartem, vorwiegend verachtungsvollem Gesichtsausdruck beobachtet hatte, war schnell bei der Hand, die Hoffnungslosigkeit zu nützen, die sich in seinen Zügen malte.

»Mein Lieber«, sagte er beruhigend, »ich verstehe Ihre Gefühle. Aber die Zeit wird knapp. Schweifen wir nicht ab. Wir machen Ihnen ein vernünftiges Angebot. Sie stehen unter keinerlei Druck. Sagen Sie uns lediglich, ob Sie annehmen, oder nicht. Vielleicht«, fuhr er fort, »wenn Sie sich wirklich zum Verkauf entschließen, und ich bin sicher, daß Sie es tun werden, würden Sie an der Zeitung gern weiter mitarbeiten? Ihre Leitartikel atmen eine gewisse Edwardische Solidität . . .«

»Nein«, sagte Page schwer. »Ausgeschlossen. Es muß alles sein, oder nichts.«

»Dann also alles?«

Henry konnte kaum den Kopf heben. Er fühlte sich niedergeschmettert und besiegt.

»Ich werde es mir noch überlegen ... Ich rufe nachmittag an.«

»Ausgezeichnet.« Somerville erhob sich. »Ich freue mich darauf, von Ihnen zu hören.«

Irgendwie kam Page aus dem Zimmer.

Es nieselte, als er das Gebäude verließ, dem Fluß den Rücken wandte und der Victoria Street zustrebte. Abgesehen von seiner Niedergeschlagenheit warnte ihn zunehmende Schwäche, daß er so rasch wie möglich etwas zu sich nehmen mußte, hatte er doch seit vierundzwanzig Stunden so gut wie nichts gegessen. Er entdeckte eine ABC-Teestube auf der gegenüberliegenden Straßenseite. Als er jedoch die Fahrbahn überqueren wollte, traf ihn das Verkehrsgetöse wie ein Schlag. Sein Herz begann wie rasend zu pochen. Er zögerte, rang nach Atem und erkannte, daß er es sich nicht zutrauen durfte, die Straße zu überqueren. Schwindlig ging er weiter und hielt nach einer anderen Teestube Ausschau. Aber an der Ecke der Ashley Gardens, in nächster Nähe der Westminsterabtei, begann der Schmerz. Während der vergangenen Monate hatte Page die verschiedensten Herzanfallsymptome erkennen gelernt. Meist war der Schmerz den linken Arm hinabgeschossen. Diesen aber hatte er noch nie gefühlt. Er umklammerte seine Brust mit solcher Gewalt, daß Henry glaubte, ein riesenhafter Schraubstock presse seine Rippen zusammen, um sie im nächsten Augenblick zu zerschmettern. Atemholen, Bewegung waren unmöglich. Außerdem stellte sich tödliche Übelkeit ein. Kalter Schweiß perlte auf seiner Stirn. Die Pein war unmenschlich. Und trotzdem kam noch von irgendwo die dumme, kindische Angst, daß er eine Zuflucht finden mußte, wollte er sich nicht lächerlich machen und auf der Straße zusammenbrechen. Mit größter Anstrengung schleppte er sich in die benachbarte Kathedrale, glitt auf eine Sesselreihe und rang nach Luft.

Endlich lockerte sich der peinigende Griff. Mühsam tat Henry ein paar seichte Atemzüge, holte aus seiner

Westentasche zwei der Kapseln, die Bard ihm gegeben hatte, zerdrückte sie und sog den scharfen Geruch ein. Dann schluckte er eine Herzpille. Die Atemzüge gewannen an Kraft. Nach etwa zwanzig Minuten war er imstande, sich aufzusetzen, beugte sich vor und legte den Kopf auf die vordere Sesselreihe. Der Anfall war vorüber. Er fühlte sich wie zermalmt. Daß er lebte, schien ihm ein Wunder.

Die Kathedrale war leer. Nur eine einsame schwarzgekleidete Frau kniete regungslos vor dem Altar. Etwas in ihrer bittenden Haltung, die er in dem feuchten, schmucklosen Ziegelraum nur undeutlich wahrnahm, erinnerte ihn an Cora. Sein Gefühl belebte sich. Klar und deutlich, zum Greifen nahe, sah er ihr Gesicht, die sorgenvoll gefurchte Stirn, die zartgeäderten leicht eingefallenen Wangen, die dunklen Augen voll vertrauender Traurigkeit. Nun, sie mochte aufatmen, würde nicht länger sorgenvoll und bedrückt sein, durfte neuer Ruhe, neuem Glück entgegensehen. Diesen einzigen, tiefen Trost zumindest gewährte seine Niederlage. Noch nie hatte er etwas Ähnliches empfunden. Es war, als habe er sein ganzes Leben vergebens eine unerreichbare Freude verfolgt, als habe er versucht, Bedürfnisse, Sehnsüchte und Bestrebungen zu befriedigen, die er zwar nicht in Worte zu fassen vermochte, jetzt aber plötzlich verwirklicht sah. Nicht als Entzücken, sondern etwas Schmerzähnliches, ein Gefühl von bitterer Süße. Endlich glaubte er sich imstande, aufzustehen. Vorsichtig, aber ohne zu schwanken, ging er auf die Straße, nahm ein Taxi zum Hotel und ließ sich das Essen aufs Zimmer bringen. Nachdem er gegessen und eine halbe Stunde geruht hatte, rief er Somerville an. Er war nicht da. Henry ließ ihm durch den Sekretär bestellen, daß er mit dem Nachtzug nach Hedleston zurückkehren und die Papiere am Morgen unterzeichnen würde.

Nun, da das Ergebnis feststand, senkte sich ein feiner Schleier zwischen Henry und die vollendete Tatsache und verwandelte seine Erregung in eine Art dumpfer Teilnahmslosigkeit. Nur der Gedanke an Sleedon durchdrang das Dunkel mit hellem Strahl. Er sehnte sich danach, dort zu sein, weniger um David zu sehen – schließlich wußte er nichts von den Ereignissen – als Cora, die teure Cora, ihrer Herzensnot ein Ende zu machen, ihr den Seelenfrieden zurückzugeben, dessen sie so sehr bedurfte.

12

Am selben Mittwochnachmittag, etwa um die Zeit, als Henry in sein Hotel zurückkehrte, entstieg Leonard Nye in Hedleston dem Zug. Er hatte fast den ganzen Tag in Tynecastle verbracht, zu seinem nicht unbeträchtlichen Vergnügen und sichtlichen Vorteil, und wußte nichts von Pages Reise nach London. Als er mit Smith beim Frühstück gesessen war, hatte er mit felsenfester Überzeugung gesagt:

»Paß auf, Harold ... Page wird dich heute vormittag anrufen. Das ist so gut wie sicher. Sobald er es tut, geh hinüber, seif ihn ein und hol seine Unterschrift.«

»Und was tust du?«

»Sei doch vernünftig: ich reize ihn nur! Du bist derjenige, mit dem er verhandeln will. Außerdem muß ich nach Tynecastle.«

»Wozu?«

»Ich habe einige Verabredungen. Und zum Friseur muß ich auch.«

Trotz seinem kühlen, unerschütterlichen Gebaren, einer Haltung, auf die Nye sich viel zugute hielt, waren seine Nerven zum Zerreißen gespannt gewesen. Als er nun dem Versicherungsgebäude zustrebte, steigerte sich seine Erregung merklich. Er suchte sie zu meistern, blieb stehen, steckte eine Zigarette an und zwang sich, lässig weiterzuschlendern.

Der Lift brachte ihn in den dritten Stock. Unwillkürlich hastete er in sein Büro.

»Was Neues?« fragte er Peter im Vorübergehen.

»Mr. Smith hat mehrmals aus Moosburn angerufen.«

»Verbinden Sie mich.«

Peter ging zum Telefon und schaltete auf Privatlinie. Die Verbindung ließ auf sich warten. Nye tötete die halbgerauchte Zigarette ab, entzündete eine neue und tat ein paar rasche Züge. Peter, noch immer am Apparat, sagte:

»Es war Besuch da, Mr. Nye. Ich glaube, der junge Mr. Page.«

»So?«

»Er hat sehr seltsam ausgesehen.«

»Tut er das nicht immer? Sollte er sich noch einmal zeigen, rufen Sie mich. Ich werde mit ihm schon fertig.«

»Jawohl. Hallo, hallo . . . Ihre Verbindung, Sir.«

Nye nahm den Hörer.

»Smith . . . hier Nye . . . Was Neues?«

»Neues!« Smith Stimme erstickte fast an zurückgestautem Gefühl. »Und ob! Page ist gestern abend nach London gefahren. Er war heute früh bei Somerville. Was los ist, weiß ich nicht. Greeley ist auf Urlaub, Somerville bei einer Besprechung in der Stadt. Ich telefoniere schon den ganzen Tag mit London. Zu blöd, daß er mir durch die Lappen gegangen ist. Alles geht drunter und drüber.«

Bei der unerwarteten Nachricht veränderte sich Nyes Gesichtsausdruck. Er sagte scharf: »Weißt du nichts Bestimmtes?«

»Challoner ist der einzige, der sich halbwegs auskennt. Anscheinend hat Page versprochen, noch heute Nachricht zu geben. Challoner glaubt, die Sache geht in Ordnung – aber er kann es natürlich nicht wissen. Seit einer Stunde häng' ich am Telefon. Ich bin schon ganz fertig.«

Nye biß sich auf die Lippe. Er ärgerte sich sowohl über seinen Fehlschluß als auch über Smiths anklagenden Ton. Aber es war sinnlos, jetzt Streit anzufangen. Stirnrunzelnd betrachtete er die gegenüberliegende Wand und überlegte.

»Warum kommst du nicht herüber?« sagte er. »Stehen wir's miteinander durch.«

Smiths bereitwillige Zustimmung gestattete Nye genaue Rückschlüsse auf seinen Zustand. »Ich lasse den Anruf hinüberschalten, Leonard. Rühr dich nicht vom Telefon weg. In zwanzig Minuten bin ich da.«

Nye wandte sich an Peter.

»Sie können gehen. Ich brauche Sie heute nicht mehr.«

Er wartete, bis der Junge fort war. Dann begab er sich in sein Zimmer und setzte sich auf die Kante seines Schreibtisches, verfolgt von unguten Gedanken. Smith brauchte eine halbe Stunde, um herüberzukommen – er hatte auf ein Taxi warten müssen –, und als er eintrat, merkte Nye sofort, daß er sich nicht getäuscht hatte. Smith war völlig aufgelöst. Seine fleckigen Wangen, sein würziger Atem bewiesen zur Genüge, daß er Hilfe gebraucht hatte, um sich aufrecht zu erhalten.

»Noch immer nichts?« Er las die Antwort in Nyes Miene und ließ sich auf einen Sessel fallen, die Aktentasche auf dem Schoß. »Viel länger halt' ich das nicht aus.«

»Immer mit der Ruhe«, sagte Nye. Aber auch um seine eigene war es schlecht bestellt. Seine Nerven waren aufs höchste gespannt. Mehr konnte er ihnen nicht zumuten. Die Lage hatte sich derart zugespitzt, daß sie siegen mußten, nicht für Somerville oder die »Gazette«, sondern prinzipiell, sollte er nicht jedes Selbstvertrauen verlieren. Sie standen vor der letzten Hürde. Es mußte gehen, wie er geplant hatte – ein Versagen war undenkbar, unerträglich.

Beide warteten auf den Anruf, horchten aufs Telefon. Nye zündete sich eine frische Zigarette an. Er hatte den ganzen Nachmittag kettengeraucht. Smith brach das Schweigen.

»Was glaubst du, Len?«

»Halt's Maul, um Gottes willen!« stieß Nye hervor. »Wir haben die Sache schon tausendmal besprochen. Red von was anderm ... dem Wetter ... Weibern ... Zigeunergeigern ... deinem bevorzugten Abführmittel ...«

Stille.

»Hast du in Tynecastle viel erledigt?« fragte Smith gefügig.

»Und ob. Ich war bei allen Inserenten, traf Spencer in der Nordmühle, war beim ›Echo‹, hatte eine lange Unterredung mit Harrison – er ist dort Redakteur, ich kenne ihn noch vom ›Kurier‹ – und habe die gute Nachricht überall ausgestreut. ›Die Sache renkt sich ein‹, sagte ich. ›Wir hoffen auf ein freundschaftliches Abkommen mit Page.‹ Ich gab zu, daß er uns eigentlich geschlagen hätte, jetzt aber aus Gesundheitsrücksichten Schluß machen will. Ich kann dir sagen, es war nicht leicht, das an den Mann zu bringen. Aber es ist wichtig. Wir wollen keinerlei Argwohn. Es würde uns nur schaden, wenn wir übernehmen ... oder soll ich sagen, falls wir übernehmen?« Verbissen sog er an seiner Zigarette. »Das habe ich getan. Und du?«

Smith zog sein Taschentuch hervor und betupfte seine Stirn. »Ich bin den ganzen Tag beim Telefon gesessen ... Dazwischen schrieb ich Minnie einen langen Brief und bat sie, zu mir zurückzukommen. Wenn alles gutgeht, schick' ich ihn ab.« Nyes Miene entging ihm nicht: er schüttelte schwer den Kopf. »Das ist nicht komisch. Ich kann mit Frauen nicht umgehen wie du. Was du mit ihnen treibst – das ist fast ein Verbrechen. Ich wette, du hast in Tynecastle nicht den ganzen Tag gearbeitet ... Ich habe ... gelitten.«

Plötzlich läutete das Telefon. Beide fuhren auf. Nye erreichte das Schaltbrett als erster.

»Hallo ... hallo ... ja, hier Nye ... verbinden Sie.«

Challoners Botschaft war kurz und sachlich. Nye blickte Smith nicht an, bis er den Hörer niederlegte. Dann wandte er ihm ein völlig ausdrucksloses Gesicht zu und ließ ihn eine volle Minute zittern, ehe er sagte:

»Page kommt mit dem Nachtschnellzug. Morgen früh unterschreibt er.«

»Gott sei Lob!« Smith sank auf einen Sessel.

Wiederum wühlte er nach seinem Taschentuch, fand es nicht und trocknete seine feuchte Oberlippe mit dem Handrücken.

Leonard lächelte und legte die Hand auf Smiths Schulter. Dank seiner eigenen Hochstimmung empfand er plötzlich freundliches Mitleid für diesen armen Teufel, der so wenig Haltung hatte.

»Du brauchst was zu trinken«, sagte er ihm. »Komm in die Bar. Ich führ' dich aus.«

»Nein, nein ... Von jetzt ab ist Schluß ... für immer. Ich hab's geschworen.«

»Geschworen? Wem?«

Smith zögerte. Dann sagte er mit einem Blick, in dem sich Unterwürfigkeit und Herausforderung seltsam mischten:

»Ich hab's geschworen ... das ist alles ... wenn uns der Herrgott durchkommen läßt.«

Daß Nye diesen Pakt mit dem Himmel nicht belachte, zeigte, wie gut er gelaunt war.

»Ach was, komm«, sagte er. Er fühlte sich wohl, wirklich wohl. Es schäumte in ihm wie in einem Champagnerkelch. Sogar zu Smith konnte er nett sein. »Wir müssen feiern. Heute ist unser großer Tag. Wir werden uns amüsieren.«

»Nun ...« Smith schwankte, sein Gesicht belebte sich. Er war nicht schwer zu überzeugen. »Schließlich ist es das letzte Mal.«

Sie sperrten das Büro, fuhren mit dem Lift hinunter und gingen ins Hotel, durch die Parkstraße. Der Abend war mild, die Straße trocken, die Luft sanft und kühl. In den Gärten sangen die Vögel. Die letzten Sonnenstrahlen fielen durch eine Allee Blutbuchen, die ihre Blätter noch nicht verstreut hatten, erhellten die Straße und beschlugen die Häuser mit kupfernem Glanz. Für gewöhnlich bemerkte Nye derlei Dinge nicht. Heute fielen sie ihm auf. Eigentlich war Hedleston gar nicht so übel. Er hatte die Stadt anfangs falsch beurteilt. Jetzt sah er ihre guten Seiten. Außerdem war Tynecastle nicht weit, wo er diese nette, diskrete Beziehung angeknüpft hatte. Er fühlte sich wohler und wohler, als gehörte ihm die ganze Stadt. Vielleicht würde es eines Tages noch so weit kommen. Er hatte genug vom Herumzigeunern. Mit Fünfunddreißig war man kein jugendlicher Held mehr. Außerdem wurde er es langsam müde, von der Hand in den Mund zu leben, in schwindelnder Höhe von einem Auftrag zum nächsten zu balancieren. Vielleicht war der Gedanke, seßhaft zu werden, gar nicht so übel. Eine unfaßbare Welle der Großmut riß ihn mit sich fort. Sollte er nicht Tante Liz überreden, den Tabakladen zu verkaufen, zu ihm zu kommen und seinen Haushalt führen? Daß er Junggeselle blieb, stand fest. Das Heiraten überließ er Smith. Plötzlich sah er sich als Bürgermeister, eine Kette um den Hals, bei der Eröffnung ... nun, was sollte er denn eröffnen? Ein Heim für gefallene Mädchen, zum Beispiel. Er hörte sich die Rede halten, parodierte sie jedoch instinktiv. »Meine Damen und Herren, Freunde und Mitbürger der königlichen Gemeinde Heldeston! Es ist der würdige Zweck dieses Heimes, dafür zu sorgen, daß diese gefallenen Mädchen ... ja nicht wieder aufstehen ...« Am liebsten hätte er laut herausgelacht.

Beim »Roten Löwen« angelangt, zog Smith den Brief aus seiner Rocktasche, warf ihn sorgsam in den Kasten und sah nach, um wieviel Uhr ausgehoben würde. Es war ein dicker Brief. Er hatte während der letzten Wochen Seiten vollgeschrieben. Nye war überzeugt, daß nur seine Gegenwart ihn davon abhielt, den Umschlag zu küssen.

Sie gingen in die Halle und fanden zwei bequeme Fauteuils nahe beim Fenster.

»Was trinkst du?«

»Doppelten Scotch, wenn du darauf bestehst.«

Smith hatte die Aktentasche noch immer bei sich. Zärtlich stellte er sie nieder. Nye bezweifelte nicht, daß er sie ins Bett mitnehmen würde.

»Ich habe den Vertrag aus Moosburn mitgebracht. In dreifacher Ausfertigung. Ich ließ ihn schon heute früh stempeln, hab' ihn den ganzen Tag mit mir herumgetragen. Ich muß geahnt haben, daß er unterschreiben wird.«

»Er wird, Harold, er wird.«

Sie leerten ihre Gläser. Nye bestellte dasselbe noch einmal. Als der Kellner kam, brachte er die Speisekarte mit. Leonard stellte das Menü zusammen und ließ eine große Flasche Pol Roger eiskühlen.

»Weißt du«, sagte Smith feierlich, »wenn man die Sache so recht bedenkt, ist sie wirklich großartig ausgegangen ... allen Schwierigkeiten zum Trotz. Aber irgendwie ... irgendwie geht mir Page nicht aus dem Kopf. Dieser Blick ... Ich mag ihn.«

Nye, der außer einem Imbiß im Bahnhofsbuffet nichts gegessen und den Whisky auf leeren Magen getrunken hatte, war in gehobener Stimmung. Er improvisierte:

»Du magst Mr. Page,
sein Rock ist so warm,
doch wir tun ihm nicht weh,
er ist gar nicht so arm.«

»Nein, wirklich, Len –« Smith betrachtete seinen Genossen strafend. »Die Sache ist nicht zum Lachen. Ich meine ... wenn es wirklich hart auf hart gegangen wäre ... hätt' ich nicht mitgemacht.«

»Was willst du damit sagen?«

»Daß ich den Dreck nicht gedruckt hätte.«

»Jetzt schlägt's aber dreizehn!« Ein Blick lehrte Nye, daß Smith beschwipst war. Trotzdem fand er es widerwärtig, mit anhören zu müssen, wie er sich reinzuwaschen suchte. »Weißt du denn nicht, wovon wir leben? Schmutz ... Sensation ... Mord ... Tod ... Das bringt Geld ein! Wie im Zoo, bei der Raubtierfütterung. Roh muß das Fleisch serviert werden, rot und blutig. Hast du noch nie in deinem unschuldsvollen Leben einen Zeitungsjungen schreien gehört? ›Gräßlicher Mord in Holloway ... Mädchen geschändet und erwürgt ...‹ Das sind Nachrichten, Bruder! ›Erst hat's ihn erwischt, dann sie.‹«

»Trotzdem –« Smith blinzete Nye zu. Er erinnerte an eine Eule. »Ich finde, in einer Beziehung hatte Page nicht unrecht. Das eth ... eth ... hpp, entschuldige ... ethische Niveau der Presse muß gehoben werden.« »Wie?«

»Durch eine Kontrollkommission, zum Beispiel.«

»Du kannst die Pressefreiheit nicht einschränken. Schließlich leben wir in einer Demokratie. Das wäre ja Zensur! Außerdem – wenn die Leute nicht wollen, was wir ihnen bieten, warum zum Teufel, kaufen sie's dann? Wer will denn wissen, ob der zum Tode Verurteilte ein herzhaftes Frühstück aß?«

»Gräßlich, Leonard, gräßlich! Beweist nur, was ich eben sagte. Wir müssen die Massen er ... erziehen.«

»Und bankrott gehen? Hör doch auf mit dem hochtrabenden Gewäsch! Die Leute brauchen ihre tägliche Dosis Opium. Sonst wär's auf dieser Welt, die sowieso bald in die Luft fliegen wird, überhaupt nicht auszuhalten. Wir sind die Menschenfreunde! Nicht diese Tugendbolde wie dein Freund Page.«

»Schon gut, Leonard, schon gut! Kein Grund zur Aufregung, nicht der geringste! Ich freu' mich ja nur, daß ich auf der Sonnenseite bin. Du kennst mich. Ich habe meine Gefühle ... tief, tief im Herzen ... du verstehst ... ich bin nicht kalt ... liebe meine Frau ... bin ein guter Gatte ... Was du tust, könnte ich nie machen. Nein. Das täte mir in der Seele weh.«

»Laß dich nicht auslachen«, sagte Nye. »In dem Beruf gibt's keine Seele. Das weiß ich längst. Als ich noch ein junger Reporter war, grün und unschuldig, falls du's glaubst – damals arbeitete ich für Mighill –, bekam ich den Job, über einen jungen Fallschirmspringer zu schreiben, einen Österreicher. Rudi Schermann. Der Adlermensch, so nannte er sich. Mighill zahlte, und Schermann fuhr im ganzen Land herum und produzierte sich auf Jahrmärkten, Messen und solchen Sachen. Ich fuhr mit. Er war ein einfacher Kerl, blond, hellhäutig, mit einer netten Frau und einem Kind – und, weiß Gott, nicht feig! Ich brauch' dir wohl nicht erst zu sagen, daß seine Sprünge verdammt gefährlich waren. Ich mochte ihn gern – damals konnte ich Leute noch gern haben –, schickte Fotos und schrieb Reportagen, bis er ziemlich bekannt war. Ich wußte, was für ein Risiko er einging, und redete ihm zu, Schluß zu machen, solange er noch heil und ganz war. Seine Frau sagte ihm natürlich dasselbe. Aber er lachte bloß und schüttelte den Kopf. Er wollte genug verdienen, um ein kleines Bauernhaus in Tirol zu kaufen, mit Hühnern, Enten und einer Kuh – mehr wünschte er sich nicht.

Nun, eines Tages passierte es. Rudi sprang ab, in dreitausend Meter Höhe, gab sein Rauchsignal, während die Idioten unten ›Ah!‹ und ›Oh!‹ schrien, und begann zu schweben. Aber leider schwebte er nicht. Er fiel. Er zog das erste Seil – der Fallschirm öffnete sich nicht. Ich sah, wie er sich fieberhaft bemühte, das Strickwerk zu entwirren, aber es ging nicht. Jetzt war er auf fünfhundert Meter Höhe. Er versuchte den Reserveschirm, verzweifelt, aber er öffnete sich nur ein bißchen, nicht genug. Zehn Meter von mir entfernt schlug er auf – das scheußlichste Geräusch, das ich je gehört habe. Als ich ihn aufhob, lebte er noch. Das war aber auch alles. Ich werde nie vergessen, wie er mich anschaute. Ein paar Sekunden später starb er in meinen Armen. Damals hatte ich noch Gefühle. Ja, es ist lächerlich – aber die Tränen liefen mir über die Wangen. Irgendwie ging ich in eine Telefonzelle und rief meinen Chef an. Ich zitterte am ganzen Körper. Weißt du, was dieses Aas sagte? ›Fein! Er kriegt die ganze Titelseite. Schicken Sie, was Sie haben. Vor allem ein gutes Bild von der Leiche.‹« Nye blickte Smith an, nahm seinen Whisky und tat einen langen Zug. »Das war meine journalistische Entjungferung, wenn du's genau wissen willst. Wo zum Teufel steckt der Kellner? Wir trinken noch einen. Und dann wird gegessen.«

13

Beharrliches Klopfen weckte Smith. Schlafbefangen hörte er die Stimme des Hausdieners:

»Halb acht, Sir. Sie wollten geweckt werden.«

Smith schlug mit Mühe die Augen auf, schloß sie jedoch eilends. Das Licht, das durch die herabgelassenen Jalousien schimmerte, schmerzte ihn. Seine Lippen klebten aneinander. In seinem Kopf hämmerte es. Dennoch brachte er es irgendwie zuwege, »Danke, Robert« zu sagen.

»Bitte, Sir. Das heiße Wasser steht vor der Tür. Und die Schuhe. Schönes Wetter heute.«

Als der Mann gegangen war, lag Smith noch eine Weile unbeweglich, den Arm vor dem Gesicht, von Gewissensbissen gepeinigt. Warum hatte er sich von Nye zum Feiern überreden lassen! Er wußte nicht mehr, wieviel sie getrunken hatten. Aber nach seinem Zustand zu schließen, mehr als genug. Wie immer, wenn er sich gehen ließ, war das Erwachen am nächsten Morgen das Allerschlimmste. Nicht nur die Kopfschmerzen und der schale Geschmack im Mund – Smith vertrug keinen Alkohol –, sondern das abscheuliche Gefühl, selbst an allem schuld zu sein. Als er sich zwang, die Augen aufzuschlagen, war ihm übel. Dieser Champagner, dachte er mit Schaudern und versuchte zu rülpsen. Aber hatte er nicht mildernde Umstände? Während der Unsicherheit der letzten Tage mußte er sich irgendwie aufrechterhalten. Dafür würde er dem Alkohol jetzt, wo alles in Ordnung war, endgültig abschwören.

Er rollte aus dem Bett, mühte sich in seinen Bademantel und läutete nach seinem Morgentee. Als das Stubenmädchen das Tablett brachte, schien sie ihm einen sonderbaren Blick zuzuwerfen. Aber vielleicht bildete er sich das nur ein, sah die Dinge noch nicht klar. Sie war ein vorlautes Ding, deren Sitten er durchaus nicht billigte. Hatte er sie nicht des öfteren in Nyes Zimmer kichern gehört? Als sie die Vorhänge zurückgezogen hatte, glaubte er, daß sie etwas sagen wollte. Aber er gab vor, nichts bemerkt zu haben. Der Tee tat ihm wohl. Als er sich vom Sessel erhob, stand er noch immer schwach auf den Beinen. Er ging zum Schrank – dort verwahrte er eine Reserveflasche Whisky – und nahm einen Schluck zur Nervenstärkung. Das ist endgültig der letzte, dachte er.

Zum Anziehen brauchte er länger als gewöhnlich. Seine Kleider lagen im ganzen Zimmer verstreut. Außerdem hatte er Mühe, seine Gummistrümpfe anzuziehen. Smith war in dieser Beziehung sehr empfindlich und erwähnte es nie, aber er hatte Krampfadern, und wenn er trank, schwollen sie an. Trotzdem war er um halb neun fertig. Auf dem Weg zum Frühstück schaute er in Nyes Zimmer. Wie erwartet, lag Leonard noch in tiefem Schlaf. Smith rüttelte ihn, konnte ihn aber nicht wecken. Am Vorabend war er zügellos und zynisch gewesen, zu Smiths heftigem Mißfallen. Er ließ ihn schlafen und ging hinunter.

Im Frühstückszimmer bestellte er Porridge und geräucherten Hering. Er war zwar nicht richtig hungrig – obwohl er seinen Mund mehrmals ausgespült hatte, war der faule Geschmack nicht verflogen –, verspürte aber Lust auf etwas Pikantes. Das Essen im Hotel war gut, dagegen gab's nichts zu sagen. Trotzdem ging es ihm langsam auf die Nerven. Er hatte des öfteren erwogen, ein billigeres Privatquartier zu suchen. Aber ohne Minnie, und ohne die Gewißheit, wann es zu einem befriedigenden Ergebnis mit Page kommen würde, war er lieber im »Löwen« geblieben. Jetzt konnte er es sich endlich leisten, ein Haus zu mieten, einen netten, soliden Besitz mit einem Garten und einem Glashaus, wo man Tomaten ziehen konnte, ja vielleicht sogar mit einem Pförtnerhäuschen bei der Einfahrt. Das mußte Minnie gefallen. Sicher gab es in Richtung Hanley Drive schöne Villen. Er mußte sich diese Gegend näher ansehen. Vielleicht beabsichtigte Page sogar, sein Haus aufzugeben. Der Gedanke, sich in Hanley Drive niederzulassen, gab ihm neuen Auftrieb und besserte seine Laune.

Der Kellner brachte den Räucherhering und legte, wie üblich, die Morgenzeitungen auf den Tisch. Smith überflog sie täglich, ehe er ins Büro ging. Heute aber war er zu eifrig damit beschäftigt, seinen Tag einzuteilen, um sich mit den Neuigkeiten aufzuhalten. Wenn Page den Nachtzug genommen hatte, mußte er müde sein und hatte sich bestimmt ein paar Stunden schlafen gelegt. Wenn er sich für elf Uhr ansagte, mußte ihm das aller Voraussicht nach passen. Sämtliche Dokumente lagen bereit. Sie unterschieden sich grundlegend von den Papieren, die Smith vor fast zwei Jahren mitgebracht hatte. Wenn Page nur damals angenommen hätte, überlegte Smith düster. Welch Riesenaufwand an Zwist, Feindseligkeiten und Ärger, von den Ausgaben ganz zu schweigen, wäre vermieden worden! Der Gedanke an Page dämpfte seine Stimmung um einige Grade. Man konnte nicht behaupten, daß er sich auf das bevorstehende Zusammentreffen freute. Er mußte seine Gefühle verbergen, seinen Sinn verhärten, sachlich und kurz angebunden sein: das war sicher der beste Weg, die peinliche Situation durchzustehen. Ein Drink konnte nicht schaden. Die Umstände rechfertigten voll und ganz, daß er sich einen gönnte.

Er hatte sein Frühstück beendet und schickte sich an, fortzugehen, als George, der Kellner zurückkam.

»Alles in Ordnung, Sir?«

»Danke«, sagte Smith. George war nicht nur tüchtig und zuvorkommend, sondern überaus gesprächig. Smith fühlte sich nicht zu Unterhaltungen aufgelegt.

»Noch einen Hering?«

»Nein danke.« Er wollte aufstehen, als George ihm einen Seitenblick zuwarf, der ihn an den Ausdruck des Stubenmädchens erinnerte. Der Kellner wippte auf den Fersen, hielt die Hände am Rücken gefaltet und bemerkte:

»Sie haben wohl schon den ›Globus‹ gesehen, Sir?«

Den »Globus«, Mighills Zeitung, las Smith selten, obwohl er täglich nebst drei anderen Tageszeitungen auflag. Smith senkte den Blick und sah, daß die Zeitung zuoberst lag, klein gefaltet, wahrscheinlich von George, so daß ein zwei Spalten breiter Artikel auf der Mitte der Rückseite als erstes ins Auge stach. Er nahm das Blatt in die Hand. Dann wie von einem Hammerschlag betäubt, ließ er sie fast fallen. Vor seinem entsetzten, ungläubigen Blick tanzte die Schlagzeile: EHEMALIGE STRAFGEFANGENE GLIEDERT SICH GESELLSCHAFT EIN: Die ersten Zeilen flimmerten vor seinen Augen:

Cora Page, geborene Bates, neunzehn, wegen eines verbrecherischen Vergehens abgeurteilt, wurde von unserem Reporter überraschend entdeckt, demselben, der im Gerichtssaal von Blackpool ihrer Verurteilung zu neun Monaten beigewohnt hatte …

Smith fühlte Übelkeit, während er die zwei Spalten überflog. Offenbar als erbauliche Geschichte geschrieben, mehr oder weniger wie Nye es beabsichtigt hatte, war nichts ausgelassen worden. Jede schmerzliche Tatsache wurde so niederträchtig serviert, als wäre Leonard selbst der Autor.

Smith stand auf, ignorierte George, der etwas sagte, was er nicht verstand, und ging geradewegs in Nyes Zimmer. Leonard war auf, stand halbangezogen vor dem Spiegel und rasierte sich mit einem elektrischen Apparat.

»Lies das«, sagte er. »Und schnell.«

Nye warf ihm einen unfreundlichen Blick zu. Er war in Katzenjammerstimmung. Aber Smiths Ton machte ihn stutzig. Er schaltete den Strom ab, nahm den »Globus« und setzte sich auf die Bettkante. Smith konnte sich nicht beherrschen.

»Haines!« sagte er. »Er hat die Story für sich verwendet.«

»Halt's Maul.« Nyes Gesicht hatte eine schmutziggraue Farbe angenommen. Er sah grotesk aus, mit faltigem Unterhemd, hängender Unterhose und halbrasiertem Gesicht. Er preßte die Handknöchel gegen die Stirn. »Laß mich nachdenken.«

»Warum hat Haines ...«

»Verstehst du denn nicht, du höllischer Idiot? Das ist nicht Haines. Der war nur klug genug, die Sache seinem Chef zu erzählen. Das ist Mighill persönlich. Er weiß, wie blutnotwendig Vernon das ›Licht‹ braucht, ist uns auf die Schliche gekommen, und hat die Sache torpediert.« Er biß sich auf die Lippe. »Wieso hab' ich das nicht bedacht. Herrgott noch einmal, wieso nur? Er hat uns den Boden unter den Füßen weggezogen. Wie spät ist es?«

»Neun vorbei.«

»Wir haben keine Minute zu verlieren.«

Er geriet jäh in Bewegung, fuhr in die Kleider, sprach in schnellen, abgehackten Sätzen. »Wenn Page das zu Gesicht bekommt, bevor er unterschreibt, sind wir geliefert. Aber wir haben Chancen, daß er die Zeitung noch nicht gesehen hat. Der Nachtzug kommt um 5 Uhr 30 an – vor den Morgenblättern. Sicher ist er direkt nach Hause gegangen. Und jetzt paß auf. Du nimmst den Vertrag, ein Taxi und fährst sofort zu ihm. Ich bin sicher, daß du ihn antriffst. Seif ihn ein. Behandle ihn mit Glacéhandschuhen. Du wolltest ihm die Sache erleichtern, ganz privat, und so weiter. Laß ihn unterschreiben. Hörst du? Wir müssen seine Unterschrift haben. Das ist unsere letzte Chance. Ich gehe sicherheitshalber zum ›Licht‹-Gebäude. Wenn er nicht zu Hause ist, ruf mich im Büro an.«

Smith rannte in sein Zimmer, nahm die Aktentasche und eilte die Stiege hinunter. Am Morgen war es nicht leicht, ein Taxi zu bekommen, aber er hatte Glück: als er durch die Flügeltüre trat, fuhr einer von Hedlestons antiken Mietwagen ratternd vor und entlud einen Passagier. Eine Menge Gepäck mußte vom Dach geräumt werden, offenbar Warenmuster. Die Verzögerung brachte Smith in Weißglut. Trotzdem war er vier Minuten später auf dem Weg nach Hanley Drive. Während sich das Auto durch den Verkehr schleuste, bemerkte er vor dem Zeitungsstand am Eck eine Menge gelber »Globus«-Plakate, weit mehr als sonst. – Sie haben die Stadt mit dieser Auflage überschwemmt, dachte er. Er mußte sofort zu Page, dringender denn je. Die Möglichkeit, daß alle ihre Pläne jetzt zusammenbrächen, alles was er erhofft hatte, verloren sein sollte, entsetzte ihn dermaßen, daß er sich gegen den Boden stemmte, als könnte er das altersschwache Gefährt mit den Füßen antreiben.

Aber noch war nicht alles verloren. Als er sich Pages Villa näherte, war es erst halb zehn. Etwa vierzig Meter vom Haus entfernt, hieß er den Fahrer halten, rückte seinen Hut zurecht, den ein besonders heftiger Ruck verschoben hatte, klemmte die Aktentasche unter den Arm, betrat die Einfahrt, indem er so tat, als habe er es nicht eilig, und sah sich ein paar Arbeitern gegenüber, die auf dem vorderen Rasen ein geräumiges grün-weißes Zelt errichteten. Smith starrte sie an. Fast traute er seinen Augen nicht. Dann dämmerte ihm auf, daß das Zelt für den Empfang bestimmt sein mußte, die Gartenparty, von der er gehört hatte. Die Tatsache, daß alles in normalen Bahnen zu verlaufen schien, gab ihm neue Hoffnung. Die Eingangstür stand offen. Schon wollte er die Stufen hinaufsteigen und läuten, als eine Frau um die Ecke des Hauses bog. Er erkannte sie sofort: Mrs. Page. Sie trug einen breitkrempigen Gartenhut, der ihr Gesicht beschattete, und hielt ein blumengefülltes Körbchen. Aus ihrem herablassenden, gemäßigt-freundlichen Gehaben ersah er, daß die Nachricht von der Katastrophe sie noch nicht erreicht hatte.

»Guten Morgen«, begann er, ehe er ein Wort sagen konnte. »Warten Sie schon lange?«

»Nein ... nein, gar nicht«, stammelte er.

»Ich habe eben Chrysanthemen geschnitten! Sind sie nicht hübsch? Ich brauche sie fürs Zelt. Heute ist nämlich unser großer Tag. Ich hoffe, es wird nicht regnen.« Sie blickte zum Himmel. »Was meinen Sie?«

»Ich glaube – ich hoffe, das Wetter wird schön werden. Aber, Mrs. Page ...«

Sie mißdeutete seine Verwirrung und schenkte ihm ein wissend-scherzhaftes Lächeln.

»Ich habe nicht daran gedacht, Ihnen eine Einladung zu senden ... aber vielleicht ... wenn Sie kommen wollen ...«

»Mrs. Page ...«

»Wir tragen einander doch nichts nach ... ich meine, wir auf keinen Fall ... im übrigen mochte ich Ihre Zeitung eigentlich recht gern, besonders zu Beginn, als Dorothy das Geld gewann ... Und da Sie ja abreisen, wäre es nett, wenn Sie und Mr. ... nun, ich meine, wenn Sie beide heute nachmittag unsere Gäste wären. Sie müssen nämlich wissen ...«

»Verzeihung, Mrs. Page«, endlich gelang es ihm, ihren Redestrom zu unterbrechen. »Ich muß Ihren Mann sprechen.«

»Meinen Mann? Henry?« Ihre Stimme verlor die Obertöne höflichen Gesellschaftsgeplauders und nahm eine gewisse Schärfe an. »Wenn Sie ihn erreichen, sind Sie tüchtig.«

»Aber ich muß ihn sprechen. Die Angelegenheit ist von größter Bedeutung!«

»Das bezweifle ich nicht. Es wäre nicht die einzige wichtige Angelegenheit, die auf Henry wartet. Nur fand er es leider vor zwei Tagen für angebracht, nach London zu fahren.«

»Ja, Mrs. Page«, sagte Smith hastig und begann zu schwitzen, »aber seine Geschäfte in London waren gestern beendet. Man hat uns versichert, daß er mit dem Nachtzug heimfuhr.«

»So?« Sie betrachtete Smith mit alberner Miene. »Nun, ich kann Ihnen etwas anderes versichern: er ist nicht hier.«

»Nicht hier?« wiederholte Smith und sprudelte hervor: »Hören Sie zu, Mrs. Page. Sein Zug ist um halb sechs hier eingetroffen. Wir wissen, daß er ihn bestieg. Angenommen, Ihr Gatte wollte Sie zu dieser Zeit nicht stören – wohin, glauben Sie, ist er gefahren?«

Sie überdachte seine Frage mit einem steifen, ungerührten Gesichtsausdruck, der ihn wahnsinnig machte. Dann sagte sie mit plötzlichem Ärger: »Vielleicht nach Sleedon. Zu meinem Sohn. Henry ist unberechenbar. Sleedon ist seine fixe Idee.«

Diese Möglichkeit ließ Smiths Hoffnung in die Höhe schnellen. Er fühlte sich erleichtert. Sleedon! Natürlich! Sicher besorgte Page vor allem, Cora so rasch wie möglich zu beruhigen. Es schien mehr als wahrscheinlich, fast sicher, daß er vom Bahnhof direkt nach Sleedon gefahren war. Mußte nicht der Wunsch, ihr mitzuteilen, daß er sie gerettet hatte, jeden anderen überwiegen? Smith entschuldigte sich eilig und hastete zum Taxi zurück. Während er nach Sleedon fuhr, sagte er sich, daß ihm das Glück treu blieb, schien doch die Wahrscheinlichkeit, daß die Nachricht ein so kleines, weltfernes Küstendorf erreicht hätte, äußerst gering. Er hetzte den Fahrer zu höchster Eile, bis der Wagen, wie die meisten Taxis von Hedleston ein Vorkriegsmodell, knirschend über die Landstraße holperte.

Plötzlich, knappe drei Kilometer vom Ziel, schleuderte er besonders stark und blieb mit einem Krach stehen. Die Bremsen kreischten. Noch ehe der Fahrer von seinem Sitz kletterte, begriff Smith, daß ein Reifen geplatzt war. Mit fast unerträglicher Ungeduld wartete er, auf und ab gehend, während der Mann die Hinterachse hinaufkurbelte und das Rad austauschte. Dabei murrte er ununterbrochen, daß es nicht seine Schuld und sein Auto nicht dafür gebaut sei, im Siebzig-Kilometer-Tempo über schlechte Landstraßen zu rasen. Die Langsamkeit seiner

Bewegungen trieb Smith zur Verzweiflung. Der Mann war nicht jung und wurde außerdem durch einen alten Tweedmantel und ellbogenlange Handschuhe behindert, die er nicht auszog. Smith ließ die Straße nicht aus den Augen. Er hoffte, ein Wagen würde ihn mitnehmen. Aber das einzige Gefährt, das vorüberfuhr, war der Autobus nach Hedleston. Um die Sache zu verschlimmern, wurde es plötzlich schwül. Eine Wolkenbank, dunkel und drohend, türmte sich im Norden. Sturm stand bevor. Endlich war die Arbeit getan und der Mann fuhr langsamer weiter, vom Versprechen eines ordentlichen Trinkgeldes halbwegs beruhigt.

Smith vermied es, auf die Uhr zu schauen. Am liebsten hätte er es ununterbrochen getan. Nun, als sie in das Dörfchen einfuhren, war es halb elf. Sleedon schien zu schlafen. Die Stille war beruhigend. Smith wußte ungefähr, wo sich das Haus des jungen Page befand, und brauchte nicht lange zu suchen. Als er aus dem Auto stieg, tat er einen tiefen Atemzug, um seine Lungen mit frischer Luft zu füllen, aber sein Kopf war noch immer benommen und seine Nerven zum Zerreißen gespannt. Er näherte sich der Eingangstür. Die nächsten Minuten mußten die Entscheidung bringen. Er zog die Glocke, nicht zu laut, und wartete. Keine Antwort. Hatte es überhaupt geläutet? Er glaubte das Klingeln gehört zu haben, konnte aber in seinem augenblicklichen Zustand nichts mit Sicherheit behaupten. Er läutete noch einmal, lauter, aber ergebnislos. Schließlich läutete er zum drittenmal, riß fast den Griff von der Kette und hörte, wie es durch das Haus schrillte. Noch immer keine Antwort. Er versuchte die Eingangstür zu öffnen, drehte den Knopf mit aller Kraft nach beiden Seiten, aber vergebens. Er blickte durch die Fenster: nichts regte sich. Was zum Teufel ging da vor? Sicher war jemand zu Hause. Dann fiel ihm ein, daß Page vielleicht im Obergeschoß schlief. Das wäre durchaus einleuchtend. Wenn es wirklich der Fall war, mußte er zu ihm. Jetzt hielt ihn nichts mehr zurück. Der Taxichauffeur beobachtete Smith mit unverhohlenem Argwohn. Aber er nahm ihn nicht zur Kenntnis und betrat den schmalen Kiesweg, der das Haus entlanglief. Wie erwartet, führte er zur Hintertür. Sie war angelehnt. Smith stieß sie geräuschlos auf, durchquerte den Vorraum und betrat die Küche. Und dort war Cora.

Sie saß beim Tisch. Auch als er näher kam, regte sie sich nicht. Sie schien seine Gegenwart für nichts zu achten und hielt die Augen abgewendet, als sähe sie eine ferne, lähmende Vision. Die Veränderung, die seit dem Konzert mit ihr vorgegangen war – dabei lag es nur wenige Tage zurück –, war furchtbar. Sie schien zehn Jahre gealtert, eingeschrumpft, aller Freude, allen Lebens beraubt. Aber er hatte keine Zeit, sie zu bemitleiden. Er mußte Page finden. Wo war er.

Sie gab keine Antwort.

»Hören Sie«, sagte Smith und neigte sich über sie, als spräche er zu einem Kind. »Ich muß ihn sprechen.«

Ihre Antwort ließ so lange auf sich warten, daß er glaubte, sie hätte ihn nicht gehört. Dann drehte sie sich langsam um. Ihr Gesicht, von marmorner Blässe, war ausdruckslos, wie erstarrt in einer Seelenangst, die jegliches Gefühl betäubte.

»Er ist nicht hier«, sagte sie.

»Man hat mir aber gesagt . . .«

»Er ist nicht hier«, wiederholte sie im gleichen leblosen Ton. »Er hat es sich gestern abend überlegt und telegraphiert, daß er erst heute fahren würde.«

»Aber . . . man teilte uns mit . . .«

»Dort liegt das Telegramm . . . auf dem Kaminsims . . .«

Smith las es. Es galt Cora, beruhigte sie und teilte mit, daß er beschlossen hatte, im Hotel zu übernachten und erst am folgenden Tag zurückzukommen.

»Nein!« brach es aus Smith hervor.

»Was macht es denn aus?« sagte sie.

Plötzlich sah er neben ihr auf dem Tisch ein aufgeschlagenes Exemplar des »Globus«. Ihr erloschener Blick folgte dem seinen und blieb daran haften. »Ja. das wär's. Hoffentlich sind Sie zufrieden. Das erstemal hat's nur mich erwischt. Diesmal uns alle.«

Unwillkürlich begann Smith zu widersprechen. Er wollte sich rechtfertigen, sagen, daß er nichts damit zu tun hatte, als er jäh verstummte. Er war nicht minder schuldig als alle anderen – mehr vielleicht. Außerdem sprach sie die Wahrheit: alles war zwecklos. Sie waren erledigt. Alle miteinander. Es war sinnlos, zu reden oder zu handeln. Und als er sie da sitzen sah, niedergeschmettert. Stein geworden, ballten sich die Reste des feuchtfröhlichen Abends in seinem Magen zu einer gärenden Masse. Er fühlte entsetzliche Übelkeit. In plötzlichem Gefühlsumschwung erkannte er die geleistete Arbeit zum erstenmal in ihrer ganzen Entsetzlichkeit. Alles Leid, alles Elend, das eine zynische, rücksichtslose Presse je verursacht hatte, schien in diesem gebrochenen Menschenwesen konzentriert.

»Woher haben Sie die Zeitung?« fragte er.

»David ... mein Mann ...«

»Aber woher?«

Seine Worte schienen sie wie aus weiter Ferne zu erreichen. Ihre Antwort mußte gleiche Weiten zurücklegen. »Er geht jeden Morgen am Damm spazieren. Beim Zeitungsstand hat er das Plakat gesehen. Sie hatten's überall hingeklebt.« Tränenloser Schauder ergriff sie, schüttelte ihren starren Körper. »Genau, was ich vermeiden wollte. Ich hab' gewußt, was es ihm antun würde. Ich hab' ihn noch nie so dreinschauen gesehen ... Und daß er fortgeht, ohne ein Wort zu sagen ...«

»Wohin?« fragte Smith.

»Ich weiß nicht ... ich kann's nicht sagen. Ich habe versucht, ihn zurückzuhalten, aber umsonst. Mehr kann ich nicht tun. Ich bin erledigt. Jetzt ist alles aus.«

Was sollte er ihr sagen? Er fand nichts. Kein einziges Wort. Endlich machte er den schwachen Versuch, sie zu trösten: »Es wird nicht so schlimm sein, wie Sie glauben. Er kommt zurück.«

»Nein.« Langsam blickte sie zu ihm empor. Etwas in ihrer Stimme traf ihn wie Eiseshauch. »Nicht zu mir. Zu mir nicht.«

Mehr war von ihr nicht zu erlangen. Eine neue Welle der Verzweiflung machte sie verstummen. Er versuchte sich einzureden, sie würde später in einem Tränenstrom Erleichterung finden, drehte sich um und verließ das Haus.

Langsam ging er zum Taxi zurück. Eile war überflüssig. In der Ferne war der Sturm losgebrochen. Über den Hügeln von Eldon donnerte es. Selbst hier war die Luft bleischwer und erstickend. In seiner zerrütteten Verfassung empfand Smith das Donnern, das wie schweres Geschützfeuer durch die Schwüle grollte, erschreckend. Als er ins Taxi stieg, fiel ein Regentropfen auf seine Hand, heiß und schwer wie Blut.

Er befahl dem Mann, nach Hedleston zurückzufahren, das einzige, was er tun konnte. Den Gedanken, Page zu finden, hatte er aufgegeben. Er war nicht hier, saß vielleicht im Zug, oder noch immer in London. In jedem Fall wußte er das Schlimmste. Nun würde er nie unterschreiben, das »Licht« niemals aufgeben. Und für ihn und Nye blieb nichts übrig, als sich aus dem Staub zu machen. Doch der plötzliche Wunsch, zu verschwinden ließ sich durch Logik allein nicht erklären. Die Lage, die er und Nye geschaffen, die Kräfte, die sie entfesselt hatten, machten ihm angst. Er fühlte Schwäche, sehnte sich nach einem Whisky, wollte fort. Ob er seine Stelle behielt oder verlor, war nebensächlich. Nur eines zählte: daß er Hedleston verließ, so schnell wie möglich.

Hilfsbedürftigkeit trieb ihn zu Nye zurück. Leonard hatte gesagt, er würde im Büro sein. Als sie sich der Stadt näherten, beauftragte Smith den Chauffeur, zum Versicherungsgebäude zu fahren. Plötzlich prasselte eine wahre Sintflut nieder. Der Sturm peitschte Wassergüsse gegen die Windschutzscheibe. Die Straßen waren fast ausgestorben. Nur wenige Menschen, unter ihre Schirme gebückt, strebten dem nächsten Unterstand zu. Plötzlich, Ecke Victoriastraße und Cornmarket, war die Straße blockiert. Smith senkte das Fenster und blickte hinaus. Die schmale Gasse war verstellt, hauptsächlich von Lastwagen, die zum Markt fuhren. Er dachte an einen Wasserrohrbruch. Oder vielleicht war die Straße überflutet. Jedenfalls konnte er nicht warten. Außerdem war es nicht weit zum Büro. Er schob ein paar Banknoten in die Hand des Fahrers und stieg aus. Als er die Parkstraße hinaufeilte, gewahrte er eine Menschenmenge. Trotz des heftigen Regens standen die Leute dicht gedrängt, reckten die Hälse und schwankten hin und her, beim Versuch, dem Eingang eines Gebäudes näher zu kommen. Sein Herz stand still: es war das Tor des Versicherungsgebäudes. – Sie haben unser Büro gestürmt, dachte Smith. Er fürchtete sich. Aber er mußte wissen, was geschehen war. Er begann zu laufen. Da heulte eine Sirene. Mitten durch den Park, über die Straße, die für Autos gesperrt war, näherte sich mit rasender Schnelle ein weißer Fleck: ein Rettungswagen.

Schwindelndes Entsetzen erfaßte Smith, während er sich mit Fäusten und Ellbogen den Weg durch die Menge bahnte. Er wiederholte ununterbrochen seinen Namen, sagte, daß sie ihn durchlassen mußten. Als er den Eingang erreichte, erkannte ihn der Polizist und ließ ihn passieren.

Schwer atmend stand er im Stiegenhaus. Er wagte sich nicht weiter. Endlich zwang er sich, den Lichtknopf zu drücken. Nichts geschah. Der Zeiger gab an, daß der Aufzug im dritten Stock stand.

Plötzlich kam jemand die Stiege heruntergelaufen. Smith drehte sich um. Es war Peter, der junge Telefonist. Als er Smith erblickte, stürzte er auf ihn zu und packte seinen Arm.

»Mr. Smith . . . oh, Sir . . . Sir . . .«

»Was ist?«

Er krampfte sich hysterisch an Smith und stöhnte in sich hinein.

»Ich will nach Hause . . . Es war furchtbar . . . furchtbar . . . und ich hab's mitangesehen . . .«

»Was?« Smith rüttelte ihn. »Um Gottes willen . . . was?«

Peter blickte auf, den Kopf schlaff zurückgeworfen. Seine Stimme schrillte:

»Mr. Pages Sohn . . . hat auf Mr. Nye geschossen . . . Mr. Nye ist umgefallen . . . dann schoß er auf sich selbst.«

Er rang nach Luft. Seine Stimme wurde höher. »Der Doktor sagt, er sei tot.«

»Wer?« stammelte Smith.

»David ... der junge Mr. Page.«

Smith lehnte sich an die Wand. Jedes Gefühl war aus ihm gewichen. Nichts blieb zurück als hohle Übelkeit. Plötzlich hörte er das Winseln des herabkommenden Lifts. Nye kam heraus, vom Bezirksarzt begleitet. Er sah mitgenommen aus. Sein Rock hing lose über seine Schulter, sein linker Arm verschwand in einem dicken Verband. Zwischen seinen bleichen Lippen steckte eine Zigarette.

»Verrückter junger Hund«, sagte er zu Smith, im Vorbeigehen.

Wie betäubt sah Smith zu, wie die beiden das Führerhaus des Krankenwagens bestiegen. Schon wollte er gehen, unter Aufbietung aller Kräfte, als sich zwei Wärter aus dem Güterlift schoben, eine verdeckte Bahre tragend. Smith versuchte die Augen zu schließen, konnte es aber nicht. Er sah zu, wie man die Bahre in den Krankenwagen gleiten ließ. Durch die offene Türe, vor dem Hintergrund der starrenden, schweigenden Menge, sah Smith einen Mann mit einer Kamera, auf einem Knie, in geschäftiger Haltung: er fotografierte.

14

Die vier Tage seit dem Donnerstaggewitter hatten ungewöhnlich schönes Wetter gebracht, einen richtigen Nachsommer. Malcolm Maitland, der über Cornmarket bedrückt dem »Licht«-Gebäude zuschritt, fand es warm, um so mehr, als ihm sein dunkler Anzug zu eng war. Bei der Amtshandlung in der Stadthalle war es erstickend heiß gewesen. Noch nie hatte er den Saal so voll gesehen. Er empfand es als Erleichterung, im Freien zu sein. Dank seinem Ecksitz war er rasch fortgekommen, und als er die Stiege zu seinem Büro hinaufstieg, dachte er, er würde der erste sein. Aber Moffatt war schon da. Die Tür zu ihrem

Zimmer stand offen. Er sah, wie sie das Fenster hinaufschob, und blieb stehen.

»Das wäre vorbei«, sagte er.

Sie antwortete nicht sofort. Dann stimmte sie bitter zu:

»Ja ... das wäre vorbei.«

Moffatt, von Kopf bis Fuß in Schwarz, das Gesicht grau von der Hitze, wirkte völlig erschöpft, ihre Miene abweisender denn je. Aber das Bedürfnis, ein paar Worte zu wechseln, ließ Malcolm eintreten.

»Henry hat es nicht allzu schlecht überstanden«, sagte er nach einer Weile.

»Besser, als ich erwartet hatte«, gab sie zu. »Der Leichenbeschauer war rücksichtsvoll ... halb menschlich, ausnahmsweise. Aber –«, sie nahm den Hut ab, durchstach ihn mit den Hutnadeln und hängte ihn gewaltsam an die Tür, »– die armen jungen Leute! Wie schrecklich, wie unnütz vergeudet! Wenn der arme junge Narr seine Absicht ausgeführt hätte ... Dann wäre es wenigstens nicht so zwecklos gewesen. Als ich Nye im Zeugenstand sah, kalt wie Stahl, hätte ich ihn selbst umbringen können. Aber es sah David ähnlich, danebenzuschießen.«

»Besser so«, sagte Maitland langsam. »Um Henrys willen. Das denken alle, davon bin ich überzeugt. Er hat die Stadt noch immer auf seiner Seite, und wenn man alles in allem nimmt, hat das ›Licht‹ den Sturm besser überstanden, als man hätte hoffen können ...«

»Vielleicht«, sagte sie und runzelte die Brauen. »Aber um welchen Preis! Es kostete ... nun, was es kostete. Glauben Sie mir: wenn es nicht so gekommen wäre, wäre unser Name noch immer im Dreck. Henry aber wird es natürlich der Milch der frommen Denkungsart zuschreiben.« Ihr Ton wurde schärfer. »In Wirklichkeit hat eine größere eine kleinere Sensation verdrängt.« Sie drehte sich um und steckte mit kurzem, schnappendem Geräusch den elektrischen Teekessel an. »Ich mache Tee. Das einzige, was man an einem solchen Tag tun kann. Und an was für einem! Trinken Sie auch eine Tasse?«

»Gern.« Er sah zu, wie sie die Tassen hinter dem Aktenschrank hervorholte, daß es klapperte, und Würfelzucker und Teebüchse aus der Schreibtischlade nahm. Dann holte sie die Milchflasche von ihrem Stammplatz auf der Wasserleitung, musterte sie und murmelte ärgerlich:

»Sie ist zwar von gestern, aber da kann man nichts machen.«

»Wirklich angewidert hat mich Smith«, fuhr sie fort, noch immer mit der Leichenbeschau beschäftigt, »als er sagte, er hätte Cora nicht allein lassen dürfen. Und wie er dann zusammenbrach! Es war abstoßend. Schon vorher machte er ein Gesicht, als würde er im nächsten Moment ohnmächtig werden. Als Mrs. Dale, die Frau, der das Geschäft gehört, erzählte, wie sie Cora den Damm entlanglaufen sah, ihr zurief, stehenzubleiben, und sie nicht aufhalten konnte . . . Zu denken, daß Leute wie er Krokodilstränen über Cora weinen . . . ich hätte ihn prügeln können.«

»Armer Teufel«, sagte Maitland. »Er versuchte, die ganze Schuld auf sich zu nehmen. Ich kann nichts dafür, aber er hat mir leid getan.«

»Das braucht er nicht«, sagte Moffatt und preßte in ihrer wohlbekannten Art die Lippen zusammen. »Über Smith kann ich Ihnen einiges berichten.«

»Ja?«

»Henry hat ihm einen Posten gegeben.«

»Was?«

»Ja. Die Stelle Balmers. Er ist unser neuer Inseratenwerber.«

»Guter Gott!« Malcolm überlegte eine Weile. Dann sagte er: »Sie können sagen, was Sie wollen – aber in dieser höchst gottlosen Welt kommt Page meiner Vorstellung von einem guten Menschen am nächsten.«

Sie schüttelte den Kopf und brühte den Tee auf.

»Er hat ein weiches Herz. Das ist alles. Sein Vater hätte so etwas nie getan. Er hätte Smith hinausgeworfen. Und zwar schon beim allerersten Besuch.«

»Sie sind zu streng mit Henry. Immer.« Er nahm die Tasse, die sie ihm reichte. »Überlegen Sie doch, wie er die letzten Jahre durchgestanden hat . . . mit seinem kranken

Herzen ... und jetzt das ... Sie wissen, wie sehr er an David hing.«

»Ja«, bestätigte sie düster. »Der liebe David.« Sie trank ihren Tee und warf Maitland über den Rand der Tasse einen dunklen Blick zu. »Aber wirklich vermissen wird er Cora. Vielleicht hat er es nicht gewußt – aber er liebte sie. Oh, ich tadle ihn nicht. Im Gegenteil. Das war eines der wenigen Dinge, die ich an ihm bewundern konnte. Cora war eine richtige Frau, warm und menschlich. Sie brauchte Liebe. Und David blieb ihr einiges schuldig. Besonders in letzter Zeit, als er wieder seltsam wurde, ihr superkluge Bücher zu lesen gab und sie behandelte wie jemanden unter einem Glassturz. Sie sagte nie ein Wort zu mir – aber ich wußte es, verstand sie durch und durch ... Ich gebe zu, sie mochte David, pflegte und bedauerte ihn – aber das war nicht genug.«

»Sie reden Unsinn«, unterbrach Maitland schroff. »Und das ist wahrhaftig nicht der geeignete Augenblick.«

»Vielleicht nicht«, sagte sie. »Aber ich weiß es seit langem. Henry war immer gern in Sleedon. Aber nie so gern noch so oft, als bis Cora dort wohnte. Er hätte alles für sie getan, alles, sogar das ›Licht‹ geopfert. Ich war in seinem Büro, als Bob Lewis gestern kam und sagte, die Flut hätte ihre Leiche an die Nordküste geschwemmt. Ich wollte, Sie hätten sein Gesicht gesehen. Wissen Sie, was er sagte? ›War sie verletzt? Entstellt?‹ Und als Bob sagte: ›Nein, Sir, gar nicht‹, sagte er: ›Danke, mein Gott ... wenigstens dafür.‹«

Malcolm starrte sie an, mit Ärger und unwilliger Neugier. Plötzlich hörte er sich fragen:

»Moffatt, warum sind Sie gegen Henry? Warum vergleichen Sie ihn immer mit seinem Vater?«

Sie antwortete nicht sofort. »Ich bin nicht wirklich gegen ihn«, sagte sie endlich. »Er ist nur nicht so, wie ich mir den Herausgeber des ›Licht‹ vorstelle. Er ist zu sanft. Neigt zu sehr dazu, sich mit den Dingen abzufinden, statt sie zu überwinden. Sein Vater war anders. Ein richtiger Mann.«

»Sie haben ihn bewundert?«

»Ja.« Es klang wie eine Herausforderung. »Nicht nur, was er war. Auch was er für mich getan hat. Man hat Ihnen wahrscheinlich erzählt, daß er mir mein kleines Haus kaufte.«

»Ich habe davon gehört«, sagte Maitland bedachtsam. Aber Moffatt, von den Ereignissen des Tages aus ihrer Zurückhaltung gerissen, war nicht aufzuhalten. »Ja«, fuhr sie fort, »er wußte, ich hätte gern außerhalb der Stadt gewohnt, mit einem kleinen Garten, und eines Tages – ich werde es nie vergessen – gab er mir die Besitzurkunde. Ich bot ihm an, das Haus von meinem Gehalt abzubezahlen. Aber er lachte nur und sagte: ›Bringen Sie mir gelegentlich einen Blumenstrauß.‹ Darum bringe ich die Blumen noch immer.« Sie verstummte. Fast schien es, als habe sie Maitland vergessen. »Später, als seine Frau gestorben war, kam er oft am Samstagnachmittag, rauchte eine Pfeife und trank ein Glas Ale . . . am liebsten Burton. Ich hatte immer eine Flasche für ihn.« Sie verstummte, gewahrte, daß Maitland sie betrachtete, und errötete tief. Es war das einzige Mal, daß er sie erröten sah.

Keiner Sprach ein Wort. Das Schweigen wurde lastend. Maitland stand auf. »Ich glaube, wir sollten weitermachen«, sagte er. »Kein Feiern, solange der Chef fort ist. Was wir jetzt brauchen, ist Arbeit. Je mehr, desto besser. Die Sitzung ist heute um zwölf. Sagen Sie's auch den anderen. Und vielen Dank für den Tee.«

Er ging in sein Büro, setzte sich nieder und begann, seine Pläne für die nächsten drei Monate zu überdenken. Während Henrys Abwesenheit würde er fast die ganze Last der Verantwortung zu tragen haben. Da klopfte es und Fenwick trat ein, einen Fernschreibstreifen in der Hand.

»Das ist eben von A.P. gekommen.«

»Ja?« Maitland blickte fragend auf.

»Anscheinend haben Sie sich die Utley-Sache überlegt.«

»Was!« Maitland war zutiefst überrascht. »Sie kommen also nicht?«

»Offenbar nicht. Sie erwägen jetzt das Hochland . . .

Sutherlandshire. Der Untersekretär teilte es gestern mit.«

Er reichte Maitland das Papier.

»Hat man so was schon gehört!« sagte Maitland, während er es überflog. »Ich hoffe zu Gott, sie bleiben dabei.«

»Wahrscheinlich. Sutherland ist angeblich viel geeigneter.«

»Gott sei Dank«, wiederholte Maitland nachdrücklich. Er schien momentan überaus befriedigt. »Das heißt, daß man uns hier in Ruhe lassen wird . . . zumindest noch eine Weile.«

Als Fenwick gegangen war, dachte Maitland an alles, was geschehen mußte, weil eine Regierungsstelle von allem Anfang unfähig gewesen war, einen Beschluß zu fassen. Ohne das verfrühte Utley-Projekt wäre es nie zu den zwei Jahren sinnlosen Kampfes, nie zu der Tragödie gekommen, die ihn beendet hatte. Er zwang sich, an die Zukunft zu denken, und begann die Punkte niederzuschreiben, die bei der Redaktionssitzung behandelt werden mußten. Er hatte etwa eine halbe Stunde gearbeitet, als ein vertrautes Geräusch ihn aufhorchen ließ. Er lauschte regungslos, sagte sich, daß er sich irrte, daß es nicht Henrys Schritt sein konnte, doch da öffnete sich die Tür und Page trat ein. Maitland sprang auf.

»Aber, Henry!« rief er, so unbeschwert er konnte, »ich dachte, Sie sollten sofort ins Bett!«

»Ich bleibe nur auf ein paar Minuten . . . Der Wagen wartet!« Page stützte sich auf die Tischkante. Er war bleicher als sonst. Ein duldender Zug hatte sich in sein Gesicht gegraben. Dennoch war die Veränderung, die sein Antlitz während der letzten Tage erfahren hatte, weniger zerstörerisch, als Maitland befürchtet hatte. Was war es, fragte sich Malcolm, das diesem kleinen Mann die Kraft gab, trotz seiner Krankheit festzustehen, auszuharren ohne die Insignien der Tapferkeit und des Muts? Lebenslange Treue und Ehrenhaftigkeit, Rücksicht auf den Nächsten, Ehrfurcht vor dem gegebenen Wort – diese zwingenden, gebieterischen, beispielhaften Werte aufrechten Bürgertums halfen ihm, Prüfungen zu bestehen, die Stärkere zermalmt hätten.

»Ich werde Sie eine Weile nicht sehen, Malcolm«, fuhr Page fort, nachdem er Atem geschöpft hatte. »Sobald man mich aufstehen läßt, muß ich, scheint's, eine Seereise unternehmen. Alice wollte immer schon nach Hawaii – also werden wir hinfahren . . . Zuerst aber möchte ich Ihnen sagen, daß ich die Absicht habe, Sie zu meinem Partner am ›Licht‹ zu machen. Ich habe Paton beauftragt, die Papiere vorzubereiten. Vor meiner Abreise unterschreibe ich sie.«

Maitland sagte kein Wort, doch sein gemütliches Gesicht verlor jede Röte, um sich im nächsten Augenblick dunkler zu färben. Nach all den Jahren steten, unbelohnten Schuftens war das völlig unerwartete Angebot so überwältigend, daß er sich nicht beherrschen konnte. Seine Stimme schwankte fast unmerklich, als er sagte:

»Darauf kann ich nichts erwidern, Henry . . . als . . . danke.«

»Das wäre also in Ordnung«, sagte Page. Dann fuhr er ernst fort: »Noch etwas beschäftigt mich. Es wird Sie vielleicht überraschen – und vielleicht sollte ich nicht davon sprechen –, aber wenn ich an die Anteilnahme, an die Güte denke, die man mir während der letzten vier Tage erwiesen hat, nicht nur unerwartet, sondern auch völlig unverdient . . . so nehme ich es als neuerliches Beispiel der tiefen Nächstenliebe unserer Leute . . .«

Wenn Maitland Moffatts sarkastischer Voraussage gedachte, so ließ er es sich in keiner Weise anmerken. Er wartete. Page fuhr fort:

»Ich frage mich, ob ich meinen Grundsatz einmal durchbrechen und etwas Persönliches schreiben könnte . . . nur dieses eine Mal. Sie wissen vielleicht, woran ich denke . . . eine persönliche Botschaft an unsere Leser . . . ich meine, eine Bekräftigung meines Glaubens, meinen Dank für ihre Unterstützung und Loyalität und die Versicherung, daß die Zeitung weiter erscheinen wird, trotz allem . . .«

Er forschte in Maitlands Zügen. »Glauben Sie, sollte

ich etwas in dieser Art schreiben? Oder wäre es geschmacklos?«

»Schreiben Sie's, Henry«, sagte Maitland fest. Er gestattete sich nicht den geringsten Zweifel. »Es wird Ihnen guttun. Und allen anderen auch.«

Pages Miene erhellte sich fast unmerklich. »Gut«, sagte er. »Danke, Malcolm.«

Als er den Raum verlassen hatte, wartete Maitland ein paar Minuten. Dann ging er in den Reportersaal. Als er den Gang entlangschritt, vorbei an Henrys offenstehender Tür, sah er ihn am Schreibtisch sitzen, ein wenig gebeugt, den Kopf in die Hand gestützt. Doch er schrieb, schrieb stetig, schrieb seine persönliche Botschaft für das »Licht« des nächsten Tages.

Das Haus der Schwäne

I

Er war noch immer leicht betrunken, als er mit Ismay aus dem Schlafwagen stieg und den Perron entlang zum Gepäckraum ging. Und noch immer war er erbittert, geladen mit jener verzehrenden Bitterkeit, die ihn – ob er nun betrunken war oder nüchtern – in den letzten drei Wochen verätzt hatte wie eine Säure. Der Perron schwankte sacht unter seinen Füßen, der kalte Morgendunst, der die hohe Bahnhofshalle füllte, verdichtete sich rings um ihn wie schwerer Nebel auf hoher See. Er sah nichts. Er ging starr dahin, wie einer, der träumt. Er blieb stehen.

»Ein Schiffskoffer«, hörte er Ismay erklären, »aufgegeben im Londoner Schlafwagen. Unter dem Namen Dr. Harvey Leith.«

Der Beamte nahm einen Bleistift vom Ohr und fuhr damit über die Liste.

»Für die ›Aureola‹«, sagte er. »Stimmt. Der Agent von Slade kommt sofort.« Und ohne den Kopf zu wenden, schrie er:

»Slade!«

Ein Mann mit sommersprossigem Gesicht eilte herbei. Er hielt ein Auftragsbuch an seinen Regenmantel gepreßt und legte einen Finger an den Rand der goldumborteten Mütze.

»Dr. Leith, Sir? Zu Diensten, Sir! Sie können alles mir überlassen, Sir. Ich werde Sie beim Princes Pier mit Ihrem Gepäck erwarten. Punkt zehn Uhr, Sir. Hier ist Ihr Schein.«

Er kritzelte etwas auf eins der blauen Blätter, riß es heraus, musterte dann unschlüssig die beiden Männer und reichte das ausgezackte Papier schließlich Ismay.

»Unterzeichnen Sie hier, Sir. Nein – auf meinem Blatt, wenn ich bitten darf.« Ein tabakfleckiger Fingernagel zog eine Furche über das zerknitterte Papier. »Sonst noch etwas, Sir?«

Ismay schüttelte den Kopf und wollte sich schon zu Leith wenden und ihm das Buch reichen. Doch er besann sich eines Besseren. Während er mit deutlicher Schrift »H. Leith« schrieb, fragte er den Träger:

»Viele Passagiere?«

»Diesmal acht, Sir. Alle Kabinen besetzt. Ein hübsches Geschäft für Slade Brothers - ein recht hübsches Geschäft, Sir.« Nach seiner dienstbeflissenen Genugtuung hätte man ihn für einen leitenden Chef der Gesellschaft halten können; doch dann fügte er mit beinahe noch mehr an Besitzerstolz gemahnender Miene hinzu - und mit wahrem Triumphe, als er den Titel nannte: »Lady Fielding und Begleitung haben Plätze belegt, Sir.«

Leith, der angespannten Gesichtes zugehört hatte, bewegte unruhig die Hände in den Taschen seines Regenmantels und schauerte zusammen. Nach der Dampfheizungswärme des Bahnabteils war es kalt in der Zugluft des Perrons. Er hatte nicht geschlafen; sein Kopf war wie ertaubt; der plötzliche Pfiff einer abfahrenden Lokomotive ließ in seiner linken Wange einen Nerv erzucken.

»Um Christi willen, Ismay«, warf er jählings ein, »wie lange sollen wir hier noch stehen?«

Sogleich wandte Ismay sich um.

»Schon gut, Harvey, schon gut«, rief er in dem ihm eigenen milden, überredenden Tonfall.

Harvey zog ein höhnisches Gesicht.

»Wenn du unbedingt deinen kleinen Gesellschaftsklatsch haben mußt, wollen wir wenigstens aus diesem abscheulichen Wind gehen.«

»Wir sind schon fertig«, sagte Ismay rasch. »In einem Augenlick.« Er entließ den Träger mit einem Shilling und zog die Uhr, als sie sich gemeinsam in Bewegung setzten. »Neun. Wir werden im ›Adelphi‹ frühstücken.«

»Wozu brauche ich ein Frühstück?«

Ismay warf seinem Gefährten einen Seitenblick zu und lächelte flüchtig. »Dann wollen wir eine Stunde im Wartesaal totschlagen.«

»Wozu brauche ich den Wartesaal?«

Wieder lächelte Ismay. Ein schiefes, resigniertes Lächeln. Sie waren aus dem Bahnhof in die Lime-Street getreten. Hier machte Ismay auf dem von fein herabsprühendem Regen nassen Pflaster halt, angesichts rauchbeschmutzter Gebäude und langsam vorbeiratternder Trambahnwagen, inmitten der trostlosen Öde einer halb erwachten Provinzstadt.

»Nun schön«, bemerkte er in absichtlich trockenem Ton. »Ich kenne nicht alle Freuden, die Liverpool zu dieser Stunde bieten kann. Wahrscheinlich ist das nichts sehr Aufregendes. Zudem scheint es zu regnen. Du willst nicht essen und du willst dich nicht setzen. Das Schiff fährt erst um zehn Uhr dreißig. Vielleicht kannst du mir also sagen, was du willst.«

Einen Augenblick schien Leith ohne besonderes Interesse, in einer Art dumpfer Ironie darüber nachzudenken.

»Was ich will?« wiederholte er tonlos, als wäre er sich seiner Worte kaum bewußt. »Ich will wissen, warum in des Teufels Namen ich überhaupt hier bin!« Er verstummte, doch dann heftete sich sein Blick auf das offene, unbezwingbar gutmütige Gesicht des anderen.

»Verzeih, Ismay«, sagte er langsam, während er sich die Lippen befeuchtete. »Ich bin nicht ganz – du weißt ja –« Nun übermannten ihn seine Nerven, und er rief: »Um Gottes willen, starre mich nicht so an. Gehen wir doch zu dem verdammten Pier, wenn wir schon hingehen müssen. Gehen wir irgendwohin, wenn wir nur in Bewegung bleiben.«

Und so machten sie sich auf den Weg, um in Bewegung zu bleiben. Sie steuerten ihren Kurs durch die nassen Straßen, umgeben von einem hastenden Strom vorwärtsdrängender Angestellter und Stenotypistinnen, vorbei an eben erst sich öffnenden Läden und Cafés und Büros und an niederen hüpfenden Taxis, deren Lenker sie vergeblich einluden. Zu der gedrungenen Gestalt Ismays, der mit der adretten Üppigkeit und Eleganz des erfolgreichen Mannes gekleidet war, bot die Erscheinung des weit ausschreitenden Leith einen fesselnden, beinahe schmerzhaften

Gegensatz. Er war hochgewachsen, schlecht gekeidet und mager, von einer eckigen Hagerkeit, die seine Bewegungen seltsam ruckartig erscheinen ließ. Sein Gesicht war sehr blaß, unrasiert; die Züge scharfkantig, als wären sie gemeißelt. In der starren Schroffheit seines Ausdrucks, die er offen zur Schau trug, lag etwas Brennendes. Sie glich einer brennenden Verachtung des Lebens – bitter, geringschätzig, streng. Und dennoch verrieten ihn seine großen dunklen Augen. Es waren wunde Augen, in deren fernen, glitzernden Tiefen Empfindung und Verständnis bebend sich verbargen. Auch seine Stirn war edel und hoch. Sie zeugte von Gefühl, nicht minder von Verstand. Ja, von Gefühl, von dem furchtbaren Gefühl der Verzweiflung! Denn nun hatte sich dieser Verstand, geklärt durch die scharfe kühle Luft, im Brennpunkt einer düsteren Konzentration zusammengezogen. Warum bin ich hier? so dachte er immer wieder. Ich tue es nur Ismay zuliebe; ja, weil er zu mir hielt. Ich will nicht fort. Will nicht fort. Will nicht –

Ungeschoren bleiben, allein sein, vergessen – das ist's, was ich will. Und vor allem allein sein – allein! Doch er war nicht allein; noch auch konnte er vergessen: die nebensächlichsten und albernsten Nichtigkeiten zogen ihn unvermeidlich, schmerzlich zurück. Knapp vor ihm tauschten zwei kleine Tippmamsellen, die mit munteren Waden zur Arbeit trabten, vertrauliche Bekenntnisse über die Eroberungen des letzten Abends – schnatternd und kichernd. Bruchstücke ihres Geschwätzes wehten nach hinten wie Schwaden schlechter Luft und reizten Leith zum Erbrechen.

»Der meine war nett. Sehr nett. Textilbranche, weiß du. Das hat er wenigstens gesagt. Und die Jazzband spielte: ›Alles für mein Mädel‹.«

»Der meine hat eigentlich Pusteln. Aber du hättest sein Auftreten sehen sollen. Ach, du meine Güte! Da bleibt einem der Atem weg!«

Ihm, der in krankhafter Selbstbespiegelung versunken war, wurden ihre gezierten, wohlfeil geschminkten Gesichter, ihr schaler Verstand, ihre schwächlichen, wie zum Hohn mit dem Apparat der Fortpflanzung versehenen Kaninchenkörper zu einer Art Alpdruck – zu einem hanswurstalbernen Symbol der Menschheit. Ihnen und ihresgleichen wäre er Wohltäter gewesen. Retter – das war das richtige Wort; ein schönes, oh, ein köstliches Wort! Doch sie durften keine Wohltat empfangen. Sie durften nicht gerettet werden – noch nicht. Wie komisch, wie gottverdammt komisch! Es überkam ihn der Wunsch, zu lachen, stocksteif mitten auf dem nassen Bürgersteig stehenzubleiben, den Kopf zurückzuwerfen, zu lachen, zu lachen!

Plötzlich brach Ismay das Schweigen.

»Wir sind beinahe schon da.« Und er zeigte munter auf einen Streifen des Stromes Mersey – in der Ferne zwischen zwei Dächern, unterhalb der holprig gepflasterten Straße, die sie jetzt hinabtrotteten.

Leith hatte den Kopf gesenkt und die Schultern hochgezogen. Er gab keine Antwort.

Sie gingen hügelab, vorbei an dreckigen Fensterscheiben, hinter denen Taurollen und Kompaßgehäuse und Schiffsgeräte lagen – durch ein Gewirr schäbiger Hafengassen. In fünf Minuten waren sie am Princes Pier angelangt. Dort wartete schon der allgegenwärtige Gepäckmann, der sich ihnen so vertraulich näherte, als hätte er sie von Geburt an gekannt.

»Der Tender ist hier«, erklärte er sogleich; dann hörte er auf, sich die Hände zu reiben, und zeigte fast mit Besitzermiene zu einem kleinen Schleppdampfer hin, der sacht auf und nieder schaukelnd die Seite an der Kaimauer rieb. »Und Ihr Gepäck ist an Bord. Alles in Ordnung, Sir. In bester Ordnung.«

»Schön«, sagte Ismay, während er wie der leibhaftige Versucher voranschritt.

Sie gingen an Bord und ließen den sonderbar erleichterten Mann mit dem sommersprossigen Gesicht bei der Landungsbrücke zurück. Vorbei an einer unordentlich aufgestapelten Menge von Koffern, ledernen Handtaschen, Suitcases und eingerollten Reiseplaids, vorbei an einer kleinen Menschengruppe, die mit der nervösen

Feindseligkeit von Fremden die beiden musterte, kamen sie zum Bug des Schiffes, wo sie schweigend stehenblieben.

Der gemächlich dahinfließende Strom war trübgelb und glatt in der Windstille, dennoch aber von schmalen Linien durchfurcht, dort, wo es Wirbel gab. In der Mitte lagen sicher verankert stählerne Frachtschiffe, leewärts schwankten Barken, und die ganze Zeit floß dieser Strom dem Meere zu. Fort und hinaus, dem Meere zu.

Es war ruhig bis auf das Plätschern der Strömung, das verwehende Klirren von Hämmern, das eintönige Rasseln eines fernen Ladekrans, bis plötzlich ein Fährboot lärmend und unruhig wie eine aufgeregte Ente zum jenseitigen Ufer hinjagte. Da stieß das Schleppschiff gleichsam in Solidarität einen Pfiff aus; die Taue wurden losgemacht. Das Schiff begann vom Kai fortzugleiten.

Wieder erschauerte Leith, von dem Gefühl betroffen, daß er das feste Land hinter sich zurückließ. Ein rauher Hauch, der vom Wasser aufstieg, umhüllte ihn und mengte sich mit einer so seltsam aufregenden Vorahnung, daß Leith fühlte, wie es ihn schüttelte. Seine Augen, die ins Weite blickten, wurden magnetisch zu den Umrissen eines Schiffes von etlichen dreitausend Tonnen hingelenkt, von dem die blaue Flagge zur Abfahrt flatterte. Der dunkelbraune Schornstein qualmte leicht, die geschlossenen Lukenfenster glitzerten fahl im kalten, grauen Lichtschein. Undeutlich konnte er den Namen auf dem Stern unterscheiden. »Aureola«. Der Dampfer war klein und für Frachttransporte gebaut, doch war er ein schönes Schiff mit scharfem Bug, mit edlem Schwung der Linien, mit anmutigem, kraftvollem Rumpf.

»Das ist dein Kahn«, murmelte Ismay, der endlich sein taktvolles Schweigen unterbrach. »›Aureola‹. Ein schöner Name – ›Aureola‹.« Er ließ die Silben über die Zunge gleiten. »Das klingt prächtig. Und ist auch gewiß ein gutes Omen.«

Weil Harvey selber das Gefühl hatte, der Name klinge schön und merkwürdig, rhythmisch, zwang er sich zum Hohn. Er stieß ein hartes, spöttisches Lachen aus.

»Noch mehr Seelenaufschwung, Ismay? Mystisches Licht am Bug und Heiligenscheine um die Masten. Von mir erwartest du wohl, daß ich mit einem zurückkomme. Geläutert und bereit, von neuem zu beginnen.« Er verstummte, denn es tat ihm leid, daß er gesprochen hatte. Er war auf der Kante, seine Nerven übermäßig angespannt. Er brauchte etwas zum Trinken; ja, das war es, er mußte etwas trinken, um sich zu festigen. Mit der kalten Einsicht eines wissenschaftlich geschulten Verstandes gab er seine Erregung zu und führte sie auf die richtige Ursache zurück. Aber was machte das aus? Zu Ende – alles!

Und doch war sie seltsam, sehr seltsam, die plötzliche, merkwürdige Erregung, die die trostlose Bedrückung seines Gemütes durchdrang. Als der Schlepper an der »Aureola« anlegte, fühlte Harvey, wie diese Erregung ihn wieder ansprang. Er stand abseits, ohne den anderen Passagieren, die er nur undeutlich sah, Beachtung zu schenken. Vier Leute waren es, die nun aus dem Tender ausstiegen: eine kleine untersetzte Frau, ein ältlicher, derb aussehender Mann, ein zweiter Mann, hochgewachsen, sehr geschäftig und redselig, und eine junge Frau im Hintergrund. Doch er achtete dieser Leute nicht. Als er über das Fallreep zum Deck hinaufstieg, blickte er um sich wie einer, der etwas erwartet und nicht weiß, was. Doch er sah nichts, niemanden, außer einem Steward, den Ismay sogleich mit Beschlag belegte. Und so zerbrach seine Stimmung jählings und fiel von ihm ab. Er folgte Ismay und dem Steward über den Korridor zu der kurzen Reihe von Kabinen, in denen die Passagiere des Schiffes untergebracht waren, und trat gesenkten Hauptes und mürrisch in die seine. Er setzte sich auf das Sofa und betrachtete griesgrämig die glänzend weißemaillierte Zelle, die ihn während der nächsten vier Wochen einschließen sollte.

Undeutlich hörte er, wie Ismay mit dem Steward sprach; undeutlich sah er sie miteinander hinausgehen. Er kümmerte sich nicht darum, ob sie gingen oder blieben. Nein, nein, das war ganz und gar unwichtig und über allem anderen stand – ja! selbst jetzt noch – die Wahrheit.

Ismays Güte, daß er von London gekommen war und die ganze unglückliche Sache so arrangiert hatte, sprach von einem Gefühl, das weit über jene bloße Freundschaft hinausging, die die beiden im Spital verbunden hatte. Ein guter Kerl – Ismay, vielleicht ein wenig wichtigtuerisch, das aber war gewiß verzeihlich, war das Vorrecht eines erfolgreichen Chirurgen.

Erfolg! Er zuckte bei diesem Wort zusammen und starrte die Koje an, in der er liegen sollte – eine Koje, weiß wie ein Leichentuch und schmal wie ein Sarg. Drei Särge waren es gewesen, lang und schwarz, die Särge dreier Menschen, die man mit all dem unheimlichen Pomp des Todes zu Grabe trug. Er hatte diese Särge nie gesehen, und doch schwoll rings um ihn, als er so dasaß, ein Klingen an, gleich einem Trauerchor, schlug in Wellen über ihm zusammen, hohl und gespenstisch. Müde hob er die Hand zur Stirn. Er hatte keinen Gesang gehört. Gewiß nicht! War er irrsinnig oder betrunken? Er preßte starr die Kiefer zusammen. Bei einem plötzlichen Geräusch hob er jäh den Kopf. Es war Ismay, der allein zurückkam, die Kabinentür schloß und ihn mit unvermittelter Energie ansah.

»Ich gehe jetzt, Harvey. Der Tender fährt sogleich zurück.«

»Du bist lange fort gewesen«, sagte Harvey langsam. »Wo warst du?«

Es herrschte ein kurzes Schweigen.

»Ich habe mit jemandem gesprochen – mit dem Steward«, sagte Ismay schließlich. »Ich habe ihm deinen – deinen Zusammenbruch erklärt.«

Harvey blickte ihn unverwandt an.

»Du wirst es doch versuchen, Harvey?« fügte Ismay rasch hinzu. »Du versprichst mir, es zu versuchen.«

»Was zu versuchen? Ich habe dir schon gesagt, daß ich das Versuchen aufgegeben habe. Mag ein anderer versuchen. Für mich ist es erledigt.«

»So hör doch. Kein Mensch glaubt – oh, ich bin schon müde, es dir zu sagen –, jeder anständige Mensch weiß –«

»Was weiß man?« rief Harvey bitter. »Nichts. All das verdammte Pack!« Der Nerv in seiner Wange begann wieder schmerzhaft und erregt zu zucken. Mit wildem Gebärdenspiel fuhr er fort: »Nehmen Sie das farbige Wasser, dreimal täglich. Kommen Sie Dienstag wieder. Ja, verehrte Gnädige, zwei Guineas, wenn ich bitten darf.‹ Schweinehunde – das ganze Gesindel! Unwissende, geldgierige, aufgeblasene Schweinehunde!«

»Aber schau –«

»Trampeln dahin auf ihren engen, dreckigen Pfaden. Haben die Schnauzen im Schlamm der Ignoranz. Wühlen den gleichen Fleck immer wieder auf. Jahrein, jahraus! Blind für die Wahrheit. Immer weiter. Blind!«

Ein flehender Ton klang jetzt in Ismays Stimme.

»Zum Teufel, Mensch, sei vernünftig. Du hast doch dich – deine Zukunft. Daran mußt du denken. Das mußt du!«

»Meine Zukunft?«

»Eine blendende Zukunft.«

»Wer sagt das?«

»Ich. Und du selbst weißt es. Um Gottes willen, Harvey, zertrümmere sie dir nicht!«

»Sie ist zertrümmert. In Scherben. Und diese Scherben sind mein eigen. Ich werde mit ihnen tun, was mir paßt.«

»Willst du denn nicht an die Menschheit denken?« rief Ismay. »Höhne soviel du willst. Ich nenne es so. Ich weiß, daß du Großes leisten wirst. Ich fühle es. Du hast es in dir. Ebenso – nun ebenso, wie Pasteur es in sich hatte. Das weiß ich bestimmt. Geh doch nicht so vor die Hunde. Es ist zu entsetzlich!«

Von seinem Gefühl hingerissen, neigte er sich zu Harvey. Wieder sagte er flehend: »Willst du nicht an die Menschheit denken?«

»An die Menschheit!« Harvey brach in lautes, höhnisches Lachen aus. »Ich hasse jeden Hurensohn, der jemals Bauchgrimmen hatte!«

Nun trat eine Pause ein. Man hörte nur das leise Geräusch von Schritten oben auf dem Deck. Und dann wurde Ismay plötzlich und verlegen seiner eigenen Erregung gewahr. Seine Haltung entspannte sich, er zwang seine angstvolle Miene zu Gleichmut.

»Ich sage ja nichts mehr«, erklärte er in seinem gewöhnlichen Tonfall. »Ich gehe jetzt. Aber ich kenne dich zu gut, um Angst zu haben. Du brauchst nichts als diese Atempause. Vier Wochen sind nicht viel. Aber sie genügen. Ich habe den Glauben, wie du siehst. Vielleicht kenne ich dich besser als du selbst.«

»Du kennst mich, wirklich?« höhnte Harvey. »Guter Gott!«

Wieder herrschte Schweigen. Ismay streckte die Hand aus.

»Leb wohl!«

»Leb wohl!« erwiderte Harvey kurz. Er zögerte, dann fügte er abgewandten Gesichts in einer Art lakonischer Zerknirschung langsam hinzu: »Ich danke dir!«

»Es wird fein sein, dich wieder daheim zu haben«, sagte Ismay. »Wieder daheim und bereit, von neuem zu beginnen.« Er lächelte sein trockenes, beruhigendes Lächeln, dann schloß sich die Tür hinter ihm. Er war fort.

Wieder daheim – bereit, von neuem zu beginnen? Als er allein dasaß, nachdem Ismay ihn verlassen hatte, hegte er die stürmische Überzeugung, er werde nie wieder beginnen. Aber schließlich – was machte es aus? Alles das war vergangen, vorbei, zu Ende – einstweilen wollte er trinken! Wollte es so heftig, daß er beim bloßen Gedanken seinen Mund wässern fühlte. Sonderbar, wie der Alkohol ihm geholfen hatte. Der war eine Arznei, und Harvey erkannte ihn auch als solche an – ein nützliches Medikament, das er bewußt gegen diesen Zustand angewendet hatte, um die Schärfe des Leids abzustumpfen, die bebende Verzweiflung seines Gemüts zu beschwichtigen. Leidenschaftslos hatte er die Frage erwogen. Er war kein Trinker. Er war ein Wissenschaftler, der – keinem banalen Moralkodex unterworfen – keine Richtschnur anerkannte, außer der Wahrheit, außer jener Wahrheit, die er von je gesucht hatte, unzugänglich dem Dummen, dem Selbstverständlichen und dem Hergebrachten, die Freiheit fordernd, sein Los nach eigenem Willen gestalten zu dürfen. Es war ein klarer Gedanke, nicht bar eines gewissen bitteren Trostes.

Er verhielt sich ganz ruhig, trotz seiner Gier nach Alkohol, und fühlte, wie das leichte Zittern der Finger in Zukkungen nervöser Gereiztheit die Arme hinauflief. Doch seltsam: in ungestümem, nach innen gekehrtem Grimm schob er den Augenblick seiner Erlösung hinaus. Er wollte erst trinken, wenn das Schiff in Fahrt war, nicht früher. Und so saß er da und wartete – wartete auf die Abfahrt des Schiffes.

2

Auch das Schiff schien zu warten. Im Rumpf waren die Ladeluken gesichert, mit Wachstuch bedeckt und seebereit. Vorne bei der Hilfsmaschine standen zwei Männer in blauen Overalls, arbeitsfreudig, eingehüllt von Schwaden zischenden Dampfes. Am Bug drehte der Bootsmann seine Signalpfeife zwischen den Fingern, und beim Fallreep trieb sich Hamble, der Zahlmeister, umher, der sich die Aufschläge der engen Jacke abklopfte, liebkosend über seinen kleinen Schnurrbart strich und an einer dünnen schwarzen Krawatte zupfte – all das in einer Art nervöser Erwartung.

Der Tender war schon lange fort. Auf dem Brückendeck stand, unverwandt zum Kai hinblickend, fest aufgepflanzt, ein untersetzter Mann in Uniform, der nun, ohne den Kopf zu wenden, zur Brücke hinaufrief. Sogleich ertönte die Sirene – ein langer, trauriger Ton –, dann wieder und noch ein drittes Mal. In derselben Sekunde schoß eine rasch sich bewegende Masse vom trüben Hintergrund des Docks auf das Schiff zu. Näher und näher – ein offenes Motorboot. Zur Eile angetrieben vom verwirrten Stöhnen der Sirene, peitschte es mit allen Anzeichen der Hast einen gekrümmten Wogenkamm auf. Nach drei Minuten polterte es schon an der Schiffswand.

Außer dem reichen Gepäck, das es enthielt, und dem

Führer – der offensichtlich verzweifelt war, an einer solchen Katastrophe, dem Aufhalten eines Schiffes, mitschuldig zu sein – befanden sich in dem Motorboot drei Passagiere. Und nun kamen sie an Bord.

Daines-Dibdin, ein langer, knochiger, seniler Gentleman mit einem Monokel im Auge, kam zuerst. Ein ausgemergelter Gentleman mit rötlichem Haar, aber wohlerhalten, ungemein tadellos ud sehr gut erzogen. Er stellte, das konnte man auf den ersten Blick sehen, den Typus der Korrektheit dar. Um ihn lag eine Atmosphäre von Starrheit und eine gewisse läppische Unheimlichkeit, als ob er imstande wäre, an einem Tag die Bond-Street als seine Straße zu benutzen, und am nächsten Tag, frisch rasiert und gelassen dumm, die Mitte der Sahara.

Schweratmend kam er an Deck und wandte sich um, den anderen zu helfen – einer Frau und einem Mädchen, die nun das Fallreep erklommen. Im selben Moment riß Harvey, tobend über die Verzögerung, die Tür seiner Kabine auf. Sein manischer Blick stockte plötzlich, heftete sich starr auf das Schauspiel dieser Ankunft: auf den feierlichen Empfang, auf Hambles Unterwürfigkeit, auf die rapide Abfertigung des Gepäcks, auf das erregte Hin- und Herlaufen der Stewardeß, auf den ungewöhnlichen Wirrwarr, der sich ergeben hatte. Mit kalter Gleichgültigkeit bemerkte er diese Anzeichen gesellschaftlichen Ranges, und als einen Augenblick später die beiden Frauen das Deck entlang schritten, musterte er sie in steinerner Ruhe.

Die Ältere war groß, von voller und eleganter Gestalt, müdem Gehaben und so unfehlbar sicherem Auftreten, daß es eine ganz grundlose Gereiztheit hervorrief. Vielleicht war es Elissa Baynhams Auftreten, das schon zwei Männer bis zur Ehescheidung gereizt hatte. Vielleicht auch nicht. Gewiß besaß sie mit ihren zweiunddreißig Jahren eine geradezu prachtvolle Erscheinung. Aber es war eine gleichgültige Pracht. Nur ein zehnter Teil ihres Wesens schien mit äußeren Dingen – solch langweiligen Affären! – befaßt, alles sonst kreiste um ihre eigene Person. Wenn ihr Gesicht jetzt kein Zeichen von Belebung zeigte, lag der Grund darin, daß sie zu dem Schluß gekommen war, die Situation sei keiner Beachtung würdig. Dennoch war ihr Ausdruck überraschend – ein wenig herausfordernd, und nun, da ihre Züge in Ruhe waren, hochfahrend, fast verdrießlich. Sie wirkte hübsch in ihrer grellen Art. Sie hatte gesunden Teint, ihre Augen waren blendend schön, der Mund breit, die Zähne stark und weiß.

Das Mädchen neben ihr schien seltsam jung. Das war in der Tat jene Eigenschaft Mary Fieldings, die sogleich den Blick fesselte. Obwohl sie fünfundzwanzig Jahre zählte, sah sie zuzeiten nicht älter aus als fünfzehn. Sie war von mittlerem Wuchs und zarter Gestalt, feinknochig und leicht, hatte kleine Hände und Füße und ein lebhaftes, lebendiges Gesicht. Das tief und glänzend braune Haar trug sie kurz geschnitten und aus der hohen Stirn zurückgestrichen. Die Zähne waren klein und vollendet schön, die Augen blau, die Iris sonderbar von viel dunkleren Ringen umgeben. Sie waren sehr tief – schienen überzuquellen von einem Licht, das an der Grenze des Dunkels stand. Obwohl es Zeiten gab, da diese Augen eine seltsam verwirrte Trauer bergen konnten, schienen sie nun in eigenartigem Frohsinn zu tanzen. Sie war ziemlich nachlässig in braunen Tweed gekleidet, der einigermaßen unordentlich an ihr hing.

Sie näherten sich. Und ehe sie an Harvey vorbeikamen, wandte dieser betont den Blick ab. Da sah ihn Mary Fielding.

Sie keuchte kurz; ihr Gesicht wurde ganz bleich, im hellen Schein ihrer Augen zuckte ein Ausdruck sowohl von Freude wie von Angst. Sie zögerte, wollte stehenbleiben. Doch da hob Harvey den Kopf; sein Blick begegnete dem ihren. Er kannte sie nicht, war ihr nie im Leben begegnet. In steinerner Ruhe und ohne jegliches Erkennen sah er sie unverwandt an.

Da senkte sie den Blick. Wieder fühlte sie sich tief im Innern erschreckt, furchtbar erschreckt und doch froh. Ihr Gesicht war noch immer weiß, als sie mit Elissa weiterschritt. Aus dem Augenwinkel beobachtete Harvey, wie sie ihre Kabinen betraten, die – und das sah er mit kalter Gleichgültigkeit – neben der seinen lagen.

Die Türen wurden geschlossen. Er vergaß das Ganze wieder. Müde wandte er sich um und lehnte sich an einen Pfosten. Eine Glocke läutete scharf von der Brücke her; läutete dann wieder; ein gedämpftes Pochen begann im Innern des Schiffes, pulsierte wie erwachendes Leben. Er fühlte, wie das Schiff sich langsam in Bewegung setzte. Einem Menschen gleich, den ein plötzliches Zeichen erlöst, wandte er sich unvermittelt um.

3

Er trat in seine Kabine, warf sich aufs Sofa und drückte sogleich den Taster der Glocke. Er wartete; dann läutete er in plötzlicher Ungeduld zum zweitenmal. Wild. Im nächsten Augenblick trat der Steward ein, verwirrt und zerknirscht, schwitzend vor Eile. Es war ein kleiner dicker Mann, mit kahlem Scheitel und braunen, vorstehenden Augen, die über dem Weiß der kurzen Drilchjacke dunkel aus dem runden Gesicht hervorglotzten.

»Wie heißen Sie?« fragte Leith unvermittelt.

»Trout, Sir.«

»Sie haben sich lange besonnen, Trout.«

»Verzeihen Sie gütigst, Sir. Ich hatte nämlich ungewöhnlich viel mit dem Gepäck zu tun, Sir. Lady Fielding ist soeben an Bord gekommen. Und das gab plötzlich argen Wirbel. Ihr Mann, Sir Michael Fielding, spielt eine große Rolle bei Slade Brothers. Er hat viel Kapital in unserer Firma stecken, Sir.«

»Fielding?« sagte Harvey. »Meinen Sie das Exemplar mit dem Monokel?« Trout blickte verlegen auf seine riesigen Schuhe. Er rieb sich die feuchten Hände an den spekkigen Säumen seiner blauen Sergehose.

»Sir Michael ist nicht mit dabei, Sir. Vielleicht meinen Sie den Honourable Daines-Dibdin. Wenn Sie mir die Bemerkung erlauben, Sir, ist das ein ältlicher Herr, aber

Klasse, wie man zu sagen pflegt. Er kam mit Mylady und Mrs. Baynham an Bord.«

Harvey musterte mürrisch den kahlen Kopf des Stewards.

»Ich habe keinen Titel, Trout. Und keinen Einfluß bei der Gesellschaft. Aber einen Teufelsdurst. Holen Sie mir also eine Flasche Whisky. Und fix, bitte.«

Es trat eine Pause ein, während der die Blicke des Stewards unentschlossen auf seine Schuhe gerichtet blieben. Dann sagte der Mann:

»Jawohl, Sir.« Seine Stimme klang gepreßt, als ob die Worte aus eben diesen Schuhen kämen. Er wandte sich um und ging.

Der Hohn in Harveys Gesicht verlosch. Er stand auf und blickte durch das viereckige Lukenfenster. Warum hatte er sich gegen den Steward lümmelhaft betragen? Derlei war sonst nicht seine Art. Dunkle Schwermut stieg ihm in die Augen, während er zu dem undeutlich sichtbaren Flußufer hinausstarrte. Das glitt vorbei wie ein grauer Schleier, der sich langsam vor dem Blickfeld entrollt. Genau so glitt jetzt das Leben vorbei. Fern, leer, sinnlos.

Unbehaglich bewegte er sich hin und her, knirschte mit den Zähnen. Warum kam der Kerl nicht? Wollte er überhaupt nicht kommen? Harvey wartete mit zuckenden Nerven, dann sprang er in plötzlichem Entschluß auf und eilte aus der Kabine. Das Deck, über das nun der frischer werdende Wind der Bucht hinstrich, war menschenleer, als er zum Hüttendeck ging, hinabstieg und den Salon betrat.

Das war ein kleiner Raum, aber sehr hell und sauber, mit weißer Holztäfelung, einem Perserteppich auf dem Boden und einem langen, festgeschraubten Tisch, auf dessen glänzendem Mahagoniholz ein Topf blühender Geranien wie ein greller Farbfleck wirkte. Und in der Ecke saß, die Füße auf den Kissen, ein sehr großer Mann von ungefähr sechzig Jahren, mit einem mächtigen, eckig geschorenen grauen Kopf, auf dem ein steifer, runder Hut in einem ebenso unternehmungslustigen wie tiefsinnigen Winkel saß. Er war häßlich, seine Augenbrauen glichen grauen

Büscheln, das eine Ohr sah aus wie ein plattgeschlagenes Wrack, doch über seinem ganzen narbigen und eingedroschenen Gesicht lag ein Ausdruck munterer Leutseligkeit. Sein blauer, sehr speckiger Sergeanzug war viel zu eng und viel zu schäbig. Und doch trug der Mann diese Schäbigkeit voll Unternehmungslust. Die engen, zu kurzen Hosen an den stämmigen Beinen machten einen gewissermaßen forschen Eindruck; in seiner Krawatte stak eine Nadel mit einer großen imitierten Perle, und seine Wäsche war rein, wenigstens teilweise. Da saß er ruhig und hielt in den klobigen, ungeheuren Händen ernsten Antlitzes ein Buch in Papierumschlag. Als Harvey eintrat, ließ der Fremde das Buch sinken, in dem er – die Lippen bewegend – gelesen hatte, blickte über den Rand der stahlgefaßten Brille auf der zerschlagenen Nase zu Harvey hin und bemerkte in einschmeichelndem irischen Tonfall: »Guten Morgen, Herr!«

»Guten Morgen.«

Harvey sank auf einen Stuhl, läutete und begann nervös mit den Fingern auf die Knie zu trommeln. Im nächsten Augenblick trat der Tischsteward ein.

»Steward«, sagte Harvey beherrscht, »ich habe Whisky auf meine Kabine bestellt. Nummer sieben. Schicken Sie ihn hinauf, ja? Einstweilen bringen Sie mir Brandy mit Sodawasser.«

Sogleich zeigte das Gesicht des Stewards eine nur schlecht verhohlene Verlegenheit.

»Dr. Leith, Sir?« fragte er. »Nummer sieben?«

»Ja.«

»Bedaure, Sir, die Bar ist geschlossen.«

»Geschlossen?«

Der Steward neigte sich über ihn und senkte mit ungeschicktem, allzu deutlich betontem Takt die Stimme.

»Für Sie geschlossen, Sir. Auf Befehl des Kapitäns angeordnet von Mr. Hamble, dem Zahlmeister.«

Harveys Finger hörten auf zu trommeln. Er saß völlig ruhig da, zutiefst getroffen durch diese unvermutete Antwort. Dann verzog sich sein Mund zu einer schmalen Linie.

»Aha«, murmelte er vor sich hin. »Aha.«

Undeutlich fühlte er, daß die beiden Männer ihn beobachteten. Undeutlich sah er, wie der Steward sich aus dem Salon stahl, aber er achtete dessen nicht. Natürlich hatte das Ismay getan – Ismay, der auf seine Freundesliebe, auf seinen Einfluß, auf seine Fähigkeit, das Weltall zu ordnen, so stolz war, hatte mit dem Kapitän gesprochen – oh, es war zum Tollwerden ...

Plötzlich begann der Mann in der Ecke zu sprechen.

»Wissen Sie, mein Lieber«, sagte er, und ganz unerwartet erhellte ein freundliches Grinsen sein zerdroschenes Gesicht, »manche von diesen Seebären haben schon ihre Mucken. Verschroben wie die Gemsen. Ich an Ihrer Stelle würde deswegen noch lange nicht hitzig werden.« Er machte eine Pause und fuhr, obwohl Harvey durch nichts zu erkennen gab, ob er ihn gehört habe, mit unvermindertem Behagen fort: »Ich habe Sie schon bei der Ankunft auf dem Tender gesehen. Mein Name ist Corcoran. Jimmy Corcoran. Der Name hat guten Klang. Überall, wo Sie nur wollen.« Wieder machte er eine naive Pause, während er das Ohr voll Erwartung zur Seite hielt, als wolle er eine Bestätigung seines Ruhmes hören, dann fügte er hinzu:

»Schwergewichtschampion im Norden Anno achtundachtzig. Der einzige Mensch, der mit dem tollen Joe Crotty fertig geworden ist. Hätte es zum Weltmeister gebracht, wenn ich mir nicht das Bein gebrochen hätte. Es gibt eine ganze Menge Menschen, die Jimmy Corcoran kennen und wissen, wer er ist. Alles mögliche war ich schon. Aber nie ein reicher Mann und nie ein Gauner. Und immer in Form. Und immer in der Klemme. Das hat meine liebe Mutter oft und oft gesagt. Die prächtigste Frau, Gott hab sie selig, die je aus dem guten alten Irland gekommen ist.« Er seufzte leicht, zog eine metallene Schnupftabaksdose aus der Westentasche, klopfte voll empfindsamer Erinnerung darauf und nahm eine reichliche Prise. Dann hielt er Harvey das Buch hin und fragte ungekünstelt: »Haben Sie jemals Pläto gelesen? Na, der Junge hat gewußt, was und wie. Er hat mir schon aus vielen üblen Patschen geholfen. Ein großartiger Junge, der Pläto! Sie sollten ihn lesen, junger Mann, wenn Sie nicht zuviel zu tun haben.«

Harvey gab keine Antwort. Es war ihm kaum klar geworden, daß man zu ihm sprach. Mit starrer Miene stand er auf, wandte sich um und verließ den Salon. Er stieg die Treppe hinauf und nahm seinen Weg zum Brükkendeck. Nun war er vor dem Kartenraum und der Kapitänskajüte, die solide unter der Brücke eingebaut war. Durch eine offene, festgehakte Tür sah er den Kapitän an einem mit Filz bedeckten Tisch schreiben. Er riß sich zusammen, klopfte an und betrat die Kabine.

Kapitän Renton blickte scharf auf. Er war ein kleiner, einem Zwerghahn ähnelnder Mann mit frostigen Augen und starkem Kinn. Das kurzgeschnittene helle Haar, das stellenweise grau wurde, hatte einen seltsam scheckigen Glanz; die enge Jacke, die zu klein geworden war, ließ die Gestalt steif erscheinen, die ganze Haltung war spröde, unbeugsam und schroff. Vor ihm hing an der getäfelten Wand ein Bleistiftporträt Nelsons, dem er – so hatte man ihm einmal gesagt – ähnelte und mit dessen Andenken er einen übermäßigen Kult trieb.

»Nun, mein Herr?« rief er sogleich. Dann fügte er hinzu: »Sie sehen hoffentlich, daß ich beschäftigt bin.«

»Mein Name ist Leith«, sagte Harvey in hartem Ton. »Ich habe Sie etwas zu fragen.«

»Sie müssen später fragen, Dr. Leith. Geben Sie mir eine Stunde Zeit. Der Lotse ist noch auf der Brücke. Die Ausfahrt gibt immer viel Arbeit.«

Harvey regte sich nicht. Ein Farbfleck zwängte sich langsam ins Grau seiner Wangen.

»Sie haben dem Steward befohlen –«

»Ich befehle auf meinem Schiff, was mir paßt, Dr. Leith.«

Es herrschte Schweigen, während die beiden einander musterten. In Harveys Blick barg sich seltsame Verzweiflung.

»Ich möchte darauf hinweisen«, sagte er schließlich mühselig, »daß es gegen jede Vernunft ist, mich von einem Augenblick zum nächsten zu entwöhnen. Ich weiß, was ich sage.«

»Ohne Zweifel, Dr. Leith«, antwortete Renton scharf. »Aber hier habe nur ich etwas zu sagen. Und mir hat Ihr Freund, Mr. Ismay, etwas gesagt. Verzweifelte Fälle erfordern verzweifelte Kuren. Auf meinem Schiff sollen Sie keinen Tropfen bekommen. Es wird gut sein, wenn Sie sich damit abfinden. Ich glaube, Sie werden mir am Ende der Reise Dank wissen.«

Die Farbe in Harveys Gesicht erlosch; seine Lippen zuckten unter der Bitterkeit der Gedanken.

»Ich verstehe«, rief er. »Ich muß gerettet werden. Und mit dem Heiligenschein zurückkommen. Ganz gegen meinen Wunsch. Guter Gott! Das ist unbeschreiblich komisch. Es lebe die Menschenliebe! Liebet einander und seid gütig. Man hat mich in den verdammten Dreck getreten, und jetzt will man mich mit Tritten wieder hinausjagen.«

Der Kapitän wandte den Blick ab; starrte vor sich hin auf die Zeichnung an der Wand. Dann sah er wieder zu Leith. Während er sprach, klopfte er mit dem Federhalter leicht auf den Tisch.

»Sie haben eine böse Zeit hinter sich. Das weiß ich«, sagte er in geändertem, ruhigem Ton. »Ja, eine böse Zeit. Wenn ich es sagen darf: Sie haben mein Mitgefühl.«

»Ich brauche Ihr Mitgefühl nicht«, rief Harvey wild. Dann verstummte er. Sein Gesicht bebte; wurde hart. Wortlos wandte er sich um und eilte durch die offene Tür. Er fühlte sich jetzt schon schlecht; in seinem Kopf pulsierte schweres Pochen; das Tageslicht traf die müden Augäpfel wie mit einem Dolchstoß; eine Welle tödlicher Schwäche durchflutete ihn. Er würgte den Brechreiz hinunter und betrat seine Kabine. Dort stand er starr und angespannt und schien wie in einer inneren Vision die Ohnmacht des ganzen Lebens zu sehen, stumpf das Elend seines Daseins zu fühlen. Als er sich auf die Koje warf, drang ihm ein dumpfer Laut über die Lippen, ein Laut, der sich anhörte wie Schluchzen.

4

In der Nachbarkabine beteten ein Mann und eine Frau. Sie standen nebeneinander in dem engen Raum, hatten die Hände gefaltet und die Gesichter emporgewandt, verbunden durch die Inbrunst ihrer geistigen Vereinigung.

Der Mann war etwa dreißig Jahre alt, aufrecht und schön gewachsen – eine imposante Erscheinung und gut gekleidet. Trug einen grauen Anzug mit eckig geschnittenen Schultern. Ein hübscher Mann, mit dunklem Teint, zurückweichendem Kinn, vollen Lippen, feucht schimmernden Augen und Nasenflügeln, die sich beredt aufblähen konnten. Die Hände, weiß und glatt, bewegten sich zuzeiten im Rhythmus seiner seligen Glut. Er war es, der vorbetete, mit einer klangvollen Stimme, die ein amerikanischer Akzent nicht unangenehm färbte.

»Und gib unserer Mission, geliebter Herr und Gott«, fuhr er ernst fort, »allen Segen und alles Gedeihen. Laß das Licht erstrahlen in jenen umnachteten Inseln, in denen Dunkel herrscht und viele verlorengehen – ja, umherirren in der Wüste, ohne die wahre Botschaft der Vereinigung des Siebenten Tages zu erkennen. Laß uns, Deine Diener Robert und Susan Tranter, die Werkzeuge Deiner Gnade sein. Sei mit uns, Erlöser, sei mit uns! Begnade Deinen Diener Robert mit einer gründlicheren Kenntnis der fremden Sprache. Gewähre Deiner Magd Susan ausdauernde Stärke und Seelenreinheit. Sei mit uns, Erlöser o sei mit uns! Wir flehen Dich an, gib uns die Kraft, Krankheiten und Versuchungen wie auch dem Hohn Ungläubiger zu widerstehen. Laß uns die Wege der Nächstenliebe wandeln und nur geistige Güter wünschen und laß uns vor allem dessen eingedenk sein, daß bei Ihm, der uns Stärke gibt, kein Ding unmöglich ist.«

Als er zu Ende gesprochen hatte, sagte sie laut »Amen«, dann fügte sie in demselben ruhigen Tone hinzu – und in ihrem Gesicht war eine Wärme, die ihre Worte inniger erklingen ließ: »Und bitte, o Herr, laß die Gesundheit meines Bruders Robert sich festigen, um Jesu willen. Amen!«

Sie war nicht so hochgewachsen wie ihr Bruder, auch nicht so hübsch. Ihre Gestalt war zu untersetzt, beinahe unproportioniert, die Hände groß, die Fußknöchel reichlich bemessen, die Nase stumpf und leicht aufwärts gewendet. Ihre Wangen sahen wie frisch gescheuert aus, dennoch zeugte das Gesicht, obgleich unhübsch, von einzigartiger Aufrichtigkeit. Vielleicht waren es die Augen, die solche Ehrenhaftigkeit ausdrückten; braune, kleine, aber sehr helle Augen, hell in einer doppelten Liebe dieser Frau – zu ihrem Gott und zu ihrem Robbie.

Einen Augenblick herrschte Schweigen, dann sahen sie sich um, plötzlich entspannt, und lächelten, wie Leute tun, die einander lieben. »Ich meine, ich werde wohl mit dem Auspacken beginnen, Robbie«, sagte sie schließlich. »Besser jetzt, ehe es zu blasen anfängt.«

Sie ertrug Seereisen nicht leicht. Als die beiden vor zwei Wochen eine stürmische Überfahrt über den Atlantischen Ozean gehabt hatten, zeigte sie einen beklagenswerten Mangel an Festigkeit. Selbst jetzt noch schüttelte ihr Bruder bei der Erinnerung scherzhaft den Kopf.

»Auf dieser Reise wird es nicht so schlimm werden, Susie, mein Mädel. Glaub mir, mit des Herrn Hilfe werden wir es ruhig haben wie auf dem See von Galiläa nach dem Sturm. Es dauert auch nicht so lange. Ich schätze sieben Tage bis Las Palmas, wo wir für einen Tag anlegen. Ein weiterer Tag nach Orotava und, sagen wir, noch einer nach Santa Cruz. Na! Das ist doch nichts, Sue, für einen hartgesottenen Seebären, wie du es bist.« Er setzte sich auf das Sofa, legte sich, ohne die Beine zu kreuzen, die Hände auf die Knie und beobachtete seine Schwester mit liebevollen Blicken, während sie ihren Koffer hervorzog und die Riemen zu lösen begann. »Weißt du, Sue«, fuhr er nachdenklich fort, »ich habe so ein Gefühl, daß wir dort unten in Santa Cruz ein reiches Feld für die Erlösung finden werden. Die Trauben sind schwer im Weingarten – das waren die eigenen Worte des Hochwürdigen Herrn Hiram McAtee, er hat mir einen richtigen Brief geschrieben. Er ist ein ganzer Kerl, meiner Treu, und ich schätze seine brüderlichen Grüße und seine Aufmunterung besonders hoch ein. Ganz gewiß, Schwester, die Zeit ist reif. Die Revolution hat ungeheure Veränderungen bewirkt. In Spanien – sozusagen dem Mutterlande dieser Inseln – gerät die alte Ordnung ins Wanken und wird stürzen. Und jetzt ist, wie ich dem Hochwürdigen Herrn Hiram geschrieben habe, gewiß der geeignete Augenblick, das echte Wort Gottes auf jenem besonderen Feld auszusäen.«

Sie hatte eigentlich nicht richtig auf seine Worte geachtet, aber sie kannte den Bau seiner Sätze, und als er nun Atem holte, blickte sie mit verständnisvollem Lächeln auf.

»Ich freue mich sehr, mit dir zu arbeiten, Robbie, wo immer es sein mag. Und es bedeutet mir viel, zu wissen, daß das Klima dort deine Gesundheit kräftigen wird. Hast du am Morgen daran gedacht, deinen Extrakt zu nehmen?«

Er nickte großmütig.

»Natürlich werden wir Vorurteilen begegnen müssen. Und dann ist noch die Schwierigkeit mit der Sprache. Aber wir werden durchkommen, Sue. Wir haben es früher schon zuwege gebracht, und es wird wieder gelingen. Ich schätze, Santa Cruz wird nicht viel anders sein als Okeville. Die Persönlichkeit zählt überall in jedem Geschäft. Das stimmt gewiß. Und ich möchte sagen, sie zählt doppelt in der größten Geschäftsbranche des Lebens. Und das ist die Verbreitung des Gotteswortes, Sue.« Sein Auge funkelte, seine Hände bewegten sich; trotz allen Übertreibungen lag hinter seinen Worten leidenschaftliche Inbrunst. Und diese funkelnden Augen gerieten in Glut, als er sich ausmalte, wie er, mannhafter Diener seines Erlösers, als Missionar der Bruderschaft des Siebenten Tages von Connecticut, in Santa Cruz das Wort Gottes verbreitete und die kostbaren Seelen einer im Sündenpfuhl versunkenen spanischen Bevölkerung rettete. »Wir haben jetzt schon Güte erfahren, Sue«, fuhr er nach einem Augenblick fort. »Es ist ein gutes Zeichen. Der Kapitän hatte nichts dagegen, daß wir das Harmonium im Salon aufstellen. Ich habe es ihm einfach als Mann zu Mann vorgebracht. ›Wir werden die Fracht zahlen, Kapitän‹, sagte ich ihm ohne Umschweife. ›Wir sind keine Knauser. Aber ich möchte nicht, daß das Instrument meiner Schwester im Laderaum beschädigt wird. Es ist gebrechlich und heikel. Und wir beide schätzen es höher als eine echte Stradivari.‹«

»Vielleicht kannst du am Sonntag Gottesdienst halten, Robbie?« schlug Susan vor. »Das ginge im Salon sehr bequem.«

»Vielleicht, vielleicht. Jedenfalls haben die Dinge wirklich günstig begonnen.« Er blickte sich um. »Es tut mir bloß sehr leid, daß du keine Kabine für dich allein bekommen konntest, Sue. Es ist ein wenig bitter für dich, sie mit einer Fremden teilen zu müssen.«

»Es stört mich nicht, Robbie. Die Hauptsache ist, daß du gut untergebracht bist.«

»Hast du die Dame noch nicht gesehen, Schwester? Eine Mistress Hemmingway, so war doch der Name, nicht wahr? Engländerin – auf der Rückfahrt nach Santa Cruz, wo sie schon viele Jahre lebt. Wenn sie Christin ist, hat sie dort vielleicht Einfluß.«

Kaum hatte er diese Worte gesprochen, als die Kabinentür aufging und ohne jede Ankündigung eine kleine, stämmige Frau mit rotem Gesicht vom zugigen Deck hereinwackelte.

»Hol's der Teufel«, keuchte sie. »So ein Wetter. Das kann einen Heiligen umschmeißen.« Mit einer gewissen Behendigkeit zupfte sie sich den Rock zurecht. »Santa Maria, das ist zuviel. Mir ist ganz heiß geworden.« Sie klopfte sich mitleidig auf die linke Brust, als wollte sie ihr Herz ermutigen, das Blut zurückzupumpen. So stand sie da, bemüht, wieder Atem zu finden.

Sie war dick, die gute Eliza Hemmingway, so dick, daß die Breite fast die Höhe zu übertreffen schien, und in der Tat, der Umfang ihres nun vorwärts drängenden Busens verringerte den freien Raum in der Kabine so sehr, daß Robert in Abwehrstellung an die andere Wand zurückwich. Ihr Gesicht war schlau und hart, die Augen waren schwarze Knöpfe, die Wangen rund und glänzend, die Stirn flach, fast wie die einer Kröte, und so bot ihr Ausdruck eine seltsame Mischung aus Kühnheit, Munterkeit und Bosheit. Ihr Haar war dunkel, fettig und sehr üppig. Auf der Oberlippe sprossen schamlos ein paar vereinzelte Haare, und das betonte den Eindruck fröhlicher Frechheit. Sie trug ein lebhaft pflaumenblaues Kleid und hatte um den Hals eine schwarze Handtasche hängen, die auf ihrem Busen klaffte wie der Schnabel eines Pelikans.

Tranter starrte sie mit tiefstem Mißtrauen an.

»Möchten Sie sich nicht setzen, Gnädige?« fragte er endlich, während er zögernd auf das Sofa wies.

Sie schüttelte den Kopf, daß ihre Ohrgehänge klirrten, lockerte mit einem Ruck ihr Korsett, dann tat sie impulsiv einen Schritt vor und lümmelte sich breit über die untere Koje.

»Carajo coño! So ist es schon besser!« erklärte sie, und ihr natürlicher Londoner Akzent klang seltsam zu den spanischen Brocken. »Bin zu schnell die Treppe gestiegen. Habe mich mit der Kellnerin, will sagen mit der Stewardeß, bei einem Gläschen verschwatzt.«

Fast für eine Minute schien sich kaltes Schweigen über die Kabine zu senken. Dann sagte Robert in einer Art verlegener Höflichkeit: »Ich hatte gehofft, Gnädige, daß meine Schwester Susan die untere Koje haben könne. Sie erträgt Seereisen nur schlecht, und oben wird sie das Rollen viel stärker spüren.«

Mutter Hemmingway runzelte die platte Stirn und grinste wie ein Wasserspeier.

»Wer zuerst kommt, mahlt zuerst«, zitierte sie grinsend. »Und das übrige wissen Sie ja, Mister. Hier bin ich und hier bleibe ich. Warum haben Sie das Bett nicht belegt, ehe ich kam? Ich ehre Ihre ehrbare Aufforderung. Ich ehre Ihre brüderlichen Gefühle. Ich bin tief unglücklich um Susan. Aber heutzutage hilft das alles nicht. Und darum muß Susan hinauf, und ich bin hier unten. Carajo coño und Jesu Maria, ich hoffe und bete nur, daß sie nicht auf mich herabkotzt.«

Es folgte ein entrüstetes Schweigen, das sich zu Entsetzen wandelte, als Mutter Hemmingway mit fetten beringten Fingern in die offene Handtasche griff, eine kleine braune Zigarre herausnahm, an der Seite der Koje ein Zündholz anstrich und die Zigarre gleichmütig anzündete.

»Carajo!« fuhr sie kühl fort, während sie die Lippen zu einem kleinen runden Loch wölbte, aus dem ein dünner Rauchfaden rieselte. »Ich muß lachen, daß ich endlich wieder zurückfahre. Ja, Mister, ich sehne mich schon ganz toll nach den Inseln. Es ist komisch. In Santa gibt's Tage, an denen mir Wapping so sehr fehlt, daß ich fünfzig Pesetas drum gäbe, wieder einmal den Geruch eines Wirtshauses an einem nebligen Abend zu spüren. Menschliche Schwäche – teure Heimat, wissen Sie –, so ähnlich, wie wenn Sie den ›Yankee Doodle‹ im Grammophon hören. Aber bei Christus, daheim gäbe ich fünfhundert Pesetas drum, wieder unten zu sein.«

»Sie leben also in Santa Cruz?« fragte Robert steif. Nur um seiner Schwester willen fühlte er sich zu einer Konversation verpflichtet.

»Am Himmelfahrtstag sind's dreißig Jahre«, antwortete Mutter Hemmingway, nachdenklich die Zigarre schwenkend. »Mein Mann, Gott hab ihn selig, war Kapitän der ›Christopher‹ – kleine Küstenbarke, fünfhundert Tonnen, Guanohandel. Ich kann heute noch das Schiff riechen, so wie ich hier auf der Koje liege. Am Himmelfahrtstag sind's dreißig Jahre, daß er nach Teneriffa ausgefahren ist, wie immer. Da hat er den Kurs verloren und das drekkige Schiff dazu. Ist an die Anagaklippen angerannt – Krach! – und jetzt liegt er auf dem Grund der tiefen blauen See. Wenn's nach seinem letzten Wunsch gegangen wäre, wäre ich mit dabei. Er war sehr boshaft, wissen Sie. Aber ich habe den Crusoe gespielt. Der einzige Mensch, der aus dem Schiffbruch gerettet wurde. Und so bin ich nach Santa Cruz gekommen. Und so bin ich auch dort geblieben, Madre de Dios!«

»Sie haben sich gewiß schon eingewöhnt, Gnädige«, sagte Robert unbehaglich. »Finden Sie die Spanier angenehm?«

»Sie sind eben, wie sie sind«, antwortete die andere selbstgefällig. »Ich kann nicht sagen, daß ich die Leute gern mag, und kann nicht sagen, daß ich sie hasse. Sie sind eben Menschen. Und es gibt nicht nur Spanier auf den Inseln. Sie werden dort alle Hautfarben finden, vom pechschwarzen Neger bis zum fast weißen Blonden. Aber was macht das aus? Ich halte es mit dem Sprichwort, wir alle sind unter unserer Haut gleich. Und ich liebe meine farbigen Brüder genauso. So wie's im Evangelium steht, in der Heiligen Schrift, hol mich der Teufel! Jeder, der zu mir kommt, kriegt freundliche Worte und nichts umsonst.«

»Sie sind also in Santa Cruz geschäftlich tätig?« fragte Robert steif.

»Geschäftlich, Señor. Ich habe ein nettes kleines Etablissement in der Stadt.«

Susan, still in ihrer Ecke, hatte das Gesicht der anderen Frau gemustert und fragte nun beinahe erstaunt:

»Welche Art Lokal führen Sie, gnädige Frau?«

Mutter Hemmingway klopfte die Zigarrenasche auf den Boden und spuckte eine Tabakkrume, die auf ihrer Zunge kleben geblieben war, seitwärts aus. Dann wandte sie sich um und starrte Susan mit ihren wissenden Knopfaugen an. Sie lächelte. »Man könnte es eine Art Hotel nennen, liebes Kind. Sehr einfach - Nachtlager und Frühstück - und ähnliche Kleinigkeiten. Nichts Besonderes, bloß ein gewöhnlicher, anständiger Betrieb.«

Wieder herrschte Schweigen, dann begann Susan, die unversehens eine Wolke verqualmter Luft eingeatmet hatte, plötzlich zu husten. Es war nur ein kurzer Anfall, aber verschärft durch eine unbestimmte Schaukelbewegung des Schiffes, und lenkte Tranters Aufmerksamkeit abermals auf diese abscheuliche Zigarre. Nachdem er Susan aus der Karaffe auf dem Regal ein Glas Wasser eingegossen hatte, räusperte er sich verlegen und sagte ziemlich ernst:

»Hoffentlich werden Sie mir meiner Aufrichtigkeit wegen nicht böse sein, Gnädige. Wir sind strenggläubige Christen, ich und meine Schwester, Missionare der Vereinigung des Siebenten Tages von Connecticut, und sind gegen den Genuß von Tabak, besonders bei Frauen. Und zudem, wissen Sie, kann meine Schwester den Geruch des

Krauts nicht vertragen. Im Hinblick darauf darf ich Sie wohl bitten, sich im Namen der christlichen Nächstenliebe das Rauchen in der Kabine während dieser Fahrt zu versagen.«

Mutter Hemmingway sperrte den Mund auf. Sie starrte Robert an, dann begann sie unvermittelt zu lachen. Sie lachte in einer heimlichen, krampfartigen Belustigung, die ihren fetten Körper wie in den Zuckungen einer entsetzlichen Pein erschütterte, als werde ein Gelee von einem Erdbeben gerüttelt. Endlich erklärte sie:

»Das ist zum Teufelholen komisch. Mucho richo, Señor. Vielen Dank für die Caracajada. Es ist die Höhe. Ja, wissen Sie denn nicht, daß jeder sich selbst der Nächste ist?« Und sie klopfte sich auf den noch immer wabbelnden Busen. »Ich paffe hundert Zigarren im Monat, meine eigene Marke. ›Perfecto Hemmingway.‹ Speziell in Las Palmas erzeugt. Sie könnten mich genauso gut darum bitten, daß ich meine Whistpartie aufgebe. Nein, lieber Herr, ich stelle meine Zigarillos nicht ein. Nicht einmal, wenn Sie mir die Erlösung auf einem Tablett servieren.«

Robert errötete tief, doch noch ehe er antworten konnte, mengte Susan sich ein.

»Es hat keinen Sinn, Robbie«, sagte sie leise. »Laß sie. Ich werde mich schon zurechtfinden.«

Mutter Hemmingway fing die Worte auf.

»Natürlich wird sie sich zurechtfinden. Wir zwei werden noch Busenfreundinnen, ehe das Schiff in Santa anlegt.« Unter der platten Stirn warf sie Robert einen schiefen Blick zu. »Sie sind ein ganz hübscher Bursche, Mister, aber Sie müssen noch auf den Spaß kommen. Sabe? Sie sollten lachen und fett werden.«

Wieder wollte Tranter etwas sagen, doch er sah sie an und besann sich eines Besseren. Nun wandte er sich zu Susan und bemerkte verlegen, noch immer hochroten Gesichtes:

»Ich schätze, ich werde jetzt in meine Kabine gehen. Ich denke, ich könnte vor dem Essen noch eine Stunde studieren.«

Sie nickte, drückte ihm verständnisvoll die Hand, er

aber öffnete die Kabinentür und schritt hocherhobenen Hauptes hinaus.

Auf Deck war es kalt. Der Wind blies heftig und wehte ihm angenehm um das erhitzte Antlitz. Die Bucht lag nun hinter ihnen; das Land bildete nur mehr einen undeutlich sichtbaren Strich.

Bald fühlte er sich ruhiger – es war bezeichnend für seine leicht erregte Natur, daß er sich ebenso rasch abkühlen konnte, wie er in Hitze kam. Und wieder federnden Schrittes bog er in den Korridor ein, der steuerbords zu seiner Kabine führte. In diesem Augenblick kam von der anderen Seite Mrs. Baynham. Ihre hohe Gestalt war der Brise wegen vermummt, die ihr schon eine leichte Röte in die Wangen gepeitscht hatte. Tranter trat zur Seite, den Hut in der Hand, um ihr den Weg freizugeben. Als sie in dem schmalen Korridor an ihm vorbeistrich, säuselte er:

»Guten Morgen.«

Es war, das wußte er, nichts anderes als Höflichkeit, und die Höflichkeit wurzelte in der christlichen Nächstenliebe.

Die Frau aber sah ihn nicht einmal an. Ihre großen unfreundlichen Augen schienen starr in die Unendlichkeit gerichtet. Dann war sie um die Ecke verschwunden und ließ ihm ein seltsames Unbehagen und einen zarten Duft zurück, der in der Brise sogleich verschwand. Er stand still, ganz ungewöhnlich erregt durch diese Zurückweisung, die der ersten so rasch gefolgt war. Dann schritt er langsam weiter. Es war gewiß der Wind, so dachte er gesenkten Hauptes; sie konnte ihn nicht gehört haben. Und nur halb beschwichtigt, noch immer an ihre Miene denkend, betrat er ziemlich unglücklich seine Kabine.

5

Das Schiff glitt plätschernd in die Irische See. Das Signal war gegeben worden; mit einer einzigen Ausnahme kamen die Passagiere beim Lunch zusammen und setzten sich mit dem Kapitän zu Tisch. Die »Aureola« war eigentlich ein Frachtschiff – oft hatte man es spöttisch »Bananenkiste« genannt –, aber nicht für Kapitän Renton. In Peter Rentons Augen war sie ein prächtiges, wackeres Schiff und er der Herr dieses schmucken Schiffes. Denn er hatte ein tiefes, instinktives Verständnis für die See und ein seltsames Gefühl für jene Würde, die nach seiner Ansicht jedem, der die See erwählt, innewohnen sollte. Seine Sippe hatte Jahre hindurch die See befahren, er kannte die Geschichte dieser Männer und anderer, die bedeutender waren als sie. Er hatte seine Zeit auf Segelschiffen abgedient und die Härten der Südwestpassage kennengelernt. Seine Bibliothek enthielt Bücher über berühmte Seeleute, vor allem über Nelson, den er verehrte. Und wenn es ihn überkam, sprach er funkelnden Auges von diesen großen Männern und von ihren Beziehungen zu den Inseln, nach denen er fuhr: von Kolumbus, der von Gomera in See gegangen war, um für Spanien Amerika zu entdecken; vom Angriff auf Las Palmas, den Drake und Hawkins ausgeführt hatten; von Nelson, der bei Santa Cruz einen Arm verlor, und von Trowbridge, der sich – als alles bis auf den spanischen Schatz verloren schien – durch die Plaza de la Iglesia durchschlug.

So war der Mann, und dies seine Methode: Mit Blick und Wort eines Aristokraten hielt er sein Fahrzeug in Form, und er hielt es in geziemender Ordnung sogar bis zu den Feinheiten der Tafel, die er als maßgebend für den Rang eines Gentlemans erachtete. Bei Tisch liebte er – in seinen eigenen Worten ausgedrückt: fleckenloses Leinen, funkelnde Gläser, schimmerndes Silber, blühende Topfpflanzen zur Augenweide. Und obwohl seine Offiziere die Mahlzeiten in der Messe einnahmen, liebte er es – denn er hegte gesellschaftlichen Ehrgeiz –, mit seinen Passagieren zu speisen. »Ein Kapitän ist einsam«, pflegte er zu sagen, »und hier kann er sich dafür entschädigen.« Oder: »In gewissem Sinn betrachte ich meine Passagiere als Gäste.«

Jetzt aß er eben kritisch seine Omelette und blickte forschend rings um den Tisch. Lady Fielding saß zu seiner

Rechten, neben ihr, steif aufgerichtet, Daines-Dibdin, den er schon als Esel klassifiziert hatte. Dann kam Mrs. Baynham, ein verdammt hübsches Geschöpf, aber gewiß ein Teufelsweib. Neben ihr saß dieser Missionar Tranter, ein langweiliger und geschwätziger Bursche. Renton hatte die Yankees nie leiden mögen. Sein Großvater war bei dem Versuch, die Blockade zu brechen, auf dem Dampfer »Alabama« erschossen worden. Immerhin war der Mensch hier aufrichtig, das fühlte der Kapitän. Neben dem Missionar saß Susan Tranter, an der Renton trotz seinem Vorurteil irgendwie Gefallen fand. Die sonderbare Offenheit ihres Gesichtes sagte ihm zu. Und neben Susan stand ein leerer Sessel. Bei diesem Anblick runzelte der Kapitän die Stirn. Dann kam Corcoran, den er schon an Land bei einer kleinen Unterredung über eine Ermäßigung des Fahrpreises kennengelernt hatte und den er halb wider Willen gut leiden mochte. Und schließlich – so weit leewärts, als er es hatte bewerkstelligen können, denn sie war schon früher manchmal mit ihm gefahren – die vulgäre Masse Mutter Hemmingways.

Nun war seine Musterung zu Ende, und er lieh dem Gespräch sein Ohr. Dibdin hatte den Hals vorgereckt; sein langes knochiges Gesicht war erfüllt von stumpfer Neugier. Er fragte:

»Kapitän, was ist das für ein seltsamer Kasten? Meiner Treu, das Ding ist sonderbar.«

»Es ist ein Harmonium, Herr«, antwortete Renton kurz. »Und es gehört einem der Passagiere.«

»Ein Harmonium«, wiederholte Dibdin albern, wobei er die Augenbrauen bis zum Skalp zog. »Gibt es denn noch so etwas? Mein Wort darauf, ich hatte gedacht, sie seien gleichzeitig mit den Haarnetzen verschwunden.«

Mutter Hemmingway grinste rund um den Tisch.

»Waren Sie noch nie bei einer frommen Versammlung? Dort wachsen die Harmoniums wie Artischocken. Und das hier reist in derselben Branche.« Sie wies mit einer kurzen Bewegung des Daumens auf Susan. »Es gehört ihr. Sie geht mit ihrem Bruder die Spanier bekehren. Er ist krank.« Und nachdem sie diese Mitteilungen verspritzt hatte wie ein Tintenfisch seinen Saft, wandte sie sich munter wieder ihrem Haschee zu.

Es gab eine kurze Pause, dann blickte Mrs. Baynham zu Susan hinüber.

»Ist Ihr Bruder wirklich krank?« fragte sie freundlich. »Er sieht eher aus wie ein gesundes Tier.«

Susan biß sich auf die Lippen; sie blickte vorwurfsvoll zu der anderen auf. Es kostete sie qualvolle Anstrengung, eine wachsende Abneigung gegen dieses indolente Geschöpf zu unterdrücken, das sich über ihren Robbie so unverschämt lustig machte.

»Mein Bruder ist nicht besonders kräftig«, sagte sie fest.

Tranter lachte, jenes tiefe, angenehme Lachen, das er sogar auf der Kanzel oft und gern verwendete.

»So laß doch, Sue!« Sein Ton war ungewöhnlich sanft. »Mrs. Baynham hat ja bloß gefragt. Und fragen darf man. In der Tat«, setzte er, an Elissa gewendet, ernst hinzu, »bin ich organisch vollkommen gesund, bloß ziemlich blutarm. Mein Arzt zu Hause in Connecticut – kurz und gut, er fand, mein Hämoglobinindex stehe um fünf Punkte unter dem Normalen. Ich mache die neue Leberextraktkur, und wir hoffen natürlich, daß die Sonne auf den Inseln den dummen Index wieder dorthin bringt, wohin er gehört.«

Mrs. Baynham starrte ihn ungläubig an, dann ließ sie ein kurzes, belustigtes Lachen hören.

»Dibs«, rief sie, »Sie haben doch eine gewaltige Erfahrung, sowohl in ehrbaren Dingen wie auch sonst. Ist Ihnen jemals ein Missionar mit einem Index untergekommen?« Sie machte eine huldvolle Pause. »Will mir jemand inzwischen die Butter geben?«

Tranter, neben dessen Teller die Butterdose stand, machte eine überschwengliche Geste der Entschuldigung. »Ich bitte tausendmal um Verzeihung«, murmelte er, während er ihr mit einer schwungvollen Bewegung die Butter reichte.

Die Frau wandte ihm das Gesicht zu, durchstarrte ihn mit ihren großen Augen und sah dann betont fort.

Einige Minuten hatte Mary Fielding versonnen auf den leeren Sessel geblickt, und nun wandte sie sich, wie von einem Impuls getrieben, an Renton.

»Dieser leere Stuhl, Kapitän?« Sie lächelte, und ihre Schultern schauerten leicht zusammen. »Bedeutet das nicht Unglück, so früh auf der Reise?«

Der Kapitän glättete die Serviette auf seinen Knien.

»Ich bin nicht abergläubisch, was Stühle betrifft, Mylady. Dieser Sessel ist einfach ein für einen meiner Passagiere bestimmter Platz. Und wenn der betreffende Passagier ihn nicht besetzen will, nehme ich eben an, daß er seine guten Gründe hat, ihn nicht zu besetzen. Und darum lasse ich mich bei meinem Lunch nicht stören.«

»Sie sind herzlos, Kapitän«, sagte Mrs. Baynham in mattem Ton. »Aber Sie machen uns neugierig. Haben wir denn nicht diesen – hm – betreffenden Passagier gesehen, als wir an Bord kamen? Den unglücklich dreinschauenden Mann, der auf dem Korridor stand. Du hast ihn doch gesehen, Mary?«

Eine ganz kurze Spanne Zeit verstrich.

»Ja, Elissa«, sagte Mary. »Ich habe ihn gesehen.«

»Er scheint gequält zu sein – ganz hager und voll innerer Glut. Entzückend dynamisch«, sagte Elissa. »Erzählen Sie uns mehr von ihm, Kapitän.«

»Noch etwas Omelette, Mrs. Baynham?« fragte Renton unvermittelt. »Das ist eine Spezialität der ›Aureola‹. Nach meinem eigenen Rezept, mit Pimentos zubereitet. Ein spanischer Koch in Palma hat es mir beigebracht. Oder wollen Sie lieber Haschee?«

Elissa lächelte freundlich.

»Wir haben von dem fehlenden Passagier gesprochen, nicht wahr? Wer ist er, was ist er, wo ist er?«

Es gab eine kurze Pause. Die Stimmung schien plötzlich aus irgendeinem Grund höchst unbehaglich zu sein. Unter den buschigen Augenbrauen musterte der Kapitän Elissa, dann antwortete er sehr kurz: »Sein Name ist Leith, meine Gnädige. Dr. Harvey Leith.«

Sogleich breitete sich Totenstille über den Tisch. Alle blickten auf; niemand aß weiter.

»Leith! Dr. Leith!« Elissa schien nachzudenken; ihr Blick wanderte vom Kapitän zu dem leeren Sessel. »Aber das ist ja phantastisch!«

Da ließ Dibs sein kurzes hartes Lachen hören und rief:

»Die Zeitungen waren doch voll von einem Kerl namens Leith – Harvey Leith. Und ich will mich hängen lassen, wenn das nicht ebenfalls ein Arzt war. Sie wissen doch, der Bursche, der –«

Renton starrte gerade vor sich hin; sein Gesicht schien aus Holz geschnitzt.

Plötzlich kicherte Mutter Hemmingway.

»Hol mich der Teufel, das ist drollig. Heißt genauso wie unser abwesender Freund. Das nenne ich einen Spaß! Ich sehe es dem Kapitän an der Nasenspitze an, daß es derselbe ist. Sie dürfen mich rot anstreichen, wenn ich nicht recht habe.«

Wieder herrschte Schweigen. Rentons Züge blieben undurchdringlich und unentspannt. Dennoch konnte Mary mit einem raschen, verstohlenen Seitenblick sehen, daß er sich ärgerte.

»Es war ein wilder Skandal«, bemerkte Dibs erregt. »Sie werden sich gewiß erinnern. Nahezu Mord!«

Ganz unvermutet legte Jimmy Corcoran Messer und Gabel, die er fest in den Fäusten gehalten hatte, nieder. Sein großes eingedroschenes Gesicht war ganz gleichmütig, als er freundlich sagte:

»Sie wissen, worüber Sie sprechen, nicht wahr? Sie wissen Bescheid. Über die Wissenschaft. Über alles.«

»He? Wie?« fragte Dibs, der auf dem einen Ohr nicht gut hörte. »Was haben Sie gesagt?«

»Nichts«, erwiderte Jimmy ruhig. »Ganz und gar nichts. Ich bin kein Redner, wissen Sie, aber ich höre Ihnen zu, seit wir hier sitzen. Und da denke ich mir eben, wieviel Sie wissen müssen. Es ist wunderbar. Es ist meiner Treu wunderbar. Sie haben Ihr Leben dem Studium geweiht. Pläto war ein Kind gegen Sie.« Er blinzelte zum Lukenfenster und biß ein ungeheures Stück von seiner Semmel ab.

»Sie lesen doch die Zeitung«, sagte Dibs geziert wie

eine alte Frau. »Sie wissen, daß ich die Wahrheit spreche.«

Jimmy fuhr fort, herzhaft zu kauen, dann sagte er: »Uff, ich lese die Zeitung, aber ich lese auch Pläto. Das ist der Unterschied.«

Ein leichter Farbflecken stahl sich in das lederne Gesicht des anderen; das Monokel funkelte erregt.

»Aber man kann um die Sache nicht herum«, rief er. »Sie war ein Faustschlag ins Gesicht, und die Presse hat ein fürchterliches Geschrei erhoben. Der Kerl ist ein Unmensch.« Seine Stimme überschlug sich schließlich, so daß Renton die Stirn runzelte und den Kopf hob. In festem Ton sagte er:

»Ich glaube, das genügt. Ich liebe Skandalgeschichten nicht. Am wenigsten auf meinem Schiff. Dieser Dr. Leith ist der Mann, den Sie meinen. Das muß genügen. Gerede hat schon viele Menschen ruiniert. Und auch viele Schiffe. Wenn ich auf See bin, mag ich davon nichts hören. Sie verstehen. Und damit ist Schluß!«

Eine volle Minute verstrich, dann machte Robert Tranter eine Geste edelherziger Billigung.

»Ich denke, ich stimme Ihnen bei, Kapitän«, orgelte er. »Das nenne ich den wahren Geist menschlicher Bruderliebe. Einst ist die Frage gestellt worden: ›Wer wirft den ersten Stein?‹ Nun, ich denke, keiner von uns wird das sein wollen. Meine Schwester und ich haben den Mann auf der Barke gesehen, und glauben Sie mir, er schien so betrübt zu sein, daß ich sogleich den Wunsch hegte, ihm mein Mitgefühl auszusprechen.«

Susan Tranter hatte die Füße fest aneinandergepreßt und den Blick starr auf den Teller gerichtet. Sie fühlte, wie ihr bei den Worten ihres Bruders warm wurde. Harvey Leith! Dr. Harvey Leith! – Sich vorzustellen, daß das der Mann war, dessen Fall sie mit solchem Kummer verfolgt hatte! Noch ehe sie das gewußt hatte, hatte sie ihn auf dem Tender bemerkt, sein Gesicht beobachtet – den Ausdruck eines Menschen, der den Glauben verloren hat –, ganz besonders aber waren ihr seine Augen aufgefallen. Sie litten, diese Augen, gleich den Augen des gepeinigten

Heilands. Eine Regung des Mitgefühls erwachte in ihr zum Leben. Oh, wie mußte er gelitten haben! Instinktiv stellte sie sich auf seine Seite, gegen die harte Gleichgültigkeit dieses Weibes! Ihr Mitleid schwoll an, und aus diesem Mitleid – denn es war gewiß Mitleid – entsprang der beglückende Gedanke: ich kann ihm vielleicht helfen. Ja, ich fühle, daß ich ihm helfen werde. Beinahe verstohlen hob sie den Blick.

Die Mahlzeit ging zu Ende. Wie es schien, hatte niemand mehr viel zu sagen.

Und Mary Fielding, die so wenig gesagt hatte, war jetzt gleich Susan, völlig still. Wieder trug ihr Gesicht jenen wehmütigen, verwirrten Ausdruck, als ob sie abermals trachte, etwas festzuhalten, was ebenso ungreifbar war wie dunkel. Ihre Augen waren noch immer unruhig, als sie sich vom Tisch erhob und mit Elissa an Deck ging. Einen Augenblick standen sie da, das Gleichgewicht haltend im sachten Schwanken des Schiffes während der Wind ihnen die Röcke dicht um den Körper hüllte. Sie betrachteten das düstere Bild des Meeres. Das Land war verschwunden; Wellen klatschten an den Bug, lange, graue, kammlose Wogen, die das Schiff unerbittlich auf seinem Kurs vorwärts zu treiben schienen. Vorwärts auf den festgesetzten, vorbestimmten Kurs. Vorwärts – und das erweckte ein seltsames Gefühl der Erinnerung. Vorwärts – wohin? Dieser Gedanke verwirrte Mary, als sich das öde Unbehagen des Augenblicks über sie senkte.

Ihr Gatte, der ihr Streben nach Einfachheit von jeher halb belustigt, halb mißtrauisch aufnahm, war gegen diese höchst phantastische Reise gewesen. Selbst jetzt noch konnte sie den Ausdruck vor sich sehen, den sein Gesicht angenommen hatte, als sie zu ihm kam und entschlossen erklärte:

»Ich muß fort, Michael. Allein. Auf einem kleinen Schiff. Irgendwohin – nur ruhig muß es sein und weit fort. Ich muß es wirklich. Du läßt mich doch fort?«

Warum hatte sie wohl den Wunsch gehegt, fortzufahren? Das war gewiß unerklärlich. Sie war glücklich in Buckden. Sie liebte wenigstens das üppige Tudorschloß inmitten des hügeligen Eichenparks, liebte die seltsamen Dinge, die man dort tun konnte, die einsamen Ritte in entlegenen Gehölzen, das unbelauschte Bad im Teich beim frühen Morgendämmern, das Füttern des scheuen Wildes bei den Silberbirken – allein.

Und sie war glücklich mit Michael. Glücklich? O ja, recht glücklich. Sie war ihm zugetan. Sie hatte ihn gern, immer gerne gemocht. Er hatte sanft ein Dutzend Gründe angeführt, die sie umstimmen sollten, dann aber mit jener Freundlichkeit zugestimmt, die sein besonderer Reiz war. Entzückt, ihre Launen zu befriedigen – das war seine Einstellung. Doch eigentlich verstand er sie nicht. Wie nicht anders zu erwarten, überschüttete er sie mit Aufmerksamkeiten; richtete es so ein, daß Elissa sie begleitete und daß Dibdin mit den beiden fuhr. Der arme Dibs – gänzlich mittellos trotz seinem Namen – hatte mit beiden Händen zugegriffen. Dibs war eben so. Er lebte von anderen Leuten und fristete sein Dasein von Einladungen, so daß seine beiden Zimmer in der Davis-Street ihn nur selten sahen. Armer Dibs! Nur Form, alles Fassade, innen nichts! Nie im Leben hatte er ein Buch gelesen, nie etwas geleistet. Nein! Sie tat ihm unrecht. Er hatte, ebenfalls als Gast, eine große Zahl Vögel und Wild erlegt.

Sie hatte Mitleid mit Dibs. Dennoch wäre sie lieber allein gefahren, doch natürlich war das ganz unmöglich.

Oh, warum jagten ihre Gedanken so weiter? Sie war verwirrt, wollte an irgend etwas nicht denken – ja, an diese Begegnung ... an diese seltsame Begegnung vom Morgen ...

Plötzlich regte sich Elissa.

»Mir ist kalt«, sagte sie und stampfte mit dem Fuß aufs Deck. »Gehen wir in meine Kabine.«

In der Kabine drehte sie den winzigen elektrischen Ofen an, hüllte sich einen Plaid um die Knie und bemerkte mürrisch:

»Es wird eine Menge Sonne nötig sein, mich für all den Jammer zu entschädigen, in den du mich gesetzt hast, Mary. – In dieses elende kleine Schiff gepfercht, ohne Zofe und mit so abscheulichen – oh, so höchst abscheulichen Leuten. Ach, warum, warum hast du fortfahren müssen?«

»Ich weiß es nicht«, sagte Mary zögernd. »Ich fühlte mich innerlich ganz aus den Fugen. Und irgendwie war ich in der Stimmung, zu fahren – in einer ganz sonderbaren Stimmung.«

Das war richtig. Oft hatte sie sonderbare Stimmungen, Träume von einem Ort, der ihr unheimlich vertraut schien, von den trügerischen Wohlgerüchen eines weit ausgedehnten, duftenden Gartens am Fuße einer schneebedeckten, in helles Mondlicht getauchten Bergspitze – und fern, über all dem Schweigen das Murmeln der See. Oft zeigte sich dieser Garten im Traum, dann eilte sie hin, wandelte voll Freude umher, befühlte die Blüten, hob das Gesicht dem Mond entgegen, empfand eine hinreißende innere Freude, die sie durchstrahlte wie Licht. Am nächsten Tag war sie dann immer traurig und still und einsam; fühlte sich seltsam fehl am Ort, abseits von den gewöhnlichen Dingen des Lebens.

Einmal hatte sie Michael von diesem Garten erzählt, da lachte er freundlich, wie es seine Art war, in der ruhigen Sicherheit des Besitzes.

»Noch immer dasselbe Kind, Mary«, hatte er gesagt. »Du mußt lernen, eine Erwachsene zu werden.«

Das alles war so wenig befriedigend. Sie verstand es nicht. Es quälte sie, dieses seltsame Phantom, das insgeheim in ihr emporstrebte gleich einer Pflanze, die von einer dunklen Stelle zum Sonnenlicht will. Und manchmal fürchtete sie es, weil der Rückschlag, der darauf folgte, ihr so viel Pein bereitete.

Sie sah plötzlich auf. Die andere blickte ihr unverwandt ins Gesicht.

»Du bist ein komisches kleines Ding, Mary«, lachte Elissa. »Wie ein Kind, das einen Regenbogen anstarrt. Genau so. Gib mir ein Stück Schokolade und leg um Himmels willen eine Platte aufs Grammophon, denn ich langweile mich – oh, ich langweile mich so entsetzlich.«

6

Ein Glasen hatte es in der zweiten Hundswache geschlagen, und der Widerhall zitterte noch in Harveys Ohren. Er lag halb entkleidet auf seiner Koje und blickte starr auf die Reihe von Bolzen, die quer über die Kabinendecke lief. Neunzehn weißemaillierte Bolzen, rundköpfig und symmetrisch, alle fein säuberlich ausgerichtet. Er hatte sie gezählt und wieder gezählt, so wie ein Mann, der vor Schlaflosigkeit halb toll ist, vergeblich jene Schafe zählen mag. Manchmal hörte er durch das Knarren und Stöhnen des Schiffes das Klirren von Hämmern auf diesen Bolzen, und manchmal erklangen diese Hammerschläge in seinem Hirn. Seine Hände hatten sich verkrampft, das Gesicht war bleich und eingefallen, sein Ausdruck seltsam, gleich dem eines Verfolgten. Er litt sichtlich; doch er trug dieses Leid bitter und stoisch. Von Zeit zu Zeit huschte ihm der Gedanke durch den Kopf: ein paar Schritte bis zur Bordwand des Schiffes; dann kaltes Dunkel, und alles ist zu Ende. Aber das war zu leicht; immer war er vor bloßen Triebhandlungen zurückgeschreckt. Zu anderen Zeiten machte er in einer fast verbissenen Selbstanalyse den Versuch, das krankhafte Muster seiner Empfindungen nachzuzeichnen. Er hatte stets dieses Streben gefühlt: ein sonderbares, instinktives Forschen, das brennende Verlangen, die Vernunft ins Herz zu treffen. Das war das Motiv, das sein Leben bestimmt hatte.

Seine Erziehung war hart gewesen; sein Vater Schullehrer – nicht wohlbestallter Professor in einem teuren Institut, sondern ein schlecht bezahlter, schwer sich rackernder, hart bedrängter Lehrer der Naturwissenschaften an einer Mittelschule in Birmingham. Und doch hatte William Leith es in sich gehabt. Er war ehrgeizig gewesen, seiner Zeit weit voraus und der seelenzerstörenden Arbeit hoch überlegen, widerstrebende junge Leute durch die Anfangsgründe der Chemie und Physik zu hetzen. Doch diese Arbeit war unvermeidlich gewesen. Julia, seine Gattin, war eine jener Frauen, deren ganzes Dasein man in dem einen Wort: »fordern« zusammenfassen kann. Unersättlich forderte sie: Kleider, Geld, Zuneigung. Sie belastete sein mäßiges Einkommen bis zum äußersten, sie klagte über die Dürftigkeit dieses Einkommens; sie hetzte ihn, erschöpfte ihn an Geist und Körper, dann lief sie in einem geradezu tragischen Umschwung ins Gemeine mit einem Handlungsreisenden davon. Weder Gatte noch Sohn hörten je wieder von ihr.

Als sie William Leith verließ, litt er bereits an einer frühzeitigen phthisischen Läsion – sein Husten hatte der Reihe von Mängeln, die Julia in die Arme des reisenden Kaufmanns trieben, die Krone aufgesetzt – und nun wurde sein Zustand jählings schlimmer. Er schien sich darum nicht zu kümmern. Er gab jeden Ehrgeiz auf und wandte seinen scharfen, blendenden Geist dem Sohne zu, den er in einer Laune jugendlicher Anmaßung nach dem großen Harvey benannt hatte. Und so keimte in dem Jungen frühreife Leidenschaft für wissenschaftliche Forschung und unglaublicherweise – obwohl er seine Mutter nie geliebt hatte – frühzeitige Verachtung der Frauen.

Als Harvey zwölf Jahre alt war, starb William Leith an einer Lungenhämorrhagie. Das war ein furchtbarer Schlag. Harvey hatte seinen Vater geliebt und war ihm in inniger Kameradschaft verbunden gewesen.

Er kam nun in die Obsorge einer Tante – einer keifenden, verarmten alten Jungfer –, die ihn notgedrungen aufnahm, später aber bloß als Alpdruck betrachtete. Doch der junge Harvey hatte seinen Ehrgeiz. Sein blendender Verstand und die verbissene Hartnäckigkeit in der Verfolgung seines Zieles halfen ihm über den Rest seiner Schulzeit und dann dank drei Stipendien zum Studium an einer medizinischen Fakultät in der Provinz. Er hatte gesehen, wie sein Vater in einer rein akademischen Karriere aus Mangel an Möglichkeiten Schiffbruch litt, und er fühlte instinktiv, daß die Medizin bessere Erfolgschancen bieten konnte. Außerdem war Biologie seine Leidenschaft. In Birmingham betrachtete man ihn als den tüchtigsten Studenten unter den Hörern. Doch nach seiner Promotion – bei der er alle nur vorhandenen Preise erhielt – lehnte er eine Anstellung am städtischen Spital ab und fuhr unvermutet nach London. Er hatte kein Verlangen nach einer einträglichen Praxis; keine Sehnsucht nach dem Lehrstuhl eines zu Konsilien herangezogenen Professors, keinen Ehrgeiz, durch freundliche Worte am Krankenbett ein Vermögen zu erwerben. Sein Streben reichte tiefer; sein Ideal stand höher. Er besaß jenen einzigartigen Ansporn, den nur wenige im Laufe von Jahrhunderten haben: die echte Leidenschaft für wissenschaftliche Forschung.

Er hatte kein Geld und begehrte es auch nicht, es sei denn für den Bedarf des nackten Lebens. Er mietete eine Wohnung in Westminster und machte sich an die Arbeit. Seine Kämpfe in London waren schwer, seine Entbehrungen zahlreich. Doch er biß die Zähne zusammen, schnallte sich den Gürtel enger und baute alles auf sein Ideal. Er lernte das Vorurteil kennen, das die Füße des Genies hemmt, besonders wenn dieses Genie von einer wenig angesehenen Provinzuniversität kommt. Dennoch konnten alle Rückschläge seinen Entschluß nur festigen. Er lebte wie ein Mönch, kämpfte wie ein Soldat. Er nahm eine Hilfsassistentenstelle in einem nahe gelegenen Vorstadtspital an, dann erhielt er nach drei Jahren aufreibender Arbeit den Posten eines klinisch-pathologischen Assistenten im Victoria-Hospital. Das mochte ja ein kleines, unbedeutendes Spital sein und war zudem alt und in seinen Methoden konservativ; dennoch bedeutete es den wichtigsten Schritt in Harveys Laufbahn. An jenem Abend kam er in seine Wohnung in der Vincent-Street und starrte das Porträt Pasteurs auf dem Schreibtisch an – jenes Pasteurs, den allein er als groß anerkannte; dann lächelte er sein seltenes, ungewohntes Lächeln. Er fühlte die Kraft zum Sieg in sich aufsteigen.

Unvermeidlich war er auf das Gebiet der Serotherapie gelangt. Und er hatte eine auf einer langen Reihe von Agglutinationsexperimenten basierende Theorie, die einen großen Fortschritt auf dem Wege Kochs und Wrights darstellte, eine Theorie, die – und davon war er überzeugt – die ganze Methode wissenschaftlicher Behandlung revolutionieren konnte.

Sie war ungeheuerlich, seine Idee. Sie war großartig –

nicht nur auf eine einzelne Krankheit anwendbar, sondern umfassender, viel umfassender und deckte in ihren Verzweigungen das ganze weite Feld vorbeugender und heilender Impfung. Diese Überzeugung brannte wie Feuer in ihm.

Er wählte als speziellen Angriffspunkt das zerebrospinale Fieber, teils wegen der hohen Zahl der Todesfälle bei dieser Krankheit, teils wegen des verhältnismäßigen Versagens aller früheren Sera.

Und so begann er im Victoria-Hospital. Sechs Monate arbeitete er angestrengt an der Herstellung seines Serums, leistete unter Tag die Handwerksdienste, die seine Anstellung mit sich brachte, und widmete sich seinem Werk. Harveys Gesundheit begann zu leiden, doch zeigte er keine Dankbarkeit, als sein Freund Ismay ihm riet, die Laboratoriumsarbeit zu kürzen. Im Gegenteil: er verlängerte seine Arbeitszeit, weitergetrieben von dem Eifer, der in ihm brannte. Nervös, reizbar und bis zum äußersten angespannt, fühlte er doch, daß er dem endgültigen Erfolg nahekam. Außerdem war gerade damals ein sporadischer Ausbruch von Meningitis zu verzeichnen, und schon der bloße Gedanke an die bisherige Therapie und ihre ganze – wie er es nannte – vorsintflutliche Nutzlosigkeit trieb ihn zu weiteren Bemühungen.

Eines Abends, zu später Stunde, vollendete er seine letzten beweiskräftigen Versuche. Wieder und wieder prüfte er die Ergebnisse. Fühlte er sich befriedigt? Das war nicht das richtige Wort. Er war hingerissen! Er warf die Füllfeder in die Luft. Wußte: er hatte gesiegt.

Am nächsten Tag wurden drei Fälle zerebrospinalen Fiebers im Frühstadium ins Spital eingeliefert. Für Harvey war das kein bloßes Zusammentreffen, sondern ein logisches Zugeständnis der Umstände, ein stillschweigendes Voraussetzen seines Sieges. Sogleich wandte er sich an die Spitalsbehörde und bot sich an, sein Serum zu versuchen. Sein Anerbieten wurde kurz abgewiesen.

Harvey war niedergeschmettert. Er wußte nicht, daß er sich Feinde geschaffen, daß seine nachlässige Kleidung, seine bissige Zunge, sein hochfahrendes Verachten jeglicher Etikette ihn zum Gegenstand der Abneigung und des Argwohns gemacht hatten. Die ätzende Wahrhaftigkeit seiner pathologischen Berichte war bereits geeignet gewesen, die Diagnostiker zu verstimmen, und wie ein jeder, der es verschmäht, in den ausgetretenen Spuren der Vorgänger zu wandeln, galt er in den Augen vieler als Emporkömmling, als Hitzkopf, als kluger, aber gefährlicher Geselle.

Doch obwohl Harvey niedergeschmettert war, gab er sich nicht geschlagen. Nein, nein, das war nicht seine Art.

Sogleich begann er einen regelrechten Feldzug. Er trat an jedes Mitglied der Verwaltung einzeln heran, zeigte die Belege über seine Experimente vor, bemühte sich qualvoll, jene, die ihm etwas günstiger gesinnt waren, von dem Wert seiner Forscherarbeit zu überzeugen. Und in helle Wut gebracht durch die Geistesträgheit des Konservativismus, durch den ganzen Vernebelungsprozeß der Autorität, ging er seinem Falle dringlich nach. Schon die Bitterkeit seines Gesichtsausdrucks atmete Überzeugung. Es gab Gerede und Gemunkel, man berief sich auf die bewährte, nüchterne Politik des Institutes; man sprach von einer Generalversammlung der Leitung. Unterdessen kamen die drei Patienten unerbittlich rasch in die späteren Stadien der Krankheit. Dann wurde der Widerstand in plötzlicher Großmut schwächer. Mit gebührendem Ernst wurde die Entscheidung gefällt, die Anwendung der neuen Therapie sei zugelassen; eine Art pompöser Zustimmung wurde Harvey – auf schriftlichem Wege – erteilt. Er stürzte sich auf diese Möglichkeit und eilte unverzüglich ins Krankenzimmer.

Es war natürlich zu spät. Das hätte er wissen müssen. Die drei Patienten, die nun schon seit sechs Tagen im Spital und seit zehn Tagen in den Krallen ihrer Krankheit lagen, waren komatös, offensichtliche Todeskandidaten. Und die Umstände bedeuteten, ach, kein Voraussetzen des Sieges, sondern eine Falle, die das Schicksal Harvey gestellt hatte. Einerseits ein anspruchsvoll und feindselig gestimmtes Forum, das höhnisch auf das Vollbringen des Wunders wartete, andererseits drei Fälle, die er bei ruhiger Überlegung als weit jener menschlichen Hilfe entrückt sogleich abgelehnt hätte.

Doch er war nicht mehr ruhig. Über alle Vorstellung hinaus angespannt, brachte er es nicht über sich, den Gegnern die Genugtuung seines Rückzuges zu bieten.

Er hegte verzweifelten Glauben an sein Serum und hatte den unseligen Drang des Eifers. Mit grimmigem Entschluß nahm er die Verantwortung auf sich und injizierte allen drei Patienten gewaltige Dosen unmittelbar in die zerebralen Ventrikel. Die ganze Nacht blieb er im Krankenzimmer. Einmal und dann abermals wiederholte er die Injektion.

Am frühen Morgen, im Laufe einer traurigen Stunde, starben die drei Patienten. Sie wären auf jeden Fall gestorben. Das hätte sich nicht ändern lassen. Dennoch war es eine schlimme Sache für Harvey – freilich eine, von der sein elastisches Gemüt sich ohne Zweifel erholt hätte. Doch es sollte schlimmer kommen. Ein loses Maul schwatzte tückisch außerhalb des Spitals. Gerüchte über den Vorfall gelangten in die Zeitungen, flammten in entstellter Form auf, verbreiteten sich wie Feuer durch die Boulevardpresse. Ein Entrüstungsschrei erhob sich gegen das Spital und gegen Harvey. Er kümmerte sich nicht darum und begegnete dem mißtönenden Geheul mit bebender Verachtung. Unerschüttert sah er nun, daß er zu spät eingegriffen hatte. Seinem kalten, wissenschaftlichen Geist bedeutete der Tod der drei Individuen nicht mehr als den Abschluß eines nicht beweiskräftigen Experiments. Weil er keinen populären Erfolg wünschte, galt ihm der tobende Aufruhr der Horde gleich nichts.

Aber dem Spital galt das keineswegs gleich nichts. Und die Leitung – ja, die kümmerte sich darum.

Unter dem Druck äußerer Einflüsse trat die Verwaltung zusammen – zu einer Vollversammlung – »in Camera«. Der Vorstand wusch sich wie Pilatus die Hände, der Widerspruch der wenigen Einsichtigen, die an Harvey glaubten, blieb wirkungslos, allenthalben herrschte eine Art undeutlichen Gefühls, dieser Alpdruck müsse beseitigt werden.

An dem der Versammlung folgenden Tag kam Harvey in sein Laboratorium und fand auf dem Schreibtisch einen Brief. Der enthielt die förmliche Aufforderung, Dr. Leith möge um seine Entlassung ansuchen.

Ungläubig stand er der zermalmenden Ungerechtigkeit dieses letzten Schlages gegenüber. Es war mehr, als er begreifen konnte. Die Mauern selbst schienen über ihm einstürzen zu wollen.

Vier Jahre der Arbeit, bei der seine ganze Seele der Wissenschaft gedient hatte, vier Jahre des Forschens nach dem Herzen der Wahrheit, und nun war er – das sah er sogleich – ein Ausgestoßener, ohne Stellung, ohne Möglichkeiten, ohne Geld. Und sein Name ein Schmähwort im Maul der Menge. Wenn er Glück hatte, konnte er vielleicht eine klägliche Assistentenstelle bei einem obskuren praktischen Arzt finden. Sonst aber war er erledigt.

Tödliche Selbstverhöhnung war in seiner Seele. Wortlos erhob er sich, verbrannte die Belege über seine Forschungen, zerschmetterte die Fläschchen, die das Ergebnis seiner Arbeit enthielten, und verließ das Laboratorium.

Er ging nach Hause. Begegnete der Situation mit ätzender, erbarmungsloser Ironie. Doch er wollte vergessen; so schnell er nur konnte, vergessen. Und er begann, nicht aus Schwäche, sondern aus bitterem Haß gegen das Leben, zu trinken. Seine Haltung war nicht Heroismus, sondern Hohn. Alkohol war ein Narkotikum, und als solches wollte Harvey ihn anwenden. Er stand allein, der Gedanke an Frauen war ihm nie in den Sinn gekommen, und er war der Freundschaft nicht fähig. Nur der Chirurg Gerald Ismay war Zeuge dieses Schauspiels.

Aber Ismay war da. Ja, an jedem Tag jener drei tödlichen Wochen war er – ganz unauffällig – zur Stelle gewesen und hatte durch Überredung und listigen Takt schließlich den Plan dieser Reise durchgesetzt.

Warum nicht! Auf einem kleinen Schiff kann man noch mehr trinken und sich rascher verlieren. Darum hatte Harvey zugestimmt, da er nichts von der Falle ahnte, die Ismay erdacht. Und nun saß er hier, an Bord dieser jämmerlichen Kiste und durfte nicht trinken, und fühlte sich so elend, daß es ihm war wie der Tod.

Ganz plötzlich wandte er den Kopf auf dem Kissen und kam mit einem Ruck wieder zu sich. Jemand hatte an die Tür geklopft. Gleich darauf drehte sich die Klinke, und Jimmy Corcorans knochige Gestalt schob sich seitwärts in die Kabine. Einen Augenblick stand der Ire, der den Hut noch immer auf dem Kopf trug, mit einschmeichelndem Grinsen da, dann bog er beide Arme, als wollte er Hanteln von ungeheurem Gewicht gelassen heben.

»Wie geht es, mein Junge? Mit anderen Worten: wie befinden Sie sich? Haben Sie schon das Gefühl, daß Sie wieder Muskeln bekommen?«

Harvey starrte ihn rotunterlaufenen Auges an.

»Woher wissen Sie, daß es mir nicht gutgeht?«

Corcoran lächelte wieder freundlich und zutraulich. Er schob den Hut ein Stückchen zurück.

»Kein Lunch, kein Tee und, wie es scheint, auch kein Dinner, da braucht man wirklich keinen Detektiv, um zu sehen, daß Sie nicht in Form sind. Und da ich etwas von diesen Dingen verstehe, bin ich eben gekommen und wollte nachsehen, ob Sie wieder in Ihre Ecke gekrochen sind.«

»Als guter Samariter«, höhnte Harvey.

»Gewiß.«

Ein kurzes Schweigen trat ein, dann hob sich Harvey bei einem plötzlichen Gedanken auf die eine Schulter.

»Man hat über mich gesprochen.«

»Stimmt«, gab Jimmy zu. Er zog seine Hosen hinauf und setzte sich gemächlich auf das Sofa. »Freilich hat man über Sie gesprochen; man hat Ihre ganze Geschichte ausgekramt und ausgekostet. Einer der Herren hat alles mögliche gesagt. Das, was wir über Sie noch nicht wissen, könnte man schon bequem auf eine Drei-Penny-Marke schreiben. Aber brausen Sie deswegen nur nicht auf. Bleiben Sie kühl und halten Sie das Kinn gesenkt, Junge.«

»Um Gottes willen«, rief Harvey in verzweifelter Gereiztheit. »Nennen Sie mich doch nicht so. Nennen Sie mich, wie Sie wollen, aber nicht so.«

»Gewiß«, sagte Jimmy freundlich.

Wieder trat Schweigen ein, während Harvey sich die feuchte Hand auf die Stirn preßte. Plötzlich rief er im Ton konzentrierter Erbitterung:

»Warum kommen Sie herein? Können Sie nicht sehen, daß ich allein sein will?«

Jimmy zog die metallene Schnupftabakdose aus der Westentasche, tauchte den breiten Zeigefinger und Daumen hinein, schnupfte erst und wischte sich dann elegant mit der flachen Hand die Krumen vom Rock.

»›Wenn der Gegenstand seines Verlangens entschwunden ist‹«, zitierte er orakelhaft, »›dann geht er fort und wird nicht mehr gesehen.‹ Ja, so sagt Pläto. Aber meiner Treu, Sie werden mich doch nicht bitten, zu gehen. Mich, der ich im ersten Augenblick eine Vorliebe für Sie gefaßt habe, sogleich als Sie in den Salon kamen. Freilich habe ich gleich gewußt, was Ihnen fehlt. Sofort als ich Sie zu Gesicht kriegte. Der Suff hat schon viele tüchtige Männer aus dem Ring gebracht. Ich selbst war zu meiner Zeit dem Bier nicht abgeneigt. Kartenspiel und Suff – ach ja! –« Er seufzte und warf dem anderen einen gewissermaßen listig feierlichen Seitenblick zu. »Jetzt aber rühre ich keines von beiden mehr an. Wohlgemerkt, trotz meinen Fehlern und Lastern habe ich von jeher die Wahrheit gesprochen. Wenn ein Mann ein offenes Herz hat für die Wahrheit, werde ich ihn immer achten. Und mein Herz zieht mich zu einem Mann, dem das Schicksal auf die Finger geklopft hat. Gewiß führte ich selber ein unruhiges Leben, auf und ab und hin und her, seit ich in Clontarf vor etlichen sechzig Jahren das Licht der Welt erblickte. Meine Leute waren arm, aber stolz. Wohlgemerkt: Leute aus Tralee, aber arm. Meine erste Erziehung bekam ich, indem ich in der Sackville-Street Pferde halten durfte. Und lesen lernte ich an den Bierplakaten. Man sollte es nicht glauben: jetzt lese ich Pläto wie ein Gelehrter.« Er machte eine Pause, als ob er den anderen ermutigen wollte, doch Harveys Augen blieben fest geschlossen. »Dann wandte ich mich dem Sport zu, dem edlen, glorreichen Sport. Eine feine stämmige Gestalt hatte ich als

Junge. Unübertrefflich. Es gab keinen, der sich im Ring gegen mich halten konnte. In Belfast warf ich Smiler Burge mit einem linken Kinnhaken in die Seile. Gewiß wäre ich Weltmeister geworden, hätte ich mir nicht das Bein gebrochen. Aber ich habe es mir gebrochen. Und spüre es heute noch. Meiner Treu, das hat die Welt um einen Champion ärmer gemacht. Und so bin ich in den finsteren neunziger Jahren ausgewandert.«

Harvey stöhnte. »Sind Sie fertig? Wenn ja, würden Sie dann freundlichst gehen?«

»Fertig?« rief Jimmy. »Aber das war ja erst der Beginn. Der Himmel allein weiß, was ich seither alles angefangen habe. Ich war Billardmarkör in Sidney, dann nahm ich in Mexiko teil an einer der dortigen Operettenrevolutionen. Im nächsten Jahr hat mich der Goldrausch in Bull-Gulch gepackt, und ein Jahr später übernahm ich ein Gasthaus in San Francisco. Aber dieses Leben konnte ich nicht aushalten. Dann versuchte ich es mit Farmarbeit in den Südstaaten. Und das gefiel mir am besten. Wenn jemals mein Schiff in den Hafen kommt, werden Sie Jimmy Corcoran so finden – in seinem eigenen Garten mit einer Kuh und ein paar Hennen. Aber der Blödsinn packte mich wieder, und ich wanderte nach Colorado in die Silberminen. Und nachher reiste ich mit Professor Sinnots Zirkus. Der gute, alte Bob, ich hoffe, ihn bald zu sehen. Ich will zu ihm nach Santa Cruz; wissen Sie, das Geschäft ist schon abgeschlossen, der Posten wartet auf mich – eine große Sache. Ach, das waren feine Tage in der Bude des alten Bob Sinnot. Zwölf Monate lang ging ich jeden Abend in den Käfig der unzähmbaren Löwin Dominica. Sie hatte schon drei Wärter angefallen und getötet – so stand es auf den Plakaten. Aber schließlich starb sie Bob und mir unter den Händen. Irgend etwas aus dem Affenhaus war unter ihr Futter geraten. Und dann ging der Zirkus krachen.« Er seufzte und steckte sich den Daumen ins Armloch der Weste. »Das war ein trauriger Tag, sag' ich Ihnen, als ich von Bob Abschied nahm.«

Harvey wälzte sich ruhelos auf seiner Koje.

»Gebe Gott, Sie wollten von mir Abschied nehmen.«

»Ich gehe schon«, rief Jimmy. »Natürlich gehe ich. Ich kann sehen, daß Sie sich nicht sehr blendend fühlen. Ich wollte mich nur vorstellen und Sie wissen lassen, daß ich Ihnen zu Diensten stehe. Das tue ich wirklich. Und urteilen Sie nicht nach dem Schein, mein Junge. Ich mag vielleicht etwas herabgekommen aussehen.« Er hielt inne und schob großartig seine imitierte Krawattennadel zurecht. »Das ist nur zeitweise. Jetzt bin ich auf dem Wege zu dem besten Geschäft, das ich je hatte. Beim Professor, wissen Sie – feine Sache. Wird Ihrem guten Freund Jimmy C. ein Vermögen eintragen.«

Er machte eine so eindrucksvolle Pause, daß Harvey gezwungen war, aufzublicken. Und da fand er sich diesem entwaffnenden Grinsen gegenüber. Er zögerte. Der schäbige alte Abenteurer hatte einen unwiderstehlichen, schwindelhaften Charme, der die zornigen Worte auf Harveys Zunge unterdrückte. Einen Augenblick sahen die beiden einander ins Gesicht. Dann stand Corcoran auf.

»Pa – pa – einstweilen«, murmelte er munter. »Und vergessen Sie nicht, was ich Ihnen über diesen Mann erzählt habe. Sie brauchen nur ein Wort zu sagen, und er steht zu Ihren Diensten.«

Er beugte sich vor, schob seinen Hut zur Seite und stolzierte mit einem letzten Kopfnicken durch die Tür. Er zeigte die befriedigte Miene eines Menschen, der eine Pflicht gegen sich und seinen Nächsten erfüllt hatte. Leise summend schritt er über das Deck und suchte mit dem Blick Mutter Hemmingway. Gewiß war vor dem Dinner noch Zeit für ein kleines Glas Porter und eine ruhige Partie Karten!

Harvey in seiner Kabine preßte die Stirn an die kalten Messingstangen seiner Koje.

Wie konnte ich das nur ertragen, dachte er – diesen anthropoiden Versuch, freundlich zu sein –, dieses Hereinplatzen des traditionellen Iren der ihn durch Freundlichkeit aufrichten wollte. Oh, die Situation war toll. Wieder zuckte er nervös unter der schmalen Decke und wünschte verzweifelt den Schlaf herbei.

Eine volle halbe Stunde war er allein.

Dann kam Trout in die Kabine. Er trug eine glänzende Messingkanne mit heißem Wasser in der Hand und hatte einen verschreckten Ausdruck auf dem verschwommenen Gesicht. Er stellte die Kanne zart nieder und fragte schüchtern: »Soll ich Ihre Sachen vorbereiten, Sir?«

Harvey öffnete die Augen nicht; ohne den Kopf zu wenden, murmelte er: »Nein.«

»Soll ich Ihnen etwas zum Dinner bringen, Sir?«

»Nein.«

»Haben Sie sonst noch Befehle, Sir?«

In der Kabine nebenan begann zum zehntenmal an diesem Nachmittag das Grammophon schrill zu spielen: »Gib mir all deine Küsse!« Ein Schauer der Pein glitt über Harveys Gesicht. Die grelle Melodie, voll ekelhafter, verlogener Sentimentalität, drehte sich ihm schaurig und abstoßend in der Seele, und wie einer, der die Grenzen überschritten hatte, fuhr er hoch.

»Mein Kopf birst. Bitten Sie die Leute – bitten Sie sie um der Menschlichkeit willen, das Grammophon abzustellen.«

Es gab eine rasche Pause, ein Erschrecken gleich dem Ausdruck auf Trouts Gesicht, und dann hörte die Musik unvermittelt auf, als ob eine Hand die Nadel von der Platte gerissen hätte. Dieses Schweigen, so plötzlich, daß es bedrückend war, dauerte weiter, bis Trout mit zittriger Stimme sagte:

»Die Wände sind dünn, Sir. Ihre Stimme dringt durch, wenn Sie so laut sprechen.«

Dann ging er. Doch in fünf Minuten war er wieder da und trug in steif ausgestreckten Fingern ein mit einer Serviette bedecktes Tablett. Eine Schale dampfender Suppe stand darauf; daneben lag eine kleine Glasröhre mit Silberverschluß, die flache, weiße Tabletten enthielt.

»Ein wenig Suppe, Sir«, flehte Trout, als wollte er sich wegen eines schweren Vergehens entschuldigen. »Sie ist nahrhaft, Sir. Sydneysuppe, Sir. Der Kapitän schickt mich damit. Und Lady Fielding hat gehört, daß Sie Kopfschmerzen haben, Sir, und läßt fragen, ob Sie Aspirin haben wollen.«

Harveys Mund wurde hart. Er wünschte gleichzeitig zu schreien, zu fluchen und zu schluchzen.

»Lassen Sie es also hier«, sagte er mit leiser Stimme. »Legen Sie es neben das Bett.«

Dann warf er sich zurück. Geschlossenen Auges lauschte er dem Knarren und Seufzen des Schiffes, während es weiterfuhr und das Dunkel draußen durchschnitt. Weiter und weiter, eine seltsame, symbolische Macht, die ihn gegen seinen Willen forttrug. Immer weiter, leise seufzend. Als ob rings um ihn Stimmen erklängen, seltsame Stimmen, die flüsterten, ihm zuflüsterten.

7

Sie waren nun drei Tage auf See. Der Wind wehte noch immer günstig von Südwesten, während die »Aureola« auf den ruhigen Wogen dahinglitt und Kap Finisterre in der Ferne verschwand. Die Morgensonne strahlte anfallsweise von einem mit Wolkenfetzen bedeckten Himmel herab; warme, oft unterbrochene Regenschauer hatten die See geglättet.

Schritte waren auf dem Steuerdeck zu hören, doch im Salon unten saßen Robert Tranter und seine Schwester vor dem offenen Harmonium.

»Das ist ein großartiges Lied, Robbie«, sagte sie versonnen, während sie die Hände von den Tasten hob und die Noten auf dem Pult umblätterte. »Und du singst es wirklich wunderschön.«

»Ja, dieses alte ›Gloria‹ hat Schwung.« Sein Ohr, das er zur Seite hielt, nach der Luke hin, schien den zurückkehrenden Schritten oben zu lauschen. »Meinst du nicht, daß wir unsere Übungsstunde jetzt beenden könnten, Sue? Die Sonne scheint.« Er lächelte. »Ich glaube, der Kirchenchor könnte auf Deck gehen.«

Ihre Finger hörten auf, sich zu bewegen. Langsam wandte sie ihm die warmen, braunen Augen zu.

»Aber wir haben doch erst begonnen, Rob. Wir sagten

doch, eine Stunde, nicht wahr? Und es ist die Stunde des Tags, die ich am liebsten habe. So ruhig und allein miteinander hier unten.«

»Ich weiß, Sue«, sagte er mit einem kurzen Lachen. »Auch mir macht unsere Übungsstunde ganz gewiß große Freude. Vielleicht bin ich bloß ein wenig unruhig. Du kennst doch das Gefühl an Bord eines Schiffes.«

Sie sah ihn fest an, dann blickte sie wieder fort und holte einen langen, weichen Akkord aus dem Busen des Instrumentes.

»Die Leute auf dem Schiff sagen mir nicht sehr zu«, rief sie plötzlich und ohne erkennbaren Grund. »Diese Mrs. Baynham gefällt mir nicht besonders.«

Er musterte seine weißen, steifen Manschetten, die, zusammengehalten durch einfache goldene Schließen, säuberlich aus den Ärmeln hervorsahen.

»Ach nein, Sue«, widersprach er in seltsamem, aber nicht schuldbewußten Ton. »Ich möchte schon sagen, daß du unrecht hast. Ja, ich möchte sagen, daß du unrecht hast. Ich fühle, daß sie Gutes – daß sie große Fähigkeiten zum Guten in sich trägt.«

»Sie verlacht uns, Robbie. Sie macht sich über alles lustig, sogar – sogar über Gott.«

Begütigend drückte er mit der großen weißen Hand ihren Arm und zitierte:

»›Laß nicht übel sprechen von dem, was gut ist in dir.‹ Ich glaube, Susan, es steht uns nicht an, zu bekritteln.«

»Du interessierst dich für sie«, sagte sie rasch. »Ich fühle das.«

Er versuchte nicht, auszuweichen.

»Ich will zugeben, Susan, daß ich mich für sie interessiere«, antwortete er, während er ihren Blick ruhig erwiderte. »Es ist aber deshalb, weil sie eine Seele hat, die gerettet werden muß. Ich hatte doch schon mit vielen Frauen zu tun. Nun, habe ich dir jemals den geringsten Grund gegeben, an mir zu zweifeln?«

Dem war so. Er hatte schon viele Frauen kennengelernt, die für seine geistige Glut empfänglich gewesen waren – empfänglich in einer Hingebung, die er schließlich selbstgefällig als ihm gebührend betrachtete. Doch niemals hatte er einen Augenblick lang irgendein Gefühl für sie gehegt, das auch nur den Schatten eines Tadels verdient hätte. Seine Liebesgefühle waren ausschließlich auf ihn selbst, auf Gott und auf seine Schwester Susan gerichtet.

Geboren in Trenton, als Sohn frommer Eltern, war er eine jener Persönlichkeiten, die schon von frühester Kindheit für den Dienst des Herrn bestimmt scheinen. Sein Vater Josiah Tranter war ein erfolgloser Kaufmann gewesen, ein bärtiger, untüchtiger, kleiner Bäcker und starrer Anhänger der Sekte der Vereinigung des Siebenten Tages, ein Mann, der seine Laibe mit dem Leviticus in Händen knetete und bei dem sogar die Pfeffernüsse schal und geistlich schmeckten. Seine Mutter, Emily mit Namen, eine ruhige Frau mit inbrünstigen Augen, stammte aus einer guten Familie in Concord. Wortkarg und gütig ertrug sie die rasch und immer wieder eintretenden geschäftlichen Mißerfolge ihres Gatten mit löblicher Geduld und Kraft. Ihr Glück lag in ihren Kindern, besonders in Robbie, den sie trotz scheinbarem Gleichmut leidenschaftlich liebte. Und Robert verdiente diese Liebe wahrlich. Pflichtbewußt, klug, von Natur aus eifrig, trieb er nie Unfug, und wenn Besucher dem Knaben den Kopf tätschelten und ihn fragten: »Nun, Söhnchen, was willst du denn einmal beginnen?«, antwortete er völlig aufrichtig: »Ich werde das Evangelium predigen.« Und diese edle Absicht wurde von den entzückten Eltern gefördert und ermutigt. Ein Wanderpastor, der im Hause des Bäckers gewohnt hatte, schrieb sogar ein Traktätchen über den Jungen und das hieß: »Gerettet im zarten Alter von neun Jahren.« So lernte er die geistige Glut der Erlösung frühzeitig kennen.

Susan hatte, obwohl nicht allzu gesund, im Haus unvermeidlich eine geringere Rolle gespielt. Sie war ihrem Bruder ergeben, sie war ein gutes Kind, aber sie war nicht die Hauptperson. Und so ließ man sie, während Robert in das theologische College geschickt wurde, ohne Widerrede als Probeschwester ins John-Stirling-Hospital eintreten.

Die Jahre gingen dahin, und glorreich brach der Tag an, da Robert die Weihen seines Amtes empfing. Welch Augenblick des Stolzes für den kleinen Bäcker und seine Frau! Ohne einen Gedanken an die Mühe und Plage jener Jahre aufopfernden Knauserns legten sie ihre ernsten Feiertagskleider an und bestiegen freudig den Zug nach Connecticut.

Doch ein traurig-tückisches Geschick lag auf diesem Zug. Sechs Meilen hinter Trenton überfuhr er ein Signal und entgleiste. Es gab nur geringen Schaden, bloß zwei Menschenleben zu beklagen. Das aber waren Josiah und Emily Tranter. Robert war natürlich schmerzlich erschüttert. Es gab eine rührende Szene, als ihm gerade in dem Augenblick, da er als geweihter Diener des Herrn aus dem Tempel der Vereinigung trat, die Nachricht überbracht wurde. Susan sagte weniger. Von ihr konnte man nicht erwarten, daß sie den Schlag so schmerzlich empfinde. Doch im Laufe des folgenden Monats wurde sie im Dienst zweimal ohnmächtig. Man sagte ihr im Spital, sie habe einen Herzfehler, und erteilte ihr den freundschaftlichen Rat, die Arbeit in der Anstalt aufzugeben.

Und so kam es, daß sie mit ihrem Bruder in Okeville, seiner ersten Pfarre, lebte. Dort verwöhnte sie ihn in allem und jedem. Sie wünschte nicht mehr. Er aber, wenn auch eifervoll und erfolgreich, war weniger befriedigt. Er war rastlos. Er hatte von Natur aus ein gühendes und romantisches Gemüt. Wenn er es auch nicht wußte, wollte er doch die Farben der Welt sehen und ihr Gefüge schauen. Nach einem Jahr gab er seinen Pfarrerposten auf und ließ sich als Auslandsmissionar eintragen.

Man kannte seine Aufrichtigkeit, schätzte seine Fähigkeiten, billigte seinen Schritt. Man wußte, daß seine Gesundheit nicht allzu kräftig war. Ferner wandte sich gerade damals in jener Bewegung der Führergeist des Hochwürdigen Herrn Hiram McAtee – gleich dem Geiste Alexanders – neuen uneroberten Gebieten zu. Außerdem war unter besonderen Umständen aus den Kanarischen Inseln immer wieder der Wunsch nach einem Missionar laut geworden. Und so wurde Robert ausgesandt – weder nach China noch an den Kongo, sondern nach Santa Cruz. Und natürlich begleitete ihn Susan.

Das war in kurzen Worten seine Geschichte. Und jetzt blickte er seine Schwester duldsam an.

»Ich spreche gewiß im Ernst, Sue«, fuhr er fest fort. »Glaub mir, ich habe die Idee, daß Mrs. Baynham gerettet werden könnte. Es ist mehr Hoffnung auf die Bekehrung eines Spötters als auf die Bekehrung jener Seele, die bleiern gleichgültig ist. Und es wäre fürwahr ein großes Glück für mich, könnte ich das demütige Werkzeug des Herrn sein, das diese Seele der Gnade zuführt.« Seine Augen leuchteten auf. Er erschauerte unter der Herrlichkeit dieses Gedankens.

Sie blickte ihn unruhig und leicht gerötet an, schweigend, beinahe demütig. Dann klatschte plötzlich ein heftiger Regenschauer an die Lukenfenster; ein lachender Ruf von oben folgte. Man hörte Schritte im Korridor; durch die Tür kam Mary gelaufen, deren kleine weiße Schuhe naß waren und deren vom Wind zerzaustes Haar die Perlen des Regens trug.

»Es regnet, es regnet«, rief sie halb singend. »Alle Mann unter Deck.«

Elissa, Dibdin und Corcoran kamen nach ihr in den Salon.

»Beim Zeus«, sagte Dibs, schwankend wie ein Seemann. »Das war ein Guß. Plötzlich, nicht wahr?«

Elissa, die sich die Schöße des Mantels ausgeschüttelt hatte, starrte die Tranters an.

»Ihr habt gesungen«, sagte sie laut. »Wie schrecklich amüsant! Und dazu noch das Harmonium! Das ist zu süß. Sie müssen da immer die Pedale bearbeiten, nicht wahr? Aber Sie dürfen nicht aufhören. Sie sollten uns zerstreuen. Es ist köstlich. Einfach zu köstlich.«

Sie gesellte sich zu den anderen auf dem langen Plüschsofa und nahm eine Miene argloser Erwartung an.

Sofort lag ein Gefühl unbehaglicher Verlegenheit in der Luft. Doch obwohl Susans Wangen noch immer gerötet waren, klang ihre Stimme fest.

»Wir haben zu Ehren unseres Schöpfers gesungen«,

sagte sie deutlich. »Wir betrachten das nicht gerade als Zerstreuung.«

Elissa affektierte ein verwirrtes Stirnrunzeln.

»Können Sie nicht etwas singen?« wandte sie ein. »Ich meine, könnten Sie nicht Ihren Schöpfer und uns zerstreuen – beide gleichzeitig?«

Dibs meckerte sein gewöhnliches Lachen, aber Susans Augen verdunkelten sich, und ihre Lippen wurden ganz bleich. Sie schien nach Worten zu ringen, doch da sprach Robert.

Er sah Elissa ins Gesicht und sagte: »Ich werde für Sie singen, Mrs. Baynham, da Sie uns darum bitten. Wir sind ja nicht so ungefällig. Ich werde Ihnen etwas vorsingen, was Sie vielleicht gerne hören. Und ich glaube, auch Gott wird nichts dagegen haben, es zu hören.«

Mit halb selbstbewußtem, unbestimmt zeremoniösem Gehabe wandte er sich um und sagte ein paar leise Worte zu Susan, die kerzengerade, starr wie ein Fels, dasaß. Volle zehn Sekunden hatte es den Anschein, als wollte sie sich nicht regen, dann wurde ihr Körper in einer beinahe verzichtenden Bewegung schlaffer, ihre Hände streckten sich zu den Tasten, sie begann zu spielen. Es war das geistliche Negerlied »Alle Kinder Gottes«, und als das dünne melodische Zittern des wohlfeilen Harmoniums durch den Salon drang, begann Robert zu singen.

Seine Stimme war gut; ein Bariton, der zwar in der Tiefe etwas hohl klang und in den höheren Lagen tremolierte, aber dennoch reich war, tönend. Und mit tiefem, innigem Blick versuchte Robert nun eifrig und aus voller Kehle zu singen, so gut er konnte, was ihn ein wenig sentimental, ja fast theatralisch erscheinen ließ. Doch all diese Manieriertheit vermochte nicht, die rührende Schönheit der Melodie zu zerstören, die in diesem Schiffssalon widerhallte und hinausdrang, sich in den ungeheuren Weiten der wogenden See dünn aufzulösen.

Corcoran lauschte angespannt, das zerbeulte Ohr hinhaltend und leicht mit dem Kopfe nickend – für ihn war es eine Melodie. Dibs, dessen Oberlippe fragend emporgezogen war, so daß man die gelblichen Zähne sah, dachte ans Mittagessen. Elissas verstockte Leblosigkeit verriet nichts anderes als gelangweilte Mißachtung, aber Mary, die sich auf dem Sofa zusammengekauert und die schlanken Beine unter den blauen Sergerock gezogen hatte, so daß unter dem fest angespannten Stoff die schöne Linie ihrer Schenkel zu sehen war, lauschte wie jemand, der träumt. Ihre Blicke waren in unendliche Weite gerichtet, sie achtete des Sängers nicht. Ihr Antlitz, noch vor einem Augenblick so munter und furchtlos, war nun weltabgewandt. Auf ihren lieblichen Zügen lag ein sonderbar verlorener Ausdruck. Schatten, kraus und verwirrend, schwebten vor ihrem inneren Blick; sie hörte einen Brunnen rauschen und plätschern; weißes Mondlicht mengte sich mit der Melodie dieses Brunnens. Wieder fühlte sie ein Erzittern wie vor einem tiefen Abgrund der Offenbarung.

Plötzlich schwoll der Gesang zum letztenmal an und verstummte unvermittelt. Niemand sagte etwas. Mary war zu bewegt, um zu sprechen. Dann gähnte Elissa mit betonter Absicht hinter der vorgehaltenen Hand.

»Besten Dank«, sagte sie schlaff. »Ich habe das von Robeson singen hören. Er hat es sehr schön gebracht.«

Tranter errötete vor Beschämung bis zu den Ohren. Susan stand auf, ruckweise wie ein Automat, und begann ihre Noten zusammenzulegen.

Da sagte Mary:

»Es war herrlich – herrlich!« Sie zögerte, bestrebt, ihre Gedanken in Worte zu fassen. »Dahinter liegt etwas – jener Sinn, den man an der Oberfläche der Dinge nicht finden kann.«

»Meiner Treu, da haben Sie recht, Lady«, sagte Corcoran galant. »Es geht unter der Oberfläche mehr vor, als man mit dem Einmaleins berechnen kann. Dinge, von denen man nichts ahnt – die seltsamsten Dinge, die man nicht zu erklären vermag, und wenn es den Kopf kostet.«

Es gab eine kurze Pause. Dann erhob sich Mary und schritt wortlos aus dem Salon.

Oben hatte es aufgehört zu regnen. Sie lehnte sich über die Reling und fühlte den reinen Wind rauh zwischen den leicht geöffneten Lippen; sein Geräusch glich dem Summen einer großen Muschel. Ohne ersichtlichen Grund war sie heftig erregt. Jener Sinn, den man an der Oberfläche der Dinge nicht finden kann! Oh, wie albern sie war, wie unaussprechlich albern! Doch sie konnte nicht anders. Blindlings streckte sie die Arme aus. Mit emporgehaltenen Handflächen und ausgestreckten schmalen Fingern gab sie ihre ganze Seele dem lauschenden Horizont hin.

Die Gruppe unten war nicht beisammengeblieben. Corcoran und Dibs hatten gesondert ihre Kabinen aufgesucht, auch Susan stand jetzt in der Mitte des Salons, die Noten unter den Arm geklemmt und die braunen Augen auf Robert gerichtet, der noch immer neben dem Harmonium saß.

»Gehst du mit mir, Robbie?« fragte sie unruhig. »Es ist Zeit, daß du deinen Extrakt nimmst.«

Wie jemand, der von ernsten Gedanken abgelenkt wird, hob er den Kopf.

»Ich werde gleich kommen, Sue. Willst du das« – er lächelte ein breites Bruderlächeln –, »das abscheuliche Zeug vorbereiten?«

»Komm mit. Sonst vergißt du es bestimmt.«

Er lächelte sie noch immer an und sagte mit ungewohnter Leichtigkeit:

»Gieß mir die Dosis ein, Susie, und wenn sie in einer halben Stunde noch da ist, will ich die ganze Flasche leertrinken.«

Ihre Finger schlossen sich fester um den grünen Karton der Musikmappe, doch brachte sie es zustande, sein Lächeln zu erwidern. Dann machte sie kehrt und verließ lautlos den Salon.

Elissa wandte nun den Blick zurück aus der Leere und ließ ihn wie zufällig auf Robert ruhen.

»Sie ist eifersüchtig«, sagte sie. Dann fügte sie lockend hinzu: »Ja, worauf denn eigentlich?«

»Susan und ich leben füreinander.«

»Und für Gott?«

»Ja, für Gott.«

Vom anderen Ende der Kajüte betrachtete sie ihn, wie

vom anderen Ende eines Kontinents. In ihrem Starren lag leblose Mißachtung und doch auch eine Art Antipodenstaunens. Sie sah in ihm das allerverächtlichste Geschöpf, den unerträglichst langweiligen Gesellen, den erbärmlichsten Heuchler, der je einen Psalm geplärrt hatte. Seine dunklen Augen sogen ihren forschenden Blick ein, mit allem, was darin lag, und er brach plötzlich los:

»Mrs. Baynham, warum verachten Sie uns, meine Schwester und mich? Wir haben nicht Ihre Erziehung, nicht Ihre Bildung, gehören nicht Ihrem gesellschaftlichen Stande an. Aber trotz alledem sind wir Menschen, meine Gnädige, so glaube ich wenigstens. Wir sind gewöhnliche Menschenwesen, die den Versuch machen, ehrenhaft und gut zu sein.«

Ohne Interesse zündete sie sich eine Zigarette an. Er aber stand auf, schritt zum Diwan hin und setzte sich mit wichtiger Miene neben sie.

»Mrs. Baynham«, sagte er ernst, und seine Stimme klang voll, weich und feierlich. »Ich habe auf die Gelegenheit gewartet, mit Ihnen zu sprechen. Und hören Sie –« seine Augen flammten plötzlich auf, seine Rede wurde rascher – »ich meine das ganz ehrlich. Sie glauben, meine Schwester und ich seien Fakire: Leute, die Sie gewöhnliche Schwindler zu nennen pflegen. Das ist nicht wahr. Wir Verkünder des Evangeliums sind mit Schmutz beworfen worden. Bücher wurden geschrieben, uns zu verhöhnen, unseren Akzent, unsere Kleidung, alles und jedes lächerlich zu machen. Es ist eine Schmach! Und bei Gott, es ist nicht wahr. Es hat schon Fälle gegeben, das kann ich Ihnen versichern, schlimme Fälle – Männer und Frauen mit Krämerseelen, Leute, die das Evangelium um des Geldes willen prostituierten. Aber auf jeden dieser Betrüger kommen hundert andere mit unerschütterlichem, inbrünstigem Glauben. Wenn man jene Bücher liest, könnte man meinen, es gebe keine Unze guter Absicht oder ehrlichen Strebens in der religiösen Tätigkeit, und jeder Diener des Herrn zweifle an dem, was er selbst predigt. Das ist eine glatte Lüge. Mit allen Fasern meines Wesens bin ich gläubig. Mrs. Baynham, gnädige Frau, wenn Sie diesem Glauben schon nicht freundlich gegenüberstehen, so haben Sie doch wenigstens die Güte, unsere Aufrichtigkeit zuzugeben!«

Sie warf ihm einen gönnerhaften Blick zu.

»Welch lange Rede. Was bezweckt sie? Und was macht es aus?«

»Es macht mehr aus, als Sie glauben, Gnädige. Und Sie kennen den Zweck. Seien Sie überzeugt, es betrübt mich tief, eine Frau von Ihren Talenten, von Ihrer Fähigkeit und Ihrer Schönheit so blind zu sehen für den Sinn des Lebens. Sie sind nicht glücklich. Sie haben alles versucht, und nichts hat Ihnen Freude gebracht.«

Ihre Brauen hoben sich.

»Also nichts hat mir Freude gebracht?«

»Nein«, rief er. »Nichts! Und Sie werden nie glücklich werden, ehe Sie Gott finden. In ihm liegt die einzige Freude des Lebens.«

Sie tat einen langen Zug an der Zigarette und atmete den Rauch ein, während sie das dicke, glühende Ende musterte. Er war aufrichtig; das gab sie mit einer Art dumpfer Überraschung zu, und eine unklare Laune kam und verschwand gleich wieder. Sein Profil war ganz annehmbar, so grübelte sie, seine Gestalt groß und recht stämmig. Aber in seinen Nasenlöchern wuchsen Härchen, und er war ein langweiliger Geselle, o gewiß, ein so entsetzlich, so niederschmetternd langweiliger Geselle. Und plötzlich sagte sie:

»Und Sie haben alles Glück, das Sie brauchen?«

»Können Sie denn nicht sehen«, antwortete er warm, »daß ich glücklich bin? Das Heil bedeutet Glück. Hier und im Jenseits. Das steht fest – ist gewiß. Wenn Sie das bloß erkennen wollten! Ach, könnte ich Sie nur überzeugen, Gnädige!«

Unnahbar in ihre Gleichgültigkeit gehüllt, sagte sie:

»Sie meinen also – Sie haben wirklich den Wunsch – mich zu – retten?«

Sie fühlte einen unbestimmten, höhnischen Impuls, ein anderes Wort zu gebrauchen – aber sie hielt sich zurück.

»Meine Mission ist es, die Menschen zum Heil zu führen«, rief er, und eine seltsame Aufrichtigkeit klang in den schwülstigen Worten mit. Er neigte sich ihr zu; seine Augen waren feucht und inbrünstig. »Wollen Sie es nicht versuchen, Mrs. Baynham? Wollen Sie nicht versuchen, zu Gott zu gelangen? Sie sind wirklich zu gut, verlorenzugehen. Oh, hören Sie! Hören Sie! Ach, lassen Sie sich von mir helfen!«

Sie saß regungslos da; ihren Körper durchdrang jetzt heimliche verachtungsvolle Heiterkeit, die plötzlich unbezwingbar emporstieg. Dann brach sie in einen unaufhaltsamen Lachanfall aus, durch den, gleich dem Posaunenton des Jüngsten Tages, der Klang des Gongs hallte. Es war das Zeichen zum Lunch.

Endlich wandte sie sich ihm zu.

»Soeben habe ich mich erinnert«, erklärte sie, von Lachen geschüttelt, »daß Sie – daß Sie Ihren Leberextrakt nicht genommen haben.«

8

Knapp nach sieben Glasen desselben Tages kam Harvey Leith zum erstenmal, seit das Schiff blaues Wasser erreicht hatte, aus seiner Kabine. Im Korridor machte er halt, geblendet von einem Sonnenschein, den seine entwöhnten Augen nicht ertragen konnten. Ein seltsames Pariagefühl der Vereinsamung durchdrang ihn. In diesem unbarmherzigen Licht verrieten seine Züge, was er gelitten hatte. Seine Wangen waren eingefallen, aber obwohl er noch immer an Schwächeanfällen litt, fühlte er sich besser – unvergleichlich besser. Trout hatte ihn rasiert, hatte ihm geholfen, den grauen Anzug anzulegen, und beobachtete ihn nun von der Kabinentür her mit aufrichtigem Schöpferstolz. Der kleine Steward war sehr diensteifrig gewesen, und auch Corcoran hatte sich während dieser drei Tage oft in der Kabine gezeigt, um Harvey mit philosophischem Geplauder heimzusuchen.

Harvey war nicht undankbar, und doch fühlte er sich

trotz all dieser Hilfe fremd auf dem Schiff. Und so wollte er es auch haben. Auf das Geländer gestützt, stieg er langsam die Treppe zum Brückendeck hinan. Backbords saß, in einen Plaid gehüllt, Mutter Hemmingway, deren fette, beringte Hände wie Butterklumpen in ihrem Schoß lagen und deren Gestalt keine Wirbelsäule zu haben schien, sondern einer Teigmasse glich. Da sie in diesem Augenblick weder rauchte noch aß, tat sie nichts – sie saß einfach da. Doch als sie Leith sah, glomm in ihren kugelförmigen Augen ein helles, boshaftes Starren auf.

»Aha, aha«, rief sie. »Mir scheint, das ist der Fremde. Santa Maria! Sie sehen aber gar nicht so arg aus. In Dreiteufelsnamen, Sie setzen mich in Erstaunen!«

Harvey blickte auf ihre schwellenden Wangen herab, die so fleckig waren, daß sie Blut zu schwitzen schienen.

»Muß ich mich entschuldigen?« fragte er steif.

»Ach«, rief sie freundlich. »Ich denke nicht schlechter von Ihnen, weil man Sie getreten hat. Carajo, no, mein lieber Herr. Und es ist eine verteufelte Geschichte, wenn man so was nicht fortsaufen kann. Ihnen fehlt ein Tropfen Niggerblut – das ist nämlich eine Sorte starker Port. Der macht einen lebendig.« Sie zwinkerte ihm zu. »Sie brauchen nur ein Wort zu sagen, und ich tue Ihnen den Liebesdienst.«

»Danke, nein«, entgegnete Harvey kurz. Er wandte sich zum Gehen.

»He, bleiben Sie doch«, rief sie geschwätzig. »Setzen Sie sich, seien Sie ein wenig geselliger. Mir hängt schon die Zunge heraus vor Verlangen nach einem kleinen Schwatz. Mit dem verdammten alten Gecken bei Tisch kann man ja kein Wort sprechen. Er ist selbst für den lieben Gott zu großartig. ›Jagen Sie?‹ fragt er mich heute, weil er glaubt, er kann mich beschämen. ›Jagen?‹ antwortete ich. ›Ich kann ein Pferd von einem Schinkenknochen nicht unterscheiden. Wenn Sie sich aber über mich lustig machen wollen, werde ich Ihnen die dreckige Haut vom Buckel herunterjagen.‹« Entrüstet ließ sie die Ohrringe klirren, doch gleich darauf lächelte sie wieder. »Aber Sie sind anders. Sie haben mit dem Pack zu tun gehabt, mein

Söhnchen, so wie ich. Darum gefallen Sie mir. Ich will blind werden, wenn Sie nicht meine Sympathie haben.« Sie kniff ein Auge listig zu. »Sie müssen mich in Santa in meinem Lokal besuchen. Wir werden uns gut müsieren und eine Partie deutsches Whist spielen. Calle de la Tuna, Nummer hundertsechzehn. Notieren Sie sich's.«

»Ihre Güte ist überwältigend. Aber ich glaube kaum, daß ich werde kommen können.«

»Man weiß nie, was einem passiert, junger Mann.« Sie blickte zu ihm auf. »Und weil wir gerade beim Plaudern sind. Was führt denn Ihr Freund Corcoran im Schild? Er sitzt auf dem trockenen, trotz allem Getue. Und ich habe ihm beim Rummy sein Kleingeld abgenommen. Wozu fährt der nach Santa? Ich kann aus ihm nicht klug werden.«

Harvey schüttelte den Kopf.

»Ich habe nicht die geringste Ahnung«, sagte er kalt. Ehe sie noch etwas erwidern konnte, wandte er sich um und war rasch außer Hörweite.

Er ging steuerbords, auf der Suche nach Abgeschlossenheit. Doch wenn auch einige Stühle leer standen, zwei waren besetzt. Er kümmerte sich nicht darum. Er fühlte eine plötzliche Schwäche und ließ sich nieder.

Die Sonne war warm; hatte eine heilende Wärme, die sich ihm wie Balsam auf die halbgeschlossenen Lider legte und gleich einer Liebkosung in seinen matten Körper drang. Die bitter herabgezogenen Mundwinkel entspannten sich ein wenig. Die Wunde in seiner Seele war noch immer nicht vernarbt und blutete, doch einen Augenblick vergaß er des Schmerzes. Die Luft war leicht. Das Wasser glitzerte in großen weichen Rundungen. Der Dampfer fuhr südwärts. Es schien unglaublich, aber um die in Turmhöhe emporführende Takelung kreisten zwei Schwalben, voll Freude über diese zufällige Oase auf ihrer Reise, über diesen sicheren Stützpunkt, bis sie wieder Land fänden. Plötzlich öffnete Harvey die Augen, da er bemerkte, daß ihn jemand ansah. Sogleich wandte Susan Tranter den Blick ab. Auf ihren Wangen zeigte sich unerwartete Röte, die wieder erlosch.

Sie saß auf dem Nachbarsessel, hatte ein Arbeitskörbchen neben sich, ein Notizbuch und einen Bleistift auf den Knien und strickte an einer grauen Wollsocke. So rasch wandte sie sich um, daß das Notizbuch zu Boden fiel und neben ihrem starken, eckigen Schuh geöffnet liegenblieb.

Er hob es auf und wußte mit dem augenblicklichen Auffassungsvermögen, das seine Stärke war, daß dies ihr Tagebuch sein mußte. Gewissenhaft ein Tagebuch führen, so dachte er grimmig, die Wäsche des Bruders ausbessern, ja, das ist ihr Typ. Doch als er das Notizbuch in der Hand hielt, kam eine Seite ins Flattern, und plötzlich stand ganz zufällig vor seinem erstaunten Auge sein Name, und daneben auf dem säuberlich beschriebenen Blatt ein Satz.

»Ich glaube nicht, daß die Geschichte wahr ist. Er hat ein edles Gesicht.«

Das war alles. Das Buch lag nun wieder geschlossen auf ihrem Schoß. Harveys Ausdruck hatte sich nicht geändert. Aber sie war noch immer irgendwie aus der Fassung gebracht; hatte das Gefühl, daß sie sprechen müsse, und wußte nicht, was sagen. Endlich versuchte sie es:

»Hoffentlich – hoffentlich geht es Ihnen besser?«

Er wandte sich ab. Bis zum Brechreiz angeekelt durch seine Entdeckung, durch all diese süßliche läppische Sentimentalität, verabscheute er solche Fürsorge. Doch in ihrer Haltung lag eine Scheu, die ihn zwang, zu erwidern:

»Ja, es geht mir besser.«

»Das ist fein«, fuhr sie rasch vort. »Wenn wir am Sonnabend nach Las Palmas kommen, fühlen Sie sich gewiß schon so wohl, daß Sie am liebsten an Land gingen und den Pic bestiegen.«

Er starrte kranken Blickes vor sich hin.

»Ich werde wahrscheinlich an Land gehen und mich betrinken. Nicht heroisch betrinken, verstehen Sie mich wohl. Bloß ganz undramatisch saufen. Stumpfsinniges Vergessen suchen.«

Irgend etwas zuckte in ihrem Auge. Sie wollte widersprechen, bezwang sich aber.

»Wir hegten den Wunsch, Ihnen zu helfen, mein Bruder und ich, als Sie – als Sie krank waren. Er wollte in Ihre Kabine kommen. Aber ich dachte mir, Sie würden lieber allein bleiben.«

»Sie hatten recht.«

Seine Zustimmung schien das Gespräch zu beenden, schien ein unwiderrufliches Schweigen zu setzen. Dennoch überbrückte Susan dieses Schweigen nach einem Augenblick.

»Meine Bemerkung klingt so aufdringlich«, sagte sie schüchtern. »Ich möchte Ihnen erklären, daß ich Pflegepraxis habe. Drei Jahre in der John-Stirling-Klinik. Und auch Praxis bei Fieber. Ich habe schon bei den meisten Krankheiten gepflegt, von Malaria bis zum Zahnen. Das wird Robert bei seiner Missionstätigkeit zustatten kommen, wissen Sie.« Sie machte eine Pause, um geschickt einen Knoten in der Wolle zu lösen, dann sagte sie zum Abschluß: »Aber ich glaube, Laguna ist eine ganz gesunde Gegend.«

Er hörte jedoch nicht mehr zu. Während sie sprach, hatte sein nervös suchender Blick begonnen, das Mädchen zu mustern, das vier Yard entfernt im Deckstuhl gegenüber lag. Sie schlief. Ihre kleinen Brüste hoben und senkten sich leicht, die Hände waren entspannt, die Wimpern warfen blaue Schatten auf die bleiche, von der Sonne durchwärmte Haut. Jedes Wimperhaar war lang, scharf ausgezogen und in einer Art abgesonderten, leuchtenden Eigenlebens gekrümmt. Der glatte braune Tuchmantel stand am Hals offen und zeigte eine Kette von Perlen, deren jede rötlich war, durchscheinend, weich und größer als eine Erbse. Sie schlief warm, wie ein Kind, und doch war ihr ruhender Körper voll schwellender Schönheit. Lieblichkeit lag über ihr wie Blütenstaub. Und im Schlaf schien ihr Mund zu lächeln.

Da Susan merkte, daß Harvey ganz unverhohlen abgelenkt war, verstummte sie. Doch von Zeit zu Zeit folgte sie über den klappernden Nadeln mit kurzen, verstohlenen Blicken der Richtung seines Starrens, und ihre Blicke hefteten sich sogleich auf einen winzigen Streifen gelber Seide, der sich unbewacht über dem Knie des schlafenden Mädchens zeigte. Endlich war Susan zumute, als ob sie sprechen müßte:

»Sie ist sehr jung – Lady Fielding«, sagte sie behutsam, in einem Ton, der schwer beladen war vom Entschluß, großmütig zu sein. »Und wirklich schön.«

»Wahrscheinlich sind das ihre einzigen Vorzüge«, antwortete er kalt.

Doch kaum war das gesagt, bereute er seine Worte. Er hatte die seltsame Empfindung, etwas geschlagen zu haben, das lieblich und schutzlos war.

Susan ermutigte solchen Spott nicht, wies ihn aber auch nicht zurück.

»Was für Perlen«, fuhr sie in demselben farblosen Ton fort. »Jede einzelne könnte einer hungernden Familie ein Jahr lang helfen. Finden Sie nicht auch, Dr. Leith, daß das sündhaft schade ist? Arme Leute verhungern in den Elendsquartieren – und solch ein Spielzeug! Es ist doch wirklich so nutzlos.«

»Ich habe kein Interesse an hungernden Familien in den Elendsquartieren«, sagte er beißend bitter. »Höchstens, wenn sie wirklich verhungern. Das könnte die Rasse verbessern. Und sie hat es nötig. Sie wissen natürlich, daß ich mich an das Prinzip halte, abzutöten. Drei arglose Nebengeschöpfe ausgelöscht, ehe ich hierher an Bord kam. Ein guter Anfang.«

Ihr Blick war verwirrt. Durch Mitleid zu Harvey hingezogen, fühlte sie nun instinktiv die schmerzende Stelle in seinem Gemüt. Und sein Gesicht – sie mußte den Atem anhalten, so sehr glich es jenem Gemälde, das sie einst gesehen hatte – dem Profil des wundenbedeckten Heilands. Sie mußte sprechen.

»Ihr Gatte ist Sir Michael Fielding«, fuhr sie aufs Geratewohl fort. »Er ist entsetzlich reich. Hat Plantagen auf den Inseln. Doch das ist für ihn wohl nur ein Nebeneinkommen. Wir haben bei unseren Erkundigungen davon gehört. Er hat einen wirklich guten Ruf. Und sein Name –

natürlich, der ist historisch. Sir Michael dürfte um einiges älter sein als seine Frau. Lady Fielding ist eine geborene Mainwaring, aus einer Familie, die immer mit der See zu tun hatte. Das habe ich wenigstens gehört. Ziemlich merkwürdig, daß sie ohne ihren Gatten reist. Warum wohl?«

»Sie können sie ja fragen«, sagte er grob. »Ich liebe Klatsch nicht, selbst wenn er mit Bibelstellen gewürzt ist.«

Sie starrte ihn verwirrten Blickes an; ihre Miene änderte sich plötzlich; wurde bekümmert.

»Verzeihen Sie«, sagte sie leise. »Sie haben recht, ich hätte das nicht sagen dürfen. Ich bedaure es wirklich.«

Dann schlug es langsam acht Glasen; gleich darauf erklang das leise Zeichen zum Tee – Trout hatte die Fähigkeit, die Stärke des Signals dem Rang der Mahlzeit anzupassen. Und in diesem Augenblick erwachte Mary Fielding. Susan hatte die Arbeitstasche eingepackt und hielt sie in der Hand. Sie hatte sich erhoben. Ihr Gesicht war nun gefaßt, und ruhig wandte sie sich an Leith.

»Wenn Sie jetzt hinunterkommen, werde ich mich freuen, Ihnen den Tee einschenken zu können. Er ist ziemlich stark, der Schiffstee; er wird schwarz, wenn man ihn stehen läßt.«

Er hatte den Kopf zur Seite gewandt, zu seinem Sessel hin, und all die krankhafte Verzweiflung kehrte wieder. Er tat so, als hörte er sie nicht. Er wollte keinen Tee, keinen schwarzen Tee, mild gemacht durch die Milch menschlicher Güte, die aus diesen warmen Blicken quoll. Sein Gesicht war noch immer abgewandt, als sie sich nach einer ganz kurzen Pause schweigend entfernte.

Und nun wartete er in sonderbarer Unruhe auf das Fortgehen der anderen. Wartete starr, daß auch sie hinabsteige, diesen schwarzen, bitteren Tee zu trinken.

Aber sie ging nicht. Vielmehr erschien Trout auf dem Deck mit einem Tablett, auf dem das rosafarbene, mit Rosen geblümte Porzellanservice des Schiffs gefällig angeordnet war. Frische Kuchen lagen auf dem Tablett und dünngeschnittene Zitronenscheiben neben einer silbernen Dose mit ziseliertem Wappen.

Da begann sie zu sprechen, als ob sie sich an die umgebende Luft wendete.

»Ich trinke den Tee stets auf Deck, wenn das Wetter so schön ist wie heute. Die Sonne . . . die gibt allem einen so guten Geschmack. Sagen Sie, wollen Sie hier oben Tee trinken oder nicht? Sie können ruhig nein sagen.« Ihre Stimme war leicht und anmutig und ließ Harvey vor seinen eigenen Augen sauertöpfisch und abstoßend erscheinen. Er hegte den dringenden Wunsch, aufzustehen, fortzueilen, mit dem Arm eine heftige Bewegung der Abwehr machen, doch ehe er noch das eine oder das andere hatte tun können, war der verwünschte Trout schon wieder da, stellte beinahe ehrfürchtig eine zweite Schale aufs Tablett und entfernte sich auf Zehenspitzen, als ob er ein Sakrament empfangen hätte.

»Ich habe Trout gern«, sagte sie einen Augenblick später mit sanfter Stimme. »Er ist mit der Stewardeß verheiratet. Sie haben sechs Kinder, die alle auf dem Lande leben. Stellen Sie sich vor: welcher Spaß, wenn alle zusammen eine Fahrt machen könnten. Ich muß Michael bitten, daß er mich das einmal veranstalten läßt.«

Er hatte eine verwirrende Vision, in der die »Aureola« durch fremde Meere segelte, bemannt mit den sechs Kindern des Stewards; dann bemerkte er, daß Lady Fielding ihm beim Sprechen eine Schale Tee hinhielt. Er nahm die Schale mechanisch und stellte mürrisch fest, daß in seinen Fingern noch immer ein Zittern war, so daß der dünne Löffel an die Untertasse klirrte.

Sie erriet seine Gedanken.

»Auch meine Hände zittern oft fürchterlich«, sagte sie, »wenn ich in Buckden den Tee einschenke. Wir haben manchmal die denkbar pompösesten Teegesellschaften. Michael liebt das leidenschaftlich. Mir wird ganz übel davon.«

Er schwieg. Sie verwirrte ihn. Er blickte auf ihre schmalen Finger mit den blauen Fäden der Adern unter der glatten, weißen Haut; auf den locker sitzenden Goldreif, der irgendwie grotesk wirkte – ein Ehering an der kleinen Hand eines Kindes; und er sah, wie diese Hand mit dem zarten Gelenk eine massive Empire-Teekanne hochhielt und unter der Last leicht bebte.

»Sie wissen nicht«, fuhr sie fort, »wie schön es ist, von allem fortzukommen. Man hat das Gefühl, daß man immer mehr und mehr zerquetscht wird, als ob man die Nase an eine Fensterscheibe preßt. Dann denkt man: ›Ich muß, ach – ich muß fort – fort von allem.‹ Haben Sie das noch nie gewollt?«

Instinktiv verfiel er wieder in seinen Hohn.

»Ja«, sagte er. »Aber oft ohne Erfolg.«

Ihre Augen lächelten ihm arglos zu.

»Sie haben ganz recht. Ich sage alles so albern. Ich kann nicht ausdrücken, was ich meine. Ich bin überhaupt nicht sehr tüchtig. Aber diese Sonne« – sie seufzte – »alles sehe ich jetzt schön. Nehmen Sie noch Tee? Es ist eine Twiningmarke; können Sie den Orangengeschmack darin spüren?«

»Nein«, sagte er kurz. »Ich kann es nicht. Ich bin an teuren Tee nicht gewöhnt. Und die letzten drei Wochen war ich betrunken. Im Augenblick ist mein Gaumen ziemlich stumpf.« Sie bemerkte seine Schroffheit nicht, sondern lehnte sich zurück und bot ihr Gesicht jener strahlenden Mischung aus Seeluft und Sonne.

»Fühlen Sie sich nie glücklich«, fragte sie träumerisch, »ohne daß Sie wissen, warum? Einfach ohne jeden Grund?«

»Es liegt kein Grund vor«, antwortete er mürrisch. »Glück ist ein vernunftwidriger Zustand. Wenn man es prüft, verschwindet es.«

»Man will es nicht prüfen«, murmelte sie. Dann sah sie ihm fest ins Gesicht und fuhr in echter Einfachheit fort: »Jetzt in dieser Sekunde, bin ich glücklich. Ich muß es Ihnen sagen. Ich weiß es; und doch kann ich nicht eigentlich erklären, warum!« Sie sprach langsamer und sehr ernst, wie jemand, der unter der Oberfläche nach Worten tastet. »Es ist so verwirrend. Im Augenblick, da ich Sie sah, hatte ich das Gefühl, daß ich Sie kenne, daß ich Ihnen schon begegnet bin, daß Sie verstehen werden. Es war wie eine Erinnerung – in großer Tiefe, in weiter Ferne. Kennen Sie das Gefühl? Man hat es zuweilen an einem ruhigen, sehr stillen und sonnigen Abend – das Gefühl, daß einem irgend etwas wiederkehrt. Da will man völlig stillsitzen und keinen Finger regen; man will lauschen. Aber das alles ist sehr seltsam und vermengt. Ich kann es nicht erklären. Aber es ist da, gewiß, es ist da.«

Ihre Anmut und ihre Schönheit waren außerordentlich; sie stimmten ihn sogleich feindlich und erweckten in ihm Argwohn gegen ihre Aufrichtigkeit. Mit bewußter Absicht stellte er sich gegen sie ein. Er lachte kurz auf. Er konnte das plötzlich in ihm aufsteigende überwältigende Verlangen, ihr weh zu tun, nicht verstehen. Das ganze Leben lang war er der Schönheit aus dem Weg gegangen, besessen von der Arbeit wie ein Anachoret vom Gebet, und hatte nur flüchtige Blicke auf einen Sonnenuntergang geworfen, auf einen in Knospen stehenden Baum, auf ein Frauengesicht; er hatte sich abseits gestellt. Und nun weckte ihn der Anblick ihres jungen Körpers, ihres vom Schein der sinkenden Sonne überstrahlten Haars, ihres lieblichen lebhaften Gesichtes einen stechenden, unerklärlichen Jammer, der bitter in seiner Brust aufwallte.

»Verzeihen Sie«, sagte er in schneidendem Ton, »ich habe nicht die geringste Ahnung, wovon Sie sprechen. Ich beschäftige mich mit den Tatsachen des Lebens. Ich bin Biologe. Ich habe keine Zeit für unklare Gefühle und alberne Phantasien. Und ich weiß bestimmt, daß wir einander nie begegnet sind.«

Ein Ausdruck sonderbarer Enttäuschung breitete sich über ihr Gesicht.

»Gewiß«, sagte sie plötzlich und verstummte. Dann aber rief sie ganz atemlos, als ob sie all ihren Mut hätte zusammenraffen müssen: »Sie wissen nicht – Sie werden wohl nicht wissen, was ich meine – mit dem – mit dem Haus der Schwäne? Mit dem Garten und seinen Fräsiablüten? Und dem Brummen mit der alten, abbröckelnden Einfassung, auf der die drolligen kleinen Eidechsen liegen und schlafen? Oh, ich frage Sie nicht aus irgendeinem albernen Grund. Ich frage Sie bloß, weil – weil ich Sie fragen muß.«

Einen Augenblick konnte er nicht glauben, daß sie im Ernst spreche. Aber ihr Blick – so ernsthaft und so angespannt – fesselte ihn seltsam. Er schüttelte den Kopf.

»Ich weiß nicht, was Sie meinen.«

»Ich dachte«, murmelte sie, »ich dachte, Sie wüßten es vielleicht.« Und als ob sie ihm noch eine Gelegenheit bieten wollte, fuhr sie, in weite Fernen blickend, fort: »Auch auf dem Tor sind Schwäne dargestellt. Man geht den Fahrweg hinauf, vorbei an dem kleinen Haus des Türhüters. Und da steht ein alter steifer Baum mit glatten, runden Zweigen in der Ecke des Hofes. Den kennen Sie doch bestimmt?« Ein fast schmerzvoller Eifer stahl sich in ihren Tonfall.

»Sie waren doch gewiß schon dort.«

»Nein.«

Lange herrschte Schweigen. Ihre Brust hob und senkte sich.

»Ich dachte«, sagte sie undeutlich wieder, »ich dachte bloß, Sie kennen es vielleicht.«

Er war bestürzt, Tränen in ihren Augen zu sehen; gegen seinen Willen fragte er:

»Was ist das – dieses Haus der Schwäne?«

Sie blickte hinaus auf die dahingleitende See.

»Das ist ein Ort, zu dem ich manchmal gehe«, sagte sie sehr langsam. »Und manchmal hatte ich das Gefühl, daß – jemand mit mir geht. Aber es ist ganz klar, daß ich irre. Ich habe mich um nichts lächerlich gemacht. Sie verstehen mich nicht.«

Wieder fühlte er eine unerklärliche Gemütsbewegung; tief in seiner Seele regte sich etwas, gleich dem Entfalten unsicherer Schwingen. Er lehnte sich ein wenig vor, doch ehe er sprechen konnte, kam von unten ein Stampfen von Füßen. Die Teestunde war vorbei, der Salon hatte sich geleert, und nun stiegen die anderen die Treppe empor. Tranters Stimme erdröhnte.

»Hier haben wir Platz, Leutchen.« Und gleich darauf kamen alle auf das obere Deck.

Beim Anblick Harveys herrschte allgemeines Schweigen. Dibdin tastete nach seinem Monokel. Elissa starrte in unbekümmerter Neugier. Und Tranters Augen leuchteten auf. Strahlend rieb er sich die Hände.

»Schön, schön«, sagte er salbungsvoll. »Ich freue mich, Sie außer Bett zu sehen, Freund. Freue mich wirklich sehr. Wollte schon früher nach Ihnen schauen, aber Sue hier ließ es nicht zu. Hören Sie, ich bin wirklich glücklich, Sie wieder wohlauf zu sehen und so nett und bequem untergebracht.«

»Bei mir hat er nicht sitzen wollen«, sagte Mutter Hemmingway mit boshaftem Kichern. »Aber bei Mylady schon. Das ist der Vorteil, wenn man blaues Blut in den Adern hat.«

Wieder erdröhnte Tranters Lachen. Er trat vor und legte brüderlich den Arm auf Harveys Schulter.

»Sie werden von nun an auf mich zählen können, Freund. Ich bin natürlich nicht so englisch und auch nicht so vornehm wie Mylady hier, aber sooft Sie nur wollen, werde ich Ihnen Gesellschaft leisten. Ja, Sir. Ich möchte, daß Sie es wissen – wenn ich etwas für Sie tun kann – irgend etwas – können Sie es als getan betrachten.« Seine Blicke wanderten flüchtig zu Elissa hinüber. »Glauben Sie mir, wenn wir einander nicht helfen können in christlicher Nächstenliebe . . .«

Harvey in seinem Sessel wurde steif. Er, der alles verloren hatte, mußte sich von diesem verhaßten, hohlen Patron so begönnern lassen. Es war unerträglich. Mit nervösem Ungestüm erhob er sich; fühlte plötzlich, daß er von starrenden Augen umringt war. Bloß Mary, deren Blick noch immer nach der See langte, schien ihn nicht anzusehen.

»Sie schmeicheln mir«, sagte er mit unheildräuender Stimme zu Tranter. »Ich bin Ihres Interesses fürwahr nicht würdig.«

»Aber, aber, Freund, ich dächte doch . . .«

»Halten Sie den Mund«, zischte Harvey. »Lassen Sie mich ungeschoren.«

Tranter, gerötet vom heißen Tee und vom männlichen Mitgefühl, zog ein lächerlich langes Gesicht.

»Aber«, stammelte er, »aber, meiner Treu, ich habe

Ihnen doch nur mein Mitgefühl angeboten, als Diener Gottes.«

»Gott!« sagte Harvey leise und verbittert. »Das muß ein seltsamer Gott sein, wenn er Ihnen erlaubt, so von ihm zu schwatzen.« Er senkte den Kopf, zwängte sich an den Leuten vorbei und begab sich zur Treppe.

Genau in diesem Augenblick kam Renton aus der Kajüte. Er schenkte der Situation keine Aufmerksamkeit. Sein Gesicht zeigte einen besorgten Ausdruck, fast einen Ausdruck der Verwirrung. In der Hand hielt er eine Radiodepesche.

Elissa war es – selbstverständlich –, die als erste diese Chance einer Abwechslung sichtete. Und in ihrem matten Ton rief sie:

»Sie wollen doch nicht sagen, Kapitän, daß etwas los ist, das uns diese Langeweile erleichtern könnte.«

Renton hob den Blick von dem dünnen weißen Papierstreifen und musterte die Gruppe.

»Es ist nichts los«, erwiderte er, bemüht, seinen Worten eine gewisse Leichtigkeit zu verleihen. »Ich bedaure, Sie enttäuschen zu müssen. Es ist gar nichts los.«

Harvey wartete die weiteren Reden nicht ab. Er hatte den Fuß schon auf der Treppe. Mit seltsam verlorenen und unwirklichen Gefühlen stieg er hinab und tauchte wieder unter in der Einsamkeit seiner Kabine.

9

Am Sonnabend kamen sie nach Las Palmas. Es war ein windstiller Morgen. Dem Sonnenaufgang entlang glitt die »Aureola« in den schlafenden Hafen, vorbei an den Leuchtschiffen, an deren Masten blasse Lampen noch blinzelten, und legte an der Mole an.

Drei Stunden später erwachte Harvey beim Rasseln der Ladeketten. Zum erstenmal seit vielen Tagen hatte er gut geschlafen, und nun lag er, entspannt ausgestreckt, ganz ruhig da und beobachtete, wie ein warmer Sonnenstrahl das Weiß der Kabinenwand erhellte. Er fühlte seltsame Leichtigkeit im Körper und konnte kaum glauben, daß er sich wirklich schon so erholt hatte. Sonderbar war auch die solide Festigkeit seiner hohen Koje, der das unwirklich anmutende Schwanken der letzten Tage fehlte. Und als fernes Glockengeläut vom Land an Harveys Ohr drang, wußte er plötzlich, daß das Schiff im Hafen lag. Von einer seltsamen Erregung getrieben, stand er auf, legte den Bademantel um und ging an Deck.

Hier fiel die volle Frische des Morgens auf ihn wie Tau. Blau war der Himmel, die Luft durchsichtig und dünn; der Sonnenschein, der von den Bergen herabströmte, bestreute das Meer mit glitzernden Schuppen. Vor Harvey lag, eingefaßt von einer Schaumkrone, die Bucht; und dahinter die Stadt, die in vielfarbigen Terrassen die gelben Hügel hinanklomm. Sie strahlte in Wärme und Sonne: Rot und Grün und blendendes Weiß, ausgestreut in lebensvoller, tropischer Schönheit. Und über allem, Bucht und Stadt überragend, triumphierend über die näher liegenden zackigen Berge, erhob sich fern ein Gipfel, irgendwie unwirklich und geheimnisvoll wie eine Fata Morgana; streckte seinen schneebedeckten Kegel durch einen Ring milchweißer Wolken, so daß er zwischen Erde und Himmel zu hängen schien.

Erfüllt von seltsamem Staunen, blieb Harvey regungslos stehen und starrte den Pic an. Herrlich wie ein himmlischer Ruf hielt ihn diese Vision in ihrem Bann, bereitete ihm ein scharfes, kaum faßbares Gefühl des Schmerzes. War es dieses Bildes Sinn oder Schönheit, was ihm so wehe tat? Im Bann des Zaubers hielt er den Atem an; er konnte es nicht ertragen, hinzusehen; vermochte auch nicht den Blick abzuwenden.

Gewaltsam sah er fort, ging an die Seite des Schiffes und betrachtete den gelben, staubigen Kai, auf dem nun eine Art schlaffen Lebens wimmelte. Auf den von der Sonne durchhitzten Steinen waren etliche zwanzig Peone, barfuß und in Kalikohosen, damit beschäftigt, mit malerischer Gleichgültigkeit Mehlsäcke abzuladen. Sie hatten keine Eile. Sie plauderten, rauchten, spuckten, standen umher und legten nachlässig Hand an die Säcke, als ob das allerletzte, was man von ihnen forderte, Eile wäre. Einer von ihnen, in einem verwaschenen, ockergelbem Hemd, sang ohne Unterlaß mit hoher Stimme eine kleine, erregend einschmeichelnde Weise. Harvey lauschte unwillkürlich:

El amor es dulce
Y él que lo desprecia un loco.

Obwohl Harvey nur wenig Spanisch verstand, war ihm der Sinn der Worte klar: Die Liebe ist süß, und wer sie verachtet, ein Tor.

Ungeduldig, als ob er ein Gegengift gegen Süße suchte, ließ er den Blick den Kai abwärts schweifen, wo abgerakkerte Maultiere mit wunden, verbeulten Lenden, mit traurig an ein Skelett erinnerten Rippen vor hochräderigen Wagen an ihren Deichseln hingen. Das eine hustete plötzlich wie ein Mensch und scheuchte dadurch einen Schwarm summender Fliegen auf, während es vor Schwäche beinahe zusammenbrach. Doch der Kutscher, der auf dem Bock kauerte, schenkte dem keine Beachtung; er hatte die Zügel in Händen, trug eine Blume hinterm Ohr und schnarchte zufrieden.

Jählings wandte sich Harvey ab – er konnte es nicht ertragen, diese unglücklichen Tiere anzusehen. Im ersten Augenblick die Schönheit der Inselküste, die Erhabenheit dieses geheimnisvollen Pics, im nächsten dieses jämmerliche Schauspiel kranken Lebens. Unruhig, seltsam erregt, begann er mit raschen, nervösen Schritten hin und her zu gehen. Er blickte auf seine Armbanduhr – es war schon recht spät, fast neun – und fragte sich ungeduldig, was er beginnen sollte. Er war im Hafen, frei von allem lästigen Zwang, frei auch von jener aufgezwungenen Gesellschaft, die ihn so in Wut gebracht hatte; und wie eine plötzlich aufsteigende Erkenntnis kam ihm das Wissen, daß er von diesem verhaßten Schiff an Land gehen und wieder in jenes Vergessen untertauchen konnte, das er willkürlich herbeizurufen vermochte. Er konnte jetzt die quälenden

Schemen der Vergangenheit vergessen, jene Visionen, in denen Lebende und Tote sich vermischten, und die ihn besessen gehalten wie ein Fiebertraum. Seine Lippen schlossen sich, seine Kiefer preßten sich zusammen. Natürlich wollte er gehen, das hatte er schon vom Beginn an beschlossen. Das Leben konnte nichts mehr bieten, was vermocht hätte, diesen Entschluß zu ändern. Ja, er wollte gehen, bewußt, nichts sollte ihn abhalten.

Und dennoch ging er nicht. Er schritt weiter auf und ab, fühlte die Sonne warm auf seinen Schultern, fühlte beinahe verstohlen im Rücken die Gegenwart jenes erhabenen Gipfels. Wieder mußte er stehenbleiben; mußte sich umwenden, diesen Berg anzusehen. Als er so dastand, hörte er neben sich Renton sagen:

»Ein erhabener Anblick, Dr. Leith. Es ist der Pico de Teyde auf Teneriffa. Und ob Sie mir glauben oder nicht, er liegt ganze dreiundsiebzig Meilen entfernt im Westen. Er beherrscht diese Insel. Sie werden ihn von Santa Cruz aus noch deutlicher sehen.« Seite an Seite blickten sie den Berg an, dann sagte Harvey langsam:

»Ja, es ist ein erhabenes Bild.« Plötzlich verhöhnte er sein eigenes Gefühl. »Eine Vision aus dem Paradies.«

»Aus einem Paradies, das gelegentlich seine Schattenseiten hat«, sagte Renton rauh. Er machte eine Pause und blickte zu dem anderen auf.

»Das Neueste ist eine unangenehme kleine Affäre auf dem Hügel hinter Santa Cruz. Ich habe gestern durch Radiodepesche die Nachricht bekommen. Dort ist gelbes Fieber.«

Es herrschte plötzliches Schweigen.

»Gelbes Fieber«, wiederholte Harvey.

»Ja, die Fälle sind in Hermosa – einem Dorf, knapp hinter Laguna. Glücklicherweise ist die Seuche lokalisiert.«

Wieder herrschte Schweigen.

»Sie werden diese Information für sich behalten, Doktor Leith«, sagte Renton schließlich. »Sie sind Arzt, darum habe ich es Ihnen mitgeteilt. Aber ich sehe keinen Grund, warum ich die anderen nutzlos beunruhigen sollte.«

»Sie haben es ihnen nicht gesagt?«

»Nein, Herr, das habe ich nicht. Ich halte gern den Mund, solange ich keine Ursache habe, zu sprechen. Ich sage Ihnen ja, daß die Seuche lokalisiert ist.«

»Gelbes Fieber ist schwer zu lokalisieren«, sagte Harvey langsam. »Es wird durch Moskitos verbreitet. Und ist eine furchtbare Heimsuchung.«

Der Kapitän wurde borstig. Mehr als alles andere haßte er Widerspruch.

»Hoffentlich werden Sie mich nicht lehren wollen, was ich zu tun habe«, sagte er schroff. »Wollen Sie, daß ich meine Passagiere in den Laderaum sperre? Warum soll ich sie erschrecken? Ich sagte Ihnen schon, daß ich zuwarten will. Ich habe alle Nachrichten von Mr. Cart, unserem Agenten, und er billigt meinen Entschluß.«

»Nachrichten brauchen oft lange Zeit; Epidemien sind schnell.«

»Von einer Epidemie ist keine Rede«, erklärte Renton verärgert. »Es tut mir leid, darüber gesprochen zu haben. Sie machen aus einer Mücke einen Elefanten. Hier kennt man Epidemien überhaupt nicht.«

Er stand da wie ein Zwerghahn, voll Trotz gegen weiteren Widerspruch. Harvey aber antwortete bloß in gleichgültigem Ton:

»Das ist gut.«

Renton sah ihn forschend an, doch war es unmöglich, hinter die Maske dieses unbeweglichen Gesichts zu blikken. Verärgert stand der Kapitän eine Weile stumm da, dann nickte er – noch immer zornigen Gesichtes – kurz mit dem Kopf und ging in den Kartenraum.

Harvey blieb bei der Reling stehen.

Gelbes Fieber! Lag jetzt etwas Unheimliches über der strahlenden Bucht, etwas Hartes in ihren Farben? Nichts! Ganz und gar nichts! Ein Kranker, vielleicht sechzig Meilen entfernt. Ein übertriebener Anlaß für große Sorge! Jedenfalls war es Harvey gleichgültig. Jetzt war ihm nichts wichtig.

Er machte kehrt, um in seine Kabine zu gehen, dann hielt er unvermittelt inne. Auf dem unteren Deck, ganz hinten im Korridor, sah er Mary Fielding und Mrs. Baynham mit einem Mann sprechen, der offenbar eben erst an Bord gekommen war. Der Mann war ziemlich jung, hübsch, wenn auch ein wenig auffällig, hatte ein rotes, recht stumpfes Gesicht, einen kleinen trockenen, aufgezwirbelten Schnurrbart, einen dicken Hals und eine muskulöse, sorgfältig in Form gehaltene Figur; er trug einen Tweedanzug, makellos, gut geschnitten, in der Farbe abgestimmt zu den leichten schwedischen Schuhen an den Füßen und dem fleckenlosen Panama in der wohlgeformten Hand. Er stand mit gespreizten Beinen und lachte; sein Kopf war so zurückgeworfen, daß eine Hautfalte sich leicht über den Kragen vorwölbte, was auf Harvey einen abscheulichen Eindruck von Brutalität machte. Instinktiv empfand er Widerwillen gegen den Mann, während er höhnisch verzogenen Mundes den Glanz des schütteren Haares bemerkte, die irgendwie pompös wirkende Neigung des Kopfes, den Matadorblick, die anmaßende Selbstgefälligkeit, die sich in die Ehrerbietung seiner Haltung mengte.

Ein grimmiger Gedanke zuckte durch Harveys Kopf. Ist das ihr Liebhaber? dachte er bösartig. Und ist diese Begegnung der beseligende Zweck der Reise?

Doch wessen Liebhaber? Er starrte nun mit gerunzelter Stirn Mary an. War in ihrem Gesicht, in dieser raschen, angespannten Bewegung ihrer Hand ein Zeichen von Einverständnis zu bemerken? Das weiße Seidenkleid umhüllte sie eng, durchtränkt von der Wärme ihres Fleisches.

Als er so dastand und starr auf die Gruppe unten blickte, sprach wieder eine Stimme zu ihm. Er fuhr auf und sah sich um. Hinter ihm standen Susan Tranter und ihr Bruder, beide für einen Landausflug gekleidet. Sie wiederholte ihre Frage ruhig, und ihre Augen blickten ohne jedes Lächeln in die seinen.

»Wir wollen wissen, ob Sie für heute schon einen Plan haben?«

»Einen Plan?« Heftig aus der Stimmung gerissen, wiederholte er fast stumpfsinnig das Wort, während er ihre adrette, untersetzte Gestalt und die ernste Offenheit ihres

Blickes bemerkte. Sie trug Handschuhe, ihr kleiner Strohhut warf einen Schatten auf ihre eckige Stirn, die nun weicher wirkte.

»Haben Sie schon Pläne gemacht – das wollte ich fragen –, Pläne, wie Sie den Tag verbringen wollen?«

»Nein.«

Ihr Blick senkte sich, hob sich jedoch sogleich wieder.

»Robert und ich sind eingeladen«, sagte sie mit fester Stimme. »Wir haben amerikanische Freunde in Arucas. Es sind gütige Menschen. Haben eine hübsche Villa; schon aus dem Namen kann man schließen, daß das Haus hübsch sein muß. Es heißt Bella Vista. Wollen Sie mit uns kommen?«

Er schüttelte langsam den Kopf.

»Nein, ich werde nicht mitkommen.«

Ihr Blick vermochte sich nicht von seinem Antlitz zu trennen.

»Es wäre gut, wenn Sie mitkämen«, beharrte sie mit leiser Stimme. »Die Landschaft dort ist herrlich. Unsere Freunde dort sind Christen und wirklich gute Menschen. Man wird Sie herzlich willkommen heißen. Sie werden sich wie zu Hause fühlen. Ist es nicht so, Robert?«

Tranter, der abgewandten Gesichtes dabeistand und starr auf das untere Deck blickte, machte eine ungewohnt linkische Geste der Zustimmung.

»Warum sollte ich mitkommen?« fragte Harvey steif. »Ich bin kein Christ. Ich bin nicht gut. Ihre teuren amerikanischen Freunde wären mir widerlich und ich ihnen natürlich auch. Schon der Name Bella Vista füllt mich mit Abscheu. Und schließlich habe ich Ihnen schon gesagt, daß ich wahrscheinlich an Land gehen werde, mich zu betrinken.« Ihr Blick ließ von ihm ab.

»Ich bitte Sie«, sagte sie fast unhörbar. »Ich bitte Sie. Ich habe gebetet –« Sie verstummte und starrte einen Augenblick vor sich hin aufs Deck. Endlich hob sie den Kopf.

»Wir wollen also gehen, Robbie«, erklärte sie mit gleichmütiger Stimme. »Wir haben eine lange Fahrt vor uns. Auf dem Kai finden wir einen Wagen.«

Sie stiegen zum unteren Deck hinab. Absichtlich ging Susan nicht auf der Seite, wo Elissa stand.

»Sag, Susan«, schlug Tranter im Gehen vor, »meinst du nicht, daß wir unseren Besuch auf den Nachmittag verschieben könnten?«

»Nein, das meine ich ganz und gar nicht«, antwortete sie, gerade vor sich hin starrend. »Wir sind zum Lunch eingeladen.«

»Ich weiß. Gewiß, ich weiß«, sagte er verlegen. »Aber wir müssen doch nicht den ganzen Tag dort verbringen. Ich finde, der Nachmittag allein wäre vollauf genug.«

Sie blieb stehen und sah ihm ins Gesicht. Ihre frühere Erregung trat nun aus diesem anderen Anlaß zutage.

»Das ist heute das dritte Mal, daß du den Vorschlag machst, nicht nach Bella Vista zu gehen. Du weißt, Robbie, daß dieser Besuch wichtig ist.« Sie fragte mit zitternden Lippen: »Was ist los mit dir? Und was sollten wir sonst tun?«

»Aber, aber, Sue«, wandte er rasch ein. »Du darfst dich nicht aufregen. Aber – nun schön, was ist Böses dabei, wenn ich gedacht hatte, wir würden den Vormittag verwenden, mit Mrs. Baynham nah Las Canteras hinüberzugehen? Sie hat mich aufgeforderte, ihre Gesellschaft zur Bucht zu begleiten. Sie sagte, wir könnten alle ein wenig schwimmen. Es ist verwünscht heiß. Und ich weiß doch, wie du ins Wasser vernarrt bist. Zu Hause warst du doch immer die beste Schwimmerin.«

Unwillkürlich keuchte sie kurz.

»Das also ist es«, rief sie. »Ich hätte es mir denken können. Und wie du es einfädeln wolltest, mich zur Bucht zu bringen. Du weißt genau, daß du das Schwimmen nie leiden mochtest. Du weißt genau, daß du nie schwimmen konntest. Sie hat uns aufgefordert! Siehst du denn nicht, daß sie sich nur über dich lustig macht? Ach, Robbie, lieber Robbie! Was ist in den letzten Tagen über dich gekommen? Du läßt dieses Weib ja nicht mehr aus den Augen. Ich sage dir, sie verhöhnt dich die ganze Zeit. Und doch läufst du ihr unablässig nach, als ob du toll wärest.«

Sogleich wurde er rot.

»Du bist ganz und gar im Irrtum«, platzte er los. »Es ist nichts, dessen ich mich schämen müßte, ganz und gar nichts.«

»Sie ist ein schlechtes Geschöpf«, kam es zitternd von ihren Lippen.

»Susan!«

Nun herrschte Schweigen; sie rang um ihre Selbstbeherrschung. Dann sagte sie hastig, in entschlossenem Ton:

»Ich werde nicht ruhig zusehen, wie man dich zum besten hält. Ich liebe dich viel zu sehr. Wir gehen nach Arucas. Wir gehen jetzt und bleiben den ganzen Tag dort.«

Er begegnete ihrem Entschluß mit einer Betonung seiner Würde. Obwohl er sich im Recht wußte und bitter enttäuscht war über ihre Weigerung, nach Las Canteras zu gehen, antwortete er dennoch in ruhigem, überlegenen Tone:

»Sehr schön. Gehen wir. Aber ich sage dir klipp und klar: wenn wir zurückkommen, werde ich mit Mrs. Baynham sprechen.« Er wandte sich um und schritt hocherhobenen Hauptes über die Landungsbrücke.

Susan unterdrückte einen Seufzer; verwirrten und unglücklichen Gesichtes folgte sie langsam ihrem Bruder.

Harvey sah nicht, wie die beiden gingen. Er saß in seiner Kabine und aß mürrisch das Obst, das Trout zum Frühstück gebracht hatte. Teldeorangen, köstliche Früchte mit dünner Schale, und Ananas, die man am Morgen frisch vom Markt gebracht hatte – es war ein üppiges Mahl. Doch er dachte in rückschauender Bitterkeit an die letzte Begegnung mit Susan. Er hatte diesen Ton nicht anschlagen wollen. Ihre Absicht wenigstens war gut gewesen, und der Vorzug ihres Wesens lag in einer aufrichtigen Ehrlichkeit. Ärgerlich gegen sich selbst stand er auf und begann sich anzukleiden. Er war vom Leben verwundet worden, und so verlangte es ihn, wie einen knurrenden Hund, auch seinerseits weh zu tun, in zielloser, unvernünftiger Wut gegen das Leben loszuschlagen. Zudem mußte er zuerst weh tun, damit nicht ihm selbst weh getan werde. Es war die Reflexbewegung einer gepeinigten Seele, er aber sah darin nur ein Symptom von Bösartigkeit.

Seufzend wandte er sich vom Spiegel ab. Sein Gesicht war nicht mehr blaß; ein Anflug von brauner Farbe hatte es hart gemacht. Seine Hand, die eben erst das Geschäft des Rasierens vollendet hatte, zitterte nicht mehr; der Blick war wieder klar. Sein Körper erholte sich rasch, doch in seinem Herzen tobte und brodelte Selbstverachtung. Er verachtete sich.

Ein Klopfen erklang an der Kabinentür, und Harvey blieb erhobenen Hauptes stehen. Er hatte geglaubt, als einziger von allen Passagieren an Bord zu sein – jener Einsamkeit überlassen, die er so hartnäckig begehrt hatte.

»Herein«, rief er.

Die Tür flog lärmend auf. Jimmy Corcoran trat mit geschwellter Brust ein, erfüllt von der Pracht des Morgens. Eine neue karierte Mütze saß ihm, nach hinten geschoben, auf dem Kopf; um den Hals trug er eine grell smaragdgrüne Krawatte. Harvey starrte ihn an, dann fragte er langsam:

»Seit wann klopfen Sie an Türen?«

»Ich dachte mir, Sie könnten im Deshabillé sein«, sagte Jimmy mit breitem Grinsen.

»Und das hätte Sie in Verlegenheit gebracht?«

»Na, gewiß nicht. Keine Spur. Aber es hätte Sie in Verlegenheit bringen können. Sie sind ein so heikler Teufel.«

Harvey wandte sich ab und begann mit festen Strichen sein Haar zu bürsten.

»Warum ist Ihnen mein bloßer Anblick nicht verhaßt?« fragte er mit sonderbar klingender Stimme. »Es scheint mir, daß ich zu Ihnen kaum – nun sagen wir, kaum höflich gewesen bin, seit wir diese entzückende Reise angetreten haben.«

»Zum Teufel mit der Höflichkeit«, antwortete Jimmy vergnügt. »Ich kann allzu große Höflichkeit meiner Treu nicht leiden. Glacéhandschuhe waren nie nach meinem

Geschmack. Ich habe es gern, wenn mich einer ins Gesicht einen Idioten heißt und mir freundlich auf den Buckel klopft, so –« Und er versetzte Harvey einen gewaltigen Schlag auf die Schulter, um diese Worte zu erläutern. Dann zwängte er sich zum Spiegel vor, wo er sich in Augenschein nahm, die grauenhafte Krawatte zurechtschob, die angeklebte Locke glättete und seinem Spiegelbild eine Kußhand zuwarf. Er begann einen Gassenhauer zu singen.

»Sie scheinen sich heute sehr gut zu gefallen?«

»Gewiß gefalle ich mir. Warum auch nicht, sozusagen? Ich bin der einzige Mann, der es zustande gebracht hat, Smiler Burge in die Seile zu werfen. Und am nächsten Sankt Patrickstag würde ich es wieder tun. Umsonst. Wissen Sie denn nicht, daß ich der prächtigste Kerl bin, der je aus Clontarf gekommen ist? Meine alte Mutter hat es immer behauptet. Das Herz eines Löwen und die Schönheit eines Fauns, wie Pläto sagt. Und heute bin ich so froh, daß ich nicht einmal dem Papst du sagen möchte.« Er fing wieder zu singen an. Dann drehte er sich und sagte:

»Wir wollen alle nach der Bucht. Und auch wir zwei gehen heute hin.«

Harvey sah ihn an.

»Wir gehen also, Jimmy, wie?«

»Gewiß gehen wir.« Er unterstrich diese Gewißheit, indem er mit der Faust auf die flache Hand klatschte. »Wir gehen nach der Bucht von Canteras. Ich habe eben mit dem Kapitän gesprochen. Es ist das Schönste, was man sich denken kann. Dort gibt es ein Bad und ein kleines Restaurant, wo man zu fressen kriegt. Ich sag' Ihnen, dort gibt es einen gelben Sandstrand, daß Sie vor Freude verrückt werden.«

Die Vorstellung, daß er, Harvey, vor Freude über eine Bucht mit gelbem Sand verrückt werden könnte, brachte den Schatten eines Lächelns auf sein Gesicht. Doch seltsam, er sagte:

»Gut! Gehen wir, Jimmy.«

Corcoran grinste über das ganze zerdroschene Gesicht.

»Beim heiligen ... Wenn Sie nein gesagt hätten, ich hätte Sie niedergemetzelt. Ich habe am Nachmittag wichtige Geschäfte zu erledigen. Privat und persönlich, müssen Sie wissen. Aber während des ganzen Vormittags gehören Sie mir.«

Sie verließen die Kabine, traten ins flüssige Sonnenlicht, schritten über die Landungsbrücke und den staubigen Molo hinab. Corcoran trottete dahin, beide Daumen in den Armlöchern seiner Weste, einen Zahnstocher zwischen den Lippen. So schien er Besitzrechte auf den Hafen geltend machen zu wollen Er beklagte die Indolenz der Eingeborenen, philosophierte über die Frauen, kaufte einem verhutzelten alten Weib einen Veilchenstrauß fürs Knopfloch ab, schenkte einem von Fliegen umschwärmten Bettler eine Prise Schupftabak und machte schließlich vor einer übel aussehenden einspännigen Tartana halt.

»Aha«, rief er. »Hier hätten wir dich ja, mein Bursche. Dein Pferd kann noch auf den Beinen stehen, und auch der Wagen hat Räder.« Er fragte nun den Kutscher. »Wieviel Fahrt nach Las Canteras, Bucko?«

Der Kutscher machte eine Schulterbewegung, die äußerste Gleichgültigkeit andeuten sollte, und zeigte mit ausgestreckten Fingern vier gelbe Fingernägel.

»Vier englische Shilling, Señor.«

»Vier englische Pferdeäpfel! Viel zuviel! Ich gebe dir zwei Pesetas und eine Prise Schupftabak.«

»Nein, nein, Señor. Meine Tartana sehr schön. Sehr schnell.«

»Ah, sehr schnell meine Füße.«

Der Kutscher brach in eine Flut spanischer Worte aus, wobei er kurze, flehende, klägliche Grimassen schnitt.

»Was sagt er?« fragte Corcoran, der sich den Kopf kratzte. »Ich verstehe das Geplapper nicht so gut.«

Harvey antwortete ruhig:

»Er sagt, daß er Sie gut kennt. Daß Sie der frechste Gaukler sind, der je auf Erden gelebt hat. Daß Sie Smiler Burge nie im Leben in die Seile geworfen haben. Daß Smiler Burge Sie mit einem Kinnhaken beinahe umgebracht hat. Er sagt, daß Sie häßlich und alt sind und daß Sie nie die Wahrheit sprechen. Er sagt ferner, daß seine Frau im Sterben liegt, daß seine zehn Kinder im Sterben liegen, daß er selbst an gebrochenem Herzen sterben wird, wenn Sie ihm nicht für die Benutzung seiner herrlichen Tartana vier Shilling zahlen.«

Jimmy schob die Kappe zurück, bis sie ihm im Nacken saß.

»Wir wollen ihm also zwei Shilling geben«, sagte er zweifelnd. »Zwei englische Shilling, Kiddo.«

Das Gesicht des Kutschers wurde von einem strahlenden Lächeln zerrissen. Mit der Miene eines Granden riß er die wackelige Tür auf, sprang auf den Bock und verkündete der Welt durch ein Schwingen der Peitsche seine Eroberung. Zwei englische Shilling! Es war genau das Fünffache der ihm gesetzlich zukommenden Gebühr.

»Sehen Sie, so muß man mit diesen Burschen umgehen«, sagte Jimmy aus dem Mundwinkel heraus. »Es ist Geschäftsinstinkt. Wenn man nicht scharf Ausschau hält, ziehen sie einem die Haut vom Leibe.« Und er legte sich breit in den Sitz zurück, während sie ratternd die holperige Straße hinabfuhren.

10

Mary Fielding war zu Playa de las Canteras gekommen. Auch sie hatte Renton die Schönheit dieses wenig bekannten Strandes preisen hören; nun lag sie in ihrem nassen grünen Badetrikot ausgestreckt auf dem von der Sonne gebleichten Sand und ließ die weiche Wärme in ihren Körper dringen. Kleine Tropfen Meerwassers glitzerten noch auf ihren weißen Beinen. Ihren von den Wogen gekühlten Körper erfüllte vibrierendes Leben. Die Rundung ihrer kleinen Brüste war lieblich wie eine Blüte, anmutig wie der Flug einer Schwalbe. Ihre Augen waren geschlossen, als ob sie die köstliche Hingebung dieser Stimmung zurückhalten wollten, dennoch konnte sie alles rings um sich sehen: dieses herrliche, herrliche Bild. Die prächtig geschwungene Linie der goldigen Düne, des Wassers, das blauer schimmerte als der Himmel, die schäumende Weiße der Wogen, die dröhnend über die Klippen brandeten, der ferne Gipfel des Pics – leuchtend und durchsichtig, allmächtig wie ein Gott. Ah, sie freute sich, daß sie gekommen war.

Hier konnte sie atmen und, nackt an die Erde gepreßt, endlich sie selbst sein. In ihr stieg etwas auf, weißer als der Schaumkamm der Wellen, leuchtender als der Gipfel des Berges – eine Erinnerung oder ein Wunsch oder beides zugleich. Nie noch vorher war die Überzeugung in ihr so stark geworden, daß das ganze Leben, das zu führen sie gezwungen war, bloß eine Ausflucht darstellte, einen jämmerlichen Schatten der Wirklichkeit. Und nie vorher hatte sie es so heftig gehaßt und verachtet, dieses aufgetakelte Komödienspiel der Gesellschaft, das Zeremoniell in Buckden. Ja, sogar Buckden, das vor ihr aufstieg im satten Glanz seiner Ziegel, schien jetzt durch die zermalmende Würde seiner Jahre bedrückend.

Jetzt, so nahe der Einfachheit der Erde, war ihr das alles entfernt und unbestimmt: gestaltlos, wie der lockere Sand, der durch ihre Finger rann.

Sie erhob sich und blickte zu Elissa und Dibdin hinüber, die Rücken an Rücken im Schatten eines großen Sonnenschirmes saßen. Elissa hatte sich nicht entkleidet, ihre Haut war empfindlich gegen Seewasser. Aber Dibs stellte mit einer Art greisenhafter Fröhlichkeit die schuppige Haut zur Schau und bot, einer mit blauer Sergebadehose maskierten Mumie ähnlich, seinen vertrockneten Rumpf der Seebrise.

Auf den Ellbogen gestützt, lauschte Mary dem Gespräch der beiden. Sie lauschte bewußt – beherrscht von dem Gefühl, wie läppisch diese Reden waren.

»Elissa«, sagte Dibs, »es ist Ihnen doch nicht wirklich langweilig, daß Sie hierher gekommen sind?«

Ganze zwei Minuten fuhr Elissa Baynham fort, voll Interesse sich die Nase zu pudern. Es war das vierte Mal in einer Stunde, daß sie ihrer Leidenschaft für Vollkommenheit frönte. »Sie wissen, daß mich alles langweilt«, antwortete sie, als jede Hoffnung auf eine Erwiderung schon verloren schien. »Hier gibt es keine Männer.«

»Keine Männer«, kicherte Dibs. »Und was ist mit mir?«

»Sie!« sagte Elissa, und das war alles.

Es herrschte ein kurzes Schweigen, dann forderte sie:

»Zünden Sie mir eine Zigarette an und machen Sie sie nicht naß, sonst bekomme ich einen hysterischen Anfall.« Sie hielt inne. »Mir ist plötzlich ein neuer Name für Sie eingefallen – jetzt, daß ich Sie splitternackt gesehen habe. In Hinkunft werde ich Sie Sex-Appeal nennen.«

Er fand in ihrem goldenen Kettenkästchen ein Etui aus Onyx, nahm mit den geäderten Finger eine Zigarette heraus und zündete sie an.

Sie griff mit der Hand über ihre Schulter und sagte:

»Geben Sie sie mir so, daß ich mich nicht umzudrehen brauche. Der Anblick Ihrer Haut bringt mich zur Verzweiflung.«

»Meine Haut!« rief er, endlich ins Herz getroffen. »Meine Haut ist eine vollkommen gute Haut. Hunderte von Frauen haben diese Haut geliebt.«

»Das war, ehe Sie begonnen hatten, ein Korsett zu tragen, mein Süßer.«

Dibs zitterte vor Wut und rächte sich auf einer anderen Angriffslinie.

»Sie sind verwünscht albern, Elissa. Ich weiß nicht, was Ihnen eingefallen ist, daß Sie dem Kerl da, diesem Tranter gestatten, Ihnen nachzulaufen.«

»Ja, ist das nicht entsetzlich? Er versucht, mir das Heil zu bringen.«

»Aber – aber, der verwünschte Bursche ist bis über beide Ohren in Sie verliebt.«

»Er weiß es nicht.« Sie tat einen langen Zug an ihrer Zigarette. »Er ist ein gar zu öder Geselle, sonst hätte ich ihn ganz gerne für einmal. Bloß einmal – zum Spaß. Wissen Sie, Dibs, pardon, ich wollte sagen Sex-Appeal.«

Er streckte den knochigen Rücken.

»Das ist zuviel, Elissa. Ich will mich hängen lassen,

wenn das nicht einen Schatten zu weit geht. Ich weiß nicht, wohin es mit der jüngeren Generation noch kommen wird. In meiner Zeit hatten wir das Anstandsgefühl, darüber den Mund zu halten. Wir zeigten es nie offen. Wir waren wenigstens höflicher.«

Sie antwortete in neckendem Tone: »Sie haben immer gefragt: ›Darf ich?‹ Nicht wahr, Dibs, mein Süßer.«

»Meiner Treu!« keuchte er. »Sie sind wirklich ein höchst unmoralisches Frauenzimmer, Elissa.«

»Nein, nicht unmoralisch, Dibs«, sagte sie sinnend. »Bloß unschicklich. Ich betrachte mich erst dann als unmoralisch, wenn ich mir gestatte, einen Liebhaber auf dem Diwan zu haben.«

Mary, die angespannten Gesichtes zugehört hatte, machte eine leise Bewegung des Abscheus.

»Wenn du nur nicht so sprechen wolltest, Lissa«, sagte sie plötzlich leise, während sie den Blick noch immer auf die prächtige, ruhelose See gerichtet hielt. »Es ist zu häßlich. Du verdirbst mir die Freude an allem.«

»Verderben!« antwortete Elissa. »Das gefällt mir, Mary, mein hübsches Kind. Wer hat uns an diesen vernichtenden Ort gezerrt? Wer hat Carrs Einladung zu Quinney abgelehnt? Wer bestand darauf, mit uns zum Lunch hierher zu kommen? Es war ihm ziemlich unangenehm, das kann ich dir sagen. Seine Würde schien ein wenig verletzt zu sein.« Sie bohrte mit dem Zeigefinger ein Loch in den Sand und begrub mit spitzen Fingern den glimmenden Zigarettenstummel.

»Ich hasse elegante Restaurants«, murmelte Mary, gewissermaßen sich entschuldigend. »Das ist alles so steif und gräßlich. Darum wollte ich herkommen. Hier ist es so seltsam und schön. Mr. Carr hat gewiß nichts dagegen. Er muß ja nicht mitkommen, wenn er nicht will.«

»Er wird kommen«, sagte Elissa leichthin. »Er läßt die Zunge heraushängen, wenn er dich sieht.«

Ein unangenehmes Gefühl durchdrang Mary, ähnlich einer Berührung mit Schmutz. Sie schüttelte den Kopf, um sich davon freizumachen; unterdrückte einen noch nicht geformten Gedanken.

»Ich gehe wieder schwimmen«, sagte Mary unvermittelt. Dann erhob sie sich und lief rasch in das bewegte Wasser. Hinter dem Gischt, der in wirbelnden Ringen um ihren Körper schäumte, war die See opalglänzend, blau und seltsam ätherisch, einem Licht gleich, das in tiefe Kristallhöhlen dringt. Ihre Füße verloren den warmen Boden, und plötzlich schwamm sie köstlich im tiefem Wasser, trieb frohlockend dem Floß zu, das, auf halbem Wege zu den Klippen verankert, auf und ab tanzte. Nun fühlte sie sich rein, die Glieder gepeitscht von den scharfen Wogen, das Blut bereichert von der elektrischen Luft.

Sie schwamm und schwamm, dann faßte sie mit einem kleinen Schrei hellen Entzückens die Kante des hüpfenden Floßes und schwang sich voll Freude auf die mit Matten belegte Fläche. Dort ruhte sie mit ausgestreckten Armen, die Wange fest an die warmen, nassen Fasern pressend. Nun fühlte sie sich tausend Meilen entfernt von Elissas zynischen Reden. So verstrich ein Augenblick, dann bemerkte sie ganz plötzlich, daß sie nicht allein war. Langsam wendete sie den Kopf. Harvey Leith lag auf der anderen Seite des Floßes.

Sie sahen einander an, wie ihr schien, eine lange, lange Zeit. Ohne die nüchternen Kleider zeigte seine Gestalt überraschende Anmut. Die Schultern waren breit und wurden nach unten zu schmäler, die Beine waren muskulös und schön. Endlich senkte sie, erfüllt von einer sonderbaren Verwirrung, die Wimpern.

»Das habe ich nicht gedacht. Ich wußte nicht, daß Sie hier sind«, sagte sie verlegen.

»Ich selbst habe nicht gewußt, daß ich hier sein werde«, antwortete er langsam. »Aber ich bin hier.«

»Und auch ich bin hier«, sagte sie mit kurzem Lachen. »Wir schwimmen schon wieder auf einem Schiff. Ist das nicht spaßig?«

Es gab wohl nichts Banaleres als das, was sie nun gesprochen hatte, dennoch fühlte sie, wie unter der Oberfläche dieser seichten Worte jene seltsame Unrast, die früher von ihr Besitz ergriffen hatte, wieder zurückkehrte und noch drängender in ihr pulsierte. Ein Gefühl, daß etwas aus der Vergangenheit aufgestiegen sei, eine Ahnung von etwas Lebenswichtigem, vom Schicksal Vorausbestimmtem, das aus der Zukunft sich ihr entgegenstreckte. Es wandelte das Leben, es färbte diesen Körper mit einer seltsam erwartungsvollen Hilflosigkeit. Noch nie hatte sie diese tiefe und pulsierende Harmonie des Gefühls gekannt, noch nie hatte diese seltsame Spannung sie besessen wie ein Schmerz. Sie verstand es nicht, sie konnte sich nicht dagegen schützen. Ihre Finger spielten unruhig mit einer losen Faser der Matte, sie hatte nicht die Kraft, ihn anzusehen.

»Es ist so herrlich hier«, sagte sie endlich, beinahe nervös. »Das Meer, die Sonne, der Schnee auf dem Pic. So herrlich. Ich habe das Gefühl, als ob ich es von jeher kennte.« Ihre Stimme war leise und klang ihr selbst dumpf in den Ohren, da die feineren Nuancen durch den Druck in der Kehle verwischt wurden.

Er blieb ganz regungslos, wenn er auch von dem schwankenden Floß geschaukelt wurde, als ob er in einem irgendwie verzauberten Stoff zwischen Meer und Himmel schwebte, und er antwortete nicht. Unverwandten Blickes, hingerissen von der lebenden Schönheit ihrer Gestalt, schien er ihre Worte bei sich zu erwägen. So herrlich, hatte sie gesagt. Er fühlte, wie ihm sein Herz das Blut schwer in die Schläfen pumpte. So herrlich! Er hatte niemals an Herrlichkeit gedacht. Hatte auch nie das weiche Mysterium der Schönheit gesucht. Sein Leben war hart gewesen wie Granit, beherrscht von bekannten unbeugsamen Gesetzen. Er hatte gesucht. Ja, einzig und allein die Wahrheit war der Gegenstand seines Suchens gewesen. Und der Beweggrund dieser Suche? Es war kein glühender Wunsch, der Menschheit zu helfen. Bloß ein kaltes Greifen nach der Vernunft, gleichgültig, hartherzig. Nun aber, unter einem blendenden Licht, das von ferne her auf ihn niederzubrennen schien, ergoß sich etwas in seine Seele, etwas, das anders war und unabänderlich.

»Die Insel hier heißt Gran Canaria«, murmelte sie. »In diesem Namen liegt Farbe und Bewegung. Wenn ich später an diese Reise denke, werde ich es in mich hineinsagen: Gran Canaria. Er klingt erregend.«

Ihre Worte bekamen einen anderen Sinn, während sie durch das blendende Weiß des geheimnisvollen Lichtes unklar zu Harvey drangen. Und er fragte:

»Sie verlassen morgen das Schiff?«

»Ja, wir bleiben in Orotava.«

Das war sonderbar endgültig. Sie ging fort. Heute abend würde die »Aureola« weiterfahren, durch das warme Dunkel der Nacht zu einer anderen Insel, und am nächsten Morgen war Mary nicht mehr da.

»Es ist ruhig in Orotava«, sprach sie weiter. »Ein kleiner Ort und ganz unverdorben. Das ist mir vor allem anderen lieb. Mr. Carr hat im Hotel ›San Jorge‹ alles schon vorbereitet. Er ist der Agent meines Gatten hier auf den Inseln.«

»Aha«, sagte er. All das Licht in ihm erlosch plötzlich. Etwas war dagewesen, und nun war es fortgenommen. Er zog die Lippen ein. Ruhig zwang er sich, Mary anzusehen.

»Sie werden eine glückliche Zeit verbringen. Ich weiß es.«

»Sie fahren natürlich mit dem Schiff weiter?« fragte sie, und ihr Blick ruhte hell auf seinem Gesicht.

»Ich fahre weiter und wieder zurück.«

Schweigen trat ein, von den unerforschlichen Gedanken der beiden geschmiedet.

Plötzlich machte sie jene kleine impulsive Handbewegung, die aussah, als wollte sie nach einer flüchtigen Freude haschen.

»Wollen Sie heute mit mir zu Mittag essen? Oh, bitte, bitte ja! In dem kleinen Baderestaurant. Es ist so köstlich hier. Mr. Carr kommt auch. Und ich will, daß auch Sie kommen.«

Es lag eine schmerzliche Freude in dem Wissen, daß er ablehnen mußte.

»Ich bin nicht allein«, antwortete er. »Corcoran hat mich hergebracht.« Er machte eine Bewegung zum offenen Meer hin, wo man Jimmys Gestalt unklar sehen konnte, der sich im Gischt der Wogen tummelte wie ein alter Seehund.

»Auch er muß kommen«, sagte sie rasch. »Sie beide müssen kommen.«

»Er hat geschäftlich in der Stadt zu tun.«

»Aber Sie – Sie haben doch keine Geschäfte dort.«

Schon auf dem Schiff war er reichlich lümmelhaft gewesen. Die bloße Erinnerung daran erstickte die Ablehnung auf seinen Lippen.

»Das ist schön«, rief sie glücklich in sein Schweigen. »Sie kommen. Sie kommen mit mir zum Mittagessen.«

Ihre Worte zwangen ihm ein leichtes Lächeln auf die Lippen. Bei diesem Lächeln sprang sie auf die Füße, streckte die mageren Arme in einer Art unschuldiger Lust und tauchte tief ins Meer. Der Schwung ihres Sprunges ließ das Floß so plötzlich zurückschnellen, daß Harvey hinter ihr nachrollte und auf den Rücken einer vorwärtsflutenden Welle fiel. Unter der Oberfläche des Wassers öffnete er die Augen. Durch das Unterwasserlicht schimmerte ihr Körper, entglitt ihm, ebenso glänzend und ebenso weiß wie ein Mondstrahl. Harvey tauchte auf, füllte seine Lungen mit Luft. Es verlangte ihn plötzlich, dieses dahinjagende Weiß zu verfolgen. Aber er tat es nicht. Er machte kehrt und schwamm mit weit ausholendem Tempi zu der Badeanstalt.

In seiner Kabine, die nach harzigem Fichtenholz roch, legte er langsam die Kleider an. Seine Haut, belebt von den prickelnden Strömungen des Lebens, hatte einen rötlichen, warmen Schimmer. Seine Augen blickten gerade vor sich hin und musterten versonnen die Unwirklichkeit dessen, was sie sahen.

Als Jimmy eintrat, von dessen Torso Wasser troff, erzählte ihm Harvey in derselben abwesenden Stimmung von der Einladung, die er angenommen hatte.

»Kann mir denken, daß Sie nach einer solchen Einladung die Nase hochhalten. Wenn ich nicht wichtige Geschäfte hätte, ginge ich mit Vergnügen mit. Aber jedenfalls werde ich Sie zu den Leuten hinführen, bevor ich mich aus dem Staub mache.«

Zehn Minuten später gingen sie miteinander in das kleine Restaurant.

Sie hatte das Wort »köstlich« gebraucht, um dieses Lokal zu beschreiben. Und irgendwie war das Adjektiv am Platze. Das Restaurant war klein und sehr sauber, der Boden aus weißem gescheuertem Holz, die Tische gedeckt mit blauen, karierten Tüchern; die eine Wand völlig offen zum Meer, zum Himmel und zu dem fernen, zauberhaften Pic. Hinten ein langer, geschnitzter Schanktisch, gekrönt von einer Reihe von Flaschen – aber seltsam: Harvey hatte keinen Gedanken mehr für jenes Vergessen, nach dem er sich so gesehnt. Und hinter dem Schank saß ein Kellner in Hemdsärmeln auf einem hohen Stuhl und zwirbelte versonnen seinen kleinen Schnurrbart, der aussah, wie an falscher Stelle angebrachte Augenbrauen. In der Ecke stand – ganz fehl am Ort – ein gelbes automatisches Klavier.

Beim Anblick des Instrumentes leuchteten Jimmys Augen wissend auf; unverzüglich ging er hin, warf eine Münze ein und ließ es zu fröhlichem Leben erwachen. Eine durchdringende Melodie zerriß die Luft, und nach einigem verständnisinnigen Achselzucken stürzte sich Corcoran in einen lebhaften Jig. Sogleich lächelte der Kellner; ein matt aussehender Jüngling, der am Schanktisch Absinth trank, lächelte – eine spanische Familie in der Ecke lächelte. Sie verstanden das, sie wußten das zu schätzen, auch sie kannten den Sinn des Glücks. Die Musik raste weiter wie ein Wasserfall. Jimmys Beine bewegten sich mit verblüffender Kunstfertigkeit und verwirrender Schnelligkeit. Der Kellner begann mit den Händen den Takt zu schlagen. Die fette spanische Mutter nickte über der in den Ausschnitt gesteckten Serviette gutgelaut mit dem Kopf, der Jüngling öffnete den Mund wie ein erregter Jagdhund und begann plötzlich mit hoher Tenorstimme den Tanz zu begleiten. Während des ganzen Liedes drangen kaum merkliche Düfte von Speisen aus der Küche herein, mengte sich der Geruch des Knoblauchs mit dem salzigen Aroma der See.

In diesem Augenblick kam Mary und hinter ihr Elissa,

Dibs und Carr. Es gab eine sonderbare Pause. Jimmy, ganz außer Atem, sah sogleich idiotisch drein; der Jüngling verstummte, der Kellner glitt von dem Sessel, und die Musik hörte mit plötzlichen Akkorden auf, die klangen wie ein Trauermarsch. Doch Mary lachte.

»Herrlich«, rief sie und klatschte in die Hände. »Eine herrliche Melodie. Drehen Sie es wieder an.«

Wilfred Carr lachte nicht. Eingerahmt von der Tür musterte er mit hochmütigem Blick die ganze unpassende Umgebung und zertrümmerte sie mit seinem Starren. Noch nie im Leben hatte er dieses abscheuliche Lokal besucht, und es war ganz selbstverständlich, daß er nie wieder herkommen wollte. Kein Gentleman, der etwas auf sich hielt, konnte in einer solchen Spelunke zu Mittag essen, es sei denn, um die überaus lächerliche Marotte einer bezaubernden Dame zu befriedigen. Seine in Seide gehüllte Gestalt wurde steif, als er Harvey bemerkte, der dastand und die Hände in die Taschen eines schlecht geschnittenen Anzuges gesteckt hatte, und als er neben ihm den anderen, den vulgären, verbeulten Irländer sah. Bei der Vorstellung war seine Höflichkeit von eisiger Kälte. Er sah steif zur Seite, als Corcoran sich anschickte, zu gehen.

»Sie werden mich entschuldigen«, erklärte Jimmy. »Ich verlasse Sie nur sehr ungern, aber ich muß. Doch um die Wahrheit zu sagen, ich muß ein Telegramm und andere Dinge erledigen. Ganz besonders wichtige Sachen.« Er sagte das, als ob geschäftliche Transaktionen von den gewaltigsten Ausmaßen in seinen Händen lägen, und machte sich unter eleganten Verbeugungen aus dem Staube.

»Wer ist der Kerl?« fragte Carr verächtlich.

»Ein besonders guter Freund von mir«, antwortete Harvey schroff.

Die beiden blickten einander an.

»Ach ja«, schnarrte Carr, der endlich den Blick abwandte. »Natürlich.«

Sie setzten sich in einer Atmosphäre, die plötzlich elektrisch geladen schien, zu Tisch.

Der romantische kleine Kellner hatte sich selbst übertroffen. – Denn, wissen Sie, nicht jeden Tag besuchen englische Mylords die Badeanstalt, und die kleine Contessa, die das Essen bestellt hatte, war so schön, bella, molte bella. Und so hatten die steifen, derben Servietten erstaunliche Formen angenommen, ein Sträußchen taufeuchter Veilchen lag auf jedem Teller, die kleinen, schwarzen Oliven waren köstlich, die bestellte Omelette mit Pimentos erhob sich hoch wie El Telde selbst. Und nun waren sie bei der Ensalada.

»Nein«, erklärte Mary, »ich muß – ich muß einfach Knoblauch zum Salat haben.«

Carr machte eine Grimasse des Abscheus, die er hastig in einen Husten verwandelte.

»Natürlich, natürlich«, er drehte sich um und sprach laut zu dem Kellner in einem schlechten, aber hochfahrenden Spanisch.

»Wissen Sie«, sagte er, während er sich vertraulich ihr zuwandte, »Sie hätten sich wirklich Ihre Tageseinteilung von mir machen lassen sollen, Mary.« Der Name kam ihm leicht von den Lippen. »Mittagessen im Klub – wohl besser als hier. Dann Golf. Wir sind recht zufrieden mit unserem Golfplatz.«

»Aber ich bin nicht hergekommen, um Golf zu spielen.«

»Ah, Sie müssen mich in Orotava alles arrangieren lassen«, erklärte er vertraulich. »Die Geschäfte führen mich in ein paar Tagen nach Santa Cruz quer über die Insel. Ich werde Sie sicher besuchen.« Die Art, wie er sich siegesgewiß auf sie konzentrierte, deutete unbedingt an, Mary müsse von seinem Interesse selbstverständlich beeindruckt und von seinem Charme vernichtet sein. Haargenau so war Wilfred Carr. So viele Frauen hatten ihm gesagt, er habe Charme, daß er unfehlbar wußte, keine Frau könne ihm widerstehen.

Vielleicht war er charmant. Er hatte alle Eigenschaften, die dazugehören. Er tanzte hervorragend, spielte gut Golf und blendend Tennis, er ritt, war der Boxer seines College gewesen, war im Bridge nicht schlecht und völlig zu

Hause in jeglichem Boudoir. Er war bloß der Sohn eines Landpfarrers. Aber er hatte eine kostspielige Erziehung genossen, so daß alles in seinen Manieren stak und nichts in seinem Kopf. Dennoch hatte er den Drang nach oben. Zu Hause hatte er den Verkehr mit Leuten gepflegt, mit den richtigen Leuten. Darunter auch mit Michael Fielding. Und nun, mit einem angenehmen Posten, einem leichten Leben und entsprechender Beliebtheit in der begrenzten Gesellschaft der Inseln, sagte er sich, er habe über nichts zu klagen.

Er hatte Mary Fielding recht oft in England gesehen, und oft hatte er sie aus der Ferne glühend bewundert. Nun war sie hier, eine junge und sehr schöne Erscheinung. Er konnte wirklich nicht recht verstehen, daß sie ihn in eine so abscheuliche kleine Kneipe zum Essen lud; aber sie hatte stets diesen Ruf gehabt – Spleen der Einfachheit und dergleichen mehr, sie wissen ja; ziemlich komisch natürlich, irgendein Esel hat sie einmal Alice im Wunderland genannt, aber – nun ja – trotzdem, oder vielleicht deswegen, ein höchst bezauberndes kleines Geschöpf. Wieder neigte er sich vor, mit einer verführerischen Bewegung seiner schönen Hände.

»Ja«, sagte er, »wenn Sie sich mir anvertrauen, kann ich Ihnen viel Amüsement versprechen. Sie müssen es auf der kleinen Bananenkiste ziemlich langweilig gefunden haben.«

Sie sah ihn neugierig an, so wie ein Kind eine Krabbe ansehen mag.

»Gar nicht so langweilig, besten Dank.«

Er lachte leichthin.

»Nun, Sie müssen sich jetzt aufheitern. Ich werde sehr unglücklich sein, wenn Sie mir das nicht versprechen. Wissen Sie, die meisten Leute glauben, wir hätten hier eine primitive Gesellschaft. Keine Rede. Wir haben jegliche Annehmlichkeit. Es ist der netteste und entzückendste Flecken Erde, den man sich vorstellen kann.« Er verwendete all die volltönenden Adjektiva des Kolonisten, der ein Land zu dem seinen gemacht hat, darin zu Erfolg gekommen ist und dieses Land jetzt als Widerspiegelung seiner selbst betrachtet. Und voll Glut fügte er hinzu, während er mit einem Auge die Wirkung dieser Worte auf seine Wirtin beobachtete: »Das reine Utopia, ein jeder läßt sich's hier gutgehen, und warum nicht?« Er wurde geradezu lyrisch. »Mensch und Tier, alles läßt sich's ausgezeichnet ergehen.«

Harvey, der mit starrer Miene dasaß, merkte, wie eine kalte Welle der Gegnerschaft ihn überflutete. Aus einem Grund, den er nicht feststellen konnte, fühlte er verzweifelte Wut, unvernünftige Wut. Mit Nachdruck wandte er sich an Carr. »Heute morgen habe ich auf dem Kai Maultiere gesehen, die waren nicht gerade im besten Gesundheitszustand. Sie machten mir keineswegs den Eindruck, als ob sie sich's ausgezeichnet ergehen ließen.«

Carr setzte sich aufrecht. Er runzelte die Stirn.

»Den Maultieren geht es ganz gut«, sagte er kurz. »Niemand tut ihnen etwas zuleide.«

»Und den Moskitos«, sagte Harvey, während er nach einem Insekt haschte, das um seinen Teller summte. »Denen tut man wohl auch nichts zuleide.«

Carrs Stirnrunzeln wurde noch deutlicher.

»Nein«, höhnte er. »Bloß alte Damen und zimperliche Touristen kümmern sich um sie.«

»Ausgezeichnet«, sagte Harvey gleichmütig. »Sogar die Moskitos lassen es sich gut ergehen, und niemandem schadet das. Es gibt hier kein Fieber. Keine Spur. Das ist köstlich.«

Ein langsames Verstehen stahl sich in Carrs Miene; er ließ ein kurzes, höhnisches Lachen hören.

»Das also ist es. Sie haben die Schauermärchen gehört. Das hätte ich mir denken können.«

Dibdin zog ein verblüfftes Gesicht und legte die Gabel nieder.

»Hört einmal, meine Verehrtesten, ich verstehe euch nicht. Wovon sprecht ihr eigentlich?«

Carr winkte mit kraftvoller Geringschätzung ab.

»Es ist nichts an der Sache. Absolut nichts«, erklärte er. »Vereinzelte Fieberfälle sind eben da und dort auf den Inseln aufgetreten. Niemand, der auch nur ein wenig

Courage im Leibe hat, schert sich darum. Unter den Eingeborenen findet sich immer jemand, der gleich Geschrei erhebt, aber wir lassen deshalb doch nicht die Nase hängen. Guter Gott, nein! Wir wären keine Engländer, wenn wir das täten.« Das war der Tonfall großartiger und patriotischer Furchtlosigkeit.

»Die Worte eines Briten von echtem Blut!« sagte Elissa mit einer Grimasse. »Aber irgendwer hätte es uns doch sagen sollen. Von nun an werde ich jeden Moskito mit blassem Gruseln betrachten. Es juckt mich jetzt schon vom Kopf bis zu den Füßen.«

»Dabei haben sie uns heute beinahe aufgefressen, als wir den Kai herabkamen«, sagte Mary leichthin.

»Machen Sie sich keine Sorgen, Mary«, antwortete Carr. Beruhigend tätschelte sie ihren Arm. »Die ganze Sache ist durch und durch lächerlich. Ein paar Fieberfälle. Großer Gott, das bedeutet ja nichts. Ich werde schon darauf achten, daß Sie sich nicht in Gefahr begeben.«

Sie zog den Arm ein wenig zurück, und ihre Augen waren sonderbar in die Ferne gerichtet.

»Es gibt kein Sich-in-Gefahr-Begeben«, sagte sie ruhig. »Die Dinge geschehen oder sie geschehen nicht. Das ist meine Überzeugung.«

»Natürlich!« stimmte Carr ein wenig verdrießlich bei. »Aber dennoch werde ich auf Sie achten.«

Harvey schwieg, doch in seiner Seele brannte es. Er wußte, daß sein unbestimmtes Vorgefühl absurd war – der bloße Instinkt eines wissenschaftlichen Kopfes. Aber er hatte einmal gelbes Fieber gesehen, bei einem Laskarimatrosen im Hafen von London, und nie würde er die entsetzlichen Verheerungen dieser Krankheit vergessen können, die jählings kam wie die Cholera, todbringend war wie die Pest. Und jetzt anhören müssen, wie dieser aufgeblasene Tölpel erklärte, es sei nichts an der Sache; zusehen müssen, wie der Geselle unwissend und läppisch den Helden spielte – es war zum Tollwerden! Er wandte den Kopf: starrte Carr kalt und ruhig an. Doch ehe er sprechen konnte, stand Mary auf.

»Wir wollen den Kaffee im Freien trinken«, sagte sie. »Dort auf der Veranda.«

Sie erhoben sich und gingen zu der nach Süden gelegenen kleinen hölzernen Plattform, deren metallene Tischchen in einem schattigen Winkel der Badeanstalt standen. Der Kaffee wurde gebracht und lautlos aufgetragen. Der kleine Kellner zog ein klagendes Gesicht, als wüßte er, daß die Harmonie des Tages zerstört war.

»Ich bin schläfrig«, sagte Elissa, die die Augen halb geschlossen hielt.

Niemand antwortete. Niemand wußte sehr viel zu sagen. Harvey saß mürrisch da, die Beine ausgestreckt und die Hände tief in den Taschen. Dibs hatte den Mund offen, wie immer, wenn er sich langweilte; insgeheim hielt er Carr für einen armseligen Kerl, und was das Essen betraf, war auch das vielleicht ein wenig schwer gewesen für eine kränkliche Leber.

Auf Marys Gesicht lag ein trauriger und erstaunt abwesender Ausdruck. Sie schien mit einem Geheimnis beschäftigt, das sowohl verwirrend wie kostbar war. Einmal wandte sie sich an Harvey.

»Auf dem Floß«, sagte sie ein wenig verträumt. »Erinnern Sie sich? Ich habe beinahe das Gefühl, als ob ich noch immer dort schaukelte.« Und aus ihren Augen, die nun nicht mehr sonderbar und nicht mehr in die Ferne blickten, drang eine unbekannte, seltsame Süße.

Carr hatte die Kaffeeschale in der Hand, stelzte auf der Veranda hin und her, schmollte charmant und hielt nur von Zeit zu Zeit inne, um mit dem Fuß nach Eidechsen zu stoßen, die über die Bretter huschten. Hin und wieder warf er einen raschen Blick auf Marys weißen, sehr glatten Nacken, über den eine Strähne gelockten Haares hing. Mary hatte ihn ungewöhnlich geringschätzig behandelt, hol's der Teufel, ungewöhnlich geringschätzig! Endlich tat er Buße. Ein Lächeln verzog seine vollen Lippen.

Er trat zum Tisch und stellte sich einen Sessel neben den ihren. Er war bereit zu vertraulichem Geplauder, sie aber, die diese Vertraulichkeit ahnte, kam ihm zuvor und sagte abweisend:

»Ich möchte gern zum Schiff zurück.«

Er neigte sich sogleich zu ihr, mit einer Flut wortreicher Einwendungen. Es sei noch zu früh, die »Aureola« werde vor acht Uhr abends nicht weiterfahren. Man könnte noch eine Fahrt durch den Puerto machen – sein Motorboot liege ganz in der Nähe –, und vor allem anderen müsse Mary im Klub Tee trinken. Er hatte seinen ganzen Zauber wiedergewonnen und war von neuem bereit, mit dem Leben und mit Mary spielerisch umzugehen.

Doch sie erhob sich, und in ihren Augen lag jener in die Ferne gerichtete Ausdruck, den sie manchmal zeigten. Die anderen könnten bleiben, sie aber müsse wirklich gehen.

Die anderen wollten nicht bleiben. Die Rechnung wurde bezahlt; sie machten sich auf den Weg, schritten über die schmale Landzunge zum Puerto, wo das Motorboot – wie Carr so bombastisch erklärt hatte – wartete, doch diesmal leider nicht auf eine Rundfahrt. Mit gekränkter Miene half er ihr die Stufen hinab, die anderen folgten; dann begann der Motor zu knattern. Als das Boot durch die Bucht keuchte, genoß Carr einen kurzen Augenblick der Genugtuung. Er saß neben Mary und konnte durch den dünnen Stoff ihres Kleides ihren Körper fühlen, der warm war und weich. Er machte eine leichte Bewegung mit dem Knie. Sie aber blickte gerade vor sich hin, in die Ferne. Immerhin, er war nicht unzufrieden. Man konnte nie wissen. Weiber! Seltsame Geschöpfe.

Fünf Minuten später legten sie neben der »Aureola« an. Er erhob sich ritterlich, um Mary über das Fallreep hinaufzuhelfen – niemand war imstande, einen Frauenarm so unmerklich zu drücken wie er – doch als er die Hand ausstreckte, stieß ihn jemand von hinten heftig an.

»Das ist meine Sache«, sagte Harvey im Ton verhaltener Wut. »Verstanden?«

»Wie?« stammelte Carr, hilflos vor Überraschung. »Was ist Ihre Sache?«

»Aus dem Weg!« zischte der andere. »Oder ich schmeiße Sie über Bord.«

Carr stand einen Augenblick sprachlos da, wie auf den

Kopf geschlagen, verblüfft. Und bei all dem lag in Harveys funkelnden Augen ein Ausdruck, der seinen Gegner zwang, Platz zu machen. Alle waren schon ausgestiegen, noch ehe Carr sich hätte sammeln können. Der Teufel hole den Kerl, dachte er; verdammt, warum habe ich ihn nicht geohrfeigt? Das Lächeln auf seinen Lippen war steif geworden, er hielt es aber mit Anstrengung aufrecht.

Er zog den Hut, schwenkte ihn anmutig und rief:

»Vergessen Sie unsere Abmachung nicht. Auf Wiedersehen nächste Woche!«

Und als er auf die Kissen des Motorbootes zurückfiel, schwor er sich mit einem Fluche zu, er werde schon darauf achten, daß dieses Wiedersehen gewiß zustande komme.

11

Als um sechs Uhr dieses Abends die Sonne mit rosigen Fingern über die Zinnen von Santa Ana strich, kehrten Susan und Robert Tranter zum Schiff zurück. Sie waren die letzten, denn Corcoran hatte sich schon längst eingefunden. Staub lag auf den Schuhen der beiden Amerikaner. Aus Gründen der Sparsamkeit hatten sie schon auf der Plaza den Wagen verlassen – Susans Schultern waren leicht gesenkt. Roberts Miene streng, als ob er und die Schwester an diesem Tag eher eine Pflicht erledigt als ein Vergnügen genossen hätten.

Langsam und schweigend stiegen sie das Fallreep hinan, sichtlich in geheime Gedanken versunken. Als dann Susans Fuß das Schiff betrat, sah sie plötzlich die Gestalt Harvey Leiths, der auf Deck hin und her ging. Sogleich hellten sich ihre Augen auf, und sie straffte die Schultern, als ob Ermüdung und Angst im Nu verschwunden wären. Etwas sang in ihrem Herzen: »Er ist nüchtern! Er ist nüchtern!« Ihre untersetzte Gestalt schien sonderbar leicht zu werden. Ein Lichtstrahl wandelte die stumpfe Farbe ihres Haares in Gold. So stand sie einen

Augenblick da, ehe sie ihrem Bruder über die Treppe folgte.

»Es ist ganz gut, wieder hier zu sein, Robbie«, bemerkte sie munter. »Wenn wir ehrlich sein wollen, war es heute reichlich ermüdend.«

Er gab keine Antwort.

Ihr Blick umwölkte sich wieder, doch sie sagte, ebenso wie früher:

»Ich werde mich jetzt wohl für kurze Zeit niederlegen; mein Kopf schmerzt ein wenig. Du brauchst mich doch nicht bis zum Abendessen, Lieber?«

Er hielt den Rücken steif, seine Stimme aber hatte den verdrießlichen Tonfall eines unbillig behandelten Gerechten, als er, halb über die Schulter, antwortete:

»Brauche ich dich denn gar so oft?« Hocherhobenen Hauptes betrat er seine Kabine; heftig schloß er die Tür.

Fühlte er sich aber wirklich so sicher? Er stand einen Augenblick vor dem Spiegel und starrte zerstreut sein Gesicht an, das ihm bleich und fremd erschien. Dann setzte er sich verwirrt auf die Kante des Sofas und legte die Stirn auf seine Handflächen. Die Visite in Arucas, von der der Erfolg seiner Mission zum Teil abhing, hatte sich wirklich als ermüdend und als wahre Heimsuchung erwiesen. Er war bei den wichtigen Besprechungen über die Drucklegung der spanischen Traktate zerstreut und unaufmerksam gewesen, hatte beinahe vergessen, den Empfehlungsbrief an Mr. Rodgers in Laguna mitzunehmen. Den ganzen Tag beschäftigte ihn ein anderer Gedanke: Elissa! Dieser Name hatte, selbst wenn er nicht ausgesprochen wurde, jetzt die Macht, Robert das Blut ins Gesicht zu treiben. Warum aber? Er hatte keinen Grund zu erröten. Das war es eben. Natürlich. Niemand konnte es verstehen, nur er selbst. Susan, alle Leute auf dem Schiff, das ganze verleumderische Universum, alle mochten ihn schmählich verkennen, mochten mit ausgestrecktem Zeigefinger sein Gefühl verdammen. Er wußte, daß sie, einer wie der andere, unrecht hatten, er wußte, daß sein Gefühl edel war und schön und gut. Schön – er wußte, daß es schön war –, ein erhabenes Gefühl, das in ihm glühte und ihn seinem Gott näherzubringen schien. Elissa! – Sie war schön! Doch lag darin Böses? Schönheit ist ein Geschenk Gottes, mit eben jenem Atemhauche gegeben, der dem zum Leben erwachenden Lehm die unsterbliche Seele verleiht. Und wenn sie gesündigt hatte, war das etwa ein Grund, daß er gleich dem Pharisäer alter Zeiten sie verdammen und an ihr vorbeischreiten sollte? Nein, nein, so wahr Gott lebte, millionenmal nein! Er hatte gleich zu Beginn gesagt, er wolle ihr helfen, dieser herrlichen Frau, die sich zu Tollheiten hatte verblenden lassen. Und daß er ihr heute fern gewesen, daß die Gelegenheit dieser drei langen Stunden versäumt war, bedeutete ihm einen bitteren Schmerz. Ach ja, bitter – das war in der Tat das passende Wort. Wieder erfaßte ihn das heiße Verlangen, bei ihr zu sein – sie zu retten. Eine Vision – Elissa gerettet, geheiligt und an seiner Seite – erhob sich jäh vor ihm, eine herrliche Vision, vermischt mit einem bebenden Wirrwarr von Tönen und Farben: von schwerelos flatternden Engelsfittichen, von tönenden Posaunen, die ihre Harmonien schmetterten, von weißen, fleckenlosen Gewändern, von weichen, lauteren, roten Lippen, von goldenen Toren, die sich weit öffneten, und von Brüsten, auf denen ein Haupt ausruhen mochte. Oh, es war zuviel, zu viel, als daß ein Menschenherz es ertragen konnte.

Als er so allein stand in der Einsamkeit seiner Kabine, zitterten seine Nasenflügel: die Farbe auf seinen Wangen vertiefte sich. Er blickte plötzlich auf und rief laut mit bebender Stimme: »Alles kann ich tun in Christo, der mir Kraft verleiht.«

Erhobenen Blickes saß er, wie in Gebet versunken, eine Zeitspanne da, dann stand er auf, wusch sich Hände und Gesicht, legte einen reinen Kragen an und verließ die Kabine. Er stieg sogleich zum obersten Deck hinauf.

Er hatte so sehr gehofft und so wenig erwartet, die Frau dort zu finden, daß der Anblick Elissas, die müßig in einer geschützten Ecke saß, ihm das Blut heftig zum Herzen zurücktrieb. Ein paar Yard weiter entfernt, neben dem Deckaufbau, saß, in ihrem Liegestuhl verstaut wie eine Taurolle oder irgendein festgeschraubtes Schiffszubehör,

Mutter Hemmingway, munter, bösartig und scharf beobachtend. Sie hatte sich den ganzen Tag vom Schiff nicht fortgerührt. Tranter sah sie nicht, als er sich funkelnden Auges geradewegs zu Elissa begab.

Sie blickte auf.

»Sie sind ja fast ein Fremder geworden«, sagte sie schlaff. Schmeichelei war ihr angenehm, und die sklavische Unterwürfigkeit in seinem Gesicht machte sie beinahe höflich.

»Ich hatte einen Besuch zu erledigen – auf Ehre, ich mußte ihn einfach machen«, erklärte er eifrig. »Aber – nun ja – meine Gedanken weilten den ganzen Tag bei Ihnen.«

Sie gähnte; zeigte ohne Scheu die festen weißen Zähne in dem großen roten Mund.

»Sie sind müde«, sagte er rasch. »Sie haben zuviel unternommen.« Seine Fürsorge war brüderlich, dennoch hätte er gewiß einen Teil seines Mitgefühls Susan zuwenden können, ihrem müden, schmerzenden Kopf.

»Ich habe einen entsetzlich langweiligen Tag hinter mir. Ganz und gar reizlos.«

»Ich blaube, Sie würden auch meinen Tag langweilig nennen«, antwortete er, während er den Ellbogen dicht neben ihr auf die Reling stützte und ihr in die Augen lächelte. »Obwohl das kaum ein Wort ist, das man von mir erwarten sollte. Immerhin befriedigt es einen, wenn man eine Pflicht erfüllt hat. Unser Besuch in Arucas kann Früchte bringen. Ich meine, im Hinblick auf den Erfolg unserer Mission. Die Leute haben versprochen, uns bei unserem Beginnen finanziell zu unterstützen. Man gab uns eine Empfehlung an einen sehr einflußreichen Pflanzer in Laguna. Nun können wir mit Volldampf voran.« Er machte eine nachdenkliche Pause. »Du lieber Gott, es ist wirklich sonderbar. Während des ganzen Tages stand ich den Aussichten meiner Arbeit recht kühl gegenüber, jetzt, da ich hier bin und mit Ihnen spreche, kann ich mich einfach nicht zurückhalten. Bin voll Schwung! Und es bedeutet so viel für mich!«

»Warum?«

»Mein ganzes Leben habe ich dieser Arbeit geweiht. Ich habe frühzeitig die Gnade gefunden. Ja, ich wurde gerettet, als ich noch ein kleiner Junge war. Und ich war ein armer Junge. Ich mußte mich emporkämpfen, mußte mich durch die theologischen Studien hungern, mußte hart ringen, um für meine Arbeit im Weingarten des Herrn geeignet zu werden.«

Sie sah ihn ungläubig an. Der Mensch ist doch nicht wirklich, dachte sie, doch gewiß nicht wirklich. Laut sagte sie: »Erzählen Sie mir etwa jetzt die Geschichte Ihres Lebens?«

»Nein, nein«, rief er mit einer kleinen, männlichen Geste. »Ich spreche bloß, weil ich das Gefühl habe, daß ich Ihnen alles sagen, alles über mich erzählen möchte, alles, was mich ausmacht. Ich kann es einfach nicht bei mir behalten.«

Eine Pause kam, erfüllt von Elissas Neugier. Dann fragte sie mit einem sonderbaren Emporziehen der Brauen:

»Und haben Sie nie mit Frauen zu tun gehabt?«

»Nie.«

»Gar nie?«

Er schüttelte den Kopf; blickte sie mit seinen großen, leuchtenden Augen an, so wie ein Hund die Herrin anstarrt.

»So, so«, murmelte sie vor sich hin. »Es ist also wahr. Und den ganzen Weg herüber von Connecticut!«

»Wie bitte, Gnädige?«

»Ich sagte«, erwiderte sie, »daß ich Sie Josef nennen muß.«

Er errötete lebhaft, verstand sie aber nicht.

»Josef?« stammelte er. »Ich heiße doch Robert.«

»In meinen Gedanken werden Sie immer Josef heißen. Für mich sind Sie unter diesem Namen wiedergeboren worden. Und doch – ich weiß nicht. Ich habe mich noch nicht entschlossen.«

Ihre Art war ernst, doch hegte er den furchtbaren Argwohn, Elissa mache sich über ihn lustig. In tragischem Tonfall rief er:

»Es ist ein großes Erlebnis für mich, daß ich Sie kennengelernt habe. So groß, daß ich mir nicht vorzustellen vermag, Sie könnten wieder aus meinem Leben verschwinden, wie –« mit einer heftigen Armbewegung ließ er die dröhnende Plattheit los – »wie ein Schiff, das nachts vorüberfährt. Das scheint mir so sinnlos. Irgend etwas muß daraus werden. Ja, muß. Es darf doch nicht sein, daß alle unsere Gespräche zu nichts führen. Oh, ich gäbe meine rechte Hand dafür, das Werkzeug Ihrer Rettung zu sein!« Seine Stimme bebte, er brach ab. Überwältigt legte er die Hand flehend auf ihren Arm und sagte mit öliger Salbung: »Ich würde Ihnen so gerne etwas geben. Das ist das Gefühl, das ich für Sie hege. Oh, gewiß! Und wenn Sie wollen, sollen Sie etwas haben, das mir sehr kostbar ist. Ich habe ein kleines Buch, es hat meiner Mutter gehört. Es ist nicht viel – ein kleines Buch frommer Worte. Aber ich trage es seit zwanzig Jahren bei mir. Wollen Sie es – würden Sie es nehmen.«

Sie sah auf; blickte dann rasch fort.

»Das widerliche Weibsstück in der Ecke starrt sich die Augen nach Ihnen aus«, bemerkte sie leichthin. »Mich stört es nicht im geringsten, aber wahrscheinlich Sie.«

Er wandte den Kopf und begegnete dem unverwandten Blick der kugelrunden Äuglein Mutter Hemmingways.

»Nein, nein«, erklärte er. »Mich stört es nicht.« Immerhin zog er abgekühlt die Hand zurück.

»Geben Sie mir das Buch nach Tisch«, sagte Elissa plötzlich. »Wenn wir nach Anbruch der Dunkelheit aus dem Hafen fahren. Dann wirkt es recht geheimnisvoll und nett. Es wird ein Abschluß für den Tag.«

Hingerissen blickte er sie an. Im Hintergrund rollte sich Mutter Hemmingway aus ihrem Sessel und watschelte der Treppe zu. Sie hatte gesehen, was sie gewollt hatte, und war nun im Banne eines köstlich boshaften Entzückens. Kleine Wogen innerer Belustigung schüttelten ihr den fetten Bauch, während ihre kleinen, fest in die Schuhe geschnürten Füße behutsam die Treppe hinunterstiegen.

»Meiner Treu, das ist ein prachtvoller Spaß«, sagte sie mehrere Male vor sich hin. »Santa Maria! Ich lasse mir die

Haut abziehen, wenn das nicht eine Komödie ist. Der Betbruder hat sich gründlich verbrannt! Der hohle Schwätzer! Ach, meiner Treu, es ist zu schön – zu schön, um es bei sich zu behalten.« Von Lachen geschüttelt, tastete sie sich durch den Korridor wie eine kleine schwarze Kröte und schob sich seitlich in ihre Kabine. Wie sie erwartet hatte, war ihre Reisegefährtin dort – Susan ruhte auf der Koje und hatte ein nasses Taschentuch auf dem Kopf.

»Hallo, hallo«, rief Mutter Hemmingway im Tonfall ihrer saftigsten Gemütlichkeit. »Sie leisten sich einen kleinen Nicker. Sehr vernünftig von Ihnen! Hier muß man auf seine Gesundheit achten, sonst erwischt es einen. Ja, ja, machen Sie sich das Leben leicht, Püppchen, ebenso wie Ihr Brüderlein auf dem oberen Deck.«

Susan öffnete das eine Auge. Nach einer Pause fragte sie:

»Mein Bruder?«

»Eben derselbe«, rief Mutter Hemmingway, die sich mit unüberbietbarer Gutherzigkeit an die Koje lehnte. »Eben derselbe, der hübsche kleine Herr, der so schön Harmonium spielt. Aber bei Santa Maria, jetzt spielt er nicht. Fällt ihm nicht ein. Ich mache ihm keinen Vorwurf daraus. Immer nur arbeiten und gar kein Vergnügen haben – das ist zu langweilig. Ja, ja, das war der Wahlspruch der Hemmingways, durch mehr als hundert Jahre.«

Susan öffnete das andere Auge.

»Was meinen Sie?«

Mutter Hemmingway brach in ein grölendes Lachen aus.

»Regen Sie sich nicht auf, mein Hühnchen, es geschieht ihm nichts, Ihrem kleinen Robbie. Und schließlich ist es ja nur der Lauf der Natur. Denn wozu hat Gott Frauenröcke geschaffen?«

Es herrschte Schweigen. Dann legte sich Susan zurück und schloß mit einem gequälten Ausdruck des Abscheus die Augen.

»Vielleicht könnten wir eine Zeitlang schweigen«, sagte sie. »Ich habe Kopfschmerzen.«

Aber Mutter Hemmingway ließ sich nicht stören.

»Großer Gott, wie oft habe ich zu meiner Zeit Kopfschmerzen gehabt! Besonders nach einem Suff. Ich will Ihnen nicht weh tun, Hühnchen, ich dachte nur, Sie wüßten vielleicht gern, daß Bruder Rob es sich jetzt prächtig gehen läßt – mit Mrs. Baynham. Hält ihr die Hand. Und überhaupt – wie schnäbelnde Tauben.«

Sie warf den Kopf hoch und trällerte ein vulgäres Lied. Dann wandte sie sich nachlässig um, tat einen Schluck aus der Wasserflasche und begann beim Wasserbecken lärmend zu gurgeln. Susan setzte sich unvermittelt auf. Ihr Blick, verwirrt, ruhte zitternd auf dieser platten, fettigen Gestalt. In ihrem Gesicht zeigte sich ein gequälter Ausdruck, sie erhob sich langsam, sie öffnete die Kabinentür und ging. Mutter Hemmingway, die sichtlich jede Bewegung der anderen beobachtet hatte, als ob ihre listigen Augen im Hinterkopfe säßen, rief ihr plötzlich nach:

»Nehmen Sie meinen Schal, Kind. Die Sonne geht unter, und dann wird's kühl.«

Nun fiel sie aufs Sofa, legte die Hände über den wabbelnden Busen und brach wieder in kreischendes Lachen aus.

Susan stieg steif zum Oberdeck; in ihrem Kopf wirbelten unsichere Gedanken. Ein rascher, angstvoller Blick zeigte ihr Roberts Abwesenheit. Er war hinuntergegangen. Aber Mrs. Baynham war noch auf Deck. Sie saß in einer seltsam nachdenklichen Schlaffheit da; das blendende Licht im Westen hüllte ihre große, wollüstige Gestalt in heftigen Glanz. Irgend etwas an dieser Gestalt, die auf geheimnisvolle Art vergrößert schien, schwoll Susan entgegen wie ein phantastisches Grauen. Ihr Mund preßte sich zusammen, ihr Ausdruck wurde leicht gequält. Aber eine unbezwingbare Kraft trieb sie weiter.

Sie trat zu der anderen Frau.

»Warum können Sie meinen Bruder nicht in Ruhe lassen?« fragte sie unverblümt, in leisem, konzentriertem Ton.

Elissa blickte auf, blickte dann fort.

»Kleines Klatschkränzchen in der Kabine?« murmelte

sie. »Kleine christliche Plaudereien mit der spanischen Londoner Freundin?«

»So werden Sie mich nicht abtun«, sagte Susan starr. »Ich weiß schon genügend lange, daß mein Bruder in Sie vernarrt ist.«

»Warum sprechen Sie dann nicht mit ihm?«

»Ich habe mit ihm gesprochen, aber er versteht mich nicht. Er hat so etwas noch nie erlebt und ist ganz hoffnungslos verwirrt.«

Elissa begann sich die Nase zu pudern.

»Sie wollen sagen, daß Sie ganz hoffnungslos beunruhigt sind, weil Sie Angst haben, ihn zu verlieren. Diese Angst starrt Ihnen aus dem Gesicht. Jahrelang haben Sie ihn behütet, und jetzt, da er zum erstenmal eine andere Frau ansieht, werden Sie ohnmächtig vor Entsetzen.«

Susans Finger verkrampften sich. Ihre Wangen waren sehr blaß.

»Sie irren«, rief sie mit bebender Stimme. »Ich will nur Roberts Glück. Meine Liebe zu ihm ist völlig selbstlos. Niemand wäre glücklicher gewesen als ich, wenn er eine – eine brave Frau liebgewonnen hätte!«

»Oh, du guter Gott«, seufzte Elissa, während sie gleichmütig die Puderdose schloß. »Ich dachte, all diese Dinge seien schon vor Jahren aus der Mode gekommen. Ich kann mich darin wirklich nicht zurechtfinden.«

»Verzeihen Sie«, sagte Susan mit zusammengepreßten Zähnen. »Aber Sie werden sich darin zurechtfinden müssen.«

»Gehen Sie!« bat Elissa müde. »Bitte, gehen Sie! Ich bin ganz erschöpft. Sie sind mir zu intensiv. Das Porträt einer Jungfrau aus dem frühen Christentum, die den Löwen vorgeworfen wird. Ganz und gar zum Verzweifeln!«

»Es hat keinen Sinn, leichtfertige Reden zu führen«, sagte Susan heiser. Sie erstickte beinahe; ihr Atem schnürte ihr die Kehle zu. »Sie müssen es mir jetzt versprechen – jetzt.«

Sogleich fiel der schlaffe Ausdruck gleich einer Hülle von Elissa; langsam hob sie den Kopf und richtete ein Starren hochmütiger Verachtung auf Susan.

»Sie sind eine so lächerliche Gans, daß Sie mich jetzt zu ärgern beginnen. Könnt denn ihr heiligen Weiber andere Leute und Dinge niemals ungeschoren lassen? Sie wollen, daß jeder so sei wie Sie. Das ist doch ein ungeheurer Egoismus. Und Sie sind besitzgierig. Haben Sie denn ein Patent auf ihn - auf Ihren kleinen Robbie - als auf eine zweite Ausgabe des Erlösers? Oh, meinetwegen können Sie eins haben. Meinetwegen können Sie bekehren, wen Sie wollen, aber warum in des Teufels Namen kümmern Sie sich darum, mit wem ich schlafe?«

»Sie dürfen nicht –«, keuchte Susan. »Sie dürfen doch nicht so sprechen. Das ist schrecklich.«

Elissa ließ ein kurzes Lachen hören, dann stand sie plötzlich auf. »Sehr amüsant, dieses Geplauder«, sagte sie gönnerhaft und schroff. »Aber ich glaube, wir haben genug davon. Ich gehe hinunter.« Und den Schal vom Arm nachschleppen lassend, fegte sie anmutig an Susan vorbei zur Treppe.

Susan stand regungslos da; ihre Knie zitterten; ihr ganzer Körper schien zerrissen zu sein und zu brennen. Es war, als ob in ihr etwas zusammenschrumpfte und kraftlos in ein leeres Dunkel fiele. Aber sie hatte wenigstens gesprochen. Ja, sie hatte gesprochen! Der Gedanke tröstete sie. Sie hob das Gesicht zu dem blendenden Himmel, dessen glorreicher Strahlenkranz in glitzernden Ketten vom Throne Gottes selbst herabzusinken schien.

Gott! Ja, es gab einen Gott. Alles war in Ordnung. Alles. Sie konnte beten. Kraft strömte in sie; Susan hob den Kopf zu diesem majestätischen Himmel, während ihre Lippen sich lautlos in leidenschaftlichem Flehen bewegten.

Plötzlich, als ob man unter der Kuppel einer Kathedrale zum Kyrie läutete, bimmelte ein leises Glöcklein dreimal. Und das ruhige, gleichmütige Beben erwachte wieder in dem Schiff. Man hörte das Klatschen von Tauen, ein Knirschen der Fender, ein paar schrille Rufe nach hinten, ins Nichts verblassend. Auf geheimnisvolle Art erhob sich in der ruhigen Luft eine Brise. Das Schiff wurde lebendig. Wieder war die »Aureola« unterwegs.

12

Das Dinner war zu Ende, ein in Schweigen eingenommenes unbehagliches Mahl mit mancherlei Unterströmungen der Erregung, bedrückt von der seltsam bedrohlichen Abfahrt. Der Kapitän, der sonst sehr gewandt die Unterhaltung in Gang zu halten vermochte, hatte nur wenig gesprochen. Irgend etwas lag ihm auf der Seele; vielleicht der Gedanke, daß er einen Passagier verlor, dem er aufrichtige Achtung zollte; vielleicht ein tieferer Gedanke. Seine Blicke waren oft auf Mary gefallen; er hatte gefragt:

»Sie wollen die ganze Zeit in Orotava bleiben? Im Hotel?« Auf ihre bejahende Antwort hatte er gezögert – die Unschlüssigkeit wirkte seltsam bei einem Mann dieser Art – und dann gesagt: »Es ist ein netter kleiner Ort, sauber und ganz abgeschlossen. Ein richtiger Kurort. Und der Wind immer von der See her.«

Das war alles gewesen.

Jetzt stand Harvey auf dem oberen Deck und freute sich nach der Hitze im Salon über die Ruhe des Abends. Der Glanz des Sonnenuntergangs hatte sich aufgelöst und war glühend in die Wasser der See gesunken. Und diese schien wie mit einem Seufzer der Erfüllung wieder heiter und klar zu sein. – Es war ein ruhiger, heller Abend, strahlend unter der flüssigen Schönheit blassen Mondscheins. Niedrig im Gitterwerk der Takelung hing der Mond: noch nicht voll, in jener ein wenig fleckigen Schönheit – einer Jungfrau gleich, die in der Reife erbebt. Auch die Sterne am hohen durchsichtigen Himmel waren scheu. Steuerbords stachen verblassend, doch heller als die Sterne, die Lichter von Las Palmas winzige glitzernde Punkte in den klaren Rand des Himmels.

Ohne Eile glitt die »Aureola« weiter; mit einer Geschwindigkeit von bloß fünf Knoten; schwankte ein wenig, als ob sie wüßte, daß ihr nur eine kurze Fahrt bevorstand, und daß es kaum notwendig war, vor Morgengrauen Anker zu werfen. Das glucksende Wasser spielte ihr um Seiten und Heck; dieses Geräusch stieg auf wie Wasserblasen, zerbrach mit ruhigem, leisem Widerhall und in silbrigem Glanze.

Harvey lehnte sich über die vordere Reling und ließ den Blick in das warme Vergessen dort sinken: Meer, Erde und Himmel, vereint und in Frieden. Doch in seinem Herzen war kein Friede.

Plötzlich hörte er Schritte; eine Hand legte sich auf seine Schulter. Er regte sich nicht. Ohne den Kopf zu wenden, sagte er in einem Ton, der vor Schwermut seltsam gepreßt klang:

»Nun, Jimmy, haben Sie Ihre Geschäfte erledigt?«

»Na, das will ich meinen«, rief Corcoran. Und durch die Stille ringsum dröhnte seine Stimme mit erhabener Munterkeit. »Ich habe mein Telegramm nach Santa Cruz geschickt. Wenn der alte Bob es bekommt, wird er vor Entzücken tanzen. Ich sage Ihnen, ich bin schon ganz Feuer und Flamme für das große Geschäft.«

»Sie waren sehr geheimnisvoll, Jimmy, was dieses Geschäft betrifft«, sagte Harvey zerstreut

»Freilich«, rief Jimmy. »Sprechen muß man am rechten Ort und zur rechten Zeit, nicht wahr? Und noch keiner hat sich ein Vermögen gemacht, wenn er das Maul meilenweit aufriß.« Er brach ab, blickte verstohlen auf Harveys dunkles, strenges Profil und erklärte dann mit listig betontem Vertrauen: »Aber Sie sind ein guter Freund, nicht wahr? Ich scheue mich nicht, Ihnen zu sagen, was ich plane.«

»Ein andermal, Jimmy«, sagte Harvey rasch. »Ich bin nicht gerade in der Stimmung für rührende Vertraulichkeiten.«

»Schön, schön«, rief Jimmy gutmütig. Er zog in einer Pose gespielter Kränkung den Arm zurück, führte mit den Fäusten ein paar übertriebene Boxhiebe durch die widerstandslose Luft; nahm dann, leicht keuchend, eine Prise Schnupftabak. »Sehen Sie, so ist es. Alles zur rechten Zeit, sagen Sie? Sehr gut, sage ich. Aber Sie werden mit mir in Santa Cruz an Land gehen und mit dem Professor zusammenkommen, sonst will ich nicht Jimmy C. heißen.«

Ein kurzes Schweigen trat ein, dann spitzte Jimmy das zerdroschene Ohr.

»Hören Sie ihn?« sagte er. Sein Grinsen war langsam, unsichtbar und doch üppig. »Er benimmt sich wie eine Kuh im Porzellanladen.«

Neben der Kapitänskajüte waren die raschen, stampfenden Schritte Robert Tranters zu hören. Er summte vor sich hin. Das war ein untrügliches Zeichen seiner Ruhelosigkeit. Wenn Unschlüssigkeit die evangelische Seele Tranters gepackt hielt, pflegte er zu summen; und nun drang aus seinen dicken, gewölbten Lippen die milde Weise eines Kirchenliedes.

»Ein Tölpel«, fuhr Corcoran fort. »Und allzu salbungsvoll. Pläto hat recht, wenn er sagt, Verstand sei etwas, das man nicht erlernen kann. Wenn ein so großer Klotz derart hin und her rennt, als ob er mondsüchtig wäre! Meiner Treu, seine Schwester ist sechs solche Kerle wert.« Er gähnte, ballte die Faust, streckte sie mit wollüstiger Gebärde in die Höhe. Dann erklärte er äußerst gleichgültigen Gesichtes: »Schön! Ich gehe jetzt hinunter. Ein ruhiges, kleines Geplauder mit Mutter H. und Hamble. Bloß ein kleiner, geselliger Schwatz, verstehen Sie. Nicht mehr. Auf Wiedersehen. Das heißt, bis auf weiteres.«

Das Phantom eines Lächelns huschte über Harveys Gesicht – Corcorans Ausflüchte waren zu albern – und verschwand dann rasch. Er wandte sich zur Reling, suchte die Einsamkeit des Meeres, das wuchtige Schweigen der Nacht. Doch schon nach einem Augenblick wurde er wieder gestört. Tranter stand dicht neben ihm.

»Sie grübeln, wie ich sehe, Dr. Leith. Und es ist eine wundervolle Nacht, um mit den Sternen Rücksprache zu pflegen. Ja, Herr! Vielleicht ein bißchen schwül und feucht, meinen Sie nicht? Ich muß gestehen, daß ich transpiriere.« Das Geräusch seines Atems übertönte die geschwätzige Herzlichkeit der Worte. »Die Leute sollten auf Deck sein und Luft schöpfen!«

»Die Leute sollen tun, was zu tun ihnen beliebt«, sagte Harvey mürrisch und ungeduldig.

Tranter lachte sein stets bereites, gefühlstiefes Lachen,

das heute noch breiter klang, noch gefühlstiefer – und mit einem Schlucken herausplatzte, das beinahe an Hysterie grenzte. »Haha, gewiß sollen sie das.« Er sprach, als wollte er durch seine klangvollen Obertöne sich selbst beruhigen. »Nun, sicherlich. Bis zu einem gewissen Grade, heißt das. Ich wollte bloß sagen, daß die Damen es auf Deck angenehmer hätten. Ich wüßte wirklich gerne, wo sie denn hingeraten sind.«

Harvey drehte sich schroff um, zum Erbrechen gereizt von etwas Schwabbeligem in diesen Worten, von einem Etwas, das zwar verschreckt, aber doch hartnäckig klang.

»Mrs. Baynham ist unmittelbar nach Tisch in ihre Kabine gegangen«, warf er rückwärts gewandt kurz hin. »Ich hörte sie sagen, sie sei müde und wolle sich gleich zurückziehen.« Er wandte sich unvermittelt zur Treppe und ging. Undeutlich bemerkte er die plötzliche Welle der Trostlosigkeit, die über das Gesicht des anderen flutete.

Fort! Für die Nacht verschwunden. In dem unverletzlichen Heiligtum ihrer Kabine! Und nachdem sie ihm versprochen hatte – es war ein grausamer Schlag für Tranter. Das kleine, weiche, in Leder gebundene Büchlein, das ihm die Brusttasche aufbauschte, schien plötzlich gleich einem Bleigewicht auf seinem Herzen zu lasten. Zermalmt stand er einen Augenblick mit seltsam verzweifeltem Gesichtsausdruck da, dann senkte er den Kopf und begann langsam auf und ab zu gehen. Jetzt summte er nicht mehr.

Unten machte Harvey vor dem Eingang zum Korridor halt. Sollte auch er sich zurückziehen? Er war ermüdet, erschöpft; er wußte nicht, wovon. Eine häßliche Erinnerung an Tranters Gesicht hielt ihn in Bann: war wie ein schwarzer Fleck über sein Gemüt geschmiert und erweckte in ihm sinnlosen Zorn. Dieses Bild ekelerregender Zärtlichkeit, so nackt zur Schau gestellt – kristallisierte Harveys ganzen Glauben an die Abgeschmacktheit der Liebe. Eine biologische Notwendigkeit war diese Liebe, eine tierische Reaktion, den Opfern eines rohen Instinkts auferlegt. Nichts sonst. So hatte er immer kalt gedacht. Und dennoch bereitete ihm die Wiederholung dieses Gedankens Verzweiflung, gleich einem schweren Kummer. Was war geschehen? Sein sauberer, schöner Stolz schrak vor den Worten einer höhnenden inneren Stimme zurück. Und dann erklangen andere Stimmen. Rings um ihn erstand die Schönheit der Nacht; verwirrte mit tausend spottenden Zungen seine Sinne. Schönheit – die er nie anerkannt hatte; die an dem der Wahrheit entgegengesetzten Pole lag; die unvereinbar war mit seinem Glauben!

Traurig ging er weiter, vorbei an der Ladeluke, dem Bug zu. Das Schiff glitt in unbezwingbarer Ruhe durch die große Stille. Er kam zum Bug. Und dort öffnete sich ihm – wenn auch sein Gesicht nichts zeigte – das Herz und zuckte in einem wilden Beben zusammen. Ihre Gestalt, aufrecht und gebrechlich wie ein Schatten, erstand vor seinem Blick hinter einem Nebel heimlicher Freude. Dann stand er an ihrer Seite, lehnte sich über die Reling und starrte stumm in den grenzenlosen Raum.

»Ich habe gefühlt, daß Sie kommen werden«, sagte sie endlich. Sie blickte ihn nicht an. »Jetzt bin ich nicht mehr traurig.« Ihre Stimme war leise, fast farblos und völlig bar jeder Koketterie. »Es ist heute so seltsam«, fuhr sie fort. »Ich fühle mich wirr. Und morgen verlasse ich das Schiff.«

»Wollen Sie denn nicht fort?« sagte er; in seinen Worten lag schmerzliche Kälte.

»Nein ich will nicht fort von diesem kleinen Schiff. Ich liebe es. Es ist so sicher. Aber ich werde es verlassen.«

Er sprach kein Wort.

»Haben Sie«, fuhr sie in ihrem seltsamen, abwesenden Tonfall fort, »jemals gefühlt, daß Sie in etwas verstrickt sind und einfach weitermachen müssen – als ob kleine Fäden Sie die ganze Zeit weiter und weiter zögen?«

Er rang verzweifelt nach einem höhnischen Lachen, um die Albernheit ihrer Bemerkung bloßzustellen. Doch der Hohn wollte ihm nicht gelingen.

»Mir ist, als ob mein ganzes Leben so gewesen wäre. Dieses kleine Schiff zieht mich jetzt weiter; zu irgend etwas hin – ich weiß nicht, wohin. Und doch, ich weiß es.

Unklar weiß ich es; bin aber nicht imstande, es zu begreifen.«

»Das ist völlig unvernünftig«, sagte er leise.

»Oh, ich weiß; es ist nicht vernünftig. Aber es ist da. Einmal schon haben Sie mich verlacht, als ich Ihnen von meinem Traum erzählte. Sie halten mich für albern – vielleicht auch für verrückt. Aber – oh, ich kann nicht anders. Etwas verfolgt mich wie ein Spuk. Es schwebt ohne Unterlaß über mir wie ein großer Vogel. Es verläßt mich nicht. Ich war noch nie auf den Inseln hier und habe dennoch das unklare Gefühl, daß ich hierher heimkehre. Noch nie habe ich Ihr Gesicht gesehen und trotzdem – oh, das habe ich Ihnen schon einmal gesagt! Denken Sie, was Sie wollen, es ist wahr – wahr wie der Tod. Auf dem Floß hatte ich heute das ganz wunderbare Gefühl, daß ich Sie besser kenne als mich selbst.« Ihre Worte endeten in einem kurzen Keuchen, das in die Ferne schwebte, einem weißen Vogel gleich, verirrt und angstvoll, ferne, ferne dem Land.

Er zwang sich zu sagen:

»Sonderbare Einbildungen hat man auf See. Einbildungen, die in keinerlei Beziehung zum Leben stehen. In sechs Wochen sind Sie wieder in England. Dann haben Sie alles vergessen. Und Ihre kleinen Fäden werden Sie munter in vornehme Restaurants ziehen, in die Oper, zu jenen Teegesellschaften, von denen Sie neulich gesprochen haben. Ein höchst anregendes Leben.«

Zum erstenmal wandte sie ihm den Kopf zu. Ihr Gesicht, undeutlich und gespenstisch, war von seltsamer Weiße, und die Augen darin zeigten dunklen Kummer.

»Das ist bloß die Oberfläche«, sagte sie traurig. »Ich liebe das nicht. Habe es nie geliebt. Nie. Ich bin fehl am Ort. Irgendwie passe ich nicht hinein.« Ein seltsamer Tonfall des Schmerzes stahl sich in ihre Worte, die unmerklich rascher wurden. »Sie meinen, ich sei nicht erwachsen, ich verstünde nichts vom Leben. Doch dem ist nicht so; und darum kann ich es manchmal nicht ertragen; oh, darum muß ich fort – fort. Es ist alles so sinnlos, so erfüllt von Geräusch und Hetzjagd. Niemand bleibt in Ruhe –

Gesellschaften und wieder Gesellschaften, Cocktails, Tanz, Kino, einmal dorthin, einmal dahin, ein Leben ohne Pause, jede freie Minute ausgefüllt mit Jazz. Elissas Grammophon – sie stürbe gewiß, wenn sie es nicht hätte. Der einzige Gedanke – wie kann ich mich unterhalten? Sie würden es nicht glauben – man hat nicht einmal Zeit zu denken. Sie meinen, ich sei dumm, ich hätte keinen Sinn für die Maße des Lebens, keinen Sinn für Humor. Aber ich glaube, daß man vom Leben nur das zurückerhält, was man hineinlegt. Und die Leute, mit denen ich verkehre, die können nur nehmen – sie nehmen die ganze Zeit. Alles ist nach außen hell und glänzend, innen aber ist nichts wirklich. Und keiner ist da – keiner, der das versteht.« Stammelnd brach sie ab, wandte das schmerzvolle Gesicht wieder dem Meere zu.

Lange Zeit sprach er kein Wort. Dann antwortete aus seinem starren Körper ein Etwas.

»Sie sind verheiratet«, sagte er leise. »Sie haben Ihren Mann.«

Jene Schwermut, die ihre Gestalt wie ein zarter Schatten umgab, verhüllte ihr wieder die Stimme, als sie, wie jemand, der eine auswendig gelernte Lektion wiederholt, sagte:

»Michael ist sehr gut zu mir. Er hat mich gern, und ich habe ihn sehr gern.«

Der Zwiespalt in ihm war unerträglich. Heftig brachen Worte hervor, rissen das Hindernis seiner Hemmungen nieder.

»Dann haben Sie keinen Grund zur Klage. Ihr Gatte liebt Sie und Sie lieben ihn.«

Alles wich zurück: das Schiff, das Meer, die Nacht; alles war plötzlich still. Marys Hände preßten sich hilflos aneinander. Sie flüsterte:

»Ich verabscheue mich, weil ich so spreche. Aber Sie haben mich gefragt. Ich kann – ich habe nie geliebt. Nie. Ich versuchte es – aber ich kann nicht. Mir ist, als wäre all das vor vielen, vielen Jahren aus mir gerissen worden.«

Minuten verstrichen. Keiner der beiden sprach ein Wort. Das Schiff nahm seinen stetigen Gang wieder auf, die See ihr sanftes Wogen. Das Murmeln und Seufzen des Wassers stieg wieder leidenschaftlich in der leicht bewegten Luft auf; die Sterne funkelten am schlaffen Himmel gleich Augen, unverhüllt und sauber gewaschen. So standen sie nebeneinander im Dunkel. Nichts sonst war wichtig. Zeit und Raum lösten sich auf. Geheimnisvolle Vertrautheit einte die beiden. Das Schiff war kein Schiff mehr, sondern ein fremdartiges, himmlisches Element, in dem eine Macht sie, ohne Rücksicht auf ihre getrennten Körper, rasch weitertrieb, einander zu. Ja, sie waren beisammen, von einer Macht gebunden, die der Verstand nicht erfassen konnte und die dennoch da war, unerklärbar, aber wirklich. Aus der Vergangenheit geboren, aus der Zukunft kommend, mystisch, gegenwärtig. Sein Herz schlug wie toll. Eine göttliche Süße schwebte in der Luft, bereit, ihm ins Blut zu strömen. Zitternd wollte er nur das eine wissen, ob sie ihn liebte. Nichts sonst. Doch er blieb stumm; es schien ihm eine Schändung des Augenblicks, ein einziges Wort zu sprechen. Endlich schlug weit hinter ihnen eine Glocke leise an.

Sie seufzte.

»Ich muß jetzt gehen. Ja, ich muß gehen.«

Wortlos wandte er sich um, sie zu begleiten. Ihre kleinste Bewegung war köstlich bedeutungsschwer. Im Korridor machten sie halt; gingen dann, ohne einen einzigen Blick zu tauschen, zu ihren Kabinen. Er wagte nicht, Mary anzusehen. Sie sagten einander nicht einmal Gute Nacht.

Eine langdauernde Stille schien sich auf das Schiff zu senken. So wie in jener Stille, wenn die Sonne in klarer und fleckenloser Schönheit sich mit dem Meer verschmolzen hat, lag auch in dieser Ruhe jetzt etwas Zögerndes, aber Keusches. Die Kartenspieler waren endlich zu Bett gegangen. Das Schiff schien zu schlafen.

Und dann klang vom oberen Deck her hastiges Stampfen. Tranters Schritte durchbrachen die allgegenwärtige Ruhe. Robert hätte in seiner Kabine sein sollen. Er war hinuntergegangen, und dankerfüllt hatte Susan ihn hinuntergehen sehen. Aber er war wieder hinaufgestiegen. Es war so heiß, daß er einfach nicht hatte atmen können. Du meine Güte, man muß doch ein wenig Luft schnappen, mag geschehen, was will.

Und so war er auf dem oberen Deck, umgeben von der ernsten Pracht der – nun, der Werke seines Schöpfers, und bewegte sich, bewegte sich rastlos auf und ab, auf und ab. Du meine Güte, es war heiß. Er zerrte nervös an seinem Kragen, man konnte doch niemandem zumuten, in einer solchen Nacht unten zu bleiben. Und dennoch mußte er wohl hinuntergehen; ja, mein Lieber, man kann nicht die *ganze* Nacht wach bleiben. Ein mattes Lächeln glitt beim Nachdenken über sein Gesicht. Er – Robert Tranter, und so etwas tun, als ob er ein Don Juan wäre! Dann erlosch sein Lächeln, das Gesicht schien einigermaßen geängstigt.

Wie sehr wünschte er, daß er Mrs. Baynham nach Tisch gesehen hätte! Sie hatte es ihm versprochen; ja, fürwahr, sie *hatte* es ihm versprochen. Das war nicht Elissas Art – ja, warum sollte er sie nicht Elissa nennen, sie hieß doch so, nicht wahr –, es schien nicht Elissas Art, ein gegebenes Wort zu brechen. Er kannte sie als Frau, die, was sie zusagte, auch hielt.

Du meine Güte, wie heiß es war! Er fühlte sich am ganzen Körper warm und unbehaglich. Er wischte mit dem Taschentuch über seine Stirn und suchte verzweifelt sich zu sammeln. Aber das nützte nichts. Sie hatte gesagt, nicht wahr, daß sie das Buch annehmen werde, nicht wahr? Nach dem Dinner. Und war gleich darauf in ihre Kabine gegangen. Die Auslegung, die er früher im Sinne gehabt, erhob sich wieder vor ihm; erschütterte ihn mit doppelter Wucht.

Sie mußte gewünscht haben, daß er sie in ihrer Kabine besuche und ihr das Buch übergebe. Ja, so mußte es gewesen sein. Und warum nicht? Er schluckte rasch; trocknete sich wieder die Stirn. Ja, warum nicht? Es war noch nicht so lange nach zehn Uhr. Und morgen verließ Elissa das Schiff.

»Und morgen verläßt sie das Schiff –« Eine leise flüsternde Stimme, die gar nicht der seinen glich, wiederholte diese Worte immer wieder und wieder, dicht neben seinem Ohr.

Oh, er durfte Elissa nicht so ziehen lassen! Nein, nein, sie könnte glauben, er habe sie vergessen. – Welche Gemeinheit! Nein, mein Lieber! So gemein und schäbig konnte er sich nicht benehmen.

Ganz plötzlich hielt er in seinem Aufundabschreiten inne; mit einem hypnotisierten, verängstigten Blick wandte er sich um und stieg langsam die Treppe hinab. Vorsichtig ging er zu Elissas Kabinentür. Schlotternd klopfte er leise; tastete nach dem Klinkengriff; öffnete.

Sie lag nicht auf der Koje, sondern war, halb entkleidet, auf dem Diwan ausgestreckt. Das üppige Chaos ihrer verstreuten Kleidungsstücke fiel Tranter auf. Aber es war ihr Anblick – da! –, der ihn blendete.

»Nun«, sagte sie in unerschütterter Ruhe. »Sie haben sich lange besonnen.«

Er sprach kein Wort. Ein tölpelhafter Ausdruck verzog sein geängstigtes Gesicht. Er starrte sie wieder an, ihr Haar, ihre Haut, die üppige Rundung ihrer Schenkel. Seine Kehle wurde trocken. Er vergaß alles. Er taumelte in die Kabine. Dann schloß er die Tür.

13

Doch die Nacht wich dem Morgen, und all die warme Schönheit tauchte in den Ozean wie eine schlaffe Hand. Der Tag brach kalt an und rauh und zog langsam und unerbittlich seine Streifen über den Himmel. Die »Aureola«, die um sieben Glasen vor Orotava Anker geworfen hatte, schwankte leicht auf den grauen Fluten. Nebelfetzen strichen um die Mastspitzen, ein dünner, feuchter Dunstbelag bedeckte die Messingteile. Leewärts lag der gleiche feine Nebel in Schwaden auf der Bucht, stieg weiß über die Stadt hin, ballte sich in verdrießlichen Wolken um den Pic, narrte das Auge mit winzigen, sich verschiebenden Rissen, hinter denen rasch Farbflecken – ein gelbes Dach, ein grünes Palmblatt, ein Ausdruck purpurfarbener Blüten – aufschimmerten, die dann zuckend in erlöschender, quälender Pracht verschwanden. Auf dem schwarzen vulkanischen Sand rauschte düster die Brandung. Seevögel schrien und kreischten rings um das Schiff, diesem fernen Dröhnen eine trostlose und unheimliche Begleitung.

»Beim heiligen Strohsack!« sagte Corcoran, der auf dem oberen Deck stand und mit Mutter Hemmingway die Aussicht betrachtete. »Mir gefällt das gar nicht sehr. Man kann ja nicht viel sehen; was man aber sieht, macht einen recht tristen Eindruck.«

Ohne die kugelrunden Äuglein von der fernen Küste zu wenden, schob sie die Zigarre in den anderen Mundwinkel.

»Hört euch das Kind an«, knurrte sie verächtlich. »Hört ihn nur an. Sagen Sie mal, mein Kleiner, wie stellen Sie sich das vor? Wenn der Nebel aufsteigt, ist der Ort bunt wie ein Papagei. Man kann gar nicht gehen, so viele schöne Blumen gibt's überall. Erinnern Sie sich an George Lashwoods Couplet: ›Jeden Morgen kaufe ich dir Veilchen‹? Das war ein großartiger Bursche, der Georgie! Hier hätte er es nicht nötig gehabt, Veilchen zu kaufen. Auch Sie werden es nicht nötig haben. Die Dinger blühen überall, und die Blumen hängen einem direkt in den Mund. Mir ist es ja ganz egal, ich mache mir nichts aus Blumen. Das ist eben meine Art, wissen Sie!«

»Ich weiß«, sagte Jimmy düster, »Ihnen ist alles egal. Darum haben Sie auch ein so niederträchtiges Glück im Spiel. Wann fahren wir weiter?«

»Bald genug. Sobald das noble Pack an Land gesetzt ist. Nicht nur Ihnen gefällt die Gegend nicht; auch der Kapitän kann diesen Hafen nicht leiden. Aber schon gar nicht. Hier gibt's leewärts Felsen, wissen Sie, Junge. Sie können sie vom Heck mit Zwieback füttern. Wenn Sie meine Erfahrungen in Schiffbrüchen hätten, wüßten Sie, was das bedeutet. Ich wette, daß wir in einer halben Stunde weiterfahren. Um fünf Uhr wollen wir in Santa Cruz sein. Das liebe, gute Santa! Dann werden Sie die alte Hemmingway vor lauter Staub nicht mehr sehen. Sie wird presto pronto in ihre kleine Casa gehen, wird die Füße auf der Matte, die Ellbogen auf dem Tisch und eine kleine Comida vor sich haben. Und wenn Sie das nicht verstehen sollten – das heißt, was Anständiges zum Essen. In der letzten Zeit hat mir nichts mehr geschmeckt. Nicht wie sonst. Wenn einem der verdammte alte Laffe gegenübersitzt, kann man sich nicht so gehenlassen, wie man gerne möchte. Es ist, als ob man vor dem Buckinghampalast einen Hering fräße. Vulgär, schrecklich vulgär, aber die reine Wahrheit.« Plötzlich wandte sie sich halb um; sah Corcoran mit einem listigen Seitenblick an. »Und weil wir gerade von der reinen Wahrheit sprechen: was gedenken Sie denn in Santa Cruz zu beginnen?«

»Geschäfte«, sagte er. Dabei strich er sich mit großer Geste das Kinn. »Ein feines Geschäft.«

Sie kicherte ungläubig.

»Wollen wir einmal darüber sprechen? Mich können Sie nicht dumm machen. Sie und ein Geschäft! Sie sind kein Rockefeller. Ich weiß, was Sie an dem Nachmittag in Las Palmas gemacht haben. Sie haben Ihre Krawattennadel versetzt. Ja, Junge. Sie haben den Kram verpfändet, um ein paar Nickel fürs Rummy zu haben. Und jetzt ist das ganze Geld an die Hemmingway verloren!« Selbstgefällig schlug sie auf die Tasche an ihrem Busen. »Jetzt liegt es hier im Privatsafe. Und Sie sitzen schon wieder auf dem trockenen.«

Er riß den Mund auf, starr über ihren teuflischen Scharfblick. Wäre Jimmy nicht so verstört gewesen, er wäre vielleicht errötet.

»Was reden Sie denn für abscheulichen Unsinn? Habe ich denn nicht eine Anstellung, die auf mich wartet, sobald ich das Schiff verlasse? Ist denn nicht alles abgemacht? Wartet denn nicht mein Freund, Professor Sinnott, um mich mit offenen Armen zu empfangen – und als Partner ins Geschäft zu nehmen?«

Sie starrte ihn in heftiger Überraschung eine ganze Minute lang an. Dann begann sie zu lachen. Sie lachte zuerst leise, kostete die volle Würze des Spaßes aus. Dann ließ sie sich gehen; schrie vor Belustigung; hielt sich mit beiden Händen an der Reling fest.

»Sinnott!« kreischte sie. »Der alte Bob Sinnott, der den kleinen Rummelplatz bei der Stierkampfarena hat! O Gott, eine kleine, halb verfallene Schießbude für die Burschen und ein Karussell mit einem Pferd für die Bambinos. Oh, du meine Güte, das ist großartig. Ich kenne den alten Sinnott. Er ist kein Professor. Er ist pleite, Ihr Bob. Pfeift auf dem letzten Loch. Sein Etablissement fällt in Stücke, und weiß Gott, er selber tut's auch. Und er – er will Sie als Partner ins Geschäft nehmen –« Sie brach in einen neuerlichen Lachanfall aus.

In ungläubigem Entsetzen starrte er sie an.

»Das alles ist ja Unsinn«, stammelte er. »Abscheulicher Unsinn. Bob und ich waren Kameraden in Colorado; er hat mir geschrieben und mich hergebeten.«

Sie trocknete sich die Augen und tat einen wollüstigen Zug an ihrer Zigarre.

»Warten Sie nur, Sie werden ja sehen«, erklärte sie lärmend. »Warten Sie ab. Der alte Bob Sinnott ist der ganzen Stadt Geld schuldig. Er klammert sich an jeden Strohhalm, der gute Sinnott. Er hat keinen einzigen Groschen auf Gottes weiter Welt. Er ist fertig.« Grabesschweigen.

»Ah«, murmelte er matt. »Daran ist ja kein wahres Wort.«

Mit lebhaftem Kopfnicken fuhr sie fort: »Ich sage Ihnen, Junge, Sie haben auf den falschen Gaul gesetzt. Sie werden mich bald besuchen kommen. ›Haben Sie kein Stückchen Brot, Gnädige‹ – so wahr mir Gott helfe! – ›und wollen Sie's meiner Mutter schonend beibringen?‹ Aber haben Sie keine Angst! Ich werde Sie nicht verhungern lassen. Die Hemmingway hat das Herz am rechten Fleck. Ein häßliches altes Ding, aber ein Herz von Gold.« Sie warf ihm einen schlauen Blick zu. »Calle de la Tuna Nr. 116, das ist das Lokal. Ein jeder kennt es. Gute Bedienung, aber nichts umsonst. Fragen Sie nur nach Mutter Hemmingways Salon, und halten Sie die Augen offen. Wenn Sie wollen, können Sie auch einen Polizisten fragen.«

Wieder tat sie einen genießerischen Zug an ihrer Zigarre und atmete den Rauch ein. »Nehmen Sie es nicht zu ernst, Junge. Kopf hoch! Sie sollten sein wie Mrs. Baynham. Nichts schmeißt die um.« Sie schien ihn tatsächlich beruhigen zu wollen. »Haben Sie sie nicht gesehen? Sie geht umher wie die Katze, die Sahne geleckt hat. Und möchten Sie auch wissen, warum?« Wissend hob sie die Augen; und kicherte dann in köstlichem Entzücken. »Haben Sie's bemerkt? Tranty scheint sich heute nicht gezeigt zu haben. Er hat beim Beten Überstunden gemacht, unser Tranty. Schlaf lang, du holder Tor, und bleib nur liegen, du süßer Harmoniumspieler, wenn du die Musik nicht anhören willst.«

Corcoran starrte sie mit mißtrauischem Stirnrunzeln an.

»Können Sie das nicht lassen?« sagte er endlich, noch immer verzagt. »Sie denken immer das Schlechteste von den Menschen.«

»Das Schlechteste!« brach sie entrüstet los. »Hab' ich ihn nicht wie ein verlorenes Schaf vor ihrer Kabinentür stehen sehen, und er hat sich das fromme Herz aus dem Leibe geblökt, sie solle ihn einlassen. Hab' ich ihn nicht beobachtet –« Sie hielt plötzlich inne; ihr Blick richtete sich auf die Gestalt Susan Tranters, die nun hinter der Kajüte hervorkam.

»Haben Sie Dr. Leith nicht gesehen?« fragte Susan.

»Nein«, erwiderte Mutter Hemmingway salbungsvoll und geschwätzig. »Wir haben ihn nicht gesehen, liebes Kind. Wir sind bloß hier gestanden und haben übers Wetter gesprochen und über die Blumen und über das und jenes. ›Die schönen Rosen, die im Lenze blühen, trallalala.‹ Das ist so wahr wie das Evangelium. Fragen Sie nur den Rockefeller hier, ob's nicht so ist. Aber von dem Medico haben wir nichts gesehen. Wahrscheinlich ist er in seiner Kabine. Wozu brauchen Sie ihn denn, mein Hühnchen?«

»Es ist nicht wichtig«, antwortete Susan ganz munter. »Nicht besonders wichtig.«

»Ihrem Bruder ist doch hoffentlich nicht übel?« fragte

Mutter Hemmingway zärtlich. »Ich hoffe und bete zu Gott, daß ihn nichts aufgeregt hat.«

»Er scheint mir ziemlich blaß zu sein«, sagte Susan. »Aber es ist nichts Besonderes.«

»Ah«, hauchte Mutter Hemmingway zart, »vielleicht ist es eine kleine Magenverstimmung, mein Hühnchen. Vielleicht hat er eine unruhige Nacht gehabt.«

Schweigen trat ein, dann klang, als wollte es die Stille erleichtern, ein leises Knirschen von Rudern in die regungslose Luft, und aus dem Nebel nahm ein Langboot undeutlich Gestalt an. Mit acht Mann, die barfuß im Heck standen und ruderten, kam es langsam auf die »Aureola« zu.

»Da ist das Boot«, rief Jimmy plötzlich. »Jetzt gehen die drei an Land, die in Orotava aussteigen.«

»Und meinen Segen haben sie«, rief Mutter Hemmingway, die den Rest ihrer Zigarre ins Wasser warf, daß er zischend verlosch. »Mir war nicht zum Weinen, als sie sich beim Frühstück verabschiedeten. Die kleine Lady ist ja die richtige Sorte, das will ich zugeben. Stimmt. ›Mary, Mary, wie wachsen deine Blumen?‹ Man hat sie gernhaben müssen. Aber die zwei anderen! – Nun schön, die menschliche Natur ist eben so, wie sie ist, aber, hol's der Teufel, es muß doch irgendwo Grenzen geben.«

Wieder trat Schweigen ein, während die drei mit verschiedenen Gefühlen das sich nähernde Boot betrachteten. Und auf dem unteren Deck betrachtete auch Harvey Leith durch seine offene Kabinentür dieses Boot. Die Augen, dunkel und starr, schienen nicht auf das kleine, tanzende Boot gerichtet, sondern auf einen fernen, unerbittlichen Gedanken. Sein Gesicht war unter der neu erworbenen Sonnenbräune sonderlich blaß. Alle seine Fähigkeiten schienen ertaubt; es schien, als ob sein Gemüt in einer Art stummen Staunens aus der Ferne dieses Ebenbild seiner selbst studierte, das so fremdartig war – so unkenntlich.

Das Boot kam näher, getrieben von den taktmäßigen Ruderschlägen; näher und noch näher, dann entglitt es schließlich dem Blick hinter dem Heck der »Aureola«. Nun mußte es schon neben dem Schiff liegen.

Harveys Herz krampfte sich schwerfällig zusammen; der Nebel war jetzt leer, umgab ihn durchsichtig mit einem Dunst der Trostlosigkeit. Kleine Tropfen von Feuchtigkeit rieselten gleich Tränen über das Holz der Tür.

Unklar hörte er, wie Gepäckstücke gehoben wurden, hörte das Stampfen von Füßen, das Geräusch von Stimmen, doch das alles drang nur undeutlich zu ihm, substanzlos, gestaltlos. Plötzlich hob er den Kopf. Sie war da, Mary; stand im Korridor, reisefertig, den dunklen Blick ernst ihm zugewendet, seltsam angespannten und kleinen Gesichtes.

»Ich gehe also«, sagte sie mit einer Stimme, die kaum bis zu ihm zu dringen schien.

Er blickte sie an wie im Traum. Sie ging also.

»Ich habe Ihnen schon Lebewohl gesagt – Ihnen allen – beim Frühstück«, stammelte er.

»Ich weiß, daß es nicht nötig war. Aber ich bin doch gekommen. Das Boot wartet.«

Er erhob sich.

»Ja, ich sah es kommen.« Er brach ab und blickte steif und ohne Grund auf die Uhr. Seine Hände zitterten.

»Es ist so phantastisch, in diesem Nieseln fortzugehen«, sagte sie mit der gleichen kleinen Stimme. »Alles scheint sonderbar. Aber morgen – wird die Sonne wohl wieder kommen. Das ändert manches, nicht wahr?«

»Ja, das ändert manches.«

Sie blickten einander an. Die Augen Marys glitzerten jetzt in einem erschrockenen, traurigen Glanz; ihre Wangen schienen zu zucken; die Gestalt war weiß und gebrechlich. Und quer über sein inneres Blickfeld huschte die Erinnerung an die Schwalbe, die so matt übers Deck geflattert war. Mary schien ihm plötzlich jenem müden kleinen Vogel zu gleichen.

»Wenn Sie einmal an Land sind, werden Sie sich ruhiger fühlen«, sagte er entschlossen. »Ich weiß: Sie sind traurig, daß Sie das Schiff verlassen.«

»Natürlich!« Sie versuchte zu lächeln, seufzte aber statt dessen, als ob ein heftiger Schmerz ihr ins Herz griffe. Eine große Träne quoll unter den Wimpern auf und rollte langsam über die Wange. »Das macht nichts«, sagte sie undeutlich. »Es ist nichts Besonderes. Gar oft kann ich nicht anders als mich albern benehmen.«

»Fühlen Sie sich wohl?«

»O ja«, keuchte sie. »Wirklich. Machen Sie sich keine Sorgen.«

Mit gesenktem Kopf und abgewandtem Körper, wie ein erschreckter Vogel, der an der eigenen Brust Schutz sucht, stand sie regungslos. Plötzlich streckte sie die Hand aus.

»Also –«

Er nahm ihre Hand; die war warm und klein. Sein Herz krampfte sich in unglaublichem Weh zusammen. Er sagte gepreßt: »Ich komme nicht zum Boot.«

»Nein, kommen Sie nicht hinunter.«

Die Pein in seinem Herzen drängte ihn zu der unnötigen Erklärung:

»Die anderen – werden dort sein.«

»Ja.«

»Jetzt – jetzt heißt es also wirklich: Lebewohl.«

Sie wiederholte das letzte Wort, als ob es sie erschreckte; sie stand eine Sekunde regungslos und verloren da. Dann erhob sich die ganze Trostlosigkeit dieser leeren Luft und überfiel Harvey. Nicht mehr lag ihre Hand in der seinen, nicht mehr schwebten ihre schimmernden Augen lockend vor ihm. Sie war fort.

Er setzte sich steif aufs Sofa und ließ den Kopf in die Hand sinken, als ob er dem Tag nicht ins Gesicht blicken könnte. Er sah das Ruderboot nicht, als es vom Schiff abglitt und der nebligen Küste zustrebte. Noch nie hatte er sich so entsetzlich einsam gefühlt. Sein Leben war dahingegangen, ohne daß er sich seines sonderbaren Alleinseins je bewußt geworden wäre. Nun aber war es, als ob jene Jahre der Vereinsamung entfesselt wären und in einem unablässigen unerträglichen Schmerz über ihn wegfegten. Er sah sich selbst als rauhen, sonderbaren

Gesellen, ohne die Gabe der Freundschaft, ohne die Fähigkeit, Liebe zu erwecken. Aus seiner Arbeit gerissen, vom Schicksal auf dieses Schiff verstoßen, war er an fremde Küsten getragen worden, wo er für einen Augenblick gestanden wie auf einer Schwelle, in tiefster Seele bebend vor Staunen und Entzücken. Jetzt aber war das Staunen tot, das rasche Entzücken verweht, und er fuhr auf diesem Schiff – dem Werkzeug und Symbol seines Schicksals – zurück, kehrte freudlos heim auf dem Wege, den er gekommen. Eine furchtbare, jäh aufsteigende Bitterkeit packte ihn an der Kehle. Von oben, vom Deck drang das Stampfen von Füßen herab, rauh klang an sein Ohr der Ruf von Befehlen, das schwere Knirschen der Ankerkette, die von der Winde unnachsichtig auf die Trommel gewickelt wurde. Doch er vernahm nichts, während er so dasaß und wunden Blickes, der erfüllt war von einer schicksalsschweren Trauer, unverwandt vor sich hin starrte.

Der Regen wurde heftiger, fiel dampfend durch die graue feuchte Luft, troff trübselig über die durchnäßten Planken. Unergründlich fegte der Wind vom Ozean her, drang mit plötzlichen kurzen Stößen ins Land, bedeckte die Wellen mit kleinen, bissigen Schaumkronen.

Die Seevögel kreischten und schrien; kreisten und tauchten: kreisten und tauchten; wieder – wieder, einsam und trostlos. Trostlosigkeit hing vom verhüllten Himmel; ein Etwas, das einsam war und verlassen. Morgen mochte die Sonne wieder glühen, mochten Lüfte leicht über die lebensvolle Erde tanzen; jetzt aber, während die »Aureola« einem Keil gleich sich in die schwere See außen zwängte, gab es nur Trauer und ein Gefühl trauriger Sinnlosigkeit. Sie zwängte sich in diese schwere See – fort, fort.

14

Doch der Regen blieb bald zurück.

Die kurze Überfahrt nach Santa Cruz war vorbei, die »Aureola« legte in hellem Sonnenschein an dem geborgenen Kai an.

Noch ein letzter Blick auf die Stadt, die wie eine funkelnde Blume an der Brust der Berge lag, und Susan lief in die Kabine ihres Bruders.

»Wir sind da, Robbie! Endlich da!« Sie fühlte sich erhoben; gepackt von der Erregung über die Ankunft, noch immer erfüllt von Erleichterung über Elissas Abgang. Dann wandte sie sich von der Tür um und blieb plötzlich stehen.

Er hatte ihr den Rücken gekehrt und war über einen Koffer gebeugt, an dessen Riemen er sich zu schaffen machte. Sein Gehabe war so wenig überzeugend, daß er ebensogut erst in diesem Augenblick hastig aufgestanden sein mochte, um eine Beschäftigung vorzutäuschen.

Ihr Auge weitete sich vor Überraschung. Das Packen eines Koffers war unvermeidlich ihre Obliegenheit.

»Was bedeutet das?« rief sie. »Habe ich denn etwas vergessen?«

»Es ist die Schließe hier«, murmelte er, ohne den Kopf zu heben. »Ich wollte sie eben festmachen. Sie schien mir nicht richtig einzuschnappen.«

Susan antwortete ihm nicht; sie blieb stehen und beobachtete ihn in sonderbarer Spannung, während er recht unglaubwürdig an dem Riemen zerrte. Endlich erhob er sich, gerötet vor Anstrengung und sah ihr ins Gesicht.

»Fühlst du dich jetzt besser?« fragte sie langsam.

»Ja.«

»Ich war heute morgen ein wenig besorgt um dich«, beharrte sie unsicher. »Ich wollte beinahe schon Dr. Leith zu dir bitten.«

Seine Stirn färbte sich noch dunkler.

»Nein, nein«, erklärte er hastig. »Ich kann – ich will ihn nicht sehen.«

»Was ist also los, Robbie?«

Forschend flehte sie ihn an, ihrem Blick standzuhalten. Doch das wollte er nicht. Statt dessen wandte er sich ab und starrte durch die Luke ins Freie.

»Nichts ist los. Nichts.«

Schweigen herrschte.

»Schön«, sagte sie endlich mit plötzlicher Munterkeit. »Ich dachte, du hättest mit mir auf Deck sein können, um dir die Einfahrt anzuschauen. Es ist eine große Stadt. Ich glaube, sie wird dir gefallen. Ich konnte einen Augenblick Laguna sehen, hoch oben auf dem Hügel, als ob es auf halbem Weg zum Himmel hingestellt wäre. Und furchtbar hübsch ist es hier. Grüne Täler und Wälder, auch Pflanzungen und eine Menge Palmen. Ich habe gar nicht gewußt, daß Palmen so hoch werden können. Eine wirklich fremdartige Landschaft. Ich habe das Gefühl, sie wird für uns bedeutungsvoll werden, Robbie. Das packte mich in dem Augenblick, als ich die Gegend zu Gesicht bekam. Etwas – oh, etwas Wichtiges. Diesen Eindruck hatte ich. Einige sind schon an Land gegangen«, fuhr sie fort. »Dieses Weib, die Hemmingway, ist fort wie ein Blitz. Zwei Mädchen – glaub mir, sie waren von recht besonderer Art – holten sie beim Landungssteg ab und hängten sich ihr an den Hals. Guter Gott, das war eine Szene! Hat mir nicht recht gepaßt, das muß ich schon sagen.« Sie machte eine Pause. »Und auch Mr. Corcoran ist fort; er war schön herausgeputzt und trug eine neue Krawatte. Sah sehr vornehm aus, hat aber kaum Abschied genommen. Schien große Eile zu haben.« Wieder hielt sie inne. »Und nun ist wohl Zeit, daß auch wir uns beeilen.« Teilnahmslos hielt er den Blick starr durch die Luke gerichtet.

»Wann kommt Mr. Rodgers?«

»Sobald das Schiff im Hafen liegt, wollte er uns abholen. So hieß es wenigstens in Arucas. Erinnerst du dich nicht, Rob? Wir müssen sogleich zu Kapitän Renton gehen und Abschied nehmen. Er war sehr freundlich.« Sie hielt inne. »Wohl anfangs nicht ohne Vorurteil gegen uns; ich habe ihn sagen hören, Missonare lägen nicht auf seiner Linie. Hat uns gewiß ein wenig mißtraut. Aber ich glaube, wir haben ihn eines Besseren belehrt.«

Er machte eine träge Bewegung mit den Händen und wandte sich unwillkürlich um. Seine Lippen zuckten, seine Nasenflügel blähten sich auf wie die Nüstern eines nervösen Pferdes.

»Susan«, rief er, dann verstummte er.

»Ja?«

»Kannst du denn nicht sehen«, rief er fast hysterisch, »kannst du denn nicht sehen, wie ich – wie ich – oh, kannst du denn nicht sehen, in welchem Zustand ich bin?«

Ihr fester Blick wich nicht von seinem Gesicht. Sie nahm seine Hand zwischen die flachen Hände und drückte sie.

»Ich verstehe, Robbie. Und ach, mein Lieber, ich achte dich deswegen.«

Starr vor Verblüffung wiederholte er: »Achten?«

»Und warum nicht?« antwortete sie ungestüm. »Du kannst mich nicht täuschen. Ich sehe, daß du unglücklich bist. Gott weiß, ich habe das alles von Beginn an vorausgesehen. Du mußt jetzt kämpfen, Robert, und wenn der Sieg teuer erkämpft wird, ist das Verdienst nur um so größer.«

»Aber, Susan«, ächzte er.

»Ich weiß, was du fühlst«, unterbrach sie ihn rasch. »Ich kenne dein zartes Gemüt. Ach ja. Es war etwas, das noch nie an dich herangetreten ist. Ich weiß, daß sie schön ist. Aber sie ist schlecht, Robert, durch und durch schlecht. Wärest du schwach geworden, sie hätte alles zerstört, oh, dein ganzes Leben. Konntest du denn nicht fühlen, wie schlimm mir zumute war? Ich betete und betete, du mögest fest bleiben. Nun schön! Sie ist fort, und wie sehr danke ich Gott, daß sie uns nie wieder vor Augen kommen wird!«

Er blickte sie in starrem Staunen, offenen Mundes an. Seine großen Augen funkelten, weit geöffnet.

»Denk daran«, sagte sie leise und beruhigend, »denk daran, Robert, daß selbst Er in Versuchung geführt wurde. Dieser Gedanke sollte die Bitterkeit aus deinem Herzen nehmen.«

Eine Art Heulen drang aus seiner Kehle. Zusammenhanglose Worte zitterten auf seinen Lippen. Hysterisch, in einer Art Exaltation der Reue, schickte er sich an, zu sprechen, als plötzlich an die Tür geklopft wurde. Dieses Geräusch, herrisch und scharf, knallte wie ein Pistolenschuß durch die Luft.

Beide wandten sich um, als die Tür aufging und ein Mann in die Kabine trat.

Er war groß, hatte helles Haar, trug Brille. Die Gestalt, knochig und vertrocknet, ließ die Schultern zu hoch und den weißen Drilchanzug zu weit erscheinen. Sein Gehabe war lässig – die Ruhe vollendeten Vorauswissens –, doch ein böser Zug um den Mund, ein düsteres Funkeln des Auges verrieten eine geheime Kraft, die in diesem Manne war wie glimmendes Feuer. Eine kurze Zeitspanne lastete die Wucht seines forschenden Blickes auf den Geschwistern, dann streckte er die Hand aus. Diese Hand war trocken und hart und hatte auf dem Rücken Büschel roter Haare.

»Sie kommen zur Zeit«, erklärte er ruhig. Seine Stimme klang rauh und knarrend. Er tat, als ob sie eben erst auf einem Flußfährboot zum Lunch gekommen wären. »Und ich kann sagen: Sie sind willkommen. Haben Sie Ihr Gepäck in Ordnung? Mein Wagen steht auf dem Kai bereit.«

»Ach«, sagte Susan ein wenig atemlos. »Das muß doch Mr. Rodgers – das ist doch wohl Mr. Rodgers, nicht wahr?«

Mit bissiger Zustimmung nickt er.

»Aaron Rodgers ist mein Name. Pflanzer in der James-River-Gegend. Gab es auf, als der Krach kam. Drei Jahre bin ich jetzt schon auf dieser gottlosen Insel. Pflanze Bananen, Luzerne und Zitronen. Freue mich, Ihnen Gastfreundschaft zu gewähren, bis Sie eingerichtet sind.« Sein Blick hob sich rasch und funkelte Tranter düster an.

»Paßt mir gut, Bruder, daß Sie hergekommen sind. Die Gegend ist eine Jauchegrube. Erstickt und verfault in schwarzer, gottloser Unwissenheit.«

Unter diesem stechenden Blick zuckte Tranter scheu

zusammen, die stets bereite Röte färbte abermals seine Wangen.

»Sie freuen sich nicht mehr als wir, Herr«, murmelte er, als wollte er sich schützen. »Ich bin riesig froh, Sie kennenzulernen.«

»Die Zeit ist reif«, erwiderte der andere mit undurchdringlicher Miene. »Wenn man jetzt nicht vermag, die Seelen der Erlösung zuzuführen, muß man sie schon in der Hölle verfaulen lassen.« Er machte eine Pause und stieß, als ob er beißen wollte, mit grimmig theatralischem Entzücken die Worte hervor: »Sie sind zur Zeit der schlimmsten Seuche gekommen, die seit Jahren diese Gegend befallen hat. Gelbes Fieber. Schlimm. Sehr schlimm und verheerend. Soll von Afrika hergeschleppt worden sein; auf einem Frachtdampfer aus Liberia. Ich aber halte es für eine Heimsuchung. Für nicht mehr und nicht weniger.«

»Wir hörten davon sprechen«, sagte Susan. »Aber wir dachten, es sei recht harmlos.«

»Harmlos«, wiederholte er mit zermalmender Verachtung. »Es ist schlimm, tödlich schlimm. Man versucht es zu vertuschen, aber so wahr Gott mein Schöpfer und mein Richter ist, da wird man viel zu vertuschen haben.«

Susan preßte die Lippen zusammen.

»Ist sie in Laguna, die Seuche?« fragte sie ernst.

»Überall auf dem Hochland«, antwortete er scharf. »Man hat alle Hände voll zu tun, sie von Santa Cruz fernzuhalten. So sehr, daß man nicht recht an uns denken kann. Und mehr noch – die Pestilenz breitet sich nach Westen aus. Sie ist auch schon auf den anderen Inseln. Vorige Woche soll es in Las Palmas begonnen haben. Aber Laguna ist der Herd. Dort liegt ein Gut am Rande der Stadt, gleich neben meinem Besitz. Es heißt Casa de los Cisnes. Gehört einer alten Dame, einer verschrobenen Spanierin.« Ein kalter, bitterer Tonfall stahl sich in seine Stimme. »Sie ist eine Marquesa, wie man es hier nennt. Das ist doch etwas! Aber das blaue Blut hält ihren Besitz nicht zusammen. Er ist schon ganz in Stücke gegangen. Ganze Strecken erstklassigen Landes liegen brach und tragen bloß Unkraut. Zu wenig Wasser hat sie. Und wird auch keins bekommen, solange ich da bin. Nun, dort hat es angefangen. Sie hat die Hälfte ihrer Peone verloren, und sie hatte ohnedies nur noch wenige erbärmliche Gesellen. Der Friedhof ist voll!«

Ein kurzes Schweigen folgte diesen entmutigenden Worten. Dann holte Robert tief Atem, es schien, als wollte er sich mit heller Begeisterung laden.

»Gut«, erklärte er. »Da haben wir eine Menge Arbeit. Machen wir uns auf den Weg?« Seine Stimme war tief, aber es lag in ihrem tiefen Klang Pathos und in ihrem brüchigen Dröhnen ein Gefühlston, der seltsam falsch klang.

»Kommen Sie also«, sagte Rodgers kurz. »Schaffen Sie Ihr Gepäck an Land.« Mit einer Miene strengen Ernstes verließ er als erster die Kabine und trat in den Sonnenschein, dessen hartes Funkeln nun etwas Lebloses und doch Furchterweckendes hatte. Doch Robert war jetzt keineswegs leblos. Die Unschlüssigkeit, die er noch vor einem Augenblick gezeigt, war verschwunden; sein Gehabe schien unter Rodgers' steinernem Blick von nervösem Eifer durchdrungen. Obwohl er sich gewöhnlich damit begnügte, die Tätigkeit seiner Schwester mit duldsamer Überlegenheit zu beaufsichtigen, schob er jetzt Susan unverzüglich zur Seite und begann sich geschäftig um das Gepäck zu bemühen.

Sie stand da und sah ihm zu, während sie ihre Handschuhe anlegte – trotz der Hitze hätte sie sich nicht als völlig angekleidet betrachtet, wäre sie ohne diese Handschuhe an Land gegangen –, dann wandte sie sich bei einem plötzlichen Gedanken langsam ab und stieg zum oberen Deck empor. Vor dem Kartenraum begegnete sie dem Kapitän. Sie wollte gerade sagen: »Ich bin gekommen, Abschied zu nehmen«, als er kurz ausrief:

»Ich habe Sie gesucht.« Sein Gesicht zeigte einen erhitzten, beunruhigenden Ausdruck. Er hielt einen knisternden Papierstreifen in der Hand. Nach einer Pause reckte er das Kinn vor und sprach weiter: »Es handelt sich um die Sache mit dem Fieber. Leider ist mehr daran, als wir wußten. Ich höre, daß es in der Gegend von Laguna besonders schlimm ist. Nun, Sie werden sich doch nicht in diese Sache hineinsetzen wollen. Bleiben Sie unten in Santa Cruz, bis die böse Geschichte vorbei ist. Bleiben Sie, wenn Sie wollen, noch einen Tag auf dem Schiff, bis Sie etwas anderes gefunden haben. Wir fahren nicht vor morgen weiter.«

Ein leichtes Lächeln lag auf ihren Lippen.

»Ich bin nicht furchtsam, Kapitän. Und das Fieber ist ja auch in Santa Cruz? Desgleichen in Las Palmas. Mr. Rodgers hat es uns soeben erzählt. Und wenn es so schlimm ist, hätten wir doch schon damals auf dem Schiff bleiben sollen?«

Er murmelte eine Antwort; sein Gesicht färbte sich stumpf rot. Die starrköpfige Ader in seinem Wesen sträubte sich gegen jedes Zurückweichen.

»Man hat mich falsch beraten«, erwiderte er kurz. »Und der hiesige Agent wird von mir noch einiges hören. Die Geschichte ist ernster, als man mir gesagt hat. Jetzt aber habe ich vernünftige Informationen. Sie und Ihr Bruder täten gut daran, meinen Vorschlag anzunehmen. Bleiben Sie hier unten in Santa Cruz. Hier ist es so halbwegs ungefährlich. Sie werden sich für kurze Zeit ganz gut zurechtfinden. Davon, daß Sie sich unnütz in Gefahr begeben, haben Sie nichts. Das sagt einem der gesunde Hausverstand.«

Sie schüttelte den Kopf; erwiderte langsam: »Man kommt den Dingen nicht immer mit dem gesunden Hausverstand bei.«

Er machte eine ungeduldige Bewegung mit seinen Papieren. »Sie wollen also gehen?«

»Ja.«

Er musterte sie noch aufmerksamer; sein störrischer Ausdruck änderte sich. Renton streckte die Hand aus und sah Susan fest an; sein Blick war weniger frostig.

»Nun, dann viel Glück!« sagte er. »Hüten Sie sich vor der Nachtluft. Und werden Sie nicht nervös.«

Sie fühlte seine Achtung; das machte ihr warm. Ihr blasses Lächeln kehrte wieder.

»Ich bin, meiner Treu, nicht von der nervösen Sorte«, sagte sie. Dann wandte sie sich ab und ging. Sie stieg die Treppe hinunter. Als sie dann steuerbords in den Korridor trat, zitterte plötzlich das Licht in ihren Augen. Ihr entgegen kam Harvey Leith. Angesicht zu Angesicht trafen sie in der Mitte des Weges zusammen; in einer Art stumpfer Lähmung machte sie nicht Platz. Er war gezwungen, stehenzubleiben. Volle zehn Sekunden hing ein verrenktes Schweigen zwischen ihnen; dann platzte sie heraus, getrieben von ihrer Verwirrung:

»Wir gehen jetzt. Ich habe soeben vom Kapitän Abschied genommen.«

Er starrte sie so unverwandt an, daß seine Züge einer Maske glichen. Es schien ihr, als wäre die ganze Bitterkeit der ersten Tage ihrer Bekanntschaft wiedergekehrt, so leblos war sein Gesicht, so kalt sein Blick.

»Schön«, sagte er endlich. »Leben Sie wohl.«

Sogleich wurde sie purpurrot; fühlte mit erneuter Heftigkeit seine tödliche Macht, ihr weh zu tun. Sogleich stand ihr auch die Tatsache vor Augen, daß sie ihn nie wieder sehen sollte. Etwas, das ihr bisher so wenig klargeworden war, daß sie nun überfiel wie plötzliche Furcht.

»Und jetzt werden Sie mich vielleicht vorbeigehen lassen«, sagte er müde. »Oder sollen wir gemeinsam noch einen letzten Psalm singen?«

»Warten Sie«, rief sie. »Gehen Sie noch nicht! Gehen Sie nicht!« Und von dem unbezwingbaren Verlangen getrieben, ihn zurückzuhalten, streckte sie die Hand aus; hielt ihn am Ärmel fest.

Die Berührung seines Unterarms unter dem dünnen Stoff ließ ihr einen Schauer über die Haut rinnen, der schmachvoll in ihr Blut drang. »Wollen Sie mir, ehe ich gehe, etwas – etwas versprechen?« Sie stammelte diese Worte hervor, ihres Tuns kaum bewußt.

»Warum sollte ich etwas versprechen? Ich habe Ihnen gegenüber keine Verpflichtung.«

»Nicht mir gegenüber«, keuchte sie. »Sondern Ihrem eigenen Ich gegenüber. Oh, ich denke an niemanden sonst als an Sie.«

Er starrte unverwandt das unhübsche, zu ihm emporblickende Gesicht an, das jetzt vor Erregung zuckte.

»Es tut mir weh«, fuhr sie völlig hemmungslos fort, »daß ich sehen muß, wie Sie sich vernachlässigen. Heute waren Sie bei keiner Mahlzeit. Sie essen nichts. Oh, Sie achten nicht auf sich.« Sinnlos brach sie ab, ihre Augen funkelten ihn an, dann fuhr sie mit einem Anlauf zu neuem Mut in hingebungsvoll beschwörendem Ton fort: »Ich weiß, daß ich mich lächerlich mache, aber ich kümmere mich nicht darum. Ich weiß, daß Sie mich hassen, aber das kann mich nicht abhalten. Es ist etwas an Ihnen, das mir den glühenden Wunsch einflößt, Ihnen zu helfen. Ich setze mein ganzes Vertrauen in Sie. Ich weiß, daß Sie Großes leisten können. Und ach, Sie haben so schwer gelitten! Ich will nicht, daß Sie weiter leiden. Ich will nicht, sage ich Ihnen. Ich kann es nicht ertragen, daß Sie leiden müssen. Kann es nicht. Und, bitte, bitte, beruhigen Sie mich; sagen Sie mir, daß Sie auf sich achten wollen. Sagen Sie mir das, und ich – ich werde glücklich fortgehen.«

Ihre Hände glitten an seinem Ärmel hinab, krampfhaft drückte sie ihm die Finger in die Handfläche.

»Lassen Sie das«, rief er sogleich; er wich vor dieser bebenden Berührung zurück, als wäre er gestochen worden.

»Ich weiß, ich weiß«, rief sie in einem schmerzlichen Anfall von Eifersucht. »Ich weiß, daß Sie sie lieben. Glauben Sie nicht, daß ich das nicht gesehen hätte. Aber nicht einmal das kann mich abhalten. Sie kann nicht so für Sie fühlen wie ich, und sie ist fort, sehen Sie, ebenso, wie ich fort sein werde. Aber meine Gedanken bleiben. Immer, immer. Mir können Sie nicht entgehen. Sie können nicht, sage ich Ihnen. Ich werde für Sie beten. Ja, ich werde Ihnen durch meine Gebete dienen.«

Es verstrich eine furchtsame Spanne Zeit, ausgefüllt von Susans raschem, lautem Atmen.

»Bitte nicht!« sagte er langsam, in schmerzlichem Ton. »Sie quälen sich. Und ganz – ganz vergebens.«

Der Tonfall der Entsagung, der in seinen Worten mitschwang, schien Susan anzulocken. Doch gerade als sie sprechen wollte, brachte eine Stimme hinter ihr sie jählings zum Schweigen.

»Wir sind jetzt fertig. Warten bloß noch auf Sie.«

Es war Rodgers, bewaffnet mit seinem gleichmütigen, durchdringenden Starren. Hinter ihm zeigte sich ihr Bruder.

Sie stand stocksteif. Dann sank ihre Hand mit einer Bewegung der Hoffnungslosigkeit herab. Eine kurze Weile strebte ihr Blick zu Harvey, dann wandte sie sich ohne ein Wort zum Gehen. Gesenkten Hauptes begann sie das Deck entlangzuschreiten.

»Nun«, sagte Tranter unentschlossen. Er stammelte seine Abschiedsworte, reichte Harvey die Hand. Der frühere überschwengliche, männliche Griff war verschwunden. Die Hand fühlte sich kalt an und schlapp wie ein Fischschweif. Rodgers sagte nichts. Sein Blick umfaßte Harvey mit kaltem Übelwollen, dann kehrte er ihm den eckigen Rücken und stelzte davon.

Harvey stand regungslos. Sein Gesicht war starr und völlig ausdrucksleer. So sah er zu, wie sie über die Landungsbrücke in den Warteraum schritten. Dann hörte er Klirren von Pferdegeschirr, Stampfen von Hufen, sah eine Wolke weißen Staubes. Noch immer regungslos, sah er, wie sie langsam nach Laguna hin fuhren. Nach Laguna, wo gelbes Fieber war.

15

Von allen Passagieren blieb er allein auf dem Schiff, das ruhig dalag in einer sonderbaren Stille – gleich der verwaisten Stelle eines in Hast verlassenen Hauses. Allein! Das war ein furchtbares Wort; ein Wort, das sich ihm an die Fersen heftete. Er, der sich nach Einsamkeit gesehnt hatte, er, der von jeher sich selbst genug gewesen, war nun zerrissen von den Qualen der Einsamkeit.

Er saß in seiner Kabine, hielt ein Buch auf den Knien und tat so, als läse er. Doch die Lettern verschwammen vor seinen Augen; die Worte gaben keinen Sinn. Eine sonderbare, chaotische Rückschau auf sein ganzes Leben quälte ihn. Nutzlos war er gewesen – völlig nutzlos! Das Gefühl der eigenen Unzulänglichkeit wurde stärker. Der Zwischenfall, der seine Spitalslaufbahn vernichtet hatte, stellte sich ihm plötzlich in geänderter Form dar. Er begann unklaren Kummer zu empfinden, nicht um seiner selbst willen, sondern um jener drei Menschen willen, die gestorben waren. Arme Kerle, dachte er, sie hatten keine Chance.

Ungeduldig warf er das Buch auf die Koje und saß lange Zeit da, ins Nichts starrend. Da pochte es. Die Tür ging auf, und Trout kam mit der üblichen Kanne heißen Wassers.

Harvey folgte den Bewegungen des Stewards, der die Kanne niedertellte und schweigend die Kabine in Ordnung brachte. Da faßte ihn ein eigenartiger Impuls, er zog die Brieftasche, nahm eine Banknote heraus, und bot sie dem Steward.

»Nehmen Sie das«, sagte er. »Dafür, daß Sie ein verdammt undankbares Schwein betreuen.«

Trout machte eine zartfühlende Bewegung der Abwehr.

»Nein, Sir, wirklich nicht. Es ist mir ein Vergnügen. Das hat ja Zeit, wenn wir zurückkommen.«

»Nehmen Sie«, sagte Harvey rauh.

Der Steward nahm das Geld, stand eine Sekunde verwirrt da und verschwand dann, Dankesworte murmelnd.

Warum habe ich das getan? dachte Harvey. Zu Beginn der Fahrt hatte er Trout verflucht, und nun gab er ihm in einem Anfall krankhafter Gefühlsduselei ganz ohne Anlaß ein ganzes Pfund. Das war für ihn zu rätselhaft, als daß er es hätte ergründen können. Er gab es auf. Dann wurde sein Blick von der Messingkanne angezogen, die neben dem Waschtisch stand, und die dadurch ihm in Erscheinung gerufene Aussicht auf ein einsames Dinner setzte ihn in Schrecken. Wenn das Schiff im Hafen lag, speiste Renton ausnahmslos in seiner Kabine. Und Corcoran – ja sogar Corcoran hatte ihn verlassen, allem

Anschein nach ohne Gedanken an eine Rückkehr. Er würde allein sein – allein, allein. Wieder senkte sich dieses schwermütige Wort in sein Gemüt.

Er war in vergangener Zeit so verzweifelt selbstsicher gewesen, hatte der Freundschaft die geballte Faust vors Gesicht gehalten, hatte mit ätzender, endgültiger Weisheit jegliches Gefühl verachtet, und nun wußte er, daß seine Weisheit nicht endgültig war.

Warum hätte er das gelernt? Die Liebe! Vor sechs Monaten noch hätte ihn dieses Wort zu höhnischem Lachen gereizt. Zu verächtlichem Spott über solche Albernheit. Jetzt aber lachte er nicht, noch auch spottete er. Er dachte an Mary.

Sollte er sie nie wiedersehen?

Er sehnte sich danach, sie zu sehen. Sie hatte einst in ihrer halb verhüllten Art gesagt, das Leben werde von seltsamen zarten Unterströmungen beherrscht, die der Macht der Vernunft entrückt seien. Bei diesem Gedanken erzitterte in einem Atemholen bebender Hoffnung jener sonderbare Fatalismus, der mit ihm geboren worden war. Sein ganzes Leben lang hatte er sich in harten, messerscharfen, realen Begriffen ausgedrückt. Nun aber fühlte er undeutlich eine andere Macht, die höher war als die Vernunft, tiefer reichte.

Er seufzte schwer, stand auf, blickte aus dem Fenster. Längs der Hafenanlagen hatte die Arbeit aufgehört, doch war es noch immer hell. Hinter der Brustwehr des Kais erhoben sich, übereinander ansteigend, die Dächer der Stadt. Sie waren ruhig und doch lärmend. Sie schienen zu winken. Dann erhob sich mitten in seinem Grübeln plötzlich eine überwältigende Unrast. Ich kann nicht an Bord bleiben, dachte er, ich kann es einfach nicht.

Das alles geschah in einem Augenblick. Und der Gedanke wurde sogleich zum Entschluß. Harvey nahm seinen Hut, eilte aus der Kabine und ging an Land.

Die Luft war kühl; seine hastenden Schritte wurden langsamer und ruhiger. Er erreichte das Ende des Molos, überquerte die Straße hinter dem Zollhaus und betrat die Plaza. Und hier hielt er inne.

Die Läden waren geschlossen. Die glitzernde Fassade des Hotels stieß ihn ab; fremde Menschen umgaben ihn. Was konnte er hier beginnen? Ringsum auf dem Platz schlenderten Leute unter den üppigen Palmen auf und ab, die Männer getrennt von den Frauen; zwei geordnete Ströme von Spaziergängern. Man sah weder Erregung noch Bewegung, bloß ein lässiges Genießen der Abendluft. Das Auftreten der Seuche innerhalb der Stadt kräuselte die Oberfläche ihres geruhsamen Lebens nicht. Dieses Leben floß dahin, schlaff und ungestört; das Heute war da, das Morgen mochte bleiben, wo es war: erhabenste Philosophie. Einen Augenblick stand Harvey beobachtend da, dann ging er unvermittelt weiter. Noch immer lag diese Unrast in seinem Blut. Er wanderte nach links, fort von der Hauptstraße, fort von den Lichtern, durch ein Gewirr schmaler Straßen, bis an der Ecke einer Gasse ein altes Gebäude vor ihm aufragte. Das war die Kathedrale. In einem plötzlichen Impuls trat er ein. Ein Gottesdienst war offenbar soeben beendet worden, der Geruch von Wachs und Weihrauch hing in der Luft; ein paar Frauen knieten tiefgebeugt vor dem Hochaltar, regungslos, eingetaucht ins blaue Düster des Raums. Er stand sehr still, von seltsamem Staunen gepackt. Er schien die Kirche zu sehen, wie sie vor vielen, vielen Jahren gewesen war; hörte fast ehrfürchtig ein Echo aller jener verklungenen Schritte, und nun drang von einer flammenden Fackel der Duft brennenden Zedernholzes zu ihm. Er bewegte sich langsam unter der dem Blick entrückten Wölbung des Kirchenschiffes, wie einer, der vergebens etwas sucht – vielleicht den Frieden. Bald hier, bald dort blieb er stehen, starrte die bestickten Altardecken an, die Reliquien, den Schenkelknochen des Papstes Klemens, das von den Konquistadoren aufgerichtete Kreuz. Und dann kam er zu den Fahnen. Vor ihm hingen sie schlaff in ihrem Glaskasten: zwei Banner, die man Nelson beim Sturm auf die Stadt genommen hatte. Er musterte die Fahnen und dachte an die Hände, die vor langen Zeiten sie berührt hatten. Und plötzlich fühlte er ein sonderbares Verlangen, das Gewebe der verblaßten Stoffe zu berühren.

Sogleich zuckten seine Finger; es durchfuhr ihn ein eigenartiges Gefühl des Schmerzes. Und doch war es nicht Schmerz. Eine seltsame unnennbare Erregung, hervorgerufen durch die Vision dieser Banner, ein Zucken der Rückschau und der Schwermut, die sich in jähem Schmerz mengten. Jetzt war etwas dagewesen, und schon war es wieder fort. Er konnte diese absonderliche Empfindung nirgends einordnen, ihr Ursprung war unerklärlich; aber sie beunruhigte ihn deshalb nicht weniger; hinterließ in seinem Gemüt öde Trauer.

Noch immer gequält dadurch, daß eine solche Regung ihm abgerungen werden konnte, wandte er sich ab, verließ die Kathedrale, stand unschlüssig auf den ausgetretenen Stufen. Jetzt war es schon ganz dunkel. Von der See her zuckte ein funkelnder Lichtstrahl auf, beleuchtete einen Augenblick seine Gestalt mit blendendem Schein. Dieser unerwartete Blitz – der glich jenem Gedanken: einen Augenblick Licht, dann wieder Untertauchen ins Dunkel.

Hinter ihm lagen die Schatten der Kirche. Und vor ihm – was lag vor ihm? Er stieg die Stufen hinab, schlenderte aufs Geratewohl das Ufer entlang. Seine Einsamkeit bedrückte ihn wie ein Fluch. Und wieder packte ihn das Verlangen, zu fliehen. Er dachte: Was ist über mich gekommen? Wenn ich nicht vor mir selbst fliehen kann, werde ich verrückt. Einem plötzlichen Einfall gehorchend, überquerte er die holperig gepflasterte Straße und trat in ein beleuchtetes Café neben dem alten, von allerlei Kram bedeckten Hof eines Trödlers.

Es war ein armseliges Lokal, eine gewöhnliche Weinschenke, niedrig gewölbt, halb unter dem Niveau der Straße. Der Fußboden aus Stein, die Tische aus nicht gestrichenem Holz. In der Mitte hing an einer Kette eine Öllampe. Hinter dem Schanktisch stand ein junger Spanier in Hemdsärmeln und verzehrte seine Abendmahlzeit: schwarzes Brot mit Oliven. Von Zeit zu Zeit wandte er den Kopf, um die Kerne über die Schulter zu spucken. Dieses Kopfwenden war ein zartfühlendes Zugeständnis an feine Sitte. Auf den hölzernen Bänken saßen bunt zusammengewürfelt Gäste: nur Männer, alle von jener Art, die sich in der Nähe eines Hafens umhertreibt. Sie blickten Harvey neugierig an, als er an einem Tisch Platz nahm. Und er erwiderte diese Blicke. Es faßte ihn ein merkwürdiges Gefühl der Überraschung darüber, daß er hier war. Diese Übergänge vom Schiff zur Kathedrale, von der Kathedrale zur Schenke verwirrten ihn. Aber hatte irgendein Mensch das Recht, die ihm vorausbestimmte Anwesenheit in Zeit und Raum zu bekritteln? Das war keine bloße Angelegenheit des freien Willens; auch nicht des Zufalls. Kein Zusammentreffen von Umständen, kein Spalten der Sekunden durch die Unendlichkeit hätte ihn in dieser Stunde zu dieser Schenke bringen können. Es war Bestimmung. Er fühlte dies mit absurd unerschütterlicher Überzeugung.

Der plattfüßige Kellner brachte ihm, mit den ungeheuren Segeltuchschuhen über den Fußboden schlurfend, ein Glas Wein. Mit einem schmutzigen Baumwolltuch wischte er die Weinpfützen vom Tisch, dann stellte er das Glas nieder, nahm das Geld in Empfang, als ob es eine Schmähung wäre, und kehrte zu seinen Oliven zurück.

Harvey saß vorgeneigt da und blickte den tiefbraunen Wein an. Dann hob er das Glas und leerte es. Er brauchte nichts zu fürchten – jene dumme Gier von einst war vorbei. Auch dieses Wissen überkam ihn jetzt mit absoluter Überzeugung. Wie hatte er je eine Flucht auf diese Weise für möglich halten können? Jetzt nicht mehr! Jetzt war sein Zustand anders; er selbst hatte sich so sehr geändert, daß er sich kaum wiedererkannte.

Er seufzte unhörbar und hob die Augen, die durch ein unerwartetes Bild gefesselt wurden. Ein Mann stand in der Tür. Einen Augenblick stand er dort, sah sich um, duckte dann den Kopf unter den Türpfosten und trat ein. Es war Corcoran.

Sogleich bemerkte er Harvey. Die beiden starrten einander an, dann kam Corcoran herbei, ließ sich auf einen Platz am Tisch fallen und trocknete seine Stirn. Die gewohnte Miene wohlgefälligen Gleichmuts war verschwunden. Er sah kläglich verstimmt aus. Sein Gesicht war staubig, von Schweißbächlein durchzogen, als ob er vor ganz kurzer Zeit in großer Hast gewesen wäre. Ohne ein Wort an Harvey zu richten, bestellte er unvermittelt etwas zum Trinken, steckte das Taschentuch ein und rückte den Stuhl so, daß er die Tür im Auge behalten konnte. Sobald das Getränk kam, tat er einen langen Zug aus seinem Glas, wischte sich die Lippen mit dem Handrücken, trank dann, als hätte er sich nachträglich eines besseren besonnen, noch einmal, schöpfte tief Atem und stöhnte. Und schließlich lächelte er. Doch das war ein unsicheres Lächeln, beladen mit der frischen Erinnerung an heftige Erregung.

»Das ist fein«, erklärte er kopfschüttelnd. »Aber meiner Treu, wenn ich nicht so tüchtige Fersen hätte, wir wären im Diesseits nicht mehr zusammengetroffen.«

»Was ist denn los?« fragte Harvey.

»Was los ist?« stöhnte Corcoran. »Eine durch und durch peinliche Geschichte. Und an allem ist Bob Sinnott schuld, obwohl ich das vielleicht nicht sagen sollte, jetzt, da er mausetot ist. Gott hab ihn selig.«

Harvey starrte ihn schweigend an. Vor einem Augenblick waren seine Gedanken noch zu einer erhabenen Tonart abgestimmt gewesen. Und eine Prophetie des Schicksals hatte ihm in den Ohren geklungen. Unklar hatte er eine Vision gesehen, hatte gefühlt, daß ihm eine Botschaft aus der Vergangenheit gebracht werde. Und nun saß er hier, diesem allgegenwärtigen Irländer gegenüber, hörte dessen phantastische Beschwerde gegen einen Bob Sinnott, der »mausetot« war! Oh, hatte denn das Leben kein Gefühl für Werte? Außer diesem Gefühl für lächerliche, alberne Gegensätze?

Er bewegte sich unruhig, zwang einen Seufzer nieder und sagte: »Ist das der Mann, den Sie den Professor nannten?«

»Das ist er«, rief Jimmy höchst aufgeregt. »Der Mensch, der mich hierhergebracht hat, weil er mir schrieb und mich bat, zu ihm zu kommen, mit allerlei Versprechungen, und der Himmel weiß, womit noch – heilige Gottesmutter, verzeih ihm im Fegefeuer! Ein Rummelplatz vor der Stierkampfarena – eine Art Jahrmarkt könnte man's nennen; das war sein Unternehmen, solche Vergnügungsstätten sollen hierzulande sehr einträglich sein. Wenigstens hat er das behauptet. Verzeih's ihm Gott. Und Bob ist sein ganzes Leben oben geschwommen, wissen Sie. Aber Sie sollten das Lokal nur sehen! Bei allem, was heilig ist, er wollte mich arg übers Ohr hauen, wenn ich mich nicht sehr täusche. Ich kann es nicht überwinden – daß Bob mich so hereinlegen konnte.«

»Wie meinen Sie das?«

Jimmy machte eine gequälte Armbewegung.

»Bob muß gewiß schon in der Klemme gewesen sein, als er den Brief schrieb. Bis über beide Ohren in Schwierigkeiten und bis zum Scheitel in Schulden. Er hat sich Geld geborgt mit der Begründung, daß ich hier eintreffe und mich an seinem Geschäft beteilige. Du heiliger Strohsack! Kann man sich etwas Ärgeres vorstellen? Es ist noch nie jemand dem Professor gleichgekommen, wenn es sich um Flunkereien handelte.«

»Sie haben ihm doch nicht versprochen, Geld in sein Geschäft zu investieren?«

Corcoran hatte einen lang andauernden Hustenanfall und mußte so furchtbar röcheln, daß sein Gesicht ganz rot wurde. Endlich blickte er albern-unschuldig auf und sagte:

»Ah, wovon sprechen Sie?«

Tiefes Schweigen.

»Ich verstehe«, sagte Harvey ironisch. »Nun schön, wenn der Mann tot ist, ist die Geschichte aus.«

»Freilich ist er tot«, rief Jimmy. »Das verdammte Fieber, das hier in der Stadt umgeht, hat ihn erwischt. Wenn er bloß ehrbar vor einem oder zwei Monaten gestorben wäre, wäre es nicht so schlimm gewesen. Aber mir auszukneifen, einen Tag vor meiner Ankunft! Meiner Treu, das ist der Gipfel schlechter Manieren.« Seine Entrüstung war so furchterregend, daß Harvey, der sich jener früheren Versicherung einer »großen Geschäftsbeteiligung« und der »unübertrefflichen Fähigkeiten des Professors« erinnerte, unwillkürlich lächeln mußte. Er sagte:

»Sie werden mit mir zum Schiff zurück müssen. Ist es das, was Sie beunruhigt?«

»Ah, ich bin gar nicht beunruhigt. Meiner Treu, ich bin nicht von der Sorte. Ich bin nur über das Unglück verärgert, das mich betroffen hat.«

»Sie meinen, das Sinnott getroffen hat.«

»Mich, sag' ich!« erklärte Corcoran gekränkt. »Ich habe Ihnen ja erzählt, daß Bob eine Menge Schulden hatte. Und Sie hätten den Dago nur sehen sollen, dem er das Geld schuldete. Als ich in Bobs Lokal kam, mein lieber Herr, war der Bursche dort mit einer Bande dieser gelben Kerle. Er hat mich erwartet, mit dem Telegramm, das ich von Las Palmas abschickte – und, nun ja, außerdem noch mit ein paar Briefen von mir. Und sie fielen über mich her, als ob ich Krösus wäre, und wollten mir einreden, ich sei verantwortlich für Bobs Schulden. Ich, lieber Herr, der ich meine eigenen finanziellen Schwierigkeiten habe! Meiner Treu, sie fielen über mich her wie eine Jagdmeute. Bei allen Heiligen, sie hätten mich zerrissen, hätte ich nicht weise Voraussicht zu meinem Motto gewählt.« Er holte tief Atem, griff nach seinem Glas, das er zu den Lippen hob, und fügte hinzu: »Aber wie Sie sehen, bin ich hier, gesund und wohlbehalten wie eine Trommel. Das muß schon ein kluger Mann sein, der Jimmy C. kleinkriegt.«

Seine Selbstgefälligkeit stieg allmählich wieder auf, doch plötzlich verstummte er; sein Gesicht wurde lang, er stellte das unberührte Glas wieder auf den Tisch.

Drei Männer standen an der Schwelle der Schenke. Sie blickten sich ohne sichtliches Interesse um; sahen überall hin, nur nicht auf Corcoran. Dann traten sie behutsam ein und gruppierten sich um den Tisch bei der Tür.

»Tod und Teufel«, murmelte Jimmy verhaltenen Atems.

Harvey wandte sich um und musterte die drei Männer. Das war eine übel aussehende Gruppe. Einer von ihnen, kurz und kräftig gebaut, mit scharfem Gesicht, zündete sich eine Zigarette an und schleuderte das Streichholz unverschämt durchs Lokal. Die anderen beiden lümmelten sich auf die Bank zurück, mit einer ebenso frechen wie matten Miene, als ob sie sich fürs erste mit bloßer Beobachtung begnügen wollten. Der Größere trug einen Manto als Schutz vor der Abendkühle; nun warf er ihn mit theatralischer Selbstgefälligkeit von den Schultern. Der dritte hatte einen schmutzig-weißen Sweater, geplatzte Leinwandschuhe und eine unsaubere spitze Mütze, die ihm übers Gesicht baumelte wie ein gebrochener Flügel.

Unterdes war der Kellner in größter Eile herbeigelaufen. Mit ebenso bezeichnender Unterwürfigkeit führte er die Bestellung durch und brachte eine Weinflasche zu dem Tisch. Er entkorkte sie, reinigte dienstfertig mit seiner Schürze die Gläser, schenkte den Wein ein; dann stand er gesenkten Hauptes da, während der untersetzte Mann ihn anherrschte. Er hatte eine böse Stimme, dieser kurz gewachsene Mann, und er sprach hastig, mit vielen Gesten des Daumens und höhnischen Ausrufen. Endlich nickte der Kellner und ging auf Corcoran zu.

»El Brazo sagt«, stammelte er abgewandten Blickes, »El Brazo sagt, daß Sie bezahlen werden.«

»Bezahlen?«

Der Kellner wandte sich hilfesuchend zu der Gruppe an der Tür; unterstützt von heftigen Kopfnicken der drei wiederholte er:

»El Brazo sagt, daß Sie den Wein bezahlen werden.«

Corcoran setzte sich auf und wölbte die Brust. Der erhitzte, zornige Ausdruck zeigte sich unverzüglich wieder in seinem Gesicht. Er puffte mit dem Ellbogen die Luft, als ob er sich durch eine Menschenmenge vorwärtsdrängen wollte.

»Die Kerle glauben also, daß ich die Firma kaufen werde«, murmelte er. Zu dem Kellner sagte er, aber so laut, daß alle es hören konnten: »Sag ihnen, daß ich nichts bezahle. Sag ihnen, daß ich sie lieber in Feuer und Schwefel braten sähe.«

Harvey mengte sich ein. Alle Gäste im Lokal saßen jetzt in gespannter Aufmerksamkeit da. Harvey witterte das in der Luft brodelnde Unheil.

»Seien Sie kein Idiot«, sagte er scharf. »Sie werden doch hier keine Schlägerei haben wollen?«

»Sprechen Sie mir nicht von Schlägereien«, rief Jimmy. »Ich habe genug von diesen Dagos.« Sein Blut kochte. Er knöpfte sich den Rock zu und blickte den Kellner stirnrunzelnd an. »Sag dem Brazo in meinem Namen, daß er ein dreckiger, gelber Hund ist. Sabe? Sag ihm: dreckig und gelb und Hund. Sag ihm ferner, daß mir sein Gesicht nicht gefällt. Und sag ihm schließlich, daß er keine rote Peseta von mir kriegt.«

Der Kellner zuckte die Achseln und blickte zur Seite.

»Vielleicht sagen Sie's ihm selber. El Brazo sagt, Sie schulden ihm Geld. El Brazo ist Matador. Hat schon viele Stiere getötet.«

»Meinetwegen«, rief Jimmy. »Nun ja, mag sein.«

»Nun ja«, sagte der Kellner nachäffend. »Mag sein.«

Unterdes war der untersetzte Mann aufgestanden. Von seinen Freunden geleitet, kam er lässig herüber, hielt die eine Hand hinter dem Rock verborgen. Sein Gesicht zeigte einen bösartigen Ausdruck.

»Hören Sie«, sagte er höhnisch grinsend, »Sie werden mir bezahlen, was Ihr Partner mir herausgelockt hat. Mir, dem Brazo, der bekannt ist wegen seiner Selbstbeherrschung und seines Mutes, hat er hundert Pesetas herausgelockt. Nun, wollen Sie zahlen?«

Spannung trat ein; ein Seufzer verhaltener Erwartung stieg empor. Harvey erhob sich. Sogleich tat Corcoran, kämpferisch mit dem Sessel polternd, desgleichen.

»Machen Sie sich aus dem Staube«, rief er, das Kinn vorreckend. »Oder ich werde Sie nach Gebühr verprügeln.«

Sogleich bewegte der andere den Arm. Aber Corcoran kam ihm zuvor. Seine ungeheure Faust traf El Brazo voll aufs Kinn. Das Krachen des Schlages dröhnte durch den Raum, El Brazo zog sich voll beherrschten Mutes auf den Boden zurück. Beim Niederstürzen war in seinen Augen ein Ausdruck fassungsloser Überraschung zu sehen, dann schlug er auf die harten Fliesen hin und geriet in Vergessenheit. Sogleich entstand tobender Lärm; alle drängten brüllend vorwärts. Der Kellner hüpfte über den Schanktisch; ein Gast schleuderte eine Flasche, und Harvey eilte mit Corcoran zur Tür.

Sie waren auf halbem Wege, als plötzlich durch eine Lücke im Gedränge der lange Mann, der in El Brazos Begleitung gewesen war, ein Messer warf. Das alles geschah blitzschnell. Harvey sah das Glitzern; dann bebte das Messer in Jimmys Arm. Harvey drängte sich vor, glitt aus. Nun schwang jemand einen Sessel und traf ihn hart auf den Kopf. Alles wurde dunkel; er hatte das stumpfe Gefühl, daß trampelnde, schreiende Menschen rings sich drängten, daß Corcoran ihn wild durch die Menge zerrte. Er fühlte die kühle Nachtluft. Und in all dem Wirbel seiner Sinne erlebte er einen ganz unerklärlichen Augenblick deutlichen Verstehens. Er hatte recht gehabt. Es war kein Zufall gewesen! Es fügte sich bloß ins Muster des Ganzen – ins uralte Muster seines Schicksals. Undeutlich fühlte er, wie Corcoran ihn die Straße entlang schleppte. Dann wurde alles wieder schwarz.

16

Harvey öffnete die Augen. Er lag auf einem roten Plüschsofa in einem kleinen Zimmer, das warm nach heißem Kaffee roch, nach Zwiebeln und Tabakrauch. Sein Genick schmerzte und war steif, sein Kopf wirbelte peinvoll. Er lag ganz still; ließ den Raum aus dem Nebel irgendwie klarere Umrisse annehmen. Die Gegenstände wurden deutlicher. Auf dem Kamin standen eine große Marmoruhr, eine Zigarrenkiste, zwei Porzellanjagdhunde mit rehbraunen Ohren und starrem, einschmeichelndem Lächeln; darüber hing ein gestickter Spruch: »Gott segne unser trautes Heim.« Die Wände, in schmerzendem Rotbraun tapeziert, waren mit ungestümen, goldgerahmten Kunstwerken behängt: dem Derbysieger Ormonde; einer bunten Madonna mit zwei dienenden Seraphim; einem seefahrenden Gentleman mit Bart, in Öl; der verführerischen Fotografie einer Dame, gänzlich nackt, lächelnd und ohne Scham.

Er blickte nicht mehr um sich. Gewiß träumte er. Das war zu furchtbar, um wirklich zu sein.

Aber er träumte nicht. Der helle Sonnenschein flutete durch die festgeschlossenen Fenster ins Zimmer. Es war am Vormittag. Vorsichtig bewegte er den Kopf. Dort saß an dem mit Resten bedeckten Frühstückstisch, die kurzen Beine gekreuzt, im Mund elegant eine Zigarre festhaltend, mit den kugelförmigen Augen in eine Zeitung blikkend, Mutter Hemmingway.

Harvey starrte sie an, befeuchtete seine Lippen und rief endlich:

»Wie bin ich hergekommen?«

Sie sah nicht auf, sondern widmete sich weiterhin voll Wollust der Zeitung und der Zigarre. Im nächsten Augenblick aber sagte sie sinnend und mit unnachahmlicher Bosheit:

»Sie sind also aufgewacht, mein teures Baby. War es ein gutes Schläfchen?«

Sie faltete die Zeitung zusammen, um sich einer neuen Spalte zuzuwenden, als gelte ihr Interesse ausschließlich dem bedruckten Papier. »Ich hoffe zu Gott, daß Sie gut und comodo geschlafen haben. Wenn nicht, werden wir uns beschweren. Gewiß, wir werden uns bei der Direktion beschweren. Und die bin ich.«

Er hob die Hand zum Kopf und befühlte ihn sorgfältig. Sogleich drehte sich Mutter Hemmingway, als ob sie diese Bewegung erwartet hätte, ihm zu und musterte Harvey grinsend.

»Aha, aha«, erklärte sie in hellem Entzücken. »Tut's weh? Hat ein großer, böser Mann das Kind geschlagen? So eine Schande, nein, wirklich, so eine Schande! Warum können die Leute nicht brav und artig sein, wenn sie es mit einem so außerordentlich wohlerzogenen Herrn zu tun haben, wie Sie es sind.«

Sein Blick ruhte noch immer auf ihr.

»Wie bin ich hergekommen?«

»Der hübsche Jimmy hat Sie gebracht. Im Sturm sucht

man sich den Hafen nicht aus. Verstehen Sie. Und eine feine Wirtschaft war das. Er hat mir das Abendgeschäft verdorben und meinen roten Salonteppich ganz abscheulich mit Blut verschmiert. Gott sei Dank, daß der ohnedies pflaumenfarben ist. Jetzt essen Sie Ihr Frühstück.« Sie wies unvermittelt zum Tisch hin. »Setzen Sie sich her und nehmen Sie. Warum ich das tue, weiß ich nicht. Eines Tages werde ich mit einem Paar Flügel aufwachen, so wahr mir Gott helfe!«

»Wo ist Corcoran?« fragte er.

»Dem geht's ganz gut. Wie dem Fisch im Wasser. Er liegt noch im Bett. Es ist ja nichts Besonderes. Eine Schramme am Arm, sonst nichts. Vor einer Stunde hat er gefrühstückt. Ungefähr ein Pfund Schinken. Das gefräßige Schwein!«

Harvey erhob sich mit einem Seufzer. Dann ging er schwankend zum Fenster und blickte hinaus. Das Zimmer lag hoch; unten waren jenseits der ruhigen Straße der Hafen, die Bucht, der vorspringende Molo, und dort blieb Harveys verwirrt hin und her schweifender Blick plötzlich gefesselt haften.

Eine lange Zeit starrte er auf die leere Stelle, wo gestern das Schiff gelegen war, dann entrang sich ihm ein scharfer Ausruf. Unwillkürlich hob er den Kopf zum Horizont und gewahrte eine winzige Rauchfahne, die ein Schiff bedeuten mochte. Vielleicht war das die »Aureola«. Er wußte es nicht; er wußte nur, daß sie fort war. Langsam wandte er sich um; begegnete Mutter Hemmingways Blick, der die ganze Zeit in einer gleichsam listigen Gier auf ihn gerichtet war.

»Warum haben Sie die Leute nicht benachrichtigt?« fragte er schwerfällig. »Renton oder sonst jemanden? Das wenigstens hätten Sie tun können.«

Sie kicherte. Plötzlich brach sie in ihr lärmendes Lachen aus; klatschend schlug sie mit der Hand auf den Tisch.

»Hört ihn bloß an!« erklärte sie mit lauter Stimme. »Hört ihn bloß an. Sehen Sie denn nicht, daß das der Spaß der alten Hemmingway ist? Das komische Abenteuer, seit

Noah auf dem Ararat hängengeblieben ist. Carajo! Es bringt mich noch um.« Sie hielt sich die Seiten. »Ich habe gewußt – ich habe gewußt, daß Renton nicht einmal auf den lieben Gott warten wird. Hier vom Fenster aus hab' ich das Schiff in See stechen sehen. Aber ich wußte, daß Sie müde waren, mein süßer Engel. Und so ließ ich Sie schlafen.« Sie krümmte sich vor Lachen, dann änderte sie unvermittelt ihren Ton und klapperte einladend mit den Tellern. »Also los, ja? Lassen Sie den Kopf nicht hängen. Nehmen Sie etwas zwischen die Zähne! Ich habe schon gegessen, bin also nicht neidisch. Hier haben Sie Wurst und Tomaten. Eine Kleinigkeit, die Ihnen schmeckt, wird Ihnen guttun.«

Er betrachtete sie stirnrunzelnd, dann zog er, den Blick noch immer auf sie richtend, einen Sessel heran und setzte sich zu Tisch.

»So ist's recht«, rief sie, während sie ihn zum Essen nötigte. »Gott sei mir gnädig, aber als Sie auf dem Schiff so höflich gegen mich waren, hätte ich nicht gedacht, daß ich noch Gelegenheit haben werde, es Ihnen mit Zinseszinsen zurückzuzahlen. Carajo, no. Na also, der Kaffee ist kalt geworden. Ich werde heißen kommen lassen.«

»Danke. Es wird Sie vielleicht überraschen, aber ich bin hungrig.«

Während Harvey eine Semmel mit Butter bestrich, streckte sie den Arm aus und zerrte an einem Glockenzug. Nach einer Pause trat eine junge Spanierin ein. Das Mädchen trug einen roten Unterrock, keine Strümpfe, dafür aber Schuhe mit hohem Absatz. Das Haar hing ihr in zwei fettigen, unordentlichen Zöpfen über den nicht karg bemessenen jungen Busen; sie lächelte zuerst Mutter Hemmingway und dann – zögernd – Harvey an.

»He, Cuca, bring Kaffee. Heißen Kaffee! Presto, pronto!«

»Si, Señora.«

»Und stell das Lächeln ab, Cuca, bei dem Señor hilft das nicht.«

»Si, Señora.«

Aber Cuca lächelte noch, als sie aus der Tür ging, und

sie lächelte auch, als sie mit der dampfenden Kaffeekanne wiederkam. Das war kein belustigtes Lächeln, sondern einfach der Ausdruck einer unbezwinglichen Freundlichkeit, die mit ihr unzertrennbar verbunden schien, als ob das Mädchen sie nicht ablegen könnte.

»Ein nettes, kleines Ding, die Cuca«, sagte Mutter Hemmingway, als das Mädchen gegangen war. Sie goß den siedendheißen Kaffee ein und reichte Harvey die Tasse. Dann sog sie nachdenklich an ihren Zähnen. »Am nächsten Aschermittwoch ist sie fünf Jahre bei mir. Glücklich wie eine Wachtel und auf ihre ruhige Art auch ziemlich raffiniert. Sie hat zugenommen, seit sie bei mir ist, Santa Maria, war das Mädel mager! Sie hätten das Ding sehen sollen, als ich sie aufnahm. Meiner Treu, dünner als ein Rattenschweif! Sie ahnen nicht, wie schlecht sie gehalten war. Na, ganz schrecklich vernachlässig. Noch nicht einmal gefirmt, als sie zu mir kam. Ja, lieber Herr, Sie können mich, wenn Sie wollen, eine Lügnerin nennen, aber ich habe Cuca schon in der ersten Woche, die sie hier im Hause war, firmen lassen.«

Harvey, der Scheiben kalter Wurst auf seine Semmel legte, sagte nichts.

»Sie würden es nicht glauben, sag' ich«, wiederholte Mutter Hemmingway heftig und salbungsvoll. »Ich behandle alle meine Mädchen anständig, meiner Treu. Ich will ja zugeben, daß ich hier keine Sonntagsschule leite. Aber ich führe das Geschäft ehrlich. Verstehen Sie. Anständige Behandlung und nichts umsonst. Und wem das nicht paßt, der kann gehen.«

Schon früher hatte er die Art des von Mutter Hemmingway geführten Geschäftes unklar geargwöhnt. Und nun fand dieser Argwohn weitreichende Bestätigung. Aber das Wissen erweckte in Harvey weder Verachtung noch Abscheu. Etwas in ihm hatte sich geändert. Statt dessen kam nun aus den tiefsten Tiefen, von den Wurzeln seiner Seele her eine seltsame Fügsamkeit über ihn. Man mußte das Leben nehmen, wie es war. Durfte es nicht verachten. Durch die Reihe seiner Mißgeschicke war ihm eine Duldsamkeit erweckt worden, die er schon lange gebraucht, eine schonende Demut, die ihm bitter gefehlt hatte.

»Der Kaffee ist gut«, sagte er, sie anblickend. »Und auch die Semmeln. Beinahe besser, das Schiff zuversäumen als ein solches Frühstück.«

Aufgescheucht durch eine so unerwartete Bemerkung, straffte sie sich – sogleich in Abwehrstellung.

»He, was ist denn los mit Ihnen, mein Engel? Keine Späße hier, wenn ich bitten darf. Hier können Sie sich den Bluff mit Ihrem Sarkasmus ersparen.«

»Ich bin nicht sarkastisch. Ich schätze Ihre Gastfreundschaft mehr, als Sie zu wissen scheinen.«

Sie ließ mit verletzter Miene ihre Ohrringe klirren.

»Sie sind nicht großmütig. Das ist Ihr Fehler, lieber Herr. Sie glauben die ganze Welt zu kennen, Sie sitzen hoch oben auf dem Thron und schauen auf uns alle herunter. Aber Sie haben noch eine Menge zu lernen, glauben Sie mir. Da bemühe ich mich und bin freundlich und gebe Ihnen freie Kost, und Sie drehen sich um und spucken mir in die Augen. Können Sie denn nicht großzügiger sein? Versuchen Sie einmal, etwas, das nicht in einem Buch steht, zu lernen.« Lärmend nahm sie die Zeitung zur Hand und begann entrüstet zu lesen.

Mit einem schiefen Lächeln beobachtete er sie. »Vielleicht habe ich mehr gelernt, als Sie sich vorstellen. Vielleicht habe ich in den letzten paar Tagen ein wenig nachgedacht.«

Sie warf ihm einen argwöhnischen Blick zu; widmete sich dann wieder ihrer Zeitung.

»Vielleicht haben Sie schon nachgedacht, was Sie in Santa beginnen werden, mein Junge. Vielleicht sind Sie klug genug, sich das auszudenken.«

»Können Sie mir etwas vorschlagen?«

Noch immer mißtrauisch, antwortete sie aufschnupfend:

»Bleiben Sie hier, wenn Sie wollen. Und dann werden Sie finden, daß ich nicht so schwarz bin, wie Sie sich's vorstellen. Sie denken das Schlechteste von allen Menschen; Sie sind schon einmal so. Und wenn Sie die Wahrheit wissen wollen: Ich hatte keine Ahnung, daß das verdammte Schiff fortfuhr. Ich dachte, es werde erst am Nachmittag in See stechen. Ich fiel beinahe um, als ich es vor einer halben Stunde in der Bucht sah. Ich wünsche Ihnen nichts Böses. Bleiben Sie hier, wenn Sie wollen. – Nimm sie oder laß sie – wie die Dame sagte, als sie dem Seelöwen eine Banane zuwarf.«

Er saß mit einem schattenhaften Lächeln da; sein Betragen war frei von jeder Feindseligkeit. Nach einer langen Pause sah Mutter Hemmingway auf. Sie blickte Harvey scharf an und klopfte plötzlich auf die Zeitung, die vor ihr lag.

»Wenn Sie dringend Arbeit brauchen, warum gehen Sie nicht nach Laguna? Sie sind doch Arzt, nicht wahr? Wenigstens nach allem, was man gehört hat. Und dort oben tobt ein böses Fieber. Die Leute fallen um wie die Fliegen. Der Spañola-Medico hat eben erst seine Fittiche bekommen. Es steht heute im Morgenblatt der Caceta. Er ist schon der zweite, der zu seiner Harfe hinfliegt. Und die übrigen scheinen nicht allzuviel Spaß daran zu finden. Warum wollen Sie's nicht versuchen, lieber Herr?«

Er hatte sich damit beschäftigt, ein Stück Semmel zu zerbröckeln. Jetzt hörte er auf. Es herrschte Schweigen.

»Warum nicht?« wiederholte er.

Der boshafte Ausdruck lauerte wieder in ihren Knopfaugen, während sie sein Gesicht musterte.

»Es macht Ihnen nichts aus, wenn man Sie in einer hübschen schwarzen Kiste forttragen wird?« sagte sie heimtückisch. »Ihnen gewiß nicht. Sie kümmern sich um derartige Dinge nicht.«

Er hörte ihre Worte kaum. Erfüllt von diesem neuen Fatalismus saß er da und erwog seine Lage.

Er wollte gehen – ja, er wollte gehen. Warum hatte er nicht schon früher daran gedacht? Etwas Tieferes als die bloße Fügung der Umstände hatte es so gewollt. Er hatte das seltsame Gefühl, dies sei ein Augenblick, den er lange erwartet habe.

»Sie müssen hinaufsteigen, ins Dorf Hermosa«, fuhr sie fort. »In die Gegend der Casa de los Cisnes. Das ist das

Haus, in dem das Unglück begonnen hat. Ein seltsames Haus. Niemand geht ihm gern in die Nähe, nicht einmal in guten Zeiten. Es verfällt. Zudem ist sie noch halb verrückt, die sonderbare Alte, die oben haust.«

Ich will dorthin, dachte er wieder. Ja, ich muß dorthin. Der plötzliche Impuls in ihm wurde lebhaft. Halb für sich wiederholte er: »Casa de los Cisnes.«

Schweigen sank herab, während sich zwinkernde Neugier auf dem rotglänzenden Gesicht Mutter Hemmingways zeigte.

»Sie haben Courage«, sagte sie plötzlich. »Das will ich Ihnen zugestehen.« Hastig verbesserte sie sich. »Aber meiner Treu, Sie werden abkratzen, wenn Sie das tun.«

Er schob den Sessel zurück. Als ob eine unsichtbare Hand ihn zöge, erhob er sich und schritt zur Tür.

»Santa Maria«, rief er erstaunt. »Sie wollen doch nicht pronto gehen. Sie müssen doch ausruhen. Und hol' mich der Teufel, es wird Ihnen nicht schaden, wenn Sie sich rasieren und waschen.«

»Ich gehe noch nicht«, antwortete er. »Ich will Corcoran aufsuchen. Es ist höchste Zeit, daß ich seinen Arm untersuche.«

»Na, meinetwegen. Aber von mir dürfen Sie solche Eile nicht verlangen, sonst werde ich gewiß ohnmächtig. Und ohne mich können Sie nicht gehen, sonst kommen Sie vom rechten Wege ab.« Sie zwinkerte listig, zerdrückte das Ende ihrer Zigarre auf dem Teller und erhob sich auf die winzigen Füße. Sie schritt ihm voran über den Korridor, stieg eine kurze, von einem Teppich bedeckte hölzerne Treppe hinab und fegte durch einen schmalen Gang. Schäbiger Komfort füllte das Haus. Von unten her war das Klirren von Pfannen zu hören, ein Ausbruch hellen Gelächters, Frauenstimmen, die laut zankten.

Dann blieb die Hemmingway mit wichtiger Miene stehen und riß die Tür eines großen, schmutzigen Schlafzimmers auf. Inmitten dieses Schlafzimmers stand ein großes vergoldetes Bett mit einer fleckig grellen Steppdecke. Und inmitten des Bettes lag Corcoran. Bloß mit seinem blau-rot gestreiften Taghemd bekleidet, war er in einer Art unbekümmerter Ruhe in die muffigen Kissen gelehnt. Den Arm hatte er verbunden, auf der Nase trug er die stahlgefaßte Brille, und auf seinen Knien lag der zerfetzte, mit Eselsohren geschmückte Plato. Seine Lippen bewegten sich geräuschlos; er überhörte das Kommen der beiden.

»Wachen Sie auf, Großmama«, rief Mutter Hemmingway laut. »Hier kommt das kleine Rotkäppchen zu Besuch. Können Sie denn nicht lachen und glücklich dreinschauen? Und dabei haben Sie mir den besten Teppich im Hause mit Blut beschmiert.«

Jimmy hob den Kopf und blickte tiefernst über den Rand der Brille zu Harvey hin. Dann fuhr er in übertriebenem Erstaunen entzückt zusammen.

»Nein, so etwas! Nein, so etwas!« rief er. »Wenn das nicht eine freudige Überraschung ist! Bitte, respektieren Sie meine Erregung; denn meiner Treu, ich dachte, Sie seien fortgefahren und hätten mich ohne Abschiedswort zurückgelassen. Jetzt aber sagen Sie mir nur rasch, warum Sie nicht auf dem Schiff sind?«

»Das Schiff ist fort. Ohne mich abgefahren.«

»Nein, so etwas!« rief Corcoran wieder. »Wenn das nicht das abscheulichste, schwärzeste Mißgeschick ist!«

»Seien Sie still!« erwiderte Harvey. »Sie wußten die ganze Zeit, daß es fort ist.«

»Was Sie nicht sagen!« rief Corcoran, während er die Hemmingway einschmeichelnd angrinste. »Nachdem ich ihn aus einer solchen Patsche gezogen habe, fällt er über mich her! Aber das macht nichts –« Er wandte sich an Harvey – »Es ist eine Freude, zu wissen, daß Sie noch bei mir sind. Und es ist ein Trost für wunde Augen, Sie wieder wohlauf zu sehen.«

Harvey trat zum Bett und begann den Verband zu öffnen.

»Wie fühlen Sie sich?« fragte er kurz. Dann neigte er sich vor, um die Wunde zu untersuchen, die oberflächlich bis in den Trizepsmuskel reichte.

»Aber ich spüre gar nichts. Für einen Mann meiner Art, der harte Schläge austeilt und erhalten hat, ist das bloß ein

Nadelstich. Ich hoffe nur, daß ich bald einmal den gelben Hund erwische!«

»Ein paar Tage Ruhe, und Sie werden gesund sein«, sagte Harvey. Er brachte den Verband wieder in Ordnung, knüpfte die Binde kunstgerecht und stand auf. Dann wurde sein Tonfall starr, seine ganze Art straffte sich. »Einstweilen gehe ich nach Laguna, mir dort oben die Seuche anzusehen.«

Jimmy strich sich zärtlich über das borstige Kinn, während er diese Mitteilung entgegennahm.

»Schön«, sagte er endlich. »Das ist fein. Aber was geschieht mit mir? Im Augenblick bin ich mit meinen Geschäftsplänen unten durch und habe nichts Sicheres für die Zukunft. Meiner Treu, es wäre das Beste, ich ginge mit Ihnen.«

»Das ist ganz lächerlich. Sie dürfen noch ein paar Tage das Bett nicht verlassen.«

»Dann werde ich Ihnen nachkommen, wenn ich wieder aufgestanden bin. Meiner Treu, Sie sollen mich nicht so leicht loswerden. Sobald ich den Fuß auf den Boden setze, komme ich Ihnen nach.«

»Es hat keinen Sinn«, beharrte Harvey. »Ich brauche Sie nicht.«

»Um so besser«, antwortete Jimmy mit seinem alten Grinsen. »Dann komme ich bloß, um Sie zu ärgern.«

Und mit der freien Hand suchte er unter seinem Kissen; feierlich nahm er eine Prise Schnupftabak.

17

Am späten Nachmittag, als die Sonne zur westlichen Schulter des Pic herabsank, machte sich Harvey auf den Weg nach Hermosa, dem Dorf unterhalb Lagunas. Die Entfernung war beträchtlich und der Pfad steil – gleich hinter der Stadt stieg die Straße in kurzen schwindelerregenden Kehren schroff an; doch Harvey hatte den verbissenen, unvernünftigen Entschluß gefaßt, die Strecke zu

Fuß zurückzulegen. Irgendwie erleichterte es den Tumult in seiner Seele, daß er dem eigenen Körper diese Strapaze auferlegte; und als er nun höher emporstieg in die vibrierende Luft, wobei sich seine Schuhe mit Staub bedeckten und seine Stirn mit Schweiß, überkam ihn ein Gefühl der Ruhe. Er ging jetzt geradenwegs auf den Sonnenuntergang zu – ein dunkles Stäubchen in dem blendenden Lichtstrom, der sich über die zackigen Lavaklippen des Telde ergoß. Über dem Kraterrand lag eine winzige, glänzende Wolke wie ein Dampfschwaden. Der Himmel sang in Farbe, die von der Erde widerhallte. Zu beiden Seiten hingen die dunkelgrünen Blätter der Bananenpalmen tief herab, und ihr vom Wind zerfetztes fleischiges Laub war schlaff in der durchsichtig klaren Ruhe. Runde Becken mit Brackwasser, gelb und kostbar wie Gold, lagen regungslos da, glitzerten düster durchs Blätterwerk der Plantagen. Aus einer solchen Pfütze tranken drei Bergziegen. Harvey stieg höher, durchquerte ein Gehölz von Eukalyptusbäumen, hoch wie Zedern, anmutig in aromatischem Duft. Dann trat die Straße ins Freie, die Bäume blieben zurück, unter ihm breitete sich die Bucht aus, ruhig und fern, besät mit Spielzeugschiffen und winzigen spitzen Segeln. Am Rande der Bucht, flach ausgebreitet, lag die Stadt mit perspektivisch verkürzten Miradors, mit Balkonen, die sich vorstreckten wie kleine Münder, nach Luft zu schnappen; mit der Masse aneinandergezwängter Dächer, die durchschnitten war von der silbernen Helle der Barranca Almeida. Doch eine neue Wendung der Straße ließ diese Vision der Stadt zerflattern; an ihrer Stelle erhob sich kalt eine Reihe nackter Basalthügel. Große Lavaschlacken mit gewaltigen, eingebetteten Felsblöcken fesselten Harveys Blick.

Nun war er beinahe schon eine Stunde unterwegs. Kurze Zeit darauf kam er durch das Dörfchen La Cuesta: ein paar Häuser, ein mit Glas verschalter Bildstock mit seinem funkelnden Licht, eine Kirche mit weißen Mauern. Der Ort schien verlassen zu sein oder zu schlafen.

Er durchquerte das Dorf, stieg weiter empor auf der schmaler werdenden Straße. Und nun sah er nach ungefähr einer Meile, an einer im spitzen Winkel sich wendenden Kehre, vor sich die kleine, langsam dahinschreitende Gestalt eines Mädchens, das einen Wasserkrug trug. Er ging schneller, holte sie ein.

»Señorita«, fragte er in seinem schwerfälligen Spanisch. »Ist das der Weg nach Hermosa? Nach dem Dorf unterhalb Lagunas?«

Ohne stehenzubleiben und ohne den mit dem schweren Krug belasteten Kopf zu wenden, musterte sie ihn schiefen Blickes. Die Augen glänzten dunkel über dem verblaßten Scharlach der zerrissenen Bluse. Ihr Körper war aufgerichtet, die Hüften schwankten in ungekünstelter, natürlicher Anmut. Zwischen den schmalen, schmutzigen Fingern der linken Hand hin eine gelbe Blume. Das Mädchen war nicht älter als fünfzehn Jahre.

»San Cristóbal de la Laguna«, sagte sie endlich; und dann: »La Laguna.«

»Ja. Bin ich auf der richtigen Straße?«

»Die Straße? Es ist die Königsstraße.«

»Die Königsstraße?«

»Carretera real. Die alte Straße. Es ist gewiß eine richtige Straße.«

»Ist es aber auch die richtige Straße nach Laguna?«

Die Frage schien sie zu belustigen. Ihr Lächeln war blendend weiß; hätte sie nicht gefürchtet, den Krug ins Wanken zu bringen, sie hätte laut gelacht.

»Ay de mi!« rief sie. »Wie satt ich es habe, immer Wasser zu holen.« Dann schien sie ihn ganz zu vergessen. Schweigend bogen sie nebeneinander um eine weitere Kehre der endlosen Straße. Das Mädchen wartete, bis sie an einem Gehölz von Korkbäumen vorbeikamen, dann hob sie gleichgültig die gelbe Blüte und zeigte hinauf.

Er blickte empor. Da stiegen, ganz nahe, über grasbewachsenen Mauern die düsteren Türme einer alten Zitadelle empor.

»De la Laguna«, wiederholte sie. »San Cristóbal de la Laguna.«

Die Worte hatten einen seltsam melodischen Klang.

»In der Stadt herrscht eine Seuche?« fragte er.

»Si, Señor.«

»Eine schlimme Seuche?«

»Si, Señor.« Sie steckte die Blume in den Mund; begann gleichgültig am Stengel zu kauen.

»Ich will nach Hermosa. Zur Casa de los Cisnes. Können Sie mir sagen, wo das liegt?«

Wieder musterte sie ihn mit einem schiefen Blick der glänzenden Augen. Mit zwei steifen Fingern nahm sie die Blume, als ob diese eine Zigarette wäre, aus dem Mund.

»Dort ist die Krankheit sehr schlimm. In Laguna ist sie vorbei. In Hermosa noch nicht.«

»Dorthin will ich gehen.«

»Noch nicht vorbei«, sagte sie wieder; fügte mit altkluger Miene hinzu: »Jesus Maria, es ist ein Fluch.«

Wieder gingen sie schweigend weiter, dann blieb sie ungefähr eine Viertelmeile nach der Stadt unvermittelt stehen und zeigte mit der schlaffen gelben Blume auf einen Seitenpfad.

»Sehen Sie«, sagte sie weich. »Das ist der Weg, Señor, wenn Sie ihn gehen müssen.«

Der Seitenpfad, auf den sie wies, führte von der Straße in ein Fichtengehölz. Harvey bog, nachdem er kurz gedankt hatte, dorthin ein. Als er in den Schatten der Bäume trat, hatte er das Gefühl, daß das Mädchen ihn beobachtete; instinktiv wandte er sich um. Es war, wie er erwartet. Dort stand sie und schaute ihm nach; schob unter seinem Blick ihren Krug zurecht, bekreuzigte sich und eilte hastig weiter. Dann sank ganz plötzlich die Sonne unter den fernen, zackigen Horizont. Sogleich wurde die Luft kühler, als wäre sie von feuchtkalten Fingern berührt worden.

Der Wald war düster, der Pfad schmal, durchfurcht von tiefen Gleisen und trocken wie ein Knochen. Die Zweige der dichten Bäume hingen tief herab – düster und unheimlich flüsternd. Ein lockerer Stein, über den Harvey strauchelte, kollerte polternd hinab ins ausgetrocknete Bett eines Wildbachs. Da drängten sich die Bäume geängstigt näher aneinander. Nun strich ein sonderbarer leichter Lufthauch über sie hin und säuselte leise.

Die unheimliche Stille dieses Haines senkte sich in Harveys Seele; stimmte ihn zu mitschwingender Schwermut. Gleich einer symbolischen Gestalt hätte er da immer weiter durch die Schatten waten können – und weiter noch, ins Innerste einer letzten, alles auslöschenden Dunkelheit. Doch plötzlich, nach ungefähr hundert Schritten, wurde der Wald lichter, der Weg führte über eine hölzerne Brücke, dann wieder auf offenen Grund; und dort stand inmitten eines Anwesens ein Haus. Die Besitzung war klein, aber Harvey hielt sie für den gesuchten Ort – ein Tal roter, fruchtbarer Erde, gespeist von einem kostbaren kleinen Wasserlauf, schwer beladen mit dem wirren Reichtum des Pflanzenwuchses. So fruchtbar war der Boden, so üppig das Wachstum, daß die ganze Plantage wild zu beben schien. Ein üppiger Garten, ungepflegt, aber zusammengeballt zu barbarischer Schönheit – furchtbar in glorreicher Urzeitpracht.

Harvey starrte durchs Gitter des gewaltigen schmiedeeisernen Tores und holte ehrfürchtig Atem. Blumen – was für Blumen! Eine Brandung wild wachsender Blüten schimmerte toll im entschwindenden Licht. Mengen wilder Azaleen bohrten sich in sein Blickfeld mit einem Rot, das körperlichem Schmerz glich. Blasse Schwertlilien trieben dahin auf einem opalfarbenen Ozean, purpurrote Winden rankten die Blütenbecher zwischen Ufern von Passionsblumen; Storchschnäbel huschten empor auf blauen und gelben Schwingen in einem für ewig starr gewordenen Flug; und über all dem fluteten die Fräsien in weißen, duftenden, schaumzarten Wogen.

Mit einem Ruck riß er sich zusammen. Er ergriff den ringförmigen Bronzegriff des Tores, drehte ihn, daß es knirschte, rannte mit der Schulter gegen die rostigen Gitterstäbe. Aber vergeblich, das Tor war versperrt. Das machte nichts – die Retamahecke, die das Anwesen umgab, war von einem Dutzend Breschen durchbrochen. Das paßte zu dem ganzen Ort.

Harvey wollte schon gehen, als er plötzlich den Blick zu dem massigen Tor hob und von einem Wappenzeichen gefesselt wurde, das auf dem Bogen oben angebracht war

Es war ein Schwan in vollem Flug. Ein Schwan – in vollem Flug!

Fasziniert starrte er auf dieses Wappenzeichen, das ihm von Bedeutung und Leben durchdrungen schien. Casa de los Cisnes. Natürlich! Er hielt den Atem an; sein ganzer Körper wurde starr. Warum war ihm das früher noch nicht in den Sinn gekommen? Casa de los Cisnes – das Haus der Schwäne.

Lange stand er emporgewandten Kopfes dort; Staunen und eine seltsame Erregung fluteten durch sein tiefstes Sein. Das Haus der Schwäne! Dann wandte er sich seufzend fort. Es hatte nichts zu bedeuten. Es konnte nichts anderes sein als bloßer Zufall.

Er schüttelte den Gedanken ab, tat drei Schritte nach rechts, trat durch die Bresche in der Hecke und kam auf den dicht überwucherten Fahrweg. Zwei kleine Luftziegelhäuser standen an den Seiten des Weges. Beim ersten hielt er inne und klopfte laut an die schmale Tür; pochte dann wieder. Er hörte keine Antwort. Bloß den leeren Widerhall seines Hämmerns. Die Tür war verriegelt, die Fenster mit Läden verschlossen, das Haus öde und sonderbar trostlos.

Rasch wandte er sich zu der anderen Hütte. Hier stand die Tür weit offen, und das düstere Innere des einzigen Raumes lag vor Harveys Blick. Kein Leben war zu sehen. Doch auf dem Lehmboden formte eine Decke ein gelbes Viereck. Auf der Decke lag ein toter Mann, dessen stumpfe Augen gedankenlos starrten, dessen Mund gleichsam in Überraschung weit geöffnet war. Zwei Kerzen flackerten zu Füßen des Lagers, wuschen das Gesicht der Leiche mit zuckendem Licht. Und der Duft der Fräsien durchdrang die Luft wie eine süße Salbe.

Hier war nichts mehr zu tun. Harvey wandte sich ab und schloß hinter sich die Tür. Nun ging er den Weg hinan, der in einer sanften Biegung nach Süden zu der Casa führte, die vor dem Hügelhang und dem düsteren Hintergrund der Bäume weiß emporragte. Es war ein edler Wohnsitz aus cremefarbenem Stein, niedrig, aber stattlich, doch in trauriger Unordnung: der Portikus eingesunken, der Balkon schief, die Fensterläden vermorscht und wackelig, die Mauern über und über mit Feuchtigkeit und Schimmel bedeckt, die zwei großen Urnen an den Seiten des Tors umgestürzt.

Er stieg die ausgetretenen Stufen hinauf, zwischen deren Fugen eine lebhaft scharlachrote Flechte wucherte und an Blutlachen gemahnte. Harvey zog die Glocke. Minuten verstrichen in schleppender Langsamkeit. Wieder zerrte er an der albern widerhallenden Glocke. Da öffnete ihm eine ältliche Magd in getupftem Kalikokleid. Sie starrte ihn durch den kargen Türspalt an, als ob er ein Spuk wäre. Endlich sagte er:

»Ich will Ihre Herrin sprechen.«

Da wurde ihr Gesicht, umrahmt von straff gekämmtem tintenschwarzem Haar und einem rotgelben Kopftuch, plötzlich verlegen und ängstlich.

»Es ist spät, Señor«, antwortete sie. »Der Tag geht zu Ende.«

»Er ist noch nicht zu Ende.«

»Bei Gott, Señor, die Sonne ist schon hinter dem Pic. Morgen wäre ein besserer Tag.«

Er schüttelte den Kopf.

»Ich muß sie sprechen.«

»Aber, Señor, die Marquesa ist alt. Und sie hat Kummer. Sie empfängt nicht.«

Er tat zwei Schritte vor; zwang sie dadurch, vor ihm in die Halle zurückzuweichen.

»Sagen Sie ihr, daß ich hier bin.«

Sie stand vor ihm; ihr Blick erforschte sein Gesicht, die Hände glitten unschlüssig über die Schürze. Dann wandte sie sich murmelnd um und stieg langsam die Treppe hinan.

Er blickte um sich. Der Raum war hoch, reichte finster bis zu der mit Arabesken inkrustierten Decke und ließ die Stimmen widerhallen wie ein altes Kirchenschiff. Das schwache Licht hatte etwas Düsteres an sich, denn es kam durch ein einziges, tief in die Mauer gebrochenes Fenster, das mit dem verblaßten Emblem des Schwanes bemalt war. Auf den Gipswänden waren gekrümmte Schwerter zu Mustern gekreuzt. So wie sie sich durch Jahre gekreuzt hatten. Durchs leere Schweigen schlagend, erschreckend, grotesk. Unter den Krummsäbeln stand ein Panzer, die verschrumpfte Gestalt eines gerüsteten Ritters mit gichtbrüchigen Armen und eingeknickten Knien, aber immer noch furchterweckend - der Speer vorgestreckt, das Visier in grimmiger Kampfeslust geöffnet. Diese Gestalt lastete auf Harveys Nerven. Der ganze Ort berührte ihn seltsam, erweckte in ihm beinahe Angst, einen Fuß vorzusetzen. Und er fühlte sich leer - schwach. Ich bin müde, dachte er abwehrend. Ich bin zu lange gegangen.

Plötzlich war auf der hölzernen Treppe das Geräusch von Schritten zu hören. Jählings hob er den Kopf. Eine kleine alte Frau kam von der Galerie herunter. Sie kam langsam; mit der einen Greisenklaue umklammerte sie das wuchtige, geglättete Geländer; schleppend zog sie einen Fuß dem anderen nach. Dennoch hielt sie bei all ihrer Langsamkeit die kleine, magere Gestalt gerade, mit der Würde der Rasse. Sie war ganz in Schwarz gekleidet, selbst das Band, das sie um das zu Locken gebrannte Haar trug, war schwarz; der Schnitt ihres Kleides stammte aus längstvergangenen Zeiten: Schleppe, Puffärmel, hohe Halskrause. Als sie näher kam, sah Harvey deutlich die Merkmale der Greisenhaftigkeit. Ihre Haut war pergamentgelb, durchfurcht von einem Labyrinth der Runzeln, die Flechsen ihres Halses traten hervor wie die Fußsehnen eines Huhns. Sie hatte eine kleine, scharfgeschwungene, einem Adlerschnabel ähnliche Nase und einen winzigen vorgewölbten Mund. Die dunklen Augen waren glasig und hatten Tränensäcke. Sie trug eine stattliche Anzahl Armbänder um die Handgelenke und an den Fingern Unmengen alter Ringe.

Sogleich begrüßte Harvey die alte Frau; er stellte sich ohne Umschweife vor: »Ich bin ein englischer Arzt«, sagte er. »Mein Name ist Leith. Ich weiß, daß auf Ihrem Gut und in dem benachbarten Dorf Fieber herrscht. Sehr schlimmes Fieber. Ich bin gekommen, Ihnen meine Hilfe anzubieten, wenn Sie das wünschen.«

Wie eine kleine in Schwarz gekleidete Statuette stand

sie in all der Stille hohen Alters da und schien mit ihren trüben, aber doch lebenden Augen durch ihn zu schauen.

»Niemand kommt hierher«, sagte sie endlich; der Tonfall ihrer Stimme klang wie sonderbarer Singsang. »Niemand kommt jetzt zu der Marquesa de Luego. Sie ist sehr alt. Den ganzen Tag sitzt sie in ihrem Zimmer und kommt nur herab, wenn man sie ruft. Was sollte sie sonst tun, Señor? Gebete haben große Kraft, nicht wahr? Das hat Don Balthasar gesagt. Auch er ist tot. Nicht aber Isabel de Luego. Und so sitzt sie in ihrem Zimmer und wartet, bis sie gerufen wird. Es ist fürwahr freundlich von Ihnen, sie zu besuchen.«

Ja, sie ist sonderbar, dachte er. Sie spricht irr. Aber in dieser Absonderlichkeit lag eine Tragik, die ihn tief ins Herz traf.

»Man kann es kaum Freundlichkeit nennen«, sagte er. »Ich war in Santa Cruz. Ich hörte von der Seuche hier – und in Hermosa. Die Sache liegt einfach so, daß ich nichts anderes zu tun hatte. Und so bin ich gekommen.«

»Es war ein Akt der Güte, Señor – der durch die Ableugnung an Wert nur gewinnt. Hat man Ihr Pferd versorgt? Was wollten Sie eigentlich? Es ist schon wieder vergessen. Pobre de mi! So viel ist vergessen. Und so viele sind dahingegangen. Aber Sie müssen speisen. Guter Rat kommt von den Alten. Ganz gewiß müssen Sie speisen.«

»Das ist nicht nötig«, sagte er rasch. »Lassen Sie mich zuerst sehen, wo die Krankheit ist.«

»Im Dorf. Dort sind so viele krank. Und jetzt so viele tot. Hier auf der Finca sind alle tot oder davongelaufen. Alle, bis auf Manuela und mich. Pablo – er war der letzte. Pablo, der Torwächter. Er ist zu Mittag gestorben. Nachher werden Sie es sehen.« Sie ließ ein kurzes, unheimliches Lachen hören, wandte sich an die Frau, die, im Hintergrund stehend, mürrischen Gesichtes zugehört hatte, und rief:

»Manuela, der Señor wird heute mit der Marquesa de Luego dinieren.«

Manuelas Miene wurde noch mürrischer. Sie machte eine Bewegung des Mißtrauens.

»Aber, Marquesa, Ihr Essen steht doch schon auf dem Tisch.«

In ihren Worten klang Protest, doch der verflatterte im Wind. Die Marquesa wiederholte, zu Harvey gewendet, in kindischem Tonfall der Heiterkeit:

»Sie sehen, es steht schon auf dem Tisch. Ganz gewiß sind Sie erwartet worden. Und die Marquesa? Sie hat schon die eleganteste Toilette gemacht. Trifft sich das nicht gut? Kommen Sie, Señor.«

Sie schritt durch die Halle voran in einen langen Raum, der mit dunklem Holz getäfelt und mit verblaßten Porträts in trüben Goldrahmen geschmückt war. Jedoch der Fußboden war kahl. Auf die Decke war ein ungeheurer Schwan gemalt; ein ebenso ungeheurer Aparador aus Ebenholz verbarg die eine Wand. Und in der Mitte des Raumes war auf der Refektoriumtafel aus Walnußholz ein einfaches Mahl aus Obst, kaltem Huhn, Käse und Milch aufgetischt.

Verdrießlich legte Manuela ein zweites Gedeck auf, schob einen zweiten schweren Stuhl mit Lederrücken heran, warf einen letzten heimlichen Blick auf Harvey und zog sich zurück.

Die Marquesa nahm ein wenig geziert Platz, goß zerstreut Milch in ein Glas und ließ es vor sich stehen. Dann nahm sie von der Schüssel eine Feige, die sie in grüne und scharlachrote Scheiben zerschnitt.

»Sie müssen essen«, sagte sie, während sie den Kopf zart wie ein Vogel hob. »Der fastet genug, der mit Vernunft ißt. Der Käse ist gut. Mit Cardo bereitet – von der wilden Artischocke. Kleine blaue Blüten. Ja, kleine blaue Blüten. Ich pflückte sie als Kind. Und das war nicht gestern.«

Harvey nahm von dem Käse und von dem derben, gelben Brot; er schüttelte dieses seltsame Gefühl der Unwirklichkeit ab; wollte mehr über die Seuche hören.

»Wann hat das Unglück begonnen?« fragte er.

»Unglück, Señor? Was ist das Leben, wenn nicht Unglück? Dem Moor entronnen und in den Sumpf gefallen. Das ist ein Sprichwort. Da war ein Mann, namens

José, der zu seiner Familie zurückkehrte. Ein Matrose. Kam auf einem Schiff. Dann starb er, und andere starben nach ihm. Es ist wie die alte Modorrapest, die über Laguna lag, als Ferdinand König war. Man findet manchmal noch heute kleine Haufen von Knochen in den Hügelhöhlen. Dort, wo die Guanches hinwanderten, um sich zu verbergen und zu sterben. Vor langer, langer Zeit.«

Beinahe von Grauen ergriffen, sagte er:

»Ihre Familie ist schon lange hier ansässig?«

Ihr Auge blickte über ihn hinweg, in die Vergangenheit.

»Aber, Señor, Sie verstehen das nicht. Was ist eine lange Zeit? Nicht Monate, nicht Jahre. Puneta, no Señor. Es ist wohl länger.« Sie hielt träumerisch inne, hob die Hand und lenkte seinen Blick durch das schmale Fenster, dorthin, wo in dem dunkler werdenden Patio ein höchst phantastischer Baum stand, ein Baum mit glatten, schlauchförmigen, wunderlich verkrümmten Ästen, einem Tier ähnlich, das sich im Todeskampf windet. »Sie sehen diesen Baum, Señor. Es ist der Drachenbaum. Ein noch junger Baum und doch vierhundert Jahre alt. Nein, nein! Ich scherze nicht. Vierhundert Jahre ist es her, seit Don Cortez Alonso de Luego, el Conquistador y Adelantado in dieses Haus kam. Von hier führte er mit seinen Mannen aus Kastilien Krieg. Gegen die Guanches. In La Mantaza. Beim Turm der Zuflucht. Und wurde verwundet auf dem Platz des Gemetzels. Seit damals, Señor, leben die Luegos hier. Immer, immer.« Sie seufzte, ließ die kleine Hand in den Schoß sinken. »Jetzt aber ist es ganz anders. Mein Bruder, er ruhe in Frieden, hat alles, alles verloren – schon vor Jahren – beim Preissturz der Cochenille. Damals war das ganze Gut mit Kakteen bepflanzt für die Schildläuse. Aber man erfand eine andere Tinktur, wissen Sie – rein chemisch. Jetzt kann man die Cochenille nicht mehr brauchen. Mein Bruder ist leider ruiniert. Und jetzt schon zehn Jahre tot. Und seit damals nichts als Mißgeschick, das ellenweise kommt und zollweise geht. Das Unkraut läßt sich durch den Wassermangel nicht stören. Niemand zur Aufsicht da, außer Don Balthasar. Und der ist tot. Dios mio, traurig ist das, Señor, für Isabel de Luego. Sie ist fürwahr alt. Aber sie fühlt noch Liebe zum Leben. Je mehr Leben, desto mehr Liebe zum Leben. Das ist ein Sprichwort in Calicia. Und auch hier scheint die Sonne warm auf alte Knochen. Nehmen Sie noch Milch, Señor, wenn's gefällig ist. Gute Milch, süß wie Honig.«

Gehorsam goß er sich noch einmal von der warmen Ziegenmilch ein, die in dem hohen gerillten Glas schäumte. Er sah alles klar: die Überlebende eines Zeitalters, in dem die Autorität der Herkunft über allem stand; der Bruder ruiniert durch die Erfindung der Anilinfarben, sie selber nun hier, alt, schwach und allein, vielleicht das Opfer einer gleichgültigen Bauernschaft, eines unredlichen Aufsehers, heimgesucht sogar von einer verheerenden Seuche – beklagenswertes Überbleibsel einer edlen Rasse.

»Ah, Señor«, rief sie plötzlich aus. »Sie hätten die wahre Casa de los Cisnes kennen sollen. Die war nicht verfallen wie heute. Der Springbrunnen plätscherte im Patio, und viele, viele glückliche, fleißige Peone sangen die ganze Zeit im Gehölz.« Von ihren eigenen Worten zu einer seltsamen Erregung gestachelt, erhob sie sich lautlos, stand aufrecht da, blickte starr durch das lange Fenster hinaus in den schattigen Patio. Der Saal lag jetzt schon fast im Dunkel, und ihre winzige, verschrumpfte Gestalt war beinahe spukhaft anzusehen.

»Solchen Gesang haben Sie noch niemals gehört«, erklärte sie mit hoher Stimme. Ihre Lippen zuckten kaum merklich, Farbflecke stiegen ihr in die welken Wangen. »Niemals, niemals. Die Peone sangen in den Johannisbrotwäldern. Oft kann ich sie noch hören, wenn es finster wird.« Ihr Gesicht bebte, erhellt von der Glorie der Vergangenheit, und sie begann, zu Harveys heftiger Pein, mit sich überschlagender und zittriger Stimme zu singen:

»Al acabarse el trabajo
Y a la puesta del sol
Nos juntamos en la alameda:

Brillan las luciernagas como estrellas,
la luna en el cielo está.«

Eine eigenartige Stille folgte. Die Marquesa setzte sich nicht wieder; sie blieb stehen, und ihr Blick blieb in jenes dimensionslose Starren versunken. Geistesabwesend begann sie Obst zu essen und ein wenig Milch zu trinken. Eine kurze Zeitspanne verstrich, dann senkte die Greisin plötzlich den Kopf, und sie fing Harveys beunruhigten Blick auf. Langsam löste sich der Bann; in die Wirklichkeit zurückgekehrt, ließ sie ein brüchiges Lachen hören. Dann zündete sie zwei Kerzen an, die auf dem Tisch standen, setzte sich ebenso ruhig nieder, wie sie aufgestanden war, faltete die fleckigen Hände im Schoß und tat einen tiefen Seufzer, der ihren eingefallenen Busen hob.

Harvey blickte auf seinen Teller und zerkrümelte verlegen ein Stück Brot.

»Ich bedaure es«, sagte er leise. »Ich bedaure, daß ein so schweres Mißgeschick Sie getroffen hat.« Er machte eine Pause. »Und wenn Sie nichts dagegen haben, muß ich jetzt gehen.«

»Ja«, sagte sie endlich. »Sie müssen gehen.« Dann schien sie ihn von neuem forschend zu mustern. »Sie sind Engländer und Sie kommen beim Sonnenuntergang. Dios mio, das ist seltsam. Viele Jahre ist es her, seit ein Engländer den Fuß in die Casa de los Cisnes gesetzt hat. Und das waren gewiß nicht Sie.« Ein sonderbares Lächeln bebte in ihren Zügen. »Sie hätten es nicht sein können, denn auch das ist eine alte Geschichte, Señor. Das war damals, als euer Nelson den Sturm auf Santa Cruz unternahm. Er wurde geschlagen, wie Sie wohl wissen werden, Ay, ay ay – aber die spanische Garnison hielt sich tapfer. Und als die Schlacht dann vorüber war, kam ein Engländer hierher, beim Anbruch der Nacht. Nein, nein, das waren nicht Sie!« Das Lächeln wurde zu einem dünnen Bächlein von Lachen, kindisch, aber doch seltsam geheimnisvoll. »Das steht alles in einem Buch geschrieben. Ich habe es oft und oft in der Libreria gelesen. Eines Tages werde ich es Ihnen zeigen. Es ist so traurig und sonderbar. Er kam mit seiner

Geliebten, Zuflucht zu suchen. Sie war die Schwester eines englischen Kapitäns. Er ließ sie hier zurück. Und hierher kam er dann wieder. Pobre de mi, aber das Leben ist grausam. Als er zurückkam, war sie nicht mehr hier. War fort, war fort.« Während sie ihn beobachtete, senkte sie die Stimme allmählich zu einem dünnen Flüstern, beinahe zu einem Flüstern des Jammers. Dann herrschte wieder Schweigen. Die Kerzenflammen über dem Tisch flakkerten leicht; warfen schwankende Schatten auf die getäfelten Wände. Und Harveys Gedanken schwankten mit den Schatten. Plötzlich wurde er von einer ganz unbekannten Erregung an der Kehle gepackt. Ihm war, als hielte ihn an diesem seltsamen Ort, der allenthalben von den Schemen der Vergangenheit bevölkert war, ein Zauber in Bann.

Das Haus der Schwäne! Sein Fühlen raste einen Augenblick durch die Irrwege eines Labyrinths; zog sich dann zitternd zurück. Gedanken – seltsam erschreckende Gedanken – huschten hierhin und dorthin wie aufgescheuchte Fische in einem Teich. Er war diesen Gedanken feindlich, und doch umschwärmten sie ihn – unvernünftig, quälend. Sein ganzes Ich schien ihm zu entgleiten, schien in die dünnen Schatten zu tauchen, die über die getäfelten Wände glitten.

Er schrak zusammen; zwang sich mühsam zur Ruhe. Er sah, daß sie nichts mehr zu sagen hatte. Er schob den Sessel zurück und erhob sich.

»Ich muß gehen«, sagte er noch einmal. »Wenn Sie mir gestatten, werde ich ins Dorf gehen.«

»Ja, ja. Sie werden gehen, wenn Sie gehen müssen. Wer bin ich, daß ich mich ins Schicksal mengen dürfte? Das Dorf ist nicht weit, Manuela wird Ihnen den Weg zeigen.« Sie stand auf und ging, mit ihrem schattenhaften Lächeln und jener sonderbar unbewegten Körperhaltung, ihm voran aus dem Zimmer.

»Manuela«, rief sie in der Halle, während sie in die Hände klatschte. »Manuela, Manuela!«

Sie warteten lautlos, bis die Frau kam, die in filzbesohlten Schuhen lautlos aus den Schatten heranglitt.

»Manuela, du wirst eine Laterne nehmen und den Señor ins Dorf führen.«

Das Gesicht der Magd verzog sich sogleich zu einem Ausdruck der Furcht. Sie machte eine heftig zuckende, abwehrende Kopfbewegung.

»Nein, nein«, rief sie. »Nicht das. Ich habe genug ertragen. In der Nachtluft liegt Krankheit.«

»Sagen Sie mir, wie ich gehen soll«, unterbrach Harvey rasch. »Das genügt.«

»Ja, ich will es sagen. Der Vollmond ist da, Ihnen zu leuchten. Sie brauchen weder die Laterne noch mich.«

Die Marquesa machte eine kleine Bewegung der Hilflosigkeit.

»Pobre de mi!« seufzte sie. »Manuela will nicht gehen. Will nicht, will nicht, will nicht. Wie oft wird das jetzt gehört. Aber sie ist alles, was mir geblieben ist. Merken Sie auf, Señor, sie wird Ihnen alles sagen. Dann kehren Sie in dieses Haus und zu seiner kargen Gastfreundschaft zurück, ich bitte Sie darum. Auch Sie haben Unglück erlebt. Es steht Ihnen im Gesicht geschrieben, Señor. Liebe und Schmerz – die lassen sich nicht verbergen, aber Gott zeichnet mit krummen Linien gerade. Wer weiß, vielleicht bringt Ihr Kommen Glück. Ihnen vielleicht – und mir. Und jetzt – adios.«

Sie wandte sich mit naiver Würde um und begann langsam die Treppe zu ersteigen. Das Klappern ihrer Absätze auf den hölzernen Stufen hallte an Harveys Ohr; dann wurde sie oben von der Dunkelheit der Galerie verschlungen.

Bei der Tür wartete Manuela. Nachdem er ihre mürrischen Weisungen schweigend entgegengenommen hatte, machte er sich auf den Weg.

Die Nacht war kalt, der Garten erhellt von dem beinahe schon vollen Mond. Die Düfte der Fräsien stiegen in trägen Wolken auf. Nichts regte sich. Selbst die Glühwürmchen hingen bewegungslos an den Blättern der Passionsblumen. Sie leuchteten wie kleine, starre Augen.

Der Weg führte nach Osten und bergan, in diesem ätherischen Licht schimmernd wie ein Fluß. Durch diese

Vision eines Wasserlaufs watend, durchquerte er ein Orangengehölz mit reichen Früchten, kam vorbei an einem Hain alter Bananenpalmen mit dichtwucherndem Unterholz, an leeren Scheunen, an einer dachlosen Schmiede, an einem umgekippten Karren, dessen Rad abseits lag. Überall Leben und überall Verfall.

Als er ungefähr eine Viertelmeile gegangen war, stieg er über eine niedere Steinmauer und sah zu Häupten eine Gruppe trüber Lichter. Drei Minuten darauf war er in der Dorfstraße und wurde sich sogleich des Pesthauchs bewußt, der wie ein Grabtuch über diesem Ort lag. Das Dorf schien verlassen, bis auf ein paar streunende Hunde; doch da öffnete sich plötzlich an der anderen Seite der Straße das schwarze Tor der Kirche, und aus dem trüben Innern quoll langsam eine Prozession: Weihrauchträger, Akoluthen und Priester. Dann die Leidtragenden, mit dünnen Stricken an die Bahre gebunden. Als der kleine weiße Sarg vorbeigetragen wurde, entblößte Harvey das Haupt. Er stand regungslos da; niemand schenkte ihm Beachtung. Das war ein Kind, dachte er unwillkürlich. Nun bog der Leichenzug in den Friedhof ein; mit zusammengekniffenen Augen beobachtete Harvey die Hügel frisch aufgeworfener Erde. Er schritt weiter. Höher oben bemerkte er eine Gruppe Soldaten, die unter einer Petroleumfackel rings um einen Wagen standen. Packkisten verstellten allenthalben die Straße. Zwei Nonnen schritten rasch auf die Soldaten zu.

Endlich bin ich hier, dachte er. Endlich kann ich etwas tun.

Er wartete nicht. Die Tür des ersten Hauses stand offen; impulsiv trat er in den erleuchteten Raum. Als er eintrat, richtete sich beim Bett in der Ecke eine Frau auf, die dort ein Bauernmädchen gepflegt hatte. Sie wandte sich um, sah Harvey an; dann drang ein kurzer Schrei von ihren Lippen. Die Frau war Susan Tranter.

18

Als die »Aureola« zwei Tage vorher aus der Bucht von Orotava dampfte, hatte Mary Fielding sie aus dem Hafen gleiten gesehen. Mary stand auf dem Balkon des San Jorge. Wind und Regen schlugen ihr in die Augen, sie sah zu, wie das Schiff im verwehenden Nebel entschwand. Die Masten waren als letztes zu sehen, aber auch sie entschwanden kalt Marys Blicken, und sie blieb allein mit der Trauer. Während das Geräusch der stampfenden, pochenden Schiffsmaschinen noch immer in ihrem Kopf klopfte, stand sie lange Zeit regungslos da, wandte sich dann um; schritt durch die große Glastür in ihr Schlafzimmer. Das war ein reizender, anmutiger Raum: groß, strahlend sauber, geschmackvoll eingerichtet - mit einem Bett aus hellem Holz und mit einem steifen Moskitonetz. Sie setzte sich in einen Rohrstuhl neben ihr ordentlich aufgestapeltes Gepäck; sie war sich eines merkwürdigen Angstgefühls im Herzen bewußt. Sie sollte dem Stubenmädchen läuten, damit es auspacke, sie sollte zu Elissa gehen, sie sollte ihre Post durchschauen - ein ungeheurer Stoß von Briefen lag auf dem obersten Koffer. Sie sollte nicht so dasitzen, so schlaff, nicht die Hände im Schoß liegenlassen. Aber sie konnte ihre Schlaffheit nicht abschütteln. Etwas schmerzte in ihrer Seite - ein Stich, es schmerzte unerträglich.

Sie biß sich die Lippe. Sei keine Gans, dachte sie, sei keine hoffnungslose dumme Gans. Nervös sprang sie auf, drückte auf die Glocke; wartete.

Das Stubenmädchen trat ein. Eine kleine Mulattin, deren Manschetten und Kragen ebenso weiß waren wie die schimmernden Augäpfel. Sie nahm den Befehl entgegen, machte sich sogleich an die Koffer, begann mit kleinen kaffeebraunen Fingern die Riemen zu lösen. Mary sah ihr schweigend zu, trat sodann ruhelos zum Fenster. Sie preßte die Hände zusammen; starrte in den Sprühregen. »Wann wird der Regen aufhören?«

Das Mulattenmädchen hob den Kopf und zeigte munter eine Reihe blendendweißer Zähne.

»Bitte, Madama, schönes Wetter sehr bald kommen. So Rosita sagen.« Ihre Stimme klang heiser und hatte eine Art drolligen Rhythmus. Die Mary von früher wäre von dieser drolligen Stimme entzückt gewesen. Jetzt vermochte sie nicht einmal zu lächeln.

»Wird es bald schön sein?«

»Ja, bitte, Madama, morgen. Schönes Wetter, mañana.« Rosita wiederholte dieses Lieblingswort, ließ es über die Lippen gleiten, als wollte sie seinen Geschmack auskosten.

Morgen! Der Gedanke traf Mary mit frischem Schmerz: morgen und morgen; der nächste Tag und wieder der nächste – all die leeren Tage, die sich inhaltslos, endlos weiter hinschleppten. Wieder standen ihre Augen kummervoll in Tränen, sie preßte die Wange an die kalte Fensterscheibe; seufzte, als ob ihr das Herz brechen wollte.

Aber der Tag schritt erbarmungslos weiter. Das Auspacken war beendet, das Stubenmädchen lächelte und entfernte sich knicksend; jetzt dröhnte der Gong zum Luncheon.

Sie stieg langsam zum Speisesaal hinab und gesellte sich zu Dibs und Elissa, die an einem Ecktisch saßen. Die beiden waren in ausgezeichneter Laune, Elissa entzückt vom Komfort des Hauses, Dibs von den unerwarteten Freuden der Tafel. Doch das Lächeln der beiden traf Mary wie ein Schlag.

Alles war entzückend: die Bedienung unaufdringlich, das Essen gut, der Raum hoch und heiter, mit kühlen, dichten Sträuchern und Töpfen. Dennoch hatte Mary keinen Appetit. Sie kostete ohne Geschmacksempfindung von der in Weißwein gedämpften Barbe, die Dibs in helles Entzücken setzte. Auch ihr Sprechen war bloß Vorwand. Die ganze Zeit bemühte sie sich, diesen Schmerz zu verbergen, der in ihrer Seite brannte.

Nach Tisch gingen sie in die Halle. Der Regen strömte noch immer vom rauchfarbenen Himmel, und Elissa, die dieses Bild mit zweifelndem Blick betrachtete, schlug eine Bridgepartie vor.

»Bridge! Mary öffnete die Lippen, um abzulehnen. Dann besann sie sich. Sie haßte Bridge, doch das durfte keine Rolle spielen, sie mußte sich beherrschen, wirklich – so spannen sich ihre Gedanken weiter –, sie mußte sich bemühen, weniger an sich selbst zu denken, umgänglicher zu den anderen zu sein. So bezwang sie sich; nickte zustimmend.

Stühle und Karten wurden gebracht. Man setzte sich zum Bridge. Der Vierte war ein korrekter, ältlicher kleiner Mann mit kurzem Schnurrbart, langem Jackett, Reithosen und soldatischem Gehabe, ein Mann, der vom Anfang nach der Einladung, sich anschließen zu dürfen, geangelt hatte. Er hatte mit Wohlerzogenheit geangelt, denn er war ein wohlerzogener kleiner Mann. Es dauerte nicht lange, bis sich dies herausstellte, und zwar gerade mit der richtigen unbetonten Zufälligkeit, die es korrekt erscheinen ließ. Er kannte natürlich Namen und Lebensstellung seiner Partner – er war gewohnt, jeden Morgen die Listen der Angekommenen emsig zu studieren – und es dauerte nicht lange, bis er gemeinsame Bekannte von Stand und Rang entdeckt hatte. Er verbrachte den Winter im Ausland, seines »Frauchens« wegen, zeichnete Skizzen, arrangierte Ausflüge, verhaspelte sich oft beim Sprechen und dankte Gott, daß er ein englischer Gentleman war. Und seinen Namen, Forbes-Smith, schmückte der unvermeidliche Bindestrich.

Das Spiel ging endlos weiter: mischen, abheben, teilen, rufen, die mühevolle Aufgabe, auszuspielen. Kaum war das zu Ende, als der abscheuliche Kreislauf von neuem begann. Mary erschien es so absonderlich und sinnlos. Warum saß sie hier, warum hielt sie diese glänzenden, farbigen Karten in der Hand, warum zwang sie sich zu sprechen, zu lächeln? Ihr Kopf war wirr. Sie sehnte sich, allein zu sein, in Frieden mit ihren Gedanken.

Doch es war fünf vorbei, als der letzte Rubber zu Ende ging. Dann kamen die Abrechnung, ein lächerlicher Zank zwischen Dibs und Elissa über die Zählung, eine energische Anstrengung des kleinen Forbes-Smith, ihr in der Hall einige »reizende Leute« vorzustellen.

Es war fast schon Zeit zum Dinner, ehe sie sich entfernen konnte. Oben wusch sie die pochenden Schläfen, legte das erstbeste Abendkleid an, das ihr in die Hände geriet, und stieg wieder hinab, um etwas über sich ergehen zu lassen, das einer Mahlzeit ähnelte. Dann schützte sie Müdigkeit vor und war endlich frei, Zuflucht in ihrem Zimmer zu suchen. Sie schloß die Tür, lehnte sich müde daran, riß dann mit einer resignierten Bewegung die Fenster auf.

Der Regen hatte aufgehört; hinter einer Wolkenbank versteckt, ergoß der Mond zarten Glanz. Die Nacht war neblig, aber hell. Die lichten Spitzenvorhänge schwankten sacht in der vom Regen gewaschenen Luft. Leise erklang das Quaken von Fröschen, mengte sich dem dumpfen Rhythmus der Brandung. Unter dem Balkon leuchtete ein Beet mit Lilien, der Duft – so ähnlich dem Dufte der Fräsien – stieg in schweren berauschenden Wogen an und legte sich Mary als plötzlicher Schmerz auf die Brust. Es war schwer zu tragen – zu schwer.

Langsam entkleidete sie sich, ließ Stück um Stück zu Boden fallen. Die feuchte Luft kühlte ihr den heißen Körper. Jetzt lag sie auf dem Rücken im Bett; starrte weitgeöffneten Auges ins Dunkel. Sie hatte kein Zeitgefühl mehr. Das Quaken der Frösche ging weiter; das Donnern der Brandung ging weiter, rings um sie erhoben sich – jedesmal erschreckend und plötzlich – die nächtlichen Geräusche des Hotels, hinderten sie aufs lästigste, einzuschlafen. Das Moskitonetz, das Marys Bett mit all der starren Weiße eines Leichentuchs umgab, schien sie jetzt zu ersticken.

War sie krank, daß sie sich so fühlte? Der Gedanke kam ihr gar nicht in den Sinn. Und doch, sie hatte das Fieber. In ihrem Blut regten sich unerbittlich die Giftstoffe der Ansteckung.

Davon wußte sie nichts; sie wußte nur, daß sie keine Ruhe finden konnte. Drei Stunden schlichen dahin, ehe unruhiger Schlummer ihr die schmerzenden Augen schloß. So sank sie hinab – hinab in endlose Tiefen des Vergessens. Und dann träumte sie.

Noch nie zuvor hatte ihr Traum sie so lebhaft gepackt. Wie gewöhnlich begann er beim Brunnen im Hof, bei dem alten, von Rissen durchzogenen Brunnen mit dem metallenen Schwan, der in dem leeren Becken grotesk zu schwimmen schien. Kleine grüne Eidechsen sonnten sich träge auf dem Rand des Brunnens, blinzelten mit freundlichen Augen, wenn Mary sich ihnen näherte. Die Fliesen des Bodens liebkosten gütig Marys Füße. Der Drachenblutbaum reckte die alten, erstaunlichen Glieder empor, der liebliche Duft der Fräsien durchdrang die Luft. Aber sie konnte doch nicht verweilen. Sie floh zum Garten hin; während sie lief, stiegen von den Granatapfelbäumen zwei große weiße Schwäne auf; schwebten laut rufend den Bergen zu. Der Schlag ihrer Fittiche war majestätisch. Sie klatschte in die Hände, eilte zum Orangenhain. Da wurde sie plötzlich von neuer Erregung gepackt. Sie blieb stehen, gewandelt vom Wunder dieser Überraschung. Er war dort – wieder dort, in jenem Gehölz, das ihr ureigenstes Gebiet war. So, wie sie ihn schon oft dort gesehen hatte. Sein Gesicht war aber nicht mehr undeutlich, seine Gestalt nicht mehr schattenhaft. Sie konnte jetzt ganz deutlich sehen. Das war er. Oh, es war wahr – trotz allem, sie hatte sich nicht getäuscht. Diesmal konnte er es nicht leugnen. Ihr Herz krampfte sich zuckend zusammen, unaussprechliche Freude bestürmte sie. Sie streckte die Arme aus, eilte, im selben Atemzug lachend und weinend, auf ihn zu.

In einem wilden Atemzug lachend und weinend. Oh, dieses Glück war hinreißend – kein Menschenherz konnte es fassen. Ihr Herz sang jauchzend, jauchzend; nichts im Leben und nichts im Tod konnte der Verzückung dieses Augenblicks gleichkommen.

Endlich, als wäre das die Enthüllung aller Zeiten, wußte sie, warum sie hier war. Um seinetwillen, den sie ihr Leben lang gesucht. Und nun war das Bild des Gartens vollständig. Sie fürchtete ihre Einsamkeit nicht mehr. Sie brauchte sich nicht mehr verzweifelnd vor ihrer kindischen Narrheit davonzustehlen. Er war hier, jenseits der Schärfe des Schmerzes, befreit von den Fesseln der Einbildung. Und ihr ganzes Leben hatte – vorausbestimmt – zu dieer Begegnung geführt.

Sein Gesicht, das von ihr nichts wußte, weckte jetzt Mitleid in ihrer Freude. Sie mußte sich ihm erklären, mußte bewirken, daß die gleiche Freude in seine starren Augen trete. Sehnsüchtig flüsterte sie seinen Namen. Er hörte sie nicht. Wieder sprach sie seinen Namen aus – lauter, schickte sich an, ihm entgegenzulaufen. Doch da wurde in einem raschen Augenblick das neugeborene Entzücken ihrer Seele vernichtet. Kalt starb auf ihren Lippen das Lächeln. Sie konnte das nicht verstehen. Sie konnte sich nicht bewegen. Sie strebte vorwärts, doch ihre Füße waren gefesselt, ihr Körper gebunden. Sie kämpfte. Furcht und Hoffnung waren unentwirrbar vermengt. Mit Anspannung aller Kräfte versuchte sie sich loszuringen, zerrissen von der Pein des Unterliegens. Und dann erwachte sie mit einem kurzen, schluchzenden Schrei.

Ihre Augen, verglast vor Entsetzen und Verzweiflung, begegneten der hellen Bestürzung des neuen Tages. Sie keuchte. Sie war nicht in jenem Garten, sondern hier, eingeschlossen in die wohlgeordnete Wirklichkeit ihres Schlafzimmers. Kaum atmend lag sie da, starr, noch immer wirr von dem Alpdruck, mit dem ihr Traum geendet hatte. Dann schauerte sie zusammen. So nahe war es gewesen, so sehr nahe, als ob man auch dort dieses dumpfe Dröhnen der Brandung hören müßte. Und doch jetzt so fern! Ein langer Seufzer entrang sich ihr. Sie war verwirrt, zerschmettert von der Bitternis vereitelter Erfüllung.

Als Rosita mit dem Frühstückstablett kam, lag Mary noch da und hielt die Wange an den Arm gepreßt. Rosita zog munter den Vorhang zur Seite und erklärte:

»Sehen, Madama, sehr schön heute. Und wie ich sagen, Madama, viel Sonne.«

Mary blickte das Mädchen schweigend an; noch immer dachte sie: So nahe, so sehr nahe, als ob man auch dort dieses dumpfe Dröhnen der Brandung hören müßte. Plötzlich sagte sie, getrieben von einer sonderbaren Hoffnung: »Rosita« – ihre Stimme klang seltsam geheimnisvoll und fern –, »ist hier in der Nähe ein Garten, ein sehr alter, alter Garten, wohin manchmal gegen Sonnenuntergang Schwäne kommen?«

Rosita schwieg und machte große Augen. Dann lachte sie ehrerbietig und nickte, als ob sie einen höchst überlegenen Scherz bewunderte.

»Bitte nein, Madama. Rosita vielleicht sehr dumm, aber nie davon gehört.«

»Sie wissen das bestimmt – ganz bestimmt?«

»Bei Gott ja, Madama.« Ihr Lachen stieg an. »Eine Menge Gärten, oh, bei Gott, eine Menge Gärten. Aber kein solcher. Zwanzig Jahre ich hier leben, die ganze Zeit keinen Schwan gesehen.«

Mary erwiderte nichts. Ihr Sinn vernahm bloß halb Rositas Antwort, war in weiter Ferne, losgelöst, in geheimnisvoller Ahnung bebend.

Sie stand auf; legte einen Schlafrock an. Wie Rosita gesagt hatte, war der Tag herrlich. Doch war es jetzt schon sehr warm; wenigstens fühlte sie Wärme und im Kopf ein sonderbares Schwindelgefühl. Als ihr Blick zur blauen See unten hinschweifte, dachte sie zuerst, wie kühl und erfrischend es wäre, zu baden. Ja, sie mußte baden. Ihr Schwimmkostüm, an dem noch immer einige Sandkörner von der Playa de los Canteros hafteten, weckte heftige Erinnerung. Doch die Erinnerung verweilte nicht, sie glitt, ein flüchtiger Schmerz, dahin über ihre seltsame Verwirrung. Mary nahm ihre Badesachen, stieg die breiten Steinstufen hinab, an den Lilienbeeten vorbei, zum Rande des Wassers.

Die Bucht war menschenleer, das Meer bloß leicht gekräuselt. Sie schwamm behend, fühlte das Wasser dünn und stofflos wie azurblauen Äther. Ihr ganzer Körper schien nun flüssig, war irgendwie von der Wirklichkeit getrennt. Obwohl sie es kaum bemerkte, war ihr linker Arm steif, an ihrem Handgelenk hatte sich eine winzige rötliche Schwellung erhoben. Ein Moskitostich. Vor drei Tagen war sie in Las Palmas auf dem Molo von einem infizierten Insekt gestochen worden. »Was geschehen muß, wird geschehen«, hatte sie gesagt, und: »Nicht

Zufall, sondern Schicksal bestimmt unser Leben.« Und nun stand sie, Opfer der eigenen Prophezeiung, vor einer furchtbaren Wendung ihres Schicksals.

Sie war mit gelbem Fieber angesteckt.

Diese seltsame Leichtigkeit ihres Körpers, die seltsame Umwölkung ihres Geistes waren bloß Symptome für den Ausbruch des Fiebers.

Sie stieg aus dem Wasser; in ihren Ohren sang es. Sie trocknete sich, legte das Kleid an und ging durch die Anlagen des Hotels zurück. Einige Minuten wanderte sie umher, mit unbestimmt abwesender Miene; und noch immer klang dieses Summen in ihren Ohren. Plötzlich traf sie bei einer Biegung des Pfades auf einen alten Mann, der kniend aus einem Beet purpurfarbener Lupinen Unkraut jätete. Er trug einen breiten Strohhut auf dem Kopf und in den langen dürren Ohren dünne goldene Ringe. Sie starrte den runzeligen, von der Sonne gegerbten Hals des Alten an. Der setzte seine Arbeit ruhig und geduldig fort, doch endlich wandte er sich halb um, lächelte ihr schüchtern ein schiefes Lächeln zu, murmelte einen Gruß.

Sie antwortete ihm. Sie konnte nicht lächeln, aber im Innern verlachte sie sich sonderbar. Oh, wie sonderbar sie doch war, wie albern! Sie war immer so gewesen – und würde immer so sein. Das war nur ein Scherz. Natürlich. Ein furchtbarer Scherz. Aber sie konnte sich nicht zurückhalten. Sie mußte dem alten Peon ihre Frage stellen. Er würde sie gewiß verlachen, genau so wie Rosita. Doch was machte das aus? Sie verlachte sich ja selbst, lachte tief unten, in den geheimen Tiefen ihres pochenden Herzens.

Doch als sie fragte, lachte er nicht. Er stand auf, musterte ernst ihr Antlitz und blieb so lange still, daß sie ihre Frage wiederholte.

»Aber gewiß verstehe ich Sie, Señora«, sagte er stokkend. »Vielleicht kenne ich den Ort.«

Daß er ihre Frage nicht gleich verneint hatte, erweckte in ihr ein plötzliches inneres Beben. Mit weit geöffneten Augen starrte sie ihn an.

»Vor langer Zeit«, fuhr er fort, »arbeitete ich auf der anderen Seite der Insel für die Familie de Luegos. Gewiß, Señora. Damals war die Estancia groß, sehr groß.« Er fingerte an seiner Hutkrempe, rang nach dem Ausdruck. »Und das Wappen dieser Familie – das ist ein Schwan, Señora – ein fliegender Schwan.«

Eine Art Taumel überkam sie. Sie bedeckte ihre Augen. Gewiß war es das Sonnenlicht, was sie blendete.

»Ist das Wappen auch auf dem Tor? Auf dem großen, eisernen Tor neben dem Pförtnerhaus?«

Er sann nach, dann sagte er:

»Ja, gewiß, Señora. Und auch auf dem Brunnen im Patio.«

Doch Mary unterbrach ihn mit einem leisen Schrei.

»Der Brunnen ist leer, und kleine grüne Eidechsen laufen über die Einfassung. Vor dem Haus ist ein Beet mit Fräsien. Dann stehen unten am Zufahrtsweg Orangenbäume, Hunderte, viele Hunderte.«

Er lächelte ernst, und seine gelbbraunen Augen umgaben sich mit Runzeln.

»Ja, ja, Señora. Genau so. Sie sind schon dort gewesen, das ist klar. In der Casa de los Cisnes.«

La Casa de los Cisnes. Mary wiederholte den Namen, als wollte sie ihn in sich versenken, als hätte sie Angst, ihn vergessen zu können. Dann flüsterte sie:

»Ist das weit – weit von hier?«

Er bewegte langsam den Kopf von der einen Seite zur anderen.

»Nein, nein, Señora. Nicht weit. Und leicht zu finden. Zuerst nach Santa Cruz, Señora, dann nach Laguna, wo ein jeder die Estancia kennt. Oh, es ist leicht. Ein Tag auf der kleinen Barke, die jeden lieben Tag mittags von der Bucht abgeht. Und dann eine kurze Wagenfahrt. Es ist nichts daran.«

Die Worte jagten alle auf einmal durch Marys Kopf, hallten wider, dröhnten, bebten in blendendem Glanz. Sie empfand eine Art göttlicher Freundlichkeit für den alten Mann. Sie hörte sich selbst Dankesworte sprechen. Das war ihre Stimme – natürlich – aber doch von ihr getrennt.

Ihrer Umgebung nicht mehr bewußt, war sie fern, in der Pracht jenes anderen Gartens.

Sie wußte genau, was sie zu tun hatte. Und das Wissen erfüllte sie mit wundersamem Entzücken. Sie war ruhig – erregt und doch beruhigt – und nur ein winziger Teil ihres Wesens fühlte sich wirr und geängstigt.

Undeutlich wurde sie sich dessen bewußt, daß sie ins Hotel zurückkehrte. Sie ging in ihr Zimmer, wusch sich das brennendheiße Gesicht, bürstete ihr Haar, legte sorgfältig das Kleid an, das sie in Las Palmas getragen hatte.

In ihren Augen war heller Glanz, als sie sich im Spiegel betrachtete. Sie steckte Geld ein, sann einen Augenblick nach, schrieb auf ein Blatt Papier ein paar Zeilen an Elissa, legte dann den Zettel auf den Toilettentisch.

Sie war bereit – endlich. Wie in Trance glitt sie aus dem Zimmer. Durch und durch Eifer und auf den Zehenspitzen. Niemand durfte sie hören. Niemand durfte sie fortgehen sehen. In ihr war jene seltsame, geheimnisvolle Anspannung. Als sie die Treppe hinabstieg und in die Hall trat, hielt sie inne, wieder von diesem unerträglichen Heimweh erfaßt. Casa de los Cisnes, dachte sie wieder. Ihr ganzer Körper zitterte. Ich gehe, dachte sie, endlich gehe ich. Dann hob sie den Kopf; ins Weite gerichteten Blickes trat sie den Weg an.

19

Der Abendtau lag schon auf den breiteren Kaktusblättern, als Harvey dem Hause zuging. Seine Schultern waren nach vorne gesenkt, der Kopf geneigt. Den ganzen Tag hatte er in Hermosa gearbeitet. Es war ein schlimmer Tag gewesen. Ein unergiebiger Tag, ein restlos erschöpfender Tag, an dem er die ekle Luft der Seuche und die Dämpfe brennenden Räucherwerks geatmet, gegen Unwissenheit, Untüchtigkeit und Schmutz gekämpft hatte. Truppen lagen im Dorf, und sein Angebot der Hilfe war heftigem Mißtrauen des spanischen Kommandanten begegnet. Der Mann hatte sich anmaßend und argwöhnisch betragen. »Wir haben den Señor nicht gebeten.« Und zu all dem konnte er ahnen, daß die schlimmste Zeit der Seuche schon vorüber war. Wie ein alberner Dummkopf war er zu spät gekommen. Dieser Gedanke erbitterte. Doch Harvey hatte sich nicht abschrecken lassen, hatte den ganzen Tag gearbeitet wie ein Nigger, hatte sein Bestes geleistet. Abgerackert an Geist und Körper kam er jetzt zurück, stieg den Fahrweg hinan.

Als er den Patio überquerte, hob er den Kopf und sah sie. Sogleich blieb er stehen, wie einer, der einen tödlichen Schlag erhalten hat. Sein Gesicht wurde leichenfahl; er preßte die Hände auf die Augen.

Es ist die Hitze, dachte er schmerzerfüllt. Es muß vorübergehen. Doch als er die Hände fortnahm, war sie noch immer da – unglaubliche Erregung schlug über ihm zusammen, so unerwartet und so köstlich, daß er bloß stammeln konnte:

»Mary!« Und dann wieder: »Mary!« Es war das einzige Wort, das seine Lippen zu formen vermochten. Sie war hier, das Licht, das sich über den schimmernden Hof spannte, beleuchtete ihr Gesicht, überstrahlte es mit unirdischer Schönheit. Ihr Blick senkte sich in den seinen. Ihre Gestalt schien ihm entgegenzuschweben, schlank wie ein junger Baum, lieblich wie Musik. Und in seiner Seele erhob sich ein Gefühl, stieg an – oh freudig! – gleich einer Flamme.

Nun stand sie an seiner Seite.

»Warum sind Sie gekommen?« Seine Stimme war nicht mehr zu erkennen.

Auch ihr Gesicht war bleich, doch ihre Augen, noch immer auf die seinen gerichtet, lächelten ihm zu.

»Ich bin froh«, flüsterte sie. »So unendlich froh, daß ich Sie gefunden habe.«

Dann herrschte Schweigen. Etwas Erstickendes stieg in Harveys Kehle hoch.

»Ich hatte schon gedacht, ich würde nie herkommen«, flüsterte sie wieder. »Sie nie mehr sehen.« Ihr Körper neigte sich ein wenig ihm zu. Sie schien müde zu sein. Wie jemand, der an eines langen Tages Ende angelangt ist. »Mary«, rief er aus. »Ich kann das nicht verstehen. Warum sind Sie hier?«

»Es ist gut«, antwortete sie verträumt. »Nun, da ich bei Ihnen bin, ist alles gut. Und hier ist mir, als wäre ich zu Hause.«

Die Luft zwischen ihnen zitterte. Und jetzt machte ihm der schwere Glanz ihrer Augen Angst. Sie glänzten, doch dieser Glanz lag der Grenze des Dunkels näher, als Harvey jemals gesehen.

»Sie sind müde«, sagte er mit erstickender Stimme. »Sie müssen etwas – etwas essen.«

»Ich bin nicht hungrig, aber ich habe Durst. Ja, heftigen Durst.«

Er riß den Blick von ihr los. Abgewandten Gesichts sagte er: »Dann kommen Sie mit. Ich will Ihnen Milch geben.«

Als er ins Haus trat, schien das in seinen Schläfen pochende Blut in einem hohlen Widerhall zu dröhnen, der jedes Denken verwirrte. Er trat in den Speisesaal. Niemand war zu sehen; es war schon ziemlich lange nach der Stunde der Abendmahlzeit, und er sah an dem Tisch, daß die Marquesa schon gegessen hatte. Mit unsicherer Hand schenkte er ein Glas mit Milch voll. Als er zurückkam, stand Mary in der Halle.

»Ich danke Ihnen.« Sie trank und blickte ihn über den Rand des Glases an. Dann seufzte sie. »Das war gut. Ich hatte Kopfschmerzen, aber die sind jetzt wohl vorbei.«

Behutsam nahm er das leere Glas. Seine Hand zitterte wieder – aus Angst, er könnte ihre Finger berühren.

»Sie müssen ruhen. Wirklich, Sie müssen ruhen. Sie sehen todmüde aus.«

Sie schüttelte den Kopf, behutsam, als hätte sie Angst, jenen zermalmenden Schmerz wieder zu wecken.

»Nein, ich bin jetzt nicht müde. Ich fühle mich besser. Ich fühle mich ganz und gar glücklich und seltsam leicht – wie Luft. Und ich will wieder in den Garten gehen.«

Er versuchte, sich zu einem Lächeln zu zwingen, aber kein Lächeln kam ihm auf die trockenen Lippen.

»Ist es nicht ein wenig zu spät dafür?« Wieder, gegen seinen Willen, nannte er sie Mary. Und sie wiederholte den Namen in jenem abwesenden Tonfall und sagte:

»Es ist schön, wenn Sie mich so nennen. Es dringt in die Tiefe, geht weit zurück, weit.« Impulsiv preßte sie die Hände zusammen und rief: »Gehen wir. Dort sind die Fräsien – viele Hunderte –, kühl und schön. Und der Orangenhain. Ich will fühlen, daß ich in Wahrheit hier bin. Oh, sehen Sie denn nicht, daß ich glücklich bin und erregt? Es ist so wundervoll, zu wissen, daß alles endlich Wirklichkeit ist, daß wir hier beisammen sind, daß ich nicht wieder aufwachen muß, allein und traurig.«

Ihre Worte, verträumt und ernst, erschreckten ihn; er fühlte den Drang, gleichzeitig zu widersprechen und zu gehorchen. Als er ins lächelnde Dunkel ihrer Augen blickte, erklang in seinem Gemüt eine Warnung. Wieder empfand er Angst. Doch die Zärtlichkeit ihres Mundes löste gleichermaßen seine Furcht wie seinen schwachen Widerstand. Er konnte nicht mehr denken. Er hatte nur mehr den Wunsch, ihr nahe zu sein. Er folgte ihr durch die ruhige Halle.

Vor dem Portikus verweilte Mary einen Augenblick regungslos auf den niederen, von scharlachfarbenen Flechten überzogenen Stufen. Sie stand dicht neben ihm, blickte nach Westen, tat einen langen, tiefen Atemzug, in dem sich Trauer und Entzücken zu mengen schienen. Dort über den Lavazacken war die Sonne wie eine Feuerblase geplatzt und hatte den Himmel mit wilden purpurfarbenen Flammen bespritzt. Aufgefangen von dem gewölbten Gefäß des Himmels, sanken die lodernden Feuerzungen abwärts, grünliche Lichter zeigten sich, durchsichtig, emporzitternd ins blasse, aber doch dunkler werdende Firmament. Augenblicke vergingen, dann seufzte sie.

»Wenn Sie so nahe bei mir stehen wie jetzt, fühle ich den Sonnenuntergang im Herzen zittern.«

Er antwortete nicht; wieder verband Schweigen die beiden. Die Worte, die er hätte sprechen können, waren rauh im Vergleich mit dem süßen Gesang dieses Schweigens.

Langsam ermattete, gleichsam in Liebe, vor ihren Augen der Tag, sank schmachtend dem Dunkel in die Arme.

Dann bewegte sie sich. Emporgewandten Blickes und unverhohlen lächelte sie ihn an. Sie schritt dem Orangenhain zu. Die Fräsien, die an den Seiten des Pfades emporragten, strichen zart über Marys Rock. Sie bückte sich, ließ die Finger über dieses verhüllte Weiß gleiten, das weich war und liebkosend, liebkosend wie Meereswogen.

»Um dies bin ich bisher betrogen worden«, murmelte sie. »Immer, wenn ich hinging, nach den Fräsien zu greifen, war nichts mehr da. Alles war verschwunden, alles kalt.«

Plötzlich erstand in ihm, alle Schranken der Vernunft überflutend, ein spukhaftes Bild. Es schwoll an, schwoll an. Ganz lebhaft ward ihm plötzlich eine Eingebung – toll und doch herrlich. Alle seine geistigen Fähigkeiten widerstrebten. Aber vergebens. Er war verloren, sank untertauchend hinab, hinab durch Raum und Zeit. Mit leiser Stimme fragte er:

»Ist das der Ort, von dem Sie mir erzählt haben? Sind Sie dessen sicher?«

»Ja«, antwortete sie völlig natürlich. »Ich bin dessen sicher. Darum eben habe ich das Gefühl, in Wahrheit zu Hause zu sein. Alles ist genau so, wie ich es kenne. Das Haus, der Hof, der seltsam verkrümmte Baum, der Orangenhain. Alles genau so. Und meine Fräsien, meine schönen, schönen Fräsien! Sie unterbrach sich, schmerzhafte, durchdringende Süße klang ihren Worten nach. Dann fügte sie mit einem kurzen Keuchen hinzu: »Und Sie! Endlich weiß ich es jetzt. Der Traum ist nichts, der Garten nichts ohne Sie. Denn wir waren schon einmal hier. Oh, durch etwas verbunden, das mehr war als Träume. Ich weiß, daß es so ist.«

Ihre Stimme klang ein wenig angestrengt, als hätte sie den verzweifelten Wunsch, daß er sie verstehe. Und wieder geschah es bei ihren Worten, daß etwas – unklar wie in einer Erinnerung – das dichte Gewebe der Wirklichkeit durchdrang, als ob sich in Harveys Seele etwas erhöbe und rückwärts schaute. Es war ja Tollheit: ein tolles gestaltloses Märchen! Aber hier auf den vulkanischen, vor Urzeitäonen aus den Tiefen der See geschleuderten Inseln, waren die Tatsachen des Lebens Märchen, und jedes Märchen festgefügte Wirklichkeit. Plötzlich wurde ihm, so wie ein Stern über einer im Schatten liegenden Welt auffunkeln mag, der Sinn dieser Begegnung bewußt, und ihm war, als ob das Leben jetzt jählings begonnen hätte. Er konnte es nicht erklären, er konnte es nicht gänzlich verstehen. Er konnte nur glauben.

Er trat ihr näher. Die Schönheit des Himmels und der Erde war in ihren Augen verklärt, flutete ihm in brennendem Strom entgegen. Er liebte sie. Das konnte er nicht leugnen. Sie standen jetzt im Garten mit den Orangenbäumen. Finsterer wurde das Dunkel; wie ein langsam geschwenktes Weihrauchbecken, silbern und hell, glitt der Mond strahlend himmelan, berührte die Bäume mit seinen Strahlen. Unter einem der Bäume blieb sie stehen, hob die Hand zu den zarten Zweigen.

»Sehen Sie?« flüsterte sie. »Ist das nicht seltsam und schön?«

Der Baum, mit schweren, reifen Früchten beladen, trug auch Blüten und Knospen, auf die der Mond zauberhaft funkelnde Lichter malte. Blüte und Frucht; Unschuld und Wissen, eine zweifache Würde, die auf geheimnisvolle Weise auch Mary zu eigen war.

Er griff in das schlaffe Laub und faßte eine schimmernde Orange. Die lag in seinen Fingern kühl und glatt wie eine jungfräuliche Brust. Er pflückte sie nicht. Auch sie hatte keine Frucht gepflückt, bloß ein kleines Zweiglein mit Blüten, die nun nahe an ihrer Wange süßen Duft aus den Kelchen verströmten.

Durchdrungen von bebender Zärtlichkeit blickte er sie an. Die zarte Linie ihrer Brüste, nun, da sie den Arm hob, klar gezeichnet, bot sich ihm unschuldsvoll dar; es verlangte ihn, diese Brust zu fassen, so wie er die Frucht gefaßt hatte.

»Mary«, sagte er, und wieder klang Harvey ihr Name so köstlich, daß ihm Tränen in die Augen traten. »Ich habe solches noch nie erlebt, noch auch je so Schönes, wie Sie es sind. Ich kann es nicht verstehen, aber ich weiß, daß mein ganzes Leben ein Nichts war bis heute.«

Obwohl sie durch Ewigkeiten auf diesen Augenblick gewartet hatte, öffneten sich nun ihre Augen, die sie beim Duft der Orangenblüten geschlossen hatte, schüchtern ihm entgegen. Der seltsame Pulsschlag, der sie unter Tags gequält, begann wieder heftig hinter ihrer Stirn zu pochen. Sie dachte: vielleicht ist es das Glück, das dieses Gefühl verursacht.

In seinem Blut wuchs die aufquellende Sehnsucht; sein Gesicht, nicht mehr eingefallen, zeigte diese ungestüm erstandene Freude. Wie auf Fittichen kam ihm der Gedanke, daß er sie noch nie berührt hatte. Nein, dachte er, nicht einmal diese Finger habe ich berührt, die sich so kühl und weich auf meine Lippen legen könnten. Sein Körper zitterte. Er streckte die Hand nach ihr aus.

Gewiß war sie nun leichter als die vom Mondschein durchtränkte Luft, aber der Puls in ihrem Kopf pochte, pochte, pochte – verwirrte sie, so daß sie nicht mehr denken konnte. Wie in einer Trance legte sie ihm den Orangenzweig in die Hand. Mit unsicher tastendem Griff steckte er den Zweig in die Locken ihres Haars. Sie versuchte zu lächeln. Wie steif ihre Lippen plötzlich waren und wie trocken! Sie konnte die wachsende Zärtlichkeit, von der sie entflammt ward, nicht in ihr Lächeln legen.

Er war ihr nun nahe, so nahe, daß der süße, verströmende Duft ihres Körpers zu ihm drang. Er hielt den Atem an: beisammen in dem verlassenen Haus, eingehüllt von der duftenden, glühenden Nacht, allein! Alles unabänderlich, alles vorausbestimmt. Die Orangenblüten in Marys Haar schimmerten fahl, blaß. Nichts im Himmel oder auf Erden konnte jetzt dieser Liebe Einhalt gebieten: dieser Liebe, die er noch nie gekannt, und die nun so unglaublich sein eigen war.

»Sind Sie glücklich?«

»Ich bin glücklich«, antwortete sie atemlos. »Das ist alles, was ich weiß. Ich fühle mich leicht und frei, allem entrückt.«

Ihr Herz schwoll, gleich der Kehle einer Drossel. Sie fühlte sein Verlangen; doch ach, wie grausam! Ihr Körper war ein Käfig geworden, der die schwellende Inbrunst ihres Gemütes starr gefangenhielt.

Aus ganzer Seele verlangte sie nach ihm. Diese Sehnsucht nicht zu stillen, bedeutete die Bitterkeit des Todes. Ich liebe ihn, dachte sie ungestüm. Endlich habe ich die Liebe gefunden, die ich mein ganzes Leben müde erwartet habe. Und vor der einherjagenden Verdunkelung ihrer Sinne fliehend, sagte sie matt:

»Ich bin gekommen, weil ich dich liebe. Oh, mein Liebster, verstehst du mich? Es gibt nichts im Leben außer dir.« Dann preßte sie klagend die Hände an die Stirn.

Erschreckt starrte er sie an, ein Spielball der Freude und Angst. Die Blässe ihrer Stirn blendete ihn. Und die Augen darunter schienen beschattet, plötzlich verbraucht von einem inneren Fieber. Unwillkürlich ergriff er ihre Hand. Die brannte ihn wie Feuer, brannte, brannte wie das heiße Pochen in ihrem Kopf. Die Farbe wich langsam aus seinem Gesicht; seine Lippen wurden weiß. Wo früher Gesang gewesen, war jetzt in seinem Blut Entsetzen.

»Mary, Liebste«, rief er. »Deine Hände brennen.«

»Dieses sonderbare Gefühl«, antwortete sie gepreßt. »Es ist schon wieder da. Aber es wird vorübergehen, so wie bisher. Was macht es denn aus, da ich dich liebe?« Sie versuchte wieder, ihm zuzulächeln, nun aber war ihr Gesicht einer Maske gleich, die sie aus weiter Ferne verhöhnte. Nicht eine Maske bloß, viele Masken grinsten zwischen den Schatten der Orangenbäume. Und trotz all dem dürstete sie in sehnsüchtiger Pein danach, sich in der Süße seines Kusses auflösen zu dürfen.

Dann fühlte sie sich ganz plötzlich vernichtet, eingeschrumpft. Traumverloren wollte sie wieder sagen: »Ich liebe dich«; aber kein Wort kam ihr über die Lippen. Statt dessen tanzten die grinsenden Masken rund um sie, immer rascher und rascher, kreisten schwindelerregend schnell. Dann stieg die Erde empor, und Dunkel traf sie. Ohnmächtig sank sie in Harveys Arme.

Er stieß einen jähen Schrei aus, gepackt von einem entsetzlichen Gedanken. Er stützte Marys federleichten Körper, ergriff wieder ihre Hand. Toll galoppierte der Puls unter der dünnen Wölbung ihres Gelenks. Glühend heiß lag ihre Wange an der seinen. Ihr ganzer Körper schien in Flammen zu stehen.

»O Gott!« stöhnte er laut. »Warum habe ich nicht früher daran gedacht? Es ist das Fieber.«

Ihre weißen Lider hoben sich – eine Sekunde lang blickten ihre Augen in die seinen; sie waren weit geöffnet und traurig wie die eines verwundeten Vogels.

»Endlich«, flüsterte sie matt. »Aber wie furchtbar seltsam ist dieses Gefühl.« Und dann sank ihr Kopf auf Harveys Arm.

Einen Augenblick schaute er starr auf diese geschlossenen Augen, dann hob er Mary in leidenschaftlicher Hast empor und trug sie, halb laufend, halb taumelnd, durch den Garten zurück zum Haus. Die Tür gab dem heftigen Anprall seiner Schulter nach. In der Halle blieb er nicht stehen, sondern er rief, während er eilig die Stiege hinauf in sein Zimmer lief, mit lauter Stimme: »Manuela, Manuela.« Er legte Mary auf die alte Brokatdecke seines Bettes und kniete keuchend neben ihr nieder. Beim Anblick ihres ausgestreckten Körpers, der so hilflos auf seinem Bett lag, kam ihm ein wehmütiger Gedanke, der ihn zerfleischte. Tränen quollen in seine Augen und blendeten ihn. Wirr preßte er die schlaffen Hände Marys in den seinen.

Plötzlich hörte er ein scharrendes Geräusch und wandte sich rasch um. Manuela stand hinter ihm, blickte mit ihren düsteren Augen erschreckt aus den Schatten hervor. Ohne sich zu erheben, sagte er hastig:

»Die englische Señora ist krank; sie ist ohnmächtig. Wollen Sie, bitte, Wasser bringen. Rasch!«

Die Magd regte sich nicht, nach einer Pause aber, die ihm unerträglich lang erschien, sagte sie gepreßt:

»Und was hat die englische Señora hier zu schaffen?«

»Nichts«, rief er. »Aber sie ist krank. Bringen Sie rasch Wasser in einem Becken.«

Es herrschte Schweigen. Die Dienerin starrte regungslos und schien in den dumpfen Höhlen ihres Sinnes seltsame Theorien zu erwägen. Dann beugte sie sich plötzlich vor, blickte ihm über die Schulter. Ihre Augen schienen unter der niederen Stirn hervorzuquellen.

»Sea por Dios!« rief sie schrill. »Sie ist krank, sagen Sie? Dios mio, ich kenne diesen Ausdruck des Gesichts.« Ihre Stimme stieg an. »Dios mio, es steht ihr doch auf der Stirn geschrieben. Sie hat die Seuche.«

»Seien Sie still«, rief Harvey rauh. »Holen Sie Wasser, sage ich. Sie müssen mir helfen. Verstehen Sie?«

Manuela wich zurück und schien sich zu heftigem Widerspruch anzuschicken. Doch sie widersprach nicht. Sie stand mit gekreuzten Armen da, seltsam unbewegt; dann schloß sich ihr Mund wie eine Falle. Wortlos machte sie kehrt. Mit einem letzten Blick über die Schulter schlich sie sich verstohlen aus dem Zimmer.

Sogleich erhob sich Harvey von den Knien und zündete eine zweite Kerze an. Seine Hände zitterten, so daß das flüssige Wachs herabfloß und ihm in warmen Tropfen auf die Finger klatschte. Doch er hielt die Hand vor die Flamme, trat mit der Kerze näher und blickte angespannt in Marys Gesicht. Das war nun gerötet, die Lider leicht angeschwollen, der Mund scharlachrot wie eine Wunde. Ein leises Stöhnen drang über Harveys Lippen. Er wußte, daß es so war, wie Manuela gesagt hatte.

Manuela! Wollte dieses Weib überhaupt nicht kommen? Seine Hände verkrampften sich wild, in plötzlichem Entschluß lief er aus dem Zimmer und stürmte die Treppe hinab, laut ihren Namen rufend: »Manuela! Manuela!« Der Ruf klang hohl, hob und senkte sich durch die dunkle Leere der Halle, des Speisesaals, der Küche. Es kam keine Antwort. Er rief und rief, dann blieb er plötzlich in der verlassenen Küche stehen, niedergeschmettert von einem Erkennen der Wahrheit. Manuela hatte Angst bekommen, sie war davongelaufen.

Sein Gesichtsausdruck änderte sich allmählich. Er war also allein – bis auf die alte Marquesa, die jetzt gewiß schon schlief –, allein mit Mary in diesem nächtlichen Haus. Ungefähr zehn Sekunden stand er ganz still. Eine

Suppe, die in einem Topf über einer Holzkohlenglut brodelte, machte ein schwach murmelndes Geräusch. Von draußen drang das leise Quaken der Frösche sachte herein, wie höhnisch erhobene Stimmen. Da wurde sein Blick im plötzlichen Entschluß hart, er riß sich den Rock vom Leib. Er wandte sich, nahm einen vollen Wasserkrug, der auf einem niederen Schiefersockel stand. Er umklammerte das taufeuchte irdene Gefäß mit den Armen, stieg rasch die Treppe hinan.

Sie lag so, wie er sie zurückgelassen hatte; der scharlachfarbene Mund war geöffnet, die Brust hob sich in beschleunigter Atmung. Angespannten Gesichts begann er ihr die Kleider zu lösen. Seine Finger waren steif und kalt wie Eis, jetzt aber zitterten sie nicht mehr. Doch das Herz zitterte ihm in der Brust, durchflutet von tödlicher Pein. Sie trug so wenig am Leibe, ihr Körper war so leicht, die Kleidungsstücke glitten von ihr, Spinnweben gleich. Ein Stück nach dem anderen legte er auf den Sessel, das Kleid, das für ihre Zartheit ausgedacht schien, die Strümpfe, die in seiner Hand zu nichts wurden.

Kleine Schweißperlen traten kalt auf seine Stirn, seine feinen Nasenflügel schienen aus Stein gemeißelt. Aber er setzte sein Werk fort. Er wußte, daß das nötig war: er mußte das ansteigende Fieber bekämpfen. Ihre Haut war weiß wie Seide, ihre Brüste, nun ungeschützt, klein und fest, die Warzen rosafarben in Unschuld. Sanfte Schatten fielen schräg über ihren ausgestreckten Körper, verhüllten die Nacktheit des Unterleibes. Um ihre widerstandslose Gestalt lag wundervoll heitere Ruhe.

Endlich riß er mit einer krampfhaften Bewegung die Decke zurück, hob Mary sanft und legte sie auf die Kühle des Linnens. Bei seiner Bewegung fiel ihr Arm schlaff vor, schien sich seinen Platz um Harveys Hals zu suchen. Für diesen einzigen Augenblick öffneten sich ihre schweren Augen, und das Bewußtsein kehrte zurück.

»Das sieht mir ähnlich«, murmelte sie stammelnd, »daß ich dir so zur Last fallen muß.«

Ehe er antworten konnte, war sie schon wieder entrückt, sank und sank dunkel hinab in tiefes Vergessen.

Er nahm Wasser und begann rasch Marys nackten Körper zu waschen. Seine Gedanken arbeiteten verzweifelt. Er dachte mit unendlich angespannter Heftigkeit: ich muß sie retten. Ich werde sie retten. Wenn sie stirbt, sterbe auch ich. Aber das macht nichts. Nichts ist wichtig, nur das eine, daß sie gerettet werde!

Unter den Bewegungen seiner Hand wurde ihre Haut kühler, feucht von dem Quellwasser, das zwischen ihren Brüsten lag gleich Perlen von Tau. In einer Selbsttäuschung glaubte er, sie atme jetzt ruhiger; er legte die Fingerspitzen auf die dünne Sehne ihres Halses und versuchte, ein Nachlassen des jagenden Blutkreislaufs festzustellen. Nichts, so dachte er wirr, nichts ist wichtig, wenn sie nur wieder gesund wird. Wieder und wieder formten sich diese Worte in ihm, formten sich aufs neue, bis sie seine innerste Seele durchdrangen und sich aus dem dunklen Zimmer aufschwangen – ein wortloses Flehen an den beobachtenden Himmel.

Er warf das Handtuch zu Boden, deckte sie sanft mit einem Laken zu und blieb neben ihr stehen. Dann besann er sich, stieg zur Küche hinab, goß eine Schale mit der brodelnden Suppe voll und kam zurück. Als die Flüssigkeit kühler geworden war, stützte er behutsam Marys müden Kopf und gab ihr zu trinken. Instinktiv, wie ein Mensch im Halbschlaf, trank sie in tiefen Zügen, mit weichen, schlaffen Lippen. Daß er sie die dünne kühle Suppe schlucken sah, bereitete ihm erlesenen Trost. Der Mut kehrte ihm wieder. Ruhig stellte er die leere Schale zur Seite, ruhig setzte er sich neben das Bett. Er beugte sich vor, nahm ihre Hand in die seine, legte die Finger auf Marys Handfläche. Unbeweglich wie ein Fels ließ er seine Kraft in sie strömen.

Die Minuten vergingen in Schweigen. Diese Krankenwache brachte ihm seltsame Seligkeit. Hoffnung drang in die Kälte seines Herzens. Er hatte sich zum Pfand ihrer Rettung gesetzt! Unten quakten die Frösche weiter – leidenschaftsloses, unverstandenes Geschrei. Ein Nachtvogel streifte mit weichen Schwingen das Fenster. Die Mondscheibe glitt dahin, überflutete das Zimmer mit gnädigem Licht, verweilte kurze Zeit und war dann fort. Und während der langen stillen Nacht wartete und pflegte er Mary.

20

Die Kerzen brannten bis zu den Leuchtern hinab, der Morgen brach hell und klar an, die Blätter regten sich sacht und säuberten sich vom Schlaf. Susan Tranter ging eifrigen Schrittes den Hügel hinauf, auf Los Cisnes zu.

Scheue Röte lag auf ihren Wangen. Wohl reichlich früh, um im Haus Besuch zu machen. Ganz gewiß! Doch nach dem sie eine Blume gepflückt und an ihr Kleid gesteckt hatte, dachte sie: Es ist ja nichts Böses dabei. Wir arbeiten doch zusammen, nicht wahr? Er wird beim Frühstück sein, mit – oh, mit dieser Ruhe im Gesicht. Er wird mir vielleicht sogar zulächeln. Wir werden miteinander ins Dorf gehen.

Ja, es bedeutete ihr das Glück, in solchen gemeinsamen Werken Harvey verbunden zu sein. Die Seuche hatte freilich den Höhepunkt überschritten, Anzeichen für ihr Erlöschen lagen in der Luft. Es war eine höchst akute Form gewesen, die ebenso rasch zurückging, wie sie entstanden war. Und trotz der verächtlichen Bemerkung Rodgers' hatten die Behörden die Sache nun in die Hand genommen. Nicht so in die Hand genommen, dachte Susan, wie eine wirklich energische Organisation es getan hätte. Nein, gewiß nicht. Aber es erfüllte seinen Zweck. Die Bürgergarde war in Hermosa, außerdem noch ein Militärarzt. Die Toten waren begraben worden, die Häuser ausgeräuchert, ein Notspital eingerichtet, ein wirksamer Quarantänering rund ums Dorf gezogen.

Es gab weniger Arbeit, als Susan lieb war. Immerhin, es war edle Arbeit. Und diese Arbeit an Harveys Seite zu leisten – ah, darin lag das Glück, ein bebendes Glück, das sogar Susans Besorgnis um den Bruder in den Schatten stellte. Irgend etwas war mit Robert nicht in Ordnung. Sie wollte ihn nicht in diese Sache mit der Seuche hineinziehen. Das war nicht seine Arbeit. Er war nicht kräftig genug, sich einer Ansteckung auszusetzen. Und doch, ihn den ganzen Tag apathisch grübeln zu sehen; zu sehen, wie er unter Rodgers' höhnischem Blick sich selber zu einer verlogenen Tätigkeit hetzte, das bereitete ihr grenzenlose Unruhe.

Doch selbst das konnte das Funkeln ihrer Augen nicht verlöschen und auch die Munterkeit ihres Schrittes nicht zügeln, als sie nun die Tür aufstieß und in die Halle der Casa de los Cisnes trat. Mit einem frohen Ausdruck auf dem unhübschen Gesicht betrat sie den Speisesaal. Kein Frühstück stand auf dem Tisch; niemand war zu sehen. Überrascht hielt sie inne, dann erwog sie mit einem flüchtig zuckenden Lächeln: lange geschlafen – natürlich – noch nicht herunter gekommen. Das Lächeln blieb auf ihren Lippen, wie unter einem geheimen Gedanken. Dann wandte sie sich um, stieg langsam die Treppe hinauf, blieb wieder stehen. Schüchtern klopfte sie an die Tür seines Zimmers.

»Sind Sie auf?« rief sie.

Ein seltsames Schweigen folgte. Dann antwortete seine Stimme aus dem Zimmer. Doch obwohl sie das Ohr dicht ans Holz legte, konnte sie die Worte nicht vernehmen.

Wieder Schweigen und wieder seine Stimme – deutlicher –, die Aufforderung, einzutreten. Sie drückte die Klinke nieder, trat ein. Sie tat drei Schritte vor, dann verzerrte sich ihr Lächeln. Ihr Mund wurde steif, all die Munterkeit ihrer Miene löste sich in nichts. Ihr Blick glitt von Harveys hagerer Gestalt zu der Gestalt auf dem Bett. Ein kurzer Schrei stieg auf, wurde kalt in ihrer Brust erstickt.

»Sie ist krank«, sagte er mit gepreßter Stimme. »Es ist das verdammte Fieber.« Und er wandte den Kopf ab.

Die Welt war für Susan plötzlich gestorben. Sie dachte nicht daran, die Frage zu stellen, wie Mary hier sein konnte. Genug, daß Mary hier war – ein ungeahnter Schlag, der unwiderbringlich all den neuen Lebenseifer zerschmetterte. Susans Blicke, die stumpf durchs Zimmer glitten, nahmen alles auf: die durchnäßten Handtücher auf dem Boden, Marys bloßen Arm, die Hand, die in Harveys Hand ruhte, ein Bündel seidener Unterwäsche, die nackt auf dem Sessel lag. Da durchfuhr sie ein Krampf der Pein. Doch sie zwang sich zu sprechen.

»Ist sie sehr krank?«

»Ja.«

»Und sie hat nichts hier - nicht einmal - nicht einmal ein Nachthemd?«

»Was macht das aus?«

Eine Pause.

»Haben Sie die ganze Nacht bei ihr gewacht?«

»Ja.«

»Gestern waren Sie den ganzen Tag beschäftigt. Die ganze Nacht haben Sie gewacht. Sie müssen sehr müde sein.«

Er gab keine Antwort, und auch sie schwieg. Dann besann er sich unklar, daß er ihr eine Erklärung schuldete. Kurz erzählte er ihr, wie Mary am Abend vorher gekommen war.

Abgewandten Blickes hörte sie zu, sagte dann:

»Sie können sie hier nicht behalten. Sie wird nach Santa Cruz müssen. Hier ist für eine Patientin nichts vorgesehen. Sie haben keine Medikamente, nichts.«

»Ich kann alles bekommen, was ich brauche. Sie darf nicht transportiert werden. Ich werde nicht zulassen, daß sie transportiert wird.«

Susan erwiderte nichts. Sie starrte angespannt, lächerlich zu Boden. Ein langer Seufzer durchschüttelte sie, ohne über ihre Lippen zu dringen. Sie bewegte sich, trat langsam näher, legte den Hut und die baumwollenen Handschuhe ab, legte sie auf den Tisch beim Fenster.

»Nun, Sie täten gut daran, jetzt auszuruhen«, sagte sie schließlich; ihre Stimme, gleichfalls ausgelöscht, hob sich nicht über einen eintönigen Tonfall. »Sie müssen schrecklich müde sein. Ich werde mich wohl um die Kranke umsehen müssen.«

Er schien sie nicht zu hören. Doch als sie begann, den Raum in Ordnung zu bringen, folgten seine Blicke von der Seite her ihren sorgsamen Bewegungen. Und endlich sagte er:

»Wollen Sie damit sagen, daß Sie mir helfen werden, sie zu pflegen?«

»Ich werde sie pflegen. Es bleibt wohl nichts anderes übrig. Es ist meine nackte Pflicht.«

Mit seinen vom Schlafbedürfnis gemarterten Augen betrachtete er sie angespannt, dann sagte er ruhig:

»Ich werde das nicht vergessen. Sie sind wahrhaft gut.«

Susan blieb jäh stehen, als hätte sie einen Stich erhalten. Und augenblicklich wurde sie rot – es war eine Röte der Scham, die ihr in die Stirn stieg. Es schien, als wollte sie nicht sprechen, doch plötzlich rief sie:

»Sie irren.« Jetzt war ihre Stimme nicht mehr eintönig. »Es ist nicht Güte, warum ich das tue. Es ist etwas ganz anderes. Ich sagte Ihnen, es ist nicht Güte. Es ist die allerschlimmste Eifersucht. Ich weiß, daß Sie sie lieben. Sehen Sie denn nicht, daß ich nicht einmal den Gedanken ertragen kann, daß Sie sie berühren? Darum muß ich hierbleiben und sie betreuen. Und so kann ich hier sein. So kann ich –« Als ob sie erstickte, hob sie die Hand an die Kehle. Ihre Augen senkten sich auf das Wäschestück, da sie eben entfaltet hatte. Aufschluchzend ließ sie es wieder auf die anderen sinken.

Er erhob sich und blickte durchs Fenster. Minuten verstrichen, dann sprach sie wieder in ruhigem, völlig geändertem Ton:

»Sie müssen sich jetzt niederlegen.«

»Ich fühle mich ganz wohl.«

»Bitte, seien Sie vernünftig. Wenn Sie Ihr Bestes leisten wollen –« Sie hielt inne, fuhr aber dann verbissen fort: »Um ihretwillen müssen Sie schlafen. Ich übernehme jetzt den Dienst. Ich werde Robbie einen Brief schicken und ihm mitteilen, was geschehen ist. Sie müssen schlafen.«

Er schien ihre Worte abzuwägen, dann trat er in widerwilligem Entschluß vom Fenster fort.

»Sehr schön. Ich werde mich für bloß eine Stunde niederlegen. Sie wissen, was zu tun ist?«

»Ja.«

»Sehen Sie, wir müssen das Fieber niederkämpfen.« Er gab ihr seine Weisungen, bestrebt, zuversichtlichen Tones zu sprechen, dann fügte er hinzu: »Es wird schlimm sein. Bald – bald werden wir vielleicht mehr zu tun haben.«

Sie nickte in tragischer Bekräftigung und blickte mit gepeinigten Augen zu ihm auf.

Sein Blick wandte sich von dem ihren, glitt dann über ihre Schulter zu dem geröteten Gesicht auf den Kissen. Einen Augenblick lag seine Seele nackt und bloß – gemartert und geängstigt; dann wandte er sich um und verließ das Zimmer.

Er überquerte den Korridor und trat aufs Geratewohl in ein anderes Zimmer. Das war kein Schlafzimmer, sondern ein Empfangsraum, voll vergoldeter Möbel, mit staubigen Kronleuchtern, mit Läden, die das Licht aussperrten, mit ausgefransten Vorhängen und Teppichen, die die Ameisen zernagt hatten – die gespenstische Ruine eines vornehmen Gemaches. Er kümmerte sich nicht darum. Er riß seinen Kragen auf, warf sich auf ein Sofa und schloß die Augen.

Er versuchte zu schlafen, doch der Schlaf wollte nicht kommen. Wenigstens kein Schlaf, der der Rede wert gewesen wäre. Der Raum roch muffig wie ein versperrter Kasten, in dem Mäuse hausen. Es schien Harvey, als ob die baumelnden Leuchter warteten – warteten, eine klimpernde Melodie spielen zu können. Er warf sich auf dem harten Lager hin und her. Visionen zogen ihm durch den Sinn, nicht in geordneter Reihenfolge, sondern chaotisch geballt, drangen unaufhaltsam auf ihn ein, waren unentwirrbar vermengt in ihrem vorwärtsjagenden Ansturm. Und immer war Mary dabei und flehte ihn erbarmungswürdig um Hilfe an. Zuzeiten war ihm, als hörte er Stimmen. Dann erklang auch noch ein lautes Pochen, der Schritt eines Ankommenden.

Etwa eine Stunde dauerte diese gestörte Ruhe, dann öffnete er unvermittelt die Augen. Unerfrischt starrte er dumpf zur vergoldeten Zimmerdecke, von der der gemalte Schwan mit gestrecktem Hals und ausgebreiteten

Fittichen phantastisch auf ihn zuzuschweben schien. Unwillkürlich erschauerte er. Die Wiederholung dieses Emblems auf der Decke eines jeden Zimmers verursachte ihm das Gefühl von etwas Unheimlichem, Unvermeidlichem. Er empfand plötzlich Kühle – eine unbestimmte Drohung des Ungekannten.

Endlich erhob er sich, schüttelte die Lethargie ab und verließ das Zimmer. Doch im Korridor blieb er stehen, gefesselt durch das Geräusch vorsichtiger, aber schwerer Schritte, die unten zu hören waren. Gewiß, diesen Schritt kannte er doch! Er lauschte aufmerksam, dann ging er leise an Marys Zimmer vorbei, stieg die Treppe hinab und trat in den Speisesaal. Ja, er hatte gewußt, wer das war.

»Nun also«, sagte er. »Da sind Sie ja.«

Von dem Sessel her, auf dem er im Reitsitz saß, lächelte Corcoran ihm zu, und dieses vertraute, zerbeulte Lächeln war von unbezwinglichem Optimismus durchdrungen.

»Aber gewiß. Habe ich Ihnen nicht gesagt, daß ich kommen werde?«

»Ich freue mich«, sagte Harvey schwerfällig. »Ja, ich freue mich, daß Sie gekommen sind.«

Es herrschte Schweigen, während Corcoran einen ernsten, verstohlenen Blick auf Harvey warf. Dann zog er die Schnupftabakdose, neigte den Kopf zur Seite und tat so, als beobachtete er die Dose mit staunendem Interesse.

»Ich weiß, wie die Dinge liegen«, sagte er. »Habe alles von Susan T. gehört. Sie hat mir die Tür geöffnet, wissen Sie. Ich bin beinahe die Stufen hinabgefallen, als ich sie sah. Es tut mir sehr leid! Meiner Seel' und bei Gott, es tut mir leid – all dieses Unglück – und überhaupt. Gewiß, ich will tun, was ich kann, Ihnen an die Hand zu gehen.«

»Was könnten Sie denn tun?«

»Sie müssen doch etwas zu essen haben, nicht wahr? Ich werde mir die Ärmel aufkrempeln und mich ein wenig in der Küche umtun. Meiner Treu, ich habe doch seinerzeit für fünfzig Leute gekocht – in einem Holzfällerlager in Oregon. Es würde mir Spaß machen, hier zu arbeiten – in der Küche und auch sonst. Es ist ein hübsches Gut, braucht aber jemanden, der Ordnungssinn im Leibe hat.«

Harvey hörte mit angespannter Miene zu, dann sagte er:

»Ich werde vielleicht einiges aus der Stadt brauchen. Wollen Sie es mir besorgen?«

»Na, gewiß will ich das«, antwortete Jimmy begütigend. »Bin ich nicht gerade vorhin für Susan T. mit einem Briefchen gelaufen? Ich werde alles tun, womit ich mich nützlich machen kann. Seien Sie doch vernünftig. Und gleichzeitig kann ich Ihnen beistehen, wenn Sie hier in Schwierigkeiten kommen.«

»In Schwierigkeiten? Was meinen Sie damit?«

»Oh, bloß so allerlei, was ich in der Stadt unten aufgeschnappt habe. Das und jenes eben, wissen Sie. Nichts Besonderes. Bloß verschiedene Kleinigkeiten.«

»Was denn?« rief Harvey kurz.

Jimmy hauchte auf seine Schnupftabakdose, rieb sie zart am Hosenbein, steckte sie dann wieder in die Tasche.

»Die zwei anderen sind von Orotava herübergekommen«, antwortete er leichthin. »Dibdin und die Mistress Baynham. Sind im Plaza abgestiegen. Na ja. Und mehr noch: dieser Kerl, der Agent Carr, ist gestern abend in die Stadt gekommen und hat Himmel und Hölle in Bewegung gesetzt, um die kleine Dame ausfindig zu machen. Und so denke ich, neben manchen anderen Sachen, daß Sie vielleicht Schwierigkeiten haben werden, sie hierzubehalten.«

»Ich habe die Absicht, sie hierzubehalten.«

»Natürlich haben Sie die Absicht. Natürlich, natürlich.«

Ein Wort zitterte auf Harveys Zunge, doch blieb es ungesprochen. Denn in diesem Augenblick ertönte die Hausglocke in einem bösen Bimmeln, das mit derselben unnötigen Heftigkeit wiederholt wurde, ehe noch der erste mißtönende Widerhall erstorben war. Die beiden Männer blickten einander an; in Corcorans Miene zeigte sich flüchtig ein Ausdruck gerechter Selbstgefälligkeit.

»Hab ich's Ihnen nicht gesagt?« murmelte er. »Die Leute sind schon da.«

»Sehen Sie nach, wer es ist«, sagte Harvey kurz.

Jimmy griff nach seinem Zahnstocher, dem Symbol seiner vollendetsten Ruhe, schob ihn elegant zwischen die Zähne und schlenderte aus dem Zimmer. Einen Augenblick später erklang in der Halle das Geräusch rasch sich nähernder Schritte, und ein Mann stürmte ins Zimmer. Es war Carr. Ihm auf den Fersen folgte ein kleiner Spanier, mit kleinem, hübschem, gelbem Gesicht und einem großen hübschen Lederkoffer.

Hinter ihnen schloß Corcoran mit übertriebener Gleichgültigkeit die Tür.

Carr verlor keine Zeit; sein massiges Gesicht war gerötet, die Adern seines Halses angeschwollen, er sah aus wie einer, der vom Zorn zur Eile getrieben wird. In einer einzigen Sekunde huschten seine anmaßenden Blicke durchs Zimmer, dann blieben sie auf Harvey haften.

»Mary Fielding ist hier im Hause«, sagte er. »Ich bin gekommen, sie abzuholen.«

Harvey sah ihn fest an. Lange Zeit antwortete er nicht.

»Woher wissen Sie, daß sie hier ist?«

»Am Dienstag hat sie ihre Freunde in Orotava verlassen. Sie betrug sich seltsam – war offenbar krank. Am nächsten Nachmittag wurde sie in Santa Cruz gesehen, wo sie sich nach dem Weg nach Laguna erkundigte. Wir wissen, daß sie eine Kalesche nach der Casa de los Cisnes mietete. Gestern abend erfuhren wir durch eine Frau namens Manuela die authentische Nachricht, daß eine englische Señora hier im Haus am Fieber krank liegt. Ich weiß, daß es Mary Fielding ist. Sind Sie nun befriedigt. Ich habe einen Arzt mitgebracht und einen geschlossenen Wagen. Ich werde die Kranke mitnehmen.«

Harveys Blick blieb auf dem Spanier haften.

»Sie sind Arzt?« fragte er höflich.

»Si, Señor.« Der kleine gelbe Mann schlug die Hacken der kleinen, spitzen Schuhe aneinander und machte eine schuldbewußte Verbeugung. »Pharmazeut, cum laude graduiert in Sevilla, mit Empfehlungsbriefen vieler guter Familien, die ich behandelt habe.«

»Gut«, sagte Harvey. »Pharmazeut, graduiert cum

laude und mit Empfehlungen. Sehr gut.« Nachdenklich wanderte sein Blick wieder zu Carr. »Und Sie wollen sie fortführen?«

Carrs Röte wurde tiefer.

»Ich habe das schon einmal gesagt«, antwortete er scharf. »Ich gedenke nicht, es nochmals zu sagen. Wo ist sie? Wo ist ihr Zimmer? Ich gehe jetzt hinauf.«

»Nein«, sagte Harvey, ebenso ruhig wie früher. »Sie gehen nicht hinauf. Und Sie werden sie nicht fortführen. Sie ist aus freien Stücken hergekommen. Und jetzt ist sie krank – verzweifelt krank. Verstehen Sie? Und Ihr Apothekerarzt soll sie nicht behandeln. Das werde ich tun – hier, in diesem Haus.«

»Sie!« höhnte Carr. »Ich weiß jetzt, wer Sie sind. Nachdem ich Sie kennengelernt hatte, zog ich Erkundigungen ein. Ich würde nicht einmal einen Hund Ihrer Behandlung anvertrauen. Und hier! Was ist denn das für ein Haus für einen Kranken? Sie haben keine Pflegerin, keine Heilmittel, nichts.«

Harvey warf ihm einen blassen, kalten Blick zu.

»Ich habe eine Pflegerin. Ich weiß, was ich tue. Und ich sage, daß es Tollheit ist, sie transportieren zu wollen. Sie darf vor der Krisis nicht transportiert werden. Ihr spanischer Freund wird Ihnen sagen, daß ich recht habe.«

Der kleine Pharmazeut stellte, solchermaßen angerufen, seinen Koffer nieder und zuckte ebenso schüchtern wie nichtssagend die Achseln.

Carr schenkte ihm keine Beachtung, er sah finster drein. Seine leicht blutunterlaufenen Augen waren nun starr auf Harvey gerichtet.

»Sie!« sagte er wieder, diesmal lauter. »Ich sage Ihnen, ich gebe keinen Groschen für Ihre Meinung. Ich habe Ihnen schon mitgeteilt, was ich beabsichtige. Und ich gedenke, keine Zeit mehr zu verlieren. Ich habe Eile. Ich gedenke, die Kranke zu suchen.« Er tat zwei Schritte, aber Harvey stand vor ihm an der Tür.

»Nein«, sagte er mit eiskalter Ruhe. »Ich glaube das nicht.« Er war überrascht durch seine eigene Ruhe. Ungewöhnliche Ruhe spannte seinen ganzen Körper an. Er fühlte sich wie ein Läufer vor dem Startschuß. Im Innersten brannte sein Ziel in kalter Heftigkeit. Der Gedanke an körperliche Gewalt, an eine Einmengung dieses überheblichen Gesellen machte Harveys Entschluß eisig und fest.

»Lassen Sie mich durch.«

Harvey schüttelte langsam den Kopf.

Aus nächster Nähe blickten sie einander an, plötzlich trat auf Carrs Schläfe eine Arterie hervor wie ein Strick.

»Und wer«, so fragte er gepreßt, »wer wird mich aufhalten?«

»Ich.«

Es herrschte starres Schweigen. Der spanische Arzt schlich in heftigster Bestürzung zurück an die Wand, Jimmy stand gespannt da, seine Augen glänzten, seine Nase war gebläht, seine großen Hände öffneten und schlossen sich vor hellem Entzücken.

Auf Carrs Gesicht lag ein bösartiger Ausdruck. Er hatte den Kopf halb gesenkt, war von stiernackiger Kampflust durchdrungen. Er sah ganz und gar aus wie ein gefährlicher Kunde.

»So!« höhnte er schwerfällig. »Wir glauben also kämpfen zu können, wie? Wir sind nicht nur Intellektueller, sondern auch Athlet? Das ist ja sehr hübsch.« Unvermittelt änderte sich sein Ton. Er reckte das Kinn vor. »Gehen Sie aus dem Weg, Sie Idiot. Ich bin stärker als Sie. Und ich weiß Bescheid in dem Geschäft. Gehen Sie aus dem Weg, sonst werde ich den Boden mit Ihnen fegen.«

Harvey regte sich nicht. Sein Gesicht war von kalter Blässe; der Mund – fest geschlossen – zeigte die Spur eines heimlichen Lächelns.

»Wollen Sie sich endlich zum Teufel scheren?« rief Carr wieder.

Wieder schüttelte Harvey den Kopf, noch immer blickte er dem anderen starr ins Gesicht.

»Dann wird's Ihnen, bei Gott, übel ergehen«, schrie Carr. Mit erhobenen Fäusten, gesenken Kopfes, stürzte er sich vor. Voll Wut stieß er mit der Linken zu, fehlte und holte dann rechts aus. Der Schlag traf Harvey heftig auf den Kopf. Als Carr sein Ziel traf, lief eine Art höhnischen Grinsens über sein Gesicht. Er war geschulter Boxer. Er sah, daß Harvey keinen Stil hatte – seine Fäuste waren langsam, die Deckung zu offen –, und so dachte Carr tükkisch: Er versteht ja nichts. Ich werde ihn züchtigen, bis er niederstürzt.

Sich duckend, mit höhnisch vorgestreckter Unterlippe, schlug er leicht zu, machte dann eine Finte, um die Linke auf Harveys Kiefer zu landen. Aber der Schlag traf nicht. Harvey stieß plötzlich die Rechte vor. Da das unerwartet kam, traf die geballte Faust mitten in Carrs Gesicht, mit solcher Wucht, daß sie ihm die Nase in den Kopf zu schlagen schien. Carrs Kopf fuhr mit einem Ruck zurück, ein Blutstrom quoll aus der Nase, das Lächeln auf seinem Mund verzerrte sich. Er schluckte schmerzhaft. Den salzigen Geschmack des eigenen Blutes spürte er bis tief in die Kehle. Er wich zurück, schüttelte den Kopf, griff dann wieder ungestüm an. Seine Wucht trieb Harvey an die Tür zurück. Harveys Schulter schlug heftig an das feste Holz, doch er tat einen Schritt zur Seite und traf Carr hart unter die Rippen. Er fühlte, wie seine Faust dumpf aufschlug. Carr stöhnte. Das war mehr, als er erwartet hatte. Sein Zorn war verraucht, er hatte die Lippen in einem starren Grinsen hochgezogen; so stürmte er wieder vor und griff Harvey an, indem er mit beiden Fäusten gegen Kopf und Körper loshieb. Eine volle Minute ging es so, ohne daß er einen Schlag richtig hätte landen können. Harvey wich ihm aus, immer gerade um den Bruchteil einer Sekunde. Harveys Raschheit war erstaunlich, sein Blick fest, hart, voll tiefsitzender Bitterkeit. Er verstand nichts vom Boxen. Aber er wuße, daß er in diesem Kampf siegen mußte. Hoch auf seinem Backenknochen saß eine bläuliche Strieme, er atmete durch die Nase, schien die ganze Zeit zu warten, nur zu warten.

Carr versuchte all seine Kunst. Die anmaßende Miene war verschwunden; er fühlte nun die Schlappheit seines Zustandes. Er schien verzweifelt bestrebt, Harvey einen entscheidenden Schlag zu versetzen. Feucht lief es ihm hinter den Ohren hinab. Sein rasches, scharf eingezogenes Atmen strich zischend durch die Zähne. Er traf Harvey wuchtig auf den Hals, versuchte einen Clinch. Er wandte alle Wucht an und traf Harvey hart unterm Kinn, fiel ihn wie toll an, rang mit ihm, stellte ihm ein Bein.

Harvey stürzte, da ihm das Knie einknickte. Er war aber in der nächsten Sekunde wieder auf, wehrte Carrs Ansturm ab, machte einen Ausfall. In dem keuchenden Atmen, nahe seiner Wange, hörte er endlich das Zeichen, das er erwartet hatte. Er wich zurück, einen Augenblick stand er so da, auf den Zehen, stürmte dann mit fest zusammengepreßten Zähnen ungestüm auf Carr ein. Er schien sich alles für diesen Moment aufgespart zu haben. Er zeigte keine Kunst, aber er kämpfte wie ein Dämon. Carr erhielt nun wuchtige Schläge, versuchte sich zu dekken, doch das mißlang. Ein Hieb auf den Kopf ließ ihn auf die Knie taumeln. So kniete er eine Weile, dann erhob er sich keuchend. Sein mit Blut beschmiertes Gesicht war ein häßlicher Anblick. Der Kragen war verschoben, die Haare hingen ihm über die Augen. Und er tobte vor Wut. Wie toll stürmte er auf Harvey ein. Sein Kiefer war ungedeckt, und Harvey holte blitzschnell und mit aller Kraft links aus. Der köstliche Schauer dieses Schlages lief Harveys Arm entlang, drang ihm wie prickelndes Feuer ins Blut. Es war ein Augenblick, der das Leben lebenswert machte.

Carr fiel polternd zu Boden. Jetzt war alles vorbei. Harvey wischte sich den Schweiß von den Augen und stand beobachtend da. Langsam wälzte sich Carr auf die Seite; so lag er kurze Zeit, verglasten Blickes zur Zimmerdecke starrend, dann erhob er sich mühsam. Das eine Auge war geschlossen; der Mund schien voll Blut zu sein. Auf den Tisch gestützt, hustete er ein paarmal, tastete in seiner Tasche, holte ein Sacktuch hervor, drückte es mit einer Bewegung des Schmerzes an die Lippen.

»Daran werde ich mich erinnern«, sagte er mühsam, während er Harvey aus dem Augenwinkel anblickte. »Ich vergesse nicht so schnell.«

»Gewiß werden Sie das nicht vergessen«, warf Jimmy ein. Er machte eine Pause; ließ einen langen, verzückten

Seufzer hören. »Sie haben solche Prügel bekommen, daß sie Ihnen Ihr ganzes weiteres Leben lang niemand mehr wegnehmen kann.«

»Wir zwei sind miteinander noch nicht fertig«, fuhr Carr fort, der noch immer Harvey schief anstarrte. »Ich weiß, wie ich Ihnen beikommen werde.«

Harvey sagte nichts.

»Sie haben sich in eine hübsche Klemme gebracht«, fuhr der andere fort. »Und ich warne Sie: wenn Lady Fielding irgend etwas zustoßen sollte, wird man Sie zur Verantwortung ziehen. Ich werde ihrem Mann kabeln. Und sobald ich von ihm Vollmacht habe, werde ich Schritte unternehmen.«

Behutsam sein Gesicht haltend, warf er einen letzten bösen Blick auf Harvey, eilte dann mit gesenktem Kopf zur Tür. Der endlich zur Tätigkeit gezwungene Pharmazeut blickte hilflos von dem einen zum anderen, verbeugte sich ruckartig ins Leere und folgte dann Carr wie ein junger Hund.

Als er an Harvey vorbeikam, streckte dieser die Hand aus und sagte ruhig:

»Lassen Sie mir den Koffer hier.«

»Aber, Señor«, stammelte der andere, bleich bis in die Lippen. »Meine Medikamente –«

»Haben Sie keine Sorge, Sie werden alles zurückerhalten. Später.«

»Gewiß, Señor, ganz gewiß. Aber die Frage des Gebrauches. Ich brauche die Sachen sogleich. Und es geht nicht gut an, mich ihrer sofort zu berauben. Wir Kollegen – wir müssen uns moralisch betragen, gesittet, geziemend.«

Mit festem Griff nahm Harvey den Koffer. Der Apotheker stand schlaff da, dann hob er Hände und Blick zum Himmel, keuchte laut ein Wort und brachte sich in Sicherheit.

Es herrschte einen Augenblick tiefes Schweigen, unterbrochen durch das heftige Zuschlagen der äußeren Tür, dann kam Jimmy herbei, dessen zerdroschenes Gesicht vor Entzücken strahlte.

»Bei Gott«, rief er. »Das war ein Kampf. Für alles Gold in Klondyke hätte ich darauf nicht verzichten mögen. Sie haben es ihm tüchtig heimgezahlt und ihm die Fresse verdorben. Es war der hübscheste Kampf, den ich je gesehen habe, seit der tolle Joe den Smiller knockout schlug. Oh, das war fein, wirklich fein! Sehr hübsch!« Seine Lippen zuckten vor Freude, hastig nahm er zwei Prisen Schnupftabak, dann befühlte er mit zartem, abschätzendem Griff Harveys blutende Knöchel.

»Nichts gebrochen, Gott sei Dank! Es braucht viel Kraft, diese dicknackigen Kunden knockout zu schlagen. Oh, meiner Treu, das waren Hiebe! Aber er wollte es so haben. Und verdient hat er sie auch! Fühlen Sie sich jetzt in Form? Bestimmt?«

»Vollkommen«, sagte Harvey. Er ging zum Tisch, stellte den Koffer darauf und öffnete ihn. Der Koffer enthielt, wie Harvey vermutet hatte, eine brauchbare Auswahl von Instrumenten und Arzneimitteln. Harvey ließ den Deckel zuschnappen, hob den Koffer abermals auf und schritt durchs Zimmer. Bei der Tür blieb er stehen, stemmte eine Hand an den Posten und warf Corcoran einen letzten Blick zu.

»Ich gehe jetzt hinauf«, sagte er. »Machen Sie hier unten, was Sie können.« Dann wandte er sich um und ging ins Krankenzimmer.

21

Es war am Nachmittag desselben Tages. Und Corcoran arbeitete in der Küche, die er instinktiv als Bereich gewählt hatte. Der festgestampfte blaue Lehmboden, der weit offene Kamin und das hohe, kegelförmige Dach, vor fünfhundert Jahren dazu bestimmt, die Dämpfe bratenden Fleisches abzuleiten – sagten seinem Wesen irgendwie zu. Doch die traurige Unordnung des Raumes beleidigte sogar sein nachsichtiges Auge.

Er hatte Rock und Weste abgelegt und sich in Gentlemanart angeschickt – wohl nicht den Unrat wegzuräumen, sondern »den Dingen ein Gesicht zu geben«, einen »Tropfen Wasser« auszugießen und mit Muße ein paar Gegenstände zu reinigen, damit man sie später verwenden könne.

Er pfiff leise vor sich hin. Solche Arbeit liebte er – ganz gewiß! Und dann – das brachte ihm die Erinnerung an die alte Gegend dort drüben zurück. Gewiß lag darin eine heimatliche Ursprünglichkeit, die ihm mächtig gefiel. Er war zufrieden. Plötzlich hörte er ein leises Geräusch; er blickte auf, hielt in der Arbeit inne. Die Marquesa stand in der Tür, sie hatte die Hände gefaltet und das Vogelauge unverwandt auf ihn gerichtet. Sogleich unterbrach er sein leises Pfeifen und schob sich mit schuldbewußter Miene das Hemd züchtiger in den Gürtel. Dann strich er mit dem Handrücken über sein Kinn und brach beredt das Schweigen.

»Es ist plötzlich warm geworden, finden Sie nicht? Aber wirklich, es geht mir gegen die Natur, daß Sie mich so unversehens hier ohne Kragen erwischen.«

Noch immer von der Tür umrahmt, sagte sie:

»Wo ist Manuela?«

»Wenn Sie die Frau meinen, die ist schon lange fortgegangen. So habe ich wenigstens sagen hören. Und sie hat eine nette Wirtschaft hinterlassen. Es ist eine Schande für sie. Man könnte glauben, sie hat die Küche mit einem Stock umgerührt. Ich tue mein Bestes, die Dinge wieder in Ordnung zu bringen.«

Sie wölbte verblüfft den kleinen Mund.

»Aber ich verstehe nicht. Sie, ein Gast! So erniedrigen Sie sich und mich.«

»Oho! Ehrliche Arbeit hat noch nie jemanden erniedrigt«, sagte er salbungsvoll, während er tugendhaft an seinen Hosenträgern zog. »Nein, wirklich nicht, nicht einmal die vornehmste Familie im Land. Nicht ohne Grund sagt schon Pläto, es zieme sich, jenen, die es brauchen, Gunst zu erweisen.«

»Ich fordere keine Gunst«, erwiderte sie ernst. »Hier erweist Isabel de Luego Gunst. Aber ohne Zweifel sind Sie edel. Und Ihre Familie? Sie haben gesagt, sie sei wirklich vornehm.«

»Es gibt keine bessere«, versicherte er bedenkenlos. »Stammt auf der Vaterseite von den Königen Irlands. Ich könnte Ihnen den Stammbaum geben. Das Blut Brian Borus fließt ganz gewiß in mir.«

Sie ließ eine kurzen Ausruf hören, kam dann geziert auf ihn zu.

»So, das ist eine Freude. Gewiß, Sie sehen wie ein Caballero aus.«

Einen Augenblick hielt er tapfer ihrem naiven regen und doch verhüllt forschenden Blick stand, dann sah er albern zur Erde, wischte sich die Handflächen am Hosenboden ab und erklärte:

»Nun ja, wenigstens hat das mein Vater immer behauptet. Besonders wenn er einen Tropfen Flip im Leib hatte. Vielleicht waren wir wirklich etwas so Großartiges, vielleicht auch nicht. Aber ein Ire ist immer Edelmann. Woher er auch kommen mag. Und zeigen Sie mir den, der das leugnet. Ich werde ihn ebenso verwalken wie Harvey den Agenten.«

»Ja, Sie haben gekämpft«, murmelte sie. »Ihr Gesicht – so tapfer häßlich – voll von Narben, wie das eines Matadors. Es ist nicht ansprechend. Aber dahinter ist ein Herz.«

Er schob die Füße hin und her, suchte erfolglos nach seinem Schnupftabak; dann grinste er.

»Gewiß ist ein Herz da. Groß wie ein Schiff. Hätte sonst nicht durchschwimmen können.«

»Sie haben Unglück gehabt. Ay, ay, ay, es steht in Ihrer schönen Häßlichkeit geschrieben. Unglück genug, um das Herz eines Starken zu brechen. Aber lassen Sie sich nicht niederdrücken. Immer gibt es ein Ende. Auch für Sie nimmt es vielleicht hier ein Ende.«

Noch in Zweifel, ob ihre Absicht spöttisch war, warf ihr Jimmy unter den buschigen Augenbrauen einen verlegenen Blick zu.

»Sie haben allem Anschein nach selber genug Schwierigkeiten.«

Sie lächelte; ihr Gesicht bedeckte sich mit einem Netz trauriger und doch boshafter Runzeln.

»Jesus Maria«, murmelte sie. »Sprechen Sie dieses Wort nicht in Gegenwart von Isabels de Luego. Sie müssen wissen, daß sie von Niedertracht umgeben ist. Oder wenigstens war. Alles ist verlorengegangen. Alles in Stücke gebrochen. Werde zum Honig, und die Fliegen essen dich. Zieh Krähen auf, und sie hacken dir die Augen aus. Don Balthasar war der einzige, und jetzt ist er tot.«

Jimmy kratzte sich den Kopf und lachte: Don Balthasar! Der war, scheint's, die größte Krähe! Und er hat ihr tüchtig in die Augen gehackt. Laut aber sagte er:

»Sie besitzen da ein feines Stück Land, Madame, aber meiner Treu, welch ein Jammer, es so verfallen und verwahrlosen zu sehen! Ein Mann – ein tüchtiger Mann, wohlgemerkt, könnte es in etwa zwölf Monaten wieder in Ordnung bringen. Hat Ihnen denn noch niemand helfen wollen?«

»Worte des Mundes sind wie Steine einer Schleuder. Mancher hat es versprochen, keiner hat es getan. Sie arbeiten nicht, sie rauben. Oberhalb unseres Besitzes, bei der Finca des Americano, haben sie uns das Wasser aus dem Bach abgeleitet, obwohl das verboten ist. Landbesitz kann nicht gedeihen in der Hand einer Frau. Ay, ay, ay, es ist hart für Isabel de Luego.«

»Diese Schurken«, murrte Corcoran mit mächtigem Mitgefühl. »Sie so zu hintergehen! Es ist eine Schmach. Schauen Sie, bei einer tüchtigen Aufsicht durch einen fähigen Kerl könnte dieser Besitz glorreiche Auferstehung feiern. Es ist ein prachtvoller Fleck Erde.« Hingerissen von einer plötzlich auftauchenden Idee, öffnete Corcoran den Mund, um die Ehrlichkeit seines Gefühls zu betonen.

Doch sie murmelte:

»Ja, Señor. Aber auch Sie sollten auf Ihre Worte achten. Sprechen ohne zu denken heißt schießen ohne zu zielen.«

Er schloß den Mund wieder. Der Ausdruck ihres

Gesichtes verwirrte ihn. Es herrschte sonderbares Schweigen.

»Ah«, murmelte er. »Vielleicht bin ich ein besserer Schütze, als Sie denken.«

»Ohne Zweifel haben Sie schon manches geleistet«, fuhr sie unbeirrt fort. »Ohne Zweifel sind Sie weit gereist. Und ohne Zweifel müssen Sie weiter reisen . . .«

»Der Teufel soll das Weiterreisen holen«, erklärte er. »Ich gäbe meinen Sonntagshut drum, wenn ich einen guten Posten fände.«

Wieder herrschte Schweigen. Er wartete beinahe atemlos, ob sie die Anspielung verstehen werde oder nicht.

»Sie sind natürlich ein Ketzer«, seufzte sie. »Ach, es kann ja leider nicht anders sein.«

Da hatte Jimmy eine Eingebung. Er griff mit der Faust in die Hosentasche und holte feierlich – nicht Plato hervor, sondern eine Schnur mit abgegriffenen Kugeln. Es war ein Rosenkranz, und er ließ ihn ehrfurchtsvoll vor ihrem Blick baumeln. »Wollen Sie das ansehen, wie?« murmelte er fromm. »Ich möchte den Teufel von Ketzer sehen, der so etwas bei sich trüge. Über die sieben Meere war er mit mir.« Das beruhte auf Wahrheit. Er trug den Rosenkranz als Talisman bei sich, wohin immer er ging, doch bloß einmal alle zwölf Monate betete er ein Ave. »Das ist der Rosenkranz meiner guten alten Mutter. Gott hab' sie selig. Und bei allen Heiligen, er hat mich sicher durch alles geleitet, durch Leid und Freud.«

Sie blickte nicht die baumelnden Kugeln an, sondern sah hinaus in weite Fernen, dann lächelte sie rätselhaft.

»Madre de Dios«, sprach sie gleichsam zu sich selbst. »Vorher hätte ich gesagt: mehr Geklapper als Nüsse. Aber vielleicht steckt doch ein Kern darin.«

Es war unmöglich, den Sinn dieser Worte nicht zu verstehen. Völlig verdutzt errötete Corcoran zum erstenmal seit fünf Jahren. Er riß den Mund auf. Lebhaftes Scharlachrot bedeckte seine gerunzelte Stirn.

Dann murmelte die Marquesa, die ihn noch immer nicht ansah:

»Seien Sie nicht verlegen, Señor. Ein Erröten der

Wange ist besser als ein Makel des Herzens. Ich hege Achtung vor Ihnen. Später wollen wir sprechen.«

Ohne ein weiteres Wort wandte sie sich um und schritt langsam, da Kleid hinter sich nachschleppend, aus der Küche. Jimmy blickte ihr offenen Mundes nach wie ein alter Karpfen, der auf Futter wartet. Endlich kam Bewegung in ihn, er stieß einen langen Seufzer der Verblüffung aus.

»Hat man so was je gesehen«, erklärte er, an die Luft gewendet. »Hat man jemals so etwas gesehen!« Er war genötigt, in seiner Weste, die auf einem Sessel hing, zu wühlen, um sich mit Schnupftabak zu laben. Als sein Blick dann durchs Fenster auf das üppige Grundstück fiel, kam der frühere Gedanke wieder; Jimmy tätschelte sich selbst.

»Heiliger Moses«, murmelte er warm. »Wäre es nicht großartig, wenn sie denselben Gedanken wie ich in das kleine Stückchen Kopf bekommen hätte. Wahrlich, das Landgut ist ein kleines Königreich! Und ein Mann könnte rascher, als man Würste ißt, Form hineinbringen. Die Sonne ist herrlich, der Boden würde förmlich überquellen vor Fruchtbarkeit. Achtzehn Monate, und ich hätte eine neue einträgliche Plantage. Ich würde die trägen gelben Kerle schon hetzen, bis sie qualmen. Die Gauner, die eine arme alte Frau bestehlen. Es ist Schmach und Schande, bloß daran zu denken. Und außerdem, welch ein Leben für einen Gentleman! ›Guten Morgen, Don Corcoran, was befehlen Euer Gnaden für heute?‹ ›Na, zum Beispiel, das Schwein im Hinterhof in die Ewigkeit befördern.‹ Oh, heiliger Strohsack, ich würde mich fürs Leben behaglich einrichten, wenn die Alte der Gelegenheit nur gewachsen ist.« Zärtlich steckte er den Rosenkranz wieder in die Tasche, liebkoste ihn sacht. »Meine Mutter sagte immer, du würdest mir Glück bringen, und bei allen Heiligen, einmal wenigstens hat die alte Dame nicht so unrecht gehabt.«

In einem Anfall heiligen Eifers nahm er das Geschirrtuch und begann die fettige Pfanne zu attackieren, während er zu gleicher Zeit in munteren Gesang ausbrach.

Er rieb noch immer an dem Gefäß, als fünf Minuten später die Tür sich öffnete und Susan Tranter eintrat. Der Ausdruck ihres Gesichts verscheuchte das Lächeln von seinen Lippen, mitten in einer Strophe verstummte er. Hingerissen von dem Optimismus, der ihn so leicht froh stimmen konnte, hatte er vergessen – natürlich hatte er vergessen! –, aber nun zeigte sich ihm plötzlich wie in einem Blitz die ganze traurige Lage, die ihm entfallen war. Sein Gesicht wurde komisch lang. Er schnalzte betrübt mit der Zunge, als ob er sich seiner unverzeihlichen Nachlässigkeit wegen tadeln wollte. Nach einer Pause sagte er:

»Geht es ihr – geht es ihr besser – ihr – oben?«

Susan schüttelte wortlos den Kopf. Sie war blaß, Lippen und Augen zeigten einen sonderbar starren Ausdruck. Selbst ihr Körper war steif, als ob sie sich mit Mühe aufrecht und angespannt hielte und mit ihrer ganzen Entschlossenheit den brennenden Zwiespalt bändigen müßte, der in ihr war.

»Sie sind müde«, sagte Jimmy, während er einen Sessel hinstellte. »Sie sehen ganz erschöpft aus. Setzen Sie sich und ruhen Sie ein wenig. Ich habe einen Topf Suppe hier, die Ihnen Kraft geben wird.«

Wieder schüttelte sie den Kopf.

»Ich gehe meine Sachen holen. Ich muß meinen Bruder sprechen. Dann – dann komme ich wieder.« Es lag in diesen wenigen, langsam gesprochenen Worten eine sonderbare Endgültigkeit, die Jimmys stets zur Rührung bereites, sentimentales Herz packte.

»Ach, seien Sie doch vernünftig«, sagte er einschmeichelnd. »Gönnen Sie wenigstens eine Minute Ihren Beinen Ruhe! Was kann das schaden? Und wenn Sie keine Suppe wollen, sagen Sie nur ein Wort, und ich koche Ihnen im Handumdrehen Kaffee.«

Sie setzte sich nicht, aber sie ging auch nicht. Sie stand da und starrte ihn mit diesen regungslosen, unglücklichen Augen an, dann sagte sie frostig, als wäre sie von einer Macht gezwungen, vor der es kein Entrinnen gab:

»Es geht ihr nicht besser. Es geht ihr schlechter. Viel schlechter.«

Er warf ihr einen raschen Blick zu, dann strich er abgewandten Gesichtes nachdenklich über sein Kinn.

»Warum antworten Sie nichts?« fuhr sie in beherrschtem Tone fort. »Ich sage, es geht ihr schlechter. Die Gelbfärbung beginnt schon aufzutreten. Sie hat furchtbares Erbrechen. Sie deliriert – spricht allen möglichen Unsinn – von Gärten und Brunnen und von ihren –« die Worte klangen plötzlich gepreßt – »von ihren Fräsien.«

»Ach, das tut mir leid, zu hören«, murmelte er schwerfällig. »Wirklich leid.«

»Leid! Und fürwahr, mit gutem Grund!« Ihre Stimme schob sich zu bebender Höhe. »Ich glaube nicht, daß sie sich erholen wird. Ich habe das Gefühl, daß sie sterben muß. Eine schreckliche Überzeugung, die ich habe!« Ihre Stimme überschlug sich, stieg wieder an. »Diese schreckliche Überzeugung vom Tod – vom Tod, der in der Luft liegt. Können Sie nicht fühlen, wie er über dem Hause liegt, als ob er mit den Flügeln schlüge? Dunkel bricht ein und Unglück. Sie liegt dort oben. Und er ist bei ihr, und die ganze Zeit denke ich –« Sie sprach nicht zu Ende, ihre unhübschen Züge verzerrten sich plötzlich – sie schien an ihren Worten zu ersticken. Es herrschte verlegenes Schweigen.

»Schön, schön«, sagte er endlich, als wollte er sie beruhigen. »Sie müssen sich fassen. Es ist gar nicht Ihre Art, so zu sein. Solange noch Leben ist, ist auch noch Hoffnung. Und Sie tun doch Ihr Bestes, nicht wahr?«

Doch seine Worte erhöhten nur noch ihre Erregung.

»Mein Bestes!« rief sie aus. »Natürlich tue ich mein Bestes. Ich tue alles – alles – ich kämpfe – kämpfe an seiner Seite, sie zu retten. Aber sehen Sie denn nicht –« Sie brach ab, faßte beinahe wild seinen Arm. Ihre Stimme sank zu einem Flüstern. »Sehen Sie denn nicht, daß ich ihn liebe? Und im innersten Herzen will ich nicht, daß sie – ich will nicht, daß sie gesund wird. O Gott im Himmel, es ist schrecklich – schrecklich, daß ich – so denke. Aber ich kann nicht anders. Und es tötet mich.«

Ihre Verzweiflung war bejammernswert. Einen Augenblick schien es, als wollte sie in heiße Tränen ausbrechen.

Doch nein, sie weinte nicht. Zähneknirschend verbiß sie ihr Schluchzen; die zuckende Wange wurde steif, die Hand sank von Corcorans Arm. »Jetzt wissen Sie es«, flüsterte sie, während sie keuchend nach Atem rang. »Endlich habe ich jemandem gesagt, was ich bin.«

Wieder ein schweres Schweigen, dann erklärte sie mit leiser Stimme:

»Ich gehe jetzt – gehe meine Sachen holen.« Und mit leblosem, gleichsam verrenktem Gehaben schlich sie durch die Seitentür in den Patio, begleitet von Jimmys verblüfftem, mitleidigem Blick. Nur durch ihren Willen in Zaum gehalten, drohte die Pein in ihrer Brust sie beinahe zu ersticken. Ihr Herz schien zu brennen, schien in dieser Mischung von Schmerz und Liebe bersten zu müssen.

Doch als sie durch die kühle Luft schritt, kämpfte sie um Selbstbeherrschung. Sie schlug den langen Weg neben dem Bach ein, klomm langsam den Pfad hinan, der sich neben dem von Rissen durchzogenen, abbröckelnden Ufer hinwand. Zum Teil erleichtert durch ihre fieberhafte Selbstanschuldigung, wurde sie allmählich ruhiger. Als sie zum Haus der Rodgers kam, war ihre Miene wieder gefaßt.

Dort saß in einem Schaukelstuhl in der kahlen Hall Aaron Rodgers selbst. Er erhob sich nicht, als sie kam, sondern warf ihr einen säuerlich argwöhnischen Blick zu und fuhr fort, sich mit hastigen, scheinheiligen Rucken zu schaukeln, wie ein Fakir in Ekstase. Sie trat vor ihn.

»Wo ist mein Bruder?«

Eine betonte Pause verstrich, ehe er mit abweisend ins Grenzenlose gerichtetem Blick antwortete:

»Nicht hier.«

Eine Woge der Enttäuschung überflutete sie. Sie hätte so sehr gewünscht, ihn zu sehen – ihren lieben, guten Robbie.

»Wo ist er?«

»Fort, Chinin holen«, gab er mürrisch zurück. »Vergiftet sich immer mit diesem Zeug, obwohl er doch statt dessen eine Menge Gutes tun könnte. Ja, schauen Sie nur drein wie eine Wildkatze, wenn's Ihnen paßt. Ich spreche ganz gewiß von Ihrem Herrn Bruder. Er ist die bitterste Enttäuschung als Missionar, die mir je untergekommen ist. Seit seiner Ankunft hat er noch nicht einen Finger gerührt, sondern lungert nur umher und sieht albern drein. Und seit er Ihren Brief bekommen hat, ist er recht toll geworden. Ich werde ihm meine Meinung sagen, wenn er aus Santa Cruz zurückkommt. Die wird ihm nicht behagen.«

Obwohl Susan jetzt schon an Rodgers' vulgäre, unfreundliche Redeweise gewöhnt war, bebte in ihr ein Ausbruch der Entrüstung.

Aber sie dachte müde: wozu? Und so sagte sie einfach, während sie ins Haus trat:

»Mein Bruder ist nicht kräftig. Sie vergessen, daß er noch nicht Zeit gehabt hat, sich einzuleben.« Ein ungewohnter Ton der Bitterkeit stahl sich in ihre Stimme. »Geben Sie uns Zeit, in Ordnung zu kommen, ehe Sie Wunder fordern.«

Sein Knurren klang ihr nach, während sie die knarrende Fichtenholztreppe emporstieg. Doch auch diesmal kümmerte sie sich nicht darum. Rodgers' tückische Grobheit! – Die war ein Nichts neben der Last solcher Verzweiflung.

Sie betrat ihr Zimmer, zog das Suitcase unter dem Bett hervor, öffnete eine Lade, nahm ein paar Kleidungsstücke, ein Handtuch, den Schwamm, die Zahnbürste, warf alles teilnahmslos in den Koffer. Ihre Vorbereitungen nahmen bloß einen Augenblick in Anspruch. Sie wußte, daß ihr Haar unordentlich war – ganz zerzaust, so dachte sie bitter, und verstaubt! Auch ihre Augen – die mußten gewiß ein schöner Anblick sein! Aber sie gab sich nicht Mühe, den Schaden zu beheben. Sie blickte nicht einmal in den Spiegel.

Flüchtig dachte sie daran, Robert ein Briefchen zu hinterlassen, dann aber besann sie sich, daß sie ihm ja ihre Pläne schon mitgeteilt hatte. Ja, sie war bereit. Das Suitcase in der Hand haltend, stieg sie die Treppe hinab, kam wieder durch die Hall.

Rodgers, der grimmig schaukelte, tat, als ob er sie nicht

bemerkte. Doch war sie noch keine zwei Stufen hinabgestiegen, als seine Stimme erklang:

»He«, rief er. »Wohin gehen Sie denn mit dem Koffer?«

Sie wandte sich um; sah ihm fest ins Gesicht.

»Sie wissen, wohin ich gehe. Zurück nach Los Cisnes.«

»Was soll das heißen?« Er erhob sich halb von seinem Stuhl. »Sie lassen sich mit dieser verkommenen Gesellschaft ein? Kehren Sie um! Hören Sie? Kehren Sie sofort um! Was glauben Sie? Sie sollten sich schämen, einem Mann so nachzulaufen.«

»Sie wissen, warum ich hingehe«, antwortete sie starr. »Und wenn mein Bruder heimkommt, sagen Sie ihm, daß ich dort bin. Sagen Sie ihm: ich will nicht, daß er hinüberkomme.« Sie wollte schon sagen: »Es ist nicht sicher«, doch sie verbesserte sich und sagte: »Es ist nicht nötig.«

Dann wandte sie sich um, ohne seinem Schrei des Protestes irgend Beachtung zu schenken, schritt den mit Steinfliesen belegten Weg zwischen den hohen Retamabüschen hinab. Sie ging langsam, geneigten Hauptes, der Koffer zog ihr die Schulter hinab, ihre Gestalt war scharf umrissen vor dem Licht. Und um sie lag seltsame Einsamkeit.

22

Aber Robert Tranter war nicht gegangen, Chinin zu holen. Obwohl er in Santa Cruz ostentativ nach einem Laden mit der Aufschrift »Quimico« suchte, kümmerte sich dieser ernst dreinschauende Apostel der Vereinigung des Siebenten Tages im Innersten ganz und gar nicht um Chinin. Seine Besorgung war eine Ausflucht, vorgeschützt von abbröckelnder Selbstachtung, eine Ausflucht, um den bitteren Worten des argwöhnischen Aaron Rodgers zu entgehen. Es war schon – es war schon etwas wahr an dieser Beschaffung von Chinin. Ganz gewiß! Ja, er täuschte sich beinahe selbst. Und die ganze Zeit trugen ihn die großen Füße hartnäckig der Plaza zu.

Doch als die Apotheke zufällig entdeckt war, machte er mit den Lippen ein keines, schnalzendes Geräusch der Befriedigung. Na also, da war's ja! Natürlich! Er trat ein, bestellte laut die Arznei, setzte sich auf einen der weißen Stühle, die in dem sauberen, weißgestrichenen Lokal in einer Reihe aufgestellt waren, legte sich die feuchten Hände auf die Knie und wartete.

Er begann die Melodie eines Chorals zu summen. Beim Summen mengten sich ihm alberne Verslein in die Melodie. Er konnte nicht anders. Sie kamen einfach:

»Im Himmel freuen sich die Frommen;
Robert wird sein Chinin bekommen!

Und noch eins:

»Der Apotheker müht sich sehr.
Das ist doch keine Sünd', o Herr!«

Er errötete. Eine seltsame Art von Dichtung, dachte er. Doch die Religion war so verquickt mit dem täglichen Leben eines Menschen, daß man ihr einfach nicht entgehen konnte. Und auch nicht wollte. Als das Paket fertig war, versuchte er, bei dem weißbekittelten Apotheker hinter dem Ladentisch einen matten Scherz anzubringen.

»Sie werden in Ihrem Drogenladen wohl keine Schokoladeplätzchen verkaufen?« Das war vielleicht ein wenig hohl, ebenso wie das Lachen, das die Worte begleitete, aber immerhin, es war ein Scherz.

Der Apotheker lachte nicht. Er beobachtete die nervöse Grimasse des anderen und sagte brüsk:

»Cuatro Pesetas, Señor.«

»Aber gewiß.« Robert wühlte in seiner Tasche. »Sie dachten doch nicht, ich würde Sie prellen?«

Und dann war er frei – völlig frei, nach Laguna zurückzukehren. Und doch zauderte er auf dem Trottoir vor dem Laden. Rings um ihn strömt das Leben der Stadt achtlos dahin: gelbgesichtige Männer drängten sich an ihm vorbei, Frauen glitten vorüber, deren Köpfe in schwarze Schals gehüllt waren, Maultiere zerrten widerstrebend am Joch, ein Straßenverkäufer pries laut seine Wassermelonenscheiben an, eine Frau schwankte vorbei, mit einem Korb frisch gewaschener Wäsche auf dem Kopf. An der Ecke der Straße stand ein Soldat der Bürgergarde aufgepflanzt, mit speckigem Dreispitz, die Beine gespreizt, die Hände hinter dem Rücken beobachtenden Blicks.

Robert bewegte sich unbehaglich. Beobachtete ihn dieser Kerl, beobachtete er ihn wirklich? Aber das war ja albern. Er starrte mit einem gewissen Hochmut zurück, dann senkte sich sein Blick wie in einem heimlichen Gedanken. Plötzlich schritt Robert die Straße hinunter. Er brauchte ein wenig Bewegung, wissen Sie. Zeit genug zur Rückkehr, wenn er einen kleinen Spaziergang gemacht hatte. Man muß einen Spaziergang machen dürfen, wenn man die ganze Zeit oben auf dem Berge abgeschlossen lebt. Und er schlenderte in die Richtung der Plaza.

Der nervöse Ausdruck lag wieder auf Tranters Gesicht – einem tölpelhaften, kreidebleichen Gesicht –, als er nun auf die Plaza trat und den blau und gelb gepflasterten Platz überquerte. Er wußte kaum, was er tat, als er haltmachte und sich unter Palmen auf einen eisernen Sessel setzte. Dort vor ihm lag das Hotel – Hôtel de la Plaza – goldene Lettern auf einer Stuckfront. Als er Susans Brief von Corcoran erhalten, hatte er einen raschen Schluß gezogen. Seine Argumentation war zwar falsch gewesen, nicht aber seine Eingebung. Er hatte eine erregte Frage gestellt, die Corcoran unvorsichtig beantwortete. Das war genug. Seit er wußte, daß Elissa in diesem Hotel war, peinigte ihn ein brennendes Verlangen – ein Verlangen, in dem er die Lösung seiner Schwierigkeiten und das Ende seines Unglücks sah. Eine schwache Röte war ihm in die Wangen gestiegen, erregt fingerte er an seiner Uhrkette; dann bewegte er tatsächlich die Lippen im Gebet.

»O Gott, hilf mir«, stöhnte er. »Hilf mir, sie zu sehen. Du verstehst meine Gefühle. Ich möchte alles in Ordnung bringen. Du weißt, wie sehr ich sie sehen will. O Herr, hilf mir jetzt.« Und unvermittelt erhob er sich, ging rasch ins Hotel. Seine Eile brachte ihn in die Hall, die sich hinter dem Vestibül öffnete. Dort saßen auf Rohrstühlen an einem der vielen Tischchen zwei Männer. Robert zögerte, während sein Blick sie aufnahm – es war Dibdin, den er ohne besondere Begeisterung erkannte, und Carr, den er noch nie gesehen hatte. Dann trat er mit geringerem Ungestüm auf sie zu.

Der Empfang war abkühlend. Dibs hatte für ihn bloß ein tonloses Wort, Carr wandte ihm das eine mürrische, angeschwollene Auge zu, blickte dann mit betonter Absicht zur Seite.

»Ich wollte nur sagen«, stammelte Robert, »wie unendlich bekümmert ich über Lady Fieldings Erkrankung bin. Und wie froh, daß meine Schwester Susan ihr dienlich sein kann. Ja, Sir, ich freue mich aufrichtig. Ich empfinde tiefes Mitgefühl mit Ihnen in diesem Unglück.«

Er stützte die Finger auf die Tischkante und neigte sich, bemüht, zu überzeugen, den beiden zu.

Es herrschte langes, abweisendes Schweigen. Dann warf Dibs hin:

»Was tun Sie hier unten?«

»Ich bin von Laguna gekommen, eine Besorgung zu machen. Genauer gesagt, Chinin zu holen, und ich habe bloß hereingeschaut, um Ihnen – Ihnen allen mein Mitgefühl auszusprechen.«

Dibs ließ das an einer Seidenschnur hängende Monokel aus dem Auge fallen und nahm ohne weitere Umstände das Gespräch mit Carr dort wieder auf, wo es unterbrochen worden war.

»Wenn nur das zweite Telegramm schon käme«, sagte er. »Dann wüßten wir, woran wir sind.«

Carr rief:

»Warum in des Teufels Namen er nähere Informationen wünscht, das weiß ich nicht, und wenn man mich erschlägt.«

»Michael hat seine eigene Art, sich zu den Dingen zu stellen«, sagte Dibs, dann machte er eine Pause. »Können wir nicht auf eigene Faust etwas unternehmen?«

»Aber, das sind ja solche Idioten beim Juzgado. Und so verteufelt langsam. Und der Quarantänekordon hat sie außer Rand und Band gebracht. Sie wollen dieses verdammte Gebiet weder betreten noch verlassen. Sie werden Tage brauchen, ehe sie etwas unternehmen.«

Es verstrich eine Pause.

»Der Kern der Sache ist«, sagte Dibs in abgeschliffenem Ton, als hätte er es schon hunderte Male gesagt, »daß sie mir heimlich durchgebrannt ist. Wie kann man mir daraus einen Vorwurf machen?«

»Oh, halten Sie endlich den Mund«, rief Carr. »Mir ist schon übel von Ihrem höllischen Gewinsel. Sie haben nicht soviel Mut wie eine Laus.«

Sie begannen zum vielleicht hundertsten Male zu streiten; Robert, der zuhörte, stand daneben wie ein armer Sünder. Er brannte danach, zu fragen, wo Elissa sei, doch wagte er es nicht. Seine Aufgeblasenheit war verschwunden. All sein moralisches Sichzusammenreißen wurde zu einem wäßrigen Brei.

Er verlegte das Gewicht von einem Fuß auf den anderen, dann platzte er heraus:

»Ich werde mich wohl verabschieden, meine Herren. Ich hätte nicht so lange bleiben sollen. Also, ich gehe.«

Er wartete, gierig nach dem Trost einer höflichen Antwort, aber keiner er beiden blickte auf; so wandte er sich mit trostloser Miene um und ging zur Tür.

Doch im Vestibül hielt er inne, pochenden Herzens und noch röter im Gesicht als früher. O Herr, so dachte er erregt, ich kann nicht so fortgehen. Zurück zu den einsamen Baracken auf dem Gut der Rodgers'. Ich kann einfach nicht. Ich muß sie sehen, oder ich komme von Sinnen. Mit einem ängstlichen Seitenblick, ob er beobachtet werde, wandte er sich an den Negerportier im Büro. Er befeuchtete sich die Lippen und sagte:

»Ist Mrs. Baynham im Hotel?«

Der Negerportier steckte das kleine Holzstück, mit

dem er sich die Zähne gereinigt hatte, in die Tasche und stand auf.

»Ja, Sir. Mis' Baynham in ihrem Zimmer.«

Tranter wiederholte:

»In ihrem Zimmer?«

»Ja, Sir. Nummer drei, Sir. Erster Stock vorne.«

»Sie könnten – Sie könnten mich hinaufführen.« Mit gewaltiger Mühe brachte er es zustande, seine Stimme ruhig zu halten. Doch als er hinter dem Portier die Treppe emporstieg und vor einer gelb angestrichenen Tür im ersten Stockwerk haltmachte, bröckelte der letzte Rest seiner Fassung kläglich ab. Sein Gesicht trug einen Ausdruck widerlichen Schuldbewußtseins, als er nun das Zimmer betrat. Er blieb in der Mitte des Parkettfußbodens stehen und betastete noch immer mit feuchten, dummen Fingern seine Uhrkette.

»Ich bin zu Besuch gekommen«, sagte er salbungsvoll, dann brach ihm die Pfarrerstimme; er mußte von neuem beginnen. »Ich kam eben vorbei. Zufällig vorbei. Und so dachte ich – dachte ich, ich könnte Sie besuchen.«

Sie starrte ihn an, mit harten, unfreundlichen Augen. Sie lag zurückgelehnt auf einer Chaiselongue aus Rohr beim Fenster und sah aus wie eine große, verdrießliche Katze. Ihr seidener Kimono, den sie der Hitze wegen trug, schmiegte sich wollüstig leicht der ausgestreckten, matten Gestalt an. Ihr Haar war offen, die Arme unter den blauen weiten Ärmeln nackt, die Brust kaum verhüllt.

Aber sie gab sich gar keine Mühe, zartfühlend ihre Blößen zu decken. Sie blieb einfach liegen und starrte ihn so lange an, daß er die Fassung verlor. Endlich sagte sie:

»Sie dachten also, Sie könnten mich besuchen?«

Er tat einen Schritt vor.

»Oh, Elissa«, wimmerte er. »Gewiß will Gottes Vorsehung, daß wir wieder zusammentreffen. Es gibt keine andere Erklärung dafür. Ich dachte, Sie seien für immer fort. Es ist mir wie ein Wunder. Oh, wie habe ich darum gebetet. Ja, ich habe darum zu Gott gebetet.«

»Sie haben darum gebetet«, wiederholte sie ungläubig. »Sie haben *darum* gebetet?«

»Sie verstehen mich nicht. Ich meine nichts Schlimmes«, rief er. »Ich habe bereut und auf den Knien Gott gesagt, daß ich betrübt bin. Und sehen Sie: Er zeigt mir auf diese Weise, daß Er mich versteht. Er führt uns wieder zusammen, oh, Elissa, teure Elissa. Wir lieben einander, und warum sollten wir das nicht? Es ist wundervoll. Gott hat Mann und Frau füreinander geschaffen.« Seine Lippen zuckten; sein Auge funkelte, er streckte die Hand aus und deklamierte abgerissen: »›Der Herr und Gott, er schuf die Frau und führte sie dem Manne zu. Und Adam sagte: Dies ist jetzt Bein von meinem Bein und Fleisch von meinem Fleisch.‹«

Grabesstille, dann sagte sie schneidend:

»Hat er sonst noch etwas gesagt?«

Kein Hohn konnte ihm Einhalt gebieten. Vorwärtsgetragen von einer Welle hysterischer Erregung, fuhr er unaufhaltsam fort, zitierte hingerissen:

»›Darum soll der Mann Vater und Mutter verlassen und dem Weibe anhangen. Und sie sollen ein Fleisch sein. Und sie waren beide nackt, der Mann und das Weib, und sie schämten sich.‹«

Ihre Augen wurden weit, sie rief:

»Sind Sie toll?«

»Nein, nicht toll. Nur toll aus Liebe zu Ihnen.« Seine Brust hob sich, Tränen rollten ihm über die Wangen. »Oh, Elissa, meine Geliebte. Wir haben miteinander gesündigt. Aber nun gehören wir zusammen. ›Du bist mein, du, die meine Seele liebet. Nun will ich mich freuen und frohlokken in dir.‹«

Scharf rief sie aus:

»Machen Sie Schluß mit diesem idiotischen Unsinn. Ich dulde das nicht. Wenn Sie mir noch weiter solch frömmelnden Blödsinn an den Kopf werfen, werde ich Sie hinausweisen lassen.«

Er sank in die Knie; begann zu plärren.

»O nein, Elissa, nein, nein! Sie verstehen mich nicht. Es ist schön, das Lied Salomonis. Und ich habe das nie gewußt, ehe ich Ihnen begegnete. Alle die langen, dunklen Nächte ohne Sie hat es in meinem Kopf gesungen. Gesungen, gesungen! ›Honig und Milch sind unter meiner Zunge.‹ ›Deine Lippen, o meine Braut, träufeln wie die Honigwabe.‹ ›Laß mich dich küssen mit den Küssen meines Mundes.‹ Oh – verstehen Sie denn nicht – verstehen Sie denn nicht, daß ich Sie bitte, mich zu heiraten?«

Sie fuhr zurück. Eine volle Minute lang hörte man kein anderes Geräusch als sein schweres Keuchen. Dann brach sie ganz plötzlich zusammen. Sie überließ sich einem unbezwinglichen Lachanfall; legte sich zurück, gerüttelt, hilflos.

»O Gott«, keuchte sie, »wenn ich diese Reise überlebe, habe ich Glück. Das ist zuviel. Eins nach dem anderen. Und jetzt gar das! Es ist zuviel – nein, wirklich zuviel.«

Sein kläglich zuckendes Gesicht flehte um ihr Mitleid.

»Lachen Sie nicht«, bat er wie in einem Krampf. »Verlachen Sie mich nicht. Ich weiß, daß Sie hoch über mir stehen. Aber Sie haben sich mir hingegeben. Sie lieben mich.«

Ihr Lachen verstummte. Sie starrte ihn in hartem Spott an, dann sagte sie mit beißender Verachtung:

»Machen Sie Schluß mit diesem dummen Gewinsel!«

»Ich kann nicht«, rief er, halb erstickt, und versuchte ihre Hand zu fassen. »Ich kann nicht anders.«

»Stehen Sie auf.«

»Sehen Sie denn nicht«, wimmerte er, »daß ich einfach toll bin nach Ihnen. Nie im Leben habe ich an eine Frau gedacht, und nun kann ich nicht aufhören, zu denken. Ich kann – ich kann an nichts anderes denken.«

»Stehen Sie auf«, wiederholte sie kalt.

Er erhob sich taumelnd; stand schlaff vor ihr.

»Nun hören Sie«, fuhr sie fort. »Und hören Sie gut zu. Ich liebe Sie nicht. Ich halte Sie für den unerträglichsten Idioten, den Gott je geschaffen. Auf dem Schiff hoffte ich einen Augenblick, Sie könnten mich amüsieren. Aber das haben Sie nicht getan. Sie haben mich grauenhaft gelangweilt. Und Sie waren zu albern und zu eingebildet, das zu sehen. Sie sind nur Oberfläche, mein frommer Freund,

und innen ganz hohl. Sie sind kein Mann. Sie sind ein Dummkopf. Ein selbstsüchtiger, Bibelverse plärrender Dummkopf, ohne soviel Rückgrat, wie eine Spinne hat. Ich bin selbstsüchtig, und ich weiß das. Aber Sie, Sie sind der engherzigste Egoist, der jemals einen Psalm gebrummt hat. Und Sie halten sich für einen gottgesandten Diener des Lichts – für ein Geschenk des Himmels an die Menschheit. Sie sagen, Sie seien aufrichtig. Das ist das allerschlimmste. Wären Sie ein Heuchler, ich könnte Sie achten. Aber Sie halten sich für einen Heiland. Sie gehen umher, Erlösung grölend. Und welchen Spaß Ihnen das macht! Und dann beginnen Sie im Augenblick, da Sie verletzt sind, zu heucheln. Hier sitze ich fest in diesem unglückseligen Hotel in einer Fiebergegend und habe eine Woche lang kein Schiff zur Verfügung. Und Sie drängen sich ein, Reue in der Seele und Ehe im Blick. Gott, das ist ja zu komisch. Sie machen mich wahrlich krank. Es tut geradezu weh. Jetzt, bitte, gehen Sie. Es ist heiß, und mich langweilt es entsetzlich, so zu sprechen. Ich werde gleich schwitzen, und das wäre fürchterlich.«

Sein ganzes Gesicht wurde lang, seine große Gestalt schien hohl zu werden. Er starrte sie entsetzt und unglückselig an, dann schluckte er und rief abgerissen:

»Das kann nicht Ihr Ernst sein, Elissa, meine Liebe, oh, meine Geliebte. Sie müssen mich liebhaben. Ich bin anständig. Ich bin aufrichtig. Ich bin gütig. Ich werde hier alles aufgeben und mit Ihnen zurückkehren. Ich werde alles tun. Ich – ich werde – werde mich bemühen – ich werde um ihretwillen vorwärtskommen.«

»Mir wäre es lieber, wenn Sie fortkämen«, sagte sie gleichgültig.

»Oh, lassen Sie mich flehen«, winselte er, ihren Arm umklammernd. »Lassen Sie mich wenigstens flehen. Vielleicht wendet mir das Ihr Herz zu. Schicken Sie mich nicht so fort. Wir gehören einander, seit jener Nacht – seit jener wundervollen Nacht.«

»Gehen Sie«, sagte sie gleichmütig. Sie griff wieder nach dem Buch, das auf der Armlehne der Chaiselongue lag. »Bitte, gehen Sie.«

Er stand stocksteif; trotz seiner massigen Gestalt sah er aus wie ein geprügelter Hund. Er wühlte in der Brusttasche, zog ein Taschentuch hervor und schneuzte sich verstohlen. Zwei Minuten verstrichen. Jetzt starrte er die Linien dieser lässig hingestreckten Gestalt an; ein Farbfleck stahl sich langsam wieder in seine Wangen. Er wich zurück, blieb stehen, sah wieder hin. Plötzlich stieg die Röte von neuem auf, und er stammelte:

»Würden Sie vielleicht - oh, Elissa - selbst wenn Sie mich nicht heiraten wollen -« Er wartete, trockenen Mundes, hielt den Blick auf diese milchweiße Haut gerichtet und hoffte, sie würde ihm vielleicht helfen. Doch sie war stumm. »Sagen Sie - würden Sie nicht -« Er stotterte wieder. »Sie würden nicht lieb sein wollen zu mir?«

»Nein«, antwortete sie, ohne daß sie sich die Mühe gemacht hätte, auch nur das Auge vom Buch zu wenden. »Es interessiert mich momentan nicht.«

Jammervoll senkte sich sein Blick zu Boden, zorniges Elend stürmte auf ihn ein. Seine Mundwinkel zogen sich schmollend herab, er gab sich geschlagen; flehte nicht mehr. Ein Gefühl der Demütigung war in seinem Mund wie Galle.

»Sie wollen also nichts mehr mit mir zu tun haben?« warf er hin. »Bin Ihnen wohl nicht gut genug? Sie können es sich leisten, mich abzuschütteln. Sie, die Sie hier sitzen, während Ihre Freundin krank ist - und Sie sind zu egoistisch, zu ihr zu gehen.«

»Sehr richtig«, gab sie offen zu. »Ich habe Ihnen ja gesagt, daß ich egoistisch bin.«

Er schien sie kaum zu hören.

»Jetzt glauben Sie wohl, daß ich verschwinde. Weil Sie ganz fertig sind mit mir. Na schön. Ich werde Ihnen zeigen, daß ich mir keine zwei Cent aus Ihrer Meinung mache. Ich werde Ihnen zeigen, wer nicht soviel Rückgrat hat wie eine Spinne!« Er ging, die Schulter voran, zur Tür, drückte auf die Klinke und riß die Tür auf. Dann wandte er sich um und blickte Elissa an, überflutet von heißem, unvernünftigem Zorn. »Sie stellen sich vielleicht vor, Sie können sich die Schuhe an mir putzen«, rief er. »Weil Sie vielleicht so überlegen sind. Nun, warten Sie nur ab. Ich werde es Ihnen zeigen! Ich sage, ich werde es Ihnen zeigen!« Seine Stimme erhob sich zu Schreien, dann warf er die Tür heftig ins Schloß und war fort.

Was er ihr zeigen wollte, das wußte er im Augenblick nicht. Während er brennend heißen Gesichts die Treppe hinunterpolterte, und aus dem Hotel stürzte, wußte er nur, daß er das Gefühl hatte, als stünde er in Brand. Blindlings überquerte er die Plaza, eilte – irgendwohin, nur fort! Doch nach Laguna wollte er nicht zurück; er konnte nicht zurück zu dem gemeinen, verdammten, argwöhnischen Rodgers. Das würde ihn töten. Nein, nein, er wollte hier bleiben. Er wünschte, hier zu bleiben, und er würde hier bleiben. Er würde es ihnen schon zeigen – würde es ihnen allen zeigen!

Dann erinnerte er sich wie in einem Blitz der Offenbarung an jenes Hotel in der Calle de la Tuna. Er kannte – natürlich kannte er die Art dieses Lokals, zumindest argwöhnte er sie. Er schluckte trocken, erwog eine seltsame Gleichung in seinem Hirn. Er konnte nicht dorthin gehen; er wußte, daß er das nicht konnte; es war ein schlechter, ein schlimmer Ort. Dennoch zögerte er, gleichzeitig fasziniert und abgestoßen. Er mußte doch irgendwo bleiben; er konnte nicht zu jenem Rodgers zurück; und er wußte ja nicht bestimmt – konnte nicht bestimmt wissen, ob dieses Hotel ein übles Lokal war. Es war nicht gerecht, so abzuurteilen, und wenn es wirklich ein schlechtes Haus sein sollte, mußte er dann nicht erst recht hingehen; versuchen, es zu säubern? Während er so Worte spaltete, beschleunigte er die Schritte, schlug eine andere Richtung ein, wandte sich dann dem Hafen zu. Und dabei begann er geängstigt, innig zu beten: »O Gott«, murmelte er. »Ich will nichts Böses tun. Ich will nicht hingehen. Sie hat mich dazu gebracht. Wollte ich denn nicht richtig handeln? Hat sie mich denn nicht verhöhnt? Oh, Herr, hilf mir jetzt! Führe mich nicht in Versuchung.«

Er begann rascher zu gehen, als wäre er von Teufeln verfolgt. Doch die ganze Zeit schritt er dem Hafen zu. Und die ganze Zeit bewegten sich seine Lippen in diesem angespannten, murmelnden Flehen »Hilf mir, o Herr. Hilf mir jetzt. Laß mich nichts Unrechtes tun.«

Er bog um eine Ecke, schlich eine Gasse entlang, in der die Häuser kleiner und verfallen und viel schmutziger aussahen. Er hörte Lachen, die Musik einer Gitarre. Eine Frau, die in einem schmalen Hausflur stand, murmelte ihm etwas ins Ohr, während er vorbeischritt. Was hatte sie gesagt? Fünf Pesetas, Señor. Sie war sehr dick, ihre Brüste glichen schmalzgefüllten Blasen. Ihr tiefes Lachen verfolgte ihn durch die schmale Gasse. Er betete noch immer, noch immer brannten seine Augen, als er die Calle de la Tuna betrat.

23

Die Sonne war jenseits des Pics gesunken und hatte Los Cisnes der Nacht überlassen. Im Krankenzimmer drängten sich beharrlich die Schatten; schon waren die Winkel finster, eingehüllt von weichem Dunkel, das wie ein Teppich herabhing. Weich glitten diese unerbittlichen Schatten immer näher und schlossen das hinscheidende Licht aus, als wäre es ein Leben, das zermalmt und für immer verlöscht werden mußte.

Nur die Schatten bewegten sich, alles andere verharrte in furchtbarer Regungslosigkeit. Das Fenster stand halb offen, aber kein Hauch rührte sich, um den Geruch der Medikamente und der Krankheit zu verjagen, der in der Luft lag. Außen unter dem bronzefarbenen Dämmerlicht brütete Gewitterhitze über dem Land. Im Hause machte diese feuchte Hitze das Atmen unmöglich.

Neben dem Bett saß Harvey, er hatte das Kinn auf die flache Hand gestützt; sein hageres Gesicht war völlig verborgen, sein Körper aufrecht und starr. Vor ihm waren auf einem kleinen Seitentisch eine Tabelle, eine Schüssel mit sterilisiertem Wasser, Fieberthermometer und Injektionsspritzen, eine Reihe von Medikamenten – das alles mit skrupulöser Genauigkeit von Susan angeordnet.

Gleich zu Beginn hatte sie das Zimmer geräumt und gescheuert, sie hielt es nun schon drei Tage in der akkuraten, sauberen Strenge eines Spitalzimmers. In diesem schattenhaften Licht war sie nur unklar zu sehen, zu Harveys rechter Hand. Nun stützte sie einen Arm auf die hohe Caobakommode, als ob sie unsagbar müde wäre. Doch ihre Blicke waren ebenso wie die Harveys unentwegt aufs Bett gerichtet.

Nur das Bett war erhellt, gebadet im verlöschenden gelben Glanz, der langsam weiterglitt, sich vor dem Dunkel zurückzuziehen schien. Und auf den Kissen lag, eingefangen und umrahmt von diesem Schimmer wie einem Heiligenschein, Marys Gesicht, bleich gleich Elfenbein, und so dünn, als bestünde es nur aus Knochen. Der magere Schatten eines Gesichtes, das einst gelächelt und in der Freude des Lebens sich geregt hatte. Nun belebte kein Lächeln die trockenen Lippen, nun lag in den eingesunkenen Augen keine Freude, nur ein Versickern des Lebens.

Plötzlich richtete sich Susan auf und sagte:

»Ist nicht schon Zeit, die Kerzen anzuzünden?« Ihre Stimme klang beherrscht, doch seltsam hohl und fern.

Harvey antwortete nicht. Von furchtbarer Besorgnis abgelenkt, hörte er ihre Stimme, doch die vermittelte ihm keinen Sinn. Nur Bruchstücke von Gedanken drangen durch die Verzweiflung seines Gemütes. Wie lange war er schon so gesessen! Und doch, wie kurz! Die Spanne einer Sekunde; die Spanne eines Lebens. Sandkörner, die fielen – jedes Korn eine Sekunde, eine Träne, ein Leben. Sie liefen, diese gesiebten Sandkörner, mit so unglaublicher Geschwindigkeit. Und dann war das Glas leer, die Tränen vergossen, das Leben verbraucht. Es war schrecklich, so leidenschaftlich ein Menschenleben retten zu wollen. Seine ganze Seele war in diesem Verlangen aufgegangen. Er hatte stets die um die Krisis einer schweren Krankheit kreisende Gemütsbewegung mit Feindseligkeit betrachtet, mit Verdacht, ja mit Abscheu. Er hatte im Ausschlag der Waagschalen – dahin oder dorthin – lediglich den Erfolg oder den Mißerfolg wissenschaftlicher Forschungen gesehen. Doch jetzt war er ein anderer – ein völlig anderer, und nun glühte in ihm der Zweck, der früher kalt gewesen.

Mary! Er dachte stumpf nur ihren Namen, der aber umschloß restlos alles, was Harvey fühlte.

Sie lag nun drei Tage krank; unglaublich war die Veränderung, die diese drei Tage bewirkt hatten. Doch von Anbeginn hatte er gewußt, daß das Fieber in akuter Form aufgetreten war und mit tückischer Heftigkeit jenem unvermeidlichen Wendepunkt zujagte, da sich entscheiden würde, ob sie am Leben blieb oder sterben mußte. Schmerzerfüllt hatte er diese Tatsache ins Auge gefaßt, aufrechtgehalten durch die Erwartung einer frühen Krise. Doch diese Krise wollte nicht kommen. Es war nur eine Remission aufgetreten, mit ihrer Freude trügerischer, vorübergehender Hoffnung. Dann war die Temperatur wieder gestiegen, hinaufgeklettert bis zu jenem brennenden Höhepunkt, an dem das Leben einschrumpfen muß und wie Asche zurücksinken in grenzenlose Leere. Ansteigendes Fieber, sinkender Puls. Er wußte mit absoluter Klarheit, was das zur Folge haben mußte, wenn die Krise nicht kam. Und seine ganze Seele wurde erstickt von der Pein dieses Gedankens.

Wieder sprach Susan, einen tiefen Abgrund überspannend:

»Ich muß die Kerzen anzünden.«

Sie zündete die eine Kerze an und dann die andere, trug sie schweigend zum Tisch. Die Flammen erhoben sich gerade und regungslos wie Speere, zwangen die Schatten, zurückzuweichen, stehenzubleiben, zu warten wie ein Trauergefolge, das sich bei den Kerzen eines Katafalks schluchzend versammelt hat. Ein großer weißer Nachtfalter kam hereingesegelt wie ein Schiff; das Summen schwirrender Insekten erhob sich eindringlich wie geflüstertes Gebet.

Susan beobachtete diesen kreisenden Flug und sagte:

»Ich sollte das Fenster schließen.« Und dann nach einer Pause: »Die Nachtluft –«

Er hob den Kopf und sah sie an. Ihre Worte fielen in sein Bewußtsein wie Wassertropfen aus ungeheurer

Höhe. Als kehrte er von weit her langsam zurück, sagte er stockend:

»Lassen Sie mich das machen.«

Er erhob sich, ging zum Fenster, schloß es. Alle seine Bewegungen waren schwerfällig – er fühlte sich furchtbar ermüdet.

Er lehnte die Stirn an die Scheibe. Die Finsternis war rasch eingebrochen: selbst die Bäume standen von dieser Last so beladen, daß sie in der erstickenden Luft ganz schlaff die Zweige hängen ließen. Fernhin, dem Osten zu, zauderte noch ein Schimmer bronzefarbenen Lichts – gleich einem Streifen geschmolzenen Metalls, Vorbote eines Unwetters. Aus irgendeinem Grund schien dieser Schimmer unheimlich, belud die heiße Nacht mit schicksalsschwerer Drohung. Harvey wandte sich um, er sah Susans traurig ruhigen Blick auf sich gerichtet.

»Ein Gewitter kommt«, sagte sie. »Man fühlt es in der Luft.«

»Ja, dort steht ein Unwetter – hinter den Bergen.« Doch er hatte kaum diese Worte gesprochen, als sie auch schon vergessen waren. Er starrte Susan an, musterte offenbar ihr bleiches, müdes Gesicht, ihr unordentliches Haar, ihre aufgerollten Ärmel, den verbundenen Daumen, den sie mit einer desinfizierenden Säure verätzt hatte.

»Sie sind völlig erschöpft«, sagte er schließlich.

Obwohl seine Stimme gleichgültig klang, errötete sie augenblicklich; ihr Mund zog eine nervöse Grimasse, die als Lächeln gemeint war.

»Ich bin gar nicht erschöpft. Nicht im geringsten. Sie sind es – Sie, der Sie so viel getan haben. Mehr hätten Sie nicht leisten können. Ich finde, daß Sie – daß Sie sich töten.«

Seine Aufmerksamkeit galt nicht ihren Worten; er sah auf die Armbanduhr und sagte:

»Gehen Sie hinunter, um etwas zu essen. Dann müssen Sie ins Bett und ruhen.«

»Aber ich brauche keine Ruhe«, widersprach sie leisen und gleichmäßigen Tons. »*Sie* brauchen Ruhe, bitte, bitte, hören Sie auf mich.«

»Gehen Sie jetzt hinunter«, sagte er nachdrücklich, als hätte er ihre Worte gar nicht gehört.

Sie machte eine unwillkürliche Bewegung der Weigerung, dann bezwang sie sich. Flehend blickte sie ihn an.

»Machen Sie sich bloß eine Nacht frei«, flüsterte sie. »Sie können es sonst nicht aushalten. Sie haben so schwer gearbeitet – Sie sind todmüde und zerschlagen. Sie müssen – ja, Sie müssen heute nacht ausruhen.«

Er näherte sich langsam dem Kopfende des Bettes; sie konnte sein Gesicht nicht sehen. Dann sagte er:

»Sie wissen doch, daß es eine zweite Nacht nicht mehr geben kann.«

Sie beugte sich vor, versuchte, seinen Blick auf sich zu lenken. Doch das gelang nicht.

Seine Hände fielen auf die Kissen, er setzte sich wieder neben das Bett.

Sie stand da und sah ihm zu, mit einem sonderbar verstohlenen Ausdruck. Es half nichts – nichts half! Ihre Worte hatten nicht die Macht, ihn zu bewegen. Und so wandte sie sich mit einem erstickten Seufzer um, öffnete die Tür, humpelte müde den Korridor entlang, stieg die Treppe hinab.

Im Speisesaal war das Abendessen aufgetragen, die Kerzen angezündet; Corcoran und die Marquesa saßen schon bei Tisch und warteten. Der Anblick der kleinen, herausgeputzten Gestalt, phantastisch wie eine Marionette, verursachte Susan ein seltsam unerklärliches Gefühl der Gereiztheit.

Sie ließ sich auf einen Sessel fallen und begann hoffnungslos den Kaffee umzurühren, den Jimmy vor sie hingestellt hatte. Lange Zeit sprach niemand. Dann wischte sich Jimmy die Stirn ab und sagte, einzig und allein, um das drückende Schweigen zu unterbrechen:

»Meiner Treu, wenn nur das Gewitter schon käme. Für meinen Geschmack liegt es schon zu lange in der Luft.«

Die Marquesa, die in ihrem Staatskleid steif beim Tisch saß, sagte:

»Es kommt noch nicht. Morgen ja. Heute noch nicht.«

»Für mich kann's nicht schnell genug kommen«, sagte

Corcoran. »Dieses Warten ist wirklich so, als ob man auf einem Pulverfaß säße.«

Susan bewegte sich unruhig.

Sie war von ihrer Ermattung überwältigt, ihre Nerven zitterten, zum Reißen gespannt.

»Wir wollen über das Gewitter nicht jammern«, stieß sie hervor. »Ich denke, es steht schlimm genug, auch ohne das. Ich denke, wir sollten beten und nicht übers Wetter klagen.«

Die Marquesa hob sanft den Blick zur Decke. Sie mochte Susan – sie nannte sie die »Americana« – nicht leiden. Der Amerikaner Rodgers hatte ihr das Wasser des Baches aus den Bewässerungsanlagen gestohlen, ihre feindliche Einstellung war also national. In ihren eigenen naiven Worten: die Americanos hatten sie mißhandelt.

»›Die Worte einer Heiligen und die Krallen einer Katze!‹« murmelte sie mit verlorenem Lächeln. »Das ist ein altes Sprichwort, dessen ich mich erinnere. Aber trotz allen Sprichwörtern und Gebeten wird das Gewitter sicherlich kommen.«

Heißes Rot stieg in Susans blasse Wangen. Sie wollte sich gehenlassen, wollte diesem läppischen alten Weib eine wirkliche Schmähung als Antwort zuschreien. Doch nein, das tat sie nicht. Sie blickte auf ihren Teller, dann entschuldigte sie sich.

»Ich muß wohl sagen: es tut mir leid, daß ich so gesprochen habe. Es geschah in Gedankenlosigkeit. Und ich fühle mich ganz zerschlagen. Ich glaube: das – das ist schuld. Mein Verhalten bekümmert mich.«

»Jetzt ist es nicht nötig, bekümmert zu sein, Americana«, sagte die Marquesa mit sonderbarem Kopfnicken. »Wenn der Donner kommt – der Donner, von dem man nicht sprechen darf, dann wird es eher not tun, bekümmert zu sein.«

Susan starrte voll Furcht die alte Frau an. Sie stammelte: »Was meinen Sie?«

Die Marquesa trank geziert einen Schluck Wasser.

»Manche Dinge sind nicht geeignet, in Worte geformt zu werden. Es ist besser, darüber nachzusinnen – sie völlig ungesagt zu lassen, und ich könnte vieles sagen über diese Versammlung unter meinem Dach. Sie hat vielleicht eine Bedeutung, die unser menschliches Begreifen übersteigt. Wir – die wir so viel fühlen und so wenig wissen.«

»Sprechen Sie nicht so«, flüsterte Susan. »Sie verursachen mir ein unheimliches Gefühl. Oh, das ganze Haus ängstigt mich.«

»Seltsame Dinge sind in diesem Haus geschehen«, antwortete die Marquesa ruhig. »Und seltsamere Dinge mögen vielleicht noch geschehen. Warum sollte man sich täuschen wollen? Ohne Zweifel ist das Unglück so nahe. Ich kann es deutlich fühlen. Wie das Gewitter liegt es in der Luft. Ist es mir bestimmt? Nein, nein. Meine Zeit ist noch nicht gekommen. Und Sie? Sie sind so stark, so lebhaften Geistes. Es gibt eine klare Lösung, werden Sie sagen. Es ist der englischen Señora bestimmt, dieses Unglück. Ay, ay, ay, Sie urteilen vielleicht nach Ihrem Wunsch.« Und sie machte mit der beringten kleinen Hand eine Bewegung, die unbestimmt war, aber doch unendlich eindrucksvoll.

Susan wich zurück, als ob kalte Finger einen Schleier von ihrem innersten Wesen gezogen hätten. Der Raum, über dem der ungeheure flatternde Schwan schwebte, der Raum, unheimlich umschlossen von seinen düsteren Wänden mit der dumpfen Luft, wurde jählings grauenhaft gespenstisch. Sie schauderte zusammen. Das brachte ihr ganz plötzlich eine furchtbare Ahnung des Unglücks, so daß sie hätte schreien können. Sie fühlte, daß Mary sterben mußte. Ja, so dachte sie in wildem Ungestüm, ich habe es gewußt, ja, vom Anfang gewußt.

Selbst Jimmy bewegte sich unruhig. Er wölbte die Brust vor.

»Es ist nicht gut, so zu sprechen«, erklärte er mit ganz und gar gekünstelter Munterkeit. »Man kann nichts vorhersagen. Ich leugne nicht, daß sie furchtbar krank ist. Aber solange es Leben gibt, gibt es gewiß auch noch Hoffnung.« Er hatte diese Plattheit mit demselben Nachdruck schon dutzendmal vorher ausgesprochen.

Wieder lächelte die Marquesa sanft.

»Sprechen ist leicht. Und oft wird es mißverstanden«, murmelte sie. »Jetzt schweige ich. Denken Sie bloß daran, daß das Unglück ellenweise kommt und zollweise geht.«

Eine kurze Pause verstrich, dann bemerkte Jimmy plötzlich:

»Unglück oder nicht, eins gibt es, was ich, und wenn's um mein Leben ginge, nicht verstehen kann. Und meiner Treu, es ist ein recht unbehaglicher Gedanke. Sagen Sie mir nur, warum haben wir nichts mehr von diesem Kerl, dem Carr, gehört. Er ging hier aus dem Zimmer mit drohenden Blicken und schwor, er werde die Kabeldrähte zur Weißglut bringen. Weiß Gott, was er noch alles gesagt hat. Und jetzt sitzen wir hier und hören und sehen nichts von irgendwelchen Maßnahmen.«

»Was für Maßnahmen hätte man ergreifen können?« antwortete Susan scharf. Sie machte ein Pause, dann fügte sie leiser hinzu: »Es ist unmöglich, sie zu transportieren, ehe – ehe die Krise kommt. Und nur ihr Gatte hat das Recht, es anzuordnen.«

Corcoran rieb sich das Kinn, ein untrügliches Zeichen des Nachdenkens, dann wiederholte er:

»Trotz allem steckt etwas dahinter. Darauf möchte ich schwören. Und ich sage Ihnen, mir ist unbehaglich zumute, wenn ich daran denke, wie es für Harvey enden wird.«

»Wie meinen Sie das«, unterbrach sie ihn mit einem nervösen Zucken der Wange. »Niemand hätte diesen Fall besser behandeln können als – als er.« Sie konnte seinen Namen nicht aussprechen, sondern fuhr, sich vorbeugend, hastig und abwehrend fort: »Er ist wunderbar. Das weiß ich. Das habe ich gesehen. Und ich kann es auch beschwören. Ich werde beschwören, daß niemand auf Erden mehr für ihre Rettung hätte tun können.«

»Und wenn sie nicht gerettet wird, das arme Ding?« sagte Jimmy leise. »Wie wird das im Hinblick auf diese und jene Vorfälle von früher für Harvey enden?«

Seine Frage enthüllte den innersten Kern der Angst, die Susan zu Tode marterte. Wenn Mary Fielding starb – und sie lag im Sterben! – wie würde Harvey diesem Vorwurf standhalten können? Man würde ihm die Schuld geben – das wußte sie –, wenn diese entsetzliche Katastrophe so rasch jener früheren folgte. Die Verantwortung lag gänzlich auf seiner Seite. Er hatte sie so bewußt auf sich genommen – oh, der Gedanke war entsetzlich – erschreckte sie! Sie versuchte das Obst zu essen, das auf ihrem Teller lag. Aber sie konnte nicht schlucken. Wieder zerrissen von ihrer Gemütsbewegung, flüsterte sie vor sich hin: »Oh, hilf uns allen, lieber Gott, bitte, hilf uns jetzt.«

Plötzlich erhob sich die Marquesa unvermittelt, wie es ihre Art war. Geziert wusch sie sich Finger und Lippen mit Wasser, machte dann das Kreuzeszeichen, murmelte ein Dankgebet und bekreuzigte sich wieder. Endlich erklärte sie:

»Der ißt rasch, der wenig ißt. Und es ist jetzt Zeit für Isabel de Luego, sich zurückzuziehen. Ja, ja, jetzt muß sie in ihr Zimmer.« Sie schritt langsam davon, mit ausgespreizten Ellbogen und flatternder Mantilla, doch bei der Tür blieb sie stehen und richtete jenes unsichere, fast blicklose Starren durch den unheimlichen Raum auf Susan. »Al gran arroyo pasar postrero«, sagte sie sehr deutlich. Und dann: »Adios.«

Das war ihr Abschied.

Susan warf Corcoran einen geängstigten Blick zu.

»Was hat sie sagen wollen?« flüsterte sie.

Er stand auf und wischte sich die Krumen von der Weste.

»Ach, gar nichts«, murmelte er. »Ich verstehe das Kauderwelsch nicht recht.«

Sie umklammerte seinen Arm und fragte nochmals: »Was hat sie gesagt?«

»Etwas recht Seltsames, das können Sie mir glauben«, antwortete er verlegen. »Etwas von einem großen Fluß, und daß sie die letzte sein wird, die ihn überquert. Aber kümmern Sie sich nicht darum, was sie sagt. Sie ist ein recht anständiges, kleines Geschöpf, wenn man sie kennt. Meiner Treu, mir hat sie jedenfalls eine Chance gegeben, wie ich sie im Leben noch nicht hatte.« Er schnupfte

Tabak und blieb einen Augenblick beim Tisch stehen. Dann schritt er mit einem heimlichen Blick auf Susan zur Tür. »Ich gehe jetzt in die Küche. Ich habe eine Arbeit, die ich vor morgen erledigen muß.«

Er verließ schweigend das Zimmer; sie war allein. Noch immer fühlte sie unerklärliches Unbehagen. Sie spielte nervös mit den Obstschalen auf ihrem Teller. Kleine Tropfen öligen Saftes drangen in die Schramme an ihrem Daumen und verursachten ihr neuerlichen Schmerz. Aber sie merkte das kaum und dachte nur stumpf, wie unheimlich und eigentlich auch furchtbar die alte Frau war.

»Ein großer Fluß und die letzte, die ihn überquert.« Was bedeutete das? In diesem ausgedörrten Lande, dessen Flüsse alle ausgetrocknet waren, schienen solche Worte verwirrend, unerklärlich, doch irgendwie auch ängstigend. Endlich richtete sie sich entschlossen auf und schob ihre Gedanken beiseite. Sie strich ihr Haar aus der Stirn und schickte sich an, aufzustehen, doch als sie den Stuhl zurückschob, öffnete sich die Tür und Harvey trat ins Zimmer.

Sie atmete rasch, da sie seinem unerwarteten Erscheinen eine furchtbare Bedeutung unterlegte. Eine Frage zitterte auf ihren Lippen, doch Susan konnte sie nicht aussprechen. Sie folgte ihm mit erschrockenem Blick, während er stumm vorwärts schritt und ihr gegenüber auf einen Sessel sank. Nun sah er sie über den Tisch an und schüttelte langsam den Kopf.

»Es ist nicht das.« Sein Ton war völlig beherrscht, zeugte aber von tödlicher Ermattung.

Sie stammelte: »Sie – sie ist doch – es ist doch nichts geschehen?«

»Es ist etwas geschehen. Seit zu dem Fieber Blutungen auftreten, geht es ihr unvergleichlich schlechter. Die letzte Blutung hat sie fast bis zum Zusammenbruch erschöpft.«

»Warum sind Sie dann heruntergekommen?«

Er brauchte lange Zeit, um zu antworten, dann sagte er mit einer gewissen eisigen Ruhe:

»Sie verfällt; ihre Widerstandskraft ist völlig aufgebraucht. Aber die Krise kann nicht mehr weit sein. Wenn man die Patientin bis morgen am Leben erhalten kann, hat sie vielleicht Hoffnung. Es gibt nur eine Möglichkeit, ihr diese Chance zu geben. Das ist gefährlich, aber die einzige Möglichkeit.«

Sie flüsterte: »Was?«

Er sah sie unvermittelt an und antwortete:

»Eine Blutübertragung.«

Es herrschte Schweigen. Das Unerwartete seiner Antwort raubte ihr die Sprache; ihr Herz schlug rasch. Dann schauerte sie leicht zusammen.

»Das können Sie nicht tun«, stammelte sie. »Es ist unerhört. Sie hat doch Fieber. Es ist verfehlt. Oh, es sieht Ihnen gar nicht ähnlich, so etwas vorzuschlagen.«

»Ich bin mir jetzt selbst nicht mehr ähnlich.«

»Aber es wäre doch besser«, keuchte sie, »besser, bloß zu warten.«

»Und zuzusehen, wie sie am Blutverlust stirbt.«

»Sie können es nicht tun«, sagte sie wieder. »Es ist unmöglich. Und vor allem hier. Und vor allem jetzt. Sie haben auch nicht die nötigen Sachen.«

»Ich habe alles, was ich brauche.«

»Sie können es nicht tun«, rief sie zum dritten Male. Sie preßte die Hände zusammen. »Das Wagnis ist zu fürchterlich. Wie leicht kann es unglücklich ausgehen. Und man wird Ihnen schuld geben. Sehen Sie denn nicht, daß man Ihnen schuld geben wird, wenn es mißglückt? Man wird sagen, Sie hätten –«

Er erwiderte nichts. Seine Lippen waren von einem Schatten des alten, ironischen Lächelns verzogen.

»Im Namen Gottes«, schluchzte sie, »beschwöre ich Sie, sich irgendwie Hilfe zu verschaffen. Ich wollte das schon hunderte Male sagen. Niemand hätte mehr leisten können als Sie. Sie waren wundervoll. Aber die Verantwortung – so – ohne irgend jemanden. Sehen Sie nicht, daß man, wenn sie stirbt, sagen wird, Sie hätten Sie getötet?«

Sie streckte unsicher tastend die Hände nach seinem Arm aus. Beim Anblick seiner ermüdeten, eingesunkenen Augen quoll ihre Liebe zu ihm empor. Sie konnte ihr

Gefühl nicht unterdrücken. Sie sehnte sich, diese müden Augen zu küssen – sie sehnte sich – sehnte sich. Tränen strömten über ihre Wangen und machten das ungepflegte Gesicht häßlich – es kümmerte sie nicht! Er schien sie gar nicht zu sehen.

»Nichts ist mir wichtig«, sagte er schwer, »wenn sie stirbt.«

Ihr Gesicht verwandelte sich, als ob sie einen Schlag erhalten hätte. Sie zog die Hand zurück und hob sie zur Stirn, um ihre Tränen zu verbergen. Sie schnupfte auf, zwang ihren zitternden Mund zur Ruhe. Endlich sagte sie mit veränderter Stimme:

»Wenn Sie es tun, wollen Sie dann, daß ich – daß ich das Blut spende?«

Er schüttelte den Kopf.

»Nein«, sagte er. »Das kann ich nicht zulassen. Es ist einzig und allein meine Angelegenheit. Ich will das alles allein besorgen. Wenn dann – etwas nicht klappt, ist es meine Schuld.« Er machte eine Pause.

Das Pochen ihres Herzens drohte sie zu ersticken.

»Sie könnten mir heißes Wasser bringen. Sehr viel heißes Wasser.« Er sprach jetzt ruhig und freundlich. »Und ich werde Ihnen die Nadeln geben – sie müssen ausgekocht werden.« Dann erhob er sich schweigend. Er blickte sie nicht einmal an, als er zur Tür schritt.

Doch sie stand auf und folgte ihm.

24

Am Ende der Halle stand eine alte kastilianische Uhr, deren träge Untätigkeit Corcoran, sogleich nachdem er sie entdeckt, behoben hatte. Nun ließ sie drei zögernde Schläge hören. Das summende Echo stieg in die Dunkelheit der Halle empor, schwebte durch den Korridor ins Krankenzimmer.

Instinktiv blickte Harvey auf seine Armbanduhr; das war seine erste Bewegung seit einer Stunde. Ja, es war drei

Uhr. Die Stille, die dem Schlagen der Uhr folgte, war abgrundtief. Eigentlich war es keine restlose Stille, denn das leise Röcheln Marys zog sich wie ein dünner Faden durch das Dunkel des Zimmers. Doch das ging nun schon so lange so, daß es ein Teil des Zimmers geworden war, geradezu verwoben schien mit der Substanz dieses Schweigens. Harvey war allein bei Mary. Die anderen hatten nicht zu Bett gehen wollen, besonders Susan hatte protestiert. Doch er war unerbittlich gewesen. Ihn leitete keine heroische Gefühlsregung - einfach das Wissen, daß es so sein mußte. Ein seltsames Gefühl des Besitzes beherrschte ihn jetzt. Dieses Gefühl war gekommen, als er spürte, wie sein Blut langsam in das ihre strömte. Diese Transfusion - oh, er würde sie nie vergessen! Nie! In gewissem Sinne nackte Tollheit, nichts anderes. Dieser ungeheure, kahle Raum; die mangelhaften Instrumente; all das hatte die Sekunden mit fieberhafter Angst erfüllt - dazu sein abgebundener Unterarm, gebadet im Licht der Kerzen; die Dunkelheit ringsum, die näher zu dringen schien; Susans kreideweißes Gesicht, ihre nervös zitternden Finger - dies bot einen solchen Gegensatz zu Harveys Spitalerfahrung, daß es geradezu lächerlich war.

Ein gigantischer Spaß, bei dem der Tod in der Ecke lauerte, und sich vor Lachen die Seite hielt.

Es war nicht richtig, wissen Sie - nicht hergebracht, nicht wissenschaftlich -, diese Art der Behandlung. Vor sechs Wochen noch hätte er in solches Hohngelächter eingestimmt und die ganze Sache als Unsinn bezeichnet.

Jetzt aber - jetzt dachte er nicht in den Fachausdrücken seiner Experimente. Er wollte ein Leben retten. Die Unzulänglichkeit der Hilfsmittel, die ihm zur Verfügung standen, konnte ihn nicht abhalten, auch nicht die Gefahr - die furchtbare Gefahr. Er sah, daß Mary sterben mußte, wenn nicht etwas geschah, sie am Leben zu erhalten. Nicht die Vernunft war sein Führer gewesen, sondern leidenschaftliches inneres Schauen. Er hatte die Blutübertragung durchgeführt. Ja, die war vorbei. Nun waren sie unerforschlich vereint, mochte kommen, was immer; nichts konnte diese Vereinigung trennen. Er fühlte das.

Das Zimmer war unerträglich dumpf. Harveys Kopf, der schon aus Schlafmangel Schwindel fühlte, war durch den Blutverlust nicht leichter geworden. Plötzlich erhob er sich; löschte eine der Kerzen aus, die auf der Kommode standen. Die rauchende Flamme, die seinen Augen Schmerz bereitete, konnte vielleicht ebenso schmerzlich in Marys Augen leuchten. Er beschattete die zweite Flamme, neigte sich vor und starrte angestrengt ins Gesicht der Kranken, während auf der Wand gegenüber sein Schatten riesenhafte Gestalt annahm. Dann ließ er sich seufzend wieder auf den Sessel fallen. Noch immer keine Veränderung; noch immer dieses fieberhafte, rasselnde Atmen. Das Gesicht Marys war in seiner Maske der Bewußtlosigkeit noch immer schön; ihr Mund, halb geöffnet, senkte sich matt in den Winkeln, auf den Wangen lag dunkle Röte, die Augen waren nicht ganz geschlossen, sondern zeigten einen marmorweißen Streifen.

Wieder entrang sich seiner Brust ein schwerer Seufzer. Mechanisch nahm er Wasser, wusch Marys trockene Lippen und brennende Stirn. Sie hatte sich nach der Transfusion ein wenig erholt, ihr Puls war rascher und kräftiger gegangen; Harveys Herz hatte vor Freude aufgejubelt, doch nun lag sie wieder so da, glitt beinahe schon in die grenzenlose Trostlosigkeit, die Tod heißt.

Und wie hatte er diese letzten Tage gekämpft! Alles hatte er gegeben, was sein war.

Er schob die Hand unter die Decke und faßte die Finger der Kranken, die so schmal waren und seiner Berührung keinen Widerstand leisteten. Die Berührung mit diesen brennenden Fingern wühlte in ihm unglaubliche Tiefen der Pein auf.

Er biß die Zähne zusammen, von Schmerz verzehrt. Der Anblick Marys, geschwächt und verfallend, das Gefühl seiner Ohnmacht quälten ihn bis zur Tollheit. Leidenschaftlich raffte er seine erschlaffende Kraft zusammen, leidenschaftlich wünschte er, sie der Kranken übertragen zu können. Zwei winzige menschliche Geschöpfe, nur durch ihre Hände verbunden im ungeheuren, vernunftlosen Weltall. So verschwindend unwichtig unter dem dunklen Gewölbe der Nacht, glichen sie Atomen, verloren in einer ungeheuren Schwärze. Und doch waren sie beisammen. Das machte die Schwärze zu nichts und nahm dem ungeheuren Weltall jeglichen Schrecken, bis auf den einen. Es war der Beginn; es war das Ende. Nichts konnte den Sinn dieses Einfachen lösen; nichts konnte seine Macht auflösen. Diese erhabene Überzeugung drängte sich Harvey auf. Seine ganze Einstellung zum Leben war in Stücke geschlagen, davongeschwemmt; aus den Trümmern war diese leuchtende Offenbarung erstanden. Er konnte nun keinen Hohn mehr finden, die Schwäche der Menschheit zu verspotten; er war nicht mehr kalt und hart; verachtete nicht mehr das Leben. Das Leben schien ihm nun von seltener Köstlichkeit; ein herrliches, schönes Geschenk, voll seltsamer, ungeahnter Süße.

Als er so gebeugt neben dem Bett saß, drängte sich seinem Sinn die Last alles Leidens auf, aller Opfer, die die Welt gekannt hat. Verwirrt fühlte er diese zermalmende Last: Schönheit und Liebe, unentrinnbar verflochten mit dem Schweiß, den Tränen, dem Blut aller Menschheit.

Und in der tödlichen Pein seiner Seele – jener Seele, die er spöttisch geleugnet hatte – sah er seinen kleinlichen Hochmut als etwas Klägliches und Ohnmächtiges. Seine Gedanken flogen zurück. In überwältigender Wucht kam die Erkenntnis. Seine Arbeit, die eigentliche Aufgabe seiner Arbeit, war mißglückt, hatte scheitern müssen eben dieses Hochmutes wegen. Wäre ihm am Leben jener drei Patienten etwas gelegen gewesen – wie fern schien das jetzt in Raum und Zeit! –, hätte er sie wirklich als menschliche Geschöpfe betrachtet, die gerettet werden mußten, dann wäre er – vielleicht – erfolgreich gewesen. Ihm aber war nur an seiner Rechtfertigung und an der Rechtfertigung seiner Forschung gelegen. Und das genügte nicht.

Demut überwältigte ihn. Wieder schien ihm, so wie an jenem letzten Abend auf der »Aureola«, sein ganzes Leben plötzlich vertan und leer.

Seine Blicke wandten sich Marys Gesicht zu, langsam füllten sich seine Augen mit Tränen. Hier lag die gebrechliche Hoffnung auf seine Erlösung. Ein marterndes Gefühl faßte ihn. Wenn er sie retten konnte! Das Leben wäre dann nicht leer. Wieder ergriff der brennende Gedanke von ihm Besitz: wenn sie nur bis zur Krise kommt! Wenn sie nur leben kann? Er wußte so genau, wie entscheidend diese Stunden waren: als ob ihr Körper, im Raum schwebend, in einem seltsamen, unsicheren Gleichgewicht gehalten würde, aus dem er unvermittelt wie ein fallender Stern herabgleiten konnte, in Sicherheit oder Auslöschen.

Unwillkürlich beugte er sich über sie, bis ihr heißer Atem seine Wange streifte; flüsternd sprach er zu ihr.

Gleichsam instinktiv lächelte ihr hageres Gesicht matt. Aber sie sah und hörte ihn nicht. Sie murmelte unverständliche Worte. Und dann begann unvermittelt ihr Delirium von neuem. »Warum nehmen sie mich fort? Warum nehmen sie mich fort? Fort! fort! fort!«

Die gemurmelten Worte gingen in endloser Wiederholung weiter, wie eine alberne Lektion, die mühsam auswendig gelernt werden muß. Weiter und weiter murmelte sie, wirren Hirns gegen eine Macht ankämpfend, die von ihr Besitz ergreifen wollte.

»Warum nehmen sie mich fort? Fort, fort!«

Er konnte das nicht ertragen. Er stand jählings auf; begann im Zimmer hin und her zu gehen.

Im Gehen sanken ihm die Schulter nach vorn; seine Gestalt sah geschrumpft aus, so daß die Kleider bloß an ihm zu hängen schienen. Hin und wieder preßte er die Finger heftig an die Schläfen. Und die ganze Zeit lauschte er, lauschte angestrengt diesen unablässigen geröchelten Worten. Er mußte lauschen. Es war herzzerreißend. So konnte es nicht weitergehen mit ihr; er wußte, daß es unmöglich war.

Plötzlich blieb er beim Fenster stehen. Er hob den Kopf, seine Augen durchforschten das gestaltlose Dunkel, in dem sich auf den wachehaltenden Bäumen kein Blatt regte. So blickte er empor, dem Himmel zu, ohne sichtlichen Grund. Kein Mond war zu sehen; die Sterne waren verborgen, doch undeutlich bebten im Osten matte

Streifen der Dämmerung auf dem schwerbeladenen Himmel. Was lag hinter diesem Himmel, hinter dieser anbrechenden Dämmerung? Bald würde er es wissen.

Und dann verstummte, gleichsam als Antwort auf seine Angst, die murmelnde Stimme. Er wandte sich hastig um, das Herz schien ihm in die Kehle zu steigen. Aber obwohl die Stimme schwieg, ging das röchelnde Atmen weiter. Einen Augenblick blieb er regungslos stehen, krank vor so plötzlicher Angst, dann schritt er langsam zurück und kniete neben dem Bett nieder. Ihr Puls war noch immer unverändert: dünn, matt flatternd, langsam. Er zählte ihn mühsam, verwirrt von dem heftigen Pochen, das seine eigenen Finger füllte.

Was sollte er tun? Was konnte er noch tun? Fieberhaft zermarterte er sich das Hirn. Endlich entschloß er sich, noch einmal Strychnin zu geben. Noch immer kniend, füllte er die Injektionsnadel, richtete Marys Arm zurecht und stach die Nadel ein. Das zarte, blaugeäderte Handgelenk umklammert haltend, wartete er; eins, zwei, drei, vier – wie oft hatte er diese schwachen, flatternden Schläge gemessen! Fünf, sechs, sieben – wie still sie lag, wie maskenhaft ihr liebliches Gesicht war. Wieder bebten Tränen in seinen Augen. Er liebte sie, nicht mit dem rohen Verlangen des Körpers, sondern mit der innigen Zärtlichkeit seiner ganzen Seele. Er hatte diese sich emporschwingende Vereinigung der Gemüter höhnisch geleugnet, und das war die Antwort. Er hatte nicht das Verlangen zu beten; er konnte nicht beten; aber stumpfsinnig dachte er – und der Gedanke war wie ein Gebet –: nichts ist wichtig, wenn sie nur am Leben bleibt. Er wollte nicht mehr. Das allein würde die Erfüllung ihrer Liebe bedeuten – daß sie am Leben blieb.

Sie stöhnte leise. Wieder badete er ihr Stirn und Lippen; mehr konnte er nicht tun. Er lehnte sich an das Bett und wartete mit vor Ermüdung brennenden Augen. Er war völlig erschöpft, doch wollte er dem Schlaf nicht nachgeben.

Das drohende Gewitter in der Luft wurde nun unerträglich drückend. Es schien mit dem anbrechenden Morgendämmern heranzuziehen. Ruhig und unbeachtet glitt der Schatten der Zeit über Harvey dahin. Sekunden vergingen oder Stunden – das konnte er nicht sagen. Er wartete, beobachtete Marys Gesicht.

Plötzlich durchlief ein köstlicher Schauer seinen Körper. Fünf Sekunden blieb er völlig starr in kniender Stellung. Er wagte nicht zu atmen.

Auf Marys Oberlippe und Stirn waren winzige Schweißtropfen ausgebrochen. Ein langer, krampfhafter Seufzer füllte seine Brust. Er hatte Angst, zu glauben. Er hatte Angst, sich zu regen. Dann streckte er langsam mit bejammernswerter Ängstlichkeit die Hand aus. Es war wahr. Marys Stirn, die im fahlen Fieber gebrannt hatte, fühlte sich feucht an. Und wie durch ein Wunder ging ihr Atem plötzlich leichter und sanfter.

Es kann nicht sein, dachte er wirr. Es kann nicht sein.

Eine ganze Ewigkeit tödlich qualvollen Wollens hatte er auf diese Krise gewartet, und nun, da sie da war, konnte er nicht daran glauben. Mit unsicheren Händen griff er nach dem Thermometer, legte es mit ungelenker Zärtlichkeit unter ihren Arm. Es war ein Halbminutenthermometer, aber in seiner Angst ließ er es volle zwei Minuten an seiner Stelle. Als er es fortnahm, zitterten seine Hände so sehr, daß er es fast fallen ließ. Sein Blick war so umwölkt von Angst und Hoffnung, daß er kaum ablesen konnte. Aber endlich nahm er die Zahlen wahr. Die Temperatur war um volle zwei Striche gefallen.«

Er rang um Selbstbeherrschung. An Marys Seite kniend, kämpfte er starren Gesichts eine wilde, aufwühlende Freude nieder. Er wußte genau, was dieses rasche Sinken des Fiebers bedeutete. Bei einer akuten Infektion gleich dieser, die fieberhaft emporloderte, bedeutete die Krisis keine bloße Wandlung zum Besseren. Es war eine entschiedene Indikation der Genesung. Aber er wollte noch nicht daran glauben. Er hatte noch immer Angst. Er wartete atemlos. Als er den Ablauf einer weiteren halben Stunde über sich hatte ergehen lassen, schob er das Thermometer wieder unter Marys Arm. Diesmal nahm er es mit festem Griff, um es abzulesen. Ihre Temperatur war abermals um einen Strich und um den Bruchteil eines weiteren Strichs gefallen. Marys ganzer Körper war jetzt übertaut von leichter Feuchtigkeit. Ihr Puls ging stärker, ihr Atem ruhiger. Selbst ihre Züge hatten sich in einer nicht feststellbaren Art zum Besseren gewandelt.

Große, überschäumende Freude brach über ihn herein. Und ein so köstliches Schluchzen drang erstickend aus seiner Kehle. Als ob sie ihn endlich gehört hätte, öffnete sie langsam die Augen. Sie sah ihn an, und das war nicht mehr jenes delirierende Starren. Wiederkennen lag in ihrem Blick und unerwartetes Verstehen ihrer Rettung.

Dann sprach sie. So leise, daß es fast unhörbar war, aber es war ihre natürliche Stimme:

»Ich bin krank gewesen«, flüsterte sie.

Das Wunder, daß sie sprach, erschütterte ihn mit unglaublicher Seligkeit.

»Es geht dir besser. Du wirst gesund werden.«

Sie sah ihn an, als ob dieses Wissen ihr keine Überraschung bereitete.

»Ja«, sagte sie. »Ich weiß es.« Dann breitete sich über ihr Gesicht, unglaubhaft, die Spur eines Lächelns. Etwas Tiefes, Bedeutungsvolles lag in diesem schattenhaften Lächeln. Und etwas Festes.

Das Zimmer war jetzt ganz hell, die Schatten fort, ohne Wiederkehr. Er gab ihr zu trinken und beobachtete, wie sie die Augen wieder schloß.

Die Ebbe ihres Lebens war zu Ende, und nun flutete frisches Leben rasch in sie. Sie schlief. Einen Schlaf der Ermattung, aber doch der Ruhe. Das Glück, das Harvey dabei empfand, überstieg alles.

Er hatte sich erhoben, stand lange Zeit da, blickte auf das schlafende Gesicht hinab. Ein Schauer des Entzükkens war in seinem Herzen, das es nicht fassen konnte. Er wollte plötzlich Susan aufwecken. Corcoran, die herrliche Nachricht überall verbreiten. Doch er tat es nicht.

Und dann kam die Folge seiner Ermüdung. Der hastige Wunsch nach einem Atemzug frischer Luft. Mary schlief. Würde noch stundenlang schlafen. Und sie war sicher. Er fühlte sich jetzt ganz schwindlig, empfand wieder das

Bedürfnis nach einem erfrischenden Lufthauch. Er warf einen letzten Blick auf Mary, dann stahl er sich auf den Zehenspitzen aus dem Zimmer. Unten trat er still aus dem Haus. Er ging in den Garten, wanderte durch den Orangenhain, in dem sie in jener süßen, furchtbaren Nacht gestanden waren. Sein Herz sang noch immer in wilder, unvergleichlicher Freude. Aber seine Schritte schleppten sich müde hin. Denn drei Nächte hatte er nicht geschlafen. Er war halbtot vor Ermattung.

Kein Lüftchen regte sich. Die Luft war still und regungslos. Kein Vogel kam, den Tag zu grüßen. Die Erde lag kahl da, wartete auf das Losbrechen des Unwetters.

Was machte das aus. Was machte ein Unwetter aus oder was immer sonst noch kommen mochte. Sie fühlte sich besser; sie war gerettet; sie lebte! Wirr vor Glück wanderte er weiter, über die Plantage hinaus, in den Schutz der Retamabüsche.

Dann hörte er plötzlich ein sonderbar surrendes Geräusch. Von hoch oben kam es, als ob eine ungeheure Libelle über den bronzefarbenen Himmel zöge. Es war nicht so sehr ein Summen wie vielmehr ein Dröhnen. Ein lautes, dröhnendes Geräusch. Er versuchte hinaufzublikken, aber der heftige Glanz dieses ehernen Himmels war zuviel für seine müden Augen. Er war furchtbar ermattet; das gestand er endlich ein; vielleicht war das der Grund des entsetzlichen Dröhnens in seinen Ohren. Er begann über seine alberne Einbildung zu lachen. Es war doch zu komisch. Aber das Lachen wollte ihm nicht gelingen. Seine Augen fielen zu. Trunken vor Schlaf taumelte er, brach zusammen.

Während der Hydroplan seine Kreise zog und im Gleitflug aufs Wasser des Hafens niederging, sank Harvey zu Boden. Er fiel in ein dichtes Retamagebüsch, das sich über ihm schloß, und schlief sogleich ein.

25

Er wußte nicht, wie lange er geschlafen hatte. Als er erwachte, war seine Uhr stehengeblieben. Aber er schätzte, daß es spät sei. Schon dunkelte der Himmel beim Nahen des Abends. Regen hatte in schweren, warmen Tropfen zu fallen begonnen. Die hatten ihn, als sie auf sein Gesicht klatschten, erweckt. Nachdem er das erste, augenblickliche Staunen über seine Lage überwunden, lag er kurze Zeit in dem Retamagesträuch, starrte den schwülen Himmel an, der ihm diese vereinzelten Tropfen auf Stirn, Wangen, Augen fallen ließ. Einer traf mitten auf seine Lippe; er schmeckte ganz weich und farblos. Und doch brach ein zitterndes Dröhnen und Donnern aus dem Himmel, rollte über Harvey hin. Wundervoll! Er sah keinen Blitz; doch unverzüglich, gleichsam entfesselt durch das schreckliche Geräusch, platzte der Regen in wahren Strömen los.

Harvey sprang auf, lachend wie ein Knabe, und lief, um unter Dach zu kommen. Wie wohl er sich fühlte, wie frisch und ausgeruht. Da war endlich das Gewitter, das so lange gezögert hatte, daß es jetzt mit verdoppelter Rachsucht losbrach. Ein zweiter Donnerschlag ließ ihn wieder in heller Erregung auflachen. Er hatte Grund zu solcher Stimmung. Natürlich! Im Augenblick seines Erwachens hatte er gedacht: es geht ihr besser. Und oh, es war ein herrlicher Gedanke, ein verwirrender, wundervoller Gedanke. Besser – besser – Mary ging es besser!

Er stürmte quer über den Fahrweg, bemerkte nur ganz flüchtig, daß der Kies aufgewühlt war und eine frische Wagenspur zeigte. Er eilte durch die Tür, schüttelte die Regentropfen von seinem Mantel und blieb in der Halle stehen, um Atem zu schöpfen. Noch immer still – die Halle –, diese Stille aber hatte keinen Schrecken mehr für ihn. Die Tür zum Speisezimmer stand halb offen. Mit einem raschen Schritt trat er vor und blickte hinein. Mitten im Schweigen und in den Schatten dieses seltsamen, vertrauten Raumes saß die Marquesa beim Essen – allein. Das war doch sonderbar! – Es jagte ihm merkwürdigen

Schrecken ein. Eine Erinnerung an ihre erste Begegnung war das, daß er sie so sah, ihr schwarzes Kleid, ihren Schmuck, ihren einsamen, undurchdringlichen Pomp. Und sie schien zu wissen, daß er hier war. Sie hob den Kopf, starrte ihn ohne Staunen mit ihren Vogelaugen an.

»Sie sind zurückgekommen«, sagte sie ruhig. »Gewiß, das ist mir angenehm. Und Sie werden erwartet. Sehen Sie, hier stehen wieder Milch und Obst und warten auf Sie. So, wie es zu Beginn war.«

Er lächelte sie an. »Ich habe lange geschlafen«, sagte er. »Und eigentlich an einem sonderbaren Ort. Aber ich will vor dem Abendessen noch hinaufgehen.«

»Zuerst müssen Sie essen«, erklärte sie ruhig. »Der weise Mann freut sich des wenigen, das er hat, der Tor jedoch begehrt mehr.«

Ihre Art belustigte ihn wie noch nie zuvor.

»Nein, nein«, sagte er. »Ich gehe hinauf.« Er machte eine Pause. »Aber ich will vorher noch ein Glas Milch trinken.« Er trat näher, goß sich Milch ein, trank lange. Das mundete köstlich. Dann sagte er, das Glas in beiden Händen haltend: »Wo sind die anderen?«

»Die Americana – sie ist oben.« Das hatte er natürlich erwartet. Die Marquesa aber fuhr fort: »Und El Corcoran – er wird zurückkommen. Einstweilen ist er mit der Escolta nach Santa Cruz gefahren.«

Seine Augen weiteten sich überrascht.

»Escolta – ich kenne das Wort nicht.«

»Worte und Federn werden vom Wind verweht.«

Er lächelte wieder, diesmal schon zweifelnd.

»Ich bin vielleicht dumm, aber ich verstehe das noch immer nicht ganz.«

»Für Dummheit gibt es keine Kur. Habe ich nicht gesagt, das Unwetter wird kommen?«

Nun starrte er sie wirklich in plötzlicher Furcht an. Ihr undurchdringliches Gesicht, beladen mit einer Art schicksalschweren Wissens, erschreckte ihn unerwartet.

»Ist etwas geschehen?« rief er. »Warum ist Corcoran nach Santa Cruz gegangen? Warum sagen Sie mir's nicht?«

Sie fuhr fort, eine Feige in kleine, schmale Scheiben zu schneiden, genau so wie an jenem ersten Abend. Mit einer leichten Neigung des Kopfes sagte sie:

»Der, der nicht vorwärts schaut, bleibt zurück.«

Eiskaltes Schweigen trat ein. Ihr Ausweichen ängstigte und erbitterte ihn plötzlich. Wortlos stellte er das Glas auf den Tisch und lief aus dem Speisesaal. Er stürmte hinauf. Ein neuerliches Donnergrollen schmetterte ihm an die Ohren, während er den Korridor entlang lief. Er stürmte ins Schlafzimmer. Und dort blieb er stehen. Er konnte – konnte seinen Augen nicht trauen.

Niemand war in dem Raum außer Susan Tranter. Das Bett war leer und abgedeckt, das Fenster weit offen, damit die Luft eindringe. Bei diesem Fenster kniete Susan. Sie hatte den Hut auf dem Kopf. War zum Ausgehen gekleidet. Und er sah, daß sie betete. Sein Herz wurde ganz kalt.

»Was ist geschehen?« rief er wild. »Wo ist Mary?«

Sie wandte den Kopf, und sogleich zeigte sich ein Ausdruck der Erleichterung in ihrem besorgten Gesicht. Hastig und verwirrt erhob sie sich. »Sie sind wieder da«, stammelte sie. »Ich freue mich, oh, ich freue mich furchtbar. Wir wußten nicht, was geschehen war, wo Sie sein könnten. Ich hatte Angst, ganz entsetzliche Angst.«

»Wo ist Mary?« schrie er. »Sagen Sie mir das! Um Gottes willen, sagen Sie mir das.«

Außen erdröhnte wieder ein schrecklicher Donnerschlag; ein plötzlicher Windstoß erhob sich und rüttelte das Fenster in dem morschen Rahmenwerk.

»Sie ist fort!«

»Fort?«

»Man hat sie fortgeholt.«

»Fortgeholt?« Er wiederholte albern ihre Worte, und seine Stimme war kaum lauter als ein Flüstern; dann fragte er im gleichen Ton und mit einer Pause zwischen jedem Wort: »Wer hat sie fortgeholt?«

Sie blickte ihn mit Augen an, in denen Eifersucht und Mitleid lagen; dann sagte sie:

»Ihr Gatte!«

Er starrte ihr wild ins Gesicht. Er konnte ihre Worte nicht verstehen. Nach einer Minute fuhr sie angstvoll fort:

»Er kam früh am Morgen. Sie waren nicht hier. Er kam mit dem Flugzeug aus England – mit einem Hydroplan, verstehen Sie. Er wartete hier viele Stunden. Und Sie waren noch immer nicht hier. Und dann entschied er, sie müsse transportiert werden. Er hat alles veranlaßt. Es hätte nicht besser gemacht werden können. Vor einer halben Stunde ist sie fort. Aber sie ist fort. Jetzt ist sie in Santa Cruz.«

Er stand da, und starrte Susan an. So entsetzlich still, daß er zu Stein verwandelt schien. Er konnte sich nicht bewegen. Er konnte nicht atmen.

Mary war fort, und ihr Gatte hatte sie fortgeholt. Ihr Gatte! Die Sache war toll und doch so einfach. Er hatte an alles gedacht, nur daran nicht. Das verblüffte ihn, das war schmerzender Hohn. Und dann packte ihn plötzlich Wut.

»Sie war nicht transportfähig«, rief er. »Es geschah zu früh. Warum ließen Sie sie fort? Woran dachten Sie, um Gottes willen? Sie hätten es nicht erlauben sollen, daß man sie fortholt.«

Verwirrt senkte sie den Blick.

»Ich konnte wohl nichts dagegen tun«, antwortete sie leise. »Ich sagte Ihnen ja, daß alles vorgesehen war. Oh, es war großartig arrangiert. Haben Sie keine Angst. Sie ist außer Gefahr. Und jetzt, jetzt ist es besser für sie, daß sie in Santa Cruz ist, in der schönen Villa, die er ihr gemietet hat – besser als hier, in diesem entsetzlich schwermütigen Haus. Sie wird dort rascher gesund werden.«

Er preßte sich die Hände an die Schläfen; sein Gesicht war aschfarben; ein Messer, ein tückisches Messer schien sich in seiner Seite zu drehen und wieder zu drehen. Er konnte nicht mehr zürnen. Es war kein Grund da, zu zürnen. Kälte kroch über ihn. Dann kam die Erinnerung an ihr Delirium: warum nehmen sie mich fort? Immer wieder hatte sie das gerufen, in endloser Folge. Vorahnung dieser Trennung.

Sein Geist sank durch stofflose Dünste. Irgendwie schien er in unermeßlicher Entfernung von Raum und Zeit ein Ereignis zu schauen. Und doch kam es näher, wurde klarer. Alle früheren, dünnen, schattenhaften Eindrücke wurden durch das, was er sah, bekräftigt. Seine Gefühlsregungen allein verursachten diese Vision und ihre Darstellung. Aber er sah es. Einen Augenblick lang. Ein Vorhang rollte empor, fiel dann wieder.

Susan hob den Kopf. Ein Blitz, aufzuckend wie ein Dolch, erhellte das Zimmer; zeigte die Bestürzung in ihren Augen.

»Oh, bitte«, flüsterte sie. »Oh, bitte, regen Sie sich nicht auf. Ich kann es nicht ertragen, Sie erregt zu sehen.« Sie trat rasch atmend zu ihm, legte ihm die Hand auf den Arm. »Sehen Sie denn nicht – sehen Sie denn nicht, daß es so besser ist? Alles wirkt sich zum Besten aus. Sie haben Ihr Werk getan. Jetzt ist für Sie nichts mehr zu tun.« Tränen des Mitgefühls standen in ihren Augen, als sie flüsterte: »Oh, mein Teurer, fühlen Sie denn nicht, daß mir das Herz bricht, wenn ich Sie so furchtbar getroffen sehe. Oh, wirklich und wahrhaftig, es ist wahr; ich schwöre bei Gott, daß es wahr ist.« Ihre Stimme zitterte leidenschaftlich. »Oh, ich würde meine Seele dafür geben, Sie glücklich zu machen.«

Er sank auf einen Sessel und ließ den Kopf in die Hände sinken.

Sie beobachtete ihn. Tränen strömten ihr über die Wangen. Und plötzlich überflutete ihre Liebe zu ihm alle Grenzen, ließ sich nicht mehr verbergen. Sie hatte sich geschworen, nie – nie wieder nachzugeben. Aber ach –

Sie warf sich neben ihm auf die Knie.

»Hören Sie mich an«, flüsterte sie. »Ich bitte Sie, mich anzuhören. Sie haben ihr das Leben gerettet, nicht wahr? Das genügt. Sie ist verheiratet. Und ihr Gatte liebt sie. Sie können diese Tatsachen nicht ändern. Wenn Sie sie wirklich lieben, werden Sie gar nicht versuchen, es zu ändern. Und täten Sie es, Sie würden nur etwas, das für Sie schön gewesen ist, in den Schmutz zerren. Das sieht Ihnen nicht ähnlich. Ach nein, gewiß nicht! Denn Sie waren wundervoll.« Ihr Atem ging jetzt stoßweise. »Ihr Können, Ihr Mut, Ihr Edelsinn. Ja, Sie müssen zuhören. Ich kümmere mich um nichts mehr. Von dem Augenblick an, da ich Sie auf dem Schiff sah und alles, was Sie gelitten hatten, deutlich auf Ihrem Gesicht geschrieben las, wurde ich toll vor Liebe. Geben Sie mir Hoffnung.« Krampfhaft drückte sie seine Hand in der ihren. »Geben Sie mir bloß die Möglichkeit, es Ihnen zu beweisen – o bitte, bitte. Sie lieben mich nicht. Aber später werden Sie es vielleicht können. Geben Sie mir bloß die Möglichkeit, bei Ihnen zu sein, Ihnen zu helfen, für Sie zu sorgen. Ich werde für Sie arbeiten, für Sie roboten. O Gott im Himmel, ich würde mich für Sie töten, wollten Sie mir bloß eine kleine Möglichkeit geben, Ihnen meine Liebe zu zeigen!«

Er hob den Kopf, blickte sie an. Sein Gesicht war kalt, doch in seinen Augen funkelte ein seltsam kummervoller Glanz. »Nein«, sagte er schwerfällig. »Verzeihen Sie, Susan, aber auch das kann nicht sein.«

Als sie ihren Namen von seinen Lippen hörte, überkam sie ein Gefühl der Schwäche.

»Wissen Sie das bestimmt?« keuchte sie.

Schweigend blickte er seitwärts.

Auch sie schwieg, geblendet von Tränen. Dann neigte sie den Kopf, ein Schauer lief durch ihren Körper.

»Ich verstehe«, sagte sie mit erstickender Stimme. »Wenn Sie so fühlen, dann – dann hat es keinen Sinn.«

Taumelnd stand sie auf. Der Wind, der sich zu größerer Wucht erhoben hatte, drang durchs Fenster, hüllte sie kalt ein. O Gott, dachte sie, warum hast du mich so geschaffen, so häßlich und abstoßend? Warum hast du mich nicht so geschaffen, daß er mich lieben könnte? Und dann war etwas in ihr endgültig zermalmt und tot. Hilflos sah sie ihn an, wie er mit hochgezogenen Schultern in dem Lederfauteuil saß, eine Minute verstrich, dann sagte sie leblos:

»Ich wollte eben gehen, als Sie eintraten. Und jetzt – jetzt werde ich wohl gut daran tun, zu gehen – für immer.«

Er erhob sich schwerfällig. Noch immer abgewandten Blickes sagte er:

»Soll ich Sie zu Ihrem Bruder bringen?«

Sie schüttelte den Kopf. »Nein, gehen Sie nicht mit!«

Sie stand vor ihm, sie hatte das Gesicht erhoben, die Arme schlaff gesenkt, der ganze Körper war eingesunken und kraftlos. Dann neigte sie sich plötzlich vor und küßte ihn. Die Kälte seiner Wange auf ihren brennend heißen Lippen war Todespein. Sie schluchzte von neuem.

Noch immer schluchzend, wandte sie sich um, taumelte aus dem Zimmer. Sie hatte die qualvolle Überzeugung, daß sie ihn nie wieder sehen werde.

26

Sie hatte wenigstens Robert! Wie innig dankte sie Gott für diesen Gedanken, während sie strauchelnd hügelan stieg und durch Wind und Regen sich den Weg zur Pflanzung der Rodgers' bahnte.

Jetzt tobte ein Orkan; Regen klatschte in Streifen herab, und dort, wo über das Steinbett kaum ein dünner Wasserfaden gelaufen war, wälzte sich jetzt ein gelber Wildbach. Die ungestüme Trostlosigkeit der Nacht fand ihr Echo in Susans trostlosem Herzen. Doch durch das alles leuchtete der eine kostbare Gedanke: ihr Bruder! Robert, lieber Robbie! Er würde sie trösten. O gewiß – und er würde sie verstehen.

Das Haar flatterte um ihr Gesicht, ihre Jacke stand offen, sie hielt das wohlfeile Suitcase in der Hand und sah sehr unhübsch und unheroisch aus. Von ihrer Umgebung losgelöst, zurückgestellt auf ein Trottoir in Okeville, hätte sie ganz gut irgendeine kleine, müde Schulmeisterin sein können, die friedlich ihren Urlaub antritt. Aber kein Friede war in ihr. Und der Urlaub – wie seltsam war dieser Urlaub für Susan geworden!

Sie schritt aus dem Zederngehölz und näherte sich dem Haus der Rodgers'. Sie stieß das Gittertor auf und ging den Fahrweg hinan. Ein Licht brannte in einem Fenster im Erdgeschoß. Sie stieg die Vortreppe hinan, trat ein, stellte den Koffer auf den Boden der Hall. Dann trat sie ins Wohnzimmer.

In diesem farblosen, nur karg mit gelben Eichenmöbeln eingerichteten Zimmer, das voll biblischer Strenge und mit unheimlich glänzendem Linoleum bedeckt war, saß Rodgers am Tisch. Beim Schein einer Lampe mit grünem Schirm las er in einem kleinen Neuen Testament.

Und er war allein.

Rodgers blickte auf, musterte sie vom Scheitel bis zur Sohle mit einem leeren Starren, verzog den kalten Mund und schickte sich an, zu sprechen.

»Sie sind also zurückgekommen«, sagte er hastig. Seine Stimme war kälter als Eis.

Sie fühlte sich matt, verängstigt, konnte gegen diese Feindseligkeit nichts ausrichten.

»Ich will Robert sprechen«, sagte sie hastig. »Ich will meinen Bruder sprechen.«

Rodgers nahm die Stahlbrille ab, legte diese ins Etui, mit der kühlen Überlegung eines Richters starrte er wieder Susan an.

»Ihren Bruder?« warf er hin, und sein fest geschlossener Mund teilte sich in einem unfruchtbaren Lachen. »Sie wollen Ihren Bruder. Fürwahr, das ist großartig. Ja, Gnädige, ich nenne das geradezu großartig.«

Sein Benehmen ängstigte sie mehr als sonst. Sie hatte keine Kraft mehr, diesem lümmelhaften Betragen zu begegnen. Nein, nein – wirklich nicht!

»Sprechen Sie doch nicht so«, rief sie. »Ist er oben? Ist er fortgegangen? Sagen Sie es mir rasch, ich muß es wissen.«

»Sie müssen es also wissen«, höhnte er mit teuflischer Höflichkeit. »Sie müssen es wirklich wissen. Schön, schön. Das ist fein! Die Lady muß ganz gewiß wissen, wo ihr Bruder, der Missionar ist. Das ist wohl die Höhe.«

Ganz unvermittelt änderte sich seine Art. Seine Stimme dröhnte vor Bitterkeit wie eine Posaune. »Wenn Sie es wissen wollen«, schrie er, »werde ich es Ihnen sagen. Er ist fort! Ja, er ist fort – dieser Lump. Er ist nicht mehr zurückgekommen seit dem Tage, da Sie hier waren. Er ist mir durchgebrannt, nach Santa Cruz. Dorthin ist er gegangen und dort ist er geblieben. Er ist dort geblieben, sag' ich Ihnen, alle die Tage in dieser Jauchengrube der Sünde.«

Sie erblaßte. Sie verstand kaum.

»In Santa Cruz?« keuchte sie. »Was – was tut er dort?«

Wieder erschreckte er sie mit dem wilden, höhnischen Lachen.

»Also auch das müssen Sie wissen. Meiner Treu, Ihre Fragen nehmen kein Ende. Aber Sie verdienen Rücksicht. Gewiß, große Rücksicht sogar. Da seid ihr den ganzen langen Weg hergekommen, Sie und Ihr Bruder, um diesem Sündenpfuhl hier das Heil zu bringen. Ja, Gnädige, ein prachtvolles Beispiel für die Eingeborenen und für Ihre Landsleute, daß Sie gekommen sind, Gottes Wort zu bringen. Gottes gutes Wort.« Und er streichelte das Buch, das vor ihm lag, mit einer harten und doch zärtlichen Bewegung.

Sie war tief entsetzt. In diesem einsamen Haus, angesichts dieses tollen Benehmens, rings umgeben von heulendem Wind, Regen, grollendem Donner, nun auch noch das furchtbare Geheimnis ihres Bruders.

Sie öffnete die Lippen, um zu sprechen, doch da schrie er plötzlich:

»Sprechen Sie nicht. Fragen Sie nichts mehr. Ich werde Ihnen sagen, wo er ist. Er ist in die Hölle gegangen, so wahr mir Gott helfe. Ich meinte schon zu Beginn, daß er verworfen ist. Und jetzt, bei Gott, dem Herrn der Heerscharen, weiß ich es. Er ist in Santa Cruz, versunken in Unzucht, in dem Bordell jenes Weibsbilds, der Hemmingway. Ich habe es mit eigenen Augen gesehen. Bin hingegangen, sag' ich Ihnen, um es selbst herauszubekommen. Und er ist dort, verfault in Fleischeslust – liegt am eklen Busen einer Metze.«

Vor diesen letzten Worten, die wie Steine auf sie prasselten, wich Susan zurück. Doch sie raffte sich auf; erhob sich zur Verteidigung, zu instinktivem Widerspruch. Sie keuchte hervor:

»Das glaube ich nicht.«

Er stand auf und schritt langsam auf sie zu. Seine knochige Gestalt überragte sie; seine Augen blickten finster und drohend.

»Sie wollen mich Lügen strafen«, schnarrte er. »In meinem eigenen Haus? Mich, Aaron Rodgers, Knecht meines Schöpfers.« Und er streckte die Fäuste empor, als wolle er die Rache des Höchsten auf sie herabbeschwören.

Sie regte sich nicht. Eine Furcht, schrecklicher als jede, die er ihr hätte einflößen können, stürmte über sie hin: die Furcht, er könnte recht haben. Diese Angst packte Susans Kehle und erstickte den aufsteigenden Schrei. Wie ein greller Blitz kam ihr der Gedanke an Robert, der von Bösen und Unzüchtigem gefesselt sein mochte. Sie schauerte zusammen.

»Ja, ich will meinen, daß Sie Grund haben, den Kopf hängen zu lassen«, rief er noch immer im selben Ton fanatischen Grolles. »Weil Sie mich einen Lügner genannt haben. Meiner Treu, Sie sollten auf die Knie fallen und Gott und mich um Verzeihung bitten.«

Sie hörte ihn nicht. Leidenschaftlich dachte sie: Robbie – er braucht mich. Lieber, lieber Robbie. Ein Sturm des Mutes streifte ihren matten Körper. Sie hob den Kopf und zog sich, noch immer Rodgers anblickend, zur Tür zurück.

»Ich bitte nicht um Verzeihung«, rief sie abgerissen. »Ich will mich überzeugen – mich selbst überzeugen. Ich gehe nach Santa Cruz – zu meinem Bruder – jetzt.«

Sie wandte sich, riß die Tür auf und lief in die Hall. Von einem Haken zerrte sie ihren leichten Mantel und begann mühsam ihn anzuziehen.

Rodgers folgte ihr wuchtigen Schrittes; stand da und beobachtete sie in fast unheimlichem Schweigen. Doch während er so starrte, wich der Grimm allmählich aus seinem Gesicht. Plötzlich sagte er in einem Tonfall, der frei war von Triumph:

»Ein Tornado tobt. Sie haben das wohl in Rechnung gezogen.«

Ohne ihn zu hören, nahm sie eine Laterne von der Wand, schickte sich mit zitternden Fingern an, sie anzuzünden. Das erste Streichholz verlosch sprühend.

»Der Weg ist sogar zu gewöhnlichen Zeiten nicht allzu gut«, fuhr er im selben Ton fort. »Und er ist noch gewaltig schlechter in so einer Nacht. Ich meine, Sie werden sich doch nicht in den Wäldern verirren wollen oder wünschen, daß Sie der Blitz treffe. Ich meine, Sie werden sich noch zweimal besinnen wollen, ehe Sie mein Haus verlassen.« Die Laterne brannte jetzt. Susan klappte sie zu, nahm den Griff in die Faust und schritt zur Tür.

Er trat einen raschen Schritt vor.

»Hören Sie, laufen Sie doch nicht so fort. Hören Sie mich nicht? Es ist nackte Tollheit bei einem solchen Sturm. Schließlich und endlich habe ich ja nichts gegen Sie. Bleiben Sie bis zum Morgen hier.«

Sie hatte die Hand schon an der Außentür, wandte sich scharf um. Ihr Gesicht war bleich, aber in ihren Augen stand ein fieberhafter Entschluß.

»Ich bleibe nicht«, rief sie. »Ich gehe. Ich gehe jetzt. Und ich komme nicht zurück.«

Mit einem plötzlichen Ruck stieß sie die Tür auf; ehe er noch etwas sagen konnte, stieg sie die Treppe hinab und lief über den Fahrweg. Während sie im grölenden Dunkel verschwand, hörte sie seine Stimme, die ihr einmal, zweimal nachrief. Doch sie achtete dessen nicht. Sie neigte den Körper dem heißen Ansturm des Windes entgegen, ging weiter, halb laufend, halb schreitend, bis sie den Hauptweg der Plantage erreichte. Hier war das Licht der Laterne eine Gnade. Hätte Susan das nicht gehabt, sie wäre bestimmt vom Wege abgeirrt. Hinter dem Bogen des schwankenden Lichtstrahles erhob sich das Schwarz wie eine Mauer. Auch der Pfad war von der Wucht des herabströmenden Wassers beinahe fortgeschwemmt. Es war überall – das Wasser. Es plätscherte, tropfte, gurgelte, überschwemmte die einst so dürre Erde. Sie ging weiter. Ihre Füße wateten durch den dicken Schlamm, der auf ihr Kleid spritzte. Der warme, stechende Regen klebte ihr das Haar an die Stirn. Sie kümmerte sich nicht darum. Sie stapfte weiter, überschritt die Brücke, die über den reißenden Wildbach führte, und erreichte endlich die Landstraße.

Sie seufzte vor Erleichterung tief auf und schritt hastig auf der breiten, menschenleeren Straße weiter. Es war die Carretera, auf der Harvey an jenem Abend gegangen war, da er nach Los Cisnes kam. – Dieselbe Straße – aber wie sehr hatte sie sich verändert. Keine friedliche Luft des Sonnenuntergangs hüllte jetzt das schlaffe Gehölz ein. Statt dessen fuhr der Orkan heulend durch die Bäume, zerrte an den verkümmerten Stämmen, zerfetzte das fleischige Laub – zerrte, zerstörte, heulte, heulte. Dennoch war es nicht so sehr der Wind wie vielmehr der Regen, der Susan hinderte. Sie hatte noch nie solchen Regen erlebt. Er ergoß sich auf sie in warmen, schalen Strömen. Ihre Kleider klebten an ihr wie an einer Ertrunkenen. Kleine Wasserwirbel bildeten sich vor ihren Füßen. Aus dem triefnassen Himmel flammten von Zeit zu Zeit – nicht Blitze, wie sie sie kannte, sondern verteilte, sich ausbreitende Flammen, die wie Irrlichter übers Gewölbe der Nacht jagten.

Sie ging weiter, aufrechtgehalten von dem wilden Brand ihres Willens; schritt durch das Dörfchen La Cuesta, vorbei an den übervollen Wasserreservoirs unter den hohen Basaltklippen. Doch trotz all ihrer Entschlossenheit wurden ihre Schritte matter. Obwohl der Wind ihr im Rücken wehte und der Weg bergab führte, wurde ihre Ermüdung unerträglich. Ihre Gelenke gaben nach. Ihr Körper sackte ein. Sie war nahe daran, vor Ermattung niederzusinken.

Und dann – als Zeichen, daß Gott ihrer nicht vergessen hatte – o gewiß, sie wußte, daß es oft so ging –, kam ein Bauernwagen hügelabwärts gerattert. Sie hörte das Klappern von Hufen, wandte sich in plötzlicher Hoffnung um und schwenkte mit weit ausholenden, wilden Bewegungen die Laterne. Das Maultiergespann hielt, der Boyero lugte aus dem Sack hervor, mit dem er Körper und Kopf verhüllt hatte.

Sie bot einen seltsamen Anblick, als sie in dieser Sintflut so dastand, gegen den Wind schrie und das blasse Gesicht emporreckte, bemüht, sich verständlich zu machen.

»Nehmen Sie mich mit.«

»Pery yo no entiendo.«

»Sie müssen mich mitnehmen. Oh, um Gottes willen, nehmen Sie mich mit in die Stadt.«

Aber was immer er denken mochte, ihr Wunsch schien gewiß dringend. Und die Nacht war fürchtbar. Er machte eine einladende Bewegung mit der Peitsche. Im nächsten Augenblick hatte sie den Fuß auf der Nabe des Rades. Jetzt war sie neben ihm, sie setzten sich in Bewegung, rumpelnd und ratternd, hinab ins schräge Dunkel.

Der Boyero war vom Markt in Santa Cruz gekommen und hinter Laguna vom Unwetter überrascht worden. Nun zog er es vor, nicht im Dunkel der Hügel zu bleiben, sondern mit gefährlicher Geschwindigkeit zur Stadt hinabzujagen. Er sprach nichts, und warf nur von Zeit zu Zeit einen verstohlenen Seitenblick auf Susans Profil. Auch sie sprach nicht. Sie saß starr auf dem schmalen Bock, toll von wilder Ungeduld. Die halsbrecherische Eile genügte ihr nicht. Die Fahrt schien endlos.

Doch schließlich jagten sie scharf um eine enge Krümmung, und die vom Regen verwischten Lichter von Santa Cruz funkelten nebelhaft unter ihnen. Als sie dann zum Markt hinratterten, waren die Straßen leer, die Plaza völlig verlassen. Durch die tote Leere der Straßen und des Platzes kam ein donnerndes Brausen: das war nicht Regen, nicht Wind, sie konnte nicht glauben, daß diese Geräusche so betäubend ihr ins Ohr hätten klingen können. Dann erkannte sie es als das Brausen eines Flusses. Es war die Barranca Almeida, die über ihre Ufer getreten war und wild durch die Stadt dem Meer zuströmte.

Der Karren hielt bei einem Stall in einer Seitenstraße hinter dem Markt. Susan sprang steif ab, wühlte in ihrer Tasche und gab dem Boyero ein Geldstück. Dann blickte sie sich um. Sie wußte Bescheid; wußte auch, was sie wollte. In fünf Minuten stand sie in der Calle de la Tuna vor dem Tor, das die gewünschte Nummer trug. Das Tor hatte keine Laterne, aber ein maurisches Gitterwerk, durch dessen Zwischenräume man ein Licht sah. Susan zögerte nicht. Sogleich versuchte sie, die Klinke zu drükken. Die gab nach. Susan tat einen langen Atemzug und lief in den Flur. Es war eine lange Halle, mit Mosaikmustern gekachelt, umsäumt von einer Reihe zerzauster Palmen. Eine ganze Wand war behängt mit kleinen Bildern von Segelschiffen aus farbiger Wolle. Links eine Bogentür mit einem Vorhang, dahinter Licht, Stimmen, Lachen. Das Licht, das ins Dunkel des Korridors drang, war nebelig durch wirbelnde Wolken von Zigarettenrauch. Und als Susan so lauschte, hörte sie auch das gedankenlose Klimpern einer Mandoline.

Sie stand ganz still. Nichts Besonderes war hier, was Unruhe hätte erwecken können. Dennoch bebte ihr ganzes Wesen in einem Gefühl der Angst und des Unheils. Sie ballte die Hände und schritt weiter, den Gang hinab. Doch da kam eine Frau aus dem Alkoven.

Es war Mutter Hemmingway.

Eine lebhafte Röte stieg heftig in Susans regenfahle Wangen und wich ebenso plötzlich. Sie verhärtete sich, bereit, der Tücke zu begegnen, die nun kommen mußte.

Doch die andere stand schweigend da. Sie schien, so unglaublich das war, um Worte verlegen zu sein. Endlich trat sie zu Susan, starrte sie von oben bis unten an. In ihren häßlichen Zügen zeigte sich sonderbare Verwirrung, dann rief sie:

»Was machen Sie denn hier in einer solchen Nacht? Hol mich der Teufel, wenn ich Sie nicht zuerst für Ihr Gespenst gehalten habe. Sie sind naß – absolut durchnäßt, meiner Treu, Sie haben nicht einmal einen Schirm bei sich. Wissen Sie denn nicht, daß das ein Wetter ist, in dem nicht einmal ein Hering ausgehen kann?« Es war seltsam, aber in ihrer Stimme schwang ein Ton sonderbaren Mitleids mit.

Susans Zustand war kläglich. Sie war bis auf die Knochen durchnäßt. Ihr Haar feucht ans Gesicht geklebt. Ihre Schuhe troffen, die nassen Kleider verströmten Wasser auf den Boden. Aber sie schien sich ihres Zustandes nicht bewußt zu sein. Sie rief aus:

»Mein Bruder – ist hier?«

Mutter Hemmingway wollte diese Frage nicht hören. Eine Welle der Energie schien sie sogleich zu erfassen. Sie nahm die andere am Arm und erklärte energisch: »Ich habe mein Lebtag von keinem so tollen Abenteuer gehört. – Durch solchen Regen laufen! Haben Sie denn gedacht, das sei ein Regenschauer im April, he? Sie werden sich den Tod holen vor Erkältung. Lungenentzündung und weiß Gott, was noch. Hol mich der Teufel, ich kann nicht zusehen, wie Sie frieren. He, kommen Sie da in das Zimmerchen und lassen Sie sich abtrocknen.« Und ehe Susan Widerstand leisten konnte, zog Mutter Hemmingway sie in einen kleinen Salon an der anderen Seite des Korridors. Dort drückte sie sie in einen Lehnstuhl und begann, mit äußerster Zungenfertigkeit schnatternd, in einer Kommode zu wühlen, die neben dem mit Läden verschlossenen Fenster stand.

»Sie werden ein paar Handtücher kriegen«, schwatzte sie weiter, »wenn Sie mir eine halbe Minute Zeit lassen wollen. Ich habe sie hier bei der Hand. Wohin habe ich sie bloß gelegt? Sie waren doch immer hier in der Lade. Man kann nie etwas finden, wenn man es braucht. Aber ich werde sie sofort haben. Sie sollten ein Senfbad nehmen, wirklich, meiner Treu. Aber zuerst will ich die Handtücher suchen. Und dann werden Sie sich auskleiden, und ich will Sie so abreiben, daß Sie vor Wärme glühen. Aber, mein liebes Kind, ich kann es nicht aus dem Kopf kriegen, daß Sie hier hereingekommen sind, als ob Sie durch den verdammten Hafen geschwommen wären.«

Aber Susan war nicht geneigt, sich milde stimmen zu lassen. Angespannt wartete sie. In dem Augenblick, da die andere sich von der Kommode abwandte, beugte das Mädchen sich vor und blickte ihr ins Gesicht.

»Wo ist mein Bruder?« Ihre Stimme war leise, aber von bebender Eindringlichkeit.

Mutter Hemmingway machte sich heftig mit den Handtüchern zu schaffen, die sie in ungeheurer Besorgtheit entfaltete und flattern ließ.

»Ihr Bruder?« rief sie, als ob das das allerletzte wäre, woran sie gedacht hätte. »Sie meinen den kleinen Robbie, nicht wahr? Hol mich der Teufel, woher soll ich wissen, wo er ist. Ich bin nicht seine Wärterin, mein Hühnchen. Puñeta, no! Und Sie sind momentan die wichtigste Sorge. Warten Sie, bis Sie sich abgetrocknet und gewärmt haben. Dann können Sie nach Herzenslust von ihm sprechen.«

Susan regte sich nicht.

»Ich kann nicht warten. Ich muß es wissen. Ist er hier?«

Die andere machte eine Pause. Hinter den kleinen runden Augen, die sonst unvermeidlich eine funkelnde Bosheit ins Weltall versprühten, lag dieses eine Mal sonderbare Verlegenheit. Plötzlich zuckte sie die Achseln, bot der anderen impulsiv eine edelmütige Lüge.

»Nein«, antwortete sie. »Er ist nicht hier. Warum sollte er hier sein? So wahr Gott mich erschaffen hat, schwöre ich, daß er nicht hier ist.«

»Ich glaube Ihnen nicht«, sagte Susan heftig. Ihre Zähne klapperten jetzt, die Lippen waren blau vor Kälte und Angst. Sie streckte über den Tisch die Hand nach der anderen aus. »Sagen Sie mir –«, ihre Stimme brach, »oh, auf Ehre und Gewissen, Sie müssen mir sagen, ob er hier im Hause ist.«

»Nein«, schrie die Hemmingway, heftig den Busen vorreckend. »Er ist nicht hier im Hause. Wollen Sie mir ins Gesicht behaupten, ich sei eine Lügnerin? Ich sage Ihnen, er ist einfach nicht hier. Ich beschwöre es mit den heiligsten Eiden, und damit Schluß.«

Da ging die Tür auf. Robert trat ein.

Tödliches Schweigen herrschte, nur unterbrochen von dem trommelnden Regen und dem Brausen des Flusses. Robert kam wirr herein, wie ein Mensch, der zwischen ungeahnten Extremen der Verzückung und der Verzweiflung hin und her schwankt, und nun war es nach seinem schlaffen und ein wenig berauschten Aussehen klar, daß er den Tiefpunkt seines Erlebens erreicht hatte. Er torkelte ziellos herein. Er hatte es doch jemandem zeigen wollen, nicht wahr? Hatte jemandem etwas zeigen wollen! Nun schön –

Und dann hob er den Kopf. Er sah Susan. Fünf Sekunden stand er zerschmettert da, dann entrang sich seinen

Lippen ein Schrei, der wie das Blöken eines Schafes klang. Er sprach nicht, aber sein Gesicht sprach mehr als Worte, sein Gesicht, mit einer Miene lächerlicher Verzweiflung, die das Auge beleidigte. Sie starrten einander schweigend an; endlich sah er zur Seite, kleinlaut und doch verstockt.

Sie stieß einen langen, langen Seufzer aus.

»Robert!« flüsterte sie. Aber das Entsetzen, daß sie ihn hier sah, hatte ihren zitternden Körper zu Eis erstarren lassen. Sie konnte nicht mehr sagen. Er warf sich auf einen Sessel.

»Was willst du?« murmelte er gepreßt und verärgert. »Warum bist du hergekommen? Was hast du hier zutun?«

Sie stieß einen kurzen, erstickten Schrei aus.

»Robbie, ich habe dich gesucht – auf Ehre – ich bin gekommen, dich fortzuholen.«

Er starrte unverwandt auf die Wand gegenüber. Noch immer waren die Dünste des Weines in ihm.

»Pah, wirklich – wirklich? Mich fortzuholen? Und wohin gedenkst du denn mich zu holen?«

Bei seinen Worten drang fast ein Schrei von ihren Lippen.

»Irgendwohin«, keuchte sie. »Fort von hier. Oh, irgendwohin, solange wir nur beisammen sind, Robbie.«

Mutter Hemmingway, die mit schlecht verhohlener Ungeduld zugehört hatte, fühlte, wie an Stelle ihres wirkungslosen Wohlwollens Gereiztheit trat.

»So ist's recht«, rief sie Susan schrill zu. »Nehmen Sie ihn fort. Nehmen Sie ihn fort aus meinem Haus, denn so wahr Gott mein Richter ist, mir wird schon ganz übel, wenn ich ihn nur ansehen muß. Den einen Augenblick voll Großmäuligkeit und im nächsten voll von Engeln und Chorälen. Lacht sich den albernen Kopf von den Schultern, als ob er ein Kuckuck wäre, und im nächsten Augenblick – Leichenklagen! Meiner Treu! Ich bin an richtige Männer gewöhnt. Und nicht an halb ausgebackene Harmoniumspieler. Ich hab' ihn nur hier im Hause geduldet, damit er ein wenig Rückgrat kriegt. Aber helf mir Gott und hol mich der Teufel, mit einem Waschlappen kann man das nicht machen. Nehmen Sie ihn fort, sag' ich Ihnen, und viel Glück auf die Reise.«

Ein Schauer durchfuhr Robert. Er stöhnte. Man warf ihn hinaus – ihn – den hochwürdigen Herrn Tranter – warf ihn hinaus aus dieser – dieser Spelunke!

»Sie wollen mich los sein?« Er versuchte zu höhnen, aber sein Gesicht war zu schlaff, er konnte es nicht verzerren.

»Sie haben den Nagel verdammt gut auf den Kopf getroffen, mein Bürschchen.«

»Pah.«

Susan trat nervös einen Schritt vor.

»O komm, Robbie«, flehte sie mit bebenden Lippen. »Komm jetzt heim. Komm fort mit mir. Wir wollen wieder beisammen sein. Komm, Lieber. Bloß wir beide – oh, wahrhaftig, das – da wird großartig sein – wenn du jetzt nur kommen willst.«

Er stieß ihre ausgestreckte Hand zur Seite. Das letzte Getränk, das er zu sich genommen, erhob sich nun edelmütig zu seiner Hilfe. Es verlangte ihn, über die Demütigung zu weinen, die er erlitten. Man wollte ihn loswerden. Wirklich? Ihn! Den hochw. R. Tranter. O Gott, das war zu viel, zu viel. Dicke Tränen rannen ihm über die Wangen.

»Laß mich«, kreischte er plötzlich. »Wenn ich nicht würdig bin, berührt zu werden, so bin ich nicht würdig, berührt zu werden.«

»Oh, warum hält er nicht den Mund?« murmelte Mutter Hemmingway, die sich angeekelt abwandte. »›Zu spät, zu spät‹, rief der Kapitän und vergoß bittere Tränen. Warum schüttelt er nicht endlich den Staub von den Füßen und geht fort, der verdammte Idiot!«

Oh, ihn nannte sie einen Idioten! Dieses Weib! Diese kleine Bestie! O Jesus, er wollte es ihr zeigen. Er wollte es ihnen beiden zeigen – allen! War er denn nicht ein Mann? Sein Gesicht zuckte. Er sprang von dem Sessel auf, der polternd zu Boden fiel. Er schwankte leicht auf den Füßen. Seine Brust wölbte sich. Eine klebrige Gefühlsbewegung schien ihn plötzlich zu salben. Er schluckte und rief:

»Vielleicht werde ich fortgehen. Vielleicht werde ich euch nicht mehr belästigen müssen. Ich habe meinen Gott verleugnet, nicht wahr? Ich habe mich unter die Schweine gemengt! Pah! Das ist alles, was ihr zu sagen wißt. Kennt ihr denn nicht die Bedeutung der Sühne? Kennt ihr nicht die Bedeutung des Opfers?« Dieses letzte Wort ließ er beinahe explodieren, wobei er noch stärker schwankte. Er war stärker betrunken, als er wußte. Und, großer Gott, zeigte er es ihnen nicht endlich? Ein großer - oh, ein *erhabener* Gedanke schwoll in ihm an. Er wollte ihnen zeigen, ob er Mut hatte - wollte es dem ganzen verdammten Pack zeigen. »Ich bin verloren, nicht wahr? Verloren und verdammt? Das ist eure Meinung! Aber meine Meinung ist anders. Ihr wißt nicht alles. Ihr vergeßt ganz das *Opfer.*« Er klammerte sich an dieses Wort; seine Stimme, die sich zu einem Schreien erhoben hatte, wurde plötzlich ein vertrauliches Flüstern. »Und wofür sollte ich leben?«

Susan trat vor. Furcht und Mitleid brannten in ihren Augen. »Du hast allen Grund, zu leben«, rief sie. »Wir haben einander, nicht wahr? Wir werden von neuem beginnen, Robbie. Du und ich. So, wie es immer war. Miteinander.«

Er stieß ein wildes, hysterisches Lachen aus. Sein Plan war jetzt groß, furchtbar groß. Sie sollte nicht glauben, daß sie dem Einhalt gebieten könne. Er hatte es im Anfang gar nicht ernst gemeint. Aber jetzt - oh, jetzt! Er warf die Arme empor und den Kopf zurück.

»Ich werde nicht frisch beginnen«, schrie er. »Ich werde ein Ende machen. Auch Jesus hat es um meinetwillen getan. Ich werde dasselbe für ihn tun.« Tausend Seraphstimmen dröhnten ihm in den Ohren, und durch diese Töne klang das Brausen des Flusses. Mit einem Ruck richtete er sich auf, sich labend an der Herrlichkeit seines Entschlusses. »Ich bin in Sünde gefallen«, heulte er toll. »Aber ich kann mich von meiner Ungerechtigkeit läutern!«

»Sprich nicht so«, keuchte sie. »Du - du erschreckst

mich.« Sie stürzte auf ihn zu, doch er schob sie mit seiner großen, fettig-weichen Hand zur Seite. Er war bis über die Grenzen jeder Vernunft theatralisch geworden. Seine Augen funkelten. Seine Nasenflügel weiteten sich in ekstatischer Inbrunst; in seinen Ohren schwoll das Getöse des Flusses zu einer tollen himmlischen Weise an.

»Ich bin im Übel versunken«, heulte er halb singend. »Und nun will ich dieses Übel fortwaschen.«

Entsetzen bebte in Susans Herzen. In plötzlicher, verzweifelter Eingebung wurde auch sie des Tosens des Flusses gewahr. Es war wie ein Alpdruck. Wieder warf sie sich auf ihn. Aber sie kam zu spät.

Er riß die Tür auf, stürmte aus dem Zimmer, den Korridor hinab. Schreiend verschwand er im Dunkel draußen. Das alles geschah in einer Sekunde.

»O mein Gott«, kreischte die Hemmingway. »Er ist verrückt geworden.«

Gelähmt stand Susan da, die Hände auf der Brust gefaltet. Dann taumelte sie vor. Mit einem wilden Schrei jagte sie ihm nach. Der plötzliche Übergang vom Licht zum Dunkel machte sie blind. Sie stand auf dem Trottoir und blickte angestrengt hinaus, mit leeren, verwirrten Augen. Und dann gewahrte sie eine laufende Gestalt, weit unten in der öden Straße, groß und dunkel emporragend wie die Gestalt eines Besessenen.

Er wollte doch nicht – nein, das konnte er nicht – ihr Robbie! Mit einem erstickten Schrei eilte sie ihm nach. Der Regen schlug ihr in die angsterfüllten Augen, der Wind peitschte ihre keuchende Brust.

Sie konnte ihn nicht einholen. Und er hatte die Richtung zum Fluß eingeschlagen. Diese Erkenntnis machte sie toll vor Angst. Während sie weiterkeuchte, trommelte der Gedanke durch ihr Hirn: er kann nicht schwimmen. Dieser Gedanke hämmerte auf sie los, jagte sie in wilder Verzweiflung durch den Aufruhr der Nacht, dieser Gedanke – und das tolle Pochen ihres Herzens.

Der Lärm des Flusses schwoll an. Kam näher und näher. Und ganz plötzlich zeigte sich die dunkle Flut ihrem Blick.

»Robbie!« rief Susan, in einer Todespein der Liebe und Furcht. Und dann wirder: »Robbie!«

Er konnte sie nicht hören. Er stand dort am Rande des Wassers. Seine Gestalt, die sich abhob vom niedrigen Himmel, schien einen Augenblick über dem Ufer zu schweben. Dann entschwand er Susans Blick.

Sie schrie auf, rief Gott um Hilfe an. Sie erreichte das Ufer. Undeutlich sah sie ihn gegen die Strömung kämpfen. Sie hörte einen erstickten Schrei, der ein Hilferuf sein mochte. Ein Antwortschrei drang von ihren Lippen. Sie konnte ihn erreichen. Sie konnte ihn retten! Wieder rief sie eine Antwort. Sie biß die Zähne zusammen und warf sich in den Fluß. Ihr Sprung machte kein Geräusch. Dunkelheit und das Brausen der Wasser umschlossen ihre Gestalt. Sie schwamm und schwamm, wild pochenden Herzens, angestrengt, um ihn zu erreichen. Ja, ihr Herz schien bersten zu wollen. Es war schwach, war immer schwach gewesen. Aber dessen dachte sie nicht. Sie kam vorwärts. Sie war fast schon dort. Sie streckte den Arm aus. Und dann kam plötzlich eine von unten aufsteigende Woge und stieß Susans Seite an einen Felsvorsprung. Es war kein starker Stoß, aber er traf dieses pochende, berstende Herz. Ihr Arm fiel zurück, ihr Körper drehte sich wirbelnd im Kreis. Unklar fühlte sie, wie ein noch tieferes Dunkel auf sie eindrang. Sie fühlte eine Ohnmacht kommen. Und dann, als ob auch das noch nicht genug gewesen wäre, ergriff sie der Wirbel und schmetterte ihren Kopf an die verborgenen Felsen. Noch einmal und dann noch einmal. Und das war alles, was sie wußte.

Al gran arroyo pasar postrero.

Sie hatte nicht gewußt, was das bedeutete; und nun konnte sie es nie mehr wissen.

Als Tranter – durch einen Wasserstrudel auf eine seichte Sandbank der Bucht getrieben – taumelnd sich aufraffte und jetzt völlig ernüchtert und verängstigt in verzweifelter Hast der Sicherheit zuzuwaten begann, trieb Susans Leiche an ihm vorbei. Er krabbelte weiter, den Rücken dem Fluß zugewandt, und flüsterte:

»O Gott, was ist mir nur eingefallen? O jemine – o Gott

– o Christus – o Teufel! Ich war ja toll. Ich habe mich ja beinahe ertränkt. Ich werde mir wohl jetzt trockene Kleider verschaffen. O Herr, ich bin froh, o Gott, sei gepriesen!« Und Susan trieb hinaus ins Dunkel der See.

27

Zwei Wochen später kam Harvey Leith von den Bergen herab nach Santa Cruz. Es war Nachmittag, der Sturm hatte sich gelegt, die Sonne brannte, die Erde dampfte unter dem schimmernden Himmel, das Unwetter war längst vorbei und vergessen.

Er betrat die Stadt, bog am Marktplatz ab; schritt über die Plaza dem Hafenkai zu. Er ging schnell; blickte weder rechts noch links. Als er an der Barriere der Aduana vorbeikam, trat er ins Schiffsbüro und wandte sich zu dem Schalter mit der Aufschrift: Auskunft. Er sprach mit dem Beamten.

Der Beamte, ein junger Bursche mit prächtigen Bartkoteletten und glattgeklebtem Haar, starrte Harvey sonderbar an, dann zuckte er in einer Art verachtungsvoller Gleichgültigkeit die Achseln.

»Aber der Señor hat Pech, ganz besonderes Pech, das zweite Schiff ist gestern abgefahren.«

»Und das nächste?« Diese Frage wurde sehr schnell gestellt.

Ein leichtes Lippenkräuseln des Geklebten. »Erst in zehn Tagen, Señor.« Eine Pause. Harveys Gesicht enthüllte nichts von seinen Gedanken.

»Besten Dank«, sagte er ruhig. Er wandte sich um, voll bewußt des sonderbaren Starrens, das noch immer auf ihn gerichtet war, und trat aus dem schmutzigen Büro ins grelle Gelb des Sonnenscheins. Er ging seinen Weg wieder zurück – sehr langsam –, überquerte abermals die Plaza. Vor einem Café blieb er stehen, durch sein Bild im Spiegel festgehalten. Er erkannte sich kaum wieder. Sein unrasiertes Gesicht glich dem eines Fremden. Ein Schuh war quer über den Zehen geplatzt, seinen unschicklichen Anzug, der an den Knien zerrissen und voll von Flecken war, hätte sogar ein Landstreicher zurückgewiesen. Lieber Gott, dachte er, während er sich in die tiefliegenden Augen schaute, welch ein Anblick!

Er ging weiter zu einer der öffentlichen Bänke auf der Plaza. Die Brise blies einen Haufen von Papier rund um seine Füße, auf dem Trottoir lag eine verfaulte Melonenschale, bedeckt von glänzenden blauen Fliegen. Fortgeworfen - zurückgelassen - wie er selbst.

Er setzte sich. Nun ja! - Nun konnte er endlich ruhig sitzen. In jener Nacht des Unwetters - war das Tage her oder Jahre? -, als Susan ihn verlassen hatte, um zu Rodgers zu gehen, da war er dessen nicht fähig gewesen. Nein! Damals war er gezwungen, aufzustehen, seine Brust war beladen mit quälender Unrast, die ihn trieb, durch öde Zimmer auf und ab zu schreiten, während der Donner rollte und die Ameisen über die trockenen Bretter huschten.

Wie hätte er ruhig sein können! Damals waren seine Gedanken wirr; sein Gemüt gebogen und verkrümmt wie die Zedern im Sturm. Er konnte nicht im Hause bleiben. Er konnte nicht auf Corcorans Rückkehr warten. Er konnte nicht mit der Marquesa sprechen. Ziellos trat er aus der Halle, ging durch den Garten, schlug den Pfad in die Berge ein. Er wußte nicht, wohin er ging. Vor ihm erhob sich, im sterbenden Licht unklar umrissen, der Pic. Der schien ihm stumm zu winken, und Harvey hatte das seltsame Gefühl, daß die Ersteigung des ragenden Gipfels Frieden bringen werde - oh, abgründigen, ewigen Frieden. Dort oben, hoch über der Kleinheit der Erde und der Ohnmacht der See, konnte ein Mensch, umringt von Wolken und spärlichen allwissenden Winden, die Stirn an die Stufe des Himmels pressen und sich für ewig in erhabene Ruhe betten. Während er emporstieg - den Blick unverwandt auf diesen erhabenen Gipfel richtend, sah er einen Schimmer der Erleuchtung. Eine Vision, die sich in Worten nie formen ließ.

Weiter und weiter. Er verließ den Saumpfad, auf dem er

gegangen. Er kümmerte sich nicht um den Regen. Er klomm weiter, dem Gipfel zu. Und die Überzeugung wuchs in ihm, daß er diesen fernen Berg bezwingen müsse – müsse. Eine Kette kahler Hänge war bedeckt mit Karstpflanzen und dem Giftstrauch Verolillo. Er ging weiter. Das Land von blasser Sienafarbe, die Schluchten eingebettet zwischen Treibsand. Auf den Abhängen der Felsen verkümmerte Weinreben und wilde Feigenbäume, die wuchsen und sich ineinanderwirrten, unauflöslich wie die Gedanken in seinem Kopf. Und dann die Terrassen, Stufe um Stufe verwitternden Bimssteins. Weiter und stets weiter in einem ganz tollen Streben, den Pic zu bezwingen. Einbrechende Dunkelheit, Regen und Wind stärker, Donner, der um die Hügel dröhnte. Er taumelte weiter, folgte dem Fußpfad durch eine Öde vulkanischer Aschenhaufen. Und dann kam er zu den Höhlen. Tief eingeschnitten in die Seite des Berges, vor jeder ein Fleck mit Mais bepflanzt, der aus der Lavaasche wuchs.

Gebell von Hunden – eine Reihe von Gesichtern, die aus diesen winzigen Felsburgen hervorlugten. Gesichter, die ihn anblickten, die Gesichter der Höhlenbewohner. Undeutliche Gestalten, die herauseilten, schrien, sich um ihn drängten – kleine verkümmerte Menschen – sie sprachen eine Sprache, die er nicht verstand. Aber sie wollten ihn nicht fortziehen lassen. Schnatternd wiesen sie unter lebhaften Gesten zum Himmel und drängten ihn zurück in die Sicherheit der Höhlen.

Die Höhlen des Telde – warm, trocken, dunkel, erleuchtet von der roten Glut des Feuers. Dort war er die ganze Nacht gelegen, während der Sturm toll um den Pic tobte.

Am nächsten Morgen hätte er seinen Weg fortsetzen können. Aber er war geblieben. Sein Gemüt war ruhiger, sein Körper gab einer seltsamen Ermattung nach. Sie waren freundlich, die kleinen Leute, die ihm ihre einfache Gastfreundschaft aufdrängten. Sie gaben ihm zu essen – Cofio – einen Brei, aus dem Mais bereitet, den sie selbst gepflanzt hatten. Als die Sonne wieder durchbrach, kamen die Kinder heraus und tollten zwischen den Felsen.

Ganz nackt – winzig und scheu wie Eichhörnchen. Harvey saß auf dem sonnenwarmen Hang und sah ihnen beim Spielen zu. Nachdem sie den ersten Argwohn abgelegt hatten, rollten und torkelten sie um seine Füße, kletterten auf seine Knie. Ein sonderbares Erlebnis nahe dem Gipfel des Pic. Ohne ein Lächeln, ohne ihren zupfenden Händen Widerstand zu leisten, ließ er die nackten Körper rings spielen.

Tag und Nacht. Jede Nacht hatte er gesagt: morgen will ich fort. Doch er war geblieben. Warum sollte er gehen? Wohin konnte er gehen? Besser, weit besser, zwischen den Bergen zu warten. Jetzt brauchte man ihn nicht – wollte ihn nicht. Bald würde man Mary aus Santa Cruz fortbringen, ebenso, wie man sie aus Los Cisnes geholt hatte. Erst wenn sie fort war, wollte er zur Stadt hinabsteigen ...

Heute – ja, das war heute. Er seufzte leicht – als er sich selbst hier entdeckte, auf der Bank, wieder einmal in Santa Cruz. Allein. Und nun hatte er volle zehn Tage kein Schiff.

Die Palmenblätter über seinem Kopf schwankten. Der Brunnen plätscherte. Kleine Silberfische schwammen in dem marmornen Becken zu seinen Füßen. Von Zeit zu Zeit fühlte er, wie die Leute ihn anstarrten. Ein alter Mann schlenderte vorbei – ungewaschen, ungekämmt – ein Bettler, der Lose verkaufte. Sein Blick tat Harvey mit Verachtung ab. Er nahm sich nicht einmal die Mühe, ihm ein Los anzubieten. Sonderbar, es bereitete Harvey eine seltsame Genugtuung, sich so übergangen zu sehen – nicht als das erkannt zu werden, was er war.

Und dann fiel ein Schatten über die Bucht, schwankte, wuchs. Harvey hörte einen plötzlichen Ruf, fühlte einen Schlag auf der Schulter. Auffahrend blickte er sich um. Es war Corcoran.

Ja – Corcoran – mit zurückgeschobenem Hut, gespreizten Beinen, bombastischen Gehaben und unbezwinglichem Grinsen. Doch in den Winkeln dieses Grinsens lag ein verdächtiges Zucken, und das Lachen, das darauf folgte, glich sonderbar einem Schluchzen.

»Da sind Sie«, stammelte er. »Wirklich Sie, nach dem

ich tagelang gesucht habe. Ich – ich erkenne Sie ja kaum. Ich hatte gedacht, Sie seien –« hier wich sein Lächeln. Er brach ab; brach fast zusammen. »Oh, meiner Treu, Mensch«, stammelte er. »Ich bin schrecklich froh, Sie zu sehen.«

Es herrschte Schweigen. Jimmy schneuzte sich mächtig. Dann kam allmählich das Grinsen zurück, wurde wieder zu dem alten entzückten Lachen. Er war wieder er selbst. Er sah einen Augenblick drein, als wollte er Harvey um den Hals fallen und ihn öffentlich umarmen.

»Da sind Sie, Sie selber, Sie sind's«, wiederholte er, sich die Hände reibend. »Sie und niemand anderer. Was in des Himmels Namen haben Sie getrieben? Was haben Sie denn gemeint, daß Sie einen Menschen halb verrückt machten?«

»Sie hätten wissen können, daß ich mich wieder zeigen würde«, antwortete Harvey steif. Welch alberne Antwort! Aber er konnte, und wäre es um sein Leben gegangen, in diesem Augenblick nicht klug sein. Er hätte nie gedacht – nie, daß irgend jemand sich so freuen könnte, ihn zu sehen. Das war schließlich doch etwas – Freundschaft.

»Ja, wirklich«, rief Corcoran, der auf die Bank neben Harvey niederplumpste und in dessen feuchten Augen noch immer Freude über diese Begegnung strahlte. »Sie sind schon der Richtige, uns so gründlich in Schrecken zu setzen. Ich habe jeden Winkel der Stadt nach Ihnen durchsucht, hoch und nieder, oben und unten, die ganze Gegend. Meiner Treu, ich hatte fast schon geglaubt, auch Sie seien den Weg des Flusses gegangen.«

Harvey blickte auf. Eine Pause trat ein. Corcoran senkte den Blick. Es schien ihm leid zu tun, daß er gesprochen hatte.

»Sie werden das nicht wissen«, sagte er in geändertem Ton. »Sie werden nicht wissen, was mit Susan geschehen ist.«

»Mit Susan?« wiederholte Harvey erstaunt.

Jimmy zögerte, dann begann er düster und leise seinen Bericht über Susans Tod.

»Man hat ihre Leiche nie gefunden«, endete er in leisem

Ton. »Sie liegt irgendwo draußen auf dem Grund des Meeres, das arme Ding. Ach, das alles hat mich furchtbar aufgeregt. In ihrem fernsten Augenwinkel war immer eine Ahnung traurigen Unheils zu sehen. Sie ist den Dingen zu heftig nachgelaufen. Gewiß. Und das, glaube ich, ist der Grund, daß sie Sie nicht bekommen hat.«

Harvey starrte ihn an, seine Augen waren plötzlich weit geöffnet und entsetzt. Susan! Oh, es war zu furchtbar – Er konnte es nicht glauben. Susan, die so eifrig gewesen war, so lebhaft im Fühlen –

Er mußte das laut gesprochen haben, denn Jimmy murmelte:

»Dort fühlt sie jetzt nichts mehr.«

Dort! Auf dem Grunde der See, unter den kühlen Algen und den Korallen, wo schillernde Fische huschend über die blassen, nicht geschlossenen Augen gleiten. »Geben Sie mir eine Möglichkeit – oh, geben Sie mir nur eine kleine Möglichkeit!«

Flehend die Hände ausstreckend, allzu eifrig – allzu eifrig hinter dem Glück her. Und nun dort! . . .

Der Gedanke daran ließ Harvey erschauern.

»Ich bin – ich bin schrecklich bekümmert«, flüsterte er, als ob er in sich hineinspräche. Und dann nach einer langen Zeit: »Wo ist ihr Bruder?«

»Der«, rief Jimmy mit unnachahmlicher Verachtung. »Sie würden es nicht glauben, er ist wieder bei der Erlösung. Bis zur Stirn voll Reue. Schwört zu Gott, seine Schwester sei gestorben, um ihn wieder der Gnade zuzuführen. Du meine Güte, es würde Sie das Kotzen angehen. Er hat sein Harmonium nach Santa Cruz gebracht, hat eine kleine Halle gemietet und treibt das Missionsgeschäft bis zum Platzen. – Gibt Psalmenmelodien und Gebete von sich, plärrend, Tränen in den Augen. Gloria, Halleluja! Bei allen Heiligen, es ist so skandalös, daß man die schwarze Gelbsucht kriegen könnte.«

Zwei Minuten verstrichen, dann fragte Harvey:

»Und Sie? Was wird mit Ihnen geschehen?«

Corcoran nahm mit selbstbewußter Miene eine Prise Schnupftabak. Aber der bloße Akt des Schnupfens vermochte Jimmys Genugtuung nicht zu verbergen. Bescheiden steckte er den Daumen ins Ärmelloch der Weste und erklärte:

»Meiner Treu, man könnte sagen, es ist schon geschehen. Ich bin fest angestellt in der Casa. Nachfolger des Don Balthasar, R. I. P. Ich habe ein Dutzend gelber Kerle unter mir und treibe ihnen gründlich den Schweiß. Im Handumdrehen werde ich das Gut in richtige Form bringen. Bin mit meinem eigenen Maultiergespann heruntergefahren. Ich sage Ihnen, es ist das Leben eines Lords, in das ich mich gesetzt habe. Und sozusagen ganz aus eigener Kraft.«

Harveys Mund lächelte kaum. Aber er war froh, überaus froh.

»Das ist fein, Jimmy«, sagte er langsam. »Ich bin sehr froh darüber.«

Corcoran wölbte die Brust vor und stand unvermittelt auf. »Nicht so froh, wie Sie bald sein werden«, sagte er in plötzlich geändertem Ton. »Kommen Sie jetzt. Es ist Zeit, daß wir gehen. Ich habe meine Szene gespielt, jetzt ist die Reihe an Ihnen. Kommen Sie hinüber zum Hotel.«

»Zum Hotel?«

»Wohin denn sonst, alle Teufel? Glauben Sie, Sie können auf dieser heiligen Bank sitzen, bis Ihr Schiff anlegt? Seien Sie doch um des Himmels willen vernünftig. Und kommen Sie.« Er nahm Harvey am Arm, zerrte ihn hoch und führte ihn mit einiger Überredung quer über die Plaza.

Sie traten ins Hotel. Corcoran stolzierte in die leere Hall, sank in einen Stuhl und rief laut nach dem Portier.

»Ja, Herr!« Der Nigger eilte herbei, ganz und gar goldene Verschnürung und Zähne.

»Fragen Sie Sir Michael Fielding, ob er mich mit seiner Gegenwart beehren will. Wenn es ihm paßt, wohlverstanden. Sagen Sie ihm, es sei etwas Wichtiges.«

»Jawohl, Herr.«

Harvey sprang auf, als hätte man auf ihn geschossen. Seine Apathie war verschwunden. Er beugte sich jäh zu Corcoran.

»Sie sind hier – hier in Santa Cruz? Sie sind noch nicht fort?«

Corcoran nahm seine Zuflucht zu einem zartfühlenden Gähnen. »Nur ruhig, nur ruhig«, rief er. »Geraten Sie nicht aus dem Häuschen.« Harveys Lippen waren ganz blaß geworden.

»Aber ich hatte gedacht – zwei ganze Wochen –«

»Ah, sie sind noch hier«, sagte Corcoran. »Wie könnte ich denn den Mann holen lassen, wenn er nicht mehr hier wäre?«

Eine Pause trat ein.

»Ich wünsche ihn nicht zu sehen«, sagte Harvey unbeholfen. »Und er wünscht mich nicht zu sehen.«

»Das ist es eben, worin Sie irren, mein Junge«, erklärte Jimmy, der sich im Sessel zurücklehnte und seine Stiefel musterte, die von einem der »gelben Kerle« zur höchsten Vollendung geputzt worden waren. »Meiner Treu, er stirbt vor Verlangen, Sie kennenzulernen. Und warum nicht? Sie haben doch der kleinen Dame das Leben gerettet, nicht wahr? Er hat überall nach Ihnen gesucht – ebenso wie ich. Meiner Treu, er ist einer von der nettesten Sorte. In einer ganzen Woche können Sie keinen angenehmeren Menschen treffen. Und er platzt vor Dankbarkeit.«

»Er soll seine Dankbarkeit für sich behalten.«

»Pah, welch ein Unsinn«, gab Jimmy zurück. »Seien Sie nicht so stürmisch. Sie wollen doch wieder nach Hause, nicht wahr? Sie wollen doch in Ihren Jahren nicht Strandräuber werden.« Er brach plötzlich ab, hob den Kopf, nickte heftig dem Manne zu, der eben in die Hall trat.

Ein Gefühl der Kälte überkam Harvey, als er den anderen erblickte. Fielding – Marys Gatte – ja, dieser Gedanke traf ihn kalt, aber mit sonderbarer Unwirklichkeit. Sehr groß, sehr breit, sehr hübsch – mit leichtem, selbstverständlichem Gehaben. Seine Züge waren proportioniert, die Nase gerade, das Kinn schön und glatt. Er hatte dichtes, hübsch frisiertes, gelbblondes Haar. Sein ganzes Gesicht trug den Ausdruck außerordentlicher Freundlichkeit. Er war gebrandmarkt mit Freundlichkeit – als ob er sie nicht abschütteln könnte, nicht abschütteln wollte. Besonders seine Augen, von einem optimistischen Blau, lächelten der Welt zu und schienen ständig zu sagen: »Reizend, reizend, oh, wirklich reizend!«

Er kam näher. Sah sehr erregt und erfreut aus. Mit ausgestreckter Hand stürzte er sich fast auf Harvey.

»Herrlich!« rief er. »Einfach herrlich. Das macht erst alles vollkommen.« Eine hohle Pause folgte, dann ließ sich Harvey die Hand schütteln. Es blieb nichts anderes übrig.

»Nun, nun«, fuhr Fielding fort, »wenn das nicht das Großartigste ist –« er zog die Bügelfalten seiner Hosen hoch und setzte sich. Er schob seinen Stuhl näher und sagte liebenswürdig, aber in wirklichem Ernst:

»Jetzt sagen Sie mir: haben Sie schon zu Mittag gegessen?«

Zu Mittag gegessen! Harvey fuhr zurück. Meinte der Mann das wirklich ernst? Er starrte ihn argwöhnisch an.

»Ja«, log er. »Ich habe zu Mittag gegessen.«

»Guter Gott, wie schade. Aber Sie werden mit uns dinieren. Himmel! Was sage ich da! Sie werden alles mit uns tun. Ich weigere mich, Sie noch einmal aus den Augen zu lassen. Es ist wundervoll, Sie endlich hier zu haben. Ganz wundervoll. Mary wird entzückt sein. Absolut entzückt. Ich weiß, sie hat sich gequält, hat sich so abgequält Ihretwegen.«

Harvey fuhr wieder nervös zusammen. Er konnte das nicht verstehen, diese ungewöhnliche Ruhe, die so anders war als das, was er erwartet hatte. Wußte denn Fielding nicht – hatte ihm denn niemand etwas gesagt? Oh, das verwirrte ihn, brachte ihn in Wut. Und plötzlich fragte er mit harter Stimme: »Hat denn Ihr Freund Carr nichts über mich zu sagen gehabt?«

»Carr!« Fielding lachte. »Ich schenke dem, was Wilfred sagt, nie Beachtung. Nie. Er ist ein guter Kerl, Wilfred. Versteht furchtbar gut mit Pferden umzugehen. Aber ein Wirrkopf – oh, ein verdammt impulsiver Kerl. Seine Telegramme – der Teufel hole das Ganze – seine Telegramme haben mich beinahe beunruhigt.«

»Ich spreche nicht von den Telegrammen«, sagte Harvey gepreßt. »Ich spreche von etwas ganz anderem.«

Eine Pause trat ein; Harvey wartete starr und angespannt. Fielding aber, verloren in plötzlichem Sinnen, schien ihn nun mit tiefsinnigem, aber nachsichtigem Blick zu mustern . . .

»Halskragen?« bemerkte er endlich. »Ja, es wird schwer sein. Besonders die Kragen. Welche Halsweite haben Sie? Ich möchte wetten, um zwei Nummern weniger als ich. Ich habe neununddreißig. Ist das nicht einfach zu dumm? Aber wohlgemerkt, alles andere kann ich Ihnen geben – einen Anzug, der nie getragen worden ist – Gott sei Dank, daß der alte Martin ihn eingepackt hat –, Rasierzeug, Wäsche, Zahnbürste, Schwamm, das ganze Um und Auf. Aber hol's der Teufel –« Er runzelte belustigt die Stirn. »Was die Kragen betrifft, bin ich nicht sicher.«

Nein, das war nicht Affektation. Der Mann war in seiner leichten, ein wenig neckenden Art wirklich wegen dieser Kleinigkeit mit den Kragen besorgt. Besorgt und sehr interessiert. Harvey hätte stöhnen mögen. Er hätte alles erwartet – alles, nur nicht diese helläugige Leichtigkeit. Er wandte den Kopf ab, starrte düster zu Boden.

»Wissen Sie«, sagte Fielding, »ich habe Ihnen noch gar nicht gedankt, guter Gott!« Sein bezauberndes, belangloses Lächeln blitzte wieder auf. »Es ist ganz wundervoll, wie Mary sich erholt hat. Ich bin entsetzlich dankbar. Eins von diesen Dingen, von denen man nicht sprechen kann. Sie steht wirklich schon auf. Bald wird sie imstande sein, zu reisen – natürlich mit dem Aeroplan. Dann soll die Landluft in Buckden die Sache vollenden.« Er machte eine Pause, fügte munter hinzu: »Sie werden mitkommen. Natürlich! Das versteht sich von selbst. Buckden wird Ihnen gewiß sehr gefallen. Hübscher kleiner Besitz. Ich habe eine Rosenart gezüchtet, die ich Ihnen gerne zeigen würde. Etwas ganz Neues. Gar nicht schlecht, versichere ich Ihnen. Ich werde sie dieses Jahr herausbringen. In der Gartenbauausstellung.«

Harvey saß ganz still. Die Sache war so unverständlich, daß er keine Worte fand. Fielding mußte es wissen – ja, er mußte es genau wissen. Und doch – dieser lächelnde, ungetrübte Gleichmut – der nichts tat, sondern einfach die Situation in einer schrecklichen Schwebe hielt. Es verlangte ihn, Fielding zu hassen. Aber er vermochte das nicht. Freundlichkeit allein hätte er verabscheuen müssen. Aber da lag etwas an dem Mann – etwas, das so völlig ungreifbar war. Fielding hatte alles: Aussehen, Rasse, Charme und diese unbezwingliche Freundlichkeit. Und doch schien er gemütsruhig anzunehmen, er habe nichts. Es war unmöglich, ihn nicht gut leiden zu können.

Endlich murmelte Harvey: »Leider kann ich Ihre Einladung nicht annehmen. Sie kehren mit dem Aeroplan zurück. Und ich auf dem Schiff. Es ist wohl kaum wahrscheinlich, daß wir in England einander begegnen werden.«

Fielding protestierte lebhaft.

»Mein lieber Junge!« rief er. »Um Himmels willen! Sie wissen ja nicht, was Sie reden! Sie fahren nicht auf dem Schiff; dieses Schiff ist noch nicht gebaut –« Ein Lachen. »Sie reisen mit dem Flugzeug zurück – mit uns.« Er nahm das alles freundlich als gegeben hin. Dann schlug er sich mit der ihm eigenen Sprunghaftigkeit auf die Knie und stand energisch auf. »Kommen Sie jetzt mit. Keine Zeit zum Plaudern. Ich habe ein Zimmer für Sie. Sie werden baden und sich umkleiden. Dann müssen wir Mary besuchen. Es ist bloß ein paar Schritte.«

Während er sprach, knarrte und klirrte die Drehtür des Hotels. Und Elissa, der Carr und Dibdin folgten, trat in die Hall. Als die drei Harvey sahen, blieben sie jählings stehen. Es lag etwas reichlich Albernes in diesem plötzlichen vereinten Starren. Sie kamen langsam näher.

»Gerade die richtige Nuance«, bemerkte Elissa – sie hatte sich schon erholt und betrachtete munter Harveys Bart. »Gerade die richtige Nuance, um das Bild bühnenmäßig und aufregend zu machen.«

»Und heroisch?« fügte Carr höhnisch hinzu. Rund um sein linkes Auge lag noch immer zarte Purpurfärbung. »Wir fallen ihm an die Brust und schluchzen.«

»Halt den Mund, Wilfred«, warf Fielding ein. »Willst

du, daß ich dich auf der Stelle entlasse? Bist du wegen des Flugzeugs zu Stanford gegangen oder nicht? Antworte mir, du Idiot.«

»Natürlich bin ich hingegangen«, antwortete Carr mürrisch. »Er hat nur noch eine Kleinigkeit fertigzumachen – an der Ölleitung oder etwas dergleichen. Er sagt, an jedem beliebigen Tag der nächsten Woche. Vorausgesetzt, daß das Wetter entspricht.«

»Gott sei Dank«, stieß Dibdin hervor, als ob er einen Pflaumenkern ausspuckte. »Jetzt werden wir bald aus diesem verdammten Loch fort sein.«

Fielding wandte sich in seiner wohltemperierten Art um. »Du fährst natürlich mit dem Schiff zurück, verstehst du, Dibs?«

»Mit dem Schiff?« keuchte Dibs im Ton des Entsetzens.

»Das Flugzeug faßt nur vier Personen außer Stanford.«

»Aber – gewiß – vier – ich meine doch –« Dibs' entsetzter Blick glitt von Harvey zu Fielding und wieder zurück. Seine wäßrigen Augen weiteten sich allmählich zu Bestürzung. Das Monokel fiel ihm herab, sein Mund öffnete sich. Ganz entsetzt brach er auf einem Sessel zusammen.

Elissa schüttelte sich vor Lachen. Sie saß auf der Armlehne des Sessels und nahm sich eine Zigarette. Doch sie blickte auf, als Fielding Harveys Arm ergriff.

»Wohin geht ihr?« fragte sie, während sie die beiden hinter der Rauchwolke musterte. »Eine höfliche Nachmittagsvisite bei der Patientin?«

»Nein«, antwortete Fielding munter. »Wir gehen Halskragen kaufen.«

28

Das Dröhnen der beiden Motoren war in der Inseleinsamkeit der Kabine kaum bemerkbar. Sie waren alle schon so sehr daran gewöhnt. Bloß dieses stetige Surren. Sie empfanden auch nicht viel von der Bewegung. Fortjagend, zwei Meilen in der Minute, schienen sie bloß im All über einem ungeheuren grauen Federbett aus Wolken zu schweben.

Gegen die langsame Hinfahrt mit dem Schiff war dieser Flug nach Hause pfeilschnell.

Erst zwei Tage seit Santa Cruz.

Sie waren am Donnerstag vor Mittag von der Bucht gestartet. Ein ruhiger klarer Tag; nicht viel Sonne; das Wasser grün und flach wie eine Glasplatte. Sie waren so unerwartet gestartet, daß Mutter Hemmingway ihr Fenster aufriß und den glänzenden Kopf herausstreckte. Sie war verdutzt – wirklich verdutzt!

»Alle Heiligen, da sind sie fort! Carajo coño! Und sind uns nicht einmal in die Nähe gekommen, um uns Lebewohl zu sagen. So eine verdammte Unfreundlichkeit – wer hätte das gedacht! Bei den zwölf Aposteln, ich werde in Zukunft meine Gesellschaft besser auswählen. He, Cura, hol uns einen Tropfen Niggerblut. Pronto, pronto. Ich bin ganz niedergeschmettert, meiner Treu.«

Und Tranter, aufgescheucht vom Dröhnen in der Luft, war aus seiner neu gemieteten Missionshalle hervorgelaufen und hatte, dem verschwindenden Fleck in der Höhe nachstarrend, den Hals verrenkt.

»O Herr, sie sind fort!« Und er faltete bewegt die milchweißen Hände. »O Herr, das befreit mich von Unruhe und Versuchung. O Gott, sei gepriesen! Und jetzt werde ich doch noch Erfolg haben mit meiner Mission. Halleluja!« Und er rannte zurück wie ein großes Kaninchen, plumpste vor dem Harmonium auf den Stuhl. Mit all der Inbrunst des geretteten Sünders ertränkte er jedes andere Geräusch in einem brausenden Choral:

»Ich Sünder trotzte Gottes Zorn.
Jetzt wäscht mich rein der Gnade Born!«

Nur in Los Cisnes hatte man von der Abreise gewußt. Natürlich war auch Dibs eingeweiht gewesen. Aber er hatte sich mit Leichenbittermiene in Schmollen eingemauert und hatte es abgelehnt, auch nur einen Fuß vors Hotel zu setzen. In der Casa jedoch flatterte ein gewaltiges weißes Tischtuch auf der vermorschten Fahnenstange, einem verlorengegangenen Wäschestück ähnlich. Und darunter standen zwei winzige Gestalten - eine graue Ameise und eine schwarze Ameise -, die winkten und winkten. Man sah das Aufblitzen eines Lichtschimmers, der etwa das Glänzen einer Schnupftabakdose sein mochte. Und dann flog der Hydroplan dröhnend über die See hinaus, auf der die Insel grünend und lieblich lag wie das Blatt einer Wasserlilie auf einem Teich. Der Pic verschwand zuletzt - verschmolz ins glitzernde Truglicht des Himmels.

Die Nacht hatten sie in Lissabon verbracht, wo sie über dem Rücken von Cintra auf dem Tejo niedergegangen waren. Dann weiter am nächsten Tag über Oporto, Vigo, Lugo, den Winkel der Kantabrischen Alpen abschneidend, quer über die Bucht nach Bordeaux. Das war so leicht geschehen und so ohne Hast. Und doch so schnell. Fort - zurück. Die Luft war kälter, als sie von der breiten Garonne aufstiegen und nördlichen Kurs nahmen, nach Nantes. Kühler auch war das Meer.

Der letzte Tag der Reise - wie schnell ging er vorüber. Unerbittlich. St. Malo jetzt, mit dem Sandstrand von Paramé, der sich ausstreckte, gelb wie ein Kornfeld. Doch nur eine Minute. Das schmolz wie alles übrige dahin, ins Meer, in die Luft, ins dunkle, endlose Dröhnen der Motoren. Fielding erklärte die Route mit wahrhaftem Enthusiasmus. Er hatte eine elegante Karte mit Zirkel und schwelgte in dem Entzücken, alles auf die Sekunde genau zu erledigen. Fahrpläne, so verkündete er, fesselten ihn. In seiner Kindheit habe es ein Buch von Jules Verne gegeben, und darin einen Gentleman namens Fogg. »Haargenau« anzukommen, das sei der wirkliche Beweis für den Sieg des Geistes über die Materie. Im Augenblick befand er sich vorne beim Pilotensitz und fragte Stanford, ob sich irgend etwas so verhalte oder anders.

Vom hinteren Platz der Kabine ließ Harvey seinen Blick durchs viereckige Fenster schweifen, das neben seiner Schulter war. Die Wolken waren jetzt dünn und wollig, als ob jenes große Federbett geplatzt wäre und seine Daunen auf die See verstreut hätte. Strecken schieferfarbenen Wassers zogen unten vorbei. Die Sonne funkelte ohne Wärme.

Fort – zurück. Mit einer verstohlenen Bewegung wandte er den Kopf und blickte Mary an. Sie starrte gerade vor sich hin, und ihre Finger berührten bloß das ungeöffnete Buch, das auf ihren Knien lag. Sie war stumm, blaß und mager – oh, so sehr mager. Natürlich genesen, völlig befähigt, zu reisen. Aber noch immer sonderbar schattenhaft, das Kinn in den Pelzkragen ihres Mantels pressend, die dunklen Schatten der Wimpern auf den Wangen.

Sie war auf eine kaum greifbare, aber doch eigenartige Weise geändert: älter, beherrschter, zeigte in ihrer Versonnenheit einen seltsamen Ernst. Als ob sie nun eine Würde und Zielsicherheit besäße, die ihr bisher gefehlt hatten. Die leichte und lebhafte Anmut wie einst, die raschen, impulsiven Bewegungen, das alles war verschwunden. Und statt dessen ein Bewußtsein der Reife: das war nicht mehr das eifrige, aber wirre Kind, sondern ein Weib.

War sie sich seines verstohlenen Blickes bewußt? Er konnte es nicht sagen – er konnte es einfach nicht sagen. Diese Ungewißheit war zermalmend, und er fühlte, wie sie ihn umklammert hielt. Das hemmte ihn so, daß er sich kaum bewegen konnte. Die letzten zwei Tage war es das gleiche gewesen, und die fünf vorhergehenden Tage war es das gleiche gewesen, und die fünf vorhergehenden Tage in Santa Cruz. Angst, einander anzusehen, starr, gezwungen, nie einen Augenblick allein, Furcht vor den banalen Worten, die gesprochen werden mußten, jeder wartend und doch einem Zeichen ausweichend – einem Zeichen, das nie kam.

Er starrte sie halb geöffneten Mundes an und wollte mit all seinem Fühlen sie dazu zwingen, daß sie ihn ansehe. Gewiß doch – sie mußte ihn ansehen – mit einem einzigen kurzen Blick nur – das wäre genug.

Aber sie tat das nicht. Sie sah noch immer gerade vor sich hin; ihr Gesicht war schattenhaft und weiß, ihr Kinn in den weichen Pelz ihres Mantels gepreßt, die Schatten der Wimpern lagen dunkel auf den Wangen. Und im nächsten Augenblick kam Fielding wieder in die Kabine. Er tastete sich munter zurück und sank in den Stuhl neben Harvey.

»Der Nebel unten hebt sich«, verkündete er, während er den Arm freundlich über die Rückenlehne von Harveys Stuhl legte. »Wir müssen bald den Kanal zu Gesicht bekommen.«

»Ja«, antwortete Harvey gepreßt.

»Und dann auf zu dem lieben, alten Solent. Dort werden wir uns wieder aufs Wasser setzen. Die Motoren laufen wundervoll, klopfen gar nicht. Stanford sagt, es dauert nur noch eine Stunde. Haargenau zur Zeit. Wir werden in Buckden Tee trinken«, er zog seine Uhr zu Rate – »fünf Uhr fünfzehn auf die Minute. Hol's der Teufel, wenn es mir in gewissem Sinn nicht leid tut! Es war ein prachtvoller Ausflug. Ich war unglücklich, fortfahren zu müssen – wahrscheinlich ängstlich. Zudem hasse ich es, allein zu sein. Wir haben uns doch wirklich nett vertragen, wir vier. Ich weiß nicht, ob ich's nicht ganz gern noch einmal täte.«

Über ihre Schulter warf Elissa matt ein:

»Nein, mein Gott, nein, nicht einmal für zehntausend Pfund.« Sie gähnte und grübelte nach. »Der Gedanke an den ausgesetzten Dibs – wißt ihr –, das allein rettet mich vor Hysterie. Ich kann noch immer sein Gesicht sehen, es war ganz verzweifelt – dieser letzte Blick –, kaum noch menschlich. Das rettet mir wirklich das Leben.«

Fielding lachte ohne einen Schatten von Bosheit. Er sagte:

»Du wirst dich erholen, Lissa, wenn du zurückkommst. Denk doch nur, Frühling in England, die Hecken riechen nach Hagebutten, blühende Obstbäume –«

»Und Leute, die die Schirme hochhalten und fluchen, wenn ihnen der Wind das Innere nach außen kehrt. Dreck von Autobussen in den Augen und niemals ein Taxi in

Sicht. Oh, sei doch nicht so verdammt zuversichtlich, Michael. Ich kann das nicht ertragen. Geh und lenke jetzt die Maschine. Schick den jungen Stanford herein. Ich möchte herausbekommen, ob er in mich verliebt ist.« Sie warf Harvey einen boshaften Blick zu. »Ich sehe nicht ein, warum Mary die große Leidenschaft monopolisieren sollte.«

Michael lachte lauter denn je. Er legte seinen anderen Arm um Marys Sessel und verband so Mary und Harvey in spöttelnder Gutmütigkeit.

»Hörst du das, kleines Ding? Sie stellt dich bloß – dich und deinen glorreichen Flirt.«

Harvey zuckte zusammen. Mary aber, die weich und passiv dort saß, bewegte sich nicht. Ihr Gesicht blieb völlig rätselhaft, Elissa starrte Michael neugierig an. Endlich schüttelte sie den Kopf. »Entzückend«, sagte sie kurz. »Und so sehr Gentleman.«

Er aber fuhr fort zu lachen, bis er genug hatte, dann nahm er seine Zigarettendose und bot sie Harvey, der ablehnte.

»Wissen Sie«, fuhr er freundlich fort, »ohne Spaß, es ist wirklich schön, zurückzukommen. Wenn man fort ist, läßt einen das die Heimat um so besser schätzen. Ich sterbe schon vor Verlangen, Ihnen Buckden zu zeigen. Erinnern Sie sich der Rose, von der ich Ihnen erzählt habe? Das ist eine besondere Spezialität. Und ich muß Ihnen meine neuen Armenhäuser zeigen. Komisch. Armenhäuser sind mein ausgesprochenes Steckenpferd. Geradezu ein Spleen, wissen Sie. Mein Alter hat damit begonnen, und ich habe es fortgesetzt – wissen Sie –, weitergebaut. Ich sammle Hundertjährige, so wie ein anderer auf Schmetterlinge ausgehen mag. Ich habe dort einen alten Burschen auf Lager, dem nur noch drei Monate auf hundertzwei Jahre fehlen. Aber –«

Harvey hörte fort. Er kannte Fielding nun. Kannte ihn mit einem Wissen, das sowohl kalt wie endgültig war. Fielding war, wie Elissa gesagt hatte, Gentleman – o Gott, welch ein Wort! –, aber er *war* es, trotz all dem archaischen Grauen des Ausdrucks. Liebenswürdig, charmant, gutartig, würde keiner Fliege etwas zuleide tun; konnte – konnte einfach – keinen einzigen Feind in der Welt haben. Aber er schien nie völlig ernst. Ja, das war es – es war ihm unmöglich, ernst zu sein. Er stritt auch nie. Wenn man ihm widersprach, ließ er das Thema fallen, lachte, vergaß es. Und er kannte die Eifersucht nicht. Er war ihrer gänzlich unfähig. Das hatte Harvey tagelang verwirrt. Nun aber erkannte er es mit völliger Gewißheit als den Grundton zu Fieldings leichter Gleichgültigkeit. Die Liebe hatte keine Bedeutung für diesen Mann. Er hegte für Mary ein Gefühl der Zärtlichkeit; das war aber alles. Wie oft hatte Harvey sich vorgenommen, ihm in die Augen zu schauen – fest und angriffslustig.

»Hören Sie, ich liebe Ihre Frau.« Aber das hätte gar nichts geholfen. Fielding hätte nicht gesagt: »Hol Sie der Teufel, was meinen Sie damit?« Er hätte nicht einmal gesagt: »Welche Frechheit!« Er hätte einfach vollkommen gleichmütig gelacht: »Mein lieber Junge, ich bin ganz und gar nicht überrascht. Sie ist entzückend. Versuchen Sie einmal eine von diesen Zigaretten; es sind türkische, aber sehr mild.« Es war etwas Entsetzenerregendes in dieser unerbittlichen Gutmütigkeit. Diese Tatsache traf Harvey mit tödlicher Überzeugung. Oh, das ganze war zum Tollwerden. Besser mit dem Kopf gegen eine Ziegelmauer anzurennen als gegen dieses weiche und unnachgiebige Daunenkissen!

»– und *das*«, schloß Fielding, »würde mir wirkliche Freude machen. Bis auf achtzig zu kommen, aber nur mit einer Hand, verstehen Sie. Das ist eben der Spaß. Dazu gehört schon etwas. Verteufelt schwere Sache.«

Er drückte die Zigarette aus und neigte sich lächelnd zu Mary.

»In Ordnung, kleines Ding? Nicht allzu müde. Warm genug?«

Ihr Gesicht, in den Pelz an ihrer Brust gepreßt, schien kleiner denn je. Ihr Ton war stumpf.

»Ja, danke, Michael.«

»Es dauert nicht mehr lange, weißt du.« Er blickte durchs Fenster, dann fuhr er mit einem Ausruf in die

Höhe. »Aber – ich will mich hängen lassen, wenn wir nicht – ja, wir sind fast schon da!« Er renkte den Hals, zeigte beinahe frohlockend hinunter, aber niemand außer ihm interessierte sich dafür. »Das ist St. Catherine, und dahinter liegt Ventnor! Und draußen die Forts und Haslar. Ach, das ist aber großartig! Herrgott – Stanford stellt jetzt den Motor ab. Ich – ich muß zu ihm.« Er sah auf die Uhr und eilte nach vorn, um sich über alles genau zu informieren.

Fünf Minuten verstrichen, Ventnor wurde größer, entglitt backbords. Sie zogen Kreise. Der Solent, zuerst nur ein silberner Streifen zwischen dem Land und der kleinen Insel, wurde, als sie an Höhe verloren, immer größer und größer. Sie senkten sich im Gleitflug hinab. Sanft stieg die glänzende Wasserfläche ihnen entgegen, dann gab es einen ruhigen Stoß. Das Flugzeug hüpfte übers Wasser, richtete die Nase gegen den Wellenbrecher. Zwei weiße Schaumkämme erhoben sich hinter den Schwimmkufen, als der Apparat über die Wasserfläche glitt. Der Propeller kreiste, mit komischer Langsamkeit flatternd, dann blieb er gänzlich stehen. Hundert Yard von der Rampe entfernt machten sie halt. Stille, eine fast betäubende Stille. Stanford, der sich soeben die Handschuhe auszog, trat gebückt in die Kabine, ihm folgte Fielding. Der Pilot war ein sehniger Geselle mit schwarzem, ungebändigtem Haar.

»Nun schön«, verkündete er ganz ruhig. »Da wären wir.«

Elissa warf ihm unter gesenkten Lidern einen Blick zu.

»Tut es Ihnen nicht leid, daß es vorbei ist?«

Er lächelte und zeigte dabei einen Goldzahn in der Ecke seines Mundes.

»Nein.«

»Nein«, höhnte sie. »Das ist alles, was ich je von Ihnen zu hören bekomme. Sie haben keine Seele, dafür aber einen Ölflecken auf der Nase.«

Fielding faßte Marys Arm.

»Schau«, rief er erregt. »Dort ist der alte Martin.«

Ein Motorboot raste vom Ufer herüber, fuhr an der

Innenseite des Forts vorbei, nahm direkten Kurs auf das Flugzeug. Während Stanford sich mit dem Öffnen der Luke beschäftigte, kam es und legte an.

Harvey stand hinten in der Kabine. Er sah kalten, gleichgültigen Gesichts zu, wie Fielding, Elissa und Martin alle gleichzeitig sprachen, wie Mary Martin zulächelte, freundlich, aber stumm - stumm. Er war der letzte, der Stanford die Hand schüttelte, der letzte, der ins Boot stieg. Jede Einzelheit wurde ihm scharf und schmerzlich bewußt.

»Ich hatte gedacht, ich würde Sie auf der Seite von Southsea abholen, Sir Michael«, überschrie der alte Martin das Rattern des Bootes. »Viel bequemer als Haslar.«

»Ausgezeichnet, alter Martin.«

»Hatte gedacht, es werde bequemer sein für Mylady -« Seine Stimme über ihre Kraft angestrengt, geriet ins Pfeifen und überschlug sich. Glückselig blinzelte er mit den verwaschenen blauen Augen und nickte mit dem Kopf. Er war ein kleines, ausgedörrtes, dürftiges Männlein mit langer Nase und kindischem Pferdegesicht. Herrschaftlicher Herrschaftsdiener, dachte Harvey mit dem gleichen, stumpfen Schmerz des Verstehens - ein Mensch, der vor Dienstfertigkeit und Liebe zittert - sein Leben lang gezittert hat - wirklich feudal.

Sie standen nun auf den grünen Stufen des alten Pier und stiegen an Land. Reihen hoher Häuser erhoben sich vor ihnen, Trambahnen ratterten undeutlich hörbar vorbei, eine Unmenge Gaffer starrten, ein dienstfertiger, entsetzlich dienstfertiger Beamter - »Vorsichtig, Mylady, o bitte, vorsichtig.«

Zurück, wieder zurück!

Der Wagen wartete. Da stand er, funkelnd, hochmütig, ein ungeheurer blauer Rolls. Dunkelblau natürlich. Diskret. Ein Mann, starr wie eine Gestalt aus dem Wachsfigurenkabinett, stand an der Tür, schloß sie mit dem denkbar zartesten Schnappen, sprang dann auf. Und nun fuhren sie, gehüllt in üppige Decken. Die Gestalt dieses Mannes, wiederum starr neben dem alten Martin vorne, betätigte unsichtbare, lautlose Hebel.

Die Stadt rollte an ihnen vorbei; sie bogen hinaus in die Straße nach Chichester, das Land öffnete sich vor ihnen wie ein hübsches Bilderbuch.

»Nicht so schlecht, England?« rief Fielding. »Aber warten Sie, bis Sie Sussex sehen. Unseren kleinen Besitz.«

Ja, die Hecken standen in Knospen, die kleinen, rechteckigen Felder hatten einen Schimmer von Grün, die Landhäuser standen unter den Bäumen, alles war nett und sauber – oh, funkelnd wie eine hübsche, neue Nadel. Aber Harvey schenkte dem neuen Bilderbuch keine Beachtung. Ob das nun grauenhaft war oder köstlich, das kümmerte ihn nicht. Warum, so dachte er fast ungestüm, warum bin ich mitgekommen? Ich hätte mich nicht überreden lassen dürfen. Warum hatte er all seine Abwehr verloren, seine Grobheit, seinen Sarkasmus, seine mürrische Gleichgültigkeit?

Er saß neben Mary, so nahe, daß er die lebende Bewegung ihrer Seele fühlen konnte. Fielding hatte darauf bestanden.

»So setzen Sie sich dorthin, Sie Dummkopf.«

Es war Verzweiflung. Sein Herz schlug wie eine Glocke. Mary starrte gerade vor sich hin. Aber jene eigentümliche Röte war ihr leicht in die Wangen gestiegen. Nie seinem Blick begegnend – nie ihm voll begegnend –, diesem Blick, der so hungrig war.

»Heiße Scones mit Butter vor dem Kaminfeuer«, rief Fielding. »Auch das ist nicht schlecht.« Er saß vorn auf dem Klappsitz, rief Bemerkungen, zeigte die Sehenswürdigkeiten mit einer Besitzermiene, als ob er zwölf Monate abwesend gewesen wäre. Jetzt wandte er sich wieder um.

»Es ist nicht mehr weit. Guter Himmel, wie unbezahlbar, wieder hier zu sein. Nicht müde, kleines Ding? Wir werden dir zu Hause einen regelrechten Empfang veranstalten.«

Etwas regte sich in ihr. Sie flüsterte:

»Du wirst doch nicht Leute einladen, Michael?«

»Guter Gott, nein«, wehrte er ab. »Du wirst sofort ins Bett springen. Aber wir werden eine prachtvolle Gesellschaft geben, wenn du kräftiger bist.« Er strahlte jetzt.

»Wir werden wieder Ausflüge in die Stadt machen. Beim Zeus! Wir werden schon einiges unternehmen – einiges einkaufen – werden Schwung in die Sache bringen – wie?«

Der Wagen glitt weiter in seiner wollüstigen, drückenden Ruhe, weiter durch Cosham und Havant. Abermals Seiten des hübschen Bilderbuches.

»Nicht mehr lange«, wiederholte Fielding fröhlich. »Nicht mehr lange.«

Mit einer munteren kleinen Melodie der Hupe bogen sie von der Hauptstraße ab und kamen durch ein rotes und weißes Dorf, das in einer schläfrigen Mulde lag. Eine Reihe von Enten überquerte feierlich den Dorfanger. Kinder mit Schürzchen verstummten plötzlich in ihrem Lachen, furchtbar respektvoll. Und dann, in einer schwungvollen Kurve, in eine breite, tiefe Blutbuchenallee. Weiter fuhren sie, ungefähr eine Meile zwischen diesen Buchen.

Harvey sah im Vorbeifahren Wild, das mit sanften Augen herblickte. Stumpf erkannte er nun, daß sie in einem Park waren, in einem gewaltigen abgeschlossenen Gebiet. Das war natürlich das Gut. Fieldings Gut. Ungeheuer und reich, wölbte es sich weiter und weiter ohne Ende.

Dann kamen sie auf einer Anhöhe nach Buckden. Es sah gar nicht aus wie ein Wohnsitz – so groß war es. Vom Hügel aus gesehen, hatte es eine massige Pracht. Es war rechteckig, wuchtig um einen mittleren Hof gruppiert. Davor dehnten sich Rasenflächen, samten und grün. Herber blauer Rauch stieg aus zwei Dutzend Schornsteinen auf. Über den Schornsteinen kreisten und krächzten Dohlen. Eine Flagge hing schlaff am Fahnenmast. Auf der Terrasse stand schreiend ein weißer Pfau.

Das alles war so reich, so vollkommen, so ungeheuer, daß es Harvey erschütterte, niederschmetterte. O Gott, dachte er, wie anders ist das alles als in Los Cisnes. Die Casa war bloß ein Hintergrund für Marys Schönheit gewesen, das hier aber schien sie unersättlich aufzusaugen.

Die Pneus knirschten und knarrten leise auf dem Weg. Man fuhr langsamer und blieb vor dem Tor stehen. Einige Diener eilten heraus. Und ein Dutzend springender Hunde.

»Zu Hause, Gott sei Dank!« rief Fielding überschwenglich.

29

Der nächste Abend. Und das Dinner war vorbei. Nicht die rauhe Seemannskost der »Aureola«, auch nicht Corcorans gepfuschter Kaffee. Nein, etwas ganz Einfaches – einfach und gut –, »anständige Hausmannskost«, das war Fieldings Lieblingswort. »Gehen wir jetzt etwas beißen«, hatte er lachend erklärt, und dann vielleicht ein wenig vernünftiger: »Gott sei Dank, wir können uns noch immer anständiges Essen leisten.« Und so hatte das anständige Essen begonnen. Kleine fette Austern aus Dunstable, ganz einfache Hasensuppe, nahrhaft und kräftig; auf dem Rost gebratener Lachs aus dem Tweed, die Brust junger Hühnchen, die in der Luft zu zerschmelzen schien, zu zarter Saftigkeit gezüchteter Spargel; ein rosafarbenes Soufflé, das auf dem Teller schäumte, und eine zarte Spezialdelikatesse, deren Ursprung in Straßburg lag.

Nein, nein, natürlich nichts Ausgeklügeltes. Dennoch hätte man einen Gang vorbeigehen lassen können und hätte doch nicht hungern müssen. Harvey hatte einige vorbeigehen lassen und Mary alle bis auf einen. Drei Lakaien allein retteten die Mahlzeit vor völlig bukolischer Einfachheit – ein jeder mit den Epauletten eines Admirals und dem Benehmen eines Erzherzogs. Trotz allem Tumult seiner Seele konnte Harvey nicht umhin, sich stumpf die Frage zu stellen, ob diese Leute wirklich waren. Hatte jeder Seele, Individualität, eigenes Leben? Oder überhaupt: war denn das ganze Haus wirklich? Wenn man ehrlich sein sollte – es ersoff in Luxus – in einem zarten, erlesenen Luxus. Das war von vornherein sicher. Alles *wurde* getan. Man wurde geweckt. Der Tee wurde gebracht. Das Bad wurde eingelassen, die gewärmten Badetücher ausgelegt. Der Anzug, die Wäsche, die Schuhe, das alles erschien geheimnisvoll aus der Luft – geplättet, zusammengefaltet, makellos gereinigt. Man wurde rasiert, wurde bedient, wurde hübsch angekleidet zum Frühstück hinuntergeschickt. Und das war bloß der Beginn. Alles konnte man haben, man brauchte es nur zu sagen. Wieder überkam Havey heftiger Abscheu.

O Gott, es war zum Ersticken! Man konnte keine Zigarette in die Hand nehmen, ohne daß irgendein Sklave mit ehrfurchtsvoll erhobenem Zündholz herbeischwebte.

Grübelnd starrte er auf das große zischende Holzscheit, das tief im marmornen Kamin knisterte. Sie saßen in der Hall: er auf einem Ecksessel, Mary auf dem niederen Kaminschemel. Michael und Elissa – hingerissen vom Prozeß der Verdauung, auf einem tiefen Diwan. Schweigen lag in der Luft. Das Holzscheit knisterte und sprühte. Auf der alten, handgemalten chinesischen Tapete funkelten gleich Blitzen silberne Sittiche auf tiefem Himmelblau. Eine Reihe Lelys lächelten anmutig herab. Massen von Orchideen standen auf der Eichenholztruhe, spiegelten sich in einer von Zeit und Sorgfalt geglätteten Fläche. Über dem Kamin ein Porträt Marys. Harvey wagte nicht, es anzusehen.

»Wißt ihr!« Elissa, die auf dem Diwan ziemlich exotisch aussah, hatte einen plötzlichen Einfall. »Ich bin heute morgen mit der festen Absicht aufgewacht, gelangweilt zu sein. Aber ich bin dessen nicht so sicher. Ziemlich träumerisch war es heute. Ich freue mich, daß du mich in die Kirche gejagt hast, Michael. Das war wirklich furchtbar beruhigend und nett. Hat mich an den Menschen, den Missionar, erinnert.« Eine Pause. »Ich glaube, es war doch einigermaßen ein Erlebnis für ihn. Es wird ihm nichts geschadet haben.«

Mary, die beim Kamin saß, schaute in die Ferne, ins Herz des brennenden Holzklotzes.

»Und seiner Schwester?« flüsterte sie.

Elissa streckte den Arm nach einer Zigarette aus.

»Werde doch nicht unangenehm, liebes Kind, du verdirbst mir die Laune.«

Schweigen senkte sich herab.

»Ja, nun ist es aus mit der Laune. Das ist wirklich nicht schön von dir. Und keine Seele hier, die zu mir nett wäre. Was, um Gottes willen, soll ich tun?«

Mary, gleichgültig wie vorhin, gab keine Antwort. Aber in Harveys Seele stieg etwas auf. Er sagte:

»Warum versuchen Sie nicht zur Abwechslung etwas zu arbeiten?«

»Arbeiten!« Elissa starrte mit großen Augen – verachtungsvoll.

Michael nahm sorgfältig die Zigarre aus dem Mund und blähte ein Nasenloch auf, um das Aroma auszukosten.

»Oh, ich muß schon sagen«, warf er ein, »wir alle tun unser Teil, das müssen Sie doch wissen.«

»Ihr Teil«, sagte Harvey schwerfällig. »Und was ist Ihr Teil? Sie sitzen hier – Sie essen und Sie schlafen. Sie haben Ihre Zerstreuungen. Elissa sammelt Liebhaber. Sie sammeln Hundertjährige. Sie fahren in die Stadt. Dort essen Sie wieder, schlafen wieder. Sie gehen zu zehn albernen Theaterstücken. Sie stellen eine blaue Geranie aus, die ein anderer für Sie gezüchtet hat. Dafür bekommen Sie eine Medaille. Dann jagen Sie wieder aufs Land zurück, einen Wohltätigkeitsbasar zu eröffnen, zu einer Feier, einem Bankettgeschwätz –«

»Aber hol's der Teufel«, rief Fielding lächelnd, »ich habe doch auch Buckden, nicht wahr?«

»Nicht einmal das haben Sie erarbeitet«, antwortete Harvey müde. »Sie haben es sich nicht verdient. Es ist Ihnen in den Schoß gefallen – mit all den vielen Quadratmeilen Landes, Versorgungshäusern, Pfauen, Lakaien und Blattläusen.«

Michael kicherte unaufhaltsam.

»Sie vergessen die Steuern. Hol mich der Teufel, heutzutage hat man schon einige Mühe, sich anständige Hausmannskost leisten zu können.«

Harvey gab keine Antwort. Elissa aber warf Mary einen

verstohlenen Seitenblick zu, dann ließ sie ihr leichtes, spöttisches Lachen hören.

»Die Demokratie liegt in der Luft. Kleine Flüsterreden über Einfachheit. Zurück zu den Herrlichkeiten des ›einfachen‹ Lebens. ›Das Leben ist so nüchtern, das Leben ist ernst.‹ Das war doch immer das Motto der seefahrenden Mainwarings.«

Niemand antwortete. Schweigen herrschte, bis Michael aufstand und die Spitze einer frischen Zigarre abschnitt.

»Wir wollen hier nicht versauern«, rief er. »Unternehmen wir etwas. Beweisen wir, daß wir trotz allem nicht so verdammt träge sind. Spielen wir Billard, hast du Lust, Lissa?«

»Billard?« widerholte Elissa, als hätte er gesagt: Bockspringen.

»Ja – möchtest du eine Partie spielen?« fragte er wieder. »Wir spielen zu viert. Ich will gleich alles vorbereiten lassen, ihr kommt in einer Minute nach.« Er zündete seine Zigarre an und schlenderte zur Tür.

Elissa seufzte, blickte ihm nach.

»Warum«, murmelte sie mit hochgezogenen Brauen, »warum muß Michael in schrecklichen und faszinierenden Augenblicken immer so geräuschvoll sein? Wir waren gerade dabei, zum Kern der Sache zu kommen. Nämlich, was wir beginnen könnten. Aber jetzt –«, sie warf den beiden anderen einen Blick zu und lächelte. Dann stand sie auf, gähnte und schlenderte matt aus dem Zimmer, ohne ein Wort zu sprechen.

Sie waren allein. Zum erstenmal allein, seit jenem Morgen in Los Cisnes. Es war so unerwartet, daß Mary zusammenschauerte. Sie saß völlig still, als hätte sie Angst, sich zu bewegen. Dann, nach einer langen Zeit, hob sie allmählich den Blick. Sie sah Harvey voll ins Gesicht. Alles, was in der Zwischenzeit geschehen war, entglitt, löste sich auf. Und plötzlich hielt sie den Atem an und rief:

»Es ist wahr – wie sie sagt! Was, ach, was sollen wir beginnen?«

Ihre Augen waren groß und dunkel und wund. Sie

waren stetig und schlossen in ihrer Tiefe neue Reife ein. Das Kaminfeuer funkelte auf ihrem Haar, auf dem Hals und den Armen – die sich so weiß von dem einfachen schwarzen Abendkleid abholen. Ihr Gesicht, noch immer blaß, war äußerlich ruhig. Aber ihre Lippen zitterten wie vor Schmerz.

Er sprach nicht. Er regte sich nicht, aber seine Augen richteten sich starr auf die ihren, in einer Art von Hunger. Er dachte: ja, endlich – endlich werden wir es wissen – wir beide – endlich.

»Es nützt nichts, die Dinge länger hinauszuschieben«, flüsterte sie. »Man muß ihnen ins Auge sehen. Du weißt es jetzt besser – wie es um mich steht. Du siehst, warum ich das Gefühl hatte, daß ich fort müsse, zu etwas Einfacherem, fort von dem hier, was mich erdrückt, erstickt. Du hast Elissas Spott gehört. Es ist wahr genug. Ich habe nie wirklich Wert auf das alles gelegt. Das ist nicht ich. Aber es war mir nie ganz klargeworden, ehe ich dich kennenlernte. Und es ist wahr, was du über die Arbeit sagst. Du hast etwas in mir geweckt; es ist an der Zeit, daß ich aufhöre, mich als melancholisches kleines Mädchen behandeln zu lassen . . . daß ich aufhöre, nach Gärten zu seufzen . . . das genügt nicht . . . ich bin jetzt Frau . . . ich würde gerne etwas leisten, etwas geben, damit ich etwas zurückerhalte. Und jetzt mehr denn je. Ich bin verändert. Ich bin anders geworden. Oh, Harvey, jetzt bin ich erst erwachsen. Ich habe Michael geheiratet, als ich achtzehn Jahre alt war, ich wußte von nichts. Ich hatte ihn gern – das war alles. Er forderte nicht mehr. Hat nie mehr gefordert. Aber, du siehst –« Ihre Stimme klang sehr leise – »du siehst, wie gut er ist –.« Sie hielt jetzt inne. Sie preßte die Finger zusammen, daß sie weißer wurden als ihr Gesicht. »Oh, es ist schrecklich – schrecklich, daß ich dich so liebe und nun nicht weiß, was ich tun soll.«

Wieder schlug sein Herz wie eine schwere Glocke. Gleichsam im Traum sagte er:

»Du bist einmal zu mir gekommen – nach Los Cisnes.«

»Ich weiß, ach, ich weiß«, antwortete sie. »Aber damals dachte ich nicht – ach, es war wohl die Krankheit – ich –

ich konnte nicht denken. Es war Instinkt, zu dir zu gehen –.« Ihre Brust hob und senkte sich. In einem folternden Gefühl verlangte es Harvey, den Kopf an dieser weichen Brust zu bergen.

»Ich weiß«, sagte er mit erstickender Stimme. »Wir beide wissen – es gibt etwas, das uns aneinander bindet.«

Schweigen. Dann flüsterte sie:

»Ich weiß das – schon lange, lange Zeit. Ich gehöre niemandem außer dir. Aber was können wir beginnen? Ich bin nicht frei, zu tun, was ich will. Ich könnte – ach, ich könnte Michael keinen Schmerz bereiten.«

»Würde es ihm denn solchen Schmerz bereiten?«

»Ich weiß das nicht. Ich kann nicht denken. Er würde es nicht verstehen. Er würde bloß lachen. Es hätte nicht den geringsten Nutzen, wollte ich versuchen, es ihm zu sagen – das hast doch auch du schon erkannt. Ich müßte fortgehen – einfach fortgehen, ohne ein Wort. Ist es Feigheit, nachzugeben, oder Mut? Oh, ich habe darüber nachgedacht, nachgedacht, bis mein Hirn wirr war. Auf dem Schiff sagte ich dir schon, wie sehr ich alles Schmutzige und Gemeine hasse.« Ihre Stimme brach, doch zwang sie sich, fortzufahren. »Frauen, die Liebhaber haben – Affären, die aufflammen und ausbrennen. Etwas Häßliches – das mir Grauen einflößt. Ich habe versucht, ein Ideal zu haben, eine Art Standard, ich habe versucht, nach diesem Standard zu leben. Aber das alles ist jetzt wirr geworden. Ich kann das Gute nicht mehr vom Bösen unterscheiden. Und die ganze Zeit denke ich: Wie soll ich weiterleben ohne dich?« Ihre Stimme bebte und sank dahin zu einem Nichts im Schweigen des Raums. Er nahm ihre Hand und flüsterte:

»Der Standard hat dich nicht getäuscht, Mary. In dir ist nichts, was nicht gut wäre. Ich liebe dich.«

Sie hob den Kopf, blickte ihn mit ihren weiten, dunklen Augen an. »Und ich liebe dich.«

Da öffnete sich die Tür, und Fielding kam herein. Das Queue in der Hand, blieb er starr stehen. Dann hustete er und lächelte.

»Kommt, ihr zwei, und beteiligt euch an der Partie.

Lissa hat sich entschlossen, eine Poulepartie zu spielen, das ist kein Spaß, wenn man nicht zu viert ist.«

Tödliches Schweigen herrschte. Die Farbe schoß Harvey in die Stirn und wich dann wieder, ließ die Stirn fahler und hagerer erscheinen. Das Lächeln verschwand nicht aus Fieldings Gesicht. Er sagte:

»Entschuldigt, daß ich hereingeplatzt bin und überhaupt. Vielleicht wollt ihr lieber nicht spielen. Kommt herein, wenn ihr – wenn ihr fertig seid und wenn es euch paßt.«

Da senkte sich Marys Blick; ihre ganze Gestalt sackte zusammen. Sie stützte sich auf den Kaminsims, und sagte mit leichter, sonderbarer Stimme:

»Ich bin müde, Michael. Ich glaube, ich muß zu Bett.«

Augenblicklich sprang er auf sie zu.

»Nein, so etwas! O wirklich, es tut mir verteufelt leid! Noch dazu der erste Abend, den du aufbleibst! Welch Esel ich bin, daß ich das vergessen konnte! Laß mich läuten, laß mich doch irgend etwas für dich tun.«

Sie verließ den Kamin und ging, den Blick zu Boden senkend, langsam zur Tür.

»Es ist schon gut –.« Noch immer mit dieser leichten, sonderbaren Stimme. »Aber ich glaube, ich werde jetzt gehen – wenn du nichts dagegen hast.«

»Aber gewiß! Natürlich, natürlich.« Zerknirscht nahm er ihren Arm. Er war gerührt, der Teufel sollte ihn holen, wenn er nicht gerührt war. Er mußte sie in ihr Zimmer begleiten. Die Treppe, wissen Sie – oh, wie abscheulich von ihm, das zu vergessen.

Sie verließen miteinander den Raum. Lange Zeit stand Harvey da, starrte auf die geschlossene Tür. Er fühlte sich gelähmt. Wenn er nur irgend etwas machen könnte. Wenn er nur kämpfen könnte – so, wie er mit Carr gekämpft hatte. Es verlangte ihn, etwas niederzuschlagen, zu vernichten. Doch was konnte er gegen die Freundlichkeit eines Mannes wie Fielding tun? Mit niederschmetternder Wucht wurde ihm klar, daß er nichts tun konnte. Dann durchlief ihn ein Schauer. Er konnte es nicht ertragen. Nein, er konnte es keine Minute länger ertragen. Nur fort von hier – irgendwohin – wohin immer. Er sprang zu der Glastür. Er zerrte den Vorhang zur Seite, stieß die Tür auf und trat hinaus. Die frische Luft kühlte ihm die heiße Stirn nicht. Die Erinnerung an Marys Gesicht stieg aus dem nebeligen Dunkel, verfolgte ihn wie ein Spuk. Er schritt den Park hinab in die Blutbuchenallee. Das Haus hinter ihm erhob sich wie ein großes, geducktes Untier.

Er mußte dem entrinnen. Es umklammerte ihn. Es erstickte ihn. Da! Es war, als ob man sich durch Baumwolle einen Weg bahnen müßte, Mund, Augen, Ohren – alles voll davon – endlich aber war er frei, vorbei am Haus des Torwärters, auf der offenen Straße. Er ging und ging, schritt dahin, gesenkten Kopfes, eilte weiter wie ein Irrsinniger. Plötzlich hörte er das Pfeifen eines Zuges. Er hob den Kopf, sah das rote Funkeln einer Lokomotive, die in eine Station einfuhr. Er begann wild zu laufen und rannte, fegte an einem Bahnhofsportier vorbei, der den Londoner Zug ausrief. Der fuhr soeben langsam aus der Station. Harvey sprang noch auf, warf sich in die Ecke eines Abteils. Und dort saß er starr und schweigend, während der Zug sich durchs Dunkel der Nacht den Weg bahnte.

30

Eine erstorbene Kohle fiel aufs Kamingitter nieder, mit einem abschließenden Geräusch. Das schien die Stille des Raumes zu unterstreichen – des schäbigen, ungemütlichen Wohnzimmers in Harveys Quartier. Ismay, in einen Fauteuil versunken, hatte die Füße auf dem Kamingitter und räusperte sich abwehrend. Er wollte sprechen und hatte doch halb und halb Angst, das Schweigen zu stören. Verstohlen blickte er zu Harvey auf, der ihm gegenüber unter der gelben Lampe saß, unter der Glaskugel, die unparteiisch auf die harten, schlechten Möbel schien, auf den monumentalen Kaminaufsatz, auf die staubige Arbeitsbank in der Ecke, auf die vorgezogenen venezianischen Gardinen, auf die dicken Kaffeeschalen – leer und voll Theriak –, auf die zerschlissene, überladene Tischdecke – diese Sorte: zwei Shilling, elfeinhalb, gnädige Frau, beim Ausverkauf.

Es war der Abend des Donnerstags nach Harveys Abreise aus Buckden. Draußen in der Vincent-Street breitete sich rauher Märznebel vom Fluß aufwärts; dämpfte den Lärm des Verkehrs, der fern und ziemlich schütter zu pulsieren schien, denn es wurde schon spät. In der Tat bimmelte in diesem Augenblick die kleine blaue Uhr auf dem Kamin – zehn hastige blecherne Schläge. Das gab Ismay die gewünschte Gelegenheit.

»Nun«, rief er, unter dem Schutz des Widerhalls. »Du bist schwatzhafter denn je.«

»Ja?«

»Du hast mir noch nicht die Hälfte erzählt, Mensch, noch nicht die Hälfte.«

»Nein?«

Ismay bewegte sich ungeduldig.

»Ich leugne nicht, daß du ein seltsames Erlebnis hattest; gewiß, verteufelt seltsam.«

»Ja.«

Ismay lachte kurz auf.

»Ich hätte dich eigentlich nicht als geeignetes Subjekt für – nun, für diese Art von Phantasien betrachtet.«

»Nein?«

»Natürlich nicht! Du hast immer die Dinge beim Namen genannt, nicht wahr? Du hattest immer einen hübschen, harten, wissenschaftlichen Ziegelstein bereit, um ihn auf das zu werfen, was du die süßen gläsernen Illusionen des Lebens nanntest.«

Lange Zeit antwortete Harvey nicht. Dann sagte er gepreßt: »Ich habe jetzt keine Ziegelsteine mehr.«

Eine seltsame Pause verstrich, dann hob Harvey langsam den Kopf und erklärte:

»Ich sage dir, Ismay, ich habe etwas gelernt, das mir den kaltblütigen Rationalismus ausgeprügelt hat. Es gibt mehr unter diesem Himmel, als ich je geahnt habe – Dinge, die unerklärlich sind – jenseits unserer Vernunft. Oh, wir glauben, so viel zu wissen, obwohl wir tatsächlich nichts wissen – nichts, nichts, nichts.«

Ismay setzte sich auf.

»Aber, Mensch, du sprichst doch nicht im Ernst. Ich verstehe nicht –«

»Nein!« brach Harvey fast ungestüm los. »Du verstehst nicht. Und auch ich verstehe es nicht. Aber, o mein Gott, es gibt einem zu denken.«

Totenstille herrschte. Ismay schickte sich an, zu sprechen, unterließ es aber. Er blickte von der Seite auf Harvey, sah wieder fort. Dann machte er eine unbestimmte Bewegung mit den Schultern. Er wollte das Thema nicht weiter verfolgen. Der Teufel sollte ihn holen, wenn er es tat. Er hatte einen praktischen Sinn, der über so vages Gewäsch erhaben war. Man sollte ihm nur einen perforierten Appendix zeigen, dann könnte er wirklich etwas beginnen. Aber das? Und schließlich, was machte das, genaugenommen, aus? Die Hauptsache, daß Harvey wieder hier war, gesund an Leib und Seele, bereit – offensichtlich bereit, von neuem zu beginnen. Der Plan war erfolgreich gewesen. Das hatte Ismay vorausgesagt. Und hatte er nicht recht gehabt?

Er schenkte der sehr mäßigen Kaminuhr keine Beachtung, zog seine schmale Uhr hervor, blickte darauf, schloß sie mit einem scharfen, kurzen Schnappen.

»Und woran, zum Teufel«, fragte er mit unvermittelter Munterkeit, »woran denkst du jetzt?«

»An etwas, das Corcoran hätte passieren können«, antwortete Harvey langsam. »Etwas zum Thema, wie man den Kopf hochhalten kann.«

Er zitierte: »›Laß mich von all dem Abschied nehmen, nicht klagend, sondern singend, wie der Schwan.‹ Das ist aus Plato, Ismay.« Er lächelte sonderbar. »Ein großartiger Junge, dieser Plato. Sie sollten ihn lesen, junger Bursche, wenn Sie nicht zuviel zu tun haben.«

»Hol der Teufel den Abschied«, rief Ismay. »Du weißt, daß vom Scheiden jetzt keine Rede ist. Du bist ein anderer Mensch geworden, dank mir. Und du wirst mein Wort rechtfertigen.« Er stand auf, nahm den Mantel von einem

Sessel und hüllte sich warm ein. Dann zog er sorgfältig die gelben Handschuhe aus der Tasche. Ergriff Schirm und Hut. Schließlich hielt er inne.

»Nebenbei bemerkt« – seine Art war ausgesprochen bedeutungsvoll; jetzt holte er die Rosine hervor, die er sich die ganze Zeit für den Schluß aufgespart hatte. »Nebenbei bemerkt, im Central Metropolitan ist eine Stelle frei.« Er machte wieder eine Pause. »Ich dachte, du würdest dich dafür interessieren, ich dachte, du würdest dich sicher gerne darum bewerben.«

Harvey blickte auf. Wieder verstrich eine Spanne Zeit.

»Du meinst das neue Institut in der Tuke-Street, die – ach, die würden mich nie dort haben wollen.«

Ismay betrachtete seine Fingernägel mit jener allzu gleichgültigen Miene, die er in wichtigen Augenblicken zur Schau trug.

»Ich würde mich an deiner Stelle bewerben.«

Harvey lächelte wehmütig.

»Ordnest du noch immer das Weltall, Ismay?«

»Wenigstens zu einem großen Teil.«

»Du meinst –«

»Ich meine, daß wir dich hineinbringen könnten. Ich habe nicht müßig Gras wachsen lassen, sondern vorige Woche zweimal mit Craig darüber gesprochen. Verstehst du das vielleicht? Sie wollen dich tatsächlich haben.« Er vergaß seine Fingernägel, wurde ganz knabenhaft enthusiasmiert. »Es ist eine prachtvolle Chance zur Rückkehr, Mensch. Ein neues Institut – anständige Kollegen als Mitarbeiter und das modernste Laboratorium in London. Jegliche Gelegenheit für deine Arbeit.« Er hielt unvermittelt inne. »Willst du es annehmen?«

Schweres Schweigen bebte durch den Raum.

Harvey schien aus weiter Ferne seine Erwägungen herzuholen. Arbeit! Natürlich wollte er arbeiten. Eine plötzliche Woge der Hoffnung flutete über ihn. Alle seine Fähigkeiten stiegen auf aus jener Tiefe der Schwermut, sammelten sich in einem hellen Brennpunkt, der Zukunft zugewandt. Die Vergangenheit war gewesen. Jetzt – jetzt kam die Zukunft.

»Ja«, sagte er endlich. »Ich werde es nehmen.«

Ismay stülpte sich den Hut auf den Kopf.

»Hab' es gewußt«, rief er. »Ich werde, sobald ich zurückkomme, Craig anrufen.« Das Lächeln breitete sich über Ismays ganzes Gesicht. Bei der Tür wandte er sich um; schulterte den Regenschirm. »Du wirst es ihnen zeigen, Harvey, du wirst den Leuten im Victoria im Magen liegen. Ich habe dir ja gesagt, daß du es ihnen zeigen wirst. Und das wirst du eines Tages tun.«

»Ich will es niemandem zeigen«, sagte Harvey langsam. »Das alles ist anders geworden. Ich habe meine eitle Allwissenheit verloren. Ich will nur arbeiten. Demütig arbeiten, Ismay. Ich will nur versuchen – versuchen –«

Doch Ismay hörte ihn nicht mehr. Das triumphierende Zuschmettern der Tür übertönte die Worte. Ismay war fort.

Harvey stand in der Mitte des Zimmers. Über der ersterbenden Asche funkelten leise die letzten blauen Flämmchen. Er war müde. Dennoch leuchtete durch all das eine eifrige, rastlose Energie, gleich einem sachte durch Nebel dringenden Licht. Arbeit! Ein rascher Seufzer durchschauerte ihn, welch herrliche, unerwartete Aussicht, die Ismay ihm da geboten hatte! Er wollte die Gelegenheit ergreifen – ja, das wollte er. Neuer Glaube war in ihm, neue Inspiration.

Sein Körper war noch immer schlaff und verzagt. Dagegen konnte er nichts tun. Dennoch bewegte er sich, von unsichtbaren Kräften gezogen, hinüber zu seiner kleinen Arbeitsbank. So wie früher war die, genauso wie früher – Mikroskope, Zentrifugen, Glasplatten, Eprouvetten. Staubig, sehr staubig und lange nicht benutzt. Und dahinter blickte ihn die kleine Skizze Pasteurs streng an.

Plötzlich schwoll dieser stürmische Eifer in ihm. Er wollte versuchen – ja, er wollte versuchen. Nie vorher war das Verlangen so heftig gewesen. Nie noch das Gefühl seines geistigen Erwachsens so vollständig. Er nahm eine Eprouvette in die Hand. Die Berührung damit brachte ihm Trost – göttliche Ruhe. Er konnte wieder arbeiten. Er konnte arbeiten! Es war jetzt still, das Haus endlich ruhig, der Verkehr auf der Straße hatte aufgehört.

Er dachte an Mary. Mit starr ins Weite gerichtetem Blick, gefesselt von dem Bild ihres Gesichtes. Mühsam trachtete er, das alles zusammenzufügen. Dennoch wollten die Stücke sich nicht aneinanderreihen lassen – keine menschliche Hand konnte sie je zusammenfügen. Doch das alles war wirklich geschehen, geschehen! Und dann seufzte er. Das war die Vergangenheit. Die Zukunft, die kannte er nicht – von der konnte er nichts sagen. Mary! Aber wenigstens gab es den Gedanken an Mary – ein Ideal, unauflöslich verbunden mit der Arbeit!

Als er so dastand, noch immer Schwermut im Gesicht und in jener munteren Ermüdung, die aus seinem Herzen emporquoll, hörte er ein Geräusch auf der verlassenen Straße. Das stahl sich aus dem Nebel zu ihm ins Zimmer. Er achtete zunächst nicht darauf. Doch es wiederholte sich. Ein sonderbares Geräusch, das leise von der äußeren Tür hereindrang. Und die Tür selbst schien sacht berührt zu werden. Er wandte langsam den Kopf. Es ist der Wind, dachte er. Aber es wehte kein Wind. Nein, es ist Ismay, der etwas vergessen hat und zurückgekommen ist. Aber es war nicht Ismay.

Sein Herz krampfte sich zusammen. Wieder knarrte es in dem schweigenden Haus; es war ein leises Knarren, als ob jemand leichten Schrittes in die Hall träte. Er sagte sich verzweifelt: »Es ist nichts, nichts, nichts.« Er wußte, daß es nichts sein konnte. Aber sein Gesicht war weiß wie der Tod. Dann stand sein Herz völlig still. Diesmal war es kein Geräusch, sondern ein Duft. Der schwebte ins Zimmer – deutlich, berauschend. Es war der Duft der Fräsiablüte . . .

Inhalt

Der spanische Gärtner 5

Das Licht 197

Das Haus der Schwäne 431